HEYNE
BÜCHER

Tip des Monats

3 Romane in einem Band

Victoria Holt

Der Fluch der Opale
Das Haus
der tausend Laternen
Die geheime Frau

WILHELM HEYNE VERLAG
MÜNCHEN

HEYNE TIP DES MONATS
Nr. 23/18

Titel der englischen Originalausgabe von »Der Fluch der Opale«
THE PRIDE OF THE PEACOCK
Deutsche Übersetzung von Inge Wiskott

Titel der englischen Originalausgabe von »Das Haus der tausend Laternen«
THE HOUSE OF A THOUSAND LANTERNS
Deutsche Übersetzung von Inge Wiskott

Titel der englischen Originalausgabe von »Die geheime Frau«
THE SECRET WOMAN
Deutsche Übersetzung von Karin S. Krausskopf

Inhalt

Der Fluch der Opale

Das Haus
der tausend Laternen

Die geheime Frau

Der Fluch der Opale

Der Witwensitz

Daß mich ein Geheimnis umgab, merkte ich bereits in meiner Kindheit. Sehr früh stellte sich bei mir schon das Gefühl ein, nicht dazuzugehören, und es sollte mir treu bleiben. Ich unterschied mich von den anderen auf dem Witwensitz.

Gern ging ich zu dem Bach hinunter, der zwischen unserem Wohnsitz und Oakland Hall verlief, und starrte in sein klares Wasser, als hoffte ich, dort die Antwort zu finden. Daß ich gerade eine bestimmte Stelle dazu aussuchte, war wohl irgendwie bedeutungsvoll. Maddy, unser Mädchen für alles, das teilweise auch mich betreute, entdeckte mich einmal dort, und das Entsetzen in ihren Augen konnte ich lange nicht vergessen.

»Warum kommen Sie denn ausgerechnet an diesen Platz, Miß Jessica?« rief sie. »Wenn Miß Miriam das wüßte, würde sie es Ihnen streng verbieten!« Schon wieder ein Geheimnis! Was hatte sie gegen das Bächlein und die hübsche Brücke, die darüberging? Mir gefiel die Stelle besonders gut, weil man von hier aus gut die grauen Mauern von Oakland Hall betrachten konnte, die sich drüben so majestätisch erhoben.

»Mir gefällt es eben hier«, sagte ich widerspenstig. Und da verbotene Früchte mir wohl noch süßer schmeckten als irgend jemandem sonst, ging ich um so öfter hin, seit ich wußte, daß es einen Grund gab, warum ich nicht dort sitzen sollte.

Immer wieder mahnte mich Maddy, es nicht zu tun. Und ich wollte natürlich wissen, warum. Das war überhaupt ein Charakteristikum an mir, und Maddy nannte mich deshalb auch »kleine Miß Warum-Wo-und-Was«.

»Geradezu krankhaft ist es!« schalt sie. »Das haben Mr. Xavier und Miß Miriam auch gesagt. Krankhaft!«

»Warum?«

»Da hat man's wieder«, seufzte Maddy. »Es ist eben so. *Darum* – und gehen Sie nicht dauernd dorthin.«

»Ist die Stelle vielleicht verwünscht?«

»Ja, das mag wohl sein.«

Was konnte es hier für eine Gefahr geben, fragte ich mich. Außer bei schweren Regenfällen war das Wässerchen ganz flach und so klar, daß ich Kiesel auf dem braunen Boden erkennen konnte. Eine Trauerweide hing über das gegenüberliegende Ufer. Trauerte sie um jemanden? War dies das Krankhafte?

So kam ich also immer wieder zum Bach und träumte dort, vor allem über mich selbst, und das Hauptthema war stets: Irgendwie gehörst du nicht zu denen auf dem Witwensitz.

Nicht, daß es mich gestört hätte. Ich *war* anders und wollte auch anders sein. Schon mein Name war anders. Ich hieß ja in Wirklichkeit Opal – Opal Jessica –, und überlegte oft, wie meine Mutter wohl dazu gekommen war, mir einen so seltsamen Namen zu geben, denn zu Seltsamkeiten dieser Art neigte sie eigentlich nicht. Mein armer trauriger Vater hatte bestimmt nichts damit zu tun; eine Wolke überschattete ihn stets, und manchmal meinte ich, daß sie auch über mir hinge.

›Opal‹ wurde ich nie gerufen. Daher nannte ich mich in Selbstgesprächen manchmal so, und ich führte oft Selbstgespräche. Wahrscheinlich, weil ich soviel allein war. Und dadurch wurde ich mir auch der geheimnisvollen Aura um mich herum bewußt, die mich wie ein Nebel umgab, den ich nicht sehen konnte.

Maddy brachte manchmal ein wenig Licht in die Düsternis, aber es war nur ein schwacher Schimmer, der dann oft alles noch viel schwerer erkennbar machte.

Da besaß ich also einen Namen, bei dem mich niemand rief. Warum hatten sie ihn mir gegeben, wenn sie ihn gar nicht anwenden wollten? Meine Mutter kam mir sehr alt vor. Sie war offenbar schon über vierzig, als sie mich zur Welt brachte. Meine Schwester Miriam war fünfzehn Jahre älter als ich, und mein Bruder Xavier hatte mir fast zwanzig Jahre voraus. Wie Bruder und Schwester kamen sie mir nie vor. Miriam spielte meine Gouvernante, da wir zu arm waren, uns eine zu leisten. Überhaupt war Armut das unerbittliche Thema in unserem Haushalt. Unzählige Male hörte ich, was wir in der Vergangenheit besessen hatten und jetzt nicht mehr besaßen, wie wir herabgesunken waren vom äußersten Luxus auf das, was meine Mutter ›bitterste Armut‹ nannte.

Wenn sie anfing, von besseren Tagen zu sprechen – jenen Tagen, da sie von Dienern umgeben waren und glänzende Bälle sich mit eleganten Banketten abgewechselt hatten –, zuckte mein Vater stets zusammen. Zu essen hatten wir allerdings immer genug auf dem Witwensitz; und der Gärtner Jarman bearbeitete den Garten, Mrs. Cobb kochte und Maddy kümmerte sich um alles andere. Ganz ohne Geld standen wir also nicht da. Da meine Mutter unsere Armut immer so übertrieb, meinte ich, vielleicht übertreibe sie genauso bei den verlorenen Reichtümern, und bezweifelte, daß die Bälle und Bankette wirklich so grandios gewesen waren, wie sie es beschrieb.

Mit etwa zehn Jahren sollte ich eine wichtige Entdeckung machen. Auf Oakland Hall wurde eine Gesellschaft gegeben. Man hörte von drüben die lauten Stimmen der Gäste. Von meinem Fenster aus hatte ich bemerkt, daß sie mit den Hunden zur Jagd ausritten.

Wenn sie mich doch nur einmal einladen würden! Ich wollte so gern das große Haus von innen sehen. Gewiß, im Winter, wenn die nackten Äste der Eichen es nicht mehr völlig verbargen, konnte ich von meiner Seite des Baches aus etwas erkennen, aber über die Mauern hinaus ging mein Blick nicht; und die faszinierten mich schon ungemein. Eine lange Auffahrt schlängelte sich zum Haus hinauf. Ich hatte mir fest vorgenommen, eines Tages den Bach zu überqueren und einfach hinzumarschieren.

An jenem Morgen gab mir Miriam gerade Unterricht. Als Lehrerin entwickelte sie keine sonderliche Befähigung und zeigte oft große Ungeduld mit mir. Sie war eine großgewachsene, blasse junge Frau. Ich war zehn, sie mußte also fünfundzwanzig sein. Die Unzufriedenheit stand ihr ins Gesicht geschrieben – wie allen bei uns, die jene besseren Tage nie vergessen konnten –, und sie sah mich manchmal mit kaltem Widerwillen an. Ich konnte ihr gegenüber auch keine schwesterlichen Gefühle aufbringen.

Als die Jagdgesellschaft vorbeiritt, sprang ich auf und rannte zum Fenster. »Jessica!« schrie Miriam. »Was tust du denn?«

»Ich will doch nur die Reiter betrachten«, erklärte ich.

Sie packte mich unsanft beim Arm und zog mich vom Fenster weg. »Wenn sie dich nun sehen«, zischte sie mich an, als wäre das die tiefste Erniedrigung.

»Na und?« gab ich zurück. »Sie haben mich gestern auch gesehen. Einige winkten, und andere riefen ›guten Morgen‹.«

»Laß dir ja nicht einfallen, noch einmal mit ihnen zu sprechen«, drohte sie.

»Warum nicht?«

»Weil Mama sehr zornig darüber sein würde.«

»Du redest ja, als ob es Wilde wären. Was ist denn schon dabei, wenn man sie unterwegs grüßt?«

»Das verstehst du nicht, Jessica.«

»Und wie kann ich es verstehen, wenn mir niemand was sagt?«

Sie zögerte kurz, und dann überlegte sie wohl, daß eine kleine Indiskretion durchaus von Nutzen sein konnte, wenn sie mich vor der Todsünde bewahrte, zu den Gästen von Oakland Hall freundlich zu sein. Sie sagte: »Oakland Hall hat einmal uns gehört. Das können wir nie vergessen.«

»Und warum gehört es uns nun nicht mehr?«

»Weil sie es uns genommen haben.«

»Genommen? Wie denn?« Ich sah unwillkürlich eine Belagerung vor meinen Augen: Mama kämpferisch und dominierend, wie sie der Familie befahl, kochendes Öl von den Zinnen auf den bösen Feind hinunterzugießen, der uns das Schloß nehmen wollte.

»Sie haben es gekauft«, drang Miriams Stimme in mein Bewußtsein.

»Und warum haben wir es ihnen verkauft?«

Sie verzog den Mund. »Weil wir uns das Leben dort nicht mehr leisten konnten.«

»Ach so, ja«, sagte ich, »die berühmte Armut. Also dort haben sich unsere besseren Tage abgespielt.«

»Aber nicht für dich. Es war lange vor deiner Geburt. Ich habe meine Kindheit noch auf Oakland Hall verbracht. Ich weiß, was es heißt, in Not zu fallen.«

»Und ich weiß es nicht, weil ich nie bessere Tage gesehen habe. Warum sind wir eigentlich so arm geworden?«

Darauf gab sie keine Antwort und sagte nur: »Und dann mußten wir eben an diese ... diese Barbaren verkaufen. Nur den Witwensitz haben wir behalten; das einzige, was uns geblieben ist. Jetzt weißt du, warum wir die Leute, die unser Haus genommen haben, gar nicht beachten wollen.«

»Sind es wirklich Barbaren ... richtige Wilde?«

»Viel Besseres jedenfalls nicht.«

»Sie sehen aber wie gewöhnliche Leute aus.«

»Du meine Güte, Jessica, bist du wirklich noch so kindisch? Du verstehst das alles ohnehin nicht und solltest es lieber den Älteren überlassen. Aber jetzt weißt du wenigstens, daß wir einmal dort gewohnt haben, und wirst vielleicht verstehen, daß wir nicht wollen, daß du die Leute von drüben wie ein Bauerntrampel anstarrst, wenn sie ausreiten. Und nun mach dich an deine Algebraaufgaben. Du mußt dich viel mehr mit deinen Büchern befassen, wenn du auch nur halbwegs ein bißchen Bildung mitbekommen willst.«

Wie konnte ich mich nach einer solchen Entdeckung für $x + y^2$ interessieren? Jetzt war nur noch interessant, etwas über die Barbaren zu erfahren, die uns unser Haus genommen hatten.

Das war der Anfang meiner Entdeckung. Und auf meine energische – und doch, wie ich meinte, diskrete – Art begann ich nachzuforschen.

Mir schien, daß ich bei den Dienstboten wohl mehr Erfolg haben könnte als bei der Familie, und ich versuchte es deshalb zuerst beim Gärtner Jarman, der im Sommer immer so lange hart arbeitete und im Winter nur wenige Stunden am Tag. Unter Mamas Anleitung hielt er den zum Haus gehörenden Grund und Boden gut instand.

Ich folgte ihm eine ganze Woche lang, in der Hoffnung, Informationen aus ihm herauszuquetschen. Ich sammelte Blumentöpfe und stapelte sie im Wintergarten, sah ihm beim Unkrautjäten zu.

»Plötzlich an der Gartenarbeit interessiert, Miß Jessica?« fragte er erstaunt.

Ich lächelte geheimnisvoll und verschwieg, daß mein wahres Interesse die Vergangenheit betraf. »Sie haben doch mal auf Oakland Hall gearbeitet?« erkundigte ich mich beiläufig.

»Ja, ja, das waren noch Tage!«

»Bessere Tage natürlich«, meinte ich.

»Der Rasen!« rief er ekstatisch. »All das Gras! Der beste Rasen in der ganzen Grafschaft. Dagegen das Unkraut hier! Kaum dreht man ihm den Rücken, ist es schon überall wieder hochgeschossen. Man kann direkt zusehen, wie es wächst.«

»Warum bist du von Oakland Hall weg?« bohrte ich weiter.

»Ich kam mit Ihrer Familie hierher – so was tut man doch, aus Treue.« Er schwelgte sichtlich in Erinnerungen. Mit träumerischem Blick lehnte er sich auf seinen Spaten. »Schöne Zeiten waren das. Komisch, damals dachte ich, so würde es immer weitergehen. Und dann auf einmal...«

»Ja?« bohrte ich wieder. »Was war dann auf einmal?«

»...schickt die Gnädige nach mir. ›Jarman‹, hat sie gesagt, ›wir haben das Schloß verkauft. Wir ziehen auf den Witwensitz.‹ Mich hätt' es bald umgeweht vor Schreck, obwohl manche ja meinten, sie hätten es kommen sehen. Mich hat es schrecklich getroffen. Dann hat sie noch gesagt: ›Wenn du mitkommen willst, kannst du das Häuschen auf dem Stück Land haben, das wir noch behalten werden. Und dann könntest du heiraten.‹ Das war der Anfang. Noch vor Ende des Jahres war ich schon Vater.«

»Man hat also darüber geredet...«

»Ja, geredet. Die, die nachher wußten, daß es so hatte kommen müssen... die redeten. Es gab Spieler in der Familie. Der alte Herr spielte schon gern; er soll ganz schön was verloren haben. Hypotheken hier, Hypotheken dort – das ist schlecht für ein Haus, und was fürs Haus schlecht ist, ist auch schlecht für die, die drin arbeiten.«

»Die haben also den nahenden Sturm gespürt?«

»Daß es mit dem Geld nicht stimmte, wußten wir alle. Manchmal bekamen wir unseren Lohn zwei Monate nicht. In manchen Familien ist das so Brauch, aber auf Oakland gab es das nie. Dann tauchte dieser Mann auf und kaufte alles. War mal Bergmann gewesen und hat irgendwo sein Glück gemacht. Im Ausland.«

»Warum bist du nicht bei ihm geblieben?«

»Ich war immer bei Edelleuten, Miß. Außerdem bekam ich doch das Häuschen.«

Er hatte elf Kinder, es mußte also etwa zwölf Jahre zurückliegen. Man konnte die Jahre an seinen Kindern zählen.

»Das war alles vor meiner Geburt«, fuhr ich fort, um seine Gedanken weiter in der gleichen Richtung zu halten.

»Ja, richtig. Muß wohl zwei Jahre davor gewesen sein.«

Also stimmte meine Rechnung: Zwölf Jahre schon – ein ganzes Leben. Für mich jedenfalls.

Von Jarman wußte ich nun, daß die Spielleidenschaft meines Vaters der Grund gewesen war. Kein Wunder, daß Mama ihn so verachtete. Jetzt verstand ich viele ihrer bitteren Bemerkungen.

Mrs. Cobb konnte mir nur wenig sagen. Wie meine Familie hatte auch sie einst bessere Tage gesehen. Sie war zu uns gekommen, als wir umzogen, und wurde nie müde, jedermann, der ihr Gehör schenkte, zu erzählen, daß sie an Zimmermädchen, Küchenmädchen, einen Butler und zwei Diener gewöhnt war. So war sie auch ›herabgesunken‹, indem sie in unserem Haushalt arbeitete. Aber wenigstens hatte die Familie, genau wie sie selbst, bessere Tage gekannt.

Meinen Vater konnte ich natürlich deswegen nicht angehen – der legte seine Patiencen, las, machte einsame Spaziergänge und trug schwer an seiner Schuld. Mich schien er ohnehin kaum je zu bemerken. Wenn er es doch tat, dann kam ein Ausdruck in sein Gesicht wie der, wenn meine Mutter ihn daran erinnerte, daß seine Schwäche die Familie so ins Elend gestürzt hatte. Für mich war er eine Art Nichtperson. Ein eigenartiges Gefühl dem eigenen Vater gegenüber. Aber da er sich in keiner Weise für mich interessierte, brachte ich kein Gefühl für ihn auf, außer Mitleid.

Bei Mama ging es noch schwerer. Als ich noch klein war und wir in der Kirche sangen: »Muttersorge, Kindesdank hört nie auf ein Leben lang«, meinte ich einmal, Mutter hätte wohl nie aufgehört, sich um mich zu sorgen, da sie nie damit angefangen habe. Miriam wurde ganz rot im Gesicht und beschimpfte mich als das undankbarste Kind der Welt, und ich sollte froh sein, so ein gutes Zuhause zu haben. Ich überlegte, wieso es ein gutes Zuhause sein sollte, in dem mich niemand mochte. Aber wahrscheinlich hatte es damit zu tun, daß die anderen bessere Tage gesehen hatten und ich nicht.

Mein Bruder Xavier war eine romantische, ferne Gestalt für mich, die ich selten zu Gesicht bekam. Er kümmerte sich um das bißchen Land, das wir noch übrigbehalten hatten, zu dem eine Farm und einiges Weidegebiet gehörte. Wenn ich ihn sah, war er auf eine vage Art recht lieb zu mir. Offenbar hatte ich ein Recht, in diesem Haus zu leben, aber es schien ihm nicht ganz klar zu sein, wie ich da hineingeraten war, und er war zu höflich, zu fragen. Ich hatte gehört, daß er Lady Klara Donningham liebte, die in einiger Entfernung von uns wohnte. Aber da er ihr den Luxus, an den sie gewöhnt war, nicht bieten konnte, würde er sie nicht um ihre Hand bitten, obwohl sein Ansinnen möglicherweise durchaus Gehör gefunden hätte.

In meinen Augen wurde Xavier dadurch zu einer höchst romantischen Gestalt. Sozusagen der edle Ritter, der sein Leben lang eine geheime Leidenschaft in sich barg, von der er aus Wohlerzogenheit nicht sprechen durfte. Er würde mir bestimmt nichts sagen. Miriam konnte ich vielleicht dazu bringen, mir etwas zu verraten, aber Vertraulichkeiten liebte sie gar nicht. Sie ›ging‹ mit dem zukünftigen Vikar des Ortes, aber an eine Heirat war erst zu denken, wenn er seine Vikarstelle bekam, was angesichts seiner langweiligen Art noch Jahre dauern konnte.

Maddy war diejenige, die mir am ehesten helfen konnte, denn sie hatte ja auch in Oakland Hall gelebt. Außerdem redete sie gerne, und solange sie mich zum Stillschweigen verpflichten konnte – und ich schwor es immer bereitwillig –, fielen hier und da einige Informationen ab.

»Es war alles so großartig damals. Wunderschöne Kinderzimmer hattet ihr.«

»Xavier war sicher sehr brav«, meinte ich.

»Ja, das stimmt. Der hat nie was angestellt.«

»Wer sonst? Miriam?«

»Nein, die auch nicht.«

»Du hast aber doch mal gesagt, einer war schlimm.«

»Hab ich gar nicht. Du hältst ja das reinste Verhör ab: Was ist dies, was ist das?« antwortete sie verärgert und preßte die Lippen ganz fest aufeinander, als wolle sie mich für die Frage bestrafen, mit der ich ihren Seelenfrieden gestört hatte.

Erst später begriff ich, warum das so war. Eines Tages sagte ich nämlich zu Miriam: »Wenn man sich vorstellt, daß du noch in Oakland Hall geboren bist und ich schon hier...«

Worauf sie mich verdutzt ansah und dann sagte: »Wurdest du ja gar nicht. Du bist doch... im Ausland geboren.«

»Wie interessant! Wo denn?«

Miriam sah mich ganz erschrocken an. Sie überlegte sichtlich, wie ich sie jetzt wieder zu diesem Verplapperer gebracht hatte.

»Mama war gerade auf Reisen in Italien, als du geboren wurdest.«

Meine Augen wurden groß vor Staunen. Venedig, dachte ich: Gondeln; der Schiefe Turm von Pisa; Florenz, wo Beatrice und Dante einander getroffen und sich so keusch geliebt hatten, wie Miriam mir erzählt hatte.

»Wo denn?« wollte ich wissen.

»In Rom.«

Ich wurde immer aufgeregter. Julius Cäsar, dachte ich. »Und wieso eigentlich?«

Miriams Verstörtheit wuchs. »Weil du eben zufällig kamst, als sie dort waren.«

»Vater war also mit dabei? Hat das nicht viel gekostet? Bei unserer bitterer Armut?«

Sie blickte mich so schmerzlich an, wie nur sie es konnte, und sagte dann abweisend: »Sie waren eben dort und damit basta.«

»Das klingt ja, als hätten sie nicht gewußt, daß ich auf die Welt kommen sollte. Ich meine, sie wären doch nicht hingefahren, wenn sie...«

»So etwas passiert eben manchmal. Und jetzt genug davon.« Meine Schwester Miriam konnte sehr streng sein. Manchmal tat mir ihr Verlobter leid, falls sie ihn je heiratete. Und auch die verschüchterten Kinder, die die beiden haben würden.

Jetzt gab's also noch mehr Stoff zum Nachdenken für mich. Was mit mir alles passiert war! Vielleicht hatten sie mich deswegen Opal genannt, weil sie in Rom waren. Ich hatte schon versucht, mir Informationen über meinen Namen zu verschaffen. Als ich im Lexikon nachsah, war ich nicht allzu glücklich über die Auskunft, nach einem Mineral benannt zu werden, das größtenteils aus wasserhaltiger Kieselsäure bestand. Was immer das sein mochte – es klang gar nicht romantisch.

Immerhin entdeckte ich, daß es in verschiedenen Schattierungen von Rot, Grün und Blau... nein, in allen Farben des Spektrums glänzte, und dies abwechselnd, und das hörte sich schon besser an. Trotzdem fiel es mir schwer, mir Mama selbst in einem durch italienische Atmosphäre inspirierten Augenblick vorzustellen, wie sie ihr Kind Opal nannte, wenn auch das brauchbarere Jessica hinzugefügt und benutzt wurde.

Kurz nachdem ich die Gäste bei uns vorbeireiten gesehen hatte, hörte ich, daß der Besitzer von Oakland Hall für eine Weile verreist sei. Nur die Dienerschaft blieb, aber es drang kein fröhlicher Lärm mehr über den Bach herüber, und auch die Besucher blieben aus.

Das Leben lief noch eine Weile in der gewohnten Weise weiter. Mein Vater legte seine Patiencen und machte seine Spaziergänge; irgendwie brachte er es fertig, sich von der übrigen, ewig jammernden Familie abzukapseln. Meine Mutter beherrschte den Haushalt, befaßte sich mit

Kirchenangelegenheiten und kümmerte sich um die Armen, zu denen wir, wie sie uns dauernd erinnerte, im Grunde jetzt auch gehörten. Immerhin waren wir noch vornehm genug, eher Wohltaten zu erweisen als solche entgegennehmen zu müssen. Xavier ging seine eigenen, stillen Wege und träumte zweifellos von seiner unerreichbaren Lady Klara. – Mein Mitgefühl für ihn mischte sich mit Ungeduld: Denn wäre ich Lady Klara gewesen, hätte ich ihm gesagt, daß ihr Geld gar keine Rolle spielte, und ebenso hätte ich mich an Xaviers Stelle verhalten.

Auch zwischen Miriam und ihrem Ernest veränderte sich nichts. Natürlich war es möglich, daß es ihnen erging wie dem Gärtner Jarman und sie viele Kinder in die Welt setzten. Vikare schienen das so an sich zu haben, und je ärmer, um so fruchtbarer waren sie meist.

Die Jahre zogen vorbei; das Geheimnis blieb und meine Neugier auch. Ich war jetzt ganz sicher, daß es einen Grund dafür gab, warum meine Familie mich behandelte, als sei ich ein Eindringling.

Jeden Morgen wurde bei uns gebetet, und alle Mitglieder des Haushalts mußten dabei anwesend sein – sogar mein Vater. Das gemeinsame Gebet fand im Salon statt, denn eine eigene Kapelle hatten wir ja nicht mehr, wie meine Mutter oft bemerkte. Und wenn Mutter mit dem Allmächtigen sprach, fand das mehr im Kommandoton statt und weniger als Bittstellung.

Diese Morgengebete irritierten mich sehr, aber in die Kirche ging ich gern, obwohl wahrscheinlich aus einem völlig falschen Grund. Die Kirche war schön, und die Buntglasfenster mit ihren herrlichen Farben studierte ich begeistert. Opalfarben nannte ich sie innerlich. Ich mochte den Chorgesang, und vor allem sang ich selbst gern.

Am allerschönsten aber war Ostern für mich: »Halleluja, Christ der Herr ist auferstanden!« Ostern – mit all den zarten Blumen in Weiß und Gelb, Frühling überall und der Sommer schon zu spüren.

An jenem Ostersonntag, von dem nun die Rede sein soll, war ich sechzehn Jahre alt. Schon fast erwachsen, dachte ich. Was würde die Zukunft wohl für mich bringen? Auf dem Witwensitz alt werden – wie Miriam, die nun schon einunddreißig war und deren Verlobter einer Vikarstelle genauso fern stand wie seinerzeit –, das wollte ich keinesfalls.

Der Prediger hatte sich zur Ostermesse das Thema gesetzt: »Sei zufrieden und dankbar für das, was der Herr dir gegeben hat!«

Ich selbst war glücklich genug im Gegensatz zu den anderen, und wenn ich erst einmal die Antworten auf gewisse Fragen bekam, die mich plagten, würde ich ganz zufrieden sein. Irgendwo, tief drinnen, sehnte ich mich wohl danach, geliebt zu werden, denn diese Segnung war mir nie zuteil geworden. Ich wollte, daß es jemand gab, der sich freute, wenn ich kam. Wollte, daß jemand sich ein wenig Sorgen machte, wenn ich spät heimkehrte. Nicht weil Unpünktlichkeit unhöflich und unerwünscht war, sondern weil man Angst hatte, daß mir etwas passiert sein könnte.

»O Gott«, betete ich, »laß irgend jemand mich liebhaben.« Und dann mußte ich schon über mich selbst lachen, weil auch ich dem lieben Gott Vorschriften machte – genau wie meine Mutter.

Als dann am Nachmittag die Zeit gekommen war, die Familiengräber aufzusuchen, nahm ich einen Korb Osterglocken und ging mit Miriam und Mama vom Witwensitz zur Kirche. In unserem Gräbertrakt gab es eine Pumpe, an der wir die Krüge füllen konnten und sie dann mit den frischen Blumen zurückstellten. Da war Großvater, der damit angefangen hatte, das Familienvermögen zu verschwenden, dann Großmutter und die Urgroßeltern und meines Vaters Bruder und Schwester. Ich wanderte gern herum, betrachtete die bemoosten Umrandungen und die in Stein gehauenen offenen Bücher, las die eingravierten Worte darauf. Da gab es eine Gedenktafel an John, der 1658 für seinen König gefallen war, sowie jeweils eine für James und Harold: der eine hatte bei Malplaquet, der andere bei Trafalgar den Tod gefunden...

Wir waren schon eine kämpferische Familie.

Wieder zu Hause angelangt, bummelte ich durch das Grundstück.

Dem Bächlein folgend, kam ich zum Ende unseres Gartens. Dahinter lag eine ungepflegte Wiese mit langem Gras, die sogenannte ›Wüstenei‹. An der Hecke wuchsen Unkrautblumen. Die weißen Taubnesseln lugten schon mit den Spitzen hervor. Während ich über dieses Stück Land ging, fiel mir ein Büschel Hundsveilchen auf, die jemand mit weißem Faden zusammengebunden hatte. Ich bückte mich, um sie aufzuheben, und als ich das lange Gras teilte, sah ich, daß unter der Stelle, auf der sie gelegen hatten, der Boden etwas erhöht war. Diese Erhöhung war etwa zwei Meter lang.

Sieht aus wie ein Grab, ging es mir durch den Sinn.

Aber wie konnte hier ein Grab sein? Da ich ja gerade erst mit den Osterblumen auf dem Friedhof gewesen war, dachte ich natürlich sofort an Gräber. Also kniete ich mich hin, schob das Gras zur Seite und befühlte die Erde darunter: ja, es war eine Wölbung. Es mußte ein Grab sein, und irgend jemand hatte heute ein Büschel Veilchen daraufgelegt. Wer mochte hier begraben sein? Ich wanderte zum Bach zurück und setzte mich nachdenklich hin.

Nach meiner Rückkehr traf ich als erste Person Maddy. Sie sortierte gerade Leintücher in die Truhe.

»Ich habe ein Grab gesehen«, sagte ich zu ihr.

»Na klar, ist ja auch Ostersonntag«, gab sie zurück.

»Nein, nicht auf dem Friedhof. In der ›Wüstenei‹. Es muß ein Grab sein.«

Maddy wandte sich ab, aber ich entdeckte doch noch ihre entsetzte Miene bei meiner Äußerung. Sie mußte also irgendwie Bescheid wissen.

»Wessen Grab ist das?« bohrte ich weiter.

»Warum fragen Sie gerade mich?«

»Weil du es weißt.«

»Miß Jessica, spielen Sie nicht immer den Staatsanwalt. Sie sind viel zu neugierig.«

»Das ist nur ein natürliches Begehren, alles zu wissen.«

»Sie stecken Ihre Nase überall hinein, Fräulein Neugier.«

»Und warum soll ich nicht wissen, wer in der ›Wüstenei‹ begraben wurde?«

»In der ›Wüstenei‹ begraben«, ahmte sie mich nach, aber ich erkannte doch, wie nervös sie war.

»Ein Büschel Veilchen lag dort – als ob jemand daran gedacht hätte, daß Ostersonntag ist.«

»Miß Jessica, jetzt gehen Sie mir mal aus dem Weg.«

Sie eilte mit einem Stoß Tücher davon, als wäre dies das Wichtigste auf der Welt. Aber an ihrer Gesichtsfarbe sah ich, was sie wirklich bewegte. Sie wußte, wer dort begraben lag, nur wollte sie es mir leider nicht sagen.

Noch einige Tage lang drang ich in sie, jedoch vergeblich.

»Jetzt geben Sie doch einmal Ruh!« schrie sie schließlich verzweifelt. »Sonst finden Sie noch eines Tages etwas heraus, was Sie lieber gar nicht wissen würden.«

Diese geheimnisvolle Bemerkung prägte sich mir ein und war natürlich nicht dazu angetan, meine Neugier zu stillen.

Das ganze Jahr hindurch brütete ich über das geheimnisvolle Grab, bis sich im nächsten Frühjahr jenseits des Baches auf Oakland einiges tat und ich die Sache vergaß. Irgend etwas geschah dort, denn es kamen dauernd Handwerker zum Haus, und von meinem Platz am Wasser hörte ich laute Rufe der Dienstboten. Teppiche wurden herausgebracht und geklopft, schrille Frauenstimmen mischten sich mit dem Baß des würdevollen Butlers.

Ich hatte ihn schon mehrfach gesehen – er benahm sich immer, als sei er der Besitzer von Oakland Hall. Er hatte offenbar ein ungebrochenes Verhältnis zur Vergangenheit.

Und dann kam der Tag, an dem die Kutsche vorfuhr – ich schlüpfte gerade aus dem Haus und sah sie eben noch in die Auffahrt zum Herrenhaus einbiegen. Da rannte ich das Bächlein entlang, zu einer Stelle, wo ich es ungesehen leicht überspringen konnte, und schlich im Schutz des Gebüsches ganz nah ans Haus heran. Ich konnte eben noch beobachten, wie man einen Mann aus der Kutsche hob und in einen Rollstuhl setzte. Sein Gesicht war sehr rot, und er schrie in so ungehobelter Weise mit den Leuten herum, wie es die ehrwürdige Fassade dieses Hauses während der besseren Zeiten wohl noch nie erlebt hatte.

»Bringt mich endlich rein«, brüllte er. »Los – kommt raus, ihr Tölpel, und helft!«

Wenn ich doch nur besser sehen könnte, dachte ich. Aber ich mußte aufpassen! Was würde der Rotgesichtige wohl sagen, wenn er mich entdeckte. Er war allem Anschein nach eine grobe Person, und ich mußte mich daher so gut wie möglich verstecken.

»Bringt mich die Treppe hinauf«, kommandierte er. »Oben kann ich dann selbst. Los, zeig's ihnen, Banker.«

Endlich war die kleine Prozession im Haus verschwunden, und ich stahl mich wieder zurück. Insgeheim meinte ich, daß mir jemand folgte; aber das war wohl nur mein Schuldgefühl, weil ich mich auf der verbotenen Seite des Baches befand. Ich sah mich gar nicht um und rannte nur, so schnell ich konnte, nach Haus. Irgendeine Bewegung meinte ich unter den Bäumen zu entdecken – ob Mann oder Frau, war ich mir nicht sicher –, aber jemand hatte mich offenbar beobachtet. Es wurde mir äußerst flau im Magen.

Auf dem Weg in mein Zimmer traf ich Miriam. »Der Besitzer von Oakland Hall ist wieder da«, erzählte ich ihr.

»O du guter Gott«, rief sie. »Jetzt wird da ja wohl wieder eine Völlerei und ein Festefeiern angehen und was sonst noch alles.«

Ich lachte. »Ich finde das aufregend.«

»Abstoßend, meinst du wohl«, gab sie zurück.

»Er scheint einen Unfall gehabt zu haben«, fuhr ich fort.

»Wer?«

»Der... der Mann, der uns Oakland genommen hat.«

»Er wird's wohl verdient haben«, sagte sie befriedigt. Damit wandte sie sich ab. Mich interessierte es aber brennend, und ich fragte Maddy über die Leute drüben aus, denn sie schien eine ganze Menge zu wissen. Wenn ich sie nur einmal dazu bringen könnte, ihr selbst auferlegtes Stillschweigegelübde zu brechen – oft genug schien sie ohnehin zu wünschen, reden zu können.

»Gestern haben sie einen Mann im Stuhl ins Haus drüben getragen.«

Sie nickte. »Ja, das ist er.«

»Der es von uns gekauft hat?«

»Ja, der hat sein Glück gemacht. So was Vornehmes hat der vorher nicht besessen. Einer dieser Neureichen, wie man so sagt.«

»Nouveau-riche«, belehrte ich sie hochmütig.

»Von mir aus«, sagte sie. »Jedenfalls gehört er zu denen.«

»Ist er Invalide?«

»Er hatte einen Unfall«, sagte sie. »So was kommt vor.«

»Wird er jetzt hierbleiben?«

»Wenn man ein Bein verloren hat, kann man nicht mehr soviel rumstrampeln. Immerhin hat er noch sein Geld, wenn es ihn auch ein Bein gekostet hat.« Maddy schüttelte den Kopf. »Das zeigt nur wieder einmal, daß man mit Geld nicht alles kaufen kann... obwohl es hier oft so klingt, als könnte man's. Mrs. Bucket meint, daß er jetzt hierbleiben wird.«

»Wer ist Mrs. Bucket?«

»Die Köchin drüben.«

»Die kennst du also, Maddy?«

»Da wir beide drüben gearbeitet haben, kenne ich sie natürlich.«

»Und du siehst sie ab und zu?«

Maddy verschloß ihre Lippen. Jetzt wußte ich, daß sie Mrs. Bucket gelegentlich aufsuchte, und war froh darüber. In günstigen Momenten mußte ich noch ein bißchen weiterbohren, dann erfuhr ich vielleicht etwas mehr.

Der Vorfall geschah an einem schwülen Julitag, als ich wieder mal am Bach saß und über das Land blickte. Ein Stuhl mit einem Mann darin kam plötzlich in Sicht. Ich sprang auf, als ich erkannte, daß es derselbe war, den man in der Kutsche gebracht hatte. Über seinen Knien lag eine karierte Decke, so daß ich nicht sehen konnte, ob ihm ein Bein fehlte. Der Stuhl beschleunigte seine Geschwindigkeit – und dann erkannte ich erst, was passiert war. Der Mann hatte die Gewalt über das Gefährt verloren. Die Fahrt wurde immer schneller, je mehr sich der Weg zum Bach hinunter senkte. Es war nur noch eine Frage von Sekunden, bis er umstürzte. Ich versäumte keine Zeit, watete eilig durchs Bachbett und rannte den Hügel hinauf. Zum Glück hatten wir Trockenzeit.

Der Mann hatte nach seinem Diener gebrüllt: »Banker! Banker! Verdammt noch mal, wo steckst du denn?« Dann sah er schon mich auftauchen. Ich klammerte mich mit aller Gewalt an das Gefährt, und mit übermenschlicher Anstrengung gelang es mir, nicht mitgerissen zu werden und ihn zum Stehen zu bringen, bevor er in den Bach kippte. Der Mann grinste mich an. Sein Gesicht war noch röter als damals bei der Ankunft. »Toll!« rief er. »Gut gemacht! So ein kleines Persönchen und kann meinen Stuhl festhalten!«

Vorn am Rollstuhl war eine Art Steuerstange. Er ergriff sie jetzt und dirigierte den Stuhl parallel zum Bach.

»So, jetzt geht's wieder«, sagte er erleichtert. »Ich bin das blöde Ding noch nicht gewohnt. Und nun wird's aber höchste Zeit, daß ich mich bei Ihnen bedanke, nicht wahr? Ohne Ihre Hilfe wäre ich umgekippt.«

»Ja, wahrscheinlich«, bestätigte ich.

»Wo sind Sie denn so plötzlich hergekommen?«

»Von der anderen Bachseite. Unserer Seite...«

Er nickte. »Mein Glück, daß Sie gerade rechtzeitig dort waren.«

»Ich sitze oft da drüben. Der Platz gefällt mir.«

»Hab' Sie aber noch nie gesehen. Leben Sie da drüben?«

»Ja, auf dem Witwensitz.«

»Sie sind aber keine Clevering?«

»Doch. Und Sie?«

»Ein Hennicker.«

»Dann haben Sie also Oakland Hall von den Unseren gekauft.«

»Genau.«

Ich mußte lachen.

»Was ist so lustig daran?« fragte er.

»Daß ich Sie erst heute kennenlerne«, sagte ich.

Er fing auch zu lachen an. Warum uns beiden diese Tatsache so komisch vorkam, weiß ich nicht – aber es war eben so.

»Sehr erfreut, Miß Clevering.«

»Ganz meinerseits, Mr. Hennicker.«

»So, dann werde ich wohl meinen Stuhl ein bißchen hinaufkutschieren. Hier unten ist es zu unbequem. Da rüber unter die Bäume, in den Schatten. Dann können wir uns besser miteinander bekannt machen.«

»Wollen Sie denn nicht... Banker rufen?«

»Jetzt nicht.«

»Sie haben aber nach ihm geschrien.«

»Ja, ehe Sie zur Hilfe gekommen sind.«

Ich ging neben seinem Stuhl her und war froh über seinen Vorschlag, in den Schatten zu fahren, denn ich wollte nicht, daß man uns zusammen sah. Ich setzte mich neben ihn ins Gras. Dann studierten wir einander.

»Sie sind Bergmann?« fragte ich.

Er nickte.

»Gold wahrscheinlich.«

Er schüttelte den Kopf.

»Opale.«

Mich durchfuhr ein Schauer. »Opale!« rief ich. »Aber – ich heiße ja Opal!«

»Na so was! Opal Clevering. Klingt aber recht hochtrabend.«

»So werde ich auch nie gerufen. Immer nur Jessica. Hört sich ziemlich gewöhnlich an neben Opal. Warum sie mir wohl den Namen gegeben haben, wenn sie mich gar nicht so rufen wollen?«

»Einen hübscheren hätten Sie sich gar nicht wünschen können«, sagte er. Die Röte seiner Wangen vertiefte sich noch, seine Augen waren strahlend blau. »Etwas Schöneres als Opale gibt es überhaupt nicht. Hören Sie mir auf mit Diamanten oder Rubinen...«

»Ich wollte ja gar nicht damit anfangen.«

»Ja, ist schon gut. Entschuldigen Sie.«

»Wie schürft man denn nach Opalen?«

»Man beschnuppert das Land und hofft und träumt. Und jeder träumt davon, die schönsten Steine zu finden.«

»Wo findet man sie denn?«

»Tja... in Südaustralien, und dann noch in Neusüdwales und Queensland.«

»Sie sind also aus Australien«, sagte ich.

»Ja, dort habe ich Opale gefunden. Aber ich stamme von hier. In Australien gibt es haufenweise Opale. Wir haben noch nicht einmal die Oberfläche richtig angekratzt. Wer hätte sich das auch je denken können? War das eine Aufregung, als ich den ersten fand! Können Sie sich das vorstellen? Da kratzen ein paar Esel mit ihren Hufen die Erde weg, und drunter liegen Opale! Mein Gott, was für ein Fund! Damals dachten wir immer, die gäb's nur in Ungarn, haben sonst nirgends danach gesucht. In Ungarn schürft man schon seit Jahrhunderten nach ihnen: die milchige Sorte. Sicher sehr hübsch, aber die schwarzen australischen sind viel schöner.« Er hielt inne und sah zum Himmel auf. Mich bemerkte er offenbar kaum noch. Weit weg war er in Gedanken, tausende Meilen weit auf der anderen Seite der Erdkruste, und schürfte dort nach seinen Opalen.

»Diamanten, pah!« fuhr er jetzt fort. »Was ist denn ein Diamant? Kaltes Feuer, wenn Sie mich fragen. Aber ein Opal...«

Wenn ich doch nur einen sehen könnte, dachte ich. Aber ihm zuzuhören, war auch schön.

»Die australischen sind die besten«, fuhr er fort. »Sie sind fester und splittern nicht so leicht. Außerdem sind es Glückssteine. Schon vor langer Zeit glaubten die Menschen dran, daß Opale Glück bringen. Wußten Sie, daß Kaiser sie trugen, weil sie sie vor Angriffen bewahren sollen? Man hat sogar behauptet, daß Opale einen Menschen davor schützen können, von seinen Feinden vergiftet zu werden. Auch

Blindheit sollen sie kurieren. Kann man mehr von einem Stein verlangen?«

»Nein, gewiß nicht«, stimmte ich zu.

»*Oculus mundi*, so nennt man sie auch. Wissen Sie, was das heißt?«

Ich mußte gestehen, daß meine Bildung nicht soweit reichte.

»Das Auge der Welt«, klärte er mich auf. »Wer es trägt, wird nie Selbstmord begehen.«

»Ich habe noch nie einen besessen, aber Selbstmord will ich trotzdem nicht begehen.«

»Dafür sind Sie auch zu jung. Sie heißen also Opal und Jessica. Gefällt mir eigentlich. Jessy klingt so freundlich.«

»Und wenigstens denkt man dabei nicht an Heilung von Blindheit und Schutz gegen den Giftbecher.«

»Genau«, sagte er, und wir mußten wieder beide lachen.

Er nahm einen Ring von seinem kleinen Finger und zeigte ihn mir. Ein wunderschöner Stein, in Gold gefaßt. Ich streifte ihn über meinen Daumen, aber selbst der erwies sich als noch zu dünn dafür. Das Licht spielte auf dem Stein; er war dunkelblau mit roten, gelben und grünen Lichtern darin. Mr. Hennicker streckte mir die Hand entgegen, als habe er Angst, der Ring bliebe zu lange in meinem Besitz, und so gab ich ihn wieder zurück.

»Wunderschön«, sagte ich.

»Neusüdwales... da kommt der her. Ich sage Ihnen, Miß Jessy, eines Tages wird man dort noch große Funde machen – größere, als wir sie schon hatten. Ich werde natürlich nicht mehr dabeisein.« Er klopfte auf die karierte Decke. »Geschäftsrisiko. Man muß eben akzeptieren. Dafür habe ich gewonnen. Den Tag, als das passierte, werde ich nie vergessen. Dachte, mein letztes Stündlein hätte geschlagen. Ich pflückte gerade die schönsten Stücke ab. Hingen wie die Austern an der Decke. Ja... wie Austern. Ich konnte mein Glück gar nicht fassen. Schürfte da so vor mich hin, tief in der Höhle, und da sehe ich sie plötzlich an dem roten Band kleben... wunderschöne Stücke! Aber plötzlich grollt's und donnert's, und die Höhle stürzt ein. Erst nach drei Stunden haben sie mich rausgeholt. Meine Opale hatte ich aber – und einer, das war eine richtige Pracht, für den konnte man schon ein Bein opfern. Aber Ihre Beine sollten Sie gegen nichts eintauschen, nicht mal gegen mein Prachtstück. Einen Augenblick lang dachte ich, ich hätte den ›Grünen Blitz‹ wiedergefunden. Obwohl, ganz gleich... doch grün ist der neue auch, ein wunderschönes Grün. Ein zauberhaftes Grün. Als ich wieder zu mir kam, sah ich den Stein... Sie brachten mich ja dann ins Spital. Schnitten mir das Bein ab, mußten es tun. Knochenbrand und so weiter. Zuviel Zeit vergangen, bis sie mich nach

Sydney geschafft hatten; inzwischen war das Bein verloren. Als ich aufwachte, sagte ich zuerst: ›Zeigt mir den grünen Opal.‹ Und da lag er dann in meiner Hand. Und obwohl ich wußte, daß da, wo sich mein Bein vorher befunden hatte, nichts mehr war, war ich so stolz, das können Sie sich gar nicht vorstellen.«

»Er hätte Sie doch gegen die einstürzenden Felsen schützen müssen!«

»Ja, aber er gehörte noch nicht mir, als das Zeug zusammenbrach. Ich sehe die Sache so: Es war der Preis, den ich für meine Steine zahlen mußte. Dieser Fund hat mich zum Millionär gemacht.«

»Das Bein für nichts und wieder nichts zu verlieren, wäre wohl gräßlich gewesen.«

»Natürlich wußte ich, daß es mit der Schürferei für mich zu Ende war. Wer hat schon mal von einem einbeinigen Schürfer gehört? Aber vielleicht fahr ich wieder rüber, wenn ich erst einmal ein bißchen rumhumpeln kann. Erst muß ich mich aber an das Holzbein gewöhnen. Ich brauche noch viel Ruhe, hat man mir gesagt, und da dachte ich mir, ich gehe lieber heim nach Oakland. Jetzt versuche ich, mich an die Krücke und an das Holzbein zu gewöhnen. Und an diesen Stuhl zum Rumfahren. Heute haben Sie ja erlebt, was beinahe passiert wäre ohne Ihre Hilfe.«

»Ich bin sehr froh, daß ich Sie gesehen habe – nicht nur, weil...«

»Ja, warum dann?«

»Weil wir uns dadurch kennengelernt haben und ich jetzt alles mögliche über Opale erfahren habe.«

»Ja, zwischen unseren Familien ist wohl eine Fehde.« Er lachte laut, und ich lachte mit ihm. Eines hatten wir gemeinsam: Wir mußten dauernd ohne triftigen Grund lachen, nicht so sehr, weil es Lustiges gab, sondern einfach aus Freude über unser unerwartetes Zusammentreffen. Ich dachte mir damals – und fand diese Ansicht später bestätigt –, daß es ihm Spaß machte, meiner Familie eine lange Nase zu zeigen.

»Ich habe Ihr Haus gekauft«, sagte er, »das Sie schon seit Generationen besaßen. An dem Kamin in der Halle ist noch das Clevering-Wappen... Auf die Wand gemalt und sehr hübsch anzusehen. Seit 1507 waren die Cleverings auf Oakland, und dann kommt da einfach dieser grobe Klotz von Hennicker und nimmt sich das Haus. Nicht mit Feuer und Schwert, nicht mit Schießpulver und Rammböcken – einfach so: mit Geld. Wenn die Cleverings es so gern behalten hätten, hätten sie es nicht hergeben dürfen.«

»Und Sie haben immerhin Ihr Leben dafür riskiert, Mr. Hennicker, und es dafür gekriegt... das freut mich.«

»Merkwürdige Haltung für eine Clevering«, meinte er. »Aber Sie sind ja auch ein Opal.«

»Ich habe keine Ahnung, warum ich diesen Namen trage. Weiß nur, daß ich in Italien geboren wurde. Vielleicht war meine Mutter damals ganz anders.«

»Die Menschen ändern sich«, sagte Mr. Hennicker. »Was ihnen geschieht, kann sie oft völlig verwandeln. Äh... um halb fünf kommt mich jemand besuchen, ich muß jetzt zurück. Aber wir sollten uns wieder treffen.«

»O ja – bitte, Mr. Hennicker.«

»Wie wär's am gleichen Platz morgen um die gleiche Zeit?«

»Sehr gern.«

»Wir haben einander sicher viel zu erzählen. Also, dann bis morgen.«

Ich blickte ihm nach, wie er seinen Stuhl zum Haus lenkte, und rannte fröhlich zur Brücke hinunter. Blieb noch einmal stehen und sah zurück. Die Bäume verbargen das Haus – sein Haus –, aber ich stellte mir vor, wie er jetzt drinnen war, und mußte lachen, weil eine Clevering mit ihm Freundschaft geschlossen hatte.

Eine Abenteurernatur, dachte ich: genau wie ich.

Daheim versuchte ich, meine Erregung zu verbergen, aber Maddy bemerkte doch etwas, und sie meinte, es sei ihr nicht ganz klar, was wohl den Grund dafür abgegeben haben könnte. »Jedenfalls hochzufrieden mit sich selbst«, fügte sie mißtrauisch hinzu.

»Ist doch auch so ein schöner Tag.«

»Ja, und ein Gewitter liegt in der Luft«, murrte sie.

Da mußte ich nur lachen. Tatsächlich, einen Sturm würde es abgeben, wenn man entdeckte, daß ich mit unserem Feind gesprochen und sogar ein zweites Treffen vereinbart hatte.

Ich konnte es kaum erwarten, ihn wiederzusehen. Als ich hinkam, war er schon dort. Erzählte und erzählte – und wie gern ich ihm zuhörte! Er berichtete mir von seinem Leben, von seiner Jugend, als er noch ganz arm war, in London.

»London!« rief er aus. »Das ist eine Stadt! Die konnte ich nie vergessen, ganz gleich, wo ich mich später aufhielt. Aber böse Erinnerungen gibt es auch. Wir waren arm – nicht so arm wie manche anderen, da ich das einzige Kind war. Meine Mutter konnte keine Kinder mehr kriegen, im Grunde ein Segen. Ich ging erst in eine Klosterschule – da lernte ich lesen und schreiben – und dann in eine andere, wo ich lernte, wie es in der Welt zugeht. Und als ich mit zwölf mit meiner Ausbildung fertig war, konnte ich mich schon gut verteidigen. Mein Vater hatte sich inzwischen zu Tode gesoffen. Sein Verlust traf uns also nicht so hart, und ich versuchte, meiner Mutter ein bißchen von der Bequemlichkeit zu geben, die sie noch nie kennengelernt hatte.«

Warum er mir das wohl alles erzählte? Wie ein Schauspieler tat er es. Wenn er von Leuten sprach, wandelten sich seine Stimme und sein Ausdruck ununterbrochen. Schilderte er beispielsweise einen Kartoffelverkäufer, dann verzog sich sein Gesicht, und er schrie: »Kommt, ihr Schönen, ganz heiß und mehlig! Zwei für einen Penny! Füllt euch den Bauch und wärmt euch die Hände dran!«

»Tja, Miß Jessy«, fuhr er dann in seiner gewöhnlichen Stimme fort, »das klingt Ihnen vielleicht ein bißchen vulgär. Aber so ging's zu in den Straßen von London, als ich ein Junge war. Ein Leben! So was habe ich nie mehr gesehen – nein, nie mehr. In *allen* Straßen Londons! Das vergißt man nicht, es geht einem in Fleisch und Blut. Man lebt woanders und denkt immer daran, und es zieht einen zurück.«

Der Mann faszinierte mich; einen wie ihn hatte ich noch nie kennengelernt. Dauernd sprach er von sich selbst, aber das machte mir nichts, denn ich wollte ja alles über ihn hören und durch ihn Einblicke in eine Welt bekommen, die mir bis dahin unbekannt geblieben war.

»Ich war zum Geldverdienen geboren«, sagte er. »Wenn wir mit einer Kupfermünze Kopf oder Adler spielten, gewann ich immer. Ein richtiger Spieler war ich schon damals und bin es auch geblieben. Für mich war es *die* Sache, den Leuten irgend etwas zu verkaufen. Rauszufinden, was die Leute wollen, ohne was sie nicht mehr auskommen können, und dann mit was viel Besserem und Billigerem als der andere daherzukommen. Sie verstehen, was ich meine? Schon mit vierzehn wußte ich, wie man gut verkauft, wußte, wo man am billigsten einkauft und zugleich das Beste kriegt – Schweins- und Hammelfüße, Gingerbier und Limonade. Einmal hatte ich einen Kaffeestand, und als ich auf den Gedanken kam, selber Ingwerbrot zu produzieren, schien mein Glück gemacht zu sein. Ich hatte nämlich die Idee, die Kuchen in Formen zu backen. Pferde, Hunde, Harfen, Mädchen und Burschen ... sogar die Königin mit der Krone auf dem Kopf. Meine Mutter buk sie, und ich verkaufte sie. Die Sache lief so gut an, daß wir am Radcliff-Highway einen kleinen Laden aufmachen konnten, und das war eine feine Sache. Das Geschäft wuchs immer mehr, und es ging uns ganz ausgezeichnet. Dann starb meine Mutter eines Tages; am Abend noch frisch und munter – am nächsten Morgen weg. Fiel einfach hin, mitten unterm Backen.«

»Und was haben Sie dann gemacht?«

»Ich hatte eine Freundin – aber die kriegte leider den Dreh nicht hin. Ein hübsches Ding und voll Temperament dazu, aber ihr mißlangen einfach die Formen, und der Kuchen schmeckte auch nicht so. Die Kunden blieben aus, und sie verließ mich. Ich war erst siebzehn und verdingte mich als Pferdeknecht bei einem Edelmann. Des öfteren besuchte meine Herrschaft Freunde auf dem Land. Ich fuhr dann immer hinten auf der Kutsche mit, und wenn wir anhielten, sprang ich runter und öffnete die Tür, wobei ich darauf achten mußte, daß die Ladys sich nicht die Röcke beschmutzten. Ich war ein hübscher Bursche damals. Sie hätten mich in meiner Livree sehen sollen; dunkelblau mit silbernen Paspeln. Alle Mädchen drehten sich nach mir um. Und wie wir einmal aufs Land rausfuhren – was meinen Sie, wo wir hinkamen? In das kleine Dorf Hartingmont. Und das Haus, das wir aufsuchten, hieß Oakland Hall.«

»Sie haben also die Cleverings besucht.«

»Genau, allerdings in höchst untergeordneter Position. So ein Haus hatte ich noch nie gesehen. Es war für mich das Schönste auf der Welt. Ich ging mit dem Kutscher zu den Ställen rüber, wir kümmerten uns um die Pferde und bekamen einen Schnaps, während wir uns mit den Stallknechten des Hauses unterhielten. Ganz schön hochnäsige Kerle, kann ich Ihnen sagen!«

»Wie interessant«, rief ich, »das muß ja vor *Jahren* gewesen sein.«

»Lange vor Ihrer Geburt, Miß Jessy. Ich war damals siebzehn oder achtzehn, und das ist schon ganz schön lange her. Für wie alt halten Sie mich?«

»Älter als Xavier... viel älter. Aber irgendwie auch wieder jünger.«

Meine Antwort schien ihn zu freuen. »Man ist so alt, wie man sich fühlt. Es ist nicht wichtig, wie viele Jahre man gelebt hat, sondern, was man draus gemacht hat. Meine habe ich, glaube ich, recht gut genutzt. Vor über vierzig Jahren habe ich dieses Haus zum erstenmal gesehen und nie mehr vergessen. Ich erinnere mich noch, wie ich da in den Ställen stand und die ehrwürdigen Mauern angaffte. Das gefiel mir so sehr – all diese Steinquader und das Gefühl, daß es das hier schon Hunderte von Jahren gab –, und ich sagte mir: Eines Tages werde ich ein Haus wie dieses Oakland Hall haben. Und daran wird mich keiner hindern. Ein halbes Jahr später war ich schon auf dem Weg nach Australien.«

»Um Opale zu suchen?«

»Nein, an die dachte ich damals noch nicht. Ich war auf Gold scharf, wie alle übrigen. Sagte mir: Ich werde Gold suchen und nicht ruhen, bis ich mein Häuflein habe, und dann fahr ich heim und kauf mir so ein Haus. *Darum* ging ich nach Australien. Das war vielleicht eine Fahrt! Hab' mir meine Überfahrt selbst verdient. Die vergesse ich nie! Dachte schon, ich würd's nicht überstehen. Was wir da für Stürme erlebten!

Und das Schiff! Beinahe wäre es abgesoffen, und wir mußten alle pumpen und überlegten bereits, wie wir die Frauen und Kinder zuerst retten könnten. Als wir an Land traten, konnte ich es gar nicht glauben. Diese Sonne! Und die Fliegen! So was habe ich noch nie erlebt. Aber irgendwas sagte mir innerlich, daß dies mein Land sei, und ich schwor mir dort, nicht heimzukommen, ehe ich mir ein Haus wie Oakland Hall leisten konnte.«

»Und das taten Sie dann auch, Mr. Hennicker.«

»Nennen Sie mich doch Ben«, sagte er. »Mr. Hennicker klingt mir so fremd.«

»Finden Sie das richtig? Sie sind doch viel älter als ich.«

»Nicht, wenn Sie bei mir sind, Miß Jessy; da fühl ich mich jung und froh, fühl mich wieder wie siebzehn.«

»Wie damals, als Sie in Sydney an Land gingen.«

»Ja, genauso. Tja, ich war fest entschlossen, reich zu werden... Da habe ich mir den Weg durch Neusüdwales nach Ballarat verdient und dort nach Gold gesucht. Mit der Pfanne ausgewaschen aus dem Fluß.«

»Und Sie haben es gefunden und Ihr Glück gemacht.«

Er wandte seine Handflächen nach oben und starrte sie an. »Sehen Sie sich das mal an: Ganz schön abgearbeitet, was? Keine Herrenhände. Passen nicht nach Oakland Hall; auch sonst nichts. Das bemerken Sie ja selbst. Aber innerlich passe ich hierher.« Er klopfte sich an die Brust. »Da ist etwas drinnen, das liebt dieses Haus, wie es von all den großen Damen und Herren nicht geliebt worden sein kann, die hier gelebt haben. Für sie war es selbstverständlich; ich habe es gewonnen und liebe es deswegen. Für selbstverständlich sollte man nie etwas nehmen, Miß Jessy. Wenn man es tut, verliert man es. Was wert ist, hochgehalten zu werden, soll man hochhalten. Und so habe ich mir Oakland Hall geschnappt.«

»Ja, und Ihr Glück gemacht.«

»Aber nicht über Nacht. Jahre hat es gebraucht. Enttäuschungen, Rückschläge... das war mein Schicksal. Von einem Ort zum anderen... im Freien gelebt. Meinen Claim abgesteckt... ich erinnere mich noch an den Treck von Melbourne. Eine Lumpenarmee waren wir, marschierten alle ins Gelobte Land. Wußten, daß einige Glück haben und andere auf der Strecke bleiben würden – aber wer von uns? Die Hoffnung marschierte mit auf dieser Reise, und jeder dachte, er sei ein Auserwählter. Einige hatten Schubkarren dabei, andere trugen ihr bißchen Habe auf dem Buckel. Über die Keylor-Ebene ging's, durch Wälder, die von Bränden verwüstet waren, daß man erschauerte bei ihrem Anblick, weil einem zum erstenmal klar wurde, was diese Brände bedeuteten. Waren nie sicher vor irgendwelchen Buschräubern, die plötzlich auftauchten und uns um unser bißchen Hab und Gut und Leben bringen wollten. Nachts kampierten wir draußen. Das war vielleicht was! Die Lieder am Lagerfeuer... alles Melodien aus der alten Heimat, und einige waren sicher froh, daß es dunkel war und niemand ihre Tränen sehen konnte. Und weiter ging's nach Bendigo... da lebte ich in einem kleinen Zelt. Schwitzte einen Sommer lang und sehnte mich nach kühlem Wetter, und als die Regen herunterrauschten und alles schlammig wurde, sehnte ich mich wieder nach der Sonne. Harte Tage waren es – und wir hatten kein Glück in Bendigo. In Castle Main machte ich meinen ersten großen Fund – noch keine Reichtümer, aber eine Ermutigung. Ich deponierte ihn sofort in Melbourne. Gehörte nicht zu denen, die ihr Geld verpraßten mit Saufen und Weibern, dazu hatte ich keine Lust. Das kannte ich alles. Gekaufte Frauen interessierten mich nicht. Bei mir war nur mit Liebe etwas zu machen. Das ist viel gescheiter, und man verliert dabei nicht sein schwer erworbenes Geld. Aber ich komme vom Thema ab. Jedenfalls wissen Sie jetzt, warum die Cleverings nichts mit mir zu tun haben wollten.«

»*Eine* Clevering aber schon«, versicherte ich ihm.

»Na, und die scheint eine höchst ungewöhnliche junge Dame zu sein. Wo war ich stehengeblieben?«

»Bei den Frauen... und der Liebe: ohne Geld.«

»Das wollen wir mal überspringen. Ich war in Heathcote und danach in Ballarat. Kein armer Mann mehr, aber auch noch nicht reich. Konnte mich umsehen und mich fragen, wie es weitergehen sollte. Es ist etwas Komisches mit der Schürferei. Schätze finden, die die Erde einem bietet. Das geht einem in Fleisch und Blut über. Man muß einfach rauskriegen, was unter der harten Kruste liegt. Nicht nur wegen des Geldes. Wenn die Leute draußen von Geld sprachen, meinten sie Gold. Gold – ein anderer Name für Geld, könnte man sagen. Aber es gab noch mehr außer Gold, wie ich bald herausfinden sollte.«

»Opale?«

»Ja, Opale. Erst habe ich nur so ein bißchen rumprobiert. Auf der Bank in Melbourne hatte ich schon ganz schön was liegen und dachte mir, ich mache einen Treck nach Neusüdwales mit... Grad nur mal, um das Land zu sehen, sozusagen. Ich war dort im Buschland... kampierte bei Nacht... als ich mit einer Gruppe zusammentraf, die nach Opalen suchte. Keine richtigen Schürfer – o nein, nur so zum Spaß. Wochenendschürfer nennt man sie. Die nur mal probieren wollen, was für Glück sie als Anfänger haben. ›Was sucht ihr denn, Kameraden‹, fragte ich. Und sie sagten: ›Opale.‹ – ›Opale?‹ sagte ich und dachte: Aber ich nicht! Ich war immer darauf aus, nur das

Marktgängige zu handeln, ob es Ingwerkuchen, Gold oder Saphire waren. Na ja, um die Sache kurz zu machen, ich ging ein Stück weit mit ihnen. Ich brauchte nur zwei Pickel dafür – einen zum Reinhauen, den anderen zum Loslösen. Dann noch meine Schaufel und ein Seil und, was wir ›die Spinne‹ nennen; eine Art Kerzenhalter – weil man manchmal im Dunkeln arbeiten muß, und eine Zwickzange . . . Ich sehe schon, jetzt wird's zu technisch für Sie. Aber wo Sie nun doch mal Opal heißen, werden Sie es sicher wissen wollen.«

»Und Sie haben Opale gefunden?«

»Bei dieser Rumprobiererei kaum – habe nur Geschmack daran gefunden. Aber ich wußte schon, daß ich da weitermachen mußte, und nach einem Monat war ich bereits ein richtiger Opalschürfer und fand auch endlich die ersten schönen Stücke. Kaum hielt ich sie in den Händen, und sie blitzten und blinkten mich an, da wußte ich, daß es für mich jetzt nur noch Opale geben würde. Komisch eigentlich. Es heißt, daß in jedem Stein eine Geschichte steckt. Bilder der Natur. Ich könnte Ihnen da so manches zeigen.« Er sah mich an und lachte. »Und ich *werde* es Ihnen auch zeigen. Sie kommen sich mal meine Sammlung ansehen, ja? Wir wollen uns doch nicht immer nur hier draußen treffen?«

»Vorläufig wohl das Vernünftigste«, lenkte ich ein, während ich daran dachte, was passieren würde, wenn ich ihn meinen Eltern, Miriam oder Xavier vorstellte.

Er blinzelte mir zu.

»Na ja, da finden wir schon einen Weg. Überlassen Sie das nur mir.« Wieder lachte er. »Da sitze ich nun und schwatze, und immer nur über mich! Was denken Sie eigentlich von mir?«

»Ich halte Sie für den aufregendsten Menschen, den ich je getroffen habe.«

»Holla!« rief er plötzlich. »Ich muß langsam wieder rein. Nächstesmal kommen Sie mit, dann zeige ich Ihnen meine kostbarsten Opale. Die würden Sie doch sicher gern sehen.«

»Ja, schon – aber wenn man's herausfindet . . .«

»Wer erfährt's denn?«

»Unter den Dienstboten wird immer getratscht.«

»Na und – sollen sie doch.«

»Man würde es mir verbieten.«

Wieder das Blinzeln. »Was machen denn Leute wie uns solche Verbote aus? Die halten uns doch nicht zurück!«

»Sie könnten mir verbieten, Sie zu besuchen.«

»Das überlassen Sie nur mir«, sagte er.

»Und wann sehe ich Sie nun wieder?«

»Morgen kommen Besucher her, Geschäftsfreunde – da geht's also nicht. Die bleiben auch eine Weile. Vielleicht nächsten Mittwoch? Da marschieren Sie dann ganz kühn die Auffahrt hinauf zum Hauptportal. Man wird Sie schon erwarten und mich gleich informieren. Und ich empfange Sie, wie es einer Clevering würdig ist.«

Ich war so aufgeregt, daß ich ihm kaum danken konnte. Erst später dachte ich daran, daß dieser dritte Besuch auch das Ende bedeuten würde, denn ein Geheimnis konnte es diesmal nicht bleiben. Aber ich hatte noch eine ganze Woche, um mich darauf zu freuen.

Vor lauter Begier, mehr von Ben Hennicker zu hören, verging mir das Wochenende unendlich langsam. Bei den ersten beiden Treffen hatte er mir eine völlig andere Welt gezeigt, und mein eigenes Leben im Vergleich zu seinem so farblos erscheinen lassen. Ich war mir nicht sicher, ob es mir durch das, *was* er mir zu sagen hatte, oder die Art, *wie* er es tat, so lebendig erschien – aber ich konnte mir wirklich vorstellen, selbst im Zelt zu leben und die Fliegen in der Sonnenhitze abzuwehren, durch Schlamm zu waten oder in den Bächen nach Gold zu suchen. Ich spürte alle Frustrationen eines Fehlschlages und die herrliche Erregung des Erfolges mit. Aber da ging es nur um Gold; jetzt wartete ich auf die Berichte über Opale. Ich konnte mir vorstellen, wie ich mit der Kerze in der Hand in alle Winkel sah, den Opal herausschürfte – diesen wunderschönen, buntschillernden Stein, den Glücksstein, der die Gabe der Voraussicht verlieh und ganze Geschichten erzählte. Die Geschichte der Natur.

Immer wieder war ich glücklich, gerade an jenem Tag dort unten gewesen zu sein, als der Rollstuhl daherraste und ich Ben vor einem Unfall bewahren konnte, der in seinem Zustand möglicherweise den Tod bedeutet hätte. Allein schon deshalb war er mir lieb und wert – und ich ihm, weil ich sein Leben gerettet hatte. Aber es war mehr als nur das. Irgend etwas in unserer Wesensart paßte so gut zusammen. Und darum fiel es mir auch so schwer, warten zu müssen. Bisweilen sah ich ihn lebhaft vor mir, denn seine Gespräche hatten mir Bild um Bild heraufbeschworen. Was wäre wohl geschehen, wenn der Fels ihm nicht nur das Bein zerschmettert, sondern ihn getötet hätte?

Dann hätte ich ihn nie kennengelernt.

Dies ließ mich an den Tod denken, an die Gräber auf dem Kirchhof und den Erdhügel in der ›Wüstenei‹. War es ein Grab – und wenn ja, wessen?

Traurig wanderte ich wieder einmal ziellos den Bach entlang, bis ich plötzlich in der ›Wüstenei‹ neben dem Grab kniete. O ja, es war eines, darüber bestand nicht der geringste Zweifel mehr. Ich fing an, das Unkraut auszureißen, das darauf wuchs, und nachdem ich eine Weile so gearbeitet hatte, zeigte sich sein ganzer Umfang. Und dann machte ich noch eine überraschende Entdeckung. Ein Holzstab stak aus der Erde hervor, und als ich ihn ergriff und daran zog, sah ich, daß er ein kleines beschriftetes Emailschildchen trug. Ich klopfte die Erde ab, und was ich dann las, ließ mir das Blut in den Adern gefrieren. Denn auf der Plakette stand mein eigener Name – Jessica – ›Jessica Cleve-ring‹.

Ich hockte mich auf die Fersen und betrachtete das Schildchen. Ähnliche wurden auch auf den Gräbern am Friedhof benützt. Von jenen, die sich Kreuze und Engel mit aufgeschlagenen Büchern nicht leisten konnten. In diesem Grab lag also eine Jessica Clevering.

Ich studierte das Schildchen genauer und konnte endlich einige Zahlen erkennen: ›1880‹, und darüber die Buchstaben ›Ju...‹ Das Restliche war nicht mehr zu entziffern. Dies machte die Sache noch unverständlicher. Ich war am dritten Juni 1880 geboren, und wer immer hier lag, trug nicht nur meinen Namen, sondern mußte in der Zeit meiner Geburt gestorben sein.

Ich hatte Ben Hennicker ganz vergessen, dachte jetzt nur an meine Entdeckung und grübelte und grübelte, was dahinterstecken mochte.

Da es mir unmöglich war, diese Sache für mich zu behalten, und Maddy die einzige Person schien, der ich allenfalls damit kommen konnte, lauerte ich ihr auf, als sie in den Küchengarten ging, um Wirsingkohl fürs Abendessen zu schneiden.

»Maddy, wer war Jessica Clevering?« fragte ich ohne Umschweife.

Sie grinste: »Wer kennt die wohl nicht? Stellt immer zu viele Fragen und ist mit den Antworten nie zufrieden.«

»Das ist Opal Clevering«, sagte ich würdevoll. »Wer war Jessica?«

»Wovon reden Sie überhaupt?«, fragte sie gespielt gleichgültig, und ich hörte, wie meine Frage sie erregte.

»Ich meine jene, die in der Wüstenei begraben ist.«

»Hören Sie, Miß, ich hab' noch was zu tun: Mrs. Cobb wartet auf den Wirsingkohl.«

»Du kannst ja mit mir reden, während du ihn schneidest.«

»Muß ich jetzt vielleicht schon Ihren Befehlen gehorchen?«

»Du vergißt, daß ich schon siebzehn bin. Wie ein Kind kannst du mich also nicht mehr behandeln.«

»Wer sich wie ein Kind aufführt, wird auch so behandelt.«

»Es ist doch nicht kindisch, wenn man sich für seine Umgebung interessiert. Auf dem Grab in der ›Wüstenei‹ habe ich eine Plakette gefunden, worauf der Name ›Jessica Clevering‹ steht und wann sie starb.«

»Aus dem Weg hier!«

»Ich bin dir gar nicht im Weg, und aus deinem Benehmen kann ich nur schließen, daß du mir etwas verbergen willst.«

Es hatte keinen Sinn, weiterzufragen. Ich ging auf mein Zimmer und überlegte, wer wohl sonst etwas von der mysteriösen Jessica wissen mochte. Als ich mich zum Abendessen fertigmachte, dachte ich noch immer darüber nach.

Die Mahlzeiten in unserem Haus waren trist. Man unterhielt sich zwar, aber immer höchst langweilig; meist über örtliche Vorkommnisse, kirchliche Angelegenheiten und Dorfbewohner. Unser gesellschaftliches Leben war sehr beschränkt, aber das war unsere Schuld, denn wenn Einladungen kamen, lehnten wir sie ab.

Wir saßen alle an dem Mahagonitisch mit den gedrechselten Beinen, der früher in Oakland Hall gestanden hatte. Die Konversation hatte sich wie so oft auf die prunkvolle Vergangenheit und die armselige Gegenwart eingependelt. Um das Thema zu wechseln, schoß ich die Frage ab: »Wer war Jessica Clevering?«

Sofortiges Schweigen. Ich sah Maddy wie versteinert neben der Anrichte stehen, die Schüssel mit dem Kohl in beiden Händen. Alle sahen mich an, meine Mutter wurde langsam rot.

»Was soll diese Frage?« sagte sie ungeduldig, aber ich kannte sie gut genug, um zu wissen, daß diese Schroffheit nur ihre Betroffenheit überdecken sollte.

»Soll das ein Scherz sein?« Miriams immer dünner werdende Lippen zuckten leicht. »Du weißt doch ganz gut, wer du bist.«

»Ich bin Opal Jessica, und ich habe schon oft überlegt, warum mein erster Name nie benützt wird.«

Mama sah mich erleichtert an. »Weil er nicht recht passend ist!«

»Und warum habt ihr ihn mir dann gegeben?«

Xavier, der – wenn irgend möglich – immer den Retter in der Not spielte, sagte: »Wir haben fast alle Namen, die uns nicht sonderlich gefallen. Aber bei unserer Geburt klangen sie wohl passend, und man gewöhnt sich schließlich irgendwie daran. Ich finde Jessica ganz nett, und – wie Mama sagt – er ist passender.«

Ich ließ mich nicht ablenken. »Und wer ist jene Jessica, die man in der ›Wüstenei‹ begraben hat?« bohrte ich weiter.

»In der ›Wüstenei‹ begraben?« sagte Mama pikiert. »Was soll denn das wieder? Maddy, der Kohl wird ja kalt, bitte serviere ihn.«

Maddy tat, wie geheißen, und ich fühlte mich wieder mal frustriert.

»Hoffentlich hat ihn Mrs. Cobb extra lange gekocht«, sagte Miriam. »Letztes Mal war er doch ziemlich zäh, nicht wahr, Mama?«

»Allerdings, und ich habe auch mit der Köchin darüber gesprochen.«

»Ihr *müßt* es wissen!« beharrte ich jetzt. »Es kann doch nicht jemand so nah beim Haus begraben werden, ohne daß ihr das wißt. Ich habe einen Stab mit der Namensplakette gefunden.«

»Und was hast du in dieser – ›Wüstenei‹ getan?« fragte Mama.

Ich kannte ihre Taktik. In schwierigen Lagen ging sie immer zur Attacke über.

»Ich gehe oft dorthin.«

»Du hättest weiß Gott Besseres zu tun. Zu lernen oder dich im Haus nützlich zu machen – stimmt's, Miriam?«

Dann folgte ein langer Vortrag über die Tugenden und Pflichten eines Mädchens von Stand.

Xavier hörte ernst zu, Miriam ebenfalls, und mein Vater verhielt sich stumm wie meist, während der Käse hereingetragen wurde.

Nach dem Mahl erhob sich meine Mutter vom Tisch, ehe ich eine Möglichkeit hatte, die Sache mit dem Grab und der Plakette nochmals vorzubringen. So stand ich also auf und ging direkt nach oben. Von der Treppe aus hörte ich meine Eltern in der Halle reden. Mein Vater sagte: »Sie *muß* es erfahren. Irgendwann *muß* man es ihr sagen.«

»Unsinn«, zischte meine Mutter. »Wir können doch unmöglich! Ohne dich wäre das alles nie passiert.«

Ich horchte schamlos, denn es war mir klar, daß sie über Jessicas Grab sprachen. Sie zogen sich aber bald in den Salon zurück, und ich war so verwirrt wie zuvor. Alles schien immer auf die *eine* Tatsache zurückzugehen, daß mein Vater das Familienvermögen verspielt hatte.

Je näher der Mittwoch kam, um so mehr vergaß ich das Grab, vor lauter Vorfreude auf meinen Besuch bei Ben Hennicker. Schon am frühen Vormittag marschierte ich los, und als ich bei der Auffahrt anlangte, fiel mir erst ein, wie merkwürdig es doch war, daß ich als Besucher in dieses Haus kam, das leicht mein eigenes hätte sein können. Mein Gott, dachte ich, ich bin ja schon fast genauso schlimm wie Mama.

Stolze schöne Eichen säumten die Auffahrt, deren Biegungen mich bisher immer so irritiert hatten, weil sie mir den Blick auf das Haus verwehrten. Jetzt waren sie hingegen eher nützlich, denn sie verbargen mich vor Blicken von draußen.

Als ich das Haus aus der Nähe sah, stockte mir fast der Atem vor Bewunderung. Schon von den Bäumen am Bach aus hatte es interessant gewirkt, aber in vollem Anblick war es einfach überwältigend. Jetzt konnte ich fast den Zorn meiner Mutter verstehen und verzeihen, denn in diesem Haus gelebt zu haben und es aufgeben zu müssen, war wirklich hart.

Größtenteils im Tudor-Stil erbaut, trug es hier und da Zeichen späterer Erneuerung, vor allem aus dem achtzehnten Jahrhundert. Das altersgraue Ziegelwerk stammte jedoch eindeutig aus der Tudor-Zeit, und als Heinrich VIII. zu Besuch hier weilte – wie meine Mutter einmal erzählte –, mußte das Haus schon ganz ähnlich ausgesehen haben. Die hohen Schlafzimmerfenster, die Erker und Vorsprünge waren wohl erst später hinzugekommen, fügten sich aber durch ihre Eleganz dem Ganzen nahtlos ein. Der Torturm war unverändert geblieben. Unter dem Ansturm der Eindrücke blickte ich auf die flankierten Seitentürme, mit dem etwas niedrigeren Eingangstrakt in der Mitte. Über dem Tor war ein Wappen – das unsere.

Ich betrat den Innenhof und befand mich vor einer massigen Eichentür. Eine uralte Glocke war daran befestigt. Ich zog, und sie läutete zu meiner Freude ganz laut.

Höchstens eine Sekunde oder zwei vergingen, da öffnete sich schon die Tür, und ich hatte das Gefühl, daß jemand mein Herankommen beobachtet und erwartet hatte. Ein sehr würdiger Herr war es – wohl jener Wilmot, von dem ich schon gehört hatte.

»Miß Clevering?« fragte er, noch ehe ich ein Wort hervorbringen konnte, und es klang ganz großartig aus seinem Mund. »Mr. Hennikker erwartet Sie bereits. Wenn Sie mir bitte folgen wollen...«

Ich lächelte. »Aber mit Vergnügen.«

Während wir die Halle durchschritten, betrachtete ich den riesigen Refektoriumstisch mit den Kupferschalen darauf, die Rüstungen an beiden Enden des Saales, die Waffen darüber sowie die kleine Empore und die Treppe an jenem Ende, zu dem er mich führte.

Bildete ich es mir nur ein, oder hörte ich Stimmengemurmel, ein Geflüster und Füßescharren? Ich sah Wilmot scharf nach oben blicken und vermutete daher, daß man uns beobachtete.

Wilmot erkannte, daß ich es auch mitbekommen hatte, und lächelte. »Es ist eben das erste Mal, daß ein Mitglied der Familie herkommt, Miß Clevering, seit...«

»...seit wir verkaufen mußten«, ergänzte ich geradeheraus.

Wilmot zuckte zusammen und nickte devot. Später erst wurde mir klar, daß solch offene Rede außerhalb der Familie als geschmacklos angesehen wurde. Wie mochten wohl Ben Hennicker und Wilmot miteinander auskommen? Lange blieb mir nicht Zeit, darüber nachzudenken, da ich alles genau in mich aufnehmen wollte. Es ging einen langen Korridor entlang und dann eine zweite Treppe hinauf.

»Mr. Hennicker erwartet Sie im Salon«, sagte Wilmot. Er öffnete eine schwere, mit Leinen bezogene Eichentür.

»Miß Clevering«, kündigte er mich an, und ich folgte ihm.

Ben Hennicker saß in seinem Krankenstuhl, mit dem er auf mich zurollte. Er lachte. »Ha!« rief er. »Endlich da. Willkommen im Ahnenschloß!«

Ich hörte noch, wie sich die Tür diskret hinter mir schloß, während ich ihm entgegenlief.

Er lachte weiter und ich auch. »Schon komisch, nicht wahr?« sagte er schließlich. »Sie als Besucherin. Miß Clevering – Miß Opal Jessica Clevering. Kommen Sie, setzen Sie sich, ich zeige Ihnen dann später alles.«

»Wenn Sie sich weiter so benehmen, meine ich noch, Sie hätten mich nur eingeladen, um einer Clevering ihren Ahnensitz zu zeigen.«

»Nicht nur das. Unsere Unterhaltungen haben mir Freude gemacht, und ich meinte, es wäre wieder einmal Zeit dazu. Wir trinken dann Tee miteinander, aber erst später. Haben Sie Ihrer Familie erzählt, daß wir uns kennengelernt haben?«

»Nein.«

Er nickte. »Sehr klug von Ihnen. Wissen Sie, was die gesagt hätten? ›Dein Fuß darf seine Schwelle nicht berühren und seiner nicht die unsere.‹ Ist schon besser, daß sie keine Ahnung davon haben.«

»Ja, viel besser.«

»Spart einem viele Erklärungen.«

»Und auch Verbote und Ungehorsam.«

»Aha, eine kleine Rebellin! Das gefällt mir aber, denn ich bin ein böser alter Mann, wie Sie ja bereits wissen oder bald herausfinden werden. Besser, Sie merken es schon am Anfang unserer Freundschaft.«

»Sie würden mich also noch ermutigen herzukommen, wenn meine Familie es mir verbieten sollte?«

»Aber sicher! Sie müssen doch einmal über die Welt Bescheid wissen, und wenn Sie dies und jenes nicht anrühren, weil es nicht vornehm genug ist, werden Sie es nie erfahren. Man muß das Gute und das Schlechte kennen, und darum ist es auch gut für Sie, mich zu kennen. Ich bin der Böse, der sein Vermögen zusammengescharrt und ein Haus gekauft hat, das für seinesgleichen nicht gebaut wurde. Ist ja auch egal. Ich habe es im Schweiß meines Angesichts verdient, mit meiner Hände Arbeit... mit Pickel und Schaufel... Habe das Haus gewonnen und wohl ein Recht darauf. Lange genug habe ich darauf abgezielt. Für mich ist es wie der schönste Opal, der je aus einem Felsen geschürft wurde – wie der ›Grüne Blitz‹.«

»Was ist dann das? Sie erwähnten es schon einmal.«

Er schwieg verträumt. »Ach, tatsächlich? Der ›Grüne Blitz‹. Nun ja, ich habe all dies gewonnen, wie ich es mir vorgenommen hatte – damals, als junger livrierter Diener hinten auf der Kutsche... Ein Jüngling, der zum erstenmal das Leben sieht, das er selbst einmal führen wird. Und Sie – was sind Sie? Gehören Sie zu den anderen? Wir stehen links und rechts des trennenden Zaunes, wir beide, aber Sie gehören nicht hinüber... innerlich, meine ich. Sie haben nicht diese verkrampften Vorstellungen, die einem das Blickfeld verstellen. Sie sind frei, Miß Jessy, haben Ihren Blick schon seit langem ins Weite geschickt. Und darum kommen wir auch so gut miteinander aus... Im Husch hat es bei uns geklappt. Aber jetzt bringe ich Sie zuerst mal in mein Geheimgemach. Das dürfen Sie mir glauben – viele lasse ich nicht da hineinschauen, seit... na ja. Ich werde Ihnen jedenfalls etwas so Schönes zeigen, daß Sie froh sind, danach benannt worden zu sein.«

»Ihre Opale?«

»Ja, denn auch deswegen habe ich Sie ja hierher gebeten. Folgen Sie mir bitte?« Er rollte seinen Stuhl durchs Zimmer in eine Ecke, wo seine Krücke stand. Griff danach und zog sich aus dem Stuhl hoch. Er öffnete eine Tür. Dahinter führten zwei Stufen in ein kleineres, wunderschön getäfeltes Zimmer mit blaugerahmten Fenstern. In einem Schrank, den er erst aufsperren mußte, war ein stählerner Safe. Er drehte an den Knöpfen, öffnete die Tür und nahm ein paar flache Kästchen heraus.

»Setzen Sie sich an den Tisch hier«, sagte er, »dann zeige ich Ihnen einige der schönsten Opale, die je einem Felsen entrissen wurden.«

Er nahm ebenfalls Platz, und ich zog mir einen Stuhl neben ihn. Dann öffnete er einen der Kästen, deren mit Samt ausgeschlagene Schubladen Opale beherbergten. Noch nie hatte ich so schöne Stücke gesehen. In der obersten Reihe waren lauter große blasse Steine, die blau und grün schimmerten. Auch in der nächsten Reihe wetteiferten die Stücke an Größe, waren aber dunkler, blau, fast purpurrot, während die Opale in der letzten Lade schon fast schwarz waren und erstaunlicherweise rot und grün aufblitzten.

»Ihre Namensvettern«, sagte er. »Nun, wie finden Sie sie? Ich sehe schon, Sie sind sprachlos, wie ich es mir dachte – erhoffte. Alle Diamanten und Saphire sind nichts dagegen. Nirgends auf der Welt gibt es schönere Steine als diese, das können Sie mir ruhig glauben.«

»Ich habe noch nicht viele Diamanten und Saphire gesehen«, sagte ich, »also kann ich mir darüber kein Urteil erlauben. Aber etwas Hübscheres als diese Steine hier vermag ich mir einfach nicht vorzustellen.«

»Sehen Sie sich nur den hier an.« Ganz zart tippte er mit seinem hornigen Zeigefinger an einen der Steine. Er war dunkelblau, mit einem Goldschimmer darin. »Der ›Stern des Ostens‹. Diese Opale haben nämlich alle Namen. ›Stern des Ostens‹! Ist er nicht wirklich wie ein Stern am Himmel, kurz bevor die Sonne aufsteigt und sein Licht erblassen läßt? So ähnlich muß jener Stern ausgesehen haben, den die drei Weisen aus dem Morgenland damals zu Weihnachten erblickten.

Ich sage Ihnen, der Stein ist einmalig. Sie sind alle einmalig. Man wird zwar immer wieder welche finden, die einander ähneln, aber dann merkt man doch den Unterschied. Es ist wie bei Menschen: keine zwei sind einander gleich. Eines der Wunder des Universums. All diese Menschen, all diese Opale, und jeder ist verschieden. Eines Tages findet man ein solches Prachtstück wie den ›Stern des Ostens‹ und denkt an alles, was man erlitten hat – denn das Leben eines Schürfers ist kein Honiglecken, das dürfen Sie mir glauben –, und sagt, daß er dies alles wert war. Wer den ›Stern des Ostens‹ besitzt, weiß, daß das Beste noch vor ihm liegt, denn der Stern geht ja auf, und er hat schließlich die Geburt Christi verkündet.«

»Ihr Bestes kommt also erst, Mr. Hennicker?«

»Sie sollen mich doch Ben nennen.«

»Ja, aber es ist so schwer, sich daran zu gewöhnen. Man hat mir beigebracht, daß Erwachsene nicht mit dem Vornamen angesprochen werden.«

»Das ist uns hier völlig egal. Ich meine, wir tun, was uns recht erscheint, und ich bin für Sie und alle meine Freunde Ben. Sie zählen sich doch zu meinen Freunden?«

»Ich möchte es gern, Ben.«

»So ist's recht. Ja, das Beste habe ich noch zu erwarten, weil ich den ›Stern des Ostens‹ besitze.«

Ich berührte ihn ganz vorsichtig mit einem Finger.

»Nur zu«, sagte er, »greifen Sie ihn nur an. Schauen Sie, was für ein Feuer er hat, und das ist nicht der einzige. Hier – der ›Stolz des Lagers‹, auch ein schönes Stück, nicht ganz so prächtig, aber immerhin. Von den weißen Klippen in Neusüdwales. War das ein Lager! Irgendeiner hatte dort schon mal geschürft und war weitergezogen. Dann kamen ein paar Wochenendschürfer und schnüffelten etwas in der Gegend herum, wie das eben ihre Art ist. Und was passiert? Einer findet Opale... echte, wertvolle Opale. Was für ein Fund für einen dieser Amateure! Binnen einem Monat war ein Camp dort, und alle schürften wie verrückt, ich natürlich mittendrin. Und hatte das Glück, den ›Stolz des Lagers‹ zu finden.«

»Verkaufen Sie die Steine?«

Er sah nachdenklich drein. »Ja, eigentlich schon. Aber manchmal gibt es einen, den man einfach nicht verkaufen kann – egal, was man dafür bekäme. Irgendwie hat man in solchen Fällen das Gefühl, er gehört einem selbst und niemand sonst.«

»Das sind also alles Steine, bei denen Sie so etwas empfinden?«

»Genau. Bei einigen wegen ihrer Schönheit und dann wieder aus anderen Gründen. Betrachten Sie einmal den hier... Sehen Sie das grüne Feuer? Der hat mich mein Bein gekostet.« Er schüttelte seine Faust. »Warst ganz schön teuer, mein Lieber«, fuhr er fort, »und darum behalte ich dich auch. Hat richtiges Feuer, nicht wahr? Sie müssen den Stein von hier aus betrachten. Ich bin dem Ding egal. Das sagt nur: ›Wenn du mich willst, nimm mich eben, aber denk nicht an die Kosten.‹ Ich nenne ihn die ›Grüne Lady‹, denn ich hatte mal eine Katze dieses Namens. Ich mag Katzen ganz gern, es ist eine Art verächtlicher Stolz in ihnen, der mir gefällt. Haben Sie schon mal bewußt beobachtet, wie graziös sich eine Katze bewegt und wie sie immer allein geht? Sie ist stolz, gibt nie nach, und das imponiert mir. Die Katze, die ich hatte, hieß zuerst nur ›Lady‹. Der Name paßte zu ihr. Und ihre Augen waren so grün wie das Grün hier in dem Stein. Darum lasse ich ihn nicht aus der Hand, obwohl er mich mein Bein gekostet hat und man meinen möchte, daß ich nur ungern daran erinnert würde. Da glitzerte sie mir im Kerzenlicht zu ... und ich mußte sie haben, obwohl die Stollendecke einfiel und mich zum Krüppel machte.«

Ich nahm die ›Grüne Lady‹ in die Hand und studierte sie eine Weile, dann legte ich sie behutsam auf ihr weiches Samtbett zurück.

»Und hier, sehen Sie einmal, Miß Jessy, dieses herzförmige Gebilde. Sehen Sie den violetten Schimmer? Königspurpur. Wirklich für eine königliche Krone geeignet.«

Ich war fasziniert. Immer neue Schubladen öffnete er, und ich erblickte jede Art von Steinen. Von den milchigen mit rotem und grünem Schimmer bis zu den dunkelblauen und schwarzen mit kräftigeren Farben. Er erzählte mir von allen ihren Eigenschaften und Vorzügen, und sein Enthusiasmus steckte mich an. Eine Schublade, kleiner als die anderen, war leer. Sie war nur für einen einzigen Stein vorgesehen, aber die Höhlung, die er hätte einnehmen sollen, starrte mich geradezu anklagend an.

Ben wirkte deprimiert.

»Was war hier drinnen?«

Seine Augen verengten sich, der Mund wurde härter, sein Blick tödlich. Erstaunt beobachtete ich die Veränderung.

»Hier lag einmal der ›Grüne Blitz bei Sonnenuntergang‹.«

Ich wartete stumm. Er schob das Kinn vor, seinen Mund hatte er dabei zornig verzogen.

»Ein besonders schöner Opal?«

Mit blitzenden Augen wandte er sich mir zu. »Einen schöneren gab es noch nie!« rief er. »Nein, auf der ganzen Welt nicht. Er war ein Vermögen wert, aber ich hätte mich nie von ihm getrennt. Den mußte man gesehen haben, um es zu glauben. Den Grünen Blitz sah man nicht immer. Man mußte darauf warten – je nachdem, wie das Licht einfiel – wie man ihn hielt... Es hing auch mit dem Menschen zusammen, der ihn in Händen hatte.«

»Und was geschah damit?«

»Er wurde gestohlen.«

»Von wem?«

Er schwieg, dann wandte er sich mir mit immer noch gefährlich funkelndem Blick zu. Der Verlust dieses Steins schien ihn tief getroffen zu haben.

»Wann wurde er denn gestohlen?«

»Vor langer Zeit.«

»Wie lange?«

»Ehe Sie geboren wurden.«

»Und bisher haben Sie ihn nicht finden können?«

Er schüttelte den Kopf, schloß die Schublade und ließ dann den Deckel zuschnappen. Er stellte den Kasten zu den anderen in den Safe zurück, und nach dem Abschließen wandte er sich mir lachend zu. Etwas verändert klang mir dieses Lachen allerdings.

»Und jetzt wollen wir Tee trinken. Ich habe ihn für genau vier Uhr bestellt – gehen wir also nach drüben.« Er wies zur Salontür. »Sie dürfen einschenken und mich unterhalten, das wäre ja als eine Clevering ohnehin Ihr Recht und Ihre Pflicht.«

Spirituslampe und silberner Teekessel standen schon dort, dazu Platten mit Sandwiches, Gebäck und Kuchen. Neben Wilmot wartete ein Mädchen.

»Miß Clevering wird sich der Sache annehmen«, sagte Ben.

»Sehr wohl, Sir«, antwortete Wilmot gravitätisch. Ich war froh, daß er und das Mädchen sich wieder zurückzogen.

»Alles so zeremoniell«, maulte Ben, »ganz habe ich mich noch nicht daran gewöhnt. Manchmal sage ich mir: ›Schluß mit dem Getue!‹ Sie können sich vielleicht vorstellen, wie sich ein Mann dabei fühlt, der sein eigenes Essen auf dem Lagerfeuer gekocht hat. Heute ist aber ein besonderer Tag. Der Tag, an dem die erste Clevering mein Gast ist.«

»Leider keine sehr bedeutende«, sagte ich lachend.

»Die Bedeutendste. Man soll sich nie unterschätzen, Miß Jessy. Wenn man von sich selbst nichts hält, halten die Leute auch nichts von einem. Man muß einen guten Mittelweg finden, denn in zu großen Schuhen oder unter zu großem Hut lebt sich's auch nicht gut.«

Ich fragte ihn, wie er den Tee gern hätte, goß ihn ein und trug das Tablett auf ein Tischchen neben seinem Rollstuhl. Er lächelte mich dankbar an. Nachdem ich es mir in dem Sessel gegenüber bequem gemacht hatte, bat ich: »Jetzt erzählen Sie mir von dem ›Grünen Blitz bei Sonnenuntergang‹.«

Er schwieg eine Weile und fragte dann: »Haben Sie denn schon einmal davon gehört?«

»Erst heute nachmittag.«

»Ich meine nicht den Opal, sondern den grünen Blitz in der Natur. Es heißt, daß es einen Augenblick beim Sonnenuntergang gibt – gerade bevor sie verschwindet –, in dem ein grüner Blitz über das Meer huscht. Man kann ihn nur in tropischen Breiten sehen, und die Bedingungen müssen genau stimmen. Ein sehr seltenes Phänomen, wunderschön und aufregend. Die Leute warten lange darauf, aber manche erhaschen es nie. Wenn man nur mit den Augen blinkert, kann man es schon versäumen, denn es kommt und geht eben wie ein Blitz – man merkt es kaum. Der Beobachter muß genau im richtigen Augenblick am richtigen Fleck stehen, in die richtige Richtung sehen und unheimlich rasch sein. Einmal ist es mir geglückt, auf der Rückreise nach England. Ich stand bei Sonnenuntergang auf Deck und sah, wie der riesige Feuerball in den Ozean fiel. In den Tropen ist es ganz anders als hier, da gibt es keine so lange Dämmerung. Ach, diese friedliche Szenerie! Keine Wolken, die riesige Sonne so niedrig, daß ich gerade noch hinschauen konnte. Und dann war sie weg, und der ›Grüne Blitz‹ flammte auf. ›Ich habe ihn gesehen!‹ schrie ich laut, ›ich habe den Grünen Blitz gesehen!‹ Und dann betrachtete ich meinen Opal. Er war sehr wertvoll, der schönste von allen. Auf dieser Reise trennte ich mich keine Sekunde von ihm. Immer wieder holte ich ihn hervor – nur um mich zu vergewissern, daß er noch da war. Dieser Opal erinnerte einen an den grünen Blitz auf See. Man sah ihn, sah seine Schönheit und die roten und blauen Blitze. Im Innern verdunkelte er sich, es wirkte wie ein Zusammentreffen von Land und See. Ein so starkes rotes Feuer war darin wie von Sonnenstrahlen: Wenn man ihn im richtigen Augenblick im richtigen Blickwinkel ansah, bei einer bestimmten Beleuchtung, schien das Rot plötzlich zu verschwinden, und man sah den grünen Blitz. Ich glaube, er hieß erst der ›Sonnenuntergangsopal‹. Als ich das mit dem ›Grünen Blitz‹ entdeckte, war der neue Name natürlich festgelegt.«

»Und den liebten Sie am meisten.«

»Einen solchen Stein gab's nie wieder; den grünen Blitz habe ich jedenfalls in keinem anderen gesehen. Man mußte auch darauf warten – es war sehr selten –, und man mußte bereit sein dafür. Das Grün war unbeschreiblich, und wer den Augenblick versäumte, hatte vielleicht ein für allemal seine Chance vertan.«

»Und Sie fanden nie heraus, wer ihn nahm?«

»Ich hatte da so meinen Verdacht. Alles wies sogar auf ihn hin, den jungen Teufel. Mein Gott, wenn ich den erwischt hätte…«

Ben schienen plötzlich die Worte zu fehlen – eine Seltenheit bei ihm –, und er war sich meiner Anwesenheit gar nicht mehr bewußt. Er lebte wohl noch einmal den Augenblick durch, da er die Schublade öffnete und die leere Mulde sah. Ich ging zu seinem Platz hinüber, nahm die Tasse und füllte sie neu. Als ich sie ihm zurückstellte, fragte ich leise: »Wie ist es denn passiert, Ben?«

»Es war hier, in diesem Haus.« Er wies über seine Schulter in das Zimmer, das wir gerade verlassen hatten. »Damals hatte ich es noch nicht lange und war so stolz darauf, daß ich es gern herzeigte. Es war eine Art Hochmut. Hochmut, der vor dem Fall kommt... ›Schaut euch mein Schloß an. Meine Opale!‹ Und wir gingen da rüber.« Er wies wieder hinter sich. »Wir waren zu viert. Ich zeigte den andern meine Opale – wie gerade Ihnen –, und damals sah ich den ›Grünen Blitz bei Sonnenuntergang‹ zum letztenmal. Legte ihn in seine Schublade und stellte den Kasten in den Safe zurück. Als ich ihn das nächste Mal hervorholte, waren alle Opale noch an ihrem Platz, bis auf diesen einen – den ›Grünen Blitz‹.«

»Und wer hat ihn gestohlen?«

»Jemand, der die Safekombination kannte. Ganz eindeutig.«

»Und Sie konnten nicht herausfinden, wer?«

»Ein junger Mann war dabei, er verschwand danach. Ich sah ihn nie wieder, obwohl ich nach ihm suchen ließ. Er hat bestimmt den ›Grünen Blitz‹ genommen.«

»So was Gemeines!«

»Gemeine Menschen gibt es nun einmal auf der Welt, das sollten Sie nie vergessen. Komischerweise hätte ich es aber von ihm nie gedacht. Er war so besessen, von einer Entschlossenheit, die fast immer zum Erfolg führt, aber als er den ›Grünen Blitz‹ sah, hat er durchgedreht. Einen solchen Opal wird es nie wieder geben.«

»Die Polizei hätte ihn doch bestimmt ausfindig machen können.«

»Er war weg ›wie der Blitz‹, spurlos verschwunden. Manchmal nehme ich mir vor, ihn selbst suchen zu gehen – ihn und den ›Blitz‹.«

»Glauben Sie, daß er ihn verkauft hat?«

»Leicht wäre es nicht, man würde den Stein überall erkennen. Jeder Händler hätte den Verkauf gemeldet. Vielleicht hat er ihn mitgenommen... nur für sich selbst. Es war ein faszinierender Stein, für jeden, der ihn einmal gesehen hatte. Trotz aller Geschichten vom Fluch, der auf ihm liege, wollte ihn jeder haben.«

»Was für Geschichten denn?«

»Na ja, Sie wissen ja, wie solche Legenden entstehen. Der Stein bringe Unglück, hieß es. Einige, die ihn besaßen, haben eben Pech gehabt. Der ›Grüne Blitz‹ bringe den Tod, hieß es sogar.«

»Sie waren also nicht der erste Besitzer?«

»O nein! Er war schon durch andere Hände gegangen, ehe ich ihn bekam. Ich habe ihn sozusagen gewonnen.«

»Wie das?«

»Ein Spieler war ich immer schon. Immer auf Gelegenheiten aus. Allerdings ließ ich mir stets eine Reserve. Bis zur letzten Münze habe ich mich nie verausgabt, wie es manche tun. Ich war gern reich und spielte umsichtig, wenn Sie verstehen, was ich meine. Der alte Harry Wilkins besaß damals den Stein, und seitdem er ihn mir einmal gezeigt hatte, wollte ich ihn haben. Ich war sozusagen in seinen Zauberbann geraten und *mußte* ihn einfach kriegen. Harry hatte dauernd Pech, und man sagte, der Stein sei daran schuld. Sein Sohn, seit eh und je ein Tunichtgut, verschwand eines Nachts. Man fand ihn dann mit gebrochenem Genick – hatte sich im Suff zu Tode gestürzt. Der alte Harry zerbrach daran. Er war ein unverbesserlicher Spieler, wettete um alles und nichts, und sei es nur um die ersten Regentropfen an einer Fensterscheibe. ›Ich wette hundert Pfund, daß der rechte Tropfen zuerst unten ankommt‹, hieß es dann zum Beispiel. Das lag einfach in seiner Natur, er konnte nicht anders. Tja, ich wollte den Stein haben. Es war sein letzter Besitz, weil ihn sein Sohn vor dem Tod regelrecht ausgeplündert hatte. Um's kurz zu machen: Er setzte den ›Grünen Blitz‹ gegen ein Vermögen ein. Ich nahm die Herausforderung an und gewann. Ein paar Wochen später hat er sich erschossen. Der ›Grüne Blitz‹ bringt Unglück, heißt es.«

»Und meinen Sie das auch?«

»Ich glaube nicht an Flüche.«

»Sie haben den Stein ja verloren. So sind Sie dem Fluch vielleicht entgangen.«

»Eines Tages wird er zu mir zurückkehren.«

»Sie reden über den ›Grünen Blitz‹, als wäre es ein menschliches Wesen.«

»Das ist er für mich auch. Ich liebte ihn und nahm ihn immer heraus und sah ihn mir an, wenn ich bedrückt war. Wartete auf den Blitz und sagte mir dann: ›Die Zeiten ändern sich, du findest schon noch das Glück, genau wie deinen Stein, alter Ben.‹ Diese Botschaft schien mir von ihm auszugehen.«

Anscheinend wurde er jedoch plötzlich des Themas überdrüssig und meinte, ich wolle doch sicher das Haus besichtigen; da es aber bei ihm mit dem Laufen hapere, würde er mir einen Diener mitgeben. Ich verließ ihn nur widerwillig. Aber die Räume wollte ich mir wirklich gern anschauen, und während ich noch zögerte, was ihn zu freuen schien, meinte er: »Sie kommen ja wieder. Wir müssen uns wirklich regelmäßig treffen, denn eines steht fest: Sie und ich haben einander liebgewonnen. Finden Sie nicht?«

»O doch, und wenn ich wiederkommen und mehr Geschichten von Ihnen hören darf, dann schaue ich mir jetzt gern das Haus an.«

»Aber natürlich sollen Sie das!« Er zog an einer Klingelschnur. Wilmot erschien gleich darauf.

»Miß Clevering möchte Oakland Hall kennenlernen«, sagte Ben. »Einer von euch soll sie herumführen.«

»Sehr wohl, Sir«, murmelte Wilmot.

»Einen Augenblick noch!« rief Ben. »Das soll Hanna tun – ja, Hanna ist die Richtige!«

»Wie Sie wünschen, Sir.«

Ich ging zu Bens Rollstuhl und nahm seine Hand. »Ich danke Ihnen – es war so schön.«

»Am nächsten Mittwoch um die gleiche Zeit?«

»Gern – und nochmals vielen Dank für alles.«

Eigenartig sah sein Gesicht jetzt aus. Bei jedem anderen Menschen hätte ich gesagt, daß er kurz vor dem Heulen sei, aber er raunzte nur: »Und jetzt ab mit Ihnen. Hanna führt Sie herum.«

Warum mochte er gerade Hanna ausgewählt haben? Diese große hagere Frau mit dem knochigen Gesicht und den großen dunklen Augen interessierte mich nämlich am meisten. Sie fühlte sich sichtlich geehrt, mich herumführen zu dürfen.

»Ich war fünf Jahre bei Ihrer Familie. Mit zwölf Jahren kam ich ins Haus, und da man sich drüben meine Dienste nicht mehr leisten konnte, blieb ich eben hier.«

»Das passierte leider vielen.«

»Wollen wir oben anfangen, Miß Clevering, und uns nach unten durcharbeiten?«

Ich war auch dafür, und so stiegen wir die Wendeltreppe zum Dach hinauf.

»Von hier aus kann man die Türmchen am besten sehen und die ganze Landschaft ringsum. Schauen Sie nur!« Sie betrachtete mich hintergründig. »Den Witwensitz sieht man auch genau.«

Ich blickte in die erwähnte Richtung und entdeckte unser Anwesen drüben zwischen grüner Landschaft eingebettet. Wie ein Puppenhaus wirkte es von hier. Seine reinen Linien waren klar erkennbar, der glatte Rasen sah wie ein Stück Seide aus.

»Sie haben einen besseren Ausblick auf uns als wir auf Sie«, sagte ich. »Im Sommer ist Oakland Hall ganz versteckt.«

»Ich komme oft hier herauf und halte Umschau«, gab Hanna zurück.

»Dann müssen Sie uns manchmal im Garten gesehen haben.«

»O ja, oft.«

So von ihr beobachtet worden zu sein, war mir direkt unangenehm.

»Finden Sie es jetzt schöner hier als damals bei meiner Familie?«

Sie zögerte, und dann sagte sie: »In mancher Hinsicht ja. Mr. Hennicker ist häufig weg, dann sind wir allein. Erst war das ein bißchen komisch... aber man gewöhnt sich ja an alles. Und er ist ein angenehmer Herr.« Ich spürte deutlich, daß das eine Anspielung auf die Zeit unter dem Regime meiner Mutter war. »Miß Miriam war ja damals noch ein junges Mädchen«, fuhr sie fort. »Ja, es ist lange her. Begeistert werden sie nicht sein, daß Sie hier waren, Miß.«

»Nein, bestimmt nicht«, bestätigte ich und fügte hinzu: »Wenn sie es rausfinden.«

»Mr. Hennicker ist ein eigenartiger Mann.«

»Ja, ich habe noch nie jemanden wie ihn kennengelernt.«

»Und wenn man nur bedenkt, *wie* er hierherkam! Wer hätte je gedacht, daß ein Herr seiner Art so einen Landsitz haben möchte.«

Eine Weile betrachteten wir noch stumm die Gegend.

»Sollen wir wieder hineingehen?« schlug Hanna vor. Ich nickte, und wir kletterten die Treppenstufen hinab.

Im ersten Zimmer, das sie mir zeigte, bewunderte ich die schöngeschnitzten Deckenbalken, die getäfelten Wände und die geschnitzte Kaminumrandung.

»Solche Zimmer gibt's hier jede Menge, man kann sie gar nicht mehr zählen. Wir benützen sie nur bei einer Gesellschaft«, erklärte sie.

»Werden häufig Gesellschaften gegeben?«

»Ja, Geschäftsleute kommen oft zu Mr. Hennicker. Zumindest kamen sie bisher – ich weiß ja nicht, ob es jetzt nach dem Unfall so weitergeht.«

Wir waren in einer Galerie angelangt. »Hier hingen einmal die Familienbilder. Sie wurden abgenommen, und Mr. Hennicker hängte nie eigene Bilder auf. ›Eine Galerie ist keine Galerie ohne Ahnenbilder‹, meint Mr. Wilmot. Aber von Mr. Hennickers Ahnen wissen wir nicht viel.«

Wunderschön war die Galerie, mit geschnitzten Säulen und langen schmalen Fenstern, deren bunte Glasscheiben alles zauberhaft erglühen ließen. In Abständen hingen dicke rote Samtvorhänge an den Wänden. Wie Hanna mir erklärte, überdeckten sie die nicht getäfelten Teile. Dann berichtete sie tuschelnd, daß es hier spuke.

»In so einem Haus ist immer ein Zimmer verwünscht; bei uns ist es eben die Galerie. Seit Mr. Hennickers Anwesenheit hat allerdings niemand mehr etwas gesehen oder gehört. Er verscheucht wahrscheinlich jeden Geist, denke ich mir. Früher hat man hier angeblich Musik gehört, von einem Spinett, das einmal da stand. Mr. Hennicker ließ es nach Australien bringen, es war ihm sehr ans Herz gewachsen, wie ich hörte. Die Köchin hält das Ganze für Unsinn, aber Mr. Wilmot glaubt daran. Aber der würde ja sowieso eine Familie, die nicht wenigstens einen Geist hat, für völlig unter seiner Würde finden.«

»Und doch arbeitet er jetzt für Mr. Hennicker.«

»Das ist ohnehin ein Wunder bei ihm.«

Wir erforschten das Haus weiter, und es stimmte, was Hanna sagte. Es gab so viele gleiche Zimmer, daß man sich leicht verirren konnte. Ich hoffte, bei späteren Besuchen noch einmal alles betrachten und in Ruhe erforschen zu können. Hanna war keine sonderlich angenehme Führerin, denn immer, wenn ich sie ansah, war ihr Blick so bohrend, als müsse sie mich abschätzen. Vermutlich, weil ich ein Mitglied der Familie war, der sie einmal gedient hatte. Und immer wieder mußte ich daran denken, wie sie vom Dach auf den Witwensitz hinuntergesehen und mich beobachtet hatte.

Ich bewunderte die geschnitzten Kaminumrandungen, die aus der Regierungszeit der Königin Elisabeth stammten: Die Bildthemen waren der Bibel entlehnt. Ich konnte Adam und Eva und Lots Frau, zur Salzsäule erstarrt, erkennen; bei den anderen Darstellungen brauchte ich Erklärungen und fühlte mich recht unwissend.

Das Solarium gefiel mir sehr. Seine Fenster gingen nach Süden, und die Wände waren mit Gobelins bedeckt, die Ben wahrscheinlich von meiner Familie übernommen hatte.

Schließlich kamen wir in die Halle hinunter und durch ein Vestibül in den sogenannten Salon.

»In früheren Zeiten«, erklärte sie, »wurden hier die Gäste empfangen.«

Die Wände waren getäfelt, die Fensterscheiben bleigefaßt, in einer Ecke stand eine Rüstung. »Auf der anderen Seite sind die Küchen mit der Butter- und der Milchkammer und so weiter. Das ist das ›Gitterende‹ der Halle. Sie werden es sicher sehen wollen. Einige Räume dort stammen noch aus der Zeit, als das Haus gebaut wurde, vor vielen Jahrhunderten, weiß Gott wann.«

Sie führte mich zum sogenannten ›Gitter‹, einer Tür, die den Bedienstetentrakt von der Halle trennte, und plötzlich stand ich in der riesigen Küche. Ein ungeheurer Herd nahm fast die eine Hälfte ein; er hatte Brotbackrohre, Bratspieße und riesige Kessel. Dann gab es einen großen Tisch mit zwei Bänken und zwei reichverzierten Lehnsesseln an den Enden – die von der Köchin und dem Butler benutzt wurden, wie ich später erfuhr.

Als ich die Küche betrat, hörte ich wieder Geflüster und wußte, daß ich von irgendwo heimlich beobachtet wurde. Dann segelte eine riesige Frau herein, gefolgt von drei Mädchen. Hanna stellte vor: »Das ist Miß Clevering – Mrs. Bucket.«

»Guten Tag, Mrs. Bucket«, antwortete ich. »Ich habe schon von Ihnen gehört.«

»Tatsächlich?« fragte sie erfreut.

»Maddy spricht oft von Ihnen.«

»Ach, Maddy. Miß Clevering, das ist aber schön für uns, einmal jemand von der Familie hier zu haben.«

»Es ist auch für mich eine große Freude, alles kennenlernen zu dürfen.«

»Na ja, vielleicht ist das nur der Anfang.«

Ich fühlte mich ein bißchen unbehaglich, da sie mich alle so anstarrten. Vielleicht meinten sie, eine Clevering, die im Witwensitz aufgewachsen war, sei keine echte. Schließlich hatte ich all das Großartige in diesem Haus nie erlebt.

»Ich werde nie den Tag vergessen, als sie uns sagten, daß sie verkaufen müßten. Wir standen alle in der Halle aufgereiht... sogar die Stallburschen.«

Hanna machte Mrs. Bucket ein Zeichen, aber ich war froh, daß die dicke Köchin zu denen gehörte, die aus ihrem Herzen keine Mördergrube machten, und daß mein Anblick in der Küche – der Anblick einer Clevering – in ihr Erinnerungen wachrief, die sie nun eifrig heraussprudelte. »Natürlich hatten wir's bereits vorher gehört. Geld, Geld, immer Geld... Es gab ja kein anderes Thema mehr. Die Einkommenssteuer, die alles auffrißt. In den Ställen hat es angefangen. Was da für Pferde in den Boxen standen. Und dann die Gärtner! Da kürzt man immer zuerst, Ställe und Gärten. Das habe ich auch zu Mr. Wilmot gesagt, und der gab mir recht. Ich habe gesagt...«

»Das ist ja schon lange her, Mrs. Bucket«, unterbrach Hanna.

»Aber es kommt mir vor wie gestern. Du lieber Himmel, da waren Sie noch gar nicht auf der Welt, Miß Clevering. Als wir hörten, daß ein Herr aus Australien das Haus gekauft hätte, wollten wir's gar nicht glauben – fragen Sie nur Mr. Wilmot. Aber dann stimmte es tatsächlich, und alles wurde anders. Und die Cleverings gingen auf den Witwensitz, und wir sprachen nicht mehr miteinander. Und jetzt...«

»Miß Clevering hat Mr. Hennicker kennengelernt«, erklärte Hanna, »und darum hat er sie zum Tee eingeladen.«

Mrs. Bucket nickte. »Und hat Ihnen das Gebäck geschmeckt, Miß Clevering? Ich erinnere mich noch, wie Miß Jessica immer...«

Hanna starrte Mrs. Bucket mit einem wahren Medusenblick an und versuchte, sie so diskret wie möglich zum Schweigen zu bringen.

Aber sie rechnete nicht mit mir. Ich sagte einfach: »Miß Jessica? Wer war denn das?«

»Mrs. Bucket meinte Miß Miriam. Sie liebte ihr Gebäck so. Erinnern Sie sich noch, Mrs. Bucket, wie sie immer in die Küche runterkam, wenn gebacken wurde?«

»Sie hat aber Miß Jessica gesagt«, betonte ich.

»Manchmal irrt sie sich mit Namen, nicht wahr, Mrs. Bucket? Miß Miriam und Mr. Xavier hatten ihr Gebäck so gern. Das von Mrs. Cobb ist wahrscheinlich nicht halb so gut.«

»Niemand kann so gut backen wie ich«, sagte Mrs. Bucket leidenschaftlich.

»Ich fand es ausgezeichnet«, lobte ich und überlegte immer noch, warum sie ›Miß Jessica‹ gesagt hatte.

Hanna fragte plötzlich, ob ich gern die Ställe besichtigen würde.

Nein, das wollte ich lieber nicht, denn meine Besuche mußten ja noch geheim bleiben, und einige vom Personal würden sich bestimmt die Mäuler zerreißen. Also war es besser, so wenig wie möglich zu sehen. Ich konnte mir das Entsetzen meiner Familie vorstellen, wenn man entdeckte, daß ich mich mit Ben Hennicker angefreundet hatte. Ich war erst siebzehn, also noch nicht großjährig, und mußte auch als die Rebellin, die ich war, bis zu einem gewissen Grad gehorchen. Folglich empfahl es sich, die Besuche vorläufig so geheim wie möglich zu halten.

Ich sagte also nur, daß alles sehr interessant gewesen sei und ich mich gefreut habe, Mrs. Bucket kennenzulernen. Nachdem ich mich bei Hanna ebenfalls bedankt hatte, verließ ich das Haus. Als ich die Auffahrt hinunterging, spürte ich, wie sie mir nachsahen, und war froh, die Biegung zu erreichen, obwohl ich jetzt zur Straße hin sichtbar wurde. Was war, wenn Miriam, Xavier oder meine Eltern gerade auftauchten? Zum Glück kam ich jedoch unbeobachtet nach Hause. Dauernd mußte ich an Mrs. Buckets Worte von Jessica denken und begab mich schnurstracks zur ›Wüstenei‹ hinaus. Dort las ich das Täfelchen, das ich wieder in die Erde gesteckt hatte: ›Jessica Clevering, Ju... 1880‹. Das mußte jene Jessica gewesen sein, von der Mrs. Bucket sprach.

Den ganzen heißen August über setzte ich meine Besuche drüben fort – nicht nur am Mittwoch, denn Ben mochte keine allzu große Regelmäßigkeit. Ihm war das Unerwartete lieber, und so sagte er mal: »Kommen Sie am Montag«, oder: »Kommen Sie am Samstag!«

Er machte Fortschritte mit seinem Bein und konnte mit Hilfe der

Krücke schon etwas besser laufen. Über sein Holzbein riß er Witze, nannte es ›Bens Stockbein‹ und sagte, er könne wohl genausogut mit Holz auskommen wie die meisten Leute mit Fleisch und Blut. Oft stützte er sich auf meine Schulter, und wir gingen gemeinsam durch die Galerie.

Einmal sagte er: »Hier sollten Familienbilder hängen, dafür ist doch so eine Galerie gedacht. Mein häßliches Gesicht würde allerdings nicht allzuviel dazu beitragen.«

»Es ist aber das interessanteste Gesicht, das ich kenne«, entgegnete ich.

Das erwähnte Gesicht zuckte bei diesen Worten; unter seiner rauhen Schale war er nämlich recht sentimental. Immer erzählte er viel, und ich konnte mir sein Leben gut vorstellen. Ich sah die Straßen von London vor mir und ihn als pfiffigen Jungen, wie er mit hellem Blick Umschau hielt, herausfand, wie er seine Waren am besten verkaufen konnte und den anderen stets einen Schritt voraus war. Von seiner Mutter sprach er sehr oft und zärtlich; offensichtlich hatte er sie sehr geliebt.

Ein andermal meinte ich: »Sie hätten heiraten sollen, Ben.«

»Ich bin wohl nicht der Typ dafür«, antwortete er. »Komischerweise war im richtigen Augenblick nie eine da. Der richtige Augenblick ist sehr wichtig im Leben. Man muß die Gelegenheit beim Schopf ergreifen können. Natürlich hat es Frauen in meinem Leben gegeben, das zu leugnen wäre Unsinn, und wir wollen doch aufrichtig miteinander sein. Mit Lucie habe ich ein gutes Jahr gelebt, und als ich gerade daran dachte, die Sache legal zu machen, ist etwas passiert, und alles hat sich geändert. Danach kam Betty, ein gutes Mädchen, aber mit ihr wäre es auch nicht gegangen auf die Dauer.«

»Sie hätten Söhne und Töchter haben können und mit deren Bildern die Galerie füllen.«

»Den einen oder anderen habe ich ja«, gestand er grinsend. »Jedenfalls behaupten sie, daß ich der Vater sei... oder taten es, als ich reich wurde.«

»Vielleicht hätten sie es auch getan, wenn Sie arm geblieben wären.«

»Wer weiß?«

So redeten wir hin und her. Ich stand gut mit der Dienerschaft, besonders die Köchin hatte mich in ihr Herz geschlossen.

Nach einer Weile akzeptierte auch Wilmot meine Besuche im Bedienstetentrakt. Offenbar war er der Meinung, daß ich zwar eine Clevering, aber keine Oakland-Hall-Clevering war, weil ich nicht – wie all die anderen Cleverings – in dem großen gewölbten Raum das Licht der Welt erblickt hatte, sondern in einem fremden Land. Irgendwie war mein Status befleckt. Und obwohl er mich respektvoll behandelte, spürte ich eine gewisse Herablassung.

Gegen Ende August versetzte mich Ben in ziemliche Unruhe. Wir spazierten wieder einmal in der Galerie auf und ab; er konnte jetzt schon ganz ohne Krücken gehen.

»Wenn es weiter solche Fortschritte macht, werde ich nächstes Jahr wieder reisen.« Sogleich bemerkte er mein Entsetzen und lachte. »Aber nicht vor Weihnachten. Ich muß noch viel mehr üben.«

»Ohne Sie wird es so langweilig sein.«

Er streichelte meinen Arm. »Ist ja noch lange hin. Wer weiß, was bis Weihnachten noch alles geschieht.«

»Wohin würden Sie denn fahren?«

»Ich hab' da ein Haus nördlich von Sydney, in der Nähe der Opalgebiete. Dort gibt es bestimmt noch mehr zu finden.«

»Sie wollen wieder schürfen?«

»Das liegt mir nun mal im Blut.«

»Aber nach dem Unfall ...«

»Keine Sorge, mit dem Pickel werde ich selber kaum noch losgehen. Mein Partner und ich haben dort Minen, es arbeiten Leute für uns.«

»Und was geschieht zur Zeit dort draußen?«

»Ach, der Pfau kümmert sich drum.«

»Der Pfau?«

Ben fing zu lachen an. »Eines Tages müssen Sie ihn mal kennenlernen; der Name paßt so schön zu ihm.«

»Er ist wohl sehr eitel?«

»Ja, er hält eine Menge von sich selbst. Nicht, daß es unbegründet wäre. Haben Sie schon mal Pfauenfedern gesehen, dieses Blau? Es ist doch unverkennbar! Seine Augen haben diese Farbe. Sehr selten ist das, so ein tiefes dunkles Blau. Und wenn er zornig ist – mein Gott, kann er da blitzen! In der ganzen Company gibt es keinen Mann, der sich ihm entgegenstellen würde. Das ist ganz nützlich. Ich weiß, daß er sich um alles kümmern wird, während ich weg bin. Ohne ihn könnte ich jetzt gar nicht hier sein, würde es gar nicht wagen. Aber irgendwann muß ich zurück. Sie haben keine Ahnung, *wie* vertrackt manches laufen kann.«

»Dem Pfau können Sie also vertrauen?«

»Da wir so eng befreundet sind, meine ich es schon.«

»Wie heißt er denn richtig?«

»Josselin Madden, allgemein als Joss oder ›der Pfau‹ bekannt. Seine Mutter war eine gute Freundin von mir, ja, eine sehr gute Freundin. Eine schöne Frau, diese Julia Madden – jedem Mann im Lager gefiel sie. Jock Madden war ein armer Teufel, der hätte nie dort hinausgehört.

Konnte keine Frau und keinen Job halten. Julia und ich mochten uns sehr. Und als Joss auf die Welt kam, gab es keine Zweifel. Außerdem war Jock ohnehin zeugungsunfähig.«

»Dieser Pfau ist also Ihr Sohn?«

»Ja, so ungefähr.« Ben fing zu lachen an. »Den Tag werde ich nie vergessen: er war gerade sieben. Ich hatte schon mein Haus gebaut, das ›Pfauen-Haus‹. Pfauen marschierten auf dem Rasen herum, daher der Name. Julia besuchte mich dort öfter – sie dachte daran, Jock zu verlassen und ganz zu mir zu ziehen. Eines Tages stürzte ihr Pferd auf dem Weg, und sie brach sich dabei das Genick. Jock heiratete wieder, eine Tyrannin. Obwohl es da draußen so wenig Frauen gab, wollte sie keiner, und da nahm sie Jock, weil der nicht nein sagen konnte. Den hat's aber sauber erwischt. Unserem jungen Pfau gefiel der Haushalt überhaupt nicht, da packte er einfach eine Tasche und kam eines Tages über den Rasen zu mir heraufmarschiert, daß die Pfauen nur so auseinanderstoben. Die Hausangestellten brachten ihn mir, und er sagte einfach: ›Ich bleibe jetzt bei dir.‹ Nicht: ›Darf ich?‹ – nein: ›Ich bleibe!‹ Das war Joss Madden mit sieben Jahren, und bis zum heutigen Tag hat sich das nicht geändert. Er beschließt eine Sache, und so wird sie dann auch gemacht.«

»Sie mögen ihn sehr, Ben? Sie bewundern ihn?«

»Er ist mein Sohn... und Julias. Ich entdecke vieles von mir in ihm. Nichts bewundert man mehr an anderen Leuten als das, was man in sich selbst spürt.«

»Er blieb also dann im Pfauen-Haus und wurde so eitel, daß die Leute ihn ›Pfau‹ nannten; er ist unerbittlich, und er ist Ihr Sohn.«

»So ungefähr.«

»Und gehört er zu jenen, die sich als Ihre Söhne empfinden, seit Sie reich geworden sind?«

»Ich weiß nicht, wieviel er mit sieben über Reichtum wußte. Ich glaube, er haßte nur sein Zuhause und mochte die Pfauen. Ihnen wandte er jedenfalls mehr Aufmerksamkeit zu als mir, und dann faszinierten ihn die Opale – vor allem die mit Pfauenfarben; gleich von Anfang an hatten sie ihn interessiert. Und wenn Joss was interessiert, dann mit ganzer Kraft. Ich weiß, daß meine Sache sicher in seinen Händen liegt. Er könnte es bald schon allein, aber mich zieht es selbst hinaus. Manchmal träume ich davon, wie ich in den Schacht hinuntersteige. Weiter und weiter, bis in die untersten Kammern. Da stehe ich dann mit meiner Kerze und entdecke glitzernde Opale, in Rot, Grün und Gold... Und mittendrin ein zweiter ›Grüner Blitz‹.«

»Der bringt aber doch Unglück«, sagte ich. »Ich möchte nicht, daß

Ihnen etwas passiert. Sie sind wahrhaftig reich genug, Sie haben Oakland Hall. Was wollen Sie mit dem ›Grünen Blitz‹?«

»Seit ich ihn verlor, habe ich zumindest etwas Wunderschönes gefunden – nämlich Sie.«

Wir schwiegen beide und marschierten weiter die Galerie entlang. Er hatte es deutlich genug ausgedrückt, daß er eines Tages wieder aufbrechen würde. Und wenn Ben wegfuhr, hatte ich keine Ausrede mehr zu einem Besuch auf Oakland; ich wollte aber noch so viel erfahren, bis es soweit war.

Ein wenig hatte ich über Opale gelernt und konnte mir inzwischen vorstellen, wie man sie aus der Erde schürfte, wie es in den wilden Camps zuging, wie die Leute dort lebten. Konnte mich in die Aufregung hineindenken, wenn ein besonders schöner Stein gefunden wurde.

Aber ich hatte noch mehr erfahren.

Mrs. Bucket, die Köchin, war begeistert, wenn ich zu ihr in die Küche hinunterkam, und das tat ich auch jedesmal. Ich merkte immer mehr, wie wenig ich von meiner eigenen Familie wußte: Miriam, Xavier und meine Eltern waren wie Schatten in einem schlechtbeleuchteten Zimmer.

Es bedeutete Mrs. Bucket das größte Vergnügen, kleine Schleckereien für mich zu kochen, damit ich sie mit Mrs. Cobbs Essen vergleichen konnte. Ich glaube, sie hatte eine Art Schuldkomplex, nicht mit uns gegangen zu sein. Gern sprach sie über die Vergangenheit, und von ihr erfuhr ich, daß Mr. Xavier ein kluger kleiner Kerl war.

»Damals war er ja noch auf der Schule. Dem schmeckte mein Essen! Nannte mich immer ›die Kochdame‹. ›Ja, eine Dame, eine Lady bist du, so gut ist dein Essen‹, sagte er. Essen konnte der! Miß Miriam hat gern mal was angestellt. Wie sie noch klein war, habe ich sie manchmal beim Zuckergrabschen erwischt. Mit fünfzehn kam sie zu mir und sagte: ›Mrs. Bucket, wir müssen von Oakland weg.‹ Sie war am Heulen, die Ärmste, und ich beinahe auch. Aber Miß Jessica...«

Tiefes Schweigen, bis die anwesende Hanna die Situation zu retten versuchte. »Haben Sie die Rosinenbrötchen für den Tee schon fertig?«

»Wer war Jessica?« fragte ich.

Mrs. Bucket sah Hanna an und sprudelte plötzlich heraus: »Was soll denn diese Versteckspielerei? Das kann man doch nicht ewig im dunklen halten.«

In hochmütigem Ton, als wäre ich eine echte Oakland-Clevering, befahl ich: »Jetzt sagen Sie mir endlich, wer Jessica war.«

»Sie hatten noch eine Tochter«, sagte Mrs. Bucket. »Zwischen Miriam und Xavier.«

»Und die hieß Jessica?«

Hanna senkte bejahend den Kopf.

»Und warum ist das so geheim?«

Beide schwiegen wieder, und ich schrie fast: »Das ist doch zu blöd!«

Hanna sagte scharf: »Sie erfahren es schon noch rechtzeitig. Wir können da nicht...«

Ich sah Mrs. Bucket flehentlich an. »Sie wissen es doch«, sagte ich. »Warum soll ich es denn nicht erfahren, was ist mit dieser Jessica passiert?«

»Sie starb«, erklärte Mrs. Bucket.

»Als Kind?«

»Nachdem sie Oakland verlassen hatten«, ergänzte jetzt Hanna, »drum wissen wir auch nicht viel darüber.«

»Sie war doch älter als Miriam, und Miriam war fünfzehn, als sie wegzogen«, rechnete ich laut.

»Ja, etwa siebzehn«, sagte Hanna, »aber wir dürfen wirklich nicht... Mrs. Bucket hätte nicht...«

»Ich tu', was ich will, in meiner Küche«, trumpfte Mrs. Bucket auf.

»Das ist aber kein Küchenkram«, protestierte Hanna.

»Werden Sie bloß nicht frech zu mir, Hanna!«

Ich merkte bald, daß sie den Streit nur anfingen, um mir nichts weiter sagen zu müssen. Aber ich würde es schon herausfinden, dazu war ich fest entschlossen.

Ich verließ das Haus und lief zum Friedhof, wo ich mir alle Gräber ansah. Es gab nur eine Jessica Clevering dort, und sie war vor hundert Jahren mit siebzig gestorben. Dann ging ich zur ›Wüstenei‹. Dort waren das Grab und die Plakette mit dem Namen und Datum ›Ju... 1880‹.

»Also hier haben sie dich begraben, Jessica«, flüsterte ich.

Brief einer Toten

Als ich am nächsten Tag am Bach saß, tauchte Hanna auf der anderen Seite mit einem Päckchen auf. »Ich wollte mit Ihnen sprechen, Miß Clevering«, rief sie mir zu.

»Schon gut, Hanna, ich komme rüber.« Während ich über die Brücke ging, fiel mir auf, wie ernst sie dreinsah.

»Vermutlich ist jetzt die Zeit gekommen, Ihnen dies zu geben«, sagte sie.

»Was ist denn das?«

»Das sollten Sie an Ihrem einundzwanzigsten Geburtstag oder zum richtigen Zeitpunkt bekommen – was immer zuerst käme. Und ich meine, nun ist es an der richtigen Zeit.«

Ich nahm ihr das Päckchen ab. »Was ist da drin?«

»Geschriebenes für Sie; es wurde mir anvertraut.«

»Wann denn? Und wer hat es Ihnen anvertraut?«

»Das steht alles da drin. Hoffentlich habe ich richtig gehandelt.«

Sie zögerte noch kurz, ihre Stirn war vor lauter Nachdenken gerunzelt. Dann wandte sie sich um und eilte zurück, und ich stand mit dem großen Umschlag in den Händen da. Vorsichtig öffnete ich ihn und zog eine Anzahl Blätter heraus, die mit sauberer Handschrift beschrieben waren.

Ich blickte auf die erste Seite.

›Meine liebe Opal‹, begann es. ›Dies wirst Du viele Jahre, nachdem ich es geschrieben habe, lesen, und ich hoffe, daß Du dann nicht zu schlecht von mir denkst. Ich habe Dich geliebt, das sollst Du nie vergessen, und was ich jetzt tun werde, ist wohl die beste Lösung für uns alle. Du sollst außerdem wissen, daß meine letzten Gedanken Dir galten...‹

Ich verstand nicht, was das alles zu bedeuten hatte. Am besten ging ich mit dem Päckchen zur ›Wüstenei‹ hinüber, denn dort kamen selten Leute vorbei. Ich setzte mich neben Jessicas Grab und las weiter.

›Ich will von Anfang an erzählen. Du sollst mich kennen, dann wirst Du begreifen, wie alles passiert ist. Ich glaube, in jeder Familie gibt es eine, die anders ist, mit den übrigen kaum Ähnlichkeit hat. So eine war ich. Xavier ist so klug und gut im Lernen und allzeit hilfsbereit. Miriam kann man zu allem anstiften, aber aus eigenem Antrieb tut sie selten etwas. Sie läßt sich formen, in jede Richtung, und manchmal kann sie auch ein Musterkind sein.

Ich war dagegen immer schon eine kleine Rebellin. So spielte ich zum Beispiel gern Geist und machte Musik auf dem Spinett in der

55

Galerie; dann versteckte ich mich, und wenn die Leute nachschauen kamen, meinten sie, in der Galerie würde es spuken. Und die Dienstboten wollten gar nicht mehr allein hinaufgehen. Mrs. Bucket wieder habe ich oft überreden können, die Kuchen zu backen, die ich am liebsten hatte, und einen bekam ich immer extra von ihr.

Ich war Papas Liebling, nicht Mamas. Er brachte mir auch bei, wie man Poker spielt. Ich werde ihr Gesicht nie vergessen, als sie in sein Arbeitszimmer kam und uns dort mit den Karten antraf. Damals ist mir wohl zum erstenmal unsere kritische Lage bewußt geworden. Sie stand so dramatisch da, daß ich am liebsten laut gelacht hätte. ›Ihr fiedelt hier, während Rom verbrennt‹, sagte sie, und ich antwortete: ›Wir fiedeln doch gar nicht, wir spielen Poker.‹ – ›Daß du dich nicht schämst!‹ rief sie, und dann nahm sie die Karten und warf sie ins Feuer. ›Jetzt brennt nicht Rom, sondern die Karten‹, sagte ich, denn ich konnte meinen Mund nie halten, und die Worte entschlüpften mir, ehe ich mich versah. Mama schlug mich ins Gesicht. Ich erinnere mich noch, welchen Schock mir das versetzte, weil es mir zeigte, wie verzweifelt sie war. Normalerweise blieb sie nämlich ruhig und schimpfte höchstens.

Auch Papa war schockiert. Er sagte streng: ›Erheb nie wieder deine Hand gegen die Kinder!‹ Und dann brüllte sie ihn an: ›Wer bist du denn, daß du mir Vorschriften machen kannst! Bringst deiner Tochter noch die gleichen schlechten Sitten bei, das Kartenspielen! Spielen bedeutet Schulden, und darum sind wir heute in dieser Lage. Ist dir überhaupt klar, daß das Dach dringendst repariert werden muß? In die Galerie tropft schon Wasser, unter den Dielen in der Bibliothek ist Schimmel, die Dienerschaft hat seit zwei Monaten kein Geld mehr gesehen. Und was tust du? Bringst deiner Tochter das Pokern bei!‹

Ich hielt mir das Gesicht, und Papa versuchte, sie zu besänftigen. ›Doch nicht vor Jessica, Dorothy, bitte!‹ Sie antwortete: ›Warum denn nicht? Sie wird es bald genug erfahren. Alle werden es bald wissen, daß du dein Vermögen verspielst – und meines ... So kann es nicht weitergehen!‹

Ich sah, wie die Herzkönigin sich in den Flammen wand, und dann war Mama verschwunden, und Papa und ich blieben allein.

Ich weiß gar nicht, warum ich Dir das Ganze aufschreibe, eigentlich ist das alles unwesentlich. Aber ich will, daß Du über mich Bescheid weißt, Opal, und wie wir lebten. Ich möchte nicht nur ein Name für Dich sein. Du sollst versuchen zu verstehen, warum das alles so kam, darum dieser Versuch einer Niederschrift. Vielleicht zerreiße ich es nachher, weil ich glaube, daß Du das gar nicht zu wissen brauchst, daß es nur Entschuldigungen für mich sind. Aber jetzt schreibe ich erst einmal alles auf, was mir gerade einfällt, und die Szene in Papas Zimmer ist irgendwie ein Anfang dazu. Denn hätten wir Oakland Hall nicht verkaufen müssen, wäre alles nicht so gekommen, wie es schließlich kam.

Nach diesen Tagen gab es oft Szenen zwischen meinen Eltern: Geld für dies und für das, das wir nicht hatten. Ich wußte, daß es Papas Schuld war. Eine verhängnisvolle Neigung in seiner Familie, die er ererbt hat. Er sprach oft mit mir darüber in der langen Galerie, zeigte mir die Bilder seiner Ahnen und erklärte, wofür sie berühmt waren.

Da war Joffrey, vor dreihundert Jahren geboren, der uns schon fast ruiniert hatte. Dann James, der zur See fuhr und eine Art Pirat wurde. Er hatte spanische Galeonen aufgebracht und ihrer Schätze beraubt, und wir wurden dadurch reich. Dann gab es da einen Charles, der wieder spielte, zur Zeit Charles I., und in dem Krieg standen wir natürlich auf seiten des Königs, der verlor. Es gelang uns aber trotzdem, die nachfolgende Zeit durchzustehen, bis zur Wiedereinsetzung des Königshauses, bei der wir mehr Land und noch mehr Reichtümer bekamen, weil wir der Krone treu geblieben waren. Hundert Jahre herrschte dann Ruhe, bis Henry Clevering die Szene betrat, der größte Spieler von allen, befreundet mit George, dem Prinzen von Wales, einem Dandy und Verschwender. Von Henrys Spielsucht erholte sich das Haus nie mehr, wenn auch Anfang des Jahrhunderts alle Anstrengungen dazu unternommen wurden. Papas Vater hatte wieder dieses Laster geerbt, und es übertrug sich auch auf seinen Sohn. Zwei Generationen Spieler hintereinander konnte Oakland nicht mehr verkraften – und so kam es, daß uns nur eines übrigblieb: Oakland zu verkaufen.

Ich war damals sechzehn, es war alles entsetzlich deprimierend. Papa fühlte sich so deprimiert, daß ich fürchtete, er würde sich das Leben nehmen; Mama zeigte nur Bitterkeit. Immer wieder sagte sie, es hätte nicht passieren müssen. Nicht nur das Haus mußten wir verkaufen, sondern auch viele Kostbarkeiten darin: die schönen Gobelins, einiges von dem Silber und den Möbeln. Und dann zogen wir auf den Witwensitz um: ›ein wunderschönes Haus‹, wie Xavier immer betonte. Aber Mama wollte nichts mehr davon hören und schimpfte dauernd. Nichts war ihr mehr recht zu machen.

Wir schienen uns alle zu verändern. Xavier wurde viel ruhiger, er klagte Papa nicht an, zog sich jedoch in sich selbst zurück. Eine Farm behielten wir, für die er sorgte, aber das war eben gar nichts im Vergleich zu dem großen Gut, das wir vorher gehabt hatten. Miriam war fünfzehn, und da wir die Gouvernante entlassen mußten, übernahm es Mama, sie zu unterrichten. Mich hielt man für alt genug, ohne weiteren Unterricht auszukommen. Wir müßten uns nun nützlich machen, sagte Mama, denn Männer, die uns jetzt heiraten würden, wären aus ganz anderem Stand als jene, denen wir begegnet wären, hätte uns nicht der Leichtsinn Vaters aus unserem Heim vertrieben.

Miriam ließ sich von Mamas Bitterkeit anstecken, ich dagegen nie. Ich verstand irgendwie jenen unwiderstehlichen Drang, den Zwang, unter dem mein Vater gestanden hatte. Ich fühlte ihn selbst, nicht hinsichtlich der Karten, aber was das Leben betraf. Es lag einfach in meiner Natur.

Ein Mr. Ben Hennicker, der sich in Australien Reichtümer erworben hatte, kaufte Oakland. Ein freundlicher Mensch, der uns dann eines Tages auch hier besuchte. Ich werde es nie vergessen, wie Maddy ihn damals in den Salon brachte, wo wir gerade Tee tranken.

›Nun, Madame‹, sagte er zu Mama, ›da wir ja nun Nachbarn sind, sollten wir uns doch auch nachbarlich verhalten, und da ich nächste Woche ein kleines Treffen veranstalte, dachte ich mir, Sie würden vielleicht gern kommen.‹

Mama konnte jedermann mit ihrem Blick zu Eis erstarren lassen – eine Fähigkeit, die sie am Personal oft ausprobierte und die auf dem Witwensitz genausogut funktionierte wie früher auf Oakland. Keiner von der Dienerschaft durfte je vergessen, daß wir Cleverings waren – wie arm an weltlichen Gütern wir auch jetzt sein mochten.

›Ein Treffen, Mr. Hennicker?‹ sagte sie, als habe er eine römische Orgie vorgeschlagen. ›Das ist leider völlig unmöglich. Meine Töchter sind ja noch nicht in die Gesellschaft eingeführt, und außerdem haben wir an dem betreffenden Tag bereits etwas vor.‹

›Ich könnte aber gehen, Mama‹, wagte ich mich einzumischen, aber auch mir fror sie die Worte auf den Lippen ein.

›Du hast keinerlei Erlaubnis dorthinzugehen, Jessica‹, sagte sie kalt.

Mr. Hennicker war inzwischen vor Zorn ganz rot geworden. ›Ich verstehe, Madame. Sie sind nächste Woche verhindert und werden es immer sein, wenn ich wieder die Impertinenz haben sollte, Sie einzuladen. Keine Angst, davor sind Sie sicher . . . Sie und Ihre Familie. Solange ich auf Oakland Hall bin, soll das nie wieder vorkommen.‹ Und damit ging er hinaus.

Ich war entsetzlich zornig auf Mama, daß sie sich so unmöglich verhalten hatte. Immerhin hatte er versucht, sich freundlich zu zeigen, und es schien mir absurd, ihn zu hassen, nur weil er Oakland gekauft hatte. Wir hatten es ja zum Verkauf ausgeschrieben, hatten einen Käufer gesucht. Ich schlüpfte hinaus und rannte ihm nach, aber er war schon die halbe Auffahrt hinauf, ehe ich ihn erreichte. ›Ich wollte Ihnen nur sagen, wie leid es mir tut‹, keuchte ich. ›Ich schäme mich für die Antwort meiner Mutter. Hoffentlich denken Sie nicht schlecht von uns allen.‹

Seine stahlblauen Augen blitzten noch vor Zorn, aber als er mich ansah, fing er an zu lächeln. ›Na so was‹, sagte er, ›die kleine Miß Clevering?!‹

›Ich bin Jessica‹, sagte ich.

›Sie schlagen aber gar nicht nach Ihrer Mutter‹, sagte er. ›Ein besseres Kompliment kann ich Ihnen wohl nicht machen.‹

›Sie hat auch ihre guten Seiten‹, verteidigte ich sie, ›aber die sieht man nicht so leicht.‹

Er fing zu lachen an, und es war derart ansteckend, daß ich mitlachen mußte. Dann sagte er: ›Das gefällt mir, daß Sie sich bei mir entschuldigen wollten. Sie sind ein liebes Mädchen, Miß Jessica. Besuchen Sie mich mal in Ihrem alten Heim? Na, wie wär's?‹ Er erstickte fast an seinem Gelächter. ›Sie hat ja schließlich nur für sich selbst gesprochen, Sie dürfen also ruhig kommen und meine Freunde kennenlernen. Recht nette Leute, einige von ihnen. Da gehen Ihnen dann die Augen auf, Miß Jessica. Sie haben bisher sicher wie in einem Käfig gelebt. Wie alt sind Sie überhaupt?‹

›Siebzehn.‹

›Was für ein herrliches Alter‹, sagte er. ›Ein Alter, in dem Sie schon Ihre eigenen Abenteuer bestehen sollten. Das wollen Sie doch sicher auch, nicht wahr? Kommen Sie ruhig mal zu mir rüber, wenn Sie meinen, daß das in Ordnung ist. Ihr Leben muß doch bisher sehr langweilig gewesen sein.‹

Ich erklärte ihm, daß es mir nicht so vorgekommen war, denn mich interessierte vieles in unserer Umgebung. Ich besuchte gern die Leute ringsum, und auf Oakland hatten wir viel Gelegenheit dazu. Als Gutsherrenfamilie mußten wir uns um das Wohlergehen unserer Pächter kümmern. Die Tage waren alle strikt aufgeteilt gewesen: Unterricht am Vormittag, dann bei Verwaltungsarbeiten mithelfen, Nähen, Gespräche... Wir machten zum Teil unsere eigenen Kleider und planten die Bälle, die wir nach unserer Einführung in die Gesellschaft geben würden.

Erst als Mr. Hennicker mir ganz neue Perspektiven eröffnete, wurde mir langsam bewußt, wie ereignislos das alte Leben gewesen war.

Was für eine Abwechslung diese Besuche auf Oakland Hall für mich waren...‹

Ich hörte zu lesen auf und starrte auf das Grab vor mir; ein unheimliches Gefühl beschlich mich, daß mein Leben nach einem hier schon vorgezeichneten Muster verlief. Was Jessica passiert war, passierte nun auch mir. Ich wollte rasch weiterlesen, aber erst mußte ich das Bisherige verdauen. Es war mir wichtig, diese Jessica zu kennen, ihr Leben vor mir ausgebreitet zu sehen. Und das wollte sie ja auch, deswegen berichtete sie alles so detailliert. Dann las ich weiter.

›Natürlich beschwindelte ich meine Familie; nur Miriam erzählte ich einiges. Am liebsten hätte ich sie hier und da mitgenommen, aber ich wußte, daß es Fürchterliches abgeben würde, wenn man es herausfand. Und da sie jünger war und ich mich für sie verantwortlich fühlte, wollte ich sie da nicht hineinziehen. Miriam ließ sich so leicht in jede Richtung führen. Bei mir war sie durchaus zu jedem Unfug bereit. In Mamas Gesellschaft wiederum wurde sie snobistisch und schimpfte über Papa, der uns ins Elend gebracht hatte. Ich nannte sie ›das Chamäleon‹, da sie die Farbe jedes Felsens annahm, auf dem sie saß, und deswegen zögerte ich auch, sie mitzunehmen. Statt dessen erleichterte ich mich, indem ich ihr nachts im Bett meine Abenteuer berichtete. Sie hörte begeistert zu und war ganz für mich eingenommen, aber ich wußte genau, wenn Mama ihr erklärte, wie schimpflich mein Handeln sei, würde sie sofort mit ihr übereinstimmen. Das war keine Hinterhältigkeit von ihr – sie konnte sich nur einfach keine eigene Meinung bilden.

Bei Xavier war es anders. Aber wer hätte den schon ins Vertrauen gezogen? Er nahm unseren Absturz sehr tragisch und betrachtete ihn als Schande für die Familie. Er hatte Oakland geliebt und war natürlich in dem Glauben aufgewachsen, daß es eines Tages ihm gehören würde. So war er zornig, daß man es ihm genommen hatte, schimpfte allerdings nie mit Papa, wie Mama es tat. Er war nur traurig und in sich zurückgezogen. Mich machte sein Wesen ebenfalls traurig, aber so gut wie Miriam lernte ich ihn nie kennen.

Ich schweife ab, weil ich das Nächste ein wenig aufschieben möchte. Du mußt verstehen, was da passiert ist. Verurteile mich bitte nicht und auch nicht Desmond. Ich habe ihn bei einem der Treffen Mr. Hennikkers kennengelernt. Immer öfter war ich drüben zu Besuch, und bald fühlte ich mich dort mehr zu Hause als auf dem Witwensitz.

Je häufiger ich hinüberging, desto sorgloser wurde ich. Bei Mr. Hennicker war ich ein stets gern gesehener Gast. Einmal erzählte ich ihm in der Galerie, wie ich das Spinett heimlich gespielt und die Dienerschaft damit verschreckt hatte. Es amüsierte ihn sehr, und er bat mich dann, für ihn zu spielen. Er saß gern dort und hörte mir zu, während ich Chopin-Walzer intonierte.

Ich dachte schon, daß es andauernd so weitergehen, Mr. Hennicker immer da sein würde und interessante Leute zu Besuch kämen. Dann erfuhr ich aber, daß dies gar nicht stimmte und er das Haus nur kurz bewohnte, denn er hatte noch einen Besitz in Neusüdwales. Oakland

Hall war nur eine ›Spinnerei‹, wie er sich ausdrückte. Er hatte es als Junge zum erstenmal gesehen und sich geschworen, es zu erwerben, und er ist ein Mann, der seine eigenen Schwüre ernst nimmt. Ich fand ihn so interessant. Noch nie habe ich jemanden wie ihn kennengelernt.‹

Sie mußte sich nicht bemühen, mich das verstehen zu lehren. Ich wußte genau, was sie meinte, denn es war mir ja ebenso gegangen.

›Ehe wir Oakland verlassen mußten, war die Rede davon gewesen, daß ich – als die Ältere – in die Gesellschaft eingeführt werde. Eine Schneiderin nähte öfter Kleider für mich; sie machte zwei besonders hübsche für die geplanten Bälle. Ich erinnere mich noch, wie Mama sie betrachtete, als wir schon wußten, daß wir Oakland verlassen mußten, und sagte: ›Die wirst du jetzt nie mehr brauchen.‹ Eines war besonders schön: aus kirschroter Seide mit Spitzenbesatz. Es ließ die Schultern frei, und ich habe schöne Schultern, deswegen war es auch so zugeschnitten worden.

Mit Mr. Hennicker konnte man über alles reden, und so erzählte ich ihm auch von dem Kleid. Eigenartig, daß er – ein einfacher Bergmann und im Grunde ziemlich grob – für nahezu alles Verständnis aufbrachte. ›Dieses Kirschkleid sollen Sie einmal tragen‹, sagte er. ›Das wäre ja noch schöner... Wir werden einen Ball geben, und Sie bringen das Kirschrote mit.‹ Ich sagte, daß ich mich das nie trauen würde, und er antwortete: ›Wer nichts wagt, gewinnt auch nichts. Man soll den eigenen Wagemut nie fürchten.‹ Und schließlich sagte er noch: ›Schmale Pfade engen so ein, Miß Jessica. Die große Weite ist viel reizvoller.‹

Ich weiche schon wieder ab, aber diesmal ungewollt. Ich muß Dir *alles* klarmachen. Ich will nicht, daß Du mich für ein Flittchen hältst, denn so war es wirklich nicht.

Auf Oakland fand ein Hausball statt. Ben Hennicker gab oft Bälle für seine Gäste, meistens Geschäftspartner. Sie brachten ihm besonders schöne Steine, die er kaufte und verkaufte. Es wurde viel über Opale geredet, und ich erfuhr manches über das Schürfen und den Verkauf und fand es sehr faszinierend.

Er lud mich zu diesem speziellen Ball ein, und ich wollte mein ›Kirschrotes‹, wie er es einfach nannte, mitbringen. Zu Hause konnte ich es ja nicht gut anziehen, daher schlug er vor, es am Ballabend hinüberzuschmuggeln. Eines der Mädchen würde mir beim Ankleiden behilflich sein.

Oh, welche Nacht! In ihr lernte ich Desmond kennen. Ich muß ihn Dir beschreiben. Alles, was danach geschah, war falsch und böse. Das möchte ich Dir vor allem klarmachen, denn so, wie die Dinge aussahen, können sie nicht gewesen sein. Das ist einfach unmöglich.

Die Galerie mit den Musikern am einen Ende und dem Blumenschmuck aus den Glashäusern sah wundervoll aus. Sie war ein herrlicher Ballsaal, besonders im flackernden Schein der Kerzen an den Wänden. Mein erster offizieller Ball – und das hatte Mr. Hennicker bewußt eingerichtet. Er sagte einmal: ›Oakland Ihrem Vater wegzunehmen, hat mir nichts ausgemacht. Er hat gespielt und verloren. Daß ich es Ihrer Mutter wegnahm, darüber bin ich froh, denn sie verdiente es nicht anders. Wenn ich Ihren Bruder so traurig dreinschauen sehe, zwickt es mich manchmal, aber er ist ein junger Mann und sollte sich eben bemühen, es zurückzugewinnen oder ein ähnliches Gut zu erwerben. Bei Ihnen, Miß Jessica, tut es mir aber richtig leid. Und deswegen werden wir einen Ball für Sie geben.‹

Es war ein zauberhafter Abend; in meinem ganzen Leben hatte ich noch nichts dergleichen erlebt und werde es wohl auch nie wieder, denn auf diesem Ball traf ich Desmond.

Er war noch jung... nicht viel älter als ich, aber mir kam einundzwanzig natürlich schon sehr erwachsen vor. Der Ballsaal war nicht überfüllt, denn Mr. Hennicker hatte keine Nachbarn eingeladen. Darauf mußte diesmal verzichtet werden, denn sie kannten mich, und es hätte Schwierigkeiten geben können. Es sollte *mein* Ball sein, ›der Ball des Kirschroten, des göttlichen Nackens und der lieblichen Schultern‹, wie er sagte. Desmond bat mich gleich zu Anfang um einen Tanz. Wenn Du doch die Galerie an dem Abend hättest sehen können! So etwas Schönes... so romantisch!

Desmond war groß und blond. Die Sonne hatte seine Haare noch zusätzlich gebleicht. Er hatte australische Augen, wie ich das nenne, das heißt, sie waren halb geschlossen mit dichten Wimpern. ›Das kommt von der Sonne‹, erklärte er mir. ›Sie ist drüben viel greller und heißer als hier, man schließt immer halb die Augen, und die Natur gibt einem wohl dort den Wimpernschutz.‹ Über Opale sprach er ähnlich wie Ben Hennicker, war geradezu fanatisch. Er erzählte mir, was er schon gefunden hatte und worauf er noch hoffte.

›Etwas so Schönes wie den ›Grünen Blitz bei Sonnenuntergang‹ hat es noch nie gegeben‹, sagte er. ›Den besitzt Ben. Sie sollten ihn einmal bitten, ihn Ihnen zu zeigen.‹ Dieser ›Grüne Blitz‹ interessierte mich aber gar nicht – an jenem schönen Abend gab es für mich nur Desmond.

Er wollte in wenigen Wochen nach Australien zurückkehren und konnte es schon kaum mehr abwarten, da er ein Gebiet entdeckt hatte, das er für opalträchtig hielt. Dort wollte er schürfen. Ben und einige andere waren ebenfalls an dem Projekt interessiert, das einiges Geld erforderte. Er hatte einen gewissen sechsten Sinn für solche Bodenschätze, das von manchen alten Schürfern verlacht wurde. Man nannte sein Gespür ›Desmonds Fantasien‹, aber er glaubte daran und war sicher, damit sein Glück zu machen.

›Ich fühle es‹, sagte er. ›Das ist Opalland, trockenes Buschland... ganz eben... lauter Salzgebüsch und nicht viel Bäume, außer ein bißchen Mulga – eine Art Akazie – und auch Mulgagras. Ganz verbrannt und erodiert ist alles, die Wasserläufe trocken. Dieses Land spricht für sich selbst, irgend etwas ist da drin. Vielleicht Gold oder Zinn, Wolfram oder Kupfer. Aber irgendwie habe ich das Gefühl, daß es Opale sind – wertvolle Opale.‹ Ganz aufgeregt wurde er, wie Ben Hennicker, und steckte mich mit seiner Erregung an.

Erst als ich die Uhr im Hof Mitternacht schlagen hörte, wurde mir klar, wie die Stunden verflogen waren. Nach dem Ball half mir Hanna, eine der Dienerinnen, die auf Oakland geblieben waren, in mein Alltagskleid. Sie hatte erst vor nicht allzulanger Zeit bei uns angefangen, war etwa in meinem Alter und verstand mich darum wohl auch. Bei uns drüben hatte ich Maddy in mein Geheimnis eingeweiht; sie schlich mir auf der Treppe entgegen und ließ mich hinein. Ohne diese beiden wäre es für mich sehr schwer gewesen. Am nächsten Tag sollte Hanna mir das Ballkleid zum Bach bringen, und ich mußte versuchen, es unbeobachtet ins Haus zu schmuggeln. Nur Miriam mußte ich besänftigen, und das war leicht genug. Sie wollte den Ball in sämtlichen Einzelheiten erzählt bekommen, und ich tat ihr gern den Gefallen. Damals war sie ganz auf meiner Seite und hielt meine Erlebnisse für ein herrliches Abenteuer.

Mit dem Kleid brachte mir Hanna zugleich einen Brief von Desmond. Er müsse mich unbedingt am Nachmittag sehen. Natürlich ging ich hin. Wir wanderten durch den Park von Oakland und hatten uns wieder so viel zu erzählen, und am Abend war ich zum Essen eingeladen.

Natürlich waren wir verliebt ineinander, und schon nach einer Woche der festen Überzeugung, daß keiner von uns mehr ohne den anderen sein konnte. Und das stimmte auch, das mußt Du mir glauben, Opal – trotz allem, was danach passierte. Ich weiß, daß alle unrecht hatten, ich weiß auch, wie es nach außen hin aussah, aber es *konnte* nicht stimmen. Keinen Augenblick lang habe ich es geglaubt, nicht einmal im schlimmsten und tragischsten Moment. Ich wußte, daß es nicht so war. Nach zwei Wochen reiste er nicht ab, schob seine Abreise immer wieder auf. Wenn er fuhr, wollte er mich schon mitnehmen, sagte er. Wir würden heimlich heiraten und zusammen rüberfahren. ›Wird es dir Spaß machen, eine Bergmannsfrau zu sein, Jessy?‹ fragte er öfters. ›Kein leichtes Leben, aber wir machen bald unser Glück, genau wie Ben, und dann kannst du dir alle Wünsche erfüllen.‹

Jeden Abend schlüpfte ich über die Brücke in den Park, wo er schon auf mich wartete. Die Herrlichkeit dieser Septembernächte kann ich gar nicht beschreiben. Ohne Maddy und Hanna wäre es allerdings nicht gegangen, sie waren beide fantastisch. Ich muß es wohl sehr geschickt angestellt haben, denn Mama hatte keine Ahnung, und das war bei ihr eine Seltenheit.

Wir hatten alles genau geplant. Drei Wochen später wollten wir heiraten. Desmond mußte dazu eine Sonderlizenz beantragen, und dann ging es gemeinsam nach Australien. Wir hatten niemand davon erzählt, nicht einmal Ben. Ich war sicher, daß er uns helfen würde – Desmond hingegen weniger. Ben hielt mich offenbar für ein zartes Püppchen, das man den Härten des Lebens nicht aussetzen durfte. Und das Leben in einem Bergmannscamp unterscheidet sich ja ziemlich von dem in einem geordneten Haushalt. Das wußte ich, war darauf vorbereitet.

Und dann kam jene entsetzliche Nacht. Desmond hatte mir gesagt, daß einige Geschäftsfreunde nach Oakland kämen und Ben selbst auch bald wieder nach Australien reisen würde. Vorher hätte mich diese Nachricht betrübt; aber jetzt fuhr ich ja auch hinüber und war froh, daß Ben ebenfalls mitkam. Sie wollten an dem Abend die Ausbeutung jenes Territoriums besprechen, das Desmond ins Auge gefaßt hatte. Er war ganz aufgeregt. ›Ben, ich und einer der führenden Opalhändler da draußen‹, berichtete er. »Wir fangen die Sache sofort an, wenn das Geld beisammen ist.‹ Da diese Besprechung am Abend stattfinden sollte, konnte er mich erst wieder am nächsten Nachmittag treffen; er würde wie stets am Bach warten.

Aber er kam nicht – und ich habe ihn nie wieder gesehen. Was an jenem Abend passiert ist, wußte kein Mensch, obwohl viele meinten, es zu wissen. Desmond war, ohne daß er sich von irgend jemand verabschiedet hatte, wie vom Erdboden verschluckt, und der ›Grüne Blitz bei Sonnenuntergang‹ war gleichzeitig verschwunden.

Du kannst Dir vorstellen, daß da die Gerüchte wucherten: Es gab nur eine Antwort – aber sie stimmte nicht. Das weiß ich genau. Ich werde es *nie* glauben. Wie hätte er weggehen können, ohne mir etwas zu sagen? Wir sollten doch in wenigen Wochen heiraten! Er hatte sich um die Lizenz gekümmert, alles in die Wege geleitet, und jetzt war er verschwunden, ohne mir etwas gesagt zu haben, obwohl wir uns an dem Nachmittag treffen sollten. War weg... ebenso wie der Opal.

Die Tage vergingen, ich lebte wie in einem Alptraum; sagte mir stets aufs neue, daß es ein Irrtum sein müßte, ein blödsinniger Irrtum, und daß Ben den verschwundenen Opal bestimmt verlegt hätte. Ich suchte ihn wieder auf. Er tobte wie ein verwundeter Büffel. ›Er hat ihn genommen!‹ schrie er. ›Er ist mit dem Grünen Blitz weg. Bei Gott, das muß er mir büßen! Ich habe ihn am Abend allen gezeigt, alle waren dabei, als ich ihn aus dem Safe nahm. Er saß rechts von mir, dieser Hund. Ich erschieße ihn, er hat meinen besten Stein.‹

›Er hat es nicht getan, Ben‹, rief ich, ›bestimmt nicht!‹

Er hörte zu toben auf und starrte mich an. ›Und Sie hat er auch betrogen, Jessica‹, sagte er dann ganz ruhig. ›Ein gutaussehender Junge und ein angenehmer Mensch – aber er hat uns offenbar alle hinters Licht geführt.‹

Ich konnte nichts weiter tun, nichts sagen. Es war mir unmöglich, mit Ben darüber zu reden. Er wollte gleich abreisen, meinte er, keine Zeit verlieren und diesem Herrn Desmond Dereham bis zu seinem Schürfgebiet folgen, denn dort vermutete er ihn. Er würde es nicht über sich bringen, den Platz aufzugeben. Ben hatte die Opalgier in seinem Blick gesehen. Das war ihm nicht klargewesen, als er das Safe geöffnet und gezeigt hatte, was in der Schachtel lag. Blind sei er gewesen, hätte wissen müssen, worauf der junge Teufel aus war.

Ich konnte dieses Thema nicht mehr hören. So mied ich Oakland Hall, schloß mich mit meinem Schmerz ein, und man hielt mich für krank, weil ich blaß und gleichgültig wurde. Eine Zeitlang war mir wirklich alles egal, was mit mir geschah. Dann berichtete Hanna, daß Ben abreise. ›Er sucht den ›Grünen Blitz‹.‹

Ich verabschiedete mich noch von ihm, aber mittlerweile hatte unsere Freundschaft einen Sprung bekommen: Desmond stand zwischen uns. Ben war von seiner Schuld überzeugt und ich von seiner Unschuld.

Ich kann gar nicht beschreiben, wie verzweifelt ich mich fühlte: Ben abgereist und Desmond verschwunden – eine größere Tragödie konnte es für mich nicht geben.

Miriam wußte von allem, denn über meine nächtlichen Abenteuer hatte ich sie nicht im unklaren lassen können. Sie war immer wach gewesen bis zu meiner Rückkehr und wollte dann alles hören. Jetzt, wo sie wußte, daß es fehlgeschlagen war, neigte sie sich wieder mehr der Seite von Moral und Ordnung zu.

Gegen Ende November bestätigte sich mein Verdacht. Als mich die Angst das erste Mal überkam, versuchte ich, sie zu verdrängen. Es war doch gar nicht möglich, sagte ich mir. Aber unsere Zusammenkünfte im Park, unsere Gespräche und Träume, unsere leidenschaftliche

Liebe – Desmond hatte gesagt: ›Wir sind im Grunde schon so gut wie verheiratet, ich will keine andere mehr ansehen, und so bald wie möglich wirst du meine Frau.‹ Als seine Frau hatte ich mich ja auch gefühlt.

Vor Weihnachten war es bereits sicher, daß ich ein Kind bekam. Was sollte ich tun? Hanna konnte ich es anvertrauen. Wir überlegten hin und her und kamen doch zu keiner Lösung. Wäre Mr. Hennicker zur Stelle gewesen, er hätte mir bestimmt geholfen. Aber er war Tausende Meilen entfernt, und außer ihm gab es niemanden.

Auch Miriam mußte ich es sagen, am Weihnachtsabend, ich erinnere mich noch. Eine schöne Zeit war es keineswegs. Wir gingen gemeinsam zur Christmette und am nächsten Morgen wieder in die Kirche. Bei diesen Gelegenheiten dachte meine Mutter mehr als sonst an die alten Bräuche auf Oakland Hall. Während des Mittagessens redete sie dauernd von früheren Weihnachtsfesten, wo man die Galerie mit Stechpalmen und Mistelzweigen schmückte und das Haus voller Gäste war. Ich schrie plötzlich: ›Gib lieber Papa als Weihnachtsgeschenk das Versprechen, künftig über die grandiose Vergangenheit zu schweigen!‹ Ich hatte mich nicht mehr zurückhalten können, weil mir das alles so trivial vorkam gegen das, was mir passiert war, und gegen die Tatsache, daß Desmond verschwunden und in den Verdacht geraten war, den ›Grünen Blitz‹ gestohlen zu haben.

Alle starrten mich entsetzt an. Keiner – wirklich keiner – hatte je so mit Mama gesprochen. Papa sagte ganz traurig: ›Du solltest deiner Mutter mehr Respekt erweisen, Jessica.‹

Ich aber rief: ›Sie sollte sich lieber mehr Gedanken um uns machen. Gut, wir haben Oakland verloren. Aber das hier ist auch ein bequemes Haus, es gibt wahrhaftig schlimmere Schicksale!‹ Dann brach ich in Tränen aus und rannte aus dem Zimmer. Ich hörte Mama noch hinter mir herzischen: ›Jessica wird völlig unmöglich.‹

Ich gab vor, Kopfschmerzen zu haben, und blieb den Nachmittag auf dem Zimmer, das ich mit Miriam teilte. Abends mußte ich aber wieder hinunter. Es war ein gräßlicher Tag, und in der Nacht erzählte ich Miriam mein ganzes Dilemma, weil ich es einfach irgend jemandem von der Familie beichten mußte. Sie war entsetzt. Viel verstand sie ja noch nicht davon, aber sie wußte, daß eines der Hausmädchen mal in ›andere Umstände‹ gekommen war und in Schande zu ihrer Familie zurückgeschickt wurde. ›Ewige Schande‹, wiederholte sie so lange, bis ich beinahe heulte. Aber was sollte ich tun? Das war jetzt die Frage. Ich wußte keine Antwort, und Miriam natürlich auch nicht.

Ich wußte auch, daß ich es den Eltern einmal beichten mußte und wollte es tun, ehe sie's von selbst entdeckten. Vorher sagte ich es noch

Xavier, denn er schien mir so über allem zu stehen, daß ich meinte, er würde mich besser begreifen als all die anderen. An einem düsteren Januartag – die Schneewolken hingen tief am Himmel – ging ich in sein Zimmer und beichtete ihm alles. Er sah mich zuerst an, als hielte er mich für verrückt, war dann aber sehr lieb. Xavier war immer lieb. Ich erzählte ihm das Ganze – meine Bekanntschaft mit Ben Hennicker und Desmond, seine Heiratsabsicht und sein Verschwinden.

›Du bist sicher, daß du ein Kind bekommst?‹

›Ja.‹

›Wir müssen uns aber noch vergewissern‹, meinte er. ›Du mußt zu Doktor Clinton gehen.‹

›Doch nicht zu dem!‹ rief ich entsetzt. Er behandelte uns schon seit Jahren, und ich wußte, wie sehr ihn die Sache treffen würde. Xavier verstand mich und sagte, er würde mit mir einen fremden Arzt aufsuchen. Als dieser bestätigte, daß ich schwanger wäre, meinte Xavier, jetzt müßte ich es den Eltern sagen. Lange konnte man es ohnehin nicht mehr verbergen, und es mußten auch Pläne für die Zukunft gemacht werden.

Eigenartig, welche Kräfte eine Frau in sich spürt, wenn sie ein Kind bekommt. So empfand ich es jedenfalls. Der Verlust Desmonds brach mir das Herz, aber ich hatte trotzdem neue Hoffnung in mir: durch das Baby. Selbst die Szene mit meinen Eltern bedrückte mich nicht so sehr, wie es hätte sein können. Xavier blieb ruhig und stark, er war mir ein sehr guter Bruder. Er eröffnete Papa und Mama, daß man ihnen etwas mitzuteilen habe, und wir gingen alle vier in den Salon. Xavier schloß die Tür hinter sich und sagte dann ganz ruhig: ›Jessica bekommt ein Kind.‹

Einen Augenblick lang herrschte Grabesstille. Vater sah ganz verständnislos drein, Mutter starrte mich nur an. ›Ja, es stimmt leider‹, bekräftigte Xavier. ›Wir müssen uns jetzt überlegen, was zu tun ist.‹

Meine Mutter schrie: ›Ein Kind? Jessica! Ich kann es nicht glauben!‹

›Es stimmt aber‹, sagte ich. ›Ich hätte heiraten sollen. Leider ist etwas Schreckliches dazwischengekommen.‹

›Dazwischengekommen‹‹, rief sie. Offenbar hatte sie ihren ersten Schrecken überwunden und fühlte sich wieder als Herrin der Lage. ›Was soll das heißen? Das ist doch unmöglich!‹

›Es ist aber nun einmal passiert‹, sagte Xavier. ›Also laß uns lieber überlegen, was wir jetzt am besten tun.‹

›Ich will mehr darüber wissen‹, kreischte Mutter. ›Ich kann mir nicht denken, daß meine Tochter...‹

›Es stimmt aber, Mama‹, sagte ich. ›Vom Doktor bestätigt.‹

›Von Doktor Clinton?‹ rief sie entsetzt.

›Nein‹, beruhigte sie Xavier. ›Ein Arzt, der uns nicht kennt.‹

Jetzt stürzte sich Mama wie eine wütende Tigerin auf mich und sagte mir die bösesten Dinge – ich weiß gar nicht mehr, was –, aber ich hörte einfach nicht zu. Dachte immer nur an das Baby. Ich wollte es zur Welt bringen und dachte mitten in all meinem Unglück, daß seine Ankunft vieles heilen würde.

Ich tröstete mich: Desmond kommt zurück. Irgend etwas ist schiefgegangen, und wir werden herausfinden, was und warum es so war, und dann wird alles in Ordnung sein. Mamas Schimpftiraden ließ ich an mir abprallen.

Xavier beschloß dann, was wir tun sollten. Undenkbar, daß irgend jemand von meinem illegitimen Kind etwas erfahren durfte. Meine Schwangerschaft ließ sich noch ein paar Monate lang verbergen, vielleicht bis zum sechsten. Die Röcke waren sehr weit zu jener Zeit, wodurch die Diskretion gewahrt blieb. Das Baby sollte im Juni kommen. Im April würde ich mit meinen Eltern nach Italien fahren. Man konnte verbreiten, daß der Gesundheitszustand meiner Mutter den Vater in Sorge versetzte. Das große Tablett und das Bowlenservice, die George IV. einem unserer Ahnen geschenkt hatte, waren sehr wertvoll; ihr Verkauf brachte uns das Geld für den zweimonatigen Aufenthalt im Ausland und für die Geburtskosten. Mein Kind sollte draußen zur Welt kommen, und wenn wir zurückkehrten, würden wir sagen, daß das Befinden meiner Mutter auf eine Schwangerschaft zurückzuführen war, mit der sie nicht mehr gerechnet hatte, da in ihrem Lebensalter die Symptome nicht deutlich gewesen waren. So konnten wir mit dem Baby zurückkehren, ohne einen Skandal zu provozieren.

Wir nahmen ein Haus in Florenz: Florenz mit seinen Mediceerpalästen und seinem goldenen Licht! Wie schön wäre es für mich unter anderen Umständen gewesen! Oft entfloh ich meinem Elend, indem ich mir vorstellte, mit Desmond den Arno entlangzuspazieren. Wenn ich Opale in einem Geschäft auf der berühmten Brücke sah, wandte ich mich schaudernd ab; ich konnte ihren Anblick nicht mehr ertragen.

Einige Wochen vor der Entbindung fuhren wir nach Rom. Dort wurdest Du geboren, im Juni 1880. Ich gab dir den Namen Opal, Mama fand das dumm, und so fügten wir noch Jessica hinzu: Opal Jessica.

Wir kamen heim, und Mutter brachte es fertig, daß trotz gewisser Gerüchte bei unserer Abreise und der Rückkehr mit einem neugeborenen Baby niemand etwas zu erwähnen wagte. Du warst natürlich dieses Kind. Schäme Dich nie Deiner Geburt, Du wurdest in Liebe empfangen. Und denke immer daran – egal, was die Leute Dir von Deinem Vater erzählen –, daß es nicht stimmt. Ich kannte ihn gut; es *kann* nicht wahr sein. Er war unfähig, diesen dummen Opal zu stehlen – es muß ihn jemand anderes genommen haben. Dein Vater nicht! Eines Tages wird die Wahrheit herauskommen, dessen bin ich sicher.

Und jetzt, mein liebes Kind, komme ich zum Ende meiner Geschichte. Nach Deiner Geburt war ich so verzweifelt, daß ich nicht wußte, was ich tun sollte.

Oft ging ich während jener Zeit hinunter zum Bach, der die Grenze zwischen den beiden Grundstücken bildet, und starrte in das kalte, flache Wasser. Dachte über mein Leben nach und war langsam sicher, daß ich Desmond nie mehr sehen würde, denn da er mich wohl nicht freiwillig verlassen hatte, mußte er tot sein. Diese Überzeugung hat mich so sehr erfaßt, daß es mir immer vorkommt, als winke mir das Wasser zu. Als bitte Desmond mich, zu ihm zu kommen. Die einzige Möglichkeit ist doch, daß er tot ist – denn wie sonst wäre er so völlig verschwunden? Ich bin ganz sicher, er hätte mich nie freiwillig verlassen.

Es gibt nur eine Antwort: Jemand hat den Opal gestohlen und wollte es ihm anlasten. Vielleicht haben sie ihn sogar getötet, damit es so aussicht, als sei er der Dieb. Niemand außer mir glaubt das, aber ich bin ganz fest davon überzeugt. Er wird nie mehr zurückkehren. Und darum ruft er mich auch immer zum Wasser, weil ich zu ihm kommen soll. Meine Gegenwart im Witwensitz macht alle immer nur noch unglücklicher. Wie wird mein Leben ohne Desmond verlaufen, den ich auf dieser Erde wohl nicht mehr wiedersehen kann? Alle bei uns haben Dich ins Herz geschlossen, außer Mama – und sie hat wohl noch nie jemanden geliebt.

So bin ich oft am Bach gesessen und habe an all das Unheil gedacht, das ich über die Familie brachte, und wieviel besser sie ohne mich dran wären. Sogar Du; denn wenn Du aufwächst, werden immer mehr Beschuldigungen kommen. Vielleicht ist es besser für Dich, gar nicht zu wissen, daß Deine Mutter der Familie Schande gebracht hat.

Ich habe davon geträumt, mit dem Gesicht nach unten im kühlen Wasser zu liegen, und fühlte absoluten Frieden dabei. Nur mit Hanna konnte ich darüber reden. Sie kennt ja die ganze Geschichte, ist aber sehr diskret. Die Dienstboten auf Oakland sprechen auch über mich. Man nahm sogar an, daß das Baby eventuell meines und nicht das meiner Mutter sei, aber ganz sicher waren sie sich nicht.

Einige Wochen lang saß ich so täglich am Bach. Als ich Hanna von meinen Gedanken erzählte, rief sie: ›Das darfst du nicht! So etwas darfst du nicht einmal denken.‹

Ich sagte aber: ›Vielleicht ist es am besten so. Dem Baby geht nichts ab, sie kümmern sich alle darum. Es ist besser, wenn ich nicht mehr da bin.‹

›Du könntest ja auf eine Weile weggehen‹, meinte Hanna.

›Das Später ist nicht so wichtig‹, antwortete ich. ›Das Jetzt zählt. In zwanzig Jahren kann ich vielleicht zurückblicken und alles erträglich finden, aber heute ist eben nicht in zwanzig Jahren. Heute ist jetzt, und ich hätte noch viel durchzustehen bis zu jenem Zeitpunkt.‹

›Wenn du dich selbst ums Leben bringst, können sie dich nicht in geweihtem Boden begraben‹, wandte Hanna ein.

›Wieso nicht?‹

›Weil das eben nicht gemacht wird, wenn jemand... so was tut. Es ist ein Gesetz, glaube ich. Ein Kirchengesetz. Solche Leute werden an Kreuzwegen oder sonstwo begraben...‹

Darüber dachte ich viel nach, aber ich ging wieder zum Bach. Eines Tages werde ich hingehen und nicht mehr zurückkehren. Ich denke an Dich, meine Tochter, wie Du aufwächst, und überlege, was man Dir von mir erzählen wird und von Deinem Vater... Und darum habe ich mich entschlossen, alles aufzuschreiben, damit Du die Wahrheit so siehst, wie ich sie sah. Und es ist die reine Wahrheit, Opal. So sitze ich hier am Bach und schreibe. Und während ich schreibe, erlebe ich alles noch einmal ganz deutlich. Du mußt wissen, was passiert ist und wie. Ich lasse dies bei Hanna; sie wird es Dir geben, wenn die Zeit dafür gekommen ist.

Heute übergebe ich es Hanna, ich schreibe also nichts mehr dazu.

Leb wohl, kleine Opal, möge Gott Dich behüten und Du eines Tages die Wahrheit über Deinen Vater erfahren. Ich versichere Dir: Er hat nichts Unehrenhaftes getan. Eines Tages entdeckst Du vielleicht die Wahrheit.‹

Ich starrte vor mich hin, sah alles so klar vor mir. Und dann kniete ich mich neben ihr Grab und spürte plötzlich, wie meine Wangen naß waren, ohne daß ich gemerkt hatte, daß ich weinte.

An diesem Abend kam ich nicht zum Essen hinunter, ich konnte den anderen nicht ins Gesicht sehen. Zorn auf sie erfüllte mich. Sie haben sie dazu getrieben, dachte ich. Wären sie liebevoller gewesen, könnte sie heute noch leben und ich hätte eine Mutter gehabt. Wie elend muß ihr zumute gewesen sein! Ich hätte sie am liebsten alle beschimpft, jeden von ihnen. Meinen armen, schwachen Vater – vielmehr Großvater –, meine stolze, lieblose Großmutter – wie gut, daß sie nicht meine Mutter war –, Miriam, die nie eine eigene Meinung hatte, und Xavier mit seiner negativen Güte. So abwesend und abseits stehend, daß er nichts getan hatte, um sie zu retten.

Ich schützte Kopfschmerzen vor; als Miriam mich besuchte, schloß ich die Augen und wandte mich um.

Am nächsten Tag traf ich wieder Hanna, die offenbar auf mich gewartet hatte. »Sie haben es also gelesen?«

Ich nickte. »Jetzt sag mir nur noch, was dann passiert ist.«

»Man fand sie im Bach. Miß Jessica lag mit dem Gesicht nach unten, das Wasser war ganz flach. Es wusch nur über sie hinweg.«

»Und dann?«

»Dann begrub man sie in aller Stille hier. Pfarrer Grey war in dieser Hinsicht sehr strikt. Das war alles. Die Leute sprachen nicht darüber. Jedenfalls nicht viel. Ich habe Ostern immer Blumen auf ihr Grab gelegt.«

»Danke, Hanna. Hat irgend jemand einen Verdacht gehabt, daß ich ihr Kind sein könnte?«

»Wenn es der Fall war, hat es niemand gesagt. Alle taten, als seist du selbstverständlich der Nachkömmling deiner Großeltern. Manchmal passiert ja so was, und Miß Jessica hat sich außerdem erst einige Zeit nach deiner Geburt umgebracht. Es war an einem heißen Julitag. Ich erinnere mich noch genau.« Mit bebenden Lippen wandte sie sich ab. »Sie waren erst ein paar Wochen wieder zu Hause, und die Leute meinten, der Grund wäre jemand, den sie in Italien getroffen habe. Am letzten Julitag war es, und Sie sind am ersten Juni geboren... Waren erst ein winziges Baby und hatten keine Ahnung, was Sie für Unruhe gebracht hatten.«

»Wie sie gelitten haben muß! Du hast doch sicher meinen Vater gekannt. Erzähl mir von ihm.«

»Er machte einen sehr netten Eindruck, war groß gewachsen und hatte ein freundliches Gesicht. Mr. Hennicker mochte ihn eine Zeitlang sehr. Nachher sprach er natürlich nur noch schlecht über ihn. Den Tag werde ich nie vergessen...«

»Berichte mir alles, bitte.«

»Der Tag begann ganz normal. Wir brachten heißes Wasser in die Gästezimmer, und eines der Mädchen kam herunter und sagte: ›Mr. Dereham ist nicht in seinem Zimmer. Er hat auch nicht in seinem Bett geschlafen, und die Sachen sind alle weg.‹ Wir meinten, das könne doch nicht sein, aber es war tatsächlich so. Und dann fehlte der berühmte Opal, und natürlich dachte man, daß er ihn mitgenommen hätte.«

»Aber das stimmte doch gar nicht, Hanna – nicht wahr?«

»Ihre Mutter behauptete das zwar, aber schließlich war er weg und der Opal auch.«

»Sie wußte, daß er ihn nicht genommen hatte.«

»Sie war in ihn verliebt.«

»In einen Dieb hätte sie sich nie verliebt.«

»Liebe macht blind.«

»Ich weiß aber, daß es nicht stimmen kann.«

»Sie reden genau wie Ihre Mutter. Ich dachte übrigens nie, daß sie es wirklich tun würde, sonst hätte ich schon was dagegen unternommen. Sie erzählte mir, daß er ihr im Traum erschienen wäre und gesagt hätte, er liebe sie noch und hätte sie nie allein gelassen... Und er habe sie gebeten, zu ihm zu kommen, da sein Tod ihn verhindert hätte, zurückzukehren. Danach entschloß sie sich wahrscheinlich dazu. Sie war sicher, daß er tot sein müsse; wenn er sie nicht freiwillig verlassen hatte, mußte er ja tot sein. Und da sie das nie geglaubt hätte, war sie eben sicher, daß er nicht mehr lebte. Jetzt sind sie wohl beisammen... auf immer.«

»Sie hätte am Leben bleiben und seine Unschuld beweisen sollen. Wenn ich nur die Wahrheit rausfinden könnte! Und vor allem, was mit dem Opal passiert ist.«

»Meine Güte, Miß, das hat man jetzt schon die ganzen Jahre versucht. Mr. Hennicker hat die Suche nie aufgegeben. Und da wollen ausgerechnet *Sie* es entdecken? Sie wissen ja gar nichts von allem – nur, wie Sie auf die Welt gekommen sind.«

»Aber er ist mein Vater und sie meine Mutter. Deswegen.«

Hanna schüttelte traurig den Kopf.

Mit meiner Familie durfte ich nicht über die Tragödie reden. Aber bei Ben konnte ich es wagen und platzte auch schon beim nächsten Treffen damit heraus.

»Ich weiß alles über meinen Vater und meine Mutter und daß Sie meinen, er habe den ›Grünen Blitz‹ gestohlen.«

Wir waren im Salon, er saß im Rollstuhl, die Krücke neben sich. Eine Weile schwieg er, und ich sah, daß ihn große Traurigkeit überkam. »Ich kann mit niemandem darüber sprechen«, fuhr ich fort.

»Wer hat es Ihnen denn gesagt?« fragte er.

Ich erklärte ihm die Sache mit dem hinterlassenen Brief.

Er nickte.

»Sie wußten davon?«

»Ich nahm es an. Sie sind Ihr so ähnlich, mit den dunklen Augen und den dichten Wimpern, den schöngezeichneten Brauen, dazu die kecke Nase und der Mund, der zu zeigen scheint, daß Sie noch im schlimmsten Augenblick über alles lachen werden. Manchmal könnte ich mir vorstellen, daß sie dort sitzt; sie war damals im gleichen Alter – aber viel unwissender, als Sie es sind, Opal. Nicht so lebenstüchtig.«

»Wußten Sie, daß zwischen ihr und meinem Vater etwas war?«

»Das ließ sich wohl kaum übersehen.«

»Und zuerst freute es Sie? Sie hatten nichts dagegen?«

Jetzt zögerte er zum erstenmal. »Was sollte ich denn dagegen haben? Ich sah ja, wie es bei beiden eingeschlagen hatte, vom ersten Augenblick an. Damals hielt ich ihn noch für einen braven, ehrlichen Burschen.«

»Er hat es aber nicht getan.«

»Was soll das heißen: ›Er hat es nicht getan‹? Er hat ihr schließlich das Herz gebrochen. Schon deswegen würde ich ihn töten. Wahrhaftig, das würde ich tun.«

»Sie haben sie geliebt?«

Er betrachtete mich nachdenklich. »Ja, so könnte man es wohl nennen. Ein hübsches, liebes Mädchen war sie... und ich der grobe alte Klotz. Ja«, fuhr er fort, »ich liebte sie. Sie war wie dieses Haus... Sie wissen schon, was ich meine: Ein bißchen zu vornehm für mich. Etwas, nach dem ich mich sehnen konnte. Das ich besitzen wollte. Aber mit einer Frau ist das was anderes... Schade, daß ich damals nicht da war, ich hätte es verhindern können.«

»Was hätten Sie getan?«

»Sie geheiratet. Vielleicht hätte sie mich unter den Umständen sogar genommen.«

Ich rannte zu ihm, schlang meine Arme um ihn und drückte ihn fest. »Ach, Ben, wäre das nicht wunderbar gewesen? Dann hätten wir alle drei hier gelebt, und ich wäre dem da drüben entgangen.«

Er strich mir übers Haar. »Tja, und so ist es eben nicht gekommen. Und jetzt sitzen wir hier, und es ist sinnlos zurückzuschauen und dauernd zu sagen, wenn... Das machen nur Dummköpfe. Das Gestern muß vergessen werden, das Heute ist wichtig – wegen des Morgen. Wir sind gute Freunde geworden, und eine wirkliche Freundschaft ist Gold wert.«

Ich ging zu meinem Stuhl zurück und sagte: »Erzählen Sie mir, was passiert ist.«

»Ihre Mutter kam nach Oakland.«

»Ja, das weiß ich. Sie gaben eine Gesellschaft, und meine Mutter trug ein kirschrotes Kleid.«

»Stimmt genau. Sie lernte Ihren Vater kennen: es war Liebe auf den ersten Blick. Die beiden wollten heiraten und nach Australien gehen. Nicht, daß es der richtige Ort für diese zarte Person gewesen wäre. Aber sie fieberte danach, hinüberzukommen. Solange er dort blieb, war es auch ihr Platz. Das Opalfieber ergriff sie rasch. Sie schwor, alles auf sich nehmen zu können, solange sie nur beisammen sein konnten. Und das hätte sie auch getan. Ich neidete Desmond Dereham damals sein Glück. Ein hübscher Junge, zudem aus guter Familie und ehrlich... dachte ich wenigstens. Er hatte Abenteurerblut in den Adern und war deshalb nach Australien gekommen. Anfangs wegen Gold, wie wir alle. Als er jedoch seinen ersten Opal gefunden hatte, kümmerte er sich nicht mehr um Gold. Er hatte das Gefühl, auf eine der reichsten Opalminen in Neusüdwales gestoßen zu sein. Redete jedenfalls dauernd davon. Er hatte ein Gespür für die Fündigkeit... und wir machten unsere Witze darüber, nannten es ›Desmonds Fantasie‹. Eines Tages dachten wir, es könnte vielleicht doch etwas dahinterstecken. Zur Besprechung dieses Projekts trafen wir uns alle hier auf Oakland. Und bei dieser Gelegenheit lernte er Ihre Mutter kennen, verliebte sich und wollte heiraten. So war es bis zu jenem Abend.«

»Und was geschah dann tatsächlich?«

Ben schien sorgfältig nachzudenken. »Joss, Desmond, Croissant und ich waren beisammen. Joss war erst vierzehn, er ging hier zur Schule, du meine Güte, war der clever! Für so jung hätte ihn keiner gehalten, und er wußte schon genau, was er tun wollte. Wollte der Opalkönig Australiens werden, wenn nicht sogar der ganzen Welt! So sah er alle Dinge an. Er begann bereits, mir zu sagen, was ich tun sollte. Da hab' ich ihm aber was erzählt! Obwohl er manchmal sogar recht hatte. Er war schon größer als wir alle und wuchs noch immer. Fast zwei Meter ist er jetzt.«

»Ja, ja doch«, sagte ich ein wenig ungeduldig, denn ich wollte von jener fatalen Nacht erfahren und war es müde, der Idealisierung seines Sohnes Joss zuzuhören.

»Nun, also Joss Madden und David Croissant. David hatte Edelsteine in ganz Australien, Amerika und auf dem europäischen Kontinent verkauft. Über Opale wußte er Bescheid wie kein zweiter. Desmond Dereham für seinen Teil war unheimlich enthusiastisch. Wir saßen in diesem Zimmer. Desmond legte seine Pläne auf den Tisch, und wir studierten sie. Er hatte das Land untersucht und ein bißchen geschürft, dabei zwar nur winzige Opalspuren gefunden, war aber der Meinung, daß dies eines der reichsten Felder in Neusüdwales sein könnte. Wir wollten natürlich Beweise dafür, aber bisher gab es nur wenige. Er hatte Opalsand gefunden und runde harte Silikatbrocken – feine, zusammenzementierte Sandkörner, in denen sich Opaladern befinden. Immerhin ein Hinweis darauf, daß irgendwo in solchem Boden große schöne Opale sein konnten. Wir überlegten, wo wir am ehesten zu bohren anfangen konnten. Wir gedachten die Sache anfangs bescheiden anzukurbeln, und falls sich Desmonds Gespür bewahrheiten sollte, groß einzusteigen und eine Company zu gründen. David Croissant wollte die ersten Funde prüfen und sich dann über die besten

Verkaufswege Gedanken machen. Wir brauchten Steinschleifer und die neueste technische Ausrüstung. All das diskutierten wir, spielten die Sache sozusagen durch.

Ich erinnere mich noch an Desmonds Enthusiasmus. Er wüßte, daß es einen ganz großen Fund geben würde, sagte er. Schürfer sind meist abergläubisch. Irgend etwas war an ihm – eine Art strahlendes Vertrauen. Ich weiß, es klingt verrückt, aber so was habe ich schon vorher erlebt, und es hat immer Erfolg bedeutet. An jenem Abend glaubten wir alle, daß da wirklich die schönsten Opale der Welt zum Vorschein kommen würden. Vermutlich schwarzer Opal, und der Markt dafür wurde langsam größer. Eine Zeitlang wollte man nur die hellen, milchigen, wie ich Ihnen schon gesagt habe. Sicher auch ganz hübsch, aber die schwarzen wurden langsam Mode. Ich sagte dann noch, etwas so Schönes wie den ›Grünen Blitz bei Sonnenuntergang‹ würden wir wohl nicht finden. Und dann sprachen wir über den Stein, und alle wollten ihn sehen. Ich bat sie hier herein und öffnete den Safe. Da lag der Stein in seinem Samtnest. Ein grandioser Anblick! Desmond streckte die Hand aus, er nahm den Stein und ließ ihn eine Weile in seiner Handfläche liegen. Dann rief er: ›Ich habe ihn gesehen. Ich habe den Grünen Blitz gesehen.‹ Ich riß ihm den Stein weg und starrte ihn selber an. Drehte ihn herum, konnte aber den Blitz nicht erwischen.

Am nächsten Morgen war Ihr Vater weg. Er hatte seine Taschen gepackt und alles mitgenommen. Klammheimlich war er verschwunden. Und der ›Grüne Blitz‹ ebenfalls.«

»Ich kann es einfach nicht glauben, daß er ihn nahm.«

»Ihre Loyalität ehrt Sie, aber man muß den Tatsachen auch ins Auge sehen können, wenn sie sich so deutlich präsentieren. Desmond Dereham kam hierher, lebte eine Weile in diesem Haus, verführte Ihre Mutter, versprach ihr die Ehe, und dann war die Versuchung des Steines zu groß... er nahm ihn und verschwand damit.«

»Es muß noch eine andere Erklärung geben.«

Ben lehnte sich vor und nahm meine Hand. »Ich weiß schon, was Sie denken; er war schließlich Ihr Vater. Ich verstehe Ihre Gefühle. Aber was geschah dann mit dem ›Grünen Blitz‹? David Croissant hätte ihn bestimmt nicht genommen, allein schon aus Feigheit. Als Kaufmann waren für ihn Opale nichts als Geld. Er kannte ihre Qualität besser als jeder andere, aber sentimentale Gefühle empfand er keine für Steine. Er sah den Marktwert – und welchen Marktwert hätte der ›Grüne Blitz‹ gehabt, den jeder kannte? Er wäre sofort als Dieb entlarvt worden. Und Joss?« Ben lachte. »Sicher, Joss war zu allem imstande, und ich wußte, wie er den Opal liebte. Aber er konnte ihn ja jederzeit sehen, außer es überkam ihn der Wunsch, ihn selbst zu besitzen...«

»Sie haben selbst gesagt, daß es so ein Stein war, mit einer ganz besonderen Faszination.«

»Jetzt soll es wohl Joss gewesen sein, was? Um Ihren Vater reinzuwaschen! Es gab viele Leute, die Angst vor dem ›Grünen Blitz‹ hatten. Ich sagte Ihnen ja, man nannte ihn auch den Unglücksstein. Viele Legenden rankten sich um ihn. Ich habe es nie geglaubt, aber sehen Sie mich doch jetzt an.«

»Aber Sie haben ihn ja auch verloren. Und ich kann einfach nicht glauben, daß mein Vater meine Mutter verließ.«

»Er wußte ja gar nicht, daß Sie sich unterwegs befanden. Dann wäre es vielleicht anders gekommen – oder auch nicht. Sie haben eben den ›Grünen Blitz‹ noch nie gesehen, sonst könnten Sie vielleicht verstehen, welche Wirkung er auf manche Leute haben kann.«

»Und was war mit der Vorahnung meines Vaters?«

»Es ist heute eines der besten Opalgebiete Australiens.«

»Also hatte er doch recht.«

»Allerdings.«

»Und Sie meinen, er wäre nie zurückgekehrt?«

»Wie konnte er denn, wo er den ›Grünen Blitz‹ hatte?«

»Meinen Sie denn, er hätte seinen Traum aufgegeben... seine ›Fantasie‹? Und meine Mutter? Und das alles für einen Opal, den er nie öffentlich sein eigen nennen konnte?«

»Ich kann nur wiederholen, daß Sie den Stein eben noch nicht gesehen haben.« Er griff nach seiner Krücke. »Jetzt passen Sie mal auf, wie ich schon durchs Zimmer marschiere. Langsam gewöhne ich mich an meinen Stelzfuß. Bald werde ich rumlaufen, als hätte ich noch beide gesunden Beine. Und dann...«

Ich sah ihn forschend an, aber er schüttelte nur den Kopf. Ich wußte, was er meinte und daß er's mir noch nicht sagen wollte. Sobald er sich leichter bewegen konnte, wollte er wieder nach drüben fahren. Ich mochte gar nicht daran denken, wie entsetzlich es für mich ohne ihn sein würde.

Als ich an diesem Tag von Oakland herunterkam, sah mich meine Großmutter, die gerade aus dem Dorf heimkehrte. Sie blieb stocksteif stehen und starrte mich an wie eine Erscheinung. Ich fühlte, wie der Widerstand in mir wuchs – ich würde jetzt nichts mehr verheimlichen.

»Jessica!« rief sie ungläubig, »wo warst du denn?«

Ich antwortete in beinahe frechem Ton: »Zu Besuch bei Mr. Hennikker!« und wartete, daß der Sturm losbrach. Was natürlich nicht sofort geschah. Ihr Gefühl für Sitte und Anstand ließ sie sich beherrschen, aber als wir ins Haus traten und Xavier und Miriam uns begegneten, ordnete sie an: »Kommt gleich in den Salon. Du, Miriam, versuche, deinen Vater von seiner Patience loszueisen, damit er uns einen Augenblick Zeit widmen kann.«

Kaum hatte sich die Familie im Salon versammelt, schloß Großmutter die Tür, damit das Personal nichts mitbekam.

»Und jetzt möchte ich eine Erklärung von dir, Jessica«, herrschte sie mich an.

»Das ist ganz einfach«, gab ich zurück. »Ich war zu Besuch bei meinem Freund Mr. Hennicker.«

»Deinem Freund?«

»Ja, und er ist ein besserer Freund, als mir je irgend jemand in diesem Haus war.«

»Bist du verrückt geworden?«

»Nein, ich bin meiner Sinne völlig mächtig, und darum suche ich ja Freundschaft außerhalb dieses Hauses, in dem es nur Schwindel und Hochmut gibt.«

»Wirst du wohl still sein! Ich fordere eine Erklärung, wie du dorthin gekommen bist.«

»Lieber solltest du mir erklären, warum du bis heute so tust, als wärest du meine Mutter, und warum du ihr das Leben so schwergemacht hast, daß sie sich ertränkte...«

Alle starrten mich an. Offenbar fühlte sich meine Großmutter zum erstenmal in ihrem Leben aus dem Gleichgewicht gebracht.

»Jessica!« rief Miriam, die von einem zum anderen blickte und nicht wußte, was sie denken sollte, während mein Großvater wie so häufig seinen fassungs- und hilflosen Blick bekam. Nur Xavier blieb ruhig.

»Irgend jemand hat dir wohl die Geschichte deiner Geburt erzählt«, meinte er nur.

»Und sie stimmt offenbar, oder?«

»Je nachdem, was du gehört hast.«

»Ich weiß, daß meine Mutter tot ist und wie sie starb und daß sie in der ›Wüstenei‹ begraben liegt und ihr versucht habt, sie zu vergessen.«

»Es war für uns alle sehr tragisch.«

»Für sie aber wohl am meisten«, gab ich zurück.

Jetzt rührte sich Großmutter wieder. »Wir hatten nichts getan, um so ein Schicksal zu verdienen.«

»Was? Ihr gabt ihr keine Güte, keine Liebe, die sie so gebraucht hätte. Habt ihr das Leben zur Hölle gemacht – du mit deinen blöden Moralbegriffen. Du hast sie nicht geliebt und ihr nicht geholfen. Hast du denn nicht begriffen, daß sie den verloren hat, den sie liebte?«

»Den sie liebte?« rief sie. »Diesen Dieb – diesen Verführer... Das dumme Ding!«

»Wie unglücklich du sie doch gemacht hast! Meinst immer, alles recht zu tun – bei dir heißt recht tun grausam sein, was? Warum hast du sie nicht getröstet? Ihr das Leben erleichtert? Du hättest ihr helfen können, aber das tatest du nicht. Hast sie sterben lassen, du – meine Großmutter, die sich als meine Mutter ausgab. Ich hätte es längst wissen müssen, daß du nicht meine Mutter bist. Mir warst du nie eine. Und du« – ich wandte mich an Großvater –, »du hast nicht mal den Mumm gehabt – genausowenig wie Miriam und Xavier – ihr zu helfen! Ich verachte euch! Miriam kann sich nicht zur Heirat entschließen, weil ihr Vikar zu arm ist. Xavier kann Lady Klara nicht heiraten, weil sie zu reich ist. Das ist ja zum Lachen! Woraus besteht ihr eigentlich? Aus Stroh, nichts als Stroh!« Ich wandte mich wieder Großmutter zu. »Außer dir. Du bist ein Fels aus Lieblosigkeit und Nachlässigkeit und so viel Stolz, daß was anderes gar nicht mehr Platz hat...« Ich war am Ende meiner Tirade, wandte mich abrupt zur Tür und rannte in mein Zimmer hinauf.

Ich zitterte vor Aufregung. Alles, was ich über sie dachte, hatte ich ihnen ins Gesicht geschrien, und sie hatten keine Antwort gewußt.

Als ich zum Abendessen hinunterkam, sagte niemand etwas über meinen Ausbruch von vorhin. Es war, als sei alles nie passiert, und ich konnte nur staunen über die Konversation, die sich wie stets um das Wetter und Dorfgeschichten drehte. Niemand hätte geglaubt, daß hier am Nachmittag ein solcher Sturm getobt hatte. Irgendwie fand ich das sogar bewundernswert.

Über eines war ich mir jedoch klar. Nichts würde meine Freundschaft mit Ben Hennicker stören können. Komischerweise versuchte es auch niemand, und von jenem Tag an ging ich immer völlig offen und frei nach Oakland Hall hinauf und machte kein Geheimnis mehr aus meinen Besuchen.

Der Pfau

Irgend etwas lag in der Luft. Sogar meine Großmutter war verändert. Oft bemerkte ich, daß sie mich verstohlen beobachtete. Miriam war etwas kühler geworden, Xavier schien sich noch mehr in sich selbst zurückzuziehen. Ich hatte einen Sieg zu verzeichnen, und sie ließen sich jetzt von ihr nicht mehr so einschüchtern. Miriam wurde sogar hübscher und ging dauernd unter irgendwelchen Vorwänden zur Kirche; offenbar traf sie sich öfter mit ihrem Verlobten. Die aufregendste Veränderung fand jedoch auf Oakland Hall statt.

Ben wanderte fröhlich an seiner Krücke herum. »Bald kann ich mit dem Ersatz genausogut gehen wie mit dem Bein«, sagte er immer wieder.

»Dann werden Sie nicht mehr lange hierbleiben wollen«, meinte ich.

»Die Zeiten stehen eben nicht still«, antwortete er.

»Gehen Sie zu den Opalfeldern zurück?«

»Vermutlich. Gegen Sommerende, das wäre die beste Zeit, hinüberzusegeln. Das Meer ist dann weniger wild, und ich komme von einem Sommer in den nächsten.« Er zwinkerte mit den Augen, als wollte er sagen, daß er noch andere Pläne hatte. Und mir kam es vor, als ob diese mich betrafen.

Dieser Sommer wurde irgendwie unwirklich für mich. Ich hielt mich inzwischen tagtäglich in Oakland Hall auf.

Einer meiner Lieblingsplätze war die Galerie. Sie maß etwa dreißig Meter in der Länge und war gut sieben Meter breit. Hier hatten sich also meine Mutter und Desmond Dereham getroffen. Zu beiden Enden gab es Erkerfenster, und wenn ich dort saß, konnte ich mir vorstellen, wie fantastisch es ausgesehen haben mußte, wenn hier früher unter den Familienporträts die Bälle der Cleverings stattgefunden hatten. Der Platz, an dem das Spinett gestanden hatte, war auffällig leer. Ben mußte meine Mutter wohl sehr gern gehabt haben, daß er dieses Spinett mit nach Australien nahm.

Eines Tages sagte er: »Ich werde Ihnen wohl fehlen, Jessy?«

»Bitte, reden wir gar nicht davon«, bat ich.

»Ich *will* aber darüber reden, ich muß nämlich etwas Wichtiges sagen. Denken Sie etwa, ich reise ab und lasse Sie hier zurück? Ich möchte, daß Sie mitkommen.«

»Ben!«

»So habe ich mir das jedenfalls vorgestellt – daß wir zusammen reisen. Wie wäre das?«

Ich stellte mir sofort vor, wie ich im Salon drüben meine Abreise bekanntgeben würde.

»Man läßt mich bestimmt nicht fahren«, sagte ich.

»O doch, wenn ich dafür sorge.«

»Ich glaube, Sie kennen meine Familie da nicht gut genug.«

»Von wegen! Sie hassen mich, stimmt's? Ich habe ihnen ihr schönes Haus genommen. Hunderte Jahre haben die Cleverings auf Oakland gewohnt, und dann kommt so ein Ben Hennicker, ein alter Maulwurf, und schnappt sich das Ganze. Natürlich hassen sie mich. Aber dahinter steckt noch mehr. Ich habe Ihren Großvater schon gekannt, ehe ich herkam. Das muß ich Ihnen noch erzählen, denn ich möchte keine Geheimnisse zwischen uns haben... jedenfalls nicht mehr, als notwendig sind. Ihre Familie hat einen besonderen Grund, daß sie mich so haßt.«

»Erzählen Sie«, bat ich.

»Einiges wissen Sie ja schon: Wahrheiten und Halbwahrheiten. Und es ist komisch, was für ein Bild man sich zusammenbauen kann, indem man nur das sagt, was man sagen will, und das andere zurückhält. Es wird ein richtig schönes Bild und sieht ganz natürlich aus. Und dann kommt die Wahrheit raus, und plötzlich steht alles in ganz neuem Licht. Ich erzählte Ihnen, daß ich einmal hierherkam, das Haus sah und mir vornahm, es zu erwerben. Daß ich dann ein Vermögen machte und in der Lage war, es zu kaufen. Stimmt alles. Tja, da stand ich mit meinem Vermögen, und der gute Clevering konnte den Besitz kaum noch halten, aber irgendwie holperte alles weiter, wie bei seinen Vorfahren. Ich bin ein böser alter Mann, Jessy, das müssen Sie begreifen. Ich bin reich, kann mit meinem Geld spielen. Ihr Großvater war Mitglied eines Londoner Clubs. Ich kannte ihn gut. Von draußen. Mit meinem Tablett voll Ingwerbroten war ich oft daran vorbeigegangen. Eines Tages würde ich diese Stufen hinaufstapfen, hatte ich mir geschworen, und das geschah dann auch. Ich trat dem Club bei und lernte Ihren Großvater kennen. Wir fanden uns beim Pokerspiel. Dabei kann man in einem Nachmittag ein ganzes Vermögen verlieren, und ich sorgte dafür, daß er das tat. Allerdings dauerte es zwei oder drei Nachmittage. Ich war entschlossen, so lange an dem Tisch zu sitzen, bis er Oakland aufgeben mußte. Es war leichter, als ich dachte.«

»Das... das haben Sie absichtlich getan?«

»Jetzt starren Sie mich mal nicht so an, Jessy. Es war alles fair und gerecht. Er hatte genau die gleichen Gewinnchancen wie ich. Nur daß ich nicht alles aufs Spiel setzte. Er war unvorsichtiger, aber Spieler waren wir beide – ich setzte ein Vermögen, er sein Haus, und er verlor. Er mußte verkaufen, ich bekam also Oakland Hall. Das haben sie mir nie vergeben... vor allem Ihre Großmutter nicht. Es war zwecklos, den guten Nachbarn spielen zu wollen. Jetzt wissen Sie alles.«

»Ben«, sagte ich ganz ernsthaft, »Sie haben nicht geschwindelt? Das muß ich unbedingt wissen. Es wäre mir unerträglich, wenn Sie das getan hätten.«

»Ich schwöre es...« Er grinste. »Nein, es war ein Spiel – nicht mehr. Und ich gewann eben.«

»Und meine Großmutter wußte davon?«

»Ja, sie wußte es und hat mich seither gehaßt. Das ist mir an sich egal, aber es wäre mir nicht angenehm, wenn Sie deswegen auch gegen mich eingestellt wären.«

»Nein, ich nicht. Es war ein faires Spiel, und er verlor eben.«

»In Ordnung. Jetzt verstehen wir einander. Ich meine doch, ich könnte es erreichen, daß Sie mitfahren dürfen.«

»Es klingt so aufregend, daß ich es gar nicht glauben kann.«

»Dann wollen wir mal anfangen mit dem Pläneschmieden.«

»Meine Leute werden entsetzt sein.«

»Um so aufregender, finden Sie nicht?« sagte er boshaft.

Er lachte vor sich hin, und ich überlegte, was er wohl im Sinn haben mochte. Er sprach viel von der Company, von der Ortschaft, die da drüben entstanden war und jetzt Fancy Town – Fantasiestadt – hieß. Oft erwähnte er Joss. Der Junge schien ihn zu faszinieren, was ja nur natürlich war, da es sich um seinen Sohn handelte. Aber je mehr ich von diesem arroganten Burschen hörte, um so weniger konnte ich Bens Enthusiasmus für ihn teilen.

Dauernd hieß es: »Wenn Sie erst mal in Australien sind...«, aber nie war davon die Rede, wie ich meiner Familie entfliehen sollte. In diesem Juni war ich achtzehn geworden, konnte also noch immer nicht über mich selbst verfügen.

Unsere Gespräche genoß ich jedoch weiterhin sehr. Ich ließ mir gern von seinem Heim draußen erzählen und hatte das Gefühl, dieses Prachtgebäude schon zu kennen. Denn das mußte es schon sein, wenn es ›Pfauen-Haus‹ hieß. Immer sah ich die Pfauen davor und den menschlichen Pfau mit ihnen herumstolzieren. Eine Haushälterin gab es auch, eine Mrs. Laud. Ben erwähnte sie gelegentlich; offenbar war sie eine höchst tüchtige Person, der er gewisse Gefühle entgegenbrachte. Sie hatte einen Sohn und eine Tochter: Jimson arbeitete bei der Company, und Lilias half der Mutter im Haus. Dann gab es noch einige andere Dienstboten, sogenannte ›Abos‹, der australische Abkürzungsname für Ureinwohner.

Ich hörte aufmerksam zu und fragte immer wieder: »Aber wie soll ich hinüberkommen?«

Dann lachte er jedesmal verschmitzt. »Das überlassen Sie nur mir.«

Es klopfte an meiner Zimmertür, Miriam kam herein. Sie sah richtig hübsch aus.

»Ich muß mit dir sprechen, Jessica«, sagte sie. »Stell dir vor: Ernest und ich heiraten.«

Ich umhalste und küßte sie und war richtig froh, daß sie endlich Vernunft angenommen hatte. Schon lange hatte ich sie nicht mehr umarmt, und sie wurde über und über rot vor Freude.

»Ich bin so glücklich«, sagte sie. »Ganz egal, was Mama sagt – wir warten jetzt nicht mehr länger.«

»Ich freue mich so für dich. Du hättest es schon vor Jahren tun sollen. Na ja, jedenfalls tut ihr es jetzt. Wann soll es denn sein?«

»Ernest meint, es hat keinen Sinn, weiter zu warten. Wir dachten doch, daß er die Stelle in St. Clissold kriegt. Der Pfarrer dort ist schon sehr alt. Aber er tritt und tritt nicht von seinem Amt zurück.«

»Es ist sinnlos, auf den Tod von Pfarrern zu warten. Ich finde es herrlich, daß ihr heiratet. Wie schön! Und hoffentlich seid ihr dann sehr glücklich.«

»Wir werden sehr arm sein. Papa kann mir ja nichts mitgeben, und Mama muß ich es erst sagen.«

»Laß dich ja nicht von ihr abhalten!«

»Jetzt nicht mehr. Eigentlich gut, daß wir uns all die Jahre so einschränken mußten. Auf diese Weise habe ich wenigstens Sparsamkeit gelernt, was mir nun zugute kommen wird.«

»Da hast du bestimmt recht. Wann findet die Hochzeit statt?«

Sie sah mich fast entsetzt an. »Ende August. Ernest meint, wir sollten sobald wie möglich das Aufgebot aushängen, dann kann uns niemand mehr aufhalten. Auf dem Pfarrgrundstück ist ein kleines Häuschen, in dem Ernest jetzt schon allein lebt. Da haben wir beide gut Platz.«

»Du machst es bestimmt richtig, Miriam.« Ich war so froh über ihren Entschluß und die wunderbare Veränderung in ihrem Wesen.

Natürlich zeigte meine Großmutter sich zornig und skeptisch. Sie sprach nur abfällig von ›unserem liebeskranken Mädchen‹ und daß manche Leute glaubten, sie könnten von den Krumen leben, die von den Tischen der Reichen fallen.

»Du bist völlig unmöglich geworden«, schimpfte sie. »Ich weiß gar nicht, was hier alles vorgeht. Wenn jeder seine Verantwortung ernst genommen hätte, würde manches anders aussehen. Dann hätten wir vielleicht keine dummen alten Jungfern, die sich vor lauter Heiratswut dem Nächstbesten an den Hals werfen und sich damit lächerlich machen.«

Miriam schmerzte dies natürlich, aber nicht so sehr, wie es früher der Fall gewesen wäre. Nichts konnte ihren Entschluß ändern, Ernests Frau zu werden. Ich sprach oft mit ihr, und wir wurden bessere Freundinnen als je zuvor. Wie recht sie doch hatte, der Tyrannei meiner Großmutter zu entfliehen. Sie würde bestimmt sehr glücklich sein.

»Was wird wohl geschehen, wenn ich mal weg bin«, sagte sie eines Tages. »Vor allem mit dir, Jessica.«

»Was meinst du damit?«

»Du bist so oft drüben. Manchmal ängstigt mich das. Bei deiner Mutter damals war es dasselbe.«

»Ich genieße diese Besuche so. Warum sollte ich nicht rübergehen? Du mußt doch selbst zugeben, allzu lustig ist es hier nicht.«

»Ihr Unheil nahm dort drüben seinen Ausgang.«

»Bei mir wird es aber ganz anders kommen. Mach dir keine Sorgen, Miriam. Denk lieber an die Zukunft. Ich weiß, daß du sehr glücklich sein wirst.«

»Das habe ich auch vor«, sagte sie herausfordernd.

Die Hochzeit fand wie geplant Ende August statt. Großmutter ging hin, da es natürlich unpassend gewesen wäre, der Feier fernzubleiben: Das war offenbar aber auch der einzige Anlaß ihres Besuches. Großvater dagegen war ein begeisterter Brautvater, und ich spielte die Brautjungfer. Eine sehr stille Hochzeit wurde es natürlich, denn die Verhältnisse waren ja ›sehr beengt‹, wie meine Großmutter nicht versäumte, zigmal zu betonen.

Hochzeitsessen gab es keines. »Was sollten wir denn groß feiern«, meinte Großmutter. »Den Traum einer alten Jungfer?«

So giftig sie sich jedoch auch gebärdete – Miriam schienen ihre Beleidigungen gar nichts auszumachen. Sie war froh, endlich verheiratet zu sein und diese Entscheidung selbst getroffen zu haben.

Eine Woche nach Miriams Hochzeit passierte dann der Unfall. Ben ging eines Morgens an seiner Krücke durch den Garten. Die Krücke rutschte auf feuchten Blättern aus, und er fiel hin. Eine Stunde lang lag er hilflos da, ehe man ihn entdeckte. Banker und Mr. Wilmot trugen ihn hinein und riefen den Doktor. Offenbar hatte er sich ziemlich schwer verletzt; die Wunde am Bein war wieder aufgeplatzt, und er mußte bis zu ihrer Verheilung das Bett hüten. Als ich ihn besuchte, sah er nicht mehr verärgert, sondern richtig krank aus.

»Schauen Sie sich nur den alten Narren an, Jessy«, murrte er. »Da renn ich durch den Garten, und im nächsten Augenblick rutscht mir schon die Krücke weg, und ich lieg im Gras. Und jetzt spür ich wieder mein kaputtes Bein. Warum haben Sie mich diesmal nicht gerettet?«

»Ich wünschte, ich wäre zur Stelle gewesen.«

»Jedenfalls müssen Sie mich oft besuchen.«

»Sooft Sie wollen.«

»Es wird Ihnen schon noch überwerden, den alten kranken Mann zu besuchen. Aber bald stehe ich wieder auf – Sie werden sehen.«

»Natürlich.«

»Das verschiebt unsere Abreise nach Australien. Ihnen scheint das allerdings gar nichts auszumachen.«

»Ich hatte mich schon vor Ihrer Abreise gefürchtet.«

»Aber Sie fahren doch mit.«

»Daran habe ich nie richtig geglaubt.«

»Das sieht Ihnen aber gar nicht ähnlich, Jessy. Sie wollten doch gern fahren, oder? In dem Haus wollten Sie doch nicht bleiben? Da ersticken Sie ja! Für einen kühnen Geist wie den Ihren ist das kein Ort. Sie wollen leben, wegziehen, Ihre Flügel ausbreiten. Sie sind eine Spielerin, Jessy. Ja, ja, es stimmt schon. Die Spielleidenschaft steckt Ihnen im Blut wie mir. Sehen Sie die Sache einfach so an: Nur eine Verspätung, eine Verschiebung. Eines Tages geht es doch nach Australien, das verspreche ich Ihnen.«

»Jetzt müssen Sie aber erst ganz gesund werden.«

»Das überlassen Sie nur mir. Nächste Woche humple ich schon wieder herum.«

Leider sollte aber alles anders kommen.

Der September verging, der Oktober begann, und immer noch heilte die Wunde nicht. Vorher durfte er aber nicht aufstehen. Ben fluchte viel, vor allem auf die Doktoren, und behauptete, sie wüßten gar nicht, wovon sie redeten, aber unruhig machte ihn die Sache doch. Warum wollte diese dumme Wunde nicht heilen? Er hatte nicht die Absicht, im Bett zu bleiben, hatte noch Pläne. Er versuchte, trotz allem aufzustehen, aber die Anstrengung war einfach zuviel, er mußte sich geschlagen geben.

Ich besuchte ihn jeden Tag. Da ich wußte, daß er ab halb drei den Blick nicht mehr von der Tür wandte, kam ich nie zu spät, und ich war glücklich, ihn jedesmal etwas froher zu verlassen, als ich ihn vorgefunden hatte.

Und dann kam eines Tages – wohl gegen Ende Oktober – der Arzt mit einem Kollegen, dessen Meinung er einholen wollte, und man sah auf Oakland Hall nichts als ernste Gesichter. Irgendwas stimmte da nicht: Es steckte mehr dahinter als nur eine Wunde, deren Heilung sich verzögerte. Es mußte das Symptom einer anderen Krankheit sein.

Zuerst meinte Ben, das wäre alles Unsinn, und wollte wieder aufstehen, um es zu beweisen. Das Gegenteil trat jedoch ein: Trotz aller Bemühungen gelang es ihm nicht, und schließlich mußte er zugeben, daß die Ärzte wohl recht hatten.

Als Mann seines Kalibers bestand er darauf, die Wahrheit zu erfahren, und als ich ihn das nächste Mal besuchte, berichtete er mir, was er aus den beiden herausbekommen hatte.

»Ich will jetzt mal ganz ernst mit Ihnen reden, Jessy«, sagte er. »Ich habe sie gezwungen, mir die Wahrheit zu sagen. Sie weigerten sich zwar erst, aber bald sahen sie doch ein, daß sie so etwas mit mir nicht machen konnten. ›Das ist mein Körper‹, sagte ich ihnen. ›Und Sie werden mich jetzt nicht wie ein Kind oder ein altes Weib behandeln. Wenn Ben Hennicker ins Gras beißen muß, dann ist das *seine* Angelegenheit. Aber ich will alles in Ordnung hinterlassen.‹ Tja, und dann haben sie mir gesagt, daß ich eine Blutkrankheit habe: Darum will auch das dumme Bein nicht heilen. Selbst ohne Sturz hätte sich die Krankheit früher oder später gezeigt. So sind die Symptome eben schneller zutage getreten. Sie meinen, daß ich noch höchstens ein Jahr zu leben habe und dieses Bett nicht mehr verlassen werde. Jetzt denken Sie vielleicht, all meine schönen Pläne wären zum Teufel – aber wenn Sie das meinen, kennen Sie Ihren Ben Hennicker schlecht. Es bedeutet nur eine Umstellung, und die Wahrheit wollte ich deswegen erfahren, weil ich dafür Zeit brauche. Können Sie mir folgen?«

»Natürlich.«

»Also, viel Zeit habe ich nicht mehr, ich muß alles vorbereiten. Sehen Sie mich nicht so traurig an. Ich bin ein alter Mann. Ich habe mein Leben gelebt und habe es genossen. Wie eine Kerze lasse ich mich aber nicht auslöschen. Nein, so wird es bei mir nicht gehen. Ich hatte immer schon den Traum, meine Enkel auf dem Rasen herumstolzieren zu sehen.«

»Sie meinen Kinder von Joss?«

»Genau. Hab' sie mir vorgestellt. Kleine, feste Brocken... genau wie er. Nicht nur eines... ich will viele haben. Kleine Jungen und Mädchen. Wenn die Mädchen seine Augen erben, werden sie sehr hübsch sein. Ich bin froh, daß er bisher noch keine Anzeichen von Heiratslust gezeigt hat. Und aus einem ganz bestimmten Grund.«

»Welchem denn? So jung ist er doch nicht mehr.«

»Gute dreißig. Mein Gott, wenn ich denke, daß es schon so lange her ist, seit er mit seiner Tasche damals über den Rasen gestapft kam.

Ich will, daß er die richtige Frau findet, das ist sehr wichtig. Und darum bin ich froh, daß er noch nicht geheiratet hat.«

»Sie wollten mir den Grund dazu sagen«, erinnerte ich.

»Ach, er war schon mal hier und dort verbandelt. Er mag Frauen, und Frauen mögen ihn.« Ben lachte geradezu verliebt, was mich in diesem Zusammenhang stets irritierte. »Joss ist viel energischer und gründlicher als die meisten Menschen. Das betrifft auch seine Einstellung den Frauen gegenüber. Er sieht sich schon ordentlich um, aber allzu eilig hatte er es bisher nicht, sich festzulegen.«

»Der Mann wird immer attraktiver«, sagte ich sarkastisch. »Jetzt ist er nicht nur arrogant, sondern auch ein Frauenheld.«

»Schließlich ist er ja auch ein Mann: stark, stolz, selbstsicher – alles, was ein Mann sein sollte. Er ist genau wie ich, nur viel größer, hübscher und mit der richtigen Erziehung, denn die hat mir ja gefehlt. Ich habe ihn mit elf in England in die Schule geschickt, da blieb er bis sechzehn. Ein bißchen irritiert hat es mich schon: Es hätte ihn allzusehr verändern können – aber nicht die Spur! Die englische Erziehung hat ihm nur etwas dazugegeben. Als er sechzehn war, weigerte er sich, weiter dortzubleiben. Er brannte darauf, bei mir mitzuarbeiten. War verrückt nach Opalen und Schürfen und allem, was dazugehört. Als ich ihm an dem Abend damals den ›Blitz‹ zeigte, kam ein Blick in seine Augen... Aber das ist ja alles Vergangenheit, ich will doch über das Jetzt reden. Höchstens ein Jahr, haben sie gesagt. Na schön, vielleicht kann ich's noch ein bißchen länger machen – aber ehe ich abtrete, muß alles in Ordnung sein. Sie könnten mir jetzt in einer Menge Sachen behilflich sein: Briefe schreiben und so weiter.«

»Ich tue für Sie alles, was ich kann, das wissen Sie doch, Ben.«

»Also, der erste Brief geht an meine Anwälte. Die sind in London und in Sydney. Schreiben Sie erst mal an die Londoner Adresse und sagen Sie, daß Mr. Felling mich umgehend hier aufsuchen soll.«

»Natürlich, sofort. Sie müssen mir nur die Details geben.«

»Mr. Felling von der Firma Felling und Caves am Hannover Square. Die genaue Adresse finden Sie in einem Buch dort in der Schublade. Das wäre das erste.«

Ich schrieb den Brief, und dann saß ich wieder an seinem Bett, und er sagte: »Ich bin froh, daß wir noch ein bißchen Zeit füreinander haben.«

»Vielleicht irren sich die Ärzte«, meinte ich. »Das soll ja schon passiert sein.«

»Ja, sicher. Ob es vielleicht doch der Fluch des ›Grünen Blitzes‹ ist? Ich habe Ihnen ja erzählt, daß alle, die ihn besaßen, vom Unheil verfolgt waren.«

»Aber Sie besitzen ihn ja nicht mehr, Sie haben ihn doch vor... fast zwanzig Jahren verloren.«

»Ja, natürlich. Aber mein Unfall... Und es heißt, daß meine Blutkrankheit von der Arbeit unter Tag stammt. Vielleicht ist es der Preis, den man für das Schürfen dieser Schönheiten zahlen muß, dafür, daß man sie von ihrem Platz wegholt – eine Art Rache.«

»Aber etwas derartig Schönes sollte doch nicht im Fels versteckt bleiben, das sollte man doch genießen können.«

»Wer weiß, vielleicht ist es eben doch der Fluch des ›Grünen Blitzes‹.«

»Das glauben Sie doch selber nicht, Ben. Als Sie ihn noch besaßen, fehlte Ihnen beispielsweise nicht das geringste.«

Er gab keine Antwort, nahm nur meine Hand und hielt sie eine Weile. »Später werde ich dann Joss kommen lassen.«

»Hierher?«

Er sah mich nachdenklich an. »Ihr Puls wird schneller, Jessy. Der Mann erregt Sie, nicht wahr? Ich meine, der Gedanke daran, ihn zu sehen.«

»Warum sollte er das?« fragte ich. »Ich weiß schon, Sie halten viel von Ihrem Sohn. Aber nach dem, was ich bis jetzt von ihm gehört habe, finde ich ihn nicht sonderlich bewundernswert.«

Er lachte so sehr, daß ich Angst bekam, es könnte ihm schaden. »Hören Sie auf, Ben«, sagte ich streng. »es ist gar nicht so komisch.«

»Doch – weil ich genau weiß, daß Sie Ihre Meinung ändern werden, wenn Sie ihn kennenlernen.«

»Sie wollen ihn also wirklich bitten, hierher zu kommen?«

»Jetzt noch nicht; ich habe ja noch einige Zeit vor mir. Wenn er kommt, dann erst, wenn sich mein letztes Stündlein nähert. Er hat ja draußen zu tun und kann nicht ein Jahr lang hier rumhocken. Aber wenn es aufs Ende zugeht – und ich werde wissen, wann das ist –, dann schicke ich nach ihm. Ehe ich abtrete, muß ich ihm sagen, was ich von ihm will.«

Ich war sehr unglücklich, denn ich sah, wie er von Tag zu Tag schwächer wurde. Er klammerte sich verzweifelt an das Leben, aber eines Tages würde es ihm nichts mehr nützen. Heute in einem Jahr, dachte ich und wurde ganz melancholisch dabei.

Die Wochen vergingen, und ich besuchte Ben jeden Tag. Meine Großmutter wußte natürlich darum und redete auch dagegen, aber sie versuchte nicht, mich zurückzuhalten. Wahrscheinlich war ihr klar, daß ich ihr einfach nicht gehorchen würde.

»Dein Freund, der Herr Bergmann, wird ja bald haben, was er verdient«, sagte sie giftig. »Leute aus unteren Schichten, die da in der

Erde herumkrabbeln und es dann den besseren Leuten nachmachen wollen, werden immer Pech haben.«

Ich konnte nicht einmal mit einer meiner Frechheiten antworten, so sehr traf mich sein Schicksal. Immer wieder erzählte er von Australien, und ich ermunterte ihn auch dazu, da es ihn zu beruhigen schien. Oft erwähnte er den ›Grünen Blitz‹, und ein paarmal schien er sich sogar einzubilden, ihn noch zu besitzen.

»Mit Opalen ist das so eine Sache«, sagte er. »Und der ›Grüne Blitz‹ war ja kein gewöhnlicher Edelstein. Diamanten können oft viel wertvoller sein, aber sie scheinen nicht die gleiche Wirkung auf die Menschen zu haben. Wenn Leute sich der Goldsuche verschreiben, ist es eine Art Fieber. Aber nicht um des Goldes willen, sondern wegen der Möglichkeiten, die es seinem Besitzer erschließt. Bei Opalen verhält es sich wohl anders. Ein Goldkorn gleich dem andern, aber Opale sehen alle verschieden aus. Was es da für Legenden gibt! Aus den Farben lesen die Leute Botschaften heraus. Früher waren sie ein Omen des Glücks. Dann wieder hieß es, daß sie Unglück bringen. Vielleicht, weil sie so zerbrechlich sind. Und ein Stein, den jemand als sein Vermögen und Glück betrachtet hat, verliert dadurch viel an Wert. Ich kannte auch Männer, die in ärgster Geldnot waren und dennoch den Stein nicht hergaben, der sie hätte retten können. So war es auch mit dem ›Grünen Blitz‹.«

»Und doch sagen Sie, daß er der ›Unglücksstein‹ genannt wurde.«

»Um so einen Stein müssen sich einfach Legenden ranken. Es war einer der ersten großen schwarzen Opale. Eigenartig, daß nie wieder ein gleichartiger aufgetaucht ist.«

»Wer hat ihn eigentlich gefunden?«

»Ein alter Schürfer... vor fünfzig Jahren. Er hatte dauernd Pech gehabt. So einer von der Sorte, der gerade dann aufgibt, wenn er kurz vor dem Fund steht... und dann kommt ein anderer daher und erntet die Früchte seiner Arbeit. Er hieß ›Pechvogel-Jim‹. Bis er eines Tages den Stein seines Lebens entdeckte. Es war ungefähr so wie bei mir mit der ›Grünen Dame‹. Der Felsen brach über ihm ein, und man fand ihn tot auf. In der Hand hielt er noch den ›Grünen Blitz‹. Und das war wohl der Moment, wo das Gerücht von dem Fluch geboren wurde, meine ich. Der alte Jim stößt auf den ›Blitz‹ und verliert im gleichen Augenblick das Leben. Sein Sohn fand ihn und den Stein und wußte gleich, was los war. Ein Blick genügte... obwohl der Stein noch ungeschliffen war. Er wollte ihn sofort nach Sydney bringen, zeigte ihn aber vorher noch ein bißchen herum. Er war einfach zu stolz darauf. Eine alte Eingeborene warnte ihn, daß er den Stein lieber nicht selbst durch den Busch tragen sollte, weil man bereits darüber redete... der schönste

Opal der Welt, und ein Vermögen wert! Da gab er ihn insgeheim seinem jüngeren Bruder und wurde dann selbst von einem Strauch- dieb erschossen, der natürlich den Opal nicht fand, weil ihn ja der Bruder hatte. Das war schon der zweite Tote.«

»Und was passierte dann?«

»Er wurde geschliffen und poliert, und das Endergebnis warf jeden um. Die Größe, die Farbe... man hatte gar nicht gewußt, daß es solche Steine gab. Jetzt besaß ihn also der jüngere Bruder. Ich weiß nur so ungefähr, was mit ihm passiert ist. Seine Tochter ließ sich entführen, er versuchte sie aufzuhalten, und im Kampf mit dem zukünftigen Schwiegersohn fiel er die Treppe hinunter. Nach zwei Jahren schlimm- ster Schmerzen starb er, aber den ›Grünen Blitz‹ gab er nicht her. Angeblich trug er ihn immer bei sich, so daß er ihn jeden Tag betrachten konnte, und das genügte ihm... Einfach ihn nur zu besitzen... das entschädigte ihn für alles, was passiert war. Die Tochter hatte aber Angst davor. Sie verhökerte ihn später an einen Händler, der kurz später ausgeraubt und mit durchschnittener Kehle aufgefunden wurde. Nachdem der ›Blitz‹ noch durch einige schmutzi- ge Hände gegangen war, gewann ihn der alte Harry eines Tages im Spiel.«

»Glaubte er an die Legende?«

»Ich weiß nur, daß jeder, der den Stein bekommt, ihn um jeden Preis behalten will.«

»Und Sie hatten keine Angst, als er sich in Ihrem Besitz befand?«

»Nein, aber Sie sehen ja, was mit mir passiert ist.«

»Das können Sie dem Stein nicht anlasten. Sie haben ihn ja nicht mehr. Was mag wohl dem passiert sein, der ihn gestohlen hat?«

Er hielt meine Hand fest. »Jessy...« Ich wartete, was er mir sagen wollte, aber dann schien er sich zu besinnen.

Er sah sehr müde aus, und ich meinte deshalb: »Jetzt sollten Sie lieber schlafen, ich werde gehen.« Merkwürdigerweise protestierte er nicht; ich verließ leise das Zimmer.

Der Januar des nächsten Jahres war herangekommen. Ab und zu besserte sich Bens Befinden derart, daß ich schon dachte, er würde sich entgegen dem Spruch der Ärzte wieder ganz erholen. Dann gab es jedoch wiederum Tage, an denen er total erschöpft war, so sehr er es auch zu verbergen suchte. An einem kalten Februarmittag – Nordwind blies, es schneite leicht – empfing mich Hanna mit traurigem Gesicht. Im Kamin brannte ein großes Feuer. Sie flüsterte: »Es geht ihm schlechter. Gott helfe uns! Was soll aus uns allen werden?«

»Er hat sicher vorgesorgt«, beruhigte ich sie.

So war ich also schon vorbereitet, als ich in sein Zimmer trat. War es nur das kalte, weiße Licht vom Schneewetter draußen, das seine Haut so blau schimmern ließ? Aber das glaubte ich selbst nicht ganz.

Er lächelte mir entgegen und versuchte, fröhlich zu wirken.

»So was nenne ich ein Röstkastanienwetter«, sagte er. »Mit dem habe ich mal gut verdient... geröstete Kastanien und Kartoffeln auf einem kleinen Ofen an der Straßenecke. Herrlich zum Händewärmen. Kalt ist es heute, Jessy.«

»Ich ging zu ihm und nahm seine Hände. Sie waren eisig.

»Ich kann mich gar nicht mehr erwärmen bei diesem Wetter«, sagte er. Wir sprachen von Australien und den Minen und all den Leuten, die er gekannt hatte, und ich bereitete den Tee für ihn, wobei er mir so gern zusah.

»Ich kann mir Sie gut vorstellen draußen im Busch. Hatte uns beide schon dort gesehen. Aber der Mensch denkt, und Gott lenkt, wie man so sagt. Und heute lenkt er mich ganz schön, liebe Jessy.«

Er schlürfte seinen Tee. »Herrlich stark«, sagte er. »Aber so gut wie draußen im Busch schmeckt er hier doch nicht. Ich wäre gern mit Ihnen mal dorthin gefahren. Unser Tee dort draußen – da würden Sie auch sagen, daß man so etwas Gutes nicht leicht woanders findet. Na ja, Sie lernen es ja ohnehin mal kennen.«

Ich muß wohl sehr traurig dreingesehen haben, denn er fuhr fort: »Kopf hoch, Mädel! Natürlich fahren Sie mal dorthin – dafür sorge ich schon.«

Ich schwieg bedrückt und ließ ihn weiter seine Fantastereien spinnen.

»Ich denke, Joss sollte jetzt informiert werden«, sagte er plötzlich. »Er muß ja immerhin noch einige Vorbereitungen treffen. Mit dem ersten Schiff kann er nicht gleich losfahren. Er muß erst alles arrangieren.«

»Soll ich ihm schreiben?« fragte ich. Ich nahm Feder und Papier und setzte mich neben das Bett. »Was soll ich ihm denn schreiben?«

»Das möchte ich Ihnen überlassen – es soll ein Brief von Ihnen an ihn sein.«

»Aber...«

»Los schon! Ich will's so haben.«

Also schrieb ich:

›Lieber Mr. Madden,

Mr. Ben Hennicker hat mich gebeten, Ihnen zu schreiben, daß er sehr krank ist. Er möchte, daß Sie nach England kommen. Es ist sehr wichtig, daß Sie so bald wie möglich abreisen.

Ihre Jessica Clevering‹

»Lesen Sie es mir mal vor«, sagte Ben, und ich tat es.

»Klingt ein bißchen unfreundlich«, meinte er.

»Wie kann es freundlich klingen, wenn ich ihn noch gar nicht kenne.«

»Ich habe doch schon von ihm erzählt.«

»Vermutlich nichts, was mich freundlicher gestimmt hätte.«

»Dann bin ich wohl schuld, daß ich nicht das Richtige erzählt habe. Wenn Sie ihn erst mal kennenlernen, werden Sie dasselbe wie alle Frauen empfinden... warten Sie nur ab.«

»Sie wissen genau, daß ich keine dumme kleine Pfauenhenne bin, die den großartigen Pfau anbetet.«

Da lachte er derart schallend, daß ich erneut Angst bekam, es könne ihm schaden. Als er sich wieder zurücklegte, umspielte ein glückliches Lächeln sein Gesicht.

Nach diesem bösen Tag erholte er sich wieder ein wenig, und die Antwort von Josselyn Madden kam schon bald. Sie war an mich auf Oakland Hall adressiert, und Mr. Wilmot reichte sie mir auf einem Silbertablett.

An dem australischen Poststempel und der kühnen Handschrift sah ich sofort, von wem der Brief stammte, und nahm ihn gleich mit zu Ben hinein. Ich las ihm das Schreiben laut vor:

›Liebe Miß Clevering,

vielen Dank für Ihren Brief. Wenn Sie dies lesen, werde ich bereits unterwegs sein. Nach meiner Ankunft reise ich sofort nach Oakland Hall.

Ihr J. Madden‹

»Und sonst steht nichts drin?« fragte Ben ärgerlich.

»Aber wieso denn?« meinte ich. »Er braucht uns doch nur mitzuteilen, daß er unterwegs ist.«

Es war April geworden; im Juni wurde ich neunzehn.

»Du wirst langsam erwachsen«, sagte meine Großmutter. »Wie anders alles hätte sein können. Wir hätten dich pflichtgemäß in die Gesellschaft eingeführt. Aber hier... in diesem Haus... was können wir da erhoffen? Nicht mal einen Pfarranwärter gibt es für dich. Deine Vorliebe für ungehobelte Gesellschaft kann sogar bewirken, daß dir selbst jene Kreise verschlossen bleiben, denen sich Miriam zugewandt hat.«

»Miriam ist, glaube ich, sehr glücklich.«

»Ganz bestimmt... vor allem, wenn sie überlegen muß, wovon sie das nächste Essen kochen soll.«

»So schlimm ist es ja nun auch wieder nicht. Zu essen haben sie genug, und das Sparen macht ihr Spaß. Sie ist viel zufriedener, als sie es hier war.«

»Sicher, sie war froh, daß irgendwer sie heiratete. Irgendwer... egal wer. Ich hoffe, daß dir nicht das gleiche Schicksal blüht.«

»Diesbezüglich brauchst du dir keine Sorgen zu machen.«

Ich war sehr traurig, weil Bens Gesundheitszustand sich erneut verschlimmert hatte. Es ging ihm sichtbar schlechter, und ich mußte immer daran denken, was wohl sein würde, wenn er einmal tot war. Eine düstere Zukunft tat sich vor mir auf. Nach wie vor erfüllte ich jene sogenannten Pflichten, die meine Großmutter für Leute unseres Standes für notwendig hielt, auch wenn unsere Finanzen so beschränkt waren. Das hieß, sich der Armen im Dorf anzunehmen, beim Kirchweihfest einen Stand zu betreuen, bei dem Nähkränzchen im Pfarrhaus mitzuwirken, die Gräber zu schmücken, die Kirche – und was dergleichen Tätigkeiten mehr waren. Ich sah mich schon alt und sauer werden wie Miriam, ehe sie heiratete – aber sie hatte wenigstens ihren Ernest im Hintergrund. So schrecklich jung war ich nun nicht mehr, eher schon eine Frau, und je älter ich wurde, desto schneller würden die Jahre verrinnen.

An einem windigen Apriltag wanderte ich mittags gerade am Häuschen der Jarmans vorüber. Vor der Kate des Gärtners befanden sich ein schlammiger Teich und ein winziger, von Unkraut überwucherter Garten. Eigenartig, daß Jarman, der tagsüber anderer Leute Gärten in Ordnung hielt, seinen eigenen so vernachlässigte. Wenigstens ein paar Blumen hätten sie sich hier ziehen können, dachte ich, aber auch Gemüse. Statt Osterglocken und blühender Büsche gab es nur des Gärtners vielköpfige Kinderschar darin, die einen Höllenlärm vollführte und in einem unvorstellbaren Wust von Abfällen herumkrabbelte.

Einer der Kleinen, etwa drei Jahre alt, schaufelte Sand in einen kleinen Blumentopf und machte ›Kuchen‹. Er patschte sie mit den Händen zurecht und fuhr sich danach damit über Gesicht und Schürze. Zwei Gören zerrten an einem Seil, und ein viertes Kind warf einen Ball in den Tümpel, daß das Schmutzwasser nur so spritzte – zur größten Freude derjenigen, die davon erwischt wurden.

Ich wollte eben die Straße überqueren, als der kleine Bäcker beschloß, den Ball aus dem Wasser zu holen. Er stapfte hinein, griff danach und fiel flach aufs Gesicht. Die anderen Kinder sahen interessiert zu, aber keines dachte daran, das Brüderchen herauszuholen. Es war in unmittelbarer Gefahr, ich mußte also zupacken. So watete ich hinein, hob den Kleinen hoch und kehrte zornig mit ihm aufs Trockene zurück.

Während ich da mit dem Kind in meinen Armen stand, bemerkte ich plötzlich, daß ein Reiter uns beobachtete. Das Pferd sah für mich riesengroß aus, ebenso der Mann: wie ein Ritter oder eine Sagengestalt. Mit herrischer Stimme fragte er: »Wo geht's denn hier nach Oakland Hall?«

Eines der Kinder, wohl sechs Jahre alt, rief: »Dort die Straße hinauf.«

Der Reiter sah mich an, als erwarte er, nur von einer Erwachsenen eine Antwort zu bekommen.

Ich bestätigte: »Ja, die Straße lang, dann nach rechts, und nach kurzer Zeit sehen Sie schon das Tor.«

»Vielen Dank.« Er holte mit der Hand ein paar Münzen aus der Tasche und warf sie uns zu. Ich war wütend. Hastig stellte ich den Kleinen nieder und wollte mich bücken, um dem Mann das Geld nachzuwerfen. Aber ehe ich es aufheben konnte, hatten die Kinder schon alles eingesammelt und waren, so schnell sie konnten, mit ihrer Beute davongerannt.

Ich blickte dem Reiter zornig hinterher und wandte mich dann dem Kleinen zu, der sein schlammbespritztes Gesicht zu mir hob und mich fingerlutschend neugierig ansah.

»Du dreckige kleine Kreatur«, fauchte ich. Und dann tat es mir leid, denn er konnte ja nichts dafür. »Ist schon gut«, schwächte ich ab. »Nun aber rein mit dir. Laß dich von einem deiner Brüder oder Schwestern abtrocknen. Und geh ja nicht wieder in den Tümpel!«

Ich marschierte heim und sah in meinem Zimmer sofort in den Spiegel, Schmutz auf der Wange, auf der Bluse, der Rocksaum naß, die Schuhe verkrustet: ein schöner Anblick! Und der Reiter hatte mich für ein Bauernmädchen gehalten. Ich konnte mir schon denken, wer es war. Hatte er nicht nach Oakland Hall gefragt? Und sich höchst arrogant gegeben? Sah er nicht eitel wie ein Pfau aus?

Daß mein erstes Treffen mit ihm ausgerechnet so verlaufen mußte! Ich wußte, daß ich ihn hassen würde.

Am nächsten Nachmittag brachte ich es nicht über mich, hinüberzugehen, denn ich dachte: *Er* wird dort sein, und ich will ihn nicht sehen. Ben hat ja heute *ihn*, seinen kostbaren Pfau. Mich braucht er jetzt wahrscheinlich gar nicht mehr. Solche und ähnliche eifersüchtige Gedanken gingen mir durch den Kopf. Ich sollte mich aber irren.

Maddy klopfte an die Tür. »Hanna hat eine Botschaft für Sie gebracht, von Mr. Hennicker. Sie möchten doch bitte so gut sein und hinüberkommen . . .«

Ich zog mich sehr sorgfältig an. Mein blaues Kleid – zwar nicht mein hübschestes, aber es gab mir eine gewisse Würde.

Drüben merkte ich sofort die Veränderung. Gespannte Erregung lag in der Luft. Wilmot begrüßte mich ehrerbietig in der Halle.

»Mr. Hennicker wünscht Sie gleich in seinem Zimmer zu sehen, Miß Clevering.«

»Danke, Wilmot«, sagte ich.

Ich wußte, daß es sinnlos war, ihm die Fragen zu stellen, die mir durch den Kopf schossen. Er war viel zu korrekt, um mir etwa seine Meinung über diesen Besucher anzuvertrauen. Aber dann sah ich Hanna oben an der Treppe; sichtlich hoffte sie darauf, mich abzufangen.

»Oh, Miß Jessica«, sagte sie ganz aufgeregt. »Er ist gekommen... der Herr aus Australien.«

»Ja?« sagte ich und wartete.

»Du meine Güte!« Ihr Gesichtsausdruck irritierte mich. Hanna war sonst recht vernünftig, jetzt sah sie richtig überdreht aus.

»Er scheint eine merkwürdige Wirkung auf dich zu haben«, meinte ich scharf.

»Mr. Hennicker ist so froh! Ich glaube, das verlängert ihm das Leben. Gestern kam der junge Mann hier herein, als gehörte ihm das alles. Wilmot sagt, wahrscheinlich wird es ihm sowieso gehören. Ich weiß gar nicht, wann ich schon einmal so einen Riesenherrn gesehen habe. Und wie der redet! Man hört ihn überall. So eine volle Stimme! Herr im Himmel, der weiß, was er will! Wilmot meint, er wäre irgendwie verwandt, angeblich ein Sohn. Aber Mr. Hennicker war doch nicht verheiratet? Außerdem heißt der Herr Madden.«

»Wahrscheinlich soll ich ihn jetzt kennenlernen«, unterbrach ich sie. »Dann muß ich mir wohl deinen« – beinahe hätte ich ›Pfau‹ gesagt, verschluckte es aber rechtzeitig – »deinen Riesenherrn mit der vollen Stimme anschauen. Er scheint dich ja völlig verhext zu haben.«

Ich ließ sie stehen und wußte genau, daß sie dachte, ich sei heute wohl sehr eingebildet. Als ich an Bens Schlafzimmertür klopfte, hörte ich ihn sagen: »Das wird Jessica sein.« Laut rief er dann: »Kommen Sie herein, Liebste.«

Ich ging hinein. Ben saß in seinem Stuhl neben dem Bett. Er trug seinen Morgenrock und hatte eine Decke über den Knien. Eine riesige Gestalt erhob sich und kam auf mich zu. Es ärgerte mich, daß ich so weit hinaufblicken mußte. Natürlich war es jener Mann, der vor Jarmans Häuschen nach dem Weg gefragt hatte. Er nahm meine Hand und hielt sie ein wenig zu lange fest.

»Da sehen wir uns also wieder«, sagte er.

»He, was ist denn los?« rief Ben. »Kommt mal her, ihr zwei – ich will euch richtig vorstellen. Es ist eine sehr wichtige Begegnung. Ich möchte, daß ihr euch gut kennenlernt, und glaube, daß ihr aneinander Gefallen finden werdet. Das habe ich eigentlich noch nie bezweifelt. Ihr seid von der gleichen Art.«

Unwillkürlich zog ich ein verärgertes Gesicht darüber, daß ich mit diesem Mann verglichen wurde. Dann bemerkte ich seine Augenfarbe. Es war wirklich das leuchtende Dunkelblau der Pfauenfedern. Eine ziemlich große, etwas gebogene Nase – ein Zeichen der Arroganz, die ich in ihm vermutete – spannte sich hinunter zu ziemlich breiten dünnen Lippen, die Zynismus oder Sinnlichkeit oder auch beides verrieten. Nicht allzu hübsch, das Gesicht – aber außergewöhnlich. Eines, das man in einer Menge nicht übersah und nicht vergaß. Die braune Samtjacke und die schneeweiße Krawatte wiesen erneut auf seine Eitelkeit, die braunen Reitstiefel und Kordhosen waren männlich bequem.

Am wenigsten gefiel mir sein spöttischer Ausdruck, der anzeigte, wie gut er sich an meinen Anblick gestern erinnerte – aus einem schlammigen Teich steigend, ein schmieriges Kind in den Armen. Sein erster Eindruck von mir, den er wohl nicht sobald vergessen würde.

»Wir kennen uns schon, Ben«, erklärte er.

»Dann erzähl mir, wieso?«

Ich sagte rasch: »Gestern nachmittag, als ich bei den Jarmans vorbeispazierte, fiel gerade in diesem Moment eines der Kinder in den Teich. Ich holte es heraus und Mr. . . . äh . . .« Ich machte eine Kopfbewegung zu ihm.

»Sie müssen ihn Joss nennen, Liebste«, sagte Ben. »Wir wollen doch hier nicht förmlich sein – dazu sind wir viel zu gut befreundet.«

»Ich kenne ihn aber gar nicht«, protestierte ich.

»Aber wir haben uns doch bereits gesehen?« sagte Joss Madden nochmals spöttisch.

»Nun Mr. Madden kam gerade vorbei und fragte nach dem Weg«, setzte ich hinzu. »Und bezahlte für die Auskunft.« Ich wandte mich ihm zu. »Das wäre weiß Gott nicht nötig gewesen. Hätten die Kinder das Geld nicht geschnappt, würden Sie es zurückerhalten haben.«

Ben lachte. »Na, so was! Und ihr habt einander nicht erkannt?«

»Da ich wußte, daß er dieser Tage aufkreuzen würde, nahm ich an, daß er es sei. Seine Handlungsweise paßte zu dem, was ich von ihm gehört hatte.«

Joss Madden lachte – ein ganz kurzes bellendes Lachen, das explodierte und gleich darauf schon wieder verstummte. »Hoffentlich soll das ein Kompliment sein«, sagte er. »Jedenfalls fasse ich es als ein solches auf.«

»Das bleibt ganz Ihnen überlassen«, antwortete ich.

Ben hatte sein breites Grinsen aufgesetzt.

»Schön, daß du dich so gut mit Jessica verstehst«, sagte er. »Und nun setzt euch mal und macht es euch bequem. Wir müssen eine Menge bereden, und ich weiß nicht, wieviel Zeit mir noch bleibt.«

»Nicht doch, Ben!« rief ich. »Es wird Ihnen jetzt viel bessergehen, wo er... wo Mr. Madden da ist.«

»Wir wollen der Wahrheit in die Augen sehen«, sagte Ben. »Das ist immer die beste Methode – stimmt's, Joss?«

»Ich denke schon«, antwortete der.

»Jetzt bringt erst mal eure Stühle her, auf jede Seite einen. So, diesen Moment habe ich mir schon lang gewünscht. Gönnt mir ruhig mal den Luxus, sentimental zu sein. Ein armer alter Mann, dem nicht mehr viel Zeit bleibt, hat das Recht dazu. Es gibt zwei Menschen auf der Welt, die mir mehr als alles bedeuten, und ich habe mir etwas zum Herzenswunsch gemacht – nämlich, daß sie zusammensein sollen, zusammenarbeiten.«

Ich fühlte Joss Maddens Blick auf mir: Er schien mich abzuschätzen, in einer Art, die mich abstieß. Kein Mann hatte mich bisher so taxiert. Irgendwie wurde ich mir dadurch meiner selbst bewußt. Arrogant und kämpferisch hatte ich ihn mir vorgestellt – aber nicht geahnt, daß er Gefühle in mir erwecken würde, wie ich sie noch nie gespürt hatte... Mir fiel plötzlich ein, daß meine Haare in der starken Brise draußen ganz unordentlich geworden waren und daß das Kleid mir nicht allzugut stand. Am Vortag, als ich aus dem Teich kam, mußte ich entsetzlich ausgesehen haben.

Ungewöhnlich schrill hörte ich mich sagen: »Zusammenarbeiten? Was meinen Sie damit?«

»Tja, darauf komme ich noch. Joss glaubt offenbar, daß es noch zu früh dafür sei – daß ihr beide erst besser miteinander bekannt werden müßtet. Stimmt's?«

»Miß Clevering fühlt sich vielleicht überrumpelt. Laß sie sich ein paar Tage an mich gewöhnen.«

»Ich verstehe nicht ganz!«

»Eine ganz einfache, praktische Sache«, antwortete Joss Madden. »Sind Sie ein praktisches Mädchen, Miß Clevering?«

»Ihr sollt nicht so förmlich miteinander sein«, unterbrach ihn Ben.

»Sind Sie ein praktisches Mädchen, Jessica?« wiederholte Joss.

»Ich denke schon.«

»Ja, so wirken Sie wenigstens. Ich würde sagen, daß Sie stolz darauf sind, eine vernünftige junge Frau zu sein.«

»Ein solcher Stolz scheint mir auch nur vernünftig zu sein.«

»Schnell und ohne Umschweife – das wird vieles erleichtern.«

»Ich sehe schon«, sagte Ben, »ich habe vorgegriffen. Wißt ihr, was: Morgen unterhalten wir uns richtig, alle drei.«

»Eine gute Idee«, meinte Joss.

»Na, schön«, sagte Ben. »Das wäre dann geregelt. Und jetzt erzähl mir von drüben.«

»Das Wichtigste habe ich ja schon berichtet«, sagte Joss lachend. »Alles läuft so glatt, wie man es sich nur wünschen konnte. Es gibt keine größeren Probleme. Beim Derry Creek haben wir eine gute Ader entdeckt.«

»Schöner schwarzer Opal? Nicht zu sehr durchsetzt? Das freut mich! Wie macht sich Jimson Laud?«

»Ganz gut.«

»Das klingt recht vage.«

»Genau wie Jimson ist.«

»So ein Draufgänger wie du kann eben nicht jeder sein. Jimson ist ein Zahlenmensch, die regen sich nicht schnell auf. Aber Buchhaltung ist nun einmal auch wichtig. Und Lilias?«

»Wie immer.«

»Und Mrs. Laud?«

»Die ganze Familie hat sich seit dem letztenmal kaum verändert.«

Ben blickte ins Leere. Er flüsterte: »Mein Gott, wie gern ich die Pfauen noch einmal sehen würde. Ich habe ja alles noch so gut vor Augen – jeden Ziegel liebe ich dort . . . jeden Grashalm. Ganz anders als hier ist es natürlich. Die Sonne, diese brennende Sonne . . . Die Trokkenheit. Wie war's denn, als du abfuhrst?«

»Staubtrocken. Einige Meilen von uns entfernt gab es Waldbrände.«

»Eine dauernde Gefahr, Jessica«, erklärte mir Ben. »Sie werden dort vieles anders finden als hier, stimmt's, Joss?«

»Wen sie deine Bedingungen akzeptiert.«

»Bedingungen?« wollte ich wissen. »Was für Bedingungen?«

»Warst du nicht der Ansicht, es sei noch zu früh, um darüber zu reden?« sagte Ben.

»Genau«, antwortete Joss Madden. »Wenn wir jetzt davon anfangen, wird sie glattweg ablehnen. Du mußt Miß Clevering Zeit lassen . . . ich meine Jessica. Du bist kein Marionettenspieler, Ben, der einfach an den Schnüren ziehen kann. Stimmt's, Jessica?«

»Aber ich habe nicht die geringste Ahnung, wovon Sie reden. Vielleicht sollten Sie mir das Geheimnis doch gleich erklären.«

Ben sah Joss an, der schüttelte den Kopf. Dann sagte Ben: »Vorher muß ich dir noch etwas eröffnen, Jessica. Joss weiß es schon. Ich sage es dir dann, wenn wir allein sind, und dann wirst du mich begreifen.« Er warf Joss einen vielsagenden Blick zu. Das mysteriöse Getue hatte mich überaus neugierig gemacht; ich konnte mir keinen Reim darauf bilden.

»Aha, ein Wink mit dem Zaunpfahl«, sagte Joss. »Ich gehe mal in die Ställe. Mal sehen, ob ihr was Vernünftiges zum Reiten draußen habt.«

»So eine Frechheit!« meinte Ben lachend. »Wir züchten hier gute Pferde, das laß dir nur gesagt sein. Jedenfalls bessere als dein Mietgaul.«

»Hoffentlich. Die hatten nichts Besseres dort, drum mußte ich den Klepper nehmen. Soll ich euch also allein lassen? Dann könnt ihr euch unterhalten. Bis später, Jessica.«

Kaum war er hinausgegangen, wandte sich Ben an mich: »Wie finden Sie ihn?« fragte er begierig.

»Genauso, wie ich ihn mir vorgestellt habe.«

»Ich habe ihn also gut beschrieben?«

»Mein Urteil beruht auf Ihren kleinen Anekdoten.«

»Und er gefällt Ihnen?«

Ich zögerte. Ich wollte Ben ja nicht weh tun, indem ich ihm klarmachte, daß ich Joss mit jeder Minute weniger leiden konnte.

Sehr vorsichtig sagte ich deswegen: »Ich kenne ihn wohl noch zu wenig.«

»Das wird sich bald ändern. Ich hätte ihn doch früher herbitten sollen.«

»Sie wollten mir erklären, worauf das alles vorhin hinaus sollte. Jetzt raus mit der Sprache!«

Diesmal zögerte er. »Ich weiß nicht, wo am besten beginnen. Ich habe mich wohl irgendwie geirrt, und es tut mir leid. Aber es ist trotzdem eine gute Sache, das werden Sie gleich verstehen; es hat mit dem ›Grünen Blitz‹ zu tun.«

»Der scheint wohl überall im Mittelpunkt zu stehen«, sagte ich trocken.

»Was ich davon erzählt habe... wie ich ihn gewonnen habe, das stimmt alles. Ich habe ihn erworben, und er hat mein Leben verändert. Eigentlich merkwürdig! Sicher, die ihn vorher besaßen, waren vom Unglück verfolgt: Ich wußte, daß mich jetzt alle beobachteten und warteten, was nun geschehen würde. Mein Leben war damals wahrscheinlich mehr als einmal in Gefahr. Gewisse Leute hätten mir um des Steines willen durchaus die Kehle durchgeschnitten oder mich erschossen. Ich hielt heiße Ware in den Händen, und irgendwie würde ich mich daran verbrennen, das war klar.

Dann kam der Tag, wo wir alle hier waren und ich ihnen den Stein zeigte; das wird Ihnen jetzt weh tun, Jessy. Ich wollte es Ihnen nicht sagen. Sie haben ein solches Idealbild von Ihrem Vater und seiner

Liebe zu Ihrer Mutter, und es ist auch ganz in Ordnung, daß junge Damen so für ihre Eltern empfinden. Aber es verhielt sich eben doch ein wenig anders. Ihre Mutter war eine liebe, süße Person, Ihnen sehr ähnlich, ja, sehr... Ich war ganz schön verliebt in Ihre Mutter.«

»Ja, das weiß ich.«

»Ich dachte mir, sie zu heiraten, würde alles so schön abrunden: Sie würde wieder ins alte Haus einziehen... Ich dachte an unsere Kinder und meinen Namen auf dem Familienstammbaum in der Halle. In Australien konnte ich sie mir allerdings nicht vorstellen... wie etwa Sie. Sie war zarter, fast zerbrechlich. Und dann kam Desmond daher. Ein hübscher junger Kerl, und reden konnte der! Ein Filou obendrein. O ja, das muß ich leider sagen. Er war schon weit durch die Welt gekommen und hatte dabei einiges gelernt. Mit den Damen verstand er es prächtig. Nun, als er hierher kam, um mich zu überreden, daß ich in sein Projekt investieren würde und wir auf David Croissant warteten, fing er etwas mit Ihrer Mutter an, und auf seine Art war er wohl auch wirklich verliebt in sie. Sie war unschuldig und glaubte ihm jedes Wort. Vielleicht hätte er sie geheiratet; ich denke schon. Aber so, wie dann alles lief, konnte er nicht.

Ich war wahnsinnig böse auf ihn... böse auf seine Jugend und sein Aussehen, auf seinen Erfolg bei Frauen. Dann kam der Abend, wo ich ihnen den ›Grünen Blitz‹ zeigte. Ich merkte, wie es Desmond packte, er konnte den Blick nicht mehr von ihm wenden. Er nahm den Stein in die Hand, ich sehe es noch wie heute: Begierde! Ein anderes Wort gibt es dafür nicht. Verrückte, irrsinnige Begierde... wie der Durst in der Wüste. Sie gucken mich so skeptisch an, weil Sie es eben noch nie erfahren haben, aber ich bemerkte es, und ich wußte, was das Ergebnis sein würde, und bereitete mich darauf vor. Als ich an jenem Abend zu Bett ging, ließ ich meine Tür offen und blieb angezogen sitzen. Horchte auf heranschleichende Schritte und pirschte mich dann hinüber ins Arbeitszimmer. Da stand er am Safe und hatte den Stein in der Hand. ›Was tun Sie da?‹ fragte ich. Er starrte mich nur an – leichenblaß. ›Erst verführen Sie die kleine Jessica, und jetzt wollen Sie den Grünen Blitz stehlen. Wenn Sie ihn haben – was würden Sie damit tun? Dann können Sie nur von hier verschwinden – so schnell wie möglich... Für den Opal würden Sie das Mädchen verlassen, stimmt's? Sie haben ja gar nicht verdient, weiterzuleben.‹«

»Ben!« rief ich. »Sie haben meinen Vater ermordet!«

Er schüttelte den Kopf. »Nein... das nicht. Obwohl ich eine Pistole in der Hand hielt und es auch beinahe getan hätte. Aber dann dachte ich: Nein! Das Blut dieses Menschen soll nicht über mich kommen, er ist es nicht wert. Und so sagte ich nur: ›Ich habe sie in flagranti ertappt.

Sie legen jetzt den Opal zurück und verschwinden von hier, aber schnell! Lassen Sie sich nie mehr hier sehen und auch nicht draußen auf Ihrem Gebiet, sonst soll alle Welt erfahren, was für ein Gauner Sie sind. Raus mit Ihnen! Verlassen Sie mein Haus! Sofort! Ihre Taschen haben Sie ja sicher schon gepackt.‹ Mein Gott, war ich wütend auf ihn. Ich kann Ihnen gar nicht sagen, wie sehr ich mich zurückhalten mußte, die Pistole nicht abzudrücken. Aber das wäre dumm gewesen... Eine Menge Scherereien... und mir hätte es nichts geholfen. Also legte er den Opal zurück, und ich ließ ihn vor mir her in sein Zimmer gehen. Ja, da standen sie schon, seine Taschen... fertig gepackt. Er hatte den Opal holen und dann damit abhauen wollen, wie ein Dieb in der Nacht. Und das war er ja auch.«

»Sie haben ihn also weggeschickt – von meiner Mutter weggeschickt!«

»Er wäre nichts für sie gewesen. Und er hatte ja gewußt, daß er verschwinden mußte, wenn er den Stein stahl. Alles so geplant: Wollte den ›Grünen Blitz‹ nehmen und sich aus dem Staub machen.«

»Meine arme Mutter!«

»Es hatte schon einige Frauen in seinem Leben gegeben, nichts von Dauer, das wußte ich. Ich wollte ihn aus dem Weg haben... um ihretwillen. Daß Sie schon unterwegs waren, wußte ich damals nicht, sonst hätte ich vielleicht anders gedacht.«

»Und dann haben Sie behauptet, er hätte den Opal gestohlen.«

»Deswegen erzählte ich Ihnen ja das alles. Ich wußte, daß er nicht zurückkommen würde und sich auch in Australien nicht zeigen durfte, wo man sehr streng ist mit Verbrechern, das muß so sein. Diebe und Mörder werden dort ohne viel Federlesens gehängt. Also konnte er auf seinem Schürfgebiet nicht mehr auftauchen. Darüber war er sich auch völlig im klaren, als er zum Safe ging. Hatte alles riskiert, nur wegen des einen Steines – solch eine Wirkung übte der aus! Da dachte ich mir: Ich lasse die Leute in der Annahme, daß er den Stein hat, dann wird mich niemand mehr berauben wollen, niemand mir Böses wünschen oder vermuten, daß mir etwas zustoßen könnte. Bald danach fuhr ich wieder nach Australien und nahm den Stein mit.«

»Weiß Joss davon?«

»Ja, er weiß es jetzt, ich habe es ihm auch gerade erst erzählt. Sie dürfen mir glauben, Jessy: Wenn ich gewußt hätte, daß Ihre Mutter Sie bereits unter dem Herzen trug, hätte ich anders gehandelt. Warum sagen Sie denn nichts?«

»Ich bin einfach schockiert.«

»Das liegt doch alles lange zurück. Ihr Leben beginnt ja erst. Sie werden glücklich sein und alles haben, was Ihre Mutter nicht hatte. Das Leben wird für Sie ein großes Abenteuer werden.«

»Ich kann aber nicht an die Zukunft denken, ich muß immer an meine Mutter denken.«

»Das müssen Sie jetzt alles vergessen.«

»Wo mag mein Vater jetzt sein?«

»Der fällt immer auf seine Füße... jedenfalls tat er es damals.«

»Und all die Jahre haben Sie zugelassen, daß er unter solchem Verdacht steht – und meine arme Mutter...«

»Sie hätte diesen Verzweiflungsschritt nicht tun dürfen.«

»Dazu wurde sie doch getrieben!«

»Nein, Jessy, keiner von uns wird getrieben. Wir handeln nach freiem Willen. Und wenn uns das Leben unerträglich wird, dann dürfen wir niemanden dafür verantwortlich machen als uns selbst.«

Ich wandte mich ab. Alles lebte ich noch einmal durch. Mein Vater beim Safe, Ben, wie er ihn hinausdrängte... Seine gepackten Taschen, das Zeichen, daß er mit der Beute verschwinden wollte, während meine arme Mutter zurückblieb, die mich zur Welt brachte und dann sich selbst zerstörte...

Ben streichelte meine Hand.

»Denken Sie nicht schlecht von mir, Jessy«, bat er. »Ich werde nicht mehr lange auf dieser Erde weilen. Solche Bitterkeit am Ende könnte ich nicht ertragen. Ich bin ein heftiger Mensch, habe immer gefährlich gelebt. Ich habe mein Leben lang kämpfen müssen, das hat mich hart und stark gemacht und erbarmungslos. Vielleicht lege ich weniger Wert auf Moralbegriffe, als ich sollte. Da draußen gab es Leute, die mich für den Opal getötet hätten. Begreifen Sie das? Sagen Sie – können Sie es begreifen?«

»Ja.«

»Und wir beide haben uns doch gern gehabt, oder? Hat sich Ihr Leben nicht verändert, seit wir uns kennen? Zum Guten verändert?«

»Doch, und ich mag Sie ebenfalls, Ben.«

»Dann haben Sie dabei auch bestimmt etwas gelernt. Wenn man jemanden mag, so gibt es dafür eigentlich keine Gründe, keine Vernunftgründe – und was immer der andere tut, stört einen nicht... Jedenfalls nicht bei echten Gefühlen.«

»Sie haben recht, ich könnte Sie nie hassen. Es ist mir schrecklich, daran zu denken, daß Sie einmal nicht mehr...«

»Macht nichts, mein Kind, denn ich lasse Ihr Leben ja nicht leer zurück. Es kommt noch Besseres als vorher, das kann ich Ihnen versprechen, wenn Sie mir zuhören und meinen Rat beherzigen wollen. Ich weiß eine ganze Menge über die menschliche Natur und kenne Sie daher besser als Sie sich selbst. Morgen werde ich mit Ihnen darüber sprechen. Für heute reicht es. Sie gehen Risiken nicht aus dem Weg, genau wie ich, und jetzt müssen Sie einmal auf die Zukunft setzen. Ich habe es immer getan. Sie wollen sich doch nicht vom Leben abwenden, Ihre restliche Zeit in diesem alten Haus drüben verbringen?«

»Ach, Ben«, seufzte ich, »wenn doch nur alles ein wenig anders verlaufen wäre – das mit meinem Vater. Und der ›Grüne Blitz‹ ist noch immer in Ihrem Besitz, mit seiner bösen Aura? Hatten Sie deshalb den Unfall? Sind Sie deshalb krank geworden?«

»Das werden manche Leute behaupten. Aber ich habe nie bereut, ihn zu besitzen; er hat mir viel bedeutet. Oft bin ich mitten in der Nacht aufgestanden und habe ihn mir angesehen... Hatte das Gefühl, daß er mir sagte: Mach weiter, genieße dein Leben... auch wenn es gefährlich ist. Ich gehöre dir, und wenn du schon für mich zahlen sollst, dann tu es fröhlich.«

»Weiß Joss alles über meinen... meinen Vater und meine Mutter?«

»Ja.«

»Und der ›Grüne Blitz‹ gehört ihm, wenn...«

»Wenn ich sterbe. Ach, ich habe große Pläne, aber darüber müssen wir morgen alle drei reden.«

»Sagen Sie es mir jetzt – bitte!«

»O nein. Sie haben für heute genug zu verdauen. Ich mußte Ihnen erst einmal reinen Wein einschenken. Machen Sie sich keine Gedanken, Jessy. Ich möchte meine letzten Wochen froh verbringen. Viele habe ich nicht mehr vor mir.«

»Ben, sagen Sie doch bitte nicht so was!«

»Gut, gut; ich höre schon auf. Jetzt gehen Sie heim, und morgen nachmittag kommen Sie wieder. Dann erzähle ich Ihnen meine Pläne. Kopf hoch, Mädchen!«

Da verließ ich ihn und machte mich ganz verstört auf den Weg nach Hause. Erst das Treffen mit Joss Madden und dann diese Enthüllungen!

Nach einer schlaflosen Nacht blickte mir am Morgen ein elendes Gesicht aus dem Spiegel entgegen. Warum kümmerte ich mich plötzlich so um mein Aussehen? Natürlich wegen Joss. Er hatte eine Art, mich abschätzend anzusehen, und etwas war in seinem Gesichtsausdruck, das mir das Blut in die Wangen trieb. Ich grübelte über ihn nach, über Bens große Worte, daß er Frauen gern habe. Den Typ kenne ich, dachte ich – ob ihn jede Frau unwiderstehlich findet? Ein merkwürdiger Mensch. Aber Bens Geständnis beschäftigte mich noch zu sehr, als daß ich mich im Moment allzusehr mit Joss Madden beschäftigen wollte. Am liebsten hätte ich ihn ganz aus meinen Gedanken verbannt; er schlich sich jedoch immer wieder ein.

Nachmittags warteten die beiden schon sichtlich ungeduldig auf mich.

»Endlich«, sagte Ben. »So, setzen Sie sich.« Diesmal lag er im Bett – die Aufregungen des Vortages hatten ihn wohl erschöpft. Er sah auch nicht sonderlich gut aus, um den Mund war wieder dieser bläuliche Schatten.

»Zu meinen Seiten, ihr zwei«, befahl er, und dann starrten mich die pfauenblauen Augen an. Wieder beschlich mich dieses unangenehme Gefühl, das Joss Maddens beobachtender Blick immer in mir entfachte.

»Also, um zum Anfang zu kommen. Ich muß bald sterben, obwohl ich das keineswegs beabsichtigte. Hatte noch so vieles sehen wollen. Einer meiner liebsten Träume war es, meine Enkel hier oder auf dem Rasen vor dem Haus drüben in Australien spielen zu sehen. Kleine Kinder hatte ich ja nie um mich – außer Joss, als er damals mit seiner Tasche über den Rasen kam. Aber der war eigentlich nie richtig Kind. Schon damals ein stämmiger Brocken. Geredet hast du wie ein Mann und gehandelt wie ein Mann! Daß du nie geheiratet hast, hat mich stets irritiert, bis ich hierher kam und Miß Jessica Clevering kennengelernt habe... Für die Cleverings hatte ich immer schon was übrig. Ich kann euch gar nicht sagen, wie sehr ich mir gewünscht habe, selbst einer zu sein, wenn ich den Stammbaum in der Halle betrachtete. Und darum möchte ich auch unbedingt unser Blut mischen... das des Jungen, der am Radcliffe Highway Kuchen verkaufte, und derjenigen, die mit den Königen historische Schlachten schlugen. Derjenigen, die reich geboren wurden, und der anderen, die sich ihren Weg nach oben erkämpfen mußten. Für die zukünftigen Generationen kann es wohl keine bessere Mischung geben.«

Ich hob den Blick und begegnete wieder diesem dunkelblauen Starren. Worauf wollte Ben hinaus? Nein, das konnte doch wohl nicht möglich sein...! Ich versuchte, in Joss Maddens Augen zu lesen: sicher war er genauso entsetzt wie ich.

»Und darum möchte ich, daß ihr zwei Freunde seid – mehr als Freunde. Schlicht gesagt: Ich möchte, daß ihr heiratet. Jetzt bleiben Sie erst mal ruhig, Jessy. Ich weiß schon, es ist ein Schock für Sie. Aber Sie haben noch nicht alles erfahren. Joss wird Ihnen ein guter Ehemann sein... wenn Sie ihm seinen Willen lassen. Und Jessica wird dir eine gute Frau sein, wenn du sie sorgsam behandelst.«

Ich sagte wütend: »Ben, bitte lassen Sie uns diese Farce beenden!

Erstens werde ich Mr. Madden nie seinen Willen lassen, und zweitens kann ich auf eine sorgsame Behandlung seinerseits verzichten.«

»Da kannst du selbst sehen, Joss, wie temperamentvoll unsere liebe Jessy zu werden vermag. Aber das macht dir ja nichts. Du willst doch keine sanfte kleine Taube, oder?«

Joss antwortete nicht. Ich hatte das Gefühl, daß er mich genauso entsetzt betrachtete wie ich ihn.

»Jetzt seid ihr also einigermaßen vorbereitet«, fuhr Ben fort, »und meine Zeit wird immer kürzer. Wer weiß, wann es für mich soweit ist? Vielleicht schon morgen oder übermorgen, möglicherweise auch erst in einem halben Jahr. Wir wissen nur, daß es irgendwann kommt. Darum möchte ich, daß die Hochzeit sobald wie möglich stattfindet, damit ich dieser Sache sicher bin. Dann kann ich in Ruhe meinen Tod abwarten.«

»Ja ist Ihnen denn überhaupt klar, was Sie da vorschlagen!« rief ich konsterniert.

»Durchaus, meine Liebe. Ich trage diesen Gedanken schon lange mit mir herum. Gleich nachdem ich Sie kennenlernte, schoß es mir durch den Kopf: Die paßt für Joss. Das ist das Mädchen, von dem ich mir Enkel wünsche. Wochenlang habe ich an nichts anderes gedacht.«

»Aber du siehst doch«, sagte Joss, »daß Miß Clevering entsetzt ist über deinen Plan. Du wirst ihn aufgeben müssen.«

Zum erstenmal blickte ich ihn verständnisinnig an.

»Heiraten ist immer ein Vabanque-Spiel«, sagte Ben. »Und ihr seid doch beide Spielernaturen. Wenn wir alles bedenken, was damit zusammenhängt, werden Sie mir schon zustimmen, Jess. Joss ist schon auf halbem Weg dahin.«

»Nein!« widersprach er. »Jetzt nicht mehr, wo ich Miß Cleverings Widerwillen gesehen habe.«

»Stolz... stolz wie ein Pfau! Du hast immer gedacht, daß es nach deinem Kopf geht, was?« Ben wandte sich zu mir. »So ist er eben. Und warum seid ihr beide so dickköpfig? Jessica ist doch ein attraktives Mädchen! Und Sie, Jessica, müssen doch zugeben, daß Joss ebenfalls ein recht stattliches Aussehen hat. In ganz England und Australien könnten Sie keinen besseren Gefährten finden. Seid doch vernünftig, ihr beiden. Es ist mein letzter Wunsch – den könnt ihr mir doch nicht verweigern.«

»Und ob wir das können«, sagte Joss. »Ben, du bist unverschämt!«

»Das weiß ich«, gab der kichernd zu. »Aber noch nie habe ich mir etwas so gewünscht. Ich kann nur in Frieden sterben, wenn ihr beide ein Paar seid. Ich weiß, daß es richtig ist – ich kann in die Zukunft sehen.«

Ich dachte: Ben ist verrückt geworden. Früher hätte er nie so gesprochen.

»Jetzt hört mir einmal zu«, fuhr er fort. »Ich habe schon alles arrangiert. Alles gehört euch – bis auf ein paar kleine Legate – wenn ihr heiratet.«

»Und wenn nicht?« fragte Joss.

»Dann, mein lieber Joss, kriegst du nichts... absolut nichts.«

»Aber, hör mal, Ben...«

»Man kann nicht mit einem Sterbenden über seinen Nachlaß diskutieren«, sagte Ben streitlustig. »Keiner von euch kriegt einen Penny... wenn ihr nicht heiratet. Und dabei bleibt es. Willst du dir die Company aus den Händen nehmen lassen, Joss?«

»Das kannst du doch nicht tun!«

»Das werden wir schon sehen. Jessica, wollen Sie den Rest Ihres Lebens bei Ihrer sauertöpfischen Großmutter verbringen... sie pflegen, wenn sie hinfällig wird? Oder wünschen Sie sich ein Leben voller Aufregungen und Abenteuer? Sie können selbst wählen. Ihr habt beide recht: Zwingen kann ich euch nicht, nein, bestimmt nicht. Aber es euch sehr unbequem machen, wenn ihr nicht tut, was ich will.«

Unsere Blicke kreuzten sich. »Das ist doch absurd«, fing ich an, aber Joss sagte nichts mehr. Offensichtlich dachte er über die Drohung nach. Auch mir hatte Ben ein schönes Bild gezeichnet. Ich sah mich zehn, zwanzig Jahre später, mit verkniffenen Lippen, wie sie sich bereits bei Miriam zeigten... Kirchen dekorieren, Basare für die Armen abhalten, immer älter werden, saurer werden, weil das Leben an einem vorbeigegangen ist. Ben wußte, was ich dachte.

»Es ist ein Glücksspiel«, sagte er. »Das dürft ihr nicht vergessen. Was wollt ihr jetzt tun?«

Er legte sich in die Kissen zurück und schloß die Augen. Ich stand auf und wandte mich verwirrt zum Gehen.

»Ich habe Ihnen eine schöne Nuß zum Knacken gegeben, was?« Die Sache schien ihn zu amüsieren.

Joss Madden begleitete mich bis zum Eingangstor.

»Ich wünsche Ihnen noch einen schönen Abend«, sagte ich.

»Es war wohl ein Schock für Sie?« meinte er.

»Allerdings. Was ja wahrscheinlich verständlich ist.«

»Ich dachte, jungen Damen Ihrer Gesellschaftskreise wählt man des öfteren die Ehemänner aus?«

»Dadurch wird die Sache nicht besser.«

»Es tut mir leid, daß ich Ihnen so zuwider bin. Das haben Sie ja deutlich genug gezeigt.«

»Sie haben auch nicht gerade über die vorgeschlagene Heirat gejubelt.«

»Wir sind wohl beide Menschen, die lieber eigene Entscheidungen treffen.«

»Ich glaube, Ben hat den Verstand verloren.«

»Da ist *er* aber ganz anderer Ansicht. Ihr Cleverings habt ihn behext – er will unbedingt euer blaues Blut in unsere Familie bringen.«

»Er wird sich einen anderen Weg ausdenken müssen.«

»Wenn *Sie* nicht mitmachen wollen, wird er kaum einen finden.«

»Würden *Sie* denn zustimmen?«

Ich war vor Überraschung stehengeblieben und sah ihn forschend an. Er verzog die Lippen zu einem spöttischen Lächeln. »Für mich steht viel auf dem Spiel.«

»Ich muß jetzt gehen. Auf Wiedersehen.«

»*Au revoir!*« rief er mir noch über den Rasen nach.

Wie im Traum ging ich nach Hause zurück. Beim Eintreten fiel mir der altbekannte Geruch nach Zitronenwachs auf, an den ich mich eigentlich in den ganzen Jahren schon hätte gewöhnen müssen. Auf dem Tisch in der Halle stand eine Blumenschale – Flieder und Tulpen, von meiner Großmutter ordentlich, aber ohne jeden Geschmack arrangiert. Aus dem Salon hörte ich Stimmen: die Großmutters und Xaviers; ob Großvater in seiner üblichen Rolle als Sündenbock auch dabei war?

Ich blieb kurz stehen und überlegte, was wohl passieren würde, wenn ich die Tür öffnete und ihnen mitteilte, daß ich einen Heiratsantrag erhalten habe und bald nach Australien abreisen würde. Natürlich stimmte es nicht, denn einen Antrag konnte man es kaum nennen, da der Bräutigam in spe eher zögerte. Und dann merkte ich, wie sehr es mich gefreut hätte, ihnen eine solche Neuigkeit aufzutischen. – Ich ging in mein Zimmer – ein hübscher Raum mit dem Bild einer Ahnin aus der Galerie auf Oakland Hall an der Wand.

Das Baldachinbett nahm die größte Fläche ein; es war fast ein wenig zu groß. Ansonsten gab es nur einen Sessel mit Gobelinbezug, von einer anderen Ahnin gestickt; die Pendants dieses Stuhls waren auf das übrige Haus verteilt. Außerdem lag ein wunderschöner Bokarateppich auf meinem Boden, auch ein Erinnerungsstück an Oakland. All diese Dinge nahm ich jetzt viel deutlicher als sonst wahr: Vermutlich aufgrund von Bens Äußerungen, wenn ich klug wäre, würde ich all dies verlassen, da ich sonst wohl mein restliches Leben hier verbringen müßte.

Erfüllt von innerer Unruhe, hielt ich es jedoch nicht lange in meinen vier Wänden aus. Einen Menschen gab es, mit dem ich reden konnte;

vor einigen Monaten wäre das freilich noch nicht möglich gewesen: Miriam!

Ich lief zum ›Kirchenhäuschen‹ hinüber – so hieß das kleine Gebäude hinter der Pfarre. Es machte sich richtig hübsch, fand ich, mit den Büschen zu beiden Seiten des gepflasterten Pfades, der zur Eingangstür führte.

Miriam war zu Hause. Wie sie sich verändert hatte! Sie erschien um Jahre verjüngt und trotzdem irgendwie würdevoll. Ob sie glücklich sei, brauchte ich wohl nicht zu fragen.

Ich ging gleich ins Wohnzimmer hinein. Im Erdgeschoß gab es nur die Küche und dieses Zimmer, von dem aus eine Wendeltreppe in die Schlafräume darüber führte. Alles war blank poliert, auf dem roten Tischtuch prangte eine Schale mit Azaleen und grünen Blättern. An den Fenstern hingen bunte Vorhänge, auf dem Kaminsims befanden sich ebenfalls Blumen, zwei bequeme Stühle standen vor dem Feuerplatz. Ein paar Dinge aus Miriams Besitz – Kerzenhalter und Silbergeräte – paßten nicht ganz dazu, machten aber den bescheidenen Raum nur um so wohnlicher.

Miriam trug ihre Haare jetzt weniger streng als früher und sah in ihrem gestärkten Kleid mit der umgebundenen Schürze äußerst hausfraulich aus.

»Miriam!« rief ich. »Ich muß mit dir sprechen.«

Sie freute sich sichtlich über meinen Besuch. »Ich mache uns Tee«, sagte sie. »Ernest ist unterwegs. Der Pfarrer gibt ihm zuviel zu tun.«

Ich legte den Kopf zur Seite und betrachtete sie mir genau. Was für ein erfreulicher Anblick. »Eine wandelnde Reklame für den Ehestand!«

Und es stimmte. Wie hatte sie sich doch verändert! Sie war tolerant geworden, liebte ihren Mann und liebte das Leben. Da sie diesen Segnungen so lange ausgewichen war, genoß sie jetzt das Ganze um so mehr.

»Ich habe einen Antrag bekommen«, sprudelte ich hervor. »Na ja, jedenfalls könnte man es als solchen bezeichnen.«

Sie sah mich ängstlich an. »Doch nicht... von jemandem auf Oakland?«

»Stimmt.«

»Ach, Jessica!« Jetzt glich sie jener Miriam von einst, denn meine Worte hatten sie in die Zeit von früher versetzt, da ein Besucher auf Oakland eine andere Jessica heiraten wollte. »Bist du sicher...«

»Nein«, sagte ich, »das bin ich nicht.«

Sie sah mich erleichtert an. »Ich würde da auch sehr, sehr vorsichtig sein.«

»Das will ich auch. Miriam, wenn du Ernest nicht geheiratet hättest... ich meine, allein geblieben wärest...«

Ich sah das Entsetzen in ihrem Gesicht. »Das könnte ich mir gar nicht mehr vorstellen.«

»Du hast aber so lange gezögert.«

»Weil ich erst allen Mut zusammennehmen mußte.«

»Und wenn es mit Ernest nicht so gutgegangen wäre – würdest du dich dann trotzdem glücklich preisen, von zu Hause weg zu sein?«

»Inwiefern hätte es nicht gutgehen sollen mit ihm?«

»Du warst wohl nicht immer dieser Meinung, sonst hättest du dich schon viel früher entschlossen.«

»Ich hatte Angst.«

»Angst vor Mutters Spott und Voraussagen. Jetzt irritieren sie dich aber gar nicht mehr.«

»Mir ist es egal, wie arm wir sind: wir kommen schon durch. Ich bin eine gute Wirtschafterin – Ernest behauptet es zumindest. Und wenn sich die Dinge auch nicht so günstig entwickelt hätten... Um die Wahrheit zu sagen: Ich wäre trotzdem froh, von zu Hause weg zu sein.«

»Das glaube ich aufs Wort.« Ich dachte an ein jahrelanges Dahinvegetieren dort – ohne Oakland und Ben – und wußte, daß ich es nicht aushalten würde. Lieber – nein... Aber doch nicht *diesen* Mann heiraten... Und dennoch mußte ich es bedenken. Wie wäre das wohl? Eine Konvenienzheirat jedenfalls. Vielleicht konnten wir uns einigen, es Ben zuliebe zu tun und doch jeder unser eigenes Leben zu führen. Aufregung erfaßte mich. Ich wußte, daß ich die langweiligen Jahre daheim nicht ertragen konnte.

»Aber jetzt zu dir«, sagte Miriam. »Wer ist der Mann?«

»Ben Hennickers Sohn. Er ist von Australien hierher gekommen.«

»Den kennst du dann aber doch erst ganz kurz.«

»Schon möglich – aber es läuft eben manchmal so. Ich kann nicht mein Leben lang eine Gefangene sein, wie du es jahrelang warst. Der Heiratsantrag ist übrigens noch ein Geheimnis, sag also niemandem etwas.«

»Ich muß aber mit Ernest darüber sprechen. Wir haben keine Geheimnisse voreinander, und er hält es vielleicht für seine Pflicht...«

»Erinnere dich, wie lange Großmutter zwischen euch gestanden hat! Das ist *mein* Geheimnis, und ich erwarte, daß es gewahrt bleibt. Ich habe es dir nur gesagt, weil ich über Ehe im allgemeinen reden wollte und mich noch nicht entschlossen habe. Weil ich dachte, du würdest mich verstehen.«

»Das tue ich ja auch, und wenn ihr einander wirklich liebt, solltet ihr nicht zögern. Was wird Mutter wohl dazu sagen?«

»Um die geht es am wenigsten. Du hattest die ganzen Jahre Angst vor ihr – ich habe keine. Und doch bist du ausgebrochen, hast einmal deinen Kopf durchgesetzt, und jetzt bist du froh darüber.«

»Ja, und wie!« In ihrer Stimme schwang Überzeugung. Sie dachte noch eine Weile nach, wog ihre Empfindungen gegeneinander ab. Immer noch die gleiche alte Miriam! Viel würde davon abhängen, was Ernest dazu meinte, denn an diesem Felsen ruhte sie, und als Chamäleon, das sie nun einmal war, würde sie die Farbe entsprechend seinen Anschauungen ändern.

Sie ging zum Schrank und holte eine Flasche ihres selbstgemachten Obstweins, der noch von zu Hause stammte. Auf den war sie seit jeher sehr stolz gewesen.

»Trinken wir auf die Zukunft«, sagte sie. »Das eignet sich besser dafür als Tee.«

Und während wir dasaßen und auf meine und ihre Zukunft anstießen, überlegte ich, warum ich mich Miriam gegenüber so verhalten hatte, als ob ich die vorgeschlagene Ehe tatsächlich in Erwägung zog.

In dieser Nacht schlief ich wieder kaum. Am nächsten Morgen bei der allgemeinen Andacht hörte ich gar nicht auf die Stimme meiner Großmutter, sondern schickte mein eigenes Gebet hinauf: einen Hilferuf. Dabei fiel mir auf, daß ich noch nie so eifrig gebetet hatte und es offenbar nur konnte, wenn ich etwas ganz dringend wollte.

Gegen Mittag ging ich hinunter zum Bach. Die Welt war völlig verdreht für mich: Ben, den ich so mochte, hatte mich belogen. Wie konnte ich mich damit abfinden? Und wie konnte ich andererseits aufhören, Ben zu lieben und mich elend zu fühlen, weil er uns doch wahrscheinlich bald verlassen würde? Und jetzt kam er mit einem Vorschlag, von dem er wissen mußte, daß er mir widerstrebte und Joss ebenfalls, den er so liebte – bewunderte war vielleicht das bessere Wort. Ich konnte ihn nicht begreifen. Das Alarmierendste aber war, daß ich mich selbst nicht begriff. Denn irgendwo ganz hinten in meinem Gehirn betrachtete ich die Situation völlig nüchtern und spielte durchaus mit dem Gedanken, diese Ehe einzugehen.

Während ich noch so dort saß, erschien Joss Madden auf der gegenüberliegenden Wiese und kam auf mich zu.

»Ich sah Sie schon vom Turm aus«, meinte er. »Da dachte ich mir, wir sollten miteinander reden. Kommen Sie rüber?«

Damit man mich von unserem Haus aus nicht bemerkte, folgte ich seiner Bitte. Als wir das kleine Wäldchen betraten, fragte er: »Haben Sie sich entschlossen?«

»Ich finde die Situation unmöglich«, sagte ich hektisch.

»Sie existiert, also kann sie nicht unmöglich sein. Andererseits ist es ein einfacher Vorschlag.«

»Haben Sie sich denn entschlossen?«

»Ja, ich bin dazu bereit.«

»Sie meinen... mich zu heiraten?«

»Sicher, darum geht es doch, oder? Jetzt schauen Sie mich mal nicht so traurig an. Sie werden doch nicht umgebracht dabei.«

»Mir erscheint es aber fast so.«

Wieder dieses kurze, laute Lachen. Dann wurde er ernster. »Ben hat nicht mehr lange zu leben. Heute vormittag war er sehr schwach. Er möchte uns noch zusammensehen, ehe er stirbt.«

»Also, sehr... bald.«

»Sowie Sie einverstanden sind, besteht kein Grund zum Aufschub mehr.«

Wir kamen zu einem Baumstumpf. Er nahm mich bei der Hand und zog mich neben sich darauf, ließ aber gleich wieder los. Trotzdem war ich mir seiner Gegenwart ungeheuer bewußt: eine Erregung packte mich, die ich nicht unterdrücken konnte.

»Gibt es vielleicht bereits jemand anderen in Ihrem Leben?«

»Wie meinen Sie das?«

»Geradeheraus gesagt: Haben Sie einen Geliebten? Ist da vielleicht schon jemand, den Sie heiraten wollen?«

»Nein.«

»Dann wäre das Ganze ziemlich einfach. Ich könnte angesichts von Bens Krankheit eine Sonderlizenz bekommen. Wir könnten also sehr bald heiraten.«

»Und Sie? Gab es für Sie eine andere?«

»Nein«, antwortete er.

»Sie nehmen das wohl einfach so hin?«

»Was soll ich sonst tun? Ich sehe, worum es Ben geht. Er war auf Ihre Mutter fixiert, und dabei ging es nicht nur um sie, sondern um das ganze Drumherum: das großartige Haus, den Familienstammbaum bis zurück zu den Normannen... Ben will einfach die Familien verbinden: Wenn wir beide heiraten, würden die Kinder durch Sie teilweise blaublütig sein und von uns den Stolz erben.« Er lachte spöttisch.

Ich hörte kaum zu. Der Satz über die Kinder hatte mich hart getroffen. Das war zuviel.

»Ich glaube, ich kann es doch nicht«, stieß ich ziemlich barsch hervor.

Er sah mir ins Gesicht, als wolle er meine innersten Gedanken erforschen, und ich fühlte mich sehr unbehaglich dabei, denn ich wußte, daß er begriff, was mich alarmiert hatte.

»Es steht viel auf dem Spiel«, antwortete er. »Und was Ben sagt, meint er auch. Ich kenne ihn gut. Er ist versessen darauf, und er weiß, daß er uns binnen kurzer Zeit nur dann dazu bringt, wenn er uns mit dem droht, was passieren wird, falls wir nicht heiraten. Er kann recht erbarmungslos sein, unser lieber Ben.«

»Das weiß ich schon.«

»Er hat mir viel über Sie erzählt: Ihre Familie, Ihr Leben hier... so erstickend alles. Ihnen droht ein reichlich tristes Leben, wenn Sie mich nicht heiraten. Friß, Vogel, oder stirb, heißt es bei ihm. Und für mich würde es den Verlust der Company bedeuten, die ich genauso wie er aufgebaut habe. Ich habe ein paar Anteile daran, während Ben über den Löwenanteil verfügt, und er droht damit, diesen auf jemand anderen zu übertragen. Ich würde meine Vorrangposition einbüßen, und daß ich das nie akzeptieren würde, weiß er. So hat er mich auch im Netz. Er weiß, daß ich alles andere eher täte...«

»Sogar mich heiraten.«

»Sogar das. Nachdem ich zweiunddreißig Jahre lang um die Ehe herumgekommen bin. Aber um bei der Sache zu bleiben: Wir stehen beide vor demselben Dilemma. Wenn wir heiraten, sind wir die Nutznießer – im andern Fall verlieren wir viel. Ich weiß, was es für mich bedeuten wird. Sie ahnen es wahrscheinlich.«

Ich stellte mir gerade vor, wie es sein würde, das alte Dasein wieder zu führen, so wie ich es vor Bens Auftauchen getan hatte. Jetzt, wo ich älter war und schon wußte, wie aufregend das Leben sein konnte, würde ich mein Dasein hassen und verfluchen.

»Also«, fuhr er fort, »ich habe mich entschlossen. Ich heirate Sie sofort – Sie brauchen es nur auch zu wollen.«

Er legte mir den Arm um die Schultern, und ich zuckte zurück. Wieder dieses kurze Lachen.

»Na schön«, sagte er. »Ich will es Ihnen leichtmachen. Wir heiraten, und es wird eine sogenannte Namensehe sein – außer beide wollen es später anders. Wie wäre es damit?«

Ich schwieg.

Er fuhr fort: »Ich spüre direkt Ihre Erleichterung.«

»Ben wird dem vielleicht nicht zustimmen.«

»Das liegt doch wohl in unserem Entscheidungsbereich.«

»Da bin ich nicht so sicher. Er wünscht sich ja Enkel.«

»Er kann nicht *alles* nach seinem Willen haben. Hören Sie mir mal zu: Wir heiraten und gehen jeder unsere eigenen Wege. Sie entkommen dadurch Ihrem tristen Zuhause, und ich behalte mein Kommando bei der Company. Ist das etwa kein Ausweg?«

Ich stand abrupt auf, und er erhob sich ebenfalls. Wie ein Turm ragte er neben mir. Er legte mir beide Hände auf die Schultern, seine Lippen verzogen sich amüsiert.

»Die Verhandlungen scheinen günstig zu verlaufen«, meinte er. »Sollen wir es Ben sagen?«

»Noch nicht. Ich bin noch nicht entschlossen.«

»In Ordnung, aber lassen Sie sich nicht zu lange Zeit. Wenigstens ist es nur noch Unentschlossenheit und keine absolute Weigerung mehr.«

Ich machte mich auf den Heimweg.

Ein wenig später besuchte ich Ben; er war, Gott sei Dank, allein. Diesmal sah er besser aus; ich sagte es ihm auch gleich. »Ja, und ich bin auch fest entschlossen, am Leben zu bleiben, bis ihr zwei verheiratet seid. Jessy – haben Sie noch mal darüber nachgedacht?«

»Sogar sehr viel.«

»Ich nahm es an. Sie werden jetzt endlich erwachsen und wollen leben; Joss müssen Sie gut im Auge behalten. Er ist der Liebling aller Frauen.«

»Sie verlangen zuviel, Ben.«

»Na schön, dann gehen Sie eben nach Hause zurück. Ich würde ja lieber ins Gefängnis gehen als dorthin. Diese Großmutter, der reinste Essig. Wie wird sie in zehn Jahren sein? Pure Galle, bittere Zichorienbrühe... Sie ist kein Wein, der mit den Jahren an Qualität zunimmt. Und das aufregende Leben wird Ihnen gefallen. Die Company... Fancy Town... das liegt Ihnen im Blut. Ab und zu werden Sie auch nach Oakland zurückkehren; was für ein wunderschönes Leben.«

Da ich schwieg, fuhr er fort:

»Jessy, Sie müssen wirklich endlich erwachsen werden... wenn Sie mit hinauswollen. Das Leben drüben ist ziemlich rauh, aber es ist Leben, das ist das Entscheidende. Ich sehe Sie schon im Pfauen-Haus. Hat Joss Ihnen davon erzählt?«

Ich schüttelte den Kopf.

»Das holt er bestimmt noch nach, denn er liebt das Haus, das später ja auch Ihnen gehört. Stellen Sie sich nur vor: in England sind Sie dann die Herrin auf dem Landsitz. Was wird wohl die alte Dame drüben dazu sagen? Ihr Gesicht sähe ich gern, weiß Gott. Und denken Sie doch an die Kleinen, wie sie auf dem Rasen hier spielen werden... im Wäldchen, so wie Sie, wenn alles beim alten geblieben wäre.«

»Ich muß Ihnen eins sagen, Ben. Wenn ich ihn heirate, könnte ich nie... könnte ich nicht als seine Frau mit ihm leben, so daß die Sache mit den Kleinen auf dem Rasen einfach Ihr Wunschtraum bleiben dürfte. Und unter diesen Umständen werden Sie wohl auch verzichten wollen.«

Ich hatte Enttäuschung erwartet, aber es kam nichts dergleichen. Statt dessen fiel Ben in brüllendes Gelächter, daß es ihn nur so schüttelte. »Jessy«, keuchte er, nachdem er sich endlich erholt hatte, »Sie verschönern mir meine letzten Tage, wahrhaftig. Immer machen Sie mir Freude. Also haben Sie sich entschlossen, ihn zu heiraten?«

»Das habe ich nicht gesagt – nur, warum Kinder für mich unmöglich sind.«

»Jetzt passen Sie einmal auf. Ich will euch beide zusammentun, und ich weiß, daß Joss einverstanden ist. Für ihn steht zuviel auf dem Spiel. Der Stolz meines Pfaus, auf den kann ich mich verlassen. Und was die andere Kleinigkeit betrifft, das überlasse ich gern Joss.«

»Was soll das nun wieder heißen?«

»Aha, Gefahrensignal! Ich lasse die Dinge jetzt, wie sie sind. Ihr heiratet, und wenn ich sterbe, hoffe ich, daß ihr eines Tages selber seht, was euch schon jetzt in den Gesichtern geschrieben steht: daß ihr nämlich füreinander geschaffen seid. Also abgemacht? Ich akzeptiere Ihre Bedingungen und Sie die meinen. Ich möchte eine schöne Kirchenhochzeit, damit es alle wissen.«

»Das wird aber eine Weile dauern.«

»So viel Zeit habe ich wohl noch. Ich verlasse euch bestimmt nicht, ehe ich den heiligen Ehebund zwischen euch besiegelt habe.«

»Ben, wenn Sie uns lieben, wie können Sie nur derart viel von uns verlangen?«

»Gerade weil ich euch liebe, stelle ich solche Bedingungen. Später einmal, wenn Sie mit Ihrer Familie nach England kommen und auf diesem Rasen sitzen – einem Rasen, wie man ihn außerhalb dieser Insel nirgends findet –, dann wird die Seele des alten Ben zufrieden auf euch herabsehen, weil alles so gekommen ist, wie er es wollte. Ich werde hier sein... und auch im Pfauen-Haus... ein glücklicher Geist, der die Zukunft richtig eintaxiert und sein bißchen dazu beigesteuert hat, daß es so weit kommen konnte.«

»Sie sind müde, Ben.«

»Ja, müde vor Glück. Eine gute Art von Müdigkeit. Und vergessen Sie nicht, sich später an diesen Moment zu erinnern.«

»Bestimmt werde ich ihn nie vergessen.«

»Und Sie werden dem alten Ben dankbar sein, das garantiere ich Ihnen.«

Ich küßte ihn zart und verschwand.

Als ich das Haus verließ, wußte ich schon, daß ich die Schiffe hinter mir verbrennen würde. Ich hatte diese unglaubliche Situation akzeptiert. Ich würde Joss Madden heiraten.

Ich weiß nicht, was Joss meiner Großmutter erzählt hatte. Er war mit ihr, Großvater und Xavier eine Stunde im Salon. Von meinem Schlafzimmerfenster aus sah ich ihn dann zur Brücke hinübergehen. Er ging, als gehöre alles bereits ihm.

Maddy klopfte an meine Tür. Man wolle mich im Salon sehen. Als ich eintrat, merkte ich, daß ihre Haltung mir gegenüber sich gewandelt hatte. Ich hatte an Wichtigkeit gewonnen, aber meine Großmutter war nicht bereit, mir ihre Zufriedenheit darüber ohne weiteres zu zeigen.

»Du hast also diesen Mann aus der Wildnis heimlich getroffen?«

»Wenn du Mr. Joss Madden meinst, dann stimmt es. Ich habe ihn getroffen.«

»Und dich verlobt. Er hat uns nicht um unsere Einwilligung gebeten, ehe er dich fragte – wie es sich gehört hätte. Aber von Leuten, die so wie er aufgewachsen sind, kann man wohl keine guten Manieren erwarten.«

»Er ist in England erzogen worden.«

Offensichtlich versöhnte sie diese Tatsache etwas. »Nach allem, was wir für dich getan haben, hätten wir ja wohl ein wenig Dankbarkeit erwarten können. Als die Tragödie über uns hereinbrach...«, es folgte ein giftiger Blick auf meinen Großvater, »mußten wir große Opfer auf uns nehmen. Unsere Tochter hat uns in Schande gebracht, und Miriam hat sich für ein Leben in der bittersten Armut entschlossen.«

Danach lächelte sie sardonisch. »Wenigstens hast du uns die Erniedrigung erspart, dich ebenfalls unter solchen Umständen dahinvegetieren zu sehen. Ich hoffe nur, daß das Angebot auch ehrlich gemeint ist. Du wirst uns hoffentlich nicht in Schwierigkeiten bringen wie deine Mutter. Wenn alles in Ordnung geht, ist es vielleicht nicht das Schlechteste. Allerdings muß ich dir sagen, daß es mich nicht freut, wenn du dich mit Leuten verbindest, die deinem Großvater nicht freundlich gesinnt waren. Aber das ist wohl die Hand des Schicksals. Wir haben viel Unglück erlitten, haben Oakland verloren... und wenn dieser Mann die Wahrheit spricht, wird er es dereinst erben, so daß du als seine Frau dort leben wirst.«

Sie kam mir wie ein Adler vor, der sich auf sein Opfer stürzt. Oakland Hall wieder in Familienhand. Durch mich...

Ohne daß ich etwas dagegen tun konnte, erregte dieser Gedanke auch mich. Ich wußte jetzt, daß ich gar nicht mehr aus der Sache herauswollte, selbst wenn Ben plötzlich sagen würde, es hätte sich nur um einen Spaß gehandelt. Das Erstaunliche war, daß ich mich nach den Aufregungen sehnte, die eine Ehe mit Joss Madden bringen würde – sofern wir uns an den Passus hielten, den er lachend akzeptiert hatte und der von Ben abgetan worden war, als hielt er ihn für unwichtig.

Am nächsten Sonntag verkündete Ernest, der Pfarrer Grey vertrat, unser Aufgebot.

Ben schien sich ganz ungewöhnlich zu erholen. Man sah ihm die Freude richtig an, und er schöpfte daraus anscheinend neue Energien.

»Also das Aufgebot ist schon verlesen«, rief er, »und niemand von der Familie hat Einspruch erhoben. War ja auch kaum zu erwarten – nach dem, was es für sie bedeutet.«

Großmutter hatte eine Schneiderin kommen lassen. Ich sollte ein weißes Satinkleid tragen, den schönsten Satin aus dem besten Geschäft Londons. Dafür reiste sie eigens in die Stadt, um den Stoff und das andere Zubehör von dem Erlös der silbernen Kerzenhalter zu kaufen. Die Familie hatte sie geopfert, um mit ihrem Namen Ehre einlegen zu können.

Stundenlang zogen sich die Anproben bei der Schneiderin hin, denn ich mußte ja außer dem Hochzeitsklcid auch eine Aussteuer haben. »Die Leute in Australien sollen uns nicht für Wilde halten«, sagte die Großmutter. Und sie sorgte dafür, daß ich nicht nur ausreichend, sondern auch elegant gekleidet die große Reise antreten konnte.

Zweimal wurde das Aufgebot verlesen, und meine Erregung über das Kommende wandelte sich langsam in Angst. Zwischendurch mußte Joss Madden eine Woche in geschäftlichen Angelegenheiten verreisen. Während seiner Abwesenheit fühlte ich mich irgendwie erleichtert.

Als er zurückkehrte, schien er jedoch entschlossen, viel Zeit mit mir zu verbringen. »Er macht dir den Hof«, beschrieb es Ben zu meinem Ärger.

»Wir müssen einander doch noch vor dieser Hochzeit kennenlernen«, sagte Joss. »Kannst du gut reiten? In Australien wirst du es viel tun müssen.«

Gelernt hatte ich es wohl, abeř bisher wenig Gelegenheit zum Ausreiten gehabt. Als unser Pony gestorben war, bekamen wir kein neues, und unser einziges Pferd benützte Xavier.

»Wir haben ja einen kleinen Stall auf Oakland; ich werde selbst mit dir ausreiten, damit ich mir von deinen Kenntnissen ein Bild machen kann.«

Seine leutselige Art ärgerte mich. Er wählte das Pferd für mich aus, ein braunes, recht wild dreinsehendes Tier, vor dem ich etwas Angst hatte. Unser Pony war nicht sehr groß gewesen, ein höheres hatte ich noch nie bestiegen.

Ich wollte schon protestieren, da sah ich seinen etwas belustigten, triumphierenden, arroganten Blick – jeder Zoll ein Pfau.

Mit ungutem Gefühl stieg ich auf. »Diese Pferde brauchen Bewegung«, sagte er, »sie sind viel zu fett. Hier reitet man anders als in Australien. Du mußt dich an die australische Methode gewöhnen, denn ohne Pferd bist du im Busch verloren.«

»Liegt denn das Pfauen-Haus im Busch?«

»Es steht auf einem großen Parkgelände etwas außerhalb von Fancy Town. Ringsum ist noch richtige Wildnis. Du mußt dich dort im Sattel so bewegen können, als hättest du nie etwas anderes getan.«

Allzuviel verstand ich nicht von Pferden, aber selbst mir war klar, daß er für sich das schönste Tier im Stall wählte. Als wir draußen Seite an Seite ritten, spürte ich seinen anerkennenden Blick auf mir ruhen. Haltung, Hände, alles... und dann wieder dieses amüsierte Lächeln, das ich so haßte.

»Man könnte es auch so ausdrücken«, setzte er unser Gespräch fort, »daß man drüben bei uns im Sattel lebt.«

»Habt ihr dort einen guten Stall?«

»Einen besseren dürftest du in ganz Australien kaum finden.«

»Selbstverständlich«, meinte ich.

»Ja, selbstverständlich.«

»Also man reitet überallhin?«

»Ja, es gibt zwar einen Postkutschendienst zwischen den großen Städten, aber ich benutze ihn selten. Das Land ist auch ganz anders als hier.«

»Das denke ich mir.«

»Hier... hier ist alles wie ein einziger Garten. Man sieht auf Schritt und Tritt Häuser, und all diese kleinen Felder und die Straßen... es ist eben völlig anders.«

»Das hast du schon mehrmals erklärt.«

»Dann muß ich mich für die Wiederholung entschuldigen.«

»Ein weitverbreiteter Fehler«, sagte ich obenhin, um ihn zu erinnern, daß er nicht so fehlerlos war, wie er sich wohl einbildete.

Er wechselte in leichten Trab über, und ich versuchte, ihm zu folgen. Aber mein Pferd verweigerte; es senkte plötzlich den Kopf und fing an, Blätter von den Sträuchern am Straßenrand zu zupfen.

»Los, weiter«, flüsterte ich ihm zu. »Er wird uns auslachen.«

Das Pferd schien aber entschlossen zu sein, es darauf ankommen zu lassen.

Joss wandte sich um; wieder hörte ich sein kurzes, helles Auflachen.

»Komm weiter, Joker«, rief er, und das Pferd gehorchte sofort. Es ließ den Zweig los, an dem es herumgeäst hatte, und setzte sich mit beleidigtem Blick in Bewegung, als wolle es damit ausdrücken: Was soll ich denn tun, wenn so eine dumme Person auf meinem Rücken sitzt?

»Du mußt dein Pferd beherrschen«, sagte Joss lächelnd, den Jokers Folgsamkeit natürlich freute.

»Das ist mir schon klar«, entgegnete ich.

»Es weiß, wer sein Herr ist. Ich brauchte es nur beim Namen zu rufen, und schon gehorchte es.«

»Ich habe es ja heute zum erstenmal gesehen«, protestierte ich.

»Wenn Joker meint, er kommt damit durch, versucht er so seine Spielchen – das ist ja verständlich. Joker, keinen Unfug mehr! Du tust jetzt, was die Dame sagt. Los, weiter!«

Der ganze Morgen war mir verdorben, denn ich fühlte, wie er versuchte, mir meine Unzulänglichkeit zu beweisen. Und das gelang ihm mehrmals. Einmal galoppierte er quer über eine Wiese, und ich forderte Joker auf, es nachzutun. Vielleicht hoffte er, daß ich herunterfallen und mir den Hals brechen würde.

Während ich ihm so nachtrabte, spürte ich, daß ich den Gaul nicht beherrschte, und dachte nochmals: Er versucht, mich umzubringen, damit er mich nicht heiraten muß. Wenn ich tot bin, wird ihn Ben nicht enterben. Dann kriegt er seine kostbare Company, ohne den Preis dafür entrichten zu müssen: die Ehe mit mir. Mein Gott, ist der arrogant. Wirklich der reinste Pfau! Spreizt sich mit seiner Überlegenheit wie ein Pfau mit seinem Schweif.

Plötzlich war er wieder neben mir, ergriff Jokers Zaumzeug, und wir galoppierten kurze Zeit nebeneinander. Als wir anhielten, lachte er.

»Ich muß dir noch das Reiten beibringen, ehe wir abreisen. Nach Australien kannst du so nicht.«

»Sollten wir nicht überhaupt das Ganze fallenlassen?«

»Was? Wo dein Kleid schon fertig ist und das Aufgebot verkündet?« Er wurde plötzlich ernst. »Außerdem – was ist mit Ben?«

»Mir ist alles so verhaßt«, stieß ich zornig hervor.

»Du haßt mich?«

»Wenn du willst, kannst du es auch so sehen.«

»Eine ausgezeichnete Basis für eine Ehe«, spottete er. »Die Gefühle ändern sich ja nachher angeblich oft. Deine können also nicht mehr schlechter werden, da sie schon an der äußersten Grenze angelangt sind.«

»Ist das Ganze nicht eine Farce?«

»Das Leben ist oft eine Farce.«

»Aber diese Ehe ist doch wohl extrem lächerlich.«

»Das macht sie ja gerade so pikant. Wir werden zur Kirche gehen und unser Gelöbnis ablegen, und alles, was wir schwören, werden wir nicht einhalten. Eine Ehe dient der Zeugung von Kindern, das kommt auch in der Hochzeitsmesse vor. In unserem Fall wird es jedoch... nur eine Namensehe.«

»Du sagst es«, pflichtete ich bei.

»Stimmt aber doch. Genauer könnte man es nicht ausdrücken. Wir werden den Schwur ablegen, einander zu lieben und in Ehren zu halten... Und du erzählst mir, daß du mich jetzt schon haßt.«

»Du lieferst doch alle Gründe dafür, warum die Sache abgeblasen werden sollte.«

»Und dennoch werden wir es nicht tun, denn wir sind ja vernünftige Leute. Es ist viel zu gewinnen und zuviel zu verlieren. Wir sind besser beraten, wenn wir uns an die Vorteile der Sache halten. Wer weiß – vielleicht mache ich noch eine halbwegs akzeptable Reiterin aus dir, und vielleicht gelingt es dir, mich auf Distanz zu halten.« Seine Augen glitzerten plötzlich. Ich sah wieder den Stolz in ihm, der wirklich sein Hauptwesenszug zu sein schien. Er war beleidigt, weil mich seine Männlichkeit nicht anzog... oder was immer der Grund sein mochte.

»Das zweite dürfte leichter zu bewerkstelligen sein als das erste«, sagte er hörbar zornig.

Wir ritten langsam nach Oakland zurück, im Schritt – weil das, wie er boshaft bemerkte, meinem Können eher entsprach.

Ja, ich haßte ihn, und er schien mich zu verachten. Um so besser, dann brauchte ich keine Sorge zu haben, daß er sich mir aufdrängen würde. Und gerade weil er dies so ostentativ ausspielte, begann ich absurderweise zu hoffen, er würde es doch versuchen – nur um das Vergnügen zu haben, ihn zurückzuweisen.

Ganz Oakland Hall war aus dem Häuschen. Miriam buk den Hochzeitskuchen, Großvater sah mich schlechthin als die Retterin des Familienvermögens an, und sogar Großmutter wurde leutselig zu mir. Ben lag im Bett oder saß in seinem Stuhl und lachte vor sich hin. Alle waren also begeistert – außer Bräutigam und Braut.

Joss bestand darauf, daß ich zweimal am Tag mit ihm ausritt. »Eine absolute Notwendigkeit«, erklärte er. »Du mußt dein Pferd beherrschen können, ehe wir nach Australien kommen.«

Ich sah ein, daß er recht hatte, und nahm mir vor, seine herablassende Art zu schlucken. Ich arbeitete hart an mir und war sicher, eine gute Schülerin zu sein. Nicht, daß er es je zugegeben hätte, wenn ich mich verbesserte. Es schien ihm sogar Spaß zu machen, mich zu erniedrigen.

Sobald ich die Sache beherrschte, war ich unabhängig von ihm, und nach und nach begann ich das Reiten sogar als ungeahntes Vergnügen zu empfinden. Er machte mir nie Komplimente, und ich fand, daß er sich dauernd vor mir produzierte. Für mich nannte ich ihn nur den Pfau.

Endlich kam der Hochzeitstag heran. Es war wie in einem Traum, wie wir da an dem Altar standen und der Pfarrer uns zusammentat. Ich erschauerte unwillkürlich, als Joss mir den Ring an den Finger steckte, und wußte selbst nicht, warum. Eine gewisse Angst, sicher – aber wenn ich ganz ehrlich mit mir war, mußte ich zugeben, daß ich die Sache nicht mehr hätte rückgängig machen wollen, auch wenn es noch möglich gewesen wäre. Ben war auch in der Kirche, Banker hatte ihn im Stuhl hingerollt. Ich konnte mir seine Zufriedenheit vorstellen. *Sein* Wille war geschehen! Miriam spielte den ›Hochzeitsmarsch‹ auf der Orgel, und als ich an Joss Maddens Arm den Mittelgang heraufkam, fühlte ich die zufriedenen Blicke Xaviers, Großvaters und Großmutters auf mir ruhen.

Der Empfang wurde auf dem Witwensitz gegeben, danach gingen Joss und ich über die Brücke nach Oakland Hall.

Ben war schon in seinem Zimmer, aber er hatte hinterlassen, daß wir ihn gleich aufsuchen sollten. Er saß im Bett, seine Augen glänzten. »Ihr zwei habt Ben Hennicker heute zu einem der glücklichsten Menschen gemacht«, sagte er. »Setzt euch wieder zu mir. So ist es recht! Gebt mir eure Hände. Ihr werdet mich noch für diesen Tag segnen. Ehe es zu Ende geht, möchte ich euch noch etwas mitteilen, das ich mir bis heute aufgehoben habe.«

»Sie sind erschöpft, Ben«, sagte ich, »Sie sollten sich ausruhen.«

»Nein, ich muß euch das unbedingt noch anvertrauen. Ihr kennt ja die Geschichte vom ›Grünen Blitz‹, und ihr wißt, daß ich ihn mit nach Australien genommen habe und nur so tat, als sei er verloren. Ich mußte ihn natürlich verstecken. Nur ihr beide erfahrt das Versteck, denn er gehört euch jetzt zusammen. Das Versteck habe ich selbst angelegt, damit es kein Unberufener entdeckt. Es ist der reinste Witz. Du kennst doch das Bild vom stolzen Pfau im Salon, Joss: das hast du ja immer gemocht. Man sieht darauf unseren Rasen und einen herrlichen Pfau, der sein Rad schlägt. Dieses Bild hat einen sehr schönen geschnitzten Goldrahmen, dick und massiv. An der rechten unteren Ecke ist eine Feder angebracht. Man kann sie aber nicht sehen. Wenn man darauf drückt, öffnet sich ein Spalt: Darin liegt, in Watte verpackt, der ›Grüne Blitz‹. Ich habe mich oft im Salon eingeschlossen und ihn

119

herausgeholt und bewundert. Wenn ich sterbe, gehört der Stein euch... euch beiden. Ihr könnt damit tun, was ihr wollt.«

Sein Atem ging stoßweise. Ich bekam Angst um ihn und sagte besänftigend:»Ich danke Ihnen, Ben, aber Sie müssen jetzt ruhen. Nun ist ja alles in Ordnung.«

Er nickte. Joss drückte ihm noch die Hand; die beiden sahen einander stumm an. Dann beugte ich mich über ihn und gab ihm einen Kuß.

»Gott segne euch beide«, meinte er noch. Wir gingen auf Zehenspitzen hinaus.

Das Brautgemach, in dem alle Neuvermählten von Oakland ihre Hochzeitsnacht verbracht hatten, war für uns vorbereitet worden. Ich betrat es ängstlich. Joss schloß die Tür hinter uns und lehnte sich dann dagegen. Er sah mich spöttisch an.

»Angeblich verbringen alle zukünftigen Herrinnen von Oakland Hall ihre erste Ehenacht hier«, sagte er.

Ich betrachtete das Baldachinbett. Er folgte meinem Blick, und ich wußte, daß er sich über mich amüsierte.

»Bei uns liegt der Fall ja wohl etwas anders.«

»Der eigene Fall ist immer anders«, antwortete er. Er ging zur Nebentür. »Hier ist das Ankleidezimmer. Soll ich drin übernachten, oder möchtest du?«

»Da nach der Tradition die junge Ehefrau in diesem Bett schlafen muß, fällt meine Wahl darauf. Du kannst das Ankleidezimmer haben. Die Liege drin ist wohl ganz bequem.«

»Es ist immer wundervoll, wenn eine Frau sich um die Bequemlichkeit ihres Mannes sorgt.«

»Also dann... gute Nacht.«

Er nahm meine Hand und küßte sie. Als er sie nicht gleich losließ, bekam ich schon wieder Angst.

»Ich hoffe, du stehst zu deinem Wort.«

Er schüttelte den Kopf. »Allzusehr sollte man mir nicht vertrauen.« Ich entriß ihm die Hand.

»Aber keine Angst«, fuhr er fort. »Wo ich so unerwünscht bin, würde ich mich nie aufdrängen.«

»Dann noch einmal – gute Nacht.«

»Gute Nacht«, antwortete er und ging zur Seitentür.

Als sie sich hinter ihm geschlossen hatte, rannte ich hin und entdeckte zu meinem Entsetzen, daß sie keinen Schlüssel besaß. Ich stand noch da, als die Tür sich wieder öffnete. Er hielt den Schlüssel in der Hand und überreichte ihn mir mit einer Verbeugung.

»Damit du dich sicher fühlst«, sagte er.

Ich nahm den Schlüssel und sperrte ab; erst jetzt fühlte ich mich sicher.

Sechs Wochen nach der Hochzeit ging es Ben sichtlich schlechter. Es schien wirklich, als hätte er nur gewartet, bis seine Mission erfüllt war, ehe er sich zum Abschied bereit machte.

Wir waren dauernd um ihn; er sprach viel vom Pfauen-Haus und wie er im Geist bei uns sein würde.

»Denk an mich, Jessy«, sagte er, »und vor allem, daß ich nur das Beste wollte – für dich und für Joss. Eines Tages werdet ihr es einsehen. Ich wußte es immer schon. Ihr laßt nicht gern Pläne für euch machen, aber manchmal sieht man den Wald vor lauter Bäumen nicht, und so ist es bei euch beiden jetzt. Das wird sich jedoch ändern. Ich würde euch gerne weiter zusammensehen und miterleben, wie ihr euch zusammenrauft. Ihr wart füreinander bestimmt, und jetzt seid ihr Mann und Frau. Gott segne euch.«

Joss und ich ritten jeden Tag aus, und ich fürchtete und genoß die Stunden. Ich wußte, daß ich mich verbessert hatte und Joker jetzt nicht mehr wagen würde zu verweigern, wenn ich ihn antrieb. Wir warteten Tag um Tag, und mit jeder Stunde wurde es klarer, daß Bens Lebensflamme immer schwächer wurde.

Er starb im Schlaf. Hanna rief mich, ich ging zu seinem Bett und war überrascht über den völlig friedlichen Ausdruck seines Gesichts. Es sah fast so aus, als lächle er. Ich küßte seine kalte Stirn.

Wir begruben ihn auf dem Friedhof in der Nähe der Cleverings, wie er es sich gewünscht hatte. Joss und ich standen Seite an Seite am Grab, und als die ersten Erdklumpen auf den Sarg fielen, wußte ich, daß ein Abschnitt zu Ende war. Mein neues Leben begann.

Nun folgten eine Reihe Anwaltsbesuche, und ich hatte schon den Verdacht, Ben habe sich vielleicht einen Spaß erlaubt und sein Testament gar nicht verändert. Aber es verhielt sich alles so, wie er es gesagt hatte.

Oakland und das Haus in Australien gehörten Joss und mir. Ich erhielt einen schönen Anteil an der Opal-Company, und Joss hatte auch noch etwas dazubekommen, so daß wir gleichberechtigt waren. Einige Legate gab es, darunter für die Familie Laud, seine Haushälterin und deren Kinder. Der ›Grüne Blitz‹ gehörte ebenfalls Joss und mir zusammen.

Offenbar wollte Ben, daß uns alles gemeinsam gehörte. Falls er vor unserer Heirat gestorben wäre, wären die Bestimmungen nur in Kraft getreten, wenn wir spätestens binnen eines Jahres geheiratet hätten. Andernfalls würden die Lauds Nutznießer gewesen sein.

In den folgenden Wochen trafen wir unsere Vorbereitungen für die Abreise. Miriam war ganz begeistert, daß alles so glattgegangen war. Auch Ernest meinte nämlich, ich hätte das Richtige getan, und natürlich teilte sie seine Meinung. Gute Stickerin, die sie war, gab sie mir ein paar wunderschöne Stücke als Hochzeitsgeschenk mit. Xavier wünschte mir ebenfalls alles Gute. »Hochzeiten stecken an«, orakelte er, und ich überlegte, ob er damit andeuten wollte, daß er und Lady Klara endlich zusammenkommen würden.

Meine Großmutter versuchte, ihre große Zufriedenheit hinter einer amüsierten Skepsis zu verstecken. Nach der Hochzeit stichelte sie gelegentlich über das Leben in der Wildnis und meinte, manche Leute hätten eben einen merkwürdigen Geschmack und gingen aufs Eis tanzen wie der berühmte Esel, und was dergleichen Sprüche mehr waren. Daß Leute, die in einem zivilisierten Land ein gutes Zuhause hatten, auf die andere Seite des Erdballs reisen mußten, sah sie absolut nicht ein.

Über all das konnte ich nur lachen, denn ich war frei von ihr.

Joss fuhr geschäftlich nach London, und ich blieb eine Zeitlang allein. Merkwürdiges Gefühl, in dem riesigen Bett zu schlafen, als Herrin des ganzen Hauses.

Wilmot war begeistert und die anderen Dienstboten auch.

Ganz recht und in Ordnung sei es, ließ er Hanna im Gespräch wissen: »Jetzt sind die Cleverings wieder auf Oakland Hall.«

Ich ritt weiterhin jeden Tag aus, denn ich wollte mich noch verbessern; als Joss zurückkehrte, verkündete er, daß wir bald abreisen würden.

Banker fuhr schon kurz nach dem Begräbnis nach Hause zurück. Er wollte sich bei Melbourne niederlassen. Und im Oktober befand ich mich mit Joss auf einem Segler, der Kurs auf Sydney nahm.

Die große Reise

An einem goldenen Herbsttag schifften wir uns auf der ›Hermes‹ ein, die uns auf die andere Seite des Globus bringen sollte. Es wurde mir bald klar, daß Joss – genau wie Ben – ein bedeutender Mann war, geachtet bei Kapitän und Mannschaft. Der Kapitän erzählte mir, daß sie in Sydney oft von Mitgliedern der Company eingeladen wurden, und dies bedeutete natürlich, daß wir auf dem Schiff auch einige Vergünstigungen hatten.

»Dazu gehört ebenfalls«, erklärte mir Joss, »daß wir zwei Einzelkabinen bewohnen, was sie zwar bei einem jungverheirateten Paar sehr merkwürdig finden – aber du bist sicher dankbar dafür.«

»Allerdings.«

Meine Kabine erwies sich als sehr hübsch, die von Joss lag daneben. Ich war recht erleichtert über die Wand zwischen uns.

Das Wetter gebärdete sich zuerst ziemlich rauh, aber zu meiner Freude machte es mir nicht viel aus – und Joss sowieso nicht! Es wäre entsetzlich gewesen, wenn ich ihm in dieser Hinsicht nachgestanden hätte. An Bord konnte man nicht viel unternehmen außer schlafen, essen, reden oder die Mitpassagiere zu studieren. Joss und ich mußten natürlich viel Zeit miteinander verbringen. Er erzählte mir dann von der Company und dem Leben in Australien, und ich mußte eingestehen, daß ich es sehr aufregend fand.

Frühstück gab es um neun, Mittagessen um zwölf. Einmal schlingerte das Schiff so sehr und die Luft unten war derart stickig, daß ich beschloß, trotz des hohen Wellenganges an Deck zu gehen. Ich stolperte hinauf und konnte mich oben kaum geradehalten. Die Wellen schlugen gegen den Schiffsrumpf, der Bug hob sich steil gen Himmel: es sah aus, als kämen wir nie wieder herunter. Nach einer Weile senkte er sich jedoch plötzlich so tief, daß ich fürchtete, wir würden überkippen. Der Wind riß an meinem Cape und fegte mir die Kapuze vom Kopf, die Haare fielen mir ins Gesicht, so daß ich kaum noch etwas sehen konnte. Trotzdem fand ich es aufregend schön.

Ich versuchte, ein paar Schritte zu gehen, hatte aber nicht mit dem Wind gerechnet. Er zerrte an mir und riß mir die Füße weg. Plötzlich hielt mich jemand fest. Es war Joss. Er lachte. Seine Augenbrauen waren von der Gischt besprüht, die Haare klebten ihm am Kopf, die Ohren standen noch spitzer weg als sonst.

»Was machst du denn hier? Willst du Selbstmord begehen? Bei so einem Wetter kann man doch nicht auf Deck herumspazieren!«

»Und du?«

»Ich sah dich hinaufgehen und bin dir gefolgt. Dachte mir schon, daß du so verrückt wärst, dich dem Wind zu stellen.«

Er hielt mich immer noch fest. Ich versuchte, mich zu befreien.

»Jetzt geht es schon wieder«, sagte ich.

»Da muß ich leider widersprechen.« Das Schiff legte sich auf die Seite, und wir prallten gegen die Reling.

»Na, siehst du?« spottete er, sein Gesicht nahe dem meinen.

»Schon wieder eine Gelegenheit, mir zu beweisen, daß du recht hast, was?«

»Da wird es noch mehrere geben. Es lohnt sich gar nicht, mit dem Zählen anzufangen.«

»Vielleicht wendet sich eines Tages das Blatt.«

»Wer weiß? Oft geschehen Zeichen und Wunder. Schau, da drüben im Schutz der Rettungsboote ist eine Bank. Dort können wir die Elemente beobachten, ohne hin und her gestoßen zu werden.«

Er schob seinen Arm unter den meinen und preßte ihn eng an sich. Offenbar genoß er solchen Kontakt, aber nicht aus Freude an der gegenseitigen Berührung, sondern weil er wußte, daß es mich störte.

Wir setzten uns, und er legte den Arm um mich. »So bist du sicherer«, sagte er. »Nur aus dem Grund, das schwöre ich dir.«

»Wäre ich in meiner Dummheit über Bord geschwemmt worden, dann hättest du all meine Anteile, stimmt's?«

»Ja, das ist richtig.«

»Das müßtest du dir doch eigentlich wünschen.«

»Vielleicht wünsche ich mir etwas anderes viel dringender.«

Ich entzog mich ihm.

»Du mußt dich damit abfinden, Jessica«, fuhr er fort, »daß du eines Tages erwachsen wirst.«

»Offenbar kannst du mit mir nicht sprechen, ohne zu versuchen, mich zu demütigen. Was interessiert es dich denn, ob ich erwachsen werde oder nicht?«

»Weil ich darauf neugierig bin.«

»Meinst du, daß du mir das Erwachsenwerden beibringen mußt?«

»Vielleicht eine eheliche Pflicht.«

»Und wenn ich es dann bin....«

»Ach, dann werden wir weitersehen. Ich bin schon sehr gespannt.«

»Erzähl mir lieber von der Company und dem Leben in Australien.«

»Das mußt du jetzt alles selber erfahren. Ben hat dich ja auch schon ausführlich informiert. Auf dich wartet jedenfalls ein wichtiger Aufgabenbereich. In Fancy Town sind wir alle Opalleute. Eines mußt du drüben lernen: unsere Verhaltensweise akzeptieren. Daran mußt du dich anpassen.«

Dann erzählte er mir von einigen besonderen Funden auf ihrem Gebiet. Er erklärte mir, wie die Stücke an versteinerten Holzteilen hingen, die selbst wieder mit Opal durchsetzt waren, aber nur partikelweise – nichts Brauchbares.

»Manchmal sieht es aus wie ein Sandwich«, sagte er. »Und was für einer! Das kostbare Stück in der Mitte, obenauf Sandstein und darunter Opalstaub. Dahinter sitzt dann sozusagen das Fleisch. Aber nicht die Riesenbrocken, von denen ich dir erzählte. Nur lauter kleine Sandkörnchen nebeneinander – in den Spalten zwischen den einzelnen Klumpen ein paar Opalspuren. Manchmal kann man genug wegschürfen, um einen kleinen Stein herauszukriegen, aber die Anstrengung lohnt sich meistens gar nicht. Nur: *Wenn* man so was findet, diese Art Spuren, so ist bestimmt in der Nähe etwas Kostbareres. Egal, ob man Opalmatrix findet, Opalstaub oder einfach nur Spuren – es besteht jedenfalls stets Hoffnung, daß in der Nähe das Wichtige versteckt ist. Man muß es nur aufspüren. Und jeder Schürfer meint, er würde dabei mehr Glück haben als alle anderen vor ihm.«

Es faszinierte mich, ihm zuzuhören. Bei diesen Gesprächen vergaß er offenbar, daß er immer um einen Grad besser sein mußte als ich, was sicherlich darauf beruhte, daß ich ihm zuwider war und weil ich auf meinen Ehebedingungen bestand. Als Direktor der Company, als Mann, der etwas von Opalen verstand und sie liebte – denn dies zeigte sich, wenn er von ihnen sprach –, lernte ich eine andere Seite seines Wesens kennen. Die Kehrseite dieses hochmütigen Mannes, der sich in seiner Ehre gekränkt fühlte, weil die Frau, die er um eines Vermögens willen heiraten mußte, darauf bestand, daß diese Ehe nicht vollzogen wurde.

Da saßen wir also, vom Sturm umtobt, und während er mir von dem Leben erzählte, auf das ich jetzt zufuhr, änderten sich meine Gefühle ihm gegenüber ein wenig. Ich hatte begriffen, daß sein Wesen vielschichtig war und daß ich mich nicht, weil ich einen Teil davon ablehnte, gegen den Rest verschließen durfte.

Teneriffa war der erste Hafen, in dem wir anlegten, und wir nutzten die Gelegenheit, eine Tour rund um die Insel zu machen. Wir fuhren in einem lustig bemalten kleinen Eselskarren nach Santa Cruz, und Joss, der sehr viel über die Gegend wußte, berichtete mancherlei über Land und Leute. Das Wetter war angenehm warm, und ich empfand derartige Begeisterung, daß für mich der Tag kein Ende mehr hätte nehmen dürfen. Wie hübsch die blühenden Büsche aussahen, wie grün alles war! Joss zeigte mir auch Bananenpflanzungen, und wir aßen in einem kleinen Lokal am Meer – eine Art Krebssuppe und Fisch, den man erst am Morgen gefangen hatte, mit der herrlichen *Mo-jo-Picon*-Soße dazu. Alles war so exotisch und aufregend.

Wären wir aufs Meer hinausblickten, erklärte mir Joss, daß die Römer einst auf diesen Inseln eine Unzahl von Hunden angetroffen und sie deswegen ›Canaria‹ genannt hatten, die Hundeinseln. Die Eingeborenen hießen ›Guanches‹ – ein ursprünglich wildes Volk, das dann von den Spaniern später unterworfen wurde.

Während wir aßen, führten junge Männer und Frauen Volkstänze vor; auch Lieder wurden vorgetragen. Uns gefielen besonders die ›Isa‹ und ›Fulia‹: beide, wie Joss sagte, typisch spanisch. Meine Erregung und Freude, mit der ich alles auskostete, machte ihm sichtlich Spaß, und selbst sein Vergnügen daran, wieder einmal mehr zu wissen als ich, konnte mir die Freude nicht verderben.

Es tat mir leid, zurück aufs Schiff zu müssen, und als es ablegte, lehnten wir beide noch lange an der Reling, bis der *Pico de Teide* in der Ferne verschwamm.

In Kapstadt hatte Joss geschäftlich zu tun und schlug vor, ich solle doch mitkommen. Es wäre gut für mich als nunmehrige Teilhaberin der Company, in die Geschäftsgepflogenheiten Einblick zu nehmen.

Kapstadt dürfte wohl zu den schönstgelegenen Städten der Welt zählen. Die Tafelbucht, mit dem flachen Tafelberg im Sonnenschein dahinter, und die hochragenden zwölf Apostelberge boten einen traumhaften Anblick. Eine Pferdedroschke brachte uns den Hügel hinauf zu unserem Geschäftspartner. Kurt van der Stel bewohnte ein hübsches Haus in holländischem Kolonialstil, in dessen wundervoll kühlen Räumen ich mir vorkam wie in einem holländischen Genrebild. Steintreppen führten auf eine Terrasse.

Grete van der Stel, eine rundliche Frau von frischer Gesichtsfarbe, war recht streng gekleidet. Sie brachte Wein, der aus den Rebhügeln der Umgebung stammte, und selbstgebackenen Kuchen. Über Bens Tod zeigten sich beide tief erschüttert. Lange drehte sich das Gespräch um ihn, seine Lebensfreude und seine Unberechenbarkeit. Ohne ihn würde die Opalwelt nicht mehr die gleiche sein wie früher, war die einhellige Meinung.

Dann bot mir Grete an, das Haus zu besichtigen, was ich gern annahm.

Wie schön es war in diesen Räumen – eine Atmosphäre von Frieden und Ordnung, die ich bisher nur aus den feingemalten Details der holländischen Maler gekannt hatte. Alles war glänzend poliert und sichtlich sorgsamst behandelt.

Gretes Familie lebte schon seit zweihundertfünfzig Jahren in Kapstadt. »Es ist schön hier und unsere Heimat geworden«, sagte sie. »Wußten Sie, wie es zu dieser Kolonie kam? Vor etwa zweihundertfünfzig Jahren verschlug es zwei schiffbrüchige Holländer hierher. Die Gegend gefiel ihnen über alle Maßen, wie sich denken läßt – das Klima, die Früchte, die Blumen –, und sie meinten, hier müßte sich doch eine große Kolonie errichten lassen. Wieder zu Hause angekommen, berichteten sie bei der holländischen Ostindien-Kompanie von ihrer Entdeckung, und es wurden daraufhin unter dem Kommando Jan van Riebecks drei Schiffe ausgesandt. Man siedelte sich am Kap an, es kamen noch mehr Holländer nach, und so entstand langsam die Stadt, die uns nun schon seit Generationen Heimat ist.«

Ich sah durch das Fenster auf das funkelnde Meer, aus dem der Berg – er wirkte wirklich wie eine riesige Festtafel – sich stolz erhob. Grete führte mich dann noch in den wunderschönen, gepflegten Garten. Schließlich kehrten wir zu der Terrasse zurück, auf der die zwei Männer noch saßen, vor sich auf dem Tisch die Opale, die Joss in einem Behälter mitgebracht hatte.

Grete eröffnete, daß gleich das Mittagessen serviert würde, und Joss rollte seine Schätze wieder ein. Im gleichen Augenblick hörten wir unten Pferdegetrappel.

»Da ist ja schon David«, sagte Kurt van der Stel.

»Fein, daß ich ihn hier treffe«, meinte Joss. »Vielleicht kann er mir das Neueste von drüben berichten.«

Ein Mann kam die Treppe herauf; Joss erhob sich und begrüßte ihn herzlich. »Schön, dich hier zu sehen, David«, sagte er.

»Ich freue mich auch, Joss.« Der Angekommene schüttelte noch Kurt die Hand, als Joss mich nach vorn zog.

»Darf ich dir meine Frau vorstellen?«

Im Gesicht des Mannes malte sich sichtliches Erstaunen ab.

»Jessica, das ist David Croissant.«

Den Namen hatte ich doch schon gehört? Ja, David Croissant – der Kaufmann, der mehr über Opale wußte als jeder andere. Er war nur mittelgroß, die dunklen Haare wuchsen ihm tief in die Stirn, sie trafen sich in der Mitte zum sogenannten Witwenspitz. Er hatte helle, ein wenig zu eng beieinanderstehende Augen, die zu seinem sonnenverbrannten Gesicht einen seltsamen Kontrast bildeten.

»Du hast noch nicht von Ben gehört?« sagte Joss.

David Croissant sah ihn überrascht an, und Joss berichtete, daß Ben nach schwerer Krankheit gestorben sei.

»Mein Gott!« sagte David. »Nein, davon hatte ich keine Ahnung! Guter alter Ben.«

»Er wird uns allen sehr fehlen«, sagte Kurt.

»So ein Unglück«, meinte David. »Wenn er noch den ›Blitz‹ hätte, möchte man meinen, daß er dem Fluch zum Opfer gefallen sei. Was mag wohl mit Desmond Dereham passiert sein? Er ist einfach vom Erdboden verschwunden. Sicher hat er sich irgendwo weit weg verkrümelt. Mag sein, daß er der Pechsträhne entgeht.«

»Wieso das?« fragte Grete.

»Es soll ja ein Unglücksstein sein, und wenn daran etwas Wahres ist, hätte er dem Dieb kein Glück gebracht.«

»Verrückte Idee«, sagte Joss. »Ich muß mich wundern, David, daß du als Opalhändler so einen Unsinn verzapfst. Hört bloß auf mit dem Gerede, das schadet unserem Geschäft.«

Er warf mir einen warnenden Blick zu, der bedeuten sollte, daß ich auf keinen Fall erwähnen durfte, wo der ›Grüne Blitz‹ tatsächlich war. Warum wohl? Ich war böse, daß mein Vater immer noch eines Diebstahls bezichtigt werden sollte, den er allenfalls probiert hatte. Aus Unsicherheit schwieg ich aber.

»Ja, das stimmt«, sagte Kurt. »Wer wird Opale kaufen, wenn man sie für Unglücksbringer hält.«

»Unglück – Glück!« sagte Joss heftig. »Lauter Unsinn. Vor langer Zeit galten Opale als Glückssteine. Dann entdeckte man, daß sie manchmal spröde sind und brechen, und damit fing das Unglücksgerede an.«

»Was hast du uns Schönes mitgebracht, David?« wechselte Kurt das Thema.

»Oh«, erwiderte der, »ein paar Steine, bei denen ihr vor Freude tanzen werdet. Besonders bei einem.«

»Laß sehen«, sagte Joss.

»Billig ist er allerdings nicht«, warnte David.

»Wenn er so schön ist, wie du andeutest, wohl kaum.«

Als ich dann den ›Harlekin‹-Opal zu Gesicht bekam, begriff ich zum erstenmal, welche Faszination von so einem Stein ausgehen konnte. Seinen Namen trug er zu Recht. Viele Farben waren in ihm, die dauernd wechselten, während man ihn betrachtete, und ungemein fröhlich sah er aus. Hier konnte sogar ich ein Werturteil abgeben.

»Ja, der ist wirklich schön«, bestätigte Joss.

»Ich kenne nur einen Stein, mit dem er sich vergleichen ließe.«

»Spielst du schon wieder auf den ›Grünen Blitz‹ an? Mit dem läßt sich überhaupt nichts vergleichen.«

»Natürlich nicht, aber dieser hier ist trotzdem außergewöhnlich.«

»Ist es nicht gefährlich, mit einem solch wertvollen Stück herumzureisen?«

»Ich zeige ihn nur Leuten, die ich kenne, und halte ihn in einem

Sonderfach. Meine Geheimverstecke verrate ich nicht einmal euch. Wer weiß, vielleicht werdet ihr auch einmal zu Buschräubern.«

»Sehr weise von dir«, sagte Joss, der mir den Stein entgegenhielt. »Sieh dir das einmal an, Jessica.«

Ich hielt ihn in der Hand und spürte bereits ein Widerstreben, ihn wieder herzugeben. »Ist er nicht wunderschön?« begeisterte sich Joss. »Völlig fehlerfrei. Und die Farben, die Größe...«

»Lob ihn nicht zu sehr, Joss«, warnte Kurt. »Du treibst ja den Preis hinauf. Ich kann da allerdings ohnehin nicht mithalten. Der übersteigt meine Verhältnisse.«

»Ich habe aber auch noch andere schöne Stücke, Kurt«, sagte David Croissant. »Ich will nur erst den ›Harlekin‹ wegstecken, sonst überglänzt er alle.«

Ich starrte den Stein noch immer an.

»Siehst du«, sagte David, »deine Frau ist schon ganz verzückt davon.«

»Sie fängt jetzt gerade an, über Opale zu lernen, stimmt's, Jessica?«

»Ich bin noch sehr unerfahren«, sagte ich und gab David den Stein zurück. »Aber wenigstens weiß ich, daß ich nichts über Opale weiß.«

»Womit die erste Lektion absolviert wäre«, sagte Joss. »Das hättest du hinter dir.«

Und dann betrachteten wir die anderen Opale; David rollte ein Behältnis nach dem anderen auf, und Joss erklärte mir jeden Stein und seine Eigenschaften. Plötzlich sah er auf die Uhr und drängte zum Aufbruch.

»Wir müssen gehen, sonst ist unser Schiff weg. Auf Wiedersehen in Australien, David – du kommst ja sicher bald nach.«

»Sobald ich kann. Nur noch ein paar Besuche, und dann folge ich euch.«

Somit verabschiedeten wir uns und fuhren mit einer Droschke zur Anlegestellte der ›Hermes‹ zurück.

Es gab Tage in ruhigen Gewässern, an denen sich das Schiff kaum zu bewegen schien. Ich saß mit Joss auf Deck, und wir vertrieben uns die Zeit mit Gesprächen, während wir an unseren kühlen Getränken nippten.

Irgendwie hatte man das Gefühl, daß dies endlos so weitergehen würde. Manchmal sprang vor uns ein Schwarm Delphine aus dem Wasser, oder fliegende Fische flatterten aus der Tiefe empor. Ein Albatros folgte uns drei Tage lang. Von unseren Liegestühlen aus betrachteten wir seine unendlich grazilen Bewegungen und überlegten, wie kräftig wohl diese riesigen Flügel sein mochten, mit denen er über uns scheinbar mühelos seine Kreise zog. Dies war der absolute Friede – ob Joss es auch fühlte?

Bis zum Sonnenuntergang, gegen sieben Uhr, blieben wir an Deck. Es war faszinierend, den raschen Übergang zur Nacht zu beobachten – so anders als zu Hause, wo das Dämmerlicht noch lange nach Sonnenuntergang anhält. Gerade eben herrschte noch heller Tag, während der riesige Feuerball im Niedersinken seine Hitze auf uns verstrahlte, und kaum war er in der See verschwunden, wurde es fast unmittelbar darauf finster. Wunderschön waren die Sonnenuntergänge, und eines Abends meinte Joss:

»In diesen Gewässern könnte man den ›Grünen Blitz‹ erleben.«

Jeden Abend blieben wir also sitzen und hofften auf das Ereignis, forschten den Himmel und Horizont nach Anzeichen dafür ab. »Es müssen die idealen Bedingungen herrschen«, erklärte Joss. »Keine Wolken, ruhige See – jedes Detail muß stimmen.«

Abend für Abend fragten wir uns, ob es wohl heute passieren würde.

Es war der reinste Fetisch geworden. Joss hatte den Blitz schon einmal gesehen – allerdings nur ein einziges Mal.

»Und dabei befand ich mich an einem Ort, wo es viele Male hätte passieren können«, erzählte er. »Aber nur dieses eine Mal war es mir vergönnt gewesen.«

So beobachteten wir jeden Abend den Sonnenuntergang – aber das Naturphänomen verbarg sich genauso wie sein Namensvetter unter den Edelsteinen.

Als die ›Hermes‹ Bombay anlief, standen wir an Deck und genossen das herrliche Panorama der hügeligen Inseln und zum Osten hin die sanft im Wind schwankenden Palmen und die hohen westlichen Berge. Bombay, das Tor Indiens!

Mit Joss durchstreifte ich am ersten Vormittag begeistert diese exotische Welt. Wie schön die Frauen in ihren leuchtenden Saris waren! Aber welch Kontrast zwischen ihnen und den unzähligen Bettlern, die einen deprimierenden Anblick boten. Wir gaben den Bettlern Geld; je mehr wir ihnen jedoch schenkten, um so mehr dieser Elendsgestalten schienen sich um uns zu sammeln, und wir mußten schließlich vor den großen bittenden Augen und den emporgestreckten braunen Händen die Flucht ergreifen.

Eine Gruppe Frauen wusch Kleider an einem Fluß. Wegen der Bettler konnten wir jedoch auch da nicht lange zusehen und kehrten in unser buntbemaltes Muliwägelchen zurück. Noch lange sollten mir diese jammervollen Krüppel in Erinnerung bleiben.

Auf einem Markt gab es Stände mit wunderschönen Sachen, und dicke Händler bemühten sich, uns zu einem Kauf zu überreden. Teppiche hingen da und des weiteren alle möglichen geschnitzten Waren aus Holz und Elfenbein sowie Messinggeräte. Wir waren fasziniert.

Die glänzenden schwarzen Augen eines Händlers lagen auf uns. »Ein kleines Geschenk, ja?« meinte er. »Um Liebe zeigen... Glück bringen.«

Ich zögerte noch, während Joss mir zuflüsterte: »Er wäre sehr enttäuscht, wen wir nichts kauften.«

»Das hier, meine Dame – sehr viel Glück«, schwatzte der Mann. »Elfenbeinzauber. Göttin des Glücks... Talisman gegen Böses.«

»Das kauf ich für dich«, sagte ich, »denn jetzt gehört der ›Grüne Blitz‹ ja dir. Vielleicht brauchst du es.«

»Vergiß nicht, daß er zur Hälfte auch dir gehört. Und um dir zu beweisen, daß ich nicht an so was glaube, schenke ich dir die kirschrote Seide da für ein Kleid.«

So tätigten wir unsere Einkäufe, nachdem wir ein wenig herumgefeilscht hatten, da Joss meinte, der Verkäufer wäre betrübt, wenn wir das nicht täten.

Als wir wieder zum Wagen gingen, hatte ich das Gefühl, daß sich unsere Beziehung langsam veränderte. Während eines leichten Mittagessens fragte ich Joss, warum er David glauben machte, daß der ›Grüne Blitz‹ noch immer verschwunden sei und mein Vater ihn gestohlen habe.

»Über diesen Stein wird viel herumspekuliert, und David redet gern. Ich will nicht darüber sprechen, bis ich ihn in Sicherheit weiß. Das halte ich für das klügste.«

Dagegen konnte ich nun nichts sagen.

Nach dem Essen fuhren wir weiter zu dem eindrucksvollen Rajabai-Turm aus dem vierzehnten Jahrhundert und dann zum Malaba-Hügel hinauf. Wir kamen am Turm des Schweigens vorbei, auf dem die Parsen die Toten nach ihrer religiösen Sitte deponierten, also die Leichen den Vögeln, dem Wetter und der Sonne überließen.

»Keine Frau darf ihn betreten«, erklärte der Fahrer.

»Warum nicht?« wollte ich wissen. »Warum schließt man sie aus?«

Der Fahrer verstand uns nicht, sein Englisch war nur begrenzt, aber Joss antwortete mir an seiner statt: »Das minderwertige Geschlecht, du weißt doch.«

»Welch ein Unfug«, erwiderte ich böse.

Es machte ihm wieder einmal Spaß, meinen Zorn herausgefordert zu haben. Die Veränderung in unserer Beziehung, die ich kurz vorher glaubte feststellen zu können, hatte sich bereits wieder verflüchtigt, und wir befanden uns genau dort, wo wir angefangen hatten.

Gegen Ende der Reise wurde die Stimmung immer gespannter. Joss schien in Nachdenken versunken, und ein paarmal bemerkte ich, wie er mich aufmerksam beobachtete.

Abends saßen wir wie immer gemeinsam an Deck und beobachteten schweigend den Untergang der Tropensonne. Bei unseren Gesprächen kam oft die Rede auf Ben; vor allem Joss zitierte ihn häufig. Er war sichtlich sein Leben lang von ihm beeinflußt worden.

»Glaubst du, daß wir den ›Grünen Blitz‹ einmal sehen werden?« wollte ich wissen.

»Vielleicht. Viel Zeit bleibt uns allerdings nicht mehr. Man muß darauf warten. Manche Leute bilden sich auch nur ein, ihn gesehen zu haben.«

»Gehörst du auch zu denen?«

»Nein, ich nicht, dazu bin ich zu praktisch veranlagt. Ich habe keine Tagträume.«

»Vielleicht täte es dir gut, welche zu haben.«

»Warum sollte man sich an Luftschlössern ergötzen, wenn man rundum die Wirklichkeit hat?«

»Weil es zeigt, daß man Fantasie hat.«

Er lachte mich aus, und ich spürte, daß er es genoß, mir stets aufs neue klarzumachen, wie jung und unerfahren und manchmal direkt dumm ich noch war.

Einmal sagte er: »Ben behauptete immer, die Liebe komme manchmal wie der Blitz, und das sei dann auch das Wahre. Viele Leute meinen, sie gefunden zu haben, weil sie es sich wünschen. Genauso ist es mit dem ›Grünen Blitz‹. Sie wollen ihn sehen, und darum bilden sie sich ein, sie hätten es.«

»Ich bilde mir bestimmt nie etwas ein.«

»Sieh doch mal die Sonne an! Heute glitzert der Himmel wie ein Opal: der gelbe Schimmer da drüben mit dem Blau. So einen Opal habe ich einmal gefunden. Wir nannten ihn ›Die Primel‹, weil jemand meinte, die Form dieser Blume in ihm zu sehen. In einer halben Stunde ist die Sonne unten. Wer weiß – vielleicht haben wir heute Glück. Alle Anzeichen sprechen dafür.«

Wir warteten schweigend.

»Jeden Augenblick kann es soweit sein«, sagte Joss schließlich. »Wie grell die Sonne ist! Als ob sie uns blind machen wollte, damit wir ihn versäumen. Gib acht, blinzle ja nicht!«

Der große rote Ball am Horizont tauchte gerade ins Wasser, nur noch die Hälfte war zu sehen, dann noch weniger; schließlich blieb nur der rote Rand.

»Jetzt!« flüsterte Joss, und dann hörte ich, wie er enttäuscht den Atem ausstieß. Die Sonne war hinter dem Horizont verschwunden, und weder er noch ich hatten den Blitz gesehen.

Die Brandstätte

Große Aufregung bemächtigte sich aller, als wir uns dem Land näherten, und ich glaube, es gab keinen Passagier, der nicht vom Deck aus fasziniert hinüberstarrte. Es war aber auch ein sehenswerter Anblick, denn kein Hafen der Welt läßt sich wohl mit dem Sydneys vergleichen. Der Kapitän hatte mir unterwegs ein Buch zu lesen gegeben, das von der Ankunft der ersten Flotte dort handelte.

Was mochten die Verbannten gefühlt haben, als sie nach monatelanger Gefangenschaft im stinkenden Unterdeck eines Schiffes sich plötzlich von so viel Schönheit umgeben sahen? Damals mußte die Szenerie noch farbiger gewesen sein durch die bunten Vögel – Papageien, Liebesvögel und jene zartfarbigen Galahs, deren Grau und Rosa sich so zauberhaft mischt. All das sollte ich erst später zu Gesicht bekommen, denn die Hafeneinfahrt präsentierte sich jetzt ganz anders. Anstelle der schönen wilden Blumen standen Gebäude da, die Vögel hatten sich schon lange ins Inland zurückgezogen.

Die Stadt erhielt ihren Namen nach Lord Sydney, den damaligen Innenminister. Kapitän Arthur Philip, der erste Gouverneur der Kolonie, nach dem ebenfalls ein Hafen benannt wurde, hat behauptet, daß dies der schönste Hafen der Welt sei, in dem gut tausend Schiffe Platz finden, ohne sich gegenseitig ins Gehege zu kommen.

Vielleicht hatten mir jene Berichte über die Vergangenheit die Augen verklärt, oder es war wirklich einer der schönsten Orte, den ich je erblickt hatte. Jedenfalls verdrängte meine Freude darüber schnell die leichte Depression, die ich bei dem Gedanken daran spürte, dieses Schiff, mein Heim seit Wochen, verlassen zu müssen.

Ich lehnte an der Reling, als wir durch die Haupteinfahrt an zahllosen sandigen, grünumrandeten Buchten vorbei einliefen. Dann tauchten die ersten Gebäude auf, die erkennen ließen, daß dahinter eine mächtige Stadt lag.

»Wie wunderschön es doch hier ist!«

Joss schien dies zu freuen. »Fancy Town ist gar nicht so weit ab von hier«, erklärte er. »Zum Einkaufen kannst du immer wieder mal herkommen. Es gibt schöne Geschäfte und auch Hotels. Natürlich muß man unterwegs ein- bis zweimal kampieren. Es hat aber auch Herbergen, in denen man übernachten kann.«

»Das klingt direkt aufregend.«

»Ist es auch. Wart es nur ab. Ob uns irgend jemand abholt? Wir wohnen im ›Metropol‹. Zum Pfauen-Haus brauchen wir dann etwa zwei Tage.«

»Wie kommen wir denn hin?«

»Es gibt zwar eine Postkutschenlinie, aber die fährt nicht genau in unsere Richtung. Also reiten wir am besten selbst hinaus. Du wirst froh sein, daß ich dich reiten gelehrt habe.«

Jedermann schien Joss zu kennen, so daß wir die Formalitäten im Nu hinter uns gebracht hatten. Unser Gepäck wurde erst später ausgeladen und ins Hotel nachgeschickt.

»Wir bleiben eine Woche im ›Metropol‹«, sagte Joss. »Ich habe einiges zu erledigen, und du wirst dich bestimmt umschauen wollen, ehe wir heimfahren. Komm, steig in den Buggy, er bringt uns zum Hotel. Wir nehmen jetzt nur das Nötigste mit.«

Das Hotel lag mitten im Zentrum. Am Empfangspult drängten sich laut redende Leute, aber Joss bahnte sich seinen Weg hindurch und kam mit zwei Schlüsseln zurück.

Ironisch grinsend gab er mir einen. »Genau nach Abmachung«, sagte er, dabei genüßlich meinen aufwallenden Ärger auskostend.

Unsere Zimmer lagen nebeneinander, und sie hatten eine Verbindungstür. Boshaft beobachtete er, wie ich ängstlich dorthin blickte, dann zog er den Schlüssel heraus und übergab ihn mir wie damals in der Hochzeitsnacht.

Das Zimmer war sehr hübsch und hatte einen kleinen Balkon. Ich trat hinaus und blickte auf die Straße hinunter mit ihrem Getümmel von Menschen und Pferdegespannen. Ja, wir waren in einer Großstadt.

Rasch wusch ich mich und zog mich um, dann setzte ich mich aufs Bett und wartete. Bald darauf klopfte es, und Joss holte mich zum Essen ab. Wir gingen die breite Treppe in die Halle hinab, in der viele Männer in intensive Gespräche vertieft waren.

»Schafzüchter aus Neusüdwales«, erklärte Joss, »einige auch aus der Region hinter den Blauen Bergen. Ein paar Goldwäscher befinden sich ebenfalls darunter. Einen Goldwäscher erkennt man immer an seinem Blick. Er scheint stets nach etwas zu suchen. Ewige Hoffnung vermutlich, die macht das Herz krank. Viele von ihnen sind krank, seelisch krank, weil die Träume großartiger waren als die Wirklichkeit. Und dann trifft man auf die, die ihr Scherflein beieinander haben. Oft sind sie gar nicht so glücklich, weil sie entdeckt haben, daß es Dinge gibt, die man mit Gold nicht kaufen kann, und sie gerade diese Dinge haben wollen. Schließlich sind da noch welche, die etwas zusammengescharrt haben und es verprassen. Sie alle kann man hier antreffen. Der Schafzüchter... das ist ein anderer Typ. Weiß Gott, er hat seine Schwierigkeiten: Trockenheit, Überschwemmungen und Krankheiten, die Pflanzen und Tiere vernichten können. Ich sag dir, hier gibt's mehr Plagen als damals in Ägypten.«

Wir gingen in den Eßsaal, und er sagte: »Wir nehmen Steak. Endlich mal wieder frisches Fleisch!«

Obwohl es mich irgendwie ärgerte, daß er mir vorschrieb, was ich zu essen hatte, nickte ich.

Das Steak war wirklich gut; nachher tranken wir noch Kaffee in der Halle, aber dort herrschte ein derartiges Getöse, daß wir einander kaum verstehen konnten. Joss meinte, es sei ein ermüdender Tag für mich gewesen, ich sollte mich lieber zurückziehen. Wieder einmal wußte ich nicht, ob ich für seine Sorge dankbar sein oder seine Befehle anmaßend finden sollte.

Ich war tatsächlich müde, also sagte ich gute Nacht und ging in mein Zimmer hinauf. Nachdem ich mich vergewissert hatte, daß die Zwischentür verschlossen war, fiel ich in tiefen erholsamen Schlaf.

Wir trafen uns beim Frühstück am nächsten Morgen. Joss hatte sich ein deftiges Essen bestellt: Lammkotelett und Nieren.

»Wir essen gern herzhaft«, sagte er, »das kommt vom Leben an der frischen Luft. Heute werde ich dich herumführen, später muß ich mich dann meinen Geschäften widmen. Einige der Leute, die Opale kaufen und verkaufen, sollst du auch kennenlernen, denn wenn es hier auch nur um Geselligkeit geht, wirst du doch dies und jenes aufschnappen. Und nachher machst du vielleicht Einkäufe. Aber erst muß ich dir alles zeigen, damit du dich in der Stadt auskennst.«

Ich fand das eine gute Idee, und gleich nach dem Frühstück brachen wir auf.

Diesmal kutschierte er den Buggy selbst und fuhr zuerst zum Hafen. Ich hatte ihn zwar bereits vom Schiff aus gesehen, aber jetzt bot sich mir ein ganz anderer Anblick. Wir konnten die einzelnen Buchten abfahren und das prächtige Panorama genießen. Die See war saphirblau.

»Sieht schön aus«, sagte er, »aber unter diesem unschuldigen Blau lauern die Haie. Wenn du hier hinausschwimmen würdest, könntest du leicht im Rachen eines Hais enden.«

»Wie gräßlich!«

»Der Schein trügt eben oft«, sagte er grinsend.

»Bei diesem Wasser bestimmt, es sieht wirklich so ruhig und friedlich aus.«

»Genau dann ist es am gefährlichsten. Aber wenn dich schon Haie erschrecken – wie wird es dir in Fancy Town ergehen?«

»Das kann ich erst sagen, wenn ich dort bin.«

»Jedenfalls ist alles ganz anders als in England.« Er hatte den Buggy angehalten und fixierte mich scharf. »Manche Leute, die hierher kommen, halten es vor Heimweh nicht aus. Sie packen und fahren zurück.«

»Es ist auch schwer, seine Heimat zu verlassen.«

»Meine Ahnen kamen vor siebzig Jahren in dieses Land.«

»Hatten sie Heimweh?«

»Das hätte ihnen auch nicht geholfen, sie mußten ja bleiben. Der Vater meiner Mutter kam auf einem Sträflingsschiff. Er war kein Verbrecher, sondern seine Meinungen paßten denen nicht, die an der Macht waren. Er hatte einige Leute vor den Kopf gestoßen, und da wurde eine Anklage gegen ihn konstruiert, und man verurteilte ihn: vierzehn Jahre Verbannung. Die Mutter meiner Mutter war eine Kammerzofe, die man beschuldigte, eine wertvolle Brosche gestohlen zu haben. Die Familie behauptete, daß sie unschuldig war, aber das tun wahrscheinlich alle Angehörigen von Verbannten. Die meisten Leute hier sehnen sich nach England zurück.«

»Und du?«

»Manchmal schon. Mir ist es eine zweite Heimat geworden, es zieht mich zwischen beiden Kontinenten hin und her. Wenn ich hier bin, möchte ich in England sein – wenn ich in England bin, sehne ich mich nach Australien zurück. Absurd, aber ich bin wohl überhaupt widersprüchlich.«

Daß ich darauf die Antwort schuldig blieb, amüsierte ihn. Es war mir oft peinlich, wie genau er meine Gedanken zu lesen schien.

»Oakland hat mich fasziniert, genau wie Ben. Einerseits wäre ich gerne dort geblieben und eine Art Gutsbesitzer geworden, und jetzt – als Mann einer Clevering sozusagen – wäre ich ja wohl dazu prädestiniert. Andererseits sind die Opale hier – und Opale bedeuten mein Leben. Ich bin also in einem Dilemma.«

»Ein wahrer *Zwiespalt der Gefühle*, wie mir scheint.«

»Ja, aber ich lasse mich davon nicht irritieren. Meine Lebensart ist es nun einmal, das Beste aus beiden Welten herauszuholen.«

»So möchtest du also nach Oakland auf Besuch fahren?«

»Ja. Schade, daß es auf der anderen Seite der Welt liegt. Aber was bedeuten schon ein paar tausend Meilen?«

»Dir natürlich nichts«, sagte ich lachend.

»Du würdest doch sicher auch gern ab und zu hinkommen?«

»Allerdings.«

»Dann stimmen wir wenigstens darin überein. Wir machen direkt Fortschritte.«

»Es ist doch wohl nur natürlich, daß ich gern mal nach Hause fahren möchte. Ich sehe da keinen Fortschritt.«

Er lachte nur.

Auf der Rückfahrt durch die Stadt zeigte er mir, wie unordentlich die Straßen angelegt waren, da die Siedlung zu Anfang entlang der Pfade entstand, die von den Wagen und Reitern rund um die Hügel benutzt wurden.

»Es ist eher gewachsen als geplant worden.«

»Finde ich auch ganz richtig für eine Stadt«, erwiderte ich. »Ist doch viel interessanter, wenn etwas aus einem bestimmten Grund an einer Stelle steht, als nur, weil es jemand auf einen Plan gezeichnet hat.«

»Romantisch bist du also auch?«

»Was wäre daran Schlechtes?«

»Das ist mir jetzt zu tiefsinnig. Ich muß in dem Verkehr auf mein Pferd aufpassen.«

»Ich dachte immer, dich könnte nichts aus dem Gleis bringen.«

»Tatsächlich? Wie schön, daß du so eine gute Meinung von mir hast.«

»Ben sagte stets, daß man die Leute nach ihren eigenen Anschauungen einschätzt.«

»Und das tust du bei mir?«

»Ich muß erst herausfinden, wie andere Leute dich einschätzen.«

Interessant war es jedenfalls mit Joss immer. Er erzählte geradezu fesselnd von Kapitän Cook, der im Jahre 1770 Neusüdwales für die britische Krone in Besitz genommen hatte, und daß es Neusüdwales genannt wurde, weil diejenigen, die das Land zuerst sahen, Ähnlichkeit mit der südwalisischen Küste daheim zu entdecken vermeinten. Erst siebzehn Jahre später entschloß man sich, dieses wunderschöne Land als Sträflingskolonie zu verwenden. Die erste Schiffsladung traf 1787 ein.

»Die reinsten Sklaven«, sagte Joss. »Für das geringste Vergehen wurden sie ausgepeitscht. Damals herrschten grausame Zeiten. Dabei waren keineswegs alles Verbrecher, sondern es befanden sich auch politische Gefangene sowie Männer von Geist und Wissen darunter.«

»Wie dein Großvater.«

»Genau. Später kamen noch andere nach, die sich hier ein neues Leben aufbauen wollten. Man konnte für zehn Pfund ein riesiges Stück Land kaufen, fünf Quadratmeilen. Also brauchte man nicht viel Startkapital. Die Sträflinge waren billige Arbeitskräfte, und außer harter Arbeit war eigentlich nichts erforderlich. Und wie die Leute schufteten! Du hast ja die Schafzüchter im ›Metropol‹ gesehen. Rauhe Männer, dickköpfig, schlau und mit mancherlei Unbilden vertraut. Du hast von den Krankheiten, Überschwemmungen und Trockenzeiten gehört. Dazu gibt es noch ein Übel: das Buschfeuer. Es kann verheerende Auswirkungen haben. Wir haben also gegen vieles anzukämpfen. Das leichte, bequeme Leben mußt du hier vergessen.«

»Warum warnst du mich dauernd?«

»Wenn du es als Warnung auffaßt, wird sie wohl am Platze sein.«

»Du scheinst eine sehr schlechte Meinung von mir zu haben. Das wundert mich, denn ich habe eine recht gute von mir, und wenn Ben recht hatte...«

Er lachte, aber – wie mir diesmal schien – mehr *mit* mir als *über* mich.

Auf der Rückfahrt zum Hotel sagte er: »Alle, die hier herauskommen, sind irgendwie Abenteurernaturen. Die Goldsucher haben natürlich diese Mentalität im höchsten Grade. Jeden Tag schwören sie sich vor Arbeitsbeginn: ›*Heute* wird es klappen.‹ Bei Sonnenuntergang wissen sie, daß es eine Täuschung war – aber die Hoffnung bleibt. Die Opalschürfer sind genauso: Stets denken sie, sie werden noch einen ›Grünen Blitz‹ finden.«

»Du hast ja den echten schon gesehen.«

»Ja, und einmal in der Natur.«

»Wo es keinem gelingt, wirst du immer noch Erfolg haben.«

Die Tage in Sydney genoß ich sehr; abends trafen wir uns mit Geschäftsfreunden von Joss. Einer hatte seine Frau dabei, mit der ich dann ein paarmal einkaufen ging.

In der geschäftigen George Street besorgte ich mir Stoffe zu praktischer Kleidung für mein neues Leben. Dann wanderten wir durch die Pit sowie die Elisabeth Street und bewunderten die Auslagen. Auf Anraten meiner Begleiterin kaufte ich zwei riesige Strohhüte gegen die stechende Sonne. Sie gefielen mir außerdem gut und dienten so zwei Zwecken – einem nützlichen und der Verschönerung. In der King Street erstand ich Bänder und Haarnadeln.

Bald rückte der Abreisetag heran. Joss wählte lange unter den Mietpferden. Unser großes Gepäck kam erst mit der Kutsche nach; für unsere Zweitagestour reichte ein Packpferd für das Dringendste und die Eßwaren.

Die Reise von England hatte etwas über sechs Wochen gedauert. Es war jetzt hier Ende November, was unserem Mai entspricht. Die Schönheit der wilden Blumen konnte ich gar nicht genug bewundern. Am eindrucksvollsten aber waren die hohen Eukalyptusbäume. Abweisend und hochmütig ragten sie über die Baumfarne und Grasbäume, als wollten sie nach dem Himmel greifen. Joss kannte sich in der Landschaft ebenso aus wie in der Stadt, und ich war froh, in ihm einen so guten Mentor zu haben.

»Diesen Eukalyptus nennen wir Faserrindenbaum, weil seine Rinde aus so zähen Fasern besteht. Schlechter Whisky heißt bei uns im Slang auch so. Unsere Sprache ist recht farbig, du wirst einige Ausdrücke lernen müssen.«

»Aber mit Vergnügen.«

»Das freut mich. Ich helfe dir gern dabei. Sieh mal da drüben. Ein gefleckter Gummibaum. Erkennst du die Punkte auf der Rinde?«

Die Gegend war ganz flach, und ihre Trockenheit im Vergleich zu England fiel mir auf. Ich hatte vorher nicht gewußt, wie grün England war. Die Straßen waren rauh und voller Löcher, die Hufe unserer Pferde wirbelten riesige Staubwolken empor. Über eine kleine Hügelkette ging es und dann wieder in die Savanne. Durch ausgetrocknete Flußbetten ritten wir weiter bis zu einer Herberge – einem flachen Gebäude mitten im Grasland. Joss meinte, wir sollten die Nacht dort verbringen, weil es bis Fancy Town doch noch weit über eine Tagesreise sei. Die nächste Nacht wollten wir bei den Trants verbringen und am übernächsten Tag das restliche Stück zurücklegen.

Er ritt in den Hof und stieg ab. Mittlerweile war eine Frau in voluminösem schwarzen Kleid, über dem sie eine weiße Schürze trug, herausgetreten.

Joss sprach mit ihr und kam dann zu mir.

»Sie haben nur ein Zimmer«, sagte er. »Das ist hier natürlich kein Stadthotel. Was ist? Sollen wir es nehmen oder lieber draußen schlafen?«

Die Frau war ebenfalls herangetreten. »Willkommen, meine Liebe«, sagte sie. »Es ist ein schönes Zimmer. Sind Sie Mann und Frau?«

»Ja«, antwortete Joss.

»Dann will ich mich mal beeilen und das Bett machen. Ein sehr gutes Bett. Herrliche weiche Federn aus England. Jack kümmert sich um Ihre Pferde. Jack! Wo ist denn Mary?«

Joss half mir vom Pferd. Ich bemerkte, daß ihn die Situation amüsierte.

»Nur Mut«, flüsterte er, »wir werden die Sache schon deichseln. Ich finde immer einen Ausweg.«

Das Zimmer war wirklich hübsch und sehr sauber; ein riesiges Doppelbett beherrschte es. Joss betrachtete es sehnsüchtig. »Da steht ein bequemer Sessel«, sagte er, »der wird mir schon reichen. Oder ich schlage mein Lager wie ein Ritter in alten Zeiten zu Füßen deines Bettes auf.«

Er legte mir die Hände auf die Schultern und sah mich ernsthaft an. »Eines darfst du nie vergessen. Ich habe mich noch nie einer Frau aufgedrängt, die mich nicht wollte, und beabsichtige auch jetzt nicht, es zu tun. Ich habe meinen Stolz, wie du weißt.«

»Das weiß ich allerdings. Wirst du nicht auch zum Spaß Pfau genannt?«

»Ja, aber offen hat mich noch niemand so zu rufen gewagt. Denk daran, was ich dir sagte, es kann dir viele Ängste ersparen.«

Wir wuschen uns den Straßenstaub mit lauwarmem Wasser herunter und gingen zum Abendessen. Auf einem Eisengrill wurden Steaks gebraten, daneben stand ein langer Tisch mit Bänken davor.

Während die Steaks noch fertig brutzelten, löffelten wir Känguruhsuppe aus dicken Tontassen. Unsere Wirtin buk Fladenbrote, die gleichzeitig mit den Steaks fertig wurden. Danach gab es Käse mit ›Johnny-Kuchen‹ – Fladenküchlein –, und das Getränk dazu schmeckte wie englisches Bier.

Weil es nach dem Essen noch nicht dunkel war, wanderten wir noch ein wenig herum und sahen zu, wie die Schafe von den Kelpiehunden, die auf die Pfeife des Farmers hörten, zusammengetrieben wurden. Sie hielten die verwirrten Herden eng beisammen, indem sie geschickt über deren Rücken liefen.

Trotz aller Beteuerungen meines Ehemannes störte mich der Gedanke an unser gemeinsames Schlafzimmer. Er hatte sich für den Sessel entschlossen, der ihm doch mehr Bequemlichkeit als der Fußboden zu bieten schien, und ich zog nur Rock und Mieder aus. Beide schliefen wir nicht allzugut.

In der reinen Morgenluft ging es am nächsten Tag weiter. Gegen elf Uhr kamen wir dann an einen Fluß, wo Joss haltmachen wollte. Die Pferde brauchten Ruhe und konnten getränkt werden. Ich sammelte trockenes Holz zusammen, das er dann mit bewundernswerter Geschicklichkeit zu einem Feuer für unser Teewasser entzündete. Unter einem Baum machten wir es uns bequem und packten unsere Vorräte aus. Die Wirtsleute hatten uns Sandwiches mitgegeben, außerdem besaßen wir noch etwas Käse. Merkwürdigerweise hatten mir Tee und Sandwiches noch nie so gut geschmeckt.

Die Sonne wurde heißer, wir fühlten uns beide nach dieser Nacht ziemlich zerschlagen. Ich schlief rasch ein und träumte, auf dem Schiff zu sein. Es war Sturm, ich ging an Deck spazieren und wurde von einer Seite zur anderen geschleudert. Plötzlich packte mich jemand. Es war Joss.

»Willst du Selbstmord begehen?« fragte er, und ich konnte nicht an mich halten, zu sagen: »Wäre doch ganz gut für dich, oder? Dann gehört alles dir. Du müßtest dich nicht mit einer Frau belasten, die du genausowenig willst wie sie dich. Alles wäre dein: die Häuser, die Anteile, der ›Grüne Blitz‹.« Als ich den Opal erwähnte, veränderte sich sein Gesichtsausdruck, und der Griff wurde härter. »Gute Idee«,

antwortete er mit mörderischem Blick. »Ohne dich wäre ich besser dran. Selbstmord? Nun, man könnte dafür sorgen, daß es so aussieht.«
Ich schrie: »Nein! Nein! Bring mich nicht um!«

Erschrocken wachte ich auf, mein Herz schlug vor Entsetzen, denn ganz dicht vor meinem Gesicht sah ich seines. Er beobachtete mich genau. Einen Augenblick lang dachte ich, mein Traum sei Wahrheit gewesen.

»Was war denn los?« fragte er.

»Ich habe geträumt.«

»Es klang aber wie ein Alptraum.«

»Ja, das war es auch.«

»Ein Alptraum am hellichten Tag? Was hast du denn nur auf dem Herzen? Irgend etwas beängstigt dich.«

»Da ich mich ganz gut um mich selbst kümmern kann, habe ich auch keine Angst.«

»Worum ging es in dem Traum?«

»Ach, um nichts weiter. Ein wirres Zeug, wie eben Träume so sind.«

»Es ist schon schwierig, seine Heimat zu verlassen und einfach in ein fremdes Land zu kommen. Macht dir das so zu schaffen?«

»Manchmal überlege ich, ob ich mich anpassen kann.«

»Und dazu die Ehe... mit einem Fremden... eine sinnlose, leere Ehe. Hoffentlich kommen wir da wenigstens mit der Zeit zu einem Kompromiß.«

Was mochte er mit ›Kompromiß‹ meinen?

»Es gibt hier gesetzlose Menschen«, fuhr er fort.

»Die gibt es überall.«

»Hast du schon von den Buschräubern gehört?«

»Natürlich.«

»Aber du weißt nicht, wie sie tatsächlich sind. Verzweifelte Männer, die bei der Goldsuche oder auf den Opal- oder Saphirfeldern Fehlschläge erlitten haben. Desperados, die vom Raub leben. Hier ist das ideale Gelände für sie. Sie können sich gut verstecken und ihr Gewerbe relativ leicht betreiben. Fangen lassen wollen sie sich auf keinen Fall – denn das würde bedeuten, daß man sie zur Warnung für andere am nächsten Baum aufknüpft. Sie töten ohne zu zögern, wenn es sich gerade ergibt.«

»Mir scheint, du möchtest, daß ich gleich wieder umkehre.«

Er lachte. »Ich wollte nur sehen, ob du der Mensch bist, der wegen ein paar Unannehmlichkeiten sofort aufgibt.«

»Ich will dir mal was sagen: Ich gehöre zu jener Sorte Mensch, die sehr viel auf sich nehmen würde, nur um dir zu beweisen, daß du unrecht hast.«

Er mußte lachen, und ich starrte vor mich hin, weil ich ihm nicht in die Augen sehen wollte, die mir allzu kühl und frech schienen.

»Suchst du nach Buschräubern? Keine Angst. Du hast ja einen Beschützer.«

»Etwa dich?«

»Und das hier.« Er nahm eine kleine Pistole aus seinem Gürtel. »Eine richtige Schönheit«, sagte er. »Ohne sie reise ich nie. Kompakt, kaum zu sehen und tödlich in Aktion. Viel Chancen haben die guten Leutchen bei uns beiden nicht.«

Seite an Seite ritten wir weiter durch den Busch.

»Die Herberge der Trants ist noch gute zwanzig Kilometer weit entfernt«, sagte er. »Wenn wir dort ankommen, werden die Pferde Ruhe brauchen und wir auch.«

Ich blickte mich in der wilden und interessanten Gegend um. »Was sind das dort für bleiche Bäume?«

»Geistergummibäume. Manche Leute glauben, daß Menschen, die im Busch durch Gewalt sterben, ihren Wohnsitz in solchen Bäumen nehmen. Es heißt, wo ein solcher Geisterbaum ist, würden bald andere dazukommen. Du solltest diese Gebilde im Mondlicht sehen, dann würdest du die Legende verstehen. Es gibt Leute, die nach Einbruch der Abenddämmerung an solchen Bäumen nicht mehr vorübergehen. Sie meinen, daß die Äste sich in Arme verwandeln und am nächsten Morgen ein weiterer Geisterbaum bei den anderen stehen wird.«

»Jedes Land hat so seine Legenden.«

»Aber wir sind hier sonst recht vernünftige, realistische Leute!«

Plötzlich ertönte ein gackerndes Lachen über uns, das mich so erschreckte, daß ich im Sattel rutschte. Joss bemerkte es und lachte.

»Das ist nur ein Kookaburra«, sagte er. »Auch Lachender Hans oder Königsfischer genannt – ah, da kommt ja seine Gefährtin. Sie sind oft zu zweit, und sie scheinen das Leben sehr amüsant zu finden. Um unser Haus wirst du sie oft hören.«

Wir ritten weiter durch ausgetrocknete Bachbetten und Schluchten.

»Mit den wilden Blumen hier wäre es erst schön gewesen«, sagte Joss. »Aber leider sind diese Plätze zu trocken.«

Gegen sieben Uhr abends hielt Joss auf einem Hügelchen an und blickte sich in der Savanne um.

»Von hier aus müßte man die Farm schon sehen können«, sagte er. »Sie liegt in einer Mulde.«

»Es wird bald dunkel sein.«

»Ja, und ich möchte vor Sonnenuntergang hinkommen. Das Buschland ist gefährlich. Ich kenne es zwar gut, aber auch alte erfahrene Australier haben sich schon verirrt. Man darf auf keinen Fall allein hinauswandern. Es ist immer die gleiche Landschaft, durch die man zieht, man wandert Meile um Meile und geht zum Schluß im Kreis. Nichts kann man sich merken, weil alles sich wiederholt. Also paß auf, ich glaube, ich sehe das Haus. Schau mal, dort drüben in der Senke.«

Wir ritten weiter. Die Sonne war bereits hinter dem Horizont verschwunden, die ersten Sterne tauchten auf, eine schmale Mondsichel leuchtete. Er galoppierte voraus, ich folgte ihm. Und dann hielt er ganz plötzlich an, und ich stoppte ebenfalls.

»Du lieber Himmel!« rief er. »Sieh dir das an!«

Ein unheimlicher Anblick in dem blassen Mond- und Sternenlicht: die Ruine eines Hauses. Joss ritt weiter, ich folgte ihm vorsichtig über das verbrannte Gras. Ein Feuer hatte die eine Seite des einstöckigen Gebäudes verbrannt, der Rest war von den Flammen verwüstet.

»Sehen wir uns erst einmal um«, sagte Joss und stieg vom Pferd. Ich folgte seinem Beispiel; er pflockte die Pferde an einem eisernen Zaun an.

»Paß auf, wo du hintrittst«, rief er über die Schulter, dann wandte er sich um und nahm mich bei der Hand. Wir überschritten die schwarze Schwelle.

»Sie müssen alles verloren haben«, meinte Joss. »Wo mögen sie hingezogen sein?«

»Hoffentlich haben sie wenigstens das Leben gerettet.«

»Wer weiß?«

»Wie weit sind wir noch von Fancy Town?«

»Rund dreißig Meilen. Die guten Trants. Hier übernachtete fast jeder, der durchzog. Es war wie eine Oase in der Wüste. Auf Meilen im Umkreis gab es kein weiteres Haus.« Er wandte sich zu mir. »Wir müssen aber heute nacht hierbleiben, die Pferde können nicht mehr weiter. In der Nähe ist ein Fluß – hoffentlich führt er Wasser. Die Gäule könnten dann trinken, und vielleicht finden wir einen Grasfleck, den das Feuer nicht erwischt hat. Warte mal, ich gehe nachsehen.«

Als ich allein in dieser ausgebrannten Ruine stand, empfand ich plötzlich Entsetzen. Eine Atmosphäre der Verdammnis lag über allem. Hier hatte sich eine Tragödie abgespielt. Tod und Unheil schienen in der Luft zu liegen, es durchschauerte mich, und mir wurde plötzlich kalt. Ich meinte, allein zu sein mit den Toten. Ich berührte die geschwärzten Mauern. Das hier schien der Salon gewesen zu sein, in dem die Leute saßen und redeten und miteinander lachten. In diesen vier Wänden hatten sie gelebt; waren wohl von England gekommen, Siedler, die ein neues Leben suchten und auf die Idee kamen, hier eine Herberge zu eröffnen, die Reisenden im Busch eine Übernachtung ermöglichte. Das Land ringsum wollten sie ebenfalls bebauen, denn es kamen nicht genug Leute vorbei, daß sie davon leben konnten. Wenn sie spazierengingen, sahen sie niemanden, nur wildes Buschland. Ob sie Angst hatten vor Buschräubern? Die schwarzen Mauern erfüllten mich mit einer Ahnung, ich hatte bis dahin die entsetzliche Einsamkeit in der Wildnis noch nicht richtig gespürt.

Dann sah ich, daß noch einige Überreste der Einrichtung vorhanden waren – ein halbverbrannter Tisch, Metallstücke von irgendeinem Gerät, zwei kaputte Kerzenhalter, einstmals schönpoliertes Messing und eine Metallkiste, wie sie unsere Maddy zu Hause hatte.

Plötzlich tauchte eine Gestalt neben mir auf; ich erstarrte vor Entsetzen.

»Entschuldige, ich wollte dich nicht erschrecken.«

»Es ist einfach die Atmosphäre hier. Irgendwie wirkt alles so unheimlich.«

»Außer den Mauern ist wohl nicht viel übriggeblieben. Ich habe den Fluß gefunden, Gras gibt es auch dort, wir können die Pferde hinbringen.«

»Wollen wir wirklich hier bleiben?«

»Einen gewissen Schutz bietet es doch, und fürs Campieren sind wir nicht ausgerüstet.«

»Und wenn wir weiterreiten?«

»Dreißig Meilen? Die Pferde brauchen Ruhe. Wir bleiben bis zur Morgendämmerung, dann brechen wir sofort auf. Mal sehen, ob wir irgendwas hier benützen können. Aber gibt acht.«

»Da drüben steht eine Metallkiste, vielleicht ist was drinnen.«

Beim Weitergehen stieß mein Fuß gegen etwas; ich bückte mich und hob eine halb abgebrannte Kerze auf. Joss nahm sie und sagte: »Irgend jemand muß vor kurzem hiergewesen sein und hat offenbar die gleiche Idee gehabt wie wir.« Er untersuchte den Stumpf und zündete ihn dann mit einem Streichholz an. Als er die Kerze ganz hoch hielt, sah alles noch viel unheimlicher aus als vorher im Dämmerlicht. Auch sein Gesicht war verändert, die Augen dunkler, die gebräunte Haut nicht mehr so stark erkennbar. Halb amüsiert, halb rätselhaft schien mir sein Blick. Ich sah, daß seine Ohren groß waren und oben spitz zuliefen, was ihm das Aussehen eines Satyrs gab. Ein Glitzern in seinen Augen ließ mich ahnen, daß ihm die Situation gar nicht so mißfiel. Meine Angst verstärkte sich natürlich noch mehr.

»Gut, daß wir die Kerze gefunden haben«, meinte ich. »Wer mag sie liegengelassen haben? Ein Buschräuber?«

»Warum nicht Reisende wie wir selbst.«

»Natürlich auch möglich.«

Er klopfte sich auf den Gürtel. »Jetzt weiß ich, warum man gut vorbereitet sein muß. Keine Angst, du bist ja nicht allein.«

Sein Blick lag auf meinem Gesicht, und mir kam es vor, als wolle er mich verängstigen.

»Laß uns doch einmal in die Kiste schauen«, lenkte ich ab.

Er ging hinüber und berührte sie mit dem Fuß. »Dem Feuer scheint sie gut widerstanden zu haben.« Er bückte sich und öffnete sie, und sah dann mit hochgehaltener Kerze hinein. »Ach, wie schön – eine Decke; sie ist dem Feuer entgangen. Ein guter Fund! Die können wir auf dem Boden ausbreiten.« Er nahm sie heraus und schnupperte daran. »Man riecht noch den Rauch.«

Ich ging zu ihm und nahm ihm die Decke ab. »Meinst du, daß der, der die Kerze benützte, die Decke auch hatte?«

»Wer weiß? Aber wir können uns jetzt nicht leisten, heikel zu sein, wir werden sie einfach brauchen.«

Als ich sie herausnahm, bemerkte ich ein Buch darunter. Es war das Gästebuch der Trants. Auf dem Innendeckblatt stand: ›Haus Trant‹ – 1875. Dieses Buch gehört James und Ethel Trant, die 1873 England verließen und sich hier ein Heim errichteten, das sie ›Haus Trant‹ nannten.

Ich stellte mir vor, mit wieviel Hoffnung James und Ethel ihre Heimat verlassen und sich an dieser einsamen Stelle angesiedelt hatten. Auf den folgenden Seiten waren dann Linien gezogen für die Eintragungen der Gäste. Eine Datumskolonne, die mittlere für den Namen, die letzte für Bemerkungen. Da stand unter anderem: ›Danke, James und Ethel. Es war schön.‹ Und eine andere: ›Genau wie zu Hause.‹ Oder: ›Mein dritter Besuch. Spricht für sich selbst.‹

Die Entdeckung dieses Buches hatte Ethel und James für mich plastisch werden lassen, und ich hoffte sehr, daß sie mit dem Leben davongekommen waren.

Joss blickte mir über die Schulter. »Ach, das Gästebuch; schau doch mal nach, wer der letzte Gast war. Dann wissen wir, wann das Feuer ausgebrochen ist.«

Ich sah nach. »Tom Best und Harry Wakers sind vor drei Monaten hier gewesen.«

»Vor so kurzer Zeit also erst«, kommentierte Joss.

»Was mag bloß mit James und Ethel Trant geschehen sein?«

»Wer weiß? Aber wir müssen jetzt schlafen. Vergiß nicht, daß es in der ersten Morgenfrühe weitergeht.«

»Irgendwie gefällt es mir nicht, daß wir hierbleiben.«

Er lachte laut. »Immerhin ein bißchen Schutz. Außerdem das Wasser in der Nähe und Gras für die Pferde. Wir haben noch Glück. Sicher, du hast an ein bequemes Bett gedacht, aber im Busch geht's eben nicht immer. Komm, halt mal das Licht.«

Ich tat wie geheißen, während er die Decke auf dem rauhen verkohlten Boden ausbreitete. Dann nahm er mir die Kerze ab, hielt sie schief, daß Wachs auf den Boden tropfte, und befestigte sie darin.

»Wie lange wird sie wohl noch brennen?«

»Wenn wir Glück haben, ein paar Stunden. Ein wahrer Segen, daß du sie gefunden hast. Hier draußen weiß man sein Glück zu schätzen.«

»Das tut man wohl überall.« Ich setzte mich auf die Decke und blätterte weiter im Buch herum. Dann sprang mir ein Name entgegen. ›Desmond Dereham, Juni 1878‹. Daneben stand: ›Ich komme bestimmt wieder.‹

»Was ist denn los?« fragte Joss bei meinem unwillkürlichen Ausruf.

»Mein Vater war hier – sein Name ist im Buch. Ich finde, die Leute sollten jetzt die Wahrheit wissen. Daß er den ›Grünen Blitz‹ gar nicht stehlen konnte und dieser sich weiterhin in Bens Besitz befand. Wir müssen es eben bekanntgeben, daß wir ihn haben.«

»Mal sehen. So was kann man nicht so rasch entscheiden. Da hängt zuviel davon ab.«

Vielleicht hatte er recht, dachte ich, und es war besser, daß niemand wußte, daß wir den berühmten Stein besaßen.

Ich las weiter und entdeckte jetzt David Croissants Namen. »Da ist noch jemand drin, den wir kennen.«

Joss blickte hinein. »Ich stoße bestimmt auf viele bekannte Namen. Fast jedermann ist hier abgestiegen. Wir sollten jetzt Feuer machen und Tee kochen. Ich dachte ja auch, daß wir heute abend am Herbergstisch sitzen und vielleicht wieder ein Zimmer teilen würden, wie letzte Nacht. Zimmer sind rar in diesen Unterkünften. Für Leute mit besonderen Wünschen haben die nichts. Der Sessel war übrigens verdammt unbequem. Noch einmal wollte ich nicht das gleiche erleben, und jetzt muß ich statt dessen die Nacht auf einer stinkenden Decke in einem abgebrannten Haus verbringen.«

Er hatte sich schon ausgestreckt und starrte zu den Resten des Daches hinauf, die im Kerzenschein wie ein Saurierskelett aussahen. Die Sterne blitzten zwischen den Balken hindurch.

»Eigentlich eine gute Einführung in unser Leben hier. Nach dieser Lektion wirst du auf alles vorbereitet sein. Bist du schon müde? Du hast auch nicht gut geschlafen, stimmt's? Schade, es soll doch ein so gutes Federbett gewesen sein.«

Er griff mit der Hand nach mir und zog mich neben sich. »So eine kleine Decke«, sagte er ganz ruhig.

Ich verkroch mich an den äußersten Rand.

»Du enttäuschst mich, Jessica«, sagte er. »Ich dachte nicht, daß du dich so leicht einschüchtern ließest. Riskier doch mal was! Warum bist du nicht bereit, neue Erfahrungen zu machen?«

»Was für Erfahrungen?«

»Ich wollte dich genausowenig heiraten wie du mich. Wir waren zwei realistische Leute, die mit offenen Augen ihre Chancen ergriffen. Die Heirat paßte uns beiden in den Kram. Wenn wir es nicht getan hätten, würden wir viel aufs Spiel gesetzt haben. Nun ist es einmal geschehen: Warum versuchen wir nicht, etwas daraus zu machen?«

»Ich will alles über die Company lernen – soviel ich nur kann. In dieser Hinsicht werde ich mir jede erdenkliche Mühe geben.«

»Das meine ich nicht. Du hast Angst. Was für eine blödsinnige Situation. Hier bist du allein mit deinem Mann in einem ausgebrannten Rasthaus. Sei doch nicht so ein Kind, Jessica! Du bist doch eine erwachsene Frau.«

»Du hast mir versprochen...«, rief ich. »Hast gesagt, du wärest zu stolz!«

»Es ist zum Verrücktwerden mit dir.«

»Weil ich dir nicht nachlaufe?«

»Ja«, rief er. »Weiß Gott, ich wünschte...«

»...daß du zu Ben nein gesagt hättest? Das hättest du doch nie getan! Du wolltest ja Oakland, das Pfauen-Haus und den ›Grünen Blitz‹ haben. Leider mußtest du mich dabei mit in Kauf nehmen, das gehörte dazu. Wenn du mich loswerden könntest, wärst du zufrieden. Das hast du mir schon deutlich gezeigt. So ein Kind bin ich wieder nicht, daß ich das nicht bemerkte. Wahrscheinlich hattest du eine andere im Sinn. Aber es sieht dir ganz ähnlich... die beste Chance zu ergreifen. Meinst du, ich verstehe das nicht? Sogar jeden Tag zunehmend mehr. Und was ich da entdecke, gefällt mir gar nicht. Ich wünschte...«

Joss erhob sich. »Ich muß mal nach den Pferden sehen«, sagte er und ließ mich allein. Als ich mich in dem ausgebrannten Raum umsah, überkam mich eine böse Ahnung. Er wollte mich nicht, ich widerte ihn an. Es mußte ihm klargeworden sein, wieviel bequemer es für ihn wäre ohne mich. Er wollte frei sein und doch nichts dadurch verlieren.

Ich hörte noch seine Stimme: »Ein Menschenleben ist hier nicht viel wert.«

Buschräuber durchstreiften das Land; wie leicht konnte er mich töten! Hunderte Begründungen dafür erfinden.

›Ich ging zu den Pferden hinunter‹, würde er vielleicht später sagen. ›Als ich zurückkam, lag sie tot da... erwürgt... erschossen. Es waren Buschräuber in der Nähe. Ihr Schmuck fehlte... und das Geld...‹ Oder: ›Sie war nicht an das Reiten in solchem Land gewöhnt. Ich hatte ihr in England Unterricht gegeben, aber hier war es doch anders. Sie stürzte und brach sich das Genick. Ich begrub sie bei der ausgebrannten Herberge.‹

Begehrte er meinen Körper? Vielleicht. Ben hatte ja angedeutet, daß er ein Filou war. Erst Liebe und dann Mord. Solche Leute gab es!

»O Gott, hilf mir!« flüsterte ich und dachte: Schon wieder bitte ich *Ihn*, wenn ich in Schwierigkeiten bin. Nur dann bete ich. Wie kann ich da Hilfe erwarten? Irgend etwas lag hier in der Luft. War es die Dunkelheit, der scharfe Brandgeruch, das Unheimliche? Mein Vater hatte einmal hier geschlafen. Wo befand er sich jetzt? Vielleicht war er schon tot, und sein Geist warnte mich. Schließlich war ich seine Tochter. Hatte sich Joss wirklich zu den Pferden begeben, oder schlich er sich plötzlich von hinten an?

Unsinn, sagte ich mir, er ist doch mein Mann.

Mein Mann, der mich heiraten mußte, damit er nicht alles verlor, und der alles gewinnen konnte, wenn er mich loswurde.

Ich schrak zusammen. Schritte, langsam, gleichmäßig, immer näher, aber nicht vom Fluß her.

Ich sprang auf und hockte mich hinter die Tür. Jenen Rest Tür, der knarrte, als jemand sie aufstieß. Ein Mann trat ein. Ich hörte seinen raschen Atem, dann sagte er: »Um Himmels willen!«

Ich schrie auf, und er wirbelte herum. Ich glaubte zu träumen: Es war David Croissant.

»Mr. Croissant...«

Er starrte mich an. »Ja... was... um alles in der Welt...?«

»Die Herberge ist ausgebrannt – Joss und ich wollten hier übernachten.«

»Mrs. Madden...? Das wird ja immer merkwürdiger. Wo ist Joss?«

»Bei den Pferden.«

Und da hörten wir ihn schon kommen, und David rief ihm entgegen; dann gab es große Erklärungen hin und her. David hatte eine Woche nach uns in Kapstadt ein Schiff bestiegen, jetzt war er auf dem Weg in unseren Ort und hatte ebenfalls beabsichtigt, bei den Trants zu übernachten.

»Ich hatte auf Ethels gutes Essen gehofft«, sagte er. »Meine Pferde können auch nicht mehr weiter.«

»Daß ausgerechnet du auftauchst!« meinte Joss. »Wir fanden deinen Namen im alten Gästebuch.«

»Kein Wunder, ich war ja oft hier. Die angenehmste Herberge weit und breit. Was mag wohl aus James und Ethel geworden sein?«

»Ich zeige dir, wo unsere Pferde sind«, sagte Joss. »Ein schönes Plätzchen habe ich gefunden. Was hast du in den Satteltaschen?«

»Wir werden schon sehen«, sagte David und ging dann mit seinen Pferden Joss nach.

Wie erleichtert ich war, die Nacht nicht allein mit meinem Mann verbringen zu müssen!

Bald kamen die beiden zurück, und Joss machte jetzt doch Feuer und kochte Tee. David hatte kaltes Hühnchen und ›Johnny-Kuchen‹ dabei; wir aßen alle mit großem Appetit.

Beim Essen sprach David von seinen vielen Besuchen bei den Trants. »Bin regelmäßig hier abgestiegen, einmal auch mit Desmond Dereham. Was mag mit ihm passiert sein? Wo ist er wohl hin mit dem ›Grünen Blitz‹? Seinen Namen wird man nie vergessen.«

»Wer weiß«, sagte Joss wieder, und ich mußte an mich halten, um nicht mit allem herauszuplatzen.

David hatte mehrere Decken bei sich, so daß wir doch etwas gemütlicher schlafen konnten.

In der ersten Dämmerung des nächsten Morgens ritt ich zwischen den beiden Männern der Sonne entgegen. Geraume Zeit später erreichten wir jene Ortschaft mit dem beziehungsvollen Namen Fancy Town. Und an diesem Tag sah ich zum erstenmal mein neues Heim: das Pfauen-Haus.

Das Pfauen-Haus

Fancy Town hatte sich an den Ufern eines Flüßchens ausgebreitet, das die Natur glücklicherweise in der Nähe des Opalgebietes vorbeifließen ließ. Manche Arbeiter lebten in Zelten, es gab aber auch Hütten aus rohbehauenen Stämmen oder ungebrannten Ziegeln mit groben Kaminen aus Kalkstein oder Rinde.

Die Geschäfte waren wie Schuppen gebaut und auf einer Seite offen, damit man die Waren sehen konnte. Nach der unendlichen Weite des Buschlandes bot der Ort einen recht kümmerlichen Anblick.

Wir trafen spät nachmittags ein, und die Aufregung über unser Erscheinen zeigte, wie selten dort Besuche waren. Kinder kamen herausgerannt und starrten uns an – die meisten ziemlich ungepflegt, was nicht überraschend schien, da sie ja in diesen unzulänglichen Unterkünften lebten. Ein Mann rief Joss zu: »Schön, Sie wiederzusehen, Sir!«

»Danke, Mac«, antwortete Joss.

»Tut mir leid, das mit Mr. Hennicker.«

Das Pfauen-Haus lag etwas außerhalb des Ortes. Als erstes fiel mir auf, in welchem Kontrast es doch zu all der Armseligkeit dort stand. Wir bogen in das Parktor ein, und vor uns lag noch eine Auffahrt von gut fünfhundert Metern, an deren Ende ich das Gebäude erkennen konnte, das im alten Kolonialstil erbaut war. Grazil und leuchtend weiß bot es sich mir in der klaren Luft dar. Die Terrasse und der Vorplatz wurden von reichverzierten Säulen getragen, die an griechische Baustile erinnerten, das Haus selbst war jedoch keiner Periode zuzuordnen. Es enthielt gotische, Queen-Ann- und Tudor-Züge in einer Mischung, die nicht eines gewissen Charmes entbehrte. Sozusagen als Omen erschien ein Pfau auf dem Rasen, gefolgt von seiner ergebenen kleinen Pfauenhenne. Er stolzierte die Terrasse entlang, als wolle er unsere Bewunderung herausfordern. Der Rasen war so tadellos gepflegt, daß man meinen konnte, er existiere schon seit Hunderten von Jahren. Überhaupt machte das Ganze den Eindruck eines alten Herrensitzes – was ja unmöglich der Fall sein konnte.

»Nimm mir die Pferde ab, Tom«, sagte Joss. »Wer ist denn daheim?«

»Mrs. Laud, Mr. Jimson und Miß Lilias, Sir!«

»Kann Ihnen jemand mitteilen, daß wir angekommen sind?«

Wir stiegen ab, Joss nahm meinen Arm und führte mich zum Vorplatz hinauf; David Croissant folgte uns. Oben stand die Tür zur Halle offen, wir traten ein. Drinnen umfing uns angenehme Kühle, denn die dünnen Lattenrollos hielten den grellen Sonnenschein ab.

Die Halle war groß und luftig, der Mosaikboden leuchtete pfauenblau; in seiner Mitte war eine große Fliese mit einem riesigen Pfauenbild darauf eingelassen.

»Das Hausmotiv«, sagte Joss, der meinem Blick gefolgt war. »Ben nannte das Haus absichtlich nach diesem stolzen Vogel und schaffte sich eigens eine ganze Schar davon an. Leider kann ich dir nicht mit einer Geschichte aufwarten, daß das Pfauen-Haus so lange der Familie gehört, wie sich Pfauen hier tummeln werden, denn solche Traditionen gibt es hier ja noch nicht. Wir sind ein zu junges Land. Zu einem war Ben jedoch entschlossen: Jeder, der das Haus betritt, müsse sich über dessen Namen klar sein. Das Leitmotiv wird überall ins Blickfeld gerückt.«

Eine breite Treppe führte im Bogen zum ersten Stock, und ich sah eine Frau uns von oben beobachten. Sie hatte offensichtlich schon eine Weile still dort gestanden und Joss zugehört. Wir bemerkten sie beide gleichzeitig.

»Ah, Mrs. Laud«, begrüßte er sie.

Jetzt kam sie herunter – eine großgewachsene, schlanke Frau mit feinem grauem Haar, das sie in der Mitte gescheitelt und im Nacken zu einem Knoten geschlungen trug. Auch ihr Kleid war grau – hochgeschlossen, mit peinlich weißem Kragen und Manschetten. Die Einfachheit ihrer Kleidung ließ sie wie eine Quäkerin erscheinen.

»Ich habe eine Überraschung für Sie«, rief Joss ihr jetzt entgegen. »Das ist meine Frau!«

Sie wurde um eine Nuance blasser und packte das Geländer, als müsse sie sich stützen. Ihr verwirrter Ausdruck wich schließlich einem leichten Lächeln, als sie recht gepreßt fragte: »Einer Ihrer Scherze, Mr. Madden?«

Joss faßte mich unter dem Arm und zog mich vor. »Kein Scherz, nicht wahr, Jessica? Wir haben in England geheiratet. Ben war auch dabei.«

Sie ging betont langsam weiter herunter, ihr Gesicht hatte sich etwas verzogen; es sah aus, als würden ihr gleich die Tränen in die Augen treten. Hörbar erschüttert sagte sie:

»Die traurige Nachricht von seinem Tod erreichte uns erst vor einer Woche. Von Ihrer Ehe erwähnten Sie aber nichts.«

»Nein, das sollte ja eine Überraschung sein.«

Ich trat auf sie zu und streckte ihr die Hand entgegen, die sie ergriff.

»Was werden Sie jetzt von mir denken? Wir hatten ja alle keine Ahnung! Wir waren alle so traurig. Uns ist ein guter Freund und Herr verlorengegangen.«

»Ich teile Ihre Trauer«, sagte ich. »Auch mir war er ein wunderbarer Freund.«

»Mr. Croissant ist uns unterwegs begegnet«, fuhr Joss jetzt fort. »Sind Jimson und Lilias daheim?«

»Ja, irgendwo im Haus. Ich habe schon nach ihnen schicken lassen, sie kommen bestimmt gleich herunter.«

»Mrs. Laud kann dich im Haus in alles einweihen, Jessica«, wandte sich Joss an mich.

»Davon werde ich bestimmt Gebrauch machen«, sagte ich.

Mrs. Laud lächelte mich fast unterwürfig an. Ich erinnerte mich an Bens Erzählungen über sie und wunderte mich, daß sie nicht so dominierend war, wie ich sie mir vorgestellt hatte. Sie wirkte sehr sanft, und auch die Stimme klang eher sanft und beruhigend.

»Ich glaube, wir könnten jetzt eine Erfrischung brauchen«, sagte Joss.

»Mein Gott, da stehe ich herum und tue nichts«, rief Mrs. Laud und hob fast hilflos die Hände. »Ich bin so erschüttert. Erst Mr. Hennickers Tod...«

»... und jetzt diese Ehe«, beendete Joss ihren Satz. »Ich weiß schon – aber Sie werden sich daran gewöhnen... Wir werden uns alle daran gewöhnen.«

»Ich lasse gleich Tee bereiten«, sagte Mrs. Laud. »Das Abendessen gibt es in einer Stunde – es sei denn, Sie möchten es gern früher haben.«

»Wir haben unterwegs Hühnchen und Fladenkuchen gegessen«, sagte Joss, »also reicht uns der Tee. Mit dem Abendbrot hat es keine Eile.«

Mrs. Laud öffnete die Tür zum Salon. Seine Balkontüren gingen bis zur Decke, die besonders hübsch dekoriert war. Auch dieser Raum war ungewöhnlich luftig; die Vorhänge waren ebenfalls pfauenblau, aber sie leuchteten nicht, denn das Tageslicht wurde durch die verschlossenen Fensterläden ausgesperrt. Mrs. Laud stellte sofort die Latten etwas schräg, um den Raum heller zu machen.

Mein Blick fiel auf das Bild eines Pfaus an der Wand. Joss folgte wieder meinem Blick, und dann sahen wir einander an: Eine Welle der Erregung erfaßte uns beide. Der ›Grüne Blitz‹ war hinter diesem Bild verborgen, und bei der ersten Gelegenheit wollten wir ihn betrachten.

Im Salon stand ein Glasschrank mit schwarzsamtenen Regalen, auf denen verschiedene Gesteinsstücke mit Opalstreifen lagen. Joss, der mich weiterhin beobachtet hatte, erklärte: »Das war Bens Idee. Alle Stücke darin bedeuteten ihm was. Sie stammen aus verschiedenen Minen, die für ihn wichtig waren. Ah, da kommt ja Jimson!«

Jimson Laud schien etwa im gleichen Alter wie Joss zu sein, und er wirkte genauso sanft wie seine Mutter.

»Jimson, darf ich dir meine Frau vorstellen«, sagte Joss.

Auch er war sichtlich überrascht. Joss grinste mir zu – er genoß diese Überraschungseffekte.

»Das hat wohl wie eine Bombe eingeschlagen«, meinte er. »Jessica und ich haben vor unserer Abreise in London geheiratet.«

»Mei-meinen Glückwunsch.«

»Vielen Dank«, sagte ich.

»Ich freue mich sehr, Sie kennenzulernen.« Er hatte sich offenbar von der Überraschung erholt. Dann fügte er noch hinzu, wie tief Bens Tod ihn erschüttert habe.

»Ja, so ging es uns allen«, pflichtete Joss bei. »Leider gab es keine Rettung für ihn, darum mußte ich ja auch nach England fahren.«

»Und dort haben Sie Ihre Frau kennengelernt«, sagte Mrs. Laud leise.

»Jimson arbeitet für die Company«, erklärte mir Joss. »Er und seine Schwester Lilias leben in der Wohnung ihrer Mutter.«

»Ein Riesenhaus«, meinte ich.

»Mr. Hennicker wollte immer viel Platz für Gäste haben«, erklärte Mrs. Laud. »Oft war das ganze Haus voll. Ah, hier kommt ja meine Tochter Lilias.«

Wie ähnlich sich die drei waren! Lilias eine jüngere Ausgabe ihrer Mutter – unterwürfig, unscheinbar.

»Lilias, das ist Mrs. Madden... unsere zukünftige Herrin«, sagte Mrs. Laud. Die Überraschung des Mädchens war genauso unverkennbar wie die der Mutter und des Bruders. Ich sah, wie ihr Blick auf Joss ruhte, und überlegte, was das Ganze wohl bedeuten mochte. Die Tatsache, daß wir verheiratet waren, schien sie zu überwältigen. Der Ausdruck verlor sich jedoch wieder, und sie wirkte genauso ergeben wie wenige Augenblicke zuvor.

»Sie bleiben doch eine Weile, Mr. Croissant?« fragte jetzt Mrs. Laud.

»Ja, ein bis zwei Tage«, antwortete dieser. »Dann muß ich nach Melbourne weiter.«

»Ist in meiner Abwesenheit alles gut gelaufen, Mrs. Laud?«

»Im Haus ja – ansonsten weiß ich ja nicht Bescheid.«

Joss sah Jimson an.

»In der Firma gab es ein paar Unannehmlichkeiten, aber nichts Ernstes. Sie kommen ja morgen sicher runter.«

»Natürlich. Morgen müssen Sie meiner Frau das Haus zeigen, Mrs. Laud.«

Sie neigte den Kopf.

»Ja, ich bin schon ganz begierig darauf«, warf ich ein.

Dann wurde der Tee aufgetragen. »Soll ich eingießen?« fragte Mrs. Laud.

»Ich denke, daß meine Frau das gern übernimmt«, meinte Joss, womit er sie offensichtlich entließ.

»Lilias wird sich darum kümmern, daß Ihre Zimmer gerichtet werden«, sagte sie im Hinausgehen.

»Wir beide unterhalten uns später noch«, wandte sich Joss zu Jimson. »Ich möchte gern Näheres wissen.«

Der nickte und verschwand.

Jetzt waren wir allein mit David Croissant. Ich merkte, daß Joss es kaum mehr erwarten konnte: Sein Blick wanderte immer zum Bild. Meine Ungeduld war nicht geringer. Bald würde ich zum erstenmal den legendären ›Grünen Blitz‹ zu Gesicht bekommen.

David erzählte von seinen wunderbaren Steinen, die wir ja zum Teil in Kapstadt schon gesehen hatten. Er sei sehr begierig, die neuen Funde der hiesigen Mine zu begutachten.

»Ich ebenfalls«, sagte Joss.

Bald hatten wir unsere Teestunde beendet, Joss brachte mich nach oben. Auf der Treppe sagte er: »Ich habe deinen Blick bemerkt – hast du dasselbe gedacht wie ich?«

»Vermutlich.«

»Bei der ersten Gelegenheit wollen wir nachsehen; ich sperre aber dann die Tür ab, damit man uns nicht überrascht. Solange David Croissant im Hause ist, möchte ich es nicht riskieren. Er verfügt nämlich über eine fabelhafte Nase für Opale. Ich hatte fast das Gefühl, daß er spürte, was sich im Raum befindet. Wir warten lieber den richtigen Augenblick ab. Wie gefällt dir dein neues Heim?«

»Ich habe noch so wenig davon gesehen.«

»Mit dem deiner Ahnen läßt es sich natürlich nicht vergleichen, aber es kommt ihm sehr nahe. Ich glaube, Ben hatte an Oakland gedacht, als er dieses Haus plante. Du wirst einige Ähnlichkeiten entdecken. Na ja, Imitationen sind angeblich das beste Kompliment. Wenn es stimmt, ist dieses Haus eine einzige Huldigung an Oakland Hall. Also müßte es dir im Grunde gefallen.«

»Was ich bisher gesehen habe, gefällt mir auch.«

»Das kannst du wohl erst nach der Besichtigung beurteilen. Eigentlich hätte ich dich ja über die Schwelle tragen müssen.«

Ich tat, als hätte ich diese Bemerkung überhört.

»Was hältst du von den Lauds?« fuhr er fort.

»Sehr bescheiden kamen sie mir vor – sehr ergeben.«

»Sie sind geradezu eine Institution geworden. Mrs. Laud kam vor ...

ich glaube, vor siebenundzwanzig Jahren her. Als Witwe mit zwei kleinen Kindern. Der Mann war Goldsucher, er hatte Pech gehabt, starb und ließ sie ohne einen Penny zurück. Ben nahm sie dann auf. Lilias war erst ein Jahr alt und Jimson etwa fünf. Sie war ihm mehr als Haushälterin.«

»Das dachte ich mir schon.«

»Ben und sie waren eine Zeitlang sehr befreundet.«

»Du meinst...?«

Er sah mich boshaft an. »Das verstehst du ja sowieso nicht.«

»Ich denke doch«, widersprach ich.

»Es gibt ihnen einen gewissen Status im Haus. Jimson arbeitet für die Company, er ist ein guter Rechner, leider ein bißchen fantasielos.«

»Und Lilias?«

»Ein liebes Mädchen... begabter, als du denkst.«

»Woher weißt du von meinen Gedanken?«

»Mein liebes Eheweib, ich lese in dir wie in einem Buch. Ich sah vorhin deinen abschätzenden Blick.«

»Sie schien dir gefallen zu wollen. Meinst du das mit Begabung?«

»Natürlich, es bewies ihre Klugheit. Ah, man hat das Brautgemach für uns bereitet.«

Er öffnete die Tür, wandte sich blitzschnell zu mir um, hob mich auf und trug mich über die Schwelle.

Ich protestierte absichtlich nicht, da ich spürte, daß er darauf hoffte. Ganz passiv blieb ich in seinen Armen, bis er mich wieder herunterließ. »Ogottogott«, sagte er gespielt entsetzt, »schon wieder der gleiche Übelstand.« Mit scheinbarer Abscheu betrachtete er das riesige Baldachinbett. »Einen Ankleideraum gibt es hier auch.«

Er schob seinen Arm unter meinen und führte mich dorthin. »Für Zeiten, in denen zwischen den Eheliebsten nicht alles in Ordnung ist. Das Bett sieht aber recht unbequem aus. Außerdem würde meine Nähe dir wohl unangenehm sein.« Er zog an einer Glockenschnur.

Lilias kam herein; offenbar war sie nicht weit weg gewesen.

»Lilias«, sagte Joss, »läßt du mein altes Zimmer für mich herrichten? Ich werde es brauchen.«

Sie sah ihn überrascht an; ein Hoffnungsschimmer schien in ihren Augen aufzuglänzen. Wieder überlegte ich, welche Beziehung zwischen den beiden bestehen mochte.

»Ich kümmere mich gleich darum«, antwortete sie. Während sie hinausging, wandte sich Joss zu mir. »Du siehst, wie du uns alle frappierst.«

Ich antwortete nicht: Meine glühenden Wangen sprachen für sich selbst.

Ein Mädchen kam mit heißem Wasser herein. »Ich lasse dich jetzt allein«, sagte Joss. »In einer knappen Stunde hole ich dich zum Abendessen ab.« Er ging hinaus, und ich sah mich erst einmal im Zimmer um: hellgelbe Vorhänge, der Teppich etwas dunkler, das Primelgelb der Tagesdecke schattiert; auch das andere Interieur war wunderbar aufeinander abgestimmt.

Ich wusch mich, zog ein grünes Seidenkleid an und überlegte, wann wohl unser großes Gepäck eintreffen würde. Dann ging ich zum Fenster und zog die Jalousien hoch. Sofort fiel greller Sonnenschein herein. Ich sah über den Park hinaus bis auf die Zelte an der Peripherie von Fancy Town. Wie mochte Ben sich an den Ähnlichkeiten des Hauses mit Oakland erfreut und auf jenen Ort hinübergeblickt haben, der mit dem Gespür meines Vaters seinen Anfang genommen hatte. »Bist du jetzt zufrieden?« flüsterte ich und dachte an die plötzliche Angst, die mich in der ausgebrannten Herberge überkommen hatte. Diese Angst war noch immer in meinem Gehirn – verdrängt, aber bereit, jederzeit wieder hervorzukriechen.

Wie ich mich nach Ben sehnte – ihm erklären wollte, daß er sich, als er unser zukünftiges gemeinsames Leben geplant hatte, der Gefahr nicht bewußt war, in die er mich brachte.

Ich meinte, sein Lachen zu hören. ›Du hast es doch selbst gewollt, oder? Du mußtest ja nicht. Ihr wolltet alles, was diese Ehe euch bieten konnte – euch beiden. Und du hast dir auch genommen, was du wolltest. Jetzt mußt du dafür bezahlen.‹

Ach, Ben, dachte ich, wie rücksichtslos du doch warst. Und dein Sohn gerät dir nach. Du hast ein hartes Leben geführt und alle, die dir im Wege standen, beiseite gedrückt. Hast du je daran gedacht, Ben, daß ich Joss im Weg sein könnte?

Was war das nur für ein Gedanke, der mir im Sinn haftengeblieben war seit jenem Alptraum im Busch? Wie eine Warnung erschien er mir langsam.

Joss holte mich pünktlich ab. Auf dem Weg ins Erdgeschoß sagte er: »Die Lauds speisen mit uns, das war immer schon so. Du wirst sie mögen müssen, und sie werden sich sehr um dein Wohlergehen bemühen. Mrs. Laud ist eine ausgezeichnete Wirtschafterin, ihr kannst du alles überlassen. Hier sind oft Leute zu Gast – zum Essen, meine ich; da bewährt sie sich bestens.«

Auch das Eßzimmer war getäfelt – wie unseres auf Oakland Hall – und die Balkontüren mit blauen, silberumrandeten Draperien umgeben. Ein Kandelaber stand in der Mitte des Tisches, dekorativ von Blattschmuck flankiert. Mrs. Laud hatte alles äußerst geschmackvoll hergerichtet.

Ich sah, wie sie alle Details in sich aufnahm, als müsse sie sich doppelt vergewissern, daß alles in Ordnung sei. Die Suppe wurde aufgetragen und danach Brathühnchen, die sehr delikat zubereitet waren.

Mir war nicht recht wohl zumute, ich fühlte eine gewisse Spannung bei Tisch. Offenbar mußte ich hier noch vieles herausfinden. Unter der Oberfläche schien etwas zu brodeln, das die ganze Atmosphäre verändern würde, sobald es ans Licht kam. Ein merkwürdiges Gefühl!

Immer wenn ich zu Lilias hinübersah, begegnete ich ihrem Blick. Sie lächelte dann oder blickte hastig weg, und ich fragte mich, ob mein Gefühl richtig war, daß sie viel für Joss empfand und daß unsere Ehe einen schweren Schlag für sie bedeuten mußte. Mrs. Laud dirigierte das Hauspersonal ohne viel Worte, und ich hatte das Gefühl, daß ihr nichts entging.

An diesem Abend beschränkte ich mich hauptsächlich aufs Zuhören, da sich das Gespräch ums Geschäft drehte und ich dabei ja noch nicht mitreden konnte.

Mrs. Laud berichtete: »Tom Pailing ist schwer verunglückt. Ein Rad seines Buggys löste sich während der Fahrt. Es passierte nach einem Besuch hier bei Jimson – beinahe wäre er tot gewesen.«

»Pailing?« rief Joss. »O Gott! Hoffentlich geht es ihm schon wieder gut.«

»Laufen wird er nie wieder können. Jimson hat sein Ressort übernommen, und ich glaube, die Abteilung funktioniert jetzt besser denn je zuvor. Aber das erzählst du lieber, Jimson.«

»Tja, als das passierte, dachten wir, um den alten Tom wäre es geschehen. Er hat sich die Wirbelsäule verletzt, ist halb gelähmt. Ich bin sofort für ihn eingesprungen.«

Joss schien sichtlich beunruhigt. »Pailing war einer unserer Besten. Was ist mit seiner Familie?«

»Man hat sich um sie gekümmert«, sagte Jimson. »Sie werden morgen sehen, daß in der Abteilung nichts darunter gelitten hat.«

»Jimson hat auch Tag und Nacht geschuftet«, sagte Mrs. Laud.

»So ein Schock«, murmelte Joss. »Und was ist noch passiert?«

»Die Herberge der Trants ist abgebrannt«, sagte Lilias.

»Das wissen wir«, antwortete David Croissant. »Wir wollten dort einkehren.«

»Was ist mit den Trants?« fragte Joss. »Sie konnten sich doch hoffentlich retten?«

»Glücklicherweise ja. Jetzt haben Sie eine Art Garküche im Ort. Ist ganz angenehm für die Leute drüben.«

»Muß ein schrecklicher Schlag für sie gewesen sein.«

»Ja, das war es. James konnte sich erst gar nicht erholen, aber Ethel hat ihn wieder hochgekriegt, und dann kam ihnen der Gedanke mit dem Küchenbetrieb, und inzwischen läuft die Sache recht gut. Für die Leute in den Faktoreien ist es schön. Sie können sich dort mittags verköstigen, und viele nehmen sich auch warmes Essen mit nach Hause.«

»So hat es wenigstens was Gutes gehabt«, meinte Joss.

»Auch Tom Pailings Unfall hat eine positive Kehrseite«, sagte Mrs. Laud. »Es heißt, die Abteilung würde noch nie so effektiv gearbeitet haben wie unter Jimsons Leitung.«

»Aber Mutter, bitte«, versuchte Jimson sie zu bremsen.

»Wir werden ja sehen«, antwortete Joss.

»Ich dachte, daß Sie vielleicht gern die Bannocks mal einladen möchten«, fuhr Mrs. Laud fort. »Sie treffen ihn ja sicher morgen drüben. Soll ich sie für den Abend herbitten?«

»Isa wird neugierig sein, was ich mitgebracht habe«, meinte David.

»Ja, keine schlechte Idee«, sagte Joss. »Wir werden viel zu besprechen haben.« Er wandte sich zu mir. »Ezra Bannock ist unser Direktor. Er lebt nicht weit von hier: etwa fünf Meilen – das nennt man bei uns noch nah. Sie haben ein Farmhaus, er und seine Frau Isabell, oder Isa, wie sie meist genannt wird.«

»Also, dann morgen abend«, wiederholte Mrs. Laud.

»Ja, sehr gern.«

»Ach, wir haben ja Mr. Madden noch nicht von Desmond Dereham erzählt«, rief Lilias.

»Was?«

Alle schienen sich unwillkürlich vorzubeugen... nicht nur ich.

»Ja, über die Trants kam da was«, sagte Mrs. Laud.

»Richtig«, nahm Jimson den Faden auf. »Kurz vor dem Brand übernachtete dort jemand, der war gerade aus Amerika gekommen. Er sei mit Desmond Dereham beisammen gewesen, und der wäre gestorben, erzählte er. Sie waren Freunde und auch Geschäftspartner. Hauptsächlich für Edelsteine und auch Opale. Desmond war eine Zeitlang krank, er starb an einer Lungensache und hat vorher dem Mann noch die Geschichte vom ›Grünen Blitz‹ anvertraut.«

»Was für eine Geschichte?« fragte Joss.

»Er schwor, ihn nie gestohlen zu haben. Wohl sei er in Versuchung gewesen, aber von Ben ertappt worden, der ihn zwang, auf der Stelle zu verschwinden, wenn er nicht wollte, daß diese Angelegenheit bekannt würde. Ben beabsichtigte, ihn verhaften zu lassen: Schließlich hatte er ihn ja auf frischer Tat ertappt. Zum Schluß warnte er ihn noch, sich ja nicht mehr in Australien blicken zu lassen. Daher ging Dereham nach Amerika.«

»Und die Geschichte wird jetzt natürlich im ganzen Ort herumgetratscht?« sagte Joss.

»Ja, des langen und des breiten«, bestätigte Jimson. »Anscheinend erzählte Dereham seinem Freund, daß er seit jener Schicksalsnacht ständig vom Unglück verfolgt worden sei. Ein paar Minuten lang habe er den Stein ja schon besessen, nämlich in der Hand gehalten; wäre Ben nicht hereingekommen, hätte er ihm gehört... Und deswegen hätte sich der Fluch auch auf ihn übertragen.«

»Und wo ist dann der ›Grüne Blitz‹?« fragte David.

»Dereham behauptete, Ben habe ihn noch. Dann muß er also in England sein oder hier.« Er sah Joss an. »Es sei denn, Sie wüßten...«

»Seit dem Abend, an dem er angeblich gestohlen wurde, habe ich den Stein nicht mehr gesehen«, sagte Joss. »Hoffentlich reden die Leute nicht zuviel vom Fluch der Opale; das ist ja geschäftsschädigend. Versuch dagegen aufzutreten, wo immer du es bemerkst.«

»Der ›Grüne Blitz‹ hat ja nun wirklich eine recht erstaunliche Geschichte«, meinte David Croissant.

»Lassen wir doch dieses Thema«, schlug Joss vor.

»Ob der Kerl wohl die Wahrheit gesagt hat?« David schien beharrlich. »Wenn ja, muß man herausfinden, wo Ben den ›Blitz‹ versteckt hat.«

»Noch ein bißchen Apfelkuchen, Mr. Madden?« fragte Mrs. Laud. »Extra für Sie gebacken – Sie mögen ihn doch so.«

Joss nahm ein Stück und begann dann, über unsere Schiffsreise zu erzählen. Offensichtlich wollte er das Gespräch auf andere Bahnen bringen.

In einem kleinen Salon neben dem Eßzimmer wurde Kaffee serviert.

»Morgen zeigt dir Mrs. Laud das ganze Haus.« Joss lächelte mich an. »Ich muß rüber in den Ort und feststellen, was sich in meiner Abwesenheit getan hat. Später begleitest du mich dann, damit ich dir alles Nötige zeigen und erklären kann.«

»Mit dem größten Vergnügen.«

Das Schlafzimmer nahm sich im Kerzenschein ganz anders aus. Joss hatte es ein ›Brautgemach‹ genannt, was es natürlich nie gewesen sein konnte, denn Ben als der Bauherr war ja nie verheiratet.

Ich setzte mich an den Toilettentisch, nahm die Nadeln aus der Frisur und ließ meine Haare auf die Schultern fallen. Bilder zogen mir durch den Kopf – Teile der Unterhaltung tauchten wieder auf. Diese so unterwürfigen, diskreten Lauds interessierten mich: Irgend etwas irritierte mich an ihnen. Was verbargen sie? Da war einmal Lilias, die mich so intensiv beobachtete. War sie in Joss verliebt? Und Jimsons Unterwürfigkeit, die bei seinem Bericht über das Ressort, das er von Tom Pailing übernomen hatte, plötzlich wie weggeblasen war. Irgend etwas spürte ich da... aber was?

Offensichtlich hatten meine Nerven doch gelitten. Es war schon ein merkwürdiger Tag gewesen. All diese neuen Eindrücke, und meine Fantasie, die mir Streiche spielte. – Ich zog das Kleid aus und schlüpfte in den Morgenrock – ein Stück meiner Aussteuer, auf der Großmutter bestanden hatte. Er war aus rotem Samt und stand mir recht gut.

Ich sah wieder in den Spiegel und begann, meine Haare zu bürsten. Mit verwunderten und besorgten Augen blickte mich mein Spiegelbild an. Abwartend. Auch das Interieur hinter mir zeichnete sich im Halbdunkel ab: die Bettpfosten, die Fenstervorhänge, die schattenhaften Möbel. Ich mußte an mein Zimmer zu Hause in England denken, wo die boshafte Ahnin Margaret Clevering mich ständig warnend von der Wand angestarrt hatte.

Plötzlich schrak ich zusammen – so sehr, daß ich den Atem anhielt und nur horchte: Schritte auf dem Korridor. Jemand schlich auf mein Zimmer zu, blieb vor der Tür stehen. Ich erhob mich halb, als es leise klopfte.

»Wer ist da?« rief ich.

Die Tür wurde geöffnet, Joss stand mit einer Kerze im silbernen Leuchter draußen.

»Was willst du denn jetzt?« fragte ich ängstlich.

»Mit dir über den Opal reden. Ich glaube, wir sollten ihn suchen gehen.«

»Jetzt?«

»Alle schlafen schon; ich wollte zwar warten, bis Croissant wieder abgereist ist, aber ich habe es mir überlegt. Ich kann einfach nicht so lange warten.«

»Ich auch nicht«, antwortete ich.

»Dann laß uns nicht länger zögern. Gehen wir hinunter.«

»Und wenn wir ihn gefunden haben?«

»Lassen wir ihn in seinem Versteck, bis wir entschieden haben, was damit passieren soll. Komm!«

Ich zog den Morgenrock noch enger um mich und folgte ihm die Treppe hinab in den Salon. Joss verschloß die Tür von innen und zündete noch ein paar Kerzen an. Dann ging er zum Gemälde, nahm es von der Wand und legte es mit der Vorderseite auf den Tisch.

»Die Feder, von der Ben sprach, müßte hier irgendwo sein«, sagte er.

»Wird natürlich nicht leicht zu finden sein, sonst hätte das Ganze ja keinen Sinn gehabt. Hältst du mal die Kerze höher?«

Nach einigen Minuten rief er: »Jetzt hab' ich's. Der Rücken läßt sich ablösen.« Er hob die Rückenplatte ab, und da sahen wir schon die Höhlung für den Stein. Hastig griff Joss hinein.

»Jessica«, flüsterte er erregt. »Jetzt wirst du das wunderbarste Stück deines ganzen Lebens sehen...«

Er hielt inne und starrte mich an. »Das gibt es doch nicht... es ist leer. Hier... überzeug dich selbst.«

Ich griff mit den Fingern in die Höhlung: tatsächlich – nichts.

»Jemand hat sich schon vor uns bedient«, sagte er knapp. Während wir einander noch ansahen, bildete ich mir ein, einen Schatten am Fenster vorübergleiten zu sehen. Ich wandte mich rasch um, konnte aber niemanden entdecken.

»Was ist?«

»Ich meinte, eben jemand am Fenster gesehen zu haben.«

Joss nahm mir die Kerze ab und blickte nach draußen. Dann beschied er: »Warte hier.«

Er sperrte die Tür auf und eilte durch die Halle ins Freie; ich sah ihn am Fenster vorüberkommen. Ganz ängstlich blickte ich über die Schulter, ohne zu wissen, was ich zu sehen erwartete.

Er kehrte gleich wieder zurück. »Es ist niemand draußen. Wahrscheinlich hast du es dir nur eingebildet.«

»Durchaus möglich – aber ich war mir fast sicher...«

»Wer kann nur davon gewußt haben?« flüsterte er. Dann riß er sich zusammen. »Jetzt heißt es überlegen, was tun. Jemand muß das Versteck vor uns entdeckt haben. Wir müssen herausfinden, wer – und wo der Opal ist...«

»Und wie sollen wir das anstellen?«

»Das weiß ich eben selbst noch nicht. Im Augenblick können wir nur das Bild zurückhängen und schlafen gehen. Morgen werden wir weitersehen.«

»Es muß jemand aus dem Haus gewesen sein, oder jemand, der öfter herkam und sich hier gut auskennt.«

»Ben neigt doch manchmal dazu, andern einen Streich zu spielen«, meinte Joss. »Ob er den Opal wirklich im Bild versteckt hat?«

»Warum sollte er es dann behaupten?«

»Das weiß ich selbst nicht. Das Ganze ist mir ein Rätsel. Vermutlich wurde der Stein gestohlen, aber im Moment können wir nichts tun.« Er ließ den Bildrücken wieder einrasten und hängte das Gemälde an die Wand. Wie zuvor blickte der stolze Pfau wieder auf uns herunter; er schien gefangen von seiner eigenen Schönheit.

»Ich bringe dich noch hinauf«, sagte Joss. Bei meiner Tür verabschiedete er sich.

Es wurde eine recht unruhige Nacht für mich.

Als ich am nächsten Morgen aufstand, war Joss schon mit Jimson und David Croissant nach Fancy Town aufgebrochen. Die Ereignisse des Vortages lagen mir nach wie vor schwer im Magen, vor allem jener Augenblick, als wir entsetzt feststellen mußten, daß der Opal fehlte.

Mrs. Laud erwartete mich unten.

»Mr. Hennicker hatte gern alles so wie in England«, sagte sie. »Deswegen gibt es bei uns englisches Frühstück: Speck, Eier und Nieren. Wenn Sie sich selbst bedienen wollen von der Anrichte?«

Ich tat es.

»Ich hoffe, Sie hatten eine erholsame Nacht.«

»O doch, danke. So gut man eben in einem fremden Haus schläft. Ich werde mich bestimmt bald eingewöhnen.«

»Mr. Madden hat mir noch ans Herz gelegt, Ihnen alles zu zeigen, und wenn Sie etwas anders haben wollen, sollen Sie es nur sagen. Ich führe diesen Haushalt ja schon seit siebenundzwanzig Jahren. Mr. Hennicker war sehr gütig zu uns. Meine Tochter Lilias hilft mir bei der Wirtschaft, denn wir haben oft Gäste. Es finden auch zahlreiche Partys statt. Mr. Hennicker liebte es, Leute um sich zu scharen. Die Bannocks besuchen uns häufig.«

»Die lerne ich ja wohl heute abend kennen.«

»Ja.« Sie preßte die Lippen fast unmerklich zusammen. Gab es etwas an den Bannocks, das sie nicht mochte?

»Mr. Bannock ist Direktor der Company?«

»Ja, er soll sich gut mit Opalen auskennen. Das tun natürlich hier alle, aber einige haben eine besondere Gabe dafür. Seine Frau ist eine begeisterte Steinsammlerin.«

»Ich freue mich schon darauf, die beiden kennenzulernen. Wie alt sind sie etwa?«

»Er dürfte etwa fünfundvierzig sein, sie ist wesentlich jünger: mindestens zehn Jahre – aber ihr wirkliches Alter verrät sie ja nie.« Wieder diese aufeinandergepreßten Lippen. Offenbar war sie doch nicht so ruhig, wie sie gern erschien, aber jedenfalls eine Frau, die unter allen Umständen ihr Inneres vor anderen verbergen wollte.

Nach meinem Frühstück begannen wir unseren Rundgang. Halb amüsierte mich die Besichtigung, halb stimmte sie mich traurig, weil ich so häufig an Ben denken mußte. Er hatte dieses Haus zu einem zweiten Oakland Hall machen wollen und natürlich Schiffbruch erlitten. Die Zimmer waren luftig und hoch, es gab einen Salon – bei seinem Betreten mußte ich unwillkürlich wieder das Pfauenbild ansehen – und dahinter den Arbeitsraum, genau wie auf Oakland. Aber da hörte es schon mit der Ähnlichkeit auf. An allen Fenstern waren Jalousien gegen die sengenden Sonnenstrahlen, die sich so sehr von dem milden, raren englischen Sonnenlicht unterschieden.

Mrs. Laud zeigte mir Zimmer um Zimmer. Sie schienen kein Ende zu nehmen, und schließlich kamen wir in die Galerie, ebenfalls eine genaue Nachbildung derjenigen auf Oakland.

»Das hier mochte Mr. Hennicker sehr«, erklärte Mrs. Laud. »Es soll genauso aussehen wie in seinem Haus drüben in England.«

»Das tut es auch«, sagte ich. »Oh, dort steht ja ein Spinett.«

»Ja, das hat er von England herübergebracht. Jemand, den er über alles schätzte, hatte darauf gespielt. Eine jungverstorbene Frau. Da hat er das Instrument hergeschafft.«

Mir wurde warm ums Herz. Es war jenes Spinett, von dem meine Mutter in ihren Aufzeichnungen gesprochen hatte. Ben war sehr sentimental gewesen.

Sie nahm mich in den englischen Garten, den wie bei uns auf Oakland eine Mauer im Tudor-Stil umgab. »Er meinte stets, das hier wäre ein Stück England«, erklärte Mrs. Laud. »Aber es sei schwierig, mit den vielen Dürrezeiten. Trotzdem sollte es für ihn immer so heimatlich wie möglich aussehen. Dort an den Spalieren ziehen wir Passionsblumen. Er hat noch Winden dazugepflanzt, damit es sich damit vermischt und freundlicher aussieht. Und jetzt müssen Sie sich unbedingt noch den Obstgarten ansehen.«

Hier wuchsen Orangen, Zitronen, Feigen und Guaven mit Kletterbananen daran.

»Wir hatten eine Zeitlang auch viele Apfelbäume, aber Mr. Hennicker meinte, so gut wie daheim würden die Früchte hier nicht.«

»Er hat ja direkt einen Heimattick gehabt.«

»Ja, dabei hing sein Herz gleichzeitig an den verschiedensten Dingen. Er wollte mehrere Leben auf einmal führen und sie alle zugleich genießen.«

»Ich denke, das ist ihm wohl auch gelungen.«

»Mr. Hennicker war ein außergewöhnlicher Mann«, antwortete sie. »Schade, daß er den ›Grünen Blitz‹ hatte.«

Ich sah sie scharf an, sie senkte den Blick. »Der bringt doch Unglück«, verteidigte sie sich fast leidenschaftlich. »Jedermann weiß das. Warum wollen ihn nur alle? Warum lassen sie nicht die Hände davon?«

»Er scheint jedermann zu faszinieren.«

»Als ich hörte, daß Desmond Dereham ihn gestohlen hatte, war ich richtig froh... ja: froh! Ich sagte damals noch: ›Der hat jetzt den Fluch mitgenommen.‹ Und dann kam Mr. Hennickers Unfall, von dem er sich nie erholte, und jetzt ist er gestorben. Ich glaube, das geschah alles nur, weil er den ›Grünen Blitz‹ hatte, und dafür mußte er bezahlen... Und wenn er ihn tatsächlich die ganze Zeit über besessen hat, ist das ja auch erklärlich. Und wo ist das Teufelsding jetzt?« Sie sah mich unverwandt an. »Vielleicht sogar im Haus – das wäre mir gar nicht recht. Ich habe Angst vor ihm. Er wird uns Unglück bringen, das hat er ja schon genügend getan. Mehr brauchen wir wirklich nicht!«

Ich war überrascht, daß es ihr trotz aller Anstrengung nicht gelang, ihre Erregung zu verbergen. Vorher war sie so unerschütterlich gewesen.

»Diese Geschichten über den Fluch darf man doch nicht glauben, Mrs. Laud«, sagte ich. »Sie sind völlig grundlos. Bloße Gerüchte und Hirngespinste.«

Sie legte mir die Hand auf den Arm. »Ich habe aber Angst vor dem Stein, Mrs. Madden. Hoffentlich wird er nie gefunden.«

Der Opal erregte sie sichtlich über alle Maßen – genau wie mich der Gedanke an unsere Entdeckung am Abend zuvor. Also verließ ich sie und ging auf mein Zimmer.

Unser großes Gepäck war inzwischen eingetroffen, und ich machte mich ans Auspacken.

Der Harlekinstein

Joss sah ich erst beim Abendessen wieder; am Nachmittag kam dafür Lilias in mein Zimmer und fragte, ob sie mir beim Einräumen helfen solle. Ich dankte ihr und erklärte, das könnte ich gut allein schaffen. Lilias setzte sich aber dennoch hin, sah mir zu und bewunderte meine Kleider. Sie seien so elegant, meinte sie. Isa Bannock würde bestimmt eifersüchtig werden. »Sie hält sich für eine Femme fatale«, fügte sie hinzu.

»Ist sie denn eine?«

»Man behauptet es allgemein. Jedenfalls gibt es in Fancy Town keine Frau, die sich mit ihr messen könnte.«

»Das muß ja eine interessante Dame sein.«

»Wie man's nimmt. Meine Mutter hat Ihnen schon das Haus gezeigt?«

»Ja, ich finde es faszinierend.«

»Ist es so wie das in England?«

»Nein, mit dem ist es eigentlich nicht zu vergleichen.«

»Bloß eine Nachahmung vermutlich.«

»Mr. Hennicker hatte wohl zuerst diese Absicht, und dann entdeckte er aber selbst, daß sie sich nicht verwirklichen ließ.«

»Mrs. Madden, Sie müssen uns unbedingt sagen, wenn Ihnen was nicht gefällt. Sie halten uns doch nicht für aufdringlich?«

»Aber nein.«

»Wissen Sie – als meine Mutter hierherkam, war Mr. Hennicker so gut zu uns; ich war noch keine zwei Jahre alt, für mich ist es immer mein Zuhause gewesen.«

»Das soll es auch weiter bleiben, bis Sie heiraten.«

Genau wie ihre Mutter senkte sie wieder den Blick.

»Wir waren ziemlich überrascht. Hatten ja keine Ahnung, daß Mr. Madden drüben... heiraten würde.«

»Ich weiß, es war ein Schock für Sie alle. Man hätte Sie benachrichtigen sollen.«

»Es steht uns wohl nicht an, Ihnen Vorschriften zu machen.«

»Trotzdem tut es mir leid, daß man es Ihnen nicht vorher mitgeteilt hat. Aber wir werden uns bestimmt gut miteinander verstehen.«

»Mein Bruder ist sehr tüchtig in der Company, besonders jetzt in Tom Pailings Ressort. Mr. Madden wird sich sicher freuen.«

»Wie gut, daß er Mr. Pailings Arbeit gleich übernehmen konnte.«

»O ja, ohne Jimson wären sie in Schwierigkeiten gekommen. Wir sind sehr stolz auf ihn. Ein merkwürdiger Name, nicht? Unser Vater hieß Jim, und darum nannte man ihn Jimson.«

»Klingt doch recht hübsch.«

»Wir hängen sehr aneinander. Jimson und ich vergessen nie, was wir unserer Mutter schulden. Aber ich langweile Sie, Mrs. Madden. Ich wollte Ihnen nur sagen, daß ich jederzeit zur Verfügung stehe. Haben Sie genug Platz für Ihre Sachen? Mr. Madden hat seine wohl alle noch drüben.« Wieder dieser Blick zu Boden. Verbarg sie ihren Triumph?

»Doch, es ist genug Platz«, antwortete ich kühl.

»Das Abendessen ist auf halb acht angesetzt«, informierte sie mich. »Da sind die Bannocks dann schon hier. Kommen Sie hinunter, wenn Sie umgezogen sind?«

Ich bejahte, und sie verließ das Zimmer.

Vielleicht war sie froh, daß Joss und ich das Zimmer nicht teilten; ihre Bemerkungen über Isa Bannock kamen mir auch ziemlich pointiert vor. Schon wieder fing ich an, mir Dinge einzubilden. Suchte nach Geheimnissen, nach versteckten Spannungen! In der letzten Zeit war einfach zuviel passiert, und die Entdeckung gestern abend hatte mich wirklich aufgewühlt. Ich fing an zu überlegen, was sich in diesem Haus eigentlich tat. Und immer mußte ich daran denken, daß uns gestern jemand vom Fenster aus beobachtet hatte. Wenn meine Annahme stimmte, dann konnte es sich nur um jemand aus dem Haus gehandelt haben.

Für das abendliche Zusammensein zog ich mich sehr sorgfältig an: Meine Wahl war auf ein festliches Kleid aus braunblauer Seide gefallen. »Dies wird dir für Feierlichkeiten dienen«, hörte ich dabei in der Erinnerung die Stimme meiner Großmutter.

Schließlich ging ich hinunter, die Bannocks zu begrüßen.

Als ich den Salon betrat, wurden gerade Aperitifs gereicht. Joss kam mir entgegen und nahm meinen Arm. »Komm, Jessica, ich muß dich Isa und Ezra vorstellen.«

Isa sah ich im ersten Moment gar nicht, denn Ezra, ein äußerst kräftig gebauter Mann, hatte gleich meine Hand ergriffen und zerquetschte sie mir fast mit der sanften Gewalt eines Schraubstocks.

»Na, so eine Überraschung!« rief er mit dröhnender Stimme. »Meinen herzlichen Glückwunsch, Joss. Eine richtige Schönheit hast du dir gewählt.«

Ich wußte nicht recht, was ich auf dieses gutgemeinte Kompliment erwidern sollte. Lächelnd sagte ich dann, daß ich schon viel von ihm gehört hätte.

»Hoffentlich nichts Schlechtes.«

»Ganz im Gegenteil.«

»Und das ist Isa«, sagte Joss.

Sie war sichtlich jünger als ihr Mann, und der Blick ihrer topasfarbenen Augen erinnerte mich an den einer Tigerin. Winzige Nase, eine ziemlich breite Oberlippe und sandblonder Schimmer im Haar, der mit den Augen übereinstimmte.

Sie erweckte in mir Dschungelassoziationen, denn auch ihre Bewegungen waren die einer Raubkatze. Es gab nur ein Wort, sie zu beschreiben: katzenhaft.

»Sie sind also Joss' Frau? Wir dachten schon, er würde nie heiraten. So ein hinterhältiger Kerl... Überrascht uns einfach damit. Hoffentlich gefällt es Ihnen hier. Schön, daß wieder eine Frau mehr da ist – Sie werden bald merken, wie wenige wir hier sind. Dafür schätzt man uns mehr als anderswo, stimmt's, David?« Sie lächelte David Croissant zu, der von ihrem Charme völlig gefangen zu sein schien.

»Das hängt wohl von der jeweiligen Frau ab.«

»Unsinn!« Sie lachte geschmeichelt. »Wenn etwas Mangelware ist, steigt der Preis automatisch, das sollten Sie als Geschäftsmann doch wissen.«

David grinste sie hingerissen an.

»Darf ich Ihnen einen Drink servieren lassen, Mrs. Madden?« meldete sich Mrs. Laud.

Als man mir das Glas brachte, flötete Isa gerade: »Und was haben Sie in Ihrem Wandersack, David? Ich kann's schon gar nicht mehr erwarten.«

»Nach dem Essen zeigt er uns bestimmt alles«, sagte Joss.

»Für schwarze Opale ist der Markt zur Zeit sehr gut«, berichtete Ezra. »Hoffentlich entsteht keine Schwemme.«

»Sie haben hier ein paar gute Funde gemacht?« fragte David.

»Das allerdings«, bestätigte Ezra.

Isa lächelte mir zu. »Brennen Sie nicht auch schon darauf, die Steine zu sehen?«

»Ja, doch. Einige konnte ich schon in Kapstadt bewundern. Wir trafen Mr. Croissant dort bei den van der Stels.«

Isas Blick wurde träumerisch. »Was für ein schönes Erlebnis! Flitterwochen auf See! Und jetzt in einem neuen Heim. Wie romantisch! David hat Ihnen also schon seine Opale gezeigt?«

»Ja. An einen erinnere ich mich noch genau. Den ›Harlekin‹-Opal. Etwas so Wundervolles habe ich noch nie gesehen.«

»›Harlekin‹? Ein schöner Name: den muß ich unbedingt sehen. Haben Sie ihn dabei, David?«

»Nach dem Essen«, versprach er.

»Und er ist wirklich einmalig?«

»Er wird einen Batzen Geld kosten«, warnte Croissant.

»Für David sind Opale nur Geschäft«, erklärte Isa. »Er sieht nicht die Schönheit der Steine, nur ihren Marktwert. Ich bin da ganz anders: Ich liebe Edelsteine, vor allem Opale. Ihr Feuer erregt mich. Na, ihr Experten hier – was war euer schönster Opal? Natürlich der ›Grüne Blitz‹ bei Sonnenuntergang.«

»Es ist angerichtet«, meldete Mrs. Laud im selben Augenblick.

Joss saß an dem einen Ende des Tisches, Isa zu seiner Rechten; ich befand mich am anderen Ende, mit Ezra an meiner Seite. Es war mir bald klar, daß die Männer sich alle auf Isa konzentrierten, und sie betrachtete es wohl auch als ihr natürliches Vorrecht. Ich fühlte mich etwas vernachlässigt; außerdem irritierte mich ihre Art, vor allem, da mir schien, daß sie das alles bewußt tat und genoß. Vielleicht sogar noch mehr als sonst, weil ich dabei war.

Dicke saftige Steaks wurden mit frischem Gemüse gereicht, danach gab es Passionsfruchtgelee; aber ich merkte kaum, was ich aß. Meine Aufmerksamkeit war genau wie die der Männer auf Isa gerichtet – insbesondere auf ihr Gebaren Joss gegenüber. Ich sah, wie sie einige Male ihre Hand auf die seine legte, und wie er sie anlächelte. Zudem konnte ich mich des Eindrucks nicht erwehren, daß Mrs. Laud und Lilias mich beobachteten, um meine Reaktionen festzustellen.

Ezra schien die Wirkung seiner Frau zu freuen; offensichtlich war er einer ihrer größten Bewunderer. Ich versuchte, mir einzureden, daß sie ein hohlköpfiges frivoles Wesen war. Aber ich wußte andererseits, daß mehr in ihr steckte. Sie war geheimnisvoll, schlau und verschlagen.

Und während sie Joss scheinbar Vorwürfe wegen seiner plötzlichen heimlichen Heirat machte, ärgerte sie sich im Grunde sehr darüber.

Dann kehrte sie zum Thema ›Grüner Blitz‹ zurück und berichtete auch von Desmond Derehams angeblichem Tod in Amerika und seinem Geständnis.

»Offenbar hat Ben den Opal die ganze Zeit über besessen. Aber wo befindet er sich dann?«

Nach kurzem Schweigen hob Joss den Blick, sah mich an und sagte: »Ehe Ben starb, hat er meiner Frau und mir verraten, wo der ›Grüne Blitz‹ versteckt ist. Er hat ihn uns gemeinsam vermacht.«

Isa schlug die Hände zusammen. »Ich möchte ihn sehen – jetzt gleich.«

»Das wird leider nicht möglich sein«, sagte Joss, »denn wir fanden ihn nicht in dem angegebenen Versteck.«

Mrs. Laud war ganz blaß geworden. »Wollen Sie damit sagen, daß er hier im Haus aufbewahrt worden ist?«

»Ja, ursprünglich schon. Offenbar hat ihn aber jemand gestohlen.«

»Also ist er nicht mehr hier?« sagte sie erleichtert. »Gott sei Dank.«

»Ach, diese dummen Geschichten«, mischte sich Ezra ein. »Die kursieren doch über jeden schönen Edelstein. Reiner Neid! Die Leute wollen einfach nicht, daß jemand etwas genießt, was sie selber nicht haben können, und da behaupten sie, daß ein Fluch darauf liegen würde, und so entstehen diese Legenden. Aber jetzt mal zur Sache: Was willst du unternehmen, Joss?«

»Ich werde ihn natürlich suchen. Aber ich weiß noch nicht, wo ich damit anfangen soll.«

»Wer hätte von dem Versteck wissen können? Ob Ben es irgend jemand gesagt hat?«

»Bestimmt nicht. Ich erfuhr es auch erst vor seinem Tod; da hat er es uns beiden verraten.«

»Wo war er denn?« wollte Isa wissen.

»In der Aushöhlung eines Bilderrahmens.«

»Wie aufregend und geheimnisvoll!« rief Isa. »Wer mag ihn nur gestohlen haben?«

»Ich beneide den Dieb nicht«, flüsterte Mrs. Laud.

»Ach, Mutter, nimm doch die Gerüchte nicht so ernst«, dämpfte Jimson.

»Darf ich hier eben noch mal was sagen«, meldete sich Joss wieder. »Ich habe es schon einmal zur Sprache gebracht und werde es wahrscheinlich noch mehrere Male tun müssen... Ich will nicht, daß dauernd über Steine geredet wird, die Unglück bringen, sonst hören die Leute womöglich noch auf, Opale zu kaufen.«

»Joss, wie willst du denn die Suche nach dem ›Grünen Blitz‹ arrangieren?« flüsterte Isa.

»Na ja – ein Plakat ›Der ehrenwerte Dieb wird gebeten, den wertvollen Opal aus dem Pfauen-Haus zurückzugeben‹, wird wohl kaum sinnvoll sein.«

»Natürlich nicht. Also, wie willst du es dann anfangen?«

»Das muß ich mir noch überlegen – aber finden werde ich ihn.«

»Und was Joss sich vornimmt, das führt er auch aus, nicht wahr, Mrs. Madden?« Ihre Tigeraugen blitzten spöttisch. »Das werden Sie wohl inzwischen ebenso wie wir erfahren haben.«

»Ja, er ist sehr willensstark.«

»Ich möchte auf keinen Fall, daß etwas von dieser Geschichte an die Öffentlichkeit dringt.« Joss blickte alle Anwesenden nacheinander drohend an.

»Daß Desmond Dereham ihn nicht gestohlen hat und der Opal die ganze Zeit bei Ben war, darüber reden ohnehin schon alle«, sagte Ezra.

»Ich weiß, aber das wird auch wieder abebben.« Er wandte sich an

Ezra, und mir fiel wieder auf, wie deutlich er es zum Ausdruck brachte, wenn er ein Thema beenden wollte. »Hast du dir in letzter Zeit gute Pferde zugelegt?«

»Ja, ein paar. Eines wird dich interessieren: eine richtige kleine Schönheit, eine graue Stute. ›Wattle‹ heißt sie. Ein so sensibles Pferd habe ich noch nie gehabt. Sie mag mich richtig.«

»Alle Pferde mögen Sie«, sagte Jimson. »Sie haben eine ganz besondere Art, mit ihnen umzugehen.«

»Pferde und Frauen«, sagte Isa mit hochmütigem Blick auf ihren Mann.

»Bei Pferden stimmt es jedenfalls«, antwortete Ezra. »Hast du schon ein gutes Pferd für deine Frau?« wandte er sich an Joss.

»Ich habe bereits überlegt; muß mich wohl mal ein bißchen umschauen.«

»Ich würde ihr gern meine Wattle überlassen. Die wäre genau das Passende für sie: kräftig, eigenwillig und doch gelehrig. Wenn ich ihr die richtigen Worte ins Ohr flüstere, ist sie *das* Pferd für die Dame.«

»Das kann ich doch gar nicht annehmen«, wehrte ich ab.

Ezra winkte ab. »Ist doch alles firmenintern. Sie gehören ja jetzt schließlich zu uns. Wattle wird Ihnen gefallen. Die reinste Augenweide und ein liebes Tier dazu. Wenn man sie richtig behandelt, ist sie lammfromm. Sie gehorcht mir aufs Wort.«

»Wirklich lieb von Ihnen«, sagte ich nochmals. »Vielen Dank.«

»Also, das wäre dann geregelt«, meinte Isa. »David, ich muß jetzt unbedingt Ihre Schätze sehen.«

»Vielleicht nach dem Kaffee?« warf Mrs. Laud ein.

Man konnte Isa deutlich anmerken, wie sie darauf brannte, daß wir den Kaffee hinter uns brachten. Danach ging es in den Salon.

Hier setzte sich David an den Tisch und öffnete seine Rollbehälter. Die Fensterflügel waren geöffnet worden, um den Abendsonnenschein hereinzulassen, und da es im Haus noch kein Gaslicht gab, entzündete man einige Kerzen, die den Raum mit ihrem warmen Licht erfüllten.

Wir gruppierten uns alle um den runden Tisch. Die drei Lauds blieben beieinander sitzen, und ich hatte das Gefühl, daß ihre Stellung in diesem Haus manchmal irgendwie peinlich für sie sein mußte. Sie gehörten zur Familie und doch wiederum nicht ganz, worauf sie gerade durch ihre Zurückhaltung aufmerksam zu machen schienen und deshalb die Peinlichkeit noch verstärkten.

In der Mitte des Tisches stand ein Kandelaber. Sein Licht ließ die Edelsteine in all ihren herrlichen Farben aufschimmern und -blitzen.

»Schöne Stücke haben Sie darunter«, lobte Ezra.

»Das meiste ist aus Südaustralien«, antwortete David. »Schwerer Abbau dort. Sie haben es hier viel leichter. Da drunten sind die Verhältnisse ganz anders. Alles knochentrocken, und die Schürfer haben viel zu ertragen. Es ist kaum Feuerholz aufzutreiben, und Wasser ist dort unten so kostbar wie Gold.«

»Er will nur die Preise höher treiben!« sagte Ezra augenzwinkernd.

Joss wandte sich zu mir. »David meint das geröllübersäte Flachland weiter unten.« Daß er mir auch einmal Aufmerksamkeit schenkte, erfüllte mich mit einer gewissen schmerzlichen Freude.

»Aber wo ist der ›Harlekin‹?« fragte Isa.

»Immer der Reihe nach«, bremste David. »Wenn Sie den zuerst sehen, wollen Sie die anderen bestimmt nicht mehr anschauen.«

»Wenn ich doch vor Ungeduld sterbe!«

Er rollte wieder einen Behälter auf, und die Männer untersuchten die Opale, besprachen ihre Größe, Farbe, den Schliff und andere technische Details.

»Bitte, David«, jammerte Isa. »Ich will jetzt den ›Harlekin‹ sehen.«

Lächelnd öffnete er die letzte Rolle – und da lag der Stein in all seinem Glanz: noch schöner, als er mir das letzte Mal erschienen war. Aber vielleicht auch nur, weil ich jetzt schon wieder etwas mehr darüber wußte und seine Qualität einschätzen konnte.

David nahm den Opal und ließ das Licht im richtigen Winkel darauf fallen; er streichelte ihn geradezu. Ob er dabei an seine Schönheit oder an seinen Wert dachte?

Isa griff ungeduldig danach und nahm ihn in ihre gewölbten Hände. »Ist der nicht schön!« rief sie. »Ein herrlicher Stein! Seht euch doch nur die Farben an. Wahrhaftig – der reinste ›Harlekin‹. Kein Wunder, daß Columbine ihn liebt. Und diese fantastischen hellen Farben!« Sie hob das rotglühende Gesicht. »Das ist wirklich eines der schönsten Stücke, die ich je gesehen habe.«

»Und wahrscheinlich auch ganz schön was wert«, sagte Ezra.

»Da haben Sie recht«, bestätigte David.

»Wenn ich den meiner Kollektion hinzufügen könnte«, seufzte Isa.

»Ich sehe schon, ich muß langsam darauf zu sparen anfangen«, kommentierte Ezra trocken.

Joss wandte sich wieder einmal zu mir. »Isa hat eine der schönsten Opalsammlungen. Nicht unbedingt, um sich damit zu behängen. Sie nimmt sie nur aus dem Kasten und genießt ihren Anblick.«

Isa lachte. Ihr jetzt so lebhaftes Katzengesicht trug einen Ausdruck, den ich nicht ganz deuten konnte. Triumph sah ich darin – und eine gewisse Gier.

»Das ist meine Wertanlage«, erklärte sie mir. »Sollte Ezra mich eines

Tages verstoßen, so muß ich vielleicht mein Vermögen zu Geld machen.«

»Meinen Sie denn, daß er so was je täte?« fragte ich wider Willen ganz kühl. Langsam ging mir ihre hochmütige Art auf die Nerven.

»Als ob ich das überhaupt könnte!« sagte Ezra verliebt. »Isa ist die reinste Elster«, fuhr er fort, als müsse ich jetzt nicht nur über die Opale und das Land alles erfahren, sondern auch über sein entzückendes Weib. »Wenn sie den schönsten Opal des Jahres glitzern sieht, muß sie ihn gleich für ihre Sammlung haben.«

»Ach, wie sehr ich mir wünschte, diesen herrlichen Stein zu besitzen«, bestätigte Isa. »Wenn er mir gehören würde, könnten diese Krämer hier das Prachtstück endlich nicht mehr nur so behandeln, als hätte es bloß einen gewissen Geldwert. Sie verstehen mich doch, Mrs. Madden?«

»Natürlich.«

»So ein Stein wird wahrscheinlich ohnehin in einer Privatsammlung landen«, sagte Joss.

»Womöglich in deiner?« zog ihn Isa auf.

Ein Blicktausch, den ich nicht verstand, und dann antwortete er ganz ruhig: »Das muß ich mir noch überlegen.«

Isa wandte sich jetzt wieder zu mir. »Es stimmt schon, ich habe mir im Laufe der Jahre eine nette Sammlung zugelegt. Ich würde sie Ihnen mit Vergnügen einmal zeigen.«

»Und ich würde sie sehr gern sehen.«

»Dann kommen Sie doch mal rüber. Sie wohnen ja nicht weit von uns.«

»Vielen Dank.«

Sehr widerwillig legte Isa den ›Harlekin‹ zurück auf sein Samtbett, und David rollte den Behälter zusammen.

Alles Anschließende war nur noch wie ein Antiklimax. Die Bannocks verließen uns bald darauf, und Joss begleitete sie noch hinaus.

Ich begab mich auf mein Zimmer und dachte lange nach. Sah Isa vor mir, wie sie sich vorbeugte und den ›Harlekin‹-Opal in ihren Händen hielt. Irgend etwas Bedeutsames war in dieser Szene. Wie wir da alle um den Tisch gesessen, uns auf den Stein konzentriert und ihn intensiv angestarrt hatten; die Art, in der die Männer die Opale geprüft und über sie gesprochen hatten. Als ob sie an eine gewisse übernatürliche Kraft glaubten, die von diesen Steinen ausstrahlte. Wie in einem griechischen Spiel war es. Irgendwie kam ich nicht los von der Vorstellung, daß nicht alles so war, wie es nach außen den Anschein hatte. Ich meinte, in der Atmosphäre meines neuen Zuhauses etwas Unheimliches zu verspüren.

Am meisten beschäftigte mich Isas Haltung Joss gegenüber und seine Reaktion darauf. Sicher, sie war von Natur aus kokett, aber in ihrem Verhalten meinem Mann gegenüber zeigte sich etwas Tiefergehendes. Alle Männer waren heute abend von ihr fasziniert worden... sogar Jimson hatte man es trotz seiner zurückhaltenden Art angemerkt.

›Eine Femme fatale‹; ich hörte noch einmal Lilias Worte. Zorn stieg in mir auf. Wie konnte Isa es wagen, in meiner Gegenwart so mit meinem Mann zu flirten!

Zum erstenmal dachte ich an Joss als an ›meinen Mann‹; aber ich schob den Gedanken beiseite. Frauen wie Isa irritierten mich eben, und ihre Beziehung zu Joss – wie immer sie auch geartet sein mochte – interessierte mich nicht im geringsten.

Gerade wollte ich mich schlafen legen, als ich ein Geräusch im Korridor hörte, das mich aufhorchen ließ. Ich ging zur Tür und lauschte. Langsame Schritte näherten sich und verhielten bei meiner Tür. Ich fing zu zittern an. Jemand stand horchend davor. Ganz vorsichtig tastete ich mit der Hand nach dem Schlüssel und drehte ihn rasch um. Das Geräusch hörte man wohl auch draußen.

Eine Weile blieb es noch still, dann vernahm ich, wie die leisen Schritte sich wieder entfernten. Dieser Vorfall ließ mich vor Aufregung lange kein Auge zutun.

Als ich am nächsten Morgen zum Frühstück hinunterkam, sah ich zu meiner Überraschung Ezra Bannock mit Joss am Frühstückstisch sitzen. Ezra lachte laut, als er meine Verdutztheit bemerkte.

»Das überrascht Sie, was?« sagte er. »Ich dachte mir, Sie und Wattle müßten sich so bald wie möglich kennenlernen. Ich habe der Stute alles erzählt, und sie ist einverstanden. Erst war sie enttäuscht, mich verlassen zu müssen, aber sie weiß, daß ich es will, und darum spielt sie mit. Sobald Sie sich gestärkt haben, wollen wir zu den Ställen gehen, und ich übergebe Sie Ihnen formell. Ich möchte gern dabeisein und sehen, wie Sie sich anfreunden.«

»Dann reiten wir nachher zusammen in die Stadt«, meinte Joss, »und ich zeige dir die Company.«

Wattle gefiel mir auf Anhieb und ich ihr offenbar auch. Es amüsierte mich, wie Ezra sie streichelte und mit ihr sprach.

»Schon gut, mein Mädchen, wir werden uns oft sehen. Ich besuche dich hier, und du kommst rüber. Paß gut auf die junge Dame auf. Für sie ist es vorläufig noch ein bißchen hart hier, aber du kümmerst dich schon um sie, nicht wahr?«

Wattle stupste ihn mit der Schnauze.

»So ist's recht. Weißt du, sie ist gerade erst herübergekommen zu uns, und wir wollen doch einen guten Eindruck auf sie machen. So ist's gut – braves Tier.« Er gab ihr ein Zuckerstück, und sie zerknabberte es genüßlich.

Als ich Wattle bestieg, verhielt sie sich lammfromm, aber ich spürte ihr Temperament. Ich lehnte mich vor und flüsterte ihr in die Ohren, um mich mit ihr anzufreunden, denn sie schien mich aufmerksam zu taxieren.

Beim anschließenden Ausritt – die beiden Männer zu meinen Seiten – fühlte ich mich ganz sicher und war diesem großen, so ungeschlacht wirkenden Mann dankbar. Warum mochte Isa ihn wohl geheiratet haben, und was hielt er von ihrem Benehmen?

Bald kam Fancy Town in Sicht: Wirklich kein schöner Anblick. Mitten im trockenen Land gelegen, wirkte diese aus dem Boden gestampfte Siedlung ausgesprochen trist. Vor den Zelten standen Klapptische und Bänke und ziemlich primitive Kochgeräte.

»Einiges wird dich hier überraschen«, sagte Joss. »Du darfst aber nicht vergessen, daß die Ortschaft praktisch über Nacht entstanden ist. Die Leute in den Zelten sind noch nicht lange genug hier, um sich schon in Blockhäusern zu etablieren. Manche haben Frauen und Kinder mitgebracht, was es teilweise leichter für sie macht. Die Frauen kümmern sich um das Kochen und den Haushalt, und die Kinder können auch in manchem zur Hand gehen.«

Einige Kinder hatten sich um uns geschart und starrten uns nach. Die Straße führte jetzt zwischen den schlichten Häusern entlang. Ich sah einen Laden, in dem alle Gegenstände des täglichen Bedarfs kunterbunt nebeneinander ausgestellt waren. Die entgegenkommenden Passanten grüßten Joss ehrerbietig und betrachteten mich neugierig. Einem Schmied, der gerade ein Pferd beschlug, rief Joss einen Gruß zu.

»Guten Morgen, Sir!«

»Das ist meine Frau, Joe. Die wirst du jetzt öfter zu sehen bekommen.«

Der Schmied trat vor und rieb sich die Hände an der Schürze. »Willkommen in Fancy Town, Madame!«

»Danke schön, Joe.«

»Und meinen herzlichen Glückwunsch, wenn ich so frei sein darf.«

»Aber natürlich – nochmals vielen Dank!«

»Schön, daß Mr. Madden endlich geheiratet hat.«

Joss lachte laut. »So, findest du?«

»Ein Herr soll seßhaft werden, wenn er sich die Hörner abgestoßen hat.«

»Ja, Joe nimmt kein Blatt vor den Mund, wie du hörst. Kann fantastisch mit Pferden umgehen. Er hält sie für wichtiger als Menschen, stimmt's?«

»Jedenfalls wären wir ohne sie ganz schön aufgeschmissen!«

»Das stimmt auch wieder. Kümmerst du dich um unsre Tiere?«

Wir stiegen ab und übergaben die Pferde dem Schmied. Ezra verließ uns, er wollte schon vorangehen. Joss schob seinen Arm unter meinen, und wir flanierten die sogenannte Hauptstraße entlang. Mehrmals blieb er stehen und stellte mich Entgegenkommenden vor. Es war heiß, die Fliegen wurden lästig. Joss grinste nur, als ich versuchte, sie zu verscheuchen.

»Es wird noch viel schlimmer«, sagte er geradezu sadistisch. »Bei den Sandfliegen mußt du aufpassen, sie verursachen einen Ausschlag, der nicht zum Angenehmsten gehört. Und frisches englisches Blut mögen sie am liebsten – vor allem die blaue Sorte. Normalerweise müssen sie ja mit geringerer Kost vorliebnehmen.«

»Du willst mir wohl das Leben hier verleiden?«

»Ich möchte nur, daß du alles unverfälscht siehst. Ich glaube, du hattest erst recht romantische Vorstellungen, dachtest wahrscheinlich, wir würden dauernd im schönsten Sonnenschein herumspazieren und ab und zu einen wertvollen Opal aufheben.«

»So ein Unsinn! Natürlich nicht. Ben hatte mir doch schon so viel erzählt; ich weiß, welche Gefahren diese Arbeit bringt. Sein Unfall ist ja wohl der beste Beweis dafür.«

»Schau nicht so zornig, sonst glauben die Leute, daß wir streiten.«

»Tun wir ja auch.«

»Ach wo, ist doch nur ein freundliches Gekabbel. Aber wir müssen einen guten Eindruck hinterlassen. Es würde nicht gerade vorteilhaft wirken, wenn die Jungverheirateten gleich zu streiten anfingen.«

»Vorteilhaft wofür?«

»Fürs Geschäft«, antwortete er, wie ich es erwartet hatte.

»Denkst du immer nur daran?«

»Manchmal auch an anderes.«

»Du solltest mich aber lieber meine Eindrücke selber sammeln lassen.«

»Na, dann sammle nur schön.«

Männer mit Palmbast-Hüten gegen die Sonne und andere mit Strohhüten, von deren Rändern beim Laufen Korken herunterbaumelten – auch eine Fliegenabwehr –, kamen und gingen über das Feld vor dem Ort. Ich betrachtete das ausgedörrte Land, all die Schächte und die daneben aufragenden Hügel: Aushub, der beim Schürfen angefallen war.

»Wir haben zweitausend Leute hier«, sagte Joss. »Also brauchen wir auch Händler, um sie zu versorgen. Die Küche der Trants hat sich offenbar schon sehr bewährt.«

»Die beiden würde ich gerne kennenlernen«, sagte ich.

»Ich bin ohnehin auf dem Weg zu ihnen, sie erwarten bestimmt meinen Besuch.«

Wir gingen weiter und kamen schließlich zu einem Holzgebäude, in dem James und Ethel Trant ihre Garküche eingerichtet hatten. James saß auf einem dreibeinigen Schemel vor der Tür und schälte Kartoffeln. Bei unserem Anblick erhob er sich. Joss und er schüttelten einander die Hände.

»Tut mir leid für euch, das mit dem Brand!« sagte Joss.

James Trant nickte. »Es geht uns aber gut hier. Macht sich fabelhaft, das Geschäft.«

»Und für Fancy Town ist es ebenfalls ein Gewinn, wie ich hörte.«

»Das hoffen wir. Wir hatten Glück, dieses Haus zu finden. Mr. Bannock hat es uns verschafft, und es läuft alles bestens.«

»Fein. Das ist meine Frau. Ich führe sie gerade ein bißchen herum.«

James Trant schüttelte mir die Hand und sagte: »Willkommen bei uns hier draußen.« Dann ging er seine Frau holen. Ethel kam in einer riesigen Schürze heraus, sie wischte sich die mehligen Hände an einem Tuch ab. Auch sie begrüßte mich herzlich; Joss schilderte den beiden unser Entsetzen, als wir die Ruine in der Savanne entdeckt hatten.

»Man darf nicht immer nur die schlechte Seite betrachten«, meinte Ethel. »Ein Holzhaus kann man im Busch nicht retten, und es war schrecklich trocken... das Gras roch geradezu schon nach Zunder. Als ich sah, daß das Feuer übergriff, wußte ich, daß nichts mehr zu retten war. Wir hatten ja Glück im Unglück. Nachdem Mr. Bannock uns hier diesen Eckplatz anbot, machten wir uns sofort daran, die Küche aufzubauen. Und das war genau das Richtige. Es geht uns gar nicht schlecht – was, James? Ich habe doch immer schon so gerne gekocht, mich gefreut, wenn's den Leuten geschmeckt hat. Wie Pferde konnten sie essen, die Viehzüchter und Schürfer. Kamen nach einem Tag im Sattel müde zu mir und sehnten sich nach einer herzhaften Mahlzeit wie zu Hause. Eintopf und Roastbeef gab's immer – da sagte keiner nein. Ein schönes Stücke Lende, rot und saftig... das war ihnen das allerliebste. Und meine gebackenen Kartoffeln, in der Schale, in den glühenden Kohlen, die waren berühmt zwischen hier und Sydney. Oder ein schönes Rindfleisch mit Zwiebeln, Klößen und Fladenbrot dazu... und natürlich immer Tee.«

James unterbrach sie. »Solange hier genug Opale gefunden werden, wird's uns auch gutgehen.«

»Und das kann durchaus noch einige Jahre der Fall sein«, sagte Ethel überzeugt.

»Aber bestimmt«, bestätigte Joss.

»Komisch«, erinnerte sich jetzt Ethel, »grad ein paar Tage vor dem Brand kam dieser Fremde vorbei.«

»Welcher Fremde?« erkundigte sich Joss ziemlich scharf.

»Der mit Desmond Dereham in Amerika war. Er hat erzählt, daß Desmond den ›Grünen Blitz‹ gar nicht gestohlen habe und er immer hier in Australien gewesen sein muß. Vielleicht hat uns das den Brand auf den Hals geschickt?«

»So ein Blödsinn!« Joss' Stimme hatte noch an Schärfe zugenommen.

»Sag ich doch auch immer«, warf James ein.

»Mir kam's jedenfalls komisch vor. Immer wenn der ›Blitz‹ irgendwo auftaucht, gibt's ein Unglück. Denken Sie doch nur an Mr. Hennicker: Wer hätte gedacht, daß ihm so ein Unheil zustoßen würde?«

»Vor Unfällen ist keiner gefeit«, gab Joss ärgerlich zurück.

»Aber wenn der Mann recht hat, dann war der ›Blitz‹ doch die ganze Zeit in Mr. Hennickers Besitz. Und dann passierte der Unfall, und jetzt ist er tot.«

»Wenn dieses Geschwätz nicht aufhört, werden Sie bald ohne Gasthaus dastehen. All der Unsinn über den Fluch muß ein Ende haben. Dafür werde ich sorgen«, sagte Joss zornig. James und Ethel blickten ganz belämmert drein.

Sie taten mir leid, und ich war zornig auf Joss.

»Das nimmt doch sicher niemand ernst«, versuchte ich ihn zu besänftigen.

»O doch!« fuhr mich Joss an. »Und es muß einfach aufhören.«

Ich lächelte James und Ethel entschuldigend zu, während Joss mich beim Arm packte. »Wir müssen weiter.«

»War es denn nötig, so grob zu werden?« fragte ich ihn, als wir uns außer Hörweite befanden.

»Jawohl, das mußte einmal sein.«

»Die Leute haben so viel mitgemacht, und du kannst dich nicht einmal anständig ihnen gegenüber benehmen.«

»Ich tue ihnen sogar indirekt einen Gefallen damit. Wenn das Gerede um sich greift, sinken die Preise für Opale, und ihre Garküche steht und fällt mit der Schürfarbeit hier. Wir müssen dagegen kämpfen.«

»Aha, Grausamkeit ist also hier Güte.«

»Genau! Hast du was dagegen?«

»Es ist eine Art von Selbstgefälligkeit, die ich absolut nicht mag.«

»Mir ist etwas aufgefallen.«

»Das wäre?«

»Daß du vieles an mir absolut nicht magst.«

Ich schwieg.

Er fuhr boshaft fort:

»Leider hast du die Brücken hinter dir abgebrochen – du hast die Bedingungen von Bens Testament akzeptiert. Denk doch mal nach... All das hier hast du akzeptiert, genauso wie mich. Du hast dir dein Bett bereitet und mußt jetzt drin liegen...« Wieder das spöttische Lachen. »Leider unter den gegebenen Umständen eine recht unglückliche Analogie.«

Ich erwiderte ärgerlich: »Als wir heute morgen losritten, nahm ich mir vor, mir alle Mühe zu geben. Aber du verdirbst es mir jedesmal.«

»War das nicht immer schon so? Hätte Ben dir einen höflichen jungen Herrn an meiner statt zum Partner ausgesucht, wäre vielleicht alles eitel Freude und Sonnenschein. Mir scheint, ich bin heute in Zitierlaune.«

»Wir sollten wenigstens versuchen, uns taktvoll zu benehmen – egal, welche Ressentiments wir fühlen, weil wir in eine Situation gedrängt wurden, die uns beiden unangenehm ist.«

»Eine gute alte englische Sitte.«

»Und keine schlechte.«

»Dann geh du mit gutem Beispiel voran. Tu so, als ob alles in Ordnung ist – das wird uns sehr helfen. Wer weiß: Vielleicht bist du nach ein paar Wochen ganz gern hier, zwischen Minen und Schürfern, und eines Tages wird Fancy Town eine richtige Stadt werden, mit Rathaus, Kirche und Kirchturm. Wir werden die alten Hütten einreißen und schöne Häuser bauen, und es wird keine Zelte mehr geben. Das wird dir dann besser gefallen.«

»Vielleicht.«

»Das sind unsere Geschäftsräume«, sagte er, als wir uns dem wohl stattlichsten Gebäude der Stadt näherten. »Da du ja jetzt Teilhaberin bist, wirst du wahrscheinlich wissen wollen, was sich hier abspielt. Das zu verachten, wäre wohl sinnlos. Du wirst nach und nach herausfinden, wie die Sache läuft. Heute mache ich dich nur einmal mit allen bekannt.«

»Hoffentlich haben *sie* keine Ressentiments gegen mich.«

»Ressentiments gegen meine Frau? Das würden sie nie wagen.«

Wir betraten das Gebäude. Es war angenehm, aus der heißen Sonne zu kommen und für eine Weile die Fliegen loszuwerden.

In mehreren Räumen arbeiteten Leute. Überall merkte ich sofort, welche Wirkung Joss' Erscheinen ausübte. Offenbar hegten alle große

Achtung vor ihm. Ezra hatte einige Abteilungsleiter in den Besprechungsraum gebeten, wo man sie mir vorstellte.

»Mrs. Madden ist nun auch Direktorin«, eröffnete Joss.

Es waren sechs Männer da, inklusive Ezra und Jimson, die ich ja schon kannte. Von den anderen gefiel mir vor allem Jeremy Dickson, ein blonder jüngerer Mensch mit frischem Gesicht, der erst vor kurzem von England gekommen war. Vielleicht hatten wir deswegen einiges gemeinsam.

Joss erklärte mir, daß der Opalabbau nur der Anfang des ganzen Arbeitsprozesses sei. Die Steine wurden von Fachleuten nach Kategorien sortiert, dann vom Gestein befreit und geschliffen. All dies war Facharbeit. Ein einziger Fehler konnte großen Schaden anrichten.

»Diese Herren sind sämtlich Spezialisten auf ihrem jeweiligen Gebiet«, fügte er hinzu.

Wir saßen um den Tisch, und er erläuterte ihnen die Bedingungen des Testaments, das Ben aufgesetzt hatte: daß Mr. Hennickers Anteile an der Firma gleichmäßig zwischen mir und ihm aufgeteilt worden waren und ich aufgrund dessen in Zukunft ein gewichtiges Wort mitzureden hätte.

Dann wandte er sich zu mir. »Du wirst sicher erfahren wollen, was hier alles vorgeht... sofern du dich aktiv in der Company beteiligen möchtest. Aber dazu brauchst du dich nicht gleich hier und heute entscheiden. Ebensogut kannst du auch mich damit beauftragen, deinen Teil der Interessen für dich wahrzunehmen.«

»Ich würde gern hier meinen Platz unter ihnen haben«, sagte ich. Man applaudierte.

»Dann müssen wir wohl schnell alles durchgehen, was während meiner Abwesenheit passiert ist. Für dich ist das gleich ein Stück Praxis.«

Während der folgenden Besprechung saß ich stumm dabei und hörte zu. Vieles verstand ich noch gar nicht, aber ich war fest entschlossen, Joss eines Tages zu beweisen, daß ich meinen Teil der Aufgaben bewältigen konnte. Meinen Platz in der Company würde ich mir erringen und ihn behaupten, diesen Männern – die sicher der Meinung waren, es würde mir bald lästig werden – zeigen, daß ich genausogut mit Problemen fertig werden konnte wie sie.

Nach etwa einer Stunde war ich noch nicht sehr viel klüger geworden, und Joss fragte mich, ob ich die einzelnen Abteilungen aufsuchen oder lieber heimkehren möchte. In diesem Fall würde er mir jemand zur Begleitung mitgeben.

Ich entschloß mich, die Abteilungen zu besuchen, und Jeremy Dickson wurde gebeten, mich herumzuführen. Nachher sollte er mit mir heimreiten, da Joss noch den ganzen Tag im Ort zu tun hatte.

Ich beobachtete mit Jeremy, wie in einem Raum Opale sortiert und im nächsten geschliffen wurden, sah bei der Arbeit zu, und Jeremy Dickson erklärte mir, wie man die Qualität unterschied. Ich lernte zwischen Gesteinsstücken unterscheiden, die vermutlich einen erst-, zweit- oder drittklassigen Opal enthielten, und solchen, die man ›Potsch‹ nannte. Das war Jeremys besondere Stärke.

Die Opalschneider faszinierten mich besonders, die wertloses Gestein abtrennten und mittels sausender Schleifräder, die mit äußerster Sorgfalt gehandhabt werden mußten, die herrlichen Farben hervorholten. Eine falsche Bewegung, erklärte man mir, und ein wertvoller Opal war verdorben.

Dann sah ich noch Opale in ihrer ganzen strahlenden Schönheit ohne jeglichen Ballast, den man bereits entfernt hatte. Die Männer waren außer sich vor Ärger, wenn sich ein Gesteinsstück, an dem sie gearbeitet hatten, als durch und durch mit Sand versetzt erwies, so daß der schöne Stein wertlos war, der ansonsten viel Geld eingebracht hätte.

Es war ein äußerst interessanter Tag für mich; aber in einem gab ich Joss recht: Es wäre ein Fehler gewesen, allzuviel auf einmal begreifen zu wollen. Nach der brütenden Hitze und dem bisher Erfahrenen war ich durchaus bereit, heimzureiten.

Die Unterhaltung mit Jeremy Dickson genoß ich sehr. Er erzählte mir auch über sein Zuhause in Northamptonshire. Sein Vater war Pfarrer – was ihn mir sofort sympathisch machte, wohl in Erinnerung an Miriam und ihren Ernest. Vor acht Jahren war er nach Australien gekommen, um hier als Goldsucher sein Glück zu machen, wie so viele vor ihm. Leider hatte er das erträumte Glück nicht gefunden und mußte viele Enttäuschungen über sich ergehen lassen. Dann entdeckte er Opale, und die Steine faszinierten ihn. Er traf Ben Hennicker in Sydney, der spontan Gefallen an ihm fand und ihm einen Posten in der Company anbot. Jeremy Dickson arbeitete hart und entwickelte bald ganz spezielle Talente, die Ben sehr beeindruckten. Vor drei Jahren hatte man ihm ein Ressort anvertraut.

»Und das Leben hier gefällt Ihnen?« wollte ich wissen.

»Ich liebe Opale«, antwortete er. »Sie üben eine ungeheure Faszination auf mich aus. Ich kann gar nicht sagen, was ich fühle, wenn ich die Farben herauskommen sehe. Ich könnte wohl keine andere Arbeit finden, die mir mehr Vergnügen brächte.«

»Fehlt Ihnen Ihre Heimat nicht?«

»Davon träumt man doch immer. Natürlich geht uns hier vieles ab, vor allem nach Feierabend. Aber Ben wußte auch um dieses Problem, und er hat eine Menge getan, um uns bei Laune zu halten. Wir wurden oft in sein Haus eingeladen, meist zum Abendessen oder zu Geschäftsbesprechungen. Manchmal kamen aber auch alle zusammen, und es gab eine richtige Party. Wir haben ihn sehr vermißt, als er nach England ging. Ihr Mann hat jedoch die Tradition aufrechterhalten, und als er dann hinüberfuhr, übernahmen die Lauds die Rolle der Gastgeber.«

Wir waren am Ziel angekommen, und ich bat ihn ins Haus. »Auf eine halbe Stunde gern, dann muß ich zu meiner Arbeit zurück. Ich möchte nicht wegreiten, ohne Mrs. Laud begrüßt zu haben.«

Ich ging mit ihm in den Salon und schickte ein Dienstmädchen, um Lilias und ihrer Mutter auszurichten, daß wir einen Besucher hatten.

Lilias kam, und ich war überrascht, wie verändert sie wirkte. Sie lächelte und trat mit ausgestreckten Händen auf Jeremy Dickson zu, der beide ergriff. »Ich habe Mrs. Madden heimbegleitet«, erklärte er.

»Ihnen ist sicher heiß, und Sie sind müde«, sagte Lilias. »Möchten Sie gern eine Erfrischung?«

»O ja, das wäre nett.«

Lilias zog an der Klingelschnur und bat das Mädchen, Limonade zu bringen.

Sie habe sie nach eigenem Rezept zubereitet, erklärte sie uns, und in Eisblöcke gestellt, damit sie angenehm kühl blieb.

Wir tranken und redeten, und es wurde richtig gemütlich. Jeremy Dickson war so englisch, daß ich mich in seiner Gegenwart völlig wohl fühlte, und auch Lilias schien wie verwandelt. Ob sie den jungen Mann gern hatte? Seine Wirkung auf das Mädchen war unverkennbar.

Wir sprachen von Fancy Town und allem, was ich an diesem Vormittag gesehen hatte, und Jeremy berichtete von einem Opal, der gerade hereingekommen war und – falls er sich als fehlerlos erwies – ein Musterexemplar an Güte und Reinheit sein konnte. Es sei faszinierend, erklärte er, zuzusehen, wie Schicht um Schicht des tauben Gesteins abgehoben wurde und sich das edle Stück langsam herauskristallisierte.

Dann kam auch Mrs. Laud. Sie sah von der Tür aus mit rätselhaftem Gesichtsausdruck auf unsere Runde, heftete den Blick aber nicht auf mich, sondern auf Lilias.

»Mr. Dickson beehrt uns also auch wieder einmal«, sagte sie.

»Ja, Mutter, er hat Mrs. Madden zurückbegleitet. Meine Limonade hat dankbaren Anklang gefunden.«

»Wie schön«, murmelte Mrs. Laud jetzt, die Augen zu Boden

geschlagen, als wolle sie niemanden von uns wahrnehmen. Sie wirkte nervös.

»Ja, die reinste Wohltat«, bestätigte ich, nur um irgend etwas zu sagen. Wieder hatte ich den Eindruck, in ein Drama eingestiegen zu sein, dessen Handlung mir ein Rätsel war. Und ich spürte, daß ich in dieser Szene keinesfalls eine Hauptrolle spielte.

An den nächsten Tagen ritt ich vormittags immer mit Joss in den Ort. Nach der Ankunft fand die obligatorische Besprechung des Geschäftsablaufes statt. Joss führte den Vorsitz. War von den Schürfern am Tag zuvor etwas Interessantes abgeliefert worden, so wurden die Stücke gemeinsam betrachtet. Joss überreichte mir die Funde jeweils mit einem hochmütigen Lächeln, wie mir schien, und ich beschloß daher erneut, mir so schnell wie möglich das nötige Wissen anzueignen, nur um ihn ins Unrecht zu setzen. Aber das war nicht der einzige Grund. Die Sache faszinierte mich jeden Tag mehr.

Ich bemühte mich, all die Beschäftigten bald besser kennenzulernen, die paar Angestellten und die vielen Arbeiter in den verschiedenen Tätigkeitsbereichen. Ich unterhielt mich mit den Schürfern, die hereinkamen, und merkte, daß sie meine Anwesenheit zuerst als Witz auffaßten. Als sie dann feststellten, daß ich gar nicht so unwissend war, wie sie angenommen hatten, schienen sie ein wenig Respekt zu bekommen. Mir bedeutete das alles einen unerhörten Ansporn – nicht nur, Joss' Meinung zu widerlegen, sondern auch diesen Leuten zu beweisen, daß eine Frau nicht nur für den Haushalt und die Kinder zuständig war, wie die meisten von ihnen wohl meinten.

Das Sortieren und Reinigen und die Schleifarbeiten interessierten mich besonders. Da dies alles Jeremy Dicksons Ressort betraf, sah ich ihn öfter als die anderen Abteilungsleiter der Company. Er war in seiner Haltung Opalen gegenüber überhaupt nicht praktisch, sondern der reine Romantiker.

An meinem vierten Vormittag im Geschäft kochte er in dem winzigen Büroraum Wasser auf seinem Spirituskocher und machte uns Tee. Während wir ihn tranken, erzählte er von Opalen, über die er die wunderbarsten Geschichten wußte.

»Die alten Türken waren der Meinung, daß ein großer Feuerstein mit einem Blitz einmal aus dem Paradies geworfen wurde. Er zersplitterte und fiel in lauter kleinen Stückchen auf bestimmte Gebiete der Welt. Das sind heute die Opalfelder.« Seine Augen glühten. »Wissen Sie, daß Opal früher ›Feuerstein‹ hieß? Das ist doch eine treffende Bezeichnung. Dieses Glühen! Erregt es Sie nicht auch ganz unerklärlich? Müssen Sie nicht auch immer wieder hinschauen und haben das Gefühl, sich darin verlieren zu können?

»Ich fange an, dergleichen zu spüren.«

»Das wird immer stärker werden. Ich habe mir oft schon gedacht, daß diesen Steinen eine eigenartige Kraft innewohnen muß, wenn man sieht, wie sie Menschen in ihren Bann ziehen. Offenbar ist man allgemein der Anschauung, daß sie einen geheimnisvollen Einfluß ausüben können.«

Die Tür wurde geöffnet, Joss spähte herein.

»Störe ich beim Teeklatsch?«

»Es ist ein Arbeitsklatsch«, antwortete ich. »Mr. Dickson bringt mir eine Menge bei.«

»Hoffentlich ist meine Frau eine gelehrige Schülerin.« Er betonte die Worte ›meine Frau‹, als müsse er Jeremy Dickson ausdrücklich darauf hinweisen, wer ich war. Völlig unnötig, dachte ich, und als er die Tür schloß, war ich ärgerlich, daß er unser Tête-à-tête gestört hatte. Ich merkte, daß Jeremy Dickson das Gefühl hatte, er müsse zu seiner Arbeit zurück.

Am nächsten Tag sagte Joss beim Frühstück: »Es wird Zeit, daß ich dir einmal die Umgebung zeige. Wir könnten heute vormittag ausreiten, dann bekommst du eine bessere Vorstellung von der Landschaft hier. Solange dir diese fehlt, solltest du nämlich lieber nicht allein durch die Gegend streifen.«

»Fürs erste würde ich sicherlich jemanden zum Mitreiten finden.«

»Das biete ich dir ja heute an. Sicherlich findest du auch andere. Der junge Dickson zum Beispiel würde sich bestimmt mit Vergnügen dazu bereit erklären.«

»Er kennt sich mit Opalen ausgezeichnet aus.«

»Wenn das nicht der Fall wäre, hätte er auch kaum diesen Posten«, antwortete Joss abweisend.

Wir dirigierten unsere Pferde diesmal nicht zur Stadt, sondern in die andere Richtung.

»Willst du gar nichts wegen des gestohlenen Opals unternehmen?« fragte ich.

»Hast du einen Vorschlag?«

»Wenn etwas so Wertvolles gestohlen wurde, sollte man sich doch bemühen, es zurückzubekommen.«

»Es ist auch ein etwas außergewöhnlicher Diebstahl. Vor allem weiß niemand, wann er stattgefunden hat.«

»Wohl einige Zeit, nachdem Ben nach England abgefahren ist. Warum er den Stein nicht lieber mitgenommen hat?«

»Mit einem so wertvollen Stück zu reisen, wäre riskant. Er hielt es wohl für sicherer aufgehoben in seinem Versteck.«

»Das irgend jemand entdeckt hat. Wir sollten uns doch wirklich bemühen...«

»Das tue ich schon«, sagte er nur.

»Schließlich ist es ja zur Hälfte auch meiner.«

»Darauf brauchst du mich nicht extra hinzuweisen.«

Mir fiel plötzlich ein, daß Joss ja noch im Haus gelebt hatte, nachdem Ben heimgefahren war. Wenn nun *er* den Stein gefunden hatte!

Aber er würde doch niemals Ben bestohlen haben! Andererseits hatte dieser Stein eine merkwürdige Wirkung auf Menschen. Mein eigener Vater war so verhext von ihm, daß er daran dachte, um seinetwillen meine Mutter zu verlassen. Wer weiß...? Das würde auch erklären, warum er keine Anstrengungen unternahm, ihn wiederzufinden.

»Überlaß das nur mir«, sagte er. »Irgendwas wird mir schon einfallen. Wir finden ihn bestimmt. Nur Geduld! Du neigst dazu, alles zu dramatisieren. Das Leben ist nun mal so, und man kann auch nicht alles sauber verpacken und beschriften. Mir erscheint im Moment am wichtigsten, das Gerede über den ›Grünen Blitz‹ zu stoppen, weil es die Vorstellung fördert, daß Opale Unglück bringen. Ich kann dir gar nicht schildern, wie schwer Ben und ich schon früher dagegen ankämpfen mußten. Wir wollen lieber die alte Legende aufleben lassen, daß die Steine Talismane gegen das Böse sind. Also Schluß jetzt mit der Debatte über den ›Grünen Blitz‹.«

»Klingt ja wie ein Befehl!«

»So könnte man es auch sehen; um unser aller willen, vergiß ihn also bitte.«

Er wandte sich von mir ab und ritt auf eine Reihe niederer Hügel zu. Der Boden war so trocken und sandig, daß unter den Hufen seines Pferdes Staubwolken aufstoben, in denen ich ihn für kurze Zeit aus dem Blick verlor, als er zwischen zwei Hügeln eintauchte. Am liebsten wäre ich zurückgekehrt. Aber so viel war mir bereits klar, daß alles Buschland einander ähnelte und es wenige Anhaltspunkte gab. Ich wußte, daß ich ohne ihn nicht mehr nach Hause finden würde.

Als ich zu der Stelle kam, wo ich ihn vorhin zuletzt gesehen hatte, wartete er bereits auf mich.

»Das hier heißt ›Grovers Schlucht‹«, sagte er mir. »Hier war einmal eine sehr ergiebige Mine. Jetzt ist sie ausgepowert, wie wir sagen, also nicht mehr in Betrieb. War aber mal eine der ertragreichsten in ganz Neusüdwales. Sie ist voller unterirdischer Kammern, und man behauptet, daß es hier spuken würde.«

»Ich hielt dich für viel zu nüchtern, solche Dinge zu glauben.«

»Das kann man aber nicht von allen Leuten in der Gegend behaupten«, antwortete er grinsend. »Einige sind sogar sehr abergläubisch. Leute, deren Arbeit Gefahren bringt, neigen meistens dazu. Fischer, Bergleute... die abergläubischsten Leute der Welt: Sie versuchen ihr Schicksal zu oft. Es heißt, daß ein gewisser Grover hier sein Glück gemacht hat und dann nach Sydney zurückging. Er fand eine Frau, heiratete, und sie verspielten gemeinsam sein Vermögen. Dann erst entdeckte er, daß sie nur an seinem Geld interessiert war, denn sie verließ ihn, und das war bitter. Er wurde Buschräuber, und angeblich versteckte er sich öfter in seiner alte Mine, die ihn einst reich gemacht hatte. Er war immer maskiert und hieß ›Der maskierte Räuber von Grovers Schlucht‹. Natürlich wußte damals niemand, daß es sich um Grover selbst handelte. Erst als ihn der Fahrer eines Buggys erschoß, den er aufgehalten hatte, nahm man ihm seine Maske ab und entdeckte seine wahre Identität. Seither soll er hier herumgeistern, und manche meiden bei Nacht diesen Platz wie die Pest. Einige schwören sogar, einen Maskierten gesehen zu haben: Vermutlich waren es nur die Büsche und ihre Einbildungskraft. Das ist also die Legende von Grovers Schlucht, und am besten reitest du hier nicht nach Sonnenuntergang durch, sonst siehst du am Ende den maskierten Geist oder hörst Grover den Verlust seiner Frau und seines Vermögens bejammern.«

»Sehr verlassen und traurig wirkt dieser Ort jedenfalls.«

Wir liefen neben den Pferden bis zum Schachteingang. Eine alte Eisenleiter stand noch an ihrer ursprünglichen Stelle. Obwohl ich Joss' Blick auf mir fühlte, konnte ich mich eines Erschauerns nicht erwehren. Er kam näher heran.

»Du wirst selbst bemerken, wie unheimlich die Atmosphäre hier ist. Man meint förmlich, die Gegenwart des Toten zu spüren«, sagte er spöttisch.

»Wenn du es mir nicht erzählt hättest, würde ich nur gedacht haben, daß das eben eine der – wie nanntest du das? – ausgepowerten Minen ist.«

»Fein, du machst Fortschritte. Laß uns weiterreiten. Von der Schlucht haben wir wohl jetzt genug.«

Er stieg auf, ich tat es ihm nach, und wir brachen auf. Er war etwas schneller als ich, hielt aber dann wieder an und wartete auf mich. Seine Hand wies zum Horizont.

»Kannst du das Gebäude da drüben sehen?«

»Ja, gerade eben. Ist das ein Haus?«

»Stimmt, eine Farm.«

»Und wem gehört sie?«

»Das wirst du schon sehen«, rief er mir über die Schulter zu und ritt weiter. Kurze Zeit später lag bereits ein hübsches weißes Haus strahlend im Sonnenschein vor uns.

»Das ist die Bannock-Farm«, erklärte Joss, und mir wurde ganz blümerant: Isa Bannock hatte ich nun wirklich nicht besuchen wollen.

Als wir uns näherten, fingen die Hunde zu bellen an, und Ezra Bannock trat heraus. Er begrüßte uns herzlich: »Hallo, wer kommt denn da?« Dann öffnete er das Tor und führte die Pferde auf eine kleine Weide. Wattle wieherte vor Freude, als er sie streichelte und sich nach ihrem Befinden erkundigte.

»Kommt rein, ihr beiden«, sagte er. »Isa wird sich freuen. Aber erst muß ich euch das neue Füllen zeigen. Deswegen bist du doch sicher gekommen, Joss?« Er sah mich fragend an, als amüsiere ihn die Sache. Offensichtlich schien er genau zu wissen, daß ich wegen meiner Abneigung gegen Isa bestimmt nicht den Ausschlag dazu gegeben hatte. Wir gingen in die Ställe, die genauso groß waren wie die drüben bei uns.

Nachdem wir das Füllen gebührend bewundert hatten, führte Ezra uns ins Haus. Auf einer reichverzierten Eichentruhe stand eine Vase mit kunstvoll arrangierten Blumen. Die Halle war gefliest, was sie angenehm kühl machte.

»Isa!« rief Ezra. »Besuch!«

Und dann sah ich sie schon. Sie trug eine Art Morgenrock aus weichem voileartigen Material mit gerüschtem Volant und weiten Ärmeln. Mädchenhaft frisch sah sie aus und strahlend schön, das mußte sogar ich zugeben. Das hellbraune Gewand unterstrich die gleichfarbigen Lichter in Haaren und Augen.

»Welche Überraschung!« sagte sie. »Mrs. Madden und Gemahl.«

Joss nahm ihre Hand und küßte sie. Ich war schockiert und gleichzeitig überrascht darüber; es schien mir überhaupt nicht zu ihm zu passen. Offenbar konnte er sich Isa gegenüber ganz anders benehmen, als es sonst der Fall war.

»Liebster Joss«, säuselte sie, »wie schön, daß Sie uns in unsrem bescheidenen Heim besuchen.«

»Hoffentlich kommen wir nicht zu unpassender Zeit«, warf ich ein, um ihre Aufmerksamkeit darauf zu lenken, daß ich auch noch da war.

»Liebste Mrs. Madden... aber sollten wir einander nicht beim Vornamen nennen? Schließlich werden wir uns häufig sehen. Und Joss war immer schon Joss für mich – also müßte ich seine Frau wohl auch beim Vornamen nennen. Einverstanden – Jessica? Paßt übrigens gut zu Ihnen.« Die Art, wie sie meinen Namen aussprach, ließ als Trägerin eine recht steife, ernst dreinblickende Frau vermuten, die das Leben unnötig ernst nahm. Sie lachte. »Jessica, zur unrechten Zeit kann man bei uns nie kommen. Wir haben so wenige Besuche, daß jeder einzelne stets willkommen ist.«

»Aber wir haben uns doch erst kürzlich gesehen.«

»Schon wieder zu lange her«, sagte sie. »Ihr bleibt doch zum Mittagessen? Ezra arbeitet heute vormittag zu Hause, das trifft sich also gut. Da könnt ihr nach Herzenslust über das Geschäft reden – aber an meinem Tisch anstatt in den öden Räumen der Company.«

»Das klingt verlockend«, sagte Joss herzlich. »Ich hatte sogar auf die Einladung gehofft. Dann brauchen wir erst nachmittags zurückreiten, wenn es schon kühler ist.«

Ich ärgerte mich, daß sein Tonfall so deutlich anders klang, wenn er mit ihr sprach.

»Aber erst gibt es ein paar kühle Drinks in meinem Salon«, zwitscherte Isa. »Ezra, bitte sag Emily Bescheid.«

Der Salon war wirklich *ihr* Salon. Ich überlegte, wieviel Ezra in diesem Haushalt überhaupt zu sagen haben mochte. Vorher war sie mir wie eine Luxuskatze erschienen, jetzt sah ich sie als Spinne, die ihr Männchen verzehrt, natürlich erst, wenn es seinen Zweck erfüllt hatte. Es war ein sehr weiblicher Raum mit gerafften Musselinvorhängen und den unvermeidlichen Sonnenrollos. Töpfe mit grellbunten Pflanzen vermittelten eine Atmosphäre von Fröhlichkeit, und die buntüberzogenen Sessel erhöhten den Eindruck noch. In hohen Gläsern wurden inzwischen kühle Getränke hereingebracht.

»Man ist hier draußen sehr nachbarschaftlich«, erklärte mir Isa. »Wir freuen uns immer, euch zu sehen. Wir schätzen alle Besucher... am meisten natürlich unsere Freunde.« Dabei warf sie Joss einen koketten Blick zu, der ihr seinerseits in einer Art zulächelte, die mich langsam verrückt machte. Er könnte wenigstens aufhören, diese blödsinnige Bewunderung so deutlich in Gegenwart seiner Frau zu zeigen! Auch wenn unsere Beziehung nicht den normalen Regeln entsprach, konnte er doch zumindest die schicklichen Grenzen einhalten.

Sie unterhielten sich über Leute, von denen ich noch nie gehört hatte – offenbar absichtlich, um mich zu isolieren. Nach einer Weile erwähnten sie die alljährliche ›Schatzsuche‹ im Pfauen-Haus.

»Haben Sie noch gar nicht davon gehört? Ach, Joss, Sie Ignorant! Erzählt Jessica nichts über die ›Schatzsuche‹.«

Joss wandte sich zu mir. »Eine kleine Unterhaltung, die wir einmal im Jahr veranstalten. Sie ist in ein paar Wochen fällig, ich muß dir das Ganze dann genau erklären.«

»Ein Riesenspaß ist es immer«, sagte Isa. »Wir kommen alle hin. Wie viele sind es eigentlich, Joss... Fünfzig, sechzig oder siebzig...? Und dann kriegen wir unsere Tips, und die Suche kann losgehen. Es ist eines *der* Ereignisse des Jahres. Ben hat es sich ausgedacht, damit die Leute bei Laune bleiben. Er hat auch immer versucht, seine Arbeiter vor der Langeweile zu bewahren. Sein Lieblingszitat war: ›Schwierigkeiten entstehen durch Langeweile‹.«

»Die Sache klingt interessant«, sagte ich und blickte Joss kalt an. »Ich wüßte gern mehr darüber.«

»Ich hatte dir doch so viel anderes zu zeigen – da vergaß ich das völlig. Es ist im Grunde ein bißchen kindisch.«

»Aber es macht Spaß«, rief Isa.

»Und den Leuten scheint es zu gefallen«, ergänzte Ezra.

Isa wechselte das Thema so rasch, wie sie es angeschnitten hatte.

»Ich habe doch versprochen, Ihnen meine Sammlung zu zeigen, Jessica. Vielleicht tue ich es heute – was meinen Sie, Joss?«

Die beiden tauschten einen Blick, den ich nicht ganz begriff. Er sagte: »Aber unbedingt, Isa. Jessica interessiert sich schon sehr für Opale. Es gehört zu ihrer Ausbildung, die sie jetzt hier durchmacht.«

»Dann aber erst nach dem Essen«, meinte Isa. »Wir können nämlich schon anfangen.«

Wir gingen ins Eßzimmer und widmeten uns dem kalten Hühnchen und Salat und Obst. Isa erzählte mir, daß das überschüssige Obst eingeweckt wurde.

»Sie machen das ja sicher selber«, sagte sie. »Das können Sie bestimmt wunderbar. Leider ist der Haushalt nicht gerade meine Stärke – aber ich habe wahrscheinlich Talente anderer Art.«

Ezra lachte laut, und Joss lächelte, als hätte sie etwas überaus Witziges von sich gegeben.

Ich wurde immer gereizter und wollte weg von dieser Frau: Denn ein Talent besaß sie jedenfalls – nämlich mir das Gefühl zu vermitteln, unattraktiv zu sein. Es ärgerte mich um so mehr, als ich spürte, wie Joss zu ihr hielt.

Nach dem Essen setzten wir uns wieder in den schattigen Salon, um ihre Sammlung zu bewundern. Sie nahm die mir bereits vertrauten Rollbehältnisse aus einem Safe und wickelte sie auf dem runden Tisch aus. Es befanden sich ein paar herrliche Steine darunter, und sie verstand sichtlich viel davon: Die Opale waren von unterschiedlichster Art und durch die Bank makellos.

»Ich mag nur die allerbesten«, sagte sie zu mir.

»Und die haben Sie ja auch«, bestätigte Joss.

»Danke für das Kompliment. Von einem Kenner um so schmeichelhafter«, antwortete sie lächelnd. »Und hier...« Sie öffnete eine kleinere Rolle: Da lag auf schwarzem Samt, in all seinem Glanz, der ›Harlekin‹-Opal vor uns.

Ich starrte ihn an. Das konnte doch nicht wahr sein! Sicher ein ähnlicher Stein, den ich in meiner Unerfahrenheit noch nicht zu unterscheiden vermochte. Unmöglich, daß es der ›Harlekin‹ war. Wie hätte sie ihn so schnell bekommen können? Isa lächelte verschmitzt. »Sie erkennt ihn«, meinte sie.

Ich sah auf; der Blick meines Mannes lag auf mir. Ich stammelte: »Er sieht dem ›Harlekin‹ ähnlich.«

»Es *ist* der ›Harlekin‹.«

»Oh... er ist wahrhaftig ungemein schön.«

»Nehmen Sie ihn ruhig in die Hand«, forderte mich Isa auf. »Sie werden sehen, was das für ein Gefühl ist. Sie lieben ihn genauso wie ich – das sah ich schon vorhin an Ihrem Blick. Er ist wirklich von erlesener Schönheit. Wohl einer der schönsten, die ich besitze.«

»Wie glücklich Sie sich schätzen müssen, einen solchen Stein zu haben«, sagte ich.

»Dafür muß ich meinem guten Freund hier danken...« Sie lächelte Joss an, und ich fühlte einen solchen Zorn in mir emporsteigen, daß es mir fast die Luft abschnürte.

»Ihrem... guten Freund?«

»Ja, dem lieben Joss. Er wußte, wie gern ich ihn haben wollte, und hat ihn mir gegeben. Stimmt's, Ezra?«

»Ein sehr großzügiges Geschenk«, brummte Ezra wohlgefällig.

»Wirklich... interessant«, schnappte ich, legte den Stein auf sein schwarzes Samtbett zurück und hoffte nur, daß meine Finger nicht vor Zorn zitterten. Ich konnte kaum noch an mich halten: So schockiert und ärgerlich war ich noch nie zuvor.

Ezra sah ganz friedlich drein. Wie fühlte sich denn ein Mann, wenn seine Frau teure Präsente von einem anderen annahm? Genauso, wie eine Frau sich fühlte, wenn ihr Mann diese Geschenke einer anderen Frau machte?

Ganz kühl hörte ich mich sagen: »So haben Sie ihn also doch bekommen; ich wußte ja, wie sehr Ihnen daran gelegen war.«

»Ich kriege immer, was ich will – stimmt's, Ezra?«

»Es scheint so, meine Liebe.«

»Ihre Sammlung ist wirklich ausgesprochen interessant. Wann haben Sie damit begonnen?«

»Oh, das ist noch gar nicht so lange her. Erst nachdem ich herüberge-kommen war und Ezra geheiratet habe. Etwa fünfzehn Jahre.«

»Ach, vor so kurzem erst«, sagte ich betont spitz, als hätte ich eine längere Zeit vermutet; ein schwacher Schlag, verglichen mit dem, den sie mir gerade versetzt hatte. Joss amüsierte sich sichtlich über meinen bösen Ton. Ich haßte ihn in diesem Augenblick.

Die Sammlung wurde wieder weggeräumt, und ich dachte bei mir, daß der Zweck des Besuches ja nun erfüllt sei. Wir saßen noch eine Weile zusammen, und während ich dem Gespräch der anderen lauschte und es mir ab und zu gelang, auch etwas dazu beizutragen, sah ich Isas Tigerblick und die – wie mir schien – glühende Antwort in den Augen von Joss.

Welche Erleichterung, zu den Ställen zu gehen, wo Ezra sich liebevoll von Wattle verabschiedete. Dann machten wir uns auf den Nachhauseweg.

Ich steckte tief in Gedanken und versuchte, mich von Joss fernzuhalten. Er aber ritt neben mir und bestand darauf, daß wir unsere Pferde im Schritt hielten.

»Du bist so still«, sagte er.

»Du hättest mir vorher eröffnen sollen, wohin der Ritt ging.«

»Ich dachte, es würde eine nette Überraschung werden. Isa ist eine freundliche Gastgeberin, nicht?«

»Dir gegenüber besonders.«

»Sie kennt mich ja auch schon lange.«

»Und vermutlich auch sehr gut.«

»Ja, wir sind alte Freunde.«

»Und wie dankbar sie dir sein muß, wo du ihr so großartige Geschenke machst.«

»Ein schöner Stein, nicht wahr?«

»Allerdings.«

»Mir fällt da etwas auf: Irre ich mich, oder rümpfst du dein Stupsnäschen?«

»Was soll das?«

»Du bist so abweisend.«

»Ich fand die Sache reichlich merkwürdig.«

»Hättest du ihn gern gehabt? Ich weiß, er gefiel dir gut, und jetzt, wo du durch Jeremy Dickson einiges über Opale lernst, kannst du ja solche Schönheit wirklich einschätzen. Warum hast du mich nicht darum gebeten? Vielleicht hätte ich mich dazu überreden lassen, ihn dir zu verehren.«

»Im Gegensatz zu dieser Frau habe ich gar nicht das Bedürfnis, teure Geschenke von dir zu bekommen.«

»Trotzdem scheinst du recht ärgerlich zu sein, weil ich ihn ihr gab.«

»Und ihr... sogenannter Ehemann?«

»Dem ist das ziemlich egal, genauso wie meiner sogenannten Ehefrau – zumindest meinte ich das. Oder sollte ich mich geirrt haben?«

»Ich finde es ziemlich taktlos, dieses Geschenk.«

»Warum? Sie wollte den Stein, und sie versteht etwas davon. Warum soll man nicht Leuten die Dinge geben, die sie sich wünschen?«

»Mir kommt es reichlich ungewöhnlich vor, der Frau eines anderen Mannes ein Geschenk zu machen und dann noch von der eigenen Frau – die nichts davon wußte – zu erwarten, daß sie sich darüber freut.«

»Ich habe keineswegs erwartet, daß du dich darüber freust. Welche meiner Handlungen haben dich schon je gefreut?«

»Jedenfalls ist und bleibt das eine Geschmacklosigkeit.«

»Hier draußen kann man nicht immer nach der Schicklichkeit gehen.«

»Du bist ihr Geliebter.«

Er schwieg. »Stimmt's?« drängte ich.

»Ich dachte, wir wollten uns an die Konventionen halten? Und dazu gehört doch wohl auch, daß man sich nicht in die Geheimnisse anderer Leute mischt. Nur deswegen beantworte ich deine Frage nicht.«

»Womit du sie bereits beantwortet hast.«

»Und du mir deutlich gezeigt hast, daß du mit meinen Handlungen nicht einverstanden bist. Aber hast du überhaupt ein Recht darauf? Du willst mich ja nicht, du hast mich zurückgewiesen. Kannst du mich dann zur Rede stellen, wenn ich anderswo Freundschaft und Liebe suche?«

Ich wandte mich ihm zu. Sein Blick war gesenkt. Er wirkte resigniert. Verspottete er mich? Hatte er mich nicht immer schon verspottet?

Ich konnte es nicht mehr ertragen und spornte mein Tier zum Galopp an.

»Halt!« rief er. »Nicht so schnell. Im Busch verlierst du sofort die Richtung. Wir müssen zusammenbleiben.«

Also folgte ich ihm bis zum Pfauen-Haus. Hier ging ich sofort auf mein Zimmer. Ich fühlte mich elend und war zugleich entsetzlich zornig, wobei ich mich in meinen Zorn noch bewußt hineinsteigerte, weil ich nur damit das jämmerliche Gefühl übertönen konnte: Er liebt Isa Bannock. Natürlich, sie ist ja feminin und attraktiv. Hat alles, was ich nicht habe – seine Geliebte.

Ich lag auf meinem Bett und starrte zur Decke hinauf. »Ich hasse ihn«, sagte ich zu mir. »Er ist arrogant und überheblich, herzlos und grausam. Alles an ihm ist mir hassenswert... Pfau«, flüsterte ich dann weiter. »Du bist wirklich nur ein Pfau, der sich in seiner Eitelkeit sonnt.«

Aber das Glitzern des ›Harlekin‹-Opals hatte mir etwas klargemacht, was ich vorher nicht wahrhaben wollte, das heißt, ich versuchte dummerweise, es zu verdrängen. Warum war ich denn so zornig? Warum störte mich das alles so maßlos? Weil... ich *mußte* mich stellen –

denn ich wußte jetzt, daß es stimmte: Entweder ich liebte ihn, oder ich war dabei, mich in ihn zu verlieben. Auf dem besten Weg, mich in diesen verhängnisvollen Zustand zu begeben. Seine Neigung zu einer anderen Frau hatte mich gezwungen, das klar zu sehen, was mir langsam schon gedämmert war. Bisher hatte ich mich geweigert, die Anzeichen zu erkennen; wenn ich nach ihm Ausschau hielt, wenn ich eine Freude in seiner Gesellschaft empfand, die ich ansonsten nicht kannte. Warum war ich so dumm gewesen, den wahren Grund dieses Gefühls nicht zu begreifen?

Jetzt stand ich endlich der Wahrheit gegenüber. Ich liebte Joss Madden, meinen eigenen Ehemann – und es war mir jetzt egal, was ich noch alles entdecken mochte. Obwohl er der Mann war, an dem mir fast alles hätte mißfallen müssen, mußte ich mich ausgerechnet in ihn verlieben.

Du bist ja verrückt! beschimpfte ich mich zornig.

Ja, das war ich. Wenn man liebt, soll das wohl gelegentlich vorkommen.

Über eine Stunde lang lag ich schon auf meinem Bett und überdachte die merkwürdige Situation, in der ich mich plötzlich befand, als es an der Tür klopfte. Ich öffnete, und Mrs. Laud trat ein. »Ach, Sie ruhen sich aus?«

»Nein, ich habe mich nur noch nicht umgezogen. Es war heute so heiß draußen, und wir sind ziemlich weit geritten.«

»Mr. Madden sagte bereits, daß Sie bei den Bannocks gegessen haben.«

»Ja.«

»Ich wollte mit Ihnen über die ›Schatzsuche‹ reden.«

»Von der habe ich gerade heute erst gehört.«

»Ich dachte mir schon, daß Mr. Madden Sie darüber ins Bild setzen würde. Wir führen sie jedes Jahr durch.«

»Erzählen Sie mir doch bitte etwas darüber, Mrs. Laud.«

»Ja, da werden verschlüsselte Hinweise aufgeschrieben, und wir tun so, als wäre das Haus eine einsame Insel. Der Schatz sind zwei Opale von einigem Wert, die die Company stiftet. Das Hauspersonal denkt sich das Versteck aus, schreibt die Tips auf, und sie arrangieren auch alles. Es geht ganz einfach vor sich. Mr. Hennicker meinte, daß es gut sei, die Dienstboten auch daran zu beteiligen. Die Leute freuen sich schon lange zuvor darauf, das Ganze aushecken zu können – da haben sie etwas zu tun.«

»Klingt interessant.«

»Ich helfe natürlich auch mit, denn ich beteiligte mich normalerweise nicht an der Suche. Manchmal bestand Mr. Hennicker darauf, daß ich mitmachen müßte.« Sie lächelte. »Darum müssen Sie sich also nicht kümmern. Aber ich wollte die anderen Arrangements mit Ihnen besprechen. Wir richten immer ein großes kaltes Büfett, und da müssen Listen aufgestellt und die Gäste eingeladen werden. Am besten so früh wie möglich, damit die Leute sich den Tag freihalten können.«

»Das können Sie doch sicher alles ohne mich arrangieren, Mrs. Laud.«

»Aber ich finde, daß Sie wissen müssen, wie es bisher immer gehandhabt wurde, falls sie irgend etwas verändern wollen.«

»Das will ich bestimmt nicht. Ich bin doch noch viel zu neu hier. Am liebsten sehe ich mir mal alles an, wie es läuft, und bei der nächsten ›Schatzsuche‹ kann ich dann eher mitreden.«

»Die Zutaten für das kalte Büfett bestelle ich meistens in Sydney, und außerdem bereiten wir natürlich auch hier vieles selbst vor.«

»Machen Sie es nur, wie Sie es gewohnt sind.«

»Ich dachte mir, Sie wüßten doch sicher gern Bescheid, wie man dergleichen vorbereitet. Wo Sie doch aus so einer guten Familie stammen.«

Ich sah sie überrascht an, und sie senkte den Blick. »Mr. Hennicker hat mir ja viel erzählt, und Mr. Madden erwähnte, daß Sie eine Clevering sind. Ich weiß doch, daß Mr. Hennicker von Ihren Eltern Oakland Hall gekauft hat.«

»Das stimmt – aber ich habe nie dort gelebt. Meine Familie ist ziemlich verarmt. Deswegen mußten wir ja den Besitz verkaufen.«

»Ja, ich weiß. Aber als Mitglied einer solchen Familie kennen Sie sich doch mit solchen Dingen bestimmt aus.«

»Da bin ich gar nicht so sicher«, antwortete ich. »Ich lasse die ›Schatzsuche‹ lieber in Ihren bewährten Händen.«

»Ich bin sehr froh, daß Sie nichts gegen uns haben, Mrs. Madden.«

»Weshalb sollte ich denn etwas gegen Sie haben? Sie sind doch ungeheuer tüchtig.«

»Ich meine uns alle – als Familie –, daß wir hier leben und so viele Privilegien haben.«

»Das wäre doch auch bestimmt im Sinne von Mr. Hennicker.«

»Ja, er hat uns ja auch in seinem Testament bedacht, und er mochte Jimson und Lilias immer sehr. Als wir herkamen, waren sie noch kleine Kinder, Lilias praktisch ein Baby. Ich werde ihm ewig dankbar sein. Ich wußte damals weder aus noch ein. Jim – mein Mann – stand mir sehr nahe. Ich hatte nicht nach Australien fahren wollen, aber er wünschte es sich so sehr. Und dann starb er, und ich stand da... ohne Unterkunft und Geld, bis ich Mr. Hennicker traf.«

»Und das hat sich dann sehr bewährt?«

»Ja, all die Jahre. Als er starb, befürchtete ich schon, es würde Veränderungen geben, und als Mr. Madden gar mit einer Frau heimkam...«

»...waren Sie alle überrascht: ich weiß. Aber keine Sorge, ich bin froh, wenn Sie bleiben. Ich wüßte gar nicht, was ich ohne Sie tun sollte...«

Obwohl ihre Gefühle sie zu übermannen schienen, sagte sie dann ganz nüchtern: »Ich sollte Ihnen wohl den Einladungstext zeigen, ehe ich ihn in die Druckerei nach Sydney schicke. Es ist jedes Jahr der gleiche.«

»Machen Sie sich gar keine Mühe; alles soll so weitergehen wie bisher. Das ist bestimmt am besten.«

Sie sah mich immer noch unschlüssig an, und so fuhr ich fort: »Mir liegt wirklich mehr daran, alles übers Geschäft zu lernen, als im Haus perfekt zu sein.«

»Ich weiß schon: Sie sind eine ungewöhnliche junge Dame, und Sie werden auch das erreichen, was Sie wollen.«

»Das hoffe ich auch, Mrs. Laud.«

Und dann ging sie endlich und überließ mich wieder meinen Gedanken.

In dieser Nacht konnte ich nicht schlafen. Ich mußte immer wieder an den Augenblick denken, als Isa die kleine Rolle öffnete und der ›Harlekin-Opal‹ zum Vorschein kam. Er hatte gewußt, daß sie ihn mir zeigen wollte, hatte es ihr gestattet, mich offenbar sogar zu diesem Zweck mit hinübergelotst. Eine ungeheuerliche Herausforderung. Die Bedeutung war völlig klar: Du bist mir genauso gleichgültig wie ich dir.

Und doch hatte ich das Gefühl, daß er meine immer enger werdende Freundschaft mit Jeremy Dickson auch nicht gern sah. Wie konnte er etwas gegen diese unschuldige Verbindung haben, wo seine mit Isa wahrhaftig alles andere als das war? Und was hielt Ezra von dem Ganzen? Steckte er Joss gegenüber zurück, weil dieser in der Company das Sagen hatte? Was war er denn für ein Ehemann? Offensichtlich völlig vernarrt in seine Frau und bereit, ihr jeden Wunsch zu erfüllen. Wie gelang es ihr nur, einen derartigen Einfluß auszuüben? Sie war sich ihrer Macht voll bewußt. Eine richtige Sirene, die die Männer ins Verderben zog. Keiner konnte ihr widerstehen, obwohl alle wußten, daß es ihr Ende bedeutete.

Ich regte mich mehr auf, als ich es jemals für möglich gehalten hätte, aber jetzt wußte ich ja, warum. Entgegen allen Voraussetzungen hatte ich mich von ihm faszinieren lassen. Wollte, daß er – obwohl ich ihn nach wie vor haßte – mir nahe war, meine Hände nahm, mich auslachte und meinen Widerstand brach. Was war nur mit mir geschehen? Und wenn das mit Isa nicht passiert wäre...? Aber was nützte diese Überlegung? Isa *war* da. Sie existierte, und durch die Eifersucht hatte ich über meine wahren Gefühle Klarheit gewonnen.

Ich schlief kurze Zeit ein und träumte, daß wir alle wieder um den Tisch saßen und Isa uns den Opal zeigte.

›Schauen Sie‹, hörte ich sie sagen, und als ich hinsah, strahlte das Feuer über den ganzen Tisch, und ich konnte Bilder im Stein erkennen: mich selbst und Joss, und ich hörte Joss' Stimme: ›Was nützt du mir denn? Du bist nicht meine Frau. Ich will dich gar nicht. Ich will Isa. Du bist im Weg. Wenn du nicht hier wärst, würde der ›Grüne Blitz‹ mir gehören. Du bist im Weg... im Weg!‹ Ich fühlte seine Hände um meine Kehle und schreckte hoch.

Zitternd lag ich in der Dunkelheit. Nur ein Traum, versicherte ich mir selbst. Aber während ich dann darüber nachdachte, kam mir vor, als ob der Traum eine Warnung sein könnte. Das Pfauen-Haus war wirklich unheimlich. Mit Ben wäre es etwas anderes gewesen. Er hätte frischen Wind hereingebracht, alles Geheimnisvolle verscheucht – was immer es sein mochte. Wie ich mich doch nach Ben sehnte. Ihm hätte ich alles erzählen können. Die Lauds in ihrer Devotheit waren bloße Schatten von Menschen und schienen alle ein Doppelleben zu führen: ihr wirkliches, das mir verborgen blieb, und das Schattenleben, das ich zu sehen bekam.

Jimson und Lilias schienen ihre Mutter zu fürchten... nein, nicht wirklich zu fürchten... sie zu schützen, vielleicht. Aber das war ja nur natürlich...

Und dann hörte ich abermals Schritte draußen im Gang, wie schon in den Nächten zuvor. Jemand schlich dort herum. Ich stand auf, setzte mich auf den Bettrand und beobachtete die Tür. Sie war versperrt wie immer.

Kurze Stille, dann entfernten sich die Schritte wieder. Ich lag zitternd da und überlegte, was wohl passiert wäre, wenn ich nicht abgeschlossen hätte.

Die Schatzsuche

Mehrere Tage lang drehte sich alles im Haus nur noch um die Vorbereitungen für das Fest. Die Dienstboten tuschelten dauernd und waren mit den Gedanken sonstwo.

»Vor der ›Schatzsuche‹ ist es immer so«, meinte Lilias. Sie fragte mich, wie es mir in der Firma ginge, und ich erzählte ihr, daß ich stetig Fortschritte machen würde. Die Arbeitsvorgänge faszinierten mich ungemein, und wenn beim Schleifen die Farben herauskamen, konnte ich mich von dem Anblick gar nicht mehr losreißen.

»Sie sind wohl viel mit Jeremy Dickson zusammen?« erkundigte sie sich.

»Ja, er leitet das Ressort, das mich am meisten interessiert.«

Lilias sah irgendwie traurig drein, und wie bei ihrer Mutter konnte ich mich des Gefühls nicht erwehren, daß sie Angst hatte, sich zu verraten. Ob es damit zusammenhing, daß sie in der Familie lebten und doch nicht dazugehörten, sich wie arme Verwandte vorkamen? Aber hier versuchte doch niemand, sie je so zu behandeln. Joss benahm sich ihnen gegenüber genauso wie zu mir – vielleicht sogar etwas rücksichtsvoller, dachte ich traurig.

Ich versuchte, den Gedanken an ihn zu verdrängen, aber es gelang mir nicht. Sowie ich seine Stimme hörte, wurde ich aufgeregt, war ich begierig darauf zu hören, was er wohl sagen mochte. Wenn er ausritt, überlegte ich, ob er vielleicht Isa aufsuchte und was sie zusammen taten. Dachte an Ezra, und ob er irgendwie Angst vor Joss hatte. Alle kuschten vor Joss. Einmal hatte ich ihm gegenüber eine diesbezügliche Bemerkung fallenlassen, worauf er barsch zur Antwort gab: »Würde ich ihnen auch raten, schließlich hängen sie von mir ab.«

»Von mir vielleicht auch.«

»Ja, du wirst auch bald ein Wörtchen mitzureden haben.«

»Spotte nicht.«

»Spotten? Ich meine es todernst.«

Jedes Wort von ihm blieb mir so genau im Gedächtnis. Ezra war ein guter Geschäftsmann, aber er besaß nur einen unerheblichen Anteil an der Company. Wenn es Joss gefiel, konnte er ihn wegschicken. War das mit einer der Gründe, daß er selbst die Affäre zwischen ihm und seiner Frau nicht sehen wollte?

Das konnte ich nicht glauben, ich konnte mir einfach nicht vorstellen, daß Ezra sich derart erniedrigte. Aber woher wollte ich das wissen? Wir alle sind so vielschichtig in unserem Wesen. Und Joss war einfach übermächtig. Vielleicht benahmen sich deshalb die Leute ihm gegenüber anders. Wenn ich nur endlich nicht mehr dauernd an ihn denken müßte.

Daß er es nicht gern sah, wenn ich mit Jeremy Dickson zusammen war, hatte ich ja schon bald bemerkt. Er sagte aber nichts – obwohl ich mich danach sehnte –, ließ es nur deutlich spüren.

Manchmal ritt ich morgens mit Jimson Laud in die Stadt, wenn Joss schon vor mir gefrühstückt hatte. Ich tat, als freue mich diese Begleitung, obwohl mir Jimson – genau wie seine Mutter und Schwester – merkwürdig unbestimmt vorkam.

Manchmal erschrak ich direkt bei dem Gedanken, daß mir Ben einen so großen Anteil an der Company übertragen hatte, und ich spürte ihn neben mir, meinte, sein Drängen zu hören. Ich konnte seine Stimme oft hören, die ehrlichen Gespräche, die wir zusammen geführt hatten. Er hatte Opale geliebt und wollte, daß ich sie auch liebte, er hatte meine Mutter geliebt, und für ihn war ich wie seine eigene Tochter, was auch sein Verhalten mir gegenüber bestimmte. Er hatte Joss bewundert… den Sohn, der genauso war, wie er es sich gewünscht hatte: ein Abenteurer, hart und ohne Rücksicht, fast skrupellos. Ein Mann dieses Landes und dieser Zeit. Und Ben hatte uns zu dieser Ehe gezwungen. Warum nur? Er war doch ein lebenserfahrener alter Mann und hatte mich so geliebt. Wollte mich wohl nur aus dem Einflußbereich meiner Großmutter herausholen und kannte mich dabei so gut, daß er ahnte, wie rasch ich mich in Joss verlieben würde.

Hatte er von dem Verhältnis zwischen Joss und Isa gewußt? Allzusehr würde er sie wohl nicht gemocht haben. Vielleicht wollte er diese Verbindung zerstören, indem er Joss eine junge Frau zur Seite gab.

Ich wollte geliebt werden wie Isa und wußte jetzt, wie glücklich ich hätte sein können – wenn meine Ehe anders verlaufen wäre. Wenn wir einander langsam kennengelernt und Joss sich so in mich verliebt hätte, wie ich mich jetzt in ihn.

Es war der Abend der ›Schatzsuche‹. Unzählige Kerzen flackerten im Haus, denn die Party hatte erst bei Sonnenuntergang begonnen. Wie romantisch alles aussah! Oh, wie ich es genossen hätte, ein solches Haus mit einem Mann zu teilen, den ich liebte.

Während ich mich umzog, kam Lilias in mein Zimmer, um sich zu erkundigen, ob ich Hilfe brauchte. »Ist das aber ein schönes Kleid!« rief sie.

Es war in Pfauenblau, eine Farbnuance, die ich merkwürdigerweise seit jeher geliebt hatte. Als man meine Aussteuer zusammenstellte, hatte ich mir die Stoffe selber aussuchen dürfen, was ich damals als großes Entgegenkommen empfand. Wenn ich jedoch heute überlegte,

was ich meiner Familie alles gebracht hatte, verstand ich diese Freundlichkeit. Der Mode der Zeit hatte ich mich nicht allzusehr unterworfen,
da sie mir nicht sonderlich kleidsam erschien. Gerade für Australien
hatte sich die Entscheidung als nützlich erwiesen, denn Mode bedeutete hier wenig.

Meine Garderobe war im Stil einer früheren, charmanteren Zeit
gehalten, und dieses Kleid erinnerte etwas an eine Krinoline – mit
enganliegendem, um die Schultern abfallendem Leibchen, dessen
Strenge im Kontrast zu dem weitgebauschten Rock stand. Auch Lilias
sah sehr hübsch aus in ihrem blaßgrauen Seidenkleid mit rosa Moosröschen darauf, die sie selbst gestickt hatte.

»Soll ich Ihnen bei der Frisur helfen?« fragte sie. Ich hatte meine
dichten dunklen Haare hoch aufgetürmt – auch dies nicht der gegenwärtigen Mode entsprechend, sondern zum Stil des Kleides passend.

»Danke, ich mache sie mir immer selbst.«

»Man wird Sie bestimmt sehr bewundern. So schöne Kleider wie
Ihre habe ich noch nie gesehen – außer bei Isa Bannock.«

»Natürlich«, sagte ich.

»Sie läßt sich ihre Stoffe aus England kommen. Was sie wohl heute
abend anhaben wird? Wir müssen ja jeder einen Partner für die
›Schatzsuche‹ wählen, das ist Tradition. Mr. Hennicker sagte immer:
›Heute ist Damenwahl‹.«

Diese Aussicht erweckte fröhliche Hoffnung in mir. Ja, ich würde *ihn*
wählen; vielleicht konnte das der Anfang sein. Ich mußte ehrlicherwei-
se zugeben, daß unser unbefriedigendes Verhältnis größtenteils mir
zuzuschreiben war. Also mußte ich auch hier die Initiative ergreifen.
Ich erinnerte mich an die ersten Tage unserer Ehe. Nicht er, sondern
ich hatte auf getrennten Schlafzimmern bestanden. Trotzdem war ich
froh darüber, denn eine übereilte Aufnahme unseres Ehelebens wollte
ich nicht. Wollte diese neuen starken Gefühle erforschen und wollte
vor allem, daß er die gleichen empfand. Eine kompromißbereite
Ehefrau würde ich nie werden. Ich wollte die eine, einzige in seinem
Leben sein. Isa und sonstige Freundinnen würde er aufgeben müssen.

Lilias sagte: »Ich hatte vor, Mr. Dickson aufzufordern, außer...«

Ich sah sie überrascht an, und sie fuhr rasch fort: »...außer es wäre
schon in Ihrer Absicht gelegen.«

»Aber nein, keineswegs«, beruhigte ich sie und bemerkte deutlich
ihre Erleichterung.

Es klopfte, Joss kam herein. Er sah blendend aus. Auch er trug einen
Anzug in Pfauenblau, fast im gleichen Ton wie mein Kleid. Weiße
Rüschen bedeckten den Ausschnitt und die Ärmelkanten seines Samt-

jacketts. Er erschien noch größer als sonst, das Blau der Jacke unterstrich die Farbe seiner Augen.

Lilias stammelte eine Entschuldigung und huschte hinaus.

»Wie ein verängstigter Hase kommt sie mir vor«, sagte er.

»Du siehst beängstigend gut aus.«

Er betrachtete sich sichtlich zufrieden im Spiegel. Sein Blick traf meinen, und er lächelte.

»Ich weiß schon, was du denkst«, sagte er. »Der Pfau.«

»Es ist genau die richtige Farbe. Außer Ben hat dich übrigens nie jemand so genannt.«

»Den Namen habe ich schon als Kind bekommen. Da stolzierte ich immer mit den Pfauen über die Wiese, und außerdem war ich ähnlich eitel wie sie.«

»Eine reizende Wesensart, die du noch nicht verloren hast.« Warum mußte ich nur wieder in diesen Tonfall zurückfallen? Vermutlich aus Angst, meine wahren Gefühle zu verraten.

Er lächelte ironisch. »Du bewunderst also meinen Stolz, meine Arroganz und Eitelkeit. Schön, daß ich dich wenigstens damit glücklich machen kann.«

Es fiel mir schwer, seinem Blick zu begegnen. Die Zeit war noch nicht reif. Seine Befriedigung über meinen Gesinnungswandel wäre mir unerträglich gewesen. Und außerdem befürchtete ich, daß er sich schnurstracks zu Isa begeben und ihr erzählt hätte, daß ich endlich seinem Charme erlegen sei und in Zukunft eine gute, brave Ehefrau sein würde.

Er packte mich an den Schultern und drehte mich so, daß wir Seite an Seite in den Spiegel sahen. »Ein hübsches Paar, findest du nicht? Du bist doch mit deinem Aussehen auch nicht gerade unzufrieden, oder? Hast vielleicht auch ein bißchen vom Pfau in dir?«

»Ich hoffe aber, daß die anderen meine Meinung teilen«, gab ich zurück. »Der Unterschied zu dir ist eben, daß dich die Meinung der anderen gleichgültig läßt. *Das* ist Pfauenwesen.«

»Klug gefolgert. Langsam lernst du mich kennen.«

»So halb und halb.«

»Auch Halbheiten können sehr gefährlich sein, wie es heißt.«

»Ich würde der Gefahr schon ausweichen.«

»Bist du da so sicher?«

»Was für ein dubioses Gespräch.«

»Genauso dubios wie unsere Beziehung zueinander.«

»Vielleicht bleibt sie es nicht mehr lange«, sagte ich und überlegte, ob er wohl den anderen Tonfall in meiner Stimme bemerkt hatte.

»Statisch bleibt wohl nichts, soviel ich weiß.«

Da überkam mich der Impuls, ihm zu sagen, daß alles anders werden sollte, daß wir mehr Zeit miteinander verbringen sollten. Wollte, daß er mir alles über seine Verbindung mit Isa berichtete, und wie tief sie war. Wollte sagen: Gönnen wir uns doch eine Chance, etwas aus unserem Leben zu zweit zu machen. Nur ein kleines Zeichen von ihm, und ich hätte es gesagt.

Statt dessen platze ich hervor: »Heute abend dürfen ja die Damen den Partner für die ›Schatzsuche‹ aussuchen, da werde ich wohl dich wählen müssen.«

Das klang recht barsch, als stünde mir gar nicht der Sinn danach und als betrachte ich es nur als meine Pflicht, während ich in Wirklichkeit ausdrücken wollte: Ich möchte mit dir beisammen sein, möchte mit dir Hand in Hand durchs Haus wandern, nach dem Schatz suchen, der für uns beide symbolisch wäre... nach dem Glück, das uns zusammenführen könnte.

Einige Sekunden vergingen... Wir schwiegen beide – beobachteten einander. Ein wichtiger Augenblick. Ich hatte den ersten Schritt getan, es konnte der neue Anfang sein. Ein Strahlen trat in seine dunkelblauen Augen, als er kurz meine nackten Schultern betrachtete, fast streichelte mit seinem Blick, und mein Herz schlug schneller.

Dann aber sagte er: »Dazu besteht keine Notwendigkeit. Im Gegenteil, das wäre sogar falsch. Mal angenommen, wir würden den Schatz finden? Man würde es für ein abgekartetes Spiel halten.«

Ich war wie vor den Kopf geschlagen. Natürlich hatte er Isa bereits versprochen, ihr Partner zu sein.

»Ich glaube, wir müssen unsere Gäste begrüßen«, meinte er und wandte sich zur Tür.

Und dann standen wir nebeneinander in der Halle und empfingen sie der Reihe nach. Leute, die ich noch nie gesehen hatte, schüttelten mir überschwenglich die Hand, beglückwünschten mich zu unserer Ehe und hießen mich in ihrer Gemeinschaft willkommen. Es waren laute, freundliche Menschen, die sich auf einen unterhaltsamen Abend freuten – der Höhepunkt des Jahres, die größte aller ›Zirkusveranstaltungen‹ Ben Hennickers.

Als Preis waren wie stets zwei Opale ausgesucht worden, die man in der Region gefunden und nach dem Schleifen als einigermaßen wertvoll eingestuft hatte.

»Die Opale selbst sind gar nicht so wichtig«, meinte eine der Ehefrauen zu mir. »Wichtig ist nur das Gewinnen. Jeder wünscht sich die Ehre, bei der Suche als erster erfolgreich zu sein.«

Eine blonde junge Frau zog mich ins Gespräch. »Diese ›Schatzsuche‹

bringt Glück«, sagte sie mir. »Opale, die man dabei findet, bringen immer Glück, heißt es. Das ist ein Grund mehr, warum sich alle so bei der Suche anstrengen.«

Man machte sich mit Appetit über das Büfett her, und nach dem Essen begann die Suche.

»Damenwahl, bitte!« rief Joss.

Mir wurde ganz elend, als ich beobachtete, wie Isa ihren Arm unter den meines Mannes schob. Sie sah natürlich wieder wunderschön aus, in einem ihrer braungelben Kleider mit etwas Grün darin – jede Menge Seide, Bänder und Spitze. Im Haar trug sie ein Topasband, das wie eine Tiara wirkte und ihre eigenartige Augenfarbe unterstrich. Lauernd, wie eine Dschungelkatze, erschien sie wieder an diesem Abend.

»Ich habe Ihren Mann genommen«, rief sie mit boshaftem Unterton. »Es macht Ihnen doch nichts?«

»Ihm bestimmt nicht«, antwortete ich.

Joss beobachtete mich genau, seinen Blick konnte ich aber nicht deuten. Ezra stand dümmlich daneben.

»Er hat jedenfalls nichts dagegen gehabt«, stichelte Isa.

»Dann muß ich mich wohl an den Ihren halten.«

Ezra strahlte mich an. »Das finde ich aber riesig nett«, sagte er. »Unheimlich nett. Ich habe gerade schon überlegt, wer mich wohl nehmen wird, und da kommt unsere schöne Gastgeberin selbst daher.«

»Sie sind doch bestimmt ein versierter Schatzsucher?« meinte ich.

»Ich werde mich bemühen, daß wir zwei gewinnen.«

»Wir helfen zusammen«, sagte ich.

Ich hörte Isas Lachen und sah ihre weißen Hände mit den langen klauenartigen Fingern auf den blauen Jackenärmeln von Joss, dann wandte ich mich mit Ezra ab.

Mrs. Laud gab die ersten Anweisungen aus. Wie ihre Tochter trug sie ein graues Kleid, allerdings nicht mit Moosröschen, sondern weiß drapiert. Lilias wirkte an Jeremy Dicksons Arm richtig fröhlich.

Das alte englische Spiel kannten die meisten schon lange, nur ich hatte es noch nie mitgemacht. Den Spielern wurde zu Anfang ein Hinweis gegeben, der sie wieder zum nächsten führte; diese Hinweise standen auf kleinen Papierstreifen, die man aufheben mußte. Denn diejenigen, die zuerst alle gefunden hatten, waren die Gewinner.

Der erste Hinweis war traditionsgemäß sehr leicht, so daß alle weiterfanden und Interesse an dem Spiel bekamen.

Wir fanden den zweiten Zettel im Salon, die Angaben darauf führten uns nach oben, und mir fiel plötzlich ein, daß bei solch einer Gelegenheit mit so vielen Leuten im Haus irgend jemand den verborgenen

›Grünen Blitz‹ gefunden haben mochte. Welche Ironie, wenn er anläßlich einer ›Schatzsuche‹ abhanden gekommen war! Ich dachte an die Bemerkung, daß Opale, die bei diesem Spiel gefunden wurden, dem Finder Glück brachten.

Ezra hatte sich wieder einmal nach Wattle erkundigt und sein übliches Loblied angestimmt. »Pferde sind treue Tiere – treuer als manche Menschen, nicht wahr?«

Ich sah ihn scharf an. Dachte er an Isa? »Sie können wunderbar mit Tieren umgehen, das merkt man sofort.«

Er lachte. »Diese Gabe hatte ich schon immer, bin damit geboren. Komisch, ich habe eigentlich nie gut ausgesehen. Kann mir auch gar nicht vorstellen, was Isa an mir fand. Als ich hier rüberkam, hatte ich natürlich große Träume, wie wir alle. Ich wollte *den* Goldfund machen.«

»Nun, Sie haben doch gar nicht schlecht abgeschnitten.«

»Ich kenne mich auf meinem Gebiet aus, und Opale machen mir einfach am meisten Spaß.«

»Da sind Sie aber glücklich zu preisen. Wenige Leute finden wirkliche Befriedigung in ihrer Arbeit. Wohin geht's jetzt?«

»In die Galerie. Dort ist bestimmt ein Hinweis.«

»Vermutlich. Aber andere werden auch schon auf den Gedanken gekommen sein.« Wir öffneten die Tür; es war niemand drinnen, nur sechs Kerzen flackerten einsam auf ihren Haltern. Meine Augen gingen natürlich sofort zu dem Spinett.

»Sieht richtig verwünscht aus«, meine Ezra. »Aber dafür ist es ja nicht alt genug. Wozu hängen die Vorhänge an den Wänden?«

»So ist es auch auf Oakland. Dort sind die Wände aber noch teilweise getäfelt, die Vorhänge überdecken in diesen Fällen die blanken Wandstreifen. Es sieht recht wirkungsvoll aus.«

»Können Sie auf dem Spinett spielen?«

»Ein bißchen. Als Kind hatte ich mal Unterricht bei meiner Tante Miriam. Ich war aber nicht sehr gut.«

»Spielen Sie mir was vor?«

Ich setzte mich hin und intonierte einen Chopin-Walzer, so gut ich mich noch daran erinnerte.

»Hallo! Spukt es in der Galerie also doch?« Das war die Stimme meines Mannes.

Ich wandte mich blitzschnell um und sah ihn mit Isa zur Tür hereinkommen. »Ach, Jessica ist der Geist.«

»Wieso hast du mich für einen Geist gehalten?« wollte ich wissen.

»Ich nicht – ich glaube nicht an solche Sachen. Aber Ben sagte in sentimentalen Augenblicken oft, daß er sich einbildete, das Spinett zu hören, und er wünschte, jemand, der es auf Oakland gespielt habe, würde zurückkehren und hier für ihn Musik machen. Für den Realisten, der er war, hatte er oft eigenartige Fantasien.«

»Wie kommen Sie denn mit meinem Mann zurecht?« fragte Isa boshaft.

»Ganz gut«, sagte ich. »Drei Lösungen haben wir schon. Und wie läuft's bei Ihnen beiden?«

»Überaus gut«, antwortete sie. »Kommen Sie, Joss, ich will den Opal finden.«

»Er paßt aber kaum in Ihre Sammlung«, warnte er sie.

»Dann werde ich Sie bitten, ihn gegen einen einzutauschen, der hineinpaßt.«

»Wir sollten jetzt weitermachen«, sagte ich zu Ezra. »Hier scheinen wir auf der falschen Spur zu sein.«

Wir verließen die Galerie, und auch Joss und Isa setzten die Suche anderswo fort. Kurze Zeit danach befanden wir uns im Dachgeschoß des Hauses, ein Stockwerk, das ich zum erstenmal betrat. Die Räume waren kleiner, einer war wie ein Wohnzimmer möbliert. Auf dem Tisch stand eine brennende Petroleumlampe, daneben befanden sich ein Glas mit getrockneten Blättern, ein offenes Nähkästchen sowie eine halbfertige Handarbeit. Die Tür auf der anderen Seite stand einen Spalt offen. Ich blickte auf eine schmale, von einer niedrigen Balustrade begrenzte Terrasse hinaus.

»Das sind wohl die Zimmer der Lauds«, meinte ich. »Hier haben wir nichts verloren.«

»Könnte es nicht sein, daß man gerade hier den wichtigsten Hinweis findet?«

»Das glaube ich keinesfalls. Die Lauds sind so bescheiden – Mrs. Laud würde kaum gestattet haben, daß man Hinweise in ihrem Zimmer hinterlegt.«

»Wir können uns trotzdem umsehen.«

»Die kleine Terrasse fasziniert mich«, sagte ich. »Ich kannte sie gar nicht.«

Ich trat hinaus und blickte zum Kreuz des Südens hinauf, das mich stets daran erinnerte, wie weit ich von meiner Heimat entfernt war: Wo wohl niemand sonderlich meiner bedurfte – genausowenig wie hier, dachte ich bitter.

Plötzlich hörte ich Stimmen. Mrs. Laud kam die Treppe herauf, ich trat ins Zimmer zurück. Ezra stand noch am Tisch, als Mrs. Laud hereineilte.

»Hier oben ist nichts«, sagte sie. »Ich würde doch in meinem Zimmer keine Zettel hinterlegen lassen. Ach, Mrs. Madden ist auch da.«

»Entschuldigen Sie bitte unser Eindringen.«

»Bitte, bitte – keine Ursache. Aber Sie finden hier wirklich nichts.«

»Dann gehen wir lieber wieder hinunter. Offenbar haben wir unsere Zeit vertrödelt.«

»Es macht wirklich nichts«, sagte Mrs. Laud und lachte entschuldigend. »Ich war nur erschrocken, als ich einen Mann in meinem Zimmer stehen sah.«

Auch Ezra drückte herzlich sein Bedauern aus, und wir stiegen die Treppe wieder hinab.

»Die Frau ist eine wahre Perle«, sagte er. »Ich erinnere mich noch an Bens Lobeshymnen. Für ihre Kinder hat er ja viel getan ... sie praktisch mit aufgezogen. Und sie ist ihm auch sehr dankbar dafür, das hat sie immer betont.«

»Ich wüßte nicht, was wir ohne sie täten.«

»Und Jimson ist fabelhaft. Wie er mit den Zahlen rumjongliert – da bleibt einem der Atem stehen. Hier draußen gibt es wenige, die das können. Die meisten wollen nur Aufregendes tun, aber jemanden zu finden, der mit Zahlen wirklich umgehen kann, ist das reinste Geschenk des Himmels. Wir dachten schon, mit Pailing das Große Los gezogen zu haben – aber Jimson übertrifft ihn bei weitem; das hat sich erst nach Pailings Unfall herausgestellt.«

»Kennen Sie die Tochter näher?«

»Lilias? O ja, ganz verrückt auf Jeremy Dickson, glaube ich. Könnte ein nettes Paar abgeben – aber ich weiß nicht recht: Lilias ist mal kalt und mal heiß.«

»Wirklich? Mir schien, daß sie ihn sehr gern hat.«

»Vielleicht ist sie nur scheu. Wäre nett, wenn die beiden heiraten würden. Außerdem sind Verheiratete hier vorteilhafter. Sie werden gesetzter und ruhiger.«

»Ich höre Lärm von unten«, unterbrach ich ihn. »Vielleicht hat schon jemand die Steine gefunden.«

Ich sollte recht behalten – es war die kleine blonde Frau von vorhin mit ihrem Partner.

Joss holte mich zu sich zur Preisverteilung. »Vergiß nicht, daß dir jetzt die Hälfte von allem gehört«, flüsterte er mir zu, »und daß das sämtlichen Anwesenden klarwerden muß.«

Das Siegespaar kam herein. Wir überreichten die Opale, und alle scharten sich um die beiden, um die Steine zu bewundern.

»Wie taktvoll von dir, nicht gesiegt zu haben«, sagte Joss zu mir.

»Dasselbe Kompliment kann ich auch dir machen«, gab ich zurück. »Aber deiner steinbesessenen Freundin wird das wohl kaum recht gewesen sein.«

»Meine besessene Freundin mußte sich in das Unvermeidliche fügen.«

»Ob sie zum Ersatz *noch* einen ›Harlekin‹ haben will?«

Sein Blick war zornig, spöttisch und undurchsichtig zugleich.

»Wer weiß?« murmelte er fast unhörbar.

Samstagabend

Als ich am nächsten Morgen zum Frühstück hinunterkam, saß Joss allein im Eßzimmer. Nachdem wir uns gegenseitig nach unserem Befinden erkundigt hatten, nahm ich ihm gegenüber Platz.

»Jetzt kennst du schon eine unserer Traditionen. Es war Bens Idee. Von den Unterhaltungen der Großstadt sind wir zu weit weg – also müssen wir unsere eigenen erfinden.« Er lächelte mich an.

»Und wann findet die nächste statt?« fragte ich.

»Jede Woche einmal. Immer am Samstagabend. Diesmal mußt du auch mitmachen. Es gehört sich, daß ich dich den Leuten vorstelle.«

Meine Freude auf den gemeinsamen Abend zeigte ich diesmal wohl sehr deutlich. Wieder keine Reaktion bei ihm! Nur ein lakonisches: »Also abgemacht, am nächsten Samstag sind wir dabei.«

An diesem Tag ereignete sich etwas im Geschäft, dessen Bedeutsamkeit mir erst viel später bewußt wurde. Ich hörte laute Stimmen aus dem Büro und sah ihn und Ezra kurz danach herauskommen. Ezra hatte ich noch nie so zornig erlebt. Sein friedliches Gesicht hatte alle Güte verloren, er wirkte völlig verändert, und auch Joss blickte trotzig und ernst drein. Beide begrüßten mich nur sehr kurz, als seien sie nicht in der Lage, jetzt mit mir zu reden. Als ich später mit Joss heimritt, fragte ich ihn: »Was habt ihr denn heute vormittag gehabt, Ezra und du?«

»Das passiert eben mal ab und zu«, antwortete er obenhin. »Wir sind nicht immer einer Meinung. Ezra ist ein guter Geschäftsmann, aber er denkt nicht immer praktisch. Wir haben Schwierigkeiten mit den Häusern im Ort. Die Leute aus den Zelten warten natürlich darauf, daß eines frei wird, und Ezra hatte so ein Haus einem Mann versprochen, den er mag, während ich es einem gab, der viel besser arbeitet und schon länger bei uns ist. Ezra mußte jetzt seinem Schützling klarmachen, daß er noch zu warten hat.«

Joss warf mir einen raschen Blick zu, sagte aber nichts, und ich dachte: Ezra kann sich also durchaus zur Wehr setzen. Ging es wirklich um die Unterkunft, oder hatte er vielleicht Joss klargemacht, daß er die Verbindung mit seiner Frau nicht länger dulden würde?

Als ich Ezra das nächste Mal traf, strahlte er wie stets, und ich vergaß daher diesen Vorfall fürs erste.

Der Samstag kam heran, und als es dunkel wurde, ritt ich mit nach Fancy Town.

»Samstag abend im Camp, das ist ein richtiges Fest. Natürlich kein Maskenball mit livrierten Dienern«, sagte Joss.

»Das kann ich mir selber vorstellen, und damit habe ich weder gerechnet, noch bin ich daran gewöhnt.«

»Gott sei Dank!« Er sah mich ironisch an. »Dann ist es wenigstens keine Enttäuschung für dich. So einen Samstagabend muß man erlebt haben. Die Arbeitswoche ist vorbei, Samstag ruht man sich aus – bis auf die Schürfer natürlich, die dann ihre Siebensachen in Ordnung bringen. Aber bevor es wieder an die Arbeit geht, wird gefeiert.«

»Und wie spielt sich das ab?«

»Das wirst du bald sehen.«

Wir näherten uns dem Ort. An seinem Rand sah ich ein riesiges Lagerfeuer. »Wir hätten es natürlich lieber im Zentrum, aber das ist bei so vielen Holzhäusern zu gefährlich. Ein kurzer Windstoß in der falschen Richtung, und alles fängt zu brennen an. Die Pferde lassen wir am besten bei Joe und gehen dann zu Fuß zum Lagerfeuer hinaus. Jetzt beginnt gleich die Braterei: Es ist ein Fest für alle, und kein Fremder wird abgewiesen.«

Ich spürte schon die allgemeine Erregung, als wir die Tiere abgegeben und uns auf den Marsch gemacht hatten.

Joss nahm mich beim Arm. Vor den Zelten und Hütten tanzten Kinder. Sie lachten und schrien, und ihre Eltern sahen ihnen zufrieden zu.

»Das große Zelt dort drüben ist das Eßzelt«, erklärte mir Joss. »Es wird nur für die Feste benützt. Heute gibt es, glaube ich, Spanferkel und Rindfleisch und Hammelfleisch.«

»Wer stellt denn das Fleisch?«

»Die Company. Es gehört mit zum Lohn der Leute. Die ganze Woche freuen sie sich schon auf den Samstagabend. Ben war der Meinung, daß die Menschen lieber arbeiten, wenn es solche Höhepunkte gibt, und ich bin derselben Anschauung.«

»Also keine reine Wohltätigkeit?«

»Überhaupt nicht. Typische Madden-Politik – das wirst du schon bald entdecken.«

»Du bist ziemlich berechnend, was?«

»Wir sind Geschäftsleute und müssen Erfolg haben. Sonst stünden die Leute ja ohne Arbeit da. Ich wüßte nicht, was die meisten von ihnen dann anfangen würden.«

»Und du siehst gern, wenn sie ihren Spaß haben.«

»Natürlich, weil es zeigt, daß sie zufrieden sind. Zufriedene Leute arbeiten besser als mürrische.«

»Warum stellst du dich eigentlich immer als den harten Geschäftsmann hin?«

Er wandte sich um, so daß ich ihm ins Gesicht schauen mußte.

Es glühte im Schein des Feuers. »Weil ich einer bin«, sagte er.

»In dem Licht siehst du aus wie ein Dämon.«

»Ich habe mir oft schon gedacht, daß die vielleicht interessanter sind als Engel. Da du auch nicht gerade engelhaft bist, wirst du mir vielleicht zustimmen.«

»So, findest du?«

»Aber sicher. Es ist ein gewisses Feuer in dir. Man hat dich zu Recht ›Opal‹ genannt: Opal Jessica. Über diese Steine weiß wohl niemand mehr als ich.«

»Natürlich«, spottete ich.

»Ich kenne alle Arten davon«, betonte er.

»Vielleicht überschätzt du deine Fähigkeiten in gewisser Hinsicht.«

»Keineswegs. Alle Opale sind mir bekannt. Jedenfalls die meiner Sammlung.«

»Und wie steht es mit Isa Bannock?«

»Wieso?«

»Ist sie für dich auch ein Opal?«

»Eine interessante Vorstellung.«

»Mit ihrem Glanz kann ich mich natürlich nicht messen.«

Er drückte meinen Arm gegen seinen. »Unterschätz dich nicht. Oder tu nicht so, als ob es der Fall wäre.«

Die Zelte vor uns sahen im Feuerschein richtig unheimlich aus. Jemand spielte auf der Fiedel ein altes englisches Volkslied, und ich mußte plötzlich an daheim denken – an die Felder und Landstraßen, das Haus mit dem Garten drumherum, an Miriam und ihren Vikar und daran, ob Xavier seine Lady Klara wohl endlich geheiratet hatte.

Zwei Kinder in bunten Kleidchen schlugen Purzelbäume, stellten sich dann vor uns auf und knicksten. Die Fiedel wurde jetzt von einer Mundharmonika begleitet, und es duftete verlockend nach Schweinebraten.

Joss und ich setzten uns auf ein grasbewachsenes Hügelchen, von dem aus wir alles überblicken konnten. Aus dem großen Zelt roch es immer verführerischer.

»Es ist sicherer, wenn sie drinnen brutzeln«, erklärte mir Joss. »Wegen der Brandgefahr – du weißt schon...! Nach dem Essen beginnt erst der richtige Spaß. Es gibt Plumpudding zur Nachspeise – von dem solltest du kosten, damit man dich nicht für stolz hält.« Er grinste. »Schließlich gehörst du ja jetzt zur Familie und mußt dich an unsere Sitten halten.«

»Macht dir diese Sitte Spaß?«

»An jedem Samstag soll möglichst einer von den Chefs teilnehmen. Wir wechseln uns darin ab. Ben ist oft gegangen, dann habe ich ihn abgelöst oder Ezra. Wir müssen immer demonstrieren, daß wir zu ihnen gehören, das ist sehr wichtig. Bei uns ist schließlich jeder Arbeiter genausoviel wert wie der Boß, das darf man nie vergessen.«

»Trotzdem kommt mir vor, daß einige der Bosse sich für was Besseres halten.«

»Dann sind sie es aber auch. Hier draußen wird jeder für das geachtet, was er kann.«

»Ist das nicht überall so?«

»Ich meine, er ist nicht deswegen besser, weil er eine bessere Ausbildung erhalten hat oder Geld besitzt. Er muß sich als Mann beweisen, und dann wird er auch als solcher akzeptiert.«

»Und wenn die einen in ihrem Lebensunterhalt von den andern abhängig sind, erweisen sie diesen vielleicht aus Klugheit auch Respekt.«

»Sie wären dumm, wenn sie es nicht täten.«

»Deine Lebensphilosophie gibt dir alle Vorteile.«

»Ist das vielleicht nicht die richtige Einstellung?«

»Du paßt alles deinen persönlichen Anschauungen an.«

»Das ist bei dir der Fall. *Du* hast diese Analyse gestellt.«

Ich zuckte mit den Schultern.

»So ist's recht«, sagte er befriedigt. »Eine Frau sollte immer rechtzeitig zugeben, wenn sie sich geschlagen fühlt.«

»Geschlagen? Ich?«

»Nur in der Diskussion natürlich, obwohl ich zugeben muß, daß du dich gut schlägst.«

»Solange du mich nicht wirklich schlägst. Ich finde überhaupt, Männer, die gegen Frauen gewalttätig werden, tun es nur, weil sie ihnen in der Diskussion nicht gewachsen sind.«

»Die Gefahr wäre bei dir gegeben. Hoffentlich müssen wir da keinen Test durchstehen. Meine Kraft gegen dein Gehirn. Du meine Güte!«

»Müssen wir eigentlich dauernd derart absurde Themen haben?«

»Das kommt nur, weil du so wortgewandt bist.«

»Jetzt verspottest du mich wieder.«

»Und wir vergessen beide wieder, daß wir eigentlich hergekommen sind, um das Fest zu genießen.«

Ich wandte meine Aufmerksamkeit der Szenerie vor uns zu. Die Leute drängten sich ins Zelt, einige kamen schon mit Fleischstücken auf Brotfladen heraus, die sie mit großem Appetit verzehrten. Alle setzten sich und redeten miteinander, zwischen den einzelnen Gruppen flogen Rufe hin und her. Von uns hier oben nahm man wenig Notiz. Kinder kamen dann mit Tabletts heraus, auf denen Puddingscheiben lagen, dazu gab es ein selbstgebrautes Bier.

Uns wurde auch Pudding serviert, der sich wie heißer Kuchen anfühlte. Joss und ich nahmen unsere Stücke mit den Fingern und aßen sie. Mir schmeckte meines ausgezeichnet.

Nach dem allgemeinen Essen begann der Spaß. Kinder übten sich in Bodenakrobatik, ein Mann zauberte, zwei Geiger und einige Mundharmonikaspieler musizierten nach Leibeskräften. Sie spielten Lieder, die die Leute kannten und mitsingen konnten. Wie hübsch das doch aussah! Die im Feuerschein glänzenden Gesichter der Männer, Frauen und Kinder, während alle die altbekannten Weisen sangen.

Nach einem besonders melancholischen Lied aus der englischen Heimat herrschte eine Weile tiefes Schweigen. Niemand hatte Lust, weiterzusingen – alle dachten wohl an ihre Angehörigen daheim.

Die Stille wurde von Hufgetrappel durchbrochen, und dann sahen wir schon den Reiter daherkommen. Die Spannung löste sich. Der Mann rief: »Ist Mr. Madden hier? Ich muß sofort Mr. Madden sprechen!«

Joss erhob sich und ging zu dem Reiter, der bereits von Leuten umringt war.

»Mrs. Bannock schickt mich«, hörte ich ihn sagen. »Ihr Mann ist die letzte Nacht nicht heimgekommen und auch den heutigen Tag nicht. Jetzt ist sein Pferd ohne ihn aufgetaucht. Sie macht sich Sorgen und bittet Sie hinüber.«

Ich hörte Joss antworten: »Reit sofort zurück, Tim, ich komme gleich nach. Wahrscheinlich bin ich noch vor dir dort.«

Damit verschwand er und ließ mich stehen. Ich war wütend. Sie mußte nur nach ihm schicken, und er vergaß mich auf der Stelle. Dann dachte ich an Ezra und schämte mich. Was mochte ihm passiert sein? Ich machte mich auf den Weg zum Schmied, wo Wattle geduldig auf mich wartete – und noch jemand: Jimson.

»Ich soll Sie heimbringen«, sagte er.

»Danke, Jimson. Dann lassen Sie uns aufbrechen.«

Und so ritt ich mit ihm nach Hause; die ganze Freude des Abends war mir vergangen, und meine Angst um Ezra wurde zusehends größer.

In meinem Zimmer zog ich das Reitkleid aus, schlüpfte in einen Morgenrock und löste mein Haare.

Ich blieb auf, bis Joss zurückkehrte. Er traf kurz nach Mitternacht ein und kam sofort herauf zu mir, wie ich es gehofft hatte. »Hat Jimson dich gut heimgebracht?«

»Ja. Was ist mit Ezra?«

Er runzelte die Stirn und sah recht besorgt drein. »Ich kann mir nicht vorstellen, was passiert ist. Die Sache gefällt mir nicht. Er muß einen Unfall gehabt haben. Morgen früh schicke ich sofort Suchtrupps aus. Isa gibt mir Bescheid, falls er inzwischen auftauchen sollte.«

»Du hast mir so oft erzählt, daß man im Busch die Orientierung verlieren kann«, sagte ich.

»Aber nicht jemand wie Ezra. Außerdem muß er sich auf dem Weg zwischen seinem Haus und Fancy Town befunden haben – da kennt er jeden Strauch und Stein.«

»Ob er einfach weg ist?«

»Wie meinst du das?«

»Vielleicht war er Isas überdrüssig?«

Joss sah mich ungläubig an. »Und das Pferd?«

»Vielleicht wollte er, daß es wie ein Unfall aussieht.«

Er schüttelte den Kopf, dann betrachtete er mich fast zärtlich. »Ein schlimmes Ende für deinen ersten Samstagabend.«

»Hoffentlich ist ihm nichts zugestoßen. Ich mag ihn sehr gern: Er war immer so nett zu mir.«

Joss legte mir die Hände auf die Schultern und drückte mich zart. »Ich wollte dich nicht stören – aber ich dachte mir schon, daß du aufgeblieben bist, um alles zu erfahren.«

»Das ist lieb von dir.«

Er lächelte, zögerte dann, als ob er etwas auf dem Herzen hätte, schien es sich aber zu überlegen. »Gute Nacht«, sagte er nur und schloß die Tür hinter sich.

Entdeckung in Grovers Schlucht

Immer mehr Gerüchte verbreiteten sich, je länger Ezra verschwunden blieb. Die häufigste Version war die, daß er den ›Grünen Blitz‹ gestohlen habe; trotz der Bemühungen meines Mannes, den Diebstahl geheimzuhalten, hatte sich die Nachricht darüber doch in Windeseile verbreitet: sonnenklar – hieß es allgemein –, daß Ezra ihn gefunden und gestohlen haben mußte und daß der Fluch ihn jetzt verfolgte. Es konnte ihm also das Schlimmste widerfahren sein.

Joss war nicht so ärgerlich wie sonst über diese Horrorgeschichten; er kam mir sehr gedrückt vor. Wohl, weil er nur daran dachte, was dies alles für Isa bedeutete.

Suchtrupps waren in alle Richtungen ausgeschickt worden, aber keiner fand Spuren von Ezra.

Einige Leute meinten, er sei mit dem gestohlenen Opal auf und davon und habe seine Frau verlassen, weil sie sich ja keineswegs benommen hatte, wie es sich gehörte.

Drei Tage lang gab es kein anderes Thema mehr als Ezras Verschwinden.

Eines späten Nachmittags ritt ich allein aus; Wattle nahm von selbst Richtung auf die Hügel und zur Straße, die nach der Bannock-Farm führte. Es herrschte eine Gluthitze. Der Wind blies von Norden, wurde immer stärker und trieb den Staub hoch. Nach einer Zeit wurde das unangenehm; im Augenblick machte mir die heiße, trockene Wüstenluft noch nichts aus.

Ich ritt durch die Schlucht und sah mich dabei ängstlich um. Ganz verlassen lag alles da. Kleine Sandwirbel schwebten über dem Boden, und ich dachte: Der Wind nimmt zu. Vielleicht wäre es besser, umzukehren.

»Laß uns lieber heimkehren, Wattle«, sagte ich.

Da benahm sich das Tier plötzlich völlig ungewöhnlich. Ich versuchte, es zur Schlucht zurückzudrängen, aber es wurde ganz widerspenstig und verweigerte.

»Was ist denn los, Wattle?«

Die Stute ging einfach, wohin sie wollte. Ich zog am Zügel, und da tat Wattle etwas, was ich noch nie bei ihr erlebt hatte: Sie zeigte mir, daß ich sie nur so leicht lenken konnte, weil sie es bisher so gewollt hatte. Wenn sie einmal ihren Sinn änderte, mußte ich nachgeben. Eine erschreckende Entdeckung.

»Wattle!« schrie ich verzweifelt. Sie ignorierte mich, und ich hörte im gleichen Augenblick zwei Kookaburras lachen. Die schienen immer als

Zeugen in unangenehmen Situationen aufzutauchen. Aber vielleicht achtete ich sonst auch gar nicht darauf.

Entsetzen kroch mir das Rückgrat hinauf. Ich hatte das Gefühl, einer unheimlichen Sache gegenüberzustehen, die ich nicht begreifen konnte. Resolut ging Wattle weiter in die von ihr eingeschlagene Richtung.

Ich versuchte es mit Schmeicheln, aber umsonst. Sie schien völlig vergessen zu haben, daß sie mich auf dem Rücken trug. Obwohl ich es weiterhin mal im Bösen, mal im Guten probierte, war alles zwecklos; sie gab unbeirrt die Richtung an.

Was wollte die Stute eigentlich? Noch nie war mir derart bewußt geworden, wie wenig Erfahrung ich im Grunde mit Pferden hatte. Solange alles gutging, war ich keine schlechte Reiterin, aber im anderen Fall unfähig, etwas zu tun, und in diesem Augenblick völlig von Wattle abhängig, die offenbar etwas erkannt hatte, was ich noch nicht wußte oder sah. Hieß es nicht, daß Pferde und Hunde einen siebenten Sinn hätten: die Fähigkeit, Dinge auszumachen, die außerhalb unseres Wahrnehmungsvermögens lagen.

Noch nie hatte ich solche Angst ausgestanden. Plötzlich blieb Wattle stehen, schlug mit den Vorderhufen auf den Boden und fing zu wiehern an. Dann wandte sie sich von der Mine ab und trabte in Richtung eines zerzausten Mulgabusches, wo der Wind richtige Dünen aufgetürmt hatte. Sie stellte die Ohren auf und scharrte wie wild im Sand, schnaufte dann plötzlich wild – es klang wie Verzweiflung für mich.

»Was ist denn los?«

Und dann sah ich, daß sie etwas freigelegt hatte, lehnte mich nach vorn.

»Mein Gott!« flüsterte ich. Das Pferd hatte die Überreste Ezra Bannocks entdeckt.

Das Entsetzen war groß, als man ihn heimbrachte. Der Hufschmied machte einen Sarg für ihn, und er wurde auf dem Friedhof am Rande der Siedlung begraben. Die ganze Einwohnerschaft gab Ezra das letzte Geleit.

Joss ließ uns alle im Büro zusammenkommen. Wir wollten die Geschehnisse besprechen und überlegen, was zu tun war. Ezra Bannock war ermordet worden. Sein Mörder mußte gefunden werden. Gewalttaten durften nicht ungesühnt bleiben. In einer Gemeinschaft wie dieser mußten bestimmte Verhaltensregeln strikt eingehalten werden, und es war wichtig, den Mörder vor Gericht zu bringen.

Anschläge verkündeten überall, daß fünfzig Pfund dem gehören würden, der Informationen über den Mörder liefern konnte. Alle, die

Ezra an seinem letzten Tag gesehen hatten, wurden befragt. Er war vormittags zu uns geritten und hatte mit Joss etwa eine Stunde verbracht. Danach wollte er angeblich heimkehren; Joss war etwas später wieder in den Ort zurückgekehrt.

Mir kam ein entsetzlicher Verdacht: Ezra und Joss hatten womöglich über Isa gestritten. Ob dies nicht auch der wahre Grund für die Auseinandersetzung im Büro einige Tage zuvor gewesen war...? Ging es um Isa, und hatte Ezra zu erkennen gegeben, daß er es nicht weiter dulden würde? Und wenn es so war?

Nein, solchen Gedanken durfte ich nicht länger nachhängen. Wenn ich doch nur aufhören könnte, an die Beziehung zwischen Joss und Isa zu denken. Er war bestimmt ihr Liebhaber. Hatte er ihr nicht den ›Harlekin‹ geschenkt? Wäre sie nicht bereits mit Ezra verheiratet gewesen, hätte sie bestimmt Joss genommen, und dann würde er nie jene Ehe mit mir eingegangen sein. Beiden muß es leid getan haben. Hatten sie vielleicht beschlossen, etwas dagegen zu unternehmen? Isa war jetzt frei – Joss allerdings nicht...! Wo führten mich meine Gedanken nur hin?

Beim Begräbnis war Isa ganz in Schwarz gehüllt, das ihr sehr gut stand. Überhaupt schien die Witwenschaft ihr noch einen besonderen Zauber zu verleihen. Sie wirkte geheimnisvoll und – wie mir schien – keineswegs völlig verzweifelt. Wie Topase glänzten ihre Augen durch den dünnen Schleier, und ihr goldbraunes Haar leuchtete stärker denn je.

Einige von uns ritten mit zur Bannock-Farm, wo Schinkensandwiches und Bier vorbereitet waren.

Ich saß plötzlich neben ihr.

»Meinen Sie nicht, daß er mit jemandem gestritten haben könnte?«

Ihre Augen glänzten eigenartig. »Doch, das wäre möglich«, gab sie zu.

»Wahrscheinlich hat ihn ein Buschräuber überfallen und erschossen.«

»Seine Geldbörse fehlte«, sagte Isa. »Die war immer voller Goldmünzen. Er hat gern ziemlich viel Geld bei sich getragen. Es gäbe ihm so ein angenehmes Gefühl, meinte er immer und hat sich jeden Morgen die Börse neu gefüllt. Sie war aus rotem Leder. Mit einem Ring obendrüber...«

»Und die fehlt? Dann muß es doch Raub gewesen sein.«

»Also ist er für ein paar Pfund gestorben. Armer Ezra! Aber vielleicht war es doch anders. Vielleicht wollte ihn jemand aus dem Weg haben.«

»Aber wer?«

»Das könnte ja immerhin möglich sein...« Ich vermochte den Ausdruck ihrer Augen nicht zu deuten.

»Kommen Sie bald einmal wieder vorbei? Ich möchte Ihnen meine Sammlung zeigen.«

»Das haben Sie doch bereits – erinnern Sie sich nicht?«

»Da habe ich Ihnen aber nicht alles gezeigt.«

Joss trat heran, und sie wandte sich sofort ihm zu. Ich hörte noch, wie er ihr sagte, daß sie immer auf seine Hilfe rechnen und jederzeit über ihn verfügen könne.

Nein, Isa hatte als Witwe keineswegs an Attraktivität verloren...

Joss und ich ritten zusammen heim. Völlig geistesabwesend gingen wir an den Pfauen vorbei über den Rasen, setzten uns auf die Terrasse und genossen noch ein wenig die kühle Abendluft. »Was hältst du davon?« fragte ich vorsichtig.

»Ein offensichtlicher Raubmord. Was sonst?«

»Die Dinge sind oft anders, als man sie sieht. Ein sehr glückliches Leben hat der arme Ezra wohl nicht gehabt.«

»Im Gegenteil. Ich habe selten jemand gekannt, der mit seinem Los mehr zufrieden gewesen wäre.«

»Meinst du etwa, er war zufrieden, daß seine Frau ihn betrog?«

»Er war sehr stolz auf ihre Schönheit.«

»Damit willst du doch wohl nicht ausdrücken, daß er ihre Untreue genoß?«

»Es gibt solche Männer.«

»Gehörst du auch zu dieser Sorte?«

Wieder sein kurzes hartes Lachen. »Keinen Augenblick lang würde ich es ertragen.«

»Aber bei anderen erscheint es dir in Ordnung?«

»Jeder kann so handeln, wie es ihm gefällt. Wenn jemandem etwas nicht paßt, muß er eben einen Weg finden, es zu ändern.«

»Glaubst du, daß er das versucht hat?«

»Ich glaube, daß er versucht hat, sich seine Börse nicht nehmen zu lassen.«

»Oder seine Frau.«

»Was soll das jetzt wieder heißen?«

»Genau das, was ich gesagt habe.«

»Aber seine Börse fehlt doch.«

»Die kann ja jemand deswegen an sich genommen haben, um vom wahren Motiv abzulenken.«

»Was du für Überlegungen anstellst!«

»Ich möchte nur wissen, wer Ezra Bannock getötet hat.«

»Das möchten wir alle.«

»Wir reden dauernd im Kreis!« rief ich leidenschaftlich. »Ich will die Wahrheit wissen. Hast *du* Ezra Bannock getötet?«

»Ich? Aber wieso sollte ich so etwas tun?«

»Du hättest ein plausibles Motiv. Seine Frau ist deine Geliebte.«

»Und was würde mir sein Tod nützen? Ich habe ja eine Frau. Ich bin nicht frei für Isa, selbst wenn *sie* jetzt frei ist.«

Ich gab keine Antwort. Daß er nicht leugnete, ihr Geliebter zu sein, schockierte mich zutiefst. Langsam erhob ich mich. »Ich gehe jetzt hinein. Unsere Gespräche finde ich einfach grauenhaft.«

Er stand ebenfalls auf. »Ich auch«, sagte er ganz gelassen.

In meinem Zimmer setzte ich mich vor den Frisierspiegel und starrte blicklos hinein. Wenn er frei wäre, würde er also Isa heiraten, ging es mir durch den Kopf. Aber er ist nicht frei, weil er mit mir verheiratet ist. Das Zimmer schien von warnenden Schatten erfüllt zu sein.

Es wurde mir plötzlich ganz deutlich, daß ich im Weg stand.

Einige Wochen vergingen; meine Nächte verliefen unruhig. Oft packte mich die Angst, aber dann verschwanden die nächtlichen Alpträume mit Tagesanbruch wieder, und wenn ich in den Ort ritt, konnte ich sie ganz verdrängen. Ich versuchte, meiner Angst Herr zu werden, indem ich mich mehr und mehr auf die Company konzentrierte. Dabei gewann ich zusehends an Boden. Sogar einige meiner Verbesserungsvorschläge waren bereits angenommen worden. Mein Prestige wuchs sichtlich, und man achtete mich nicht mehr nur als Frau und Teilhaberin von Joss Madden.

Bald genug stellten sich die Ängste jedoch wieder ein. Ich brauchte nur einen der Anschläge zu sehen: Fünfzig Pfund Belohnung für jeden, der Informationen über den Mörder Ezra Bannocks geben konnte. Und dann dachte ich an das verschwörerische Lächeln zwischen Isa und Joss und an den Streit, den ich mitbekommen hatte, sowie daran, daß Ezra vom Pfauen-Haus in den Tod geritten war.

Ich mußte unbedingt herausfinden, was man im Ort selbst sagte und dachte und ob Joss irgendwie in Verdacht war. Vormittags ging ich regelmäßig zu den Trants auf eine Tasse Kaffee. Ethel ließ dann ihre Arbeit immer stehen und kam zu mir auf einen kleinen Plausch. Sie hatte mich sichtlich liebgewonnen; außerdem war sie eine geborene Klatschtante und hatte ihre Ohren sozusagen überall. Sie wußte, was man sagte und was die Leute so alles dachten. Als mich Joss wegen meiner regelmäßigen Besuche dort aufzog, gab ich zurück, daß es wohl nicht schlecht sei, über die öffentliche Meinung informiert zu sein und daß ich durch meine Gespräche mit Ethel diese Informationen am leichtesten bekommen konnte.

»Du bringst eine ganz neue Linie in die Firma«, sagte er.

»Hältst du das für ungünstig?«

»Mal abwarten«, parierte er, und ich meinte, einen Schatten über sein Gesicht huschen zu sehen. Hatte Joss Angst, daß ich etwas über ihn erfuhr?

So saß ich wieder einmal bei den Trants, und bald kam das Gespräch auf den Mord.

»Ich glaube doch, daß Ezra den grünen Opal hatte«, sagte Ethel. »Und ich bin nicht die einzige, die das meint. Vermutlich hat er ihn für seine Frau gestohlen.«

»Wollen Sie damit etwa ausdrücken, *sie* hätte ihn?«

»Überraschen würde es mich nicht.«

»Als sie damals hier eintraf, gab's ein ziemliches Theater. Sie kam ja aus England und war Schauspielerin. Er hatte sie drüben bei irgendeiner Aufführung gesehen und sich wahnsinnig in sie verliebt.«

»Und warum ist sie hierhergekommen?«

»Um Ezra zu heiraten. Sie meinte, er würde hier reich werden. Sie war damals noch jung. Kein Mann in der Gegend, der nicht in sie verschossen gewesen wäre. So etwas wie Isa Bannock hatte man hier im Busch noch nicht gesehen. Sogar die Augen meines James glitzerten bei ihrem Anblick. Das paßte ihr natürlich. Ezra machte sich gut, er wurde unter Ben Hennicker einer der Leiter der Company. Aber so hoch, wie sie es wollte, kam er nie. Und jetzt dieser ›Grüne Blitz‹. Mr. Hennicker hatte ihn die ganze Zeit versteckt, Ezra ging im Haus aus und ein – na ja…«

»Ich kann es mir nicht vorstellen: Ezra ein Dieb?«

»Wer diesen Stein nimmt, ist kein gewöhnlicher Dieb. Auf dem Opal liegt ein Fluch. Die Leute können gar nicht anders – ein böser Geist überfällt sie. Sie sind wie besessen.«

Ich dachte an meinen Vater, der meine Mutter geliebt hatte und sie heiraten wollte. Und dann hatte er den ›Grünen Blitz‹ gesehen und um seinetwillen alles vergessen. Besessen! Ja, das war das Wort.

»Vermutlich nahm er ihn für Isa, und dann überraschte ihn das Unglück, das der Stein jedem bringt. Der Buschräuber wartete auf den ersten besten, der durch die Schlucht kam – und wie es die böse Vorsehung wollte, war es Ezra. Die Leute sagen, daß man den Opal bestimmt wiederfinden wird.« Sie sah mich forschend an, und ich spürte, daß sie mehr wußte, als sie mir je verraten würde. »Bei so einer geheimnisvollen Sache reden die Leute natürlich«, fügte sie noch hinzu.

»Da haben Sie sicher recht.«

Ich stand auf und ging zurück zur Firma. Bei der Tür traf ich Joss.

»Na, wieder den Puls der Öffentlichkeit gefühlt?«

»Ja. Es wird viel getratscht.«

»Natürlich! Wie sollte es auch anders sein?«

»In diesem Falle betrifft es aber Ezra und den grünen Opal.«

»Ich sehe da keine Verbindung.«

»Die Leute denken da offenbar anders.«

»Und was hast du herausgefunden?«

»Man tuschelt, daß Ezra den ›Grünen Blitz‹ gestohlen hat, weil Isa ihn haben wollte. Eine Weile hätte er ihn wohl schon gehabt, und der Fluch, der auf dem Stein liegt, habe ihn genau in jenem Augenblick in die Schlucht reiten lassen, als dort ein Buschräuber lauerte.«

Ich sah, wie er die Lippen zusammenpreßte und den stahlharten Blick bekam, den ich so fürchtete.

»Unsinn!« sagte er. »Absoluter Unsinn.«

Ich blickte ihm gerade in die Augen. »Das ist jedenfalls die eine Theorie.«

Er zuckte ungeduldig mit den Schultern, und ich dachte: Wie weit ist er verstrickt? Hat er vielleicht selbst den ›Grünen Blitz‹ aus dem Versteck genommen, um ihn seiner Geliebten zu geben? Wie weit hat ihn seine Leidenschaft geführt?

Mir war schlecht, und ich hatte Angst.

Gedankenschwer hatte ich den Heimweg hinter mich gebracht und saß nun auf der Terrasse. Mrs. Laud kam heraus und fragte, ob ich einen Wunsch hätte.

»Sie sehen so verstört aus«, sagte sie. »War etwas los?«

»Nein, eigentlich nicht. Aber ich wünschte, wir könnten das Geheimnis von Ezra Bannocks Tod lösen. Er war so ein liebenswerter Mensch.«

»Ist es denn ein Geheimnis? War es nicht ein Buschräuber? Schließlich ist doch seine Börse verschwunden.«

»Ja, ich weiß.«

»Aber Sie halten das nicht für wahrscheinlich?«

»Aussehen tut es ja so.«

»Lassen Sie sich doch nicht so beunruhigen, Mrs. Madden; ich mache mir langsam Sorgen um Sie.«

»Sie sind immer so lieb und hilfreich, Mrs. Laud. Vom ersten Tag an schon.«

»Ja, und warum nicht? Sie sind doch die Herrin. Es wäre jedoch wirklich das beste, diesen schrecklichen Vorfall zu vergessen!«

»Ich kann aber nicht. Wußten Sie, daß manche Leute meinen, der Mord hätte etwas mit dem ›Grünen Blitz‹ zu tun?«

»Wer denn?«

»Es wird so geredet im Ort.«

»Aber was könnte Mr. Bannocks Tod mit den ›Grünen Blitz‹ zu tun haben? Der ist doch verschwunden! Mr. Hennicker hat ihn irgendwo versteckt, und er wurde gestohlen.«

»Genau. Und vielleicht sollten wir trotzdem versuchen, ihn zu finden.«

»Aber wie denn?«

»Der ›Grüne Blitz‹ wurde aus diesem Haus gestohlen. Wir müssen herausfinden, wie und wann. Mr. Madden ist dagegen, er möchte keine Nachforschungen anstellen, weil dann wieder die alten Legenden aufkommen. Er will nicht, daß die Leute Opale für Unglückssteine halten, und das tun sie immer wieder, wenn vom ›Grünen Blitz‹ geredet wird.«

»Er hat leider recht. Jimson sagt auch, solches Gerede ist schlecht fürs Geschäft.«

»Es geht ja hier nicht darum, ob er Glück oder Unglück bringt. Ich will nur die Wahrheit rausfinden. Ich *muß* wissen, was damit passiert ist.«

»Und wie wollen Sie das anfangen?«

»Ich weiß es noch nicht, aber jedenfalls werde ich etwas unternehmen.«

»Ganz allein?«

»Wenn mir jemand dabei hilft, um so besser. Vielleicht könnten Sie das tun?«

»Ich werde mich jedenfalls bemühen.«

»Sie wissen doch, wer alles hier aus und ein ging.«

»Natürlich, aber Sie haben es ja selbst gesehen bei der ›Schatzsuche‹. Unmengen Leute waren hier. Und so ist es immer: Im Pfauen-Haus gibt man sich die Klinke gegenseitig in die Hand.«

»Es muß aber jemand den Opal gefunden und an sich genommen haben.«

»Meinen Sie, daß es Mr. Bannock gewesen sein könnte?«

»Ich kann es mir einfach nicht vorstellen. Zwar kannte ich ihn erst kurz, aber ich mochte ihn sehr gern. Er schien so ein positiver Mensch zu sein. Mir will es einfach nicht in den Kopf, daß er irgend etwas auf dem Gewissen haben könnte.«

»Wenn ich es mir recht überlege, muß ich Ihnen da zustimmen. Sie wollen also herumfragen?«

»Ja . . . diskret. Mr. Madden will die Sache nicht offen betreiben.«

»Nein, das kann ich mir vorstellen . . .« Sie unterbrach sich plötzlich, als hätte sie beinahe mehr gesagt, als gut war.

»Wieso?« fragte ich scharf.

»Er... äh... würde solche Nachfragen nicht...« Sie sah mich verzweifelt an.

»Wegen des Geschwätzes, daß die Steine Unglück bringen?«

»Ja, ja, das meinte ich. Natürlich nur deswegen – genau.«

Ich glaubte bereits zu wissen, was sie in Wirklichkeit meinte. Sie wußte von der Verbindung zwischen Joss und Isa – dieser Märchenprinzessin. ›Um mich zu gewinnen, mußt du mir das und das bringen...‹, hieß es in meinen Kindermärchen. Und dann kam immer eine scheinbar unlösbare Aufgabe, die der Prinz letzten Endes bewältigte.

Die Sache wurde zunehmend einleuchtender. Sie liebte Opale. »Meine Sammlung soll die schönste überhaupt sein...« Wie könnte sie das, wenn die Krönung von allem fehlte. ›Such ihn mir, bring ihn mir, und dann... meine Hand...‹ Spielte es sich nicht immer so ab in diesen Geschichten?«

Aber sie waren beide nicht frei gewesen. Isa war es jetzt. Joss noch nicht.

»Sie zittern ja«, sagte Mrs. Laud. »Ist Ihnen kalt?«

»Ach, nichts weiter... mir ging nur gerade etwas durch den Kopf!«

Sie lächelte mich merkwürdig an, rätselhaft geradezu. Und ich fragte mich, ob wir beide das gleiche dachten?

Die Spinett-Spielerin

Einige Tage später machte ich eine alarmierende Entdeckung. Während der letzten Wochen hatte mich das Haus geradezu bedrückt; ich wurde das unheimliche Gefühl nicht los, daß etwas dort sei, dem ich entfliehen mußte. Häufig wanderten meine Gedanken zu Ben, dessen Persönlichkeit sich dem Haus eingeprägt hatte. Gerade in letzter Zeit meinte ich oft – wohl aus Nervosität – seine Gegenwart zu spüren. Eine enge Bindung zwischen Menschen endete meinem Gefühl nach nicht mit dem Tod. Schließlich war er der einzige gewesen, der mich wirklich geliebt hatte. Eine Zeitlang hatte mich diese Liebe glücklich gemacht, und als er starb, wußte ich erst, wie allein ich war.

Hatte er nicht auf dem Sterbebett versprochen, weiterhin bei uns zu sein? Vielleicht bildete ich mir deshalb ein, daß sein Geist mich so vor einer Gefahr warnte. Es hatte sich nicht alles so entwickelt, wie er es sich gewünscht hatte. Joss und mich hatte er zusammengetan, aber solche Einmischung in fremdes Leben konnte gefährlich sein. Hatte er gewußt, wie weit Joss gehen würde, um das zu bekommen, was er wollte? Hatte er je daran gedacht, daß ich ihm im Weg sein könnte und dadurch in Gefahr geraten würde?

Wer schlich sich immer nachts an meine Zimmertür und wäre das letzte Mal hereingekommen, hätte ich nicht zugesperrt? Warum? Wozu? War es Joss? Ich glaubte es schon. War er gekommen, mich um ein neues, gemeinsames Leben zu bitten? Nein, dazu war er zu stolz. Er hatte immer gesagt, daß er sich mir nicht aufdrängen würde. Warum dann dieses Verhalten? Und was bedeutete es?

Lag ich richtig mit meiner Vermutung, daß irgend etwas im Haus mich zu warnen versuchte?

Wenn ich heimkam und überall Stille herrschte, packte mich oft der Wunsch, wieder wegzugehen, das Haus zu verlassen. Manchmal saß ich dann beim Teich; meist zog ich aber den friedlichen Obstgarten vor. Dort unter den Zitronen- und Orangenbäumen konnte ich mich entspannen, über den Alltag und mein Leben nachdenken. Ich schalt mich wegen meiner Hirngespinste und hatte immer das Gefühl, hier unter den Bäumen wieder zur Vernunft zu kommen.

Aus dem Büro hatte ich mir einige Fachbücher besorgt: Ich lernte daraus viel über Opale. Gern nahm ich eines davon mit in den Garten, suchte mir ein schattiges Plätzchen und büffelte, um die Leute mit meinen Kenntnissen zu verblüffen, vor allem Joss. Ich sah, daß es ihn beeindruckte, auch wenn er es nie erwähnte; an einem gewissen

Hochziehen der Mundwinkel und an seinem Augenzwinkern erkannte ich es stets. Diese widerwillige Bewunderung befriedigte mich sehr.

Und ausgerechnet im Obstgarten sollte ich dann jene Entdeckung machen! Das Gras wuchs hier wild. Wo die Erde hervorlugte, war sie braun und aufgerissen. Darum konnte ich wohl den kürzlich umgegrabenen Fleck so deutlich erkennen.

Ich sah gerade vom Buch auf, als mein Blick zufällig auf jene Grasnarbe fiel. Irgend jemand hatte da umgegraben, und es stak etwas heraus. Ich betrachtete es eine Weile, dann fiel ein Sonnenstrahl darauf, und es glänzte wie Gold.

Zögernd stand ich auf und ging hin. Es war Gold. Neugierig zog ich das Ding heraus – und erstarrte. Ich hielt die rote Lederbörse mit dem Goldverschluß in der Hand: Ezras Börse – die er bei sich getragen hatte, als er erschossen wurde.

Wer hatte sie im Obstgarten vergraben?

Es hielt mich keinen Moment länger an diesem Platz. Entsetzt und unentschlossen lief ich in mein Zimmer hinauf. Was sollte ich tun? Die Annahme, daß Ezra von einem Buschräuber erschossen wurde, stimmte also nicht. Es gab nur eine Antwort. Jemand aus dem Haus hatte Ezra Bannock getötet, die Börse an sich genommen, um es nach einem Raub aussehen zu lassen, und sie dann im Obstgarten vergraben.

Ich kannte nur einen Menschen, der ein Motiv dazu hatte. Durch Ezras Tod wurde Isa frei. *Er* war es aber noch nicht, war mit mir verheiratet – und solange ich lebte, war er nicht frei. *Solange ich lebte...*

Immer wieder ging mir dieser Gedanke durch den Kopf. Es war der reinste Alptraum. Ich betrachtete den Fund genauer. Eine rote Lederböse voller Goldstücke. Nach Isas Worten hatte Ezra sie jeden Morgen gefüllt.

Was war nur mit mir los? Liebte ich Joss? Ich wollte ihn schützen – ganz gleich, was er getan haben mochte. Wollte zu ihm gehen und sagen: »Ich habe Ezras Börse gefunden. Du hast sie im Obstgarten versteckt, leider nicht besonders gut. Wir müssen sie loswerden...«

Aber warum sollte er sie gerade an dieser Stelle vergraben? Er hätte sie doch irgendwo in der Wildnis wegwerfen können? Das sah ganz nach Panik aus. Eigenartigerweise konnte ich mir Joss durchaus als Mörder denken, aber niemals in Panik.

›So, das glaubst du also von mir?‹ würde er nur sagen. ›Warum gibst du mich dann nicht preis? Willst du mit hineinverwickelt werden?‹

›Weil ich dumm bin‹, würde ich antworten. ›Ich empfinde nämlich das gleiche für dich wie du für Isa. Vielleicht verstehst du es jetzt.‹

Natürlich würde ich dergleichen niemals sagen. Ich wußte nicht, was ich tun sollte. Legte die Börse in eine Schublade und hatte gleich darauf Angst, irgend jemand könne sie dort entdecken. Es war der kürzeste Weg zur Aufdeckung des Mordes.

Ich mußte es ihm sagen. Er würde natürlich lügen, würde behaupten, er habe sie nicht im Garten vergraben. Aber wer sonst? Wer sonst?

Ich verbrachte eine schlaflose Nacht; zweimal erhob ich mich und sah nach der Börse, um mich zu vergewissern, daß sie da war und ich das Ganze nicht nur geträumt hatte.

Als ich am nächsten Tag hinunterkam, war Joss schon aufgebrochen; ich folgte ihm später mit Jimson. Wir unterhielten uns unterwegs, aber ich erinnere mich nicht, worüber. Ich konnte an nichts anderes denken als an die von der Gartenerde verschmutzte rote Börse.

Kaum war ich abends wieder zu Hause, ging ich sofort in mein Zimmer. Bereits beim Eintreten merkte ich, daß sich etwas verändert hatte. Eine Schublade war nicht richtig zu, und instinktiv wußte ich, daß jemand etwas gesucht hatte. Ich öffnete die Lade, in die ich die Börse gelegt hatte – sie war leer. Ich setzte mich hin und überlegte, was dies bedeuten mochte. Wer immer Ezras Mörder sein mochte – er wußte jetzt, daß ich die Börse entdeckt hatte.

Es fiel mir schwer, mich ganz normal zu geben; das schien mir nämlich die beste Art, um weiterzukommen. Ich sagte mir, sowie ich Joss sähe, würde ich wissen, was los war, da ihn der Vorfall bestimmt mitgenommen hatte.

Ich ging zum Fenster und blickte aufs Buschland hinaus. Plötzlich sah ich Mrs. Laud mit dem Pferdebuggy hereinkutschieren; sie fuhr oft damit einkaufen. Als sie aufblickte, bemerkte sie mich am Fenster und winkte.

Ich ging in die Halle hinunter. Irgendwie mußte ich mich wieder fangen.

»Heiß heute, was?« sagte ich.

»Weiß Gott ja.«

»Warum haben Sie Lilias nicht mitgenommen?«

»Sie gluckt mir ein wenig zu oft mit Jeremy Dickson zusammen.«

»Er ist doch ein sehr angenehmer junger Mann. Warum mögen Sie ihn denn nicht?«

Mrs. Laud schwieg und preßte nur die Lippen aufeinander.

»Sie sind sicher übermüdet«, fuhr ich fort. »Wie wär's mit einem Tee?«

»Ja, ich wollte mir gerade einen machen. Trinken Sie eine Tasse mit, Mrs. Madden?«

Wir stiegen ins oberste Stockwerk hinauf, und sie setzte den Kessel auf. Das Zimmer gefiel mir sehr – es war so heimelig, mit dem trockenen Blätterstrauß neben dem Kamin und dem roten Plüschläufer auf dem polierten Tisch. Die Gobelinbezüge der Stühle hatte sie sichtlich selbst gemacht. In einer Ecke war eine Vitrine mit Nippsachen, an der Wand hing eine Kuckucksuhr.

Mrs. Laud bemerkte meinen Blick. »Das habe ich von England mitgebracht. Als Mr. Hennicker mir hier dann meine eigenen Räume gab, war ich froh drum.«

»Dadurch war es für Sie sicher gleich gemütlich.«

Sie bereitete den Tee zu. Allem Anschein nach regte sie irgend etwas auf, und ich mußte herausfinden, was. Dadurch wurde ich vielleicht auch von meinen Sorgen abgelenkt.

»Hoffentlich schmeckt er Ihnen so. Ganz bin ich mit dem Tee hier nie zufrieden. Es liegt wohl am Wasser.«

»Sie wollten mir von Mr. Dickson erzählen«, meinte ich aufs Geratewohl.

»Wollte ich das?«

»Äh... diese Freundschaft zwischen ihm und Lilias paßt Ihnen nicht?«

»Das will ich nicht gerade sagen.«

»Was denn sonst?«

»Es ist wahrscheinlich dumm von mir. Ich will nur nicht, daß sie einen Fehler macht. Vermutlich wollen das alle Mütter bei ihren Töchtern vermeiden.«

»Hat er Sie irgendwie geärgert?«

»O nein, keineswegs.«

»Oder jemand anders?«

Sie sah mich ganz verstört an, wie ein Tier in einer Falle.

»Ich kann's einfach nicht ertragen, wenn hier im Haus was nicht stimmt. Das Gerede paßt mir nicht«, stieß sie plötzlich hervor.

»Was für ein Gerede denn?« fragte ich scharf.

Sie sah mich ganz unschuldig an, und dann sagte sie: »Im Grunde kann man es gar nicht genau definieren. Es ist nur so eine Art... eine Art Andeutung.«

»Ich verstehe nicht: Welche Art Andeutung meinen Sie denn?«

Sie blickte über die Schulter, als suche sie einen Fluchtweg. »Gerade Ihnen würde ich das auf keinen Fall erzählen.«

»Und warum nicht? Betrifft es denn mich?«

»Es sind Lügen, nichts als Lügen...«

»Also jetzt haben Sie schon zuviel verraten, Mrs. Laud. Jetzt müssen Sie weiterreden. Irgend jemand verbreitet also Lügen über mich?«

»O nein – nicht über Sie, Mrs. Madden. Sie tun allen leid.«

»Und warum tue ich allen leid?«

»Weil Mr. Hennicker dieses Testament gemacht und damit alles erzwungen hat. Mrs. Bannock mag man hier allgemein nicht. Überhaupt nicht. Ach Gott, Mr. Madden wird, mich schelten, wenn er das hört. Er wird mich rauswerfen, wenn er davon erfährt. Vielleicht verdiene ich es auch dafür.«

»Ich möchte gern wissen, was man redet.«

»Wenn ich es Ihnen wirklich sage – versprechen Sie mir, es ihm nicht wiederzuerzählen?«

»Meinem Mann, meinen Sie?«

»Ja, bitte sagen Sie ihm nichts davon. Er würde schrecklich zornig werden... Weiß der Himmel, wie das enden könnte. Es ist ja nur das Gerede, aber es regt mich auf. Ich habe denen schon Bescheid gestoßen, daß es nur Lügen sind... aber sie hören nicht auf damit. Zu Ihnen sagt natürlich keiner was. Sie wären die Letzte, der man damit kommen würde.«

»Mrs. Laud, ich will jetzt endlich wissen, worum es überhaupt geht.«

»Es sind gar nicht so sehr die Worte: die Blicke, das Nicken... und...«

»Die Andeutungen also. Und was deutet man an?«

Jetzt überhastete sie sich fast. »Es heißt, man hätte immer gewußt, was da gespielt würde. Ezra hat es sich wegen seiner Stellung in der Company lange gefallen lassen. Und dann wollte er es nicht mehr dulden... und deswegen mußte er sterben.«

»Nein!« schrie ich entsetzt und vergaß ganz, daß ich genau denselben Gedanken gehabt hatte. »Das ist doch unmöglich.«

»Es heißt, daß sie den ›Grünen Blitz‹ besitzt; daß er ihn aus dem Versteck geholt und ihr gegeben hat.«

»So ein Unsinn!« rief ich.

»Genau! Das sage ich auch. Aber es macht mich kaputt, und Sie haben mich gerade in einem schlechten Augenblick erwischt.«

»Ich bin froh, daß Sie es mir gesagt haben. Und jetzt vergessen wir es beide, ja?«

Sie zögerte noch. »Natürlich glaube ich es nicht, aber ich meine... Tja, ich meine, Sie sollten doch ein wenig aufpassen.«

Ich starrte sie an, und sie biß sich entsetzt in die Lippen und stotterte hervor: »...aufpassen, daß dieser Tratsch nicht weitergeht.«

Von nun an meinte ich immer, in Fancy Town von den Leuten heimlich beobachtet zu werden. Ich tat ihnen leid, sie fragen sich wohl, wieviel ich wüßte. In einem kleinen Nest wie diesem wußte jeder über jeden Bescheid, und überall hingen ja noch die Plakate, die nach Ezras Ermordung angebracht worden waren.

Ein unangenehmer Ort. Zu der bequemen Theorie, daß ein Buschräuber, der inzwischen meilenweit weg war, Ezra ermordet hatte, gab es nur eine Alternative – nämlich die, daß der Mörder in unserer Mitte weilte. Mörder mußten aber Motive haben. Ich wußte, daß der Mörder jemand war, der zumindest so häufig ins Pfauen-Haus kam, daß niemand Verdacht schöpfte, wenn er allein in den Obstgarten ging, um dort eine Börse zu vergraben.

Im Büro wartete Jeremy schon auf mich. Er bereitete uns Tee zu, und am liebsten hätte ich ihm von meiner Entdeckung und meinen Ängsten erzählt, denn er war wohl einer der wenigen, mit dem ich überhaupt reden konnte. Trotzdem leuchtete mir ein, daß es unklug gewesen wäre.

Immerhin brachte ich das Gespräch auf den ›Grünen Blitz‹.

»Haben Sie auch schon das Gerücht gehört, daß Ezra ihn gestohlen haben soll und deswegen sterben mußte?«

»Solches Geschwätz beachte ich gar nicht.«

»Es wäre immerhin möglich, daß es stimmt.«

»Ezra war kein Dieb; er hätte nie dergleichen getan.«

»Seine Frau hat eine schöne Kollektion. Vielleicht wollte er ihr zu dem Glanzstück verhelfen.«

Jeremy schüttelte entschieden den Kopf. »Wenn man den Stein finden könnte, wäre es natürlich nützlich.«

»Ja, gewiß. Aber wo ist er? Wenn ich nur wüßte, wo man mit der Suche anfangen könnte. Joss will nämlich nicht, daß wir in dieser Sache etwas unternehmen – darum ist es sehr schwierig für mich.«

Jeremy runzelte die Stirn. »Eigenartig ist es schon«, sagte er. »Vielleicht stellt er eigene geheime Nachforschungen an.«

»Da ich Teilhaberin bin, würde er mich in einem solchen Fall wohl informieren. Haben Sie einen Vorschlag, was ich tun könnte?«

»Ich nehme an, daß der Stein noch da war, als Mr. Hennicker wegfuhr. Einbruch gab es bestimmt keinen – also muß ihn jemand genommen haben, der im Haus bekannt war. Jeder von uns käme in Betracht... Sie könnten mit einer Befragung des Personals beginnen. Ich werde jedenfalls Augen und Ohren offenhalten und meinerseits tun, was ich nur vermag.«

»Ich danke Ihnen.«

Plötzlich öffnete sich die Tür, Joss blickte herein.

»Ach«, sagte er, »das übliche Teekränzchen.« Er war bereits im

Begriff, sich wieder zurückzuziehen', da fragte Jeremy: »Wollten Sie etwas von mir?«

»Später dann«, antwortete Joss nur und verschwand.

Bald darauf kehrte ich heim und legte mich in meinem Zimmer aufs Bett. Die Fensterläden hatte ich wegen der Hitze geschlossen. Ich konnte mich nicht auf ein Buch konzentrieren und mußte mir dauernd vorstellen, wie Joss die Börse vergraben hatte. Je mehr ich daran dachte, desto absurder erschien es mir.

Es klopfte leise an meiner Tür, ich hörte es zuerst kaum. Als ich dann »Herein!« rief, öffnete niemand, und ich ging zur Tür und sah in den Korridor hinaus. »Ist da jemand?«

Keine Antwort. Plötzlich vernahm ich von oben Spinettklänge: ein Chopin-Walzer. Wer mochte hier das Spinett spielen? Neugier ließ mich zur Galerie hinaufgehen. Als ich schon fast oben war, endete die Musik abrupt. Ich öffnete die Tür und trat ein – es war niemand da. Entsetzt blickte ich mich um. Wenn jemand hier gespielt hat, hätte ich ihn doch herauskommen sehen müssen! Hatte ich mir das Ganze nur eingebildet? Nein, ich war mir meiner Sache völlig sicher. Als ich wieder hinunterging, hörte ich jemanden in der Halle. Es war Mrs. Laud; sie kam offenbar gerade vom Einkauf zurück.

»Mein Gott, diese Hitze kann einen lähmen«, sagte sie.

»Haben Sie schon wieder eingekauft? Das sollten Sie doch lieber vormittags machen.«

»Ich hatte ein paar Sachen vergessen. Sie sehen so entsetzt aus!«

»Ich meinte, jemanden auf dem Spinett in der Galerie spielen zu hören.«

»Unmöglich, das kann ich mir nicht vorstellen. Seit Jahren hat niemand mehr das Instrument berührt. Mr. Hennicker spielte früher manchmal darauf. Für einen so nüchternen Menschen wie ihn hatte er oft so komische Ideen. Oft hat er zu mir gesagt: ›Emmeline‹ – er nannte mich immer bei meinem vollen Vornamen – ›Emmeline, wenn ich spiele, dann meine ich immer, damit jemanden aus dem Jenseits zu rufen...‹ So eigenartige Gedanken hatte er. Sie starb... an gebrochenem Herzen, sagte er, und wäre er in England geblieben, hätte er sie retten können. Merkwürdig, daß Sie sich jetzt einbilden, es gehört zu haben.«

»Das kam mir aber nicht wie eine Einbildung vor.«

»Was sollte es sonst sein, Mrs. Madden? Ich kann mir nichts anderes denken.«

»Na schön.« Ich zuckte mit den Achseln. »So wichtig ist es ja auch nicht.«

Es *war* aber wichtig. Denn ich hatte die Melodie bestimmt gehört und konnte mir nicht erklären, wie das zugegangen sein konnte. Nach Sonnenuntergang ging ich noch einmal in die Galerie hinauf. Im Kerzenlicht wirkte sie gespenstisch; es brannten nur einige Lichter in größerem Abstand. Irgendwie hatte ich das Gefühl, etwas befinde sich im Raum. Kamen Verstorbene wirklich zurück – Menschen, die sich das Leben genommen hatten und keine Ruhe finden konnten? Was war nur los mit mir?

Als ich am nächsten Tag nach Haus zurückkehrte, ritt Jeremy Dickson mit. »Ich werde auf eine Weile verreisen«, berichtete er.

»Ja, wohin denn?«

»Mr. Madden hat gestern noch mit mir gesprochen. Jemand soll in unser Büro in Sydney, und er meinte, ich wäre dafür der Geeignetste.«

Ein Gemisch von Enttäuschung und Freude erfüllte mich. Sicher würde Jeremy mir fehlen – aber warum schickte ihn Joss wohl weg? Weil er wußte, daß wir uns mochten. Also war ihm das doch nicht gleichgültig, wie ich ja bereits aus einigen Vorzeichen hatte entnehmen können.

»Freuen Sie sich darauf?« fragte ich ihn.

»Ich will jetzt unbedingt den ›Grünen Blitz‹ finden. Vielleicht habe ich in Sydney dabei mehr Erfolg.«

»Das kann ich mir kaum vorstellen.«

»Warum nicht? Wenn ihn jemand genommen hat, würde er wohl kaum in dieser Gegend bleiben.«

»Aber wir waren uns doch einig, daß es jemand sein mußte, der hier lebt... Der unbemerkt aus und ein gehen kann.«

»Mag schon sein. Jedenfalls werde ich in Sydney mal meine Fühler ausstrecken. Es ist erstaunlich, was man oft im Gespräch herausfindet.«

Es hatte mir immer gutgetan, mich mit Jeremy zu unterhalten, und sein Abschied zwei Tage später bedrückte mich.

Joss spottete auf unserem Morgenritt ins Geschäft. »Tut mir leid, daß ich dir deinen Busenfreund nehmen mußte.«

»Wieso Busenfreund?« gab ich ärgerlich zurück. »Du meinst wohl Kollegen.«

»Ihr scheint jedenfalls sehr gern zusammen zu sein.«

»Weil er mich wie ein intelligentes Wesen behandelt hat.«

»Ach geh, es gibt niemand in der Company, der deine Intelligenz nicht zu würdigen wüßte. Aber jetzt kannst du dir vielleicht einmal andere Teile des Betriebes zu Gemüte führen. Bei der Schleiferei bist du schon viel zu lange geblieben.«

»Du mußt doch zugeben, daß ich mich recht gut gemacht habe.«

»Das habe ich nie bestritten. Du kannst aber nicht dein Leben lang von diesem Ruhm zehren. Vielleicht läßt du dich jetzt mal von Jimson Laud in die Bücher einführen. Die Buchhaltung ist in unserer Branche sehr wichtig.«

»Und was gedenkst du wegen Ezra zu unternehmen?«

Sein Ausdruck änderte sich. »Was meinst du damit?«

»Hast du schon eine Spur?«

»Völlig hoffnungslos. Wie soll man einen Buschräuber in diesem weiten Land aufspüren?«

»Und wäre die gestohlene Börse keine Spur?«

Er sah mich überrascht an. »Seine Börse? Die hätte der Mörder ja wohl auf keinen Fall behalten, sondern bestimmt gleich weggeworfen – so schnell wie möglich sogar. Er würde doch nicht etwas bei sich tragen, das ihn an den Galgen bringt!«

»Eine rote Börse mit goldenem Verschlußring.«

»Ja, das wissen wir.«

»Und die wurde nie gefunden?«

»Hast du das etwa erwartet? Solche Börsen muß es hier zu Hunderten geben.«

Ich wollte es ihm so gern sagen, aber ich konnte nicht. Es wäre genauso, als hätte ich ihn des Mordes angeklagt. Das würde er mir nie vergeben... vor allem, wenn er schuldig war. Es stimmte schon, sicher gab es eine Unzahl solcher Börsen; vielleicht hatte die im Garten auch schon lange dort gelegen. Aber warum war sie dann kurz darauf aus meiner Schublade verschwunden?

Wir kamen ins Büro, und ich ging gleich zu Jimson hinein, konnte mich aber überhaupt nicht konzentrieren. Dauernd mußte ich an Isa und Joss denken. Unauslöschlich hatte sich mir jener Augenblick eingeprägt, als sie mir den ›Harlekin‹-Opal zeigte und zugab, daß Joss ihn ihr geschenkt hatte.

Beim Verlassen des Büros am Nachmittag beschloß ich, nicht heimzureiten, sondern Isa aufzusuchen.

Ich überließ Wattle vor dem Haus einem Pferdeknecht und betrat die Halle, in der ich einen riesigen Schrankkoffer entdeckte, der offenbar zum Transport bereitstand. Ein Diener brachte mich in den kühlen Salon. Gleich darauf kam Isa herein. Sie sah in ihrem schwarzen Chiffonkleid wunderschön aus, geheimnisvoll und raubtierhaft wie stets.

»Jessica – wie nett von Ihnen, daß Sie mich besuchen.«

»Ja, es fiel mir gerade so ein. Sie hatten mich doch damals eingeladen.«

»Aber natürlich. Ich liebe Besuche, das sagte ich Ihnen ja bereits.«

»Es muß jetzt sehr einsam für Sie sein.«

»Aber alle sind so gut zu mir, sie besuchen mich oft.«

Sie lächelte. Joss, dachte ich.

»Ich lasse gleich Tee auftragen«, sagte sie.

Während wir darauf warteten, fragte sie mich, wie es mir in der Company gehe. »Sie sollen ja immense Fortschritte machen!«

»Wer hat Ihnen denn das erzählt?«

»Das hört man eben so. Ich finde es fantastisch, daß Sie das alles begreifen. Ich kann mich nur am fertigen Produkt erfreuen.«

»Sie wollten mir doch mal Ihre übrige Kollektion zeigen.«

»Habe ich die Ihnen nicht schon einmal gezeigt?«

»Ja, als Sie den ›Harlekin‹ bekommen hatten.«

»Ein Prachtstück, nicht? Unheimlich großzügig von Joss!«

»Es hat ihm sicher Freude bereitet, Ihnen den Stein zu schenken.«

»Er wußte ihn bei mir in guten Händen.«

»Der schönste Ihrer Sammlung ist es aber nicht, oder?«

Sie sah mich von der Seite an und schüttelte den Kopf.

»Und welches ist Ihr schönster?«

»Ezra sagte immer: ›Sprich nicht soviel über deine Sammlung. Sonst stiehlt sie dir mal jemand.‹«

»Sie haben sich aber nicht an seinen Rat gehalten.«

»Ich finde, Ratschläge sollte man sich immer anhören, aber nur dann annehmen, wenn man es will.«

»Da ich jetzt soviel über Opale weiß, würde ich Ihre Sammlung bestimmt noch viel besser genießen.«

»Ach ja, damals waren Sie ja noch ganz neu. Aber immerhin nicht mehr so sehr, daß Sie nicht die Qualitäten des ›Harlekin‹ erkannt hätten.«

»Die waren allzu offensichtlich, und bei anderen Steinen Ihrer Sammlung wird es ähnlich sein.«

»Ja, natürlich. Wie geht es Wattle? Es muß ein Schock für Sie gewesen sein, Ezra zu entdecken. Ist es nicht merkwürdig, daß ohne das Pferd sein Tod ewig ein Geheimnis geblieben wäre? Irgendwie erschreckend. Wenn man sich denkt, was hier alles passieren kann! Wer weiß, wie viele Leichen schon im Sand verscharrt liegen, die kein treues Pferd ausgegraben hat... Haben Sie übrigens Joss gesagt, daß Sie zu mir kommen?«

»Nein. Vielleicht tue ich es noch – oder Sie.«

»Meinen Sie denn, daß ich ihn noch sehen werde? Kommt er etwa herüber?«

Sie sah mich mit großen Augen an.

»Ich weiß nicht, was er vorhat«, antwortete ich. »Zeigen Sie mir jetzt die restliche Kollektion?«

»Nein«, sagte sie.

»Und warum nicht?«

»Raten Sie mal.«

»Birgt sie etwas so Wertvolles, daß Sie es lieber nicht zeigen?«

»Wertvolle Steine befinden sich jedenfalls darunter.« Sie lachte plötzlich. »Ach – ich weiß jetzt, was Sie denken. Der unauffindbare ›Grüne Blitz‹. Wissen Sie, was man in der Stadt erzählt? Daß Ezra ihn gestohlen und mir gegeben habe und daß er sterben mußte, weil der Stein ihm Unglück brachte. Meinen Sie denn, ich wünschte mir Unglück?«

»Sie glauben ja bestimmt nicht daran.«

»Ich bin sogar sehr abergläubisch. Und der Grund, warum ich Ihnen meine Sammlung nicht zeigen werde, hat nichts mit dem ›Grünen Blitz‹ zu tun.«

»Und was ist dann der Grund?«

»Sie ist schon verpackt.«

»Schicken Sie sie weg?«

Sie nickte. »Ich nehme sie mit. Ich reise in ein paar Wochen nach England.«

»Nach England?«

»Auf Ferien. Vielleicht komme ich zurück. Ich muß einfach hier mal raus – jetzt vor allem, nach Ezras Tod.«

»Fahren Sie allein?«

Die Tigeraugen glühten. »Sie stellen zu viele Fragen«, fauchte sie. Was meinte sie wohl damit?

Bald darauf brach ich auf, denn ich wollte noch bei Tageslicht heimkehren.

Im Pfauen-Haus war alles ruhig; Joss war noch nicht zurückgekehrt. Ich fühlte Unruhe über Isas Abreise – irgend etwas irritierte mich daran. Was würde Joss dabei empfinden? Falls er sie wirklich liebte, dürfte es ihn ziemlich aus der Fassung bringen. Ich wartete ungeduldig auf seine Heimkunft.

Auf dem Weg in mein Zimmer hörte ich erneut Spinettklänge. Ich hastete zur Galerie – aber als ich oben angekommen war, hatte das Spiel bereits wieder geendet. Vorsichtig öffnete ich die Tür. Niemand war drinnen. Ich sah mich um. Es gab nur eine Erklärung: Falls kein zweiter Ausgang existierte, muß das Spinett von jemandem gespielt worden sein, der durch Wände gehen konnte.

Ich setzte mich in einen Sessel und sah mich um. Die Töne hatten mich zutiefst angerührt. Vielleicht *wollte* ich einfach an etwas Überirdisches glauben. Daß meine Mutter aus Sorge um mich aus dem Totenreich zurückgekehrt war. Wenn meine Theorie stimmte, befand ich mich jetzt in echter Gefahr. Warum sonst versuchte meine Mutter, mich zu warnen und zu schützen?

Ja, ich spürte es. Es lag etwas Böses in der Luft. Hier in der Galerie war es. Ich meinte geradezu eine warnende Stimme zu hören: Paß auf, du bist in Gefahr!

Ganz still saß ich da, ganz angespannt. Und warum spielte sie das Spinett? Warum redete sie nicht, erklärte mir, was mich bedrohte? Übernatürliche Manifestationen gingen wohl nie diesen geraden Weg. Sie gaben sich immer nur in unirdischer, eigenartiger Weise zu erkennen.

Und dann hörte ich plötzlich hysterisches Weinen. Ich ging rasch zur Tür und horchte. Es mußte im oberen Stockwerk sein; ich eilte hinauf.

Die Tür zu Mrs. Lauds Zimmer stand offen, das Weinen kam von dort.

»Was ist denn los?« rief ich. Drinnen waren alle drei Lauds, und Lilias schluchzte hysterisch. Jimson hatte den Arm um sie gelegt.

»Was ist denn?« fragte ich erneut.

Mrs. Laud sah mich erschrocken an. »Jetzt hast du Mrs. Madden gestört. Es tut mir so leid. Lilias ist ein wenig außer Fassung. Ihr Bruder und ich haben sie zu trösten versucht.«

»Und was ist passiert?«

Mrs. Laud schüttelte den Kopf und blickte mich flehentlich an, als wollte sie alle Fragen abwehren.

Lilias riß sich zusammen und sagte: »Es ist schon wieder gut, Mrs. Madden. Ich weiß nicht, was mich gerade überkam.« Ich sah, wie sehr sie sich mühte, wieder Gewalt über sich zu gewinnen.

»Nur eine private Angelegenheit«, sagte Jimson.

»Ich war gerade in der Galerie und hörte das Weinen«, erklärte ich.

»In der Galerie?« sagte Lilias mit unverkennbar zitternder Stimme.

»Ich meinte, wieder das Spinett zu hören.«

Nach kurzem Schweigen sagte Jimson: »Das werden Sie sich bestimmt nur eingebildet haben.«

»Tja, anders kann es wohl nicht sein. Ist nun wieder alles in Ordnung?«

»O ja, Mrs. Madden«, versicherte mir Mrs. Laud. »Wir kümmern uns schon um Lilias.«

»Tut uns leid, daß Sie gestört wurden«, sagte Jimson.

»Ja«, echote Lilias. »Es tut mir sehr, sehr leid.«

Ich ging hinaus. Die Familie wurde mir immer rätselhafter.

Als ich mich zum Abendessen umzog, kam Mrs. Laud in mein Zimmer. »Ich wollte Ihnen nur noch einmal sagen, wie fatal mir der Vorfall von heute nachmittag ist. Es ist mir entsetzlich, daß wir Sie gestört haben.«

»Ach was, Mrs. Laud, das macht doch nichts. Mich dauert nur die arme Lilias.«

»Ja, sie hat sich so aufgeregt. Sie werden sich wohl denken können, warum.«

Ich sah sie verständnislos an.

»Es ist wegen Mr. Dickson – weil er nach Sydney geschickt wird.«

»Ach so, ich verstehe.«

»Sie mag ihn sehr. Ich war bisher gegen die Heirat, aber vielleicht bin ich im Unrecht.«

»Haben sie denn von Heirat gesprochen?«

»Offiziell nicht, aber Lilias war völlig aufgelöst, als sie es hörte.«

»Er bleibt doch nicht lange.«

»Sie meint aber, daß Mr. Madden ihn vielleicht für dauernd unten behalten will.«

»Das kam mir nicht so vor«, meinte ich.

»Sie wissen das natürlich besser. Ich vergesse immer, daß Sie ja auch Mitinhaberin der Company sind. Für eine Dame eigentlich merkwürdig.«

»Das war Mr. Hennickers Idee.«

»Ach ja, der und seine Ideen! Jedenfalls wollte ich Ihnen das mit Lilias erklären.«

»Ist schon gut, Mrs. Laud.«

Beim Abendessen wirkte Lilias bereits wieder ganz ruhig. Das Gespräch drehte sich wie gewöhnlich um Geschäftsdinge. Ich konnte mich jetzt schon gelegentlich daran beteiligen und tat es auch mit Freude. Plötzlich wurde mir aber diese Freude verdorben. Joss sagte: »Ich glaube, demnächst wird eine Reise nach England nötig sein.«

Ich starrte ihn erschrocken an. »Wir sind doch gerade erst angekommen«, sagte ich.

»So ist es eben im Geschäft«, meinte er leichthin. »Man weiß nie, was sich in nächster Zeit ergibt.«

»Und was ist in diesem Fall der Anlaß?«

»Ein neuer Markt öffnet sich für uns in London. Die Nachfrage nach schwarzen Opalen steigt. Da wollen wir natürlich nicht den Anschluß verlieren.«

»Du willst also nach England fahren?«

»Es ist noch nicht sicher – aber es kann sich durchaus als notwendig erweisen.«

Ich war ganz niedergeschlagen, denn ich meinte genau zu verstehen, was dahintersteckte. Isa reiste nach England – also würde er auch fahren. Sicher geschickt eingefädelt, das Ganze. Erst fuhr sie, und dann entdeckte er, daß er ebenfalls hinüber mußte, und bereitete inzwischen das Terrain vor. Mir war der Appetit vergangen, und nach dem Essen zog ich mich unter einem Vorwand sofort in mein Zimmer zurück. Ich hatte den Blick meines Mannes gesehen, als er die Angelegenheit mit England verkündete. Er schien geradezu auf einen Protest zu warten. Diese Genugtuung würde ich ihm nicht geben, dachte ich. Aber ihn wissen lassen, daß ich den Grund für seinen plötzlichen Reisewunsch kannte – nicht das Geschäft, sondern Isa!

Sobald Jeremy Dickson zurückkam, wollte ich ihm nun doch von der roten Börse erzählen. Mit ihm konnte ich mich frei besprechen. Und dann sagte ich mir, daß es unmöglich war, da ich meinen Mann damit ja indirekt beschuldigte.

Noch nie hatte ich mich derart allein gefühlt.

Eines Nachmittags kam ich wieder in das stille Haus zurück und ging in mein Zimmer. Während ich noch die Hand auf der Türklinke hatte, hörte ich die geisterhaften Töne von oben.

Wieder rannte ich, so schnell ich konnte, hinauf. Die Musik hörte aber zwischendurch auf – und wie immer saß niemand am Spinett.

Irgend jemand trieb da sein Spiel mit mir. Ich sah mich um und bemerkte plötzlich eine Veränderung in der Galerie. Einer der Vorhänge an der Wand war nicht an seinem Platz. Ich ging hin, zog ihn ganz zurück und entdeckte dahinter eine Tür, von deren Existenz ich nichts geahnt hatte. Jetzt dämmerte mir etwas. Wer immer das Spinett gespielt hatte, schlüpfte einfach hinter den Vorhang und verließ den Raum, ehe ich die Galerie betrat. Ja, das mußte es sein, denn diese Geheimtür war jetzt nicht ganz geschlossen. Diesmal war wohl zu wenig Zeit gewesen, um den Fluchtweg zu kaschieren.

Ich stieß die Tür auf und blickte ins Dunkle hinein, fühlte dann mit dem Fuß voraus und spürte eine Treppe. Ganz vorsichtig stieg ich zwei Stufen hinunter. Plötzlich gab etwas unter mir nach. Es klapperte, und ich hatte das Gefühl, durch die Luft zu segeln. Suchend griff ich nach irgendeinem Halt und erwischte ein Geländer, das ich nicht sehen konnte. Die Füße rutschten mir weg, ich saß plötzlich auf etwas Feuchtem, Kaltem.

Ich war so schockiert, daß ich mich einige Augenblicke lang nicht rühren konnte. Bemerkte nur, wie schwere Dinge hinunterfielen, offenbar über Treppenstufen.

Ich schrie um Hilfe und versuchte aufzustehen. Meine Augen gewöhnten sich allmählich an die Dunkelheit, und ich konnte die Treppe einigermaßen erkennen.

Dann hörte ich oben eine Stimme: »Was ist denn los?«

Es war Mrs. Laud. Ich rief zurück: »Ich bin es, Mrs. Laud. Ich bin gestürzt.«

»Sind Sie aus der Galerie gekommen? Warten Sie!«

Ich blieb sitzen und wartete. Mir war jetzt klar, was passiert war. Die Treppe war blockiert gewesen, und wenn ich das Geländer nicht rechtzeitig erwischt hätte, wäre ich sehr tief gefallen und hätte mir möglicherweise sogar den Hals gebrochen.

Mrs. Laud kam herabgeeilt. »Was ist denn passiert? Warten Sie, ich helfe Ihnen auf. Einen Moment noch, ich hole eine Kerze. Diese dumme alte Treppe!«

Taumelnd und mit Unterstützung von Mrs. Laud kehrte ich in die Galerie zurück.

»Die Tür stand offen – ich hatte von ihrer Existenz gar nichts geahnt.«

»Ja, sie ist normalerweise hinter dem Vorhang verborgen. Diese Treppe führt zum nächsten Stockwerk hinunter. Sie ist seit Jahren nicht in Benutzung. Offenbar hat jemand wohl irgendwelche Schachteln dort gestapelt.«

»Ganz schön gefährlich«, sagte ich.

»Das hätte schlimm ausgehen können. Ich helfe Ihnen besser in Ihr Zimmer hinunter. Dort kriegen Sie erst mal eine Tasse Tee zur Stärkung.«

»Lassen Sie mich noch eine Weile hier sitzen und nachdenken. Ich hörte heute nachmittag wieder Musik.«

Sie sah mich beunruhigt an. »Tatsächlich?«

»Sie meinen, ich bilde es mir nur ein?«

»Ja, wenn man beunruhigt ist, bildet man sich alles mögliche ein.«

»Beunruhigt? Worüber denn?«

Sie machte eine vage Handbewegung. »Da gäbe es viele Gründe.«

»Ich verstehe nicht?«

»Nun, daß Mr. Madden verreisen will, und die ganze Situation überhaupt.«

Leuten im eigenen Haushalt blieb eben nichts verborgen. Sicher redete man viel über das seltsame Verhältnis zwischen Joss und mir.

»Ich möchte nur wissen, warum die Tür offen war. Sie sagen, daß die Treppe seit Jahren nicht benützt wurde. Irgendwer muß sie aber in der letzten Zeit doch benützt haben. Jemand, der am Spinett spielte und dann dort verschwand. Und heute vergaß der- oder diejenige keineswegs, die Tür zu schließen, sondern ließ sie absichtlich offen.«

»Wer hätte die Treppe mit all dem Gerümpel drauf wohl benützen sollen?«

»Jemand, der wußte, daß das Zeug dort stand. Der es vielleicht selbst dorthin gebracht hatte, weil er wollte, daß ich die Tür entdecken und dort nachschauen würde.«

»O nein, Mrs. Madden, so weit würde er nicht gehen.«

»Wer – er?«

»Wer immer da am Spinett spielt ... Ihnen einen Streich spielen will, wie Sie sagten.«

»Ich muß dieser Sache auf den Grund kommen, Mrs. Laud. Nehmen Sie bitte nichts von der Treppe weg. Ich will selbst sehen, was dort alles steht.«

»Auf dem Flur darunter ist eine Tür, die man kaum sieht. Ich habe einen Vorhang drübergetan, da die Treppe ja nie benützt wird. Sie haben ja selbst erlebt, wie dunkel und gefährlich es da ist. Es scheint mir, daß irgend jemand den Raum einfach als Lagerplatz verwendet hat.«

»Wer unten die Tür öffnet, sieht doch bestimmt, daß eine Treppe dahinter ist und kein Vorratsraum.«

»Ich kann es mir selbst nicht erklären«, sagte Mrs. Laud achselzuckend.

Ich nahm eine Kerze, zündete sie an und spähte nach unten. Auf den letzten Stufen sah ich Schachteln übereinander getürmt. »Das holen wir lieber raus«, sagte ich. »Solche Geheimplätze mag ich gar nicht.«

Während ich noch so redete, wußte ich bereits, daß mich jemand auf die Treppe gelockt haben mußte, die Schachteln absichtlich dort abgestellt hatte – in der Hoffnung, ich würde einen Unfall erleiden oder gar zu Tode stürzen. Und das war jemand, der mich aus dem Weg haben wollte.

Am nächsten Morgen ritt ich wie stets hinüber nach Fancy Town. Das Abenteuer des Vortages hatte mir körperlich kaum geschadet.

»Wußtest du, daß eine Treppe von der Galerie zum Korridor im Stockwerk darunter führt?« fragte ich Joss und beobachtete ihn aufmerksam dabei.

Ohne die Miene zu verziehen, antwortete er: »O ja, ich erinnere mich daran. Als Kind spielte ich dort oft Verstecken.«

»In letzter Zeit hast du sie nicht benützt?«

»Nein. Ich hatte sie sogar vergessen. Warum fragst du?«

»Ich entdeckte sie erst gestern.«

»Wir sollten sie wieder aufmachen und benützen.«

»Das meine ich auch. Hast du schon mal am Spinett gespielt?«

»Wie kommst du darauf?«

»Reine Neugier.«

»Ja.«

Ich lachte.

»Was ist daran so lustig?«

»Der Gedanke, dich auf dem Stühlchen eine Chopin-Nocturne klimpern zu sehen.«

»Ich war gar nicht so schlecht. Werd' dir's mal vorführen.«

»Hast du in letzter Zeit gespielt?«

»Seit Jahren nicht mehr. Wahrscheinlich ist das Ding völlig verstimmt. Weiß der Himmel, warum Ben es überhaupt hierhergebracht hat.«

Wie konnte er so ruhig, so vernünftig sein? Er wollte mich nicht – das war mir klar. Aber ob er das Spinett spielen und versuchen würde, mir eine Falle zu stellen, in der ich mir den Hals brechen würde? Warum eigentlich nicht? Vor allem mußte mein Tod natürlich wirken. Das andere würde sich dann schon finden – und am Schluß des Weges wartete ja Isa als Belohnung.

Joss hatte Rang und Ansehen in Fancy Town; die Leute fürchteten ihn. Aber auch er mußte aufpassen, *wie* er einen Mord beging.

In der Geistermine

Das Mädchen, das mir am nächsten Morgen das heiße Wasser brachte, hatte zu meiner Überraschung auch einen Brief für mich. Eine Überraschung war es deshalb, weil wir unsere Post immer mittwochs im Ort erhielten, wenn sie von Sydney kam. Im Pfauen-Haus selbst wurde noch nie ein Brief abgeliefert.

»Wie ist denn der hierhergekommen?« fragte ich und drehte ihn in meiner Hand.

»Er lag in der Halle. Ein Diener hat ihn dort gesehen, und da er Ihre Adresse trägt, habe ich ihn mit heraufgenommen.«

Das Schreiben war offensichtlich persönlich überbracht worden, die Handschrift auf dem Umschlag kam mir irgendwie bekannt vor. Ich öffnete ihn und las:

›Liebe Mrs. Madden!

Wie ich hoffte, habe ich hier eine Entdeckung gemacht. Den Brief gebe ich noch heute abend in Ihrem Haus ab. Ich muß Sie allein und heimlich sprechen. Meine Nachforschungen haben sehr viel ergeben, und es wäre in diesem Stadium unklug, wollten wir uns öffentlich treffen. Sie sind in Gefahr und ich auch. Ich muß Ihnen etwas zeigen, von dem man weiß, daß ich es besitze. Hoffentlich kommt Ihnen das alles nicht zu dramatisch vor, aber ich versichere Ihnen, die ganze Sache *ist* dramatisch, und unser beider Leben könnten gefährdet sein... Darum bitte ich Sie, mich morgen zu treffen – also heute, wenn Sie diesen Brief bekommen. Da höchste Geheimhaltung angeraten erscheint, ist Grovers Schlucht wohl der beste Treffpunkt. Könnten Sie um drei Uhr dort sein? Um diese Zeit dürfte zwar niemand in der Gegend sein, aber wir müssen trotzdem aufpassen, darum schlage ich vor, daß wir in den unterirdischen Kammern der alten Mine zusammenkommen. Sie brauchen keine Angst zu haben, man kann auf der alten Leiter ganz leicht hinuntersteigen.

Zeigen Sie den Brief keinem Menschen; wenn wir uns treffen, werden Sie den Grund dafür begreifen.

Aufrichtigst Ihr
Jeremy Dickson‹

Die Worte tanzten mir vor den Augen. Dramatisch klang das Ganze tatsächlich, aber beim ›Grünen Blitz‹ ging wohl alles nur dramatisch ab, und ich war sicher, daß es sich um diesen Stein handelte.

Natürlich würde ich hingehen. Ich verspürte keine Angst vor

Grovers Geist, und Jeremy Dickson hatte ich immer schon gemocht und ihm vertraut.

Ich konnte den Nachmittag kaum erwarten.

Damit niemandem etwas auffiel, ritt ich mit Joss vormittags nach Fancy Town. Ich mag schweigsamer als sonst gewesen sein, aber er war es auch. Wir trennten uns bei der Eingangstür, ich ging gleich zu Jimson Laud hinein.

An diesem Morgen konnte ich mich auf nichts konzentrieren. Da ich solche unterirdischen Minen schon kannte, wußte ich, daß ich eine Kerze mitnehmen mußte, um den Weg zu finden.

Gegen Mittag kehrte ich nach Hause zurück und holte mir aus meinem Zimmer die nötigen Utensilien. Mein Aufbruch geschah so vorsichtig, daß es niemand bemerkte.

Der Himmel war glasklar. Es herrschte Windstille, kein Wölkchen stand am Himmel.

Glühend heiß brannte die Mittagssonne herab. Ich ritt trotzdem schnell, denn ich war begierig, Dickson bald zu treffen.

Der Staub stieg hinter mir auf, Zikadenzirpen erfüllte die Luft, aber ich achtete gar nicht darauf. Am Horizont hüpfte ein Känguruh zwischen Mulgabüschen herum, oben in den Bäumen lachten die unvermeidlichen Kookaburras. Nie war mir die Einsamkeit des Buschlandes so bewußt geworden.

Ich ritt durch die Schlucht und erreichte die Mine. Doch da waren weit und breit keinerlei Anzeichen von Jeremy zu sehen. Es war fünf vor drei. Mit der Hand über der Stirn durchforschte ich die Umgebung – nichts. Dickson war vielleicht doch schon unten. Ich überlegte nur, wo er sein Pferd versteckt haben mochte. Wattle war ganz ruhig, es schien sie nicht zu stören, daß ich absaß und sie an einen Busch band. Ehe ich hinunterstieg, sah ich mich noch einmal um. Absolute Einsamkeit. Hatte Jeremy wirklich den ›Grünen Blitz‹ gefunden und wollte ihn mir zeigen? Wo aber war sein Pferd? Vielleicht war er doch noch nicht gekommen. Aber er hatte so auf der genauen Zeit bestanden, und es war schon fast drei.

Ich kletterte die Eisensprossen hinab. Sie waren sehr rostig und offenbar schon lange nicht mehr benützt worden. Unten kam ich in eine Kammer, die in eine weitere führte, von der mehrere Stollen in den Felsen gingen.

Ich spähte hinein, konnte aber nur wenig sehen. Ganz leise rief ich: »Hallo – ich bin hier!«

Keine Antwort.

Dann zündete ich meine Kerze an und begann, den ersten Stollen zu erforschen. Aber meine Flamme fing zu flackern an, kaum daß ich die ersten Schritte getan hatte. Ich ging weiter, das Licht verlöschte. Ich zündete es wieder an, aber es flackerte nur schwach und ging sofort abermals aus.

Ich begriff nicht, was los war. Der Gang machte eine Biegung: Völlige Dunkelheit umfing mich. Noch einmal versuchte ich, die Kerze zu entzünden, aber diesmal ohne jeglichen Erfolg.

Kalte Angst überfiel mich: Alle meine Sinne schrillten. Ich wußte zwar nicht, was los war – nur, daß ich mich in akuter Gefahr befand. Wie ein Blitz durchfuhr es mich plötzlich. Vielleicht hatte Jeremy den Brief gar nicht geschrieben...? Aber es war doch seine Handschrift! Kannte ich sie wirklich so gut? Ich hatte sie nur ein paarmal flüchtig betrachtet. Andere Leute kannten sie bestimmt besser. War es da so schwierig, einen Brief zu fälschen, mit dem ich hinters Licht geführt werden konnte?

»Jeremy!« rief ich. Keine Antwort.

Jemand hatte mich hierhergelockt, und dieser Jemand war nicht Jeremy. Wer es war, würde ich bald wissen... Zu guter Letzt würde ich es erfahren. Ich Dummkopf, einfach so in die Falle zu tappen.

»Joss!« rief ich laut. »Joss...!«

Noch nie hatte ich derartige Angst ausgestanden. Es war das Eigenartige hier... die Stille, die Dunkelheit, die mich umgaben. Vor allem aber die Stille, diese entsetzliche Stille!

Raus hier! befahl ich mir selbst. Worauf wartest du noch? So schnell wie möglich weg von hier. Noch kannst du vielleicht entkommen.

Eine merkwürdige Lethargie hatte jedoch von mir Besitz ergriffen... etwas, das ich gar nicht an mir kannte. Es war, als würde ich Stück für Stück gelähmt.

Ich stolperte durch den Stollen auf das schwache Licht in der ersten Kammer zu, aber ich konnte kaum noch meine Glieder bewegen. Ganz langsam, als hätte die Zeit plötzlich zu existieren aufgehört, sank ich zu Boden.

»Joss?«

Ja, Joss war gekommen. Er hielt mich in den Armen.

»Also doch du... Kommst du, mich zu töten?« flüsterte ich. »Dann warst es doch du, Joss. Du willst Isa haben. Aber natürlich... Ich dachte es mir schon...«

Joss gab keine Antwort, ich hörte undeutliches Stimmengewirr und begriff plötzlich, daß ich mich nicht mehr in der Mine befand.

Ich lag auf dem Boden, Joss beugte sich über mich, und ich hörte ihn sagen: »Das Gift ist sie, glaube ich, los. Was sie jetzt am meisten braucht, ist Luft... Luft...«

Ich öffnete die Augen und hörte ihn meinen Namen sagen – auf eine Art wie nie zuvor –, halb vorwurfsvoll, aber zart. Der Tonfall, in dem er mich rief, machte mich sehr glücklich. Und dann hörte ich ihn fragen: »Habt ihr den Buggy?«

Er hob mich hoch. »Ich bring sie heim«, sagte er, legte mich in den Buggy und fuhr los. Daheim hob er mich wieder heraus. Ich war wohl nur halb bei Bewußtsein, alle Stimmen klangen unendlich fern.

»Sie hatte einen Unfall in der alten Mine. Heiße Ziegel, Mrs. Laud, und Milch, bitte.«

»Oh, Mr. Madden, wie entsetzlich!«

»Ist schon gut, sie ist gerettet. Ich habe sie rechtzeitig herausholen können.«

Er legte mich auf mein Bett: Meine Augen blieben geschlossen, aber ich war mir seiner Anwesenheit sehr bewußt. Dann beugte er sich zu mir herunter und küßte mich auf die Stirn.

Als ich schließlich die Augen öffnete, saß er neben meinem Bett und lächelte mir zu.

»Alles in Ordnung«, sagte er. »Ich habe dich rechtzeitig gefunden.«

Ich schloß die Augen wieder; mehr wollte ich im ersten Augenblick nicht wissen. Wollte mich nur zutiefst darüber freuen, daß *er* mich gerettet hatte – daß *er* besorgt war um das, was mir geschah.

Als ich aufwachte, war es schon dunkel draußen, im Zimmer brannten Kerzen; Joss saß nach wie vor an meinem Bett.

»Noch immer hier?« sagte ich.

»Ja, ich wollte dabeisein, wenn du aufwachst.«

»Was ist eigentlich passiert?«

»Du hast etwas ausgesprochen Dummes gemacht.« Das war wieder sein alter Tonfall.

»Ich sollte dort Jeremy Dickson treffen.«

»Den werden wir uns schon schnappen. Und herausfinden, was er eigentlich vorhatte.«

»Ich glaube aber gar nicht, daß er etwas mit der Sache zu tun hat.«

»Ich habe seinen Brief gesehen. Lilias hat ihn mir gebracht.«

»Lilias? Wo hatte sie ihn denn her?«

»In deinem Zimmer gefunden. Sie glaubt auch nicht, daß er von ihm stammt. Gott sei Dank war sie vernünftig genug, ihn mir so rasch wie möglich zu bringen. Ich bin gleich aufgebrochen, weil ich mir schon dachte, daß er etwas Böses vorhatte.«

»Er war nicht dort. Mir wurde nur plötzlich so komisch zumute.«

»Ja, von den giftigen Gasen. Jeremy Dickson hat dich da hinuntergelockt, weil er wußte, was passieren würde. Jetzt müssen wir herausfinden, *warum* er dich töten wollte. Hierzulande weiß jeder, daß man in lange unbenützte Stollen nicht hinein darf, ohne zuerst die Giftgase beseitigt zu haben. Das kann man auf verschiedene Weise tun. Du hättest doch merken müssen, daß deine Kerze nicht weiterbrannte...«

»Habe ich ja.«

»Das war schon die erste Warnung. Sie hieß: Schnell raus. Wir haben die Stollen inzwischen durchsuchen lassen, aber nirgends eine Spur von Dickson gefunden. Er war nie dort. Niemand außer dir.«

»Dann sind also noch Leute hinunter, nachdem du mich raufgebracht hast?«

»Ja, wir haben erst die Luft gereinigt: durch Verbrennen von trockenem Farnkraut, das wir hinunterwarfen. Das verändert die Temperatur unten und bringt dadurch frische Luftströmung hinein, die das Gas vertreibt. Dann machen wir den Kerzentest. Und erst wenn die Flamme stetig bleibt, ist es ungefährlich, hineinzugehen. Dickson hat dich aus irgendeinem Grund hingelockt. Ich werde schon rausfinden, warum.«

»Es hatte irgendwas mit dem ›Grünen Blitz‹ zu tun. Ich habe mit ihm darüber gesprochen.«

»Und warum nicht mit mir?«

»Du warst ja anderweitig interessiert.«

»Unsinn.«

Wir schwiegen beide, dann meinte er: »Als ich dich raufbrachte, hast du gesagt: ›Kommst du, um mich zu töten? Dann warst es doch du, Joss...‹«

»Da habe ich meine Gedanken laut ausgesprochen.«

»Das hast du von mir geglaubt? Mein Gott, jetzt ist diese Farce aber lange genug gegangen!«

»Warum hätte ich es nicht glauben sollen? Es paßte doch alles wunderbar zusammen: Zuerst war Ezra dran, und danach kam ich an die Reihe.«

Er starrte mich ungläubig an und sagte dann: »Begreifst du denn überhaupt nichts?« In seiner Stimme lag der alte Ton der Verachtung.

»Ich begreife nur, daß du mich haßt, mir ausgewichen bist... mich gedemütigt hast, wo immer du nur konntest.«

»Was hätte ich denn anderes tun sollen? Hast du mich nicht gemieden... mich erniedrigt durch die dauernde Versicherung, ich wolle dich aus dem Weg haben?«

»Weil ich deiner Männlichkeit nicht gleich erlegen bin...«

»Du mußt noch eine Menge lernen – und nicht nur über Opale. Sieh zu, daß du schnell gesund wirst, damit wir so bald wie möglich damit beginnen können.«

Ich richtete mich halb auf. Er nahm mich bei den Schultern und küßte mich.

»Joss«, fing ich an, »ich muß dir soviel…«

Aber wir wollten eigentlich im Moment beide keine Erklärungen. Schließlich flüsterte er: »Ben hatte recht, das merkte ich ziemlich bald. Ich wartete nur darauf, daß du es mir selber sagen würdest.«

»Aber warum hast du es dann nicht gesagt?«

»Mein Stolz«, antwortete er. »Du solltest den Anfang machen. Wie oft bin ich nachts an deine Zimmertür geschlichen. Einmal wäre ich fast hineingestürmt.«

»Ich weiß, ich habe dich gehört. Nur dachte ich, du wolltest mich ermorden.«

»Ach, du bist ja verrückt. Dir werde ich schon noch den Kopf zurechtsetzen. Aber erst mußt du deinen Schock überwinden. Das wäre wohl noch endlos so weitergegangen mit uns beiden. Aber als du mich fragtest, ob ich dich töten wollte – das war wirklich der Gipfel. Ich – meine eigene Frau töten! Die einzige Frau, die ich je haben wollte!«

»Sag das bitte noch mal.«

Er tat es, und dann rief ich: »Warum hast du es mir nicht früher gesagt? Wußtest du denn nicht, daß ich nichts lieber hören wollte als das?«

»Das hast du aber ganz schön vertuscht. Ich hatte immer nur das Gefühl, daß du von mir weg wolltest. Im Moment darfst du dich jedoch nicht aufregen, du bist gerade noch einmal knapp davongekommen, und das hat bestimmt seine Auswirkungen. Wer weiß, vielleicht wachst du morgen früh auf und haßt mich noch immer…«

»Sprich nicht von Haß, sprich nur von Liebe«, bat ich.

»Das werde ich auch tun, unaufhörlich… sobald du dich erholt hast. Und vergiß nicht, daß ich das Kommando führe… Du hast einen Schock erlitten und mußt dich jetzt erst einmal in aller Ruhe erholen.«

»Bleibst du bei mir?«

»Ja, aber du mußt still liegen und dich ausruhen. Nur liegen und an diese zwei dummen Menschen denken, die endlich ihre Narretei hinter sich haben und aufwachen und leben.«

Ich fühlte mich wieder so leicht im Kopf wie unten in der Mine; aber diesmal auf andere Weise. Dies war kein Delirium der Angst, sondern der Freude.

Ich muß lange geschlafen haben, denn als ich aufwachte, war der halbe Vormittag bereits um. Joss saß wieder neben meinem Bett und betrachtete mich.

»Dir geht's schon besser«, meinte er, »du hast gut durchgeschlafen.

Die Wirkung des Giftes ist ziemlich überstanden, aber ein bis zwei Tage mußt du dich noch schonen.«

»Wir müssen uns aber so viel erzählen.«

»Dazu haben wir ja jede Menge Zeit.«

»Dann sag mir wenigstens eins: Liebst du mich wirklich?«

»Ja, mehr, als es sich beschreiben läßt.«

»Aber du wolltest doch mit Isa Bannock nach England.«

»Wenn ich nach England fahre, kommst du mit mir.«

»Warum hast du dann so getan...«

»Weil ich dich herausfordern wollte – dich provozieren, deine Gefühle für mich zu offenbaren.«

»Du schienst so an Isa interessiert.«

»Seit ich verheiratet bin, hat mich nur *eine* Frau interessiert. Alles andere war Täuschung, um deine Gleichgültigkeit zu durchbrechen.«

»Du hast ihr aber den herrlichen Opal geschenkt.«

»Und warum wohl?«

»Ich dachte natürlich, weil sie sich ihn so gewünscht hatte und du in deiner Verliebtheit ihr um jeden Preis eine Freude machen und ihr zeigen wolltest, was für ein bedeutender Mann du bist. Sie brauchte nur einen Wunsch zu äußern, und schon hast du ihn erfüllt.«

»Wieder falsch. Ich gab ihn ihr, weil ich wußte, daß es dich ärgern würde. Dachte mir, es würde dir zeigen, wie dumm du handelst, und dich dazu zwingen, deine wahren Gefühle zu offenbaren. Meinte, es könnte ein erster Schritt zur Vernunft sein...«

»Ein ziemlich teurer Schritt.«

»Für das, was ich wollte, war mir nichts zu teuer.« Er nahm mich in seine Arme und küßte mich stürmisch. »Das meine ich mit Vernunft.«

»Du hast dich ja ganz verändert... über Nacht verändert. Nur weil ich in eine Mine hinunterkletterte...«

»Weil ich dich dabei beinahe verloren hätte. Da habe ich mir gesagt: Ich muß alles tun, um dich zu behalten und dir klarzumachen...«

»Warum haben wir nicht schon vorher miteinander geredet?«

»Wir haben nichts als geredet. Unsere Gespräche haben uns geradezu fasziniert, die reinsten Feuerwerke. Aber immer wieder war ich drauf und dran, alles beiseite zu schieben und einfach den primitiven Mann zu markieren.«

»Bist du ja auch.«

»Wart's nur ab«, antwortete er. »Jetzt mußt du dich aber in erster Linie schonen und erholen. Heute bleibst du zu Hause.«

»Und wo willst du hin?«

»Jeremy Dickson suchen. Er steckt hinter dem Ganzen, und ich will wissen, was der Brief bedeutet.«

»Lilias hat dir doch gesagt, daß es nicht ganz seine Handschrift war.«

»Sie will ihn nur schützen. Er ist bestimmt irgendwo in der Gegend. Ich habe schon Leute ausgeschickt, ihn zu suchen. Ich wollte nur warten, bis du aufwachst, damit ich dir das sagen kann und du weißt, wo ich bin.«

»Ich kann es mir von ihm einfach nicht vorstellen.«

»Man glaubt nie, wozu manche Menschen fähig sind. Und dadurch gelingt ihnen ja auch, was sie vorhaben... In gewissem Maß.«

»Du meinst wirklich, daß der Brief von ihm stammt? Warum sollte er mich töten wollen? Ich sehe keinen Sinn darin.«

»Das gilt es eben herauszufinden. Meine Männer werden ihn schon aufstöbern. Jimson reitet jetzt mit mir.«

»Meinst du, daß er etwas mit der Börse zu tun hatte?«

»Mit welcher Börse?«

»Ezras... Ich habe sie im Obstgarten gefunden – vergraben.«

»Das gibt's doch nicht!«

»Es stimmt aber! Und nachher hat sie jemand aus meinem Zimmer geholt.«

Er sah mich ungläubig an. Vielleicht dachte er, daß ich noch fantasierte, daß dies noch Nachwirkungen des Giftgases waren.

»Darüber unterhalten wir uns dann später. Jetzt wollte ich nur sichergehen, daß du dich wieder wohl fühlst, ehe ich aufbreche.« Seine Augen schimmerten zärtlich. »Ich kann gar nicht darüber hinwegkommen, daß du fast da unten gestorben wärst. Noch dazu in dem Glauben, daß ich dich töten wollte.«

»Jetzt ist es ja überstanden«, beruhigte ich ihn. »Ich erinnere mich nur, daß du dein Leben für meines riskiert hast.«

Er grinste, war wieder der alte Joss. »Mußte ich ja, aus reiner Selbstsucht. Was wäre denn mein Leben wert gewesen ohne das deine?«

Konnte sich ein Mensch glücklicher fühlen als ich in diesem Moment?

»Ruh dich aber wirklich aus! Mrs. Laud wird auf dich aufpassen. Ich bin vor Sonnenuntergang zurück.« Und dann nahm er mich in seine Arme und hielt mich fest, als wolle er mich nie wieder loslassen, und ich ließ es gern geschehen.

»Wenn Ben herunterschauen könnte... oder hinauf, wo immer er sein mag...«, würde er sich freuen und sich ins Fäustchen lachen. Ich höre ihn direkt: ›Habe ich es euch nicht gesagt?‹« Und er küßte mich wieder und wieder.

»Bis später!«

Der grüne Blitz

Ich stand ganz gemächlich auf, wusch mich und zog mich an. Ein bißchen schwindlig war mir noch. Mrs. Laud kam nach mir sehen.

»Geht schon wieder ganz gut«, informierte ich sie. »Nur müde bin ich noch.«

»Das läßt sich denken – nach dem Abenteuer. Hätten Sie gern was zu essen?«

»Ich warte lieber bis Mittag.«

»Wie wäre es, wenn Sie zu mir auf eine Tasse Tee raufkommen würden?«

»Das ist nett von Ihnen.«

»Kommen Sie einfach, wenn Sie soweit sind. Ich setz schon den Kessel auf.«

Fünf Minuten später klopfte ich an ihre Zimmertür.

»Immer herein. Jetzt sehen Sie schon besser aus. Der Tee ist inzwischen fertig, ich habe eben eingegossen.«

»Wie gemütlich es hier ist!«

»Ja, das finde ich auch. Mr. Hennicker hat es früher auch immer bei mir hier oben gefallen.«

Ich setzte mich in den Sessel, den sie an den Tisch gezogen hatte. Ihre Nähkiste stand offen, eine Handarbeit lag daneben.

»Was Sie doch in letzter Zeit für Pech hatten, Mrs. Madden. Erst der Sturz auf der Treppe und jetzt das mit der Mine. Sieht doch richtig nach einer Unglückssträhne aus. Die Leute werden zum Schluß sagen, daß *Sie* den ›Grünen Blitz‹ hätten.«

Ich nippte an meinem Tee.

»Die Leute reden viel.«

»Ja, das stimmt. Aber ein Unglück war es schon, nicht? Erst der eine Unfall und dann der zweite. Was mag Jeremy Dickson bloß beabsichtigt haben? Wie schmeckt der Tee?«

»Danke, sehr gut.«

»Darf ich Ihnen noch nachschenken?«

»Ja, bitte.«

»Mir scheint, Sie fühlen sich etwas schläfrig?«

»Ein bißchen... komisch fühle ich mich schon.«

»Das dachte ich mir doch. Das Haus ist jetzt ganz still, nicht wahr? Wir sind auch die einzigen Menschen darin. Alle helfen bei der Suche nach diesem Jeremy Dickson. Nur zwei Dienstmädchen waren zurückgeblieben, und die habe ich hinüber nach Fancy Town zum

Einkaufen geschickt. Sie haben Freunde dort.« Mrs. Laud kicherte. »Die werden sich bestimmt nicht beeilen mit der Rückkehr.«

Jetzt erst fiel mir auf, wie intensiv sie mich beobachtete und wie ihre Augen glänzten. »Ich möchte Ihnen gern etwas zeigen, solange noch Zeit ist.«

»Was meinen Sie damit: solange noch Zeit ist? Was wollen Sie mir zeigen?«

»Es liegt in meiner Nähkiste. Sie hat ein Geheimfach. Erinnern Sie sich an den Abend der ›Schatzsuche‹? Ezra Bannock – der wußte Bescheid. Ich sah an seinem Blick, daß ihn etwas hierher zu meiner Nähkiste geführt hatte.«

Ich versuchte aufzustehen, aber es gelang mir nicht. Die Beine schienen nicht mehr zu meinem Körper zu gehören.

»Versuchen Sie noch nicht davonzulaufen – Sie werden das sicher sehen wollen. Ich habe ihn, seit er – Mr. Hennicker – damals weggefahren ist. Kann noch gar nicht weit auf See gewesen sein, als ich ihn fand. Beim Frühjahrsputz bin ich immer sehr genau. Den Dienstboten kann man doch nicht trauen, und vieles tat ich selber. Das Bild liebte ich über alles, wie ja Mr. Hennicker auch. Oft sah er es so eigenartig an und lachte, und ich dachte mir, daß da etwas Besonderes dran sein müßte. Darum untersuchte ich es auch eines Tages, stieß auf die Feder und wußte, was los war. Sie wissen schon, was ich meine!« Mrs. Laud lehnte sich vor, die Arme auf dem Tisch umklammerten die Nähkiste. »Da ist etwas drinnen – etwas Lebendiges. Ein lebendiger Gott. Erinnern Sie sich an Aladins Wunderlampe? Genauso wie bei der ist das. Der Geist ist da drinnen und tut, was man ihm sagt.«

»Sie sprechen von dem ›Grünen Blitz bei Sonnenuntergang‹, Mrs. Laud?«

»Ja, von dem spreche ich.«

»Soll das heißen, daß *Sie* ihn die ganze Zeit hatten?«

Sie fing zu lachen an, und wieder sah sie ganz anders aus. Es war, als hätte sie vorher nur jemanden dargestellt und demaskiere sich jetzt. Ich hatte die Frau nie richtig gekannt. Sie war nicht mehr die milde, brave Haushälterin, dankbar, daß sie die Geliebte ihres Herrn sein durfte und für sich und ihre Familie über die ganzen Jahre Unterkunft gefunden hatte. Sie hatte sich in einen anderen Menschen verwandelt. Oder war die brave Haushälterin der wirkliche Mensch, und die andere blitzte mich jetzt mit wildem Blick an? Sie war besessen!

»Ehe Ihre Zeit gekommen ist, werden Sie ihn sehen«, wiederholte sie. »Ich will, daß Sie ihn sehen. Diesen Augenblick werde ich nie vergessen, als ich ihn hinter dem Rahmen fand und sein Glanz mir entgegenstrahlte ... Dieser Glanz, diese Kraft! ›Ich gehöre dir‹, sagte er zu mir. ›Nimm mich, dann arbeite ich für dich. Alles, was du willst, wird dein sein.‹ Erst wollte ich ihn gar nicht behalten, nur in meinem Zimmer haben und anschauen. Oft wachte ich nachts auf und erinnerte mich, daß ich ihn jetzt besaß, dann hielt es mich nicht: Ich mußte ihn mir ansehen. Bis ich eines Tages merkte, daß ich Gewalt über alles hatte, weil der ›Grüne Blitz‹ sie mir geben würde.«

»Zeigen Sie ihn mir doch, Mrs. Laud«, sagte ich ganz ruhig.

Sie zog die Kiste zu sich und wühlte darin herum. Ich habe noch nie einen Geizhals sein Geld zählen sehen, aber bei ihrem Anblick konnte ich es mir lebhaft vorstellen. Ihr Gesicht veränderte sich abermals; der Mund begann zu zucken, die Augen blitzten. Ich dachte: Sie ist wahnsinnig! Der ›Grüne Blitz‹ hat sie wahnsinnig gemacht.

Sie holte einen Bausch Watte heraus; ihre Finger zitterten, als sie ihn zerpflückte. Dann nahm sie etwas in die Hand, deckte die zweite darüber und verharrte verzückt einen Moment lang.

Schließlich lehnte sie sich wieder vor, öffnete die Hände – und da lag er in all seinem legendären Glanz, der schönste Opal aller Zeiten, der Stein, der mein Schicksal gestaltet hatte, der Unglücksstein, das schönste Juwel, das ich je gesehen hatte.

Den Stein zu beschreiben, ist schier unmöglich. Er war groß... größer, als ich es erwartet hatte. Auch mit meinen geringen Kenntnissen wußte ich, daß er in jeder Weise vollkommen war. Ich sah das tiefe Blau tropischer See in ihm und das hellere Blau eines wolkenlosen Himmels und das rote Glühen der sich brechenden Sonnenstrahlen. Aber die Faszination, die Aura, das Lebendige des Opals läßt sich nicht beschreiben. Er lebte, und dieses Leben wandelte sich, je nachdem, wie man ihn betrachtete. Mir wurde zunehmend schwindliger, es kam mir vor, daß ich mich in diesen schillernden Farben verlieren könnte, ertrinken in der tiefblauen See. Unheimliche Gewalt hatte dieser Stein auf den Betrachter – etwas Unbeschreibliches ging von ihm aus! Er war magnetisch, und ich *mußte* einfach danach greifen.

»O nein!« sagte sie. »Sie glauben doch nicht, daß Sie ihn mir wegnehmen können? Ich sag Ihnen was, Mrs. Madden: Ich zeige Ihnen den Stein nur, sonst nichts. Weil ich meinte, Sie sollten ihn sehen, ehe Sie sterben.«

»Ehe ich... sterbe?«

»Sie fühlen sich doch schläfrig? Es tut nicht weh – Sie werden gar nichts merken. Ich habe etwas in Ihren Tee gegeben. Ein friedlicher Schlaf wird es sein, weiter nichts. Sehen Sie mal meine Hände an. Die sind kräftig. Und Sie haben einen schmalen Hals – ich habe ihn oft betrachtet. Es wird ganz leicht sein, weil ich weiß, wo man drücken

muß. Aber ich warte, bis Sie fest schlafen. Ich tue nicht gern weh...
darum mache ich es so. Sie werden gar nichts spüren davon.«

Ich spürte, wie mir die Haare zu Berge stiegen. Und so nüchtern
sagte sie das alles, daß es doppelt grauenhaft klang. Erst als sie den
›Grünen Blitz‹ erwähnte, wurde ihre Hysterie erkennbar. Ich war mit
einer Verrückten allein im Haus. Bis zum Anblick des Steins hatte ich
sie gar nicht ernst genommen, aber jetzt wußte ich, daß sie verrückt
war. Ein Schlafmittel hatte sie mir in den Tee geschüttet, es würde mich
immer müder und müder machen. Ich überlegte, ob ich noch mit
einem Sprung zur Tür hinaus käme, aber meine Glieder waren schon
zu bleiern. Ich dachte nur immerzu: Allein im Haus – alle weg. Allein
mit einer Verrückten... Sie blickte auf ihre Hände... die Hände, die
schon darauf warteten, mich zu erwürgen... aber erst, wenn ich
schlief. Also durfte ich nicht einschlafen. Mußte mich wach halten,
mußte sie irgendwie überlisten.

»Sie spielen aber gut Spinett, Mrs. Laud«, sagte ich.

Unheimlich, wie sie sich von der wahnsinnigen Mörderin wieder in
die biedere Haushälterin zurückverwandelte.

»O ja, ich habe öfter für Mr. Hennicker gespielt. Er hat mir von dieser
Jessica erzählt, von Ihrer Mutter. Allzulieb war mir das nicht, weil ich
ihn selber gern hatte.«

»Und dann spielten Sie für mich?«

»Weil ich merkte, daß Sie überall herumschnüffelten, seit Sie gekom-
men waren. Hielten immer die Augen offen und suchten nach dem
›Grünen Blitz‹, das wußte ich. Seine Kraft und Macht hat mir wunder-
bare Ideen eingegeben. Ich beobachtete Sie durchs Fenster, als Sie mit
Mr. Madden den Stein suchten. Und ich sah Sie auch mit Jeremy
Dickson. Ich wollte nicht, daß Lilias Dickson heiratet. Ich wollte Mr.
Madden für sie. Ich nahm ja an, daß Mr. Hennicker ihm den ›Grünen
Blitz‹ vererben würde, und dann gehörte er zum Teil auch ihr. Nein, er
war ja schon meiner. Ist auch egal... Plötzlich tauchten Sie auf als seine
Frau, und ich mußte Sie irgendwie aus dem Weg schaffen. Nicht
einmal Lilias gönnte ich den Stein mehr. Er gehörte mir, und ich wollte
ihn behalten.«

»Sie haben den Stein also für sich arbeiten lassen?«

Sie nickte. »Das erste Mal merkte ich es, als Tom Pailing herkam und
ich an seinem Wagen das Rad lockerte. Er hatte dann den Unfall, und
Jimson bekam so seinen Posten. Der ›Grüne Blitz‹ bringt einem solche
Eingebungen und zeigt auch, wie man sie ausführen soll.«

»Dann haben mich also *Sie* in die Galerie gelockt! Und was bezweck-
ten Sie damit?«

»Der Stein ist klug, er tut nichts ohne Grund. Sie sollten herumerzählen, daß Sie Angst hätten, denn Sie dachten doch, Ihr Mann wolle Sie aus dem Weg haben, oder? Wenn eine Frau auf geheimnisvolle Weise stirbt, gerät immer zuerst der Mann in Verdacht. Ich wußte genau, was los war... getrennte Schlafzimmer und die Sache mit Isa Bannock. Ich war sicher, daß Sie irgend jemandem davon erzählen würden. Er hat vor langer Zeit auch das Spinett gespielt. Ben hörte ihn gern. Und er wußte auch von der Treppe, stimmt's?«

»Also Sie spielten das Spinett und entkamen über die Treppe, und dann arrangierten Sie alles für den Unfall. Wenn ich dabei umgekommen wäre, hätten Sie dafür gesorgt, daß man meinen Mann verdächtigt.«

»Das war aber nicht die Idee des Steins, sondern meine eigene, und sie war nicht sehr gut. Daß Sie sich auf der Treppe zu Tode stürzen würden, war kaum anzunehmen. Und dann war es doch sehr umständlich, Sie hinaufzulocken. Man hätte mich leicht einmal erwischen können. Aber durch einen bösen Unfall hätten Sie wenigstens eine Weile nicht mehr herumspionieren können, und es wäre so eine Art Vorwarnung gewesen. Lilias hat mir einen Strich durch die Rechnung gemacht. Sie wurde ganz hysterisch wegen meiner Spielerei, und sie und Jimson versuchten, mich daran zu hindern. Sie haben mich immer beobachtet. Daß ich den Stein besaß, wußten sie aber nicht. Sie meinten nur, ich sei so verändert.«

Ich mußte wach bleiben und sie dazu bringen, weiterzusprechen. »Da hatten Sie aber die Idee, Lilias mit meinem Mann zu verheiraten, bereits aufgegeben.«

»Es war vielleicht keine so schlechte Idee. Das Wichtigste war jedoch, den Stein zu behalten. Als ich neulich abends ins Zimmer kam und Ezra Bannock über meiner Nähkiste sah, wußte ich, was er vermutete. Ich erkannte es an seinem Gesicht.«

»Dan haben *Sie* ihn also getötet?«

»Ja. Ich wartete bei der Schlucht, erschoß ihn und vergrub die Leiche. Man hätte ihn vielleicht nie gefunden, wenn das Pferd nicht gewesen wäre. Und *Sie* mußten noch dorthin reiten! Da kam es mir... *Sie* waren die eigentliche Gefahr!«

»Und der Brief von Jeremy Dickson?«

»Ich habe stundenlang seine Handschrift vom Dankschreiben auf die Einladung zur ›Schatzsuche‹ kopiert. Ich glaube, es ist ganz gut gelungen. Das war auch wieder der Stein. Und damit hätte ich eigentlich alles erreichen müssen. Aber Lilias – meine eigene Tochter – verhinderte es, als sie den Brief fand. Was suchte sie in Ihrem Zimmer? Sie war eifersüchtig auf Sie und Jeremy. Jedenfalls entdeckte sie den Brief und schwor, daß es nicht seine Handschrift sei. Ritt in die

Stadt damit, und alles war verdorben. Jetzt mußte ich natürlich etwas Endgültiges unternehmen.«

Ihr Gesicht verzog sich. Es sah plötzlich aus, als wolle sie weinen.

»Ich habe es Mr. Madden angesehen, er wird keine Ruhe mehr geben. Jemand hat Sie bedroht, und er wird bei der Suche zuviel entdecken. Er ist in dieser Hinsicht genau wie Mr. Hennicker, läßt nicht locker, bis er auf den Grund der Dinge kommt. Das muß ich verhindern.«

»Das wird Ihnen nie gelingen.«

Sie sah mich spöttisch an. »Der Stein weiß eine Lösung. Er hat immer eine Lösung, gegen ihn kommt man nicht an. Nur wenn ich ihm nicht gehorche, geht es schief... wie mit der Börse. Das war dumm. Ich nahm sie, damit es nach Raubüberfall aussehen sollte, hätte sie aber gleich irgendwo im Busch wegwerfen sollen, dann hätte es nichts ausgemacht, wenn sie jemand fand. Und dann mußte ich sie mir natürlich wieder holen, und das war falsch... Ohne den Stein werde ich nichts mehr tun, er ist allmächtig.«

»Sie wollten mich töten, und es ist Ihnen mißlungen: zweimal schon.«

»Weil ich nicht verstand, was der Stein mir sagte.«

»Und jetzt meinen Sie, es zu verstehen?«

»O ja, jetzt ist mir alles klar.«

Mein Gott, betete ich innerlich, hilf mir gegen den Wunsch anzukämpfen, meine Augen zu schließen und allem zu entfliehen. Hilf mir, wach zu bleiben! Solange ich wach bin, kann mir nichts passieren. Ich muß sie weiter zum Reden bringen.

»Es wird wieder mißlingen«, sagte ich.

Sie sah mich überrascht an.

»Sie haben mir ein Schlafmittel in den Tee geschüttet und meinen, daß Sie mich jetzt bald umbringen können.«

Sie nickte lächelnd, blickte auf ihre Hände nieder, streckte die Finger und bewegte sie.

»Wenn Sie mich töten, werde ich hier im Zimmer liegen. Wie wollen Sie das erklären? Man wird Sie des Mordes überführen, und auf Mörderinnen wartet hierzulande der Strick. Was hilft es Ihnen also?«

»Sie werden aber nicht hier liegenbleiben«, sagte sie. »Sie werden verschwinden.«

Ihr dämonisches Lachen ließ mich erschauern. Es brachte mir zu Bewußtsein, daß ich mit einer Frau um mein Leben kämpfte, die wahnsinnig war und deren Kräfte genügten, um mich zu töten. *Ein* Fehler, und es war aus mit mir. Ich sah keinen Fluchtweg mehr, fühlte mich in die Enge getrieben.

Sie hielt noch immer den Opal in der Hand. Fast schien es, als könne sie ihn nicht weglegen, als hätte sie Angst, die übermächtige Kraft würde sie dann verlassen.

In all den Monaten, die ich schon im Haus lebte, war sie also schon verrückt gewesen!

Ich sprach jetzt nicht weiter, denn solange sie meine Gegenwart vergaß – was im Augenblick der Fall zu sein schien –, gewann ich kostbare Zeit. Solange ich noch bei Bewußtsein war, würde sie mich nicht anrühren. Sie war an sich keine gewalttätige Person, nur die Besessenheit in ihr befähigte sie dazu.

Ich dachte an Joss... ununterbrochen. Alle möglichen Erinnerungen stiegen mir auf. Beide waren wir dumm gewesen, hatten uns geweigert, die Wahrheit zu erkennen. Ben hatte bereits damals die Zeichen richtig gedeutet. Und jetzt, wo ich alles so klar sah, lief ich Gefahr, all dies zu verlieren. Unser Stolz hatte zwischen uns einen Graben errichtet – meiner genauso wie seiner –, und jetzt ließ er mich, ohne es zu wissen, mit der Mörderin allein.

Joss, wo bist du? Ich möchte mein Leben mit dir beginnen – jetzt, hier...

Wie würde dies alles enden? Er jagte einer falschen Spur nach, suchte Jeremy Dickson – der vermutlich in seinem Büro in Sydney saß und über Steine verhandelte.

Mrs. Land unterbrach meine Gedanken.

»Es ist alles vorbereitet – im Garten. Ich werde Sie dort vergraben, und niemand wird gerade da suchen. Ihre Reisetasche werde ich verstecken, und es werden einige Kleider fehlen.«

»Das ist doch sinnlos, Mrs. Laud. Denken Sie nur an Ezras Börse. Der ›Blitz‹ hat Sie da nicht gerade gut beraten, oder?«

»Das war ja damals mein eigener Fehler. Und ich würde den ›Grünen Blitz‹ nicht verspotten, wenn ich Sie wäre, das vergibt er Ihnen nie! Er hat mich gewarnt: Vergrab sie tief. Niemand darf sie finden, wie es mit der Börse passierte...«

»Schon recht eigenartig, daß wir hier mein Begräbnis besprechen.«

»Was soll das jetzt wieder? Sie lieben Scherze, ich weiß, aber das hier ist keiner. Ich werde erzählen, daß Sie den ›Grünen Blitz‹ haben, ihn mir zeigten und ich versuchte, Sie zur Herausgabe zu überreden. Und dann sind Sie geflohen.«

»Das können Sie gar nicht machen. Sie müßten ja Wattle auch töten. *Und* begraben.«

»O nein! Ich sage ja, daß Sie von jemand abgeholt wurden, der Pferde mit sich führte.«

»Wohl Jeremy Dickson?«

»Für den Anfang wohl das beste...«

»Und wenn er zurückkehrt?«

»Dann verhilft mir der Stein zu einer Idee. Warum schlafen Sie nicht endlich ein? Es wäre viel besser für Sie, dann haben wir's bald hinter uns.«

»Ich denke aber nicht daran!«

»Sie *müssen* einschlafen – da gibt es keinen Ausweg mehr.«

Langsam wurde sie wild. Ich sah das fanatische Glitzern in ihren Augen und dachte: Das hat der Stein aus ihr gemacht! Er hat das Leben meiner Mutter zerstört, und jetzt muß ich womöglich seinetwegen sterben. Ich habe ihn gesehen und weiß inzwischen, was er einem Menschen Böses antun kann.

Mit aller Kraft hielt ich mich an der Tischkante fest. Wellen der Müdigkeit überschwemmten mich, wieder und wieder. Ich versuchte meine Gedanken krampfhaft unter Kontrolle zu bringen. Dachte an den Tod und die Rückkehr meines Mannes – der mich nicht mehr antreffen würde. Ob er wirklich glauben konnte, daß ich mit Jeremy Dickson geflohen war? Und – wenn Jeremy später zurückkehrte – ob er dann einen Unbekannten verdächtigen würde, mich mitsamt dem Stein entführt zu haben?

Schon mehrmals hatte der Stein Menschen behext – würde er glauben, daß dies auch mir passiert war?

Ich *mußte* am Leben bleiben! Um mein Leben kämpfen, wie ich noch nie um etwas gekämpft hatte! Mich daran erinnern, daß zwischen mir und meinem Leben mit Joss nur diese Wahnsinnige stand.

Immer wieder sagte ich ihr: »Das gelingt Ihnen nie!«

Ihr Gesicht schwebte wie losgelöst vor meinem Blick... die Maske war ab, der Wahnwitz stand nackt in ihren Zügen, ein Wahnwitz, der ihr übermenschliche Kräfte verlieh.

Alles wurde zusehends verschwommener. Ich hatte das Gefühl, die Dinge wie von außen zu betrachten – sah sie meinen leblosen Körper in den Garten schleppen, an den sandigen Rand, wo sie mich vorläufig rasch und unauffällig verscharren konnte. Später bekam ich ein tieferes Grab. Sah sie meine Kleider holen und verstecken... Sah Joss ergebnislos von seiner Jagd auf Jeremy zurückkehren – spürte seinen Zorn, seine Wut, seinen verletzten Stolz. Wie entsetzlich es ihm gewesen war, von mir zurückgestoßen zu werden! So sehr, daß er sich mit Isa dafür rächte!

Und jetzt mußte er glauben, daß ich ihn betrogen hatte. Aber wieso, wie? Mit wem hätte ich denn fliehen sollen? Nein, damit kam sie nicht durch. Es *gab* einfach keinen Verdächtigen!

Aber wer vermutete in der stillen, unauffälligen Haushälterin so teuflische Pläne? Eine vom Teufel Besessene!

Ich hörte mich flüstern: »Nein, nein, nein…«

Die Minuten vergingen.

Unaufhörlich spürte ich, wie meine Kraft nachließ. Zwang mich immer wieder ins Bewußtsein zurück. Sie wurde unruhig.

»Ich verstehe das nicht – Sie müßten längst bewußtlos sein.«

»Meine Willenskraft ist eben stärker als Ihre Mittelchen.«

»Man könnte geradezu glauben, daß *Sie* den ›Blitz‹ haben.«

»Er gehört ja von Rechts wegen mir… mir und meinem Mann. Vielleicht weiß er das.«

Jetzt sah ich echte Angst in ihren Augen.

»Ja«, fuhr ich fort, »er weiß es. Sehen Sie doch nur, wie er für mich strahlt! Er weiß, daß er mir gehört.«

»Nein, er war ja die ganze Zeit bei mir. Es geht nicht danach, wem er von Rechts wegen gehört. Er war eben für *mich* bestimmt. Früher besaß ich kaum etwas, aber er verschafft mir alles. Sein *Besitz* zählt. Er hat mir in allem geholfen.«

»Aber nicht gegen *mich!* Tom Pailings Unfall haben Sie verursacht, Ezra Bannock getötet und mich auf die Treppe locken können – aber Sie haben ja selbst erlebt, wie ich mich rettete. Und dann versuchten Sie es mit der Mine, und es mißlang ebenfalls.«

Sie wurde aschgrau.

»Sie müssen also einsehen, daß der ›Blitz‹ mir nichts tut, weil ich seine eigentliche Besitzerin bin. Seine Eigentümerin, Mrs. Laud!«

»Ich gebe ihn nie wieder her – nie!« kreischte sie.

»Schauen Sie mal, Mrs. Laud, es ist doch nur ein Stück Opal, eine Silikatmasse aus dem Felsen. Wie können Sie dem geheime Kräfte beimessen?«

Sie blickte mich an, als verstünde sie meine Worte nicht.

»Der Stein hat Ihnen schon sehr geschadet – das müssen Sie doch selbst erkennen«, fuhr ich fort.

Sie sah mich immer noch verständnislos an.

Herrgott, ich danke dir, betete ich innerlich. Ich überwinde langsam die Schläfrigkeit. Ich werd's schaffen! Werde leben! Ich muß sie nur weiterhin hinhalten. Muß dauernd daran denken, daß ein Leben voll Glück mit Joss vor mir liegt.

»Sie lassen sich von einem Stein, einer Legende blenden – Sie bilden sich das alles nur ein, es existiert nur in Ihrem Gehirn!«

»Wie können Sie es wagen, den Stein zu verspotten? *Sie* haben doch nicht damit gelebt. Haben ihn nicht in den Händen gehalten. Sehen Sie selbst…«

»Ja, lassen Sie mich sehen. Geben Sie ihn mir in die Hand.«

Sie schüttelte mit listiger Miene den Kopf. »O nein, Sie können ihn von dort aus gut betrachten. Sonnenuntergang auf dem Meer. Wenn Sie genau aufpassen, sehen Sie vielleicht den ›Grünen Blitz‹ aufstrahlen. Genau wie die Sonne auf dem Meer.«

Ich horchte angespannt... Irgend etwas schien sich unten zu rühren – jemand kam herauf. Ich blickte rasch zu ihr hinüber, aber sie hatte nichts gemerkt, war zu sehr mit dem Wunderopal und ihren Gedanken beschäftigt.

Erleichterung erfüllte mich: Hatte ich gewonnen?

Und dann wurde die Tür aufgestoßen: Joss und Jimson standen vor uns.

»Mutter!« schrie Jimson verzweifelt.

Mrs. Laud erhob sich, starrte ihren Sohn an. »Diesmal bist *du* derjenige, letztes Mal war es Lilias... meine eigenen Kinder!«

Sie preßte den Stein an sich und rührte sich nicht vom Fleck. Auch Joss wirkte schier versteinert, er sah mich nur an, während ich aufstand und ihm schwankend entgegenging. Jetzt, wo die entsetzliche Gefahr vorbei war, überkam mich wieder der Schwindel, ich taumelte nur noch.

Joss fing mich auf. Sagte zweimal zärtlich meinen Namen. *Wie* zärtlich er doch aus seinem Mund klang! Ganz fest drückte er mich an sich, und ich war zufrieden.

Dann hörte ich wieder Jimsons Stimme, gequält, flehend: »Mutter, ich *mußte* es doch tun! Ich wußte, daß da was nicht stimmte!«

»Geben Sie das Ding her«, befahl Joss, und da brach sie in einen Schrei aus, der mich voll in die Wirklichkeit zurückholte. Die Stille danach kam mir unendlich vor.

Als ich aus meinem Betäubungsschlaf erwachte, stand alles noch ganz lebendig vor mir – jeder Tonfall, jede Miene.

Joss berichtete mir, daß sie geschrien habe, nie und nimmer gäbe sie den ›Grünen Blitz‹ her, und – ehe es jemand verhindern konnte – auf die Terrasse hinausgestürzt sei.

Als man sie unten auf den Steinen fand, hielt ihre Rechte den Opal noch fest umklammert.

Sechs Monate später fuhren Joss und ich heim – zwei neue Menschen ins alte Haus.

Es waren Monate herrlicher Entdeckungen, größter Abenteuer gewesen: Abenteuer gegenseitiger, alles erfüllender Liebe.

Noch vor unserer Abreise hatten Lilias und Jeremy geheiratet. Sie erzählte mir viel von sich, von Jimsons und ihrer Entdeckung, daß die Mutter dem Wahnsinn nahe war, ohne daß sie es geahnt hätten, *wie* sehr. Als sie sie beim Spielen am Spinett ertappten, hatte Lilias hysterisch zu weinen begonnen. Aber weder sie noch Jimson vermochten dahinterzukommen, warum ihre Mutter das tat. Nach meinem Unfall auf der Treppe waren sie mißtrauischer geworden, und das war schließlich auch der Grund, warum Jimson sich Joss anvertraute, als er erfuhr, daß man mich in geschwächtem Zustand in ihrer Obhut gelassen hatte. Nur deshalb war Joss so rasch zurückgekehrt.

Lilias war verzweifelt über ihre Fehler. Aber ich beruhigte sie – konnte ich sie doch nur zu gut verstehen. Beide hatten die Mutter, die stets alles für sie getan hatte, schützen wollen. In ihrer Liebe zu Ben war sie enttäuscht worden; er hatte keine Ehe gewollt, und sie mußte sich damit zufriedengeben, ein Heim für sich und die Kinder zu haben. Bei ihrer konventionellen Denkungsart war das sicher ein schwerer Schlag für sie gewesen. Ich konnte mir gut vorstellen, wie sie mit ihrem Gewissen gerungen und sich nur damit beruhigt hatte, daß sie alles der Kinder zuliebe auf sich nahm. Trotzdem war sie bestimmt nie davon losgekommen, und irgendwie versuchte sie es kompensieren zu können. Hätte Joss Lilias zur Frau genommen, so wäre ihr Ziel erreicht gewesen, und deswegen hatte sie auch die Bindung mit Jeremy zu hintertreiben versucht.

Erst als sie den ›Grünen Blitz‹ entdeckte, brach der Wahn endgültig aus. Sie sorgte dafür, daß Tom Pailing verunglückte, ermordete Ezra und versuchte, auch mich umzubringen. Irgendwie muß sie geglaubt haben, Joss würde Lilias doch heiraten, wenn ich erst nicht mehr da war. Am meisten Angst hatte sie aber davor, daß ich den ›Grünen Blitz‹ finden könnte. Sie war auf meine tote Muter eifersüchtig gewesen und haßte mich daher von Anfang an. Allerdings hatte sie das gut zu kaschieren gewußt: diese Devotheit und Hilfsbereitschaft!

Jimson und Lilias taten mir leid. Aber Lilias hatte ja jetzt Jeremy, und Jimson schien Trost in seiner Arbeit zu finden. Daß Joss und ich nach England fuhren, hatte auch mit dem Unglücksstein zu tun. Ich diskutierte lange mit Joss darüber, und wir konnten uns nicht einigen. Sicher waren da auch noch so manche andere Streitpunkte zwischen uns – aber irgendwie gab das unserem Leben einen besonderen Reiz.

Wenn wir's ganz arg trieben, lachte Joss oft. »Ich wußte ja, daß es bei dir immer Feuerwerk geben würde.«

»Feuerwerk ist doch was Schönes«, sagte ich dann wohl. »Du freust dich doch auch über das bunte Sprühen.«

»Ja, immer. Und außerdem sind unsere friedlichen Stunden dann um so schöner.«

Natürlich warteten alle gespannt, ob uns nun auch Unheil treffen würde.

»Die Legende um den Stein wird wohl niemals auszurotten sein«, meinte ich.

»Sicher – er ist ja auch einmalig.«

Joss nahm ihn gern in die Hand und betrachtete ihn.

»Du wirst auch schon ganz besessen davon«, klagte ich.

»Unsinn. Ich bin nur von *einem* besessen.«

»Und das wäre?«

»Als ob du das nicht genau wüßtest: Von dir!«

»Ach, Joss, wie schön du das gesagt hast...! Aber Besessenheit hält oft nicht an – gib acht!«

»Da haben wir's wieder – nie bist du zufrieden!«

»Immerhin warst du eine Zeitlang von Isa besessen.«

»Ja, ehe du kamst. Alle waren besessen von ihr. Ich habe mich schon mit sechzehn in sie verliebt... wie alle übrigen hier.«

»Du hast aber das Verhältnis nicht abgebrochen.«

»Weil sie es so wollte.«

»Und ihr den ›Harlekin‹-Opal geschenkt.«

»Nur um dich zu ärgern – das weißt du doch!«

»Manchmal könnte ich dich hassen!«

»Darum ist ja deine Liebe dann auch um so wunderbarer.« Er wurde plötzlich ernst. »Und Isa vergiß jetzt, bitte. Das ist vorbei. Ich habe es nur getan, weil du mich nicht wolltest. Mich verhöhnt hast – mich, einen Pfau! Pfauen mögen so was nicht. Sie werden dann boshaft.«

»Dieses Geschenk war das Grausamste für mich.«

»Das mache ich schon noch gut. Du bekommst etwas viel Wertvolleres – den ›Grünen Blitz‹.«

»Nein, bitte!«

»Doch, damit du den ›Harlekin‹ vergißt. Ich übertrage dir meinen Anteil. Er gehört jetzt dir, und er ist tausendmal mehr wert als der ›Harlekin‹.«

»Ich wollte ohnehin über den ›Grünen Blitz‹ mit dir sprechen. Ich fürchte mich vor ihm.«

»*Du* fürchtest dich vor einem Stein?«

»Ja. Er hat das Leben meiner Mutter ruiniert und meines verändert. Seinetwegen mußte Ezra sterben, Tom Pailing wurde zum Krüppel – und beinahe hätte er auch mich auf dem Gewissen gehabt.«

»Du wirst dich doch nicht von dem abergläubischen Geschwätz beunruhigen lassen?«

»Ich denke nicht an mich selbst – nur an meine Familie. Ich will kein Risiko eingehen. Es gibt Dinge, die zu kostbar sind, um aufs Spiel gesetzt zu werden.«

»Ich? Das Kind?«

Ich nickte.

Vor lauter Rührung lachte er wieder, halb spöttisch und doch zärtlich diesmal. »Was schlägst du also vor?«

»Daß wir den Stein nach London bringen und einem Naturwissenschaftsmuseum vermachen. Da können ihn alle Leute bewundern, und er wird nichts Böses anrichten, weil er niemandem und allen gehört.«

»Du verzichtest also völlig auf mein Geschenk?«

»Du hast mir anderes gegeben, Joss: Größeres, Wichtigeres.«

»Mit der Zeit wirst du ganz schön sentimental«, stellte er betont fest.

»Stört dich das?«

»Wie könnte es – mir geht's ja genauso!«

Ich wollte mein Baby auf Oakland zur Welt bringen, und Joss war bereit, meiner Laune nachzugeben. Ben hätte es bestimmt sehr gefreut, denn durch Joss, seinen Sohn, kam er nun auch in unseren Stammbaum, der ihn immer so fasziniert hatte. – Oakland Hall hatte sich in keiner Weise verändert. Warum auch? Nur, weil ich in Australien gewesen war, mich verliebt hatte und beinahe umgekommen wäre? Dafür stand das Haus schon zu viele Jahre, Jahrhunderte, hatte zu viele Tragödien und wohl auch Komödien mit angesehen.

Auch Miriam hatte bereits ein Kind. »Dieser Tag wird ihr noch leid tun«, sagte meine Großmutter dazu. Sie schien mit der Vergangenheit und der Gegenwart leidlich versöhnt, seit Oakland durch mich für die Familie sozusagen zurückerobert worden war – und wohl auch, weil Xavier seine Lady Klara geheiratet hatte und ihre Güter verwaltete.

Mir gegenüber benahm sie sich sehr zivilisiert und zeigte sich an dem neuen Stammhalter höchst interessiert. Daß ich ihn auf Oakland zur Welt brachte, war ganz in ihrem Sinn. Selbst mit Joss arrangierte sie sich nach ein paar stürmischen Wortgefechten; sie anerkannte wohl seine Macht und Kraft, deren selbst sie nicht Meister werden konnte.

»Immerhin hat er seine Erziehung größtenteils in England genossen«, sagte sie quasi entschuldigend, und daß er uns Oakland zurückgegeben hatte, machte ihn in ihren Augen fast bewundernswert.

Unser Sohn wurde an einem milden Septembertag in dem gewölbten Raum geboren, in dem all meine Vorfahren das Licht der Welt erblickt hatten.

Der Gipfelpunkt meiner Seligkeit war erreicht. Ich saß in dem großen Baldachinbett und sah über den in Jahrhunderten zu Sammetweiche gepflegten Rasen; ich fühlte, daß ich wirklich *daheim* war, und wußte gleichzeitig, daß in Zukunft für mich nur noch eines wichtig sein würde: ein reiches, erfülltes Leben mit Mann und Kind.

Joss kam das Baby ansehen; das winzige Dingelchen erschien ihm irgendwie unwirklich. »Schön, was?« sagte er verlegen zu mir.

»*Was* ist schön?«

»Das Leben«, sagte er. »Einfach zu leben.«

»Ja, es ist schön – und es wird noch viel schöner werden.«

»Woher willst du das wissen?«

»Ich weiß es eben!«

Das Haus der tausend Laternen

Roland's Croft

1

Als ich zum erstenmal vom Haus der tausend Laternen hörte, spürte ich sofort das Verlangen, mehr von einem Haus mit solch merkwürdigem Namen zu erfahren. Magisch-mystisch mutete er mich an. Warum hieß das Haus so? Waren tatsächlich tausend Laternen darin? Und welche Bedeutung hatten sie? Es klang wie ein Märchen aus Tausendundeiner Nacht. Wie konnte ich ahnen, daß ich, Jane Lindsay, eines Tages in dieses Geheimnis, in große Gefahr und unglaubliche Intrigen verwickelt sein würde, die mit diesem merkwürdigen Haus zusammenhingen.

Eine Verwicklung, die schon Jahre davor begann und mir bereits damals viel Herzleid und Aufregung brachte.

Als meine Mutter Hausdame bei Sylvester Milner wurde, war ich fünfzehn. Sylvester Milner, jener eigenartige Mann, der solchen Einfluß auf mein Leben gewinnen sollte und ohne den ich nie vom Haus der tausend Laternen gehört, es nie erblickt hätte. Wäre mein Vater nicht gestorben, so hätten wir wohl weiter unser friedliches, normales Leben geführt. Als wohlerzogene, aber fast mittellose junge Dame hätte ich wohl einen passenden, liebevollen Mann gefunden und mit ihm ein glückliches, wenn auch wenig aufregendes Dasein gehabt.

Die Ehe meiner Eltern war zwar unkonventionell, aber durchaus nicht außergewöhnlich. Vater wuchs als Sohn eines reichen Gutsbesitzers im Norden Englands auf. Lindsay Manor war schon drei Jahrhunderte im Besitz der Familie. Der älteste Sohn erbte traditionsgemäß das Gut, der mittlere ging zum Militär und der dritte wurde Priester. Meinem Vater war die Militärlaufbahn bestimmt, und als er dagegen rebellierte, geriet er in Ungnade. Durch die Ehe mit meiner Mutter verschlechterte sich das Verhältnis so sehr, daß sie ihn völlig abschrieben und er nur noch eine winzige Jahresrente von zweihundert Pfund bekam.

Mein kunstbegeisterter Vater konnte und wußte viel, nur eine Kunst beherrschte er nicht – die des Geldverdienens. Er malte ganz gut, aber nicht gut genug. Gelegentlich verkaufte er ein Bild, und im übrigen arbeitete er als Bergführer. In meinen frühesten Erinnerungen an ihn sehe ich Vater stets mit irgendeiner Gruppe mit Krampen und Seil losziehen – sein Blick strahlend vor Freude, denn Berge und Klettern waren ihm, nach seiner Familie, das liebste.

Ein Träumer und Idealist war er. Mutter sagte oft: »Gut, daß Jane und ich mit beiden Füßen auf der Erde stehen. Unsere Köpfe stecken zwar oft im Derbyshire-Nebel, aber nie in den Wolken.«

Wir liebten ihn beide sehr und er uns auch. Wir seien ein perfektes Trio, meinte er oft. Als einziges Kind erhielt ich die bestmögliche Erziehung, und das hieß für meinen Vater die Schule, an der alle Mädchen seiner Familie ausgebildet worden waren, das Internat Clunton. Auch meine Mutter war ganz dafür, denn ich war eine Lindsay und sollte als eine solche aufwachsen, auch wenn ich nie meinen Fuß in das großväterliche Haus gesetzt hatte.

Ohne finanzielle Sicherheit, dafür aber um so sicherer in unserer Liebe zueinander, lebten wir recht und schlecht von Vaters kleiner Jahresrente und seinen gelegentlichen Einkünften, kämpften uns fröhlich durch – bis zu jenem tragischen Januartag, an dem sich alles mit einem Schlag ändern sollte.

Ich hatte noch Ferien und war daheim. Das Wetter war die ganze Zeit über nicht gut gewesen – selten hatten unsere Berge so drohend gewirkt. Bleigrauer Himmel, eisiger Wind, und dann plötzlich, etwa fünf Stunden, nachdem Vater mit seiner Klettergruppe aufgebrochen war, ein Schneesturm. Wenn es jetzt schneit, muß ich immer an jenen schrecklichen Tag denken. Ich kann das grellweiße Licht, das leise Fallen der Flocken nicht mehr ertragen.

Wir waren bald eingeschlossen vom Schnee. Konnten nichts tun als warten und hoffen, daß mein Vater mit seinen Gästen da draußen irgendwie durchkam.

»Er ist so bergerfahren«, meinte Mutter, »ihm passiert bestimmt nichts.«

Sie buk gerade Brot in dem riesigen Backofen neben dem Herd. Der Geruch frischen Brotes ist dadurch für mich auf immer mit jenen tragischen Wartestunden verbunden. Diesem Warten neben der tikkenden Großvateruhr – diesem endlosen Warten...

Als der Sturm endlich nachließ, lagen die Schneewächten hoch auf Wegen und Felswänden. Eine Suchkolonne machte sich auf den Weg. Erst nach einer Woche fand man die Vermißten.

Wir wußten innerlich schon vorher Bescheid, obwohl Mutter noch bis zuletzt daran festhielt, er würde jeden Augenblick auftauchen und uns auslachen, weil wir solche Angst um ihn gehabt hatten.

»Er hat nie nachgegeben«, sagte sie zu mir, während wir vor dem Kaminfeuer saßen, und erzählte mir dann, wie sie einander kennen- und liebengelernt und er seiner Familie getrotzt hatte.

Seiner Familie konnte er trotzen – gegen die Natur war aber auch er machtlos. Wir begruben ihn und vier Leute seiner Gruppe. Zwei waren durchgekommen; sie berichteten von den schrecklichen Entbehrungen, dem entsetzlichen Leiden, das sie alle durchgemacht hatten. Eine ganz gewöhnliche, alltägliche Geschichte, wie sie in den Bergen immer wieder passiert.

»Warum müssen Männer auf Berge klettern?« fragte ich zornig. »Warum setzen sie sich sinnlos solchen Gefahren aus?«

»Sie müssen es tun«, sagte meine Mutter traurig, »sie können nicht anders.«

Ich fuhr bald darauf ins Internat zurück. Wie lange ich noch dort bleiben konnte, wußten wir nicht. Vaters Rente würde man uns beiden ja entziehen. Optimistisch, wie sie meist war, hoffte Mutter, die Lindsays würden sich ihrer Verantwortung mir gegenüber besinnen. Leider irrte sie. Mein Vater hatte den Familiencodex verletzt, wir waren und blieben ausgestoßen, wie mein Großvater es geschworen hatte.

Mutter lag sehr daran, mich weiter im Internat lassen zu können. Wie, wußte sie selbst noch nicht, aber sie war nicht der Typ, der die Hände in den Schoß legte und wartete, daß etwas geschah. Als ich zu den Sommerferien heimkehrte, erklärte sie mir ihr Vorhaben.

»Ich muß Geld verdienen«, sagte sie.

»Ich auch. Ich höre mit der Schule auf.«

»Kommt gar nicht in Frage!« sagte sie energisch. »Das würde dein Vater nie erlauben!« Sie sprach immer von ihm, als wäre er noch bei uns. »Wenn ich den richtigen Posten finde, könnte es gelingen.«

»Posten als was?«

»Ich habe durchaus Kenntnisse und Fähigkeiten«, sagte sie. »Als mein Vater noch lebte, half ich ihm in der Gastwirtschaft. Ich kann gut kochen und bin erfahren in der Haushaltführung. Also eigne ich mich bestens als Wirtschafterin oder Hausdame.«

»Werden denn solche Posten angeboten?«

»Mehr als genug. Gute Haushälterinnen wachsen nämlich nicht auf den Bäumen. Ich werde allerdings eine Bedingung stellen müssen.«

»Bedingungen willst du auch noch stellen?«

»Ja, nämlich, daß du die Ferien im Haus bei mir verbringen darfst.«

»Du schätzt dich aber sehr hoch ein.«

»Wenn ich's nicht tue, tun's die anderen auch nicht.«

Sie hatte solches Selbstvertrauen! Mußte es haben. Mir kam plötzlich der Gedanken, daß Vater sich nicht so zu helfen gewußt hätte, wäre sie zuerst gestorben. Ja, sie stand fest auf ihren Füßen und konnte für mich sorgen. Trotzdem mißtraute ich ihrem Vorhaben.

Erst im nächsten halben Jahr gingen unsre Mittel endgültig zur

Neige. Bis dahin sollte ich auf jeden Fall noch die Schule weiterbesuchen. Das tat ich denn auch, und dann kam eines Tages ein Brief, in dem ich zum erstenmal den Namen Sylvester Milner las.

Meine liebe Jane,
morgen fahre ich in die Gegend von New Forest, habe dort ein Interview mit einem Herrn Sylvester Milner, dem Besitzer von Roland's Croft. Er sucht eine Haushälterin. Meine Bedingung habe ich zwar bereits genannt, aber noch keine Antwort darauf erhalten. Daß ich trotzdem zur Vorstellung gebeten wurde, ist aber wohl ein gutes Zeichen. Ich schreibe Dir dann gleich. Wenn ich den Posten bekomme, verdiene ich genug, um Dir das Internat weiter ermöglichen zu können, zumal ich ja Wohnung und Verpflegung im Haus bekommen würde wie auch Du während der Ferien. Es wäre eine wunderbare Lösung für uns. Jetzt muß ich die Leute nur noch dazu bringen, mich anzustellen.

Ich konnte sie mir lebhaft vorstellen, wie sie sich resolut auf den Weg machte, bereit, um ihren Platz an der Sonne zu kämpfen – weniger für sie selbst als für mich. So klein sie war – ich überragte sie bereits, da ich im Wuchs nach meinem Vater geriet –, an Energie nahm es nicht so leicht jemand mit ihr auf. Rein äußerlich ähnelten wir einander übrigens kaum, bis auf die blauschwarzen Haare. Meine Haut war blaß, ihre stets rosig. Ich hatte die tiefliegenden grauen Augen meines Vaters, ihre waren klein und braun und blitzten fröhlich in die Welt. Aber in unserer Entschlußkraft, alles beiseite zu schieben, was sich unseren Zielen entgegenstellte, waren wir völlig gleich, und so war ich ziemlich sicher, daß sie ihres auch diesmal erreichen würde. Und ich behielt recht. Schon nach wenigen Tagen erfuhr ich, daß sie bald ihre Arbeit aufnehmen würde. Und zu Semesterschluß reiste auch ich nach Roland's Croft.

Bis London fuhr ich mit einer Gruppe anderer Mädchen, dann stieg ich in einen Zug nach Hampshire um. Von Lyndhurst aus ging es mit dem Bummelzug weiter, nach Rolandsmere. Mutter hatte mir alles genauestens aufgeschrieben. An der kleinen Landstation würde man mich abholen, und falls ihre Pflichten es zuließen, käme sie mit.
Wie ungeduldig ich war! Ein merkwürdiges Gefühl, in eine neue ›Heimat‹ zu reisen. Von Mr. Milner hatte Mutter gar nichts geschrieben. Warum wohl? Sie war doch sonst nicht so schweigsam. Auch über das Haus hatte sie wenig erzählt, nur daß es sehr groß sei und riesige Ländereien dazugehörten. ›Ganz anders als unser Häuschen‹, hatte sie

geschrieben – nun, das konnte ich mir auch denken. Und gerade ihre Schweigsamkeit ließ mich auf die fantastischsten Gedanken kommen.

Roland's Croft. Welcher Roland, und warum Croft – ein kleines Pachtgut also. Namen bedeuteten doch meist etwas. Und warum erwähnte Mutter ihren Dienstgeber kaum?

Meine Fantasie ging mit mir durch. Einmal stellte ich ihn mir jung und gutaussehend vor, dann wieder als Mann mittleren Alters mit einer großen Familie. Nein, ein Junggeselle mußte er sein, der die Gesellschaft mied. Weltmüde und zynisch war er, lebte als Einsiedler in seinem Riesenhaus. Oder nein – er war häßlich und abstoßend und ließ sich nie blicken. Man sprach nur im Flüsterton von ihm. Nachts erklangen merkwürdige Geräusche im Haus. »Gar nicht beachten«, würde man mir sagen, »Mr. Milner wandert nur durchs Haus.«

Mein Vater hatte immer gesagt, ich müsse meine Fantasie zügeln. Sie war wirklich oft zu lebhaft.

Schnaufend kam das Züglein zum Stehen. Nur wenige Menschen stiegen mit mir aus. Ein großer Mann mit Zylinder und goldbortenverziertem Mantel ging sofort auf mich zu.

So gewichtig kam er daher, daß ich impulsiv fragte, ob er Mr. Milner sei.

Leicht verwundert sah er mich an, dann lachte er hellauf. »Nö, Frolleinchen«, rief er, »bin doch der Kutscher.« Und murmelte dann selbstvergessen: »Mr. Sylvester Milner! Ist ja ‚n Witz!« Dann wandte er sich wieder mir zu. »Ist das Ihr Gepäck?« Er betrachtete mich von Kopf bis Fuß. »Sehen Ihrer Mutter überhaupt nicht ähnlich«, stellte er erstaunt fest.

Ein kurzes Nicken, er wandte sich um und rief einen Mann herbei, der an der Wand des kleinen Stationsgebäudes gelehnt hatte. »He, Harry, komm mal ran!« Harry nahm mein Gepäck, und wir gingen im Gänsemarsch zum Wagen hinüber, der Kutscher vor mir, in wiegendem Gang, als müsse er seine gewichtige Position beweisen.

Das Gepäck wurde verstaut, ich kletterte hinauf, und der Kutscher nahm die Zügel zur Hand. Er sah mich etwas verdrießlich an. »So kleine Wägelchen kutschiere ich ja sonst nicht, nur weil Ihre Mama . . .«

»Vielen Dank«, sagte ich, »Herr . . . äh . . .«

»Jeffers«, antwortete er, »ich heiße Jeffers.« Und dann ging's los.

Über blätterbedeckte Landwege ging es am Rande des riesigen Waldes entlang. Wie geheimnisvoll selbst die Bäume auf mich wirkten! Ganz anders war es hier als in unserer Bergheimat. Und in diesem Wald hatte Wilhelm der Eroberer gejagt, und sein Sohn Rufus war auf geheimnisvolle Weise darin umgekommen.

»Merkwürdig, daß man diesen Wald den neuen Forst nennt«, meinte ich.

»Wieso – warum?« fragte der Kutscher erstaunt.

»Na ja, ich meine, weil er doch schon achthundert Jahre alt ist.«

»Irgendwann war er eben mal neu – wie wohl alle Dinge«, brummelte er.

»Man sagt, er sei aus Menschenblut gewachsen.«

»Was Sie für komisches Zeug denken, Fräulein!«

»Das habe ich mir nicht selbst ausgedacht. Die Bewohner wurden von hier vertrieben, damit der Wald gepflanzt werden konnte, und wer es wagte, darin Eber oder anderes Wild zu jagen, dem schlug man die Hände ab oder stach ihm die Augen aus oder erhängte ihn an einem Baum.«

»Jedenfalls gibt's jetzt keine wilden Eber mehr drin«, sagte er ganz nüchtern.

»Wir haben's nämlich in der Schule gelernt«, setzte ich noch hinzu.

»Ja, gewiß. Und jetzt sind Sie hier auf Ferien. Hat mich ja gewundert, daß das durchging beim Herrn. Aber Ihre Mutter hat's eben einfach durchgesetzt.«

»Was ist dieser Mr. Milner eigentlich für ein Mensch?«

»Das ist mir mal 'ne Frage – was er für ein Mensch ist? Ich glaube, das weiß niemand hier.«

»Ist er noch jung?«

»Im Vergleich zu mir schon, für Sie ist er wohl eher alt.«

Viel mehr war aus Jeffers offenbar nicht herauszukriegen. Ich betrachtete wieder die Landschaft, dachte an die Normannenkönige, an die Gespenstergeschichten, die sich um diesen Forst woben, und fieberte unserer Ankunft beim Herrenhaus entgegen.

Eine endlos lange, tannenbestandene Auffahrtsallee führte geradewegs zu der weiten Rasenfläche vor dem Haus. Elegant und imposant zugleich wirkte das Gebäude – stammte offenbar aus der frühgeorgianischen Zeit.

Ein Hausmädchen im schwarzen Kleid mit weißem Häubchen und steif gestärkter Rüschenschürze öffnete uns. Sie hatte wohl den Wagen schon gehört.

»Sie sind sicher die junge Dame vom Internat«, sagte sie. »Kommen Sie herein, ich sage Madame gleich Bescheid.«

Madame? Meine Mutter hatte sich also diesen Titel zugelegt. Ich mußte innerlich lachen. Ein Gefühl der Sicherheit umhüllte mich wohlig.

Während ich in der Halle wartete, sah ich mich um. An der zart gemusterten Stuckdecke hing ein Kronleuchter. Die kreisförmig geführte Treppe hatte herrliche Proportionen. Eine Großvateruhr tickte unüberhörbar. Ich horchte nach anderen Geräuschen. Abgesehen von der Uhr nichts. Merkwürdig! Geradezu unheimlich ruhig war es hier in diesem Haus.

Und dann tauchte meine Mutter auf der Treppe auf. Sie rannte zu mir hinunter, wir umarmten einander.

»Kind, daß du nur endlich da bist! Ich habe schon die Tage gezählt! Wo ist dein Gepäck? Ich lasse es in dein Zimmer hinaufbringen. Jetzt kommst du erst einmal in meines. Wir müssen uns soviel erzählen.«

Sie sah ganz verändert aus. Das Kleid raschelte bei jedem Schritt. Mit den Spitzen auf den Haaren sah sie ungeheuer würdig aus. Die Wirtschafterin dieses Hauses hatte kaum noch Ähnlichkeit mit der Mutter in unserem kleinen Heim. Nicht nur äußerlich.

Ein wenig gehemmt kam sie mir vor, als wir dann Arm in Arm hinaufstiegen. Kein Wunder, daß ich sie vorher nicht näherkommen gehört hatte, die Teppiche waren ganz dicht und flauschig. Immer höher hinauf ging es. Von jedem Stockwerk aus konnte man in die Halle hinunterblicken.

»Ja, es ist recht hübsch und angenehm«, sagte sie.

Ihr Zimmer war im zweiten Stockwerk. Gemütlich eingerichtet mit schweren Vorhängen. Sehr elegant wirkten die Möbel. Ich wußte damals über solche Dinge noch nicht Bescheid, später erfuhr ich, daß sowohl das Schränkchen und die wunderschön geschnitzten Stühle und der Tisch echte Stilmöbel aus der Zeit Georgs III. waren.

Mutter sah meinen prüfenden Blick. »Ich hätte ja lieber meine eigenen Sachen behalten«, sagte sie lächelnd, »Mr. Milner hätte sie bestimmt greulich gefunden, aber sie waren so gemütlich und bequem.«

Schön und elegant und genau richtig war die Einrichtung, das sah ich ein, aber es fehlte die bestimmte Heimeligkeit unserer Zimmer daheim. Immerhin brannte Feuer im Kamin, der Wasserkessel darüber sang.

Mutter schloß die Tür und fing plötzlich laut zu lachen an. Drückte mich noch einmal fest an sich. Jetzt erst war sie aus der Rolle der würdigen Haushälterin geschlüpft, hatte sich wieder in meine Mutter verwandelt.

»Erzähl mir alles«, sagte ich.

»Das Wasser kocht gleich«, gab sie zur Antwort, »wir plaudern darüber beim Tee. Ich dachte schon, du würdest nie hierher finden.«

Die Tassen standen schon auf dem Tablett bereit, sie tat drei Löffelchen Tee in die Kanne und goß auf. »Ein paar Minuten lassen wir ihn noch ziehen. So!« sagte sie dann. »Wer hätte das gedacht? Alles in wunderschöner Ordnung.«

»Und was ist mit ihm?«

»Wem?«

»Mister Milner.«

»Er ist weggefahren.« Als sie mein enttäuschtes Gesicht sah, lachte sie. »Das ist ganz gut so, Janie. So haben wir das Haus ganz für uns.«

»Ich wollte ihn aber sehen.«

»Und ich dachte, du wolltest mich sehen!«

Ich beugte mich zu ihr und gab ihr einen Kuß. »Du hast dich also eingewöhnt und bist wirklich glücklich?«

»Besser hätte ich es gar nicht treffen können. Ich glaube, das hat dein Vater für uns getan.« Seit seinem Tod glaubte sie, er wache über uns und deshalb könne uns kein Leid geschehen. Ein sehr starkes okkultes Empfinden mischte sich in ihr mit absolut diesseitiger Vernunft. Obwohl sie selbst überzeugt war, daß unser Vater uns auf den besten Weg leitete, tat sie ihrerseits auch ihr möglichstes dazu. Daß sie mit ihrer Stellung in Roland's Croft zufrieden und glücklich war, war ihr deutlich anzusehen.

»Ich hätte es mir selber besser nicht ausmalen können«, sagte sie. »Es ist ein fabelhafter Posten, und das Personal respektiert mich.«

»Die Mädchen nennen dich Madame?«

»Ja, eine Höflichkeitsform, auf der ich bestand. Weißt du, Janie, die Leute werten einen immer genauso, wie man sich selbst wertet. Und deshalb setze ich meinen Wert ziemlich hoch an.«

»Gibt es viel Personal?«

»Drei Gärtner – zwei sind schon verheiratet und leben in Häuschen auf dem Gutsgelände. Dann noch Jeffers, der Kutscher, mit seiner Frau. Ihre Wohnung liegt über den Ställen. Die zwei Gärtnersfrauen arbeiten auch im Haus mit. Außerdem haben wir noch Jess und Amy, sie sind Stuben- und Hausmädchen. Unser Mister Catterwick, unseren Butler, und Mrs. Couch, die Köchin.«

»Und du leitest das Ganze?«

»Mr. Catterwick und Mrs. Couch sind da wohl anderer Meinung. Mr. Catterwick ist ein echter Gentleman. Mindestens einmal täglich erzählt er mir, daß er schon in viel großartigeren Häusern gedient hat. Und Mrs. Couch ist Herrin unserer Küche. Gnade dem, der sich da einmischen wollte.«

»Ein wunderschönes Haus«, sagte ich, »aber ein bißchen unheimlich.«

»Du mit deiner Fantasie! Das kommt dir nur so vor, weil noch keine Lampen angezündet sind. Ich mache jetzt meine auch an.«

Sie nahm den Glasschirm von der Petroleumlampe ab und hielt ein brennendes Streichholz an den Docht.

Wir tranken vom Tee und aßen dazu Kekse aus einer Dose. »Hast du bei deiner Vorstellung Mr. Milner kennengelernt?«

»Ja, natürlich.«

»Dann erzähl mir doch von ihm.«

Sie schwieg noch eine Weile, schien in eine unsichtbare Ferne zu blicken. An Worten fehlte es ihr sonst nie, darum sagte ich sogleich: »Irgendwas an ihm stimmt doch nicht. Er ist…«

»Ein Gentleman«, sagte sie.

»Und wo ist er jetzt?«

»Geschäftlich unterwegs. Das ist er oft.«

»Er muß sehr reich sein.«

»Er ist Kaufmann.«

»Sieht er gut aus?«

»Für manche Leute vielleicht.«

»Was verkauft er denn?«

»Sehr wertvolle Dinge.«

So wortkarg war Mutter sonst nie. Mein Eindruck, daß irgendwas an Mr. Milner nicht stimmte, wurde noch verstärkt.

»Ja – einen komischen Mann wirst du manchmal hier herumgehen sehen.«

»Was für einen?«

»Einen Chinesen. Er heißt Ling Fu. Sieht ein bißchen anders aus als die übrige Dienerschaft. Er reist immer mit Mr. Milner und kümmert sich um seine private Schatzkammer. Dort darf niemand sonst hinein.«

Na endlich – jetzt kam das große Geheimnis! »Verbirgt er etwas in dem Raum?« fragte ich.

Meine Mutter lachte. »Jetzt hörst du aber auf mit deinen Fantasien! Mr. Milner sammelt seltene, kostbare Kunstgegenstände aus Jade, Rosenquarz, Koralle und Elfenbein. Er kauft sie und verkauft sie wieder. Und einige hebt er auf, bis sich ein Käufer findet. Er ist Fachmann auf dem Gebiet. Ling Fu staubt die Sachen ab und kümmert sich um alles. Mr. Milner hat mir erklärt, daß es besser wäre, wenn kein anderer von der Dienerschaft damit zu tun hätte.«

»Bist du schon mal in der Kammer gewesen?«

»Warum sollte ich? Ich kümmere mich nur um den Haushalt, das ist meine Aufgabe.«

Ich sah in die Flammen, Bilder tauchten vor mir auf. Ein Gesicht, das zuerst freundlich nickte und dann im Niederbrennen der Kohle sich ganz sachte in eine bösartige Fratze verwandelte. Mr. Milner, dachte ich.

Mutter zeigte mir dann mein Zimmer. Es lag gleich neben ihrem. Ein kleiner Raum mit französischem Fenster vom Boden bis zur Decke. Die Möbel etwas einfacher, aber auch sehr geschmackvoll.

»Du siehst von hier in den Garten hinunter«, erklärte Mutter. »Jetzt kann man nicht viel erkennen, aber er ist sehr schön gehalten. Tadellos gepflegter Rasen und herrliche Blumen im Frühling und Sommer. Jetzt kann man nur sehen, wie das Haus gebaut ist. Ein offenes Rechteck, wie ein großes E ohne Mittelstrich. Schau einmal zu dem anderen Flügel hinüber. Siehst du die zwei Fenster dort? Das ist die Schatzkammer.« Schon der Anblick der Fenster erregte mich sehr. »Bei Tageslicht siehst du es dann ganz deutlich«, sagte Mutter. Sie schien sehr zufrieden mit sich; alles war ihr nach Wunsch gegangen.

Dann gingen wir in ihr Zimmer zurück und redeten weiter. Redeten und redeten. Ihre Freude und Begeisterung steckte mich an. Alles war wirklich so, wie sie es sich nur wünschen konnte. Trotz dieser Begeisterung war meine erste Nacht im neuen Haus nicht angenehm. Der Wind säuselte zwischen den Bäumen, es klang wie Stimmen, die alle zu murmeln schienen: »Sylvester Milner.«

Die Ferien wurden sehr schön für mich. Bald war ich mit allen Leuten vom Personal gut bekannt. Mrs. Couch mochte mich zum Glück gut leiden, und auch Mr. Catterwick hatte nichts gegen meine Anwesenheit einzuwenden. Als die Gärtner den Weihnachtsbaum umschnitten, war ich dabei und half auch beim Abschneiden von Stechpalmenzweigen und Misteln.

In der Küche duftete es. Mrs. Couch, die so rundlich, rosig und freundlich aussah, wie ihr Name klang, buk zahllose Kuchen und Pasteten und machte sich mit dem Weihnachtspudding zu schaffen. Ich war bereits ihr erklärter Liebling und durfte von ihren Kostproben nehmen. Ich war sehr glücklich, als ich da neben dem Herd saß, die Puddings gluckern hörte und zusah, wie Mrs. Couch einen nach dem andern mit einer langen Gabel herausholte, die sie in das Einwickeltuch hakte und dann in die Reihe neben die anderen schob. Zuletzt kam die kleine Schüssel mit der Kostprobe. Und dann saß ich am Tisch, aß mein kleines Häppchen davon und beobachtete, wie sich die Miene von Mrs. Couch beim Kosten langsam von zögernder Vorsicht bis zu voller Befriedigung änderte.

»Nicht so gut wie letztes Jahr, aber besser als im vorvorigen.« Alle, die sie mit einer Kostprobe geehrt hatte, protestierten, daß es die besten Puddings seit langem seien und ihr ein schlechter überhaupt nie gelingen würde.

Für diese Komplimente wurden wir alle mit einem Schlückchen von ihrem berühmten Pastinak-Wurzelwein belohnt. Nur Mr. Catterwick und meine Mutter erhielten Schlehengin, wohl um ihren höheren Rang zu unterstreichen.

Mrs. Couch erzählte mir, daß früher hier die alteingesessene Familie gelebt hatte und ihr niemand weismachen könne – wer hätte das wohl auch probiert –, es sei recht und billig, daß diese Häuser in die Hände Fremder gelangen sollten, die damit in keiner Weise verwachsen waren.

Dies bezog sich natürlich auf Mr. Sylvester Milner.

»Kommt er Weihnachten heim?« fragte eine der Gärtnersfrauen.

»Hoffentlich nicht«, sagte Jess und wurde gleich von Mr. Catterwick zurechtgewiesen. Wie immer, wenn sein Name genannt wurde, fühlte ich Schauer und Neugier und Furcht zugleich.

Meine Mutter hielt sich genauso wie Mr. Catterwick ein wenig abseits vom Personal, und die Dienerschaft respektierte dies auch. Man wußte, daß sie einmal bessere Zeiten gesehen hatte und ich im Internat in Clunton erzogen wurde, wo auch eine der Töchter des Hauses gewesen war.

»Natürlich wäre damals die Tochter der Haushälterin nie in die gleiche Schule wie die Tochter der Herrschaft gegangen«, sagte Mrs. Couch. »Es wäre undenkbar gewesen. Aber heute ist alles ein wenig anders. Seit er herkam...« Sie hob die Schultern und blickte resigniert zur Decke.

Ich hätte nie gedacht, Weihnachtsfeiertage ohne meinen Vater so genießen zu können. Am meisten faszinierte mich aber das Geheimnis des Mr. Milner.

Ich versuchte, alles über ihn herauszufinden. Offenbar sprach er nur sehr wenig, zeigte aber stets deutlich, daß alles nach seinen Anweisungen zu geschehen habe. Er hatte einiges im Haus geändert, die heidnischen Hunde vor dem Haus stammten auch von ihm. Die früheren Besitzer hatten offenbar Pech gehabt und das Haus verkaufen müssen. Da war er aufgetaucht und hatte es gekauft. Er krieche überall herum, sagte Mrs. Couch. Tauche plötzlich irgendwo auf und rede mit Ling Fu ein komisches Kauderwelsch.

»Oft schließen sich die beiden in der Schatzkammer ein«, erzählte sie mir. Das kam ihr wohl besonders heidnisch vor: ein Zimmer vor Mr. Catterwick verschlossen zu halten und einem Ausländer dafür den Schlüssel anzuvertrauen!

Für meine Mutter und mich war es außerordentlich gut, daß wir diese erste Weihnacht ohne Vater in einer so angenehmen Umgebung feierten. Dadurch dachten wir nicht so wehmütig an die Vergangenheit. Mir kam es noch alles wie ein Wunder vor. Meine Mutter sagte einfach, Vater habe es so arrangiert. Habe uns in dieses Haus geführt, weil er über uns wache. Es schien wirklich so zu sein, denn alles verlief tatsächlich wunderbar.

Unter vielen Scherzen schmückten wir die Eingangshalle mit Stechpalmen, Efeu und Mistelzweigen. Sogar Mr. Catterwick mußte über unsere Späße grinsen und schalt die Hausmädchen nur sehr sanft wegen ihres Übermuts. Weihnachtssänger kamen am Heiligen Abend zum Haus, Mutter gab ihnen für ihre Lieder einen Shilling in die Büchse.

»Als die Familie noch hier lebte«, sagte Mrs. Couch, »ließ man die Sänger herein, und der Herr und die Herrin boten ihnen heißen Punsch und gefüllte Pastetchen an. So wurde es seit Generationen gehalten. Wie schade, daß sich alles ändert.«

Mrs. Couch hatte einen Schaukelstuhl in der Küche und benutzte ihn gerne, wenn sie vom vielen Kochen und Backen müde war. Das Hin-und-her-Schaukeln beruhigte sie. Sie unterhielt sich oft mit mir, und ich war froh, zuhören zu können. Viele Stunden verbrachte ich in der Küche. Meine Mutter freute sich, daß wir einander mochten, denn die Köchin war zweifellos eine wichtige Person in diesem Haus.

Sie sprach viel über die Familie und wie es damals gewesen war. »Ein richtiger Haushalt«, sagte sie und deutete an, daß der jetzige Zustand nicht ganz richtig war. »Der Herr und die Herrin und die zwei Töchter. Sie wurden in die Gesellschaft eingeführt, wie es sich für junge Damen gehört, und hätten sicher bald gute Partien machen können. Leider war der Herr ein Spieler, immer schon... und sein Vater auch. Sie haben beide das Vermögen durchgebracht.«

»Und dann das Haus verkauft«, ergänzte ich.

»Für ein Butterbrot«, zischelte sie. »Mr. Milner ist ein richtiger Kaufmann. Er erwarb das Haus, als die Familie es um jeden Preis loswerden mußte.«

»Was ist mit der Familie passiert?«

»Der Herr starb an einem Schock, heißt es. Die Herrin zog zu ihrer Familie. Eine der jungen Damen ging mit ihr, die andere soll Gouvernante geworden sein. Wie schrecklich, wo sie doch selber immer eine Gouvernante hatte und nach ihrer Erziehung erwarten durfte, auch eine für ihre Kinder zu haben.«

Der Gedanke schoß mir durch den Kopf, was ich wohl später tun sollte. Würde ich auch Gouvernante werden? Wie gräßlich!

»Er fragte mich, ob ich bleiben möchte, und ich sagte ja. Das Haus war mir immer recht gewesen. Ich wußte ja nicht...«

Jetzt beugte ich mich zu ihr. »Was wußten Sie nicht?«

»Daß sich alles so ändern würde.«

»Das Leben ändert sich dauernd«, erinnerte ich sie.

»Jahrelang war hier immer alles im gleichen Gang geblieben, wie es sich gehörte. Natürlich gab's dies und das, und Mr. Catterwick und ich haben öfter gestritten, wie heute auch noch. Aber es war irgendwie anders damals.«

»Wie ist es eigentlich, wenn er hier ist?« fragte ich.

»Mr. Milner? Ja, da kommen Freunde von ihm zum Essen, und sie gehen meistens danach in die Schatzkammer. Reden miteinander. Reden über Geschäfte, nehme ich an. So was liegt mir gar nicht und Mr. Catterwick auch nicht. Ich bin an Landedelleute gewöhnt und Mr. Catterwick auch.«

»Sie hätten ja weggehen können, in ein Haus, wo die Familie das Vermögen noch nicht verspielt hat«, meinte ich.

»Ich wechsle nicht gerne, und hier bin ich schon alles gewohnt. Ich lasse mir schon dies und jenes gefallen. Immer ist er ja nicht hier.«

»Redet er manchmal mit Ihnen?«

Sie legte den Kopf zur Seite und sagte: »In der Küche gewesen und mit mir das Menü besprochen hat er nie, wie das bei einer Familie üblich ist.«

»Und wenn seine Freunde kommen?«

»Dann gehe ich zu ihm hinauf und klopfe ganz laut an die Tür. ›Was soll's zum Essen geben, Mr. Milner‹, sage ich, und er sagt: ›Das überlasse ich ganz Ihnen, Mrs. Couch.‹ Und woher soll ich wissen, ob diese Freunde irgendwas besonders mögen oder nicht? Er ist ganz anders als die Familie. Reich ist er, muß er wohl sein. Schließlich hat er Haus und Grundstück gekauft und erhält uns alle hier.«

»Dabei ist er kaum je da.«

»Zwischen seinen Reisen kommt er schon immer mal her.«

»Und wann kommt er diesmal?«

»Das sagt er nie vorher.«

»Vielleicht kommt er so plötzlich, damit er sieht, was Sie alle gerade treiben.«

»Das traue ich ihm durchaus zu.«

So redeten und redeten wir, und es gelang mir immer, Mrs. Couch vom Gerede über die ehemalige Familie zum gegenwärtigen Besitzer von Roland's Croft zu bringen.

Am Weihnachtstag gab es Entenbraten, und nachher trug Mr. Catterwick höchst feierlich den Pudding herein; liebevoll beobachtete Mrs. Couch den Brandyflammenkranz. Meine Mutter saß am einen Ende des großen Tisches, Mr. Catterwick am anderen, die Dienerschaft und deren Familien an den Längsseiten des Tisches.

Ich fand die Münze im Pudding und hatte drei Wünsche frei. Zuerst wünschte ich mir, Mr. Milner noch vor Schulbeginn zu sehen, dann einen Blick in die Schatzkammer und als drittes, daß meine Mutter und ich weiterhin in Roland's Croft bleiben dürften.

Und ich dachte, wenn wir meinen Vater dabei hätten, wäre es unsere schönste Weihnacht überhaupt, aber wenn er noch gelebt hätte, wären wir ja nicht dort gewesen.

Im Verlauf des Abends schickte mich meine Mutter nach oben, ihren Schal zu holen. Als ich die Tür hinter mir zumachte und damit Gemütlichkeit und Fröhlichkeit aussperrte, empfand ich die plötzliche Stille ringsum bedrückend. Ich ging die Treppe hinauf; unheimliche Kälte schien nach mir zu greifen. Es war wohl eine Vorahnung. Die warme Halle unten schien Welten entfernt zu sein. In plötzlicher Panik raste ich die Treppe hinauf ins Zimmer meiner Mutter, fand bald den Schal und wollte wieder hinunterlaufen. Blieb dann am Fenster stehen und spähte hinaus. Die Kerze, die ich mitgebracht hatte, zeigte mir nur die Spiegelung meines eigenen Gesichts. Ich hörte den Wind in den Bäumen und wußte, daß nicht weit von uns ein Forst lag, von dem es vor Urzeiten hieß, er werde von den Geistern derer heimgesucht, die seinetwegen gelitten hatten.

Es zog mich zurück in die gemütliche Runde unten, und doch zwang mich etwas unwiderstehlich, noch zu bleiben.

Ich dachte plötzlich an die Schatzkammer, die ewig versperrt war. Ein versperrter Raum ist irgendwie aufreizend.

Und dann packte mich meine übergroße Neugier, die schon mein Vater immer eindämmen wollte, und unbändiges Verlangen ergriff mich, in die Schatzkammer zu spähen.

Ich wußte, wo sie war. Meine Mutter hatte es mir gesagt. »Mr. Milners Zimmer sind im dritten Stock.«

Ich hatte mir unter einem Vorwand eines Nachmittags oben zu schaffen gemacht. An allen Tür probiert, in die Zimmer geschaut. Schlafzimmer, Wohnzimer, Bibliothek. Und eine Tür war versperrt.

Mit dem Schal meiner Mutter in der Hand zwang ich mich nun, wieder dort hinaufzusteigen. Die Dunkelheit und Stille in diesem Teil des Stiegenhauses erdrückten mich fast.

Ich hielt die Kerze ganz hoch. Mein flackernder Schatten an der Wand sah eigenartig bedrohlich aus. Geh zurück, warnte mich eine innere Stimme. Du hast kein Recht, hinaufzugehen. Aber etwas in mir war stärker. Ließ mich weitergehen, genau auf die Tür zu, die damals versperrt war. Ich drückte auf die Klinke, mein Herz schlug wie wild. Irgendwie erwartete ich, daß sich die Tür öffnen würde und ich hineingezogen würde in... ich wußte selbst nicht, wo hinein. Zu meiner unendlichen Erleichterung war die Tür immer noch versperrt. Ich packte die Kerze fester und lief nach unten.

Welche Wonne, die Tür zur unteren Halle zu öffnen, Mr. Jeffers eine alte Ballade singen zu hören – nicht ganz notenrein – und Mutter den Finger auf die Lippen legen sehen, damit ich still blieb, bis das Lied vorbei war. Ich blieb gerne stehen, bis sich mein Herz von seinem rasenden Schlagen beruhigt hatte, und lachte mich insgeheim wegen meiner fantastischen Vorstellungen aus; fragte mich, was ich denn eigentlich oben erwartet hatte.

»Du warst lange weg«, sagte meine Mutter. »Konntest du den Schal nicht gleich finden?«

Am zweiten Tag des neuen Jahres passierte etwas, was mir lange in Erinnerung blieb. Amy, unser Hausmädchen, sollte etwas vom obersten Küchenregal holen und riß dabei ein paar Stechpalmenzweige herunter.

Ich saß gerade in der Küche – wir waren allein –, und sie meinte: »Das Zeug ist sowieso immer im Weg und die Zweige da drüben auch. Am besten nehmen wir alles ab. Hilf mir bitte, Jane.«

Ich hielt den Stuhl fest, sie stieg hinauf und holte die Zweige herunter. »Sieht jetzt so komisch aus«, meinte ich. »Am besten nehmen wir alles ab.«

Und das taten wir auch. Mittendrin kam Mrs. Couch herein. Schaute uns entsetzt an.

»Was macht ihr denn?«

»Das blöde Zeug war im Weg«, sagte Amy. »Weihnachten ist ohnehin schon längst vorbei.«

»Was heißt hier Weihnachten vorbei? Weißt du nicht, daß es bis zum Ende der Rauhnächte oben bleiben muß? Und gräßliches Unglück bringt, wenn man es vorher heruntertut?«

Amy war ganz blaß geworden. Ich blickte von einer zur anderen. Mrs. Couch sah gar nicht mehr freundlich aus, eher wie eine Prophetin des Bösen. Ihre Augen verschwanden fast im Puddinggesicht.

»Schnell wieder rauf damit«, befahl sie. »Vielleicht hat man's noch nicht bemerkt.«

»Wer soll's bemerkt haben?« fragte ich.

Sie war zu erschüttert, um mir eine Antwort zu geben.

Später, als sie wieder in ihrem Stuhl schaukelte, fragte ich sie, warum der Schmuck so lange drauf bleiben müsse. Sie sagte, dies sei von Generation zu Generation weitergegeben worden. Nur so ein Dummchen wie Amy wisse das nicht. Die Hexen würden durch die frühe Abnahme beleidigt.

»Wieso denn? Was haben die Hexen mit Weihnachten zu tun?«

»Manche Sachen kann man eben nicht erklären«, sagte Mrs. Couch geheimnisvoll. »Die Schwägerin meines Bruders hat auch nicht daran geglaubt. Sie nahm die Zweige am Neujahrstag ab, und dann passierte es eben.«

»Was denn?«

»Ehe das Jahr um war, ist sie tot gewesen. Ist das vielleicht kein Beweis?«

Ich war nicht ganz überzeugt, doch der frühe Tod dieser Schwägerin im Zusammenhang mit dem Abnehmen der Zweige durfte nicht angezweifelt werden.

Die denkwürdigen Ferien endeten mit einem dramatischen Höhepunkt.

Am zwanzigsten Januar wollte ich zur Schule zurückreisen. Meine Mutter nähte eifrig meinen Namen in die Sachen und bereitete mein Gepäck vor. Mr. Jeffers sollte mich zum Bahnhof bringen, diesmal fuhr sie aber mit. Mr. Jeffers sagte, es sei wie in alten Zeiten für ihn, wenn er die Damen nach den Ferien zum Zug brachte. Noch dazu, wo auch ich in Clunton studierte. Daß er mein Recht anzweifelte, ein so exklusives Etablissement zu besuchen, wo ich doch nur Tochter der Haushälterin war, war klar. Er war genauso wenig wie Mrs. Couch bereit, Veränderungen anzuerkennen, die die Zeiten eben mit sich brachten.

Mir tat es leid, daß die schöne Zeit zu Ende ging. Ich kam mir schon ganz als Mitglied des Haushalts vor. Zwei Dinge bedauerte ich und hatte insgeheim auf ein Wunder gehofft. Nämlich in die Schatzkammer schauen zu dürfen, um festzustellen, daß wirklich nur kostbare Dinge darin aufbewahrt wurden, und Mr. Sylvester Milner persönlich kennenzulernen.

Erst in den Sommerferien würde ich Roland's Croft wiedersehen. Und ich hatte Sylvester Milner immer noch nicht kennengelernt.

Etwa fünf Tage vor meiner Abreise ging das Gerede, daß Mr. Milner bald heimkehren würde. Ling Fu sollte vor ihm eintreffen. Welch ein Pech für mich, daß Mr. Milner gerade nach meiner Abreise kommen würde. Immerhin würde ich den geheimnisvollen Diener sehen.

Ich beobachtete seine Ankunft von meinem Fenster aus. Sein orientalisches Gesicht sah ich nur ganz kurz. Daß er europäisch gekleidet war und keinen Zopf trug, enttäuschte mich. Im Haus wechselte er allerdings die Kleider, zog Hosen aus glitzerndem Seidenstoff und darüber eine Art Tunika an. Seine Hausschuhe waren mit einer Silberzeichnung versehen und an den Zehen leicht hochgebogen. In dieser Aufmachung sah er schon orientalischer aus.

»Schleich, schleich, schleich im Haus herum«, beklagte sich Mrs.

Couch. »Nie weiß man, wo er steckt. Was hat Mr. Milner nur gegen englische Diener? Kannst du mir das verraten?«

Ich interessierte mich sehr für ihn, er sah mich aber kaum je an. Zwei Tage ehe ich in die Schule mußte, entdeckte ich, daß man die Vorhänge im Schatzzimmer zurückgezogen hatte. Also mußte er drin sein.

Die Versuchung war unwiderstehlich. Zum dritten Stockwerk konnte ich ohne weiteres hinaufgehen, ich mußte mir nur eine Ausrede einfallen lassen, falls ich entdeckt wurde. Die Aussicht von den oberen Fenstern erproben? Ob das genügte? Ich war zu ungeduldig, mir eine bessere Entschuldigung auszudenken. Ganz leise stieg ich hinauf. Gerade in den oberen Stockwerken war die Stille im ganzen Haus besonders fühlbar. Und dann stand ich vor der Schatzkammer, und die Tür war offen.

Mein Herz schlug immer schneller. Ich blieb auf der Schwelle stehen und starrte hinein. Niemand drinnen. Da ging ich einen Schritt hinein. Tatsächlich standen überall wunderbare Figuren, große und kleine. Herrliche bunte Vasen sah ich und einige Buddhas, offenbar aus Jade geschnitzt. Fasziniert betrachtete ich ihre fremdartigen Gesichter. Einige sahen lustig aus, andere finster. Noch ein paar Schritte hinein – ich stand in Mr. Milners Schatzkammer.

In einem kleinen Nebenraum entdeckte ich eine Spüle und Reinigungsmaterial. Hörte plötzlich Schritte hinter mir. Jemand kam den Korridor entlang. Wenn ich jetzt versuchte, noch hinauszukommen, würde man mich sehen. So trat ich ganz in das kleine Zimmer und wartete. Zu meinem Schrecken hörte ich gleich darauf, wie die Außentür geschlossen wurde und dann ein leises, metallisches Knaken wie von einem Schlüssel, der im Schloß umgedreht wird.

Ich ging rasch in die Schatzkammer hinaus und probierte die Tür zu öffnen. Versperrt.

Entsetzt starrte ich sie an. Erst jetzt wurde mir klar, in welcher Lage ich mich befand. Schreckliche Folgen würde mein Vorwitz haben! Dieses Zimmer war voller Kostbarkeiten. Außer Ling Fu durfte niemand hier hinein. Und ich, die ich ohnehin nur geduldet war, hatte es gewagt, die Vorschrift zu mißachten, und war für meine Schlechtigkeit eingesperrt worden.

Ich ging zum Fenster. Es war vergittert. Wohl zum Schutz der Kostbarkeiten. Vielleicht konnte ich jemanden auf mich aufmerksam machen – hoffentlich meine Mutter. Unten war niemand zu sehen. Ich ging zur Tür, zögerte, wollte klopfen und überlegte es mir dann. Niemand außer meiner Mutter sollte mir öffnen. Es wäre sehr peinlich für mich gewesen, Ling Fu zu gestehen, daß ich ins Zimmer ging, während er nicht dort war. Vermutlich war er nur auf kurze Zeit in eins der Zimmer im gleichen Stockwerk gegangen und ich zufällig gerade in dem Augenblick vorbeigekommen.

Ich sah mich um. Mr. Milner war offensichtlich Kaufmann und hielt seine Ware hier auf Lager. Es gab kein großes Geheimnis, wie ich es bisher immer vermutet hatte. Obwohl ich von den Kunstgegenständen nichts verstand, erkannte ich doch ihre große Schönheit. Sie waren bestimmt sehr wertvoll, aber ein bißchen Enttäuschung empfand ich doch, weil ich gehofft hatte, in diesem Zimmer ein dunkles Geheimnis zu lüften, das mir Hinweise auf den Charakter des Mr. Milner geben würde. Und nun war es genauso, wie man es mir erzählt hatte. Ein Lagerraum mit Schätzen, der wegen seines Wertes dem übrigen Personal nicht offenstehen durfte und deshalb Ling Fu allein anvertraut war; als Chinese verstand er wohl einiges davon.

Eine große Enttäuschung also, und durch meine Neugier war ich in eine sehr dumme Situation gekommen. Wie konnte ich hier herausgelangen, ohne meinen Fehler offenkundig werden zu lassen? Wenn meine Mutter mich entdeckte, würde sie zwar entsetzt sein, aber sie wußte ja, wie schwer es mir fiel, meine Neugier zu bezähmen. Sie würde mich rasch hinausjagen und mich warnen, nie wieder so etwas zu tun. Aber wie konnte ich sie auf mich aufmerksam machen? Ich ging zum Fenster. Durch die Gitterstäbe fühlte ich mich wie eine Gefangene. Nochmals rüttelte ich an der Tür, sah mich dann um, als erwarte ich eine Eingebung, und vergaß beim Anblick dieser schönen Dinge fast mein Dilemma.

Ich mußte hier herauskommen. Wenn es auch nur Gestalten aus Stein, Elfenbein und Bronze waren, irgendeine merkwürdige Art haftete ihnen an, die genau mit dem übereinstimmte, was ich im ganzen Haus empfand.

Bei Dunkelheit wäre ich nicht gerne hier drinnen gewesen. Irgendwie hatte ich das dumme Gefühl, daß diese scheinbar leblosen Gegenstände ganz lebendig würden. Sie alle – und ihr Herr – hatten das Haus so fremdartig gemacht.

Aber wie sollte ich hinauskommen? Wieder stand ich am Fenster. Vielleicht kam doch jemand in den Garten? Wenn es doch nur meine Mutter wäre! Aber auch eines der Mädchen konnte ich alarmieren. Mrs. Couch würde kaum herauskommen, sie verließ das Haus selten. Wer immer es auch wäre, ich würde ihm oder ihr sehr dankbar sein und meinen Fehltritt aus Neugierde eingestehen.

Nochmals ging ich zur Tür, an dem bronzenen Buddha vorbei. Die Augen schienen mir höhnisch nachzublicken. Ich drückte auf die Klinke, rüttelte an der Tür, schlug darauf und schrie in plötzlicher Panik: »Ich bin eingesperrt.«

Keine Antwort.

Kindheitserinnerungen stiegen auf. Wie oft hatte man mir gesagt: »Neugierige Katzen sterben bald.« Ich hörte meine Mutter, wie sie die Geschichte vom neugierigen Mädchen und der Zinnkanne erzählte.

Ich hätte nicht hier hereinkommen dürfen. Ich wußte ja, daß es verboten war. Mißbrauch der Gastfreundschaft, würde meine Mutter sagen. Für Neugierde wird man eben bestraft. Das merkte ich jetzt.

Ich versuchte ruhig zu bleiben. Betrachtete noch einmal die schönen Gegenstände. Plötzlich sah ich eine Anzahl Stöckchen in einem Jadebehälter. Sie schienen aus Elfenbein gemacht zu sein.

Ich zählte sie. Neunundvierzig. Wozu sie wohl dienen mochten?

Wieder ging ich in den Nebenraum. Betrachtete ihn genauer. Öffnete eine Schranktür, sah Bürsten und Pinsel, Staubtücher und einen langen Arbeitsmantel, den Ling Fu wahrscheinlich beim Reinigen der Schätze trug. Ein Stuhl stand auch da. Ich setzte mich und starrte verzweifelt auf meine Füße.

Von unten hörte ich Hufgeklapper und rannte rasch zum Fenster. Die große Kutsche wurde eben von Jeffers aus der Garage gefahren, er bog in die Allee ein.

Wieder setzte ich mich und überlegte, wie ich herauskommen sollte.

Es machte mir jetzt nichts mehr aus, hier entdeckt zu werden. Ich wollte nur noch heraus. Schrie, so laut ich konnte. Niemand rührte sich. Die Wände waren dick, und in den dritten Stock kam selten jemand. Ich wurde immer ängstlicher, denn bald schon brach die im Winter so frühe Dämmerung ein. Kurz nach drei war ich wohl in das Zimmer geschlichen. Jetzt war es bestimmt schon vier Uhr vorbei. Noch würde mich meine Mutter nicht vermissen. Aber später... Ich versuchte mir vorzustellen, was mit mir passieren konnte. Wie oft ging Ling Fu in das Zimmer? Keinesfalls jeden Tag. Dann blieb ich also eingesperrt wie Rapunzel in ihrem Turm. Und man würde später mein Skelett finden. Und vorher stand mir eine Nacht mit dem böse dreinschauenden Bronzebuddha bevor. Auch einige andere Gestalten waren mir jetzt unheimlich. Die langsam einfallenden Schatten schienen sie kaum erkennbar zu verändern. Und in der Dunkelheit... Die Vorstellung, in der Dunkelheit mit solchen Gestalten beisammen zu sein, ließ mich noch stärker an die Tür hämmern.

Ich versuchte zu überlegen, was jetzt am besten zu tun sei. Vom Fenster aus sah ich die Wintersonne tief am Horizont stehen. In einer halben Stunde war sie bestimmt verschwunden.

Ich hämmerte wieder auf die Tür. Keine Antwort. Bald würde man mich vermissen, tröstete ich mich. Meine Mutter würde in Sorge sein. Mrs. Couch würde im Schaukelstuhl sitzen und von den entsetzlichen

Dingen reden, die verlorengegangenen Mädchen passieren konnten.

Das Zimmer hüllte sich in Schatten. Die absolute Stille wurde mir bewußt. Die Gegenstände schienen ihre Gestalt zu verändern; vergeblich versuchte ich, meinen Blick von dem großen Buddha abzuwenden. Einen Moment lang schienen seine Augen aufzublitzen. Mir kam vor, als senkte er die Lider. Vorher wirkte der Blick eher spöttisch, jetzt kam er mir böse vor.

Meine Fantasie malte immer schrecklichere Bilder. Sah Mr. Milner als Zauberer. Ein Pygmalion, der diesen Gestalten Leben einhauchte. Sie waren nicht mehr das, was sie zu sein schienen. Gestalten aus Stein und Bronze – von lebendigem Geist beseelt, dem Geist des Bösen.

Das Licht wurde immer schwächer. Ohne zu wissen, warum, ergriff ich die Elfenbeinstäbchen, starrte sie konzentriert an und versuchte zu überlegen, wie ich vor Einbruch der Dunkelheit aus diesem Zimmer kam.

Und hörte plötzlich einen Laut: Zum erstenmal in meinem Leben sträubten sich mir buchstäblich die Haare auf dem Kopf. Ich stand ganz still und hielt die Stäbchen fest in der Hand.

Langsam öffnete sich die Tür. Ich sah einen flackernden Lichtschein. Auf der Schwelle stand eine menschliche Gestalt. Zuerst dachte ich, der bronzene Buddha sei lebendig geworden, dann entdeckte ich, daß ein wirklicher Mann dort stand.

Er trug einen Kerzenhalter mit einer brennenden Kerze. Hielt sie so hoch, daß das Licht ihm das Gesicht beschien – ein merkwürdiges Gesicht. Fast ausdruckslos. Auf dem Kopf saß ein rundes Samtkäppchen im selben lila Ton wie die Jacke. Er starrte mich an.

»Wer bist du?« fragte er herrisch.

»Ich bin Jane Lindsay«, antwortete ich mit angstgepreßter, hoher Stimme. »Man hat mich hier eingesperrt.«

Er schloß die Tür hinter sich und richtete das Licht auf mich.

»Was machst du da mit den Yarrow-Stäbchen?«

Ich sah auf die Elfenbeindinger in meiner Hand. »Ich weiß es nicht.« Ein fürchterlicher Schrecken hatte mich getroffen. Ich wußte jetzt, daß mein Wunsch erfüllt worden war. Ich stand Mr. Sylvester Milner gegenüber.

Er nahm mir die Stäbchen aus der Hand und arrangierte sie zu meiner großen Überraschung auf einem kleinen Tisch, dessen Oberfläche ebenfalls mit Elfenbein eingelegt war. Er schien ganz versunken zu sein in seine Tätigkeit, mehr an den Stäbchen interessiert als an mir. Dann sah er mich plötzlich scharf an.

»So, so«, murmelte er.

Ich stotterte verwirrt: »Tut mir so leid... Tür war offen... wollte nur reinschauen... plötzlich jemand gekommen, hat zugesperrt...«

»Die Tür ist immer zugesperrt«, sagte er. »Du kannst dir wohl denken, warum.«

»Weil das alles so wertvoll ist.«

»Du interessierst dich für Kunst?«

Ich zögerte, denn ich hatte das Gefühl, daß er eine Unwahrheit sofort erkennen würde. »Wenn ich mehr darüber wüßte, bestimmt.«

Er nickte nur. »Neugierig bist du aber schon.«

»Ja, das bin ich wohl.«

»Hier herein darfst du nie ohne Erlaubnis kommen. Es ist verboten. Geh jetzt!«

Im Hinausgehen warf ich noch einen Blick auf die Elfenbeinstäbchen. Ich hatte schreckliche Angst, daß Mr. Milner mich bei den Haaren packen und in eine seiner Gestalten verwandeln würde. Vielleicht ließ er mich einfach verschwinden, und niemand erfuhr je, was aus mir geworden war.

Nichts dergleichen geschah. Ich stand wieder draußen im Korridor; rannte in mein Zimmer hinunter, warf die Tür hinter mir ins Schloß. Betrachtete mich im Spiegel. Meine Wangen waren dunkelrot, die Haare unordentlicher als sonst, die Augen glänzten. Das Erlebnis kam mir irgendwie unheimlich vor.

In diesem Augenblick trat meine Mutter ins Zimmer.

»Wo bist du denn gewesen? Ich habe dich schon überall gesucht. Dein Koffer ist fast fertig gepackt.«

Ich zögerte. Und dann dachte ich mir, es sei doch besser, die Wahrheit zu gestehen.

»Mutter«, sagte ich, »ich glaube, ich bin Mr. Sylvester Milner begegnet.«

»Ja, er ist gerade zurückgekehrt. Hast du ihn von deinem Fenster aus gesehen?«

»Ich habe ihn in der Schatzkammer getroffen«

»Was?« schrie sie.

Als ich ihr alles berichtet hatte, wurde sie ganz blaß. »Ach, Jane«, sagte sie, »wie konntest du nur! Alles ist bisher so gut gegangen für uns. Jetzt ist es zu Ende damit. Man wird mich hinauswerfen.«

Ich war sehr betroffen. Sie hatte sich so bemüht, und ich zerstörte jetzt alles durch meine Neugier.

»Ich habe mir gar nichts dabei gedacht.«

Meine übliche Entschuldigung. Wie schon so oft. »Ich wollte ja nur... nur schnell reinschauen und wieder hinaus. Weißt du, all das Gerede über die Schatzkammer. Ich konnte mir einfach nicht vorstellen, daß da nur Sachen herumstehen, gewöhnliche Sachen. Meinte, es müßte etwas Geheimnisvolles...«

Mutter hörte mir gar nicht zu. Ich wußte, sie packte in Gedanken ihre Koffer, überlegte, wie sie wieder einen Posten finden könnte. Und wo konnte sie es noch einmal so wunderbar antreffen wie hier in Roland's Croft?

Traurig war die Fahrt zum Bahnhof mit Jeffers und meiner Mutter. In den zwei Tagen zwischen meinem Abenteuer und meiner Abfahrt hatte sie stündlich erwartet, zu Mr. Milner befohlen zu werden. Ich blickte noch einmal zurück zu den chinesischen Hunden und dachte: ›Euch werde ich nicht wiedersehen.‹ Meine nächsten Sommerferien verbrachte ich bestimmt woanders. Ich war womöglich noch trauriger als meine Mutter, denn ich fühlte mich ja schuldig.

Sie umarmte mich herzlich. »Mach dir nichts draus. Ist schon vergessen. Dein Vater findet sicher wieder was für uns... vielleicht was noch Schöneres.«

Ich nickte düster. Für mich konnte es nichts Schöneres und Interessanteres geben als Roland's Croft mit seiner gemütlichen Küche und dem Dienerraum, der unheimlichen Schatzkammer und dem merkwürdigen Besitzer.

Mit jeder Post erwartete ich, von Mutters Kündigung zu hören.

Nichts geschah.

Und dann schrieb Mutter mir: »Mr. Milner hat nie erwähnt, daß er Dich in der Schatzkammer fand. Er scheint es vergessen zu haben. Dafür bin ich sehr dankbar. Wenn ich bis zu Deinen Sommerferien noch immer nichts von ihm höre, ist sicher alles in Ordnung.«

Und sie hörte nichts. Ich bereitete mich auf die Heimfahrt nach Roland's Croft vor.

Alle drei Wünsche der Münze aus dem Pudding hatten sich erfüllt.

2

Den nächsten und übernächsten Sommer verbrachte ich wieder in Roland's Croft; ich fühlte mich bereits ganz zu Hause dort. Alle gehörten zur Familie – Mrs. Couch in ihrem Schaukelstuhl, Mr. Catterwick, der würdevoll-steife Herrscher des Hauses, Amy und Jess, die mir von ihren Liebesgeschichten erzählten. Jedesmal war ich ganz aufgeregt, wenn es heimging – alles war so wunderschön dort.

Wenn Mr. Milner zu Hause war, änderte sich das Leben, wurde alles viel aufregender; es gab Abendgesellschaften, in der Küche tat sich ordentlich etwas. Gäste blieben über Nacht, Kaufleute, die riesige

Mengen Essen verschlangen und viel Wein tranken. Mrs. Couch und Mr. Catterwick genossen diese Zeiten sehr. So war es richtig für sie. Mrs. Couch liebte es, wegen eines Abendessens in Aufregung zu geraten, und Mr. Catterwick paradierte gerne vor uns mit seiner großen Weinkenntnis.

Nach solchen Abendgesellschaften saßen wir dann alle um den großen Tisch und ließen uns von Jess und Mr. Catterwick erzählen.

Am liebsten hätte ich mich manchmal bei den Gästen unter dem Tisch versteckt und zugehört. Am interessantesten war mir allerdings nach wie vor Mr. Sylvester Milner.

Manchmal sah ich vom Garten zu dem vergitterten Fenster hinauf und bildete mir ein, einen Schatten zu sehen. Einmal erkannte ich ihn sogar ganz deutlich. Er blickte gerade hinunter, und ich sah hinauf. Irgendwie hatte ich den Eindruck, daß er mich beobachtete.

Dieser Gedanke ließ mich nicht mehr los. Mr. Milner hatte meiner Mutter nie von der Geschichte in der Schatzkammer erzählt. Sie fand das sehr rücksichtsvoll von ihm, obwohl es ihr im Grunde lieber gewesen wäre, er hätte es erwähnt. Trotzdem war sie nach einer Weile wieder ganz sicher, bleiben zu können. Unser dringendstes Problem war jetzt, was ich in einem Jahr nach der Schule machen sollte.

Die anderen Mädchen in Clunton wurden dann in London in die Gesellschaft eingeführt, gingen auf Bälle und fanden Ehemänner. Bei mir war es ganz anders. Meine Mutter meinte zwar immer noch, die Familie meines Vaters würde sich vielleicht doch noch ihrer Pflichten erinnern und auch mich in die Gesellschaft einführen, aber ganz glaubte sie wohl selbst nicht daran. Auf jeden Fall genoß ich in Clunton eine ausgezeichnete Erziehung, und außerdem dauerte es noch ein Jahr bis zu meinem achtzehnten Geburtstag.

Bei der Heimkehr im Sommer vor meinem siebzehnten Geburtstag schien meine Mutter über irgend etwas sehr aufgeregt zu sein. Sie holte mich selbst mit dem Ponywagen ab.

Auch ich war aufgeregt, als der Zug in der kleinen Station anhielt. Ich spürte gleich, daß meine Mutter eine angenehme Überraschung zu verbergen suchte. Sie umarmte mich herzlich wie immer. Wir bestiegen die kleine Kutsche, sie nahm die Zügel in die Hand, und ich fing an, nach allen Bewohnern von Roland's Croft zu fragen. Erfuhr, daß Mrs. Couch einen Willkommenskuchen für mich gebacken und seit Tagen nur von mir gesprochen hatte. Sogar Mr. Catterwick hatte geäußert, daß ich hoffentlich schönes Wetter haben würde. Von Amy und Jess erfuhr ich, daß es ihnen gutgehe, Jess sei aber zu sehr mit Jeffers befreundet und das gefiele Mrs. Jeffers gar nicht. Der noch unverheiratete Gärtner mache Amy den Hof, es sehe so aus, als würden die beiden heiraten. Und das wäre ja gut, denn dann würde man Amy nicht verlieren.

»Und Mr. Sylvester Milner?«

»Er ist zu Hause.«

Nichts weiter. Also hatte ihre Erregung etwas mit ihm zu tun.

»Ist etwas mit ihm?«

Mutter antwortete nicht. Da packte mich die Angst.

»Mutter, es ist doch alles in Ordnung? Er schickt uns nicht fort?«

Die Sache mit der Schatzkammer lag schon so weit zurück, aber vielleicht hatte er Spaß daran, Leute lange in Ungewißheit zu lassen? Ich hatte ihn an sich für einen gütigen Menschen gehalten, aber auch für unerbittlich. Vielleicht hatte er die Güte nur vorgetäuscht.

»Nein«, sagte sie. »Keineswegs. Er hat sich mit mir unterhalten.«

»Worüber denn?«

»Über dich.«

»Weil ich in der Schatzkammer war?«

»Er interessiert sich für dich. Mr. Milner ist sehr nett, Jane. Er hat mich gefragt, wie lange du noch zur Schule gehst. Ich sagte ihm, daß die jungen Damen in deines Vaters Familie Clunton immer mit achtzehn verließen. Da fragte er: ›Und danach?‹«

»Was hast du gesagt?«

»Daß wir sehen wollten, wie es weiterginge. Er fragte auch, ob die Familie deines Vaters irgendwie für dich vorgesorgt hat. Ich sagte ihm offen, daß sie ihre Pflichten nicht erfüllt, und dann meinte er, du müßtest nach der Schule wohl irgendeinen Posten annehmen. Er sagte: ›Ihre Tochter ist durch ihre Ausbildung befähigt, andere zu unterrichten. Vielleicht haben Sie das für sie im Sinn?‹«

»Daran mag ich gar nicht denken«, sagte ich. »Am liebsten wäre mir jetzt, es ginge immer so weiter... In die Schule gehen und nach Roland's Croft heimkommen.«

»So gerne bist du hier?«

»Vom ersten Augenblick an! Der herrliche Forst, die Schatzkammer, Mrs. Couch und all die anderen, und Mr. Milner natürlich auch.«

»Er möchte mit dir reden.«

»Warum?«

»Das hat er mir nicht gesagt.«

»Komisch. Was will er denn?«

»Ich weiß es nicht. Aber ich glaube, dein Vater weiß, daß ich mir um deine Zukunft Sorgen mache. Er tut sicher etwas für dich.«

»Meinst du, er hat mir mein Eindringen verziehen?«

»Ich glaube schon. Du warst ja noch so jung.«

»Aber er ist so... eigenartig.«

»Ja«, sagte Mutter langsam, »er ist eigenartig. Man weiß nie, was er denkt. Vielleicht etwas ganz anderes, als er sagt. Trotzdem meine ich, er ist ein guter Mensch.«

»Wann soll ich denn zu ihm?«

»Er erwartet dich morgen zum Tee.«

»Ob er mir sagen wird, daß er keine neugierigen Leute im Hause haben will?«

»Nach so langer Zeit bestimmt nicht.«

»Ich bin nicht so sicher. Vielleicht hält er die Menschen gerne im ungewissen und quält sie gerne.«

»Wir waren aber gar nicht mehr im ungewissen. Ich habe seit den Weihnachtsferien damals nicht mehr dran gedacht.«

»Ich bin nicht so sicher. Ich hatte öfters das Gefühl, als beobachte er mich.«

»Du mit deiner Fantasie!«

»Nein, ich habe ihn zweimal vom Garten aus gesehen. Am Fenster.«

»Ach, hör doch auf. Und jetzt gedulde dich.«

»Bis dahin ist es noch so schrecklich lange.«

Ted, der junge Jeffers, kam in den Hof und brachte die Kutsche zu den Ställen. Ich ging gleich in die Küche hinunter. Mrs. Couch wischte sich die mehligen Arme an einem Handtuch ab und umarmte mich. »Janie!« rief sie, »Jess, Amy, sie ist schon da!« Und dann kamen sie alle, freuten sich, mich zu sehen, sagten mir, daß ich gewachsen sei und wieder Farbe in die Wangen kriegen müßte und eine richtige junge Dame werde.

Alle waren irgendwie verändert. Amy strahlte sichtbar. Der Gärtner wolle sie ›zu der Seinen machen‹, vertraute sie mir später an. Auch Jess hatte ein verdächtiges Glänzen in den Augen. Sie tauschte mehrmals Blicke mit Jeffers – geheime Botschaften. Mr. Catterwick vergaß seine Würde einen Augenblick lang und sagte, es sei wie in alten Zeiten, wenn die jungen Damen von Clunton zurückkehrten, und er sei glücklich, mich zu sehen. Nach dem Tee ging ich in den Stall zu Grundel, dem Pony. In den letzten Ferien hatte mir Mr. Milner erlaubt, es zu reiten.

»Grundel erwartet Sie schon«, sagte der junge Stallbursche, den Mr. Jeffers sich zum Helfer heranzog. Das Tier schmiegte seine weiche Schnauze an mich, und ich bildete mir ein, es habe mich wirklich vermißt.

Dann wanderte ich durch das Tannenwäldchen in den Forst hinein und dachte an alles Schöne hier und wie sehr ich diese neue Heimat liebte. Und überlegte dabei die ganze Zeit: Morgen werde ich ihn sehen. Dann sagt er mir vielleicht, was er wirklich von mir hält, warum er mir damals nicht das Haus verbot, da ich doch sein Geheimzimmer unerlaubt betreten hatte. Fragte mich, warum er mich von den Fenstern seines Zimmers beobachtete, denn ich war immer noch sicher, daß er es tat.

Am nächsten Tag war ich schon eine Stunde vor der festgesetzten Zeit bereit. Hatte mein Haar gebürstet und mit einem roten Band zusammengehalten. Mein schönstes Kleid angezogen. Zum Geburtstag hatte ich es erhalten, ich erinnerte mich noch an den Dezembertag, als wir es ausgewählt hatten. Hellblau, mit kleinen rotsilbernen Knöpfen vom Hals bis zum Saum. Es war mein Lieblingskleid, und ich wußte, daß ich gut darin aussah.

Mutter trat in mein Zimmer, sie runzelte die Stirn. »Ach, du bist schon soweit? Ja, so siehst du hübsch aus.«

»Was will er mir nur sagen, Mutter?«

»Bald wirst du es erfahren. Und nimm dich ein bißchen in acht.«

»Wie meinst du das?«

»Vergiß nicht, daß wir ihm all dies verdanken.«

»Du arbeitest aber auch fleißig. Ich bin sicher, daß er froh ist, dich zu haben.«

»Eine Haushälterin findet er leicht wieder. Vergiß nicht, daß er dir erlaubt hat, auch hier zu leben. Wie ein Mitglied der Familie. Das würden nur wenige tun, und ohne sein Verständnis hätten wir es all die Jahre nie so schön miteinander gehabt.«

»Ich werde daran denken«, versprach ich.

»Gehen wir?«

Ich nickte. Wir stiegen gemeinsam in den dritten Stock.

Mutter klopfte an die Tür. Er bat uns hereinzukommen. Seine Stimme war ziemlich hoch für einen Mann.

Er saß in seiner lila Samtjacke im Stuhl und hatte das Käppchen auf. Bei unserem Eintritt erhob er sich. »Kommen Sie doch bitte herein, Mrs. Lindsay«, sagte er höflich.

»Meine Tochter«, erklärte sie ganz überflüssigerweise.

Er nickte.

»Vielen Dank, Mrs. Lindsay.« Dann wandte er sich an mich. »Bitte setzen Sie sich doch, Miß Lindsay.«

Meine Mutter zögerte noch einen Augenblick lang, dann verließ sie das Zimmer.

Ich setzte mich, und er nahm auch seinen Platz wieder ein.

»Ich habe mich oft mit Ihnen befaßt«, sagte er.

»Ja, ich weiß«, sagte ich.

»So, das wußten Sie?«

»Ich sah Sie vom Fenster zu mir herunterschauen.«

Er lächelte. Meine Offenheit schien ihn zu amüsieren.

»Wie alt sind Sie eigentlich?«

»Im September werde ich siebzehn.«

»Noch ganz schön jung, was?«

»Nächstes Jahr bin ich achtzehn.«

»Ja, genau. Und jetzt trinken wir erst einmal Tee.«

Er klatschte in die Hände, und wie durch Zauber erschien Ling Fu auf der Schwelle.

Mr. Milner sagte etwas Unverständliches zu ihm. Es war natürlich chinesisch. Ling Fu verbeugte sich und verschwand.

»Sie finden es sicher merkwürdig, daß ich einen chinesischen Diener habe. Sicher kennen Sie niemanden sonst, der einen hat. Stimmt's?« Er wartete gar nicht auf meine Antwort. »Die Sache ist gar nicht so sonderbar, sondern ganz verständlich. Ich verbringe nämlich einen Großteil meines Lebens in China – hauptsächlich in Hongkong, und dort leben ja fast nur Chinesen. Ich habe da ein Haus. Sicher wissen Sie, daß ich oft monatelang nicht hier bin. Dann bin ich meistens in meinem anderen Haus. Wissen Sie etwas über Hongkong?«

Ich dachte fieberhaft nach, wollte nicht unwissend erscheinen. Vor ihm mußte ich meine Intelligenz beweisen. Das schien mir für meine Zukunft wichtig zu sein. »Ich glaube, es ist eine Insel vor der chinesischen Küste. Ein britisches Protektorat.«

Er nickte. »Ja«, sagte er, »die britische Flagge wurde 1841 dort zum erstenmal gehißt. Damals war die Insel fast unbewohnt. Nur wenige Häuser standen darauf. In den fünfundvierzig Jahren seither hat sich das geändert. Wir nahmen Hongkong nach dem Opiumkrieg in Besitz. Wissen Sie etwas vom Opiumkrieg?«

Ich gestand, daß ich nichts davon wußte.

»Dann müssen Sie es noch lernen. Das ist eine sehr interessante Geschichte. Wir Briten sind ja eine Handelsnation. Wir sind durch Handel so groß geworden. Verachten Sie mir nie den Handel. Er bringt vielen Menschen Wohlstand und angenehmes Leben. Sie sind sicher stolz auf unsere Flagge. Die Flagge über Kanada, Indien, Hongkong... und wer pflanzte die Flagge dort auf? Die Handelsleute, Miß Lindsay. Das dürfen Sie nie vergessen. China begann vor sechsundvierzig Jahren den Krieg mit uns, weil wir Opium aus Indien ins Land brachten. Das war nicht recht von uns, sagen Sie sicher. Aber mit Recht und Unrecht ist das so eine Sache. Alles hat seine zwei Seiten, und jeder macht immer wieder Fehler. Ah, da ist unser Tee.«

Auf der blauen Teekanne war ein goldener Drache, die Tassen hatten das gleiche Muster. Ling Fu verschwand lautlos. Mr. Milner schenkte den Tee selbst ein. »Chinesischer Tee. In meinem Haus hier erinnert Sie viel an China, das haben Sie sicher schon entdeckt.«

Er reichte mir meine Tasse und gab mir eine Keksstange aus einem Fäßchen mit dem gleichen gold-blauen Muster. Das Gebäck schmeckte nach Honig und Nüssen und schien nicht von Mrs. Couch gemacht zu sein.

»Schmeckt Ihnen der Keks?«

Ja, er schmeckte mir, obwohl die in der Küche unten ganz anders waren.

»Seit meinem fünfzehnten Lebensjahr reise ich zwischen hier und China hin und her. Dreißig Jahre schon. Ein Leben lang sozusagen... Ihnen wird es jedenfalls so erscheinen.«

»Eine lange Zeit, ja.«

»In dreißig Jahren lernt man viel. Ich bin Kaufmann. Mein Vater war auch schon Kaufmann. Ich habe sein Geschäft geerbt. War nie verheiratet, habe auch keinen Sohn, der übernehmen kann. Jeder Mann wünscht sich einen Sohn. Jeder König einen Erben. Der König ist tot, lang lebe der König. Was, Miß Lindsay?«

»Ja, da haben Sie recht.«

»Sie wissen jetzt natürlich genau, daß ich fünfundvierzig Jahre alt bin.« Er zwinkerte mir zu. »Eine wißbegierige Dame wie Sie findet dergleichen sofort heraus. Menschen ohne Neugierde mag ich nicht. Wie können sie je etwas über das Leben und die Umwelt lernen? Ich will Ihnen etwas anvertrauen – weil Sie sich für alles ringsum interessieren. Sie konnten damals der Versuchung nicht widerstehen, in die Schatzkammer hineinzugehen. Sie sind eine echte Eva, Miß Lindsay. Jetzt haben Sie vom Baum der Erkenntnis gegessen und müssen jetzt die Folgen tragen.«

Wieder glaubte ich, er würde uns hinausweisen und quäle mich noch davor. Irgendwo hatte ich einmal gelesen, daß die Chinesen das taten, und da er so viel über China sprach, nahm ich an, er bediene sich dieser Methoden.

Schon seine nächsten Worte verscheuchten all meine Angst. »Ich glaube, wir beide könnten einander sehr nützlich sein.«

»Inwiefern, Mr. Milner?«

»Das sage ich Ihnen gleich. Ich bin Kaufmann, ich kaufe und verkaufe. Auf meinen Reisen nach China und durch die ganze Welt entdecke ich seltene und wertvolle Dinge. Die verkaufe ich in aller Welt. Es gibt viele Sammler, die auf meine Entdeckungen warten. Sie haben mein Museum gesehen; einige der Stücke darin sind sehr viel Geld wert. Manche verkaufe ich mit großem Gewinn, andere mit kleinem, von manchen mag ich mich gar nicht trennen. Meine Sammlung verändert sich fortlaufend. Manchmal ist sie mehr wert, dann wieder weniger. Es steckt aber immer eine Menge Geld drin, und es handelt sich immer um Geschäfte dabei, wenn es auch viel Vergnügen bereitet, mit diesen schönen Dingen zu handeln. Das werden Sie vielleicht auch eines Tages begreifen. Darf ich Ihnen noch nachgießen?«

Er füllte meine Tasse wieder, und ich aß noch von den wunderbaren Keksen. Er lächelte mir freundlich zu. »Sie sind offenbar sehr – anpassungsfähig«, sagte er. »Das ist sehr gut. Ich komme jetzt zum Zweck unseres Treffens. Ich brauche eine Sekretärin. Damit meine ich aber nicht nur jemanden, der nach Diktat meine Briefe schreibt. Ich brauche viel mehr. Jemanden, der gerne die Dinge lernt, mit denen ich zu tun habe. Einen Menschen, der ganz besondere Eigenschaften hat. Begreifen Sie, worauf ich hinaus will?«

»Ich glaube schon.«

»Und was halten Sie von meinem Vorschlag?«

Ich konnte meine Erregung kaum verbergen. »Sie meinen, ich könnte alles über diese Kostbarkeiten lernen und Ihnen wirklich von Nutzen sein?«

Er nickte. »Ich habe mich mit Ihrer Mutter über Ihre Zukunft unterhalten. Als ich Sie in meiner Schatzkammer antraf, hielten Sie Yarrowstäbchen in den Händen. Wissen Sie, was sie bedeuten?«

»Nein. Aber ich erinnere mich daran.«

»Wahrscheinlich waren Sie davon fasziniert. Diese Stäbchen sagen nämlich über die Zukunft eines Menschen aus, wenn man in ihnen zu lesen versteht. Sie haben mir gesagt, daß Ihr Leben in irgendeiner Weise mit meinem verknüpft werden wird.«

»Das wollen Sie aus den Stäbchen gelesen haben? Wie könnte denn...?«

»Wenn Sie mehr über den Fernen Osten wissen, werden Sie Ihre Skepsis verlieren. Die Kraft der Yarrowstäbchen ist schon seit Tausenden von Jahren bekannt. Ich habe sie damals, nachdem Sie weg waren, ausgelegt, um zu sehen, wie wichtig Ihre Anwesenheit in meinem Haus sei, *ob* sie wichtig wäre. Die Antwort lautete: Ja.«

»Also eine Art Zukunftsdeutung?«

Er lächelte. »Sie haben es erfaßt.«

»Und wann soll ich anfangen?«

»Wenn Ihre Ausbildung beendet ist, also in etwa einem Jahr. Es wäre mir lieb, wenn Sie inzwischen die Bücher studieren könnten, die ich Ihnen geben werde. Aus ihnen werden Sie lernen, Kunstwerke zu erkennen und einzuschätzen.«

»Und ich kann weiter in den Ferien herkommen und hier lernen?«

»Ja, genau«, sagte er. »Sie bekommen einen Schlüssel zu meiner Kammer und können die Gegenstände dort studieren und ihren Wert erkennen lernen. Sie werden auch über mein Geschäft einiges erfahren. Ihre Mutter sagte mir, daß die Familie Ihres Vaters nichts für Sie tut und Sie verdienen müssen. Als Gouvernante, als Hausdame? Was sonst kann eine junge Dame heutzutage tun? Bei mir wird es etwas anderes sein. Ich biete Ihnen eine Möglichkeit, weiterzulernen und die faszinierende Welt der Kunst kennenzulernen. Wäre das etwas für Sie?«

»Wunderbar wäre das! Ich möchte es sehr gerne tun. Soll ich nicht gleich von der Schule gehen und anfangen?«

Er lachte. »Nein, Sie müssen Ihre Ausbildung zuerst beenden. Und dann kommt eine Lehrzeit. Sie können sie aber teilweise schon während der Schule absolvieren. Sie studieren einfach in den Ferien die Bücher und die chinesischen Schätze hier.«

»Ich wußte es schon am ersten Tag, daß ich hier mein Glück finden würde. Oh, wie herrlich!«

»Man kann nicht weit genug in die Zukunft hinausschauen«, sagte er. »Ich leite eine sehr erfolgreiche Firma. Sie wissen jetzt, womit ich handle. Und durch meine Kenntnisse von China und chinesischer Kunst weiß ich, wieviel die Sachen wert sind. Leute, die sich Sammlungen anlegen, wissen, daß sie mir vertrauen können. Mein Vater war ein großer Handelsherr. Er reiste in der ganzen Welt umher, meistens war er jedoch in China. Er hinterließ mir sein Geschäft. Ich war der Älteste zu Hause. Wir sollten das Geschäft miteinander führen, aber es gab Differenzen, wir trennten uns. Bis zu einem gewissen Grad wurden wir sogar Rivalen, das ließ sich nicht vermeiden. Ich hatte mehr Erfolg. Die Situation war nicht ganz angenehm. Ich glaube, mein noch lebender Bruder ist nie ganz darüber hinweggekommen, daß Vater das Haus der tausend Laternen mir hinterließ.«

»Haus der tausend Laternen?«

Wieder lächelte er. »Der Name interessiert Sie? Klingt faszinierend, nicht wahr? So heißt mein Haus in Hongkong.«

»Es enthält wirklich tausend Laternen?«

»In jedem Zimmer hängen welche. Es müssen wohl einmal tausend gewesen sein.«

»So viele Laternen! Das muß ja ein Riesenhaus sein.«

»Ist es auch. Mein Vater erhielt es für einen Dienst, den er einem großen Mandarin erwies.«

»Klingt wie aus Tausendundeiner Nacht.«

»Nur, daß es ein chinesisches Märchen ist.«

Eine Tür in die Welt hatte sich mir geöffnet, in eine exotische, fremdartige Welt.

»Ich möchte am liebsten gleich zu lernen anfangen.«

Das gefiel ihm. »Ihre Ungeduld und Neugier gefällt mir, das brauchen Sie bei mir. Natürlich müssen Sie viel lernen. Wenn Sie merken, wie viel, werden Sie vielleicht gar nicht weitermachen wollen. Sie müssen sich aber erst in einem Jahr entscheiden.«

»Ich habe mich schon entschieden«, sagte ich entschlossen.

Darüber war er sichtlich froh. »Wenn Sie ausgetrunken haben, gehen wir zu meinen Schätzen hinüber. Sie bekommen den Schlüssel und können hinein, wann immer Sie wollen. Studieren Sie alles, was Sie dort finden. Vergleichen Sie die Dinge mit den Abbildungen in den Büchern, die ich Ihnen geben werde. Achten Sie auf Glanz und Zartheit, lernen Sie herauszufinden, aus welcher Zeit ein Stück stammt. Manche sind erst ein paar hundert Jahre alt, andere wurden vor Tausenden von Jahren geschaffen. Kommen Sie jetzt mit mir?«

Ich folgte ihm in die Schatzkammer. Zum zweitenmal stand ich in diesem Raum, und mein Blick fiel sofort auf den bronzenen Buddha, der mir so bösartig erschienen war und mich damals, als ich hier eingesperrt war, so erschreckt hatte.

Mr. Milners Blick folgte meinem. »Eine schöne Figur, nicht wahr? Konnte mich nie davon trennen. Stammt aus dem dritten oder vierten Jahrhundert vor Christus. Damals kamen buddhistische Missionare aus Indien nach China. Sie werden darüber in den Geschichtsbüchern lesen. Sie kamen mit Karawanen angeritten, manchmal auch zu Fuß. Jahrelang waren sie unterwegs, blieben da und dort und schnitzten sich Schreine, an denen sie während der kurzen Aufenthalte ihre Andachten verrichten konnten. Während der Tang-Dynastie erreichte der Buddhismus seinen größten Einfluß in China; aus dieser Zeit stammt auch meine Buddhastatue.«

»Wie unendlich alt sie schon ist!«

Er lächelte. »Nur nach unserem Begriff.«

»Sie kommt mir irgendwie böse vor«, sagte ich. »Die Augen folgen einem überall hin.«

»Das hat man eigens so gemacht.«

»Sie wirkt ganz lebendig.«

»Alle Kunst wirkt lebendig. Sehen Sie sich diese an! Eine Statue der Kuan Yin, der Göttin der Gnade und des Mitleids. Finden Sie sie nicht auch wunderschön?«

Es war die Gestalt einer Frau, auf einen Felsen gestellt. Eine Holzschnitzarbeit mit bunten Farben und Blattgold, wunderschön bemalt.

»Es heißt, daß sie alle Hilferufe erhört«, sagte er. »Sie stammt wahrscheinlich aus der Yuen-Dynastie, also dem dreizehnten oder vierzehnten Jahrhundert.«

»Das muß doch alles schrecklich wertvoll sein!«

Er legte mir die Hand auf den Arm. »Ja, das stimmt. Und einige mag ich deshalb auch gar nicht verkaufen. Sie werden alles über die verschiedenen Dynastien und die Kunst der verschiedenen Zeiten lernen müssen. Sie haben viel zu lernen im nächsten Jahr! Und wenn Sie dann mit der Schule fertig sind, können Sie hier Ihren Posten übernehmen.«

Er zeigte mir einige Bilderrollen mit zarten Landschaften. »Diese Kunst läßt sich erst nach vielen Jahren erfassen. Sie sollten sich nicht gleich zuviel vornehmen. Ich schicke Ihnen gleich das erste Buch, und wir treffen uns wieder einmal zum Tee. Dann erzähle ich Ihnen weiter.«

»Ich möchte das sehr gerne lernen«, sagte ich tief überzeugt.

Gleich nach der Teestunde ging ich zu meiner Mutter. Sie sah mich forschend an, und ich warf mich in ihre Arme. »Es war herrlich!« jubelte ich. »Ich werde alles über chinesische Kunst und über seine Sammlung lernen. Ich soll für ihn arbeiten. Er wird mich ausbilden!«

Mutter schob mich von sich weg. »Was soll das alles?«

»Deswegen wollte er mich sehen. Meine Neugier gefällt ihm so sehr. Ich werde über Kunst lernen und dann seine Sekretärin sein. Nein, seine Assistentin! Bis zum Schulabgang lerne ich schon und werde dann viel wissen und mit ihm arbeiten.«

»Jetzt mal ganz ruhig, Jane. Keine Fantasien!«

»Es stimmt aber! Ich werde über Kunst lernen, meine Zukunft ist gesichert. Nicht als Gouvernante oder Gesellschaftsdame irgendeiner gräßlichen Alten. Ich werde alles über China lernen und für Mr. Milner arbeiten.«

Als meine Mutter einsah, daß dies wirklich stimmen mußte, sagte sie nur: »Das hat dein Vater für uns getan. Ich wußte, daß er sich um uns kümmert.«

All meine Begeisterung brachte ich für den neuen Plan mit. Las unermüdlich während der ganzen Ferien. Verbrachte viel Zeit in der Schatzkammer, die ich nun nicht mehr so nannte. Es war einfach der Verkaufsraum. Ich war sehr stolz, als einzige außer Ling Fu und Mr. Milner einen Schlüssel dazu zu haben. Manchmal trank ich wieder Tee bei Mr. Milner, und wir wurden gute Freunde.

Die anderen betrachteten mich geradezu ehrfürchtig. Obwohl ich mit viel Liebe unter der Dienerschaft aufgenommen wurde, erkannten sie jetzt, daß ich nicht ganz zu ihnen gehörte. Ich war zwar immer schon auf der höheren Schule gewesen, aber jetzt wurde ich durch Mr. Milners Aufmerksamkeit erst richtig hervorgehoben.

Meine Mutter blühte auf. Sie betrachtete mich oft stumm, den Kopf leicht zur Seite gelegt, manchmal bewegten sich dabei ihre Lippen, als spräche sie mit meinem Vater. Ich wußte, daß sie das oft tat, wenn sie allein war. Einmal kam ich gerade hinein, als sie sagte: »Mit den hochmütigen Lindsays sind wir jetzt ganz schön auf gleich gekommen, was?« Sie teilte alle Freuden mit meinem Vater. Mr. Milner war für sie der gute Patenonkel, der mit einem Zauberstab all unsere Sorgen verscheuchte.

Es waren goldene Tage für mich! Stundenlang lag ich im Tannen-wäldchen, aufgestützt auf ein Buch, das mich in fernste Vergangenheit brachte. Wie Mr. Milner es mir geraten hatte, fing ich mit der allerfrühesten Zeit an.

Las von der Tschang- und Tschu-Dynastie und von Konfuzius, der mit seinen Schülern über Sitten und Tradition seiner Zeit sprach. Blätterte mich durch die Tsin- und Han-Dynastien zur Yuen- und Ming-Zeit durch. Lernte alles über eine Kultur, die um so vieles älter war als unsere eigene. Mit meinem neuen Wissen konnte ich die Vasen und Ornamente schon einigermaßen einschätzen und begreifen, was sie ausdrücken sollten. Je mehr ich lernte, um so begeisterter wurde ich. Am Ende des Sommers war ich so eingesponnen in dieses Lernen, daß ich nur mit größtem Bedauern in die Schule zurückkehrte.

Im Internat lernte ich, was zu lernen war, aber wirklich interessiert war ich nur an meiner Tätigkeit danach.

Wenn ich wieder heimkam – denn Roland's Croft war jetzt mein Heim geworden –, wollte ich bitten, die Schule doch gleich verlassen zu können und nicht bis zum achtzehnten Geburtstag warten zu müssen. Zu Weihnachten war jedoch Mr. Milner zu meinem größten Bedauern nicht da. Wir verbrachten es so wie im Vorjahr, nur daß mich das Schmücken des Baumes und der Halle nicht mehr so begeisterte, und auch das Puddingkosten nicht.

Diesmal las ich noch mehr als im Sommer. Mr. Milner hatte mir die Erlaubnis erteilt, alle Bücher in seiner chinesischen Bibliothek im Raum neben seinem Arbeitszimmer zu benützen. Das tat ich oft und gerne.

Zu Weihnachten passierte dann etwas sehr Unangenehmes. Ich war jedoch zu sehr in meine eigenen Angelegenheiten vertieft, so daß ich der Sache damals keine große Bedeutung zumaß. Ich ging mit meiner Mutter im Forst spazieren, und wir unterhielten uns über ihr Lieblings-thema: wie froh sie war, daß Mr. Milner mich so sehr mochte. Und dann sagte sie plötzlich: »Augenblick, Jane, du gehst mir zu schnell.«

Sie setzte sich auf einen Baumstrunk, und mir fiel auf, daß ihre Wangen mehr als sonst gerötet waren. Schmaler kam sie mir auch vor.

Sie sah irgendwie ganz verändert aus. Ich setzte mich neben sie und fragte: »Ist dir was?«

»Nur eine leichte Erkältung. So was geht schnell vorbei.«

Ich dachte dann nicht mehr weiter daran. Am Weihnachtsmorgen ging ich zu ihr ins Zimmer, um ihr mein Geschenk zu bringen. Sie lag noch im Bett. Ungewöhnlich bei ihr, wo sie meist so früh aufstand.

»Fröhliche Weihnachten«, sagte ich. Sie wachte durch meine Worte auf und legte dann rasch die Hand aufs Kissen, als wolle sie etwas verstecken.

Ich war erstaunt über ihr Verhalten, aber sie lächelte gleich wieder, und ich freute mich so über Weihnachten, daß ich das Ganze wieder vergaß.

Als wir dann über meine Zukunft sprachen, war sie auch der Meinung, ich solle meine Schule früher beenden. »Je früher du bei Mr. Milner anfängst, um so besser.«

Mr. Milner blieb jedoch bei seiner Meinung, daß ich meine Ausbildung beenden sollte, und so verließ ich das Internat erst zu den nächsten Sommerferien. Im September wurde ich achtzehn.

Meine Arbeit bei Mr. Milner begann, und ich ging ganz in ihr auf. Jeden Morgen verbrachte ich eine Stunde bei ihm, er diktierte mir dann Briefe, die ich für ihn zu schreiben hatte.

Ich wurde nicht nur mit chinesischer Kunst und Geschichte vertraut, sondern auch mit Mr. Milner. Er war der älteste von drei Brüdern. Alle hatten im Geschäft des Vaters mitgearbeitet, der Jüngste davon, Magnus, allerdings ohne eigentliche Neigung dazu.

»Ohne wirkliche Neigung und absolute Hingabe kann man in diesem Beruf keinen Erfolg haben«, erklärte er mir. »Mein Bruder Redmond und ich haben diese Neigung, aber wir konnten nicht zusammenarbeiten. Über vieles konnten wir uns nach Vaters Tod nicht einig werden, so daß wir uns trennten. Redmond starb vor kurzem an einem Herzanfall. Sein Sohn Adam hat sein Geschäft übernommen. Er ist auch eine Art Konkurrent.«

Mr. Milner bedauerte dies offensichtlich. »Adam ist fleißig und kennt sich in einigen unserer Geschäftsbereiche sehr gut aus – ein sehr ernsthafter, junger Mensch. Ich habe übrigens zwei Neffen, Adam und Joliffe.«

»Sind es Brüder?«

»Nein, Joliffe ist der Sohn meines Bruders Magnus. Magnus heiratete eine junge Schauspielerin. Versuchte sich auch in ihrem Beruf, aber ohne Erfolg. Magnus hatte überhaupt nie viel Erfolg. Beide starben bei einem Unfall. Die Pferde gingen mit ihrer Kutsche durch. Joliffe war damals erst acht Jahre alt. Er ist jetzt auch ein Konkurrent im Geschäft.« Er seufzte. »Ach ja, Joliffe«, sagte er unwillkürlich. Ich hoffte auf mehr, aber offenbar war Mr. Milner der Meinung, mir genug mitgeteilt zu haben.

Auch Mrs. Couch erwähnte Joliffe eines Tages. Sie lehnte sich in ihrem Schaukelstuhl zurück und sagte: »Ach, dieser Joliffe! Das ist mir einer!«

Ihre Augen glitzerten wie bei einem schüchternen jungen Mädchen. »›Meine Güte, junger Herr‹, habe ich zu ihm gesagt. ›Sie wollen mich doch nicht etwa drankriegen wie die jungen Damen?‹ Und da sagte er doch: ›In Ihrem Herzen sind Sie auch noch jung, Mrs. Couch.‹ Der Frechling! Bleibt einem nie eine Antwort schuldig!«

»Kommt er ab und zu her?«

»Ja. Aber ohne vorher etwas zu sagen. Mr. Sylvester ist es gar nicht recht. Aber schließlich ist er ja sein Neffe und sieht dies als sein Heim an... Eines seiner Häuser!«

Wenn Jess von ihm sprach, bekam sie Grübchen in den Wangen. »Für den täte man manches«, gestand sie mir.

Erwähnte man seinen Namen vor Mr. Jeffers, dann wurde seine Miene spöttisch, und er brummelte etwas von Frauen, die eben auf gewisse Männer immer reinfielen.

Amy sagte nur, Joliffe sehe gar nicht so gut aus, aber wenn er da sei, habe man nur Augen für ihn. Irgendwas Besonderes sei an ihm, aber man müsse sich in acht nehmen.

Joliffe schien einen natürlichen Instinkt für die Entdeckung von Kunstwerken zu haben. Trotzdem war Mr. Milner nicht ganz mit ihm einverstanden.

»Unser Vater wollte, daß meine Brüder und ich zusammenarbeiteten, dann hätten wir einen Großteil des Kunstmarkts beherrschen können. Jetzt sind wir drei Konkurrenzfirmen, anstatt zusammenzuhalten. Offenbar kann man mit mir nicht gut zusammenarbeiten.«

»Das finde ich aber gar nicht.«

Er lächelte erfreut. »Sie sehen das auch aus einer anderen Situation. Joliffe wollte die Zügel in der Hand halten, und das konnte ich ihm nicht gestatten.«

Ich hätte gerne noch viel mehr über seine Familie erfahren, aber nach diesem Bericht über seine engsten Anverwandten ließ er nichts mehr verlauten, und ich erkannte, daß er mir nur soviel gesagt hatte, weil es eben mit dem Geschäft zu tun hatte. Über chinesische Kunst in den verschiedenen Dynastien erzählte er mir dafür immer mehr.

Oft, wenn er hörte, daß jemand einen kostbaren Kunstgegenstand verkaufen wollte, reiste er dorthin, ganz gleich, wo es war. Im ganzen Land suchte er nach solchen Dingen.

Einmal kam er ganz aufgeregt zurück; er meinte eine besondere Entdeckung gemacht zu haben.

Während der Teestunde – diesmal schenkte ich aus der Drachenkanne ein – erzählte er mir Näheres.

»Ich habe noch eine Kuan Yin gefunden. Eine Göttin der Gnade und des Mitleids. Ein wunderschönes Stück, allerdings nicht groß. Vielleicht hat mein Vater *diese* Statue gesucht. Ich glaubte allerdings immer, daß die, nach der er suchte, nie aus China herausgelassen wurde. Sicher bin ich aber nicht.«

»Sie haben doch schon eine im Verkaufsraum.«

»Ein sehr schönes Stück, aber nicht *die* Kuan Yin. Es handelt sich dabei um eine Abbildung der Gottheit aus der Sung-Dynastie. Von einem großen Künstler. Diese Dynastie begann vor etwa neunhundert Jahren, als China im Zeichen eines blutigen Bürgerkrieges stand. Kaiser Sung Kai Tsu war ein hochbegabter Mann, der sich jedoch hauptsächlich mit der Unterwerfung der Tataren befaßte. In den Schlachten starben Millionen, und in dieser großen Leidenszeit beteten die Menschen zur Göttin Kuan Yin, die angeblich jeden Angstruf erhört: Nach der Legende soll sie selbst den Künstler zu der Statue inspiriert haben und in sie geschlüpft sein. Es ist nicht nur das schönste Kunstwerk, das je geschaffen wurde, sondern hat auch mystische Eigenschaften. Jeder Sammler träumt davon, die Kuan Yin aus der Sung-Dynastie zu finden.«

»Und Sie glauben, sie gefunden zu haben?«

Er lächelte über meinen Eifer.

»Liebe Miß Jane! Viermal schon hoffte ich, sie gefunden zu haben. Ich habe die schönsten Kuan Yins entdeckt und mir jedesmal gesagt: Das muß sie sein! Keine andere kann schöner sein als sie. Und es stimmte noch nie. Die Statue hier bei mir ist sehr schön, darum habe ich sie auch behalten, aber es ist nicht *die* Kuan Yin, nach der wir alle fahnden.«

»Und woran würden Sie die Richtige erkennen, falls Sie sie finden?«

»Falls ich sie finde? Dann wäre ich wohl der glücklichste Mann unter allen Sammlern und Kunsthändlern.«

»Und die neue...?«

»Ich wage nicht allzuviel zu hoffen, sonst ist meine Enttäuschung dann zu groß.«

»Wie kann überhaupt jemand sicher sein, sie gefunden zu haben, wenn sogar Sie nicht ganz sicher sind?«

»Der Künstler hat irgendwo das Wort ›Sung‹ eingeschnitzt. Das kann natürlich nachgeahmt werden und wurde auch nachgeahmt. Wir müssen daher erst feststellen, ob das wirklich aus der Sung-Dynastie stammt. Dann sind wir auf halbem Wege. Es gab aber auch während der Sung-Zeit mehrere Kopien davon. Der Künstler, der zuerst die Buchstaben hineingeschnitzt hat, verwendete Farben, die nur er zu mischen verstand. Es ist ein ganz feiner Unterschied zwischen seinen Farben und den anderen, eine Leuchtkraft, die nie nachläßt. Man muß viele Tests durchgehen, um sicher zu sein, daß es sich um die richtige Figur handelt. Die anderen Statuen aus der Sung-Zeit sind natürlich auch sehr wertvoll, aber jeder sucht nur nach der einen.«

»Wenn die anderen genauso schön sind, warum ist die eine dann soviel wert?«

»Vielleicht wegen der Legende, die um sie schwebt. Der Mann, der sie findet und in Ehren hält, gibt damit der Göttin selbst Schutz und Schirm. Sie wird seine Angstrufe hören und auch alle seine Bitten erhören und, da sie unbeschränkte Macht hat, sich um ihn kümmern, solange sie ihm gehört. Ihm wird es also wohlergehen, und er wird sein ganzes Leben zufrieden sein.«

»Dann hat also die Legende die Gestalt so wertvoll gemacht?«

»Das stimmt. Aber es ist außerdem ein großes Kunstwerk.«

»Und Sie glauben, daß Sie dieses Stück entdeckt haben?«

»Im Grunde meines Herzens glaube ich es nicht, weil ich meine, daß es nie aus China herausgekommen ist. Meine neue Statue fand ich in einem Gutshaus. Niemand schien zu wissen, worum es sich dabei überhaupt handelt. Sie war nur als ›chinesische Figur‹ gekennzeichnet. Andere chinesische Kunstsachen gab es auch, größtenteils aber aus den letzten beiden Jahrhunderten. Trotzdem ist es ein guter Fang, und ich lasse sie auf jeden Fall prüfen.«

Bald nachdem Mr. Milner diese neue Kuan Yin gebracht und im Verkaufsraum aufgestellt hatte, hörte er von zwei weiteren Verkäufen auf dem Land und beschloß hinzufahren. Eine Woche lang wollte er wegbleiben, und bei seiner Abreise sagte er: »Bei einer Gelegenheit wie dieser bin ich besonders froh, hier eine Assistentin zu wissen, die sich um meine Sachen kümmert, während ich weg bin.«

Ling Fu reiste mit ihm, wie schon so oft. Von einigen Kaufleuten, die zu Mr. Milner ins Haus kamen, hatte ich erfahren, daß der chinesische Diener in Kunstkreisen bereits gut bekannt war.

Ich freute mich sehr über meine erste Selbständigkeit und lief mehrmals am Tag in mein Zimmer, um zu sehen, ob der Schlüssel zum Schauraum noch in der Sandelholzschachtel lag, die ich zuunterst in einer Schublade versteckt hielt.

Meine größte Freude daneben waren das Ausreiten und meine Spaziergänge – ich genoß den riesigen Forst stets aufs neue.

Was ich mir dort so alles ausdachte! Oft überlegte ich, ob einem das Leben vorbestimmt ist. Ich erinnerte mich, daß sogar Mr. Milner die Yarrowstäbchen studierte. Hatte ihn das, was er sah, dazu bewogen, mir diesen Posten anzubieten? Hätte ich die Stäbchen nicht gerade in dem Augenblick in die Hand genommen, was dann? Würde ich mir jetzt den Kopf über einen Posten zerbrechen müssen? War es überhaupt möglich, daß ein Mann wie Mr. Milner wirklich an solche Dinge glaubte?

An diesem Tag dachte ich an die Kuan Yin aus der Sung-Periode und wie schön es wäre, wenn gerade ich dieses Stück entdecken würde.

Unwirklich still war es im Wald. Der Himmel wurde immer dunkler. Und plötzlich flammte der erste Blitz auf, ein Donnerschlag folgte.

Es war unheimlich dunkel geworden, ein Gewitter kam näher; in wenigen Minuten würde es über mir losgehen, und bis dahin kam ich nicht mehr aus dem Forst heraus. Aber meine Ruine war ganz in der Nähe, unter ihrem Vordach fand ich doch etwas Schutz, bis das Ärgste vorbei war.

Ich rannte so schnell ich konnte und erreichte das Gemäuer gerade noch rechtzeitig. Während ich mich dazu beglückwünschte, sah ich einen Mann auf mich zulaufen.

»So ein Wetter! Darf ich mich auch unterstellen?« Seine Jacke war schon ganz naß; er nahm den Hut ab, und ein Wasserschwall ergoß sich auf den Boden vor ihm.

Nett sah er aus, wie er da lachend zum Himmel blickte und seine kräftigen weißen Zähne zeigte. Am ausdrucksvollsten waren jedoch seine Augen – dunkelblau unter dichten schwarzen Wimpern und Augenbrauen; auch die Haare schwarz. Es war nicht nur dieser interessante Kontrast, auch irgend etwas in seinem Gesichtsausdruck faszinierte mich. In den wenigen Augenblicken konnte ich es aber nicht näher beschreiben. Im übrigen war er ziemlich groß und mager.

»Bin offenbar gerade rechtzeitig hergekommen«, meinte er und blickte mich forschend an; ich zuckte ein wenig zusammen, überlegte, ob mein Haar wohl sehr durcheinander war. Das gemusterte Baumwollkleid stand mir auch nicht besonders.

Er hatte sich so dicht neben mich gestellt, daß ich ein wenig zurückwich. Seine Gegenwart irritierte mich.

»Waren Sie auch gerade spazieren?« fragte er mich.

»Ja«, antwortete ich. »Das tue ich oft. Ich liebe den Wald, er ist so schön.«

»Und im Augenblick auch sehr schön naß. Sie gehen oft allein spazieren?«

»Ich bin gern allein.«

»Eine junge Dame ganz allein? Ist das nicht gefährlich?«

»Daran habe ich noch nie gedacht.«

Seine blauen Augen funkelten fröhlich. »Sollten Sie aber.«

»Wirklich?«

»Sie können doch gar nicht wissen, was Ihnen hier begegnet.«

»Ich bin ja nicht weit vom Haus.«

»Sie sind hier zu Hause?«

»Ja. Als das Wetter anfing, überlegte ich sogar noch, ob ich nicht lieber dorthin zurücklaufen sollte.«

»Trotzdem wundert es mich, daß man Sie allein hier herumstreifen läßt.«

»Ich bin sehr selbständig.« Bei diesen Worten rückte ich noch ein wenig mehr von ihm ab.

»Das glaube ich Ihnen gern. Sie sind also hier in der Nähe zu Hause?«

»Ja... in Roland's Croft.«

Er nickte.

»Sie kennen es?«

»Gehört einem exzentrischen alten Herrn, stimmt's?«

»Mr. Milner ist nicht exzentrisch und auch nicht alt. Er ist ein sehr interessanter Mann.«

»Selbstverständlich. Sie sind mit ihm verwandt?«

»Ich arbeite für ihn. Meine Mutter ist dort Haushälterin.«

»Ach so.«

»Glauben Sie, daß das Wetter schon nachläßt?«

»Möglich, aber wir sollten noch hierbleiben. Unwetter kommen gern zurück. Erst muß man ganz sicher sein, daß sie wirklich vorbei sind.«

»Sie leben auch hier in der Nähe?«

Er schüttelte den Kopf. »Ich mache nur kurz Urlaub. Als das Wetter anfing, war ich gerade auf einem Spaziergang. Ich sah Sie von weitem so entschlossen davonlaufen, daß ich sicher war, Sie hätten hier einen Unterschlupf. Deshalb rannte ich nach.« Die Lachfältchen um seine Augen standen ihm gut.

»Was das wohl gewesen sein mag?« Er blickte die Mauer hinauf. »Sehen Sie sich diese Mauern an. Sie müssen Jahrhunderte alt sein.«

»Das glaube ich auch.«

»Was mag es gewesen sein? Ein Haus?«

»Ich denke schon. Es ist vielleicht schon neunhundert Jahre alt.«

»Da könnten Sie durchaus recht haben.«

»Vielleicht war es eins der Häuser, die teilweise zerstört wurden, um Platz zu schaffen für den Jagdforst der Könige. Können Sie sich das vorstellen? Der König gibt Befehl. Bauernland wird zu Waldgebiet, zum Teufel mit allen, die dort zu Hause sind! Kein Wunder, daß man diese Könige haßte. Den Haß spürt man heute noch manchmal im Forst.« Ich brach plötzlich ab. Warum sprach ich mit ihm darüber? Ich amüsierte ihn sichtlich.

»Sie sind nicht nur eine sehr kluge junge Dame, die allein herumstreift, sondern auch sehr fantasievoll. Eine interessante Kombination, finde ich – Kühnheit und Fantasie. Damit kommen Sie bestimmt weit.«

»Was meinen Sie damit – weit kommen?«

Er beugte sich zu mir herüber. »So weit Sie wollen. Ich finde außerdem, daß Sie sehr entschlossen sind.«

»Sind Sie ein Wahrsager?«

Wieder lachte er. »Manchmal habe ich seherische Kräfte. Soll ich Ihnen was sagen? Ich stamme vom Zauberer Merlin ab. Spüren Sie jetzt seine Gegenwart in diesem Wald?«

»Nein, und er würde auch gar nicht hier sein können, sofern es ihn uberhaupt gab. Dieser Forst wurde von den normannischen Königen geschaffen, lange nachdem Merlin starb.«

»O nein, Merlin ist von Jahrhundert zu Jahrhundert gewandert, er hatte kein Zeitgefühl.«

»Sie amüsieren sich wohl über mich? Tut mir leid, wenn Ihnen mein Gerede sehr dumm vorkommt.«

»Keineswegs. Wenn Sie mich amüsieren, dann nur in der nettesten Weise. Es ist doch das Schönste im Leben, wenn man sich amüsiert.«

»Ich liebe diesen Forst«, sagte ich. »Ich habe viel über ihn gelesen, darum stelle ich mir wohl so manches vor.«

Merkwürdige Unterhaltung mit einem völlig fremden Menschen.

»Der Himmel hellt sich auf, der Regen läßt nach.«

»Hoffentlich nicht. Es ist viel interessanter, sich hier vor dem Sturm zu schützen, als allein im Wald herumzuspazieren.«

»Doch, es läßt nach.« Ich trat nach draußen, er zog mich aber am Arm zurück. Wie stark ich seine Gegenwart spürte!

»Es ist noch nicht sicher genug«, sagte er.

»Ich hab's nicht weit.«

»Bleiben Sie trotzdem lieber noch da. Außerdem werden wir doch nicht unser nettes Gespräch unterbrechen! Sie interessieren sich also für die Vergangenheit?«

»Allerdings.«

»Na schön. Die Vergangenheit warnt uns vor allem Bösen in der

Gegenwart und Zukunft. Und in dieser Ruine hier vermuten Sie etwas Besonderes.«

»Ruinen interessieren mich überhaupt. Irgendwann muß ja hier jemand gelebt haben. Menschen haben zwischen diesen Mauern gehaust. Ich muß immer an sie denken. Wie sie wohl lebten, lachten, litten, sich freuten...«

Er sah mich forschend an. »Sie haben recht. Irgendwas ist hier. Ich spüre es jetzt auch. Etwas Historisches. Und eines Tages werden wir uns zurückerinnern und sagen: ›Ah, das war ja die Stelle, wo wir uns vor dem Gewitter schützten.‹«

Mir schien, als wolle er wieder nach mir greifen, und zog mich weiter zurück. »Sehen Sie doch«, sagte ich. »Es wird wirklich heller. Ich probier's jetzt. Leben sie wohl!«

Damit ließ ich ihn stehen und rannte in den Wald.

Es regnete noch dicht; meine Füße versanken fast in dem nassen Blätterwerk auf dem feuchten Boden. Aber ich mußte weg! Was würde er wohl tun? Irgendwas war an ihm, eine Vitalität, die mich überwältigen würde, wenn ich weiter blieb. Er hatte mich ausgelacht, das war mit klar. Und ich wußte nicht recht Bescheid mit ihm; hatte halb bleiben wollen, halb wollte ich weg.

Eine merkwürdige Begegnung jedenfalls – und dabei im Grunde nur zwei Menschen, die Schutz vor dem Regen suchten, nichts weiter.

Als ich zu Hause ankam, war meine Mutter gerade in der Halle. »Du meine Güte, Jane«, sagte sie, »wo bist du denn gewesen?« Sie faßte mich an. »Du bist ja bis auf die Haut naß.«

»Bin ins Unwetter gekommen.«

»Und völlig außer Atem bist du auch. Komm nach oben, du mußt das nasse Kleid ausziehen! Amy soll dir heißes Wasser bringen. Du nimmst gleich ein Bad und ziehst dir dann trockene Sachen an.«

Sie goß selbst das heiße Wasser in die Sitzbadewanne in ihrem Schlafzimmer und ließ mich hineinsteigen. Ich mußte mich danach fest abtrocknen und trockene Kleider anziehen. Als ich fertig war, fiel mir eine ungewöhnliche Unruhe im Dienertrakt auf. Neugierig ging ich hinunter.

Mrs. Couch schnaufte zufrieden, Jess und Amy waren sehr guter Laune.

»Du meine Güte«, sagte Mrs. Couch, »so ein Tag! Erst verbrennt mir das Gebäck im Ofen, und jetzt kommt noch Mr. Joliffe.«

Bequem in einem Sessel liegend, die Beine ausgespreizt, sah ich den Mann aus dem Wald wieder vor mir.

Er lächelte mich in seiner ganz speziellen Art an – die mir noch sehr vertraut werden sollte, halb spottend, halb zärtlich.

»Wir sind alte Bekannte«, sagte er.

Alles verstummte in der Küche. Und dann sagte ich so kühl wie möglich zu Mrs. Couch, die mich mit offenem Mund anstarrte: »Wir haben im Wald vor dem Regen Schutz gesucht.«

»Na, so was!« sagte Mrs. Couch und sah von einem zum anderen.

»Etwa zehn Minuten lang«, fügte ich noch hinzu.

»Was durchaus genügte, um uns anzufreunden«, setzte er hinzu und lächelte mich weiter an. Damals wußte ich noch nicht, warum mich dieses Lächeln so berührte.

»Mr. Joliffe gewinnt immer schnell neue Freunde«, sagte Mrs. Couch.

»Das spart viel Zeit im Leben«, spottete er.

»Warum haben Sie mir nicht gesagt, daß Sie Mr. Milners Neffe sind?«

»Ich wollte Sie damit überraschen. Außerdem hätten Sie es sich vielleicht denken können.«

»Sie sagten, Sie seien nur auf Besuch hier.«

»Stimmt ja auch.«

»Und auf einem Spaziergang im Wald.«

»Stimmt auch, ich war auf dem Weg zu meinem Onkel. Jess, laß doch Jeffers die Sachen vom Bahnhof holen!«

»Selbstverständlich, Mr. Joliffe«, sagte Jess und wurde ganz rot.

Ich fühlte mich unbehaglich. Alle benahmen sich, als wäre er ein Prinz. Das irritierte mich ein bißchen.

Ich sagte, daß ich noch zu tun hätte, und ging hinaus. Und fühlte genau, wie sein Blick mir folgte.

Solange er da war, schien das Haus wie verändert zu sein. Auch mich packte die allgemeine Erregung. Alles war anders jetzt. Die Ernsthaftigkeit, die Mr. Milners Anwesenheit stets verbreitete, verschwand. Kein Haus der Geheimnisse, nichts Unheimliches und Düsteres haftete ihm mehr an. Nein, ein fröhliches Haus wurde es.

Joliffe pfiff gerne und gut, er konnte Vögel nachahmen und kannte viele hübsche Melodien aus modernen Operetten. Es war überhaupt so etwas Fröhliches an ihm. Offensichtlich liebte er das Leben, und alle Menschen um ihn wurden von dieser Fröhlichkeit mitgerissen.

Ritt ich aus, so war er an meiner Seite, ging ich in den Wald, so hörte ich schon bald sein Pfeifen hinter mir. Wir sprachen viel über uns selbst miteinander. Ich erzählte ihm von meinem Vater und dessen frühem Tod in den Bergen, er berichtete von seinen Eltern und wie er zwischen Sylvester und Redmond aufwuchs.

»In ähnlicher Atmosphäre wie hier in Roland's Croft«, erklärte er.

»Alles strotzte nur so von chinesischer Kunst. Haben Sie nicht auch das Gefühl?«

»Es ist ja schließlich sein Geschäft.«

»Aber wo man auch hinblickt, ist China. Die Vasen, die Teppiche, ein Stückchen hier, ein Stückchen dort und dazu der Diener meines Onkels. Spüren Sie das nicht?«

»O ja. Es fasziniert mich.«

»Weil Sie nicht darin aufgewachsen sind. Ich stecke ja auch drin... bis über die Ohren.«

»In dem Geschäft, meinen Sie?«

»Ja. Warum auch nicht? Ich habe schon sozusagen als Dreikäsehoch Ming-Vasen erkennen gelernt. Heute bin ich aber ganz unabhängig. Als mich Onkel Sylvester nach China sandte, hatte ich plötzlich das Gefühl, ich müßte meine Fähigkeiten und Kräfte, mein Entdeckertalent für mich selber verwenden. Verstehen Sie das?«

»Ja. Sie haben ein eigenes Geschäft der Familienbranche aufgemacht.«

»Richtig. Wir sind alle im gleichen See. Aber jeder hat sein eigenes Boot.«

Er erzählte viel von Hongkong – ein Ort, der ihn offenbar faszinierte. Auch Mr. Milner hatte mir viel erzählt, aber ganz andere Dinge. Von ihm hörte ich über die verschiedenen Dynastien, ihren Aufstieg und Untergang. Joliffe zeigte mir andere Bilder. Die grünen Hügel über den Sandstränden der Insel. Die Treppenwege zu den höchst gelegenen Häusern. Briefschreiber auf den Straßen, die Analphabeten nach Diktat ihre Post schrieben. Chinesische Wahrsager an allen Ecken schüttelten ihre Behälter mit den Stäbchen, die man dann auswählte und ›lesen‹ ließ, um das Schicksal vorauszusagen. Boote, die sich zu schwimmenden Dörfern gruppierten. Seine Erzählungen begeisterten mich. Was Mr. Milner mir beigebracht hatte, interessierte mich sehr, aber in Joliffes Berichten lebte alles, war bunt und vielfältig und weckte die Sehnsucht in mir, all das selbst sehen zu dürfen.

Am zweiten Tag seines Besuches hatte er mich gefragt, wo ich denn meine Mahlzeiten einnähme.

»Manchmal im Wohnzimmer meiner Mutter, manchmal bei der Dienerschaft.«

»Während ich ganz allein essen muß? Das geht nicht! Sie essen von jetzt ab mit mir... tête-à-tête. Was halten Sie davon?«

Sein Wort war Gesetz im Haus, denn solange Mr. Milner nicht da war, übernahm Joliffe seinen Platz. Mrs. Couch deckte ohne weiteres für mich im großen Eßzimmer mit auf. Ich saß am einen Ende des langen Tisches, Joliffe am anderen. Ihm machte es Spaß, ich war aber ein bißchen unruhig. Was würde Mr. Sylvester sagen, wenn er mich bei seiner Heimkehr hier vorfand? In Joliffes bezaubernder Gesellschaft vergaß ich diese Gedanken jedoch bald.

Am dritten Tag nach seiner Ankunft kam meine Mutter einmal in mein Zimmer.

»Joliffe interessiert sich sehr für dich«, sagte sie.

»Ja, ich weiß«, antwortete ich. »Wir haben die gleichen Interessen, er ist ja auch Kunsthändler.«

Meine Mutter sah mich merkwürdig an. Wenn einen die Anwesenheit eines Menschen erregt und man in seiner Abwesenheit völlig deprimiert wird, dann war das wohl Liebe; und ich liebte Joliffe Milner, das war ziemlich klar. Auch ein Blick in den Spiegel zeigte mir, wie verändert ich war.

»Glaubst du, daß er es ernst meint?« fragte meine Mutter.

»Ernst? Daran habe ich noch nie gedacht. Er lacht über fast alles, ernst kann man ihn wirklich nicht nennen.«

Und dann fiel mir der veränderte Gesichtsausdruck meiner Mutter auf. Seit dem letzten Sommer war sie nicht mehr die gleiche. Ihre Wangen immer noch rosig, aber in den Augen lag ein unnatürlicher Glanz, und sie schien irgendein Geheimnis mit sich herumzutragen. Andere merkten das wohl kaum, aber ich kannte sie zu gut, um es zu übersehen. Irgendwas war anders. Aber was? Warum? Und dann vergaß ich es wieder, weil meine Gedanken bei Joliffe waren.

»Er ist sehr charmant«, sagte meine Mutter. »Dein Vater war es auch, aber...«

Sie hob die Schultern, und ich war zu sehr in eigenen Gedanken, um sie zu fragen, was sie hatte sagen wollen.

Ich zog mein Reitkleid an – Mutter hatte mir eines geschenkt – und ritt aus. Wie ich erwartet hatte, begleitete mich Joliffe.

Wir verbrachten einen zauberhaften Vormittag.

Ich hatte natürlich meine Pflichten und durfte sie trotz dieser erregenden Stunden nicht versäumen. Post mußte vor allem erledigt werden. Die Arbeit in dem kleinen Büro Mr. Milners hatte mir immer Spaß gemacht, und ich genoß die Verantwortung, die er mir übertragen hatte.

Seit Joliffe im Haus war, wollte ich jedoch am liebsten nur noch mit ihm draußen sein.

Zwei- bis dreimal jede Woche ging ich in den Schauraum.

Wegen Joliffe hatte ich diese Besuche mehrmals unterlassen und entschloß mich dann ganz plötzlich, sie nachzuholen.

Ich schloß auf, trat ein und machte die Tür hinter mir zu. Sah mich langsam um. Der erste Blick galt immer dem Bronzebuddha. Dann betrachtete ich die Kuan-Yin-Statue und bekam plötzlich den Einfall, sie mit der neuen zu vergleichen, die Mr. Milner so begeistert hatte.

Er hatte sie in einer gläsernen Vitrine untergebracht. Ich traute meinen Augen nicht. Die Vitrine war leer!

Es war unmöglich. Ich hatte sie ja noch gesehen, als ich das letzte Mal hier war. Vor Mr. Sylvesters Abreise war das gewesen.

Es gab nur eine Erklärung. Er hatte sie mitgenommen! Aber warum hatte er mir nichts davon gesagt? Er mußte doch wissen, daß ich ihren Verlust bemerken würde. Eigenartig! Die Figur mitzunehmen, ohne mir etwas zu sagen!

Die Sache verstörte mich so, daß ich mich auf nichts anderes konzentrieren konnte. Ich verschloß die Tür sorgfältig und ging in mein Zimmer zurück. Der Vorfall hatte mich sehr mitgenommen. Nachdem Mr. Milner so ernsthaft über die Wichtigkeit und den Wert dieser Statue geredet hatte, wie konnte er sie einfach mitnehmen, ohne etwas zu sagen?

Ich ging zu meinem Fenster und blickte zum Gitterfenster hinüber. Niemand konnte hineingelangt sein. Nur ich hatte einen Schlüssel. Also mußte Mr. Sylvester sie mitgenommen haben. Vielleicht ließ er sie prüfen?

Ich ritt wieder mit Joliffe aus und vergaß alles andere. Wie herrlich war es, den Wald und die Lichtungen zu durchstreifen! Wir machten bei einem alten Gasthof Rast. Glücklicher war ich noch nie gewesen. Und ich wußte auch, warum: Joliffe war mein ganzes Glück. Ich fragte ihn, wie oft er nach Roland's Croft komme.

»Nicht sehr oft.«

»Alle tun aber, als wären Sie immer dort. Die Besuche machen Ihnen großen Spaß, glaube ich.«

»Noch nie so sehr wie diesmal.«

Bei diesen Worten sah er mich mit seinen blauen Augen tief an und zeigte damit am deutlichsten, warum dieser Besuch der schönste war.

Auf dem Rückweg waren wir beide still. Ich glaubte zu spüren, daß er nahe daran war, etwas zu sagen, was für uns beide sehr wichtig war. Merkwürdig, daß er schwieg! Eine Seite seines Wesens, die ich bisher noch nicht kennengelernt hatte.

Wir kamen am frühen Nachmittag heim, und ich sah ihn an diesem Tag nicht mehr. Er ließ mir Nachricht geben, daß er eine Verabredung habe und zum Abendessen nicht da sei. Meine Mutter und ich aßen in ihrem Wohnzimmer. Sie war in merkwürdiger Stimmung und sprach dauernd über die Zeit, in der mein Vater ihr den Hof gemacht hatte.

»Ich habe mir oft Gedanken gemacht«, sagte sie, »weil er sich doch wegen mir mit der Familie überwarf. Ohne mich hätte er ein gutes Einkommen gehabt. Nicht nur diese kleine Jahresrente.«

»Wir waren ihm aber lieber«, versicherte ich ihr.

»Ja, das hat er mir auch tausendmal erklärt. Ich wüßte dich so gerne gut versorgt, Janie. Natürlich hast du jetzt hier diesen Posten, und Mr. Milner ist wirklich ein guter Mensch, aber...« Sie sah mich an, als erwarte sie eine Erklärung von mir. Ich wußte, sie wollte, Joliffe würde mich bitten, seine Frau zu werden. Sie wollte mich so glücklich sehen, wie sie es mit meinem Vater gewesen war.

»Du bist zwar noch jung«, sagte sie dann, als ich stumm blieb. »Erst achtzehn. Aber ich habe deinen Vater auch mit achtzehn geheiratet. Wir wußten beide sofort Bescheid, als wir einander kennenlernten. So schnell ging das.«

Sie erhoffte sich Geständnisse von mir, aber ich konnte ihr keine machen.

In dieser Nacht konnte ich nicht schlafen. Ich lag wach und dachte an Joliffes Blick. Ich ging unser Gespräch noch einmal durch, und dann fiel mir auf einmal die verschwundene Statue ein. Und wie merkwürdig ihr Verschwinden war.

Nach etwa einer Stunde stand ich auf und ging zum Fenster. Blickte wieder zum Gitter des Schauraums, wie damals am ersten Tag in Roland's Croft. Wie anders alles aussah, im Mondlicht – geheimnisvoll und unheimlich –, man hatte richtig das Gefühl, daß hier alles mögliche passieren konnte. Mir wurde kalt, aber ich wußte, daß ich nicht mehr schlafen konnte, und blieb am Fenster sitzen. Und dann sah ich plötzlich ein Licht aufflackern. Ich konnte meinen Augen kaum trauen. Ein Licht hinter dem Gitterfenster. Kein Zweifel. Irgendwas, irgendwer war oben.

Ich erschauerte. Das Streichholz, mit dem ich meine Kerze anzündete, zitterte mir in der Hand. Ich ging zum Fenster zurück. Draußen war alles dunkel. Und dann sah ich es wieder... da... der flackernde Lichtschein!

Diebe! dachte ich. Mr. Sylvester ist nicht hier. Ich bin verantwortlich. Rasch zog ich meinen Morgenmantel über und schlüpfte in die Hausschuhe. Ich mußte nachsehen.

Eilig lief ich hinauf. Blieb dann vor der Tür stehen, drückte die Klinke nieder. Versperrt. Da bekam ich eine Gänsehaut. Erschrak bis ins Innerste. Einbrecher waren halb so schlimm wie dieses Etwas, das offensichtlich im Raum war.

Ich lief wieder hinunter, holte den Schlüssel aus dem Sandelholzkästchen und rannte zurück. Rüttelte nochmals an der Tür. Immer noch versperrt. Dann erst steckte ich den Schlüssel hinein und sperrte auf.

Wie unheimlich der Raum wirkte! Ich hob die Kerze, und meine Hand zitterte so, daß die Schatten an der Wand tanzten. Das Kerzenlicht fiel auf die altvertrauten Dinge.

Mein Herz klopfte wild, die Kehle war wie ausgedörrt. Ich erwartete das Schlimmste. Trotzdem ging ich weiter hinein. Es war ja doch möglich, daß das Licht von einem Menschen stammte, der sich irgendwie Zutritt verschafft und etwas gestohlen hatte.

Die wertvolle Ming-Vase war noch da. Das Jadekästchen auch intakt. Und dann erstarrte ich. Aus der Glasvitrine lächelte mich gütig die neue Kuan Yin an, die heute vormittag nicht dagewesen war.

Es mußte ein Trugbild sein. Ich öffnete die Vitrine, befühlte die Statue. Sie war wirklich dort. Aber heute vormittag war sie nicht dagewesen. Hier tat sich Merkwürdiges. Ich sah mich um. Unheimlich war es. Diese Dinge gab es schon seit Jahrhunderten. Sie waren durch so viele Hände gegangen. Ob es stimmte, daß scheinbar leblose Dinge die Tragödien und Komödien derer, denen sie gehört hatten, in sich aufnahmen?

Und dann hörte ich zu meinem Schrecken ein Geräusch. Leise Fußtritte. Irgendwer stellte mir eine Falle. Ich trat nach vorn, versteckte mich hinter dem bronzenen Buddha. Ein Lichtschein tauchte an der Tür auf. Eine dunkle Gestalt dahinter. Ich hielt den Atem an. »Wer ist da?« fragte die Gestalt.

Wie erleichtert ich war! Joliffe hatte die Frage gestellt.

»Sie sind's, Joliffe!«

»Jane!«

Ich trat vor. Wir standen einander gegenüber, jeder mit der Kerze in der Hand.

»Was tun Sie denn hier?« flüsterte ich.

»Und Sie?«

»Ich meinte, ein Licht zu sehen, deswegen bin ich heraufgekommen.«

»Und ich hörte Schritte. Wollte auch nachsehen.«

»Wer mag es gewesen sein?«

»Ich habe Sie gehört.«

»Ich sah aber ein Licht hier drinnen.«

»Meinen Sie, es ist ein Einbrecher im Haus? Die Tür war zu, wie hätte er hineingekonnt?«

»Sie haben es sich bestimmt nur eingebildet.«

»Bestimmt nicht.«

»Doch. Wie hübsch Sie aussehen, Jane, mit den offenen Haaren.«

In seiner Gegenwart war ich immer wie verzaubert. Ich dachte jetzt nur daran, daß wir jetzt hier allein zusammen waren. Die merkwürdigen Umstände berührten mich gar nicht mehr.

Er kam näher. »Wie schön, Sie hier zu finden.«

»Unsinn. Wir können uns doch tagsüber genug sehen.«

»Ich finde es aber aufregend.« Er stellte seine Kerze zu Boden und nahm mir meine ab. Und dann umarmte er mich plötzlich ganz fest.

»Ich liebe dich«, sagte er.

Ich wollte nichts weiter, als mich so an ihn lehnen, denn ich liebte ihn auch.

Er nahm mein Gesicht zwischen seine Hände und sagte: »Jane, du bist einmalig.«

»Du auch.«

»Wir konnten gar nicht anders. Hast du es auch schon vom ersten Tag an gewußt – bei dem Unwetter?«

»Ich glaube schon.«

»Ach, Jane! Unser Leben wird so schön sein, meinst du nicht? Du willst es doch auch, oder?«

»Ich will nur bei dir sein«, sagte ich.

Wir küßten uns. Von solchen Küssen hatte ich noch nie geträumt. So voller Glückseligkeit. Der furchtbare Schrecken war vergessen. Alles schien irgendwie unwirklich zu sein. Ich liebte einen Mann, den ich noch kaum kannte, wir waren beide halb bekleidet in diesem Raum, der für mich immer etwas Fantastisches hatte.

Jeden Augenblick erwartete ich, aus diesem Traum aufzuwachen, mich an meinem Fenster zu finden, wo ich eingeschlafen sein mußte.

Nein, ich war wirklich in Joliffes Armen, er sagte mir, daß er mich liebe, und bat mich um meine ganze, ausschließliche Liebe. Plötzlich schien mich der bronzene Buddha wieder kalt und verächtlich anzustarren.

»Merkwürdiger Ort für ein verliebtes Paar«, sagte Joliffe. »Gehen wir lieber hinaus.«

»Ich muß in mein Zimmer zurück«, sagte ich.

»Noch nicht«, flüsterte er und nahm mich wieder in die Arme. Ich konnte aber die Augen des Buddha nicht vergessen. Zu dumm! War doch nur ein Stück Bronze...

»Ich muß hier raus«, sagte ich und nahm meine Kerze auf. Auch Joliffe nahm seine wieder, und wir gingen gemeinsam hinaus. Ich sperrte die Tür zu.

Draußen sahen wir einander an. Er nahm mich fest bei der Hand. »Ich kann dich einfach nicht gehen lassen«, sagte er.

»Wir wecken noch jemanden auf.«

»Komm in mein Zimmer, oder ich komme in deins...«

Ich wich zurück. »Nein, das können wir nicht tun!«

»Verzeih mir, Jane. Das hat mich alles so... überwältigt.«

»Wir reden morgen darüber«, sagte ich.

Er umarmte mich nochmals, dann zog ich mich hastig zurück und floh in mein Zimmer.

Merkwürdige Nacht! Zwei überraschende Entdeckungen hatte ich gemacht, und die eine hatte die andere fast verdrängt. Joliffe liebte mich, das war wichtig. Die Tatsache, daß Kuan Yin wieder an ihrem Platz stand, obwohl sie vormittags verschwunden war und niemand außer mir einen Schlüssel besaß, erschien mir jetzt gering neben der überwältigenden Tatsache, daß ich liebte und geliebt wurde. Ich überredete mich selbst, daß ich mich eben vormittags geirrt haben mußte. Die Statue war wieder da. Was wollte ich noch? Mir ging nur ein Satz im Kopf herum: Joliffe liebt mich.

Am nächsten Morgen würden wir unsere Hochzeit planen; ich wußte, daß Joliffe keine Geduld zu langem Warten hatte.

Erst gegen vier Uhr früh ging ich ins Bett und konnte noch immer nicht schlafen. Döste nur so vor mich hin, träumte im Halbschlaf von Joliffe. Schlief dann bis in den Vormittag hinein und sah plötzlich meine Mutter am Bett stehen. »Jane, wach auf! Was ist denn los mit dir?«

Ich setzte mich auf, und dann fiel mir alles wieder ein.

»Ach, Mutter!« sagte ich, »ich bin ja so glücklich.«

Sie setzte sich auf den Bettrand. »Joliffe?«

»Woher weißt du denn?«

Sie lachte nur.

»Wir lieben uns.«

»Da wird es ja bald eine Hochzeit geben.«

»Ja, bestimmt.«

»Wann hat er dich denn gefragt?«

»Gestern abend.« Ich sagte ihr nicht, wo und wann. Daß wir nachts in unseren Morgenmänteln im Haus herumspaziert waren, würde ihr kaum gefallen.

»Da bist du wohl noch bis in die Morgenstunden wach gelegen und dann erst eingeschlafen.«

»Ja, so war es.«

Ich sah, wie froh sie war. »Etwas Besseres hätte ich mir gar nicht wünschen können. Ich wollte dich versorgt sehen. Der Posten bei Mr. Milner ist ja sehr nett, aber ich wollte, daß du einen Mann hast, der sich um dich kümmert.«

Die körperliche Veränderung, die ich früher an ihr festgestellt hatte, schien verschwunden zu sein. Sie war wieder ganz wie früher. Mit rosigen Wangen und voller Energie.

Sie drückte mich an sich. »Das habe ich mir gewünscht. Ich sah gleich, was du für ihn empfandest. Er ist zauberhaft, so voller Leben! Jetzt zieh dich an, Janie. Wir sprechen dann noch miteinander.«

Ich wußte nicht, daß sie gleich darauf zu Joliffe ging, und wußte auch nicht, was er ihr sagte.

Ich glaube, wir waren beide damals recht unschuldig, Mutter und ich.

Als ich mich angezogen hatte und hinunterging, unterhielt sich meine Mutter mit Joliffe.

Er erhob sich und nahm meine Hände.

»Joliffe findet auch, daß langes Warten sinnlos wäre«, sagte meine Mutter.

»Ihr habt also alles schon arrangiert?«

Sie lachte. Joliffe sah mich begeistert an.

Das ist das vollkommene Glück, dachte ich.

Joliffe fuhr weg und sagte, daß er bald wieder dasein würde. Er müsse noch einiges regeln.

Inzwischen kam Mr. Sylvester Milner zurück.

Ich überlegte, ob ich von dem Verschwinden und Wiederauffinden der Kuan Yin berichten sollte. War aber inzwischen so gut wie überzeugt, daß ich mir das Verschwinden nur eingebildet hatte.

Er zeigte mir ein paar neue Einkäufe. »Nichts Besonderes«, sagte er, »aber doch ganz gute Sachen. Die kriege ich schnell los.«

Da platzte ich damit heraus, daß ich verlobt war und bald heiraten wollte.

Die Wirkung auf ihn hatte ich nicht erwartet. Daß er sich nicht sehr freuen würde, da er mich mit so viel Mühe eingeschult hatte, hatte ich schon erwartet. Aber schließlich mußte er damit ja jederzeit rechnen.

»Heiraten?« sagte er. »Dafür sind sie doch noch viel zu jung.«

»Im September werde ich neunzehn.«

»Gerade jetzt, wo Sie anfangen, sich mit chinesischer Kunst auszukennen!«

»Es tut mir so leid. Sicher denken Sie, ich sei undankbar, aber Joliffe und ich...«

»Joliffe? Mein Neffe?« Er wurde rot vor Zorn. »Das geht nicht!« sagte er energisch.

»Er war in Ihrer Abwesenheit hier.«

Seine Augen verengten sich. Das gütige Lächeln war verschwunden. Er sah jetzt seinem bronzenen Buddha sehr ähnlich.

»Sie kennen ihn ja noch gar nicht.«

»Uns hat die Zeit genügt...«

»Joliffe!« wiederholte er. »Ausgerechnet! Das geht nicht gut.«

»Es tut mir leid, Mr. Milner...«

»Wenn Sie so weitermachen, wird es Ihnen noch viel mehr leid tun. Ich werde mir Joliffe holen, ich will mit ihm reden.«

Wir schwiegen beide. Dann fragte ich ihn, ob er seine Briefe diktieren wolle.

»Nein«, wehrte er ab. »Das hat mich viel zu sehr aufgeregt. Lassen Sie mich jetzt allein.«

Völlig verwirrt und unglücklich ging ich zu meiner Mutter. Sie bereitete sich gerade Tee in ihrem Zimmer.

»Was ist denn los, Jane?«

»Ich habe Mr. Milner von Joliffe und mir berichtet. Es gefällt ihm nicht.«

»Das wird ihm wenig nützen«, sagte meine Muter energisch.

»Ich verstehe schon seinen Standpunkt, er hat mich ja ausgebildet.«

»Unsinn! Was heißt Ausbildung, wenn es um die Zukunft eines Mädchens geht! Vermutlich hat er sich für seinen kostbaren Neffen eine Frau mit Geld oder Besitz vorgestellt.«

»So habe ich ihn eigentlich nie eingeschätzt.«

»Aber ich schätze ihn jetzt so ein.«

»Es tut mir leid, daß es ihn so aufgeregt hat. Ich mag ihn. Er war so gut zu uns.«

»Und ich war ihm eine gute Haushälterin, das kann ich in aller Bescheidenheit sagen. Und du eine gute Sekretärin. Aber die Zeiten ändern sich eben, und Mädchen heiraten irgendwann.«

»Und wenn er dich entläßt, weil ich Joliffe heirate?«

»Dann entläßt er mich eben.«

»Aber es ist so schön hier für dich. Und es war so freundlich von ihm, mich auch hier leben zu lassen.«

»Stimmt schon, aber deswegen sind wir nicht sein Eigentum. Nein, er war bestimmt gut zu uns, aber ich möchte dich versorgt sehen. In deinem eigenen Haus, mit einem guten Mann, und später mit deinen Kindern. Darüber geht nichts hinaus. Ich möchte das noch erleben, ehe ich...«

»Ehe du was?«

»Zu deinem Vater gehe.«

»Red doch nicht solchen Unsinn! Du bist hier bei mir und bleibst noch Jahre und Jahre bei uns...«

»Ja, sicher, aber trotzdem möchte ich dich versorgt sehen. Schade, daß unser lieber Mr. Milner dich nicht so gut findet für seinen Neffen. Ich bin da anderer Meinung und Joliffe Gott sei Dank auch.«

Mr. Milner ließ meine Mutter zu sich kommen. Ich wartete in ihrem Zimmer auf sie. Als sie zurückkehrte, war sie in richtiger Kampfstimmung. Ihr Gesicht hatte sich stark gerötet. So sah sie immer aus, wenn sie von der Familie meines Vaters sprach, von den Lindsays.

»Was hat er gesagt?«

»Er war sehr höflich und nett, aber er ist einfach dagegen.«

»Er hält mich also für nicht gut genug?«

»Darauf kommt es hinaus, wenn er auch andersherum sagt, Joliffe sei nicht gut genug für dich.«

»Was meint er damit?«

»Er meint, er sei ein Tunichtgut. Hätte noch nie Fuß gefaßt und würde kein guter Ehemann sein.«

»Unsinn! Und jetzt setzt er dich vor die Tür, wenn ich heirate.«

»Das hat er nicht gesagt. Er war sehr zurückhaltend. Zum Schluß sagte er nur: ›Ich kann Ihre Tochter nicht hindern, daß sie meinen Neffen heiratet, aber ich hoffe zutiefst, daß sie es nicht tun wird. Ich achte Ihre Tochter sehr und würde ihr wünschen, daß sie einen würdigeren Partner findet.‹ Ich habe mich aber nicht beirren lassen und habe gesagt, du heiratest den, dem dein Herz gehört.«

»Ist er sehr zornig?«

»Eher traurig. Jedenfalls möchte er diesen Eindruck erwecken. Er schüttelt den Kopf und sieht dabei wie ein alter Prophet aus. Aber wir beachten ihn einfach gar nicht.«

Sie hatte leicht reden. Mir hatte er die Freude schon etwas verdorben.

Bei der Dienerschaft war helle Aufregung. Mrs. Couch schaukelte in ihrem Stuhl, sie blickte ganz wehmütig drein. »Also ist seine Wahl auf dich gefallen! Ich wußte es ja immer, du bist unter einem glücklichen Stern geboren. Die Tochter einer Haushälterin! Geht erst ins Internat und kriegt jetzt unseren Mr. Joliffe. Was für ein herrlicher Mann. Aufpassen mußt du schon auf ihn. Charmeure wie er wachsen nicht auf jedem Baum, und es gibt immer welche, die gerne pflücken, was ihnen nicht gehört. Einen Mann wie Mr. Joliffe muß man hegen und pflegen.«

»Das werde ich bestimmt tun, Mrs. Couch.«

»Das bezweifle ich auch gar nicht. Als ich dich damals zum erstenmal sah, sagte ich gleich zu Jess: ›Das ist mir eine kleine Dame! Die weiß, was sie will, und kriegt es auch.‹ Hab' ich doch recht gehabt! Du hast deinen Joliffe, und um den haben sich bisher, glaube ich, viele gerissen.«

In jenen Tagen ging ich wie im Traum umher. Alles sah anders aus. Das Gras war grüner, die Blumen bunter, der Wald schöner geworden, weil Joliffe ein Teil dieser Welt war.

Außer Mr. Sylvester hatte niemand etwas dagegen. Er beobachtete mich oft heimlich, wenn er meinte, daß ich es nicht bemerkte. Vermutlich tut ihm die Zeit leid, die er auf mich verschwendet hat, dachte ich. Eines Tages sagte er zu mir: »Ich weiß, daß es zwecklos ist, Ihnen die Heirat auszureden. Ich kann nur hoffen, daß Sie weniger unglücklich werden, als ich es befürchte. Mein Neffe hat noch nie Verantwortungsgefühl gehabt. Er ist abenteuerlustig. Manchen Leuten kommt das interessant vor, mir nicht. Ich hoffe nur, daß Sie Ihren Entschluß nie bereuen werden. Als wir uns zum erstenmal sahen, haben wir die Yarrowstäbchen befragt. Ehe Sie gehen, wollen wir es noch einmal tun.«

Der Behälter mit den Stäbchen stand auf seinem Tisch. Er hielt sie mir entgegen, ich mußte ein paar herausnehmen. Als ich sie ihm wieder reichte, sagte er: »Zuerst werden wir fragen, ob die Ehe glücklich werden wird.«

Er legte die Stäbchen auf und betrachtete sie lange.

»Sehen Sie diese gebrochene Linie. Sie bedeutet nein.«

»Tut mir leid«, sagte ich, »aber an diese Wahrsagerei glaube ich nicht.«

»Wie schade«, sagte er traurig und studierte weiter die Stäbchen.

Joliffe und ich wurden im November vor dem Standesbeamten getraut. Es war eine stille Hochzeit. Joliffe hatte sich eine Sondererlaubnis geholt, weil er kein großes Theater haben wollte.

Meine Mutter war außer sich vor Freude. Sie sah selbst wie eine Braut aus.

Nach der Feierlichkeit küßte sie mich zärtlich. »Der glücklichste Tag meines Lebens, seit mein Mann tot ist«, sagte sie zu uns und bat ihn dann eindringlich: »Sei immer gut zu ihr.«

Er schwor es ihr, und dann fuhren wir auf Hochzeitsreise.

Meine Mutter kehrte nach Roland's Croft zurück.

Die Frau im Park

1

Es war, als wäre ich in eine neue Welt geboren. Erst jetzt merkte ich, wie unerfahren ich gewesen war. Ich fand alles einfach berauschend. Meine Eltern haben bestimmt eine ideale Ehe gelebt. Sie waren so unendlich glücklich miteinander, auf einfache Weise glücklich. Joliffe kannte das nicht.

Er war leidenschaftlich und zärtlich zugleich, er führte mich freudig in ein Leben ein, von dessen Existenz ich vorher nicht einmal etwas geahnt hatte. Meine Unschuld fand er reizend und ›amüsant‹. Ich wußte aber genau, daß dies nicht so blieb. Ich mußte sie ablegen.

Die erste Nacht unserer Flitterwochen verbrachten wir in einem ländlichen Hotel. Abends nach dem Essen lustwandelten wir noch in einem Tudorgarten zwischen gelben Chrysanthemen und Winterheidekraut.

Ich lebte wie in einem Traum. Hier war ich neben Joliffe, meinem Mann, nach dem sich alle Frauen umdrehten, und er hatte nur Augen für mich. Das machte mich stolz und bescheiden zugleich.

Die erste Nacht verbrachten wir in einem uralten Schlafzimmer mit winzigen Fenstern. Mondlicht tauchte alles in einen traumhaften Schimmer, und Joliffe führte mich ganz zart in die Liebe ein. Als er dann schlief, betrachtete ich sein Gesicht. Schatten lagen darauf, und es schien mir so verändert, daß ich plötzlich meinte, Joliffe zwanzig Jahre später vor mir zu sehen. Leidenschaftlich schwor ich mir, ihn dann genauso wie an diesem Tag zu lieben.

Er wachte auf, und ich erzählte ihm davon. Wir sprachen beide ernst über die Liebe. Merkwürdigerweise – als hätte kommendes Unheil seine Schatten vorausgeworfen, versicherte ich mir innerlich, daß, was immer auch geschehen würde, nichts den Zauber dieser Nacht zerstören dürfe.

Dies war der Beginn unserer Hochzeitsreise. Sie mußte stilvoll verlaufen, wie alles bei Joliffe, wie ich bald entdeckte. Wir fuhren nach Paris, das er sehr gerne hatte. »Hochzeitsreisen«, sagte er, »sollten immer nach Paris gehen.« Wir fuhren mit dem Zug nach Dover und fuhren an einem windstillen Tag über den Kanal. Von Calais ging es wieder mit dem Zug weiter.

»Zuerst mußt du neue Kleider bekommen«, sagte Joliffe. »Ich kann meinen Freunden in Paris nicht so eine kleine Landmaus präsentieren.«

Kleine Landmaus! Ich war empört. Er lachte mich aus und nahm meinen Hut ab.

Ich bekam ein Kleid mit schwarzweißem Cape und schwarzem Hut, den man kaum noch Hut nennen konnte. Es war im Grund nur ein schwarzes Schleiernest mit riesiger weißer Schleife darin.

»Absolut nutzlos«, erklärte ich.

»Meine liebe Jane wird noch lernen müssen, daß ein Hut gar nicht nützlich zu sein braucht. Pikant, elegant, dekorativ, aber niemals nützlich.«

»Woher weißt du so viel über Frauenkleidung?« wollte ich wissen.

»Nur über die Kleidung einer Frau. Und das weiß ich, weil sie meine Frau ist und ich sie anbete.«

Eines der Abendkleider kam mir sehr gewagt vor. Joliffe sagte aber, es sei genau richtig. Es war aus weißem Satin, und ich bekam dazu eine Jadebrosche mit Diamantumrahmung. Als ich mich damit im Spiegel sah, war ich selbst überrascht. Ich sah wirklich völlig verändert aus.

In den zwei Wochen in Paris war ich oft sehr glücklich, manchmal aber auch sehr verzagt und mißtrauisch. Die Stadt bezauberte mich. Selig wanderte ich mit Joliffe durch die Blumenmärkte zu beiden Seiten der Madeleine und kaufte Riesensträuße für unser Schlafzimmer; den betäubenden Duft spürte ich oft noch lange danach. Wir spazierten über die Boulevards, kletterten zur Sacré-Cœur-Kirche hinauf und erforschten den Montmartre. Und all die herrlichen, neuen Dinge, die ich sah, die aufregenden Erfahrungen, die ich machte, hingen mit dem Wichtigsten in meinem neuen Leben zusammen: Joliffe und ich waren ein Paar.

Er war der beste Begleiter, den man sich vorstellen konnte, und kannte die Stadt bis in den letzten Winkel. Bald merkte ich, daß Joliffe untertags bei unseren Spaziergängen und Unternehmungen ganz anders war als abends. Ich erfuhr, daß Menschen viel komplizierter sind, als ich es in meiner Unschuld mir vorgestellt hatte. Manche Menschen jedenfalls, und Joliffe gehörte wohl zu ihnen. Manche Menschen hatten eben viele Facetten. Damals konnte ich noch nicht begreifen, wie sehr mein Mann tags an den einfachsten Vergnügungen Gefallen fand und abends gar nicht so leicht zu erfreuen war. Es erschreckte mich etwas, und ich fühlte mich ihm gegenüber benachteiligt.

Nachmittags zogen wir meistens die Jalousien herunter, lagen plaudernd auf den Betten oder liebten uns.

»Eine alte französische Sitte«, hatte mir Joliffe erklärt. Das waren unsere glücklichsten Stunden.

Abends mußten wir seine Freunde treffen, und er hatte eine Menge Freunde in Paris. Sie sprachen viel und rasch Französisch. Ich konnte nicht immer folgen. Tranken auch viel und lachten über Scherze, deren Pointe ich oft nicht begriff. Dann schien ich nicht mehr zu Joliffe zu gehören, und ich konnte mir gar nicht denken, daß dies derselbe Mann war, mit dem ich so interessante Vormittage und so leidenschaftliche Nachmittage erlebte.

Ich lernte die Maler Monet und Toulouse-Lautrec kennen. Wir mischten uns unter die Literaten und Theaterleute. Alles war so bunt und überlebensgroß – ich bewunderte die schönen Gesichter der Frauen und dachte, das wäre alles Natur.

Joliffe liebte diese Art Gesellschaft. Er konnte nicht genug davon bekommen. Die Art, wie manche Frauen Joliffe betrachteten, machte mich zornig und beschämt zugleich. Es war um so schlimmer, als er diese Bewunderung zu genießen schien. Als wir eines Nachts in unserer Kutsche zum Hotel zurückschaukelten, sagte ich: »Offenbar muß ich mich daran gewöhnen, wie die Frauen dich ansehen.«

»Wie sehen sie mich denn an?« Er wußte es natürlich.

»Man sagt, daß Frauen Männer mögen, die Frauen mögen. Stimmt das?«

»Mag man nicht immer den, der uns mag?«

»Ich meine Frauen im allgemeinen. Solche, die keine Zeit haben, herauszufinden, ob du sie persönlich magst. So etwas wissen sie instinktiv. Frauen mögen dich.«

»Ja, weil ich gut aussehe«, sagte er und wandte sich dann zu mir: »Mir ist es aber egal, was sie von mir denken. Mir liegt nur an der Meinung einer einzigen Frau.«

Solche Dinge konnte Joliffe gut vorbringen. In Sekundenschnelle fegte er Stunden der Angst und des Zweifels hinweg. Obwohl ich begriff, daß ich vieles über ihn und das Leben noch nicht wußte, liebte ich ihn jeden Tag mehr.

Viele seiner Bekannten waren auch Geschäftsfreunde. »Bei meinem Beruf muß ich viel reisen«, sagte er. »Wenn ich von Schätzen in Paris, London oder Rom höre, fahre ich einfach hin. Ich suche immer nach Schätzen.«

»Kann man hier auch chinesische Kunstgegenstände finden?«

»Die gibt es überall. Es war einmal Mode, Chinoiserie in Europa zu sammeln. Dadurch sind viele chinesische Kunstschätze hierhergekommen.«

Einmal ging er mit mir zu einem Kunsthändler am linken Seineufer. Es war einer meiner glücklichsten Tage. In dem kleinen Lädchen gab es wunderbare Dinge. Ich schrie vor Entzücken auf und merkte erst jetzt, wie ich den Schauraum in Roland's Croft vermißte und meine Arbeit bei Mr. Sylvester.

Wie froh war ich, Joliffe und den Händler mit meinen Kenntnissen zu überraschen. Ich sah ein paar außergewöhnliche Zeichnungen aus der Tang-Dynastie und taxierte sie richtig um das zehnte Jahrhundert herum. Wie war ich für meine Ausbildung dankbar! Die beiden Männer bezogen mich mit ins Gespräch ein. Wir tranken Wein in einem kleinen Hinterzimmer, und es war für mich wie ein Zauberkreis. Ich fühlte mich unendlich glücklich. Meine Wangen glühten vom Wein. Meine Augen glitzerten. So wird es jetzt immer sein, dachte ich.

Mr. Serrand wollte uns ein paar Jaderinge zeigen. Jemand hatte sie ihm aus Peking mitgebracht. Wunderschönes Material – einige Stücke in zartem Apfelgrün, andere waren durchsichtig wie Smaragd. Das Apfelgrün gefiel mir besser, obwohl ich wußte, daß die dunklen Steine wertvoller waren.

Einer der Ringe hatte eine besonders hübsche Form und trug als Verzierung ein Auge aus Diamant. Er war sehr ungewöhnlich.

»Angeblich das Auge der Kuan Yin«, erklärte Mr. Serrand. »Ich mußte ihn hoch bezahlen wegen der Legende. Sie wissen schon. Wer diesen Ring besitzt, sieht der Göttin in die Augen. Das soll sehr nützlich sein.«

»So einen Ring habe ich noch nie gesehen.«

»Hoffentlich nicht, denn er ist angeblich ein Einzelstück.«

Ich probierte ihn an. Joliffe nahm meine Hand und sah mir in die Augen. Sein Blick strahlte nichts als Liebe aus, und ich dachte – merkwürdig, daß ich zu diesem Zeitpunkt solche Gedanken hatte –, was immer geschieht, es ist diesen Augenblick wert.

»Sieht sehr hübsch aus an deinem Finger.«

»Und die Göttin des Glücks wird immer an Ihrer Seite sein«, sagte Mr. Serrand.

Joliffe lachte.

»Den mußt du haben. Als meine Frau brauchst du ihn.«

»Als deine Frau brauche ich ihn bestimmt nicht.«

Sein Gesicht verdunkelte sich. Ich hatte ihn noch nie so gesehen. So traurig und besorgt. Aber dann war er gleich wieder fröhlich wie immer.

»Trotzdem mußt du ihn nehmen. Du mußt es jetzt Mr. Serrand sagen, weil ich mit ihm um den Preis handeln will.« Sie sprachen dann über den Schmuck, und ich probierte ihn noch einmal an. Schließlich einigten sie sich über den Preis, und ich steckte mir den Ring endgültig an. Joliffe nahm meine Hand und küßte den Ring.

»Nun wirst du immer glücklich sein, Liebste«, sagte er.

In der Kutsche lehnte ich mich gegen Joliffe und drehte den Ring dauernd um den Finger.

»Ich bin auf dem Höhepunkt des Glücks. Glücklicher kann ich nicht mehr werden.«

Joliffe versprach mir noch mehr Glück.

Wie die Tage verflogen! Glückliche Tage, bis auf die Abende, wo wir eingeladen waren.

Viele der Frauen schienen Joliffe zu kennen und warfen ihm unverschämte Blicke zu. An einem glücklichen Tag aßen wir zu zweit im Hotel. Unser Tischchen stand ganz versteckt hinter Palmen. Ich erinnere mich, daß ich ein grün-weißes Taftkleid trug, das Joliffe für mich ausgewählt hatte. Ich war nun schon an die neuen Kleider gewöhnt und fragte mich, ob sich wohl meine Persönlichkeit mit ihnen änderte. Ich wußte, meine Mutter würde beim Wiedersehen eine Veränderung bemerken.

Bei diesem Abendessen sagte ich zu Joliffe: »Eigentlich kenne ich dich noch gar nicht richtig.«

Er zog die Augenbrauen hoch und tat ganz entsetzt. »Du lebst also mit einem unbekannten Mann?«

»Ich weiß nur, daß ich dich liebe.«

»Das genügt völlig.«

»Joliffe, ich möchte ernsthaft mit dir reden.«

»Ist etwas los, Jane?«

»Ich möchte über praktische Dinge mit dir reden. Bist du eigentlich reich?«

Er lachte. »Ich muß dir gestehen, daß du keinen Millionär geheiratet hast. Möchtest du deswegen die Ehe annullieren lassen?«

Er hatte immer behauptet, nie mit mir zu scherzen, aber das stimmte nicht. Ich sah es seinem Gesicht an, daß er nur ausweichen wollte.

»Wir haben bisher recht extravagant gelebt.«

»Auf der Hochzeitsreise wird man ja wohl noch extravagant leben dürfen.«

»Nach der Reise müssen wir also sparen?«

»Sparen? Was für ein gräßliches Wort! In unserem eigenen Haus in London ist das Leben natürlich nicht so teuer wie hier im Hotel, falls du das meinst.«

»Wie wird es in London sein? Wir haben noch gar keine Pläne gemacht.«

»Es gab ja auch so viel Aufregendes zu tun.«

»Ja, aber jetzt sollten wir mal irgendwann zur Ruhe kommen.«

»Erst willst du, daß wir sparen und jetzt gleich zur Ruhe kommen. Da habe ich ja eine sehr praktisch denkende Frau geheiratet.«

»Du solltest ruhig froh darüber sein, wir müssen schließlich an die Zukunft denken.«

Er sah mich strahlend an. »Ich finde die Gegenwart so zauberhaft. Die Zukunft soll sich um sich selber kümmern.«

»Joliffe, ich finde, du bist ein wenig zu sorglos.«

»So, findest du?«

»Du weichst der Zukunft aus.«

»Wieso denn, du bist ja meine Zukunft.«

»Liebst du mich so?«

»Unendlich.«

»Dann wird schon alles gutgehen. Hast du ein Haus in London?«

»Ja, in Kensington. Gegenüber vom Park – Kensington Gardens. Es ist sehr hübsch. Hoch und ziemlich schmal. Ein tüchtiges Ehepaar kümmert sich darum.«

»Und dort werden wir leben?«

»Ja, wenn wir in London sind. Ich muß ja geschäftlich viel reisen.«

»Wohin?«

»Überallhin. Europa, Orient und nach Roland's Croft, wo ich meinen größten Schatz gefunden habe. Mein Glück.«

Man konnte wirklich nicht ernsthaft mit ihm reden. Er wich immer aus. Diese Nacht gehörte der Liebe, wie konnte ich da schmollen?

Später erklärte er mir, daß das Haus in London von seinen Eltern stamme und er es bisher nur als ›pied à terre‹ benutzt hatte. Albert und Annie waren schon bei den Eltern gewesen, Annie hatte ihn als Kind gepflegt. Sie besorgten das Haus, wenn er weg war, und kümmerten sich um ihn, wenn er in London wohnte.

Er hatte sie schon auf mein Kommen vorbereitet.

Über seine Geschäfte wußte ich ja jetzt bereits Bescheid. Er war der Familientradition gemäß erzogen worden. Einen anderen Beruf hätte er gar nicht ausüben können, wenn man es auch von ihm verlangt hätte.

»Du suchst nach Dingen, die so schön und alt und so interessant sind!«

»Manche Leute jagen nach Füchsen, Wölfen oder wilden Ebern, mir ist eben dieser Jagdinstinkt angeboren. Tiere würde ich nie zu Tode hetzen, das kommt mir sinnlos vor. Aber Schätze aufzuspüren, die jetzt vor der Welt verborgen sind, das fasziniert mich, seit ich bei meinem Onkel Redmond und meinem Cousin Adam über diese Dinge reden hörte. Und wenn mein Onkel Sylvester dabei war – damals arbeiteten sie ja noch alle zusammen –, hörte ich immer zu. Ich habe viel gelernt dabei, und ich schwor mir, eines Tages der größte Sammler der Familie zu werden.«

»Das verstehe ich gut«, sagte ich. »Ich empfinde es ja genauso. Joliffe, ich werde dir helfen. Wie froh bin ich, daß ich schon ein bißchen darüber weiß. Nicht viel natürlich, das ist ja ein lebenslanges Studium, aber du hast dich doch auch gefreut, als ich die Zeichnungen richtig datierte?«

»Ich war so stolz auf dich.«

»Das verdanke ich alles deinem Onkel; wenn ich an ihn denke, schäme ich mich immer ein bißchen. Er hat so viel für mich und Mutter getan, und dann habe ich ihn verlassen.«

»Weißt du nicht, daß ein Mädchen Vater und Mutter verlassen muß und einzig ihrem Mann folgen muß?«

»Ja, sicher, aber deinen Onkel hat es sehr getroffen.«

»Meine Güte, Jane, nimm's doch nicht so schwer!«

»Er war immer sehr gütig zu Mutter und mir, und er hat mich gelehrt, mich ausgebildet. Ehe ich ihm nützen konnte, habe ich ihn schon verlassen.«

»Mach dir keine Sorgen um den alten Herrn. Der kommt schon drüber weg. Hat er dir schon vom Haus der tausend Laternen erzählt?«

»Ja, er hat es erwähnt.«

»Was sagte er denn?«

»Daß es ihm gehört und in Hongkong steht. Was für ein merkwürdiger Hausname. Tausend Laternen. Hast du es schon gesehen?«

»Ja.«

»Ist es so romantisch, wie der Name vermuten läßt?«

»Ein eigenartiges Haus. Irgendwie abstoßend und doch faszinierend. Ich habe es mit vierzehn Jahren zum erstenmal gesehen. Den Eindruck des Hauses vergißt man nie. Und ein Haus mit einem solchen Namen...«

»Ich würde es gerne einmal sehen. Ich kann es mir kaum vorstellen. Sind wirklich tausend Laternen drin?«

»Jedenfalls sehr viele.«

»Stimmt es, daß das Haus einem eurer Vorfahren geschenkt wurde?«

»Ja, meinem Urgroßvater. Er war Arzt und arbeitete in China. Ein reicher, sehr bedeutender Mandarin war ihm zu Dank verpflichtet, weil er seine Frau bei der Geburt des Kindes gerettet hatte und das Kind auch. Es war ein Junge, und die sind bei den Chinesen sehr wichtig. Mädchen setzen sie oft aus und lassen sie verhungern. Buben nie. Angehörigen deines Geschlechts gegenüber sind sie nicht sehr freundlich, ihr seid ihnen nicht wichtig.«

»Und der Mandarin gab deinem Urgroßvater das Haus der tausend Laternen.«

»Ja, er vermachte es ihm. Ein paar Jahre nach der Geburt seines Sohnes starb er. Der Schenkungsbrief ist noch in unserem Besitz. Es steht darin, daß das Haus das Geschenk für die Geburt eines Sohnes ist. Aber unter den tausend Laternen sei ein großer Schatz verborgen, und diesen übergebe er gerne dem Mann, dem er auf ewig dankbar sei.«

»Wie geheimnisvoll!«

»Vielleicht stimmt die Übersetzung nicht genau, aber auf jeden Fall ist das Haus wunderschön und enthält etwas sehr Wertvolles. Es ist eine Art Rätsel. Die Chinesen lösen gerne Rätsel.«

»Und was wird der Schatz sein?«

»Ich hab's noch nicht entdeckt.«

»Ist denn danach gesucht worden?«

»Ja, seit mein Urgroßvater das Haus bekam. Man konnte aber nichts finden. Aber das Haus an sich ist schon so kostbar, daß es ihm ein viel zu großes Geschenk zu sein schien, für das, was er getan hatte. Die Legende hält sich aber heute noch, und die Leute reden davon mit großer Hochachtung und ein wenig Furcht.«

»Die Leute in der Nachbarschaft?«

»Auch die Dienerschaft. Es wird immer in Ordnung gehalten für meinen Onkel, der ja nie vorher sagt, wann er kommt. Er liebt es, ohne großes Getue zu kommen und zu gehen.«

»Ob ich es je sehen werde?«

»Doch, mit mir, wir fahren zusammen hin.«

Wir spazierten das linke Seineufer entlang und redeten eifrig. Ich machte mir ein Bild von Joliffes Leben und versuchte, mein eigenes hineinzufügen.

Er liebte seinen Beruf, das war deutlich zu spüren und ich war froh, seine Begeisterung teilen zu können. Wir fanden auch mit Worten zueinander, und jedes Gespräch vertiefte mein Gefühl, unser gemeinsames Leben würde schön werden.

Und dann entdeckte ich etwas, was diese Glückseligkeit beeinträchtigte. Die erste Wolke am hellen, blauen Himmel.

Wir hatten mit Freunden von Joliffe zu Abend gegessen und waren ins Hotel zurückgekehrt. Hatten uns geliebt und lagen jetzt schweigend Seite an Seite. Ich trug den Jadering mit dem Auge der Kuan Yin am Finger und sagte: »Ich glaube jetzt wirklich daran. Seit du ihn mir gegeben hast, ist das Leben noch schöner geworden.«

»Was sagst du?« sagte Joliffe fast im Schlaf.

»Die Kuan Yin«, antwortete ich, auch halb verschlafen.

»Wenn ich nur das Original finden könnte...«

»Wir werden es zusammen suchen. Was würdest du tun, wenn du es findest?«

»Das ist ja das Problem. Werde ich sie behalten, damit sie mir immer hilft, oder sie verkaufen, und damit mein Glück machen?«

»Das kommt darauf an, inwieweit die Legende wahr ist.«

»Ein großer Geldbetrag ist greifbarer als eine Legende.«

»Ob die Statue, die dein Onkel jetzt gefunden hat, vielleicht die echte ist? Was würde er damit tun?«

»Die neue – das ist nur eine von Hunderten.«

»Woher weißt du das?«

»Ich habe sie prüfen lassen.«

»Was?« Jetzt war ich hellwach.

Joliffe öffnete ein Auge und zog mich näher an sich.

»Wer hat denn damals das Licht gesehen? Und kam im Morgenrock hinauf und fand keinen Einbrecher... sondern die Liebe?«

»Was willst du damit sagen?«

»Du gehörst ja jetzt zur Familie; ja, du hast *mein* Licht gesehen.«

»Joliffe, ich verstehe dich nicht!«

»Wo bleibt dein scharfer Verstand? Warum meinst du denn, daß ich gerade damals zu Besuch gekommen bin? Weil ich wußte, daß Onkel Sylvester eine neue Kuan Yin hatte.«

»Und wie bist du ins Zimmer gekommen? Ich hatte doch als einzige den Schlüssel.«

Er lachte. »Stimmt leider nicht. Ich hatte auch einen.«

»Wieso denn? Es gibt doch nur drei. Dein Onkel hat einen, Ling Fu und ich.«

»Soviel ich weiß, sind es vier. Vielleicht sogar noch mehr. Jedenfalls habe ich auch einen.«

»Wieso?«

»Meine liebe Jane – ich war schon früher in Roland's Croft als du – habe bei meinem Onkel gewohnt, und er hat auch mich ausgebildet.«

»Und gab dir einen Schlüssel?«

»Sagen wir einmal, ich verschaffte mir einen.«

»Und wie?«

»Indem ich eine gute Gelegenheit hatte. Ich kannte das Versteck und ließ mir einen nachmachen. Und jetzt kann ich immer in den Raum hinein, so oft sich eine günstige Gelegenheit bietet.«

»Joliffe!«

»Schockiert dich das? Jane, du mußt wohl doch erst erwachsen werden. So was gehört einfach zum Geschäft. Wir sind Konkurrenten... Jeder muß wissen, was im Feindeslager vorgeht. In der Liebe und im Krieg ist alles erlaubt. Und das ist eben wie Krieg.«

»O nein!«

Er zog mich an sich und küßte mich. Ich erwiderte seine Küsse nicht, wollte weiter diskutieren.

»Ich habe jetzt genug von der Kuan Yin!«

»Ich will aber genau wissen, was passiert ist.«

»Hast du es denn noch immer nicht begriffen? Als mein Onkel unterwegs war, kam ich nach Roland's Croft. Ging heimlich in das Zimmer, holte die Kuan Yin heraus, ließ sie prüfen und stellte sie wieder zurück. Und als ich sie zurückstellte, entdeckte mich meine kleine, neugierige zukünftige Frau, und wir trafen uns im Mondschein – ach nein, damals schien gar kein Mond. Schade, es hätte so gut gepaßt. Na ja, wenigstens die Sterne schimmerten und beleuchteten unser zauberhaftes Zusammensein. Alle Götter müssen eifersüchtig auf mich gewesen sein. Jane, ich liebe dich!«

»Aber es war nicht recht von dir«, beharrte ich.

»Was meinst du damit... recht?«

»In das Zimmer zu gehen, einfach so. Es war genauso gut wie Diebstahl.«

»Unsinn. Es wurde ja nichts hinausgetragen, was nicht wieder hineinkam.«

»Warum bist du nicht gekommen, als dein Onkel da war? Du hättest ihn ja bitten können...«

»Es gibt so etwas wie ein Geschäftsgeheimnis. Keiner von uns weiß ja, ob nicht einer der Konkurrenten die ursprüngliche Kuan Yin hat. Er hält sie vielleicht versteckt und wartet auf den richtigen Augenblick für den Verkauf. Das ist Geschäft, Jane.«

»Einfach hinzugehen, sich ins Zimmer zu schleichen und etwas wegzuholen...?«

»Ich wußte ja, daß keine Gefahr bestand. Er war weg, und ich wußte auch, wo er war. Wußte, daß ich Zeit hatte, die Statue herauszuholen und wieder zurückzubringen. Ach, hör doch damit auf! Ich habe schon genug davon!«

Ich konnte es aber nicht vergessen. Irgendwie fühlte ich mich selbst betrogen, obwohl er ja seinen Onkel betrogen hatte. Diese Geschäftsmethoden gefielen mir nicht.

Ich sah Joliffe jetzt auf einmal ganz anders. Nicht, daß ich ihn nicht mehr liebte, aber unser Verhältnis hatte sich geändert. Mißtrauen und eine gewisse Vorahnung hatten sich in mein herrliches Leben geschlichen. Ich hatte Angst vor der nächsten unliebsamen Entdeckung.

Ein paar Tage später fuhren wir nach England zurück.

Joliffes Haus in Kensington gefiel mir sehr. Hoch und schlank stand es in einer Reihe ähnlicher Häuser eleganten Stils. Vier Stockwerke hatte unseres, auf jeder Etage waren zwei Zimmer. Annie und Albert, die uns bei der Rückkehr schon erwarteten, lebten über den Stallungen auf der Hofseite. Annie war die typische Kinderfrau, die ihren Joliffe heiß liebte und manchmal vergaß, daß er schon erwachsen war. Sie nannte ihn zwar Herr Joliffe, schimpfte aber dann zärtlich mit ihm. Das gefiel ihm sehr. Sie betete ihn an, und Joliffe fand solche weibliche Anbetung offenbar ganz selbstverständlich.

Die Anlage des Hauses gefiel mir gleich sehr. Unser Schlafzimmer war im dritten Stock, die Fenster gingen auf einen Balkon mit Aussicht auf den winzigen Garten und die Bäume dahinter.

Vom Salon im ersten Stockwerk konnte ich die vorbeirasselnden Pferdekutschen sehen und auch die Bäume von Kensington Gardens jenseits der Straße. Dieser Park gefiel mir sehr, und ich ging vormittags oft darin spazieren.

In London sah ich Joliffe nur noch selten. Er hatte ein Büro in der Stadt, in dem er sich meistens aufhielt. Ich mußte mich also selbst beschäftigen. Im Park ging ich die Blumenrabatten entlang, an den Kindermädchen mit ihren Schützlingen vorbei; manchmal setzte ich mich zu ihnen und hörte bei den Gesprächen über die Eigenheiten der Kinder und Eltern zu. Oder ich wanderte den Teich entlang. Dort am Teich fiel mir die Frau zum erstenmal auf. Irgendwie war sie nicht zu übersehen. Ziemlich groß und kräftig, rundlich, mit dichtem rotem Haar, das in Ringellöckchen um ihren Kopf lag. Auf eine etwas grobe Art war sie mit ihrer ›Stundenglas‹-Figur fast schön zu nennen.

Ich ging meistens direkt zum Teich, um die Schwäne zu füttern. Fast jedesmal sah ich sie wieder. Beim drittenmal merkte ich, daß sie mich beobachtete. Ich hatte mich zu einem Schwan vorgebeugt, und als ich den Kopf wandte, stand sie ganz in meiner Nähe. Ihre Augen waren blau. Ich sah deutlich, wie sie mich fixierte.

Schnell ging ich zum Palast hinüber zum Teichgarten. Dieser Garten sieht genauso aus wie der Heinrichs VIII. in Hampshire; die Bäume zu beiden Seiten des Weges und rund um den Teich sind so gezogen und beschnitten, daß sie oben zusammentreffen. Im Sommer bilden sie ein dichtes Laubdach, im Winter geht man unter einem Zweiggitter spazieren. Zu beiden Seiten sind immer wieder Abstände zwischen den Bäumen, damit man über das niedrige Gitter hinweg die Blumen und den Teich sehen kann.

Ich ging in die Allee hinein und spazierte ein ganzes Stück weit, dann blieb ich stehen, um den Garten zu betrachten. Beim gegenüberliegenden Zwischenraum blieb die Frau stehen. Ich trat zurück und tat, als wolle ich nach links abbiegen. Als sie mich nicht mehr sehen konnte, bog ich scharf nach rechts zur Ulmenallee und ging von dort gleich nach Hause.

Ich redete mir zu, daß das alles nur Einbildung sei und sie mir gar nicht absichtlich folge. Warum ich mich so ungemütlich fühlte, wußte ich nicht.

Zu Hause lag ein Brief von meiner Mutter. Sie wollte mich in London besuchen, wollte mein neues Heim kennenlernen.

Ich freute mich sehr darauf, und als Joliffe heimkehrte, teilte er meine Freude.

»Ich muß ihr doch beweisen, was du für einen guten Mann bekommen hast«, sagte er.

Kurz nach zwölf klingelten die Kutschglocken durch unsere Straße. Ich lief zum Tor, um meine Mutter zu begrüßen. Wir fielen einander in die Arme, und nach einer Weile schob sie mich weg, um mich richtig zu betrachten. Offenbar gefiel ihr, was sie sah.

»Komm doch herein, Mutter«, sagte ich. »Sieh dir unser Haus an. Es ist wirklich hübsch.«

»Ich bin gekommen, um dich zu sehen, Janie. Du bist wirklich glücklich?«

»Überglücklich.«

»Gott sei Dank.«

Ich führte sie in unser Schlafzimmer und nahm ihr selbst Hut und Mantel ab. »Du bist dünn geworden«, stellte ich fest.

»Ach nein, ich bin ganz in Ordnung. Es ist schon recht so. Vorher war ich ein bißchen zu rund.«

Ihre Wangen waren gerötet, die Augen glänzten. Ich schob es auf ihre Wiedersehensfreude.

Sie holte eine Flasche Schlehengin aus ihrer Tasche. Ein Geschenk von Mrs. Couch für Joliffe. »Sie wird alles wissen wollen, wenn ich zurückkomme«, sagte meine Mutter. »Ich bin so froh, daß ihr es hier so schön habt.«

Joliffe kam vom Geschäft und begrüßte sie herzlich, und dann bat uns Annie schon zum Essen. Es war ein fröhliches Mahl, wenn meine Mutter auch wenig aß. Das wunderte mich, denn früher hatte mein Vater sie mit ihrem Appetit immer aufgezogen.

Ich berichtete von unseren Flitterwochen in Paris und fragte nach allen Leuten in Roland's Croft. Mr. Sylvester war wieder einmal unterwegs. Der Dienerschaft ging es gut. Amy und der Gärtner planten ihre Hochzeit für Weihnachten. Wegen Jess machte sich meine Mutter Sorgen, sie war zu sehr mit Jeffers zusammen, und Mrs. Jeffers regte sich ziemlich darüber auf.

»Jeffers ist natürlich einmal so«, sagte meine Mutter, »ist es nicht Jess, so ist es eben an anderes Mädchen.«

»Arme Mrs. Jeffers«, sagte ich bedauernd, »mir wäre es auch nicht recht, wenn sich Joliffe um eine andere Frau kümmern würde.«

»Davor kannst du ganz sicher sein«, sagte Joliffe, »und zwar aus zwei Gründen. Erstens, welche Frau ließe sich mit dir vergleichen? Zweitens bin ich viel zu tugendhaft für solche Dummheiten.«

Meiner Mutter kamen Tränen in die Augen. Sie dachte wohl an Vater.

Lange saßen wir noch beisammen und unterhielten uns, dann gingen wir in den Salon und plauderten weiter. Um vier Uhr mußte sie schon wieder weg zum Zug, weil sie am gleichen Tag noch zu Hause sein wollte. Albert brachte die Kutsche nach vorne, wir fuhren bis zum Bahnhof mit. Bei dem Abschied am Bahnhof weinte sie ein bißchen.

»Ich bin so glücklich über dich«, flüsterte sie mir zu. »So habe ich es mir immer gewünscht. Gott segne dich, Janie, sei immer so glücklich, wie du es jetzt bist.«

Wir winkten ihr noch nach und fuhren dann heim.

Ein paar Tage nach diesem Besuch ging ich wieder zum runden Teich und sah nochmals die rothaarige Frau. Bei ihrem Anblick durchfuhr mich wieder diese merkwürdige Ahnung, und ich dachte: Sie wartet auf mich.

Am liebsten wäre ich auf und davon gelaufen. Lächerlich! Warum sollte ich? Was hatte ich von einer Fremden zu fürchten, die zufällig auf einer Bank im Park saß? Aber ich kam von dem Gedanken nicht los, daß sie mir zu folgen schien. Ich ging geradewegs an ihr vorbei und wieder in die Allee mit den beschnittenen Bäumen hinein. Blieb nach einer Weile stehen und sah sie durch die Lücke zu mir herüberstarren. Sie war offensichtlich gleich nachdem ich vorbei war aufgestanden und mir gefolgt.

Sollte ich warten und fragen, was sie von mir wolle? Mein Herz schlug immer schneller. Wie konnte ich es wagen, sie anzusprechen, wenn ich gar nicht sicher war, ob sie mir wirklich folgte! Ich *war* aber sicher.

Dann sah ich sie plötzlich nicht mehr. Sie ging mir offenbar nach. Wenn ich irgendwo abbog, würde sie mir folgen.

Was wollte sie nur von mir?

Ich ging weiter, und da kam sie schon um die Ecke, geradewegs auf mich zu. Ich ging an ihr vorbei; beschleunigte dabei unwillkürlich meine Schritte. Am Ende der Allee rannte ich fast, schlug die Richtung zum Teich ein. Ich wandte mich um und sah, daß sie mir gefolgt war. Ganz langsam. Da machte ich mich auf den Heimweg, überquerte die Straße und schloß unsere Haustür auf.

Beim Zumachen wandte ich mich um und sah die rothaarige Frau ebenfalls die Straße überqueren.

Annie kam in den Salon und sagte mir, unten sei eine Person, die mich sprechen wolle.

»Was für eine Person? Was will sie?«

»Mit Ihnen sprechen.«

»Wie ist denn ihr Name?«

»Sie hat gesagt, Sie würden sie schon erkennen.«

»Komisch«, meinte ich. »Na ja, dann bitte sie eben herauf.«

Ich hörte die beiden die Treppe heraufkommen. Annie klopfte und öffnete die Tür.

»Ah, wir kennen uns ja schon«, sagte ich rasch, denn Annie hatte die Besucherin sehr mißtrauisch beäugt.

Meine Worte beruhigten sie. Sie schloß die Tür von draußen.

»Ja, vom Park«, sagte sie lächelnd.

»Ich habe Sie schon öfter dort gesehen.«

»Ja, ich blieb immer ganz in Ihrer Nähe.«

»Wollten Sie etwas von mir?«

»Ich glaube, wir setzen uns lieber hin«, sagte sie, als wäre ich die Besucherin.

»Wer sind Sie überhaupt?« wollte ich wissen.

Sie lächelte spöttisch und sagte: »Dasselbe könnte ich Sie fragen.«

»Merkwürdig«, sagte ich kühl. »Ich bin Mrs. Joliffe Milner. Wenn Sie nur hergekommen sind, um mich...«

Sie unterbrach mich: »Sie sind *nicht* Mrs. Joliffe Milner«, sagte sie ganz ruhig. »Es gibt nämlich nur eine und die bin ich, nicht Sie.«

»Ich verstehe Sie nicht.«

»Sie werden mich gleich sehr gut verstehen. Sie können sich ja von mir aus Mrs. Joliffe Milner nennen, aber Sie sind es nicht. Joliffe hat vor sechs Jahren mich geheiratet.«

»Das glaube ich Ihnen nicht.«

»Das hab' ich mir gleich gedacht. Ich hätte schon früher mit Ihnen gesprochen, aber ich dachte mir, Sie wollten sicher einen Beweis sehen wollen. Und einen besseren Beweis als den Trauschein gibt es wohl nicht, was?«

Mir wurde ganz schwach. »Sie lügen ja!«

»Ich wußte, daß Sie das sagen würden. Aber gegen einen Beweis schwarz auf weiß gibt es einfach nichts. Sehen Sie sich das hier an! Vor sechs Jahren haben wir in Oxford geheiratet.«

Ich betrachtete das Dokument, das sie mir in die Hand gedrückt hatte. Las es Wort für Wort.

Wenn dieses Papier echt war, hatte sie Joliffe tatsächlich vor sechs Jahren geheiratet.

Einen Joliffe Milner jedenfalls.

Es war wie ein Alptraum.

»Das hat Sie wohl ganz schön schockiert?« sagte sie kichernd. »Stimmt's? Man kriegt ja auch nicht alle Tage zu hören, daß der eigene Mann einer anderen gehört.«

»Ich weiß noch immer nicht, wer Sie sind und warum Sie hier sind«, stammelte ich.

»Warum ich hier bin? Um Ihnen Bescheid zu sagen. Sie sind eine richtige Dame, das sehe ich schon. Gut erzogen und offenbar bisher ganz zufrieden mit sich selbst. Bisher. Ich habe Sie im Park beobachtet. Wollte Sie manchmal schon ansprechen. Ich mußte mich ganz schön anstrengen, ihn zu finden. Und dann hielt ich es so für besser, Sie zu besuchen und es Ihnen hier zu sagen. Wenn Sie wollen, warte ich, bis er kommt. Es wird eine nette Überraschung für ihn. Wie wär's mit einer Erfrischung? Ich könnte jetzt ein Glas Wein gebrauchen.«

Ich sagte: »Ich glaube Ihnen kein Wort.«

»Auch nicht mit dem Trauschein?«

»Es ist einfach nicht möglich. Wenn er mit Ihnen verheiratet wäre, könnte er es nicht mit mir sein.«

»Kann er auch nicht, das ist es ja. Er ist nicht mit Ihnen verheiratet, sondern nur mit mir.«

»So etwas würde er nie tun.«

»Er hielt mich ja für tot. Ich fuhr mit dem Zug von Oxford nach London. Außerhalb von Reading war ein Unfall. Ein ganz großes Zugunglück. Viele Leute kamen dabei um. Ich auch beinahe. Zu seinem Unglück nicht ganz. Drei Monate war ich in der Klinik, eine Zeitlang wußte ich nicht, wer ich war. Ich hatte keine Papiere bei mir und konnte mich an nichts erinnern. Und mein herzlieber Gatte holte mich auch nicht ab. War so froh, mich los zu sein. Er hatte schon lange gesehen, daß diese Ehe ein Fehler war. Die Herren Studenten in Oxford sollten sich eben nicht mit Barmädchen einlassen. Zumindest sie nicht heiraten. Joliffe war immer schon ein Hitzkopf. Als ich ihm auf die Finger schlug und sagte: ›Nichts da, mein Herr. Ohne Trauschein gibt's bei mir nichts!‹, da heiratete er mich eben einfach. Den Beweis sehen Sie ja hier.«

»Wenn es wirklich so wäre, hätte er mir davon erzählt.«

»Joliffe und was erzählen? Was hinter seiner hübschen Fratze vorgeht, weiß man doch die halbe Zeit nicht. Ich habe immer zu ihm gesagt: ›Dein Charme bringt dich noch mal um.‹ Hinter mir waren so einige her, das kann ich Ihnen sagen, aber ich wollte nun einmal ihn. Der Familie konnte er mich natürlich nicht vorstellen, das sah er ein. Da hätte es was abgegeben! Also hat er mir ein Zimmer gemietet in Oxford. Wir haben dort ein Jahr lang gelebt. In trautem Zusammensein. Hat nicht lange gedauert, denn er hat den Fehler bald eingesehen und immer neue Ausreden gefunden, um wegzukommen. Und dann bin ich nach London gefahren mit diesem Zug. An dem Tag, wo der Zug entgleiste, hat er sich wohl für einen besonderen Glückspilz gehalten. Stimmt nur leider nicht ganz.«

»Das ist ja eine fantastische Geschichte«, sagte ich.

»Das Leben mit Joliffe Milner ist immer fantastisch. Genau das richtige Wort.«

»Wollen Sie nicht lieber zurückkommen, wenn mein... wenn Mr. Milner hier ist?«

Sie schüttelte den Kopf. »Nein, ich bleibe. Ich will ihn hier erwarten, und Sie sollen dabeisein, wenn er mich sieht. Dann kann er Ihnen nämlich keine Geschichten erzählen. Das tut er sehr gerne, unser lieber Joliffe.«

»Das Ganze ist bestimmt ein Irrtum. Vielleicht gibt es einen zweiten Joliffe Milner, mit dem Sie verheiratet sind?«

Sie schüttelte den Kopf. »O nein, darüber habe ich mich schon informiert.«

Ich konnte es nicht mehr ertragen, mit ihr im gleichen Raum zu sein, und entschuldigte mich.

Sie neigte lächelnd den Kopf, als sei sie die Hausfrau und erlaube mir gnädigst, mich zurückzuziehen.

Ich rannte in unser Schlafzimmer hinauf. Es war ein Alptraum. Es konnte nicht möglich sein! Irgendein dummer Scherz, ein geschmackloser, wie man ihn einer solchen Person zutrauen konnte. Die nächste halbe Stunde war gräßlich. Wenn Joliffe schon einmal verheiratet gewesen wäre, hätte er es mir sicher gesagt. Wirklich? Ich wußte vieles nicht von ihm, und je mehr ich von ihm entdeckte, um so mehr wußte ich, daß mir doch vieles unbekannt war.

Es dauerte endlos, bis ich seinen Schlüssel in der Haustür hörte. Ich rannte zur Treppe.

Er lächelte zu mir hinauf.

»Hallo, Liebes!«

»Joliffe«, rief ich. »Es ist eine Frau hier!«

Er nahm immer zwei Stufen auf einmal. Ich wartete gar nicht, bis er mich erreicht hatte, sondern ging zum Salon vor und machte die Tür weit auf.

Sie saß mit überkreuzten Beinen auf dem Sofa und lächelte verschmitzt.

Ich wußte, die nächsten Sekunden würden die wichtigsten meines ganzen Lebens sein.

In der kurzen Zeit vor der Begegnung der zwei redete ich mir noch ein, Joliffe würde sofort den Beweis seiner Unschuld erbringen und mir zeigen, daß er nicht der Joliffe Milner war, dessen Name in ihrem Trauschein stand.

Ich ging voraus. Er blieb abrupt stehen. Sie lächelte ihn unverschämt an. Im nächsten Augenblick brach für mich eine Welt zusammen.

»Mein Gott!« rief er. »Bella!«

Sie sagte: »Dein dich liebendes Frauchen, jawohl.«

»Bella... das ist doch nicht...«

»Ein Geist taucht aus dem Grab auf. Stimmt aber nicht ganz. Ich war nie im Grab. Kleiner Schock für den lieben Ehemann, was?«

»Bella – was soll das alles!«

»Wie du siehst, bin ich hier, als deine Frau, die auf ihre ehelichen Rechte pocht und so weiter.«

Er verstummte. Ich sah, wie erschüttert er war.

»War gar nicht so leicht, dich zu finden«, sagte sie.

»Aber man hat mir gesagt...«

»Man hat dir das gesagt, was du gern hören wolltest.«

»Du bist doch umgekommen! Ich erhielt Beweise darüber. In deinem Mantel war der Name eingestickt.«

Sie lachte übertrieben. »Das war doch Fanny! Erinnerst du dich nicht? Sie hatte eine Seehundkappe, und ich lieh ihr meinen Mantel dazu. Fanny und ich fuhren zusammen nach London – sie in meinem Seehundmantel und ich in ihrem Bibermantel. Die arme Fanny kam ums Leben, und man dachte natürlich, das wäre ich gewesen. Ich hätte auch beinahe dran glauben müssen. Zwei Monate lang wußte ich nicht, wer ich war... Dann erinnerte ich mich langsam wieder, und es dauerte noch lange, bis ich dich fand.«

»Es stimmt also, was diese Frau sagt?« fragte ich.

Er sah mich an, als verstehe er nicht. Ich wandte mich rasch um und stolperte zu unserem Schlafzimmer hinauf.

Was sollte ich tun? Ich mußte weg, die beiden verlassen. Ich mußte irgendwas tun. Ich nahm mir einen Koffer und fing an, einige Sachen einzupacken. Setzte mich dann hin und schlug die Hände vors Gesicht. Joliffe kam mir nach. Er sah erbarmungswürdig aus – all seine

Sicherheit war wie weggeblasen. Ich hatte nie gedacht, daß er so aussehen könnte.

Er kam auf mich zu, nahm mich in die Arme.

Kurze Zeit lehnte ich mich gegen ihn und versuchte, die entsetzliche Szene im Salon unten zu vergessen. Aber ich mußte mich der Wahrheit stellen, das wußte ich genau.

Ich entzog mich ihm und sagte: »Joliffe, sag, daß es nicht wahr ist. Es kann nicht wahr sein!«

Er nickte verzweifelt.

»Warum hast du es mir nicht gesagt?«

»Ich hielt sie für tot. Es war alles längst vorbei. Ich wollte vergessen, daß es sie je gegeben hatte.«

»Aber du hast sie doch geheiratet. Sie ist doch deine Frau. Joliffe, ich kann es einfach nicht ertragen!«

»Ich hielt sie für tot. Ihr Name stand auf der Liste der Verunglückten. Ich war zu der Zeit nicht in England, hörte erst davon, als ich zurückkam, und nahm an, daß es stimmte. Woher sollte ich wissen, daß eine andere ihren Mantel getragen hatte?«

»Sie ist also noch deine Frau.«

»Ich muß etwas unternehmen dagegen, wir finden bestimmt einen Weg.«

»Jetzt ist sie jedenfalls hier, im Haus. Da unten. Und sie will bleiben.«

»Sie wird gehen müssen.«

»Immerhin ist sie deine Frau.«

»Deswegen muß ich noch lange nicht mit ihr leben.«

»Mir bleibt jedenfalls nur eines übrig.«

Er sah mich verzweifelt an.

»Ich gehe nach Roland's Croft zurück. Zu meiner Mutter. Wir werden dann sehen, was sich tun läßt.«

»Du bist doch meine Frau«, sagte er.

»Bin ich *nicht. Sie* ist es.«

»Bitte geh nicht, Jane. Gehen wir zusammen. Fahren wir weg, ins Ausland.«

»Sie ist deine Frau, Joliffe. Das wird sie dich nie vergessen lassen. Laß mich bitte zu meiner Mutter fahren. Ich bleibe bei ihr, bis wir... irgend etwas unternehmen können.«

»Ich kann dich so nicht gehen lassen.«

»Es bleibt dir gar nichts anderes übrig. Ich muß jetzt schnell weg. So geht es am leichtesten.«

Er versuchte mich umzustimmen. So hatte ich ihn noch nie gesehen. Seine Heirat mit dieser Bella war eine Jugendtorheit gewesen, er würde sich irgendwie von ihr befreien, das verspreche er mir. *Ich* sei seine Frau, nicht die andere da unten.

Vor dem Gesetz stimmte es leider nicht. Das wußte ich, und deswegen wollte ich weg.

Albert fuhr mich zum Bahnhof. Er sagte nichts, er sah nur traurig drein. Ein Träger brachte meine Koffer zum Erster-Klasse-Abteil meines Zuges. Ich fuhr heim nach Roland's Croft.

In der Dämmerung traf ich auf dem kleinen Bahnhof ein. Diesmal holte mich niemand ab. Der Stationsvorstand kannte mich aber und sagte, ich solle doch auf den Postwagen warten, er komme in einer Viertelstunde zurück.

»Ein unerwarteter Besuch«, meinte er. »Im Haus weiß man wohl gar nicht, daß Sie kommen?«

»Nein«, sagte ich nur.

»Na ja, in einer guten Viertelstunde ist der Wagen wieder hier.«

Aus der Viertelstunde wurde eine halbe, wie ich gleich vermutet hatte, aber dann war es endlich soweit. Der Wagen hielt vor dem Herrenhaus, Jeffers stürzte heraus, er hatte die Kutsche schon von weitem gehört. Erstaunt sah er mich an. »Oh, unsere junge Frau! Hat man Sie erwartet? Mir wurde nichts gesagt.«

»Nein, ich werde nicht erwartet. Lassen Sie bitte meine Koffer hineinbringen.«

Er sah mich erschrocken an.

Amy kam an die Tür. Auch sie war ganz erstaunt.

»Hallo, Amy«, begrüßte ich sie. »Sagst du bitte Mutter, daß ich hier bin?«

»Sie ist gar nicht hier, Miß Jane.«

»Nicht hier? Wo ist sie denn?«

»Kommen Sie nur erst mal herein«, sagte sie.

Was ging hier vor? Diesen Empfang hatte ich nicht erwartet!

Amy hatte sich umgewandt und war zu Mrs. Couch gelaufen. Ich hörte sie nach ihr rufen.

Als die Köchin dann auftauchte, lief ich ihr entgegen und umarmte sie. Sie küßte mich. »Na, so was, Jane! Wer hätte das erwartet?«

»Wo ist meine Mutter?« fragte ich sie. »Amy sagt, sie sei nicht hier.«

»Stimmt. Sie ist vor drei Tagen weggebracht worden.«

»Wohin denn?«

»In die Klinik.«

»Hat sie einen Unfall gehabt?«

»Nein, nicht eigentlich. Es war wegen ihrer Krankheit.«

»Ihrer Krankheit?«

»Na ja, dieser Husten und das Ganze. Sie hatte es ja schon eine Weile.«

»Warum hat mir niemand etwas gesagt?«

»Sie wollte dich nicht aufregen.«

»Was ist denn los, wie geht es ihr?«

Mrs. Couch fühlte sich nicht wohl in ihrer Haut. »Unser Herr ist daheim«, wich sie aus. »Am besten gehst du zu ihm. Soll ich ihm sagen, daß du hier bist? Wo ist denn der junge Herr? Ist er nicht mitgekommen?«

»Nein, der ist in London geblieben.«

»Ich sage dem Herrn gleich Bescheid. Geh inzwischen in dein Zimmer.«

Ganz verwirrt ging ich in mein Zimmer hinauf. Was war nur los? Allen, die ich liebte, passierte irgend etwas. Was war das für eine geheimnisvolle Krankheit, an der meine Mutter litt? Die Sache mit Joliffe war ja kein Geheimnis. Die Wahrheit lag nur allzu offen da. Er war verheiratet, aber nicht mit mir. Aber meine Mutter, in der Klinik? Warum hatte man mir nichts gesagt?

Das altvertraute Zimmer. Ich ging zum Fenster und sah zum vergitterten Fenster hinauf; die Erinnerung an jene Nacht mit Joliffe stieg überdeutlich in mir auf. Joliffe hatte damals ein falsches Spiel getrieben und jetzt wieder.

Was war nur los mit mir? Alles um mich stürzte ein.

Mrs. Couch klopfte an meine Tür.

»Der Herr erwartet dich«, sagte sie.

Ich ging mit ihr nach oben in das Zinmer, in dem ich so oft Tee mit ihm getrunken hatte.

Er erhob sich von seinem Schreibtisch und nahm meine Hand.

»Setz dich bitte«, sagte er. Ich gehorchte.

»Leider habe ich keine gute Nachricht für dich«, fuhr er fort. »Es hat keinen Sinn, es dir länger zu verbergen. Deine Mutter ist schon seit einiger Zeit sehr krank. Sie leidet an Schwindsucht. Sie wollte nicht, daß du es erfährst. Darum hat dir niemand etwas gesagt. Du solltest in deinen ersten Ehemonaten nicht beunruhigt werden. Sie wurde schließlich so krank, daß sie in die Klinik mußte, weil sie dort die beste Pflege hat.«

»Aber ...«, sagte ich.

Er unterbrach mich. »Ich weiß, daß es ein Schock für dich ist. Vielleicht hätten wir dich warnen sollen. Sie leidet ja schon seit ein paar Jahren an der Krankheit. Erst in den letzten Monaten hat sie sich so verstärkt. Ich glaube, du mußt damit rechnen, daß sie nicht mehr lange leben wird.«

Ich konnte vor Schmerz nicht mehr reden. Er sah mich mitleidig an. Ich fühlte, wie er mit mir litt.

»Ich kann es noch nicht fassen«, sagte ich schließlich.

»Es ist schwer für dich, ich weiß. Wir dachten alle, es wäre besser für dich so, daß du nicht so lange in Sorge um sie bist. Sie dachte immer nur an dich.«

»Ich weiß. Kann ich zu ihr?«

»Ja, aber nicht jetzt, erst morgen. Jeffers fährt dich hinüber.«

Seine Ruhe und, lächerlicherweise, der vertraute Anblick seiner Hausjacke beruhigten mich ein wenig.

»Es ist einfach zuviel für mich«, brach ich dann plötzlich aus, »erst Joliffe und dann sie ...«

»Joliffe?« fragte er erregt.

Jetzt mußte ich es ihm sagen. Ich berichtete ihm alles. Er schwieg.

»Hattest du gewußt, daß er schon verheiratet war?« fragte ich dann.

»Nein, sonst hätte ich es dir natürlich gesagt. Aber es überrascht mich nicht. Was willst du jetzt tun?«

»Ich weiß es nicht. Ich wollte es mit meiner Mutter besprechen.«

»Sie darf es auf keinen Fall erfahren. Sie war so glücklich, daß du jetzt gut versorgt bist.«

»Nein, sie darf es nicht erfahren.«

»Du wirst selbst einen Entschluß fassen müssen.«

»Ich weiß.«

»Du könntest natürlich hierbleiben und deinen alten Posten wieder übernehmen. Das wäre eine Lösung.«

Zum erstenmal, seit Joliffes Frau die häßliche Wahrheit gesagt hatte, fühlte ich mich wieder ein wenig besser. Nicht ganz so verlassen jedenfalls.

Mr. Milner fuhr mit mir in die Klinik und wartete in der Kutsche, während ich hinaufging.

Man brachte mich in das Zimmer meiner Mutter. Ich erkannte sie kaum, so dünn war sie geworden. Sie konnte sich nicht aufsetzen und auch kaum bewegen, erkannte mich aber gleich, und ihre Augen leuchteten. Ich kniete mich neben ihr Bett, es war mir nicht möglich, sie anzusehen. So nahm ich nur ihre Hand und hielt sie gegen meine Wange.

Ihre Lippen bewegten sich ein wenig. »Janie ...«, flüsterte sie.

»Ja, ich bin's«, sagte ich.

Die Lippen bewegten sich weiter, aber die Stimme war so schwach, daß ich mein Ohr ganz nah an ihren Mund bringen mußte. »Sei glücklich, mein Kind. Ich ... so glücklich ... weil es dir so gut geht. Du hast nun Joliffe ...«

Mehr konnte sie nicht sagen. Ich blieb am Bett sitzen und hielt ihre Hände zwischen den meinen.

Eine Stunde saß ich so, dann bat mich die Schwester, wieder zu gehen.

Mr. Milner fuhr schweigend mit mir nach Roland's Croft zurück.

Noch in der gleichen Woche starb meine Mutter. Zwei Schicksalsschläge hatte ich in so kurzer Zeit erlitten, und der eine erlöste mich von dem Gedanken an den anderen. Vor wenigen Wochen wären mir beide undenkbar gewesen. Ich war zu meiner Mutter gefahren, um ihr von meiner Ehe zu erzählen, und sie war gar nicht mehr da. Das schien mir unfaßbarer, als daß ich nicht mehr Joliffes Frau sein sollte. Obwohl ich, seit mir Joliffe gestanden hatte, daß er die Kuan Yin aus der Vitrine genommen hatte, im Grunde mit allem gerechnet hatte.

Mr. Sylvester war mir eine große Hilfe. Er sorgte für das Begräbnis meiner Muter – eine stille Feierlichkeit auf dem Dorffriedhof. Alle Hausbewohner waren dabei; Mr. Sylvester ging an meiner Seite zum Grab.

Später saß ich dann noch mit der Dienerschaft zusammen. Mrs. Couch und Mr. Jeffers überboten einander mit Geschichten über Begräbnisse, denen sie beigewohnt hatten. In jedem anderen Fall hätte ich die humorvolle Seite dieses Rededuells gesehen, aber jetzt stand mir nur meine fröhliche kleine Mutter vor Augen; sie mir still im Grab vorzustellen, war fast unerträglich.

Ich ging in mein Zimmer hinauf, nach kurzer Zeit klopfte es an der Tür. Es war Mr. Milner.

Er hielt einen Umschlag in der Hand.

»Deine Mutter hat das für dich hinterlassen. Sie bat mich, es dir am Begräbnistag zu übergeben.« Er lächelte gütig.

»Du hast Furchtbares durchgemacht«, sagte er. »Jetzt geht es wieder aufwärts, du wirst sehen. Solche Tragödien sind eben ein Teil unseres Lebens. Und vergiß nie, daß Unglück den Charakter stählt. Alles Schlechte auf Erden hat auch sein Gutes, und alles Gute hat auch schlechte Seiten.«

Mit diesen Worten drückte er mir den Umschlag in die Hand.

Als er wieder gegangen war, öffnete ich das Kuvert. Die unordentliche, kritzelige Schrift meiner Mutter trieb mir gleich wieder Tränen in die Augen.

Meine liebste Janie,

ich bin sehr krank. Schon seit einer ganzen Weile. Der Fluch unserer Familie. Mein Vater wurde davon hinweggerafft, als er in meinem Alter war. Ich wollte nicht, daß Du es erfährst, weil ich wußte, wie traurig es Dich machen würde. Wir sind einander stets so nahe gewesen, besonders seit Dein Vater starb. Darum habe ich es Dir verborgen. Manchmal hustete ich so arg, daß Blut auf meinem Kissen war, ich hatte Angst, Du würdest es einmal entdecken, wenn Du in mein Zimmer kamst. Ich wollte keinen Verdacht erregen, und es ist mir auch gelungen, oder nicht? Du hast nie davon gewußt. Über Dich habe ich mir oft Sorgen gemacht. Du warst mein ein und alles. Aber wir hatten solches Glück, weil Dein Vater sich um uns sorgte. Und der gütige Mr. Milner war wie ein guter Zauberer für uns. Erst gab er mir den Posten (den ich allerdings auch sehr gut ausfüllte), und dann erlaubte er, daß Du hier wohnst (ohne diese Erlaubnis wäre ich gar nicht gekommen), und dann hatten wir Mrs. Couch und all die anderen, die wie eine Familie zu uns waren. So ist alles gutgegangen. Und dann hast Du bei Mr. Sylvester arbeiten dürfen. Es war nicht ganz das, was ich mir für Dich wünschte, aber es hat mich sehr gefreut. Ich wollte Dich versorgt sehen. Wollte Dich so glücklich wissen, wie ich mit Deinem Vater gewesen bin. Und als Joliffe kam und sich gleich in Dich verliebte und Du in ihn – war ich überglücklich. Jetzt hast Du einen Mann, der sich um Dich kümmert, wie sich Dein Vater um mich gekümmert hat. Als ich Dich in London besuchte, war ich beim Arzt. Bei einem Spezialisten. Er sagte mir, daß ich es nicht mehr lange machen würde und in die Klinik müßte. Da sagte ich mir: ›O Herr, du läßt deinen Diener hinziehen in Frieden.‹ Denn ich wußte ja, daß ich glücklich scheiden konnte. Joliffe und Du, ihr liebt einander so sehr. Er wird jetzt bei Dir sein und sich um Dich kümmern. Und jetzt will ich Dir etwas aufschreiben, was Dein Vater mir oft vorsagte. Als hätte er gewußt, daß er als erster gehen mußte und mich zurücklassen würde. Es ist von Shakespeare und heißt so:

»Du sollst nicht trauern um mich, wenn einst tot ich bin...« und es geht dann so weiter:

»Im süßesten Gedenken selbst wär' ich vergessen, wenn dieses Denken Schmerz dir bringt.«

Es würde auch mich schmerzen, wenn ich vom Himmel sähe, daß Du traurig bist. Das könnte ich nicht ertragen. Es wäre besser, wenn Du Dir sagst: Sie hatte ein schönes Leben. Sie hatte Mann und Kind, und beide waren ihr das Liebste. Jetzt geht sie in den Himmel ein zum Gatten und läßt die Tochter in den Händen eines, der sie liebt,

337

zurück. Leb wohl, mein liebes Kind. Um eines bitte ich Dich: Sei glücklich.

Deine Mutter

Ich faltete den Brief zusammen, steckt ihn in die Sandelholzkiste, in der ich all meine Kostbarkeiten aufbewahrte, und gab mich dann ganz meinem Schmerz hin.

Am Tag nach dem Begräbnis erhielt ich einen Brief von Joliffe.

Meine liebste Jane,
mein Onkel hat mir vom Tod Deiner Mutter berichtet.
Ich wäre so gerne dort, um Dich zu trösten. Mein Onkel hat mir jedoch so gut wie verboten, Dich aufzusuchen. Wenn ich es doch täte, würde er mich strafen – vermutlich aus seinem Testament streichen, denke ich mir. Als ob mich das fernhalten könnte! Er sagt, Du brauchst Zeit, Dich von den zwei Schicksalsschlägen zu erholen und daß Du dies am besten bei der Arbeit für ihn tun könntest.
Jane, ich muß Dich sprechen. Ich war jung und dumm, als ich Bella heiratete (und ich war wirklich überzeugt, daß sie mich liebte). Sie droht mir, daß sie mich nicht gehen lassen wird. Hat sich im Haus installiert. Ich war schon beim Anwalt. Es ist ein sehr eigenartiger Rechtsfall. Ich weiß nicht, wie man mir helfen kann.
Gib mir Bescheid, und ich treffe Dich, wo immer Du willst.

Ich liebe Dich, Dein Joliffe.

Immer wieder las ich diesen Brief. Dann faltete ich ihn auch zusammen und steckte ihn neben den meiner Mutter in die Sandelholzkiste.

Beim Tee zeigte mir Mr. Milner einige Vasen, die er kürzlich erstanden hatte.

»Wie zart die Zeichnungen sind«, sagte er. »Wald und Berge ganz in Nebel gehüllt. Ist es nicht überaus zart und schön? Vermutlich Sung-Periode.«

Dieser Meinung war ich auch und sagte es ihm.

»Ja, zweifellos. Irgendwie geisterhaft sind diese Arbeiten.« Er sah mich ernst an. »Dein Interesse kommt langsam zurück, glaube ich.«

»Ich hatte es nie verloren.«

»Ja, genauso ist es. Die Anziehung bleibt immer da. Und du entwächst jetzt langsam deinem Schmerz. So ist es richtig. Hat sich Joliffe mit dir in Verbindung gesetzt?«

»Ja, er schrieb mir.«

»Und bat dich zurückzukehren?«

Ich gab keine Antwort. Er schüttelte den Kopf. »Du gehst doch nicht zurück?«

»Wie könnte ich? Er ist ja verheiratet.«

»Ja, und hat dich trotzdem gebeten zurückzukehren. Er ist wie sein Vater. Alles muß in Ordnung kommen für ihn. Daran glaubt er fest. Warum? Weil er eben Joliffe ist, der alle Leute fasziniert – oder fast alle. Eines steht jedenfalls fest: Du meintest, einen Mann zu haben und jetzt hast du keinen. Es war ein tragisches Erlebnis für dich. Vergiß es und beginn ein neues Leben. Mit der Zeit hört die Wunde auf zu schmerzen.«

»Ich will es versuchen.«

»Wenn du es wirklich versuchst, wird es dir auch gelingen. Ich werde dich fest einspannen; Arbeit ist die beste Medizin. Ich habe jetzt keine Haushälterin mehr. Darum möchte ich, daß du einen Teil der Arbeit deiner Mutter mit übernimmst. Mrs. Couch wird auch helfen. Da hast du soviel zu tun, daß kaum Zeit für Trauer bleibt. So hätte es deine Mutter auch gewünscht. Triff dich bitte nicht mit Joliffe. Ich habe ihm geschrieben, daß ich ihn hier nicht zu sehen wünsche. Er muß seine Sachen erst in Ordnung bringen. Wirst du versuchen, meinen Rat zu befolgen?«

»Ich bin sicher, daß dein Rat der beste ist, und werde auch mein Bestes versuchen.«

»Abgemacht.«

Die Vernunftheirat

1

Ich versuchte, mich an die Abmachung zu halten. Joliffe schrieb nicht mehr.

Ich arbeitete viel. Studierte Bücher und neu erworbene Kunstgegenstände. Lernte, soviel ich konnte. Bemühte mich um Mr. Sylvesters Lob und erhielt es auch. Ich dachte: Er hat recht. Auf diese Krücke kann ich mich stützen, bis ich wieder kräftiger geworden bin.

Er hatte jetzt viel öfter Gäste als früher. Und nicht nur Geschäftsleute lud er ein, er befreundete sich auch mehr mit der Nachbarschaft, besuchte die umliegenden Gutshäuser und wurde von deren Besitzern aufgesucht. Unser unmittelbarer Nachbar war ein Landedelmann namens Merrit, der ausgedehnte Ländereien besaß. Mrs. Couch hielt große Stücke auf ihn, denn er wußte ihre Küche sehr zu schätzen. Während der Jagdsaison schickte er des öfteren Fasane durch seine Diener zu ihr, weil sie, wie er sagte, diese so ausgezeichnet zu bereiten wußte und er sich dann gerne zu dem Mahl einladen ließ.

Als die Jagdsaison begann, hörten wir oft Schüsse. Ich war immer froh, wenn der Lärm vorbei war. Mrs. Couch dagegen schaukelte genüßlich in ihrem Stuhl vor und zurück und erklärte, wie man Fasan am besten zubereitete.

Seit meiner Rückkehr hatte sie sich sehr bemüht, mir zu helfen. Sie war mir wirklich gut gesonnen. Oft schüttelte sie den Kopf und sagte: »Dieser Mister Joliffe!« Ich spürte aber, daß sie ihn immer noch mochte und nicht so streng dachte wie Mr. Sylvester, und das gefiel mir an ihr.

Sie hatte sich immer für Zukunftsdeutung interessiert und ließ uns oft nach der Teestunde unsere Tassen umstülpen, so daß sie aus den Blättern die Zukunft lesen konnte. Manchmal breitete sie auch Karten aus und las unter geheimnisvollem Murmeln das Schicksal heraus.

Die gute Mrs. Couch hatte meine Mutter so gerne gehabt und übernahm es, sich an ihrer Stelle um mich zu kümmern, so gut sie es konnte.

Trotz meines Unglücks wußte ich, was für ein Glück ich hatte, in ein Haus zurückkehren zu dürfen, in dem ich wie eine verletzte Katze meine Wunden lecken und mich für Künftiges stärken konnte.

An einem Wochenende hatte Merrit eine Jagdgesellschaft bei sich, zu der er auch Mr. Sylvester einlud. Der nahm diese Einladung jedoch nicht an und gestand mir, daß ihm das Bild eines schönen Vogels auf einer Vase oder Zeichnung lieber sei als ein vom Hund apportierter toter Vogel im Gras.

Ich war gerade bei Mrs. Couch in der Küche; wir besprachen das Abendessen für den nächsten Tag, an dem Gäste erwartet wurden.

»Wenn Mr. Lavers kommt«, meinte Mrs. Couch, »dann mache ich am besten einen guten Braten. Nichts Kompliziertes. Er mag einfache Kost. Ein schöner Rinderbraten schmeckt ihm bestimmt und frischer Meerrettich dazu. Übrigens, mit Amy habe ich ein Wörtchen zu reden. Sie wird so vergeßlich. Ob sie am Ende schwanger ist...«

Amy hatte ihren Gärtner geheiratet, und Mr. Jeffers stieg jetzt nicht mehr Jess, sondern einem Mädchen aus dem Dorf nach.

»Typischer Wandervogel«, sagte Mrs. Couch. »Die bleiben nie lange an einem Fleck.« Sie sah zum Fenster hinaus. »Du meine Güte! Was ist denn da los?«

Sie wurde blaß, und der Mund blieb ihr offenstehen. Ich sprang auf und sah auch hinaus. Die Gärtner trugen auf einer improvisierten Bahre Mr. Milner zum Haus.

Wie still es mit einemmal war. Das Schicksal hatte zu einem neuerlichen Schlag ausgeholt. Der reinste Alptraum. Alles, was mir wichtig und liebenswert war, schien meinen Fingern zu entschlüpfen.

Sie hatten unseren Herrn hereingetragen, der Arzt kam gleich darauf. Er stellte fest, daß sofort operiert werden müsse, und ließ Mr. Milner in die Klinik fahren.

Wir konnten nichts tun; saßen herum und redeten. Wußten nur, daß eine Kugel in seinem Rückgrat steckte und herausoperiert werden mußte.

Mrs. Couch bereitete eine Kanne Tee nach der anderen zu. Wir saßen um den großen Tisch und besprachen den Vorfall. Amy – ganz rund unter der Schürze, Mrs. Couch hatte recht gehabt mit ihrem Verdacht – war der Mittelpunkt des Interesses, denn Jakob, ihr Mann, hatte geholfen, Mr. Milner ins Haus zu tragen.

»Da war diese Schießerei«, sagte sie, »dadurch fiel es niemandem auf. Keiner weiß, wie lange er schon dort gelegen ist. Sie haben nach dem Mittagessen mit der Jagd begonnen, um vier wurde er gefunden. Vielleicht war es nur eine halbe Stunde, vielleicht auch mehr. Eine Kugel aus einem der Jagdgewehre, nicht wahr, Jakob?«

Der nickte. »Ja, ein Jagdgewehr«, wiederholte er.

»Du warst wie erschlagen, nicht wahr, Jakob?«

Jakob bestätigte: »Ja, wie erschlagen.«

»Er hatte gerade Unkrautvertilgungsmittel geholt«, setzte sie fort.

»Gräßlich viel Unkraut ist wieder da«, sagte Jakob und sah ganz erschrocken drein, weil er sich selbst am Gespräch beteiligt hatte.

»Und dann ist er plötzlich gestolpert, und da lag Mr. Milner vor ihm. Er hat geblutet, nicht wahr?«

»Gräßlich viel Unkraut«, wiederholte Jakob.

»Da hat er Alarm geschlagen, und dann haben sie die Tragbahre gemacht und ihn herübergeschafft.«

Mrs. Couch rührte den Tee kräftig um. »Ich weiß nicht, ich weiß nicht«, sagte sie. »Das muß eine Vorbestimmung sein. Der Tod kommt nie allein. Tod gebärt Tod, heißt es in der Bibel.«

Ich rief: »Sie reden ja von ihm, als wäre er schon gestorben. Er *ist* nicht tot!«

»*Noch* nicht«, sagte sie pathetisch.

Da hielt ich es nicht länger aus. Ich rannte hinaus. Hinter mir hörte ich Mrs. Couch sagen: »Arme Jane, das kommt vom Tod ihrer Mutter. Es hat uns alle auch sehr betroffen.«

Mr. Sylvester starb nicht. Die Operation verlief erfolgreich. Das heißt, sein Leben wurde gerettet. Er konnte sich aber nicht mehr so bewegen wie früher, war teilweise gelähmt. Die Ärzte sagten, es sei das reinste Wunder. Die Operation war sehr kompliziert gewesen.

Nach drei Wochen war er wieder soweit, daß er Besuche empfangen konnte. Ich ging zu ihm. Ohne das Käppchen sah er kleiner und jünger aus. Sein dichtes, hellbraunes Haar war noch kaum von grauen Fäden durchzogen.

Er freute sich sehr über meinen Besuch.

»Ja, Jane«, sagte er, »jetzt ist's für eine Weile mit meiner Reiserei zu Ende.«

»Wer weiß?«

»Die Ärzte haben mir alles genau erklärt. Ich muß darauf gefaßt sein, nach diesem Jagdunfall als Halbinvalide weiterzuleben.«

»Und wenn auch – du hast doch so viele Interessen.«

»Da hast du recht. Kaufen und verkaufen kann ich immer noch, aber die Kunden müssen jetzt zu mir kommen. Wie gut, daß ich dich so gründlich ausgebildet habe.«

»Wenn ich irgendwie helfen kann, tue ich's gerne«, sagte ich.

»Aber gewiß. Und ich freue mich, daß du so ein gutes Herz hast. Paß auf, dein Schicksal meint es noch gut mit dir.«

»Allzugut hat es sich bisher nicht gezeigt.«

»Lehn dich nie gegen dein Schicksal auf, Jane. Was kommen soll, kommt. So sehen es jedenfalls die Chinesen. Wer sein Schicksal akzeptiert, sich ihm ergibt, der lernt daraus. Kämpfe nie dagegen, dann kommst du durch.«

»Ich will's versuchen.«

»Wenn du wiederkommst, bringst du bitte alle Post mit. Wir könnten zusammen dran arbeiten.«

»Wird das den Ärzten recht sein?«

»Die wissen, daß ich jetzt teilweise unbeweglich bin. Ich muß lernen, mich daran zu gewöhnen. Über den Verlust zu trauern wäre sinnlos. Daran müssen wir immer denken. Wie ein guter General muß ich nun meine dezimierten Truppen neu aufstellen und die Schlacht weiterführen. Willst du mir dabei helfen?«

»Gewiß – so gut ich kann.«

Ich ging dann jeden Tag in die Klinik zu ihm und brachte alle Post zur Bearbeitung mit. Wir gingen auch die neuen Bücher und Kataloge durch. Uns beiden halfen diese Arbeitsstunden sehr.

Und dann vertiefte sich ein Verdacht, den ich schon seit einiger Zeit hatte. Auch ich war schwanger.

Mr. Sylvester wurde nach Hause entlassen. Ein bißchen konnte er seine Beine schon wieder bewegen und langsam an Krücken einherhumpeln. Das war schon ein großer Fortschritt. Der Hergang des Unfalls war noch immer nicht ganz geklärt, aber auf jeden Fall schien es sich um einen fehlgegangenen Schuß zu handeln.

Man gewöhnte sich langsam an die etwas veränderte Routine, die dann allen zur Gewohnheit wurde. Mr. Sylvester fuhr nicht mehr weg, sondern alle Geschäftspartner kamen ins Haus. Meist blieben sie zum Essen, und viele wohnten auch ein, zwei Tage bei uns. Ich war Haushälterin, Hausdame und Sekretärin zugleich. Das hielt mich schön in Trab, und ich war ganz dankbar dafür.

Zweimal noch schrieb mir Joliffe. Im ersten Brief flehte er mich an, zu ihm zu kommen. Im zweiten, vierzehn Tage danach, war diese Sehnsucht nicht mehr so spürbar. Er schrieb, daß er ›Himmel und Erde‹ bewegen wolle, freizukommen. Dann würde alles wieder gut werden.

Er war stets in meinen Gedanken, obwohl ich ihn jetzt mit anderen Augen sah. Vorher war ich nur blindlings verliebt gewesen, sah ihn als vollkommenen Menschen an; jetzt war es ein neuer Joliffe, ein junger Abenteurer, der seiner Welt nicht ganz sicher schien, viel riskierte und nicht immer ganz ehrenhaft handelte ... Joliffe, der Sünder, war er jetzt für mich. Es war, als hätte ich ein Bild durch einen Schleier betrachtet, der es mystisch und wunderschön erscheinen ließ, und wenn man den Schleier wegzog, sah man die fehlerhaften Stellen. Trotzdem liebte ich ihn wohl nicht weniger. Wußte, daß er mich noch immer so bezaubern konnte, sah ihn aber anders als vorher und wollte alles über ihn erfahren.

Seltsamerweise war ich für die Ruhepause ganz dankbar. Vielleicht, weil mein Körper sich veränderte und ich mich mit ihm. Ein neues Leben wuchs in mir.

Immer häufiger fragte ich mich, wie es wohl werden würde, da ich ja nicht mehr verheiratet war.

Mr. Sylvester Milner schien Gedanken lesen zu können. Das war mir schon oft aufgefallen. Er saß dann ganz ruhig da, lächelte vor sich hin, sah mich an und schien alles zu wissen, was ich dachte.

Eines Tages sagte er: »Du bekommst ein Kind?«

Ich wurde bis unter die Haarwurzeln rot.

»Ist es schon so – so deutlich?«

»Ich habe es nur vermutet.«

»Ich selbst weiß es jetzt erst seit einigen Tagen genau. Wieso...«

Er erhob abwehrend die Hand. »Eine gewisse Heiterkeit in deinem Wesen. Eine friedvolle Ausgeglichenheit... Ich kann es selbst nicht beschreiben. In manchen neueren chinesischen Bildern sieht man diesen Ausdruck bei Frauen. Fast undefinierbar, aber die Künstler haben ihn eingefangen. Vielleicht erkannte ich es deshalb bei dir, weil ich so viele solche Frauenbildnisse gesehen habe.«

»Ja«, sagte ich, »ich bekomme ein Kind.«

Er nickte nur.

»Jane«, sagte er, »ich muß dir etwas sagen. Ich überlege es schon seit einer Weile und möchte dir jetzt einen Vorschlag machen. Vielleicht kommt er dir lächerlich vor, aber in deinem Zustand solltest du ihn dir doch genau überlegen.«

Ich war sehr neugierig.

»Du bist dir über deine Lage sicher klar. Du bringst als unverheiratete Frau ein Kind zur Welt. Ich weiß, daß es nicht deine Schuld ist, aber die Tatsache ändert sich dadurch nicht. Es könnten sich später für dich Schwierigkeiten ergeben. Und auch für das Kind. Und aus diesem Grund möchte ich dir meinen Plan unterbreiten.«

Er schwieg und sah mich an, als müsse er erst überlegen, wie er mir den Plan erklären sollte, den ich vielleicht lächerlich finden würde.

»Nach der Geburt deines Kindes kannst du nicht gut Miß Lindsay bleiben. Das wäre unmöglich für dich. Natürlich kannst du dich weiterhin Mrs. Milner nennen, aber du hast keinen Rechtsanspruch auf diesen Namen. Du bist in einer schwierigen Situation. Ohne das Kind hättest du das Ganze vergessen und von vorne anfangen können. Mit dem Kind wird es nicht mehr möglich sein.«

Er redete irgendwie um die Sache herum. Das war sonst nicht seine Art. Er sah auch gar nicht verlegen aus, aber ich spürte, daß er es war. Einen Augenblick lang betrachtete er mich noch ernst, und dann rückte er endlich damit heraus. »Du könntest natürlich auch Mrs. Milner werden, indem du... mich heiratest.«

Ich war überrascht. Das hatte ich wirklich nicht erwartet. Ich wagte nicht, meinen Ohren zu trauen.

Vor lauter Staunen sagte ich nichts, und er meinte bedauernd: »Offensichtlich ist dir der Gedanke zuwider.«

Ich konnte immer noch nicht reden.

»Es wäre doch immerhin eine Lösung.«

Mit unnatürlich hoher Stimme antwortete ich endlich: »Und du würdest mich wirklich heiraten, um fremde Schuld zu löschen?«

»Ganz so ist es wieder nicht. Du bist immerhin von einem Mitglied der Familie hinters Licht geführt worden. Meintest, daß du verheiratet seist, und jetzt bekommst du ein Kind. Wenn du mich heiratest, heißt das Kind auch Milner. Ich würde es als meinen Sohn oder meine Tochter aufziehen. Du hättest keine finanziellen Sorgen, das ist die eine Seite. Die andere ist, daß ich mir immer einen Sohn oder eine Tochter gewünscht habe. Ich habe nie geheiratet. Manchmal hätte ich es beinahe getan, aber irgendwie kam ich nie dazu... Jetzt kann ich wegen meines Unfalls kein Kind mehr zeugen. Das haben mir die Ärzte klar gesagt. Wenn wir heiraten würden, wäre dein Kind zugleich auch meines. Und ich hätte deine Gesellschaft, deine Hilfe bei der Arbeit. Du siehst, ich mache es nicht nur für dich. Was meinst du nun?«

»Ich... ich kann noch gar nicht klar denken. Ich bin dir für deine Güte sehr dankbar... und für alles, was du für meine Mutter getan hast. Seit wir hierherkamen, fühlten wir uns so geborgen. Sie war dir sehr dankbar dafür.«

Er nickte. »Du hast noch Bedenken. Du kannst dir mich als Ehemann nicht vorstellen. Ich würde kein schlechter Ehemann sein. Es wäre eine Freundschaftsehe, du kennst ja meine Behinderung. Verstehst du?«

»Ja.«

»Überleg es dir. Du würdest Herrin dieses Hauses sein, die Zukunft deines Kindes wäre gesichert. Es erhielte die beste Ausbildung und hätte ein schönes Heim. Und ich hätte jemanden in dir, der sich um mein Haus kümmert, mir Gesellschaft leistet, meine Interessen teilt und mein Geschäft weiterführen könnte. Ich brauche diese Hilfe jetzt. Und du bist die einzige, die diese Hilfe geben könnte. Es wäre also für uns beide eine vernünftige Lösung.«

»Ja«, sagte ich, »das verstehe ich schon.«

»Und deine Antwort?«

»Das kommt mir alles so überraschend.«

»Das verstehe ich durchaus. Du möchtest es dir natürlich noch überlegen. Selbstverständlich. Es ist ja keine Eile... Außer... für das Kind.«

Ich ging in mein Zimmer. Die letzten Monate waren so ereignisreich gewesen, daß ich auf alles gefaßt war.

Joliffe, dachte ich, wo bist du?

Durfte ich auf ihn warten, durfte ich zu ihm? Was würde mit meinem Kind sein? An das Kind mußte ich zuerst denken. Und es erfüllte auch meine Gedanken so sehr, daß für Joliffe fast kein Platz blieb. Es schmerzte so, an ihn zu denken. Würde er je zu mir zurückkehren? Wenn er es tat und ich inzwischen seinen Onkel geheiratet hatte? Seine Vorwürfe konnte ich mir gut vorstellen, und wie Sylvester danebenstand und ihm erklärte, daß diese Lösung die vernünftigste gewesen sei.

Ich hatte also bereits angefangen, mir vorzustellen, wie mein Leben an der Seite Sylvesters sein würde. Offensichtlich erwog ich den Vorschlag doch ernsthaft.

Ich mußte Joliffe vergessen. Für immer wußte ich, aufgrund meiner neuen Erfahrungen, daß ich Joliffe vergessen mußte. Er war nicht frei. Bella würde ihn nicht freigeben. Und ich konnte auch nie sicher sein, was mich bei ihm erwartete. Das Leben hatte ihm zuviel geschenkt, er erwartete stets, vom Füllhorn des Glücks überschüttet zu werden und nahm die Gaben, ohne zu fragen, ob er ein Recht darauf hatte.

In diesem Haus konnte ich mich um mein Kind kümmern, wie sich meine Mutter um mich gekümmert hatte. Sylvester hatte sehr viel für uns getan. Tat es noch immer, denn er schlug mir eine Lösung all meiner Probleme vor.

Und wenn ich ihn nicht heiratete? Könnte ich trotzdem hierbleiben? Vielleicht. Aber mein Kind hatte dann keinen Vater. Sylvester wollte gern sein Vater sein. Mit einem solchen Vater war die Zukunft des Kindes gesichert.

Ich war kein romantisches junges Mädchen mehr. War eine werdende Mutter, der ihr Kind über alles ging.

Und da wußte ich, daß ich Sylvesters Antrag annehmen würde.

2

Mrs. Couch holte tief Luft, und Mr. Jeffers sagte, er sei ganz platt. Mrs. Couch konnte niemand plattkriegen, außerdem hatte sie ihre Karten und Teetassen, aus denen sie alle Warnungen las. Diese Heirat hatte sie auch im Tee gelesen.

»Eine neue Frau im Haus. Das habe ich ganz klar gesehen.«

»Klar wie Kloßbrühe«, sagte Mr. Jeffers.

Die beiden lagen sich innig in den Haaren, weil er es mit den jungen Mädchen hatte.

»Doch, es war ganz deutlich. Ich dachte mir noch, da ist doch eine Frau neben unserem Herrn, und in der Ecke war das Heiratszeichen.«

Und sie freute sich wirklich. Alle freuten sich.

»Hätte aber niemand von Ihnen gedacht«, sagte Amy.

»Männer durchschaut man eben nie«, sagte Jess, die es ja wissen mußte.

»Meine Güte«, sagte Mrs. Couch. »Das wird aber ein Leben mit unserer jungen Herrin! Da müssen wir ja gnädige Frau sagen.«

»Mr. Milner wäre es sicher lieber so«, sagte ich.

Mrs. Couch nickte. »Vor der Dienerschaft jedenfalls. Das gehört sich so. Aber für mich bleibst du doch meine Jane.«

Wie sie sich freute! »Dann ist es wieder ein richtiger Haushalt. Wir hier unten sind alle sehr erfreut. Ein Baby auch. Schön, daß du das schon vorher gekriegt hast. Der arme Mr. Sylvester könnte ja nicht mehr... Du weißt schon. Und wo das Kleine schon unterwegs ist, werdet ihr wohl sehr bald heiraten. Das gehört sich wohl so.«

Und dann bereitete ich meine Vernunftheirat vor.

Manchmal war ich fast so weit, daß ich wieder alles rückgängig machen wollte.

Was tat ich denn?

Genau vor einem Jahr hatte ich mich mit Joliffe verlobt, ohne alle Zweifel und Bedenken.

Und was wußte ich von ihm? Was wußte ich von Sylvester?

Ich versuchte, ganz nüchtern an ihn zu denken. Ja, ich mochte ihn. Mochte ihn sehr. Seit dem Augenblick, da er mich in seiner Schatzkammer gefunden hatte, interessierte er mich. Ich hatte mich noch nie in seiner Gegenwart gelangweilt. Wir hatten ein starkes gemeinsames Interesse. Ich lernte gerne von ihm, und er lehrte mich gerne. Diese Ehe konnte durchaus ein Erfolg werden.

Er hatte es ganz deutlich gemacht, daß wir keine intimen Beziehungen haben würden. Jeder behielt sein eigenes Zimmer. Mein Leben würde sich nur wenig verändern. Ich mußte mich um das Haus kümmern und ihm bei der Arbeit helfen, wie ich es jetzt auch tat. Nur eben als seine Frau, und mein Kind wurde in Ruhe und Sicherheit geboren. Ich mußte mir nie Sorgen machen, wie meine Mutter um mich. Ich meinte ihre Stimme zu hören: »Das haben wir für dich so arrangiert, nachdem das andere passiert ist. Dein Vater und ich haben es so arrangiert.«

Die Hochzeit fand in der alten Kirche in der Nähe von Roland's Croft statt. Natürlich nur im kleinsten Kreis. Kurz davor ging ich einmal vormittags wie stets mit Sylvester die Post durch. Er durchflog seine Briefe, die geschäftlichen gab er an mich weiter. Bald schon sollte ich an seiner Stelle zu Geschäftsaktionen reisen, aber jetzt wußte ich noch nicht genug Bescheid. Später sollte ich dann selbständig kaufen und verkaufen, sobald meine Lehrzeit beendet war.

Sylvester blickte plötzlich auf.

»Ein Brief von meinem Neffen; er möchte zur Hochzeit kommen.«

»Joliffe...«, sagte ich und spürte, wie mein Herz zu klopfen begann.

»Nein, Adam. Redmonds Sohn. Er ist jetzt drei Jahre in Hongkong gewesen.«

»Und er kommt her?«

»Ja. Eigentlich habe ich niemanden von meiner Familie erwartet.«

Als ich Adam zum erstenmal sah, machte mein Herz einen Sprung und schien sekundenlang stehenbleiben zu wollen. Er stand mit dem Rücken zu mir im Wohnzimmer seines Onkels und hielt eine Figur in der Hand. Und sah von hinten genau wie Joliffe aus.

Als er sich umdrehte, sah ich kaum noch eine Ähnlichkeit. Er war etwas kleiner als Joliffe und wirkte durch die breiten Schultern gedrungen. Seine Augen waren auch ganz anders. Grau und ziemlich kalt, sie erinnerten mich an das Meer an kühlen Tagen. Auch fehlten ihm die dichten, schönen Wimpern Joliffes. Und natürlich sein Charme.

Sylvester stellte uns einander vor. Er verbeugte sich ziemlich steif. »Wie schön, daß ich gerade zu eurer Hochzeit in England sein kann«, sagte er. Er studierte mich genau, und ich meinte, etwas Feindseliges in seinem Blick zu entdecken.

»Du bist mit deiner Mutter ins Haus gekommen, als sie hier den Posten antrat?« sagte Adam.

»Ja«, sagte ich.

»Und jetzt wirst du zu einer Kunstkennerin.«

Er sprach freundlich, aber die Augen erschreckten mich. Vermutlich wollte er andeuten, daß er mich für eine Mitgiftjägerin hielt. Ich war ärgerlich. Nicht so sehr wegen seiner Haltung gegen mich, sondern weil er Joliffe genügend ähnelte und mich deutlich an die Zeit erinnerte, als ich noch so naiv war zu glauben, ich würde mein ganzes Leben glücklich sein.

»Kunstkennerin bin ich natürlich noch nicht. Sylvester« – der Name ging mir noch schwer über die Lippen, ich war immer etwas gehemmt dabei – »war so freundlich, mir einiges beizubringen.«

Ich spürte, daß er meine Mutter und mich für Glücksritterinnen hielt. Wir hatten es uns hier gemütlich gemacht, dann heiratete ich Joliffe, und als das schiefging, kehrte ich einfach zurück und fing mir Sylvester ein.

Dieser Adam gefiel mir immer weniger.

Ling Fu brachte uns den Tee. Ich spielte die Hausfrau und schenkte ein, während die Männer sich unterhielten.

Adam steuerte das Gespräch so, daß ich mich möglichst wenig beteiligen konnte. Er wollte alles über den Unfall hören. Sei sehr betroffen gewesen.

»Wie schmeichelhaft«, sagte Sylvester.

»Das hat doch nichts mit unserer Konkurrenz zu tun. Das Familiengefühl besteht trotz der Geschäftskonkurrenz.«

Ich hörte ihm zu und spürte seine Feindseligkeit gegen mich. Bildete mir ein, er sei extra hergekommen, um meinem Onkel die Heirat auszureden. Später fragte ich dann Sylvester, ob ich recht hatte.

Sylvester lachte. »Meine Absicht hat ihn überrascht«, gab er zu. »Offensichtlich war Adam der Meinung, ich sei schon ein Tattergreis. Merkwürdig, daß er sich so für mich interessiert. Ich habe ihm aber versichert, daß ich noch ganz in Ordnung bin und eine Heirat für die klügste Entscheidung meines Lebens halte.«

»Er kommt mir für einen jungen Mann ziemlich streng vor.«

»Ja, er ist sehr ernst und hat in unserer Branche einen guten Namen wegen seines scharfen Blicks. Ich glaube, Adam ist sehr auf Erfolg aus. Er war immer viel ernsthafter als ... äh ...«

»Sprich es nur ruhig aus. Mir scheint übrigens, daß Adam mich nicht mag.«

Sylvester lächelte. »Das geht nicht gegen dich im besonderen. Ich habe eher das Gefühl, daß Adam geschäftlich jetzt mit mir zusammenarbeiten möchte. Er ist klug genug, zu sehen, daß er allein vielleicht Schwierigkeiten haben wird. Und angesichts meines Unfalls dachte er wohl, ich würde ihn ... zu seinen Bedingungen aufnehmen. Aber du hilfst mir ja, und ich wollte die Zügel meines Geschäfts immer selber in der Hand halten. Weder Joliffe noch Adam sind der Typ, der das erträgt. Darum verbinde ich mich mit keinem von ihnen. Und mit dir als Hilfe habe ich ja überhaupt keinen Grund dazu. Das ärgert ihn natürlich.«

»Finde ich nicht besonders schön.«

»Ist eine reine Geschäftssache«, sagte Sylvester. »Ansonsten ist Adam ein sehr angenehmer junger Mensch. Ernsthaft, klug und gebildet. Seit ich mich von meinem Vater getrennt habe, arbeite ich aber lieber allein.«

»Er wollte wohl auch wissen, wie ich bin?«

»Und fand dich offenbar sehr interessant. Das habe ich ihm angemerkt.«

»Ich glaube, ganz so begeistert war er nicht.«

Sylvester lachte nur.

Unsere Hochzeit fand an einem typischen Apriltag statt. Einen Augenblick lang schien die Sonne, im nächsten goß es. Die Kirche war mit Osterglocken und Narzissen und kleinen Veilchensträußen geschmückt worden. Die Luft roch frisch.

Sylvester humpelte an der Krücke zum Altar. Es war schon eine sehr ungewöhnliche Hochzeit. Ich trug ein weites blaues Gewand, um meine Schwangerschaft zu verdecken; der gleichfarbene Hut war mit einer Straußenfeder geschmückt.

Ich hatte ein merkwürdiges Gefühl, als der Priester fragte, ob jemand einen Grund wüßte, warum die Hochzeit nicht vollzogen werden könnte. Hielt den Atem an und erwartete von irgendwoher eine Stimme zu hören: »Ja, denn du bist noch meine Frau. Und das weißt du auch genau.«

Joliffe, dachte ich verzweifelt. Ach, wo bist du nur?

Joliffe störte aber die Feier nicht.

In den Kirchenstühlen saß die Dienerschaft. Ganz vorne Mrs. Couch, die sich dauernd die Tränen aus den Augen wischte und später erklärte, es sei so wunderschön gewesen für sie, als hätte sie ihre eigene Tochter verheiratet.

»So eine dramatische Geschichte«, sagte sie. »Erst Joliffe und sein Baby und jetzt ist Mr. Sylvester dein Mann. Wirklich romantisch.«

Adam Milner war auch dabei. Hochmütig und absolut nicht einverstanden mit der Hochzeit. Und ich war Frau Sylvester Milner geworden.

Nach meiner Hochzeit ging das Leben weiter wie vorher. Schon in wenigen Wochen hatte ich mich völlig an mein neues Dasein gewöhnt.

Die kirchliche Feier hatte uns einander nähergebracht. Es fiel mir jetzt nicht mehr schwer, ihn bei seinem Vornamen zu rufen, und auch wenn ich an ihn dachte, war er Sylvester für mich. Für ihn änderte sich wenig. Er schien zufrieden zu sein und hatte sich offenbar mit seiner Behinderung abgefunden. Ich sah jetzt der Geburt meines Kindes entgegen und freute mich so darauf, daß alles andere unwichtig wurde. Sylvester war sehr um meine Gesundheit besorgt. Ich hatte das Gefühl, daß er sich das Kind fast genauso sehr wie ich wünschte. Seine Lebensphilosophie war eher chinesisch. Man nimmt, was das Schicksal einem gibt, und ist dankbar dafür; wenn man nichts daraus machen kann, ist man selber schuld.

Ich war mir seiner Güte und des schönen Lebens in seinem Haus sehr bewußt.

Oft dachte ich an Joliffe, aber das Kind beschäftigte mich mehr und mehr. Rein körperlich war es schon fühlbar. Ich lag oft zufrieden da und dachte daran, sehnte mich nach dem Tag der Geburt. Mrs. Couch war überglücklich.

»Kinder im Haus! Das habe ich mir immer gewünscht. Ein Haus ohne Kinder ist nichts... Überall zwischen den Füßen sind sie einem, die kleinen Flöhe. Aber durch sie wird ein Haus erst zum Heim.«

Amy hatte ihre Tochter schon zur Welt gebracht und kannte sich aus. Wußte jetzt genau über Schwangerschaft und Kinder Bescheid und sonnte sich darin, daß sie mir Ratschläge geben konnte, was ich tun und nicht tun dürfe.

Jess wurde geradezu neidisch. Am liebsten hätte sie auch gleich geheiratet. Und Sylvester? Er benahm sich, als wäre es *sein* Kind. Jedenfalls würde es so behandelt werden, sobald es auf der Welt war. Er hatte eine Menge Pläne geschmiedet, und bei den Gesprächen darüber wurde er immer menschlicher und weicher. »Wir werden es hier im Haus aufziehen. Es wird diese Dinge lieben lernen. Wir werden es zusammmen aufziehen.«

»Auch wenn es ein Mädchen ist?«

»Das hat doch damit gar nichts zu tun! Auch ein Mädchen soll alle Vorteile genießen, die sonst nur Knaben haben.«

Wir kamen einander immer näher. Wenn ich ihm für alles Gute danken wollte, was er mir und meiner Mutter angetan hatte, schüttelte er immer nur den Kopf. Unsere Anwesenheit habe ihm immer nur Freude und Frieden gebracht, sagte er nur.

Ich mochte ihn sehr gerne, hatte ihn auch immer geachtet. Versuchte auch, mir einzureden, daß ich großes Glück gehabt hatte. Und dann kamen die Erinnerungen an Joliffe, ich sah in Gedanken unser Haus in Kensington, sah Joliffe und mich dort – und das Leben schien mir kaum noch erträglich; bis ich wieder an mein Kind dachte und alle anderen Gefühle damit überdeckte.

Sylvester bestand darauf, daß ich einen Londoner Gynäkologen aufsuchte. Mrs. Couch reiste mit mir. Sylvester war überglücklich, daß der Arzt alles in Ordnung fand. Und ehe es soweit war, eine Woche früher schon, ließ er eine Hebamme ins Haus kommen.

Und dann wurde mein Kind geboren. Ein schöner, gesunder Junge. Ich nanne ihn Jason nach meinem Vater.

Bald beherrschte er den ganzen Haushalt. Ein lebhafter kleiner Junge mit beachtlicher Lungenkraft.

Manchmal dachte ich, er werde entsetzlich verwöhnt, denn alle im Haus liebten ihn heiß.

Sogar Jeffers, der sich bisher ausschließlich für junge Damen interessierte, legte oft den Kopf zur Seite und sagte: »Dideldum.«

An seinem ersten Geburtstag gaben wir eine Feier im Personalraum. Eine einzige Kerze stand auf dem Tisch. Der Kleine betrachtete sie begeistert und wollte mit seiner Patschhand in die Flamme greifen.

Jess wiegte Jason in ihren Armen. Sie sah ganz verträumt in die Ferne. Ein lustiges Leben sei ja ganz schön und gut, dachte sie offenbar, aber Babys waren doch schöner.

Als ich ihn dann in sein Zimmer hinauftrug und badete – ich pflegte ihn immer allein – und er nachher in seinem blau-weißen Bettchen lag, gab ich mich wieder meiner Tagträumerei hin, daß Joliffe neben mir stünde und wir gemeinsam unseren Sohn anblickten.

In diesen Augenblicken fühlte ich meine Einsamkeit immer besonders stark, empfand eine Sehnsucht, die mich manchmal so sehr überwältigte, daß nichts, nicht einmal Jason, mich darüber hinwegtrösten konnte.

Wenn das Kind schlief und ich allein in meinem Bett lag, durchlief ich noch einmal alle Einzelheiten meiner Hochzeitsreise.

Hätte ich Liebe und Leidenschaft nie kennengelernt, so wüßte ich nicht, was ich versäumt hatte, aber ohne sie hätte ich auch nicht meinen prächtigen Jason.

Das Kind war mein ganzer Lebensinhalt geworden. Es tröstete mich und füllte die Leere, die ich ohne Joliffe empfand, fast ganz aus. Fast.

Denn ich sehnte mich nach Joliffe. Das konnte ich nicht leugnen. Tagtäglich wurde es mir mehr bewußt.

Ich war noch jung. Hatte die Leidenschaft kennengelernt, hatte geliebt. Und mußte mir ehrlich gestehen, daß ich noch immer den Mann liebte, der mit einer anderen verheiratet war.

Wenn ich es heute so überlege, meine ich, daß Sylvester viel mehr Verständnis für mich hatte als ich für ihn. Er wußte, daß ich Joliffe noch liebte und von ihm verraten worden war – wenn auch ohne seine eigentliche Schuld. Sylvester hielt ihn allerdings für schuldig und für verantwortungslos. Er hatte die Heirat nicht gewollt, weil er mir einen anderen Mann gegönnt hätte. Er kannte ja Joliffe seit dessen Kindheit. Sie waren sehr unterschiedlich gewesen. Wie konnten sie einander sympathisch finden?

Sylvester tat alles, um mein Leben interessant zu gestalten – und das war es auch. Nur das Lebendigste daran fehlte. Ich war ja jung und keineswegs gefühlskalt. Hatte die Süße eines herrlichen Liebeslebens erfahren und konnte sie nicht vergessen.

Unser größtes gemeinsames Interesse war natürlich Jason, außerdem weihte mich Sylvester aber auch immer mehr in sein Geschäft ein. Wenn Jason im Bett lag, las ich viel und lernte immer mehr über chinesische Kunst und auch über Religion und Gebräuche des Landes. Manchmal fuhr ich nach London und sah in Sylvesters Büro nach dem Rechten. Mein Erfolg machte mir Freude und ihm nicht weniger.

»Wie schön«, sagte er, »daß du mir schon so gut zur Hand gehst.«

Ich dachte damals, wie es sein würde, wenn Jason groß wurde. Vielleicht übernahm er dann das Geschäft, und ich würde ihm raten und helfen. Diese Vorstellung verstärkte meinen Lerneifer noch mehr.

Sylvester spürte es und ermutigte mich weiter. Er sagte mir, daß sein Büro in London nur klein sei im Vergleich zu dem in Kaulun. »Dort werden die meisten Geschäfte getätigt. Wir haben auch ein großes Lagerhaus. Eines Tages wirst du es kennenlernen.«

»Da muß Jason wohl noch älter werden.«

Er nickte. »Und ich möchte auch mitkommen. Ich möchte mein Haus der tausend Laternen wiedersehen.«

Immer wenn ich diesen Namen hörte, ging mir ein eigenartiges Kribbeln durch den ganzen Körper.

Sylvester erzählte viel von dem Haus. Er versuchte, es mir zu beschreiben, aber irgendwie gelang es mir nicht, mir das alles vorzustellen.

Als Jason etwa eineinhalb Jahre alt war, fuhr ich wieder einmal nach London. Auf diese Tage freute ich mich immer besonders. Es machte mir Spaß, mehr und mehr im Geschäft Bescheid zu wissen.

Jeffers fuhr mich zum Bahnhof, in London nahm ich eine Droschke zum Büro. Hatte ich alles erledigt, so fuhr ich wieder mit der Droschke zum Bahnhof, und Jeffers holte mich zu Hause ab. Schon eine richtige Routine. Ich war kein junges Mädchen mehr, sondern eine erwachsene, verheiratete Frau.

Auch diesmal ging alles genau nach Plan.

Im Büro erwartete man mich schon, ich besprach mich mit dem Personal und besichtigte die Jadearbeiten, die gerade ausgeliefert werden sollten. Man holte uns Essen von nahen Restaurants, neben der Mahlzeit unterhielt ich mich mit dem Chef des Büros, Mr. Heyland.

Ich beschloß, vor der Abreise einiges einzukaufen, und verließ daher das Büro früher als sonst. Und wer stand da auf der Straße – Joliffe!

»Jane!« rief er und seine Augen strahlten so sehr, daß mir alle schönen Erinnerungen in den Sinn kamen und ich ein paar Sekunden lang ganz glücklich war, nur weil ich ihn vor mir sah.

Endlich stotterte ich: »Woher – woher wußtest du – daß ich hier bin?«

All sein Charme lag in dem Lächeln, das er nun zeigte, und auch ein wenig Schadenfreude. Er hatte mich schon früher oft gefragt, ob ich nicht wüßte, daß er allgegenwärtig sei.

»Ganz einfache Detektivarbeit«, sagte er jetzt. »Ein Nicken, ein Augenzwinkern, ein Wort am rechten Platz.«

»Einer von denen hat's dir gesagt«, sagte ich. »Joliffe, das hättest du nie tun dürfen...«

Er nahm mich beim Arm und hielt mich ganz fest. »Ich hatte alles Recht dazu.«

»Ich muß zum Zug.«

»Noch nicht gleich«, sagte er.

Mein Herz fing freudig zu klopfen an, als mir einfiel, daß ja noch zwei Stunden vor mir lagen.

»Ich muß mit dir reden, Jane.«

»Was gibt's groß zu reden? Es ist ja wohl alles klar.«

»Ich muß dir so vieles erklären. Klarstellen.«

»Ich darf meinen Zug nicht versäumen. Jeffers erwartet mich.«

»Laß ihn ruhig warten, außerdem fährt dein Zug erst in zwei Stunden. Nehmen wir uns eine Droschke. Ich weiß, wo wir in Ruhe eine Tasse Tee trinken können. Wir werden dort ganz allein sein...«

»Nein, Joliffe«, sagte ich entschieden.

»Na schön. Dann fahren wir eben zum Bahnhof, und ich bleibe bei dir, bis der Zug fährt. Dann haben wir doch noch ein bißchen Zeit zum Reden.«

Ehe ich noch antworten konnte, hatte er schon eine Droschke herbeigerufen. Wir saßen nebeneinander, er nahm mich bei der Hand und sah mir ins Gesicht. Ich wandte mich ab. Hatte Angst vor den Gefühlen, die er in mir erwecken konnte.

»Wir haben also einen Sohn«, sagte er.

»Joliffe, bitte...«

»Schließlich ist es mein Sohn«, sprach er weiter. »Ich sollte doch das Recht haben, ihn zu sehen.«

»Du kannst ihn mir nicht wegnehmen«, sagte ich ängstlich.

»Das würde ich auch nie tun. Ich will ihn und dich... Vor allem aber dich.«

»Zwecklos.«

»Warum? Weil du jetzt eine Ehe eingegangen bist?«

»Diese Ehe war genau das Richtige. Das Kind hat ein wunderbares Heim. Es wird in der Sicherheit aufwachsen, die es braucht.«

»Und bei mir hätte es sie nicht gehabt!«

»Wie denn, wenn du schon verheiratet bist.«

»Jane, ich schwöre dir, ich hielt sie für tot. Du mußt es mir glauben.«

»Egal, was ich glaube. Sie existiert jedenfalls. Sie würde immer unser Leben stören. Wie könnte ein Kind unter solchen Umständen richtig aufwachsen?«

»Du hast mich verlassen, ehe du wußtest, daß du ein Kind bekommst. Du hast mich nicht geliebt.«

Die Droschke hielt am Bahnhof. Wir gingen zum Bahnhofsbüfett. Es ging laut dort zu. Ab und zu hörten wir das Stampfen von Lokomotiven, schrilles Pfeifen, die Schreie von Gepäckträgern. Ideal war der Ort nicht für eine Besprechung so schwieriger persönlicher Probleme.

Wir bestellten beide Tee, den wir gar nicht wollten. Im Grunde wollten wir uns nur in den Armen liegen und alle Erklärungen für später aufbewahren.

»Was sollen wir nur tun?« sagte er verzweifelt.

»Ich fahre nach Roland's Croft zurück, und du gehst zu deiner Frau.«

»Das kannst du mir doch nicht antun!«

»Und was soll ich sonst tun?«

Er streckte den Arm über den Tisch und nahm meine Hand ganz fest. »Ich bitte dich, fahr nicht zurück... Laß uns zusammen wegfahren!«

»Bist du verrückt? Und was soll mit meinem Sohn geschehen?«

»Du könntest unser Kind ja mitnehmen. Fahr also zurück und hol den Jungen, und dann fahren wir alle drei fort. Wir verlassen das Land. Ich nehme dich mit nach Hongkong, wir fangen dort ein neues Leben an...«

Einen Augenblick lang gestattete ich mir den Luxus, die Idee für möglich zu halten. Dann entzog ich ihm meine Hände.

»Nein«, sagte ich. »Dir mag das richtig erscheinen, mir aber nicht. Schließlich hast du eine Frau, und sie wohnt jetzt bei dir.«

Er schwieg; mir krampfte sich das Herz zusammen, da ich spürte, daß das stimmte. Ich stellte sie mir in dem Haus vor, in dem ich so glücklich gewesen war. Sie waren also beisammen. Annie und Albert kümmerten sich um diese Frau, wie sie sich um mich gekümmert hatten. Das konnte ich nicht ertragen.

»Du weißt, wie es passiert ist«, sagte er. »Ich war jung und gedankenlos. Und ich kann dir nur immer schwören, daß ich sie für tot gehalten hatte.«

»Eine Lösung, die dich offenbar sehr freute.«

»Ich sage es ganz offen«, antwortete Joliffe ernsthaft, »ich war erleichtert. Du verstehst das wahrscheinlich nicht. Du bist nicht so impulsiv wie ich. Ich hatte mich als junger Mensch einfangen lassen, heiratete Bella und bedauerte es sofort danach.«

»Arme Bella! Für dich wäre also ihr Tod eine Hilfe des Schicksals gewesen. Und sie?«

»Jane, ich sage dir, wie es ist. Ich bin kein Heiliger! Ich habe den größten Fehler begangen, als ich sie heiratete. Natürlich war ich erleichtert, als ich meinte, die Episode sei für alle Zeiten ausgelöscht.«

»Das muß ja ein schöner Schock gewesen sein, als sie zurückkehrte.«

»Ja, der Schock meines Lebens.«

»Es wäre wohl besser gewesen, du hättest nie geglaubt, daß sie tot war – besser für Bella und jedenfalls für mich.«

»Du bist so verändert.«

»Ich habe hinzugelernt. Lasse mich nicht mehr so leicht täuschen. Ich muß jetzt für mein Kind kämpfen.«

»Es ist auch mein Kind.«

»Ja, aber er sieht Sylvester als seinen Vater an.«

Joliffe schlug mit der Faust auf den Tisch. »Wie konntest du nur! Ihn heiraten... Einen alten Mann. Meinen Onkel!«

»Er ist ein guter Mensch und hat mir nichts als Gutes erwiesen. Er liebt das Kind und wird ihm alles geben, was es braucht.«

»Und sein richtiger Vater?«

»Du hast eine Frau. Sie wird immer Schwierigkeiten machen. Ich könnte es nicht ertragen, meinen Sohn in einer derartigen Situation aufwachsen zu lassen. Jetzt hat er ein gutes Heim, ein sicheres, friedvolles Heim. Ich glaube, unter den gegenwärtigen Umständen habe ich das beste für mein Kind getan, und das ist mir jetzt das wichtigste.«

»Und ich?«

»Das ist vorbei, Joliffe. Versuchen wir, es zu vergessen.«

»Genausogut könntest du die Sonne bitten, nicht mehr zu scheinen, oder den Wind, nicht mehr zu wehen. Wie könnte ich dich je vergessen? Und wie könntest du?«

Mein Tee war längst kalt geworden.

»Was treibst du eigentlich zur Zeit, Joliffe? Komm, erzähl.«

Er hob die Schultern. »Ich sehne mich ununterbrochen nach dir. Ich mußte dich einmal sehen. Im Büro deines Mannes habe ich einen guten Freund. Er hat mir gesagt, wann du nach London kommst... Da habe ich einfach gewartet.«

»Das hätte er nicht tun dürfen. Das war unrecht gegenüber Sylvester. Wer ist es denn?«

Er lächelte und schüttelte den Kopf. »Er hat Mitleid mit mir gehabt«, sagte er.

»Bella ist also jetzt in deinem Haus?«

Er nickte. »Zuerst wohnte ich im Hotel. Sie ging einfach nicht raus. Drohte mit allem Möglichen, wenn ich sie verließe!«

»Also bist du zu ihr zurückgegangen.«

»Nicht zu ihr zurück. Wir leben nur im gleichen Haus. Das ist alles. In ein paar Wochen verreise ich jetzt. Ich habe in China zu tun. Eine Weile werde ich in Kanton sein und dann in Kaulun. Von drüben aus kann ich alles leiten. Die Geschäfte werden ohnehin dort getätigt.«

»Dann geht sie doch sicher mit dir.«

»Nein. Um von ihr loszukommen, reise ich ab.«

»Dann bleibt sie in deinem Haus zurück...«

In meinen Gedanken war es *unser* Haus. Ich sah sie in den Park gegenüber gehen, die Schwäne füttern, und ich sehnte mich nach jenen Tagen, da ich so unsäglich glücklich gewesen war.

Das Zifferblatt der Uhr in der Eingangshalle kam mir ganz bösartig vor – die Zeiger bewegten sich zu schnell. Die kostbare Zeit rannte uns davon.

Joliffe folgte meinem Blick. »Nur noch sowenig Zeit. Jane, komm mit mir.«

»Ich kann nicht!«

»Du bist meine Frau.«

»Nein, ich bin Sylvesters Frau.«

»Das ist doch nur eine Scheinehe! Was ist denn eine Ehe? Ist es Liebe? Alles miteinander teilen, so innig miteinander leben, daß einer Teil des anderen ist? Oder einfach eine Unterschrift auf einen Vertrag? Du bist meine Frau. Bist ein Teil meiner selbst. Ein Teil meines Lebens. Wenn du dich mir entziehst, dann hast du unsere Ehe gebrochen. Wir gehören zueinander.«

»Du bist mit Bella verheiratet und ich mit Sylvester, und so wird es wohl auch bleiben.«

»Was weißt denn du von Liebe? Offensichtlich gar nichts.«

Ich antwortete steif: »Wenn du wüßtest, was ich gelitten habe. Wenn du nur einsehen würdest...«

Er nahm meine Hand. »Jane, Jane, bitte komm mit. Nimm Jason mit und komm mit mir.«

Ich sah auf die Uhr. »Ich muß jetzt gehen.«

Er erhob sich mit mir, ergriff mich am Ellenbogen.

Ich schüttelte den Kopf. Ich mußte weg. Wenn ich es nicht gleich tat, ließ ich mich vielleicht überreden. Schon fühlte ich mein Verlangen, alles von mir zu werfen für ein Leben mit Joliffe. Das wünschte ich mir mehr als alles andere. Joliffe und meinen Sohn. Wir drei gehörten zusammen.

Und doch sagte mir noch in diesem Augenblick die Vernunft, daß ich dies unmöglich tun könne.

Der Zug fuhr in den Bahnhof ein – wir hatten nur noch wenige Augenblicke füreinander.

Er nahm meine Hände. Sah mich flehend an.

»Komm, Jane!«

Ich schüttelte den Kopf. Meine Lippen zitterten, ich wagte nicht zu sprechen.

»Ich fahre bald weg. Auf lange Zeit.«

Ich konnte immer noch nicht reden.

»Wir gehören zueinander, Jane. Wir drei.«

Jetzt stand der Zug vor uns. Ich entzog ihm meine Hände. Er öffnete mir die Abteiltür. Ich stieg ein und stellte mich ans Fenster.

Er stand auf dem Bahnsteig und sah sehnsuchtsvoll zu mir hinauf.

Der Zug fuhr langsam an. Ich blieb am Fenster stehen, bis ich ihn nicht mehr sehen konnte, und dachte: So ist das also, wenn einem das Herz bricht.

Nach dieser Begegnung fuhr ich längere Zeit nicht nach London. Erfand immer neue Ausreden. Erst als ich sicher war, daß Joliffe abgereist sein mußte, suchte ich das Geschäft wieder auf.

Mein Kind war mir der größte Trost. Kein Junge hat je ein glücklicheres Heim gehabt. Er fühlte sich absolut sicher und war zufrieden.

Seinen zweiten Geburtstag feierten wir mit einem Kuchen mit zwei Kerzen darauf. Mit mehr Liebe hat Mrs. Couch wohl noch nie einen Kuchen gebacken. Tausend Namen hatte sie für den Kleinen erfunden. Von Schlauköpfchen bis kleiner Herr Überall. Der ganze Haushalt war durch ihn verändert. Am meisten aber wohl Sylvester.

Ich hatte viel über ihn erfahren. Von seinen beiden Brüdern war er immer in den Schatten gestellt worden. Hatte sich hochmütig gegeben und konnte in Gesellschaft nicht glänzen. Durch eine gewisse Geschäftstüchtigkeit hatte er diesen Mangel ausgeglichen. Warum er wohl nicht geheiratet hatte? Unsere Ehe konnte man ja wohl kaum eine Ehe im eigentlichen Sinn nennen.

Einmal habe er sogar an Heirat gedacht, erzählte er mir. Eine junge Schauspielerin. Schön, lebhaft, bezaubernd. Er hätte wissen müssen, daß sie ihn nie ernsthaft in Betracht zog. Sie heiratete dann Joliffes Vater.

Ja, ich lernte viel dazu.

Und seine Gefühle für mich. Ich hatte ihn vom ersten Augenblick an interessiert. Meine Lebhaftigkeit, meine Neugier und mein Wissensdurst hatten ihm imponiert.

Oft sagte er zu mir: »Schön haben wir es doch, nicht wahr?«

Und ich bestätigte es ihm.

Jasons dritter und vierter Geburtstag waren die Hauptereignisse der folgenden Jahre. Auch Weihnachten war natürlich wichtig. In der Küche stand immer ein großer Baum. Zu meiner Überraschung wünschte sich Sylvester auch einen für sein Wohnzimmer.

Als wir mit Jason zum viertenmal Weihnachten feierten, fing Sylvester wieder von Hongkong zu sprechen an.

Wir hatten das Zimmer geschmückt und dazu auch einige chinesische Laternen verwendet. Sie wurden mit winzigen Kerzen erleuchtet und sahen im Dunkeln sehr hübsch aus.

Sylvester sah uns bei der Arbeit zu. Als Jason schon im Bett lag, sagte er zu mir: »Die Laternen erinnern mich an mein Haus in Hongkong.«

»Das Haus der tausend Laternen«, sagte ich. »Sehen sie so ähnlich aus?«

»Nein, ganz anders. Ich *muß* wieder einmal hinfahren, Jane! Ich fahre jetzt einfach.«

»Glaubst du, daß du die Reise gut überstehst?«

»Ja, wenn du mitkommst.«

»Und Jason soll ich hierlassen?«

»Das würde ich nie von dir erwarten.«

»Er soll also mitkommen?«

»Er wird später vielleicht selbst Kunsthändler werden, da kann man nie zu früh anfangen mit dem Lernen.«

»Eine so weite Reise mit einem kleinen Kind?«

»Er wäre nicht der erste. Du unterrichtest ihn ohnehin schon. Da kann er unterwegs dann weiter seine Stunden haben und in Hongkong auch. Ich bin schon sechs Jahre nicht mehr dort gewesen. Man schickt mir immer Berichte. Aber das genügt nicht. Ich muß einmal hinfahren, und ich möchte, daß du mich begleitest.«

Wieder bat ich ihn, mir mehr über das Haus zu erzählen, und er versuchte, es mir zu beschreiben, aber irgendwie konnte ich es mir nicht vorstellen.

Ein altes Haus war es. An seiner Stelle war früher ein Tempel gestanden. Mehrere von Mauern umgebene Höfe schirmten es nach außen ab. »Wie ein chinesisches Rätselspiel«, sagte Sylvester. »Ein Hof führt in den anderen. Man muß durch alle vier gehen, ehe man zum Haus gelangt.«

Ich sehnte mich sehr danach, es kennenzulernen. In den vergangenen Jahren hatte ich schwer darum gekämpft, Joliffe zu vergessen, aber es war mir nicht gelungen. Oft dachte ich an Bella und stellte sie mir in dem Haus vor, das einst mein Heim gewesen war. Lebten sie wirklich getrennt voneinander? Hatte Joliffe mir alles gesagt? Ich kannte ihn ja so wenig. Und im Grunde war mir das eigentlich recht. Es blieb noch so vieles zu entdecken an ihm.

Die Beschäftigung mit dem Kind hatte mich davor bewahrt, mit Joliffe zu fliehen. Ohne meinen Sohn hätte ich diese dürren Jahre nicht überstanden.

Der Gedanke an die Reise in ein fremdes Land, das Haus, das mich so beschäftigte, regte mich sehr auf. Wir feierten jetzt Jasons fünften Geburtstag zu Hause, dann wurde der Entschluß endgültig gefaßt. Die Ärzte hielten Sylvester durchaus für reisefähig. Einer meinte sogar, es würde ihm ausgesprochen guttun. Mrs. Couch war entsetzt. Ein kleines Kind in ein fremdes Land mitzunehmen, das ging ihr nicht in den Sinn. Sie weinte zornige Tränen, weil sie wußte, wie einsam ihre Küche ohne meinen kleinen Herrn Neugier sein würde.

Eine ganze Weile bockte sie, obwohl ich ihr sagte, daß wir nicht lange ausbleiben würden. Sie schüttelte nur den Kopf, legte ihre Karten auf und sah mich ganz unheilvoll an. Pik-As tauchte ununterbrochen auf. Auch aus den Teetassen kam Warnung. Eine Reise übers Meer, die nichts Gutes bringen würde.

Trotz dieser üblen Voraussagen bereiteten wir die Fahrt vor. An einem Herbsttag stach unser Schiff von Southampton in See.

Lotosblüte

1

Hongkong machte einen ungeheuer starken Eindruck auf mich. Ich hatte natürlich etwas Exotisches erwartet. Völlig anders als alle Städte, die ich bisher kennengelernt hatte; und da ich so viel über chinesische Sitten, Gebräuche, Religion und Kunst wußte, hatte ich mich für hinreichend vorbereitet gehalten. Trotzdem übertraf dieses Übermaß an Farben und geheimnisvollem Treiben all meine Vorstellungen.

Welch vielfältiges, kontrastreiches Leben!

Jeden Tag fesselte mich ein neuer, noch nie dagewesener Anblick. Am meisten aber faszinierte mich das Haus der tausend Laternen.

Schon auf der Reise war täglich Neues auf mich eingestürzt. Die Schiffsfahrt um die halbe Welt hatte ja viele Wochen gedauert. Für die übrigen Reisenden waren wir eine merkwürdige kleine Gruppe – eine junge Frau mit einem so viel älteren Ehemann und dem kleinen Kind, dazu der chinesische Diener. Jason fand seinem Alter gemäß alles abenteuerlich, nahm diese Abenteuer aber auch als selbstverständlich hin. Uns machte die Reise etwas zu schaffen, aber im großen und ganzen vertrugen wir die Seefahrt gut. Sylvester war ja schon oft drüben gewesen und kannte Kapitän und Mannschaft. Gerade bei seiner Behinderung erleichterte uns dies den Aufenthalt auf dem Schiff natürlich ungemein. Außerdem freute sich Sylvester so sehr, daß er tatsächlich kräftiger zu werden schien.

Wir aßen oft am Tisch des Kapitäns, der uns mit Seeabenteuern unterhielt. Ich paßte ununterbrochen auf Jason auf, weil ich fürchtete, seine Abenteuerlust könnte einmal böse enden. Sicher war die Reise sehr lang, aber bei der vielen Abwechslung wurde sie uns nie langweilig.

Die Aufenthalte in den verschiedenen Häfen waren für mich natürlich besonders interessant und aufregend. Außer in Paris war ich ja noch nirgends gewesen. Für Sylvester waren die Landurlaube zu mühsam, aber er wollte nicht, daß ich durch ihn zu kurz käme. So machten Jason und ich häufig mit dem Kapitän oder einem der Offiziere eine Stadtbesichtigung.

Nach einer Weile fühlte ich mich richtig zu Hause auf dem Schiff und bedauerte fast, es in Hongkong verlassen zu müssen. Bald stürmten jedoch neue Eindrücke auf mich ein, die mich das Schiff vergessen ließen.

Bei der Landung wurden wir von Adam Milner empfangen. Er war in Begleitung eines rundlichen Mannes von sehr angenehmer Lebensart, Tobias Grantham, der Sylvesters Büro in Hongkong leitete. Sein offenes, freundliches Gesicht gefiel mir sofort.

Sylvester zeigte deutlich seine Freude, Hongkong und Grantham wiederzusehen. Auch über Adams Begrüßung freute er sich. Die Spaltung der Familie schmerzte ihn sehr, und er war dankbar für jedes Zeichen einer Versöhnung.

Adam verhielt sich sehr kühl mir gegenüber, Grantham dagegen war sehr liebenswürdig.

Im Haus sei alles in Ordnung, berichtete er Sylvester. Ich entdeckte bald, daß hier alle das Haus der tausend Laternen einfach nur ›das Haus‹ nannten.

Zwei Chinesen in schwarzen Jacken und Hosen, mit Zöpfen und spitzen Hüten warteten in respektvollem Abstand. Auf ein Zeichen Tobias' verstauten sie das bereits ausgeladene Gepäck in einer Rikscha. Die großen Stücke waren noch auf dem Schiff und wurden uns dann nach Hause gebracht.

Jason hielt mich ganz fest bei der Hand und bestaunte alles mit groß aufgerissenen Augen.

Tobias sagte: »Du bist also der junge Herr?«

Jason antwortete: »Ich bin kein junger Herr. Ich bin ein Junge. Ich heiße Jason.«

»Trotzdem könntest du ein junger Herr sein«, beharrte Tobias auf seiner Anrede.

Die Idee schien Jason zu gefallen. Tobias beugte sich zu ihm, so daß ihre Köpfe in gleicher Höhe waren. »Willkommen in Hongkong, junger Herr.«

»Bist du ein Chinesenmann?« fragte Jason.

»Nein, genauso englisch wie du.«

»Warum bist du kein Chinesenmann?«

»Weil ich kein Chinese bin.«

Tobias stand wieder auf und lächelte mir zu. »Ich hoffe, daß Sie sich hier sehr wohl fühlen, Mrs. Milner.«

»Du wirst vieles anders finden als in England«, sagte Adam.

»Das nehme ich an«, antwortete ich nur.

Adam half erst mir und dann Sylvester in die Rikscha; Jason quetschte sich zwischen uns.

»Wir kümmern uns noch um das Gepäck«, sagte Tobias.

Der Rikschafahrer nahm die Deichsel in die Hand und rannte los. Jason riß die Augen wieder kugelrund auf. Mir ging es fast ebenso.

Sylvester lächelte mir zu. »Da wären wir also, Jane.«

»Einfach märchenhaft«, sagte ich.

Wir durchfuhren mehrere vollgedrängte Straßen. Eine leichte Brise bewegte die wunderschönen Geschäftszeichen. Alles war von merkwürdigen Gerüchen erfüllt, der Fischgeruch dominierte jedoch. Mir kommt im nachhinein der erste Eindruck von Hongkong wie eine bunte Reihe blitzartig vorbeihuschender Bilder vor, und das wichtigste davon: der Anblick des Hauses der tausend Laternen.

Es liegt am Rande von Kaulun – ganz von Gärten umgeben –, wodurch es einsamer wirkt, als es ist. Der Rikschafahrer blieb vor dem äußeren Tor mit den zwei steinernen Drachen stehen. Ein alter Mann im unvermeidlichen Baumwollanzug sprang aus der Hockstellung neben dem einen Drachen auf, öffnete das Tor und verbeugte sich tief.

Sylvester rief ihm einen Gruß in chinesischem Singsang zu. Sogar in der mir unbekannten Sprache erkannte ich, wie aufgeregt er war.

Hinter dem ersten Tor ging es über einen Vorhof mit zartbuntem Steinpflaster zur nächsten Mauer, zum nächsten Tor. Dahinter lag noch einmal derselbe Hof, und so ging es weiter durch alle Höfe, die wie Schachteln ineinandergepaßt waren. Die innerste, kleinste Schachtel war das Haus.

Dann standen wir im Innenhof, vor dem Haus der tausend Laternen. Es stand auf einer Art Plattform aus rosa und weißen Marmorsteinen und war gewaltig in seinen Ausmaßen. Jedes der vier Stockwerke überlappte die darunterliegenden Geschosse; die Außenwände schienen golden im Sonnenschein. Der Baustil war echt chinesisch, wie die Häuser auf alten chinesischen Zeichnungen, die ich so oft bewundert hatte. Myrtenzweige zogen sich die Pergola hinauf.

Schon hier draußen fing es mit den Laternen an. Je eine links und rechts, eine riesengroße in der Mitte.

»Mama, schau«, kreischte Jason plötzlich. Er hatte die Drachen zu beiden Seiten des Vorhauses entdeckt. »Genau wie die in Roland's Croft, aber viel größer.«

Ich erzählte ihm, daß er hier noch viele Drachen sehen würde. Er steckte seinen kleinen Zeigefinger in das Maul eines der Tiere und überzeugte sich, ob ich wohl auch zusähe. Er zappelte vor lauter Begeisterung.

Drei Stufen führten uns zu der marmornen Plattform; vom Haus her tauchte überraschend ein chinesischer Diener auf, er kam mir vor wie eine Geistererscheinung. Die Tür wurde uns geöffnet, und dann standen wir in der marmornen Eingangshalle. Zwei hölzerne Säulen schienen das Dach zu stützen, denn sie verschwanden in Aussparungen der zart gemalten Decke. Die Säulen selbst waren rot und trugen ein feines Goldmuster. Bei näherem Hinsehen entdeckte ich, daß dieses Muster auch die allgegenwärtigen Drachen darstellte.

Das fremdartige Bild erfaßte mich so, daß ich nicht sicher war, ob Unfreundlichkeit diesen Ort erfüllte oder all das Unbekannte es mir nur so erscheinen ließ. In der Halle hingen sechs Laternen. Ich ertappte mich selbst beim Zählen. Tausend ist eine beträchtliche Zahl – wo mochten sie alle sein? Ein scharfer Geruch wie nach Weihrauch hing in der Luft. Während wir noch herumstanden und alles bestaunten, tauchten von allen Seiten schweigende Gestalten auf. Insgesamt zwölf – Sylvesters Diener, die sich auch in seiner Abwesenheit um das Haus kümmerten.

Sie stellten sich in einer Reihe auf und verbeugten sich nacheinander erst vor ihm und dann vor mir. Schließlich knieten alle nieder und berührten mit ihren Stirnen den Boden.

Sylvester betrachtete sie schweigend. Dann klatschte er in die Hände, und sie erhoben sich. »Ha-u? Tsing tsing!« sagte er. Das bedeutet: »Geht es euch gut? Alles Gute!« Dies war die übliche chinesische Begrüßung. Er wandte sich zu mir und sagte: »Ich bin so froh, wieder hierzusein. Und dieses Mal mit dir.« Er nahm mich bei der Hand, und es war, als präsentiere er mich jemandem.

Sie verbeugten sich wieder und senkten ihre Köpfe vor mir.

Dann verbeugten sie sich auch vor Jason.

»Man bringt euch gleich zu euren Zimmern«, sagte Sylvester. »Die Diener lernst du schon mit der Zeit kennen.«

Das kam mir unwahrscheinlich vor, denn für mich sahen sie alle gleich aus.

Sylvesters Zimmer lagen im Erdgeschoß, weil er nicht so gut Treppen steigen konnte. Ich nahm Jason bei der Hand und folgte einem Diener nach oben. Wir kamen durch einen Korridor, in dem viele Laternen von der Decke hingen. Dann ging es noch weiter hinauf. Endlich erreichten wir die mir zugeteilten Zimmer. Man hatte neben meinem Schlafzimmer eine kleine Kammer vorläufig für Jason eingerichtet.

Die Zimmer waren größtenteils europäisch eingerichtet, nur die blauen, weißbestickten Seidenvorhänge und der gleichartige Bettüberwurf erinnerten an meine neue Heimat, und die kleinen Hocker anstelle von Stühlen. Auch hingen einige chinesische Zeichnungen an den Wänden. Der wunderschöne Spiegel mit dem handgeschnitzten Holzrahmen über dem verzierten Tischchen paßte trotz seiner Zartheit und Eleganz gar nicht hinein. Ich erfuhr dann, daß diese Dinge für meine Bequemlichkeit hinzugefügt worden waren. Leider paßten sie nicht alle zum Haus. Der Teppich war wenigstens chinesischer Herkunft. Auch er wies einen riesigen chinesischen Drachen auf. Jason bemerkte ihn sofort und kniete sich hin, um das fantastische Fabeltier genau zu betrachten.

Sylvester hatte mich zum gemeinsamen Abendessen gebeten, falls ich nicht zu müde sei. Das war ich keineswegs. In dieser Umgebung wollte ich soviel wie möglich in kürzester Zeit aufnehmen.

Ein paar Koffer wurden heraufgebracht, und ich fing an, sie auszupacken, während mich Jason mit Fragen bestürmte. Ein komisches Haus, sagte er. Roland's Croft gefalle ihm besser. Was wohl Mrs. Couch jetzt tue? Ob sie einmal herkommen werde? Wohl kaum, meinte ich, und er verzog das Gesicht. Diese Stimmung verschwand aber wieder schnell, denn auch ihn fesselte all das Neue ringsum.

Ein Diener brachte Jason etwas für ihn Unbekanntes zu essen. Erst verzog er das Gesicht, weil es ganz anders aussah als das gewohnte Essen von daheim in der Küche, offenbar war er aber sehr hungrig, denn bald schon war der Teller leer. Es war gekochter Fisch und als Beilage Obst.

Ob er wohl allein bleiben würde, während ich mit Sylvester aß? Doch, denn die Laterne, die in seinem Zimmerchen hing, ließ sich an einer Kette herunterziehen und ging von alleine wieder hoch, wenn man sie losließ. Das imponierte ihm sehr. Sie würde die ganze Nacht brennen, sagte ich ihm. Auch die Tür ließ ich offenstehen.

So war er ganz beruhigt und schlief mir beinahe schon im Stehen ein.

Ich ließ die Tür offen, wie ich versprochen hatte, packte noch einiges aus, zog mir ein neues Kleid an und wollte hinuntergehen. Als ich in den Flur hinaustrat, hatte ich wieder dieses eigenartige, etwas beängstigende Gefühl.

Ich blickte nach links und nach rechts die Laternenreihen entlang und wußte nicht mehr, woher ich gekommen war. Mindestens zehn dieser Dinger hingen von der Decke. Und dann tauchte wieder ganz überraschend eine Gestalt am Ende des Ganges auf.

Entsetzen ergriff mich. Ich wußte plötzlich, was es heißt, vor Schrecken gelähmt zu sein. Auch ich war sekundenlang zu keiner Bewegung fähig; das Gesicht der Gestalt konnte ich im dämmrigen Laternenschein nur undeutlich erkennen. Als ich mich wieder bewegen konnte, wollte ich in meiner Angst zuerst in die andere Richtung laufen. Die Gestalt rührte sich nicht, schien einfach nur so dort zu stehen. Da zwang ich mich, näher an sie heranzutreten. Sie rührte sich immer noch nicht. Und dann stand ich plötzlich vor einer lebensgroßen Statue. Eine künstliche Gestalt, nichts weiter. Wie hatte ich so dumm sein können? Dieses Haus hatte in meiner Fantasie schon so lange gelebt, war voller Geheimnisse für mich, und jetzt, wo ich es sah und darin lebte, schien es mir noch geheimnisvoller, fremdartiger und unheimlicher als in meiner Vorstellung zu sein.

Ich trat auf die Gestalt zu. Es war eine Kuan Yin, die Göttin der

Gnade. Sie sah allerdings etwas weniger gnädig und freundlich aus als die anderen, die ich bereits kannte. Der verschleierte Blick ging mir direkt in die Augen. Ich spürte geradezu, wie sie mir riet, von hier wegzugehen, mich vor einer Gefahr warnte, wie es ihre Pflicht als gütige Göttin war.

Gefahr? Wieso dachte ich an Gefahr? Galt sie meinem Sohn, der allein in seinem Zimmer schlief?

Unsinn! Ich blieb ja im Haus.

Trotzdem rannte ich zurück, um nach Jason zu sehen. Er lag mit geschlossenen Augen auf dem Rücken, die Fingerchen um die Decke gekrallt und lächelte glücklich. Am liebsten hätte ich ihn herausgeholt und an mich gedrückt, aber ich wollte ihn nicht aufwecken. Also schlich ich mich auf Zehenspitzen wieder hinaus, ging mit dem Rücken zur Kuan Yin zur Treppe und stieg hinunter.

Sylvester erwartete mich schon auf seine Krücke gestützt in der Halle. Er nahm mich am Arm und stützte sich auf mich. Man hatte im Eßzimmer die Vorhänge zugezogen, es war dämmrig im Raum, da nur eine Laterne an der Decke brannte.

Irgend etwas störte mich. Bald merkte ich, daß es auch hier das Gemisch aus europäischer und chinesischer Wohnkultur war. Der Tisch und die Stühle hätten aus einem französischen Schloß stammen können – auch die marmorne Konsole mit den Goldfüßchen.

Sylvester las offenbar in meinen Gedanken. Das tat er oft, und es beunruhigte mich immer ein bißchen, wie er das machte. Entweder hatte er geheime Kräfte oder ich war sehr leicht zu durchschauen.

»Ja«, sagte er, als hätten wir uns bereits darüber unterhalten, »es paßt nicht zusammen. Im ganzen Haus ist es so. Sie wurden zu unserer Bequemlichkeit angeschafft, und die unteren Zimmer sind außerdem nachträglich mit Holz getäfelt worden. Dadurch ist es hier so ungewöhnlich still.«

Kaum hatten wir unsere Plätze bei Tisch eingenommen, da brachte schon ein Diener in kleinen Schüsselchen die Suppe. Sie schmeckte mir sehr, und ich war wohl auch außergewöhnlich hungrig. Wir aßen schweigend, die Diener glitten auf leisen Sohlen herein und hinaus. Brachten gesalzenen Fisch mit Reis und Tee und auch eine Art Schnaps, der ebenfalls aus Reis gemacht wurde, wie mir Sylvester erklärte.

Sehr feierlich war die Mahlzeit, und die Dienerschaft schien uns dauernd genau zu beobachten. Ich glaube, Sylvester war genauso erleichtert wie ich, als es zu Ende ging. Wir gingen anschließend in das kleine Nebenzimmer, seinen Arbeitsraum. Auch hier hing nur eine schwach brennende Laterne an der Decke.

»So«, sagte Sylvester, »da wären wir also.«

»Ja, kaum zu glauben.«

Er hatte sich in einen geschnitzten Sessel niedergelassen, ich saß auf einem Lederpuff.

»Und wie findest du es?«

»Das kann ich noch nicht sagen.«

»Ja, dafür ist es noch zu früh«, sagte er. »Aber du wirst sehen, es gefällt dir bestimmt ungemein. Wie eigentlich allen Leuten, die hierherkommen.«

Immer noch war er sehr erregt. Nicht nur über seine eigene Rückkehr in dieses Land, sondern weil er auch mich dabei hatte. Daß er meine Gesellschaft mochte, wußte ich, aber es war wohl noch ein bißchen mehr als das. Ich konnte sein Geschäft lernen, und er dachte wohl heute schon daran, wie Jason es einmal übernehmen und ich ihm anfangs helfen würde.

»Und das Haus«, sagte er. »Wie findest du das Haus?«

Ich blickte über die Schulter, denn ich hatte das unheimliche Gefühl, daß uns das Haus belauschte.

»Ich habe doch noch fast nichts davon gesehen. Als wir ankamen, war es ja schon fast dunkel.«

»Es ist das merkwürdigste Haus, das ich kenne«, sagte er zögernd. »Es gibt Leute, die sagen, es wäre besser nie gebaut worden.«

»Wer sagt so etwas?«

»Abergläubische Leute. Es steht, wie du weißt, an der Stelle eines alten Tempels, das ist nachweisbar. Die Pagode ist noch ein Teil davon.«

»Welche Pagode?«

»Die hast du noch nicht gesehen. Im Garten draußen, hinter der Außenmauer. Morgen früh wirst du sie von deinem Fenster aus sehen können. Sie ist sehr hübsch. In die Steinmauern sind glitzernde, farbige Steine eingesetzt... Amethyste und Topase. Sieht wunderhübsch aus. Die Diener betrachten sie als eine heilige Stätte. Sie haben Ehrfurcht und ein bißchen Angst davor.«

»War es nicht der Tempel der Kuan Yin? Die ist doch gnädig gesinnt.«

»Ja, die Göttin der Gnade«, sagte er. »Aber die Leute meinen, selbst sie wäre vielleicht nicht darüber erfreut, daß man ein Haus gebaut hat, wo früher ihr Tempel stand, und dieses Haus nun noch einem Barbaren gehört. Ja, wir alle sind hier Barbaren. Sie nennen uns Fankuei. Das heißt ausländischer Geist. Wir sind Geister oder Teufel. Ausländische Teufel.«

»Nicht sehr höflich.«

»Leider zeigen diese Namen auch ein bißchen Respekt, denn sie achten, was sie fürchten.«

»Und doch hat einer von ihnen dieses Haus deinem Großvater geschenkt.«

»Vielleicht kein sehr passendes Geschenk. Trotzdem bin ich froh, daß er es ihm gab. Mein Vater liebte es. Er hat viel davon gesprochen und hat es mir nicht nur deswegen vererbt, weil ich der älteste Sohn bin, sondern weil er auch wußte, daß ich öfter in dem Haus sein würde als die anderen. Du wirst es schon selbst merken, Jane. Die Ausstrahlung dieses Hauses. Und jetzt bist du sicher schrecklich müde, genau wie ich.« Er nahm eine Glocke vom Tisch und läutete heftig. Ihr Klang hallte von den Wänden. Ling Fu erschien. Ohne viele Worte wußte er, was mein Mann von ihm wünschte.

Ich ging in mein Zimmer hinauf. Obwohl ich müde war, fühlte ich mich unruhig. Langsam zog ich mich aus, sah noch einmal zu Jason hinüber, der friedlich schlief, und stieg dann in mein Bett.

Ich war zweifellos müde, konnte aber einfach nicht schlafen. Immer wieder tauchten alle Einzelheiten des Hauses und der Höfe vor mir auf, ich sah die glitzernden Mauern, die Drachen am Eingang, die fast unhörbaren Diener; spürte buchstäblich die Stille des Hauses, die Teppiche – fast alle mit feuerspeienden Drachengestalten, die mich so bedrückende Mischung von Ost und West. Und die Laternen natürlich.

Ich döste dahin und träumte plötzlich, ich ginge aus meinem Zimmer und die Göttin winke mir, ohne sich zu bewegen, und zwinge mich, zu ihr zu gehen. Als ich dann im Traum ganz nahe bei der Skulptur stand, hörte ich eine Stimme: »Geh heim, fremder Geist! Hier erwartet dich nichts Gutes! Du bist fremd hier, fremde Teufelin! Geh, solange es noch Zeit ist.«

»Ich kann nicht«, erwiderte ich. »Ich kann doch nicht. Ich muß doch hierbleiben...«

Das Gesicht veränderte sich. Sie sah jetzt nicht mehr gütig drein. Ich fühlte mich wie in einem Schraubstock.

»Laß mich los«, schrie ich, und dann wachte ich auf... der Alptraum war aber noch da. Irgendwas hatte meine Hand gepackt... Irgend etwas war da.

»Mama, Mama, ich habe Angst!« Jason hielt meine Hand fest.

»Du hast gerufen.«

Welche Erleichterung! Ich zog ihn in mein Bett. Ihm war kalt, er schmiegte sich eng an mich.

»In meinem Zimmer ist ein Drache«, sagte er.

»Das war nur ein böser Traum«, sagte ich ihm.

»Wenn ich die Augen öffne, ist er nicht da. Aus seinem Maul kommt Feuer.«

»Es ist nur ein Traum.«

»Hast du auch davon geträumt?«

»Ja, ich habe auch was geträumt.«

»Soll ich bei dir bleiben, falls du nochmals schreist?«

»Ja«, sagte ich. »Heute nacht schlafen wir zusammen.«

Ich fühlte, wie er sich entspannte. »War ja nur ein Traum«, tröstete er mich.

»Ja, Jason, nur ein Traum.«

Gleich darauf war er schon eingeschlafen, und bei mir dauerte es auch nicht lange. Der warme, kleine Körper gab mir Trost und Sicherheit in diesem fremden Haus.

Am nächsten Morgen hatte das Haus fast alle Düsternis verloren, ich war fasziniert davon und wollte alles so bald wie möglich erforschen.

Sylvester verbrachte den Vormittag im Bett. Er war erschöpft; nachmittags wollten wir gemeinsam zum Lagerhaus, und ich konnte mich dort umsehen, während er mit Tobias und den anderen seine erste Besprechung abhielt.

Diesen Vormittag wollte ich zur Erforschung des Hauses benutzen und nahm Jason mit mir, damit er nicht allein mit den Dienern blieb, die er noch nicht verstand. Wenn er sich einmal eingewöhnt hatte, war es etwas anderes.

Gut zwanzig Zimmer gab es in dem Gebäude. Sie ähnelten einander sehr, und überall hingen Laternen von der Decke. Alle waren aus Schmiedeeisen und wunderschön mit menschlichen Figuren geschmückt. Ob es wirklich tausend gab? Ich kam von dem Gedanken nicht los. Eines Tages würde ich sie zählen, das nahm ich mir fest vor. Auf meinem Weg durchs Haus begegneten mir Diener und Dienerinnen, die sich jedesmal tief verbeugten, aber ihren Blick von mir abwandten.

Zum Schluß gingen wir in den Hof hinaus, wanderten zum ersten Tor und von dort weiter bis ganz nach draußen. Jason gefielen die Miniaturgärten; ich mußte ihm erklären, wie man die Bäumchen so klein hielt. Er sah ganz mitleidig drein.

»Ich glaube, sie sind traurig«, meinte er. »Sie möchten lieber so groß wie die anderen Bäume sein.«

Und dann fanden wir auch die Pagode. Sie war wirklich einzigartig. Die Steine in den Mauern funkelten, und die Windglöckchen klingelten leise, wenn sie von einer Brise angerührt wurden.

»Oh, schau doch, Mama«, rief Jason, »eine Burg, ein Turm.«

»Das nennt man eine Pagode«, erklärte ich ihm.

»Was ist eine Pagode?«

»Das, was du hier siehst«, antwortete ich.

»Wer lebt da drinnen?«

»Niemand. Sie gehörte zu einem Tempel.«

Jason war sehr beeindruckt. Wir wanderten unter einem Bogen durch, der einst wohl zu einem Tor gehörte. Im Inneren der Pagode roch es nach Weihrauch. Und auch hier stand beherrschend im Mittelpunkt die mir so wohl bekannte Göttin. Zu beiden Seiten der Gestalt glommen Räucherstäbchen.

»Wofür sind die da?« flüsterte Jason.

»Die hat jemand aufgesteckt, damit sie für ihn betet.«

»Tut sie das auch?«

»Angeblich betet sie für jeden, der sie darum bittet.«

»Aber wenn sie selbst eine Göttin ist, warum muß sie für die Leute beten? Sie kann ihnen doch gleich geben, was sie haben wollen.«

»Schscht«, machte ich.

»Ist das so wie in der Kirche hier?« flüsterte der Kleine.

»Ja, das ist eine Art Kirche.«

Wir gingen wieder in den sonnenbeschienenen Garten hinaus. Jason kniete sich bei den Miniaturbäumchen hin und betrachtete sie. Auch die kleine Brücke über dem künstlichen Fluß untersuchte er genau. Das Gärtchen faszinierte ihn so, daß er den Tempel vergaß.

Ich ließ ihn im Garten, er mußte mir aber versprechen, keinesfalls nach draußen zu gehen. Ich ging ins Haus zurück. Plötzlich tauchte Ling Fu auf und sagte mir, es sei Besuch da und Sylvester bäte mich zu sich.

Neben Sylvesters Schlafzimmer war sein Wohnraum eingerichtet. Adam saß dort.

»Ich wollte nur sehen, ob ihr irgend etwas braucht«, sagte er.

»Wie lieb von dir.«

»Ich war natürlich auch um meinen Onkel besorgt«, sagte er dann und wandte sich zu Sylvester. »Ich hätte nicht gedacht, daß du die Reise so gut überstehst.«

»Ach, hör doch auf, so schlimm ist es ja nicht mit mir.«

Adam setzte sich, er schlug die Beine übereinander. Der dunkelblaue Anzug und das weiße Rüschenhemd waren nach der neuesten Mode. Das viele Blau ließ seine Augen weniger stählern erscheinen. Auf einem Tischchen lagen Zylinder und ein eleganter Spazierstock.

»Ihr werdet heute nachmittag sicher zum Lager wollen«, sagte er.

»Ja, ich hoffe, daß ich nachmittags wieder soweit bin«, sagte Sylvester. »Mit Tobias habe ich noch kaum reden können, ich möchte unbedingt alle Neuigkeiten erfahren.«

»Du verläßt dich sehr auf ihn, nicht wahr?« sagte Adam.

»Ja, warum sollte ich auch nicht?«

»Hast du schon daran gedacht, daß er sich eines Tages vielleicht selbständig machen möchte?«

»Diesen Wunsch haben durchaus nicht alle«, sagte Sylvester lächelnd. »Es ist nämlich gar nicht so einfach.«

Mir schien, als verhärte sich Adams Gesichtsausdruck. Er wandte sich jedoch gleich darauf ganz freundlich an mich. »Dir ist sicher alles sehr fremd hier«, meinte er. »Vor allem die Menschen. Sie sehen so anders aus als wir. Manchmal kann man sich schwer mit ihnen verständigen.«

»Ich habe ja schon eine Menge darüber gelesen«, sagte ich. »Sylvester hat mir alle Bücher darüber verschafft, und so kommt es mir nicht ganz so fremd vor. Ich glaube, ich werde mich schnell eingewöhnen.«

»Du hilfst meinem Onkel soviel und versorgst auch noch das Kind.« Dann sagte er nachdenklich: »Du würdest eine Gesellschafterin brauchen... Eine Art Dolmetscherin und Kindermädchen.«

»Wir haben genügend Dienerschaft«, sagte Sylvester. »Sie kann sich nehmen, wen sie will.«

Adam schüttelte den Kopf. »Das meine ich nicht. Die Leute sprechen kein Englisch. Sie braucht jemanden, der ihr mit dem Kind hilft und einkaufen geht. Allein kann sie ja kaum in die Stadt gehen.«

Sylvester sah etwas betroffen drein.

»Ich wüßte sogar, wen.« Er wandte sich jetzt direkt an mich. »Du brauchst jemanden, der zwischen dir und den Chinesen vermittelt. Immer bei dir ist, aber doch nicht zur Dienerschaft gehört. Genug Englisch kann, um dir von China zu erzählen und dir zu helfen, die Chinesen zu verstehen. Ich habe genau die Richtige dafür – ein junges Mädchen, halb Chinesin, halb Engländerin. Sie kann einigermaßen Englisch und ist nicht so isoliert aufgewachsen wie die meisten Mädchen hier. Ich glaube, Lotosblüte ist gerade die Richtige für dich.«

»Was für ein schöner Name!«

»So heißt sie wirklich auf chinesisch. Und so hübsch wie der Name ist sie auch selbst. Erst fünfzehn Jahre alt, aber das ist bei Chinesinnen viel mehr als bei uns. Sie sind schon früher reif. Soll ich sie dir schicken? Wenn sie dir gefällt, kannst du sie behalten.«

»Was für ein Mädchen ist denn das?« mischte sich jetzt Sylvester wieder ein.

»Ich hatte mit ihrer Familie geschäftlich zu tun. Die Leute wären froh, einen guten Platz für sie zu finden. Doch Jane, du mußt dir die Kleine anschauen, und wenn sie dir gefällt, wirst du merken, wie lieb sie zu dir sein kann. Beim Einkaufen kann sie dich begleiten und für dich handeln und dich auf der Straße beschützen. Sie wird sich auch um das Kind kümmern. Sie ist bestimmt für viele Dinge zu gebrauchen.«

»Ja, Jane braucht wirklich jemanden. Versuchen wir es also mit der Kleinen«, meinte jetzt auch Sylvester.

»Gut, ich lasse sie herbitten.«

Als Adam gegangen war, sagte Sylvester nach einer Weile nachdenklich: »Er hat sich heute von seiner angenehmsten Seite gezeigt.«

»Das scheint dich zu verwundern.«

»Ja, wir hatten mal Streit, und seit dem Tod seines Vaters sah ich ihn kaum. Ich habe das Gefühl, als möchte er jetzt bei mir einsteigen.«

»Wäre dir das recht?«

»Nein, jetzt nicht mehr. Ich habe andere Pläne.«

Sein warmes Lächeln zeigte mir ohne weitere Worte, was diese Pläne waren. Früher wären Adam und Joliffe seine natürlichen Erben gewesen. Jetzt war Jason da.

Dann wechselte er das Thema und erzählte mir über den Bezirk, in dem wir wohnten. Von der Zeit, als sein Vater noch lebte. Damals gab es hier viele Händler. Sie ankerten im Hafen und handelten hauptsächlich mit Opium. Vor fünfzig Jahren hatte sich der Opiumkrieg zwischen Großbritannien und China abgespielt, an dessen Ende die britische Flagge über der Insel Hongkong gehißt wurde.

»Damals war die Insel so gut wie unbewohnt, und heute blüht und gedeiht alles, die Leute fahren auf Hunderten von Fährbooten täglich zwischen Kaulun und der Insel hin und her. Alles quillt über vor Leben. Tee-Export ist augenblicklich das beste Geschäft. Das Klima ist sehr günstig für den Tee-Anbau. Die Leute haben Arbeit, und die Regierung nimmt genug Steuergelder ein. Die Chinesen sind ein sehr fleißiges Volk«, sagte er noch. »Das wirst du bald merken.«

Das Gespräch hatte ihn sehr angestrengt, er lehnte sich müde in seinem Sessel zurück.

»Tobias – sich selbständig machen!« er lachte. »Vermutlich wollte Adam damit nur andeuten, daß er selbst gerne in die alte Firma zurückkäme. Wie wohl seine Geschäfte gehen mögen? Wahrscheinlich nicht sehr gut. Wir werden es ja bald sehen. In unserer Branche kann man sehr leicht Fehler machen.«

»Meinst du wirklich? Er wirkte so zufrieden.«

»Ich kenne ihn schon zu gut. Er kann sich gut verstellen. Im Antiquitätenhandel steckt man oft viel Geld in Dinge, die zwar ihren Preis wert sind, sich aber nicht so leicht verkaufen. Manchmal ist so viel Kapital in den Lagerbeständen gebunden, daß wir ohne Bankkredit gar nicht weitermachen könnten. Mein Vater und ich waren vorsichtiger als Redmond und Magnus. Die ließen sich zu leicht durch Begeisterung auf Irrwege leiten. Das ist meine Art nicht. Und Tobias habe ich ausgebildet, dem vertraue ich.«

»Nett von Adam, daß er uns dieses Mädchen schickt«, sagte ich.

»Ja, das ist wirklich eine gute Idee gewesen.«

»Und heute nachmittag fahren wir wirklich ins Lagerhaus?«

»Ja. Du hilfst mir in die Rikscha, und Tobias erwartet uns ohnehin beim Lager.«

Jason ließ ich bei Ling Fu, mit dem sich der Kleine auf der Schiffsreise sehr angefreundet hatte. Sie sprachen zwar wenig miteinander, waren aber gern beisammen, und ich wußte Jason gut aufgehoben.

Die Rikscha brachte uns zum Hafen hinunter; jetzt bei Tageslicht sah ich erst, wie sehr das Leben hier pulsierte. Auf dem Meer schwammen ganze Dörfer – Sampan an Sampan.

Viele dieser Boote waren bunt gestrichen, es gab aber auch ein paar graue darunter. Wäsche flatterte an den Leinen, Frauen badeten ihre Kinder an Deck, kochten und erledigten sonstige Hausarbeit. Ein Junge tauchte nach Münzen, die ein Europäer ins Wasser warf. Hochaufgerichtet stand ein Kind an Deck. Wie eine Grafik zeichnete sich sein Körper im Sonnenlicht ab. Es war nackt bis auf einen kleinen Lendenschurz. Bei einem schwimmenden Gemüsehändler herrschte reges Treiben. Für viele hier war das Wasser das, was für uns der Erdboden ist. Und sie verließen es kaum oder nie.

»Unten im Schiffsraum ist meistens ein Altar. Da brennen Räucherstäbchen, und ein roter Glückspapierstreifen ist gegen die Teufel aufgehängt. Sieh einmal, dort drüben!« Er wies auf ein eben näherkommendes Boot. »Siehst du die Augen vorne dran? Solche Boote bekommen immer Augen draufgemalt. Die Chinesen glauben, daß es Unglück bringen kann, wenn das Schiff nicht sehen kann.«

»Die sind wohl sehr abergläubisch.«

»Sie sind arm«, sagte Sylvester. »Darum ist für sie das Glück sehr wichtig. Und sie verbrennen in den Tempeln oder in den Booten die Glücksräucherstäbchen und passen sehr auf, daß sie nicht den Zorn der Drachen erregen.«

Alle liefen geschäftig hin und her – die meisten trugen die hier übliche Einheitskleidung, Baumwollhosen und -jacken. Viele sah ich mit den spitzen Hüten, wegen der Sonnenhitze.

Eine Frau trug eine so schwere Last, daß sie kaum gehen konnte. Ihr schwarzer Anzug war staubig und abgetragen, sie trug schwarze Seidenfransen um ihren Hut.

Sylvester sah meinen Blick. Er erklärte mir, daß sie eine Hakka-Frau sei. »Die Hakkas kamen während der Yuen-Dynastie aus Südchina und siedelten sich nordwestlich von Hongkong an. Sie arbeiteten sehr fleißig, vor allem die Frauen, aber meist nur in niederen Diensten. Auf den Feldern sieht man viele von ihnen.«

»Sie sehen sehr abgearbeitet aus.«

»Für Chinesinnen ist das Leben oft sehr hart.«

Als ich den alles übertönenden Fischgeruch erwähnte, sagte Sylvester: »Komischerweise heißt Hongkong ›Duftender Hafen‹.«

»Ein hübscher Name«, sagte ich, »aber im Augenblick kaum passend.«

»Vermutlich duftete es früher hier, ehe es zum Handelsplatz wurde.«

Wir hatten inzwischen das Lager erreicht. Tobias wartete schon und half uns aus der Rikscha.

Das Büro war sehr elegant möbliert. In einer großen Vitrine standen besonders schöne Jade- und Rosenquarzarbeiten.

Sylvester war schon wieder ganz erschöpft und setzte sich sofort. Dann begann Tobias seinen Bericht über die Jahre, in denen er fast allein nach dem Rechten gesehen hatte.

Natürlich wußte Sylvester, was man eingekauft hatte, und einige Stücke waren ja auch nach England gekommen. Obwohl der Antiquitätenhandel für manche in letzter Zeit wenig Gewinn gebracht hatte, war Tobias erfolgreich gewesen.

»Wissen Sie über die Geschäfte meines Neffen Adam Bescheid?« fragte ihn Sylvester. »Sie dürfen ruhig vor meiner Frau sprechen, sie weiß über alles Bescheid.«

Tobias hob die Schultern. »Ich glaube, er hat Schwierigkeiten.«

»Wie sehr, wissen Sie nicht?«

»Mir würde er es wohl kaum sagen. Aber man hört so mancherlei.«

»Er versucht, sich bei mir einzuschmeicheln. Das hat mich mißtrauisch gemacht. Würden Sie jetzt meine Frau herumführen? Ich warte hier und sehe inzwischen die Bücher durch.«

Die Bestände beeindruckten mich sehr. Ich hatte keine Ahnung gehabt, wieviel hier gelagert war. Tobias, wie ich ihn bald nennen durfte, erklärte mir alles genau; wie die einzelnen Stücke erworben wurden und wohin sie in aller Welt kamen, welche Sachen am besten zu verkaufen waren.

»Wenn ein Kunde etwas Bestimmtes sucht«, erklärte er, »so fragte er bei verschiedenen Händlern an. Dann suchen wir praktisch alle zugleich nach dem gewünschten Stück. Die Konkurrenz ist ziemlich hart. Das macht die Sache so aufregend. Wie ich höre, sollen Sie hier bei uns in das Geschäft eingeführt werden.«

»Ja, das möchte ich auch sehr gern. In London war ich auch öfter im Büro.«

»Das ist mehr so eine Verteilungsstelle. Die Hauptgeschäfte werden hier abgewickelt.«

Der Mann gefiel mir immer besser. Seine offene, herzliche Art war sichtlich nicht gekünstelt.

Ehe wir zu Sylvester zurückkehrten, sagte er noch: »Wenn Sie je etwas brauchen sollten, lassen Sie mich holen. Ich bin immer für Sie da und tue alles, was in meiner Macht steht.«

Ja, in ihm hatte ich einen Freund gewonnen.

Es war ein interessanter Nachmittag für mich. Auf dem Heimweg unterhielt ich mich angeregt mit Sylvester, war ganz beschwingt durch die Eindrücke dieses Tages.

2

Nie werde ich die Stunde vergessen, da ich Lotosblüte zum erstenmal sah. Adam brachte sie mir selbst ins Haus.

Der Name paßte gut zu ihr, sie war wirklich schön. Klein und zart gebaut, mit glänzend schwarzem Haar, das sie offen trug. Ihr hellblaues, weißbesticktes Gewand war aus Seide. Der kleine Stehkragen und der einfache Schnitt brachten ihre zarte Figur voll zur Geltung. Durch den hochgeführten Seitenschlitz sah sie aus wie eine Puppe.

»Jane, ich habe dir Lotosblüte gebracht. Lotos, das ist die Dame des Hauses, Mrs. Sylvester Milner.«

Das Mädchen verbeugte sich sehr tief; ich meinte schon, sie würde auf den Boden stoßen.

»Freude erfüllt mich, eine große Dame zu begrüßen«, sagte sie mit zirpender Stimme.

»Wie schön, daß du gekommen bist«, antwortete ich.

»Sehr gern gekommen«, sagte sie, »ich hoffen, ich Ihnen gut dienen.«

»Mein Mann wird dich auch noch sehen wollen«, sagte ich.

Da wurden ihre Augen sehr groß, sie schien erschrocken zu sein. Adam legte ihr beruhigend die Hand auf die Schultern.

»Nur keine Angst, es passiert dir nichts. Wenn du dieser Dame gut dienst, wird sie sich auch um dich kümmern.«

»Ich hoffe, ich ihr gut dienen«, sagte sie etwas steif.

»Wir kommen bestimmt gut miteinander aus«, sagte ich.

Sylvester saß in seinem Arbeitszimmer.

»Dein Neffe ist mit der kleinen Chinesin da«, sagte ich zu ihm.

»Hol sie nur herein, Jane. Ah, da bist du ja!«

Lotos ging zu ihm, diesmal kniete sie sich hin und berührte mit der Stirn den Teppich.

»Mein liebes Kind, das brauchst du nicht zu tun. Komm zu mir, du verstehst doch Englisch?«

»Ich haben gelernt«, antwortete sie, »aber ich nicht sprechen gut.«

»Hier wirst du es bald besser lernen«, sagte Sylvester. Ich mußte lächeln. Denn ich wußte, wie sehr ihm daran gelegen war, daß die Menschen um ihn herum etwas lernten. »Setzt euch doch bitte. Ling Fu bringt gleich Tee.«

Ich setzte mich dem Mädchen gegenüber, denn ihre Handbewegungen, ihre ganze Art, sich zu bewegen, faszinierten mich. Ihr Blick war bescheiden und doch stolz, offen und doch nicht ganz durchschaubar. Es fiel mir auf, daß Adam sie dauernd beobachtete. Das überraschte mich gar nicht, denn sie bot wirklich einen sehr hübschen Anblick. Offenbar lag ihm sehr daran, daß sie uns gut gefiel, und er selbst fand sie sichtlich entzückend.

»Lotosblüte wird alles für dich tun«, sagte er noch einmal. »Du wirst gar nicht mehr wissen, wie du ohne sie auskommen konntest. Sie hilft dir auch beim Kind. Du bist ein gutes Kindermädchen, nicht wahr, Lotos? Und du wirst Mrs. Milner einiges über die Sitten und Gebräuche hier beibringen.«

Sie saß ganz still da, die Hände hielt sie gefaltet, den Blick nach unten gerichtet. Die verkörperte Bescheidenheit und Unterwerfung. Wie eine Figur aus einem alten chinesischen Bild.

Nach einigen Tagen hatte sie sich voll in unseren Haushalt eingelebt. Ich war wirklich sehr begeistert von ihr. So sanft war sie, so leicht zu erfreuen. Und ihre exotische Schönheit begeisterte mich täglich mehr. Auch Jason mochte sie sehr. Sie sei zwar komisch, sagte er zu mir, aber nett. Daß sie ihn Kleiner Herr nannte, machte ihm Spaß. Statt Lotos sagte er zu ihr Lottie, und nach und nach gewöhnten wir uns das auch an. Eigentlich schade, denn sie war eher wie eine Blume, Lottie klang so alltäglich.

Ihr selbst machte es Spaß.

»Sehr gut«, sagte sie. »Jetzt ich habe Name in Familie. Jetzt ich habe Familie.«

Ihr Englisch klang eigenartig, aber ich war nicht darauf bedacht, es zu verändern, weil diese Eigenart zu ihr paßte.

Durch Lottie lernte ich tatsächlich viel über unser neues Land kennen. Was mir außergewöhnlich erschien, war ihr ganz natürlich. Und sobald sie ihre Ehrfurcht vor mir überwunden und ich ihr beigebracht hatte, sich nicht bei jeder Begegnung tief vor mir zu verbeugen, fing sie ganz frei zu plappern an.

»Ich vielleicht nie gekommen zu große Dame, wenn nicht großer Taipan.« Taipan war Adams Vater, wie ich bald herausfand. »Er mich finden auf Straße. Ich dort gelassen. Ich vielleicht sterben in Winterkälte. Und dann wilde Hunde kommen und mich essen«

»Auf der Straße? Was hast du dort gemacht?«

»Ich kleines Mädchen.« Sie schüttelte den Kopf. »Mädchenkind nicht gut. Nicht wollen. Bubenkind ist Schatz. Um Bub kümmert sich Vater. Mädchenkind...« Sie machte eine verächtliche Gebärde und schüttelte den Kopf. »Nicht gut. Vielleicht heiraten, aber zu lange essen bis dahin. Darum Mädchenkind auf Straße. Du wirst sterben oder hungern oder Hunde kommen... Und wenn du bist morgen noch da, wird in Grube geschaufelt mit Tote.«

»Das ist ja bestialisch.«

»Ist möglich«, sagte sie. »Mädchenkind nichts gut. Ich nicht würde leben, wenn nicht Taipan gefunden und mich nehmen zu Tschan Tscho Lan. Ich leben in Ihr Haus. Ich habe englische Sprache lernen. Nicht gut. Nicht Chinese, nicht englisch, nicht gut...«

Was für eine traurige Geschichte, dachte ich. Eine Liebschaft zwischen Ost und West. Und das Ergebnis? Dieses entzückende Kind wurde auf der Straße ausgesetzt. Ich fragte Sylvester, ob die Geschichte stimmen konnte.

»Oh, doch«, antwortete er. »Es ist eine schändliche Sitte hier. Soviel ich weiß, werden allein in Peking jedes Jahr etwa viertausend neugeborene Mädchen ausgesetzt. Halb verhungerte Hunde und Schweine stürzen sich auf diese willkommene Beute.«

»Das ist doch ungeheuerlich!«

Er hob die Schultern. »Man muß auch ihre Lebensweise, ihre Sitten und Gebräuche bedenken. Die Armut dieser Leute ist unfaßbar. Sie können es sich einfach nicht leisten, kleine Mädchen großzuziehen, von denen sie später wenig haben. In China sind Frauen praktisch nur Sklavinnen.«

»Und sie wurde auf der Straße gefunden?«

»Ja, von meinem Bruder Redmond. Ich erinnere mich jetzt an die Geschichte. Er hat die Kleine auf der Straße aufgehoben und dann ein Heim für sie gefunden.«

»Warum hat er sie gerade unter allen Kindern in jener Nacht aufgehoben?«

»Reiner Zufall. Das Glück, auf das die Chinesen soviel bauen. Sie meint sicher, daß die Götter einen bestimmten Grund hatten, gerade ihr zu helfen.«

Ihre Anwesenheit im Haus bedeutete mir viel. So zart und abhängig sie wirkte, so sehr wußte sie mich bei anderen Gelegenheiten zu schützen. Oft fuhren wir mit der Rikscha in die Stadtmitte und gingen zusammen einkaufen. Sie handelte mit den Kaufleuten, ich stand nur dabei und wunderte mich, wie sie von der demütigen Dienerin zur klugen Käuferin wurde. Ihre sanfte Redeweise wandelte sich in empörtes Kreischen, und die Kaufleute gaben natürlich zurück. Oft hatte ich Angst, es würde zu Tätlichkeiten kommen, aber dies gehörte einfach zum Einkaufen und wurde so erwartet.

In vielerlei Art bezauberte sie mich, und ich konnte mir überhaupt ohne sie nichts mehr denken.

Jason erhielt täglich Unterricht von mir, Lottie saß meist dabei. Jason mühte sich mit dem Griffel, vor lauter Eifer streckte er die Zungenspitze heraus, und sie ging immer hin und her, als müsse sie beobachten, was seine Hände taten. Auch Lottie lernte bei mir schreiben, und wir lasen dann alle zusammen. Für diesen Zweck hatte ich Bilder- und Lesebücher aus meiner eigenen Kinderzeit mitgebracht.

Beide Kinder hörten sich die Geschichten aufmerksam an und versuchten dann, sie selbst laut vorzulesen. Ich war sehr froh über die Entwicklung der beiden und über ihre Freundschaft. Lottie war jetzt wirklich eine Art Kindermädchen für Jason geworden. Gemeinsam spielten sie oft in den Gärten. Manchmal sah ich sie vom Fenster aus, wie sie Hand in Hand spazierengingen.

Bald merkte ich, daß ich die kleine Halbchinesin richtig liebgewonnen hatte. Sie war auch sehr geschickt mit ihren Händen, konnte sticken und auf Seidenstoff malen. Es machte mir große Freude, ihr zuzusehen, wie sie die herrlichen chinesischen Schriftzeichen malte.

»Sie mich lehren, besser englisch sprechen«, sagte sie. »Ich Sie lehren Chinesisch.«

Sylvester war begeistert von all dem Lernen rings um ihn.

»Wirklich eine ausgezeichnete Idee von Adam, uns das Mädchen zu schicken«, betonte er immer wieder. »Sehr gut auch für Jason. Durch sie lernt er die chinesische Lebensart kennen. Ich habe da so meine Pläne mit ihm.«

Ich ahnte natürlich, was für Pläne das waren. Mein Sohn sollte durch ihn und mich die Freude an Kauf und Verkauf von Kunstwerken lernen, die ewige Suche nach Meisterwerken. Wo konnte er dies besser tun als hier, wo man solche Schätze noch überall fand?

Ich wußte inzwischen, daß Sylvester sehr reich war – das Haus in England, dieses hier, die Lagerräume am Quai, das Büro in London, sein weitverzweigter Handel. Seit er das Geschäft allein führte, hatte es sich beträchtlich ausgeweitet. Oft überlegte ich, inwieweit Adams

Freundlichkeit uns gegenüber darauf zurückzuführen war, daß er wieder in die alte Firma zurückwollte.

Ab und zu sprach Sylvester mit ihm. Das gute Verhältnis freute ihn sichtlich. Bei der Trennung Sylvesters von Redmond war es offenbar anders gewesen. Sylvester schätzte Adam sehr, ohne unsere Ehe hätte er ihn wahrscheinlich zum Erben eingesetzt. Er war ihm jedenfalls lieber als Joliffe, von dem er immer noch keine gute Meinung hatte. So wie die Dinge jetzt lagen, verschwendete er offenbar überhaupt keinen Gedanken mehr an ihn.

Jason war für ihn wie ein eigener Sohn, ihn wollte er zum Erben machen. Seit der Geburt meines Jungen hatte sich alles geändert. Ob Adam sich darüber klar war?

Mit Tobias Grantham freundete ich mich immer mehr an. Wenn Sylvester sich nicht wohl genug fühlte, fuhr ich allein zum Lagerhaus und arbeitete dort, wie ich es in unserem Londoner Büro getan hatte. Manchmal tranken wir Tee in seinem Arbeitszimmer, und einmal nahm er mich zu sich nach Hause, wo ich seine Schwester kennenlernte. Eine strenge, ältere Frau, in deren sauberem kleinen Häuschen man sich wie in Edinburgh fühlte. Ihr schottischer Akzent war viel ausgeprägter als der Tobias', und sie hatte eine recht schlechte Meinung von allem, was nicht nach schottischer Lebensart war. Eine unbequeme Frau, wie Sylvester ganz richtig gesagt hatte. Aber ihrem Bruder absolut ergeben und trotz ihrer rauhen Art recht sympathisch.

Manchmal erinnerte ich mich noch an die Begeisterung und Leidenschaft, die ich durch Joliffe erfahren hatte. Ich brachte ihn dann immer lange nicht mehr aus dem Sinn. Sicher war er längst wieder in England. Ich überlegte oft, wie es wohl zwischen ihm und Bella weiterging. Die Ekstase, die ich mit ihm erlebt hatte, würde für mich wohl nur eine schöne Erinnerung bleiben. In der Einsamkeit meines Zimmers war ich oft tieftraurig und sehnte mich sehr nach ihm.

Kaum stand jedoch Jason an meinem Bett und kletterte zu mir, so waren alle traurigen Gedanken verflogen. Während ich noch ein bißchen döste, las er mir vor, denn inzwischen konnte er alles, was ihm unter die Finger kam, lesen. Später kam Lottie herein, ganz schlicht in blauer Hose und Jacke, die langen Haare mit einem tiefblauen Band nach hinten gebunden; sie verbeugte sich und wünschte uns beiden einen glücklichen Tag.

Eines Tages hatte sie Jason zur Pagode mitgenommen. Sie waren beide gern dort. Meist saßen sie im Innenraum, und sie erzählte ihm Geschichten. Er konnte nie genug davon hören. Seit er die steinernen Abbilder vor den Toren entdeckt hatte, faszinierten ihn Drachen.

Es hatte in Strömen geregnet, die beiden kamen völlig durchweicht zurück. Ich ließ Jason sich ganz ausziehen und rubbelte ihn mit einem Handtuch ab und gab ihm frische Sachen.

Dann wandte ich mich zu Lottie und sah, daß sie noch ihre nassen Schuhe trug.

»Zieh sie gleich aus, Lottie! Hier hast du ein Paar Hausschuhe«, sagte ich. Sie sah mich so entsetzt an, daß ich sie einfach in einen Sessel drückte und ihr die Schuhe auszog, ehe sie noch etwas sagen konnte.

Und dann tat sie etwas ganz Merkwürdiges. Sie packte ihre nassen Schuhe und rannte aus dem Zimmer.

Als ich Jason in seine Sachen geholfen hatte, ging ich sie suchen. Sie lag weinend auf ihrem Bett.

»Was ist denn?«

Sie schüttelte nur den Kopf.

»Lottie, du mußt mir sagen, was ist.«

Sie schüttelte wieder den Kopf.

»Ich hab' dich doch gern, Lottie, ich will dir helfen. Sag mir, was ist!«

»Sie werden mich hassen. Sie werden mich häßlich finden.«

»Dich hassen? Häßlich finden? Wieso denn? Du mußt mir endlich sagen, was ist. Vielleicht kann ich dir helfen.«

Sie schüttelte den Kopf. »Sie können mir nicht helfen. Es ist für immer und Sie haben gesehen...«

Ich hatte nicht die leiseste Ahnung und fragte sie noch einmal: »Lottie, wenn du mir nicht sagst, was ist, meine ich, daß du mich nicht magst.«

»Nein, nein«, rief sie verzweifelt. »Weil ich so mag große Dame, ich mich so schäme.«

»Hast du denn etwas getan, wofür du dich schämen mußt?«

»Es wurde mir getan«, sagte sie tieftraurig.

»Lottie, ich bestehe darauf, daß du es mir erzählst!«

»Sie haben gesehen meine Füße.«

»Aber Lottie«, sagte ich, »was meinst du denn damit?« Ich nahm einen ihrer kleinen Füße in die Hand und küßte ihn.

»Bauernfüße«, sagte sie. »Niemand hat sie gewickelt, als ich war klein.«

Ich war entsetzt. Jetzt wußte ich, was sie meinte. Ihre Füße waren vollkommen und normal, weil sie nie durch Bandagen verkrüppelt wurden, als sie noch ein Kind war.

Wie rührend und unnötig ihre Angst war! Ich versuchte sie zu trösten. Sagte ihr, daß sie sich glücklich schätzen konnte, normal gewachsene Füße zu haben.

Sie ließ sich nicht überzeugen, schüttelte nur immer den Kopf und weinte.

Nach und nach gewöhnte ich mich an das Gesellschaftsleben in Hongkong.

Adam sah ich gelegentlich. Einmal, als ich ihn beim Studium einer besonders schönen Ming-Vase antraf, änderten sich meine Empfindungen ihm gegenüber. Er erklärte mir die Vase genau, seine sonst so spürbare Kälte war verschwunden. So voller Leben und Kunstbegeisterung wirkte er, daß ich plötzlich Herzlichkeit für ihn empfand.

Jason schien sein früheres Leben ganz vergessen zu haben. Nur sehr selten erwähnte er Mrs. Couch. Lottie bot ihm vollen Ersatz. Manchmal spielte sie mit ihm, als wäre sie auch noch ein Kind, dann wieder zeigte sie ihre Klugheit und beanspruchte eine Autorität, die er ihr auch ohne weiteres zuerkannte. Es war herzerfreuend, zu sehen, wie sehr die beiden einander mochten. Und da ich ihn bei ihr sicher aufgehoben wußte, durfte er mit Lottie auch nach draußen gehen. Sie hatte ihm einen Flugdrachen aus Seide und Bambusrohr besorgt, den liebte er heiß. Den Stoff hatte Lottie selbst mit einem Drachen bemalt, da sie ja wußte, wie Jason sich für diese Tiere interessierte. Aus dem Maul des Drachen schlugen Flammen. Im Stoff waren kleine Löcher mit drübergespannten Fäden, die beim Flug einen Summton von sich gaben wie ein ganzer Schwarm Bienen. Jason schleppte seinen Drachen überall mit hin. Auch neben seinem Bett hatte er ihn abends stehen, damit er das letzte war, das er vor dem Einschlafen sah, und ihn am Morgen als erster begrüßte. Es war *sein* Feuerdrachen.

Lottie freute sich riesig, daß gerade ihr Geschenk ihm solchen Spaß machte. Ich war Adam aufrichtig dankbar für sie und sagte es ihm auch. Er antwortete nur, daß Lottie mir auch dankbar sei.

Nur eines fehlte mir immer noch. Ich sehnte mich nach Joliffe. In der Schwangerschaft und in den Jahren danach hatte mich Jason sehr beschäftigt, daß keine Zeit für die Wünsche übrigblieb. Jetzt wuchs er heran, und je unabhängiger er von mir wurde, um so stärker spürte ich diese Leere. Ich war ja eine ganz normale Frau, hatte eine glückliche Ehe kennengelernt und wollte zu meinem Mann.

Sylvester spürte das alles sehr genau.

»Du solltest ab und zu ausreiten«, sagte er. »Adam hat Pferde. Ich werde ihn bitten, dir eine gute Stute zu leihen. Tobias kann dich begleiten.«

Auf diese Weise lernte ich das Land noch besser kennen. Ich sah die Reisfelder, sah, wie die Felder mit Hilfe von Wasserrädern bewässert wurden. Sah die von Eseln oder Mulis gezogenen Pflüge. Manchmal war ein Ochse oder Wasserbüffel vorgespannt, nicht selten auch Männer oder Frauen. Lernte die Teeplantagen kennen, die China so viel Geld einbrachten, und lernte auch die Teesorten unterscheiden.

Beobachtete Fischer bei ihrer Arbeit mit Netzen und Fankörben. Überall sah ich äußersten Fleiß und Sparsamkeit. Tobias erzählte mir, daß in China aus jedem Stückchen fruchtbaren Bodens mehr als irgendwo anders herausgeholt wird. Ich glaubte es gern.

Unsere Ausritte gefielen mir sehr; wir waren richtige Freunde geworden, lachten über die gleichen Dinge und dachten auch in vielem gleich. Er wußte interessant über das Land und seine Bewohner zu erzählen. Nach diesen Gesprächen über die Mystik des Ostens kehrten wir dann in sein kleines Haus zum Tee ein und wurden von seiner Schwester Elspeth wieder in die Wirklichkeit zurückgeholt. Auf diese gemeinsamen Stunden freute ich mich so sehr, daß ich meinte, ich hätte mich auf eine ganz ruhige Art in Tobias verlieben können, wenn ich Joliffe nie gekannt hätte und nicht mit Sylvester verheiratet wäre. Liebe, so wie ich sie verstand, war für mich noch immer mit den leidenschatlichen Gefühlen verbunden, die Joliffe in mir geweckt hatte. Solcher Überschwang war mir bei keinem anderen Mann mehr möglich. Aber für Tobias empfand ich immer tiefere Zuneigung.

Dies war auch Adam aufgefallen. Wie es seinem Wesen entsprach, wollte er sogleich was dagegen unternehmen. Als ich wieder einmal zum Stall kam, stand er neben meinem Pferd. »Ich werde euch heute begleiten«, sagte er.

Ich zog die Augenbrauen hoch, fand ich seine Art doch recht anmaßend.

»Ach, hat Tobias dich eingeladen?« fragte ich nur.

»Ich habe mich selbst eingeladen.«

Ich sagte nichts, und er fuhr fort: »Das ist besser für euch. Ihr seid soviel zusammen.«

»Du bist also eine Art Anstandsvater?«

»Man könnte es so nennen.«

»Das ist aber absolut unnötig.«

»In gewisser Hinsicht sicher. Aber die Leute fangen zu reden an.«

»Zu reden?«

»Ja, man hat es bemerkt. Man redet über euch. Das ist nicht gut... für die Familie.«

»Unsinn! Sylvester hat ja selbst diese Ausritte angeregt.«

»Ich komme trotzdem mit.«

Tobias schien über Adams Anwesenheit gar nicht überrascht. Wir ritten also von da an zu dritt aus. Auch Adam wußte interessante Gespräche zu führen, aber seine Gegenwart ernüchterte uns irgendwie. Ich gewöhnte mich bald an diese Ausritte, und nach einer Weile war Adam auch nicht mehr so steif. Wir unterhielten uns gemeinsam so begeistert über chinesische Kunstschätze, daß die Ausflüge wieder so wie früher zu zweit wurden.

Eines Tages sahen wir in der Nähe des Quais einen riesigen Feuerschein. Wir spornten die Pferde an, und entdeckten nach kurzem Ritt zu unserem Entsetzen, daß Adams Haus brannte. Ich werde nie seine Reaktion vergessen.

Er sprang vom Pferd und rannte los. Wie ich später hörte, lief er ins Haus und holte einen chinesischen Diener heraus, den einzigen, der sich nicht selbst hatte retten können. Möbel und Wertgegenstände waren in Sicherheit, aber Adam hatte jetzt kein Haus, und so luden wir ihn zu uns ein. Sylvester bestand sogar darauf, daß er in unser Haus zog.

»Es ist so viel Platz hier«, sagte er. »Es wäre eine Beleidigung für mich, wenn du es abschlagen würdest.«

»Vielen Dank«, sagte Adam ziemlich steif. »Ich werde mich jedenfalls bemühen, so schnell wie möglich etwas anderes zu finden.«

»Mein lieber Neffe«, protestierte Sylvester, »du weißt ganz genau, daß keine Eile nötig ist. Du hast einen großen Schock erlitten. Laß dir ruhig Zeit. Wir freuen uns, dich bei uns zu haben, stimmt's, Jane?«

Ich bestätigte seine Worte.

Da sah mich Adam irgendwie gekränkt an. Mir fiel dabei mein erster Eindruck von ihm ein – daß er mich für eine Glücksritterin hielt. Offensichtlich hatte er seine Meinung doch noch nicht geändert.

Das Feuer hatte Adams Haus innen völlig ausgebrannt. Nur noch die Außenmauern standen. Die Versicherung ersetzte zwar den materiellen Schaden größtenteils, aber um einige unersetzbare Antiquitäten trauerte Adam sehr. Er schilderte sie mir in allen Details und klagte: »So etwas findet man wahrscheinlich nie wieder.«

»Um so interessanter ist es doch, trotzdem nach solchen Schätzen zu suchen«, erinnerte ich ihn. »Natürlich wirst du nie die gleichen Stücke finden, aber vielleicht etwas ebenso Schönes.«

Er sah mich zweifelnd an, und ich erkannte plötzlich intuitiv, daß er meine Tragödie mit seiner verglich. Ich hatte Joliffe verloren, er seine geliebte Sammlung. Konnten wir nicht beide Kompensation dafür finden?«

Seit jenem Gespräch änderte sich Adam mir gegenüber mehr und mehr. Als habe er eine Maske abgeworfen und zeige mir erst jetzt, was dahinter lag. Ich entdeckte, daß er sich gegen das Leben wappnete, weil er sich fürchtete. Einige seiner Verteidigungswaffen schien er jetzt, zumindest mir gegenüber, abgelegt zu haben.

Eines Tages kam Lottie wieder einmal in mein Schlafzimmer. Mit ihren dunklen Augen zwinkerte sie mir zu.

»Große Lady, ich möchte um großen Gefallen bitten«, sagte sie.

»Ja, was gibt es denn?«

»Sehr große Dame bittet sie Besuch.«

»Bittet mich um meinen Besuch? Wer ist die große Dame?«

Lottie verbeugte sich wie vor einer fernen Gottheit. »Tschan Tscho Lan bittet große Lady, zu ihr zu kommen.«

»Warum bittet sie mich darum? Ich kenne sie ja gar nicht.«

Lottie sah mich verzweifelt an. »Große Dame müssen kommen. Wenn nicht kommen, dann Tschan Tscho Lan verliert Gesicht.«

Daß dies das letzte war, was Chinesinnen zu tun wünschten, wußte ich. »Erzähl mir doch mehr über die Dame«, sagte ich daher.

»Tschan Tscho Lan sehr große Dame«, sagte Lottie ehrfurchtsvoll. »Tochter von Mandarin. Wenn ich kleines Mädchen, ich war in ihre Haus. Ich ihr dienen.«

»Und jetzt will sie mich sehen?«

»Sie fragt, ob ehrenwerte große Dame ihre elende Hütte aufsuchen möchte. Wenn sie nicht kommt, sie verliert Gesicht.«

»Ja, dann muß ich wohl hingehen«, sagte ich.

Jetzt lächelte Lottie glücklich. »Ich erst diene ihr, dann diene Ihnen. Sie hat große Dame gesehen und sagt: ›Wie arbeitet die Elende, die einst bei mir und jetzt bei Ihnen.‹«

»Ich werde ihr sagen, daß ich sie sehr gern mag und sie keine Elende ist.«

Lottie hob die Schultern und schüttelte sich lachend. Dies irritierte so manchen, weil man nie wußte, ob ihr Verhalten Bedauern, Verlegenheit oder Vergnügen kennzeichnete, so daß man sich ihrer jeweiligen Gefühle gar nicht sicher sein konnte. Ich fand es trotzdem bezaubernd.

Also ging ich Tschan Tscho Lan besuchen.

Zu meinem Erstaunen brauchten wir keine Rikscha. Das Haus lag gleich neben unserem. Ich hatte es nur noch nie gesehen, weil eine hohe Mauer darum lag. Tschan Tscho Lan war unsere unmittelbare Nachbarin.

Jason hatte ich bei Ling Fu gelassen und war mit Lottie hinübergegangen.

Sehr erstaunt war ich auch, daß das Haus dem unseren aufs Haar glich. Mit einer Ausnahme – es gab keine Laternen.

Windglöckchen erklangen bei unserem Näherkommen. Ein Chinese tauchte plötzlich auf, verbeugte sich vor uns und klatschte in die

Hände. Wir stiegen an ihm vorbei die Marmorstufen zum Eingang hinauf, die Tür öffnete sich von drinnen, wir gingen hinein.

Ein Gong ertönte, zwei weitere Diener in genau derselben Kleidung wie der Mann draußen erschienen, verbeugten sich vor uns und machten uns ein Zeichen, daß wir ihnen folgen sollten.

Das Haus wirkte düster, und mir fiel die völlige Stille darin auf. Es wurde mir so unbehaglich wie beim ersten Betreten unseres Hauses.

In einer Art Halle standen zwei chinesische Drachenfiguren am Fuß der Treppe. Die seidenen Wandbespannungen waren mit der Geschichte des Aufstiegs und Falls einer Dynastie bestickt. Insgeheim versuchte ich, ihren Wert einzuschätzen; so sehr war ich schon Sammlerin geworden. Gern hätte ich die Stickereien näher betrachtet und Adam dabei gehabt, um seine Meinung darüber zu hören.

Lottie machte mir ein Zeichen, daß wir dem einen Diener folgen müßten.

Er zog einen Vorhang zur Seite, wir traten ins angrenzende Zimmer. Auch hier kostbare Seidenstickereien, auf dem Boden wunderbare farbige chinesische Teppiche. Keine Möbel außer einem niedrigen Tisch und ein paar hohen Kissen, ähnlich unseren Puffs.

Wir warteten eine Weile, dann betrat Tschan Tscho Lan das Zimmer.

Ihr Anblick überraschte mich. Sie war zweifellos sehr schön, aber nicht auf eine natürliche Art wie Lottie, gegen sie wirkte sie wie eine Orchidee aus dem Glashaus neben einer Feldblume.

Wie aus einem Bild der Tang-Periode herausgeschnitten sah sie aus – ich konnte meinen Blick gar nicht von ihr abwenden!

Sie ging nicht auf uns zu, sondern schien schwankend zu schweben. Später las ich einmal eine Beschreibung dieses Ganges, es sei wie das Schwanken einer Weide in schwacher Brise. Das war genau die richtige Bezeichnung dafür. Alles an Tschan Tscho Lan wirkte graziös und absolut feminin. Ihr blaßblaues Seidengewand war zart in Rosa, Weiß und Gold bestickt, dazu trug sie Hosen aus dem gleichen Stoff. Das schwarze Haar hatte sie hoch über den Kopf getürmt und mit großen Zierkämmen festgesteckt. Ein Phönix aus Juwelen glitzerte darin.

Delikater Duft umgab sie. Wirklich eine wunderschöne und gepflegte Frau, die an jedem Ort aufgefallen wäre. Wer mochte sie sein? Was für ein Leben hatte sie geführt?

Sie verneigte sich vor mir und schwankte tatsächlich wie ein Weidenbäumchen auf ihren winzigen Füßen in den kunstvollen Pantoffeln. Sofort fiel mir Lotties Verzweiflung über ihre großen Füße ein. Ich kam mir gegenüber dieser Frau auch ganz tolpatschig vor und überlegte, was sie wohl von mir dachte.

»Wie freundlich von Ihnen, zu mir zu kommen«, sagte sie ganz langsam, als habe sie den Satz auswendig gelernt.

Ich bedankte mich für ihre freundliche Einladung. Sie machte einige leichte Handbewegungen. Wunderschöne Hände hatte sie, ihre Nagelschilder waren aus Jade. Jeder Nagel war gewiß mehr als fünf Zentimeter lang. Lottie bedeutete mir, daß die Handzeichen mir einen Platz auf einem Kissen anboten. Ich hörte einen Gong schlagen, ein Diener kam herein.

Die nächsten Worte verstand ich nicht, aber es war wohl ein Auftrag gewesen, Tee hereinzubringen, denn gleich darauf öffnete sich wieder ein Vorhang, und die Teeutensilien wurden auf lackiertem Tablett hereingetragen. Die chinesische Teezeremonie war mir jetzt schon sehr vertraut. Lottie absolvierte sie sehr anmutig, obwohl sie die Anwesenheit ihrer ehemaligen Herrin sichtlich erregte.

Als Gast erhielt ich die erste Tasse, die zweite brachte Lottie der Hausherrin und wartete dann auf die Erlaubnis, sich selbst einzugießen. Getrocknete Früchte und Süßigkeiten wurden dazu geboten, die wir auf kleine Gabeln spießten. Durch Lächeln zeigte ich meine Freude über die angenehme Bewirtung.

»Sie haben also dieses elende Mädchen in Ihr vornehmes Haus aufgenommen«, sagte sie. Lottie ließ den Kopf hängen.

Ich antwortete, daß unser Haus durch Lotties Anwesenheit bereichert werde. Erwähnte all ihre Tugenden und sagte, daß ich als Fremde von Lottie über Land und Leute unterrichtet würde.

Tschan Tscho Lan nickte zu meinen Worten. Ich berichtete auch, wie gut sich Lottie meines Sohnes annahm und wie lieb er sie gewonnen habe.

»Sie glückliche Dame«, sagte sie. »Sie haben hübschen Sohn.«

»Ja«, sagte ich, »das habe ich.«

Lottie nickte lächelnd.

»Elendes Mädchen muß Ihnen gut dienen, wenn nicht, Stock nehmen.«

Ich lachte. »Kommt doch gar nicht in Frage. Lottie ist mir wie eine Tochter.«

Ein kaum merkliches Schweigen folgte meinen letzten Worten; mir wurde bewußt, daß ich Tschan Tscho Lan überrascht hatte, sie war aber zu gut erzogen, um diese Überraschung zu zeigen.

Tschan Tscho Lan unterhielt sich dann mit Lottie. Sie hatte eine leise, sehr musikalische Stimme und bewegte grazil die Hände zu ihren Worten. Ich verstand nichts, Lottie übersetzte mir.

»Tschan Tscho Lan sagt, Sie müssen aufpassen. Sie sehr glücklich. Ich auf Sie aufpassen. Sie sagt, Haus der tausend Laternen ist viel

Böses. Wo es gebaut, früher ein Tempel, sagt sie. Vielleicht Göttin nicht erfreut, daß Leute leben, wo früher angebetet. Tschan Tscho Lan sagt, Sie sollen aufpassen.«

Ich bat sie, Tschan Tscho Lan zu sagen, daß ich ihr für ihre Sorge um mich dankbar sei, aber ich hätte keine Angst wegen des alten Tempels, er sei ja der Kuan Yin gewidmet gewesen und die wäre doch eine gütige, würdige Göttin.

Tschan Tscho Lan antwortete darauf, wie mir Lottie sagte: »Aber vielleicht Kuan Yin Gesicht verliert, weil Leute wohnen, wo früher Tempel.«

Ich meinte, das Haus stehe ja doch schon mehr als hundert Jahre dort, und bisher sei doch offensichtlich noch niemandem etwas passiert.

In der nächsten Antwort Tschan Tscho Lans hörte ich die Worte Fan-kuei. Ich wußte, was sie bedeuteten – ausländischer Geist, fremder Teufel, wie man hier zu Nichtchinesen sagte. Sie meinte also, daß die Göttin zwar nichts gegen Chinesen auf dem Platz ihres alten Tempels habe, aber vielleicht etwas gegen Fremde. Das Haus hatte jedoch schon Sylvesters Großvater gehört, und dem war nichts passiert. Das sagte ich Lottie – ob sie es Tschan Tscho Lan übersetzte, weiß ich nicht.

Ein Blick Lotties bedeutete mir, daß es Zeit sei, zu gehen.

Ich erhob mich, Tschan Tscho Lan stand auch auf. Sie verneigte sich wieder vor mir und bedankte sich für meinen Besuch in ihrer elenden Hütte. Dann klatschte sie in die Hände, und ein Diener begleitete uns hinaus.

Eine merkwürdige Begegnung! Warum wollte sie mich kennenlernen? Vielleicht wegen Lottie, um sicher zu sein, daß ihr ehemaliges Mädchen einen guten Platz gefunden hatte. Oder war sie einfach nur neugierig auf die Herrin des Hauses?

Ich verstand diese Menschen jetzt schon ein wenig und wußte, daß man nie sicher sein konnte, was sie dachten. Ihre Handlungen und Worte entsprachen fast nie den wahren Empfindungen.

Die schöne Gestalt vom Nachbarhaus war eine Frau und interessierte sich deshalb für andere Frauen. Ob Lottie sie ab und zu aufsuchte und ihr von mir erzählte? Vielleicht war es so, und sie hatte mich deshalb einmal sehen und dazu noch die Warnung wegen des Hauses geben wollen.

Als ich zurückkehrte, hörte ich Stimmen in Sylvesters Wohnzimmer. Adam war bei ihm. Als ich eintrat, unterbrachen die beiden ihr Gespräch. Sylvester sah nicht sehr freundlich aus, wie mir schien.

Nachdem Adam gegangen war, sagte er: »Er hat sozusagen seinen Wiedereintritt in die Firma bekanntgegeben.«

»Ja?«

Er nickte. »Ich sollte mir mehr Ruhe gönnen«, sagte er, »und jemand müsse mir die Arbeit abnehmen. Und so weiter. Ich habe ihm erklärt, daß ich mit dir und allen Leuten im Lager völlig das Auslangen finde.«

»Vielleicht wäre es doch nicht so schlecht, ihn in das Geschäft aufzunehmen. Du hast doch seine Kenntnisse immer so gelobt.«

»Nein«, sagte Sylvester sehr entschieden. »Ich kenne meine Neffen, alle beide. Sie sind mir zu arrogant. Alle sind wir arrogant. Redmond und Magnus waren es auch. Jeder von uns denkt, er weiß alles am besten. Und darum können wir nicht zusammenarbeiten. Jeder will die Führung haben, Adam hat dich übrigens sehr gelobt.«

»Ach?«

»Aber er meinte, es sei schwierig für eine Frau, mit schlauen Händlern umzugehen.«

»So, hat er das gesagt?«

Sylvester lachte. »Du wirst ihm schon beweisen, daß du genausogut bist wie er. So ist es recht, Jane! Du hast einen ausgezeichneten Geschäftssinn. Über deine Zukunft habe ich keine Bedenken.«

Die Zeit verstrich rasch – Weihnachten nahte. Da man dieses Fest in China nicht feierte, ging es bei uns im Haus sehr ruhig zu. Leider hatten wir keinen Weihnachtsbaum; Jason erinnerte sich noch genau an die letzte Weihnachtsfeier in Roland's Croft, als der Pudding feierlich hereingetragen wurde. Ich füllte ihm natürlich seinen kleinen Strumpf und auch einen für Lottie, was ihr offensichtlich Spaß machte.

Dafür kam bald das chinesische Fest der Laternen heran. Es fand in der ersten Vollmondnacht des neuen Jahres statt. Sylvester hatte es schon oft miterlebt und berichtete mir ausführlich darüber.

»Eine der geschmackvollsten Darbietungen dieses Landes«, sagte er, »alle wollen einander mit noch schöneren Laternen übertreffen. Ein Feuerwerk wird veranstaltet, und natürlich gibt's auch einige Drachen.«

Lottie sagte mir, daß die Dienerschaft meinte, wir sollten zur Versöhnung der Göttin etwas Besonderes tun, durch eine eigens für sie entworfene Laterne etwa, da das Haus der tausend Laternen ja auf dem Boden ihres ehemaligen Tempels stand. Durch eine solche Ehrung würde der Gesichtsverlust vermieden, den wir fremden Teufel ihr sonst verursachten.

Ich sprach mit Sylvester darüber, und wir beschlossen, eine eigene Feier zum Laternenfest zu veranstalten. Wir wollten ein Fest geben, im engsten Familien- und Freundeskreis, mit chinesischem Essen und nach chinesischer Tradition. In jedem Zimmer sollte eine Laterne angezündet werden, und vor dem Haus wollten wir eine besonders schöne Laterne mit beweglichen Figuren anbringen.

Adam entwarf sie selbst, nach bester chinesischer Tradition. Sie bestand aus Seide, Holz und Glas. Wunderschöne Gestalten und buntgefiederte Vögel waren darauf angebracht. Feine Fäden daran bewirkten, daß sie sich beim Drehen des Rades bewegten. Diese Riesenlaterne wurde über das Außentor gehängt. In der Dunkelheit sah man sie schon von weitem leuchten.

Die Dienerschaft war entzückt über den Einfall, und Lottie sagte mir, daß wir damit dem Haus Glück gebracht hätten. Die Göttin wäre damit sicher sehr zufrieden.

Es war dann wirklich ein besonders festliches Essen. Wir erhielten zuerst jeder eine Schale Vogelnestsuppe, die ich noch nie vorher probiert hatte. Lottie sagte, sie sei sehr gesund. Die Schwalben verfertigen die Nester aus einer klebrigen Masse, die sie im Meer finden. Man sammelt die Nester ein, ehe die Eier gelegt sind. Lottie zeigte mir einige in der Küche. Sie waren etwa untertassengroß, hellrot und durchsichtig. Man löste sie für die Suppe einfach in Wasser auf. Mir schmeckte das Zeug nicht besonders, aber man servierte es uns als große Delikatesse, und so mußten wir so tun, als ob es köstlich sei.

Nach der Suppe gab es gesalzenes Fleisch und Reis in kleinen Porzellanschalen, danach Haifischflossen. Alles wurde mit Stäbchen gegessen – was ich inzwischen schon sehr gut beherrschte; für Flüssigkeiten gab es eigene kleine Porzellanlöffel. Wir tranken warmen süßen Wein und Tee dazu.

Nach dem Essen zündeten die Diener die Lichter in den Laternen an, und ich ging zu Jason hinauf, der mit Lottie im Zimmer gegessen hatte. Sie hatte ihm vom Fest unten erzählt und wie die Göttin sich freuen würde, weil wir fremden Teufel uns wie gute Chinesen betragen hatten.

Jason war schon ganz aufgeregt. Wir fuhren alle zum Hafen, von wo man den besten Ausblick hatte. Auch über den Sampans schaukelten hellerleuchtete Laternen in allen Farben. Und dauernd ertönten Gongschläge. Bei allen solchen Festen hörte man ständig Gongs, ihr Klang machte mich immer etwas unruhig, er kam mir wie eine Warnung vor.

Adam trug Jason auf dem Arm, damit er alles sehen konnte. Er jauchzte vor Begeisterung.

Und dann kam die Prozession. Die Leute, die die Laternen trugen, waren dabei fast interessanter als die Lampen selbst. Männer in festlich bestickten Seidenroben standen dicht neben Kulis. Die Hakka-Frauen mit ihren breitrandigen, schwarzbefransten Hüten und andere Feldarbeiter drängten sich neben Dienern vornehmer Familien. Wie eine

Schlange wand sich die Prozession langsam das Ufer entlang. Eine Gruppe Männer trug einen riesigen Drachen. Sie wanden und drehten sich, als seien sie selbst Glieder des Tieres. Sein Körper war auch von innen erleuchtet und wirkte unheimlich echt. Aus dem weit offenen Maul kam Feuer, die Riesenaugen glänzten tückisch.

Jason war hin und her gerissen zwischen Freude und Angst. Und dann begann das Feuerwerk.

Jetzt wurde Lottie wieder unruhig. Zufrieden beobachtete ich die beiden und haderte nicht mehr mit meinem Schicksal.

Als alles vorüber war, fuhren wir mit Rikschas nach Hause. Wir Erwachsenen unterhielten uns noch angeregt über chinesisches Brauchtum, während Lottie Jason oben ins Bett brachte.

Sylvester sagte: »Immer muß ein Drache dabeisein. Der Drache beherrscht das Leben der Chinesen. Er ist Idol und Schreckgestalt zugleich. Sie fürchten ihn, versuchen, ihn herauszufordern und manchmal auch ihn zu vernichten. Er soll allmächtig sein. Ich war einmal zur Sonnenfinsternis hier. Die Leute glaubten, der Drache hätte in übergroßem Hunger die Sonne auffressen wollen. Die Gongs wurden wie wild geschlagen, man wollte damit den Drachen verscheuchen. Und dann werden wieder ihm zu Ehren große Feste gefeiert.«

Tobias kam etwas später nach. Er war ganz aufgeregt: »Ein Schiff ist angekommen. Von zu Hause.«

Ich wachte mitten in der Nacht auf. Jason hatte von einem feuerspeienden Drachen geträumt und war überzeugt, daß das Tier vor unseren Fenstern lauere und hereinwolle. Ich holte ihn zu mir ins Bett und ließ ihn bei mir schlafen. Ich stand früh auf und war schon angezogen, als Lottie hereinkam und mir einen Besucher meldete.

Lottie sah sehr geheimnisvoll drein und wich meinem Blick aus. Oder kam mir das nachher nur so vor? Wer besuchte mich so früh am Morgen?

Ich ging zum Salon hinunter und öffnete die Tür. Und dann wäre ich beinahe ohnmächtig umgesunken, denn vor mir stand Joliffe. Er kam auf mich zu und starrte mich stumm an. Meine Gefühle bei seinem Anblick kann ich gar nicht beschreiben. Solche Freude verspürte ich und gleichzeitig Angst und Schrecken. Was bedeutete sein Besuch?

Er sagte nur ein Wort: »Jane!« Mehr nicht. Aber es sagte mir alles Sehnsucht und Trennungsschmerz. Freude über das Wiedersehen und auch Hoffnung.

Ich versuchte, mich zu beherrschen, und blieb auf Distanz. Solange er mich nicht anrührte, konnte ich ruhig bleiben.

»Was tust du hier, Joliffe?« fragte ich.

Erst jetzt wurde ihm klar, daß wir wohl über alltägliche Dinge reden mußten. »Ich bin mit dem Schiff gekommen.«

»Und du bleibst länger?«

»Ja, eine Weile.«

»Aber...«

Ich dachte verzweifelt: Wir können nicht beide hier leben. Hier ist nicht der Platz für uns beide. Wir werden uns dauernd sehen. Wie sollen wir das aushalten?

»Und wie geht es dir, Jane?«

»Danke, gut.«

Er lachte. »Auch... glücklich?«

»Unser Leben hier ist sehr interessant.«

»Ah, Jane!« sagte er vorwurfsvoll. »Warum hast du das nur getan?«

»Ich verstehe nicht, was du meinst.«

»Tu doch nicht so. Du verstehst mich ganz genau. Du hast meinen Onkel geheiratet.«

»Ich habe es dir schon einmal erklärt.«

»Du hättest warten sollen.«

Ich wandte mich ab. Das war ein Fehler, denn er legte mir die Hand auf den Arm und zog mich dann an sich, und aller Zauber unserer Liebe war wieder da. Ich wußte, daß ich nie wirklich zufrieden und glücklich gewesen war mit Sylvester. Wußte, daß ich nie ohne Joliffe glücklich sein konnte.

»Nein, nein!« rief ich und versuchte mich loszureißen. »Das darf nicht sein!«

»Ich bin aber jetzt frei«, sagte er.

»Und Bella?«

»Bella ist tot.«

»Wie praktisch für dich, nicht wahr?«

»Spotte nicht. Die Arme hat sich von dem Unfall nicht erholt.«

»Damals schien sie mir recht gesund zu sein.«

»Bei dem Unfall wurde sie schwerer verletzt, als es den Anschein hatte. Erst viel später stellte es sich heraus. Sie hatte nur noch wenige Jahre zu leben.«

»Und du bist also jetzt frei...«

»Du leider nicht.«

Ich ging zum Fenster.

»Joliffe, wir können nicht mehr so weitermachen.«

Er war mir gefolgt. »Was willst du damit sagen? Was heißt, nicht so weitermachen?«

»Ich habe hier mein neues Leben. Ich will keine Komplikationen. Was zwischen uns war, ist vorüber.«

»Was redest du für gräßliches Zeug. Du weißt genau, daß es nicht so ist... Solange wir leben.«

»Du hättest nicht herkommen dürfen. Warum hast du das getan?«

»Meine Arbeit. Aber vor allem wollte ich dir sagen, daß ich frei bin.«

»Und warum sollte mich das interessieren?«

»Du hättest meinen Onkel nie heiraten dürfen; hättest du das nicht getan, dann wäre der Weg jetzt für uns frei.«

»Und mein Sohn?«

»Unser Sohn! Ich hätte mich um ihn gekümmert. Und um dich.«

»Nein, ich habe schon ganz richtig gehandelt. Und da ich mich so entschieden habe, möchte ich auch weiter das tun, was ich für richtig halte. Fahr wieder ab, Joliffe. Ich möchte nicht, daß wir uns öfter sehen.«

»Ich muß dich aber sehen. Ich habe mir geschworen, nicht so weiterzumachen. Und ich will meinen Sohn sehen.«

»Nein, Joliffe.«

»Er ist mein Sohn.«

»Er ist hier glücklich. Er sieht Sylvester als seinen Vater an, und ich will nicht, daß er gestört wird. Joliffe, wie konntest du nur hierherkommen... Noch dazu in dieses Haus!«

»Es war auch einmal mein Haus. Wo sollte ich sonst hingehen?«

»Hier kannst du nicht bleiben!«

»Du hast Angst. Du solltest nicht solche Angst vor dem Leben haben.«

»Jeder von uns sollte Angst vor dem Unrecht haben.«

»Arme Jane!«

»Arme Jane! Arme Bella! Vielleicht sollte man uns beide bemitleiden, weil wir mit dir zu tun hatten.«

»Das wird dir nie leid tun.«

»Ich will, daß du wieder abreist.«

Er sah mich ganz fest an und schüttelte den Kopf. Im gleichen Augenblick öffnete sich die Tür. Jason stürzte herein.

Einen Augenblick lang sah er von mir zu Joliffe und zurück.

Joliffe lächelte ihm zu; da fing auch Jason zu lächeln an.

»Das ist Onkel Adams Cousin«, sagte ich. Joliffe verzog das Gesicht.

»Hast du einen Drachen?« wollte Jason wissen.

»Nein, aber als Kind hatte ich einen.«

»Woraus war er gemacht?«

»Mit Bambusstäben und schön bemalt. Ein Drache war drauf.«

»Ein feuerspeiender?«

»Ja. Und höher als meiner flog kein anderer.«

»Doch, meiner kann's«, sagte Jason.

Joliffe legte den Kopf zur Seite und schüttelte ihn. »Dann lassen wir sie um die Wette fliegen«, sagte Jason aufgeregt.

»Ja, das tun wir einmal.«

Lottie kam herein. »Hier bin ich«, sagte Jason. »Lottie, wo ist mein Drachen?«

Joliffe und Lottie sahen einander an. Sie kniete sich nieder und berührte den Boden mit der Stirn.

Jason machte es ihr feierlich nach.

Joliffe nahm das Mädchen bei der Hand und zog es hoch.

»Großer junger Herr, es freut mich.«

Als ich sie da neben ihm stehen sah – er hatte ihre Hand nicht gleich losgelassen –, so jung und schön, spürte ich plötzlich Eifersucht in mir aufsteigen.

»Jason, geh bitte mit Lottie frühstücken«, sagte ich.

»Ißt Onkel Adams Cousin auch Frühstück?«

»Sicher wird er irgendwo frühstücken.«

Jason stand da und sah Joliffe bewundernd an. Wie hätte er wohl reagiert, wenn ich ihm gesagt hätte, daß es sein Vater ist?

»Dann frühstücke doch mit mir«, schlug Jason vor.

»Das geht jetzt nicht«, sagte ich scharf. »Geh du hinauf.«

»Wir sehen uns dann später«, sagte Joliffe.

»Bring aber deinen Drachen mit«, sagte Jason.

»Ja, das tue ich«, sagte Joliffe.

Lottie und Jason gingen hinauf.

»Meine Güte, Jane«, sagte Joliffe, »was für ein netter Junge!«

»Bitte, Joliffe, es ist schwer genug! Mach es nicht noch schwieriger.«

»Du bist ja selbst daran schuld.«

»Unschuldig schuldig geworden. Aber lassen wir das jetzt. Ich werde Sylvester fragen, was er zu der Sache meint. Ich sage ihm auch, daß du hier warst.«

»Die brave folgsame Ehefrau«, kommentierte er bitter.

Unser Anblick und die Tatsache, daß wir auf immer für ihn verloren waren, machten ihn traurig und zornig zugleich. Und ich wußte bereits genug über ihn, um mir darüber klar zu sein, daß er anders reagierte als ich. Er nahm die Dinge nicht, wie sie waren, und versuchte nicht, aus ihnen das Beste zu machen. Für Joliffe gab es keine Kompromisse.

Ich ging zu Sylvester hinüber. Er war noch nicht aufgestanden, aber Ling Fu hatte ihm bereits das Frühstück gebracht, das er im Bett aß.

»So früh auf?« begrüßte er mich. »Ist was... ist was nicht in Ordnung?«

»Joliffe ist angekommen. Er ist hier.«

»In unserem Haus?«

Ich nickte.

»Er muß gleich wieder weg.«

»Er sagt, er hat geschäftlich hier zu tun.«

»Ich kann ihn zwar nicht nach England zurückschicken, aber in unserem Haus darf er nicht bleiben.«

Das Totenfest

1

Wieder einmal hatte sich alles verändert. Wohl weil Joliffe in Hongkong war. Ich konnte mein Schicksal nicht mehr hinnehmen. Mußte dagegen rebellieren. Wirklichen Seelenfrieden fand ich nur, wenn ich Joliffe vergessen konnte, und genau das konnte ich nicht. Niemals.

Er hatte mit Sylvester gesprochen. Worum es im einzelnen ging, weiß ich nicht. Aber jedenfalls machte er ihm klar, daß er nicht, wie Adam, bei uns wohnen könne. Angesichts seiner früheren Verbindung mit mir war das unmöglich.

Joliffe mußte sich natürlich danach richten. Er machte aber gleichzeitig klar, daß er seinen Sohn zu sehen wünsche. Ich kannte ihn gut genug, um zu wissen, daß er Jason als Vorwand benützen würde.

Sylvester regte sich sehr darüber auf. Er hatte Angst. Manchmal überraschte mich die Tiefe der Gefühle, die ich in diesem ruhigen, so zurückhaltenden Mann ausgelöst hatte.

Sylvester sah blaß und mitgenommen aus, er litt an starken Kopfschmerzen. Trotzdem hatte er Joliffe sehr entschieden das Haus verboten.

Joliffe schickte mir Nachricht, er wolle mich sehen. Ich ignorierte sie einfach. Dann schrieb er mir, Jason sei sein Sohn, wenn ich ihn schon nicht treffen wolle, würde er darauf bestehen, seinen Sohn zu sehen. Es sei sein Recht.

Ich war fest entschlossen, nicht mit ihm zu verhandeln, ohne daß Sylvester davon wußte. Also berichtete ich Sylvester von Joliffes Wunsch.

Wie blaß und krank er aussah. Tiefes Mitleid ergriff mich bei seinem Anblick.

»Er hat natürlich das Recht, seinen Sohn zu sehen«, meinte er nach einer Weile.

»Aber er hat sich fünf Jahre nicht um ihn gekümmert.«

»Trotzdem ist er der Vater.«

»Wenn er nur wieder abreisen würde«, sagte ich und wußte im gleichen Augenblick, daß ich das gar nicht wollte. Daß ich Angst hatte, er würde wieder gehen; und an Sylvesters Blick erkannte ich, daß meine Gedanken und Gefühle offen vor ihm lagen. Er kannte meine geheimsten Wünsche. Irgendwie war er Fatalist. Er schien sagen zu wollen: Hier hast du Joliffe, der kann dir wieder die jugendliche Leidenschaft und Verzauberung bieten, die für dich und ihn wohl

Liebe hieß. All das kann er dir bieten, zusammen mit einem ungewissen Leben. Ich dagegen biete dir Zuneigung, ruhige, treue Gemeinschaft und ein frohes Heim für dein Kind. Eine gesicherte Zukunft. Das Schicksal läßt dich wählen. *Du* mußt dich entscheiden.

Ich wußte, er hatte Angst, eines Tages würde ich mit Joliffe auf und davon gehen. Es war offensichtlich, daß Joliffe dies wollte, und wenn ich es tat, würde ich Jason mit mir nehmen, und Sylvester wäre dann wieder allein.

Ich befahl mir selbst, mich nicht versuchen zu lassen. Ich wußte, was meine Pflicht Sylvester und dem Kind gegenüber war. So redete ich mir selbst zu, und darum wollte ich Joliffe nicht mehr sehen; das kurze Treffen hatte mir genügt, um mir zu zeigen, wie schnell ich alles außer meinen Gefühlen zu ihm vergessen konnte. Und das sollte mir nicht passieren.

Ich würde vor allem dafür sorgen, daß ich ihn nie wieder allein traf. Jason konnte er ohne weiteres sehen.

Wir arrangierten es dann so, daß Lottie Jason zu dem Hotel brachte, in dem Joliffe wohnte. Sie durfte Jason aber nicht aus den Augen lassen, und die Besuche sollten jeweils nur eine Stunde dauern.

Zum Dank dafür mußte Joliffe versprechen – Adam kümmerte sich darum –, daß er Jason wirklich immer wieder nach einer Stunde heimschickte.

Nach dem ersten Treffen hatte ich meine Bedenken wegen dieser Vereinbarung. Jason kam vollauf begeistert zurück – Adams Cousin war der wunderbarste Mann auf Erden. Er hatte einen Drachen, und sie ließen beide steigen – Jason hatte seinen natürlich mitgenommen.

»Seiner fliegt höher«, sagte Jason bedauernd. »Er bringt mir nächstes Mal einen neuen.«

»Du hast doch den, den dir Lottie geschenkt hat«, erinnerte ich ihn.

Er sah mich fragend an. »Aber er bringt mir einen größeren und besseren. Das hat er selbst gesagt.«

»Dann ist Lottie vielleicht traurig.«

»Ach, ihren lasse ich auch manchmal steigen. Wann kann ich wieder zu Adams Cousin fahren?«

Auch ihn hatte Joliffe bezaubert.

Es war keine angenehme Lage für mich. Lottie wußte, wie mir zumute war.

Sie sagte, die Göttin habe ihr Gesicht verloren, weil man das Haus an der Stelle ihres Tempels gebaut hatte. Wer in dem Haus lebe, habe kein Glück.

»Das hat mit der Göttin gar nichts zu tun, Lottie.«

»Alle Fröhlichkeit ist weg«, sagte sie traurig.

Wie recht sie hatte! Ich war vorher wirklich fröhlich gewesen. Hatte ruhig mein Leben gelebt und mir einzureden versucht, ich sei zufrieden damit.

Oft sah ich, wie Lottie mich beobachtete. Traurig, besorgt. Sie wußte, Joliffes Ankunft hatte mich verändert.

Sie brachte Jason immer zu Joliffe. Adam begleitete die beiden. Das Ganze war recht zeremoniell. Adam blieb im Hotel, während Jason mit Joliffe in die Gärten dahinter ging. Lottie mußte bei den beiden bleiben.

Dreimal hatten sie sich schon getroffen. Jason war ganz verliebt in seinen Vater. Jeden Tag fragte er mich: »Wie viele Tage noch?« Und ich mußte es ihm auf dem Kalender anzeichnen.

»Ich glaube, es war ein Fehler«, sagte ich zu Sylvester. »Er gewinnt den Buben ganz für sich.«

Ich wußte, daß Sylvester große Angst hatte, er könne uns verlieren, daß aber seine fatalistische Einstellung überwog. Offenbar wollte er nicht nur mich zwischen ihm und Joliffe wählen lassen, sondern Jason auch.

Eines Tages bekam ich einen fürchterlichen Schrecken. Jason war nicht in seinem Zimmer. Er hatte nachmittags lesen wollen; als ich nach ihm sah, war er verschwunden. Ich rief nach Lottie, konnte sie aber auch nicht finden. Da sie beide fehlten, regte ich mich vorerst nicht allzusehr auf.

Ich ging dann in unseren Hof hinunter und sah zum Himmel. Da flogen zwei Drachen über meinem Kopf. Jasons, den ich kannte, und ein großer, leuchtender, der nur Joliffe gehören konnte.

Er ist also bei ihm, dachte ich.

Ich ging zur Pagode hinaus. Schon von weitem hörte ich Stimmen.

»Schau mal, meiner!« schrie Jason gerade.

»Warte mal, er fliegt noch höher.«

Sie standen mit dem Rücken zu mir, so daß sie mich nicht sehen konnten. Ich sah beide und auch Lottie, die dahinter im Gras saß und ihnen zuschaute.

Später ließ ich mir Lottie kommen. Sie sah mich ängstlich und verschreckt an. Vor einer Stunde hatte sie Jason heimgebracht.

Ihn fragte ich nicht, wo er gewesen sei. Er sollte es mir selbst sagen. Daß er es nicht sofort tat, schockierte mich.

Darüber wollte ich jetzt mit Lottie sprechen.

Ich schloß die Tür, und wir setzten uns beide. Ihre Hände zitterten.

»Du warst ungehorsam«, sagte ich.

Sie ließ den Kopf hängen.

Ich fuhr fort: »Du hast also Jason dorthin gebracht?«

Sie nickte beschämt.

»Du weißt doch, daß ihr euch immer nur im Hotel treffen sollt.«
Wieder nickte sie.

»Und jetzt hintergehst du mich einfach und bringst auch meinen Sohn dazu, mich zu hintergehen.«

»Sie müssen schlagen mich Elende«, sagte sie, kniete sich vor mich hin und berührte mit der Stirn den Boden.

»Steh auf, Lottie! Das ist doch Unsinn! Warum hast du es denn getan?«

»Jason geht so gerne zu Mr. Joliffe.«

»Wir haben vereinbart, daß sie sich einmal in der Woche treffen dürfen. Und du hast jetzt einfach eigenmächtig gehandelt.«

Sie sah zu mir auf. Ihre Augen waren schreckensweit. Sie blickte über die Schulter, als vermute sie jemanden hinter sich.

»Mr. Joliffe ist doch Jasons Vater!« sagte sie.

Woher weißt du das?«

Sie hob die Schultern. »Ich weiß es einfach.«

Natürlich hatte sie jemanden darüber reden hören. Adam hatte davon gesprochen, Sylvester sich mit mir darüber unterhalten. Wann haben Familien schon vor der Dienerschaft Geheimnisse bewahren können? Noch dazu, da Lottie Englisch verstand.

»Es bringt großes Unglück, dem Vater nicht zu gehorchen.«

Ich nahm sie bei den Schultern. »Ja«, sagte ich, »er ist Jasons Vater. Du hast es dem Buben doch hoffentlich nicht gesagt.«

»Nein, ich habe nicht gesagt. Würde nicht sagen.«

Das glaubte ich ihr. Vor allem, weil Jason niemals imstande gewesen wäre, das für sich zu behalten.

»Du darfst es ihm auch nie sagen. Wenn du es doch tust...« Ich zögerte. Dann warnte ich sie ernsthaft. »Wenn du es tust, mußt du weg von uns. Dorthin, wo du hergekommen bist.«

Wie entsetzt sie mich ansah. Sie fing zu zittern an.

»Ich werde nicht sagen. Hat nicht Sinn, ihm zu sagen. Er ist noch Kind. Vater nicht gehorchen, bringt Unglück.«

»Und Mr. Joliffe hat dich gebeten, ihn zur Pagode zu bringen?«

Sie ließ den Kopf hängen.

»Tu das nie wieder«, warnte ich sie. »Wenn du mich noch einmal hintergehst, schicke ich dich fort.«

Sie nickte verzagt, wollte sich wieder hinknien, indem sie mit der Stirn den Boden berührte, ausdrücken, daß sie außer sich war vor Verzweiflung und sehnlichst wünschte, ihre Sünden abzubüßen.

»Ist schon gut, Lottie. Ich vergebe dir. Aber tu's ja nie wieder.«

Sie nickte, und ich gab mich zufrieden.

Trotzdem blieb ich besorgt, denn ich wußte ja, daß Joliffe zu allem imstande war, um seinen Willen durchzusetzen. Ich erinnerte mich dann an das nächtliche Treffen in Sylvesters Schauraum. Als ich von ihm den wahren Sachverhalt erfuhr, hätte ich wissen müssen, daß ein Mensch, der zu derartigem imstande war, kein Vertrauen verdient. Und während ich täglich überlegte, was er wohl als nächstes unternehmen würde, lebte ich ebenso in täglicher Angst, er könne sich entschließen, heimzufahren.

Irgendwie hatte sich die Atmosphäre im Haus verändert. Sylvester spürte es auch. Das wußte ich, obwohl wir nie darüber sprachen.

Vielleicht dachten wir es uns nur aus, lebten in eingebildeter Furcht. Sylvester hatte offensichtlich Angst, die Zukunft erschreckte ihn...

Auch mir ging es so.

Er schien zusammenzuschrumpfen, sah älter aus. An manchen Tagen verließ er sein Schlafzimmer überhaupt nicht mehr.

Auch Adam fiel es auf. Er meinte, ich solle doch den europäischen Arzt, Dr. Phillips, rufen.

Zu meiner Überraschung war ich froh, Adam im Haus zu wissen. Seit Joliffe nach Hongkong gekommen war, bot er mir eine gewisse Sicherheit. Ich spürte, daß es ganz in seinem Sinn gewesen wäre, wenn ich Joliffe nachgegeben hätte, womit dieser offensichtlich gerechnet hatte.

Adam dachte immer sehr praktisch. Wenn ich mit Jason ging, *mußte* ihn ja Sylvester in die Firma aufnehmen. Ich meinte, alle Gedanken hinter seinem undurchdringlichen Gesicht lesen zu können.

Er hatte schon mehrere Häuser besichtigt, es gefiel ihm aber keines richtig, und Sylvester zeigte deutlich, wie lieb es ihm war, ihn weiter im Haus zu behalten. Seit Joliffes Rückkehr hatte sich Sylvesters Verhalten zu Adam geändert. Dieser Neffe war ihm immer schon sympathisch gewesen, und er bewunderte sein großes Wissen und seinen Berufsernst. Die beiden hatten viel gemeinsam. Oft traf ich sie in hitziger Diskussion über irgendeinem Stück an, das einer von ihnen entdeckt hatte.

Sylvester wollte vom Arzt nichts wissen, daher bat Adam Dr. Phillips privat zum Essen ins Haus und brachte bei dieser Gelegenheit Sylvesters schlechten Zustand wie zufällig zur Sprache.

Obwohl Sylvester sich zuerst darüber ärgerte, gab er dann doch nach und ließ sich untersuchen.

Der Arzt konnte nichts finden. Er unterhielt sich längere Zeit mit Adam und mir und wies darauf hin, daß Sylvesters untätiges Leben natürlich seine Auswirkung habe. Eine gewisse Schwäche und Müdigkeit sei wohl auf den Unfall zurückzuführen.

»Sorgen Sie für Fröhlichkeit und guten Mut und geben Sie acht, daß er sich nicht erkältet.«

Sylvester fragte mich dann, was der Arzt uns gesagt hatte. Ich berichtete ihm.

»Ich würde es auf jeden Fall immer gern wissen. Man sagt oft, daß man Kranken nicht sagen solle, wie schlecht es um sie steht. Manchmal mag das richtig sein, aber ich wüßte immer gern Bescheid über mein Schicksal – mein Glück, wie die Chinesen es nennen. Auch wenn ich nicht mehr lange zu leben hätte, wüßte ich es gern.«

»Wie kommst du auf so etwas? Er sprach nur von den Folgen deines ruhigen Lebens seit dem Unfall und daß du dich für deine Umwelt interessieren mußt und keine Erkältung bekommen darfst.«

Ich sah, wie müde er wirkte, er konnte nicht mehr lange weitersprechen. Ich schlug ihm vor, ein wenig zu schlafen. Aber er wollte Mahjong mit mir spielen. Als ich mit dem Spiel zurückkehrte, hatte er die Augen schon zu und schlief fest.

Er sah sehr müde aus, die Haut in seinem Gesicht war trocken wie Pergament. Er tat mir schrecklich leid.

Ich verbrachte sehr viel Zeit bei Sylvester, denn er wurde von Tag zu Tag schwächer. Was ihm fehlte, konnte ich nicht feststellen, und er selbst auch nicht. Er war einfach müde und apathisch. Verbrachte manchmal den ganzen Tag im Bett oder stand erst nach dem Essen auf und setzte sich in seinen Stuhl. Er schien völlig ergeben in sein Schicksal; er war offenbar der Meinung, sein Leben ginge bald zu Ende, und hatte sich damit abgefunden.

Ich fand seine Haltung beängstigend, wollte, daß er sich gegen seinen Zustand wehrte. Er lächelte nur mild, wenn ich vorschlug, er möge sich zum Abendessen umziehen.

»Es kommt eine Zeit im Leben«, sagte er dann, »wo man sich einfach der Strömung überlassen muß. Die Flut kommt heran, die Wellen berühren einen schon leise, und man weiß, daß man bald unter Wasser sein wird.«

Ich weigerte mich energisch, diese Philosophie anzuerkennen.

»Ja, du, Jane«, sagte er, »du bist auch eine kämpferische Natur.«

Ich brachte Jason in sein Zimmer, und er las laut vor, damit der Vater seine Fortschritte bemerkte. Das Kind plauderte unentwegt und erzählte Sylvester selbsterdachte Geschichten. In fast jeder Geschichte gab es einen Drachen. Sylvester brachte ihm das Mahjong-Spiel bei, und ich war selig und zufrieden beim Anblick der beiden.

Tobias kam oft vorbei, die zwei Männer besprachen sich dann lange. Auch ein englischer Notar besuchte uns, und da wußte ich, daß Sylvester sein Haus bestellte.

Bis dahin hatte ich mich bemüht, die Eigenartigkeit unseres Hauses zu ignorieren. Jetzt war das nicht mehr möglich. Es nahm Leben an, wurde zu einer Eigenpersönlichkeit, drängte sich mir auf. Ich weigerte mich zu glauben, daß die Unglücksfälle früherer Besitzer auf einen bösen Einfluß des Hauses zurückzuführen waren, und doch spürte ich diesen Einfluß... Es war ein vages, undefinierbares Gefühl.

Auch Sylvester sprach mit mir über das Haus. »Jetzt werde ich das Geheimnis doch nie kennenlernen.«

»Gibt es denn eines? Du hast das Haus durchsucht, die anderen vor dir taten es auch. Wenn es hier ein Geheimnis gäbe, wäre es bestimmt schon zutage gekommen.«

»Spürst du nicht etwas Eigenartiges in diesen Wänden?«

Ich zögerte. »Ich glaube, man kann eine – wie nennt man das – eine Aura selbst bewirken. Sie bildet sich in unserem Denken, unserer Einbildung. Das ist einfach nicht haltbar.«

»Du bist ein vernünftiges Mädchen, und du hast ganz recht. Wer an solchen Einbildungen leidet, hat nur Angst. Vielleicht entdecken wir eines Tages, daß das Geheimnis des Hauses gar keines ist. Daß es nur in den Köpfen derer spukt, die es geschaffen haben. Liest du mir jetzt vor?«

Ich las ihm Bücher von Dickens vor, die er sehr mochte. Vor allem wohl, weil sie ihn sehr weit von hier brachten und die Gegenwart vergessen ließen.

Neben seinem Bett hatte er ein Buch mit chinesischen Sprüchen. Vor dem Einschlafen las er immer darin.

An einige Zeilen erinnere ich mich noch. Zwei schienen besonders auf mich zu passen. Der eine Spruch hieß: »Edelsteine werden nur durch Reiben glatt. Menschen vollkommen nur durch Ungemach.« Wie sehr hatte ich mich doch verändert seit jenen Tagen mit Joliffe. Hatte mehr Verständnis für andere, war weicher geworden. Ob ich in meiner damaligen Verfassung – ins eigene Leben verliebt und kaum an andere denkend – Sylvester so eine Hilfe hätte werden können? Der zweite Spruch lautete: »Der Irrtum eines Augenblicks wird zu lebenslangem Leid.«

Daran dachte ich oft.

Eine merkwürdige Zeit durchlebte ich damals. In Sylvesters Zimmer war Hinnahme des Schicksals zu spüren und zugleich auch dumpfe Wachsamkeit. Das Haus wirkte ruhig, abwartend. Ich konnte mir einreden, soviel ich wollte, daß dies nur meine Einbildung war, ich spürte es einfach. In den großen Zimmern ebenso wie in den kleinen

Nebenräumen. Im sanften Rauschen eines Vorhanges, im Säuseln einer Brise, die unsere Miniaturbäumchen und die Windglöckchen erzittern ließ. In der Pagode, dem heimlichen Treffpunkt Joliffes und Jasons.

Ich ging jetzt oft dorthin, um zu sehen, ob Lottie mir wieder nicht gehorchte und Jason zum heimlichen Treffen mit seinem Vater verholfen hatte. Insgeheim hoffte ich wohl, Joliffe anzutreffen, und fürchtete mich gleichzeitig davor.

Adams Anwesenheit spürte ich sehr stark. Oft wehrte ich mich gegen seine herrische Art.

Mir gegenüber nahm er eine Art Beschützerrolle ein. Als ob er mich gegen meinen Willen verteidigen müsse. Das störte mich, und ich hätte ihm gerne gesagt, daß ich keine Wache brauchte. Sylvester hatte mich geschult, ich hatte die Lektionen gut gelernt. Und dazu gehörte vor allem die Kraft, auf meinen eigenen Füßen zu stehen.

Ich sagte aber nie etwas und ließ ihn gewähren.

Lottie sagte: »Der Herr ist so still, er wartet auf seinen Yen-Wang.«

Yen-Wang – der Wächter des Totenreiches. Manchmal rebellierte ich dagegen, daß Sylvester alles so ruhig hinnahm. Ich versuchte, ihn abzulenken.

»Du sagst doch selbst immer, daß jeder Mensch alles kann, wenn er nur will. Wenn also jemand gesund werden will mit aller Kraft, müßte es ihm doch gelingen.«

»Der Wille reicht nur bis zu einem gewissen Punkt«, berichtigte er mich. »Wem die Stunde schlägt, der kann die Uhr nicht mehr zurückdrehen.«

In der Nacht darauf wachte ich plötzlich erschrocken auf. Spürte, wie das Entsetzen in mir hochkroch. Schwaches Mondlicht fiel in mein Zimmer, die Laternen an der Decke sahen aus wie schwarze Tiere.

Und dann wußte ich, was mich geweckt hatte. An meiner Tür hatte sich etwas bewegt. Die Klinke war ganz langsam heruntergedrückt worden. Ich sprang aus dem Bett, im gleichen Augenblick öffnete sich die Tür. Zentimeter um Zentimeter. Eine Gestalt stand auf der Schwelle. Im ersten Moment dachte ich: einer der Geister des Hauses! Und dann erkannte ich Sylvester.

Ich mußte träumen. Es *konnte* nicht Sylvester sein! Er kam nur mit Mühe diese Treppe hinauf. Trotzdem flüsterte ich: »Sylvester.«

Keine Antwort. Er hielt beide Hände nach vorne gestreckt und trat langsam in mein Zimmer.

Ich starrte ihn ungläubig an. Träumte ich? Und dann dämmerte es mir. Er wandelte im Schlaf.

Ganz vorsichtig ging ich auf ihn zu, nahm seine Hand. Er schien zu lächeln, aber ich merkte, daß er noch immer schlief. Wie war er die Treppe heraufgekommen? Es mußte ein ganz starker innerer Zwang gewesen sein, der ihm tagsüber fehlte. Noch im Schlaf schien er zu merken, daß er mich gefunden hatte.

Ich hatte oft gehört, daß man Schlafwandler nicht aufwecken, sondern leise wieder zu ihrem Bett zurückführen soll.

So ging ich Sylvester voran zur Treppe und half ihm dann Stufe um Stufe hinunter. Legte ihn unten in sein Bett und deckte ihn zu. Eine Weile blieb ich noch neben ihm sitzen, falls er nochmals aufzustehen versuchte. Wie er so dalag, sah er bereits wie ein Toter aus. Die Knochen seines Gesichts traten scharf hervor. Ich dachte an alles Schöne, das er in mein Leben gebracht hatte. Und welch ein Verlust sein Tod für mich bedeuten würde. Daß er bald sterben mußte, spürte ich nun auch.

Mir wurde kalt. Ich konnte ihm nicht helfen, indem ich am Bett sitzen blieb, daher stand ich nach einer Weile auf. Da öffnete er die Augen.

»Jane?«

»Ist schon gut, Sylvester.«

»Wie spät ist es? Warum bist du hier?«

»Es ist alles in Ordnung.« Jetzt mußte ich ihm doch die Wahrheit sagen. »Du bist im Schlaf herumgegangen, ich habe dich zurückgebracht.«

Er wollte sich aufrichten. »Leg dich hin«, sagte ich. »Morgen früh reden wir darüber. Du schläfst jetzt wieder.«

»Jane?« flüsterte er nochmals.

Ich beugte mich über ihn und küßte seine Stirn. »Versuch zu schlafen.«

Am nächsten Morgen unterhielten wir uns über das nächtliche Ereignis. Er war erstaunt. »Das habe ich doch noch nie getan«, meinte er.

»Vielleicht passiert es vielen Leuten, und man merkt es nur nicht immer«, versuchte ich ihn zu trösten.

»Und in deinem Zimmer war ich? Wie bin ich denn hinaufgekommen?«

»Das frage ich mich auch.«

»Es muß ein starker Zwang gewesen sein... im Traum... irgend etwas, das mir die Kraft gab, hinaufzukommen.«

»Gibt es so was?«

»Ich glaube schon. Ich hatte mir Sorgen um dich gemacht, und das verfolgte mich vielleicht bis in den Traum. Ich wollte dir wohl etwas sagen. Vielleicht träumte ich, daß du in Gefahr seiest. Jane, ich mache mir ernste Sorgen um dich. Wenn ich nicht mehr da bin...«

»Bitte nicht!«

»Liebe Jane, du bist immer so gut zu mir. Immer gut gewesen. Ich verdanke dir fast all mein Glück.«

»Das macht mich sehr froh, aber bitte hör auf, zu reden, als ob du gleich sterben müßtest. Vielleicht sollte dir der Traum zeigen, wozu du imstande bist, wenn du willst. Konzentrieren wir uns lieber auf dich, daß es dir besser geht.«

»Nein, nein. Wir müssen der Wahrheit ins Auge sehen. Der Tod ist schon im Haus.«

Ich erschauerte. »Nein, das stimmt nicht. So etwas darf man nicht einmal denken.«

»Es stimmt aber doch, ich spüre es, und du spürst es auch. Wir merken doch so etwas. Schon gar in diesem Haus – es hat etwas Okkultes an sich, spürst du das nicht?«

»Ich habe dich immer für einen klugen, praktisch denkenden Geschäftsmann gehalten.«

»Ich bin so verändert, weil ich jetzt weiß, daß es vieles im Leben gibt, das mir und allen ein Geheimnis bleiben wird. Ich habe den Tod gesehen. Habe ihn wirklich gesehen.«

»Wie meinst du das?«

»Es war einmal spätnachmittags, die Tür meines Zimmers öffnete sich wie von Geisterhand, und ich sah eine Gestalt. Eine Drachengestalt mit der Maske des Todes. Ich habe sie oft in Prozessionen gesehen, und jetzt stand sie vor mir. Sah mich an. Ganz kurz nur, dann verschwand sie wieder.«

»Sicher nur ein böser Traum. So eine Gestalt gibt es doch gar nicht.«

»Nein, ich war bestimmt wach. In Roland's Croft wäre so etwas unmöglich, aber hier kann dergleichen geschehen.«

»Du glaubst doch nicht im Ernst an solche Dinge!«

»Ich habe den Tod erkannt, Jane. Dies ist kein gewöhnliches Haus, das spürst du genau wie ich. Hier können Dinge geschehen, die anderswo unmöglich wären. Spürst du nicht die Geheimnisse, das Unerforschliche, die Allgegenwart der Vergangenheit?«

»Ich werde den Doktor bitten, daß er dir ein gutes Schlafmittel verschreibt. Und von jetzt an passe ich besser auf dich auf.«

Er küßte mir die Hand. Ich fühlte unendliche Zärtlichkeit für ihn.

Es war April geworden; ich dachte sehnsüchtig an den Frühling in England. Sicher blühten schon die Osterglocken in den Londoner Parks; ich konnte mir die Kinder mit ihren Booten am runden Teich lebhaft vorstellen. Und dann durchlebte ich wieder die kurze, leidenschaftliche Zeit mit Joliffe und sah das plötzliche Lächeln vor mir, den bösen Ausdruck ihrer Augen – eine Botin des Schicksals, die gekommen war, mein Glück mit einem Schlag zu vernichten.

Erregung machte sich im ganzen Haus bemerkbar. Die Diener flüsterten untereinander. Irgendwas stand uns bevor.

Sylvester erklärte es mir: »Das Fest der Toten wird bald gefeiert.«

Mir wurde schlecht vor Schrecken. Ich erinnerte mich, über diese Sitte gelesen zu haben. Hatte ganz vergessen, daß das Fest in diese Jahreszeit fiel.

»Sie feiern es zweimal im Jahr«, sagte Sylvester. »Im Frühling und im Herbst, aber im Frühling wird es großartiger begangen.«

»Eine morbide Sitte«, sagte ich.

»Aber nein, sie feiern es gar nicht morbid. Zu Ehren ihrer Ahnen einfach. Du weißt ja, daß Ahnenverehrung im Leben der Chinesen mit das wichtigste ist. Jede Sünde um des Ahnenkults willen wird vergeben. Konfuzius hat gesagt, daß die Sterbe- und Trauerrituale zu den wichtigsten Pflichten gehören. Chinesen verehren ihre Toten mit wahrer Inbrunst. Und darum ist dieses Fest für sie so bedeutsam.«

Die Vorbereitungen hatten schon begonnen. Den ganzen Tag über sahen wir Gruppen den Hügel hinaufstreben, zu den Begräbnisstätten. Sylvester hatte mir gesagt, daß immer nur unfruchtbares Terrain für diese Stätten gewählt wurde und die höchsten Mandarine neben den niedrigsten Bauern begraben lagen.

Tagelang zogen Männer, Frauen und Kinder zu den Gräbern und putzten sie für den großen Tag. Als ich mit Tobias ausritt, sahen wir die rot-weißen Papierfähnchen im Wind flattern. Sie steckten an allen Gräbern, damit man wußte, daß sie gesäubert und bereit waren und kein Toter vergessen blieb. Auch Lottie wanderte zum Hügel hinauf. Sie nahm Essen und Kerzen mit und hüllte sich in ein großes Tuch.

Den Tag werde ich nie vergessen. Das Haus war ganz verlassen. Alle Diener hatten sich zu den Hügeln aufgemacht.

Tobias war mit Jason ausgeritten, er lehrte ihn auf einem kleinen Pony reiten. Sylvester und ich blieben allein im Haus zurück.

Wie still es war; nur die dumpfen Gongschläge der Trauerprozessionen, die sich den Hügel hinaufzogen, hallten herüber.

Wenn nur der Tag schon vorüber wäre, dachte ich.

Sylvester hatte sich ankleiden lassen und saß in seinem Stuhl. Im Dämmerschein wirkte er fast schon wie ein Skelett.

Wenn sie doch nur mit ihren Gongs aufgehört hätten! Es erinnerte mich an das Läuten von Totenglocken. Ich mußte an meine Mutter denken, die so früh gestorben war. Mir nichts von ihrem nahen Tod verraten hatte.

»Eine gräßliche Feier«, sagte ich laut.

»Die Trauer dauert nur kurz«, sagte Sylvester. »Bald beginnt das Festessen.«

»Festessen?«

»Was meinst du wohl, warum sie soviel Essen mitgenommen haben? Erst ehren sie die Toten, und dann gibt es ein großes Festbankett. Sie werden auf dem Hügel ihre Laternen entzünden, die Trauerklagen werden verstummen. Alle setzen sich rund um die Gräber und breiten das Mitgebrachte aus. Sie meinen dann, mit ihren Ahnen zu speisen.«

»Und morgen ist alles wieder vergessen?«

»Für manche ja, für andere niemals.«

Wir schwiegen beide.

Nach einer Weile sagte er: »Ich werde bald nicht mehr bei dir sein.«

»Hör doch auf!« rief ich. »Du rufst ja den Tod geradezu herbei.«

»Ich habe ihn das Haus betreten gesehen, Jane. Und ich wußte, wen er holen wird.«

»Unsinn! Du hast einfach keinen Lebenswillen mehr.«

»Weil er mir genommen wurde.«

»Von wem?«

»Das weiß ich nicht.«

»Sylvester, was willst du damit sagen?«

Er hob die Schultern. »Jedenfalls ist meine Zeit gekommen. Es hat sich eben so gefügt. Ich wußte, was zu tun war. Das Haus gehört dir, wenn ich nicht mehr bin.«

»Ich will gar nicht darüber reden.«

Er lachte leise. »Sag das lieber nicht. Das Haus hört dich. Niemand ist gerne unerwünscht. Das bedeutet Gesichtsverlust. Ja, dieses Haus und mein Geschäft gehören dir. Ich habe dich dazu ausgebildet. Du hast die Eignung dazu. Den ernsten Willen. Du wirst später den Jungen ausbilden, und er übernimmt dann alles von dir. Und das Haus – mit seinem Geheimnis –, ich glaube, du hast die Wahrheit herausgefunden. Angst ist bloße Einbildung. Das ist die Antwort auf das Rätsel. Du wirst in Frieden hier leben.«

»Du kannst doch nicht alles mir vererben, einer Frau.«

»Ich habe Frauen immer sehr geachtet, außerdem bist du *meine* Frau. Die letzten Jahre waren meine glücklichsten, seit ich Martha an Magnus verlor. Du hast alles verändert. Und so viel so schnell gelernt. Dein Eifer, deine Begeisterung haben mich so erfreut.«

»Ich kann bestimmt nicht allein...«

»Unsinn! Du hast mir selbst gerade gesagt, daß man alles kann, was man will.«

»Glaubst du daran?«

»Ja.«

»Dann glaube bitte daran, daß du wieder gesund wirst. Dann *wirst* du auch gesund. Ich werde dich pflegen, dir alles selbst kochen...« Ich hielt den Atem an, entsetzt über meine letzten Worte. Es war, als hielte auch das Haus den Atem an, als habe mir eine unbekannte Stimme diese Worte eingeflüstert.

»Zu spät«, sagte er. »Meine Zeit ist gekommen. Du wirst es schon richtig machen. Tobias ist ein braver Mensch. Er ist verläßlich. Vertraue ihm voll. Ich war immer ein kluger Geschäftsmann, aber ich habe die Dinge geliebt, mit denen ich handelte. Du weißt, von einigen konnte ich mich nie trennen. Ich habe an alles gedacht. Auch daran, daß du vielleicht nicht allein leben möchtest.«

»Was meinst du damit?« fragte ich scharf.

»Ich kenne dich sehr gut. Ich glaube nicht, daß du gerne allein lebst, vielleicht willst du wieder heiraten.«

»Wie kannst du davon reden? Du bist mein Mann, und du bist so gut zu mir.«

»Jane, seien wir doch realistisch. Wenn ich nicht mehr bin, wirst du vielleicht einsam sein. Brauchst vielleicht jemanden. Wähle diesmal klug, Jane. Denn damals...« Er unterbrach sich, als er sah, daß ich schmerzhaft das Gesicht verzog. Ich wußte ja, daß er an Joliffe dachte. Schnell sprach er weiter: »Ich habe an alle Möglichkeiten gedacht. Jason ist noch sehr klein, aber du bist auch noch so jung. Sollte dir trotzdem irgend etwas zustoßen, so wird Adam Jasons Vormund. Solange wie irgend möglich solltest du alles in der Hand behalten.«

Er wollte wohl andeuten, daß ihm Adam als mein Mann recht wäre, vielleicht auch Tobias. Tobias vertraute er unbedingt, aber Adam gehörte zur Familie. Vor allem aber wollte er Joliffe verdrängen.

»Ich will nur, daß du wieder gesund wirst«, sagte ich verzweifelt. »*Du* sollst alles in der Hand behalten.«

»Du bist so lieb«, sagte er. »Bist immer so lieb zu mir gewesen. Es war ein schönes Leben – im großen und ganzen. Sicher, es gab auch Leid, aber ich habe es überwunden, und die Chinesen sagen ja, daß sich unsere natürlichen Anlagen um so mehr entwickeln, je mehr wir sie üben müssen.«

Dann schwieg er und schlief nach einer Weile ein.

Ich blieb noch an seiner Seite sitzen und dachte an die vielen Jahre mit ihm. An unser erstes Zusammentreffen, an meine Angst, er würde Mutter und mich hinauswerfen.

Der furchtbare Sinn seiner letzten Worte wurde mir immer mehr bewußt. Ich wollte gar nicht daran denken. Wollte nur dasitzen und die Stille des Hauses spüren, die plötzlichen Gongschläge vom nahen Hügel hören.

In der gleichen Nacht starb Sylvester im Schlaf. In der Nacht des Totenfestes – eine passende Sterbestunde, hätte er sicher gesagt.

Ich war Witwe und eine reiche Frau geworden.

Die Witwe

1

Viel zu tun gab es jetzt für mich. Ich hatte noch so viel zu lernen, um mich meiner neuen Situation würdig zu erweisen.

Wenn ich Zweifel hatte, dachte ich immer: Sylvester hat an dich geglaubt. Er war sicher, daß du es schaffst!

Viele Formalitäten waren zu erledigen. Die Größe der Firma, die ich nun als Treuhänderin Jasons übernahm, war mir schier unfaßbar. Aber ich war fest entschlossen, das Geschäft erfolgreich in diesem Umfang weiterzubetreiben, nicht nur zur Selbstbestätigung, sondern vor allem für meinen Sohn.

Es kam mir vor, als wachse ich an meinen Aufgaben. Ich lernte, klare Entscheidungen zu treffen und mit den Leuten freundlich, aber distanziert umzugehen. Neue Schwierigkeiten erschreckten mich nicht, im Gegenteil, ich freute mich darauf, denn es machte mir Spaß, sie zu überwinden.

Ich spürte genau, daß Adam gern die Führung übernommen hätte.

»Das solltest du mir überlassen«, sagte er oft. »Für eine Frau ist das einfach zuviel.«

»Sylvester war nicht dieser Meinung«, sagte ich ihm.

»Wenn ich dir irgendwie helfen kann...«

»Vielen Dank, Adam.«

Er zog bald darauf in sein neues Haus um. Nach Sylvesters Tod konnte er ja nicht gut weiter bei mir wohnen.

»Wenn du mich brauchst – ich bin ja nicht weit weg«, sagte er noch zu mir.

Ich betrauerte Sylvester ehrlich und tief, und sein Verlust zeigte mir erst, wieviel er mir bedeutet hatte.

Wir hatten ihn auf dem englischen Friedhof begraben. Die chinesischen Diener waren enttäuscht, daß wir ihn nicht nach Landessitte begruben.

Lottie meinte nachdenklich: »Große Dame bestimmt wieder heiraten.«

»Ich, heiraten? Wie kommst du denn darauf?«

Sie spreizte ihre Hände und sah mich durchdringlich an.

»Eine englische Witwe heiratet nie im Trauerjahr.«

»So?« sagte sie nur und legte den Kopf zur Seite. »Nun, dann Sie heiraten eben in ein Jahr.«

Das schien sie völlig zufriedenzustellen.

Ein Jahr, sagte ich zu mir selbst.

Joliffe war zum Begräbnis gekommen. Ich spürte seinen glühenden Blick.

Nach dem Begräbnis wurde nach englischer Sitte das Testament verlesen. Ich war über den Inhalt nicht erstaunt, Sylvester hatte mir ja alles gesagt. Nur das Ausmaß des Vermögens überraschte mich. Alles ging an mich, allerdings unter der Voraussetzung, daß Adam die Verwaltung übernahm, falls mir vor Jasons 21. Geburtstag etwas zustieß. Sylvester hatte wirklich an alles gedacht.

Ob er Joliffe wohl ausschließen wollte, weil er Angst hatte, ich würde ihn heiraten?

Nach dem Begräbnis kam Joliffe noch einmal zu mir nach Hause. Man führte ihn in den Salon – als ich eintrat, kam er mit ausgestreckten Armen auf mich zu.

Ich wich ihm aus. Hatte Angst vor der Berührung. So verletzlich war ich noch.

»Ich muß mit dir reden«, sagte er. »Wir müssen so vieles besprechen. Wir sind jetzt beide frei...«

Ich wandte mich ab. Sah im Geist Sylvester im Stuhl sitzen und die Hände vor die Augen legen.

»Joliffe, ich bitte dich«, beschwor ich ihn. »Ich bin erst seit ein paar Tagen Witwe. Hast du das vergessen?«

»Eben deshalb müssen wir vieles besprechen.«

»Aber nicht hier und nicht jetzt...«

Er zögerte kurz und sagte dann: »Gut, dann eben nicht, dann eben später. Aber nicht zu spät.«

Ich flüchtete in mein Zimmer und dachte an die Wochen mit Joliffe in Paris.

Ich dachte auch an Sylvesters Worte: »Jede echte Beziehung bringt Leiden. Darum hüte man sich, leichtfertig Beziehungen einzugehen.« Noch einen Ratschlag hatte er mir gegeben: »Entscheidungen nie übereilt treffen. Probleme von allen Seiten beleuchten. Jeden Aspekt betrachten.«

Einige Tage nach dem Besuch Joliffes bestellte mir Lottie, er sei in der Pagode und warte auf mich.

Ich ging hinüber. Als ich die Pagode betrat, kam er aus einem Versteck heraus und umschlang mich.

Ich wehrte ihn ab. »Joliffe, ich bitte dich!«

»Oh, doch«, sagte er und drehte mich zu sich herum und küßte mich so leidenschaftlich, daß ich mich in die Tage unserer großen Liebe zurückversetzt fühlte.

»Joliffe, bitte – laß mich gehen«, bat ich ihn.

»Noch nicht, sag mir erst, wann wir heiraten können.«

»Im Trauerjahr heirate ich auf keinen Fall.«

»Ach, diese dummen Konventionen! Du bist doch in Wahrheit immer nur meine Frau gewesen.«

Ich entzog mich ihm. »Eben nicht. Als du mich scheinbar geheiratet hast, hattest du ja schon eine Frau.«

»Formalitäten!« sagte er verächtlich. »Unterschriften auf punktierten Linien. Bedeutet das Heiraten?«

»Im allgemeinen schon.«

»Nein – du warst immer meine Frau. Wir sind füreinander bestimmt. Wenn du wüßtest, wie ich gelitten habe, seit du weg bist...«

»Ich weiß es sehr gut, Joliffe«, sagte ich ganz ruhig.

»Warum zögerst du dann noch?«

»Damals war ich jung und unerfahren, eine Unschuld vom Lande. Ich kann mich nicht zurückverwandeln. Ich bin vernünftig geworden.«

»Die kluge Geschäftsfrau!« spottete er. »Ganz Hongkong redet über dich. Man überlegt bereits, wann du dir einen Gatten wählst, der dir deine Last abnimmt.«

»Diese Last – wenn es überhaupt eine für mich ist – lasse ich mir von niemandem abnehmen. Sylvester hat mich bestens ausgebildet in all den Jahren. Er hat daran geglaubt, daß ich es schaffe. Ich muß für meinen Sohn arbeiten. Vielleicht reicht mir das.«

»Unsinn! Du kannst noch viele Söhne bekommen. Du bist nicht die Frau, die aller Liebe im Leben abschwört.«

»Was für eine Frau ich bin, möchte ich erst einmal selbst herausbekommen, Joliffe. Ich bin immer wieder erstaunt über mich selbst.«

»Du warst sehr gekränkt, stimmt's? Jane, ich liebe dich wirklich. Ich wollte dir damals die Dummheit mit Bella nicht erzählen. Später hätte ich es dir gesagt, wenn du älter und toleranter geworden wärest. Ich hielt es für vorbei und abgeschlossen. Und dann ist sie sozusagen von den Toten wiederauferstanden. Und du hast mich deswegen verlassen! Ach, Jane, wie konntest du nur!«

»Ich sah keinen anderen Weg.«

»Arme Jane – klebst so an Konventionen! Kannst du ohne Heiratspapiere nicht lieben? Kannst nicht zu deinem wahren Mann zurückfinden, ehe das Trauerjahr um ist?«

»Joliffe, bitte laß Sylvester aus dem Spiel. Er war so gut zu mir. Er hat mir sehr viel bedeutet. Meine Beziehung zu ihm kannst du wahrscheinlich gar nicht begreifen.«

»Oh, doch, sehr gut sogar.«

»Nein, Joliffe, das begreifst du nie. Jahrelang war er mein bester

Freund. Ich verdanke ihm alles . . . übrigens auch meine Begegnung mit dir.«

»Typisch Jane – Lorbeerkränze um die Häupter der Toten! Auch so eine Konvention. Wer tot ist, wird sofort zum Heiligen. Sylvester war ein fabelhafter Geschäftsmann. Und auch sonst sehr clever. Er hat dich geheiratet, weil er eine Pflegerin, eine Schülerin und einen Sohn haben wollte und brauchte, und du konntest ihm das alles sein und geben. Seien wir doch vernünftig, Jane. Hier können wir frei reden – drüben im Haus fühle ich mich immer wie erstickt.«

»Hast du mich deswegen hierherkommen lassen?«

Er nickte. »Ja. Die Pagode gehört zwar auch zum Haus, und doch wieder nicht. So kam es mir jedenfalls immer schon vor.« Er blickte auf die halbzerbröckelte Statue der Göttin und verfolgte den Lauf eines Sonnenstrahls, der durch die Öffnung beim Dach hereinfiel. »Schon als Junge kam ich oft hierher. Und ich dachte mir heute: Hier kannst du offen mit Jane reden«

»Vorläufig gibt es zwischen uns noch nichts zu sagen«, antwortete ich. »Ich brauche viel Zeit, um nachzudenken. Ich bin mir über viele Dinge noch nicht klar.«

»Du brauchst also dein vorgeschriebenes Jahr«, spottete er weiter.

»Ja, ich brauche ein Jahr.«

»Und du wirst mich in diesem Jahr nicht heiraten?«

»Nein.«

»Und wie soll ich dieses Jahr ohne dich durchstehen?«

»Genauso wie die vergangenen Jahre.«

»Du verlangst viel von mir.«

»Wer wirklich liebt, kann viel ertragen.«

Er sah mich lange an, und dann sagte er innig: »Jane, ich empfinde für dich, was ich noch nie für einen Menschen empfunden habe. Ich werde nur für diese Zeit leben, in der wir wieder zusammen sein können. Heute in einem Jahr bin ich wieder bei dir. Dann feiern wir noch einmal Hochzeit, und es wird dann für immer sein.«

Er trat auf mich zu, nahm mich in die Arme und küßte mich, und wieder spürte ich all den Zauber seines Wesens in dieser Umarmung.

Einige Tage danach berichtete mir Adam, daß er Hongkong verlassen habe.

Viel Zeit zum Ausreiten hatte ich jetzt nicht mehr.

Tobias vertraute ich viele meiner Gedanken an. Jeden Tag ging ich zum Lagerhaus. Es machte ihm Freude, mir mehr und mehr beizubringen.

Ich sagte ihm auch, daß ich nicht für immer in Hongkong bleiben wolle – sobald ich Jason an Schulwissen nichts mehr beibringen konnte, käme er in ein englisches Internat, und dann wollte ich in seiner Nähe sein.

»Das hat ja noch eine Weile Zeit«, meinte Tobias gelassen.

»Ja, sicher«, stimmte ich ihm zu. »Und Sylvester hat Ihnen sein volles Vertrauen geschenkt, Sie machen das hier alles richtig und ganz in seinem Sinne.«

»Sie können mir genauso vertrauen, wie er es tat«, sagte er ernsthaft und sah mich bedeutungsvoll an.

Ich versuchte, seinem eindringlichen Blick auszuweichen, denn ich wußte, worauf er hoffte. Schon zu Sylvesters Lebzeiten hatte ich seine Gefühle erahnt – aber er war zu ehrenhaft gewesen, je etwas davon verlauten zu lassen, was er für mich empfand.

Manchmal dachte ich, es sei die beste Lösung, soweit es die Geschäfte betraf. Einen besseren Geschäftspartner fand ich nirgends. Unbeugsam, wenn er sich seiner Sache sicher war, absolut korrekt in allen Dingen, und meist hatte er recht mit seiner Meinung.

Mit einem Wort – absolut vertrauenswürdig.

Meine Gefühle für ihn? Ich achtete und bewunderte ihn, genoß seine Gesellschaft. Er war witzig und tat doch nie durch seinen Spott weh. Ein Leben mit ihm konnte ich mir schon vorstellen; hätte ich Joliffe nicht gekannt, wäre eine Ehe mit Tobias bestimmt glücklich und zufrieden geworden.

Merkwürdigerweise hatte sich meine Beziehung zu Adam verändert. Seine Nähe gab mir Schwung und Anregung, während sie mich früher irritiert hatte. Seine ernste, kritische, wenn auch etwas hochmütige Art amüsierte mich.

Eines Tages trafen wir zufällig beim Palast eines Mandarins zusammen, in dem Kunstgegenstände zum Verkauf angeboten wurden.

Unter den ausgestellten Dingen faszinierte mich die wunderschöne Gestalt eines Springers am meisten. Während ich sie aufmerksam betrachtete, spürte ich plötzlich jemanden in meiner Nähe. Ich drehte mich um – Adam stand neben mir.

»Wir haben den gleichen Geschmack«, sagte er.

»Ich finde sie wunderschön«, sagte ich. »Aber ich kann ihre Entstehungszeit nicht genau definieren.«

»Ich würde sagen, Tschu-Dynastie.«

»So alt?«

»Vermutlich eine Kopie aus einem späteren Jahrhundert. Aber der Tschu-Einfluß ist unleugbar.« Sein Gesicht glühte fast vor Eifer. »Wie bewegt sie wirkt! Eindeutig Tschu. Genau wie die Menschen damals – lebhaft und barbarisch.«

»Deine Kenntnisse möchte ich haben«, sagte ich bewundernd.

»Ich bin auch schon ein bißchen länger im Fach als du. Und außerdem ist es meine Hauptbeschäftigung – oder mein Hobby. Dich haben auch andere Dinge beschäftigt.«

»Trotzdem möchte ich alles lernen, was zu unserem Fach gehört.«

»Sehr schön – aber ganz wirst du mich nie einholen.«

»Und warum nicht?«

»Weil du ein Kind hast, das wichtiger ist als alle Kunst auf der Welt.«

»Vielleicht schätze ich deshalb alles Schöne auf der Welt um so mehr.«

Er schüttelte den Kopf. »Gefühlsbeziehungen lenken von der Kunst ab.«

»Stimmt gar nicht. Große Künstler waren oft große Liebende.«

»Ja, aber ihre größte Liebe ist immer noch die Kunst. Götter und Göttinnen der Kunst dulden keine Rivalen. Aber ich bin kein Künstler, ich bin nur Kunstkenner. Wenn man diese Dinge lernen will, muß man so viel lesen, in sich aufnehmen und forschen, daß für nichts anderes mehr Zeit bleibt.«

»Da bin ich nicht deiner Meinung. Künstler und Kunstkenner müssen nicht weltfremd sein, nur weil sie keine Zeit zum eigentlichen Leben haben.«

»Na ja, hier ist wohl kaum der Ort für solch ein Gespräch. Wir könnten es ja später einmal fortsetzen. Ich möchte jedenfalls die Figur ersteigern, und du?«

»Ich möchte sie unbedingt haben.«

»Auch gut. Also möge der – oder die – Beste gewinnen.«

Wir sahen uns noch ein paar Dinge an, vor allem ein paar wunderschöne Elfenbeinarbeiten. Ich ersteigerte einige von ihnen, vor allem eine herrliche Ming-Vase, die mir ganz besonders gefiel.

Nachdem ich die Übergabe an Tobias' Boten, der später alles abholen sollte, geregelt hatte, wollte ich bei der Tschu-Skulptur mitbieten. Zu meiner Enttäuschung war sie schon weg.

Adam lächelte ironisch.

»Man muß eben geschickt sein«, sagte er.

»Ja aber...«

»So geht's einem manchmal. Einiges mußt du noch lernen.«

Ich ärgerte mich sehr; nicht weil ich das Stück nicht bekommen konnte, sondern weil mir offenbar noch einige Fähigkeiten fehlten. Und ausgerechnet Adam hielt mir das vor.

»Mach dir nichts draus«, sagte er, »einiges mußt du eben noch dazulernen. Das nächste Mal fahren wir zusammen, und ich werde dich beraten. Und jetzt begleite ich dich zurück; für eine Frau ist es nicht ratsam, allein übers Land zu reiten.«

Unterwegs unterhielten wir uns über verschiedene Dynastien. Er wurde wieder ganz rot vor Eifer. Ich hätte ihm stundenlang zuhören können.

»Deine Bemühungen, als Frau im Geschäftsleben anerkannt zu werden, sind bestimmt löblich – und auch erfolgreich. Aber es wird dir zuviel werden.«

»Wenn du die Aufgaben meinst, die mir mein Mann zugedacht hat, kann ich dir das Gegenteil versichern.«

»Du kannst ja immer die große Linie der Geschäfte bestimmen, aber irgendwann werden doch Familienfragen wieder vordringlicher werden.«

»Die Erziehung meines Sohnes?«

»Das auch, aber vor allem, wenn du wieder heiratest.«

Ich schwieg.

»Du bist jung und hübsch. Man wird sich dir anbieten. Und du hast eine Menge zu bieten. Geld und Besitz.«

»Ich bin also eine gute Partie.«

»Das ist sicher nicht ganz unbekannt geblieben.«

»Leichte Beute für Glücksritter?«

»Glücksritter sind bestimmt vorhanden. Die dir deine Last gerne abnehmen würden.«

»Durchaus möglich. Aber sie werden entdecken, daß ich gar nicht daran denke, die Zügel aus der Hand zu geben.«

»Aber wieder heiraten solltest du trotzdem«, sagte er überraschend zart. »Nur aufpassen mußt du, daß du keine voreiligen Entschlüsse faßt.«

»Ich verspreche dir, daß ich sehr aufpassen werde.«

Er lehnte sich plötzlich zu mir herüber und legte seine Hand auf meine.

Zog sie dann plötzlich wieder weg. „Wenn du je meine Hilfe für irgend etwas brauchst, stehe ich immer gern zur Verfügung.«

»Ich danke dir.«

Als er mir vom Pferd herunterhalf, schien mir, als halte er mich ein bißchen länger als unbedingt nötig fest. Unsere Blicke trafen sich kurz. Seine Augen schienen nicht mehr so kalt.

Einige Tage danach wurde mir die Tschu-Skulptur ins Haus geliefert. Ich sagte es Adam, da ich annahm, es handle sich um einen Irrtum. Er lächelte. »Kein Irrtum. Sie ist für dich.«

»*Du* hast sie doch gekauft.«

»Stimmt. Und jetzt gehört sie dir. Ein Geschenk.«

»Adam! Dieses schöne Stück!«

»Ich würde dir nichts schenken wollen, was dir nicht wirklich gefällt.«

Ich wandte mich ab, wußte nicht, was ich davon denken sollte. Ob meine eigenen Gefühle...?

Er sagte ganz leise: »Wie schön, daß es dir gefällt.«

Und da wußte ich, daß drei Männer sich um mich bewarben.

Joliffe, der es so leidenschaftlich ausgedrückt hatte, Tobias, der es durch seine Ergebenheit zeigte, und jetzt Adam, der es mit diesem Geschenk bewies.

Es kam mir vor, als lache das Haus mich aus. Drei Männer. Die Antwort darauf war nicht schwer. Ich sah einigermaßen gut aus, war noch keineswegs alt und sehr reich.

Infolge der vielen Erledigungen seit Sylvesters Tod hatte ich zuerst gar nicht mehr viel an das Haus gedacht. Und dann wurde mir plötzlich klar, daß ich es jetzt besaß. Der Gedanke daran ließ mich nicht mehr los.

Auch Lottie sprach jetzt viel vom Haus. Sie meinte, es habe das Gesicht verloren, weil es nun einer Frau gehöre.

Ich sagte ihr, schließlich sei ja die ursprüngliche Herrin des Tempels, der früher hier gestanden habe, auch eine Frau gewesen, also müßte sie dieser Besitzwechsel eher freuen.

Lottie war nicht dieser Meinung. »Frauen«, sagte sie mit abfälliger Gebärde, »nichts wert. Männer... das ist anders.«

Lottie hatte natürlich den Beweis bei sich selbst erfahren. Schließlich war sie als Kind ausgesetzt worden.

»In einem Jahr Sie wieder heiraten«, sagte Lottie dann zuversichtlich. »Dann Herr im Haus, nicht mehr Gesicht verloren.«

»Es wäre immer noch mein Haus«, widersprach ich.

Sie hob nur die Schultern und lachte. Das glaubte sie mir nicht.

Adam und ich fuhren jetzt öfter gemeinsam zu Versteigerungen und trafen uns öfter bei Händlern.

Ich glaube, Tobias war ein bißchen gekränkt über diese Freundschaft, wenn er auch zuviel Taktgefühl hatte, etwas darüber zu sagen.

Adam ließ sich nie von seinem Ziel abbringen. Man spürte ihm seine Entschlossenheit jederzeit an. Ich wußte genau, kaum war mein Witwenjahr zu Ende, würde er mich bitten, seine Frau zu werden.

Und Tobias vermutlich auch.

So ernsthaft ich auch beide Möglichkeiten erwog, Joliffe stand doch immer in meinen Gedanken obenan. Und an ihn konnte ich nicht ohne die leidenschaftlichsten Gefühle denken. Im Gegensatz zu meinen

Empfindungen für die beiden anderen. Wenn ich an die Sache mit der Schatzkammer dachte, wußte ich genau, was Tobias davon hielt. Tobias war ein Mann von Ehre. Und Joliffe? Joliffe war ein Abenteurer. In früheren Jahrhunderten wäre er vielleicht Schlimmeres gewesen. Raubritter, Pirat? Ich konnte ihn mir ohne weiteres auf hohem Meer vorstellen, wie er fremde Schiffe stürmte und ihrer Schätze beraubte... und vielleicht ihrer Frauen. Ich hatte Joliffe geliebt. Aber ich empfand auch etwas für Tobias und Adam – nur gingen die Gefühle für diese beiden doch nicht tief genug. Was war das Zeichen wahrer Liebe? Bei Adam und Tobias konnte ich ganz kühl abwägen, bei Joliffe nie. Nur einem Menschen gegenüber empfand ich noch mehr. Meinem Sohn. Er ging allen anderen vor. Sylvester hatte ich seinetwegen geheiratet; wenn ich wieder heiraten wollte, mußte ich wieder an ihn denken.

Auch Tobias und Adam schienen sich darüber klar zu sein.

Jason mochte Tobias lieber. Bei ihm fühlte er sich völlig glücklich. Adam und Tobias hatten ihm Reitunterricht gegeben. Und Reiten war zur Zeit seine große Passion. Tobias wußte genau, wie er ihn behandeln mußte. Kannte die richtige Mischung von Bestimmtheit und Freundlichkeit. Und er sprach mit ihm wie ein Mann zum anderen, ohne jede Herablassung, wenn auch Jason zu ihm aufblickte. Adam war da anders. Er konnte nicht sehr gut mit Kindern umgehen, ich merkte aber, daß Jason ihn sehr achtete. Einmal fragte ich ihn geradeheraus, ob er Adam möge.

»O ja«, sagte er. »Er ist ja Joliffes Cousin«, fügte er noch hinzu, als ob das der Grund dafür sei.

Eines Tages unterhielt ich mich auf dem Heimweg von einer Versteigerung mit Adam über das Haus. »Du lachst mich sicher aus, aber seit es mir gehört, hat es eine andere Ausstrahlung.«

»Inwiefern?« fragte er.

»Ich kann es nicht erklären. Es ist ein ganz feiner Unterschied. Wenn ich allein in einem Zimmer bin, spüre ich, daß da noch etwas ist, daß man mir eine Botschaft übermitteln will.«

Er lächelte. »In der Dämmerung vermutlich?«

»Ja.«

»Schatten beflügeln immer unsere Fantasie, und in einem Haus wie deinem hat die Fantasie ohnehin sehr viel Nahrung.«

»Was ist nur dran an diesem Haus, das es mir so geheimnisvoll erscheinen läßt... irgendwie düster?«

»Es ist das Haus eines Orientalen. Und obschon du soviel über die Chinesen weißt, ist es dir fremd und widerspricht allem, was du deiner Erziehung nach vom Leben erwarten mußtest. Und es ist ein merkwürdiges Haus, du hast recht. Diese vielen Laternen.«

»Und du meinst, es wäre nur deswegen?«

»Ich denke schon.«

»Sylvester hat gesagt, daß ein Schatz darin sei.«

»So heißt es.«

»Wo könnte der versteckt sein?«

»Woher soll ich das wissen?«

»Wenn wirklich ein Schatz drin ist, muß es ein geheimes Versteck geben.«

»Das keiner der Vorbesitzer fand. Alle haben danach gesucht, in allen Zimmern.«

»Meinst du, die Legende ist einfach so entstanden, ohne Grund?«

»Ich könnte es mir vorstellen.«

»Vor mir hat es noch nie einer Frau gehört. Irgendwie ein Ansporn für mich.«

»Was hast du vor?«

»Ich will die Lösung des Rätsels finden.«

»Und wo würdest du anfangen?«

»Da muß ich noch auf eine Eingebung warten. Wo würde ein Schatz am ehesten versteckt sein?«

»Das kommt darauf an, um was für einen Schatz es sich handelt.«

»Sylvester war der Meinung, daß es sich nicht um Gold oder Silber oder wertvollen Schmuck handelt. Er meinte, es müsse etwas Außergewöhnliches sein. Ich habe schon daran gedacht, ob es nicht eine Statue der Kuan Yin ist. *Die* Statue. Du weißt schon. Die alle Kunsthändler suchen.«

»Wie kommst du denn darauf?«

»Das Haus wurde doch an der Stelle ihres ehemaligen Tempels erbaut. In der Pagode steht eine Kuan-Yin-Statue. Und eine ist im Haus.«

Adam sah mich aufmerksam an. Die Erregung, die er sichtlich vor mir zu verbergen suchte, verdunkelte seinen Blick. Die Kuan Yin der Sung-Periode zu finden, war der Traum jedes Kunsthändlers.

»Meinst du, der Mandarin, der meinem Urgroßvater das Haus schenkte, würde die Kuan Yin mitverschenkt haben, wenn er sie besaß?« fragte er mich.

»Vielleicht war es das höchste Opfer für ihn. Schließlich hatte der Urgroßvater ihm Frau und Sohn gerettet.«

»Deine Einbildung läuft mit dir davon.«

»Das hat meine Mutter auch immer gesagt. Es ist sicher eine verrückte Idee, aber ich will herausfinden, ob diese Statue nicht doch im Haus ist.«

»Und wie?«

»Ich werde jedes Zimmer absuchen.«

»Das ist schon hundert Male geschehen.«

»Und doch ist ein Geheimnis da.«

»Und wenn es so ist – achtzig Jahre lang hat es keiner finden können.«

»Vielleicht finde ich es.«

Adam lächelte – was er selten genug tat.

»Ich mache mit. Wo sollen wir anfangen?«

»Das müssen wir eben herausfinden. Vielleicht sagt es mir das Haus selbst.« Jetzt lächelte ich, denn ich sah, wie er spöttisch die Lippen verzog.

Adam dachte immer so praktisch, hatte kaum Fantasie; vielleicht brauchte ich so einen Mann? Ich fragte mich: Hatte Sylvester das gemeint? Er muß Vertrauen in ihn gesetzt haben, sonst hätte er ihn nicht zu Jasons Vormund ernannt.

Und Jason? Das Kind mochte ihn. Hatte das Vertrauen zu ihm, das Kinder zu starken Männern haben. Und außerdem war er Joliffes Cousin.

2

Ein zweiter Besuch bei Tschan Tscho Lan war geplant. Diesmal kam auch Adam mit. Er erklärte mir die Sache: »Die Dame hat sehr viel zu sagen in unserem Bezirk. Unsere Familie ist seit einiger Zeit mit ihr bekannt. Sie hat uns seinerzeit gute Verbindungen zu einigen reichen Würdenträgern geschaffen. Ihre Familie ist sehr angesehen, und sie lebt auch allein in ihrem Haus, seit sie ohne Mann ist. Das ist etwas ungewöhnlich in Hongkong. Übrigens unterrichtet sie junge Mädchen in gesellschaftlichen Pflichten.«

Ich erzählte ihm von meinem ersten Besuch bei ihr mit Lottie.

»Lottie hatte offensichtlich große Angst, daß ich irgend etwas falsch machen könnte«, sagte ich. »Der Besuch hat mich damals sehr beeindruckt. Warum lädt sie uns wieder ein?«

»Das tut sie öfter. Sie will unserer Familie zeigen, daß sie uns gut gesinnt ist.«

Ich erinnerte mich an das erste Mal, an die etwas steife Grazie dieser Frau. Da ich noch um Sylvester trauerte, kleidete ich mich ganz in weißen Seidenchiffon. Die Farbe stand mir gut, worüber ich sehr froh war. Nicht, um mit der Schönheit einer Tschan Tscho Lan zu konkurrieren, sondern weil ich eben so gut wie möglich aussehen wollte.

Auch Lottie sah reizend aus in ihrem hellgrünen Seidengewand. Die

Haare trug sie offen und befestigte nur eine Blume als Schmuck daran.

Da der Weg nicht weit war, gingen wir zu Fuß. Schon vom Eingangstor her hörte ich Gongschläge und die für unsere Ohren etwas klimprige, nicht ganz sauber klingende chinesische Musik. Tschan Tscho Lan erhob sich bei unserem Eintritt von ihrem Kissen.

Betäubender Blütenduft erfüllte den Raum. Sie schwebte uns wie die verkörperte Schönheit entgegen. Diesmal war sie in Blaßlila mit Goldstickerei gehüllt. Die schönen Haare wurden von juwelenbesetzten Nadeln gehalten. Das zart bemalte Gesicht war ein Kunstwerk.

Sie verbeugte sich tief vor dem groß gewachsenen Adam. Dann legte sie beide Hände zusammen und hob sie mehrmals über den Kopf.

Adam sagte: »Ha-u? Tsing Tsing.«

»Tsing Tsing«, flüsterte Tschan Tscho Lan zurück.

Mich grüßte sie ebenso.

Adam trat ihr zur Seite, und beide gingen uns voran in das angrenzende Speisezimmer, in dem der runde Tisch mit chinesischen Eßschalen, Tellern, Löffeln und elfenbeinernen Eßstäbchen gedeckt war.

Tschan Tscho Lan und Adam unterhielten sich in der Landessprache, die Adam offenbar fließend beherrschte.

Eine Dienerin kam mit heißen, feuchten Tüchern auf einem Tablett. Wir nahmen sie mit den dazugehörigen Zangen und wischten uns damit die Hände ab. Sie dufteten nach Rosenwasser.

Dann brachte man Jasmintee – der Auftakt zum kommenden Mahl. Tschan Tscho Lan erklärte, sie sei hochgeehrt, daß wir ihr armseliges Haus aufgesucht hätten, und hieß uns noch einmal feierlich willkommen. Adam antwortete in unser aller Namen. Offensichtlich wußte er genau, wie man sich hier zu verhalten hatte. Es schien, als seien solche Einladungen für ihn alltäglich.

Aus der großen Schüssel mit zerschnittenem Geflügelfleisch holte Adam für Tschan Tscho Lan Stückchen für Stückchen heraus und fütterte sie, wie um anzudeuten, daß er für sie nur das Beste heraussuchte. Dies war eine landesübliche Sitte. Lottie tat dasselbe für mich.

Sehr feierlich war dieses Essen, und ich war froh, einigermaßen Bescheid zu wissen, denn bei einem chinesischen Mahl ist es sehr leicht, eine der Sitten zu verletzen. Von der Vorspeise über den Fleischgang – mit Lotossamen und in feinsten Teig gehüllt – bis zur Suppe aus Vogelnestern und dem Dessert – in eine süße, klebrige Masse getauchte Obststückchen – hielt ich ohne Fehler durch. Zwischendurch wurden mit dem süßen Reiswein immer wieder Toasts ausgesprochen.

Noch mehrmals wurden die rosenduftenden Tücher herumgereicht.

Schließlich erhob sich Tschan Tscho Lan. Adam nahm sie bei der Hand, wir schlossen uns an, und sie schwankte wieder weidengleich uns voran ins nächste Zimmer. Hier setzten wir uns alle auf hohe Kissen. Am anderen Ende des Raumes saß eine Gruppe Musiker.

Ein Gong ertönte, Tänzerinnen betraten den Raum. Selten habe ich so graziöse Mädchen gesehen wie diese Chinesinnen. Wie fröhlich und bunt die Tanzkostüme waren! Ich entdeckte bald, daß die kleine Szene symbolisch gemeint war – es ging um ein Liebespaar. Zuerst sahen wir eine Begegnung der Liebenden – die Werbung eines jungen Mannes, dargestellt von mehreren verkleideten Mädchen; die zuerst kokette, ausweichende, dann immer ernster werdende Angebetete wurde ebenfalls von mehreren Tänzerinnen zugleich dargestellt. Jede Darstellerin verkörperte eine bestimmte Eigenschaft des Mannes oder der Frau. Schließlich kam der Hochzeitstanz – jetzt wurden Braut und Bräutigam nur noch von je einer Tänzerin gemimt, die anderen gesellten sich als Hochzeitsgäste hinzu. Schließlich verschwand das Paar, die übrigen tanzten ihnen nach. Das kleine Spiel war zu Ende.

»Und so leben sie bis an ihr seliges Ende«, sagte Tschan Tscho Lan. Wir klatschten, unsere Gastgeberin verbeugte sich gemessen.

»Ehe Sie mich verlassen, möchte ich Ihnen noch unseren heiligen Schrein zeigen«, sagte sie dann und sah mich dabei an, so daß ich für uns alle antwortete, es würde uns große Freude bereiten.

Sie verbeugte sich, Adam trat wieder an ihre Seite, und wir wanderten den langen Gang entlang, der mit ähnlichen Laternen erhellt war, wie sie bei uns im Haus hingen. Hinter dem Brokatvorhang am Ende des Ganges war eine Tür verborgen. Tschan Tscho Lan öffnete sie, Räucherduft umfing uns. Er strömte von brennenden Glücksstäbchen aus. Ein alter Mann mit langem Bart verbeugte sich und trat zur Seite. Er war in ein knöchellanges Gewand gehüllt und trug einen runden Hut auf dem Kopf.

Die Atmosphäre im Raum war drückend. Und dann sah ich den großen Schrein. Ein Wunderwerk, beherrscht von einer geschnitzten Statue der Kuan Yin. Sie saß auf einer Art Felseninsel und sah unendlich gütig aus. Die Stäbchen brannten zu ihren Füßen.

»Die Göttin der Gnade«, sagte Tschan Tscho Lan leise.

»Sie ist die Herrin des Schreins«, flüsterte uns Adam zu. »An der Wand seht ihr Tschan Tscho Lans Vorfahren.«

Ich betrachtete aus Höflichkeit zuerst die Bilder der hohen Würdenträger – einer sah wie der andere aus, alle hielten die Hände auf dem Bauch gefaltet und trugen lange Bärte. Ihre Roben waren überaus kostbar und farbenprächtig. Der Schrein interessierte mich mehr – ringsum war die irdische Lebensgeschichte der Göttin eingraviert.

Insgeheim wunderte ich mich, daß Tschan Tscho Lan uns fremden Teufeln diesen heiligen Raum zeigte. Warum wohl?

Die Verabschiedung erfolgte wieder unter vielen feierlichen Verbeugungen und Beteuerungen Tschan Tscho Lans, wie unwert unseres ehrenwerten Besuchs sie gewesen sei. Es war mir ein bißchen peinlich, obwohl ich diese Sitte natürlich kannte. Ich ließ es mir aber nicht nehmen, ehrlich meine Dankbarkeit und Freude über diese interessante Einladung zu äußern.

Auf dem Heimweg sah Lottie aus, als komme sie vom Paradies, zugleich schien sie ein wenig traurig zu sein. Vielleicht, weil sie nie zum Tanz ausgebildet worden war und ihre Füße nie gebunden worden waren, so daß sie keine reiche Heirat erwarten durfte.

Warum eigentlich? Das mußte ich noch herausfinden.

Später unterhielt ich mich mit Adam über diesen Besuch.

»Tschan Tscho Lan mag dich offenbar sehr«, sagte ich geradeheraus.

»Unsere Familien sind schon seit langem eng befreundet, und seit Sylvester tot ist, betrachtet sie mich als Oberhaupt der Milners. Ihre Lebensgeschichte ist recht interessant. Als Kind wurde sie zur Konkubine des Kaisers bestimmt. Er hat eine Unzahl Konkubinen – manche sieht er sein Leben lang nie. Für diese hohe Ehre muß ein Mädchen aus sehr vornehmer Familie stammen. Sie wird in den Palast geschickt und aufgrund von Schönheit, Anmut und verschiedener Fähigkeiten ausgewählt. Diese Auswahl trifft nicht der Kaiser, sondern seine Mutter und der Majordomo. Obwohl die Mädchen schon als Kinder in den Palast kommen, bekommt der Kaiser einige nie zu Gesicht. Sie leben ganz abgeschieden, und jede hofft natürlich, einmal zum Kaiser befohlen zu werden. Tschan Tscho Lan hatte nie das Glück. Hätte der Kaiser sie kennengelernt, wäre er bestimmt zufrieden gewesen. Seine Wahl wird aber durch den Einfluß bestimmt, den die verschiedenen Familien bei Hof haben. Die Mädchen leben wie im Pensionat, lernen sticken und malen. Wenn ihre erste Blüte vorbei ist – ungefähr mit achtzehn Jahren –, können sie den Hof verlassen. Man sucht ihnen dann Ehemänner. Tschan Tscho Lan wurde mit einem alten Mandarin verheiratet, der schon bald darauf starb. So ist sie heute ihre eigene Herrin, und da sie bei Hof so gründlich ausgebildet wurde, beschloß sie, ihre Fähigkeiten jungen Mädchen zu vermitteln, die sie sich selber aussucht. Die Tänzerinnen gehören auch dazu. Wenn ein Kind noch jung genug ist, läßt sie ihm die Füße einbinden und sucht ihm später den passenden Gatten. Jedes Mädchen wird nach seinen Fähigkeiten ausgebildet. Sie ist also eine Art Heiratsvermittlerin; hierzulande ist das ein sehr einträgliches Geschäft. Man sagt, daß sie eine der reichsten Frauen von Hongkong sei.«

»Sie scheint sich sehr für mich zu interessieren, oder kommt mir das nur so vor?«

»Nein, du hast recht – weil du als kluge Geschäftsfrau giltst, wenn auch in einer anderen Branche als sie, und sie eine ihr ebenbürtige Frau kennenlernen wollte. Das Leben hat dir ähnlich mitgespielt wie ihr, meint sie, auch wenn ihr Welten voneinander entfernt seid. Außerdem gehörst du zu unserer Familie.«

»Dich habe ich noch nie so liebenswürdig erlebt«, konnte ich mich nicht zurückhalten zu bemerken.

»Höflichkeit muß mit Höflichkeit erwidert werden. Außerdem hat sie seinerzeit meinem Vater und mir die Bekanntschaft mit so manchem Mandarin vermittelt, der irgendwelche seltenen Kunstgegenstände suchte. Sie ließ es uns auch immer wissen, wenn ein Bekannter von ihr etwas verkaufen wollte, und ich hoffe, daß sie das weiterhin tut.«

»Ach so, es handelt sich also um Geschäfte.«

Die grazilen Tänzerinnen gingen mir nicht aus dem Kopf.

Lottie ließ immer noch den Kopf hängen.

»Ihnen gefallen Tanz?« fragte sie mich unvermittelt.

»Ja, sehr.«

»Dann die beiden geheiraten. Sie verstehen?«

»Ja – das ist wohl ein bekanntes Tanzthema.«

Lottie verstand nicht, was ich sagen wollte.

»War für Sie«, fuhr sie fort. »Ein gutes Zeichen. Sie bald heiraten.«

»Nein, das war nicht auf mich persönlich gemünzt. Nur zufällig.«

»Nein, für Sie«, beharrte sie. »Ein Jahr bald vorbei.«

»Aber Lottie, ist es dir nicht recht, wie wir jetzt leben?«

Sie schüttelte energisch den Kopf. »Nein, nicht gut für Haus. Haus braucht Herr.«

»Das mußt du schon mir überlassen«, sagte ich.

»Ja, Sie entscheiden«, sagte sie zuversichtlich. »Ein Jahr nach Tod von Herr Sie entscheiden.«

Sie schien fest davon überzeugt zu sein, daß ich wieder heiraten mußte. Ich war noch nicht so sicher.

Als ich im Bett lag und zu der Laterne an der Decke über mir aufblickte, dachte ich wieder an das ungeklärte Geheimnis. Haus der tausend Laternen – hatte das Geheimnis mit den Laternen zu tun? Wahrscheinlich. Worin bestand der Unterschied zwischen diesem Haus und anderen? Durch die angeblichen tausend Laternen? Ich begann die Laternen in meinem Zimmer zu zählen – eine große in der Mitte, viele kleine an den Wänden – ebenso bei Jason. Wohl fünfzehn Stück.

Am nächsten Tag hatte ich viel im Geschäft zu tun und vergaß die Sache – erst abends fiel sie mir wieder ein.

Ich hatte gerade zu Abend gegessen und danach noch Kaffee getrunken, als Adam eintrat. Ein Fund, den er an diesem Tag gemacht hatte, beschäftigte ihn ungemein, und er wollte ihn mir unbedingt vorführen.

»Ich konnte es nicht erwarten, ihn dir zu zeigen«, sagte er und packte das mitgebrachte, in Leinen eingehüllte Paket aus. Ehrfurchtsvoll hielt er das Ding in die Höhe. »Wie findest du es?«

»Ein Weihrauchbrenner«, sagte ich.

»Stimmt. Welche Dynastie?«

»Erstes oder zweites Jahrhundert vor Christus, würde ich sagen. Also Han-Dynastie.«

Wie herzlich er lachen konnte. Ganz verwandelt schien er mir in solchen Augenblicken, und ich mochte ihn von Mal zu Mal mehr, je öfter ich solche Momente erlebte.

»Wo hast du ihn her?«

»Ein Mandarin, den Tschan Tscho Lan kennt, wollte ihn loswerden. Sie erfuhr es und gab mir Bescheid.«

»Ich erinnere mich an einen, den Sylvester gerne mochte«, sagte ich und plötzlich versagte mir die Stimme. Adam sah mich aufmerksam an.

»Du bist so allein hier.«

»Ach nein, es geht schon. Ich habe ja Jason – Lottie ist mir auch eine große Hilfe und Freude.«

Er nickte. »Du siehst so blaß aus«, sagte er besorgt, fast zärtlich. »Kommst du überhaupt genug an die Luft?«

»Aber ja, natürlich.«

»Aber du machst keine Spaziergänge. Wie in England. Wollen wir nicht zusammen spazierengehen, gleich jetzt? Durch die Gärten und zur Pagode hinaus? Was meinst du?«

»Ja, das täte ich gern«, sagte ich, »ich hole mir nur noch einen Schal.«

Ich ging in mein Zimmer hinauf, sah noch einmal nach Jason in seinem Bettchen und folgte dann Adam nach draußen.

Spaziergänge um unser Haus waren immer sehr schön. In jedem Hof führten Laubengänge rings um das Haus, mir war es jedoch jetzt zu eng innerhalb der Gartenmauern, es zog mich nach draußen, zur Pagode.

Wie stets konnte ich beim Betreten der Pagode meine Erinnerungen an das Treffen mit Joliffe nicht unterdrücken. Unheimlich war es dort drinnen bei Nacht. Nur ein zarter Mondstrahl fiel von der Öffnung im Dach auf das Gesicht der Göttin.

»Ich hätte den Tempel gern gesehen, als er noch unzerstört war«, sagte ich zu Adam. Er stimmte mir zu.

»Wie still es heute ist. Übrigens, bald kommt das Fest des Drachens. Am fünften Tag des fünften Monats soll er nach altem Aberglauben immer schlechter Laune sein. Auf dem Wasser und an Land sieht man an diesem Tag fantastische Gebilde. Lauter feuerspeiende Drachen, und alle Gongs ertönen, um ihn abzuschrecken und abzulenken von seinen bösen Absichten.«

»Das wird Jason Spaß machen. Mir gefallen diese Prozessionen auch sehr – nur ein bißchen zu aufregend sind sie mir. Aber mit der Zeit werde ich mich schon daran gewöhnen. Falls ich noch lang genug hierbleibe.«

»Natürlich bleibst du hier. Du wirst hier leben – und in England natürlich auch. Wie wir alle.«

»Wann fährst du wieder zurück?«

»Das hängst von verschiedenem ab.«

»Noch vor Jahresende?«

»Nein, das bestimmt nicht.«

»Es hängt also nicht nur von den jetzigen Umständen ab?«

»Nein, nicht allein – ich bleibe jedenfalls noch eine Zeitlang hier.«

Ich dachte: er wartet, bis ›mein‹ Jahr zu Ende ist und bittet mich dann, ihn zu heiraten.

»Heute morgen beim Aufwachen war ich plötzlich überzeugt, daß das Geheimnis etwas mit den Laternen zu tun hat.«

»Wieso denn das?« Er sah mich scharf an.

»Ich weiß es nicht. Das muß man eben herausfinden. Warum heißt es überhaupt das Haus der tausend Laternen?«

»Schließlich fallen sie ja sehr auf und sind eben das Besondere an unserem Haus.«

»Tausend Laternen«, sagte ich nachdenklich. »Ich werde sie einfach mal zählen. Hat das schon jemand versucht?«

»Ich weiß es nicht. Wozu sollte es übrigens gut sein?«

»Das weiß ich selbst nicht, aber ich möchte es einfach herausfinden. Hilfst du mir beim Zählen?«

»Ja, gerne; wann fangen wir an?«

»Gleich morgen. Möglichst so, daß die Dienerschaft nichts merkt.«

»Es soll also ein Geheimnis bleiben?«

»Irgendwie habe ich das Gefühl, daß niemand davon erfahren sollte.«

»Na schön, dann also morgen.«

Es war ganz still im Haus. Nur das leise Geklimper der Windglocken drang gelegentlich durchs offene Fenster. Adam stand mit Papier und Bleistift neben mir. Unsere Zählung sollte ganz genau sein. Zuerst kam die Halle dran, dann die anderen Räume im Erdgeschoß.

Nach einer Weile meinte Adam: »Ich kann mir nicht vorstellen, daß es wirklich tausend sind.«

»Genau das möchte ich herausfinden.«

Wir stiegen weiter hinauf, von Stockwerk zu Stockwerk. Nur einmal begegnete uns ein Diener. Nach seinem Gesichtsausdruck zu schließen, wußte er nicht, was er von der Sache halten sollte, war aber zu wohlerzogen, uns zu fragen oder gar nachzugehen.

Die Zimmerchen unter dem Dach waren rein chinesisch eingerichtet. Blaßblaue Seidenteppiche bedeckten die Fußböden. Die zarten Tuschezeichnungen – alle in der seit der Tang-Dynastie üblichen Malweise – paßten wunderbar dazu.

»Einfach herrlich«, sagte ich begeistert. »Wir sollten diese Zimmer auch benutzen.«

»Das Haus ist viel zu groß. Da gehört eine entsprechend große Familie hinein«, sagte er. »Na ja, eines Tages wirst du sie ja haben.«

»Wer weiß?«

Er trat näher zu mir, und ich überlegte, ob ich ihm wohl je vertrauen könnte. Völlig durchschauen würde ich ihn wohl nie, aber gerade das konnte ein Zusammenleben interessant machen. Es gab immer Neues an ihm zu entdecken.

Er schien meine Gedanken lesen zu können. Ganz kurz berührten sich unsere Hände, und ich dachte schon, er würde mich jetzt gleich bitten, ihn zu heiraten.

Er zog aber seine Hand sofort wieder zurück und wirkte danach sehr abweisend. Vermutlich hielt er es für unpassend, mir vor Ablauf des Trauerjahres einen Antrag zu machen. Wie anders als Joliffe!

»Ja, ein riesiges Haus«, sagte er scheinbar unbeteiligt.

»Ob es wohl für die Laternen gebaut wurde oder die Idee mit den vielen Laternen erst später kam? Ja, das könnte so sein, das Haus wurde für die Laternen gebaut.«

»Das ist doch Unsinn! Wozu sollte jemand in seinem Haus tausend Laternen haben wollen?«

»Der Erbauer dieses Hauses hatte offenbar den Wunsch, sonst hätte er sie nicht darin angebracht. Doch, Adam, ich bin jetzt ganz sicher, daß das Geheimnis mit den Laternen zu tun hat.«

»Na schön, von mir aus – dann zählen wir erst einmal weiter.«

Das taten wir auch.

»Wie viele sind es bis jetzt?« fragte ich nach einer Weile.

»Fünfhundertdreiundfünfzig.«

»Viele Räume bleiben uns nicht mehr. Wo ist der Rest von den tausend Laternen?«

Die Endziffer im Haus war fünfhundertsiebzig.

»Die Höfe gehören doch auch noch dazu«, meinte ich dann, und so zählten wir auch dort noch weiter. Wir durchstreiften alle Höfe und gingen auch zur Pagode hinüber. Dreißig Laternen mehr – jetzt hatten wir sechshundert.

»So, das waren jetzt aber wirklich alle«, sagte Adam.

»Es muß noch mehr geben«, beharrte ich.

»Und wo sollen die sein? Noch vierhundert – das ist einfach unmöglich!«

Wir standen wieder in der Pagode und sahen zum Dach hinauf. Das Geklingel der Windglocken kam mir jetzt irgendwie spöttisch vor.

»Das Geheimnis hat bestimmt mit den Laternen zu tun. Ich meine, das Haus selbst will mir eine Botschaft darüber vermitteln.«

»Du kommst mir schon vor wie die heilige Johanna – die hat auch immer Stimmen gehört.«

Ich fing an, mich über ihn zu ärgern. »Du kannst so etwas natürlich nicht verstehen. Schon als Schulmädchen faszinierte mich dieses Haus – seit ich zum ersten Mal darüber hörte. Ich fühle mich ihm irgendwie verbunden. Kannst du das nicht begreifen?«

Er schüttelte den Kopf.

»Irgendwie glaube ich einfach daran. Und Sylvester wußte das wohl oder ahnte es zumindest. Ich bin fest entschlossen, das Geheimnis aufzudecken.«

»Es gibt gar kein Geheimnis, glaube es mir. Mein Urgroßvater bekam es geschenkt. Es steht an der Stelle eines alten Tempels, und deshalb ranken sich die Legenden um diesen Platz. Und dannn hatte eben jemand den Einfall, es mit Laternen vollzuhängen.«

»Tausend Laternen! Wo sind die restlichen vierhundert?«

»So viele hatten einfach nicht Platz darin. Und tausend klingt irgendwie romantisch, deshalb beließ man es bei dem Namen, obwohl es nicht mehr als sechshundert sind.«

»Klingt natürlich sehr logisch.«

»Ich hoffe, daß ich immer logisch denke.«

»Ich nicht immer – fürchte ich.«

»Das soll ja eine typisch weibliche Eigenschaft sein.«

»Und das findest du schade?«

»Ich finde es durchaus anziehend bei dir, nur...«

»Was...«

»Aber ich finde deshalb auch, daß du jemanden brauchst, der sich eben um dich kümmert.«

Was war nur mit der Pagode los? Alle Männer schienen hier ihre Hemmungen abzulegen. Ich lenkte rasch wieder ab: »Vierhundert Laternen fehlen uns noch. Wir müssen sie finden! Dann finden wir vielleicht auch die Lösung des Rätsels.«

Auf dem Rückweg diskutierten wir weiter. Adam blieb dabei, daß die Zahl Tausend nur eine poetische Bedeutung habe. Ich vermutete mehr dahinter und blieb bei meiner Meinung, daß das Geheimnis mit den Laternen zu tun hatte.

Laternen! Ich träumte schon davon. Und beim Aufwachen fiel mein Blick jeden Morgen auf die Deckenlaterne in meinem Schlafzimmer, deren Öllämpchen die ganze Nacht hindurch brannte.

Das Fest kam heran, und wieder bewunderte ich die Vielzahl wunderschöner Effekte an den zarten Seiden- und Papiergebilden.

Nach dem Fest betrachtete ich zum ersten Mal unsere eigenen schmiedeeisernen Laternen genauer und entdeckte zu meiner Freude kunstvolle Gestalten darauf. Es waren ganze Szenenfolgen, die alle mit Liebe und Liebenden zu tun hatten. In der unteren Halle sah man das erste Treffen eines Paares – genau wie bei Tschan Tscho Lans Tanzvorführung warfen tanzende Mädchen Bänder in die Luft. Im ersten Stock fand ich nochmals die gleiche Szene in allen Laternen, aber im zweiten Stock sah man die Liebenden schon Hand in Hand, und im dritten umarmten sie sich bereits. Offenbar sollte dies die Hochzeit symbolisieren. Ob es noch andere Szenen gab – auf den bisher nicht gefundenen Laternen?

Ich erzählte Adam von meiner Entdeckung. Er lachte nur und meinte, das sei doch eine ganz normale Liebesgeschichte – die eben mit dem bekannten Spruch ›Und sie lebten glücklich bis zu ihrem Tod‹ ende. Er sah noch immer nicht ein, warum ich das Geheimnis unbedingt bei den Laternen suchte.

»›Man soll nichts unversucht lassen‹, ist auch ein bekannter Spruch«, entgegnete ich, »und den werde ich befolgen.«

Er lächelte mitleidig. Mein Interesse für die Laternen konnte er damit aber nicht schwächen.

Das nächste Fest galt den Toten. Alles erinnerte mich an die Vorgänge vor einem Jahr. Wie sich die Atmosphäre in diesem Haus geändert hatte, Pflichten plötzlich vernachlässigt wurden und eine gewisse Erregung spürbar wurde. Jeder schien einen toten Verwandten zu haben, dem bewiesen werden mußte, daß er oder sie nicht vergessen war.

Ich dachte an Sylvesters Sterbetag. An unser letztes Gespräch. Wie ausgemergelt er ausgesehen hatte, die Haut trocken und graugelb wie Pergament. Wie sicher er gewesen war, daß sein Ende bevorstand, und wie er sich darum kümmerte, alles in Ordnung zu hinterlassen.

Und am Abend des fünften April, dem Höhepunkt des Totenfestes, war er gestorben.

Damals schien es ein böser Zufall. Jetzt überlegte ich immer öfter, warum sein Tod wohl gerade an diesem Abend eintrat. Der Gedanke ließ mich nicht mehr los, daß irgend etwas daran merkwürdig war.

Der Morgen des fünften April war angebrochen. Im ganzen Haus meinte ich Spannungen zu empfinden. Es war leer. Alle Diener und Dienerinnen hatten sich auf die Hügel begeben.

»Sie wollen sicher allein sein mit Ihrem Schmerz«, hatte Lottie gesagt, ehe sie mich auch verließ. »Sie speisen zwar nicht an seinem Grab, aber Sie werden bestimmt sehr an ihn denken.«

»Ja«, sagte ich, »ich werde an ihn denken.«

»In China trauert Dame drei Jahre um Herrn. Ausländische Geister nur trauern ein Jahr.«

»Manchmal trauern wir viel, viel länger.«

»Aber Sie sagen ein Jahr und dann Sie heiraten.«

»Ich habe nur gesagt, daß ich innerhalb des ersten Jahres nicht heirate.«

»Aber Sie heiraten. Haus braucht Herr.«

»Machst du dir noch immer Sorgen um das Gesicht der Göttin?«

Lottie antwortete mit ihrem vieldeutigen Kichern und sagte dann: »Haus jetzt erfreut, weil bald neuer Herr.«

Auch sie hatte einen Korb voll Eßwaren über dem Arm, den sie zum Grab ihrer Ahnen bringen wollte.

»Muß mich kümmern um Ahnen«, sagte sie. »Ist größte Sünde, wenn man nicht tut. Buddha sagt: ›Guter Mensch kümmert sich um Tote.‹ Wenn ich nicht mich kümmere, ich nicht nach Fo gehen.«

Ich nickte nur. Sylvester hatte mir diesen Glauben erklärt. Fo war das Paradies der Anhänger Buddhas. Ein goldenes Königreich, in dem glitzernde Juwelen anstatt Früchten an den Bäumen hingen. Es wurde von der Zauberzahl sieben beherrscht. Alle Buddhisten hofften, in dieses Paradies zu kommen, und das ging nur, wenn man gute Taten vollbrachte. Die Hauptpflicht jedes Menschen war es, die Ahnen zu achten und zu verehren, und einer der wichtigsten Tage dafür dieses Totenfest.

Ich ging in unser Wohnzimmer. Sylvesters Stuhl stand noch darin. Wenn er doch noch lebte und ich ihm all meine Dankbarkeit zeigen und ihm sagen könnte, daß ich nie vergessen würde, wieviel er für uns getan hatte!

Zu sagen, daß ich meinen neuen Besitz nicht schätzte, wäre eine

Lüge gewesen. Auch war ich stolz, Chefin der Firma zu sein, die er aufgebaut hatte. Stolz auch, Besitzerin des Hauses der tausend Laternen zu sein.

Wie still es jetzt war! Ling Fu war mit Jason zum Lager gefahren, der Kleine ritt heute wieder mit Tobias aus. Ich hätte sie begleiten können, aber ich empfand, daß ich an diesem Nachmittag allein zu Hause bleiben müsse.

Ein Gedanke ging mir ununterbrochen im Kopf herum: das Jahr ist um.

Ich ging in Sylvesters Zimmer und gedachte seiner letzten Stunde. Plötzlich erklangen laute Gongschläge. Ich schrak zusammen. Ahnte insgeheim, was diese Gongschläge für mich bedeuteten. Mein Herz hämmerte wie wild.

Es war der Gong vor der Eingangshalle. Ein Besucher kündigte sich an.

Und ich wußte, wer dieser Besucher war. Wie stets kämpften Freude und Angst in mir.

Ich ging die Tür öffnen.

»Da bin ich wieder, wie ich es versprochen habe.«

Und er trat über die Schwelle, schloß die Tür hinter sich.

»Ich wollte keine einzige Minute verlieren«, sagte er dann und nahm mich in die Arme, und in dem Augenblick wußte ich, daß ich Adam oder Tobias nie ernsthaft in Erwägung gezogen hatte. Es gab nur einen Mann für mich auf der ganzen Welt – würde immer nur diesen einen geben – Joliffe.

Das Münzenschwert

1

All meine kühlen Berechnungen waren wie weggeblasen. Ich wußte, ich hätte nie einen anderen als Joliffe heiraten können. War genauso verliebt und von seinem Zauber gefangen wie in den Jahren davor. War übermütig vor Glück und wollte nicht wissen, was die ferne Zukunft bringen würde. Wußte nur eines: Ich würde mich auf meinem Weg von niemandem aufhalten lassen. Ich lebte schon jetzt im Paradies Fo, alles war so vollkommen, wie es sich ein Mensch nur hätte wünschen können. Auch wenn die Bäume keine Juwelen trugen. Blätter und Blüten waren tausendmal schöner, alles hatte sich verwandelt; die Welt war wieder wunderbar geworden.

Ich liebte und war bereit, um mein Glück zu kämpfen.

Joliffe und ich wollten heiraten.

Und dann fiel mir ein, daß mein neues Glück andere Menschen traurig stimmte. Tobias zum Beispiel. Als ich es ihm sagte, erschrak er.

»Er ist also wieder da?« sagte er nur.

»Ja«, sagte ich nüchtern, »und sowie er wieder da war, wußte ich, daß es keine andere Lösung für uns gab.«

Tobias antwortete nicht. Er sah durchs Fenster aufs Meer hinaus, betrachtete die eng aneinandergedrängten Hausboote und die flatternde Wäsche an den darüber gespannten Leinen. Sah den Traum unseres gemeinsamen Lebens vor sich, und Joliffe, der diesen Traum in Stücke riß.

Und dann sagte er: »Jane, bitte übereilen Sie nichts.«

»Nein, bestimmt nicht«, sagte ich leise. »Ich überstürze bestimmt nichts. Sie kennen ja unsere Geschichte. Joliffe und ich haben drei Monate zusammengelebt. Jason ist unser gemeinsamer Sohn. Es mußte so kommen.«

Er nickte.

»Und Jason?«

»Joliffe ist sein Vater.«

Er wandte sich ab.

»Und hier wird sich einiges verändern?« Er wies mit einer vagen Handbewegung auf die Lagerräume.

»Im Geschäft? Nein! Es soll alles so weiterlaufen wie bisher. Wie Sylvester es gewünscht hätte.«

Er schüttelte den Kopf.

»Tobias«, sagte ich, »für Sie wird sich wirklich nichts ändern. Ich brauche Sie doch! Sie waren Sylvesters Geschäftsführer und bleiben auch meiner.«

Er sah mich nur traurig an. Ich war plötzlich zornig, weil ich meinem Mitleid für ihn gestattete, mein Glück zu stören.

Adam fand sich nicht so einfach damit ab. Zuerst sah er mich nur entsetzt an, dann wurde er ärgerlich. Geriet in heißen Zorn über sein Schicksal, über Joliffe und auch über mich.

»So, du willst also Joliffe heiraten?«

»Ich habe ja bereits einmal geglaubt, mit ihm verheiratet zu sein«, sagte ich nur. »Und jetzt ist er frei und ich bin es auch…«

»Du bist verrückt«, sagte er.

»Das glaube ich nicht, Adam.«

»Ich hatte gemeint, dein Verstand würde dir selbst sagen, daß es Unsinn ist.«

»Und mein Gefühl sagt mir, daß es sehr sinnvoll ist.«

»Du glaubst wieder einmal das, was du glauben willst, auch wenn alles dagegen spricht.«

»Joliffe liebt mich, Adam. Und ich ihn auch. Wir werden einander immer lieben.«

»Und um dieser Liebe willen hat er dich betrogen, hat dich ein Kind zur Welt bringen lassen, das keinen Namen hatte, bis mein Onkel ihm seinen gab?«

»Das war nicht Joliffes Schuld. Er hat ja nicht gewußt, daß seine Frau noch lebte.«

»Du bist sehr naiv, Jane, und darum fürchte ich für dich.«

»Ich habe durchaus meine Lebenserfahrung und kann mich sehr gut um mich selbst kümmern.«

»Das scheint mir nicht so. Du hast schon einmal einen großen Fehler gemacht und bist noch einmal heil davongekommen. Jetzt willst du das gleiche noch einmal tun.«

»Ich bin nicht deiner Meinung.«

»Nein, natürlich nicht. Er braucht nur zurückzukommen und seine Geschichten zu erzählen, und schon bist du bereit…«

Er tat mir leid. Ich wußte, daß ich ihm wehgetan hatte. In den letzten Monaten hatte er offenbar die Möglichkeit erwogen, daß ich ihn heiraten könnte. Ich selbst hatte es vage in Betracht gezogen. Gleich von Anfang an hätte ich ihm sagen müssen, wie es um meine Gefühle stand. Daß es für mich niemanden außer Joliffe gab.

Und dann störte und bedrückte mich noch eins. Ich war jetzt im Begriff, genau das zu tun, wovor Sylvester mich gewarnt hatte. Er hatte deutlich gezeigt, daß er Joliffe nicht vertraute. Und mit seiner Bestimmung, daß Adam Jasons Vormund werden solle, hatte er offensichtlich andeuten wollen, daß ihm eine Ehe zwischen mir und Adam sehr lieb gewesen wäre. Deutlicher hätte er es gar nicht sagen können. Ich mußte immerzu an Sylvester denkten, und die Erinnerung überschattete die unbändige Freude über mein neues Leben mit Joliffe. Noch im Schlaf hörte ich Sylvester sagen: »Alles wiederholt sich im Leben.«

»Es ist keine Wiederholung«, entgegnete ich in Gedanken. »Es ist ein neuer Beginn.«

Und es *war* anders diesmal. Joliffe war nicht mehr gebunden und ich mir meiner Liebe sicher wie nie zuvor. Ohne ihn konnte ich nicht glücklich sein, das wußte ich jetzt genau.

Sogar Lottie schien dagegen zu sein.

»Das Jahr also vorbei«, sagte sie. »Sie jetzt heiraten. Das Haus nicht froh.«

»Unsinn«, sagte ich ärgerlich.

Sie machte eine hilflose Handbewegung. Ihre Augenbrauen schoben sich hoch, sie legte einen Finger an die Lippen. »Man kann es hören und fühlen.«

»Ich höre nichts«, erklärte ich.

»Doch«, beharrte sie. »Das Haus nicht froh.«

»Red doch nicht solchen Unsinn«, sagte ich. »Erst verliert die Göttin ihr Gesicht, weil das Haus einer Frau gehört. Du willst, daß ich schnell einen Mann finde. Jetzt will ich heiraten, und es paßt ihr noch immer nicht. Was will sie denn überhaupt?«

Lottie schüttelte hilflos den Kopf. »Sie nicht verstehen, große Dame.«

Die Göttin mochte sich ebenso ärgern wie Lottie, Tobias und Adam. Einen gab es jedoch, der sich ehrlich freute.

Jason kam zu mir, legte mir die Hände auf die Knie und hob sein glühendes Gesicht zu mir.

»Ich kriege einen Vater«, sagte er.

»Ja«, sagte ich. »Das gefällt dir, was?«

Er lachte. Natürlich gefiel es ihm. Er stand auf den Zehenspitzen. »Ich sag dir auch was.«

»Was denn?«

»Er ist immer mein wirklicher Vater gewesen. Das hat er selbst gesagt.«

Wir heirateten, und ich war so glücklich, wie ich es mir nie mehr erhofft hatte. Joliffe hatte eine Hochzeitsreise geplant, aber ich redete sie ihm aus, denn wir hätten ja Jason mitnehmen müssen. Erst protestierte er, aber dann gab er nach. Wo hätten wir auch hinreisen sollen? Außer dem inneren China gab es hier nicht viele Möglichkeiten.

»Ist ja auch egal«, meinte Joliffe. »Hauptsache, wir sind jetzt richtig verheiratet... Und haben ein ganzes Leben zu zweit vor uns. Wie herrlich, Jane!«

Ja, diese Aussicht war schön. Jetzt konnten wir anfangen zu planen. Pläne zu schmieden, wie damals. Konnten dort fortfahren, wo wir damals hatten aufhören müssen.

Einmal, als wir frühmorgens wach lagen und über unser Glück sprachen, sagte Joliffe mir, wie froh ihn unser Junge mache. Der Gedanke an ihn, der Zorn darüber, daß das Schicksal ihn von seinem Sohn trennen wolle, habe die langen Jahre der Einsamkeit beherrscht.

»Und diese Testamentsbestimmung«, sagte er dann, »daß Adam sein Vormund sein soll – das gefällt mir gar nicht.«

»Es ist ja nur für den Fall meines Todes«, beruhigte ich ihn.

Er umschlang mich heftig. »Bitte nicht!«

»Liebster – ich denke auch gar nicht daran. Es passiert ohnehin nicht.«

»Du meinst, ich sterbe vor dir?«

Jetzt umklammerte ich ihn. An diese Möglichkeit hatte ich noch nie gedacht. So hielten wir einander fest umschlungen, und dann fing Joliffe plötzlich zu lachen an.

»Wer will hier sterben? Wir sind ja schließlich noch jung! Wir werden noch viele Jahre leben, alle beide.«

»Ich könnte nicht ohne dich weiterleben«, sagte ich.

Er streichelte mein Haar. »Wir sind doch zwei Narren! Jeder will womöglich zuerst sterben, damit er nicht übrigbleibt. Einer wird aber übrigbleiben müssen.«

Ich schwieg eine Weile, dann stimmte ich in sein Lachen ein; wir liebten einander und waren glücklich, was wollten wir mehr?

Ehe wir wieder einschliefen, sagte Joliffe noch: »Man sollte es ändern lassen.«

»Wie denn?«

»Das geht bestimmt. Ich kann einfach den Gedanken nicht ertragen, daß Adam Jasons Vormund wird, wenn dir etwas geschieht...«

»Wenn ich sterben würde«, sagte ich. »Ja, wenn ich sterbe, wird mein ganzes Vermögen für Jason weiterverwaltet, und Adam wird sein Vormund.«

»Sylvester konnte ja nicht wissen, daß wir wieder heiraten würden«, sagte Joliffe.

Ich war da nicht so sicher. Was hatte Sylvester gedacht? Er wußte, wie ich an Joliffe hing. War ihm je in den Sinn gekommen, daß Joliffe zurückkehren könne, daß wir heiraten würden? Doch, dieser Gedanke konnte ihm nicht fremd sein. Und trotzdem machte er Adam zu Jasons Vormund. Vielleicht gerade deswegen.

»Es müßte geändert werden«, sagte Joliffe wieder. »Es ist bestimmt nicht schwierig. Du könntest es ohne weiteres erreichen. Es steht ja in deiner Macht.«

»Da bin ich nicht so sicher. Schließlich ist es ja ein Vermächtnis.«

Ich dachte insgeheim: Warum hat Sylvester das getan? Weil er meinte, ich würde Adam heiraten, oder weil er es sich wünschte?

»Jane, bitte tue es. Jason ist doch mein Sohn.« Er küßte mich zärtlich. »Ich kann nicht einmal diese schriftliche Verfügung ertragen.«

»Ich sterbe bestimmt noch lange nicht.«

»Nein natürlich nicht. Und wir fahren auch wieder nach England zurück. Wollen wir in Roland's Croft leben? Ich habe es immer gern gehabt. Es gehört ja jetzt dir. Was mag wohl Mrs. Couch tun? Die freut sich sicher, uns wiederzusehen. Würdest du nicht auch gern hinfahren?«

»Und wie! Dann müssen wir auch in unseren Wald, in dem wir uns getroffen haben. Kannst du dich noch an den Tag erinnern? Der Regen und der Unterschlupf?«

»Ich werde es nie vergessen.«

»Ich glaube, Jason erinnert sich gar nicht mehr an Roland's Croft.«

»Er muß jetzt bald ins Internat. Dann fahren wir alle zurück, ja?«

»Ja«, sagte ich, »wir fahren alle zurück. Tobias kann sich hier um die Geschäfte kümmern. Erst muß ich hier aber noch das Geheimnis der tausend Laternen aufdecken.«

»Gut, gehen wir auf Entdeckungsreise. Und es gibt bestimmt noch mehr zu entdecken.«

»Was denn zum Beispiel?«

»Wie sehr ich dich liebe und wie sehr du mich liebst.«

»Meinst du, ich wüßte es noch immer nicht?«

»Doch. Und ich glaube, das ist viel wichtiger als alle Geheimnisse der Welt. Und da ist noch die Sache mit dem Testament. Gehst du mal zum Notar und erkundigst dich? Du mußt ein für allemal klarstellen, daß ich der Vormund meines Sohnes bin und niemand sonst.«

»Ich werde morgen hingehen«, versprach ich.

Mr. Lambton, der schon seit Jahren Sylvesters Rechtsangelegenheiten betreute, hörte mir aufmerksam zu. Er wußte gut Bescheid in Familienangelegenheiten, und Sylvester hatte bestimmt das Testament auch mit ihm besprochen.

»Es war Mr. Sylvesters Wunsch, daß für Ihren Sohn bestens gesorgt sei, falls Ihnen etwas zustößt. Er war sehr besorgt um das Kind.«

»Das weiß ich«, sagte ich. »Aber mein Sohn hat einen Vater. Kein Vater sieht gerne einen anderen Mann als Vormund seines Sohnes.«

Mr. Lambton nickte. »Es geht ja hauptsächlich um das Geschäft. Mr. Sylvester hat seinen Neffen Adam für die Geschäftsführung vorgesehen, falls Ihnen etwas passiert, ehe Jason großjährig ist.«

»Ich weiß, er hielt ihn für sehr verläßlich, und das ist er ja auch. Aber meine Heirat ändert das alles. Mein Mann arbeitet jetzt mit mir zusammen. Er baut das Geschäft mit mir weiter aus, und es wäre doch Unrecht, die Sorge über die Früchte dieser Arbeit einem Fremden zu überantworten, falls mir etwas passiert.«

»Sie können natürlich jederzeit ein Testament zugunsten Ihres Mannes aufsetzen. Allerdings könnte Adam es anfechten. Kein Gericht der Welt würde einen anderen Mann zum Vormund eines Kindes machen, solange der eigene Vater noch lebt. Aber beim Geschäft ist das nicht ganz so. Auf jeden Fall können Sie, wie gesagt, in Ihrem Testament Ihren Mann bedenken.«

»Das werde ich auch tun«, sagte ich.

Zu Hause berichtete ich Joliffe. »Du sorgst also dafür, daß man mir Jason auf keinen Fall wegnimmt?«

»Selbstverständlich, und sobald wie möglich. Adam wird sich allerdings ärgern.«

»Du brauchst es ihm ja nicht zu sagen.«

»Hältst du das für fair?«

»Schau mal, Jane. Du stirbst ja nicht heute oder morgen. Das Testament gilt doch jahrelang. Man braucht doch deshalb niemanden aufzuregen.«

»Aber er wird weiter in dem Glauben bleiben, daß er...«

»So laß ihn doch. Wenn er einigermaßen bei Sinnen ist, wird er wohl annehmen können, daß ich meinen Sohn nie einem fremden Vormund überließe.«

»Trotzdem finde ich, man müßte ihm...«

Er umarmte mich und lachte herzlich. »Komm, laß es gut sein. Im Augenblick sind die Beziehungen zu Adam doch recht angenehm. Wir wollen sie wirklich nicht verschlechtern.«

»Und wenn ich sterbe...«

»Du stirbst nicht. Das erlaube ich dir gar nicht.«

Er drückte mich noch fester an sich, und ich vergaß für kurze Zeit meine Bedenken.

Einige Wochen danach wurde mir zum ersten Mal schwindelig. Beim Aufwachen spürte ich noch gar nichts, als ich dann aufstehen wollte, schien das Zimmer zu schwanken. Nur sekundenlang, aber ich ließ mich vor Schreck wieder aufs Bett fallen. Mir wurde ganz übel.

Joliffe war schon weggefahren, zu einer Versteigerung außerhalb der Stadt.

Dann wurde mir besser. Ob ich schwanger war? Andere Anzeichen hatte ich allerdings nicht verspürt. Wie schön, wenn wir noch ein Kind bekämen!

In meinem Testament hatte ich Joliffe zum Vormund Jasons bestimmt und vorgesehen, daß er bis zu Jasons Großjährigkeit für ihn die Geschäfte leiten solle. So absurd es war, der Gedanke daran, ich könnte sterben und die beiden allein zurücklassen, erschreckte mich. Aber so geht es wohl den meisten Leuten, wenn sie ihr Testament abfassen.

Lottie kam in mein Zimmer und stellte sich neben das Bett.

»Sie heute nicht gut, meine Dame?«

»Mir wurde ein bißchen schlecht beim Aufstehen.«

»Dann Sie bleiben liegen.«

»Aber nein, ich stehe jetzt auf.«

Sie sah mich besorgt an und brachte mir dann meinen Morgenmantel.

Ich stand auf. Diesmal schwankte das Zimmer nicht. »Siehst du, es geht mir schon besser«, sagte ich. »War gar nichts weiter.« Aber den ganzen Tag über fühlte ich mich unlustig, und am Nachmittag schlief ich lange.

Ich dachte an Sylvester. Er hatte sich doch auch über Schwindelanfälle beim Aufstehen beklagt. Und wenn sie passierten, schlief er immer lange und hatte keine Lust, irgend etwas zu unternehmen.

Erst er, dann ich. War da ein Zusammenhang?

Armer Sylvester, dachte ich dann. Wenn ich dich doch wissen lassen könnte, wieviel ich an dich denke.

Ein Schiff war von England gekommen – da gab es immer Aufregung und eifriges Hin und Her. Neue Ware wurde in unser Lager gebracht. Die Lieferungen des Londoner Agenten interessierten uns immer sehr.

Auch Passagiere kamen meistens an. Alte Freundschaften wurden erneuert, man gab Einladungen hin und her. Joliffe hatte viele Freunde hier und gab gern Gesellschaften für sie. In meiner neuen Ehe lebten wir sehr gesellig. Manchmal aßen wir wie die Chinesen. Für neue Gäste war das immer ein großes Schauspiel, und der Dienerschaft gefiel es auch.

Joliffe freundete sich sehr mit Adam an, als müsse er sich revanchieren für die Testamentsänderung. Ich fühlte mich in Adams Gegenwart immer recht unwohl deswegen und hätte ihm lieber alles gesagt.

Die gewisse Reserviertheit, die mich zu Anfang unserer Bekanntschaft so irritiert hatte, setzte wieder ein. Um so mehr freute ich mich über das gute Einvernehmen zwischen Adam und Joliffe. Oft luden wir ihn zu kleinen, festlichen Diners ein. Das war Joliffes Idee. Er liebte Familienfeste. So sahen wir Adam oft im Haus der tausend Laternen.

Und eines Abends passierte etwas Merkwürdiges.

Ich öffnete eine meiner Schubladen und fand darin einen Gegenstand, den ich noch nie gesehen hatte. Nahm ihn verwundert heraus und betrachtete ihn.

Wer mochte ihn da hineingelegt haben? Immer wieder drehte und wendete ich ihn zwischen meinen Händen. Da kam Lottie ins Zimmer.

Sie blieb abrupt stehen und starrte das Ding in meiner Hand an.

»Was ist denn los, Lottie?«

Sie starrte noch immer. Dann hob sie die Schultern hoch und kicherte. Es war jenes Kichern, das meiner Erfahrung nach Angst überdecken sollte.

»Sie haben Münzenschwert«, sagte sie. »Wer Ihnen gegeben?«

»Es war in der Schublade. Wer hat es da hineingelegt? Was ist das überhaupt? Was bedeutet es?«

»Irgend jemand hineingelegt«, sagte sie.

»Natürlich hat es jemand hineingelegt. Was weißt du denn von solchen Dingern?«

Sie schüttelte den Kopf.

»Wahrscheinlich hat es einer der Diener hineingetan.«

»Es sein für Glück«, sagte sie. »Soll hängen über Bett.«

Ich sah die Wand an. »Das kann ich mir nicht vorstellen. Und jetzt möchte ich vor allem wissen, wer es mir in die Schublade getan hat.«

Lottie nahm das Münzenschwert behutsam in die Hand und betrachtete die einzelnen Geldstücke.

»Sie sehen, aus welche Zeit Münze stammt. Kaiser aus Zeit, wo Münze gemacht, wacht über Mensch, bei dem hängt über Bett. Hält böse Geister ab.«

»Interessant«, sagte ich.

Sie nickte. »Und solche Schwert immer in Haus, wo Tod kommt. Wo Mord im Haus. Oder jemand Selbstmord. Da muß ein Münzenschwert bösen Geist weghalten.«

»In einem Haus, in dem es Mord oder Selbstmord gab?«

Lottie schüttelte den Kopf. »Wenn jemand Leben nimmt… eigenes oder fremdes, böse Geister da. Darum in solche Haus Münzenschwert, das beschützen.«

»In unserer Familie war aber kein Mord und kein Selbstmord.«

Diesmal schwieg Lottie.

»Na schön«, sagte ich. »Gute Nacht dann. Und ich nehme morgen das Seidene...«

Sie zögerte noch. »Sie hängen Schwert über Bett«, sagte sie. »Hält Gutes hier, Schlechtes draußen.«

Ich schüttelte den Kopf. »Wirklich ein interessantes Stück. Wer mag es mir nur in die Schublade gelegt haben?«

»Hast du schon mal von Münzenschwertern gehört, Joliffe?«

»Natürlich. Ein alter Aberglaube der Chinesen.«

»Ja, Lottie hat mir davon erzählt.«

»Alte sind ziemlich teuer, je nachdem, aus welcher Zeit die Münzen stammen. Man hängt sie als eine Art Schutz übers Bett. In Häusern, wo es Mord oder Totschlag gab.«

»Man hat mir eins in die Schublade gelegt; wer mag das gewesen sein? Das warst doch nicht etwa du?«

»Meine Liebe, wenn ich dir so etwas schenken wollte, würde ich es nicht in der Schublade verstecken.«

»Wer hat es dann hineingelegt?«

»Hast du Lottie gefragt?«

»Ja, sie war aber ziemlich aufgeregt darüber. Offenbar ist es so eine Art Talisman.«

»Wirklich interessant«, sagte Joliffe.

Und dann vergaßen wir es beide, denn unser gemeinsames Glück war immer noch so aufregend neu. Erst viel später dachte ich dann wieder an den Talisman.«

Wir hatten eine Einladung vor, diesmal wieder nach chinesischer Art. Den ganzen Tag lang wurden in der Küche die Speisen vorbereitet. Man spürte, wie auch die Dienerschaft sich über dieses Festessen für unsere Gäste freute.

Joliffe lag sehr daran, daß unsere Gäste einen guten Eindruck bekamen. Als Adam versprach, nach dem Mahl alle zu Tschan Tscho Lan zu einer Tanzvorführung zu bringen, war er begeistert.

Wir erwarteten einen alten Geschäftsfreund. Er hatte nach längerer Witwerschaft wieder geheiratet. Es war die erste Chinareise für seine Frau, ein recht charmantes kleines Ding, aber nicht besonders klug. Der würde natürlich alles Chinesische ungemein imponieren.

Auch Tobias und seine Schwester kamen, es gab also bestimmt geschäftliche Besprechungen beim Essen. Ganz angenehm war es mir nicht, daß beide Männer, die mich heiraten wollten, heute gemeinsam mit meinem Mann und mir hier sein sollten.

Die kleine Mrs. Lang war wirklich ein bißchen dümmlich. Hübsch anzusehen und überschäumend im Gespräch, nur daß sie keinen ihrer Sätze je beendete.

Hongkong sei herrlich. Sie habe natürlich schon gehört, aber so wunderschön... ihr lieber Jumbo habe schon gesagt... das sei ihr Mann... wirklich zauberhaft. Und die Schiffe! Nicht daß sie auf einem leben möchte... und die kleinen Kinder auf den Rücken der Mütter! Wieso fielen die nicht runter...

Dauernd versuchte sie, das Gespräch an sich zu reißen. Für die anderen, die ernsthafte Dinge zu bereden hatten, war dieses Essen recht mühsam. Joliffe kannte die kleine Frau schon von London her, und sie interessierte sich sichtlich mehr für ihn als für die anderen Gäste. Immer wieder sprach sie ihn quer über den Tisch hinweg an.

Und ich versuchte, inzwischen ihrem Mann, besagtem Jumbo, zuzuhören. Er berichtete über einen Vasenfund. Grün und schwarz emailliertes Porzellan, möglicherweise Tsching-Dynastie. Währenddessen hörte ich mit halbem Ohr, wie seine Frau gerade zu Joliffe sagte: »Mein Gott, war das eine schreckliche Sache! Die arme, arme Frau! Und das ganze Theater danach – es muß entsetzlich gewesen sein für sie...«

Joliffe sagte nur: »Das ist ja längst vorbei. Am besten vergißt man es.«

»Wie recht Sie haben! So unangenehme Dinge vergißt man am besten. Und jetzt haben Sie diese wunderbare Frau gewonnen... Ach, Sie armer, armer Joliffe... Sie taten mir so leid damals. Und wenn es um eine Ehefrau oder um einen Ehemann geht, gleich wird der andere verdächtigt.«

Offenbar hatte ich sehr deutlich gezeigt, daß ich die Beschreibung der Vase gar nicht richtig aufnahm, denn Jumbo sagte plötzlich: »Lilian, ich glaube, du sprichst zuviel.«

»Ja, Liebster, ich weiß. Aber ich mußte Joliffe doch sagen, wie leid er mir damals tat. Diese entsetzliche Zeit... Jetzt ist ja alles vorbei, und er ist glücklich verheiratet. Ich bin sehr froh für ihn.«

Joliffe sah mir in die Augen. Ich senkte den Blick. Hatte Angst. Da war etwas, von dem ich nichts wußte, es betraf Bella.

Dieser Jumbo war offenbar daran gewöhnt, die Fehler seiner Frau auszubügeln. Er lenkte geschickt ab.

»Ich habe gerade von meiner Tsching-Vase erzählt. Die müssen Sie sich einmal ansehen, Joliffe. Ich glaube, ich werde sie an den Comte de Grasse verkaufen. Er ist sehr daran interessiert. Kennen Sie seine Sammlung?«

»Ja«, sagte Joliffe. »Einfach fabelhaft.«

»Die Vase paßt gut dazu, nicht wahr?«

Ich blickte wieder auf, sah Joliffe in die Augen und versuchte, mich zu beruhigen. Ich kannte den Ausdruck gut. Er hieß: Ich kann dir's erklären. Diesen Blick hatte ich schon mal gesehen.

So lange waren unsere Gäste noch selten bei uns geblieben. Sie kamen nach der Tanzvorführung noch mit ins Haus zurück, erst Stunden danach fuhr die letzte Rikscha ab.

Ich wartete im Schlafzimmer auf Joliffe. Er kam meistens bald nach mir hinauf.

Gleich bei seinem Eintritt sagte ich: »Wovon hat diese Frau gesprochen?«

»Ach, dieses dumme Ding. Kann gar nicht begreifen, daß Jimmy sie geheiratet hat. In seinem Alter sollte er schon gescheiter sein.«

»Sie hat etwas von... Bella gesagt.«

»Ja, das tat sie.«

Daß man dir die Schuld an irgend etwas gab. Bella ist doch tot, oder nicht?«

»Ja, sie ist tot.«

»Joliffe, bitte sag mir, was sie meinte.«

Er seufzte. »Müssen wir das wirklich alles aufrollen? Bella ist tot. Der Abschnitt meines Lebens ist für alle Zeiten abgeschlossen.«

»Bist du so sicher?«

»Was willst du damit sagen? Natürlich ist er abgeschlossen. Jane, es ist schon spät, laß uns ein andermal davon reden.«

»Ich muß es jetzt wissen.«

Er legte mir die Hände auf die Schultern und versuchte, seinen Charme wirken zu lassen. »Ich bin so müde! Komm, gehen wir zu Bett.«

Ich blieb stehen.

»Ich könnte doch nicht einschlafen. Ich will wissen, was sie meinte.«

Er legte den Arm um mich und schob mich zum Bett. Wir setzten uns nebeneinander auf den Rand.

»Sie meinte Bellas Tod.«

»Sie starb doch an einer unheilbaren Krankheit, die durch ihren Unfall verschlimmert wurde, hast du mir gesagt. Stimmt das etwa nicht?«

»Doch... in gewissem Sinn.«

»Entweder stimmt es oder es stimmt nicht.«

»Sie starb als Opfer ihrer unheilbaren Krankheit, wie ich es dir gesagt habe.«

»Aber es stimmt nicht ganz. Was meinst du damit?«

»Ich habe dir damals nicht gesagt, daß sie sich das Leben genommen hat.«

Ich hielt den Atem an. »Sie hat... Selbstmord begangen? Joliffe, das ist ja fürchterlich!«

»Sie war bei einem Facharzt gewesen und wußte, was ihr bevorstand. Die Krankheit wurde immer schlimmer, und sie hätte große Schmerzen ertragen müssen. Darum hat sie sich umgebracht.«

»Und warum hast du es mir nicht gesagt?«

»Ich wollte dich nicht belasten damit. Es war ja nicht notwendig, es dir zu sagen. Sie war tot und ich war frei... Alles andere ging dich nichts an.«

Ich schwieg eine Weile. Dann fragte ich: »Und wie hat sie es...?«

»Aus dem Fenster gesprungen...«

»In deinem Londoner Haus?«

Er nickte.

Ich sah die Szene deutlich vor mir. Das oberste Zimmer mit dem Blick auf den kleinen, gepflasterten Garten mit dem einsamen Birnbaum darin.

»Und Albert und Annie...«

»Waren fabelhaft... Haben mir unendlich viel geholfen.«

»Und was hat die Frau mit Beschuldigungen gemeint?«

»Es kam natürlich zu einer Untersuchung. Du weißt ja, wie der Staatsanwalt auf so etwas reagiert. Man fand heraus, daß wir keine harmonische Ehe geführt hatten.«

»Und da wurdest du beschuldigt?«

»Nicht von Leuten, die Bescheid wußten. Es war nur so Getuschel.«

Mich schauderte.

Joliffe drückte mich an sich. »Nimm's nicht so schwer, Jane. Es ist alles vorbei. Schon vor drei Jahren passiert. Es hat doch keinen Sinn, das alles wieder aufzuwärmen. Wenn nur diese dumme Person heute nicht gekommen wäre.«

Ganz zart begann er, die Haken meines Kleides zu lösen.

»Komm jetzt«, sagte er wieder, »laß die Vergangenheit ruhen.«

»Hättest du mir das lieber gleich gesagt! Es ist gräßlich, so etwas im nachhinein herauszufinden.«

»Später einmal hättest du es von mir erfahren. Ich wollte unser Wiedersehen nicht damit trüben.«

Es gelang ihm, mich zu beruhigen. Bei ihm war meine Zukunft immer rosig. Solche Macht hatte er über mich. Solange er neben mir war und blieb, war und blieb ich glücklich.

Mit seinen Worten, seinem Zauber hüllte er mich ein. Seine Arme waren um mich, ich fühlte mich sicher und geborgen. Was vor uns lag, schreckte mich nicht.

Am nächsten Morgen, als ich allein im Schlafzimmer war, zog ich wieder die Schublade neben meinem Bett auf. Das Münzenschwert lag noch darin.

Ich hörte Lotties Stimme: »Schützt vor dem Bösen... Das Böse kommt in Haus, wo Mord oder Selbstmord war.«

»Mord«, dachte ich. Mord hieß nicht immer Gewalttat, man konnte auch leise und langsam ermordet werden.

Ich sah Sylvesters Gesicht vor mir – ausgemergelt, pergamentfarben, fast nur noch gespannte Haut über hervorstehende Knochen. Dachte an ihn, wie er bei unserem ersten Zusammentreffen im Schatzraum ausgesehen hatte.

Gewaltsamer Tod. Selbstmord oder Mord.

Ich nahm das Schwert in die Hand. Bringt Glück in ein Haus, in dem das Böse war. Ein Talisman.

Offensichtlich meinte jemand, daß ich dieses Glück brauchte. Wer wohl und wogegen?

Jetzt hatte ich richtig Angst bekommen. Ich meinte, irgend etwas Unsichtbares zu spüren im Haus. Fühlte, daß jemand verfolgt wurde. Wer war das Opfer? Wollte mich jemand warnen, daß ich selbst es war?

2

Die Frage, wer das Schwert in mein Zimmer gebracht hatte, verfolgte mich, wurde immer wichtiger. Es hatte keinen Sinn, die Dienerschaft zu befragen. Wie diese Leute dachten, wußte ich bereits. Sie wollten sich einem immer angenehm erweisen, und es war daher zu erwarten, daß sie dem Frager die Antwort gaben, die er hören wollte, Wahrheit war nicht so wichtig wie gutes Benehmen. Sehr gelehrig waren sie, fleißig und ruhig. Wollten friedlich leben. Bat ich um irgend etwas, so geschah es sofort, denn sonst hätten sie ja schlechtes Benehmen gezeigt. Konnten sie das gegebene Versprechen nicht einlösen, hoben sie lächelnd die Hände und erfanden eine Entschuldigung, obwohl sie von Anfang an nicht daran gedacht hatten, die Bitte zu erfüllen. Aber Ablehnung war undenkbar.

Ich brauchte eine ganze Weile, bis ich das kapiert hatte, den Unterschied zwischen östlichem und westlichem Denken begriff. Wenn ich jetzt fragte, wie das Schwert in mein Zimmer gekommen war, würde jeder den Kopf schütteln, weil sie genau spürten, daß das Schwert mich beunruhigte. Und wer würde zugeben, mich beunruhigt zu haben?

Da war nichts zu machen. Am besten vergaß ich die Sache. Immer wenn ich in mein Zimmer kam, öffnete ich aber die Lade und sah nach, ob das Schwert noch darin lag.

Ich machte meine Markteinkäufe – Lottie begleitete mich. Sie feilschte mit den Händlern und erklärte, wo die gekauften Sachen hingeschickt werden sollten.

Die Prozession eines hohen Würdenträgers zog vorbei. Wir betrachteten sie vom Straßenrand aus. Der hohe Herr wurde in einer Sänfte von vier Männern getragen. Zu diesen Trägern gehörte wiederum ein kleiner Hofstaat, denn ihr Herr war ein ganz besonderer Mandarin. Voran gingen zwei Männer mit Gongs, die sie alle paar Sekunden anschlugen, um die Leute aus dem Weg zu scheuchen. Hinter den Gongträgern gingen Männer mit Ketten, die sie im Gehen aneinanderschlugen. Ein anderer Mann war nur dazu da, in Abständen zu brüllen, daß ein allerhöchster Herr sich durch das Volk bewege. Dahinter kam noch ein ganzer Troß von Dienern; einige trugen riesige rote Schirme, andere hielten Schilder hoch, auf denen die Titel des Herrn verzeichnet waren.

Barfüßig und ehrfürchtig trat das Volk zur Seite. Mit gesenkten Köpfen und hängenden Armen standen sie da. Wer aufblickte, erhielt sofort einen Stockschlag.

Wir sahen stumm zu. Plötzlich flüsterte Lottie: »Ganz großer Mandarin. Geht zu Haus von Tschan Tscho Lan.«

Plötzlich rief mich jemand an.

»Ist das nicht Mrs. Milner?« Das kleine Dummerchen, Mrs. Lang! Ihre porzellanblauen Augen blitzten neugierig. Sie lächelte mich an.

»War doch toll, die Prozession, nicht?«

Ich hielt ihre Redeweise für gefährlich, schließlich verstanden viele Chinesen Englisch, und eine solche Prozession einfach als ›toll‹ zu bezeichnen, war soviel wie ein Gesichtsverlust für den Mandarin und die von ihm geübten Bräuche.

»Er läßt sich zu der geheimnisvollen Chinesin bringen«, sagte sie jetzt, womöglich noch lauter als vorher.

Lottie lächelte vor sich hin; dieses Lächeln konnte alles und nichts bedeuten.

»Steigen wir in eine Rikscha«, schlug ich sicherheitshalber vor, »dann können wir uns ruhig unterhalten.«

»Ja, kommen Sie doch zu mir nach Hause«, meinte sie. »Ich wohne nicht weit von hier, und Tee ist ja in diesem Land immer bereit. Eine ziemliche Zeremonie, nicht wahr? Na ja, macht nichts, Tee habe ich immer schon gern getrunken.«

Ich trug Lottie auf, allein in einer Rikscha heimzufahren, und fuhr in einer anderen mit Lilian zu ihrem Haus.

Während wir Tee tranken, redete sie ununterbrochen.

Endlich kam ich auch einmal zu einem Satz. »Sie gehen allein aus?«

Sie sperrte ihre blauen Äuglein auf. »Ja, warum denn nicht? Hier ist man doch ganz sicher? Mir tut bestimmt niemand was!«

»Ich nehme immer Lottie mit.«

»Die kleine Chinesin? Vielmehr Halbchinesin, nicht wahr? Ein hübsches Ding. Ich habe schon zu Jumbo gesagt: Was für ein bezauberndes kleines Ding. Wenn ich Jane Milner wäre, würde ich gut aufpassen.«

»Warum?«

»Na ja, die Herren Ehemänner«, sagte sie abweisend.

Ich ärgerte mich und sagte mir gleichzeitig, daß sie ja nur dumm sei.

»Und schon gar Joliffe!«

»Wieso gerade Joliffe?«

»Er ist doch so beliebt! Mein Gott, war das eine schreckliche Geschichte. Soviel Gerede! Bei so was wird ja immer viel geredet.«

Am liebsten hätte ich sie angeschrien, sie solle still sein. »Ich war damals nicht in England.«

»Da seien Sie froh. Sonst hätte man noch gesagt, Sie seien auch darin verwickelt. Macht es Ihnen etwas, wenn ich darüber rede?«

Am liebsten hätte ich sie geohrfeigt. Ob es mir etwas mache, wenn sie dumme Andeutungen über meinen Mann hervorbrachte! Was wollte sie eigentlich andeuten? Daß diese Leute meinten, er habe Bella getötet?

»Sie wissen ja, wie es so geht. Mit den Gesetzen und dem Gericht. Und dann die Presse! Ihre Schwester hat die ganze Lebensgeschichte verkauft... und dann die Sache, daß Joliffe sie tot glaubte und wieder geheiratet hat. Das waren doch Sie, nicht wahr? Wie romantisch! Na ja, jedenfalls sah es aus, als ob...«

Sie schwieg.

»Als ob was?«

»Na ja, wo Sie doch mal mit ihm verheiratet waren oder dachten, daß Sie es wären. Und dann ist sie so gestorben... Und jetzt sind Sie mit ihm verheiratet. Und der süße kleine Junge! Wie gut, daß Sie hier wohnen, so weit weg. Die Leute reden ja immer. Jumbo sagt immer, ich soll den Mund halten. Ich sage immer alles, wie es mir in den Kopf kommt. Aber jetzt ist ja sicher alles in Ordnung. Sie sind so verliebt. Und Joliffe ist so charmant... Direkt faszinierend.«

Jetzt wollte ich nur noch weg. Wäre ich doch nur nicht mitgefahren! Aber auf dem Markt hatte ich das Gefühl, sie würde gleich mein ganzes Privatleben lauthals diskutieren.

Wäre sie doch nur nie nach Hongkong gekommen! Trotz ihrer Dummheit merkte sie, daß mir das Gespräch sehr unangenehm war, und bemühte sich ungeschickt, das Thema zu wechseln.

»Toller Anblick... dieser Mandarin. Scheint sehr viel von sich zu halten. Wie gemein, die Leute zu schlagen, die sich nicht verbeugen. Er war auf dem Weg zu Tschan Tscho Lan. Soll ja eine ganz große Dame sein. Sie ist so eine Art Heiratsmaklerin. Nur, daß es keine Ehe gibt. Soll eine berühmte Kurtisane gewesen sein, vielleicht ist sie es noch. Es kommen viele Männer zu ihr. Finden Sie das nicht auch wahnsinnig aufregend?«

Ich wollte nichts wie weg. Wie sehr bereute ich, mitgekommen zu sein. Über Tschan Tscho Lan hatte ich keine Lust groß nachzudenken. Mein Kopf war voll von den Ereignissen, die sich in Kensington abgespielt haben mußten, als man Bellas zerschmetterten Körper auf dem Pflaster fand...

Bald darauf wurde Tobias krank. Joliffe benützte die Gelegenheit, um alles zu prüfen und war sehr beeindruckt.

»Sylvester ist ein fabelhafter Geschäftsmann gewesen«, sagte er bewundernd. »Da gibt es gar keine Zweifel. Tobias Grantham, sein treuer Gefolgsmann. Deine Geschäfte sind in bester Ordnung, Liebste.«

»Du meinst, unsere Geschäfte.«

Er schüttelte den Kopf. »Nein, es gehört alles dir, so stand es ja im Testament.«

»Das ist jetzt anders, in der Ehe. Ich fände es schrecklich, nicht mit dir zu teilen.«

Er küßte mich zärtlich.

Ein paar Tage später suchte ich Tobias zu Hause auf.

Seine Schwester Elspeth öffnete mir mit saurer Miene. Seit meiner neuen Heirat hatte sie etwas gegen mich.

Das Haus blitzte nur so. Völlig schottisch wirkte es. Niemand hätte vermutet, daß wir in Hongkong waren. Elspeth gehörte zu den Frauen, die starr an allen Sitten und Gebräuchen festhielten. Sicher hatte es es in Edinburgh genauso ausgesehen in ihrem Haus.

»Sie kommen wohl zu Tobias«, sagte sie steif.

»Ich hoffe, es geht ihm schon besser?«

»Ja, ja, langsam wird's wieder.«

Sie führte mich zu seinem Schlafzimmer. Er saß in seinem Bett und sah Rechnungen durch. Blaß und müde sah er aus.

»Hallo«, sagte ich. »Wie geht's?«

»Schon viel besser, danke.« Seine Augen zeigten deutlich, wie sehr er sich freute. »Wie nett von Ihnen, hier vorbeizukommen.«

»Unsinn. Ich habe mir Sorgen gemacht.«

»Ich bin bald wieder im Büro.«

»Wir vermissen Sie, Tobias.«

»Er muß erst noch viel kräftiger werden«, sagte Elspeth.

»Aber selbstverständlich.«

»Ist noch lange nicht wieder soweit. Hat sich viel zu sehr verausgabt im Büro.«

Sie nickte bekräftigend mit dem Kopf und wollte anscheinend sagen, daß diejenigen, für die er sich so anstrengte, es gar nicht zu würdigen wußten.

Ich setzte mich, und wir besprachen einige geschäftliche Dinge, bis Elspeth uns unterbrach und sagte, er müsse jetzt wieder ruhen.

So verabschiedete ich mich von ihm. Höflichkeitshalber lud Elspeth mich noch zum Tee ins Wohnzimmer. Sie kochte das Wasser über einer Spirituslampe, brachte selbstgemachtes schottisches Shortbread auf den Tisch und erzählte mir dabei, wie sehr sich Tobias ihrer Meinung nach überanstrengt hatte. Sie verachtete mich, weil ich die ihrer Meinung nach beste Verbindung ausgeschlagen hatte – zugunsten eines Mannes, der sich als unverläßlich erwiesen hatte und immer wieder erweisen würde. So mußte es jedenfalls ihrem prosaischen Gemüt erscheinen.

»Er macht sich Sorgen«, sagte sie und deutete mit einer Kopfbewegung zu Tobias' Schlafzimmer. »Ich sag immer zu ihm: Laß doch die anderen tun, was sie wollen. Wie man sich bettet, so liegt man eben.«

»Wie recht Sie haben«, sagte ich.

»Tobias kommt ganz nach seinem Vater. Zu sanft, tritt immer lieber einen Schritt zurück, als einen zuviel nach vorne. Meine Mutter sagte immer, der Mann, den sie geheiratet habe, sei der beste aller Männer, aber nach vorne drängen würde er sich nie. Mir wäre es am liebsten, er ginge zurück nach Edinburgh.«

»Wir könnten ihn hier nicht entbehren.«

»Ich dachte eher daran, was er leicht entbehren könnte.«

»Aber er will doch gar nicht weg, oder?«

»Da bin ich nicht so sicher. Ich weiß nur, daß dieses Leben für ihn hier nichts taugt. Er wäre besser in einem guten schottischen Haus. An das Leben hier hat er sich nie angepaßt.«

»Sie sind jetzt schon lange hier draußen, Miß Grantham.«

»Oh, ja, ich bin gleich mit Tobias hergereist.«

Für ihren Bruder war ihr nichts gut genug. Für ihn ging sie auf die Barrikaden, und deshalb war sie auch so zornig auf mich. Weil ich ihm weh getan hatte.

»Wenn man schon so lange hier lebt, lernt man das Land gut kennen«, sagte sie. »Ich weiß eine Menge über die Chinesen. Vieles ist nicht so, wie es aussieht.«

»Das gilt auch für andere Länder.«

»Mag sein, aber hier unterscheidet sich der oberflächliche Eindruck noch mehr von dem, was darunter liegt, als anderswo. Ich hatte immer schon Angst, Tobias würde vielleicht eine Chinesin heiraten. Für so etwas bin ich gar nicht.«

»Sah es denn je danach aus?«

»Nein, meine Angst war unbegründet. Aber er hätte sich ja eine zur Freundin nehmen können, wie es hier viele tun.« Sie verzog das Gesicht.

»Hat er aber auch nie getan?«

»Weil er die größte Hochachtung vor Religion, Ehe und so weiter hat. Mein Bruder ist ein guter Mensch. Männer wie ihn gibt es selten. Die meisten haben hier eine Freundin. Oft weiß die Umwelt gar nichts davon. Sie haben ja sicher schon von Tschan Tscho Lan gehört, der Heiratsvermittlerin. Die mit den chinesischen Schülerinnen.«

»Ja, ich war schon bei ihr eingeladen.«

»Diese Mädchen... sie verhandelt für sie... und nicht nur mit Chinesen. Eine Anzahl Europäer hat chinesische Freundinnen. Hierzulande ist Tschan Tscho Lans Beruf durchaus angesehen. Eine alte chinesische Tradition. In Edinburgh oder Glasgow würde man ihren Beruf wohl etwas anders bezeichnen.«

»Andere Länder, andere Sitten.«

»Ja, ja, sicher. Ich will ja auch nur sagen, daß Tobias in all den Jahren nie auch nur in die Nähe eines solchen Hauses gegangen ist. Er ist ein braver, tugendhafter Mann, eines Tages wird er wohl eine Frau bekommen, die klug genug ist, das zu erkennen.«

Elspeth Grantham war mir genauso unangenehm wie Lilian Lang. Aber beide schienen mich vor irgend etwas warnen zu wollen.

Eine Warnung? Erst das Münzenschwert, jetzt diese beiden Frauen?

Hatte ich schon wieder zuviel Fantasie? Sah in jedem belanglosen Satz eine Warnung?

Jason war sehr glücklich. Er liebte Joliffe heiß und innig und war begeistert, einen richtigen Vater zu haben. Jedes zweite Wort war ›mein Vater‹. Ununterbrochen sprach er von ihm, es gab kaum einen Satz, in dem Joliffe nicht vorkam.

Joliffe hatte allerdings auch eine besondere Art, mit Kindern zu spielen. War nie herablassend und ging mit ihnen um, als sei er selbst noch ein Kind. Im Handumdrehen konnte er sich in einen Jungen verwandeln, blieb aber immer der Held, zu dem sie alle aufblickten. Wie er das machte, wußte niemand. Und hatte immer Zeit für Jason, als müsse er die ganzen verlorenen Jahre aufholen.

Oft waren sie auf dem Wasser anzutreffen. Joliffe nahm Jason in seinem Boot mit hinaus auf die Bucht, manchmal fuhren sie zur Insel hinüber. Sie kannten viele Leute in den schwimmenden Dörfern. Oft rief Jason einer Frau mit einem Kind auf dem Rücken oder einem Fischer, der seine Netze flickte, einen Gruß zu.

Das Flughahnspiel gefiel den beiden sehr. Nach chinesischer Art schlugen sie den mit Federn bespickten Korken jedoch mit den Füßen hoch, anstatt mit kleinen Rackets. Der ideale Platz dafür war vor unserem Grundstück, in der Nähe der Pagode. Und bei diesem Spiel entdeckten sie eine Falltür.

Beide kamen ganz aufgeregt ins Haus zurück. Ich hatte mich gerade hingelegt, weil mir wieder schwindlig geworden war. Wie stets bei solchen Anfällen wurde ich sehr müde und hatte nur den Wunsch, einige Stunden zu ruhen.

Als ich Joliffe nach mir rufen hörte, stand ich auf und ging nach unten.

»Jane, du mußt mitkommen, wir haben wahrscheinlich eine Falltür gefunden«, rief er, und Jason zog mich schon an der Hand nach draußen. Wenn es nach ihm gegangen wäre, hätte ich im Eilschritt zur Pagode laufen sollen.

Der quadratische Stein war unter Büschen verdeckt – Joliffe hatte sie zur Seite gebogen, um mir die Stelle genau zu zeigen.

»Jasons Flughahn ist genau in den Büschen gelandet, und als ich sie auseinanderbog, sah ich das hier.«

Jetzt packte mich auch die Erregung. Seit meiner Hochzeit hatte ich kaum noch an das Geheimnis gedacht, das ich aufdecken wollte. Jetzt kam mein Eifer wieder. Ich war sicher, daß wir der Lösung des Rätsels nahe sein mußten.

Joliffe war Feuer und Flamme, der Sache nachzugehen. Die Büsche mußten weg, und die Steinplatte mußte angehoben werden. Wir waren alle sicher, daß darunter ein unterirdischer Gang versteckt sei, der zu dem legendären Schatz führte.

Was sollten wir tun? Den Stein selbst zu heben versuchen oder Hilfe holen? Hilfe von außen dazuzunehmen, war nicht allzu klug. Das Haus der tausend Laternen mit seiner uralten Schatzlegende stand ohnehin im Zentrum der Aufmerksamkeit.

»Es gibt sicher noch einen unbekannten Gebäudeteil«, meinte ich. »Uns fehlen ja noch immer die vierhundert Laternen.«

Joliffe war richtig begeistert von dem Fund. Er vermutete einen wertvollen Schatz, richtige Reichtümer. »Weißt du, was ich glaube, Jane«, sagte er, »daß wir die echte Kuan Yin finden werden. Sie ist ein Vermögen wert.«

»Die müßten wir dann vermutlich einem Museum schenken.«

»Ja, dem Britischen Museum«, sagte er. »Aber stell dir vor, was das für ein Fund wäre!«

Wir rissen die Büsche aus und betrachteten die Platte – wie sollten wir sie beseitigen?

Eine Weile suchten wir nach einer geheimen Feder – vergeblich. Die Platte rückte nicht von der Stelle.

»Dann müssen wir sie eben einfach anheben«, meinte Joliffe.

Das ließ sich kaum bewerkstelligen, ohne daß Leute in der Umgebung aufmerksam wurden. Unsere Diener bemerkten bald, was wir da vorhatten. Dann kam Adam zu Besuch und half uns.

»Das könnte das Geheimnis aufdecken«, sagte auch er mit leuchtenden Augen.

Wir stellten uns eine Steintreppe in unterirdische Gewölbe vor, in denen der Schatz verborgen war.

Welche Enttäuschung! Als die beiden Männer endlich unter Aufbietung ihrer gesamten Kräfte die Platte gehoben hatten, war nichts darunter – nur tausend kleine Krabbeltiere, die in alle Richtungen flüchteten. Sie hoben die Platte noch höher an – plötzlich rutschte sie ihnen aus den Händen. Sie sprangen schnell aus dem Weg. Der riesige Stein fiel krachend gegen die Pagodenmauer.

Drinnen fiel etwas klirrend zu Boden.

Die eben erlebte Enttäuschung machte uns unaufmerksam gegenüber anderen Ereignissen. Erst nach einer Weile sahen wir nach, welchen Schaden die Platte angerichtet hatte. Zu unserem Entsetzen war die Göttin beschädigt worden – ein Teil der Figur lag auf dem Fußboden, die obere Kopfhälfte in tausend Scherben.

Joliffe nahm die Sache von der komischen Seite und sagte nur: »Jetzt hat die Dame aber wirklich ihr Gesicht verloren.«

Natürlich bedeutete dieser Vorfall ein böses Omen. Wir – die fremden Teufel – hatten das verursacht. Die Göttin würde böse sein. Durch Unachtsamkeit hatten wir die Steinfigur beschädigt.

»Sehr böse für Haus«, sagte Lottie natürlich gleich. »Göttin nicht froh.«

»Sie weiß bestimmt, daß es keine böse Absicht war.«

Sie schüttelte den Kopf und kicherte wieder einmal.

Als ich später in mein Zimmer ging, hing das Münzenschwert über meinem Bett.

»Wer hat es da aufgehängt?«

Lottie bedeutete mir, daß sie es getan hatte.

»Und warum?«

»Besser so«, sagte sie nur. »Es beschützt. Ist bester Platz.«

Offensichtlich hielt sie mich für besonders schutzbedürftig.

»Lottie«, sagte ich, »ich habe die Platte ja gar nicht angehoben. Ich sah nur zu. Warum sollte die Göttin dann gerade auf mich böse sein?«

»Sie Herrin im Haus. Das Haus Ihr Haus.«

»Und deswegen werde ich für alles verantwortlich gemacht?«

Sie nickte.

Ihretwillen ließ ich das Schwert an seinem neuen Platz. Und tatsächlich beruhigte mich sein Anblick sogar. Offensichtlich wurde ich auch abergläubisch – wie die meisten Menschen, wenn sie sich bedroht fühlen.

3

Auf der Rückfahrt vom Markt sahen wir eines Tages Joliffe aus dem Haus von Tschan Tscho Lan kommen. Er ging den kurzen Weg zu uns zu Fuß.

Ich kauerte mich erschrocken in den Rikschasitz. Warum verstörte mich diese Entdeckung? Ich erinnerte mich an die Andeutungen von Elspeth Grantham, an das hinterhältige und gemeine Grinsen von Lilian Lang. Und an die Worte: »Wie würde man so was wohl bei uns nennen?«

Was hatte Joliffe bei Tschan Tscho Lan zu suchen? Ich hörte innerlich Lilian Lang antworten: Sie bietet die Mädchen an – nicht nur Chinesen, auch Europäern. Geheime chinesische Geliebte.

Ich lachte mich selbst aus. Wie wäre das möglich? Bei der leidenschaftlichen Liebe zwischen Joliffe und mir? In dieser Beziehung war unsere Ehe bestimmt völlig in Ordnung. So verstellen konnte sich selbst Joliffe nicht.

Aber was tat er dann bei unserer Nachbarin?

Er war schon vor mir im Haus. Ich ging gleich ins Schlafzimmer hinauf, da ich ihn oben pfeifen hörte. Die berühmte Arie des Herzogs aus ›Rigoletto‹.

Er begrüßte mich herzlich und sagte ganz beiläufig: »Einkaufen gewesen?«

»Ja.«

Ich sah ihn an. Eines stand für mich fest – wenn man mit Joliffe beisammen war, glaubte man von ihm nur das Allerbeste. Es schien mir jetzt schon völlig klar, daß er nur aus geschäftlichen Gründen drüben war.

»Und wo warst *du* heute?«

»Oh, im Geschäft und dann bei einem Engländer, der sich für die Rosenquarz-Figurine interessierte.«

Ich hatte ihn doch gerade aus Tschan Tscho Lans Haus kommen sehen...

Er lächelte mich so offen an, daß meine Bedenken nicht mehr allzu stark waren. Ich wußte aber genau, daß sie wieder ins Unermeßliche anwachsen würden, sobald ich allein war. Ich mußte es also erwähnen.

»Du warst bei unserer Nachbarin?« Er sah mich überrascht an.

»Ach ja, stimmt.«

»Du hast mir doch gerade gesagt, du seist bei einem Engländer gewesen.«

»War ich auch. Zu Tschan Tscho Lan bin ich auf dem Heimweg gegangen.«

»Besuchst du sie öfter?«

»Ja, so ab und zu.«

»Und warum?« Ich sah ihn forschend an.

Da legte er mir die Hände auf die Schultern. »Die Dame ist eine wichtige Person hier, und sie kennt viele wichtige Leute.«

»Reiche Würdenträger, die... eine Geliebte suchen.«

»Ja, genau. Und außerdem wertvolle Kunstgegenstände suchen oder welche abstoßen wollen. Jahrhundertealte Sammlungen, wie du wohl weißt. Unsere interessantesten Stücke stammen schließlich aus diesen Quellen.«

»Dann triffst du also diese Leute bei ihr?«

»Ich nütze jede Gelegenheit, wie Adam auch.«

»Geht Tobias auch zu ihr?«

Joliffe mußte lachen. »Der gute alte Tobias! Das würde ihm Elspeth nie gestatten. Sie hätte viel zu große Angst, daß er dort verführt werden könnte.«

»Muß ich das bei dir auch befürchten?«

Er drückte mich an sich. »Überhaupt nicht«, sagte er innig, »du weißt doch, daß ich nur dir gehöre.«

Und natürlich glaubte ich ihm alles.

Eifersucht ist heimtückisch – man lacht darüber, daß der Geliebte untreu sein könnte. Redet sich selbst ein, daß die Überintensität der Liebe solche Gedanken zeuge. Und dann kommen die Zweifel ganz plötzlich wieder. So ging es auch mir. Ich fragte mich, wie gut ich Joliffe eigentlich kannte. Ich wußte vor allem, daß er sehr anziehend wirkte – und nicht nur auf mich. Lilian Lang machte immer Andeutungen darüber – bei jeder unserer Begegnungen. Und aus dem steifen

Lächeln Elspeths meinte ich auch immer eine Befriedigung darüber zu lesen, daß eben jeder so liegen müsse, wie er sich gebettet habe.

Und die Sache mit Bella – ich wußte, daß diese Frauen halb und halb vermuteten, sie habe sich das Leben nicht wegen ihrer Krankheit genommen, sondern Joliffe sei mit schuld daran.

Elspeth war der festen Überzeugung, daß man ein Ehegelöbnis für alle Zeiten einzuhalten habe, ganz gleich, was passierte. In ihren Augen war Joliffe unzuverlässig, und daß ich ihn ihrem Bruder vorgezogen hatte, zeigte ihr, wie dumm ich war. Und für Dummköpfe hatte sie genausowenig übrig wie für Verbrecher. In ihren Augen verdiente ich mein Schicksal vollauf.

Als Lottie mir eine Einladung Tschan Tscho Lans überbrachte, nahm ich begeistert an. Diese Frau interessierte mich mehr denn je. Ich wollte sie nochmals aus der Nähe sehen, mich vielleicht einmal richtig mit ihr unterhalten.

»Sie sollen Jason mitbringen«, sagte Lottie.

Jason freute sich sehr, daß er mitdurfte. Zu dritt gingen wir hinüber.

Wir warteten in der Halle. Aus der Ferne erklang das undeutliche Geklimper chinesischer Musik. Dann wurden wir zu Tschan Tscho Lan geführt. Sie saß auf einem Kissen, erhob sich bei unserem Eintritt und schwankte graziös auf uns zu.

Sie hob wieder die aneinandergelegten Hände dreimal über ihren Kopf und sagte: »Ha-u? Tsing Tsing« mit ihrer leisen, musikalischen Stimme.

Dann sah sie Jason an und begrüßte ihn genauso. Er begriff, daß er denselben Gruß anbieten mußte.

Sie sagte etwas zu Lottie, die mir ihre Worte übersetzte. »Sie sagte, Sie sehr hübschen Sohn haben.«

Wir setzten uns alle. Sie klatschte in die Hände. Ein Diener eilte herein, sie sprach so schnell mit ihm, daß ich kein einziges Wort verstehen konnte. Ob sie Tee bestellte?

Es kam aber kein Tee, sondern ein anderer Diener brachte einen kleinen Jungen an der Hand herein.

Ein wunderschönes Kind. Die schwarzen Haare lagen ihm glatt und rund um den Kopf. Seine mandelförmigen Augen strahlten, die Haut glich in Farbe und Weichheit einem Magnolienblatt. Er trug einen blauen Seidenanzug.

Tschan Tscho Lan sah ihn unbewegt an.

Dann machte sie ihm ein Zeichen, er trat auf uns zu und verbeugte sich tief. Die beiden Jungen studierten einander neugierig. Kein Laut war zu hören. Tschan Tscho Lan beobachtete sie, als wolle sie die beiden vergleichen.

Jason sagte zu dem anderen: »Wie alt bist du?«

Der Junge lachte. Er hatte Jason nicht verstanden.

»Tschin Ki heißt«, sagte Tschan Tscho Lan.

Ich sagte, daß ich diesen Namen schon einmal gehört hätte.

»Ist Name von große Krieger«, erklärte Lottie. »Er einmal wird großer Krieger.«

Tschan Tscho Lan sprach rasch auf den Jungen ein, der Jason scheu betrachtete.

»Tschan Tscho Lan sagt, Tschin Ki soll Jason zeigen seinen Drachen.«

Als Jason das Wort Drache hörte, erwachte sofort sein Interesse.

»Was hast du für einen Drachen, Tschin Ki? Einen mit einem richtigen Drachen drauf? Ich hab so einen. Mein Drache und der von meinem Vater fliegen höher als alle anderen.«

Tschin Ki lachte. Jason schien ihn zu faszinieren. Er war ja auch viel größer als er.

Tschan Tscho Lan sprach mit Lottie, die sich daraufhin erhob.

»Tschan Tscho Lan sagt, ich soll sie in den Hof bringen zum Spielen.«

Mit einer graziösen Handbewegung wies sie auf den Hof hinter dem Fenster. Ich nickte, Lottie ging mit dem Jungen hinaus. Dann wurde uns Tee gebracht.

Tschan Tscho Lan und ich saßen beim Fenster. Bald schon tauchten die Jungen auf. Sie trugen gemeinsam einen Drachen, der fast so groß war wie der kleine Tschin Ki. Lottie setzte sich auf eine Bank und sah zu.

Tschan Tscho Lans Diener brachte mir eine Tasse voll heißen Tee. Ich nippte daran. Heiß und erfrischend war das Getränk.

Sie sagte: »... Ihr Sohn, mein Sohn...«

»Ein wunderschöner Junge, Ihr Tschin Ki«, sagte ich.

»Beide schöne Jungen, sie spielen glücklich.«

Jetzt wurde das getrocknete Obst gebracht. Ich nahm mit der kleinen, zweizinkigen Gabel davon.

»Spielen Drache«, sagte sie. »Ost und West. Aber...«

Offenbar konnte sie nicht ausdrücken, was sie noch sagen wollte. Ich hatte das Gefühl, daß sie mir unbedingt noch etwas mitteilen wollte.

Jason und Tschin Ki konnten sich besser miteinander unterhalten als wir. Ihre Köpfe berührten einander fast, als sie gemeinsam den Drachen losließen. Mit gespreizten Beinen standen sie dann da und sahen seinem Höhenflug zu. Trotz ihrer verschiedenen Herkunft waren sie einander sehr ähnlich.

Tschan Tscho Lan schien meine Gedanken lesen zu können. »Sie aussehen, ein wie der andere.«

»Ja«, sagte ich. »Das dachte ich auch gerade.«

»Ihre Sohn... meine Sohn...«

Sie zeigte auf mich und dann auf sich selbst und nickte lächelnd dazu.

»Zwei Jungen... Junge besser als Mädchen. Sie glücklich.«

»Ich habe große Freude an ihm«, sagte ich.

Das verstand sie und nickte wieder. Im Haus ertönte eben ein Gong. Wie ein Warnzeichen kam mir dieser Schlag vor, nachdem ihre nächsten Worte verklungen waren: »Mein Sohn... Ihre Sohn... beide haben englischen Vater.«

Sie nickte wieder lächelnd, in ihrem Blick las ich jedoch Boshaftigkeit.

Meine Güte, dachte ich. Was will sie damit sagen?

Und hörte gleich darauf weit entfernt nochmals den Hausgong schlagen.

Ich spürte die fremde Frau überdeutlich – das zarte Parfüm, die winzig kleinen Füße in den schwarzen Pantoffeln, die schönen, ausdrucksvollen Hände. Ungeschickt und grob kam ich mir neben ihr vor. Sie war bezaubernd. Dazu ausgebildet, Männer zu betören. Alles an ihr war mir fremd. Ich dachte an meine Mutter, die sich gewünscht hatte, daß ich groß und kräftig würde, und mir vom letzten Geld neue Schuhe kaufte, damit die Füße genug Platz zum Wachsen hatten. Während ich an all dies dachte, war mir gleichzeitig bewußt, daß ich dadurch nur die Gedanken von einem schrecklichen Verdacht, der mir vorher gekommen war, verdrängen wollte.

Sie wollte mir irgend etwas mitteilen, und ich vermied absichtlich, Vermutungen darüber anzustellen. Ich wußte ja, daß Joliffe im Haus aus und ein ging. Welche Beziehung hatte er zu dieser fremdartigen Frau? Seit seiner Jugend war er häufig in Hongkong gewesen. Wußte so viel mehr darüber als ich. Er besuchte diese Frau. Warum? Hatte er mir die Wahrheit gesagt?

Sobald er nicht bei mir war und ich mich an die früheren Ereignisse erinnerte, tauchte immer wieder ein häßlicher Verdacht auf.

Und warum hatte diese merkwürdige Frau mich heute eingeladen? Warum hatte sie ihren Sohn zum Spielen mit Jason geschickt? Warum wollte sie, daß ich die beiden miteinander sah? Um mir die Ähnlichkeit zu zeigen? Sie war unleugbar da. Ihr Sohn und mein Sohn. Beide hatten einen englischen Vater. Wollte sie etwa andeuten, daß es auch derselbe Vater war? Endlich war die Besuchszeit vorüber. Tschan Tscho Lan ließ Jason durch einen Diener hereinbringen. Er kam nur sehr widerwillig. Mit vollendeter Grazie bedeutete uns die Hausherrin, daß es Zeit war zu gehen.

Auf unserem Heimweg ins Haus der tausend Laternen plauderte Jason dauernd von Tschin Ki. Nett sei er, aber komisch.

Lottie beobachtete mich insgeheim.

»Ihnen gefallen Besuch?«

Ich sagte, er sei sehr interessant gewesen. »Warum hat sie mich überhaupt eingeladen?«

»Sie wollte zeigen ihre Sohn... sehen Ihren.«

Lottie kicherte wieder einmal, und ich fragte mich: Wieviel weiß Lottie? Oder hat sie nur Vermutungen?

Ich dachte dauernd an den Besuch. Als Joliffe kam, berichtete ich.

»Ja? Fein! Sie pflegt die Beziehungen zu unserem Haus sehr.«

»Sie hat einen Sohn... ein bißchen jünger als Jason. Offensichtlich lag ihr sehr daran, daß ich ihn kennenlernte.«

»Die Chinesen sind sehr stolz auf ihre Söhne. Bei einer Tochter hätte sie sich anders verhalten.«

»Sie sagt, der Junge habe einen englischen Vater.«

»Sie wird es ja wohl wissen«, antwortete Joliffe ungerührt.

Ich schämte mich meines Verdachts – jetzt, wo er mir wieder nahe war.

Bald nach diesem Besuch verschlechterte sich mein Zustand. Die Schwindelanfälle wurden häufiger, die unendliche Müdigkeit danach wollte oft kaum weichen. Was war los mit mir? Alle möglichen Ängste bedrückten mich. Dieser und jener Verdacht stieg mir auf. Tschan Tscho Lan... Ihr Sohn. Bellas vorzeitiges Ende. Was bedeutete das alles? Ich war nicht abergläubisch und konnte mich doch nicht ganz davon befreien.

Manchmal versuchte ich, mit Joliffe darüber zu reden. Wenn wir beisammen waren, schien mir jeder Verdacht lächerlich. Wie konnte ich ihn fragen: Bist du der Vater von Tschin Ki? Denn dieser Gedanke war mir natürlich gekommen. Wie konnte ich je mit Joliffe darüber sprechen, wenn er bei mir so voll Zartheit und Fröhlichkeit war? Wie hätte ich da je ernsthaft eine Frage stellen können?

Und Bella? Ich wollte mehr über sie wissen. In welchem Verhältnis waren die beiden zueinander gestanden, als sie sich zum Selbstmord entschloß?

Sooft ich diesem Thema nahekam, verscheuchte es Joliffe. Eines wußte ich über ihn. Er wollte immer nur im Sonnenschein leben, lebte für den Augenblick. War überzeugt, daß letzten Endes alle Dinge gut ausgehen werden. Schwierigkeiten schob er immer beiseite, Unannehmlichkeiten waren ihm verhaßt.

Ich war da ganz anders. Ich sah den Unannehmlichkeiten ins Auge und versuchte, etwas dagegen zu tun. War immer zukunftsnah. Darum hatte ich ja auch Sylvester geheiratet. Vielleicht war Joliffes und meine Liebe gerade wegen dieser Verschiedenheit so groß.

Über meine schlechte Gesundheit sprach ich nicht mit ihm, versuchte die Sache einfach zu ignorieren. Oft ging ich einfach in unser Zimmer hinauf und legte mich eine Weile hin. Nach einem kurzen Schlaf war mir wieder besser. Trotzdem beunruhigte mich dieses immer wiederkehrende Gefühl der Apathie, und ich mußte dabei stets an Sylvester denken. Wie müde er damals oft gewesen war.

Lottie wußte Bescheid. Sie kam mir oft nach, auf Zehenspitzen, und zog leise die Jalousien herunter. Manchmal sah ich, wie sie mich besorgt beobachtete. Sie hob die Schultern, die Augenbrauen gingen in die Höhe, und wenn ich sie ansah, fing sie nervös zu kichern an.

»Sie schlafen«, sagte sie dann, »nachher alles besser.«

Eines Nachmittags schlief ich länger als gewöhnlich und wachte ganz plötzlich auf. Irgend etwas hatte mich geweckt. Vielleicht ein schlechter Traum? Und dann erkannte ich, daß ich nicht allein war. Irgend jemand... irgend etwas war im Zimmer. Ich stützte mich auf einen Ellenbogen. Sah, daß sich bei der Tür etwas bewegte.

Ich hielt den Atem an. Sicher träumte ich noch. Es *mußte* ein Traum sein! Das Ding dort bei der Tür... die flackernden Augen in dem gräßlichen Gesicht... das war kein Mensch! Mir war, als wolle es sich auf mich stürzen. Ich schrie leise auf. Die Zeit schien plötzlich stehenzubleiben. Ich kam mir wie gelähmt vor und konnte mich vor Entsetzen nicht mehr bewegen.

Gott sei Dank verschwand die gräßliche Erscheinung wieder. Ich sah etwas Rotes aufblitzen, dann setzte ich mich auf und sah mich um. Mein Herz schlug so schnell, daß ich es wie Trommeln in den Ohren hörte. Es mußte ein Alptraum gewesen sein. Aber so lebensecht! Ich war sicher, daß ich es gesehen hatte. Nein, erst jetzt war ich wach. Hatte ich nun geträumt oder nicht?

War mein Zustand schon so schlimm, daß ich nicht einmal das mehr wußte?

Ich stand auf, die Beine zitterten mir. Die Tür stand noch immer offen. Als ich mich hinlegte, war sie doch geschlossen gewesen.

Ich sah in den Korridor hinaus. Am anderen Ende stand jedoch nur die Gestalt der Göttin.

Nein, es war bestimmt ein Traum. Aber wie er mich aufgeweckt hatte! Ich zog mich an und kämmte mich. Währenddessen kam Lottie herein.

»Sie lange schlafen«, sagte sie.

»Ja, zu lang«, sagte ich.

Sie sah mich forschend an.

»Fühlen Sie sich auch wohl?«

»Ja.«

»Sie so erschrocken aussehen.«

»Ich hatte nur einen unangenehmen Traum. Ich glaube, wir sollten jetzt die Laternen anzünden lassen.«

Joliffe fuhr ein paar Tage über Land, er wollte in Kanton Jade kaufen.

»Ich mache mir Sorgen um dich«, sagte er. »Wenn ich zurück bin, fahren wir irgendwohin – du, ich und Jason.« Er nahm mein Gesicht zwischen seine Hände.

»Bleib aber nicht zu lange weg«, bat ich ihn.

»Ich komme bestimmt so schnell wie möglich zurück.«

Nach seiner Abreise ging ich zum Geschäft. Tobias hatte sich von seiner Krankheit erholt und war dabei, alles Liegengebliebene aufzuarbeiten. Er sah mich besorgt an und sagte: »Ihnen ist nicht gut, Jane.« Seine Stimme klang sehr weich. »Stimmt etwas nicht?«

Ich tat die Sache mit einem Schulterzucken ab. »Ich glaube, es ist nichts weiter. Ich fühle mich nur manchmal so müde, ein bißchen apathisch, und gelegentlich wird mir morgens so schwindlig.«

»Dann sollten Sie aber einen Doktor aufsuchen.«

»So schlimm ist es auch wieder nicht.«

»Trotzdem.«

»Ja, vielleicht haben Sie recht.«

»Und sonst ist nichts?«

Ich zögerte erst noch, und dann erzählte ich ihm von der Gestalt, die ich zu sehen gemeint hatte.

»Sie müssen geträumt haben.«

»Natürlich, aber es schien mir so echt zu sein, und ich meinte auch, daß ich wach wäre.«

»Bei manchen Träumen geht es einem so. Es war bestimmt ein Traum. Und sonst gibt's nichts?«

»Ich weiß nicht... Höchstens, daß Lottie dauernd von Drachen spricht und ich mir schon eingebildet habe, wirklich einen zu sehen.«

Er lächelte mich an, und mir fiel wieder auf, wie gütig er war, wie zartfühlend. Aber wie hätte ich ihm erklären können, was ich nicht einmal Joliffe sagen konnte?

Für Joliffe wollte ich immer so sein, wie er mich zu sehen wünschte. Er haßte Krankheiten.

»Es war nur ein Traum, Tobias«, sagte ich. »Bestimmt, denn sonst wäre es ja eine Halluzination gewesen. Es kam mir nur so vor, als sei ich wach dabei. Das hat mich so erschreckt.«

Er lächelte aufmunternd. »Vielleicht hatten Sie hohes Fieber«, meinte er, »aber wie dem auch sei, einen Doktor sollten Sie unbedingt aufsuchen.«

»Ja, sollte ich vielleicht wirklich«, sagte ich.

Und dann tat ich es doch nicht, konnte mich einfach nicht dazu überwinden. Es war alles so lächerlich. Sich von einem bösen Traum so verstören zu lassen. Je weiter die Sache zurücklag, um so mehr erschien sie mir wie ein Traum im Halbschlaf. Ja, das war es bestimmt gewesen.

Zum Arzt brauchte ich nicht zu gehen, ich konnte mich selbst kurieren. Konnte aufhören, Angst zu haben. Das lag nämlich der ganzen Sache zugrunde. Angst. Diese Legenden hatten mich zu sehr beschäftigt. Dieses Gerede über Unglück, über Göttinnen, die ihr Gesicht verloren und sich gegen die wandten, die ihren Code mißachteten. Das alles hatte sich auf mich ausgewirkt, und im Grunde nur, weil ich einige Dinge einfach nicht aus dem Kopf bekommen konnte. Sylvester... was hatte ihm eigentlich gefehlt? Und warum hatte Bella sich zum Fenster hinausgestürzt? Wieso war ihr das Leben unerträglich geworden? Und jetzt war Bella tot, Joliffe mit mir verheiratet, ich eine vermögende Frau. Hatte einen großen Besitz, und wenn ich starb, ging alles an Joliffe über zu treuen Händen für Jason. Und genau seitdem ich diese Verfügung getroffen hatte, fühlte ich mich nicht mehr wohl. Diese Gedanken jagten einander im Kreis. Und darum war ich jetzt so nervös und fragte mich ernstlich, ob mich jemand bedrohte.

Warnte mich das Haus oder bildete ich mir wieder einmal etwas ein? Und falls mich jemand bedrohte, wer war es?

»Gehen Sie zum Arzt«, hatte Tobias gesagt. Ich sah seinen mitfühlenden Blick, hörte seine Besorgnis.

Jetzt, da Joliffe weg war, konnte ich besser nachdenken. Versuchte, meine Lage nüchtern zu betrachten.

Was ist denn nur los mit mir, fragte ich mich selbst. Warum fühlte ich mich so krank. Es kam mir wirklich wie ein Fluch vor. Was hatte ich denn getan, um den Zorn von Lotties Göttern auf mich zu ziehen? Oder war es gar nicht der Zorn der Götter, sondern der Neid der Menschen?

Wie lang die Tage mir ohne Joliffe wurden. Seine Vitalität ließ mich immer alle Ängste vergessen. In seiner Nähe fühlte ich mich so lebendig wie sonst nie.

Auch heute überfiel mich wieder die entsetzliche Apathie. Kaum setzte ich mich irgendwohin, nickte ich schon ein. Joliffe fehlte mir so.

Wie langweilig war das Leben ohne ihn! Schrecklich müde war ich wieder. Ehe ich ins Bett stieg, trank ich noch eine Tasse Tee.

Der Tee wurde mir jetzt ins Schlafzimmer gebracht. Einige der Diener meinten wohl, ich sei im ersten Stadium der Schwangerschaft. Ich selbst hatte eine Weile meinen merkwürdigen Zustand darauf geschoben, aber es stimmte nicht. Es war etwas anderes.

Eine merkwürdige Krankheit. Tobias hatte einmal gesagt, daß Europäer im Osten nach einer Weile oft ganz geheimnisvolle Krankheiten bekämen. Unsere Körper passen sich der Veränderung nicht immer an. Das war es wahrscheinlich.

Ganz einfache Lösung! Eine östliche Krankheit war es, und ich schwebte gleich in tausend Ängsten und verdächtigte alles und jeden.

Ich trank meinen Tee und schlief bald ein. Hoffte, nicht wieder so einen Wachtraum zu haben. Statt dessen träumte ich sehr lebhaft. Kaum, daß ich die Augen geschlossen hatte, schien ich in eine fantastische Welt einzutauchen. Eine Welt, in der Bella lebte.

Sie sagte zu mir: »Es geht ganz leicht. Man läßt sich einfach fallen... fallen...«

»Was ist geschehen, Bella«, fragte ich. »Warst du allein, als du am Fenster standest?«

»Komm und schau selbst... schau selbst...«

Ich träumte, daß ich aufstand. Sie wandte sich um zu mir, ihr Gesicht war schrecklich anzusehen... Wie das Gesicht aus dem anderen Traum. Jetzt wußte ich, was mich angesehen hatte. Der Tod!

Bella ging in den Tod. Das Gesicht veränderte sich, jetzt war es Bella, die ich im Park gesehen hatte. »Ich muß dir etwas sagen. Es wird dir keine Freude machen, aber du mußt es wissen«, sagte sie.

»Ich komme schon... komme.«

Sie streckte die Hand aus, ich ergriff sie, und dann führte sie mich durch den Korridor und die Treppe hinauf. Ich hörte nochmals in Gedanken ihre Worte: »Es wird dir nicht gefallen...« Und dann flüsterte sie: »Komm mit, es ist ganz leicht.«

Ich fühlte kalten Wind auf meinem Gesicht. Wurde von jemandem fest gepackt. Ich lehnte mich zum Fenster hinaus. Ich schrie: »Wo bin ich?«

Jetzt war ich wirklich hellwach. Drehte mich um und sah Joliffe. Er hielt mich in den Armen, Lottie war auch im Zimmer. Diesmal war es kein Traum. Ich stand am offenen Fenster des obersten Zimmers. Halb unbewußt erkannte ich, daß der Mond hinter der Pagode im Zunehmen war.

»Meine Güte, Jane!« rief Joliffe. »Es ist ja alles in Ordnung, ich bin doch hier!«

»Was ist denn passiert?«

»Erst mußt du wieder ins Bett zurück.« Er schloß das Fenster hinter mir ganz fest zu, während er mich in einem Arm hielt. Ich sah Lotties blasses Gesicht im Mondlicht. Sie zitterte.

Joliffe hob mich auf und trug mich nach unten. Dort saß ich dann auf meinem Bett und sah ihn verwundert an.

»Ich hol dir einen Brandy«, sagte er. »Das tut dir gut.«

»Ich dachte, du wärst noch weg«, sagte ich.

Lottie sah mich mit weit aufgerissenen Augen an.

»Vor einer Stunde bin ich zurückgekommen«, erklärte Joliffe. »Ich wollte dich nicht stören, darum schlief ich im Ankleideraum.«

Das war Jasons früheres Zimmerchen. Jason schlief jetzt in einem größeren Raum dahinter.

»Ich schlief, und dann weckte mich etwas. Wohl deine Schritte, als du aus dem Zimmer gingst. Zu meinem Entsetzen fand ich dein Bett leer und folgte dir. Gott sei Dank!«

Ich blickte wieder Lottie an. Sie nickte wie eine Marionette.

»Ich Sie auch hören«, sagte sie. »Ich auch kommen.«

Ich fühlte mich wie zerschlagen. »Wie spät ist es überhaupt?« wollte ich wissen.

»Gleich ein Uhr«, sagte Joliffe. »Du gehst jetzt zu Bett, Lottie. Jetzt ist alles wieder in Ordnung.«

Sie senkte den Kopf und eilte hinaus.

Joliffe setzte sich neben mich und legte den Arm um meine Schulter. »Du bist im Schlaf gewandelt«, sagte er. »Das hast du doch noch nie gemacht.«

»Jedenfalls weiß ich nichts davon.«

Er nahm meine Hände, sah mich an, und ich glaubte in seinem Blick wirkliche Angst und Sorge zu erkennen.

»Ich hatte so einen lebhaften Traum«, sagte ich.

»Du hast am Fenster gestanden.«

»Ich träumte, daß Bella mich dorthin geholt hätte.«

»Mein Gott, nicht das.«

»Doch.«

»Es war ein Alptraum. Du hast zuviel über das Ganze nachgedacht. Es ist vorbei, wirklich vorbei. Laß es gut sein. Du läßt dich davon so aufregen, daß solche Dinge passieren. Es ist wirklich vorbei.«

Ich sah zu dem Münzenschwert auf.

»So, trink das jetzt«, sagte er und hielt mir das Glas an die Lippen. Ich gehorchte.

»Jetzt fühlst du dich sicher schon besser«, sagte er.

»Ich bin so müde«, sagte ich. »So schrecklich müde.«

»Du schläfst jetzt erst einmal, und morgen früh fühlst du dich wieder besser.«

Ich war wirklich ganz erschöpft, wünschte nur eines: Schlaf, Schlaf, Schlaf. Alles andere konnte warten.

Ich fühlte noch, wie Joliffe sich über mich beugte und die Decken rund um mich feststopfte. Er küßte mich zärtlich auf die Stirn.

Am nächsten Morgen erwachte ich erst sehr spät. Lottie sagte, daß Joliffe befohlen hatte, mich durchschlafen zu lassen. Sobald ich wieder wach war, überfielen mich die Erinnerungen an die nächtlichen Erlebnisse.

Entsetzen packte mich wieder. Sylvester hatte auch die Totengestalt gesehen. Hatte sie als Vorzeichen betrachtet.

Kalter Schauer überlief mich. Passierte jetzt mit mir das gleiche wie mit Sylvester? Diese Apathie immer! Auch er hatte daran gelitten. Damit hatte es angefangen, und der Doktor hatte nichts finden können.

Sylvester war in mein Zimmer gekommen, hatte sich so stark nach mir gesehnt, daß der Geist den Körper an Stärke übertraf. Hatte mir sagen wollen, daß er sterben mußte und mir alles überließ. Das war ihm die wichtigste Sorge. Ich hatte von Bella geträumt. Sie beherrschte meine Gedanken auch am stärksten. Wie war sie gestorben? Aus dem Fenster gefallen oder geworfen?

Nein, nein! Immerzu dachte ich daran, wie ich mich gegen Joliffes Griff gewehrt hatte.

Lottie hatte mich gehört, war auch hinaufgekommen. Und deshalb... ich mochte es nicht einmal denken. Nein, es war schon so, wie Joliffe es dargestellt hatte.

»Natürlich«, sagte ich ganz laut. »Wie anders hätte es denn sein sollen?«

Wie kann man böse Gedanken aufhalten? Einen Verdacht loswerden?

Joliffe war sehr besorgt um mich.

Eines Nachmittags brachte er Dr. Phillips mit, ohne mir vorher davon gesagt zu haben.

Ich lag gerade wieder; war völlig apathisch.

»Ihr Mann hat mir gesagt, daß es Ihnen nicht gutgeht«, sagte der Arzt.

»Oft fühle ich mich wunderbar. Und dann kommt wieder diese Müdigkeit.«

»Schmerzen haben Sie keine?«

Ich schüttelte den Kopf. »Manchmal fühle ich mich ganz... normal. Und dann überfällt mich dieses komische Gefühl.«

»Nur Müdigkeit?«

»Ja, und... und ziemlich heftige Träume.«

»Ihr Mann hat mir schon gesagt, daß Sie neulich im Schlaf gewandelt sind. Vielleicht bekommt Ihnen das Leben hier draußen nicht, Mrs. Milner.«

»Ich bin doch schon fast zwei Jahre hier.«

»Ich weiß. Aber solche Anzeichen kommen oft erst nach einer Weile. Sie leiden ja offensichtlich an keiner anderen Krankheit außer dieser Apathie und den nächtlichen Störungen.«

»Ich schlafe aber meistens durch.«

»Das mag schon sein, aber nicht friedlich und tief. Und dazu diese Alpträume. Vielleicht sollten Sie einmal nach England fahren.«

»Irgendwann mal, ja. Im Augenblick haben wir noch so viel zu tun.«

Er nickte. »Trotzdem sollten Sie es sich überlegen. Im Moment verschreibe ich Ihnen nur ein Stärkungsmittel. Sie werden sich sicher bald wieder besser fühlen.«

Ich fragte nachher Joliffe: »Warum hast du mir nicht gesagt, daß du den Doktor herbringst? Ich fühlte mich fast wie eine Hypochonderin. Und so schrecklich krank scheine ich tatsächlich nicht zu sein.«

»Um so besser. Gott sei Dank!«

»Anscheinend bekommt mir das Leben im Osten nicht. Er hat eine Englandfahrt vorgeschlagen.«

»Und wie denkst du darüber?«

»Ich würde sehr gern fahren. Aber im Augenblick geht es doch wirklich nicht.«

»Daran denken kann man ja immerhin mal.«

»Würdest du gern fahren, Joliffe?«

»Ich würde alles tun, damit du wieder gesund wirst... und glücklich.«

Ich nahm das Mittel, das mir der Doktor verschrieben hatte, und es schien mir recht gut zu tun. Als Joliffe das Tor eines Buddhistentempels fand, das seiner Meinung nach mindestens aus dem neunten oder zehnten Jahrhundert stammte, war ich auch wieder einmal ganz aufgeregt. Tobias und Adam hatten Zweifel daran, und als Joliffe seine Meinung bestätigt fand, war ich richtig stolz auf ihn. Sylvester hatte ihn unterschätzt, sagte ich mir. Er war genauso leidenschaftlich bei der Sache, wie Sylvester es gewesen war, und würde später einmal genausoviel wissen wie er – vielleicht sogar noch mehr.

Ich fühlte mich wieder so wohl, daß ich über meine Ängste bereits lachen konnte.

Joliffe freute sich am meisten darüber. »Unser alter Phillips hat dich wieder in Ordnung gebracht. Wie schön, daß du wieder ganz wohlauf bist!«

Aber die Apathie setzte von neuem ein. Da ich mich schon darauf verlassen hatte, daß durch das Stärkungsmittel meine schlechte Anpassung an das fremde Land überwunden würde, bedrückte mich dieser Rückfall besonders.

Eines Nachmittags schlief ich und wachte plötzlich wieder so erschrocken auf wie damals. Dunkle Schatten waren im Zimmer – ehe ich noch hinsah, wußte ich, was ich erblicken würde. Entsetzen packte mich. Das war wirklich da, kein bloßer Traum.

Ich blickte auf, und betäubende Angst überfiel mich. Da war es wieder an der Tür, das böse Gesicht, die gräßlich leuchtenden Augen... sie schienen mich zu beobachten.

Dann sah ich nur noch etwas Rotes aufblitzen, und die Erscheinung verschwand.

Zitternd erhob ich mich und eilte, so schnell ich konnte, zur Tür. Im Korridor war jedoch nichts zu sehen.

Wieder dieser Alptraum! Dabei hatte ich gemeint, es ginge mir jetzt besser. Ich bemühte mich, alles logisch zu durchdenken. Ich hatte mir die Erscheinung nur eingebildet. Sylvester erwähnte damals etwas Derartiges, und das hatte sich mir, wie alles, was er mir erzählte, tief eingeprägt. Kam jetzt in dieser Form heraus, weil ich gesundheitlich nicht ganz auf der Höhe war.

Ich schloß die Tür und drehte den Schlüssel um. War allein. Das Münzenschwert hing noch immer über meinem Bett.

Tausend Laternen

1

Und dann wurde mir die Wahrheit auf schrecklichste Art klargemacht.

Am nächsten Nachmittag trank ich gerade Tee im Wohnzimmer, als Jason hereinkam.

Das Drachenfest stand wieder bevor, und er freute sich schon sehr darauf. Joliffe wollte die Prozession mit uns anschauen.

Aufgeregt erzählte der Kleine davon und bat mich dann um eine Tasse Tee. Ich goß ihm ein, er leerte sie hastig. Der Fisch zu Mittag sei so salzig gewesen, sagte er und trank noch eine Tasse.

Noch in der gleichen Nacht wurde er krank.

Lottie kam zu mir ans Bett.

»Mit Jason etwas ist. Er spricht wirr...«

Ich lief schnell in sein Zimmer. Ganz blaß und verschwitzt war er und blickte erregt um sich.

»Er hat Alptraum«, sagte Lottie.

Ich nahm seine heiße Hand. »Ist schon wieder gut, Jason. Ich bin ja bei dir.«

Das schien ihn zu beruhigen. Er nickte und lag ganz still da.

Joliffe war mir nachgekommen.

»Ich lasse gleich den Doktor holen«, sagte er.

Wir setzten uns dann auf den Bettrand. Ich spürte, daß auch Joliffe sich schreckliche Sorgen machte. Wir fürchteten beide das Schlimmste.

Jason schien zu merken, daß wir bei ihm waren. Als Joliffe aufstand, um den Doktor zu begrüßen, bewegte sich der Junge unruhig.

Joliffe beruhigte ihn, und er lag wieder still da.

Dr. Phillips beruhigte auch uns.

»Nichts Ernstes«, sagte er. »Wahrscheinlich ist ihm irgendein Essen nicht bekommen.«

»Kann das solch eine Wirkung haben?« fragte ich ungläubig.

»Doch, durchaus. Ich gebe ihm ein Mittel für den Darm, und wenn sonst nichts vorliegt, ist er morgen sicher wieder in Ordnung – nur noch ein bißchen schwach vermutlich.«

Merkwürdigerweise war am nächsten Morgen tatsächlich fast keine Nachwirkung mehr zu spüren. Müde war er, wie der Doktor vorausgesehen hatte, und so ließen wir ihn den ganzen Tag im Bett bleiben. Joliffe leistete ihm Gesellschaft, und sie spielten Mahjong miteinander.

Bald aber begann ich genauer zu überlegen. Was war los gewesen mit ihm? Irgend etwas im Essen? Die Worte des Arztes gingen mir nicht aus dem Sinn. Und jetzt fiel es mir plötzlich ein. Er war zu mir gekommen, hatte von meinem Tee getrunken. Hatte er von einem Gift abbekommen, das für mich bestimmt war?

Jetzt, wo mein Sohn in Gefahr war, sah ich plötzlich klar. Wußte, daß ich die ganze Zeit eine geheime Furcht weggeschoben hatte, sie nicht wahrhaben wollte.

Jetzt packte sie mich mit aller Gewalt und ließ sich nicht mehr wegschieben.

Ich, die ich nie zuvor krank gewesen war, fühlte mich nicht mehr wohl. Wurde apathisch, ich, die ich früher für meine Lebhaftigkeit bekannt gewesen war, träumte schlecht, hatte regelrechte Alpträume – und hatte früher nur den Kopf aufs Kissen zu legen brauchen, um schon in tiefen, friedlichen Schlaf zu fallen.

Der Grund? Jemand tat mir etwas ins Essen oder in die Getränke. Und Jason wurde schwer krank, als er von meinem Tee trank.

Ich gewann langsam an Klarheit – eine schreckliche Klarheit. Jemand wollte mich vergiften.

Aber wer?

Das Drachenfest stand kurz bevor. Eigentlich gab es viele solche Feste. Mir kam es vor, als ob die Leute hier das Untier abwechselnd schmähten oder ehrten. Diesmal war das Fest zu seinen Ehren.

Jason hatte sich wieder völlig erholt. Er plauderte munter über das kommende Ereignis.

»Mein Vater führt uns in einer Rikscha hin. Wir werden alles genau sehen können. Manche Drachen speien Feuer.«

Lottie freute sich auch schon auf die Prozession. Als sie mir beim Ankleiden half, sagte sie: »Wenn Sie weggehen, ich zurückgehen zu Tschan Tscho Lan.«

»Wenn ich weggehe. Was meinst du damit?«

Sie senkte den Kopf und sah mich unterwürfig an. »Ich glaube, Sie weggehen, irgendwann.«

»Wie kommst du darauf?«

»Nach England vielleicht?«

»Das hast du wohl vom Doktor aufgeschnappt.«

»Alle davon reden.«

»Aber solange ich noch hier bin, verläßt du mich doch nicht?«

Sie schüttelte energisch den Kopf. »Nein, ich nicht weggehen.«

»Da bin ich aber froh.«

»Tschan Tscho Lan sagt, sie vielleicht finden einen Mann für mich.«

»Du meinst einen Ehemann?«

Sie senkte den Kopf und kicherte.

»Wie schön, Lottie«, sagte ich, »da freue ich mich aber. Freust du dich auch darauf?«

»Wenn ich Glück haben, ich mich freuen. Nicht leicht, reiche Mann für mich finden.« Sie sah traurig auf ihre ›großen‹ Füße.

»Darüber mach dir keine Gedanken. Deine Füße sind viel schöner, als wenn sie verstümmelt wären.«

Sie schüttelte den Kopf. »Keine Chinesendame hat Bauernfüße.«

Es war hoffnungslos, sie vom Gegenteil überzeugen zu wollen.

Sie sah mich an. »Leben manchmal sehr traurig.«

»Aber wir bleiben immer gute Freunde, nicht wahr? Ich besuche dich dann, wenn du verheiratet bist, und bringe deinen Kindern Geschenke.«

Obwohl sie wieder kicherte, schien sie immer noch ein wenig traurig zu sein. »Schwer, Ehemann finden«, sagte sie. »Nur halbchinesisch und große Füße.«

Ich zog sie an mich und gab ihr einen Kuß. »Du gehörst zu unserer Familie, du bist wie eine Tochter.«

»Aber ich nicht Tochter«, sagte sie immer noch traurig.

Als wir dann in den Rikschas zur Prozession fuhren, war sie jedoch wieder ganz fröhlich.

Jason saß zwischen Joliffe und mir und zappelte vor lauter Begeisterung. Unendlich fern schien mir die Nacht, in der ich so um ihn gebangt hatte.

Es war bereits dunkel – bei solchen Prozessionen kam es ja hauptsächlich auf den Beleuchtungseffekt an. Gongschläge mischten sich mit Trommelschlag. Immer noch kamen mir diese Töne wie Warnungen vor. Alle Arten von Laternen gab es zu sehen, wie immer bei solchen Prozessionen, viele davon mit drehbaren Gestalten im Inneren.

Banner mit feuerspeienden Drachen darauf wurden vorbeigetragen, die personifizierten Tiere waren jedoch die Hauptsache. Große und kleine – manche wurden in der Luft getragen, andere bewegten sich den Boden entlang. In ihnen steckten Männer und Frauen, die auch wilde Töne ausstießen und Feuerstöße produzierten. Unheimlich war der Anblick dieser Kolosse.

Einen reizenden Anblick boten zwei Nestchen mit je einem Mädchen darin, die hoch über den Drachen schwebten. Ganz süße Geschöpfe, mit Lotosblüten im langen, schwarzen Haar, in zart getönte Seidenkleider gehüllt.

Lottie rief aufgeregt von ihrer Rikscha herüber: »Sehen Sie, sehen Sie!«

Ich nickte.

»Die Mädchen von Tschan Tscho Lan«, sagte sie.

»Arme kleine Dingerchen«, meinte ich zu Joliffe. »Was werden sie einmal für ein Leben führen?«

»Ein sehr angenehmes, würde ich sagen.«

»Sie werden doch verkauft!«

»Ja, aber doch an einen Mann, der sie sich leisten kann und ihnen das bequeme Leben gibt, für das sie erzogen wurden.«

»Und wenn er ihrer müde wird?«

»Muß er sie trotzdem weiter erhalten und darf es ihnen an nichts fehlen lassen, sonst verliert er sein Gesicht.«

»Sie tun mir trotzdem leid.«

»In fremden Ländern mußt du dich an die Vorstellungen der Leute dort gewöhnen. Sie sehen das anders als du.«

»Trotzdem tun sie mir leid.«

Plötzlich schrak ich zurück. Ein Prozessionsteilnehmer war sehr nahe an uns herangekommen, ein Mann mit einem roten Gewand und einer Maske vor dem Gesicht.

Mein Herz fing zu hämmern an. Dieses Kostüm hatte ich schon einmal gesehen – oder ein ähnliches.

Als er den Kopf hob, zuckte ich zurück.

»Ist schon gut«, beruhigte mich Joliffe, »das gehört auch zum Fest.«

»Was für eine gräßliche Maske«, sagte ich.

»Das ist die chinesische Maske des Todes.«

Einige Tage war mir wieder wohler gewesen; seit Jasons Krankheit rührte ich keinen Tee mehr an, denn ich war sicher, daß man mir damals etwas hineingetan hatte.

Eine grauenhafte Entdeckung. Was sollte ich tun? Wenn derjenige, der mich mit dem Tee zu vergiften suchte, merkte, daß ich keinen mehr trank, würde er mir das Gift auf andere Weise beibringen. Oder überhaupt eine andere Methode wählen.

Ich war in akuter Gefahr und mußte mich irgend jemandem anvertrauen. Aber wem? Meinem Mann?

Und wenn Joliffe dahintersteckte? Wie konnte er so hingebungsvoll den treuen Liebhaber spielen? Vielleicht hatte unsere körperliche Übereinstimmung mit dem anderen nichts zu tun? Sie hatte von Anfang an eine große Rolle gespielt, vor allem bei mir – es war Liebe auf den ersten Blick gewesen, und die spürt man, noch ehe man einem der Partner näher bekannt ist. War unsere Liebe auf dieses Gebiet beschränkt geblieben? Kannte ich Joliffe gar nicht richtig und er mich auch nicht? Offenbar, denn sonst könnte ich ihn nicht so entsetzlicher Dinge fähig halten. *War* er dazu fähig...?

Manchmal erschienen mir meine Theorien ganz absurd, dann wieder völlig rational.

Joliffe war mein Mann und liebte mich – trotzdem sah die Sache für ihn nicht gut aus. Hunderte Male beteuerte er seine Liebe, sein Verhalten schien es auch zu bestätigen. Manchmal war wirklich absolute Übereinstimmung zwischen uns, und ohne ihn schien mir mein Leben leer. Nein, es konnte nicht Joliffe sein! Ich weigerte mich, das zu glauben. Es war einfach unmöglich!

Adam? Dieser seriöse, so völlig integre Mann? Was hatte er zu gewinnen? Von der Testamentsänderung wußte er allerdings nichts; wenn er es gewußt hätte, gäbe es überhaupt kein Motiv mehr für ihn. Aber er wußte es *nicht*.

Als Sylvester starb, lebte er schon eine Weile im Haus. Joliffe dagegen nicht. Jetzt lebte Adam nicht mehr bei uns, aber er kam oft zu Besuch. Und wie war Sylvester gestorben? Damals kam es mir als natürliche Folge seines Unfalls vor ... ein älterer Mann, der nach einem Unfall langsam dahinsiechte, bis es plötzlich ganz aus war. Adam war jedenfalls im Haus gewesen, auch ihn mochte ich aber nicht für einen Mörder halten.

Jeden Tag beim Erwachen spürte ich schon die lauernde Gefahr. Wenn ich mich doch nur irgend jemandem anvertrauen könnte. Aber wen gab es denn?

Lottie war keine Hilfe. Ich mochte sie sehr, aber die Verständigung gelang schwer. Freundin hatte ich keine.

Am ehesten kam noch Tobias in Frage. Eines Tages sagte er nach unseren geschäftlichen Besprechungen: »Sie sehen jetzt besser aus, seit der Doktor da war.«

Ich stimmte ihm nur zögernd zu.

Er sah mich ernst an, und wieder überkam mich eine Welle Sympathie für diesen ruhigen, verläßlichen Menschen, der sich so ehrlich um mich sorgte.

»Manchmal gewöhnt man sich schwer an die neue Umgebung.«

»Ich bin ja schon eine ganze Weile hier«, wandte ich ein, »eingewöhnt habe ich mich sicher schon längst.«

»Ja, was soll es dann ...«

Ich konnte nicht mehr an mich halten. Ich *mußte* es jemandem sagen. Und wenigen traute ich so wie Tobias.

»Vielleicht habe ich etwas eingenommen, wovon ich krank wurde.«

»Eingenommen?« Er sah mich ungläubig an.

»Jason war auch krank, einen Tag lang, nachdem er von meinem Tee abbekommen hatte. Das war irgendwie merkwürdig. Er hatte Alpträume ... und es schienen überhaupt die gleichen Symptome gewesen, unter denen ich litt.«

»Sie meinen, es wäre was im Tee gewesen?«

Ich sah ihn an.

»Das wäre ja das Letzte, es sei denn...«

Mehr brauchte er nicht zu sagen.

»Ich hatte schon immer das Gefühl, in unserem Haus ginge es nicht ganz richtig zu«, fuhr ich fort. »Das Haus macht einen eigenartigen Eindruck auf mich. Und die vielen Diener, die ich oft gar nicht auseinanderhalten kann. Manchmal kommt es mir vor, als wäre ich unerwünscht. Und Sylvester sei dem Haus auch unerwünscht gewesen.«

»Wieso?«

Ich hob die Schultern. »Wenn ich behaupte, das Haus mag uns nicht, werden Sie mich wahrscheinlich auslachen.«

»Ja«, sagte er, ohne zu lachen, »aber wenn wirklich etwas im Tee war, sind Sie in Gefahr. Und wenn Sie keinen Tee mehr trinken, könnte etwas anderes vergiftet sein.«

»Ich kann es einfach nicht glauben, Tobias. Vielleicht war ich doch nur überreizt und bildete mir alles ein.«

»Und Jason?«

»Kinder kriegen oft plötzlich solche Sachen.«

»Haben Sie schon mit Joliffe darüber gesprochen?«

Ich schüttelte den Kopf.

Das verstand er offenbar nicht. »Sicher ist alles nur Einbildung«, sagte ich wieder. »Ich schäme mich auch meiner Gedanken, und darum habe ich es niemandem gesagt.«

»Nehmen Sie es nicht zu leicht«, sagte Tobias.

»Nein, ich werde aufpassen. Obwohl ich immer noch sicher bin, eine logische Erklärung zu finden.«

»Falls jemand etwas in Ihren Tee getan hatte«, sagte Tobias, »wer sollte dieser Jemand sein? Vielleicht einer aus der Dienerschaft, der meint, als Frau dürften Sie kein eigenes Haus besitzen? Das wäre denkbar. Ich weiß, wie diese Leute reagieren. Überlegen wir weiter. Wer würde durch Ihren Tod gewinnen? Da gibt es bestimmt einige Personen. Das klingt natürlich verrückt, und ich würde es niemand anderem als Ihnen sagen. Sie müssen jedenfalls aufpassen und sich schützen. Wenn Sie sterben, verwaltet Adam das Geschäft für Jason. Adams Geschäfte gehen nicht gut, das weiß ich genau. Es wäre daher für ihn sehr vorteilhaft, wenn er Ihr Vermögen in die Hand bekäme, was ja der Fall wäre, wenn Sie...«

»Ich kann es nicht glauben. Ich kann es einfach nicht glauben.«

»Natürlich nicht. Tut mir leid, daß ich es überhaupt erwähnt habe. Ich suche ja nur nach Gründen...«

Er sagte nichts mehr. Seine Angst um mich war ihm deutlich anzumerken. Um wieviel besorgter wäre er gewesen, wenn er von der Testamentsänderung erfahren hätte. Denn dadurch hatte ja Joliffe auch ein Motiv.

Nach einer Weile erwähnte er, daß Elspeth sich nach mir erkundigt habe. Ob ich sie wohl einmal aufsuchen würde?

Ja, das wollte ich gleich tun. Elspeth war wenigstens eine praktisch denkende Frau. In ihrer Gegenwart konnte man seiner Fantasie kaum freien Lauf lassen, sie ernüchterte einen ungemein.

»Ah«, sagte sie, »kommen Sie wieder mal auf ein Täßchen Tee zu mir?«

Ich sagte, daß ich mich schon auf ihren Tee freue, und sie machte sich gleich an die Zubereitung.

Echt schottisches Selbstgebackenes hatte sie auch wieder. Das Teewasser wurde gleich bei Tisch auf einem Spirituskocher erhitzt. Der Tee schmeckte vorzüglich.

»Meine Diener lasse ich da nicht ran«, erklärte sie.

»Ich finde, es gibt nur eine Art, guten Tee zuzubereiten, und die verstehen die Leute hier offenbar nicht.«

»Jane hat gerade das gleiche gesagt«, sagte Tobias. »Sie würde sich auch gerne ihren Tee selbst machen. Hast du noch den Spirituskocher aus Edinburgh? Den könnten wir ihr doch leihen, dann kann sie sich ihn ab und zu selber bereiten.«

»Aber gerne«, sagte Elspeth. »Ich verwende ihn ja nicht mehr. Hier läßt man den Tee nie lange genug ziehen. Nur die Schotten und vielleicht auch einige Engländer verstehen sich aufs Teekochen.«

Sie erwähnte meine Krankheit und kräuselte dabei die Lippen, wie stets, wenn sie andeuten wollte, daß jeder das Schicksal erlitt, das er sich selbst bereitete.

Während wir noch beim Tee saßen, kam eine Besucherin. Zu meinem Entsetzen und Elspeths deutlichem Ärger war es Lilian Lang.

»Ich wußte, bei Ihnen würde es Tee geben«, rief sie, »und da konnte ich einfach nicht widerstehen. Das herrliche Gebäck! Sie sind eine Meisterköchin, Miß Grantham. Tobias kann sich wirklich glücklich schätzen, von Ihnen umsorgt zu werden.«

»Na, ob der so glücklich ist?« sagte Elspeth trocken, und Tobias beeilte sich, es ihr eindringlich zu versichern.

Sie schüttelte den Kopf, halb erfreut über die Komplimente und halb verärgert über ihre beiden Besucherinnen. Mir verübelte sie, ihren Bruder nicht genommen zu haben, und Lilian den unangesagten

Besuch. Sie schenkte nochmals ein, Tobias reichte Lilian ihre Tasse.

»Vorzüglich!« sagte sie nach dem ersten Schluck. »Genau wie zu Hause. Die Teezeremonien hier finde ich lächerlich. Jumbo sagt immer, ich dürfe nicht lachen dabei. Das mögen sie nicht, aber es ist einfach zu komisch. Dabei brauchte man ja nur den Kessel zu erhitzen und das kochende Wasser über die Blätter zu gießen. Aber hier liebt man eben Feierlichkeiten. Die Frauen sind sehr hübsch in China, nicht wahr, das werden Sie doch nicht leugnen können, Mr. Grantham.«

»Sie sind recht anziehend«, stimmte er zu.

»Kennen Sie auch das Geheimnis dieser Anziehungskraft?« Sie lächelte mit hochmütigem Seitenblick auf mich. »Die absolute Unterwerfung dem Mann gegenüber. Sie lieben es, dem Mann zu dienen. Werden dafür erzogen. Sehen Sie sich doch nur die armen kleinen Füße an. Aber sie schwanken auf diesen Stümpfchen sehr grazil daher. Stellen Sie sich nur vor, wir müßten uns verkrüppeln lassen, um einem Mann zu gefallen.«

»Es ist eben eine alte Sitte hier«, sagte ich. »Verkrüppelte Füße bedeuten bei einer Frau Vornehmheit.«

»Natürlich. Hier ist alles anders als bei uns. Denken wir nur an die geheimnisvolle Tschan Tscho Lan.«

Elspeth bewegte wieder verärgert die Lippen. Sie war nicht begeistert von diesem Thema.

»Wenn Sie wollen, gebe ich Ihnen gerne die Rezepte mit«, versuchte sie Lilian abzulenken.

»Wie reizend von Ihnen! Jumbo liebt dieses Gebäck. Ob es ihm besonders gut tut, weiß ich allerdings nicht. Er nimmt so entsetzlich zu.«

»Gute schottische Bäckerei hat noch niemandem geschadet«, sagte Elspeth pikiert.

»Sie mögen sicher recht haben. Wovon haben wir doch vorher gerade gesprochen, ehe vom Essen die Rede war? Ach ja, Tschan Tscho Lan. Kennen Sie die Dame, Mrs. Milner?«

»Ja, ich kenne sie. Eine bemerkenswerte Frau.«

»Auf ihre Art eine Schönheit, wenn man so etwas mag«, sagte Lilian. »Viele Europäer sind dieser Meinung, und Chinesen sowieso. So weiblich, so graziös... und dazu die anerzogene Vorstellung, daß die Männer uns überlegen sind.«

»Ich hatte eher den Eindruck, als habe sie eine sehr hohe Meinung von sich selbst«, sagte ich.

»Von sich selbst bestimmt«, sagte Lilian. »Sie sieht sich auch als Bindeglied zwischen Männern und Frauen.«

»Soll ich Ihnen also dann die Rezepte heraussuchen?« meldete sich Elspeth wieder.

»Ja, sehr reizend von Ihnen, liebe Miß Grantham. Armer Jumbo, der kriegt jetzt ordentlich was aufgetischt. Was mein chinesischer Koch wohl aus den Rezepten machen wird? Übrigens, daheim in England würde man so eine Frau ganz anders bezeichnen.«

Elspeth räusperte sich.

»Warum soll man die Sache nicht beim Namen nennen«, plapperte Lilian weiter. »Diese ›Schule für junge Damen‹. Sie kriegt die Mädchen schon als Babys. Eltern schicken ihr die unerwünschten Mädchen... Und unerwünscht sind Mädchen hier ja fast immer.«

»Ja, auf den Sampans läßt man sie sogar ganz unbehütet herumklettern«, sagte ich.

»Und Sie können sicher sein, daß immer nur kleine Mädchen über Bord fallen und ertrinken. Aber sie nimmt sie auf, lehrt sie singen und sticken, erzieht einige zu Tänzerinnen – alles zur Unterhaltung ihrer Gäste. Besser gesagt ihrer Kunden. Muß ziemlich einträglich sein, das Geschäft.«

»Immerhin nimmt sie sich der Mädchen ja ab ihrer frühesten Kindheit an.«

»Allerdings. Viele Jahre sind es ja nicht. Die Mädchen sind mit zwölf schon so weit, in Dienst zu gehen. Das ist alles sehr ehrenhaft hier, und man nennt sie eine Heiratsvermittlerin. Viele unserer europäischen Herren suchen ihr Haus auch auf.« Sie lehnte sich zu mir herüber. »Ein bißchen Freiheit müssen wir ihnen ja gönnen.«

»Freiheit?« rief Elspeth. »Was reden Sie da?«

»Meine liebe Miß Grantham, Ihr Herz ist zwar immer noch in Schottland, aber hier ist nicht Schottland.«

»Ich weiß ganz gut, wo ich mich befinde.«

»Diese Sitten sind eben anders. Nehmen Sie nur die Mandarine, mit denen mein Mann Geschäfte macht. Sie leben mit der Frau und den Konkubinen in einem Haus... in bester Freundschaft. Die Frau ist glücklich, die oberste Frau des Hauses zu sein, und die Konkubinen, wenn ihr Herr und Meister sie ab und zu aufsucht...«

Elspeths Gesicht wurde immer röter. Sie schätzte diese Gespräche überhaupt nicht. Ich auch nicht, weil ich Andeutungen heraushörte, die auf mich gemünzt schienen. Sie wollte mir etwas sagen, und ich glaubte zu wissen, was es war.

Joliffe war bei Tschan Tscho Lan gewesen. Redeten die Leute bereits darüber? Wenn diese Frau etwas Ehrenrühriges über irgendeinen Menschen erfuhr, hielt sie garantiert nicht den Mund.

»Unsere Männer sehen, wie so ein Mandarin lebt«, fuhr Lilian ungerührt fort, »da wollen sie das natürlich auch ausprobieren. Nach europäischer Methode. Ich könnte mir nicht vorstellen, daß Jumbo seine Konkubinen ins Haus bringt. Sie bei Joliffe?«

»Nein«, sagte ich. »Das würde ihm nicht gestattet werden.«

Sie schüttelte sich vor Lachen. »Aber ihre kleinen Besuche dürfen wir ihnen nicht mißgönnen, nicht wahr?«

»Ich weiß nicht«, sagte ich ganz ruhig, während sie mich herausfordernd anstarrte. »Das hängt wohl vom Besuchsgrund ab.«

»Männer«, sagte sie mit verächtlicher Handbewegung, das ganze Geschlecht umfassend. »Männer finden immer eine plausible Ausrede. Stimmt's?«

»Ich glaube, ich muß jetzt gehen.«

»Kann ich Sie mit meiner Rikscha heimbringen?« fragte Lilian.

»Danke, ich habe meine eigene da.«

»Dann fahre ich mit Ihnen«, sagte Tobias. »Sie müssen ja auch den Kocher mitnehmen.«

In der Rikscha sagte er: »Ein böses Weib!«

»Sie ist immer voller hinterhältiger Andeutungen. Man fühlt sich so unbehaglich in ihrer Gegenwart.«

»Genau das dürfte sie auch damit bezwecken. Elspeth wird schon mit ihr fertig werden.«

Dessen war ich ganz sicher. Wir schwiegen beide, beim Abschied drückte er mir fest die Hand und sagte: »Wenn Sie etwas brauchen, schicken Sie nach mir... Ich bin stets für Sie da.«

Wie beruhigend dieses Wissen für mich war! Einer, der stets für mich dasein würde.

Ich fühlte mich langsam besser. Außer wenn wir Besuch hatten – denn dann war er bestimmt in Ordnung –, tat ich immer nur, als tränke ich den Tee, den man mir brachte. Elspeths Spirituskocher verwendete ich in meinem Zimmer hinter geschlossener Tür. Nach Gebrauch sperrte ich den Kocher in einen Schrank. Diese kleine Geheimniskrämerei machte mir fast Spaß. Vielleicht kehrte auch nur meine normale Vitalität zurück. Ich hatte versucht, alle bösen Gedanken zu verbannen, wollte niemanden verdächtigen und einfach nur Klarheit schaffen, ob mir jemand nach dem Leben trachtete.

Die Methode war irgendwie merkwürdig, denn sie führte ja nicht unmittelbar zum Tod. War ich aber erst einmal längere Zeit schwach, würde man meinen unfreiwilligen Tod ganz normal finden. So war es bei Sylvester gewesen, dessen war ich jetzt ganz sicher.

Bei jeder sich bietenden Gelegenheit ließ ich die Rikschamänner an Tschan Tscho Lans Haus vorbeifahren. Manchmal befahl ich sogar, langsamer zu werden. Das tat ich mehrmals unterwegs, so daß es ihnen bei Tschan Tscho Lans Haus nicht weiter auffiel.

Bei einer meiner Rückfahrten sah ich wieder einmal Joliffe in Tschan Tscho Lans Haus gehen. Ich ging zu Hause sofort auf mein Zimmer und überlegte natürlich, was er wohl diesmal drüben tat.

Tschan Tscho Lan und Joliffe? Wie lange schon? Lilian Lang wußte es offenbar. Das entnahm ich ihren Andeutungen. Sagte mir so deutlich, wie sie das zu tun wagte, daß Joliffe eine chinesische Geliebte hatte und diese wohl die faszinierende Tschan Tscho Lan sein könne.

So vieles wußte ich nicht. Das geheime Leben eines Mannes ist wahrscheinlich nur für seine Frau geheim. Andere wissen es rasch, und wenn sie einigermaßen nett sind, verbergen sie es wenigstens vor der am meisten Betroffenen; Bösartige sagen es ihr natürlich ins Gesicht. Jetzt baute ich wieder an einem Fantasiebild. Wollte Joliffe vielleicht Tschan Tscho Lan heiraten? Nein, er war ja mit mir verheiratet. Aber wenn es mich nicht mehr gab? Ich versuchte, diese Gedanken zu verscheuchen.

Joliffe kam zurück.

»Jane, du bist schon hier?« Er umarmte mich herzlich. Leichter Jasminduft umgab ihn.

Ich wußte genau, woher ich diesen Duft kannte.

»Gehst du oft zu Tschan Tscho Lan hinüber?«

»Ja.«

»In letzter Zeit auch?«

»Ja, auch in letzter Zeit.«

»Machst du Geschäfte mit ihr?«

»Daran ist sie immer interessiert.«

»Und deswegen gehst du in letzter Zeit so oft zu ihr?«

»Nein, es geht noch um etwas anderes.«

Mein Herz schlug wild. Was würde er mir jetzt sagen? Wollte er eingestehen, daß er eine Geliebte hatte? Daß ich über das Leben hier noch einiges lernen, meine Anschauungen revidieren müsse?

Nein, das würde ich nie akzeptieren!

»Es geht um Lottie«, sagte er.

»Lottie? Wieso denn?«

»Tschan Tscho Lan will einen Mann für sie finden.«

»Ja, Lottie hat so etwas erwähnt.«

»Sie sollte bald heiraten. Es ist das richtige Alter.«

»Ehe oder... Liaison?«

»Ehe.«

»Lottie war offenbar der Meinung, daß sie mit ihren unverkrüppelten Füßen keinen Ehemann finden würde.«

»Vielleicht keinen reinen Chinesen. Tschan Tscho Lan hat für Lottie einen Halbengländer in Aussicht. Die gleiche Mischung wie sie selbst.«

»Und deshalb suchst du Tschan Tscho Lan so oft auf.«

»Ja.«

»Ich hätte eigentlich angenommen, daß Lotties Ehefragen eher mit mir als mit dir besprochen werden sollten.«

»Du kennst die Chinesen nicht. Hier wird so etwas von den Männern arrangiert.«

Das klang sehr plausibel. Kaum war er in meiner Nähe, glaubte ich ihm alles. Wie konnte ich je den Verdacht haben, daß er mich betrog?

Aber irgend jemand im Haus hatte mich bedroht. Ich mußte herausfinden, wer es war, und durfte mich nicht in die Irre führen lassen. Ich hatte immer gemeint, daß Joliffe Lottie mochte und sie ihn. Trotzdem schien sie enttäuscht zu sein, als ich ihn heiratete. Vielleicht weniger enttäuscht als ängstlich. Sie wußte ja, daß Jason sein Sohn war und vorher etwas bei uns nicht gestimmt hatte. Vermutlich hielt sie das unseren undurchsichtigen Sitten und Gebräuchen zugute.

Jetzt fielen mir immer öfter Blicke der beiden auf. Eine gewisse Zärtlichkeit in seiner Stimme, wenn er von ihr oder mit ihr sprach; bei Lottie war ich mir nicht so sicher. Ihr Gekicher konnte Trauer genauso wie Freude bedeuten, ich war mir nie ganz klar darüber. Ich wußte jetzt, daß sie oft bei Tschan Tscho Lan geweilt hatte, seit sie von ihr zu uns gekommen war. Das war nicht weiter ungewöhnlich. Ich fragte sie, ob sie glücklich sei über ihre zukünftige Ehe.

»Sehr glücklich«, sagte sie eher betrübt.

»Das klingt aber gar nicht so.«

»Werden warten und sehen«, sagte sie.

»Du solltest vor Freude tanzen«, meinte ich.

»Nein.« Sie schüttelte den Kopf. »Überhaupt nicht.«

»Hast du den Mann schon gesehen?«

»Ja, ich habe gesehen.«

»Ist er jung und hübsch?«

Sie nickte.

Ich legte meine Arme um sie. »Oder willst du uns nur nicht verlassen?«

Mit hilfloser Gebärde drückte sie ihre Stirn an mich. Ich fand ihre Art rührend.

»Wir werden dich oft besuchen. Und du mußt mit deinem Mann oft zu uns kommen. Zum Tee...«

Sie wandte sich ab.

Ich fühlte mich jetzt wieder ganz kräftig, alle körperliche und geistige Energie war zurückgekehrt. Meines Verdachtes war ich jetzt ganz sicher. Etwas stimmte nicht. Jemand hatte versucht, mir zu schaden. Und so wie ich die Dinge heute sah, war es bei Sylvester das gleiche gewesen.

Am nächsten Tag tat ich, als ob mich wieder diese Apathie ergriffen hätte, und legte mich hin. Zwei Stunden lang lag ich wach, bereit, aufzuspringen, wenn die Erscheinung auftauchte. Nichts passierte.

Am nächsten Tag versuchte ich es nochmals. Als ich gerade aufgeben wollte, hörte ich ein ganz leises Rascheln. Gespannt fixierte ich die Tür. Sah, wie sie ganz leise und langsam geöffnet wurde. Und dann starrte mich schon das glühende Gesicht an.

Ich sprang auf. Die Tür wurde geschlossen, aber ich riß sie sofort wieder auf, sah nichts im Korridor und rannte zur Treppe; entdeckte unten bei der nächsten Biegung gerade noch einen roten Schimmer.

Ich rannte nach, konnte aber niemanden finden.

Auch unten in der Halle war alles leer. Immerhin hatte ich eines bemerkt, die Erscheinung löste sich nicht in Luft auf. Sie mußte auf ihren eigenen Füßen weglaufen. Irgendwo unten hielt sich jetzt die Person versteckt, die sich maskiert hatte. Nach ihr wolle ich suchen, bis ich sie gefunden hatte.

Rasch durchsuchte ich ein Zimmer nach dem anderen. Alle leer und still. Dann stand ich wieder in der Halle, die Stille des Hauses umfing mich. Angst stieg in mir auf.

Jetzt war ich doppelt verletzlich geworden. Jemand bedrohte mich; ein Mörder, der mich langsam töten wollte, um keinen Verdacht zu erregen. Doch hatte ich jetzt deutlich gemacht, daß ich einen Verdacht hatte, hatte ihm aufgelauert. War nur leider nicht schnell genug gewesen, ihn bei seinem Kostüm zu packen und seine Identität zu enthüllen.

Aber ich hatte gezeigt, daß ich auf der Hut war.

In einigen Zimmern brannten schon die Laternen. Es war inzwischen ganz dunkel geworden. In der Dämmerung bekam das Haus immer einen ganz anderen Charakter. Auch der leiseste, entfernteste Ton erschreckte einen, so still lag es da. Ich hatte mir vorgenommen, am nächsten Tag die vier Zimmer noch einmal zu untersuchen. Irgendwohin mußte ja die geheimnisvolle Person verschwunden sein.

Die Laternen in den unteren Räumen brannten, aber sie gaben wenig Licht. Wo mochte die maskierte Person sich versteckt haben? Wie war es ihr gelungen, mir zu entkommen? Wo hatte sie ihr Kostüm hingetan?

Die Wände im unteren Stockwerk waren alle getäfelt. Also untersuchte ich jetzt das Holz nach irgendwelchen Ritzen. Und tatsächlich – mein Herz machte einen Sprung vor Aufregung –, da lugte ein winziges Stück roter Stoff hervor.

Ich bückte mich und untersuchte ihn näher. Ich versuchte, mehr davon herauszuziehen, aber das gelang mir nicht. Rasch lief ich zur Tür und schloß sie. Überlegte dann plötzlich, ob ich nicht doch jemanden rufen, ihm den Fund zeigen sollte. Aber wem? Joliffe? Ich war entsetzt über mich selbst, aber etwas in mir sträubte sich dagegen, Joliffe ins Vertrauen zu ziehen. Ich wollte und mußte dies erst mit mir allein abmachen. Durfte mich diesmal nicht von meiner Liebe zu ihm beirren lassen. Mußte ganz vernünftig und logisch denken.

Ich ging zur Wand zurück. Probierte noch einmal, an dem Stoff zu ziehen. Ganz vorsichtig und langsam. Und dann gab der Teil der Täfelung, in dem das Material verklemmt war, plötzlich nach.

Jetzt konnte ich meine Finger dahinter zwängen und nachhelfen.

Ganz langsam öffnete sich der Spalt, wurde immer breiter, und dann starrte mir die Fratze entgegen.

Ich fuhr zurück; das Ding schien auf mich zuzukommen. Und dann sah ich, daß es nur ein Kostüm mit Kapuze war und man auf diese Kapuze mit Leuchtfarben die Maske des Todes gemalt hatte. Eine grausige Maske, die man nicht so leicht vergaß.

›Dummkopf!‹ schalt ich mich. ›Ist doch nur eine Maskierung wie bei den Prozessionen. Irgend jemand, der dich erschrecken wollte, hatte sich ihrer bedient.‹

Ich zwang mich, ganz nahe heranzugehen und diesen Tod direkt ins Auge zu fassen. Den Stoff zu berühren. Es war wirklich nichts weiter. Hing da auf einem Nagel mit dem Gesicht nach draußen, so daß man im ersten Augenblick glaubte, eine Geistererscheinung vor sich zu haben.

In der Wandnische dahinter roch es muffig. Soviel ich sehen konnte, war es ein großer Schrank. Ein begehbarer Schrank, aber ich schrak davor zurück, ihn ganz zu erforschen.

Dazu konnte mich jetzt nichts bringen, irgendwie hatte ich das Gefühl, daß sich die Tür hinter mir auf immer schließen würde, wenn ich es versuchte.

Und jetzt rief ich doch nach meinem Mann. Rannte aus dem Zimmer und schrie: »Joliffe… Joliffe!«

Keine Antwort.

Ich ging wieder in das Zimmer zurück, wollte es nicht verlassen, bis auch jemand anders die Nische gesehen hatte. Irgendwie meinte ich, daß alles wieder verschwinden würde, wenn ich hier wegginge. Daß man wieder denken würde, ich habe Halluzinationen.

Diesmal war ich froh, Adam hereinkommen zu hören. Ich holte ihn gleich in den Raum, und er starrte erstaunt auf die Nische.

»Wie hast du denn das entdeckt? Wir haben nie etwas davon gewußt!«

Er trat herein; diesmal folgte ich.

Etwa zwei Meter im Quadrat maß die Höhle.

»Eine Art Schrank«, sagte Adam enttäuscht.

»Sieh mal die Laterne da oben«, fügte er noch hinzu. »Eine sehr hübsche übrigens.«

»Dann haben wir jetzt sechshundertundeine«, sagte ich nüchtern.

»Ach ja, wir waren ja nicht über sechshundert hinausgekommen. Eine aufregende Entdeckung jedenfalls.«

»Du hattest wirklich keine Ahnung davon?«

»Sonst hätte ich doch schon nachgeforscht.«

»Ich glaube aber, daß es irgend jemand im Haus weiß.«

»Wieso?«

»Ich sah ein Stückchen Stoff hervorschauen, und das war vor ein paar Tagen noch nicht da. Dadurch habe ich es entdeckt. Vielleicht ist jemand hastig hineingestiegen und ebenso rasch wieder heraus und hat sich dadurch verraten.«

»Wer?« fragte Adam erregt.

Ich beobachtete ihn ganz ruhig. Sein Gesicht war im Gegensatz zur Stimme ganz unbewegt.

»Wirklich interessant«, sagte er. »Vielleicht gibt es noch mehr solche Wandschränke im Haus. Die Täfelung ist doch ideal für derartige Verstecke.«

Undurchdringlich war seine Miene. Man wußte nie, was er dachte. Während ich ihn so betrachtete, überlegte ich, ob er es wirklich nicht gewußt hatte. Benützte *er* vielleicht das Kostüm, um mich zu erschrecken? Hatte ich *ihn* über die Treppe laufen sehen?

»Wir müssen auf jeden Fall die unteren Räume genau untersuchen lassen«, sagte er. »Ach, da ist ja Joliffe.«

Ich rief ihn zu uns herein.

»Schau mal, was ich entdeckt habe.«

»Meine Güte! Ein Geheimfach! Was ist denn drinnen?«

Auch ihn beobachtete ich genau, als er in die Höhlung trat. Wie argwöhnisch ich doch geworden war. Was empfand er? War seine Überraschung so echt, wie sie wirkte?

»Eine tolle Entdeckung! Ich gratuliere, Jane!«

Ich blickte von einem zum anderen und dachte: Einer von euch beiden spielt mir möglicherweise etwas vor. Einer von euch wußte vielleicht von diesem Versteck, nahm das Kostüm und kam zu mir herauf, um mir einzureden, daß ich krank sei und Halluzinationen habe. Wie es Leuten geschieht, die sehr krank sind oder verrückt werden.

Ich habe Angst, dachte ich, fühle mich bedroht. Aber ich bin stärker als vorher, weil ich die Gefahr kenne. Weil ich weiß, daß ich aufpassen muß, mich wehren muß gegen jemanden unter diesem Dach, der mich los sein will.

Eines Morgens erwachte ich sehr früh. Vielleicht weil er auch schon wach lag.

»Jane«, sagte er ganz ruhig, »was ist denn los mit dir?«

»Oh, Joliffe«, antwortete ich, und dann konnte ich mich nicht mehr halten. »Ich habe solche Angst. Immer wieder...«

»Warum sagst du mir denn nichts davon? Du sollst mir immer alles sagen.«

»Wie... wie ist Sylvester gestorben?«

»Er war doch schon lange kränklich. Es hat mit dem Unfall angefangen.«

»In England war er ganz gesund. Außer der Lähmung fehlte ihm nichts. Nichts, was zum Tode führen konnte. Und dann kamen wir hierher, und plötzlich ging es ihm immer schlechter.«

»Das passiert eben manchmal.«

»Er wurde apathisch, hatte Halluzinationen, wandelte im Schlaf, genau wie ich.«

»Menschen, die mit den Nerven fertig sind, wandeln oft im Schlaf.«

»Sie können aber auch durch irgend etwas krank gemacht worden sein. Etwas, das man ihnen eingegeben hat.«

»Was willst du damit sagen?«

»Ich meine manchmal, jemand im Haus versucht, mich zu töten.«

»Jane! Du träumst ja!«

»Dieser Traum dauert schon ziemlich lange. Ein paar Wochen schon. Als ich den roten Stoff in der Ritze sah, wußte ich Bescheid. Jetzt war es mir ganz klar geworden. Jemand versucht, mich zu erschrecken, meine Gesundheit zu untergraben. So wie es bei Sylvester auch war. Und wenn ich dann nach einiger Zeit sterben würde, sähe es ganz natürlich aus.«

Er drückte mich fest an sich, ich hörte sein Herz laut und rasch schlagen.

»Du warst nicht ganz wohl, hast dich in diese Angst hineingelebt, eine Angst vor etwas, das gar nicht existiert. Die Maske hast du in der Prozession schon einmal gesehen und dann träumtest du davon.«

»Das begann aber schon vor der Prozession.«

»Jane, die Maske erscheint in jeder Prozession. Du hast sie schon öfter gesehen.«

»Aber ich sah, wie jemand in ihr steckte. Jemand, der die Treppe hinunterlief. Und dann fand ich sie in dem Geheimschrank. Wenn der Stoff nicht hervorgestanden wäre, hätte ich das Kostüm nie gefunden.«

»Und wer sollte etwas Derartiges tun?«

»Das will ich eben herausfinden. Es gibt so vieles hier im Haus, das ich nicht weiß.«

»Aber ich bin doch hier, Jane, und solange ich bei dir bin, darf dir niemand weh tun. Seit wann bist du so ängstlich? Du warst doch sonst so tapfer. Und du hast doch mich.«

Wieder glaubte ich ihm, vertraute ihm völlig.

»Jetzt bist du mir so nah«, sagte ich. »Manchmal kommt es mir vor, als wärst du ganz weit weg von mir.«

»Du bist argwöhnisch geworden, nicht wahr? Weil ich dir nicht die volle Wahrheit über Bella gesagt habe. Seither vertraust du mir nicht mehr. Ich wollte dir damals nicht sagen, daß sie sich umgebracht hat, weil ich wußte, welche Wirkung es auf dich haben würde. Du bist sehr empfindsam. Grübelst über die Dinge, erinnerst dich an alle Kleinigkeiten.«

»Erinnerst du dich denn nicht?«

»Ich erinnere mich nur an das Gute und versuche, das Schlechte zu vergessen.«

»Das stimmt.«

»Sicher, das ist schwächlich, egoistisch vielleicht, aber das Leben ist nun einmal da, um genossen zu werden, nicht um darüber zu grübeln. Unsere Tragödie haben wir ja bereits durchlebt. All diese Jahre der Trennung, als ich dich und unseren Sohn verloren glaubte, und jetzt habe ich euch wieder. Ich wußte, wie du reagieren würdest, wenn ich dir die Wahrheit über Bella sagte. Du hättest Schuldgefühle bekommen und dir alles mögliche eingebildet, was gar nicht stimmte. Und deswegen habe ich es verschwiegen.«

»Mir sagtest du, sie sei an ihrer Krankheit gestorben.«

»Das stimmte auch, denn sie wußte, daß ihr ein schmerzvolles Ende unmittelbar bevorstand. Deswegen tötete sie sich. Sie hat selbst diesen Entschluß gefaßt, und nur sie konnte ihn fassen. Vielleicht hast du manchmal überlegt, ob ich sie nicht hinausgestoßen habe? Ich werde immer noch ganz schwach vor Angst, wenn ich an deinen Alptraum denke, als ich dich beim Fenster im oberen Zimmer sah. Was wäre passiert, wenn ich dich nicht rechtzeitig gefunden hätte?«

»Wieso hast du mich überhaupt entdeckt damals?«

»Das habe ich dir schon gesagt. Ich hörte Schritte, ging ihnen nach. Und dann sah ich dich dort stehen. Lottie war auch hinaufgekommen, sie hatte dich ebenfalls gehört...«

»Wenn du also nicht gekommen wärst, hätte Lottie mich retten können?«

»Sie ist so zart gebaut, und du schienst so fest entschlossen zu sein. Ich glaube, sie hätte dich nicht halten können. Ich bin so froh, daß ich dich damals gehört habe.«

»Ich habe oft daran gedacht. Du kamst also hinauf, und Lottie war schon oben?«

Er küßte mich. »Reden wir nicht mehr davon, Jane, es ist mir noch immer entsetzlich.«

Wieder glaubte ich ihm.

»Erzähl mir von Tschan Tscho Lan«, sagte ich dann.

»Tschan Tscho Lan?« Er schien zu zögern.

»Du besuchst sie so... oft. Ich sehe dich bei ihr aus und ein gehen. Ich habe dich beobachtet.«

»Jane?«

»So etwas tut man nicht, was? Nachspionieren! Was für ein häßliches Wort. Ich mußte es aber tun. Mußte herausfinden, was hier vorgeht.«

»Du hast recht, ich hätte es dir sagen müssen. Es war meine Schuld. Ja, ich gehe oft zu ihr. Immer wegen Lottie.«

»Wegen Lotties Zukunft?«

»Ja, aus einem ganz besonderen Grund. Auch den hätte ich dir längst sagen sollen. Aber es ist jemand von der Familie darin verwikkelt... Trotzdem, du hättest es erfahren müssen. Tschan Tscho Lan war doch eine Hofkonkubine, wie du weißt.«

»Ja, das weiß ich.«

»Mein Vater gefiel ihr, sie wurde seine Geliebte und sie bekam ein Kind. Lottie.«

»Lottie ist also deine Halbschwester?«

»Ja, und darum liegt mir daran, sie gut zu verheiraten. Als Tschan Tscho Lan das Kind aussetzen wollte, beschloß mein Vater, es zu retten. Er hatte natürlich Angst, seine Frau könne Verdacht schöpfen, deshalb brachte er Redmond dazu, sie zu Tschan Tscho Lan als Pflegling zu bringen. Tschan Tscho Lan hätte ihr Gesicht verloren, wenn sie sich zu ihrem halbenglischen Kind bekannt hätte. Aber ein von der Straße aufgelesenes Kind konnte sie annehmen. Redmond kümmerte sich weiter um Lottie, als mein Vater starb. Er ließ nicht zu, daß ihre Füße gebunden wurden. Jetzt kennst du auch die ganze Geschichte. Unsere Familie war mit Tschan Tscho Lan immer befreundet. Ich hätte dir das natürlich längst sagen sollen, aber es ist ein so altes Geheimnis, und ich wollte nicht, daß du unsere Familie für unehrenhaft hältst. Dachte, es wäre am besten, die Sache zu vertuschen. Adam weiß natürlich Bescheid. Darum brachte er dir Lottie.«

»Armes Kind! Ich fühlte mich vom ersten Augenblick an zu ihr hingezogen.«

»Sie kann ja nichts dafür. Und ich möchte ihr zu einer guten Ehe verhelfen. Wir geben ihr eine schöne Aussteuer mit, dann kann sie einen ordentlichen Mann bekommen.«

»Wenn du es mir doch nur gesagt hättest!« sagte ich. »Ich sah dich insgeheim zu deiner chinesischen Geliebten gehen, die dich mir entfremden wollte.«

Er lachte. »Dazu wäre ich niemals imstande. Ich liebe dich und weiß, was diese Liebe wert ist.«

Wie glücklich ich wieder war! So leicht war es, mich zu überzeugen. Ich lachte mich selbst aus. In dieser samtenen Dunkelheit, Joliffe neben mir, war alles klar und sicher.

Bei Tageslicht stiegen die Zweifel wieder auf.

Lottie legte Wäsche in meine Schrankfächer.

»Ich muß oft an die Nacht denken, in der ich im Schlaf gewandelt bin«, sagte ich.

Sie stand ganz steif da, wie eine Statue.

»Ja, ich überlege immer, wie ich da hinaufgekommen bin.«

»Sie krank damals«, sagte Lottie. »Jetzt besser.«

»Du hast einen leichten Schlaf, nicht wahr?«

Sie sah mich an, als verstehe sie nicht.

»Ich meine, du hast mich gehört damals.«

»Ja, ich hören.«

»Hast du mich hinaufgehen sehen?«

Sie schüttelte den Kopf.

»Nur meine Schritte hast du gehört?«

»Nur gehört«, wiederholte sie.

»Und als du in das Zimmer kamst, war ich beim Fenster?«

»Und Mr. Joliffe Sie halten zurück!«

»Er... er war also vor dir oben?«

Sie nickte kichernd.

»Das hatte ich immer schon wissen wollen«, sagte ich und fühlte mich ganz schwach. »Solange ich krank war, wollte ich nicht daran denken. Jetzt werde ich langsam neugierig. Er war also vor dir oben.«

»Ja, er vorher da.«

Davon hatte er nicht geredet.

Mein Gott, dachte ich, was bedeutet das nur?

3

Als ich das nächste Mal zu Tobias kam, holte er mich in sein Privatbüro und schloß die Tür hinter uns.

Ehe ich noch reden konnte, sagte er: »Jane, ich mache mir große Sorgen um Sie.«

»Ich mache mir auch Sorgen um mich«, sagte ich.

»Ich habe in verschiedenen Büchern über chinesische Drogen nachgesehen und dabei etwas gefunden. Das möchte ich Ihnen zeigen.«

»Ja, bitte.«

»Das Buch ist bei mir zu Hause. Sie müssen es sich einmal ansehen. Ich kann Ihnen aber kurz sagen, worum es sich handelt. Es ist ein altes chinesisches Rezept. Dazu gehört Opium und der Saft von ziemlich giftigen Pflanzen. Vor vielen Jahrhunderten haben es die Leute benutzt, um Menschen zu vergiften. Es ruft ganz bestimmte Symptome hervor.«

»Und zwar?«

»Zuerst wird das Opfer apathisch, dann hat es Angstträume und Halluzinationen. Schatten werden ihm zu bedrohlichen Gestalten. Es fängt an, im Schlaf zu wandeln. Die Gesundheit wird immer schlechter, schließlich stirbt der Betreffende.«

»Also wurde Sylvester...«, flüsterte ich.

»Und bei Ihnen war es da nicht auch...«

»Offensichtlich will mich jemand beseitigen.«

»Ich habe Angst um Sie.«

»Halluzinationen hatte ich allerdings nicht. Ich sah die Gestalt auf der Treppe und fand sogar das Kostüm, mit dem mich jemand erschreckte.« Ich berichtete ihm genau.

»Aber Sie waren bereits in einem Zustand, in dem Sie *glaubten*, es sei eine Halluzination.«

»Zu Anfang, ja. Und dann fing ich an, im Schlaf zu wandeln. Wenn Joliffe nicht dagewesen wäre...« Ich unterbrach mich. *Warum* war er dagewesen? Und warum behauptete er, Lottie sei vor ihm ins Zimmer gekommen? Und sie sagte das genaue Gegenteil? Was bedeutete dieser Widerspruch? Ich kämpfte gegen den Verdacht, er habe mir das Gift zugebracht, mich in betäubtem Zustand die Treppen hinaufgeführt und versucht, mich beim Fenster hinauszustürzen, als Lottie dazukam. Das war ja absurd! Zwei Ehefrauen, die durch Sturz aus dem Fenster endeten! Es hätte ihn nur doppelt verdächtig gemacht. Aber man wußte immerhin, daß ich kränklich war und ich auch von Bellas Selbstmord erfahren hatte. Das konnte mich ja dazu gebracht haben, es ihr gleichzutun.

Ich weigerte mich, diese Logik zu akzeptieren. Konnte nicht einmal zu Tobias darüber reden.

»Jane, die Situation ist wirklich ernst.«

»Aber wer sollte so etwas tun?«

»Wir müssen überlegen. Als Sylvester starb, hinterließ er Ihnen ein riesiges Vermögen.«

»Dann müßte ich ihn umgebracht haben.«

»Nein. Wir waren alle überrascht, daß er es Ihnen hinterließ. Man hatte eher angenommen, daß er Ihnen ein lebenslängliches Einkommen vererben würde und das Geschäft an die Familie zurückginge.«

»Also Adam und Joliffe...«

»Joliffe war für ihn abgeschrieben.« Tobias sah mich forschend an. »Irgend jemand möchte Sie aus dem Weg räumen, Jane. Adams Geschäfte gehen nicht gut. Wenn Sie heute sterben, übernimmt er alles im Namen Jasons. Der ist noch klein. Erst in vielen Jahren kann er alles übernehmen...«

»Adam übernimmt gar nichts«, platzte ich heraus. »Ich habe auch ein Testament aufgesetzt. Joliffe übernimmt alles, falls ich früher sterbe; für unseren Sohn natürlich.«

Ich sah das Entsetzen in Tobias' Augen. »Weiß Joliffe davon?«

»Natürlich. Wir haben es ja besprochen. Schließlich ist er Jasons Vater, warum soll er dann nicht sein Vormund sein?«

»Jane, Sie sind in Gefahr. Wir dürfen keine Möglichkeit außer acht lassen, wie gräßlich und weit hergeholt sie jetzt auch scheinen mag.«

»Als Sylveser starb, war ja Joliffe gar nicht hier«, wandte ich triumphierend ein.

Und dann kam wieder ein schrecklicher Gedanke. Ich erinnerte mich, wie er einen Londoner Angestellten bestach, um zu erfahren, wann ich ins Büro kam. Ich hörte Mrs. Couch sagen: »Mit der Dienerschaft kann er machen, was er will. Die würden sogar in den Teich springen, wenn er es ihnen befiehlt!«

Tobias schwieg.

Ich merkte plötzlich, daß ich Joliffe verteidigte, als säße er auf der Anklagebank und ich wäre sein Anwalt. »Sylvester hatte alle Symptome, die Sie gerade beschrieben. Auch bei mir traten sie auf. Ich kann sogar nachweisen, daß Gift im Tee war. Und im Haus ist jeder verdächtig. Jemand, der auch im Haus war, als Sylvester noch lebte.«

Tobias schwieg weiter, das machte mich halb wahnsinnig, denn ich wußte, was dieses Schweigen bedeutete. Er verdächtigte Joliffe.

Joliffes Ruf begünstigte solche Gedanken natürlich. Der geheimnisvolle Tod seiner Frau, die amtlichen Untersuchungen des Selbstmords, seine Besuche bei Tschan Tscho Lan. Ich konnte mir gut vorstellen, wie Elspeth daheim diese Dinge mit Tobias besprach.

»Joliffe war in letzter Zeit oft bei Tschan Tscho Lan, um Lotties Heirat zu arrangieren. Er hat mir die Wahrheit über sie gesagt. Sie ist seine Halbschwester. Darum interessiert er sich so für sie und möchte, daß sie glücklich wird.«

Tobias sah mich still und traurig an.

»Was ist denn los? Warum sehen Sie mich so an?«

»Weil es nicht stimmt. Lottie ist Redmonds Tochter. Er war insgeheim sogar stolz darauf. Daß Tschan Tscho Lan seine Geliebte war, wußten einige hier. Er rettete Lottie und war bis zu seinem Tod ihr Vormund. Dann übernahm diese Pflicht Adam. Sein Vater hatte ihn darum gebeten. Adam hat sich auch um Lotties zukünftige Heirat gekümmert.«

Meine Welt zerbrach in tausend Stücke. Ich war wie betäubt und wollte es doch nicht glauben.

Tobias legte mir die Hand auf die Schulter. »Sie sollten nicht zurückgehen.«

»Nicht zurückgehen? Mein Haus im Stich lassen und meinen Sohn?«

»Sie können mit ihm bei Elspeth wohnen.«

»Tobias, Sie sind ja verrückt.«

»Ich sehe nur die nackten Tatsachen.«

»Es ist nicht wahr!« schrie ich.

»Nehmen Sie es doch nicht so tragisch, Jane.«

Nicht tragisch nehmen, wenn es so aussah, als ob Joliffe mich töten wollte? Aber ich glaubte es einfach nicht.

»Elspeth kümmert sich gerne um Sie. Bringen Sie Jason zu ihr.«

»Ich gehe in mein Haus zurück«, sagte ich entschlossen. »Ich werde mit Joliffe reden.«

Er schüttelte den Kopf. »Das nützt doch nichts. Er findet wieder Entschuldigungen. Als Sie mir sagten, daß Sie Sylvesters Testament umgestoßen haben, wurde mir alles klar. Sehen Sie es denn nicht selbst, das Motiv...«

Aber ich liebte Joliffe. Tobias' Logik wollte ich nicht akzeptieren. Ich sah nur den Mann, den ich liebte und wohl bis an mein Lebensende lieben würde.

»Nein, ich gehe zurück«, wiederholte ich. »Mein Sohn ist im Haus, ich muß zu Jason.«

»Ich begleite Sie.«

»Nein, ich gehe lieber allein. Vielleicht hole ich mir Jason und komme zurück. Erst wenn ich den Jungen bei mir habe, kann ich wieder klar denken.«

Er sah, daß ich mich nicht mehr umstimmen lassen würde, und ließ mich gehen. Ich fuhr mit der Rikscha heim.

Wie verloren ging ich durch die Höfe zum Haus, hörte das Geklingel der Windglocken, ohne es richtig wahrzunehmen, hörte Joliffe, wie er mir beim Fest erklärte, daß diese abschreckende Fratze die chinesische Maske des Todes sei, und dachte an die unbekannte Person, die sich mit dem Maskenkostüm verkleidet hatte und vor mir geflohen war. Jemand, der von der Existenz dieses Wandschranks wußte, der das Haus vermutlich seit seiner Kindheit kannte.

Langsamer, schleichender Tod. Sicherer Tod. Die Schwächung trat so allmählich ein, daß das Ende dann ganz natürlich wirkte.

Nie hätte ich hierherkommen dürfen! Gerade die Stille schien mir paradoxerweise wie eine überlaute Warnung – dazu das Fremdartige an dem Gebäude, die Windglocken, die rätselhaften Laternen. Wo waren die restlichen dreihundertneunundneunzig?

Vielleicht sollte ich wirklich mit Jason zu Elspeth ziehen; vor Joliffe flüchten. Schon einmal war ich vor ihm geflohen. Alles Übel wiederholt sich – hatte das nicht Sylvester auch immer betont?

Angst packte mich jetzt – wo war mein Sohn? War er ebenso in Gefahr wie seine Mutter?

Im Haus schien er nicht zu sein. Draußen sah ich ihn auch nicht, konnte auch seinen Drachen am Himmel nirgends erblicken. Eigentlich war es die Zeit, wo er in seinem Schulraum die Aufgaben machte, aber oben fand ich auch alles leer. Keine Lottie, kein Jason. Wo war Lottie?

Auf einmal stand sie hinter mir. Mit unbeweglicher Miene sah sie mich an.

»Wo ist denn Jason? Ich hatte euch beide hier vermutet.«

»Er ist nicht im Haus.«

»Und wo ist er?«

Sie senkte stumm den Kopf.

»Also los, sag jetzt, wo er ist.«

»Bei Tschan Tscho Lan.«

»Tschan Tscho Lan? Was macht er dort, wer hat ihn hingebracht?«

»Ich ihn bringen.«

»Ohne meine Erlaubnis?«

»Tschan Tscho Lan hat gesagt, ihn bringen.«

»Trotzdem mußt du erst mich fragen.«

»Sie nicht hier gewesen.«

»Was war denn los? Erzähle!«

»Tschan Tscho Lan Diener schicken. Tschin Ki mit Jason spielen. Jason schicken.«

»Lottie«, sagte ich streng, »du gehst jetzt sofort hinüber und holst Jason heim. Und bringe ihn ja nie wieder ohne meine Erlaubnis dorthin.«

Sie nickte.

Wir gingen gemeinsam zum Nachbarhaus hinüber. Mein Herz schlug vor lauter Ärger. Ich haßte diese Frau. Wie konnte sie es wagen, meinen Sohn einfach so zu sich zu befehlen? Ich haßte sie wegen ihrer fremdartigen Schönheit und weil ich sie für Joliffes Geliebte hielt und Tschin Ki für beider Sohn. Kein Wunder, daß Joliffe so oft drüben war. Gräßliche Gedanken kamen mir in den Sinn. Wollte er mich töten, um Tschan Tscho Lan zu heiraten? Nein, das war nicht möglich. Aber warum sonst?

Eifersucht und Zorn überdeckten all meine Angst.

Der bezopfte Diener sprang eilfertig zum Tor und öffnete uns. Lottie ging im Hof dicht hinter mir – gemeinsam betraten wir das Haus. Man brachte uns gleich zu Tschan Tscho Lan. Sie erwartete mich schon. Zauberhaft sah sie wieder aus. Diesmal in blaßlila Seide, Gesicht und Haare mit höchster Kunst und Sorgfalt zurechtgemacht.

»Du sie bringen«, sagte sie zu Lottie, »das ist gut.«

»Ich komme meinen Sohn abholen«, sagte ich. »Ich hatte ihm keine Erlaubnis gegeben, das Haus zu verlassen, und bin überrascht zu hören, daß er hierher geholt wurde.«

»Ihr Sohn«, wiederholte sie lächelnd und nickte.

Lottie beobachtete uns erregt.

»Kommen Sie, ich bringe Sie zu Sohn.«

»Ich weiß, daß er gerne mit Ihrem Sohn spielt, aber ich muß ihm klarmachen, daß er ohne meine Erlaubnis nicht weggehen darf.«

»Gütig von große Dame, unser armseliges Haus zu betreten«, antwortete Tschan Tscho Lan. »Lieb von Ihre Junge, Drachenfliegen mit meine unwürdige Sohn.«

Was sollte man darauf antworten? Ich wußte, daß dies nur Höflichkeitsfloskeln waren und sie in Wirklichkeit ihren Sohn anbetete und für fehlerlos hielt. Ich würde nie solche herabsetzenden Phrasen über meinen Sohn sagen. Also nickte ich nur und folgte ihr in ein kleines Zimmer, das ähnlich getäfelt war wie unsere unteren Räume. Sie lächelte mir über die Schulter zu, während sie auf eine bestimmte Stelle zuschritt und einen Mechanismus auslöste. Ein Teil der Wand glitt zur Seite.

»Sie schauen«, sagte sie zu mir.

Die Nische dahinter war eine ähnliche wie bei uns, aber es führten Treppen nach unten, Lottie und ich folgten ihr.

Dann standen wir in einem Raum voll brennender Laternen. Mindestens fünfzehn Stück. Ihre Schatten fielen in unheimlichen Verzerrungen auf die Wände, der schwache Lichtschein zeigte uns eine enge Öffnung, hinter der wieder Licht aufglänzte.

Tschan Tscho Lan nickte Lottie zu, die auf die Öffnung zuging.

»Tschan Tscho Lan will, daß ich Sie führe zu Jason.«

»Du kennst also diese Räume?«

»Ja, Tschan Tscho Lan mir zeigen.«

Ich folgte ihr; der Gang zog sich ziemlich weit hin.

»Was macht Jason hier unten?« fragte ich endlich.

»Er hier spielen mit Tschin Ki.«

Ich blickte mich um. Tschan Tscho Lan konnte ich nicht mehr sehen.

Eng und kalt war der Raum und düster, die Laternen erhellten ihn kaum. »Wo geht das denn hin?« fragte ich. »Jason wird doch kaum hier unten sein.«

»Tschan Tscho Lan sagen, er hier sein.«

»Wo sind wir uberhaupt?«

»Beinahe unter Haus von tausend Laternen.«

»Das sind also die restlichen Laternen, die wir nicht finden konnten.«

Sie nickte. »Sie kommen mit?«

Wir standen vor einer Tür mit Gitterfenster. Lottie öffnete sie, wir traten über die Schwelle. Unzählige Laternen brannten hier. Es war wie ein Tempel. Und dann sah ich die Statue und dachte sofort: Das muß die echte Kuan Yin sein. Ihre gütigen Augen schienen mich zu beobachten. Sie war aus Jade, Gold und Rosenquarz gefertigt.

»Das ist die echte Kuan Yin«, sagte ich ehrfürchtig. Vor der Göttin erkannte ich ein Grab – aus Marmor gehauen, goldverziert und mit einer schlafenden Gestalt auf dem Deckel.

Das also war das Geheimnis des Hauses! Ich blickte mich um, sah dann nach oben. Die bunten Deckenmalereien stellten offenbar Szenen aus dem Fo-Paradies dar. Sieben Räume mit Juwelen statt Früchten, sieben Perlenbrücken mit weißen Gestalten darauf.

»Und wo ist Jason?«

»Da drüben«, sagte Lottie.

Ich sah nur eine längliche Kiste auf einem Gestell.

»Lottie, sag mir jetzt endlich, was das alles bedeuten soll!«

»Da drüben«, wiederholte sie nur.

Ich ging in die angegebene Richtung. Sah keine Spur von Jason. Als ich mich zu Lottie umwandte, war sie weg. Leise hatte sie die Tür hinter sich geschlossen.

Panik ergriff mich. Jetzt wußte ich, wovor mich das Haus zu warnen schien. Die Göttin schien mich jedoch gütig anzusehen.

Ich lief zur Tür, fand keine Klinke, keinen Griff daran. Drückte mit aller Gewalt dagegen.

Ich war eingeschlossen.

Jetzt erfaßte ich, wie man mich heimtückisch hierhergelockt hatte. Lottie hatte es getan. Was nun?

»Lottie, wo bist du?« schrie ich. »Laß mich raus!«

Keine Antwort.

Ich wandte mich wieder zurück und betrachtete den Raum genauer. Es war ein Tempel, das sah ich jetzt ganz deutlich. Wunderschöner, farbiger Mosaikboden, gekachelte Wände, würdige Szenerie für das Grab eines geliebten Menschen. Und über allem thronte die Göttin der Zärtlichkeit und Güte, die jedem Beladenen willig ihr Ohr lieh.

Warum hatte man mich hergelockt?

Ich ging zum Grabstein. Die goldene chinesische Grabschrift konnte ich nur teilweise lesen, aber das Wort ›Liebe‹ erkannte ich deutlich.

Und dann spürte ich, daß man mich beobachtete, und wandte mich zur Tür. Ein Schatten war hinter dem Gitter.

Tschan Tscho Lan stand draußen. Wie böse sie aussah! »Sie haben nicht gefunden Ihren Sohn?«

»Er ist nicht hier.« Jetzt vergaß ich meine eigene Angst und sorgte mich nur noch um Jason.

»Sie nicht genug schauen, er hier.«

»Mein Gott, wo denn? Sagen Sie mir doch, wo er ist!«

»Sie suchen, Sie finden.«

»Jason!« schrie ich verzweifelt. »Jason!«

Wie meine Stimme in dieser Todeskammer verhallte. Aber es kam keine Antwort.

Und dann kam mir ein furchtbarer Verdacht. Die Kiste auf dem Gestell! Ich hatte sie für einen alten Sarg gehalten. Nein, das durfte nicht wahr sein! Ich eilte zu dem Behälter hinüber und hob rasch den Deckel. Und drinnen lag in weicher Polsterung, wachsbleich wie das weiße Seidenfutter, mein Sohn Jason.

Ich weiß gar nicht, ob ich aufschrie vor Schmerz. Alles um mich schien zusammenzubrechen. Schlimmeres hätte ich nicht erleben können. Mit aller Mühe hielt ich mich aufrecht, starrte auf das geliebte Gesichtchen.

Jason, mein Söhnchen – tot.

Warum? Warum diese sinnlose Qual, dieses Elend? Was sollte das alles? »Jason!« rief ich verzweifelt.

Er antwortete nicht, aber als ich seine Lippen berührte, sah ich seine Schläfenader leicht pulsieren. Er war nicht tot.

»Er nicht tot«, sagte die Stimme hinter mir. »Ich nicht töten, meine Religion nicht erlaubt töten.«

Ich rannte zum Gitter. »Tschan Tscho Lan, was bedeutet das alles? Was haben Sie mit meinem Sohn gemacht?«

»Er wird aufwachen. In eine Stunde er wird aufwachen.«

»Sie haben ihn in diesen Zustand versetzt?«

»Es mußte sein . . . Er sehr lebhaft. Mußte ihn bringen hierher, ehe Sie kommen.«

»Was wollen Sie von mir?«

»Ich Sie wollen tot . . . und Ihren Sohn tot, damit Recht geschieht.«

»Oh, Tschan Tscho Lan, lassen Sie mich frei! Ich gebe Ihnen alles, was Sie wollen. Lassen Sie mich nur frei mit meinem Sohn!«

»Geht nicht, ist zu spät.«

»Wieso? Bitte erklären Sie es mir. Ich bitte Sie, Tschan Tscho Lan, sagen Sie mir, was Sie wollen!«

»Sie sehen Altar hinter Göttinnenstatue. Zwei Phiolen darauf. Sie trinken ein, Sohn trinken andere. Sie sterben.«

»Ich soll meinen Sohn und mich töten?«

»Ja. Am besten so. Sie müssen sterben.«

»Und was haben Sie davon?«

»Gesicht meine Ahnen wiedergeben. Mein Großvater großer Mandarin. Doktor seine Frau und Kind retten, er ihm geben Haus, aber vorher Grab von geliebte Frau bauen und Göttin dazugeben und sie schützen. Er leben in mein Haus und oft besuchen Grab von geliebte Frau. Aber Sie versuchen, Geheimnis zu finden, und alle fremden Teufel auch. Einmal Sie vielleicht finden. Haus soll richtige Besitzer gehören.«

»Sie wollen das Haus? Warum haben Sie das nie gesagt?«

»Haus für Tschin Ki haben. Wenn Sie und Sohn tot, Haus gehört Adam. Tschin Ki ist Sohn von Adam, so er hat Recht auf Haus. Tschin Ki heiraten Chinesenfrau und sie leben in Haus von tausend Laternen. Ahnen ruhen in Frieden.«

»Adam? Das glaube ich nicht.«

»Nein, Sie glauben, Tschin Ki Sohn von Joliffe. Adam sehr klug, er verstecken viel.«

»Das Haus wird Adam niemals gehören! Wenn ich sterbe, bekommt es Joliffe.«

»Ist nicht wahr. Sylvester Testament gemacht. Adam weiß.«

»Das wurde von mir geändert. Adam erbt es nicht.«

»Nicht Adam?« sagte sie sichtlich überrascht.

»Mein Mann bekommt alles, was mir gehört hat.«

Sie hob die Augenbrauen. »Wenn mehr muß werden getan, tun mehr.«

Also wollte sie Joliffe auch töten!

»Und Lottie? Was hat sie damit zu tun?«

»Lottie meine Tochter. Adams Vater ihr Vater.«

»Sie haben meinen Mann belogen. Ihm gesagt, sein Vater sei Lotties Vater.«

»Ja, damit er kommen her. Ich wollte, Sie wissen er kommen her. War Beste für Sie.«

»Und Lottie mußte meinen ersten Mann töten?«

»Ich nicht mehr reden mit Sie, nur sagen, Sie töten und Sohn selbst.«

»Glauben Sie denn, wir würden nicht gesucht werden?«

»Man wird Sie finden. In Meer. Man wird Sie bringen dort und Sie finden später...«

»Ein teuflischer Plan!«

»Ich nicht verstehen. Sie nehmen Medizin. Keine Schmerz, gleich vorbei.«

Weg war sie, und ich stand allein im Raum. Ich ging zum Sarg und hob Jason heraus. Trug ihn zum Grabstein und setzte mich auf die Marmorstufen.

Alles war still. Da saß ich mit meinem schlafenden Sohn auf den Knien – im Schein der Laternen, die wir so gesucht hatten. Sie hingen offenbar alle in diesem Tempel und dem Gang, der dorthin führte. Und ich wartete auf ein Wunder.

Mein Gott, wie froh ich war, daß mein Argwohn gegen Joliffe unbegründet war.

Was würde er tun, wenn er mich zu Hause nicht antraf?

Ich blickte nach oben. Direkt über uns mußte das Haus liegen. Vielleicht war Joliffe schon auf der Suche nach uns. Fragte die Dienerschaft nach unserem Verbleib.

Ach, Joliffe – verzeih mir meine Zweifel. Lieber Gott, mach, daß wir hier herauskommen!

Ich legte Jason vorsichtig auf den Boden. Im Grunde war ich froh, daß er so fest schlief und nichts von meinen Ängsten mitbekam.

Ich ging zum Altar. Dort standen die zwei Phiolen. Sie hatte also durch Lottie Sylvester in den Tod treiben lassen, um sich nicht selbst mit dieser Tat zu beschmutzen. Und ich sollte mich jetzt mit Jason selbst töten, damit sie uns nicht zu ermorden brauchte. Kaum hatte sie erfahren, daß Joliffe alles erbte, beschloß sie schon, auch ihn aus dem

Weg zu räumen. Die Göttin schien mich geradewegs anzusehen. Kuan Yin, die angeblich alle Hilferufe hört. Einen dringenderen Ruf als meinen hatte sie wohl noch selten vernommen.

Nein, ich wollte nicht sterben. Ich mußte einen Ausweg finden. Aber wie? Ich mußte nicht nur uns beide hier retten, sondern auch Joliffe. Ich ging nochmals zur Tür. Vergeblich, sie rückte und rührte sich nicht. Dumm von mir – so erreichte ich gar nichts.

Ach, Lottie, dachte ich verzweifelt – wie konntest du uns so verraten? Sie hatte mich in der Maske des Todes erschrecken wollen, Lottie, die Tochter Redmonds – nicht Magnus', wie Joliffe glaubte. Lottie war Adams Halbschwester, die der eigene Vater von der Straße rettete. Ich begriff jetzt, daß sie gehofft hatte, ich würde Adam heiraten, und Tschan Tscho Lan meinte, daß Adam Herr des Hauses würde. Merkwürdig, daß Adam in all das verwickelt war – er, der so verläßlich und ernst wirkte. Der Vater Tschin Kis. Wie tief war er darin verwickelt!

Arme Lottie, glaubte sicher, daß sie ihren Ahnen diese Tat schuldig war.

Sollte wirklich der kleine Tschin Ki mit seiner Frau in gut zwanzig Jahren unser Haus beziehen – wie es angeblich die Götter wünschten.

Ich gebe das Haus auf, versprach ich der Göttin. Ich will nie wieder um etwas bitten, wenn ich nur mit meinem Mann und Kind weiterleben darf – wenn ich hier lebend herauskomme.

Ich betete: Lieber Gott, hilf mir bitte! Und du, Göttin Kuan Yin, die für alle Hilflosen dasein soll, hör mich an.

Jason bewegte sich. Die Wirkung der Droge ließ nach. So erleichtert ich einerseits war, so sehr fürchtete ich mich vor seinem Aufwachen. Er sollte dies hier nicht miterleben müssen.

Ich rief laut nach Joliffe. Hörte das Echo meiner Stimme ringsum widerhallen. Oben würde es niemand vernehmen.

Ich stellte mir die Feierlichkeiten vor, die man direkt unter unserem Haus abgehalten hatte. Totenfeiern. Dachte an den Mandarin, der seine Frau so geliebt hatte und hier begrub, um ihr Grab stets besuchen zu können und sie zu betrauern.

Ich kann doch hier nicht einfach sterben, dachte ich. Ich habe doch noch soviel vor mir. Ich muß mit Joliffe sprechen, ihm meinen scheußlichen Verdacht berichten und ihn um Vergebung dafür bitten. Ihm sagen, daß ich ihn liebte – so wie er ist, ganz gleich, was er in der Vergangenheit getan hat oder in Zukunft tun wird. Und ich dachte an die ewige Liebe, und der Tod starrte mir schon ins Angesicht.

Es war schwer, die Zeit abzuschätzen. Jason rührte sich immer wieder und murmelte etwas.

Ich beugte mich über ihn. »Es ist alles in Ordnung. Ich bin hier. Dein Vater wird uns gleich hier rausholen.«

Ich versuchte, mich selbst zu beruhigen, mich auf den Augenblick vorzubereiten, da er aus dem Drogenschlaf erwachte. Er durfte nicht erschrecken.

»Oh, Joliffe«, betete ich, »komm zu mir! Ich möchte dir alles beichten und dir sagen, wie sehr ich dich liebe und immer geliebt habe. Auch als ich dachte, du wolltest mich loshaben. Gibt es einen stärkeren Beweis als diesen?«

Wie still es hier unten war! Wie sehr mußte der Mandarin seine Frau geliebt haben! Ich sah ihn deutlich vor mir, wie er sich an ihrem Grab der Trauer hingab.

Und an diesem der Liebe geweihten Ort sollte ich sterben?

Joliffe, hör mich, du bist ja genau über uns! Such mich! Merkst du denn nicht, daß ich nicht da bin? Vielleicht hatte mich jemand hierher gehen sehen. Ob es stimmte, daß man es spürt, wenn ein geliebter Mensch in Gefahr ist? Deine beiden liebsten Menschen sind in Gefahr, in dieser Grabstätte. Joliffe, dein Sohn und deine Frau.

Irgend etwas, irgend jemand muß dich zu uns führen. Wer, was und wie?

Jason bewegte sich wieder. Ich nahm seine Hand, die Fingerchen umschlossen meine Handfläche.

Und wenn wir die Phiolen leerten? Schmerzloses Einschlafen. Nachts würden die Diener Tschan Tscho Lans kommen und unsere Leichen holen. Würden uns in Säcke packen und ins Meer werfen. Man würde nie mehr von uns hören. Ein Geheimnis mehr in diesem geheimnisvollen Land. Ich hörte schon Lilian Lang sich bei Abendgesellschaften darüber auslassen. Aller Augen würden sich auf Joliffe richten. Seine erste Frau war gewaltsam gestorben – seine zweite verschwunden.

Ach, Joliffe, dachte ich, auch du bist in Gefahr.

Meine Gedanken jagten einander im Kopf. Die Minuten vergingen unendlich langsam. Wieviel Zeit hatte ich noch? Jeden Augenblick konnte wieder ein Gesicht am Gitter erscheinen.

Schritte erklangen. Ich konnte es nicht glauben. Nein, ich träumte! Das konnte nicht wahr sein! Wie kam Joliffe hierher?

Und doch war es kein Traum. Es war sein Gesicht – erst gespannt und besorgt und dann plötzlich so froh, daß auch mein Herz vor Freude raste.

»Jane!« rief er.

»Joliffe!« rief ich zurück.

Die Tür sprang auf, er fing mich in seinen Armen auf.

Roland's Croft

1

Lottie hatte mich gerettet. Sie war zusammengebrochen und hatte Joliffe alles gebeichtet. Auf fremden Befehl hatte sie geholfen, Sylvester umzubringen. Tschan Tscho Lan war der Meinung gewesen, das Haus ginge nach Sylvesters Ableben an Adam, und dieser würde es dann Tschin Ki vererben. Und Lottie hatte gehorcht.

Als sich zeigte, daß das Haus nun mir gehörte, hatte Tschan Tscho Lan gemeint, ich müsse Adam heiraten, so daß das Haus auf Umwegen später an den rechtmäßigen Besitzer käme. Als ich statt dessen Joliffe heiratete, war mein Schicksal besiegelt. Lottie erhielt den Auftrag, mich in der gleichen Weise wie Sylvester zu beseitigen. Jason wäre der Nächste gewesen, aber Lottie war in einer Zwickmühle. Sie liebte uns beide, andererseits war Adam ihr Halbbruder, ebenso wie Tschin Ki, und als Tochter von Tschan Tscho Lan hatte sie der Familie gegenüber Verpflichtungen. Tschan Tscho Lan beschwerte sich, daß sie ihre Pflicht nicht prompt erfüllte – denn ich lebte ja gesund weiter. Vielleicht war ich jünger und kräftiger, dachte sie, und konnte dem langsam wirkenden Gift besser widerstehen. Es war auch Tschan Tscho Lan, die Lottie die maskierten Auftritte befohlen hatte. Sie hatte von dem Wandschrank gewußt und das Gewand dort versteckt.

Und Lottie gehorchte ihr. Arme Lottie, sie wurde hin und her gerissen von ihren Gefühlen. Und brachte mir deshalb das Münzenschwert als Warnung vor der tödlichen Bedrohung. Obwohl halbenglischer Abstammung, war sie rein chinesisch erzogen worden. Die plötzliche Umstellung auf englische Gewohnheiten, auf europäisches Denken in unserer Familie hatte sie verwirrt. Sie wollte mich töten und retten zugleich. Hatte sich davor gefürchtet, Tschan Tscho Lans Befehle auszuführen, aber auch nicht gewagt, offen Widerstand zu leisten. Da das Gift nicht so gut wirkte wie bei Sylvester, hatte sie versucht, die Sache zu beschleunigen und daran gedacht, mich aus dem Fenster zu stürzen. Denn auch sie wußte von Bellas Tod und meinte, diese Todesart wäre Tschan Tscho Lan deshalb besonders willkommen. Hatte mich mit einer Droge willenlos gemacht und ins oberste Zimmer geführt. Wäre Joliffe nicht rechtzeitig gekommen, hätte das mein Ende sein können. Ob es seine Liebe zu mir war, die ihn rechtzeitig aufwachen ließ? Diesen ›Aberglauben‹ hege ich gern.

Gegen Lottie hatte ich gar keine bösen Gefühle, denn ich wußte ja inzwischen, wie Chinesen fühlen und denken.

Wie froh war ich, daß Jason erst erwachte, als wir bereits sicher im Haus waren. Er wunderte sich nur, in seinem Bett aufzuwachen.

»Wo ist Tschin Ki?« wollte er wissen. »Ich sollte mit ihm spielen. Aber sie hat mir zuerst Tee gegeben, und dann bin ich eingeschlafen.«

»Ist schon alles in Ordnung. Ich habe dich abholen wollen, da schliefst du noch, und da trugen wir dich heim.«

Diese Erklärung leuchtete ihm ein, und er wollte nur wissen, wann er wieder mit Tschin Ki spielen dürfte.

Joliffe sprach lange mit mir über die merkwürdigen Vorgänge im Haus, und ich gestand ihm all meine Ängste, meinen Argwohn gegen ihn. Er konnte es gar nicht fassen, daß ich ihm so etwas zugetraut hatte.

»Sicher«, sagte er, »ich bin kein braver Bürger, bin vielleicht ein Abenteurer. Und ich habe dir nicht immer rechtzeitig die Wahrheit gesagt. Über Bellas Selbstmord zum Beispiel – ich brachte es einfach nicht über mich. Aber du mußt es mir glauben, Jane, sie tat es wirklich, weil sie nicht mehr durchhalten konnte. Und ich wußte, daß es dich bedrücken würde. Vielleicht meintest du, ich hätte sie soweit gebracht und mich von ihr befreit. Ich sagte dir, daß sie an der Krankheit gestorben sei, weil ich sicher war, daß es, wenn auch indirekt, so war. Und ich habe Tschan Tscho Lan geglaubt, daß Lottie die Tochter meines Vaters ist. Vollkommenheit darfst du von mir nicht erwarten. Ich weiche gern aus, hasse Unannehmlichkeiten. Tue alles, um sie zu vermeiden. Ich bin unberechenbar, das gebe ich zu. Nur über eines kannst du völlig beruhigt sein: daß ich dich liebe!«

»Und das genügt mir auch«, sagte ich. »Solange ich deiner Liebe sicher bin, kann ich alles ertragen.«

Tschan Tscho Lan nahm sich das Leben mit Gift. Ihr Gesichtsverlust war zu groß gewesen. Sie hatte uns nicht auslöschen und das Haus seinen rechtmäßigen Besitzern nicht zurückgeben können. Hatte eine halbenglische Tochter geboren – bei einem Sohn hätte das nicht soviel ausgemacht –, was allein schon den Zorn der Götter erregte. Ihre Tochter hatte sie an die fremden Teufel verraten, als sie eben ihre sündige Liebe zu einem Ausländer durch unsere Opferung wieder gutmachen wollte. Sie hatte so gründlich versagt in all ihren Vorhaben, daß es keinen Ausweg mehr gab. Also konnte sie sich nur umbringen. Nur dadurch war es ihr möglich, zu den Ahnen zu gelangen.

Adam beschloß, Hongkong eine Weile zu verlassen. Er hatte seine Gefühle nie offen gezeigt, und auch jetzt ließ er nicht durchblicken, was er empfand. Keiner hätte ihm diese Liebschaft zugetraut...

Immerhin konnte er uns überzeugen, daß er von Tschan Tscho Lans Plänen nichts gewußt hatte. Daß ich ihn eventuell heiraten würde, hatte er eine Weile gehofft, um in den Besitz meiner Geschäfte zu kommen. Die Ehe mit Joliffe war ein schwerer Schlag gewesen. Tschan Tscho Lan hatte alles geheimgehalten vor ihm, denn er war ja schließlich ein fremder Teufel, und sie wußte genau, daß er mit ihren Plänen nicht einverstanden gewesen wäre.

Die Vorfälle erschütterten ihn offensichtlich tief, und er war sehr um seinen Sohn besorgt. Vor seiner Abreise gab er ihn einem chinesischen Onkel, einem hochgeachteten Mandarin, in Obhut.

Und Lottie? Sie tat mir unendlich leid. Oft weinte sie leise vor sich hin – saß ganz still da, und die Tränen rannen über ihre Wangen. Diesen Anblick konnte ich kaum ertragen.

Ich wollte ihr klarmachen, daß wir sie nicht für Sylvesters Tod verantwortlich machten und auch nicht für ihre Versuche, mich zu töten. Sie hatte das nicht geplant, und man hatte ihr eingeredet, daß es ihre Pflicht den Ahnen gegenüber sei. Diese Einstellung konnte sie nicht ganz loswerden, und sie konnte nicht verwinden, daß sie sowohl uns als auch ihre Ahnen verraten hatte.

Joliffe versuchte auch, ihr das auszureden.

Immer wieder sagten wir ihr, daß sie keine Schuld treffe. Wenn auch Sylvester durch sie gestorben war, Jason und ich verdankten ihr das Leben. Also hatte sie durch zwei gerettete Leben ein verlorenes gesühnt. Eine etwas merkwürdige Begründung, aber sie wirkte. Einmal gestand sie uns, daß sie sich zur Sühne selbst aus dem Fenster habe stürzen wollen, und eine Weile danach hatten wir noch Angst, daß sie es wirklich tun würde.

Adam sprach auch noch eindringlich mit ihr, ehe er abfuhr. Seine Argumente schienen ihr besser einzuleuchten. Immerhin war sie seine Halbschwester, und er befahl ihr einfach, ihm Glauben zu schenken. Familiengefühle waren übermächtig in ihr, und sie gehorchte und glaubte ihm mehr als mir, obwohl sie mich liebte.

Endlich hatten wir sie gemeinsam überzeugt, und sie bereitete sich auf ihre Heirat vor, die in Wahrheit Adam arrangiert hatte. Tschan Tscho Lan hatte vor Joliffe nur so getan, als benötige sie ihn dazu, und ihm eingeredet, Lottie sei die Tochter von Joliffes Vater, damit er oft in ihr Haus kam. Sie wollte mich damit beruhigen. Unstimmigkeiten zwischen Joliffe und mir wären ihr bei meinem Tod willkommen gewesen, man hätte leichter an Selbstmord aus Verzweiflung gedacht. Darum hatte sie mir auch Tschin Ki gezeigt und mir den Verdacht eingeflößt, er könne Joliffes Sohn sein.

Lotties Mann war ein liebenswerter, intelligenter junger Mann mit englischer Erziehung. Sie schienen gut zueinander zu passen.

Und das Haus – das Haus der tausend Laternen? Sein Geheimnis hatten wir gelüftet – hatten den Tempel mit der echten Kuan Yin entdeckt, der nur von Tschan Tscho Lans Haus aus zu erreichen war. Das Grab der Frau war dem Mandarin das Heiligste, und so gab er ihr die Statue der Kuan Yin zum Schutz in den Totentempel. Die Worte auf dem Sarkophag lauteten:

›Im Wechsel der Jahre liebte ich dich.

Wir waren eins im Leben, und der Tod wird uns

nicht trennen, denn unsere Liebe währet immerdar.‹

Wir sahen uns den Tempel noch einmal gemeinsam an. Wie anders kam er mir jetzt vor als damals, wo ich hier den Tod erwartete.

Die Güte der Göttin schien vor allem mir zu gelten, und so sagte ich ganz spontan: »Dies muß alles so bleiben. So war es ursprünglich gedacht, und wir dürfen nichts daran ändern. Die Kuan-Yin-Statue darf nicht weggeholt werden.«

»Sie ist aber ein Vermögen wert«, sagte Adam.

»Uns gehört sie gar nicht«, sagte ich rasch. »Wir sind fremd hier und dürfen uns da nicht einmischen.« Mein Wort galt – denn das Haus der tausend Laternen gehörte mir und der Tempel im Grunde dazu.

Ich wußte jetzt auch, was ich mit dem Haus tun würde. Es würde mich nie akzeptieren. Das hatte ich vom ersten Augenblick an gefühlt.

Es mußte zurückgegeben werden an jene, die darin leben würden, hätte der Mandarin nicht diesen Einfall gehabt, es zu verschenken.

Adam kümmerte sich jetzt um seinen Sohn. Wenn er groß war, sollte er mit Frau und Kindern im Haus der tausend Laternen wohnen.

Alles schien plötzlich so leicht zu werden. Das Haus hatte sich verwandelt.

2

Ein paar Monate danach fuhr ich mit Mann und Kind nach England zurück. Ich war wieder schwanger und wollte mein Kind daheim zur Welt bringen. Auch kam Jason bald in die höhere Schule.

An einem herrlichen Tag fuhren wir in Roland's Croft ein. Mrs. Couch erwartete uns an der Tür – noch dicker, als ich sie in Erinnerung hatte, mit vor Aufregung glühenden Bäckchen und verdächtigem Glanz in den Augen.

»Willkommen daheim, Jane«, sagte sie, »ach, nein, Verzeihung, Madame, natürlich.« Sie blickte von Joliffe zu Jason und dann wieder zu mir – und entdeckte sofort, daß ich wieder ein Kind erwartete.

Und sagte nur: »Höchste Zeit, daß das Haus endlich wieder ein wirkliches Heim wird.«

Die geheime Frau

Das ›Queens House‹

Als Tante Charlotte plötzlich starb, glaubten viele, ich hätte sie umgebracht. Der Urteilsspruch bei der gerichtlichen Untersuchung hätte einzig und allein durch Schwester Lomans Aussage nicht auf Mord durch Unbekannt gelautet; ohne diese mich entlastende Aussage, so meinten sie, wären die dunklen Geheimnisse des *Queen's House* ergründet worden und die Wahrheit wäre an den Tag gekommen.

»Die Nichte hatte ganz eindeutig ein Tatmotiv«, hieß es. Dieses »Tatmotiv« war Tante Charlottes Besitz, den ich bei ihrem Tod erbte. Doch wie anders sah alles in Wirklichkeit aus! Chantel Loman, die in den Monaten, die sie bei uns lebte, meine Freundin geworden war, lachte über dies Gerede.

»Die Leute müssen immer Sensationen haben. Gibt es gerade keine, so erfinden sie sie. Ein unerwarteter Todesfall ist für sie ein Geschenk des Himmels. Selbstverständlich reden sie! Kümmer Dich nicht darum! Ich tu's jedenfalls nicht.«

Sie hätte ja auch nicht wie ich Grund dazu, erwiderte ich, worauf sie lachend meinte: »Du bist immer von so schlagender Logik, Anna! Ich glaube, du hättest nicht nur den Richter, sondern auch den Staatsanwalt und die Geschworenen widerlegt, wenn sich der Wunsch dieser bösen alten Klatschmäuler erfüllt hätte und du auf der Anklagebank gelandet wärest. Du kannst dich schon deiner Haut wehren.«

Wenn es nur wahr wäre! Chantel wußte nichts von den schlaflosen Nächten, in denen ich dalag und versuchte, Pläne zu schmieden, und überlegte, wie ich alles verkaufen könnte, um fern von hier ein neues Leben anzufangen und mich von diesem quälenden Alptraum zu befreien. Am Morgen sah dann alles immer anders aus. Praktische Überlegungen gewannen wieder die Oberhand. Ich *konnte* nicht fortgehen – es war finanziell gar nicht möglich. Die Klatschmäuler hatten nämlich keine Ahnung, wie es in Wirklichkeit mit diesem Erbe stand. Außerdem – ich wollte kein Feigling sein und einfach weglaufen! Was kümmert es einen, was die Welt von einem denkt, solange man unschuldig ist.

Dies war jedoch ein törichter Grundsatz, wie ich mir sofort eingestand. Er stimmte nicht. Die Unschuldigen müssen oft durch grundlose Verdächtigungen leiden. Es genügt nicht, unschuldig zu sein – man muß seine Unschuld auch beweisen können! Trotzdem konnte ich nicht einfach fortlaufen. Ich setzte also, wie Chantel es nannte, meine Maske auf und zeigte der Welt ein ungerührtes, gleichgültiges Gesicht. Niemand sollte wissen, wie sehr mich die grauenvollen Verdächtigungen trafen.

Ich versuchte, alles ganz objektiv und neutral zu sehen. Nie hätte ich jene Monate durchgestanden, wenn ich die Geschehnisse nicht wie ein unerfreuliches Fantasiegebilde als unbeteiligter Zuschauer betrachtet hätte – wie ein tragisches Theaterstück, dessen Hauptfiguren – das Opfer und seine vermutliche Mörderin – Tante Charlotte und ich darstellten, während die Nebenrollen von Schwester Chantel Loman, Dr. Elgin, Mrs. Morton, der Haushälterin, Ellen, dem Dienstmädchen, und Mrs. Buckle, die immer zum Staubwischen in den vollgestellten Räumen kam, gespielt wurden. Ich versuchte mir einzureden, es sei in Wirklichkeit alles gar nicht geschehen und ich würde eines Morgens wie von einem gräßlichen Alptraum aufwachen. Ich war also durchaus nicht sehr logisch in meinen Überlegungen, sondern vielmehr recht töricht, und sogar Chantel ahnte nicht, wie verwundbar. Ich wagte weder zurück noch vorwärts zu schauen, doch jedesmal, wenn ich mich im Spiegel erblickte, fiel mir die Veränderung in meinem Gesicht auf. Ich war siebenundzwanzig, und man sah mir jetzt mein Alter an; bis zu Tante Charlottes Tod hatte ich immer viel jünger ausgesehen. Ich stellte mir vor, wie ich mit siebenunddreißig aussehen würde ... mit siebenundvierzig ... und immer noch würde ich hier im *Queen's House* leben und von Jahr zu Jahr älter werden; und Tante Charlottes Geist würde nicht aufhören, mich zu verfolgen, und das Gerede und die Gerüchte würden nicht verstummen und nie gänzlich zum Schweigen kommen. Jene lieben Mitbürger, die heute noch ungeborenen, würden eines Tages sagen: »Das ist die alte Miss Brett. Es war da mal vor vielen Jahren eine üble Geschichte! Um was es genau ging, hab' ich nie genau erfahren. Ich glaube, sie ermordete jemanden!«

Es durfte nicht dahin kommen! Es gab Tage, an denen ich mir fest vornahm zu fliehen, doch dann kehrte meine alte Courage zurück. Ich war die Tochter eines Offiziers! Wie oft hatte mein Vater zu mir gesagt: »Lauf nie vor Schwierigkeiten davon! Bleib und sieh ihnen ins Gesicht!«

Und das versuchte ich zu tun, als Chantel mir ein zweites Mal zu Hilfe kam und mich rettete. Doch die Geschichte fängt viel früher an.

Als ich zur Welt kam, war mein Vater Hauptmann der indischen Armee. Tante Charlotte war seine Schwester, und auch in ihr steckte viel von einem Soldaten.

Der Mensch ist unberechenbar und nie gänzlich zu erfassen. Er gleicht oft einem bestimmten Typ, und man sagt dann, der betreffende sei dieser oder jener Typ. Doch die Menschen entsprechen selten einem festumrissenen Typ, zumindest nie völlig. Sie gleichen einem solchen bis zu einem gewissen Grade, um dann völlig von »ihrem« Typ abzuweichen. So war es auch bei meinem Vater und Tante Charlotte.

Vater war mit Leib und Seele Soldat. Die Armee war für ihn das Wichtigste auf der Welt, und es existierte tatsächlich wenig anderes für ihn. Meine Mutter sagte oft, er würde unseren Haushalt am liebsten wie ein Militärlager leiten und uns alle wie »seine Leute« behandeln, wenn sie es zulassen würde. Beim Frühstück würde er dann die Dienstvorschriften der Königin zitieren, meinte sie spöttisch, worauf er sie liebevoll anlächelte, denn in seinem Leben war sie die große Abweichung von seinem Typ, dem des englischen Offiziers.

Sie hatten sich auf dem Schiff kennengelernt, als er auf Heimaturlaub nach England fuhr. Meine Mutter erzählte mir davon in ihrer Schmetterlingsart, wie ich es nannte. Sie erzählte nie zusammenhängend der Reihe nach und kam andauernd vom Thema ab, so daß man sie, falls einen dieses interessierte, immer wieder darauf zurückbringen mußte. Manchmal war es aber viel lustiger, sie in ihrer amüsanten Art daherplaudern zu lassen.

Doch mich interessierte es zu erfahren, wie meine Eltern sich kennengelernt hatten.

»Mondscheinnächte an Deck, mein Schätzchen. Du ahnst ja nicht, wie romantisch das ist ... Der dunkle Himmel und die Sterne, die wie Edelsteine funkeln ... und die Musik ... und dann zu tanzen! Die fremden Häfen ... und diese märchenhaften Basars! Dies himmlische Armband ...! Ach, der Tag, an dem wir es kauften ...« Man mußte sie wieder zum Thema zurückführen. Nun ja, sie tanzte also gerade mit dem Kapitän, als sie den hochgewachsenen englischen Offizier, der kühl und distanziert am Rande der Tanzfläche stand, bemerkte, und sie wettete, daß sie erreichen würde, von ihm zum Tanzen aufgefordert zu werden. Natürlich hatte sie es erreicht, und zwei Monate später waren sie in England vor den Traualtar getreten.

»Deine Tante Charlotte war wütend. Bildete die sich etwa ein, der Arme sei ein Eunuch?«

Ihre Ausdrucksweise war unbekümmert und komisch und manchmal sogar recht urwüchsig.

Meine Mutter faszinierte mich ebenso, wie sie meinen Vater fasziniert haben muß. Ich befürchtete nur, mehr ihm als ihr zu ähneln.

In jenen ersten Kindheitsjahren lebte ich bei ihnen, obgleich ich viel mehr von meiner *Ajah* zu sehen bekam als von meinen Eltern. Ich habe verschwommene Erinnerungen an sirrende Hitze, grell bunte Blumen und dunkelhäutige Menschen, die ihre Wäsche am Fluß waschen. Ich weiß noch, wie ich mit meiner *Ajah* in einem offenen Wagen an dem Friedhof oben auf dem Hügel vorbeifuhr und sie mir sagte, daß dort die Leichen der Verstorbenen im Freien niedergelegt würden, damit sie wieder zu Luft und Erde würden. Und ich erinnere mich an die so böse aussehenden Aasgeier hoch in den Bäumen. Ihr Anblick jagte mir einen Schauder über den Rücken.

Und es kam der Tag, an dem ich nach England sollte. Ich reiste mit meinen Eltern und erlebte nun selbst jene tropischen Nächte auf See, wenn es aussieht, als wären die Sterne wie Edelsteine auf nachtblauen Samt gestickt, um ihr Feuer noch besser zur Geltung zu bringen. Ich hörte die Musik und sah die Passagiere tanzen, und das Bild meiner Mutter überstrahlte alles für mich. In meinen Augen war sie das schönste Wesen auf der ganzen Welt mit ihren langen Gewändern, dem hoch aufgetürmten, dunklen Haar und ihrem nie abreißenden, dahinplätschernden Geplauder. »Es ist ja nur für kurze Zeit, mein Herz. Du sollst doch eine vernünftige Erziehung bekommen. Wir müssen ja leider wieder nach Indien zurück. Du wirst jedoch bei Tante Charlottchen wohnen.« Es war typisch für sie, von dieser als »Tante Charlottchen« zu sprechen. Für mich war sie immer »Tante Charlotte« und nie »Tante Charlottchen«. »Sie wird dich ins Herz schließen, mein Liebling, weil du nach ihr genannt wurdest – na ja, in gewisser Weise. Du solltest Charlotte heißen, aber ich ließ nicht zu, daß man meiner süßen kleinen Tochter einen solchen Namen gab. Es hätte mich immer an *sie* erinnert . . .« Sie brach abrupt ab, da ihr einfiel, daß sie Tante Charlotte für mich ja in ein gutes Licht zu rücken versuchte. »›Die Menschen mögen immer diejenigen gern, die ihren Namen tragen. Aber nicht Charlotte‹, sagte ich. ›Das ist *zu* streng . . .‹ Und so wurdest du Anna Charlotte getauft und Anna genannt, damit es nicht zwei Charlottes in der Familie gab. Was wollte ich noch sagen? Ach ja, Tante Charlottchen . . . Ja, mein Schätzchen, du mußt nun zur Schule gehen, aber es gibt ja Ferien. Du kannst in ihnen natürlich nicht ganz nach Indien kommen. Deshalb wird Tante Charlottchen dich ins *Queen's House* einladen. Ist das nicht großartig? Ich glaube, Königin Elisabeth hat da mal geschlafen. Daher stammt auch der Name. Und dann . . . in ganz kurzer Zeit . . . du meine Güte, wie schnell die Zeit vergeht . . . wirst du mit der Schule fertig sein und wieder zu uns nach Indien kommen. Ich kann den Tag gar nicht abwarten, mein Liebling! Was wird es mir für Spaß machen, meine Tochter in die Gesellschaft einzuführen!« Und wieder machte sie jene reizende Grimasse, die *moue* genannt wird, wie ich glaube. »Es wird eine Entschädigung dafür sein, selbst alt zu werden.«

Sie konnte einfach alles durch die Art, in der sie davon sprach, verlockend erscheinen lassen; und mit einer bloßen Handbewegung ließ sie Jahre verstreichen. Durch ihre Darstellung dachte ich weder an die Schule noch an Tante Charlotte, sondern nur an jene Zeit, wenn aus dem häßlichen Entlein der schöne Schwan werden und ich genau wie meine Mutter aussehen würde.

Ich war acht Jahre alt, als ich das *Queen's House* zum ersten Mal erblickte. Die Droschke, in der wir vom Bahnhof gekommen waren, fuhr uns durch Straßen, die ganz anders waren als jene in Bombay. Die Menschen sahen gelassen und die Häuser ehrfurchtgebietend aus. Hier und da erblickte ich einen Schimmer von Grün in den Gärten; es war ein Grün, wie ich es in Indien noch nie gesehen hatte, saftig dunkelgrün und feucht, denn es nieselte leicht. Wir erhaschten auch einen Blick auf den Fluß, denn das Städtchen Langmouth liegt an der Mündung des Lang, und diesem Umstand verdankt es seine Bedeutung als Hafenstadt. Einzelne Sätze aus dem Plauderstrom meiner Mutter blieben mir im Gedächtnis. »Was für ein großes Schiff! Schau mal, Liebling. Ich vermute, es gehört jenen Leuten . . . wie heißen sie noch, Liebling? Jene so reiche und mächtige Familie, der halb Langmouth gehört und folglich halb England?« Und die Stimme meines Vaters: »Du meinst die Creditons, mein Herz. Sie haben in der Tat eine sehr gut florierende Schiffahrtslinie, doch übertreibst du mit der Behauptung, ihnen gehöre halb Langmouth, obgleich es stimmt, daß die Stadt zu einem gewissen Teil ihnen den wachsenden Wohlstand verdankt.«

Die Creditons! Den Namen vergaß ich nicht.

»Sie müssen natürlich so einen Namen haben«, meinte meine Mutter. »Die kreditablen Creditons!«

Es zuckte um den Mund meines Vaters, wie es das oft bei solchen Aussprüchen meiner Mutter tat; es bedeutete, daß er eigentlich lachen mußte, es jedoch unterdrückte, da er es der Würde eines Majors abträglich fand. Nach meiner Geburt war er in den Majorsrang und damit in zusätzliche Würde aufgerückt, und ich war auf ihn genauso stolz wie auf meine schöne Mutter.

Und so kamen wir beim *Queen's House* an. Die Droschke hielt vor einer hohen, roten Ziegelsteinmauer, in der sich ein großes, schmiedeeisernes Tor befand. Es war ein erregender Augenblick, denn jene alte Mauer verriet einem nicht, was man hinter ihr vorfinden würde. Und als sich das Tor öffnete und sich sofort wieder hinter uns schloß, überkam mich das Gefühl, in ein anderes Zeitalter einzutreten. Ich hatte das ganze viktorianische Langmouth wieder hinter mir zurückgelassen, dem die tüchtigen Creditons zu solchem Wohlstand verholfen hatten, und glaubte mich drei Jahrhunderte zurückversetzt.

Der Park erstreckte sich bis zum Fluß hinunter. Er war gepflegt, wenn auch nicht sonderlich groß oder übermäßig kunstvoll angelegt, und höchstens einen Hektar groß, würde ich sagen. Er war durch einen verrückt gepflasterten Weg in zwei Rasenflächen mit Ziersträuchern unterteilt, die bestimmt im Frühling oder Sommer blühten. Zu dieser Jahreszeit waren sie jedoch mit Spinnweben überzogen, in denen winzige Regentröpfchen glänzten. Ich entdeckte eine Unmenge von Astern, die wie malvenfarbene Sterne aussahen, und rötliche und goldgelbe Chrysanthemen. Der frische Geruch nach feuchter Erde, nach Gras und grünem Blätterwerk sowie der zarte Blumenduft waren so anders als das schwere Jasminparfüm der Blüten, die in derartig verschwenderischer Fülle in dem heißen, feuchten Klima Indiens gediehen.

Wir gingen auf einem schmalen Weg auf das Haus zu, das aus drei Stockwerken bestand und trotzdem im ganzen breiter als hoch wirkte; es war aus den gleichen roten Ziegelsteinen wie die Mauer erbaut. Wir kamen zu einer eisenbeschlagenen Eingangstür, neben der eine schwere Eisenglocke hing. Die Fenster waren vergittert, und ich bildete mir ein, eine unbestimmte Drohung von dem Haus ausgehen zu fühlen; kam das doch vielleicht daher, daß ich wußte, ich mußte nun hier allein bei Tante Charlotte bleiben, während meine Eltern in ihr fernes, lustiges und buntes Leben zurückkehrten. Nur das wird es gewesen sein. Ich hatte keine sonstige dunkle Vorahnung. Ich glaubte nicht an solche Dinge.

Sogar meine Mutter war ein wenig stiller als sonst; Tante Charlotte gelang es aber auch, jeden einzuschüchtern.

Mein Vater – der in Wirklichkeit gar nicht so streng und unnahbar war, wie er sich gern den Anschein gab – mag meine Furcht gespürt haben; vielleicht wurde ihm klar, daß ich wirklich noch recht klein war, um auf Gnade und Ungnade der Schule, Tante Charlotte und dem *Queen's House* überlassen zu werden. Ich war jedoch kein ungewöhnlicher Einzelfall. Das gleiche Schicksal widerfuhr dauernd anderen Kindern in meinem Alter. Es wäre, so sagte er, eine wertvolle Erfahrung, da es einen selbständig mache und einem beibringe, auf eigenen Füßen zu stehen; er war für Gelegenheiten wie diese mit einem reichlichen Vorrat an derartigen lehrreichen Phrasen ausgerüstet.

Er versuchte mich auch etwas vorzubereiten. »Dies gilt als ein sehr geschichtsträchtiges Haus. Auch Tante Charlotte wirst du interessant finden. Sie leitet das Geschäft . . . sie ist sehr geschickt und tüchtig. Sie kauft und verkauft wertvolle alte Möbel. Sie wird dir alles darüber erzählen. Deshalb hat sie auch dieses interessante alte Haus. Sie stellt die Möbel, die sie kauft, hier auf, und die Leute kommen dann, um sie sich anzuschauen. Sie könnte sie gar nicht alle in ihrem Geschäft unterbringen. So eine Art von Geschäft ist selbstverständlich kein gewöhnlicher Laden, weshalb es auch durchaus in der Ordnung ist, daß Tante Charlotte sich damit befaßt. Es ist etwas ganz anderes, als wenn sie Butter oder Zucker über einen Ladentisch verkaufen würde.«

Ich war über diese feinen gesellschaftlichen Unterschiede verdutzt, doch von all dem Neuen zu überwältigt, um mich mit derartigen Nebensächlichkeiten zu befassen.

Mein Vater zog an dem Glockenstrang, und die alte Glocke ertönte; nach einigen Minuten öffnete sich die Tür, und Ellen, das Dienstmädchen, knickste ungeschickt und bat uns herein.

Wir betraten eine dunkle Halle; rings um uns herum ragten sonderbare Schatten auf, und ich entdeckte, daß die Halle nicht nur reichlich möbliert, sondern schlicht mit Möbeln vollgestellt war. Es gab gleich mehrere Standuhren, darunter einige sehr kunstvolle in Goldbronze. Ihr Ticken erschien sehr laut in der sonstigen Stille; tickende Uhren sollten mich mein Leben lang an das *Queen's House* erinnern. Mir fielen zwei chinesische Schränke auf, etliche Stühle und mehrere kleine Tischchen, ein Bücherschrank und ein Tisch. Alles war einfach irgendwo hingestellt ohne eine sinnvolle, geschweige denn ansprechende Anordnung.

Ellen war verschwunden, und eine Frau näherte sich uns. Zuerst dachte ich, es wäre Tante Charlotte, obgleich ich sie an dem sauberen, weißen Häubchen und dem schwarzen Bombasinkleid als Haushälterin hätte erkennen müssen.

»Oh, Mrs. Morton«, begrüßte mein Vater sie, der sie gut kannte. »Hier sind wir also mit unserer Tochter.«

»Madam ist im Salon«, verkündete Mrs. Morton. »Ich werde ihr melden, daß Sie angekommen sind.«

»Tun Sie das«, sagte mein Vater.

Meine Mutter sah mich an. »Ist es nicht faszinierend?« flüsterte sie ein wenig zaghaft, was mir verriet, daß sie nur versuchte, mir das einzureden, ohne es im geringsten selbst zu finden. »All diese unbezahlbaren, kostbaren Sachen! Sieh nur diesen *escritoire!* Ich wette, er gehörte dem König der Barbarienen.«

»Beth!« ermahnte mein Vater sie leise und nachsichtig.

»Und schau nur die Klauen an den Armlehnen jenes Stuhles! Ich bin sicher, sie bedeuten etwas. Stell dir vor, mein Liebling, daß du das vielleicht herausfindest! Ich möchte brennend gern alles über diese wunderschönen alten Dinge wissen.«

Mrs. Morton kam mit adrett über dem Bombasinbauch gefalteten Händen zurück.

»Madam bittet Sie, gleich in ihren Salon zu kommen.«

Wir stiegen an Tapisserien und einigen Ölgemälden entlang eine Treppe hinauf und kamen direkt in einen Raum, der mit noch mehr Möbeln vollgestopft zu sein schien. Von dort gelangten wir durch einen weiteren Raum in einen dritten, Tante Charlottes Salon. Und da war sie – groß und mager, und ich fand, sie sah so aus, wie ich mir meinen Vater als Frau verkleidet vorstellen würde. Ihr braunes Haar mit einigen grauen Strähnen war straff aus dem großen, energischen Gesicht nach hinten gekämmt und auf dem Hinterkopf in einen Knoten gedreht. Sie hatte ein Tweedkostüm und eine olivgrüne Bluse an von der gleichen Farbe wie ihre Augen. Später stellte ich fest, daß ihre an sich farblosen Augen immer die Farbe ihrer Kleidung annahmen; und da sie meist Grau und dunkle Grüntöne trug, schienen ihre Augen die gleiche Farbe zu haben.

Sie war eine ungewöhnliche Frau. Sie hätte mit ihrem kleinen Einkommen in einem ruhigen Provinzstädtchen leben und ihre Zeit damit verbringen können, vornehm ihren Freunden Besuche abzustatten und dabei ihre Visitenkarte zu hinterlassen – vielleicht in der eigenen Kutsche –; sie hätte Kirchenbasars organisieren können, sich für wohltätige Zwecke einsetzen und in bescheidenem Rahmen ein gastliches Haus führen können. Aber nein! Die Liebe zu schönen Möbeln und edlem Porzellan war ihre große Passion. Genauso, wie mein Vater von seinem Typ abgewichen war, indem er meine Mutter heiratete, hatte sie es mit ihren Antiquitäten getan. Sie war eine Geschäftsfrau geworden – ein seltsames Phänomen in dieser viktorianischen Zeit: eine Frau, die tatsächlich Ware kaufte und verkaufte und die so viel davon verstand, daß sie es mit Männern aufnehmen konnte. Später sollte ich sehen, wie ihr hartes Gesicht beim Anblick eines seltenen Stückes aufleuchtete und wie sie mit leidenschaftlicher Begeisterung über die Schönheit eines Sheraton-Schrankes sprach.

Bei jenem ersten Besuch war jedoch alles nur verwirrend für mich. Das vollgestopfte Haus war überhaupt nicht wie ein Privathaus, und ich konnte es mir nicht als ein Heim vorstellen. »Dein wahres Zuhause ist natürlich bei uns«, tröstete meine Mutter. »Hier wirst du nur in deinen Ferien sein. Und in wenigen Jahren ...« Aber es gelang mir nicht, so leichten Herzens wie sie an den flüchtigen Lauf der Jahre zu denken.

Wir blieben nicht über Nacht, sondern fuhren gleich weiter zu meinem Internat in Sherborne, wo meine Eltern in einem Hotel in der Nähe abstiegen, in dem sie bis zu ihrer Rückreise nach Indien blieben.

Ich war sehr gerührt darüber, denn ich wußte, daß London meiner Mutter genau das Leben geboten hätte, das sie über alles liebte. »Du solltest wissen, daß wir in der Nähe sind, falls die Schule ganz am Anfang etwas mühsam gewesen wäre«, sagte sie. Und ich war glücklich beim Gedanken daran, daß ihre Liebe zu meinem Vater und zu mir für sie die große Abweichung von ihrem Typ war, denn man hätte einem bunten Schmetterling wie ihr kaum eine derartige Liebe und ein solches Verständnis zugetraut. Ich glaube, ich begann Tante Charlotte in dem Augenblick zu hassen, als sie meine Mutter kritisierte.

»Flatterhaft«, erklärte sie. »Ich habe deinen Vater nie verstanden!«

»Aber ich!« entgegnete ich heftig. »Ich verstehe jeden, der sie liebt! Sie ist ganz anders als andere Menschen.« Und ich hoffte, mein vernichtender Blick verriet, wen ich mit diesen »anderen Menschen« meinte.

Das erste Internatsjahr war am schwersten, doch die Ferien waren noch viel schlimmer. Ich schmiedete sogar Pläne, wegzulaufen und mich auf einem Schiff zu verstecken, das nach Indien fuhr. So überredete ich auch immer Ellen, die mich auf meinen Spaziergängen begleitete, mit mir zum Hafen hinunterzugehen, wo ich sehnsüchtig die Schiffe betrachtete und zu erraten versuchte, wo sie wohl hinfuhren.

»Das da ist ein Schiff der Lady-Linie«, pflegte Ellen stolz zu erklären. »Sie gehört den Creditons.« Und ich sah mir das bezeichnete Schiff mit großen Augen an, während Ellen mich auf seine Schönheiten hinwies. »Es ist ein Klipper«, fuhr sie fort. »Eines der schnellsten Schiffe, die es überhaupt gibt. Es fährt nach Australien und bringt von dort Wolle und aus China Tee mit. Oh, schau mal das da! Hast du schon mal so ein schönes Schiff gesehen!«

Ellen bildete sich viel auf ihr Wissen ein. Sie stammte aus Langmouth, und mir fiel wieder ein, daß Langmouth seinen Wohlstand den Creditons verdankte; außerdem fühlte Ellen sich besonders ausgezeichnet: ihre Schwester Edith arbeitete als Dienstmädchen im Schloß der Creditons. Sie nahm mich auch einmal dorthin mit, um es mir zu zeigen – allerdings nur von außen. Da ich davon träumte, nach Indien durchzubrennen, faszinierten mich die Schiffe. Es erschien mir so romantisch, daß sie mit ihren Lasten um die Welt segelten, diese hier einluden und dort wieder aus – Bananen und Tee, Orangen sowie Holz zur Papierherstellung in der großen Fabrik, die die Creditons gebaut hatten und die, wie Ellen mir erzählte, vielen Einwohnern von Langmouth Arbeit verschaffte. Es gab auch ein fabelhaftes neues Dock, das kürzlich von Lady Crediton höchstpersönlich eingeweiht worden war. Es regiere da eine »sie«, erfuhr ich von Ellen. Sie hätte Sir Edward in allem zur Seite gestanden, und das hätte man doch kaum von einer Lady erwartet, oder?

Ich würde alles von den Creditons erwarten, erwiderte ich.

Ellen nickte befriedigt; ich begänne etwas von der Stadt zu begreifen, in der ich jetzt lebte. Oh, es sei ein toller Anblick, wenn ein Schiff unter vollen Segeln in den Hafen einliefe oder ausfahre! Wie das weiße Segeltuch sich dann im Winde blähe und die Möwen es kreischend umschwebten! Und ich mußte ihr zustimmen. Es gäbe Ladies, Mehrjungfrauen und Amazonen in der Lady-Linie, erzählte sie. Es sei Sir Edwards Huldigung an Lady Crediton gewesen, die mit ihm durch dick und dünn gegangen sei und einen Geschäftsverstand besäße, der für eine Frau beachtlich wäre. »Es ist alles sehr romantisch!« schwärmte Ellen.

Natürlich wäre es das. Die Creditons wären eben eine romantische Familie. Sie wären tüchtig und reich – mit einem Wort: Übermenschen, erklärte ich.

»Werd nur nicht unverschämt!« warnte sie mich.

Schloß Crediton stand auf einer hohen Klippe über dem Hafen. Die riesige, graue Steinfestung mit den zinnenversehenen Türmen und einem Burgfried war eigentlich ein Schloß. Ob das nicht etwas angeberisch wäre, wollte ich wissen, denn man baue doch heute keine Schlösser mehr, weshalb dies also kein richtiges Schloß sei; es stände ja erst seit etwa fünfzig Jahren da. Es sei doch ein wenig betrügerisch, ihm ein Aussehen zu geben, als hätten die Normannen es vor vielen Jahrhunderten erbaut, oder? Ellen sah sich hastig um, als glaubte sie, mich würde wegen so einer Blasphemie auf der Stelle die Strafe ereilen. Ich war nur zu offensichtlich ein Neuankömmling in Langmouth und hatte noch nicht die Macht der Creditons begriffen.

Es war jedoch Ellen, die in mir das Interesse für die Stadt weckte, und sich für Langmouth interessieren, hieß sich für die Creditons interessieren. Ellen hatte so manche Geschichte von ihren Eltern gehört. Früher ... und das war noch gar nicht so lange her, war Langmouth nicht die bedeutende Stadt wie heute gewesen. Es hatte kein Königliches Theater gegeben und keine eleganten Villen oben auf der Klippe über der Brücke. Viele Straßen waren eng und holperig gewesen, und es galt als gefährlich, zu den Hafenanlagen hinauszugehen; das schöne Edward-Dock hatte es damals natürlich auch noch nicht gegeben. Die Schiffe segelten auf Sklavenfang nach Afrika. Ellens Vater erinnerte sich noch daran, wie die Sklaven in den Baracken unten am Hafen versteigert wurden. Es kamen Käufer den weiten Weg von Westindien, um sie auf ihre Zuckerplantagen dorthin mitzunehmen.

Das war nun alles vorbei. Sir Edward Crediton war nach Langmouth gekommen und hatte die Stadt modernisiert; er hatte die Lady-Linie gegründet, und obgleich Langmouth durch seine Lage und den günstigen Hafen schon damals eine gewisse Bedeutung hatte, wäre es ohne die fabelhaften Creditons doch niemals die Stadt geworden, die es heute war.

Und es war wieder Ellen, die mir das Leben in jenem ersten Jahr erträglicher machte. Mrs. Morton mochte ich nicht leiden; sie war zu sehr wie Tante Charlotte. Ihr Gesicht glich einer fest verschlossenen Tür, in der die Augen wie Fensterluken waren – zu klein, um hineinschauen zu können und zu sehen, was dahinter vorging –, dicht verhängt und undurchdringlich. Ihr paßte meine Anwesenheit nicht, wie ich sehr bald merkte. Sie beschwerte sich bei Tante Charlotte über mich. Ich hätte mit meinen Stiefeln Schmutz aus dem Garten mit ins Haus gebracht, hätte die Seife im Wasser liegen lassen, so daß das Stück zur Hälfte vergeudet worden sei (Tante Charlotte war sehr knauserig und haßte es, für andere Dinge als ihre Antiquitäten Geld auszugeben), ich hätte die chinesische Teetasse, die zu dem Service gehörte, zerschlagen. Mir sagte Mrs. Morton nie etwas davon und war immer von eisiger Höflichkeit. Hätte sie mich offen ausgescholten oder getobt, hätte ich sie sehr viel lieber gemocht. Zum Haushalt gehörte ferner noch Mrs. Buckle, die das Bienenwachs und Terpentin mischte und damit die kostbaren Möbel polierte und Wache hielt gegen den ständig drohenden Feind: den Holzwurm; sie war redselig, und ich fand sie ebenso unterhaltend wie Ellen.

Ich begann, sonderbaren Tagträumen über das *Queen's House* nachzuhängen. Ich stellte mir vor, wie es früher ausgesehen haben mochte, als es noch ein richtiges Wohnhaus war. In der Halle mußte eine Eichentruhe gestanden haben sowie ein Refektoriumstisch und am Fuße der schönen Treppe eine alte Rüstung. An den Wänden hatten wahrscheinlich die Ahnenbilder gehangen und nicht irgendwelche zufälligen Gemälde und jene riesigen Tapisserien, die ohne Rücksicht auf ihre Farbe und manchmal sogar übereinander angebracht waren. Ich bildete mir ein, das Haus nähme die jetzige Verwandlung und Behandlung übel. All diese Stühle und Tische, Schränke und Schreibtische; und die vielen Uhren, die manchmal aufgeregt dahertickten, als wären sie ärgerlich über ihre Umgebung, und manchmal sogar böse, so daß es unheilvoll klang.

Ich sagte zu Ellen, sie würden manchmal »Beeilt euch! Beeilt euch!« rufen, um uns zu erinnern, daß die Zeit verstrich und wir mit jedem Tag älter wurden. »Als ob man uns daran erinnern müßte!« rief Mrs. Buckle und ihre drei Doppelkinne erbebten vor Gelächter.

Ellen zeigte mit dem Finger auf mich. »Die sehnt sich einfach nach ihrer Mama und ihrem Papa! Wartet nur auf den Tag, wo die kommen und sie abholen.«

Ich stimmte ihr zu. »Aber wenn ich meine Ferienaufgaben für die Schule nicht gemacht habe, erinnern die Uhren mich auch daran. Die Zeit kann einen an ihr schnelles wie an ihr langsames Verstreichen erinnern, doch scheint sie einen immer zu warnen.«

»Was die Kleine so redet!« bemerkte Ellen, und Mrs. Buckles rundliche Gestalt erbebte in unterdrückter Belustigung.

Sowohl das Haus wie Tante Charlotte faszinierten mich jedoch. Sie war genausowenig eine gewöhnliche Frau wie das *Queen's House* ein gewöhnliches Haus. Anfangs war ich wie besessen von der Vorstellung, das Haus sei ein lebendes Wesen und hasse uns alle, weil wir teil an der Verschwörung hatten, die es lediglich zu einem Möbellager degradierte, wie wertvoll dieses auch sein mochte.

»Die Geister der Menschen, die hier gelebt haben, sind böse, weil Tante Charlotte ihr Heim bis zur Unkenntlichkeit verändert hat«, sagte ich zu Ellen und Mrs. Buckle.

»Du lieber Gott!« rief Mrs. Buckle, und Ellen erklärte, man dürfe nicht über solche Dinge reden.

Aber ich wollte darüber reden. »Eines Tages«, fuhr ich unbeirrt fort, »wird sich der Geist des Hauses erheben, und etwas Schreckliches wird passieren.«

Das war damals in den ersten Monaten. Später änderten sich meine Gefühle Tante Charlotte gegenüber, und wenn ich sie auch nie liebgewinnen konnte, so hatte ich doch Achtung vor ihr. Praktisch bis zur Manie, realistisch und nüchtern, sah sie das Haus nicht mit den gleichen Augen wie ich; für sie waren es Zimmer mit Wänden – alt, nun ja, doch dies hatte lediglich den Vorteil, einen geeigneten Rahmen für ihre Antiquitäten zu bieten. Es gab nur einen einzigen Raum, dem sie seinen Charakter gelassen hatte, und das auch nur aus Geschäftsgründen. Es war das Zimmer, in dem angeblich Königin Elisabeth genächtigt hatte: sogar das elisabethanische Bett stand noch darin, in dem sich dieses Ereignis zugetragen haben soll. Und als eine Konzession an diese Legende – denn es handelt sich eben nur um eine Legende – bestand die sonstige Einrichtung ausschließlich aus Möbeln im Tudorstil. »Wegen des Geschäfts«, beeilte sie sich zu sagen. Es kämen viele Leute, um sich diesen historischen Raum anzusehen; er vermittele ihnen die richtige ›Stimmung‹. Sie wären beeindruckt und dadurch bereit, die Preise zu zahlen, die sie verlange.

Ich ging oft in dieses Zimmer und fand dort einen gewissen Trost. Ich sagte mir: »Die Vergangenheit steht auf meiner Seite . . . gegen

Tante Charlotte. Die Geister spüren mein Mitgefühl.« So wenigstens stellte ich es mir in meiner lebhaften Fantasie vor. Ich brauchte in jenen Monaten selbst so dringend Sympathie und Mitgefühl – und sei es nur die gedankliche Vorstellung von beidem.

Ich pflegte in jenem Zimmer zu stehen, über die Bettpfosten zu streichen und an die berühmte Tilbury-Rede der Königin zu denken, die mein Vater oft für mich zitiert hatte. »Ich weiß, ich habe den Körper einer schwachen, kraftlosen Frau; aber ich habe das Herz und den Geist eines Königs – und noch dazu eines Königs von England ...« Und dann war ich jedes Mal ebenso fest wie Königin Elisabeth von ihrem Sieg über die Spanier davon überzeugt, diese unglückliche Periode erfolgreich durchzustehen.

So fand ich einen gewissen Ersatz in dem Haus für all das, was ich so schmerzlich entbehrte, und ich fing an, das Haus wie ein lebendes Wesen zu betrachten. Mir wurden seine nächtlichen Geräusche vertraut – das plötzliche und unerklärliche Knacken eines Dielenbrettes, das Rattern eines Fensters; und wenn der Wind seufzend durch die Zweige des Kastanienbaumes strich, klang es wie flüsternde Stimmen.

Manchmal fuhr Tante Charlotte zu Versteigerungen; sie nahm dafür recht weite Entfernungen in Kauf. Nach ihrer Rückkehr wurde es dann noch voller bei uns. Sie besaß ein Geschäft im Stadtzentrum, wo sie ausstellte, doch die Mehrzahl der wirklich guten Sachen stand bei uns, und es kamen ständig Kunden und Interessenten, um sie sich anzuschauen.

Miss Beringer verbrachte ihre gesamte Zeit im Geschäft, damit Tante Charlotte beweglich war, doch diese sagte, Miss Beringer wäre ein Dummkopf und verstände kaum etwas von den wertvollen Sachen. Das stimmte aber keineswegs; Miss Beringer besaß lediglich nicht Tante Charlottes Wissen, und nur, weil diese eine derartig erfahrene und beschlagene Kunstexpertin war, hielt sie die meisten anderen Menschen für ungebildet.

Mindestens das erste Jahr lang war ich »ein Kreuz« für Tante Charlotte, wie diese es bezeichnet hätte – mit anderen Worten: eine unerwünschte Last. Das änderte sich jedoch schlagartig, als mir eines Tages ein Tisch auffiel und ich Lust bekam, ihn mir anzuschauen; ich kroch gerade auf dem Fußboden herum und untersuchte das Schnitzwerk an den Beinen, als Tante Charlotte hereinkam. Sie kauerte sich sofort neben mich.

»Eine recht gute Arbeit«, meinte sie schroff.

»Französisch, nicht wahr?« fragte ich.

Ihre Mundwinkel bogen sich nach oben, was bei ihr die höchste Form eines Lächelns war.

Sie nickte. »Er ist nicht signiert, aber ich halte ihn für eine Arbeit von René Dubois. Zuerst schrieb ich ihn seinem Vater Jacques zu, doch ich glaube, er ist ein oder zwei Jahre später. Sieh mal diesen grünen und goldenen Lack auf dem Eichenholz! Und diese Bronzebeschläge!«

Ich schaute sie mir an und berührte sie ehrfürchtig.

»Er muß also aus dem Ende des 18. Jahrhunderts stammen«, riet ich auf gut Glück. »Aber nein!« Ungeduldig schüttelte sie den Kopf. »Fünfzig Jahre früher. Mitte 18. Jahrhundert.«

Von da an änderte sich unser Verhältnis. Sie rief mich jetzt manchmal zu sich und sagte: »Hier! Wie findest du dies? Was fällt dir daran auf?« Anfangs hatte ich nur den Wunsch, ihr zu imponieren, ihr zu zeigen, daß ich auch etwas von ihren wertvollen Sachen verstand, doch bald erwachte echtes Interesse in mir, und ich begann, Möbel und Kunstgegenstände aus verschiedenen Stilepochen und Ländern an bestimmten charakteristischen Merkmalen unterscheiden zu lernen.

Eines Tages gab Tante Charlotte sogar zu: »Du verstehst jetzt ebenso viel wie die dumme Beringer.« Diese Äußerung fiel jedoch, als sie einmal wieder besonders wütend auf jene seit langem unter ihr leidende Dame war.

Das *Queen's House* gewann jedoch neues Interesse für mich. Ich schaute mir bestimmte Dinge genauer an; sie wurden mir so vertraut wie alte Freunde. Mrs. Buckle, die mit energischen, doch vorsichtigen Händen Staub wischte, fragte: »Na, wollen Sie etwa eine zweite Miss Charlotte Brett werden, Miss Anna?«

Diese Möglichkeit erschreckte mich, und ich wäre am liebsten fortgerannt.

Eines Morgens, es war während meiner Sommerferien und ungefähr vier Jahre nach meiner Ankunft in England, kam Ellen in mein Zimmer und meldete, Tante Charlotte wünsche mich sofort zu sprechen. Ellen sah so verschreckt aus, daß ich fragte, ob etwas passiert sei. »Sie hat es mir nicht gesagt, Miss«, erwiderte sie, doch ich fühlte, daß sie etwas wußte.

Ich bahnte mir meinen Weg hinunter zu Tante Charlottes Salon – man mußte sich immer vorsichtig durch all die Möbel hindurchschlängeln. Sie saß mit einigen Papieren vor sich am Schreibtisch – sie benutzte den Salon mehr als ihr Arbeitszimmer. An jenem Tag war es ein schwerer Refektoriumstisch – englisches 16. Jahrhundert, eines jener Stücke, die ihren Charme mehr ihrem Alter als ihrer Schönheit verdanken. Kerzengerade saß sie in einem ebenfalls recht klobigen Stuhl im Yorkshire-Derbyshire-Stil aus geschnitzter und gebeizter Eiche, viel späteren Datums allerdings als der Tisch, doch ebenso schwer und solide. Sie suchte immer diese schweren Stücke für unseren privaten Gebrauch aus, solange sie im Haus waren. Die übrige Einrichtung des Zimmers paßte überhaupt nicht zu dem Tisch und dem Stuhl. An der Wand hing eine exquisite Tapisserie. Ich erkannte die flämische Schule und vermutete, daß sie nicht lange dort hängen würde. Ansonsten standen schwere, deutsche Eichenmöbel Seite an Seite mit einer zarten französischen Kommode aus dem 18. Jahrhundert und zwei anderen Stücken im Boulle-Stil. Mir fiel selbst auf, wie ich mich verändert hatte. Ich konnte sachkundig die Einrichtung eines Zimmers betrachten, datieren und beurteilen, während ich gespannt darauf wartete, was diese Vorladung bedeutete.

»Setz dich«, gebot Tante Charlotte, und ihr Gesicht war noch verschlossener als sonst. Ich gehorchte, und sie fuhr in ihrer brüsken Art fort: »Deine Mutter ist gestorben. An Cholera.«

Wie typisch war es für sie, meine gesamte Zukunft mit einem einzigen knappen, dürren Satz zu vernichten! Der Gedanke an die Rückkehr zu meinen Eltern war der Rettungsring gewesen, der mich davor bewahrt hatte, in dem mich überflutenden Elend meiner Verlassenheit unterzugehen. Und da sagte sie mir das so ruhig. Gestorben . . . an Cholera . . .

Besorgt sah sie mich an; jede Gefühlsäußerung war ihr verhaßt. »Geh in dein Zimmer. Ich werde Ellen mit etwas heißer Milch zu dir schicken.« Heiße Milch! Glaubte sie etwa, das könne mich trösten!?

»Dein Vater wird dir sicher schreiben«, fuhr sie fort. »Er wird alles regeln.«

Ich haßte sie, tat ihr jedoch Unrecht, denn sie hatte mir die Nachricht auf die einzige ihrer Ansicht nach mögliche Weise mitgeteilt. Sie bot mir heiße Milch und die Regelung aller Angelegenheiten durch meinen Vater an, um mich über den Verlust meiner über alles geliebten Mutter hinwegzutrösten.

Mein Vater schrieb mir dann auch tatsächlich. Wir würden unser Leid gemeinsam tragen, schrieb er; das bräuchte nicht weiter betont zu werden. Der Tod seiner geliebten Frau und meiner lieben Mutter hätte ihn gezwungen, große Änderungen zu treffen. Er sei dankbar, daß ich in der Obhut seiner lieben Schwester sei, meiner Tante Charlotte, in deren Urteilskraft und große charakterliche Qualitäten er volles Vertrauen hätte. Der Gedanke, daß ich mich in so guten Händen befände, wäre ihm ein großer Trost. Er erwarte, daß ich entsprechend dankbar dafür sei. Er rechne damit, in Kürze Indien zu verlassen. Er hätte um seine Versetzung gebeten und baue auf den Einfluß seiner guten Freunde im Kriegsministerium. Man habe ihm die aufrichtigste Anteilnahme bewiesen, und da es in anderen Teilen der Welt krisele, vermute er, bald in einem anderen Land seine Pflicht zu tun.

Mir war zumute, als wäre ich in eine tückische Falle gestürzt, als lachten mich die Geister des Hauses höhnisch aus. »Jetzt gehörst du uns!« schienen sie zu frohlocken. »Glaubt nicht, ihr hättet uns vertrieben, nur weil deine Tante unser Haus mit all diesen fremden Geistern gefüllt hat!« Was für törichte Fantastereien! Es war ein Glück, daß ich sie nicht aussprach. So hielten wenigstens nur Ellen und Mrs. Buckle mich für ein sonderbares Kind, während sogar Mrs. Morton ein gewisses Mitleid mit mir hatte. Ich hörte, wie sie zu Miss Beringer sagte, Eltern, die sich nicht um ihre Kinder kümmern könnten, sollten erst gar keine bekommen. Es wäre gegen die Natur, daß Eltern auf der einen Seite der Erdkugel und ihre Kinder auf der anderen in der Obhut von Menschen lebten, die diese nicht kannten und verstanden und sich mehr um ein altes Stück Holz kümmerten – das außerdem noch häufig von Würmern zerfressen sei!

Ich mußte jedoch mit der furchtbaren Tatsache fertigwerden, meine Mutter nie wiederzusehen. Dauernd fielen mir irgendwelche Aussprüche von ihr ein; die Erinnerung an sie verklärte und idealisierte ihre Schönheit. Ich sah sie in den Gestalten auf einer griechischen Vase, in dem Schnitzwerk eines Kommodenaufsatzes ebenso wie in der goldenen Schönen, die einen Spiegel aus dem 17. Jahrhundert symbolisch stützte. Niemals würde ich sie vergessen. Die Hoffnung auf jenes wundervolle Leben, wie sie es mir so unendlich verlockend geschildert hatte, war für immer zerronnen; ich war überzeugt, das häßliche Entlein zu bleiben und mich niemals in den schönen Schwan zu verwandeln. Manchmal, wenn ich in alte Spiegel geblickt hatte – sei es aus Metall oder fleckigem Glas – hatte ihr Gesicht mich angeschaut und nicht mein eigenes, recht farbloses mit dem dichten, schwarzen Haar. Das schöne Haar hatte ich von ihr ebenso wie die tiefliegenden, dunklen Augen, doch damit hörte auch die Ähnlichkeit auf; mein Gesicht war zu dünn, meine Nase ein wenig zu spitz. Wie kam es nur, daß zwei Menschen, die sich im Grunde so ähnelten, doch so verschieden aussahen? Mir fehlte ihr sprühender Charme, ihre Fröhlichkeit; solange sie lebte, hatte ich mir jedoch vorstellen können, eines Tages so wie sie zu werden. Seit sie tot war, gelang mir das nicht mehr.

»Es ist doch schon so lange her, seit du sie zuletzt gesehen hast«, meinte Ellen und versuchte mir diesen Trost mit der heißen Milch einzuflößen. »Kinder vergessen schnell, das dauert nie lange«, hörte ich sie zu Mrs. Buckle sagen.

Ich nicht! Ich werde sie nie vergessen! gelobte ich im stillen. Alle gaben sich Mühe, nett zu mir zu sein – sogar Tante Charlotte. Sie bot mir den größten Trost an, den es in ihren Augen gab.

»Ich muß mir etwas anschauen, im Schloß der Creditons. Du kannst mitkommen.«

»Verkaufen die etwas?« stammelte ich überrascht.

»Weshalb würden wir sonst hinfahren?« entgegnete sie trocken.

Und zum erstenmal seit der Todesnachricht dachte ich vorübergehend nicht an meine Mutter. Ich bereute es hinterher und entschuldigte mich bei meinem Spiegelbild, in dem ich wieder anstelle meines Gesichtes das ihre sah. Aber die Aussicht, zum Schloß Crediton mitgenommen zu werden, war einfach zu aufregend für mich. Ich erinnerte mich deutlich, wie ich es zum ersten Mal erblickt hatte und was meine Mutter damals über diese mächtige Familie sagte.

Glücklicherweise hatte ich gelernt, meine Empfindungen zu verbergen; so hatte Tante Charlotte keine Ahnung, wie mir zumute war, als wir durch das Torhaus fuhren und zu den konischen Türmen emporblickten.

»Alles eine einzige Fälschung!« knurrte Tante Charlotte.

Fälschungen und Imitationen waren das schlimmste Vergehen, das es für sie gab.

Ich hätte am liebsten laut aufgelacht, als ich das Schloß betrat. Das Innere von Schloß Crediton hätte das Innere vom *Queen's House* sein sollen. Die Creditons hatten sich angestrengt, es ganz im Tudorstil einzurichten; es war ihnen gelungen. Wir befanden uns in der großen Halle mit einem langen Refektoriumstisch, auf dem eine mächtige Zinnschale stand. An den Wänden hingen Waffen, und am Fuße der Treppe stand die unvermeidliche Rüstung. Tante Charlotte hatte nur Augen für die Möbel.

»Diesen Tisch habe ich ihnen besorgt«, bemerkte sie. »Er stammt aus einem Schloß in Kent.«

»Er kommt hier sehr gut zur Geltung«, antwortete ich, worauf Tante Charlotte nichts erwiderte. Der Diener kam zurück und meldete, Lady Crediton sei bereit, Miss Brett zu empfangen. Fragend sah er mich an, worauf Tante Charlotte hastig und so gebieterisch, als wolle sie einen Einwand des Dieners verhindern, zu mir sagte: »Du kannst hier etwas warten!«

Ich blieb also in der Halle und sah mir die dicken Steinwände an, die zum Teil mit Tapisserien bedeckt waren – herrliche französische Gobelins in wunderschönen Blau- und Grautönen. Ich trat näher an sie heran und betrachtete sie eingehend. Der eine stellte die Arbeiten des Herkules dar.

Ich war ganz in seine Betrachtung versunken, als eine Stimme plötzlich hinter mir fragte:

»Gefällt er Ihnen?«

Ich wandte mich um und erblickte voller Staunen einen jungen Mann, der dicht vor mir stand. Er sah so groß aus, und ich wußte nicht recht, was er von mir hielt. Das Blut schoß mir in die Wangen, doch ich erklärte gelassen: »Er ist sehr schön. Ist es wirklich ein Gobelin?«

Er zuckte die Achseln, und mir fiel auf, wie interessant sich seine Augen schräg nach oben verzogen, wenn seine Mundwinkel sich amüsiert hoben. Er sah eigentlich nicht ausgesprochen gut aus, doch mit dem blonden Haar, das an den Schläfen von der Sonne noch heller gebleicht war, und den blauen Augen, die eher klein und zusammengekniffen waren, als hätten sie die meiste Zeit in gleißendes Sonnenlicht geblickt, war es ein Gesicht, das ich nicht so leicht vergessen würde, wie ich sofort wußte.

»Ich könnte fragen, was Sie hier machen«, sagte er, »aber ich tue es nicht ... es sei denn, Sie möchten es mir erzählen.«

»Ich warte hier auf meine Tante, Miss Brett. Sie will sich irgendein Möbelstück anschauen. Wir sind von *Queen's House.*«

»Ach, von dort!«

Mir schien, es schwang ein Anflug von Spott in seiner Stimme, und so beeilte ich mich, es zu verteidigen. »Es ist ein faszinierendes Haus. Königin Elisabeth hat einmal dort geschlafen.«

»Was hatte jene Dame doch für eine Angewohnheit, in anderer Leute Häusern zu schlafen!«

»Nun, sie schlief in unserem, und das ist mehr, als ...«

»Als man von diesem behaupten kann. Wir sind eine normannische Imitation, ich gebe es zu. Aber wir sind fest und solide, und dies ist das Haus, das den Stürmen der Zeit widerstehen wird. Wir sind auf einen Fels gebaut.«

»Unser Haus hat das bereits bewiesen! Aber ich finde es sehr interessant hier.«

»Ich bin entzückt, das zu vernehmen.«

»Wohnen Sie hier?«

»Ja, wenn ich an Land bin.«

»Oh ... Sie sind ein Seemann?«

»Wie clever Sie sind!«

»Ach nein, das bin ich gar nicht, was Menschen betrifft. Allerdings lerne ich einiges über verschiedene andere Dinge.«

»Über Tapisserien?«

»Ja, und über alte Möbel.«

»Um in Tantchens Fußstapfen zu treten?«

»Nein, nein!« widersprach ich energisch.

»Ich glaube doch. Die meisten von uns landen dort, wohin man sie führt. Und bedenken Sie nur, was Sie schon alles über alte Tapisserien wissen!«

»Sind Sie dort gelandet, wohin man Sie geführt hat?«

Er blickte auf eine Art zur Decke empor, die ich sehr anziehend fand, ohne zu wissen, warum. »Ich denke, man könnte es wohl so bezeichnen.«

Mich erfaßte der Wunsch, mehr über ihn zu wissen. Er war genau die Art von Mensch, wie sie mir zum Schloß Crediton zu passen schien; ich fand die Begegnung mit ihm ebenso erregend, als wäre er ein seltenes Möbelstück. »Wie soll ich Sie nennen?« fragte ich.

»Sollen Sie mich nennen . . .«

»Ich meine . . . ich möchte gern wissen, wie Sie heißen.«

»Redvers Stretton – meist Red genannt.«

»Oh!« Ich war enttäuscht und verriet es.

»Gefällt Ihnen mein Name nicht?«

»Nun ja, Red ist nicht sehr distinguiert.«

»Vergessen Sie nicht, daß ich eigentlich Redvers heiße, was doch etwas würdiger klingt, wie Sie zugeben müssen.«

»Ich habe diesen Namen noch nie gehört.«

»Ich muß zu seiner Verteidigung sagen, daß es ein guter, alter westenglischer Name ist.«

»So? Aber ich dachte, er müßte zu Crediton passen.«

Das schien ihn insgeheim zu amüsieren. »Ich könnte Ihnen nicht mehr darin zustimmen.«

Ich hatte das Gefühl, daß er sich über mich lustig machte und ich mich entsetzlich naiv benahm.

»Ich muß mich nun aber auch nach Ihrem Namen erkundigen, nicht wahr?« fuhr er fort. »Sonst halten Sie mich noch für unhöflich!«

»O nein, aber wenn Sie ihn wirklich wissen wollen . . .«

»Das will ich.«

»Ich heiße Anna Brett.«

»Anna Brett!« Er wiederholte laut meinen Namen, als wolle er ihn sich einprägen. »Wie alt sind Sie, Miss Anna Brett?«

»Zwölf.«

»Noch so jung . . . und schon so klug und verständig.«

»Das kommt vom Leben im *Queen's House*.«

»Es muß sein, als lebte man in einem Museum.«

»Das ist es auch in gewisser Weise.«

»Es macht Sie vorzeitig alt. Sie geben mir das Gefühl, jung und frivol zu sein.«

»Das tut mir leid.«

»Aber nein! Das soll es nicht. Ich mag es ja gern. Ich bin sieben Jahre älter als Sie.«

»So viel?«

Er nickte, und seine Augen schienen ganz zwischen den hellen Wimpern zu verschwinden, wenn er lachte.

Der Diener war wieder in die Halle zurückgekehrt.

»Ihre Ladyschaft bittet um die Anwesenheit der jungen Dame«, sagte er. »Würden Sie mir folgen, Miss?«

Als ich mich zum Gehen wandte, sagte Redvers Stretton: »Wir werden uns wiedersehen . . . und ich hoffe, etwas weniger flüchtig.«

»Das hoffe ich auch«, erwiderte ich gelassen und meinte es.

Der Diener ließ durch nichts erkennen, ob er Redvers Strettons Benehmen im geringsten sonderbar fand, und ich folgte ihm an der Rüstung vorbei die Treppe hinauf. Ich war so gut wie sicher, daß die Vase an der Biegung der Treppe mit ihrer schönen, violetten Farbe aus der Ming-Dynastie stammte. Ich mußte sie mir einfach anschauen, und dann wandte ich den Kopf und sah, wie Redvers Stretton dastand und zu mir emporblickte, die Hände in den Hosentaschen, die Beine leicht gespreizt. Er neigte dankend den Kopf für das Kompliment, das ich ihm mit diesem Zurückblicken erwiesen hatte; ich aber wünschte, ich hätte es nicht getan, denn ich fand, es verriet eine ziemlich kindische Neugier. Rasch wandte ich mich ab und eilte dem Diener nach. Wir gelangten in eine Galerie, die voller Ölgemälde hing. Ich ärgerte mich ein wenig über mich selbst, daß ich ihren Wert nicht zu schätzen vermochte. Das größte Bild in der Mitte stellte das Portrait eines Mannes dar, das vor etwa fünfzig Jahren gemalt worden sein mußte. Das war bestimmt Sir Edward Crediton, der Gründer der Schiffahrts-linie – der verstorbene Ehemann der Frau, der ich gleich gegenübertre-ten sollte. Wie gerne wäre ich länger vor ihm stehengeblieben, um ihn mir gründlich anzuschauen! So erhaschte ich nur einen flüchtigen Eindruck von jenem zerfurchten Gesicht, kraftvoll und vielleicht auch skrupellos, in dem die Augen leicht schräg nach oben standen, so wie ich es eben bei dem jungen Mann bemerkt hatte. Aber der war ja kein Crediton. Er mußte ein Neffe oder ein sonstiger Verwandter sein; das war die einzig mögliche Lösung.

Der Diener war stehengeblieben und klopfte an eine Tür. Dann riß er sie auf und meldete: »Die junge Dame, Ihre Ladyschaft.« Ich trat ein. Tante Charlotte saß sehr gerade und mit steinernem Gesicht in einem Stuhl, bestens aufgelegt zu zähem Handeln. Ich hatte sie so schon oft gesehen.

In einem großen, dekorativen Stuhl im Restaurations-Stil mit den zierlich gerollten Armlehnen und den Kronenwappen saß eine Frau, die ebenfalls groß, jedoch kaum dekorativ wirkte. Ihr Haar war sehr dunkel, die Haut fahl und die Augen so schwarz wie Tollkirschen und so flink und wachsam wie die eines Affen. Es waren junge Augen, die ihre Falten Lügen straften – jung und gerissen. Ihre Lippen waren schmal und scharf und erinnerten mich an eine Stahlfalle. Die großen Hände, die ganz glatt und weiß waren, zierten mehrere Diamant- und Rubinringe. Sie ruhten in ihrem üppigen Schoß; unter den Falten ihres Rockes waren mit Jettperlen bestickte Atlaspantöffelchen sichtbar.

Ihr Anblick schüchterte mich ein, und mein Respekt vor Tante Charlotte stieg, weil sie in Gegenwart dieser schrecklichen Frau so ungerührt dasitzen konnte.

»Meine Nichte, Lady Crediton.«

Ich knickste, und Lady Crediton richtete die volle Aufmerksamkeit ihrer Seidenäffchenaugen für einige Sekunden auf mich.

»Sie lernt Antiquitäten beurteilen«, fuhr meine Tante fort, »und wird mich ab und zu begleiten.«

Tatsächlich? überlegte ich. Es wurde zum ersten Mal ausgesprochen, doch ich erkannte, daß es schon seit einiger Zeit so war.

Dies genügte als Erklärung zu meiner Person. Die beiden Damen wandten ihre Aufmerksamkeit wieder dem Schreibtisch zu, über den sie offensichtlich gerade gesprochen hatten, als ich eintrat. Ich hörte aufmerksam zu.

»Ich muß Sie darauf hinweisen, Lady Crediton«, sagte Tante Charlotte fast hämisch, wie mir schien, »daß er Boulle nur *zugeschrieben* wird. Zugegeben, er hat die reich verschnörkelten Eckverzierungen. Aber ich bin der Überzeugung, daß er aus einer etwas späteren Periode stammt.«

Es war ein wunderschönes Stück, das erkannte ich sofort, doch Tante Charlotte wollte das nicht wahrhaben. »Er ist ganz eindeutig beschädigt«, fuhr sie fort. Lady Crediton mache sich keine Vorstellungen davon, wie schwierig es sei, Möbelstücke zu verkaufen, die nicht in erstklassigem Zustand wären.

Lady Crediton ihrerseits war überzeugt, daß alle kleinen Schäden von einem Mann, der sein Handwerk verstünde, in Ordnung gebracht werden könnten.

Tante Charlotte stieß ein heiseres, trockenes Krächzen aus. Dieser Mann, so sagte sie, sei seit über hundert Jahren tot – falls André-Charles Boulle tatsächlich für dieses Stück verantwortlich sein sollte, was sie ernstlich bezweifle.

Und so ging es weiter, hin und her – Lady Crediton hob seine Vorzüge hervor, Tante Charlotte seine Mängel.

»Ich glaube nicht, daß es einen zweiten wie diesen in ganz England gibt«, erklärte Lady Crediton.

»Wollen Sie mir den Auftrag geben, Ihnen einen zu besorgen?« forderte Tante Charlotte sie triumphierend heraus.

»Miss Brett, ich will diesen verkaufen, weil ich keine Verwendung für ihn habe.«

»Ich bezweifele, ob ich so leicht einen Käufer für ihn finde.«

»Ein anderer Händler ist vielleicht nicht Ihrer Ansicht.«

Ich hörte ihnen weiter zu und dachte die ganze Zeit an den jungen Mann unten in der Halle und versuchte zu erraten, wie er mit dieser Frau und dem Mann auf dem Portrait in der Galerie verwandt war.

Endlich einigten sie sich. Tante Charlotte hatte einen Preis geboten, der reiner Wahnsinn war, wie sie sagte; Lady Crediton dagegen verstand eigentlich nicht, warum sie sich auf ein derartiges Verlustgeschäft einließ.

Sie sind beide aus dem gleichen Holz, überlegte ich mir. Glashart alle beide. Der Handel war jedoch abgeschlossen, und der Sekretär würde in den nächsten Tagen im *Queen's House* abgeliefert werden.

»Du liebe Zeit!« erklärte Tante Charlotte aufseufzend, als wir fortfuhren. »Die ist aber 'ne harte Nuß!«

»Hast du zuviel bezahlt?«

Sie lächelte befriedigt. »Ich denke, ich werde nicht schlecht daran verdienen, wenn der richtige Käufer dafür auftaucht.«

Sie lächelte, und ich wußte, sie war überzeugt, Lady Crediton übervorteilt zu haben; nur zu gern hätte ich jetzt auch Lady Creditons Kommentar gehört!

Der junge Mann, den ich in der Halle des Schlosses kennengelernt hatte, ging mir nicht aus dem Sinn, und so beschloß ich herauszufinden, ob Ellen etwas über ihn wußte.

Als wir unseren täglichen Spaziergang antraten, schlug ich den Weg auf die Steilküste hinauf ein, von wo aus man auf das gegenüberliegende Schloß blickte. Oben angelangt, setzten wir uns auf eine der Bänke, die von einem Verein, dem Crediton Town Trust, dessen Ziel es war, zu den Annehmlichkeiten des Städtchens beizutragen, aufgestellt worden waren. Dieses war eine meiner Lieblingsbänke, weil ich von ihr das Schloß jenseits des Flusses betrachten konnte.

»Ich bin mit Tante Charlotte dort drüben gewesen«, eröffnete ich Ellen. »Wir kauften einen Boulle-Sekretär.«

Ellen schnaubte verächtlich über meine Angeberei, wie sie es nannte, und ich kam deshalb schnell zur Sache, denn heute ging es mir nicht darum, sie mit meinem Wissen über alte Möbel zu beeindrucken.

»Ich lernte Lady Crediton kennen ... und einen Mann.«

Ellens Interesse erwachte.

»Was für einen Mann? Jung?«

»Ach nein, ziemlich alt«, entgegnete ich. »Sieben Jahre älter als ich.«

»Und das nennt sie alt!« meinte Ellen lachend. »Übrigens, woher wissen Sie das so genau?«

»Er hat es mir gesagt.«

Mißtrauisch betrachtete sie mich, und ich beschloß daher, schnell mein Anliegen vorzubringen, bevor sie mir wieder meine Fantastereien vorwarf. Sie pflegte oft zu sagen: »Das Schlimme mit Ihnen ist, daß ich nie weiß, ob Sie die Hälfte von dem, was Sie mir erzählen, nicht nur geträumt haben.«

»Der Mann war in der Halle, als ich mir die Wandteppiche ansah. Er sagte mir, daß er Redvers Stretton heiße.«

»Ach der ...« erwiderte Ellen.

»Warum sagst du das so?«

»Wie denn?«

»Na, so verächtlich. Ich dachte, all die vom Schloß wären so etwas wie Halbgötter für dich. Wer ist denn dieser Redvers Stretton, und was macht er dort?«

Ellen sah mich von der Seite an. »Ich glaube, das sollte ich Ihnen nicht erzählen.«

»Aber warum denn nicht?«

»Miss Brett würde es sicher nicht wollen.«

»Mir ist völlig klar, daß es nichts mit Boulle-Sekretären und Louis-XV-Kommoden zu tun hat – das aber sind die einzigen Dinge, mit denen ich mich nach Tante Charlottes Ansicht befassen soll. Was ist denn mit diesem Mann, daß man nicht darüber sprechen darauf?«

Ellen warf einen verstohlenen Blick über die Schulter in der mir nun schon wohl bekannten Art, ganz so, als glaube sie, der Himmel könnte sich auftun und die verstorbenen Creditons würden erscheinen, um ihre Rache für die Majestätsbeleidigung an uns zu vollziehen – oder wie immer man mangelnde Ehrfurchtsbezeugung vor den Creditons nennen mochte.

»Na hör mal, Ellen«, rief ich aus. »Sei doch nicht albern! Erzähl's mir!«

Ellen preßte die Lippen fest zusammen. Ich kannte das; bisher war es mir stets gelungen, ihr mit abwechselndem Schmeicheln und Drohen das zu entlocken, was ich wissen wollte. Ich würde ihre Sympathien für den Mann verraten, der bei dem Spediteur arbeitete und häufig Möbelstücke brachte oder abholte; ich würde ihrer Schwester sagen, daß sie mir schon gewisse Crediton-Geheimnisse anvertraut hätte.

Dieses Mal blieb sie jedoch standhaft. Mit dem Gesicht einer Märtyrerin, die im Begriff ist, für ihren Glauben auf dem Scheiterhaufen in Flammen aufzugehen, weigerte sie sich heldenhaft, mir von Redvers Stretton zu erzählen.

Vielleicht wäre es leichter gewesen, ihn zu vergessen, wenn sie meiner Neugier nachgegeben hätte. Ich brauchte so dringend etwas, was mich von den schwermütigen Grübeleien über den Tod meiner Mutter ablenkte. Redvers Stretton befriedigte dieses Bedürfnis. Der Umstand, daß seine Anwesenheit auf Schloß Crediton geheimnisumwoben war, half mir in jenen Wochen, die tiefe Melancholie über den Verlust meiner geliebten Mutter langsam zu überwinden.

Der Sekretär wurde in den Mansardenraum im obersten Stockwerk gestellt, der noch vollgestopfter mit Möbeln war als der Rest des Hauses. Dieser Raum hatte mich immer fasziniert, da die zu ihm hinaufführende Treppe mitten im Zimmer endete; das Dach fiel zu beiden Seiten ab, so daß die schräge Decke teilweise nur wenige Zentimeter über dem Boden schwebte. Für mich war es der interessanteste Raum im ganzen Haus; ich versuchte mir vorzustellen, wie er ausgesehen haben mochte, bevor Tante Charlotte ihn in ein Möbellager verwandelte, worüber Mrs. Buckle sich immer beschwerte. Sie wüßte wirklich nicht, wie sie den ganzen Kram vor Staub bewahren solle, jammerte sie. Zu Beginn der vergangenen Schulferien hatte Tante Charlotte mir eröffnet, ich würde in einem Nebenzimmer dieses Mansardenraumes schlafen; sie hätte einen neuen Schrank und zwei besonders wertvolle Stühle gekauft, die in meinem bisherigen Zimmer aufbewahrt werden müßten, was den Zugang zu meinem Bett erschweren würde. Anfangs hatte ich es dort oben ziemlich unheimlich gefunden, doch bald gefiel es mir.

Der Sekretär stand zwischen einem Schrank voller Wedgewood-Porzellan und einer alten Standuhr. Wenn ein neues Möbelstück ankam, wurde es immer gründlich gesäubert; ich fragte Tante Charlotte jetzt, ob ich das tun dürfte. Sie erlaubte es etwas ungnädig, konnte ihre freudige Überraschung über mein Interesse jedoch nicht völlig verbergen. Mrs. Buckle zeigte mir, wie man Bienenwachs und Terpentin mischt – diese Mischung wurde immer verwendet –, und ich machte mich an die Arbeit. Ich polierte das Holz mit ganz besonders liebevoller Sorgfalt, während ich an Schloß Crediton und vor allem an Redvers Stretton dachte und mir sagte, daß ich unbedingt von Ellen herausbekommen mußte, wer er war, als eine der beiden Schiebladen meine Aufmerksamkeit erregte. Sie war kleiner als die andere, und ich verstand nicht weshalb.

Aufgeregt lief ich zu Tante Charlottes Salon hinunter, wo sie über ihren Kontobüchern saß. Mit dem Sekretär wäre etwas sehr Merkwürdiges, erzählte ich ihr, worauf sie sofort mit mir nach oben eilte.

Sie klopfte an die Schieblade und lächelte: »Ja, ja. Ein alter Trick. Es ist ein Geheimfach dahinter.«

Ein Geheimfach!

Sie bedachte mich mit ihrem strengen, freudlosen Lächeln.

»Das ist nichts Besonderes. Sie machten sie früher, um ihren Schmuck vor Gelegenheitsdieben zu verstecken oder um dort Papiere oder Geheimdokumente aufzubewahren.«

Ich war zu aufgeregt, um meine Gefühle zu verbergen, und Tante Charlotte schien sich nicht darüber zu ärgern.

»Schau, ich werde es dir zeigen. Das ist gar nichts Besonderes. Du wirst solche Geheimfächer noch oft finden. Es gibt immer eine Feder. Sie ist meistens etwa an dieser Stelle. Aha, da ist sie!«

Die Rückwand der Schieblade sprang wie eine Tür auf und gab ein dahinterliegendes Fach frei.

»Da ist etwas drin, Tante Charlotte!«

Sie griff hinein und zog es heraus, eine kleine Figur, ungefähr 20 Zentimeter lang. »Das ist ja eine Frau!« rief ich aus. »Oh ... und so schön!«

»Nichts als Gips«, erwiderte sie. »Völlig wertlos.«

Verärgert betrachtete sie die kleine Figur, die so offensichtlich keinen Wert darstellte. Mir erschien sie jedoch unendlich aufregend, erstens weil sie in einem Geheimfach gefunden wurde und zweitens, weil sie von Schloß Crediton stammte.

Meine Tante drehte sie in der Hand. »Sie wurde von etwas abgebrochen.«

»Aber warum lag sie in einem Geheimfach?« wollte ich wissen. Sie zuckte die Achseln. »Sie ist nicht viel wert«, wiederholte sie.

»Darf ich sie in meinem Zimmer haben?« fragte ich.

Sie reichte sie mir. »Es überrascht mich, daß du dich für so etwas interessierst. Sie ist wertlos.«

Ich versenkte rasch die Figur in meiner Schürzentasche und ergriff wieder das Staubtuch, während Tante Charlotte zu ihren Kontobüchern zurückkehrte. Sowie sie fort war, holte ich die Figur heraus und unterzog sie einer gründlichen Prüfung. Sie hatte langes, wirres Haar und hielt die Arme weit ausgebreitet. Der Faltenwurf der langen Gewänder war derart angeordnet, daß es aussah, als wehten sie in heftigem Wind. Wer mochte sie nur in das Geheimfach gelegt haben und weshalb? fragte ich mich, wenn die Figur als solche wertlos war. Ich überlegte außerdem, ob wir die Figur nicht Lady Crediton bringen sollten, doch Tante Charlotte winkte sofort geringschätzig ab, als ich es vorschlug. »Sie würden dich für verrückt halten. Das Ding ist völlig wertlos. Außerdem habe ich ihr sowieso einen zu hohen Preis gezahlt. Wenn es fünf Pfund wert wäre, hätte es mir gehört . . . für den Preis, den ich ihr gezahlt habe. Leider ist es nicht mal fünf Shilling wert.«

Folglich stand die kleine Figur auf meinem Frisiertisch und tröstete mich, wie nichts mich seit dem Tode meiner Mutter zu trösten vermocht hatte. Sehr bald entdeckte ich die halb ausgelöschten Buchstaben auf dem Rock und entzifferte mit Hilfe einer Lupe die Inschrift: *The Secret Woman* – Die Geheime Frau.

Mein Vater kehrte in jenem Jahr nach England zurück. Er hatte sich verändert und war ohne den auflockernden Einfluß meiner Mutter unzugänglicher denn je. Ich erkannte, daß die Zukunft, auf die ich mich gefreut hatte, nie Wirklichkeit werden würde. Daß es ohne sie nie mehr ein ungetrübtes Glück geben würde, war mir klar gewesen, doch hatte ich Träumen über ein gemeinsames Leben mit meinem Vater nachgehangen, in denen ich mich als seine kleine Gefährtin sah, so wie meine Mutter es gewesen war. Nun erkannte ich, daß dies Träume bleiben würden.

Er war sehr schweigsam geworden; verschlossen war er ja immer gewesen, doch ich besaß nicht wie meine Mutter die Gabe, ihn zu faszinieren und aus sich herauszulocken.

Er hätte Indien für immer verlassen, teilte er mir mit, und ginge jetzt nach Afrika. Ich hätte ja in den Zeitungen gelesen, daß es dort Ärger gäbe. Wir müßten unser großes Empire schützen; in irgendeinem entlegenen Winkel käme es eben immer zu Schwierigkeiten. Er hätte jetzt keinen anderen Wunsch, als der Königin und dem Empire zu dienen, und sei Tante Charlotte dankbar – wie übrigens auch ich es sein müsse –, daß für mein Wohlergehen so gut gesorgt sei und er in Ruhe an mich denken könne. In etwa einem Jahr würde ich in die Schweiz auf ein Pensionat geschickt, um dort den Abschluß meiner Erziehung zu erhalten. Meine Mutter hätte es so gewünscht. Etwa ein Jahr dort, nun, und dann würden wir weitersehen.

Er reiste ab, um zu seinem Regiment zu stoßen und gegen die Zulus zu kämpfen.

Sechs Monate später erhielten wir die Nachricht von seinem Tode.

»Er ist so gestorben, wie er es sich gewünscht hätte«, erklärte Tante Charlotte.

Ich trauerte nicht in gleichem Maße um ihn wie um meine Mutter. Er war mir bereits bei Lebzeiten fremd geworden.

Ich war inzwischen siebzehn. Tante Charlotte war jetzt die einzige Verwandte, die ich besaß, eine Tatsache, auf die sie mich gern hinwies; ich wäre von ihr abhängig. Allerdings setzte sich der Gedanke in mir fest, daß sie in gewisser Weise von *mir* abhängig war, doch dies wurde nie ausgesprochen.

Im *Queen's House* hatte sich in den zehn Jahren seit meiner Ankunft an dem großen Tor in der roten Backsteinmauer wenig verändert; mein Leben hatte sich dagegen grundlegend geändert. Die Bewohner vom *Queen's House* waren lediglich zehn Jahre älter geworden. Ellen war jetzt fünfundzwanzig; Mrs. Buckle hatte die ersten Enkelkinder bekommen; Mrs. Morton sah fast unverändert aus, und Miss Beringer war jetzt neununddreißig. Tante Charlotte schien sich am wenigsten von uns allen verändert zu haben, doch hatte ich eben immer die strenge, alte Frau in ihr gesehen, die sie nun war. Die Tanten vom Schlage Tante Charlottes haben etwas Zeitloses; sie werden alt und schlau geboren und bleiben das bis an ihr Lebensende.

Ich hatte herausbekommen, warum Redvers Stretton auf Schloß Crediton lebte. Ellen hatte es mir an meinem sechzehnten Geburtstag mit der Begründung erzählt, daß ich nun ja kein Kind mehr sei und es an der Zeit wäre, daß ich etwas über das Leben lerne, und das könne ich bestimmt nicht von einem Haufen alter, wurmstichiger Möbel lernen. Dies war eine Anspielung auf mein wachsendes Wissen über alte Möbel, demzufolge sogar Tante Charlotte begann, mein Urteil zur Kenntnis zu nehmen.

»Er hat ein Recht, im Schloß zu leben«, hatte Ellen mir anvertraut, als wir an meinem Geburtstag wieder auf jener Bank saßen und auf den imposanten Berg grauer Steine jenseits des Flusses hinüberblickten. »Es ist allerdings nur ein Recht zur linken Hand, wie man es nennen könnte.«

»Was um alles in der Welt ist denn das, Ellen?«

»Ja, ja, Fräulein Schlaumeier, das möchten Sie wohl gern wissen, was?«

Demütig gab ich es zu und erfuhr dann endlich die ganze Geschichte. Man müßte etwas über die Männer lernen, belehrte mich Ellen. Sie seien anders als die Frauen; sie könnten gewisse Dinge tun, die ihnen, obgleich bedauerlich und eigentlich unmoralisch, verziehen würden, weil sie Männer wären; würde jedoch eine Frau das gleiche tun, so würde sie von der menschlichen Gesellschaft ausgestoßen und geächtet. Sir Edward sei eben ein sehr männlicher Vertreter seines Geschlechts gewesen.

»Er hatte die Ladies so gern.«

»Seine Schiffe, meinst du?«

»Nein. Ich meine Ladies von Fleisch und Blut. Nachdem er zehn Jahre mit Lady Crediton verheiratet war, hatten sie noch immer kein Kind. Es war ein furchtbarer Schlag. Nun, um eine lange Geschichte kurz zu machen: Er faßte eine Neigung zu der Zofe seiner Frau. Es hieß, er hätte herausfinden wollen, wessen Schuld ihre Kinderlosigkeit sei, seine Schuld oder die seiner Frau; nichts wünschte er sich nämlich so sehr wie einen Sohn. Irgendwie war es ein bißchen komisch ... wenn man etwas so Sündiges überhaupt komisch finden darf. Lady Crediton merkte plötzlich, daß sie schließlich doch ein Kind bekommen würde. Das gleiche bemerkte aber auch ihre Zofe.«

»Und was sagte Lady Crediton dazu?« Ich stellte sie mir vor, wie sie mit im Schoß gefalteten Händen in ihrem Armstuhl gesessen hatte. Natürlich muß sie damals anders ausgesehen haben; eine junge Frau, zumindest noch verhältnismäßig jung im Vergleich zu jetzt.

»Es hieß immer, sie sei eine sehr kluge Frau. Sie wünschte sich ebenso sehr wie er einen Sohn für das Geschäft, wissen Sie. Sie war damals schon fast vierzig, und es war ihr erstes Kind. Vierzig ist nicht gerade das ideale Alter, um mit dem Kinderkriegen anzufangen.«

»Und was war mit der Zofe?«

»Sie war einundzwanzig. Sir Edward ging eben auf Nummer Sicher. Außerdem wollte er auf jeden Fall einen Sohn. Angenommen, Lady Crediton bekam nun ein Mädchen und die Zofe einen Jungen. Er konnte nicht genug kriegen, wollte einfach beide Kinder. Und Lady Crediton, nun ja, die ist eine merkwürdige Frau; es scheint, sie einigten sich. Die beiden Babys waren etwa zur gleichen Zeit fällig und beide sollten im Schloß zur Welt kommen.«

»Wirklich höchst eigenartig!«

»Tja, bei den Creditons ist eben nichts wie bei normalen Leuten!« bestätigte Ellen stolz.

»Die Babys wurden also geboren?«

»Ja, und zwar *zwei* Jungen! Vermutlich hätte Sir Edward sich nicht auf den ganzen Skandal eingelassen, wenn er gewußt hätte, daß Lady Crediton einen Sohn bekommen würde. Aber wie konnte er das wissen?«

»Sogar Sir Edward hat also nicht alles gewußt«, stellte ich ironisch fest, doch Ellen war zu sehr in ihre Geschichte vertieft, um sich über meine Respektlosigkeit zu entrüsten.

»Die Jungen sollten beide im Schloß aufwachsen; Sir Edward erkannte auch den anderen als seinen Sohn an. Da war also Rex ...«

»Der Thronprinz.«

»Lady Creditons Sohn«, fuhr Ellen unbeirrt fort, »und Valerie Strettons Sohn.«

Er war also der andere!

»Redvers. Valerie Stretton hatte das schönste rote Haar, das man sich denken kann. Ihr Sohn ist blond geworden, doch ähnelt er im ganzen mehr Sir Edward als seiner Mutter. Er wurde zusammen mit Master Rex erzogen – die gleichen Lehrer, die gleiche Schule und die gleiche Ausbildung fürs Geschäft. Der junge Red wollte zur See; vielleicht wollte Master Rex das auch, doch er mußte lernen, mit dem Geld zu jonglieren. Jetzt wissen Sie es also!« Und damit begann Ellen von etwas Interessanterem – allerdings nur für sie! – als dem Familienleben der Creditons zu reden, und zwar von ihrer Bekanntschaft mit dem faszinierenden Mr. Orfey, dem Möbelträger, der sie eines Tages heiraten würde, wenn er ihr das Heim bieten könne, das er ihrer für würdig hielt. Ellen hoffte inständig, es möge nicht zu lange dauern, denn sie wäre nicht mehr ganz jung und durchaus glücklich und zufrieden mit einem Zimmer und »Mr. Orfeys Liebe«. Mr. Orfey sei aber anders. Er wolle erst für eine, wie er es nenne, »gesicherte Zukunft« sorgen und das Geld für ein Pferd und einen eigenen Wagen zusammenhaben, mit dem er dann sein eigenes Geschäft aufbauen könne.

Ellen träumte davon, daß eines Tages ein Wunder geschehen und das Geld irgendwoher kommen würde. Aber woher denn? fragte ich sie. Tja, das könne man nie wissen, meinte sie. Tante Charlotte habe ihr einmal gesagt, sie würde nicht leer ausgehen, wenn sie bei ihrem Tode noch in ihren Diensten stünde. Das war damals gewesen, als Ellen ihr zu verstehen gegeben hatte, daß sie eine andere angenehmere Stellung finden könne.

»Man kann nie wissen«, beharrte Ellen. »Aber ich gehöre nicht zu denen, die wegen einem Vorteil auf den Tod eines Menschen warten.«

Anschließend erging sie sich in einem Bericht über die Vorzüge und Qualitäten von Mr. Orfey, dem ich jedoch nur mit halbem Ohr zuhörte, da ich an den jungen Mann dachte, den Sohn von Sir Edward und der Zofe seiner Gemahlin, dem ich im Schloß begegnet war. Wie lange es jetzt schon her war! Weshalb dachte ich eigentlich immer noch an ihn?

Und nun war ich achtzehn.

»Ein Pensionat!« knurrte Tante Charlotte verächtlich. »Das war auch so eine Schnapsidee deiner Mutter. Wo meinst du, sollte das Geld für ein Pensionat herkommen? Die Zahlungen deines Vaters hörten mit seinem Tode auf, und sein Bankkonto war leer; dafür sorgte deine Mutter. Er hat bestimmt noch bis zu seinem Tode ihre Schulden abzahlen müssen. Was nun deine Zukunft betrifft ... Du hast ganz offensichtlich eine natürliche Begabung für meinen Beruf. Selbstverständlich hast du noch sehr viel zu lernen ... man hört überhaupt nie auf zu lernen, aber ich glaube, du bist recht begabt dafür. Du wirst also nach diesem Schuljahr mit der Schule aufhören und hier bei mir anfangen.«

Und das tat ich denn auch, und als Miss Beringer nach einem Jahr zu heiraten beschloß, war dieses Arrangement in Tante Charlottes Augen geradezu ideal. »Diese Närrin!« schalt sie. »In ihrem Alter noch zu heiraten! Das hätte ich wirklich nicht von ihr erwartet!« Miss Beringer mochte eine alte Närrin sein, doch ihr Ehemann war das keineswegs. Sie hatte, wie Tante Charlotte mir erzählte, etwas Geld in das Geschäft investiert – was wiederum der einzige Grund war, weshalb Tante Charlotte sie überhaupt damals eingestellt hatte –, und nun machte ihr Mann deshalb Schwierigkeiten. Es fanden mehrere Besuche von Anwälten statt, die Tante Charlotte ganz und gar nicht paßten. Schließlich müssen sie jedoch zu einer Einigung gekommen sein.

Ich hatte wirklich eine Begabung für diesen Beruf. Ich besuchte eine Versteigerung, und mein Blick blieb unweigerlich an dem interessantesten Stuck hängen. Tante Charlotte gefiel das, obwohl sie es sich selten anmerken ließ. Sie hielt sich lieber bei meinen Fehlurteilen auf, die allerdings immer seltener wurden, und überging meine ständig zunehmenden Treffer.

In Langmouth wurden wir als »die alte und die junge Miss Brett« bekannt, und ich wußte, man sagte, es sei irgendwie nicht schicklich für ein junges Mädchen, ins Geschäftsleben verwickelt zu werden; es sei unweiblich und ich würde nie einen Mann finden. In einigen Jahren würde ich eine zweite Miss Charlotte Brett werden.

Und wie mir ebenfalls zu Ohren kam, war genau das Tante Charlottes Absicht.

Die Jahre vergingen. Ich wurde einundzwanzig. Tante Charlotte hatte ein unangenehmes Leiden bekommen, das sie ›Rheumatismus‹ nannte; ihre Gelenke versteiften zusehends und verursachten ihr immer größere Schmerzen. Ihre Beweglichkeit wurde dadurch zu ihrem größten Ärger beträchtlich eingeschränkt. Sie war eine Frau, die sich mit Krankheit einfach nicht abfinden konnte. Sie kämpfte dagegen an, war wütend über meinen Vorschlag, einen Arzt zu konsultieren, und tat alles, um ihr aktives Leben weiterzuführen. Ihr Verhalten mir gegenüber veränderte sich langsam und im gleichen Maße, wie sie von mir abhängig wurde. Dauernd wies sie mich auf meine Dankesschuld ihr gegenüber hin, erinnerte mich daran, wie sie mich aufgenommen hatte und stellte die Frage, was wohl aus mir als armem Waisenkind ohne sie geworden wäre.

Ich freundete mich mit John Carmel an, einem Antiquitätenhändler, der in Marden, einem Städtchen fünfzehn Kilometer weiter landeinwärts, lebte. Wir hatten uns auf einer Versteigerung auf einem Gut kennengelernt. Er rief mich ständig im *Queen's House* an und lud mich ein, ihn zu Auktionen zu begleiten.

Unsere Beziehung war nicht über das Stadium einer interessierten Freundschaft hinausgediehen, als seine Besuche und Anrufe abrupt aufhörten. Ich war verletzt und rätselte, was wohl der Grund sein mochte, bis ich zufällig hörte, wie Ellen zu Mrs. Morton sagte: »Sie hat ihn rausgeschmissen. O ja, das hat sie getan. Ich hab' es alles gehört. Ich finde es eine Gemeinheit! Schließlich hat die junge Miss doch auch ein Anrecht auf ihr eigenes Leben. Ich seh' nicht ein, warum sie genauso eine alte Jungfer werden soll wie die.«

Eine alte Jungfer wie die! Die Standuhr in meinem vollgepfropften Raum tickte hämisch aus ihrer Ecke. »Alte Jungfer! Alte Jungfer!« höhnte sie.

Ich war eine Gefangene im *Queen's House*. Eines Tages würde vielleicht alles mir gehören. Tante Charlotte hatte so eine Andeutung gemacht. »Wenn du bei mir bleibst!« hatte sie bedeutungsvoll hinzugefügt.

»Du wirst bleiben! Du wirst bleiben!« Warum bildete ich mir ein, diese Worte aus dem Ticken der Uhr zu hören? Die Uhr trug das Datum 1702; sie war also selbst recht alt. Es ist ungerecht, überlegte ich, daß ein lebloses, von einem Menschen gefertigtes Möbelstück weiterlebt, während sein Schöpfer sterben muß. Meine Mutter hatte nur dreißig Jahre leben dürfen; diese Uhr dagegen tickte seit über hundertundachtzig Jahren.

»Genieß die dir beschiedene Zeit! Ticktack! Ticktack!« So klang es im ganzen Haus, und die Zeit verrann mit diesem Ticken.

Ich glaube nicht, daß ich John Carmel hätte heiraten wollen, doch Tante Charlotte ließ mir nicht die Gelegenheit, das festzustellen. Seltsamerweise tauchte ein blondes Gesicht mit lachenden, schrägen Augen wie eine Vision vor meinem inneren Auge auf, wenn ich an Romantik und Liebe dachte. Der Gedanke an die Creditons verfolgte mich in der Tat.

Wenn ich jemals den Wunsch haben sollte zu heiraten, sollte niemand und nichts mich daran hindern! schwor ich mir. »Ticktack!« höhnte die Standuhr, was mich jedoch nicht beirrte. Ich mochte Tante Charlotte ähneln, doch war sie ja auch eine sehr willensstarke Frau.

Ich wollte gerade das Schild mit der Aufschrift »Falls geschlossen, bitte im *Queen's House* vorsprechen« an die Ladentür hängen, als die Türglocke bimmelte und Redvers Stretton hereinkam. »Ich glaube, wir sind uns schon einmal begegnet, wenn mich nicht alles täuscht«, meinte er und betrachtete mich lächelnd, während er vor mir stehen blieb. Mein Erröten war mir recht unangenehm. »Ja, vor Jahren«, murmelte ich.

»Sie sind inzwischen eine erwachsene junge Dame geworden. Damals waren Sie erst zwölf.«

Es machte mich lächerlich glücklich, daß er sich daran erinnerte.

»Dann muß es also vor neun Jahren gewesen sein.«

»Sie waren schon damals sehr unterhaltend«, erklärte er und sah sich flüchtig im Laden um, wobei sein Blick auf dem runden, mit Elfenbein eingelegten Tisch, den zarten Sheraton-Stühlen und dem schlanken Hepplewhite-Bücherschrank in der Ecke kurz verweilte. »Und das sind Sie auch jetzt«, fügte er hinzu und wandte sich erneut mir zu.

Ich hatte meine Fassung wiedergewonnen. »Es erstaunt mich, daß Sie sich an unsere damalige Begegnung erinnern. Sie war so flüchtig.«

»Sie vergißt man eben nicht so leicht, Miss . . . Miss . . . Miss Anna. Stimmt's?«

»Ja. – Kamen Sie, um sich etwas anzusehen?«

»Ja.«

»Dann darf ich es Ihnen vielleicht zeigen?«

»Ich sehe es mir bereits an, obwohl es äußerst unhöflich ist, diesen Ausdruck in bezug auf eine junge Dame zu gebrauchen.«

»Sie können nicht behaupten, daß Sie kamen, um *mich* zu sehen.«

»Warum nicht?«

»Es erscheint so abwegig.«

»Mir erscheint es völlig natürlich.«

»Aber wieso plötzlich jetzt . . . nach all den Jahren?«

»Ich bin ein Seemann. Seit unserer letzten Begegnung bin ich nur sehr selten und kurz in Langmouth gewesen, sonst wäre ich schon früher gekommen.«

»Nun, jetzt sind Sie also da . . .«

»Sollte ich mein Anliegen vorbringen und mich verabschieden? Sie sind ja eine Geschäftsfrau. Das darf ich nicht vergessen.«

Seine Augen wurden schmal und verschwanden fast ganz zwischen vergnügten Lachfältchen, während er den Hepplewhite-Bücherschrank betrachtete.

»Sie sind sehr direkt. Also muß ich es auch sein. Ich gestehe, ich bin nicht gekommen, um die Stühle da zu kaufen . . . oder den Bücherschrank dort. Als ich an Ihrer langen, roten Gartenmauer am Haus vorbeifuhr, sah ich die Inschrift auf der Einfahrt ›Queen's House‹, und da fiel mir wieder unsere Begegnung ein. Königin Elisabeth hat einmal dort geschlafen, sagte ich mir, viel interessanter ist jedoch, daß jetzt Miss Anna Brett dort schläft.«

Ich lachte; es war ein helles, ein glückliches Lachen. Manchmal hatte ich mir ein Wiedersehen mit ihm ausgemalt und es mir genau so wie jetzt gewünscht. Von Minute zu Minute erlag ich mehr seiner Faszination. Er erschien mir etwas unwirklich, wie der Held aus einem romantischen Märchen; er mochte ebensogut aus einer der Wandtapisserien herabgestiegen sein. Bestimmt war er ein kühner Abenteurer, der frei und ungebunden auf den Meeren umherstreifte und zweifellos unzuverlässig war, da er für lange Zeiträume verschwand. Vielleicht würde ich ihn, wenn er den Laden wieder verließ, jahrelang nicht wiedersehen . . . nicht, bevor ich die »alte Miss Brett« geworden war. Er hatte jene Eigenschaft, die Ellen als »überlebensgroß« bezeichnen würde.

»Wie lange bleiben Sie in Langmouth?« fragte ich aus diesen Überlegungen heraus.

»Mein Schiff läuft nächste Woche wieder aus.«

»Welchem Erdteil entgegen?«

»Nach Australien und zu den Häfen im Pazifik.«

»Das klingt . . . wunderbar!«

»Entdecke ich etwa Anzeichen von Reiselust in Ihnen, Miss Anna Brett?«

»Zu gern würde ich die Welt kennenlernen! Sie müssen wissen, ich bin in Indien geboren. Ich glaubte, ich würde wieder dorthin zurückkehren, doch meine Eltern starben, und alles wurde anders. Ich kam hierher, und es sieht aus, als werde ich auch für immer hier bleiben.«

Ich wunderte mich über mich selbst, daß ich ihm Dinge erzählte, nach denen er gar nicht gefragt hatte.

Unvermittelt nahm er meine Hand und tat, als lese er meine Handlinien. »Sie werden reisen, viel und weit.« Er schaute jedoch nicht in meine Handfläche, sondern direkt in meine Augen.

Da bemerkte ich eine Frau vor dem Schaufenster. Es war Mrs. Jennings, die oft ins Queen's House kam, doch immer nur sehr wenig kaufte. Sie war ein unermüdlicher, hartnäckiger »Gucker« und ebenso seltener Käufer. Vermutlich war der Grund für ihre häufigen Besuche bei uns mehr ihre Neugierde, die Nase in anderer Leute Angelegenheiten zu stecken, als echtes Interesse an alten Möbeln. Sie hatte Redvers Stretton im Laden entdeckt; hatte sie auch gesehen, daß er meine Hand hielt?

Die Türglocke bimmelte, und sie trat ein.

»Oh, Miss Brett, ich sehe, Sie haben Besuch. Ich werde warten.«

Was hatte sie für flinke Äuglein hinter ihrem Kneifer! Sie würde sich sofort erkundigen, ob diese Miss Brett einen Verehrer hätte, denn Redvers Stretton sei bei ihr im Laden gewesen und habe anscheinend nichts gekauft.

Redvers sah einen Augenblick ganz unglücklich aus und sagte dann mit einem fast unmerklichen Achselzucken: »Ich wollte gerade gehen, Madam.«

Er verneigte sich vor mir und dann vor ihr und entschwand. Ich kochte vor Wut auf dieses Weib, denn sie wollte lediglich den Preis des Bücherschrankes wissen. Sie betätschelte das Holz und suchte nach Spuren von Holzwürmern, nur um einen Grund zum Tratschen zu haben. Redvers Stretton vom Schloß interessiere sich also für Antiquitäten. Das sei ein rechter Draufgänger, so ganz anders als Mr. Rex, der seiner Mutter ein großer Trost sein müsse. Redvers sei ja »eine schöne Bescherung«.

»Ich kann das wirklich nicht finden!« erwiderte ich heftig.

»Nun ja, das ist so eine Redewendung, liebe Miss Brett, aber dieser junge Mann ist tatsächlich ein Windhund.«

Sie wollte mich vor ihm warnen, doch ich war nicht in Stimmung mich warnen zu lassen.

Später als sonst kam ich durch sie nach Hause, und Mrs. Morton meldete mir, Tante Charlotte warte auf mich. Verärgert lag sie auf ihrem Bett; zur Erleichterung gegen ihre Schmerzen hatte sie etwas Laudanum eingenommen. Ich käme zu spät, hielt sie mir vor, worauf ich ihr berichtete, daß Mrs. Jennings sich die Hepplewhite-Stühle angesehen und mich aufgehalten hätte.

»Diese alte Schwatzbase! Sie wird die nie kaufen.«

Sie schien jedoch befriedigt, was ich nicht von mir behaupten konnte. Dieser Mann begann mein ganzes Denken und Fühlen zu beherrschen. Zwei Tage darauf verkündete Tante Charlotte, sie führe zu einer Versteigerung. Sie wäre zu interessant, als daß man sie auslassen dürfe; zwar wäre es eigentlich zu anstrengend, doch würde sie entsprechend höhere Dosen ihrer Medikamente einnehmen und hinfahren. Mrs. Morton käme mit, da sie zwei Nächte fortbliebe; in ihrem gesundheitlichen Zustand reisen zu müssen und dazu noch auf unbequeme Hotelzimmer angewiesen zu sein, sei beinah unzumutbar. Meine Begleitung würde ihr eine große Erleichterung bedeuten, aber wir könnten ja leider nicht beide gleichzeitig fort sein ... wegen des Geschäfts. Wenn diese dumme Beringer nicht die Torheit begangen hätte zu heiraten, könnte ich jetzt mitkommen und die Beringer hierbleiben. Seit ihrer Heirat mochte Tante Charlotte die arme Miss Beringer noch weniger leiden als vorher.

Sie machte sich also auf die Reise, und ich hoffte weiter, Redvers möge wieder im Laden auftauchen. Ich zerbrach mir den Kopf, weshalb er es nicht tat, war er doch das erste und leider bisher einzige Mal gekommen, um mich zu sehen, und hatte sich offensichtlich leichten Herzens verabschiedet unter dem Vorwand, gehen zu müssen. Weshalb, wo er doch wegen mir gekommen war? Vielleicht war sein Schiff schon wieder ausgelaufen?

Es war der Abend nach Tante Charlottes Abreise. Ich war in meinem Zimmer, als Ellen heraufgesaust kam. Ein Herr sei da, der mich zu sehen wünsche.

»Was will er?«

»Sie sehen, Miss«, grinste Ellen. »Es ist Käpten Stretton vom Schloß.«

»Käpten Stretton vom Schloß!« wiederholte ich töricht. Rasch musterte ich mein Spiegelbild. Ich trug das graue Wollkleid, das mir nicht sonderlich stand, und mein Haar war unfrisiert.

»Ich könnte ihm sagen, daß Sie ihn in zehn Minuten empfangen, Miss«, schlug Ellen verschwörerisch vor. »Schließlich werden Sie nicht wollen, daß er denkt, Sie beeilen sich für ihn.«

»Vielleicht ist er wegen eines Möbelstücks gekommen«, sagte ich, unsicher werdend.

»Ich werde es ihm also sagen, Miss«, erklärte Ellen, indem sie meinen Einwand überhörte. Und weg war sie. Ich stürzte an meinen Schrank und nahm das hellblaue Seidenkleid heraus. Mein Vater hatte mir den Stoff aus Hongkong mitgebracht; die Schneiderin im Ort hatte es gemacht, und es entsprach gewiß nicht mehr der neuesten Mode, doch die Seide war wunderschön. Um den Halsausschnitt hatte es eine Samtrüsche, die ich immer besonders vorteilhaft gefunden hatte.

Eilig schlüpfte ich hinein, bürstete mein Haar und lief hinunter.

Er ergriff meine Hände in seiner freien, ungezwungenen Art, die vielleicht unschicklich sein mochte, mir jedoch charmant erschien.

»Verzeihen Sie diesen Überfall«, bat er, »aber ich wollte Ihnen unbedingt auf Wiedersehen sagen.«

»Oh . . . Sie verlassen uns schon wieder?«

»Ja, morgen früh.«

»Dann kann ich Ihnen nur *bon voyage* wünschen.«

»Danke. Ich hoffe, Sie werden während meiner Abwesenheit an mich denken und vielleicht sogar für die Seeleute in Gefahr beten.«

»Nun, ich hoffe, Sie werden meine Gebete nicht brauchen.«

»Wenn Sie mich besser kennen, werden Sie merken, daß ich sie mehr als die meisten anderen Menschen brauche.«

Wenn Sie mich besser kennen! (Ich hätte jetzt meinen Gefühlszustand erraten müssen, wo eine so unverbindliche Äußerung und ihre mögliche Bedeutung mich derartig beglückten.) Er fuhr ab, doch wenn ich ihn besser kennen würde . . .

»Sie scheinen sehr selbständig zu sein und niemanden zu brauchen.«

»Glauben Sie wirklich, daß es solche Menschen gibt?« fragte er.

»Einige schon.«

»Gehören Sie zu diesen?« wollte er wissen.

»Ich habe bisher weder Zeit noch Gelegenheit gehabt, das herauszufinden.«

»Sind Sie immer umsorgt und umhegt worden?«

»Das wohl kaum, aber ich erkenne gerade eben durch Sie, daß ich nie richtig ich selbst gewesen bin. – Doch was ist das für eine tiefschürfende Unterhaltung! Wollen Sie nicht Platz nehmen?«

Er blickte sich um, und meinte lachend: »Ja, so erging es mir hier auch am Anfang. Wenn ich mich auf einen Stuhl setzte, sagte ich mir: ›Vielleicht saß einmal Madame de Pompadour oder Richelieu oder Talleyrand auf diesem Stuhl.‹«

»Da ich nicht so gebildet bin, kommen mir solche Gedanken leider nicht. – Gehen wir in den Salon meiner Tante, er ist . . . wohnlicher, das heißt, wenn Sie Zeit haben, einen Augenblick zu bleiben.«

»Mein Schiff geht morgen früh um sieben.« Er warf mir einen seiner spöttischen Blicke zu. »Ich sollte auf jeden Fall vorher gehen.«

Lachend führte ich ihn die Treppe hinauf und durch die vollgestellten Räume. Einige Chinoiserien, die Tante Charlotte vor kurzem gekauft hatte, interessierten ihn. Wie schwierig war es gewesen, Platz für sie im Salon zu schaffen.

»Tante Charlotte kaufte ziemlich viel bei jener Gelegenheit«, sagte ich. »Sie gehörten einem Herrn, der in China gelebt hatte, einem Sammler.« Ich mußte einfach irgend etwas daherreden vor lauter Aufregung, daß er gekommen war, um mich zu sehen.

»Gefällt Ihnen dieses Schränkchen? Wir nennen es einen Kabinettschrank. Es ist eine sehr feine Lackarbeit. Schauen Sie, wie er mit Elfenbein und Perlmutt eingelegt ist. Weiß der Himmel, was sie dafür bezahlte! Und ich möchte wissen, wann sie dafür einen Käufer findet.«

»Wie beschlagen Sie sind!«

»Verglichen mit meiner Tante weiß ich erst sehr wenig, doch ich lerne ständig von ihr. Man braucht dafür jedoch ein ganzes Leben.«

»Und es gibt im Leben so viele andere Dinge zu lernen«, sagte er und betrachtete mich nachdenklich.

»Sie müssen ein Experte für alles, was das Meer und die Schiffahrt betrifft, sein.«

»Ich werde nie ein Experte für irgend etwas sein.«

»Nun ja, wer ist das schon? Aber wo möchten Sie sitzen? Dieser Stuhl ist vielleicht bequemer. Es ist ein guter, solider spanischer Stuhl.«

»Was geschah mit dem Schreibtisch, den Sie vom Schloß kauften?« erkundigte er sich lächelnd.

»Meine Tante verkaufte ihn. An wen, weiß ich nicht.«

»Ich bin nicht gekommen, um über Möbel zu sprechen ...«

»Nein?«

»Sondern um über Sie zu sprechen.«

»Das werden Sie bestimmt nicht sehr interessant finden ...«

Er blickte sich im Raum um. »Fast ist es, als versuchte man, auch aus Ihnen ein Sammlerstück einer bestimmten Stilperiode zu machen.«

Es entstand ein kurzes Schweigen, und ich wurde mir unvermittelt der vielen tickenden Uhren bewußt.

Beinah gegen meinen Willen hörte ich mich sagen: »Ja, ich glaube, genau davor habe ich auch Angst. Ich sehe mich im Geiste für immer hier leben und schließlich alt werden und ständig mehr und mehr lernen, bis ich dann ebenso viel wie Tante Charlotte weiß. Genau wie Sie sagen: ein Sammlerstück.«

»Das darf nicht geschehen!« erwiderte er. »Die Gegenwart will gelebt werden.«

»Es ist nett von Ihnen, mich an Ihrem letzten Abend zu besuchen«, sagte ich.

»Ich hätte es eher getan, aber ...«

Ich wartete, daß er weitersprechen möge, doch er beendete seinen Satz nicht.

»Ich habe einiges über Sie gehört«, wechselte er das Thema.

»Über mich?«

»Miss Brett die Ältere ist eine bekannte Langmouther Gestalt. Sie soll eine harte Rechnerin sein.«

»Das hat Lady Crediton Ihnen erzählt.«

»Nein, denn die glaubt, daß sie selbst noch zäher und geschickter verhandelte. Das war damals, als wir uns zum ersten Mal sahen.« Und nach einer kleinen Pause: »Was wissen Sie über mich, Anna?«

Ich hatte Angst, Ellens Geschichte zu wiederholen für den Fall, daß sie nicht stimmte.

»Ich hörte, daß Sie im Schloß leben und nicht Lady Creditons Sohn sind.«

»Dann werden Sie auch verstehen, daß ich mich von Anfang an in einer geradezu neiderregenden Situation befunden habe.« Er lachte. »Komisch, ich kann mit Ihnen über dieses recht heikle Thema sprechen. Deshalb finde ich eben Ihre Gesellschaft so angenehm. Sie gehören nicht zu den Frauen, die sich weigern, über etwas zu reden, nur weil es ... unschicklich ist.«

»Stimmt es denn?«

»Ah ... Sie haben es also gehört! Ja, es stimmt. Sir Edward ist mein Vater. Ich bin als sein Sohn im Schloß aufgewachsen, doch nicht mit dem gleichen Rang wie mein Halbbruder. Alles sehr vernünftig und verständlich, finden Sie nicht? Es hat jedoch seine Spuren in meinem Wesen hinterlassen. Immer versuchte ich Rex in allem zu übertrumpfen, als wollte ich damit beweisen: ›Schau, ich bin ebenso viel wert wie du!‹ Glauben Sie, das entschuldigt einen Jungen dafür, nun, nennen wir es arrogant, geltungssüchtig und ehrgeizig zu sein? Rex ist der geduldigsten einer. Viel mehr wert als ich, aber ich sage mir immer: Er brauchte ja nie zu beweisen, daß er ebenso viel taugt wie jemand anders! Er wurde von seiner Geburt an von allen für klüger, tüchtiger und besser gehalten.«

»Ich hoffe, Sie sind nicht einer jener Langweiler mit Minderwertigkeitskomplexen!«

Er lachte. »Nein, das bin ich nicht. In Wirklichkeit haben all die Jahre, in denen ich meine Umwelt mit aller Kraft davon zu überzeugen versuchte, daß ich ebenso viel tauge wie Rex, bewirkt, daß ich nun selbst davon überzeugt bin.«

»Um so besser! Ich habe nie Menschen gemocht, die sich selbst bemitleiden, vielleicht deshalb, weil es eine Zeit gab, in der ich mich recht unsanft vom Leben behandelt fühlte. Das war damals, als meine Mutter starb.«

Und ich erzählte ihm von meiner Mutter, wie schön sie gewesen war, wie bezaubernd, von ihren Plänen für meine Zukunft, und wie mein Vater und ich sie angebetet hatten; und ich erzählte ihm von ihrem Tode und wie ich, ein Waisenkind, der Barmherzigkeit von Tante Charlotte überlassen blieb.

Ich war ungewöhnlich angeregt; das bewirkte seine Gegenwart. Ich fühlte, daß ich amüsant, unterhaltend und sogar anziehend war, und das machte mich so glücklich, wie ich es seit dem Tode meiner Mutter nicht gewesen war. Nein, es war noch mehr – ich war glücklicher, als ich es überhaupt bisher in meinem Leben gewesen war. Ich wünschte, dieser Abend möge nie enden.

Ein leises Klopfen ertönte an der Tür, und Ellen trat ein; ihre Augen glänzten verschwörerisch.

»Ich wollte melden, Miss, daß das Abendessen fertig ist, und wenn Käpten Stretton Ihnen dabei Gesellschaft leisten möchte, könnte in etwa fünfzehn Minuten serviert werden.«

Er erklärte sich mit diesem Vorschlag begeistert einverstanden. Sein Blick blieb auf Ellen haften, und ich sah, daß ihre Wangen dunkler erglühten. Konnte es sein, daß er auf sie die gleiche Wirkung ausübte wie auf mich?

»Danke, Ellen«, sagte ich und schämte mich, daß ich einen Stich von Eifersucht verspürt hatte. Nein, das war es nicht gewesen, ich hatte vielmehr erkannt, daß sein Charme nicht nur für mich allein da war. Er besaß ihn in solchem Übermaß, daß er es sich leisten konnte, ihn derart zu verschwenden, daß sogar ein Dienstmädchen bei der Meldung einer Mahlzeit ihn empfand. Maß ich seinem Interesse an mir zu viel Bedeutung bei? Ellen hatte im Speisezimmer gedeckt und – sehr kühn! – zwei Kerzen in die reizend ziselierten, vergoldeten Leuchter aus dem 17. Jahrhundert gesteckt, die nun an beiden Enden des Regency-Tisches brannten; sie hatte zwei Sheraton-Stühle an den Tisch geschoben, und das Ganze sah entzückend aus. Um uns herum standen die Bücherschränke, die vielen Stühle und die zwei Schränke voller Porzellan und Wedgwood-Keramiken, doch die Kerzenbeleuchtung ließ alles bis auf den Tisch im Halbdunkel versinken und schuf eine reizvolle, gemütliche Atmosphäre.

Es war wie ein Traum. Tante Charlotte empfing nie Gäste. Ich fragte mich flüchtig, was sie wohl sagen würde, wenn sie uns jetzt so sehen könnte, und überlegte mir, wie anders das Leben hier ohne sie sein würde. Doch warum an einem solchen Abend überhaupt an sie denken?

Ellen war in gehobenster Stimmung. Ich stellte mir vor, wie sie am nächsten Tag Mr. Orfey alles genau berichten würde. Ich wußte, sie war der Meinung – sie hatte es mir oft gesagt –, daß es an der Zeit für mich sei, »ein bißchen was vom Leben zu haben«. Dieser Abend war in ihren Augen eine sehr beachtliche Portion vom Leben und nicht nur »ein bißchen«. Sie brachte die Suppe in einer Terrine mit dunkelblauem Blumenmuster, passend zum übrigen Service, und ich hielt vor Schreck den Atem an, daß wir so kostbares Geschirr benutzten. Anschließend gab es kaltes Hähnchen, und ich war froh, daß Tante Charlotte erst am übernächsten Tag zurückkam; das ließ uns Zeit, die Speisekammer wieder aufzufüllen. Sie aß selbst nur wenig, und Schmalhans war bei ihr Küchenmeister. Ellen hatte jedoch Wunder mit dem Wenigen bewirkt, was vorhanden war; aus kalten Kartoffeln hatte sie köstliche Röstkartoffeln gemacht und dazu einen Blumenkohl gekocht, den sie mit einer Käse-Schnittlauchsauce servierte. Sie schien sich an diesem Abend selbst zu übertreffen. Vielleicht war ich es aber auch nur, der plötzlich alles anders schmeckte.

Wir unterhielten uns rauschend. Von Zeit zu Zeit kam Ellen herein, um die verschiedenen Gänge zu servieren; sie sah sehr hübsch und aufgeregt aus. Das *Queen's House* hatte bestimmt nie glücklichere Stunden erlebt, auch nicht damals, als Königin Elisabeth hier Hof hielt. Ich sprudelte nur so von Ideen und Einfällen. Es war, als zolle mir das Haus Beifall und als zögen sich die störenden Möbel diskret zurück, während ich in dem Speisezimmer an dem Regency-Tisch saß und meinen Gast unterhielt.

Es gab keinen Wein – Tante Charlotte war Abstinenzlerin –, aber das war nicht weiter schlimm.

Er erzählte mir so lebendig von der Seefahrt und von fremden Städten, daß ich mich im Geiste dorthin versetzt fühlte, und als er über sein Schiff und seine Besatzung sprach, spürte ich, wie sehr er an beiden hing. Er fuhr jetzt mit seinem Schiff mit einer Ladung Tuch und Maschinen nach Sydney, wo er diverse Handelsgeschäfte in den pazifischen Häfen abwickeln sollte, bevor er mit australischer Wolle an Bord nach England zurückkommen würde. Es sei kein großes Schiff; unter tausend Tonnen, doch müßte ich sehen, wie sie durch das Wasser glitte! Sie gehöre zur Klasse der Klipper; es gäbe keine schnelleren Schiffe. Doch er rede zuviel über sich selbst.

Ich protestierte. Nein, es interessiere mich alles so sehr. Seine Erzählungen faszinierten mich; oft wäre ich unten an den Docks gewesen und hätte mir die Schiffe angeschaut und zu erraten versucht, wohin sie wohl segelten. Ob es ausschließlich Frachtschiffe seien, fragte ich.

»Manchmal nehmen wir auch einige Passagiere mit, doch hauptsächlich Frachten. Morgen segelt übrigens ein sehr prominenter Herr mit. Es ist ein Diamantenhändler, der sich in Australien Opale ansehen will. Er ist ziemlich eingebildet. Es kommen noch einige andere Passagiere mit. Sie können auf Schiffen wie den unserigen ziemliche Probleme aufwerfen.«

Und so ging unsere Unterhaltung weiter, und die Uhren tickten wütend und bösartig hastig.

»Sie haben mir nicht den Namen Ihres Schiffes verraten«, sagte ich.

»Habe ich das nicht? Nun, sie heißt ›Die Geheime Frau‹ – *The Secret Woman*.«

»Die Geheime Frau. Aber . . . das ist ja die Inschrift auf der Figur, die in dem Schreibtisch war, den wir von Schloß Crediton kauften! Sie ist in meinem Zimmer . . . ich hole sie.«

Ich ergriff einen der Leuchter auf dem Tisch; er war schwer, und so nahm er ihn mir ab. »Ich trage ihn Ihnen«, erklärte er.

»Bitte seien Sie vorsichtig -- er ist sehr wertvoll.«

»Wie alles in diesem Haus!«

»Nun, nicht alles.«

Und damit wandte ich mich um, und Seite an Seite stiegen wir die Treppe hinauf.

»Vorsicht!« warnte ich. »Wie Sie sehen, ist es sehr voll bei uns.«

»Nun ja, es ist Ihr erweitertes Schaufenster«, erwiderte er.

»Ganz recht«, plauderte ich vergnügt weiter. »Ich fand diese Figur in dem besagten Schreibtisch. Vermutlich hätten wir sie Ihnen zurückgeben sollen, doch Tante Charlotte sagte, sie wäre wertlos.«

»Und damit hat Tante Charlotte bestimmt – wie immer – recht.«

Ich lachte. »Sie hat tatsächlich fast immer recht, wie ich zugeben muß.«

Und beim Gedanken an meine Tante wunderte ich mich von neuem darüber, daß ich gewagt hatte, ihn zum Abendessen einzuladen – wenn auch Ellen mir praktisch keine andere Wahl ließ. Ich hatte es jedoch nur zu bereitwillig getan und konnte ihr deshalb nicht die Verantwortung zuschieben. Aber ich wollte jetzt einfach nicht an Tante Charlotte denken. Sie war in irgendeinem schäbigen Hotelzimmer sicher aus dem Wege; nie stieg sie in guten Hotels ab, und die arme Mrs. Morton hatte gewiß nichts zu lachen. Wir langten in dem Mansardenzimmer an. Das Haus erschien mir bei Kerzenlicht immer etwas unheimlich, da die Möbel dann bizarre Formen annahmen – manche grotesk, manche beinah menschlich, und da sie sich ständig veränderten, konnte man sich nicht an sie gewöhnen.

»Was für ein eigenartiges Haus!« meinte er.

»Und alt dazu!« ergänzte ich und mußte lachen, da ich an Tante Charlottes vernichtendes Urteil über Schloß Crediton denken mußte: Eine Fälschung!

Er wollte wissen, warum ich lachte, und ich erzählte es ihm.

»Sie verachtet Fälschungen zutiefst.«

»Und Sie?«

Ich zögerte. »Es kommt auf die jeweilige Fälschung an. Manche sind sehr geschickt gemacht.«

»Ein erfolgreicher Fälscher muß sicherlich sehr geschickt sein.«

»Wahrscheinlich. Oh, Vorsicht bitte! Schauen Sie, wie die Ecke des Tisches da vorspringt. Ich habe es gar nicht gesehen. Es ist ziemlich gefährlich so nah an der Treppe.«

Wir langten in meinem Schlafzimmer an. »Und hier schlief Miss Anna Brett!« verkündete er mit spöttischer Ehrfurcht.

Mir war sehr beschwingt zumute. »Finden Sie, wir sollten eine Plakette an der Wand anbringen? ›Königin Elisabeth und Anna Brett . . .‹ Vielleicht sollte man das Haus ›Anna-Brett-Haus‹ und nicht *Queen's House* nennen.«

»Das ist eine glänzende Idee!«

»Jetzt muß ich Ihnen aber die Figur zeigen.« Ich holte sie aus der Schieblade, in der ich sie aufbewahrte. Er stellte den Leuchter auf den Frisiertisch und nahm sie in die Hand. Er lachte. »Aber das ist ja die Galionsfigur der ›Geheimen Frau‹!«

»Die Galionsfigur . . .?«

»Ja, es gab bestimmt ein kleines Modell von dem Schiff, und von dem ist diese Figur abgebrochen worden.«

»Ist sie dann tatsächlich wertlos?«

»Völlig, abgesehen davon, daß es die Galionsfigur *meines* Schiffes darstellt, was ihr in Ihren Augen vielleicht einen gewissen Wert verleiht.«

»Ja, das tut es«, bestätigte ich.

Er reichte mir die Figur zurück, die ich offensichtlich so ehrfürchtig in Händen hielt, daß er lachen mußte.

»Sie dürfen sie ab und zu herausholen, sie betrachten und an mich auf meiner Kommandobrücke denken, wenn mein Schiff durch die Wellen pflügt.«

»Die Geheime Frau«, murmelte ich. »Was für ein sonderbarer Name für ein Schiff! Sowohl das ›Geheime‹ wie ›Die Frau‹ . . . Ich dachte, alle Schiffe der Creditons seien ›Ladies‹.«

In diesem Augenblick hörte ich das Geräusch einer zufallenden Tür, hörte Stimmen im Erdgeschoß und fühlte, wie mich eine Gänsehaut überlief. »Was ist los?« fragte er, ergriff mich an den Armen und zog mich an sich.

»Meine Tante ist nach Hause gekommen«, murmelte ich matt. Mein Herz klopfte so wild, daß ich kaum denken konnte. Warum war sie so früh zurückgekommen? Aber warum solle sie nicht? Die Versteigerung war nicht so interessant gewesen, wie sie gehofft hatte, sie haßte Hotelzimmer; sie blieb nie länger als unbedingt nötig. Doch war es unwichtig, weshalb sie vorzeitig zurückgekommen war. Sie war da! Vielleicht musterte sie gerade die Überreste unseres kleinen Festmahles . . . die brennende Kerze – nur die eine, da wir die andere ja mit hinaufgenommen hatten – das kostbare Porzellan. Arme Ellen! schoß es mir durch den Kopf. Verstört blickte ich mich im Zimmer um – da war mein Bett, da waren die Heute-da-und-morgen-fort-Möbel und die hohen Schatten, die das Kerzenlicht auf die Wände zeichnete, und da waren . . . wir beide.

Redvers Stretton befand sich allein mit mir in meinem Schlafzimmer, und Tante Charlotte war da! Wir mußten so schnell wie möglich hinunter.

Er begriff und nahm den Leuchter vom Frisiertisch, doch konnten wir uns nicht beeilen, da wir uns den Weg zwischen all den Möbeln hindurch vorsichtig suchen mußten. Als wir zu der Treppenbiegung gelangten und in die Halle hinunterschauten, sah Tante Charlotte uns. Mrs. Morton stand neben ihr, und auch Ellen war zur Stelle, blaß und verängstigt.

»Anna!« rief Tante Charlotte mit einer Stimme, die wie Donner widerhallte. »Was glaubst du, tust du da?«

Einen dramatischeren Auftritt hatte das *Queen's House* bestimmt niemals erlebt: über mir Redvers hohe Gestalt – er war sowieso sehr groß und stand außerdem eine Stufe höher als ich; das flackernde Kerzenlicht, das unsere Schatten an die Wand warf, und dort unten Tante Charlotte in ihrem Reiseumhang und Hut, das Gesicht weiß vor Anstrengung, Erschöpfung und Schmerzen, gebieterisch und drohend und mehr denn je wie ein verkleideter Mann aussehend.

Ich ging die Treppe hinunter, wobei mir Redvers dicht zur Seite blieb. »Käpten Stretton machte uns einen Besuch«, sagte ich im Bemühen, ganz normal zu sprechen.

Er nahm mir die Erklärung ab. »Vielleicht sollte ich es Ihnen erklären, Miss Brett. Ich hörte so viel von Ihrer wundervollen Schatzkammer, daß ich nicht widerstehen konnte, mir diese einmal selbst anzuschauen. Allerdings erwartete ich nicht eine derartig großzügige Gastfreundschaft.«

Sie war ein wenig eingeschüchtert. War auch sie für seinen Charme empfänglich? Sie knurrte etwas Unverständliches und sagte: »Sie können Antiquitäten kaum bei Kerzenlicht beurteilen.«

»Und doch müssen diese wunderbaren Stücke früher gerade oft bei Kerzenlicht zur vollen Geltung gekommen sein, Miss Brett. Ich wollte mir die Wirkung bei Kerzenlicht ansehen, was Miss Brett mir liebenswürdigerweise gestattete.«

Sie schätzte seine mögliche Kaufkraft ab. »Welches Stück interessiert Sie denn besonders, Käpten Stretton?«

Rasch sagte ich: »Käpten Stretton gefiel das Levasseur-Schränkchen ganz außerordentlich.«

»Es ist eine schöne Arbeit«, brummte Tante Charlotte. »Sie würden den Kauf nie bedauern. Außerdem wäre es immer leicht zu verkaufen, sollten Sie dies jemals wünschen.«

»Davon bin ich überzeugt«, antwortete er ernsthaft.

»Haben Sie es denn auch bei Tageslicht gesehen?« erkundigte sie sich ironisch. Nicht eine Sekunde lang war sie auf diese Komödie hereingefallen; es war in ihren Augen eine absurde Scharade.

»Nein, noch nicht. Dieses Vergnügen habe ich noch vor mir.«

Tante Charlotte starrte auf den Leuchter in seiner Hand.

»Du mußt sehr müde sein nach deiner Reise, Tante Charlotte«, sagte ich.

»Dann will ich mich verabschieden«, mischte Redvers sich ein. »Haben Sie vielen Dank für Ihre freundliche Gastfreundschaft.«

»Und was ist mit dem Levasseur?«

»Bei Tageslicht«, erwiderte er. »So, wie Sie mir rieten.«

»Kommen Sie morgen wieder. Ich werde ihn Ihnen selbst zeigen.«

Er verneigte sich.

»Ellen wird sie hinausbegleiten.«

Doch das ließ ich nicht zu. »Ich werde es tun«, erklärte ich entschieden und ging mit ihm zur Tür.

Im Garten blieben wir stehen.

Ich redete hektisch von dem Schränkchen. »Diese Messingintarsien auf dem Schildpattuntergrund sind wirklich sehr schön. Es besteht kein Zweifel, daß es sich um einen echten Levasseur handelt . . .«

»Gewiß, gar kein Zweifel«, bekräftigte er.

Es war Herbst, und ich roch den eigenartigen Geruch der Chrysanthemen, roch die feuchte Erde und den Nebel über dem Fluß. Bei diesen Gerüchen muß ich seitdem immer an jenen Abend denken. Mein verzauberter Abend war zu Ende; Redvers verließ mich. Ich war wieder allein in meinem Gefängnis; er segelte fort, zurück in sein Leben bunter Abenteuer, während ich zu meiner wütenden Kerkermeisterin zurück mußte.

»Ich fürchte, sie ist verärgert«, meinte er. »Es tut mir leid.«

»Ich nahm an, sie würde noch bis morgen fortbleiben.«

»Ich meine, es tut mir leid, daß ich fort muß, daß Sie das ohne mich ausbaden müssen . . .«

»Es fiele mir leichter, wenn . . .«

Er wußte, was ich meinte. Wenn er hier bliebe und mir zur Seite, wenn ich ihn ab und zu sehen könnte, und sei es nur für verstohlene kurze Augenblicke, es wäre mir alles egal. Ich war schließlich einundzwanzig, und nichts zwang mich, für immer Tante Charlottes Sklavin zu bleiben.

»Ich hätte es mir anders gewünscht«, sagte er, und ich überlegte, was er damit meinte. Ich wartete, daß er weitersprach, und wußte, ich konnte nicht mehr lange im Garten bleiben. Tante Charlotte wartete im Haus auf mich.

»Anders?« fragte ich schließlich. »Sie wünschten, Sie wären nicht gekommen?«

»Das könnte ich mir nicht wünschen«, entgegnete er. »Es war ein wundervoller Abend bis zu dem Augenblick, als der Drache zurückkam. Sie hat mir kein Wort geglaubt, wissen Sie, von dem . . . Ding da.«

»Nein, ich weiß.«

»Hoffentlich wird es nicht . . . unerfreulich für Sie.«

»Der Abend war so schön!«

»Fanden Sie?«

Ich konnte meine Gefühle nicht verbergen. »Der schönste Abend, den ich . . .« Nein, ich durfte nicht so naiv sein. ». . . den ich seit langem verbracht habe.«

»Ich werde wiederkommen.«

»Wann?«

»Vielleicht früher als Sie denken.«

Er nahm mein Gesicht in beide Hände und sah mich an; ich dachte, er würde mich küssen, doch schien er sich umzubesinnen und war plötzlich verschwunden. Ich stand allein in dem herbstlich duftenden Garten.

Langsam kehrte ich ins Haus zurück. Tante Charlotte war nicht mehr in der Halle. Im Speisezimmer räumte Ellen den Tisch ab.

»Ihre Tante ist zu Bett gegangen«, sagte sie. »Mrs. Morton hilft ihr dabei. Sie ist völlig fertig. Sie sagte, sie würde morgen früh mit Ihnen reden. Oje, Miss, da wird was für uns fällig!«

Ich ging in mein Zimmer. Vor wenigen Augenblicken war er noch hier gewesen. Er hatte meinem Leben einen magischen Hauch verliehen – und jetzt war er fort. Wie töricht war es von mir gewesen, mir einzubilden . . . Ja, was hatte ich mir denn eingebildet? Wie sollte schon ein junges, nicht sonderlich reizvolles Mädchen einen Mann interessieren, der bestimmt der charmanteste Mann der ganzen Welt war?

Und doch . . . es war etwas Besonderes in der Art gewesen, in der er mich angesehen hatte. Aber hatte ich meine Gefühle nicht zu unverhüllt gezeigt?

Ich nahm die kleine Figur heraus und stellte sie auf den Frisiertisch. Dann zog ich mich aus und nahm die Figur mit ins Bett – eine kindische Geste, die mich jedoch tröstete.

Lange Zeit lag ich wach, bis ich endlich eindämmerte, jedoch nur, um jäh hochzuschrecken. Das Knarren einer Dielenbohle sowie Schritte auf der Treppe hatten mich geweckt. Jemand kam zu mir herauf . . . es waren Tante Charlottes Schritte und das Tock-tock ihres Stockes.

Ich setzte mich auf und starrte auf die Tür, die sich langsam öffnete – und da stand sie.

Sie sah grotesk aus in ihrem Kamelhaarmorgenmantel mit den Militärknöpfen, mit ihrem langen, grauen Haar, das in einen unordentlichen dicken Zopf geflochten war, und dem Stock mit dem Ebenholzgriff, den sie benutzte, seit ihre Arthritis ihr das Gehen erschwerte. Sie trug eine Kerze – in einem einfachen Holzleuchter, beileibe nicht in einem unserer wertvollen Stücke.

Zornig funkelte sie mich an. »Du hast wirklich Grund, dich zu schämen!« herrschte sie mich an. Ihr Lachen war schrecklich und voller Hohn und irgendwie vulgär. »Ich konnte wegen dem, was heute abend passiert ist, nicht einschlafen.«

»Ich habe nichts getan, dessen ich mich zu schämen bräuchte!«

»Das sagst du mir! Du hast also gewartet, bis ich aus dem Wege war, um ihn herzubringen! Wie oft ist er schon hier gewesen? Erzähl mir nicht, es sei das erste Mal gewesen.«

»Es war das erste Mal!«

Wieder lachte sie höhnisch auf. Sie war böse und hatte Angst. Damals wußte ich das noch nicht, doch brauchte sie mich mehr als ich sie. Sie war eine einsame, alte Frau, die auf Menschen wie Mrs. Morton angewiesen war; ich war ihre Rettung. Ich sollte mich um sie und ihr Geschäft kümmern; genau dafur hatte sie mich ausgebildet. Ihre Befürchtung war, daß ich heiraten und sie verlassen könnte wie Emily Beringer.

Sie sah sich im Zimmer um. »Du wirst dich sehr verlassen fühlen, jetzt, wo er fort ist. Versuch mir nicht zu erzählen, er sei nicht hier oben gewesen! Ich habe das Licht vom Garten gesehen. Ihr hättet daran denken sollen, die Vorhänge zuzuziehen. Aber du glaubtest natürlich nicht, daß man es sehen könnte, nicht wahr? Du meintest, du hättest das Haus ganz für dich allein. Und diese Ellen, die war mit von der Partie. Ein reizendes Vorbild für sie, muß ich sagen!«

»Ellen trifft keine Schuld.«

»Servierte sie das Essen auf dem Delfter Service oder nicht?«

»Ja, das war töricht, aber . . .«

»Aber nicht so töricht, wie ihn hier herauf in dein Schlafzimmer zu holen!«

»Tante Charlotte!«

»Spiel vor mir nicht das Unschuldslämmchen! Ich weiß, daß ihr hier oben wart. Ich sah das Licht. Schau! Das ist noch das Wachs von eurer Kerze auf dem Frisiertisch. Und hab ich euch nicht zusammen herunterkommen sehen? Oh, ich staune nur, wie du so unverfroren lügen kannst! Du bist von der gleichen Sorte wie deine Mutter, das bist du! Es war ein Jammer, wie ich von Anfang an sagte, daß dein Vater sich überhaupt mit ihr einließ!«

»Sei still, du böses altes Weib!» fuhr ich sie an.

»Mit dieser Art wirst du nichts erreichen.«

»Ich bleib nicht länger hier!« erklärte ich.

Das war die schlimmste Drohung, die ich hätte aussprechen können. Ihre Wut entlud sich jetzt ungehemmt auf mich. »Du undankbares Geschöpf! Alles habe ich für dich getan. Was wäre aus dir geworden, wenn ich mich nicht deiner angenommen hätte, he? Du wärst in einem Waisenhaus gelandet, das kann ich dir versichern! Kein Pfennig, nicht ein roter Heller war für dich da. Ich nahm dich auf. Ich habe versucht, dir Nützliches fürs Leben mitzugeben. Alles, was du weißt, habe ich dir beigebracht ... um dir eine Möglichkeit zu geben, mir etwas von deiner Dankesschuld zurückzuzahlen. Und was tust du? Bringst fremde Männer ins Haus, sowie ich den Rücken kehre! Genau wie deine Mutter ... Es sollte mich wirklich nicht wundern!«

»Wie kannst du es wagen, so etwas zu sagen! Meine Mutter war ein guter Mensch, ein viel besserer, als du es jemals sein könntest! Und ich ...«

»Und du bist wohl auch ›ein guter Mensch‹, was? O ja, ein sehr guter! Sehr gut zu jungen Männern, die dich besuchen, wenn ich den Rücken drehe.«

»Hör auf! Hör auf!«

»Du wagst es, mir in meinem Haus zu befehlen!«

»Ich gehe auf der Stelle, wenn du es willst.«

»Wohin denn?«

»Ich finde schon etwas. Schließlich verstehe ich etwas von Antiquitäten.«

»Was du von mir gelernt hast!«

»Ich könnte Gouvernante werden oder Gesellschafterin.«

Sie lachte höhnisch. »O ja, du bist sehr schlau, ich weiß. Aber ist dir nie der Gedanke gekommen, daß du mir etwas schuldest? Darüber solltest du mal nachdenken. Du bist eine schöne Idiotin! Schleuderst dich dem ersten besten Mann an den Hals, der dir über den Weg läuft. Und noch dazu einem von der Sippschaft da oben. Ich hätte gedacht, du wüßtest was Besseres zu tun, wenn es um jemanden von *dem* Ruf geht.«

»Was für einen Ruf denn?«

Sie stieß ein meckerndes Lachen aus. »Du solltest deine Wahl mit mehr Sorgfalt treffen! Käpten Stretton hat keinen sonderlich guten Ruf in dieser Stadt, das kann ich dir versichern! Der ist von der Sorte Männer, die sich ihr Vergnügen da holen, wo sie's bekommen. Und ich darf wohl behaupten, daß er sich keines entgehen läßt.«

Ich vermochte nur sie anzuschreien: »Geh weg! Ich will nicht hören, was du zu sagen hast! Ich ziehe aus! Wenn du mich los sein willst . . . wenn ich so eine Bürde bin . . .«

»Du bist ein unbesonnenes und törichtes Mädchen«, lenkte sie unvermittelt ein. »Du brauchst mich und meine Fürsorge. Dein Vater war mein Bruder, und ich muß meine Pflicht an dir tun. Ich werde morgen früh in aller Ruhe mit dir sprechen. Jetzt bin ich einfach zu erschöpft . . . noch dazu habe ich fürchterliche Schmerzen. Der Gedanke an dich ließ mich nicht einschlafen. Deshalb dachte ich, ich rede lieber gleich mit dir. Doch vielleicht bist du morgen früh in reuigerer Stimmung.«

Und damit wandte sie sich um und verließ das Zimmer. Starr blickte ich auf die Tür, die sich hinter ihr geschlossen hatte. Ich war verletzt und zornig; der wunderschöne Abend mit ihm war nicht mehr der gleiche. Sie hatte ihn mit ihren niederträchtigen Vermutungen und den Bemerkungen über seinen schlechten Ruf beschmutzt. Was meinte sie nur damit? Was wußte sie über ihn?

Da ertönte ein gellender Schrei und ein dumpfer Aufschlag. Ich schoß aus dem Bett und raste zur Treppe.

Tante Charlotte lag stöhnend unten in der Halle.

Ich rannte hinunter. »Tante Charlotte! Bist du verletzt?«

Sie antwortete nicht und atmete nur schwer.

Ich rief nach Mrs. Morton und Ellen und machte den törichten Versuch, meine Tante hochzuheben. Da es mir natürlich nicht gelang, holte ich ein Kissen und schob es ihr unter den Kopf. Da kam auch schon Mrs. Morton aufgeregt angelaufen. Mit den Lockenwickeln unter ihrem Haarnetz sah sie ganz verändert und grimmig entschlossen aus.

»Meine Tante muß auf der Treppe ausgeglitten sein«, sagte ich und dachte daran, wie ich Redvers davor gewarnt hatte.

»Mitten in der Nacht!« entrüstete Mrs. Morton sich und hob die Kerze auf, die auf dem Boden lag. Durch das Fenster drang ein matter Schimmer von Mondlicht.

Tante Charlotte begann erneut zu stöhnen.

»Zieh dir deinen Mantel an und hol schnell Dr. Elgin!« befahl ich Ellen.

Diese lief los, und Mrs. Morton und ich blieben bei Tante Charlotte.

»Wie ist es geschehen?« wollte Mrs. Morton wissen. Ich fand, sie sah fast befriedigt aus, und ich malte mir aus, wie mühsam diese Reise mit Tante Charlotte für sie gewesen sein mußte.

»Sie kam zu mir herauf, um mit mir zu reden, und stürzte auf dem Rückweg in ihr Zimmer auf der Treppe.«

»Sie hatte eine schöne Wut, würde ich sagen.«

Verschlagen sah sie mich an, und ich erkannte, daß ich nie gewußt hatte, was in ihr vorging. Sie schien gleichsam mit einem geheimnisvollen eigenen Leben von der Umwelt abgekapselt zu sein. Weshalb ertrug sie nur Tante Charlottes Launen? Ich konnte mir keinen anderen Grund für ihr Bleiben als den einen denken, der auch für Ellen galt: daß sie hoffte, von Tante Charlotte in ihrem Testament bedacht zu werden, falls sie bei deren Tode noch in ihren Diensten stand.

Lange Zeit schien zu vergehen, bis Ellen zurückkehrte.

Dr. Elgin würde gleich nachkommen, sagte sie.

Als er dann endlich erschien, befahl er, Tante Charlotte sofort ins Bett zu bringen; ich solle heißen, süßen Tee machen, da sie einen Schock erlitten habe. Sie hätte großes Glück gehabt, meinte er, denn es seien keine Knochen gebrochen.

Als ich den Tee aufgoß, meinte Ellen: »Das ist ja vielleicht 'ne Nacht! Ich fürchte, die kann sie Jahre ihres Lebens kosten! Ein solcher Sturz . . . und das in ihrem Alter!«

Ich wußte, sie war in Gedanken bei ihrer Erbschaft und Mr. Orfey.

Alles änderte sich nach jenem Abend. Es war der Beginn jener unglückseligen Zeit. Tante Charlotte hatte sich bei dem Sturz das Rückgrat verletzt, was schlimme Folgen für ihre Arthritis nach sich zog. Es gab Tage, an denen sie nicht gehen konnte und sich nur mühsam im Haus herumschleppte, und manchmal war ihr sogar das unmöglich. Sie konnte nicht immer die Versteigerungen besuchen, und so mußte ich für sie hinfahren. Ich wurde eine bekannte Figur auf diesen Auktionen. Anfangs behandelte man mich mit nachsichtiger Verachtung, doch dies ärgerte mich so sehr, daß ich beschloß, mir kein gutes Stück entgehen zu lassen, und so wurde ich immer erfahrener und nötigte den anderen Händlern schließlich Achtung ab.

»Sie ist genau wie ihre Tante«, hieß es, was mich eigentlich freute, denn Tante Charlottes Wissen und Bildung war das einzige Gebiet, auf dem ihr zu ähneln ich ertrug.

Am meisten hatte sich jedoch Tante Charlotte verändert. Zuerst fand ich Entschuldigungen dafür. Eine so selbständige und tatkräftige Frau wie sie mußte es als äußerst tragisch empfinden, durch ein plötzliches, körperliches Handikap zu Inaktivität verurteilt zu sein. Da war es kein Wunder, daß sie reizbar und schlechter Laune war; sehr gesellig war sie ja nie gewesen, doch jetzt schien sie uns allesamt zu hassen. Ständig erinnerte sie mich daran, daß ich schuld an ihrem Zustand sei. Aus lauter Sorge um mich sei sie mitten in der Nacht zu mir hinaufgestiegen; und nur aus Aufregung über mein Benehmen sei sie achtlos gegen jenen Tisch gerannt und gestürzt. Ich hätte sie sowohl um ihre

Gesundheit wie um ihre Aktivität gebracht; folglich sei ich es ihr schuldig, mich auf jede nur mögliche Art und Weise für sie einzusetzen.

Im *Queen's House* war es nie besonders fröhlich zugegangen; jetzt herrschte jedoch eine ausgesprochen düstere und melancholische Atmosphäre. An ihren guten Tagen saß Tante Charlotte von Kissen gestützt in ihrem Sessel im Salon und ging ihre Kontobücher durch, in die ich nie einen Blick werfen durfte; sie tätigte selbst fast alle Einkäufe. Sie räumte mir keine Vollmachten ein, obgleich ich immer erfahrener wurde und mein Wissen dem ihrigen nicht mehr um vieles nachstand.

Von neuem überkam mich das Gefühl, im *Queen's House* wie in einem Gefängnis zu leben. Und so, wie ich früher davon geträumt hatte, diesem durch die Rückkehr zu meinen Eltern zu entfliehen, dachte ich jetzt an jenen Abend mit Redvers und sagte mir: Er wird von seiner Reise zurückkehren und mich besuchen!

Die Monate vergingen, und ich hörte nichts von ihm. Es war inzwischen wieder Herbst geworden – im Garten duftete es nach Dahlien und Chrysanthemen; vom Fluß stieg der feuchte Nebel auf, und jener Abend jährte sich, und immer hatte ich noch keine Nachricht von ihm erhalten.

Tante Charlotte wurde immer gebrechlicher und immer reizbarer. Kaum ein Tag verging, an dem sie mich nicht an meine Dankesschuld erinnerte.

Ich wartete und hoffte weiter, daß Redvers eines Tages vor der Tür stehen möge, doch es war immer vergebens.

Ellen überbrachte mir schließlich die Nachricht; ihre Schwester arbeitete nach wie vor bei den Creditons. Sie hatte inzwischen den Butler geheiratet und damit ihre Zukunft aufs beste gesichert. Lady Crediton war zufrieden mit ihr, und obgleich sie nicht direkt die Haushälterin war, unterstanden ihr doch die diversen Dienstmädchen, was ihr als Frau des Butlers sehr angenehm war.

Als Ellen mir eines Tages half, einige Ferrybridge-Tonwaren aus einem der Schränke zu nehmen und für einen Kunden einzupacken, sagte sie: »Seit gestern morgen denke ich darüber nach, ob ich es Ihnen sagen soll, Miss Anna.«

Besorgt sah ich sie an; sie war ganz offensichtlich unglücklich, und ich überlegte, ob etwa Mr. Orfey es müde geworden war, auf ihre Erbschaft zu warten, und sich einer anderen zugewandt hatte.

»Ich war gestern im Schloß, um Edith zu besuchen.«

Nun vermied ich es, sie anzusehen und konzentrierte mich darauf, nichts fallen zu lassen. »Na und?« fragte ich.

»Es gibt Neuigkeiten vom Käpten.«

»Vom Käpten?« wiederholte ich töricht.

»Von Käpten Stretton. Es ist etwas Entsetzliches passiert.«

»Er ist doch nicht . . . tot?«

»O nein, nein, aber es ist irgendeine furchtbare Schande oder so was Ähnliches: Er hat sein Schiff verloren.«

»Du meinst, es ist . . . gesunken?«

»Ja, es scheint so. Sie reden davon oben im Schloß. Es ist irgendwas Schreckliches. Und er ist Tausende von Meilen weit weg. Es ist irgendeine Schande, doch das ist noch nicht alles, Miss Anna.«

»Was denn noch, Ellen?«

»Er ist verheiratet. Schon seit einiger Zeit. Er hat da irgendwo auf einer Insel eine Frau. Er muß schon verheiratet gewesen sein, als er an jenem Abend hier war. Wer hätte das gedacht!«

Ich glaubte es nicht. Er hätte es gesagt. Aber warum sollte er eigentlich seine privaten Angelegenheiten mit mir diskutieren? Ich mußte ihn grausam mißverstanden haben. Ich hatte gedacht . . . Was hatte ich denn gedacht? Ich war eine Närrin, eine genauso einfältige Närrin, wie Tante Charlotte es immer sagte. Jener Abend hatte gar keine Bedeutung für ihn gehabt. Zwei Menschen konnten das gleiche Ereignis völlig verschieden erleben und beurteilen. Er hatte einen Besuch gemacht, da er nichts anderes vor Auslaufen seines Schiffes vorgehabt hatte. Vielleicht wußte er um meine Gefühle für ihn und es belustigte ihn. Vielleicht hatte er seiner Frau von jenem Abend erzählt, von dem Abendessen bei Kerzenlicht und der Ankunft Tante Charlottes. Vermutlich konnte man das alles sehr komisch finden. »Wie interessant«, bemerkte ich schließlich.

»Ich hatte ja keine Ahnung davon, Sie etwa Miss?«

»Wovon?«

»Na, daß er verheiratet war. Er hat es verheimlicht, und jetzt ist auch deswegen im Schloß Krach. Huch! Fast hätten Sie es fallenlassen. Na, das hätte aber Ärger gegeben, wenn es kaputt gegangen wäre!«

Kaputt! Zerbrochen! dachte ich unglücklich, wie meine Träume, meine Hoffnungen, denn ich hatte diese Hoffnung gehegt. Ich hatte tatsächlich geglaubt, daß er eines Tages zu mir zurückkäme und das der Anfang meines Glücks würde.

Käpten Redvers Stretton war verheiratet! Ich hörte es von verschiedenen Seiten. Er hatte irgendwo in einem fernen Land geheiratet, eine Fremdländische, wie es hieß, und das schon vor einiger Zeit.

Als es Tante Charlotte zu Ohren kam, was unvermeidlich war, lachte sie so, wie ich sie kaum jemals zuvor hatte lachen sehen. Und von dem

Tage an verhöhnte sie mich. Sie ließ sich nie eine Gelegenheit entgehen, das Gespräch auf ihn zu bringen. »*Dein* Käpten Stretton! Dein abendlicher Gast! Er hatte also die ganze Zeit schon eine Frau! Hat er dir das auch erzählt!«

»Weshalb sollte er?« entgegnete ich. »Leute, die sich alte Möbel bei uns ansehen, halten es im allgemeinen nicht für nötig, einem ihre Familiengeschichte mitzuteilen, oder?«

»Vielleicht erscheint es Interessenten von Levasseur-Möbeln nötig«, beharrte sie und lachte. Sie war besser gelaunt als seit langem, doch boshaft und heimtückisch.

Und dann kam er wohl nach Hause, doch ich sah ihn nicht; ich hörte lediglich über Ellen von seiner Ankunft.

Und so verging die Zeit – ein Tag wie der andere, Frühling, Sommer, Herbst und Winter, und durch nichts unterschied sich eine Woche von der anderen außer zum Beispiel durch den Verkauf eines der chinesischen Stücke, die niemand haben zu wollen schien, und noch dazu zu einem großartigen Preis, wie Tante Charlotte behauptete; mir schien es jedoch eher der frühere Einkaufspreis zu sein. Sie war erleichtert, den Schrank loszuwerden. »Du würdest keinen zweiten wie diesen finden«, erklärte sie. »Geschnitzte rote Lackarbeit – 15. Jahrhundert aus der Hsüan-Te-Zeit.«

»Und du würdest keinen zweiten Käufer finden«, schoß ich zurück.

So stand es damals zwischen uns; dauernd dieser gereizte Ton. Ich wurde alt und mürrisch, und den anderen im Haus erging es nicht anders. Ellen hatte Beträchtliches von ihrem Überschwang eingebüßt. Mr. Orfey wartete zwar immer noch. Arme Ellen! Er war mehr auf die Erbschaft als auf sie erpicht. Mrs. Morton war schweigsamer denn je; einmal fuhr sie in ihren Ferien vierzehn Tage weg, und wir wußten nie, wo sie gewesen war. Sie war geheimnisvoll und verschwiegen. Ich war nun fünfundzwanzig und nicht mehr jung. Manchmal dachte ich: Vier Jahre sind seit jenem Abend vergangen. Es bedeutete ihm nichts, denn er war die ganze Zeit verheiratet und sagte es mir nicht. Er gab zu verstehen ... Aber hatte er überhaupt etwas zu verstehen gegeben? Hatte ich es mir nicht nur eingebildet? Tante Charlotte vergaß es nie. Ständig erinnerte sie mich daran, daß ich mich wie eine Idiotin aufgeführt hätte. Ich sei ein unerfahrenes Unschuldslamm gewesen, und das hätte er gewußt. Es schien sie ungemein zu belustigen; wenn sie davon sprach, kicherte sie in einer Weise, die mich rasend machte. Es war das einzige Thema, das sie jemals amüsiert hatte.

Oh, wie trostlos es im *Queen's House* war mit uns vier Frauen, die alt und trübsinnig wurden und alle nur darauf warteten, daß etwas geschehen möge, was das eintönige und öde Leben veränderte! Ich wußte, worauf die anderen warteten: auf Tante Charlottes Tod! Ellen würde Mr. Orfey heiraten können, und Mrs. Morton würde das bekommen, worauf sie zweifellos hoffte. Und ich ... ich würde zumindest meine Freiheit erhalten. Weshalb ging ich nicht fort? Würde ich eine Stellung finden? Vielleicht gab es doch irgendwo in England einen Antiquitätenhändler, dem meine Dienste willkommen waren. Und doch, so sehr ich sie auch haßte – und das tat ich zeitweise wirklich –, ich fühlte eine Verantwortung für Tante Charlotte. Wenn ich sie verließ, wäre sie völlig vereinsamt. Ich übernahm immer mehr die wichtigen Geschäftsbereiche und hätte das Geschäft ganz allein führen können; nur die Kontobücher durfte ich nach wie vor nicht sehen. Im Grunde meines Herzens war ich überzeugt, eine Verpflichtung ihr gegenüber zu tragen. Sie war die Schwester meines Vaters. Sie hatte mich aufgenommen, als meine Eltern mich nach England brachten; und sie hatte sich um mich gekümmert, als sie starben.

Und so tickten die Uhren weiter durch die Tage, Wochen und Monate. Ihr Ticken hatte jetzt eine besondere Bedeutung.

Es stand schlechter um Tante Charlotte; sie konnte nicht mehr aufstehen. Die Rückgratverletzung hätte ihr Leiden verschlimmert, sagte Dr. Elgin. Ihr Schlafzimmer war ihr Büro geworden. Sie führte weiter die Bücher und erlaubte mir nie, hineinzuschauen. Ich übernahm jedoch den Verkauf und einen Großteil des Einkaufs, obwohl jedes Stück vorher von ihr genehmigt werden mußte und alle Zahlungen von ihr ausgeführt wurden. Ich hatte sehr viel zu tun und ging ganz in meiner Arbeit auf. Und wenn Ellen oder Mrs. Buckle anfangen wollten, von den Vorgängen in Schloß Crediton zu reden, gab ich ihnen zu verstehen, daß diese mich nicht interessierten.

Eines Tages wünschte Dr. Elgin mich zu sprechen, nachdem er oben bei Tante Charlotte gewesen war.

»Ihr Zustand verschlimmert sich«, teilte er mir mit. »Sie können sie nicht mehr ohne Hilfe versorgen. Und es dauert nicht mehr lange, bis sie vollkommen bettlägerig wird. Ich schlage Ihnen die Einstellung einer Krankenpflegerin vor.«

Mir leuchtete dieser Vorschlag ein; doch wäre es, wie ich ihm sagte, eine Angelegenheit, die ich erst mit meiner Tante besprechen müsse.

»Tun Sie das«, sagte der Arzt. »Und machen Sie ihr klar, daß Sie nicht neben Ihrer ganzen Arbeit auch noch ihre Krankenschwester sein können. Sie braucht jetzt eine gelernte Pflegerin.«

Zuerst war Tante Charlotte gegen diese Idee, gab jedoch schließlich nach. Und dann änderte sich alles mit der Ankunft von Chantel Loman.

Wie soll ich Chantel beschreiben? Sie war klein und zierlich und erinnerte mich an eine Meißener Porzellanfigur. Ihr Haar war von jenem wunderschönen Farbton, der durch Tizian berühmt wurde. Sie hatte recht betonte Augenbrauen und dunkle Wimpern und eindeutig grünliche Augen, die interessantesten Augen, die ich jemals gesehen hatte. Ferner hatte sie eine kleine, gerade Nase und einen zarten Teint, der zusammen mit ihrer grazilen Figur jenen Eindruck einer Porzellanfigur vermittelte. Ihr einziger Fehler, wollte man unbedingt einen finden, war vielleicht ihr kleiner Mund, doch fand ich, daß gerade diese kleine Unvollkommenheit ihre Schönheit nur steigerte, wie mir das auch so oft an einem der hervorragendsten Kunstwerke aufgefallen war. Perfekte Schönheit, sowohl in der Kunst wie in der Natur, kann eintönig wirken; eine kleine Abweichung macht sie gerade reizvoll. Und so erschien es mir auch bei Chantel.

Als sie ins *Queen's House* kam, um sich vorzustellen, und in dem geschnitzten, schweren Stuhl saß, der damals zufällig unten in der Halle stand, sagte ich mir: »Sie wird nie hierbleiben! Und gar nicht erst kommen!«

Doch ich sollte mich irren. Hinterher sagte sie mir, daß sie das Haus faszinierend gefunden hätte – und mich auch. Ich hätte so . . . abweisend ausgesehen. Eine richtige alte Jungfer in dem Tweedkostüm und der strengen Bluse, und mein schönes Haar so straff zurückgezerrt und in einem Knoten, der seine Schönheit zerstöre und geradezu kriminell sei.

So redete Chantel – wobei sie bestimmte Worte nachdrücklich betonte; dazu hatte sie die Angewohnheit, am Schluß von Sätzen aufzulachen, so als lache sie über sich selbst. Sie hatte wirklich so gar nichts von einer Krankenpflegerin.

Ich führte sie zu Tante Charlotte hinauf, die merkwürdigerweise – oder vielleicht sollte ich sagen: natürlich – sofort eine Schwäche für sie zeigte. Chantel bezauberte einfach alle Menschen, sagte ich zu Ellen.

»Sie ist eine richtige Schönheit«, bestätigte diese. »Jetzt wird alles anders, wo sie da ist.«

Und das wurde es auch. Sie war fröhlich und tüchtig. Sogar Tante Charlotte nörgelte weniger. Chantel interessierte sich für das Haus und erkundete es sorgfältig. Es wäre das interessanteste Haus, in dem sie je gewesen sei, sagte sie mir später. Wenn Tante Charlotte für die Nacht versorgt war, kam Chantel zu mir, und wir unterhielten uns. Ich glaube, sie war froh, eine Hausgenossin in etwa ihrem Alter zu haben; ich war sechsundzwanzig und sie zweiundzwanzig. Sie hatte jedoch ein interessanteres Leben als ich geführt; mit ihrem letzten Patienten hatte sie sogar Reisen gemacht. Mir erschien sie auf jeden Fall wie eine junge Dame von Welt.

Ich war glücklicher als seit langer Zeit, und so erging es auch den anderen Hausbewohnern. Ellen interessierte sich für sie und vertraute ihr, wie ich glaube, ihr Geheimnis über Mr. Orfey an. Sogar Mrs. Morton war gesprächiger mit ihr, als sie es jemals mit mir gewesen war, denn erst von Chantel erfuhr ich, daß Mrs. Morton eine Tochter hatte, die traurigerweise ein Krüppel war und bei ihrer unverheirateten Schwester fünfzehn Kilometer von Langmouth entfernt lebte. Dorthin fuhr sie an ihren freien Tagen. Sie war auch nur ins *Queen's House* gekommen und ertrug die Launen von Tante Charlotte und die sonstige Kargheit einzig und allein, um in der Nähe ihrer Tochter zu sein. Sie wartete nur auf den Tag, an dem sie in den Ruhestand treten und mit ihrer Tochter zusammenleben konnte.

»Das hat sie dir alles erzählt!« rief ich erstaunt aus. »Wie hast du sie nur zum Sprechen gebracht?«

»Mir schütten Menschen gern ihr Herz aus«, erwiderte Chantel. Sie stand an meinem Fenster und blickte auf den Park und Fluß hinunter und meinte, es sei alles faszinierend. Sie interessierte sich einfach für alles und jeden. Sogar über Antiquitäten lernte sie etwas. »Wieviel Geld müssen die wert sein!« staunte sie.

»Erst müssen sie aber gekauft werden« erinnerte ich sie. »Einige sind noch gar nicht bezahlt. Meine Tante nimmt sie nur in Kommission.«

»Was bist du doch für ein gelehrtes Geschöpf!« sagte sie bewundernd.

»Du hast ja auch deinen Beruf, der zweifellos nützlicher ist.«

Sie lächelte. Manchmal erinnerte sie mich an meine Mutter, doch war sie so tüchtig, wie meine Mutter es niemals hätte sein können.

»Schöne alte Tische und Stühle zu konservieren mag nützlicher sein als zänkische alte Leute. Ich hab da schon einige ekelhafte Patienten gehabt, das kann ich dir sagen.«

Ihr Geplauder war immer amüsant. Ihr Vater war Vikar gewesen, wie sie mir erzählte.

»Ich weiß, warum es heißt ›arm wie eine Kirchenmaus‹. So arm waren wir. Diese ewige Sparerei! Es war erdrückend, Anna!«

Wir hatten uns sehr bald geduzt. Ihr Vorname war so hübsch, daß es schade gewesen wäre, ihn nicht zu benutzen. »Der arme Papa bemühte sich, die Seelen seiner Pfarrkinder zu retten, während seine eigenen Kinder von trocken Brot und Bratenfett leben mußten. U-uch! Unsere Mutter war tot – sie starb bei meiner Geburt. Ich hatte noch vier ältere Geschwister.«

»Wie herrlich, Brüder und Schwestern zu haben!«

»Gar nicht so herrlich, wenn man arm ist! Wir beschlossen alle, einen Beruf zu erlernen, und ich entschied mich, Krankenpflegerin zu werden, weil, wie ich zu Selina, meiner ältesten Schwester sagte, ich dadurch in die Häuser reicher Leute kommen und wenigstens die Krumen abbekommen würde, die von deren Tisch fielen.«

»Und so bist du hierher gekommen!«

»Es gefällt mir hier«, erklärte sie. »Ich finde das Haus aufregend.«

»Zumindest geben wir dir nicht trocken Brot und Bratenfett!«

»Auch das würde mir nichts ausmachen. Nur hier sein zu dürfen, wäre es wert. Es ist ein wundervolles Haus, voll seltsamer Dinge, und auch du bist keineswegs ein gewöhnlicher Mensch, genauso wenig wie Miss Brett. Das ist das Gute an meinem Beruf. Man weiß nie, welches die nächste Station ist.«

Ihre leuchtenden, grünen Augen erinnerten mich an Smaragde.

»Ich hätte gedacht, daß ein so schönes Mädchen wie du längst verheiratet wäre«, sagte ich.

Sie lächelte geheimnisvoll. »Ich habe einige Heiratsanträge bekommen.«

»Warst aber nie richtig verliebt«, ergänzte ich.

»Nein, warst du es?«

Das Blut schoß mir in die Wangen, und bevor ich mich bremsen konnte, erzählte ich ihr von Redvers Stretton.

»Ein skrupelloser Casanova«, meinte sie. »Ich wünschte, ich wäre schon damals hier gewesen. Ich hätte dich vor ihm gewarnt.«

»Wie hättest du wissen wollen, daß er da irgendwo schon eine Frau hatte?«

»Ich hätte es herausbekommen, keine Angst. Meine arme, kleine Anna! Du muß es aber als Glück im Unglück betrachten.« Ihre Augen glänzten erregt. »Denk doch nur, was hätte passieren können . . .«

»Was denn?«

»Nun, er hätte dir einen Heiratsantrag machen und dich dann verführen können.«

»Was für ein Unsinn! Es war wirklich alles meine eigene Schuld. Er hat nie mit auch nur einer einzigen Silbe zu verstehen gegeben, daß er . . . sich für mich interessierte. Es war alles meine törichte Einbildung.«

Sie antwortete nicht, entwickelte jedoch von da an ein lebhaftes Interesse für Schloß Crediton. Ich hörte oft, wie sie mit Ellen über das Schloß und seine Besitzer sprach.

Meine Beziehung zu Ellen hatte sich verändert; Ellen fand Chantel viel interessanter als mich, was ich durchaus verstehen konnte. Sie war einfach wundervoll. Mit Hilfe einer dick aufgetragenen Schmeichelei gelang es ihr sogar, Tante Charlotte in gute Laune zu versetzen. Ihr

Charme lag in ihrem unbegrenzten Interesse für alle Personen ihrer Umgebung; sie war von geradezu unersättlicher Neugier. Wenn Ellen ihren freien Tag gehabt hatte, ging Chantel jedesmal in die Küche, um ein Tablett für Tante Charlotte zurechtzumachen, und ich hörte sie dann zusammen lachen.

»Diese Schwester Loman ist ein richtiger Sonnenschein im Haus«, erklärte Mrs. Buckle.

Und wie recht hatte sie damit!

Chantel hatte auch den Einfall mit unseren Tagebüchern. Das Leben sei so interessant, sagte sie.

»Von einigen Leuten gewiß«, entgegnete ich einschränkend.

»Nein, von allen!« verbesserte sie mich.

»Hier passiert aber nichts«, beharrte ich. »Ich kann die einzelnen Tage nicht voneinander unterscheiden.«

»Was nur beweist, daß du ein Tagebuch führen und alles darin vermerken solltest. Oh, ich habe eine glänzende Idee! Wir werden beide Tagebücher führen und diese dann untereinander zum Lesen austauschen. Das wird ein großer Spaß, denn da wir unter dem gleichen Dache leben, werden wir die gleichen Ereignisse aufzeichnen, sie jedoch mit anderen Augen sehen. Nachher können wir sie dann vergleichen.«

»Ein Tagebuch«, überlegte ich. »Dazu werde ich nie die Zeit haben.«

»O doch, das wirst du. Und es muß ein ganz ehrliches und wahrheitsgetreues Tagebuch sein, darauf bestehe ich. Du wirst dich wundern, wie gut es dir tun wird!«

Und so begannen wir beide, Tagebuch zu führen.

Sie hatte recht, wie sie es immer zu haben schien. Das Leben erhielt einen neuen Reiz für mich. Die täglichen Ereignisse schienen weniger trivial und banal, und es war interessant zu sehen, wie unterschiedlich wir sie beschrieben. Sie verlieh allem die Farbigkeit ihrer eigenen Persönlichkeit, während meine Berichte völlig farblos wirkten. Sie sah die Menschen anders als ich, interessanter; sogar Tante Charlotte tauchte aus ihren Schilderungen fast liebenswert auf.

Diese Tagebücher bereiteten uns viel Vergnügen. Entscheidend wäre, wie Chantel betonte, daß man genau das schreibe, was man empfände.

»Wenn du zum Beispiel glaubst, mich wegen irgend etwas zu hassen, Anna, solltest du dir keinen Zwang antun und es ruhig hineinschreiben. Welchen Sinn hat ein Tagebuch, das nicht die Wahrheit enthält?«

So schrieb ich, als rede ich mit mir selbst, und jede Woche tauschten wir unsere Tagebücher aus und lasen, wie dem anderen zumute war.

Ich fragte mich oft, wie ich es überhaupt ausgehalten hatte, bevor Chantel kam. Sie war in gewisser Weise ebenso sehr eine Krankenpflegerin für mich wie für Tante Charlotte, nur daß ich sie nicht in körperlicher Hinsicht brauchte.

Zehn Monate war Chantel jetzt bei uns, und wieder wurde es Herbst. Die herbstlichen Farben und Düfte machten mir immer noch das Herz schwer, doch war es kein so stechender Schmerz mehr. Der Sommer war kühl und naß gewesen und hatte seine Wirkung auf Tante Charlottes Zustand gehabt; sie war immer noch bettlägerig. Wie recht hatte Dr. Elgin gehabt, als er mir riet, eine Pflegerin einzustellen! Es erstaunte mich immer von neuem, mit welcher Leichtigkeit die zarte Chantel Tante Charlotte mit Hilfe von Mrs. Morton hochheben konnte. Tante Charlottes Leiden war in ein fortgeschrittenes Stadium eingetreten, und der Arzt gab ihr Opiumtabletten, damit sie schlafen konnte. Anfangs wehrte sie sich gegen eine Medizin, die sie als Narkotikum verdammte, gab dann jedoch nach.

»Nur eine pro Nacht«, ordnete Dr. Elgin an. »Höchstens zwei. Mehr wäre verhängnisvoll.«

Die Tabletten wurden immer in einem Schränkchen in dem Vorzimmer aufbewahrt. Der Arzt sagte, es wäre besser, die Tabletten nicht in der Nähe ihres Bettes zu verwahren für den Fall, daß sie einmal durch besonders heftige Schmerzen versucht wäre, mehr als die zulässige Dosis zu nehmen, denn das Medikament könnte bei zu häufigem Gebrauch an Wirksamkeit verlieren. »Sie werden dafür sorgen, Schwester Loman.«

»Sie können sich auf mich verlassen, Doktor«, versprach diese.

Und das tat er natürlich. Er sprach mit mir über Tante Charlotte. Wie klug es von mir gewesen sei, Schwester Loman einzustellen. Meine Tante sei eine sehr robuste Frau. Organisch sei sie gar nicht krank, und wenn man einmal von ihrer Arthritis absähe, wäre sie vollkommen gesund. Sie könnte noch viele Jahre in dem gegenwärtigen Zustand leben.

In der Nacht nach diesem Gespräch hatte ich ein seltsames Erlebnis. Ich wachte mitten in der Nacht auf und merkte, daß ich neben meinem Bett stand. Ich wußte nicht, wie ich dahin gekommen war. Ich war überzeugt, einen sonderbaren Traum gehabt zu haben, konnte mich jedoch nicht mehr an ihn erinnern. Mir stand lediglich das Bild vor Augen, wie wir alle alt wurden, immer um Tante Charlottes Krankenbett bemüht – Ellen, Mrs. Morton, ich und Chantel. Das einzige, an das ich mich aus dem Traum erinnerte, waren die Worte, die mir noch in den Ohren klangen: »noch jahrelang ...› Wie ich aus dem Bett gekommen war, wußte ich nicht. Ich glaubte mich einen Moment daran zu erinnern, war mir dann aber nicht mehr sicher.

Es war ein erschreckendes Erlebnis.

Ich ging leise zur Tür und lauschte auf irgendwelche Geräusche im Haus. Hatte irgend etwas mich geweckt? Ich konnte als einziges das leise Säuseln des Windes draußen in den Bäumen vor meinen Fenstern hören, das plötzliche Knacken eines Dielenbrettes und das Ticken der Uhren im Haus.

Was war nur geschehen? Nichts. Mich hatte lediglich ein schlechter Traum aufgeschreckt.

Die Wochen vergingen. Der Winter begann, und der Ostwind drang in das Haus und ließ ihre Knochen steif werden, wie Tante Charlotte sagte, und verursachte ihr bei jeder Bewegung Schmerzen. Sie hatte sich damit abgefunden, nun völlig an ihr Bett gefesselt zu sein. Ihre Füße waren geschwollen und unförmig, und sie vermochte nicht mehr auf ihnen zu stehen. Sie war vollkommen von Chantel und Mrs. Morton abhängig.

Ich war manchmal tagsüber abwesend, wenn ich zu Versteigerungen mußte, blieb jedoch nie über Nacht fort. Eine Frau konnte nicht so einfach allein reisen. Außerdem verkürzte ich meine Reisen so viel als möglich, da sie den Geschäftsablauf erschwerten, denn es war ja niemand da, der sich in meiner Abwesenheit um die Kunden kümmern konnte.

Langsam erwachte der Verdacht in mir, daß Tante Charlotte oft unklug eingekauft hatte. Die chinesischen Möbel hatten immer noch keinen Käufer gefunden. Sie hatte sich häufig von ihrem Kunstverständnis hinreißen lassen und ein Stück mehr wegen seiner Seltenheit als wegen seiner Verkaufschancen genommen – was für einen Sammler alles schön und gut sein mochte; unser Geschäft jedoch war der Ankauf und *Verkauf*!

In jenem langen, harten Winter führte ich gewissenhaft mein Tagebuch; und das tat auch Chantel. Ich erfuhr dadurch alles, was sich zu Hause abspielte, all die kleinen Einzelheiten, vergnüglich und amüsant von Chantel geschildert; ich selbst berichtete in meinem schwerfälligen Stil von meinen Besuchen auf Auktionen und bei Kunden.

Und dann teilte man mir eines Morgens, als ich aufwachte und Eisblumen an meinem Fenster entdeckte, mit, daß Tante Charlotte gestorben sei.

Chantel war wie üblich um sieben Uhr mit einer Tasse Tee zu ihr hineingegangen. Von dort war sie sofort zu mir in mein Zimmer gestürzt. Nie werde ich diesen Anblick vergessen, wie sie vor mir stand – die grünen Augen übergroß, das Gesicht erschreckend blaß, umrahmt von dem herrlichen, tizianroten Haar, das auf ihre Schultern herabfiel.

»Anna . . . Sie ist tot! Ich kann es gar nicht fassen! Wir müssen sofort nach Dr. Elgin schicken. Ellen muß hinlaufen!«

Er kam und teilte uns mit, daß sie an einer Überdosis von den Opiumtabletten gestorben sei, die im Vorzimmer aufbewahrt würden. Wie hätte sie sich diese verschaffen können? Die Schlußfolgerung lag auf der Hand: Jemand mußte sie ihr gegeben haben! Das *Queen's House* war jetzt nicht nur ein Haus der Trauer, sondern ein Haus, in dem das böse Gespenst des Verdachtes umging.

Wir wurden alle verhört, ausnahmslos. Niemand hatte in jener Nacht irgend etwas gehört. Mein Zimmer lag genau über Tante Charlottes, Chantels befand sich auf dem gleichen Flur, während Ellen und Mrs. Mortons Stübchen beide auf der anderen Seite des Hauses waren.

An Einzelheiten aus jenen Tagen kann ich mich nicht mehr erinnern, da ich bis zum gerichtlichen Termin kein Tagebuch mehr schrieb. Ich brachte es irgendwie nicht über mich. Es war alles ein solch gräßlicher Alptraum! Ich konnte kaum glauben, daß es Wirklichkeit war.

Es gab jedoch eine Frage, die beantwortet werden mußte, weil das Gesetz es verlangte. Wie hatte Tante Charlotte Schlaftabletten eingenommen, die sich im anliegenden Zimmer befanden, wenn sie nicht laufen konnte? Und die unvermeidliche Frage folgte: *Wer?* Wer hatte durch ihren Tod einen Vorteil? Ich war die Haupterbin. Das *Queen's House* und das Geschäft gehörten mit ihrem Tode mir. Ich war ihre einzige lebende Verwandte, und es stand für alle fest, daß alles mir gehören würde. Ich war ja für das Geschäft ausgebildet worden. Der Verdacht war sofort da, bevor jemand ihn aussprach: War ich es müde geworden zu warten? Dieser Verdacht schlich durch das Haus wie ein Miasma, grauenvoll und voll perfider Überredungskunst.

Ellen war wie vom Blitz getroffen, doch sah ich die berechnende Spannung in ihren Augen. Ob sie nun die Erbschaft bekommen würde? Und würde diese Mr. Orfey genügen? Mrs. Morton schien fast erleichtert. Das Leben im *Queen's House* war nicht wie auf Rosen gebettet gewesen, wie Mrs. Buckle sich ausdrücken würde. Diese war eine zu einfache Seele, um ihre Aufregung zu verbergen. In einem Haus zu arbeiten, in dem sich ein plötzlicher Todesfall ereignete! Es erhöhte ihr Prestige enorm in den Augen ihrer Freundinnen.

Es war entsetzlich zermürbend – die endlosen Fragen, die Polizei, die Verhöre.

Was wäre nur ohne Chantel aus mir geworden! Diese Frage stellte ich mir oft. Sie war mein Schutzengel; ständig war sie um mich und versicherte mir, daß alles gut gehen würde. Natürlich hatte Tante Charlotte sich selbst die Tabletten geholt! Das sah ihr doch *so* ähnlich!

»Aber sie hätte sich nie das Leben genommen!« rief ich.

»Niemals! Das wäre einfach gegen ihre Grundsätze gewesen!«

»Du weißt nicht, wozu Schmerzen einen Menschen bringen können... Schmerzen, die immer da sind und nie aufhören und nur schlimmer werden können. Ich habe das schon manchmal erlebt. Anfangs wollte sie die Opiumtabletten gar nicht, doch dann nahm sie sie ein und verlangte immer mehr.«

O ja, Chantel rettete mich. Niemals werde ich vergessen, wie mutig sie um mich kämpfte bei der Gerichtsverhandlung. Sie sah zauberhaft und doch so diskret aus in ihrem schwarzen Schwesternumhang mit den grünen Augen und dem auffallend schönen Haar. Sie war mehr als nur schön; sie hatte jene Ausstrahlung, die Vertrauen einflößt, und ich sah, wie sie alle Anwesenden im Gerichtssaal für sich gewann, genauso, wie sie es im *Queen's House* getan hatte. Ruhig und klar machte sie ihre Aussage. Es stimmte, daß Tante Charlotte unter normalen Umständen nicht durch das Zimmer hätte gehen können, doch habe sie gesehen, wie sie das scheinbar Unmögliche getan hätte, und nicht nur Tante Charlotte. Auch ein anderer, früherer Patient von ihr hätte das gleiche fertiggebracht. Sie würde auch erklären wie. Man hätte kürzlich ein Schränkchen in Miss Bretts Schlafzimmer gebracht. Es hätte sich um ein Stück gehandelt, das ihre Nichte ihr zum Kauf vorschlug; obgleich Miss Brett so gebrechlich und leidend gewesen sei, hätte sie das Geschäft weitergeleitet. Sie hätte damals tatsächlich ihr Bett verlassen, um das kleine Schränkchen näher zu prüfen. Sie, Schwester Loman, sei erstaunt gewesen, habe sie doch geglaubt, ihre Patientin könne nicht laufen. Unter bestimmten Umständen könnten Patienten wie Miss Brett jedoch ungewöhnliche Kräfte aufbringen. Sie wäre sicher, Dr. Elgin würde dies bestätigen. Auf jeden Fall habe sie sie neben diesem Schränkchen vorgefunden. Sie habe sie dann allerdings fast zum Bett zurücktragen müssen, doch ändere das nichts an der Tatsache, daß sie ohne Hilfe zu diesem Schränkchen gelangt sei. Und sie sei überzeugt, daß genau das auch in jener Nacht geschehen sei. Die Schmerzen wären quälend gewesen; die bereits eingenommene Dosis hätte sie nur kurze Zeit schlafen lassen; also beschloß sie, mehr einzunehmen. Dicht bei dem Schränkchen, in dem oben die Opiumtabletten aufbewahrt wurden, hätte sie, Schwester Loman, am nächsten Morgen einen Knopf von Miss Bretts Bettjacke gefunden, und sie wüßte genau, daß dieser Knopf nicht an der Jacke gefehlt hatte, als sie ihr abends ihre Tablette gegeben und ihr gute Nacht gewünscht hatte. Die Bettjacke wurde vorgelegt; der besagte Knopf wurde untersucht. Es stellte sich ferner heraus, daß auf dem Nachttisch aus einem Glas Wasser vergossen worden war.

Der gerichtliche Befund stellte schließlich fest, daß Tante Charlotte durch dauernde große Schmerzen und ein gestörtes seelisches Gleichgewicht sich das Leben genommen hätte. Doch das war nicht das Ende von allem. Das Testament wurde verlesen. Ich erbte das *Queen's House* und das Geschäft, Mrs. Morton bekam zweihundert Pfund ebenso wie – und das überraschte mich – Chantel; Ellen erhielt hundert Pfund und Mrs. Buckle fünfzig.

Chantel schrieb darüber in ihr Tagebuch: »Was für eine Überraschung! Wenn ich auch wußte, daß sie mich ganz gern hatte. Sie muß diesen Zusatz an jenem Tag hinzugefügt haben, als die beiden so wichtig aussehenden Herren zu ihr kamen. Vermutlich waren es Anwälte. Aber wer hätte gedacht, daß sie auch an mich denken würde! Doch Geld ist immer beruhigend. Ich wünschte nur, es wäre nicht auf diese Art und Weise geschehen. Die arme, arme Anna! Sie ist wirklich sehr verletzlich. Was die anderen betrifft – vor allem Ellen – nun, die können ihren Jubel kaum unterdrücken.«

Grundlegende Veränderungen hatten wahrhaftig das *Queen's House* erfaßt. Mrs. Morton wollte auf der Stelle gehen, was sie auch tat. Ellen sagte, Mr. Orfey hätte nichts dagegen, daß sie noch so lange bliebe, bis ich eine passende Nachfolgerin für sie gefunden hätte. Chantel bat darum, noch etwas bleiben zu dürfen, obgleich ihre Dienste jetzt nicht länger benötigt würden.

»Ich bitte dich darum zu bleiben«, sagte ich, und sie blieb.

Wir pflegten im Königinnenzimmer zu sitzen – es war Chantels Lieblingszimmer – und über die Zukunft zu reden. Manchmal lag sie auch malerisch auf dem königlichen Bett, sehr vorsichtig und sich seines Alters und der gebotenen Schonung wohl bewußt, und sagte, sie fühle sich wie die Königin. Sie versuchte vergnügt zu sein, was mir jedoch schwer fiel. Ich wußte, die Leute redeten. Ich hätte so viel geerbt, hieß es. Und Mrs. Buckle hatte oft über die Unstimmigkeiten gesprochen, die zwischen mir und meiner Tante zu schwelen schienen, obwohl seit Schwester Lomans Ankunft alles besser gegangen wäre.

Chantel half mir, alles zu ordnen, und so merkte ich bald, daß ich hauptsächlich Schulden geerbt hatte. Was war nur mit Tante Charlotte los gewesen? In den letzten drei Jahren hatte sie ihren Scharfblick verloren. Kein Wunder, daß sie mich nicht in die Bücher schauen ließ. Ich war entsetzt über den Preis, den sie für jene chinesischen Möbel gezahlt hatte und auch für andere Sachen, die zwar wunderschön, doch eher für Museen als für private Käufer geeignet waren. Darüber hinaus hatte sie einen Bankkredit zu einem hohen Zinssatz aufgenommen. Ich begriff sehr schnell, daß das Geschäft am Rande des Bankrotts stand.

Manchmal wachte ich nachts auf und dachte, ich hörte Tante Charlottes spöttisches Gelächter. Und dann fuhr ich eines Nachts mit einem grauenvollen Gedanken hoch. Mir fiel wieder jene Nacht ein, in der ich neben meinem Bett stehend zu mir gekommen war. Ich stellte mir jetzt vor, wie ich im Schlaf vielleicht zu Tante Charlottes Zimmer hinuntergegangen war, sechs dieser Opiumtabletten herausgenommen, sie in Wasser aufgelöst und auf ihren Nachttisch gestellt hatte. Sie trank nachts oft Wasser. Auf dem Tisch war doch Wasser verschüttet gewesen. Angenommen . . .

»Was ist los?« fragte Chantel. »Du siehst aus, als hättest du die ganze Nacht kein Auge zugetan.«

»Ich habe entsetzliche Angst!« bekannte ich, und sie bestand darauf, daß ich ihr alles erzählte.

»Du hast nichts über diesen Traum in dein Tagebuch geschrieben.«

»Nein, ich hielt ihn für zu unwichtig.«

»Nichts ist zu unwichtig. Wir haben uns doch versprochen, alles hineinzuschreiben«, mahnte sie mit mildem Vorwurf.

»Ist er denn wichtig?«

»Ja, alles ist wichtig. Das habe ich in meinem Beruf gelernt. Aber denk jetzt nicht weiter darüber nach, Anna, du mußt diesen Verdacht abschütteln.«

»Ich kann es nicht. Ich glaube, man verdächtigt mich. Die Leute sind so anders zu mir. Ich merke es überall.«

»Nichts als Tratsch. Die müssen doch über etwas klatschen. Hab' ich nicht den Knopf von ihrer Bettjacke gefunden?«

»Hast du das wirklich, Chantel?«

»Ob ich es habe? Was heißt das?«

»Ich frage mich, ob du nicht nur versuchst, mich zu retten.«

»Hör zu!« sagte sie energisch. »Ich bin überzeugt, daß es so geschah.«

»Hast du wirklich gesehen, wie sie das eine Mal allein zu dem Schränkchen gelangte?«

»Ich glaube, wir sollten besser nicht darüber reden. Menschen sind zu solchen Dingen fähig. Ich sage dir, ich habe es gesehen. Und es ist ganz eindeutig das, was sie tat.«

»Chantel«, stammelte ich, »ich glaube, du hast mich vor etwas sehr . . . Unangenehmem gerettet. Vielleicht hätte es bewiesen werden können. Angenommen, ich ging im Schlaf herum . . .«

»Was für ein Unsinn! Du bist keine Schlafwandlerin. Du warst schon halb wach, als du aus dem Bett stiegst. Du warst wütend auf sie. Sie war vermutlich an dem Tag mal wieder besonders ekelhaft zu dir gewesen. Hör auf mich, Anna! Du mußt das Ganze vergessen! Du mußt dich darauf konzentrieren, das Geschäft zu retten. Du mußt die Vergangenheit vergessen! Es ist der einzige Ausweg.«

»O Chantel, daß du hergekommen bist, ist das größte Glück für mich!«

»Die Arbeit hat mir Freude gemacht«, sagte sie. »Du kommst schon zurecht. Du hättest dich gegen sie alle behauptet, wenn es zu einem Prozeß gekommen wäre. Das weiß ich genau. Aber du mußt jetzt aufhören, dich in das Ganze hineinzusteigern. Es ist vorbei, zu Ende! Jetzt mußt du zu leben anfangen. Schon in wenigen Wochen kann sich etwas Wunderbares für dich ereignen.«

»Für mich?«

»Das ist die falsche Einstellung, Anna. Uns allen können wunderbare Dinge widerfahren. So habe ich bisher gelebt. Bei dem gräßlichsten Patienten habe ich mir immer gesagt: Das ist nicht von Dauer! Bald ist es vorbei.«

»Was sollte ich nur ohne dich machen?« fragte ich.

»Noch bleibe ich ja bei dir.«

Sie hatte recht mit ihrer Behauptung, daß nichts von Veränderungen verschont blieb. Eines Tages kam sie zu mir und eröffnete mir, daß Dr. Elgin eine neue Stellung für sie habe.

»Du errätst nie, wo! Auf Schloß Crediton!«

Ich war sprachlos. Sie würde mich verlassen und noch dazu im Schloß bei den Creditons leben!

»Das ist doch eine gute Nachricht«, fuhr sie unbeirrt fort.

»Ich muß mir meinen Lebensunterhalt verdienen. Denk nur, ich werde ganz in deiner Nähe leben! Ich werde dich oft besuchen können.«

»Schloß Crediton«, wiederholte ich. »Ist dort jemand krank? Lady Credition?«

»Nein, die alte Dame ist so gesund wie ein Pferd. Ich soll Mrs. Stretton pflegen, die Frau des Käptens.«

»Oh«, meinte ich leise.

»Ja, sie ist nicht sehr gesund. Vermutlich unser Klima. Irgendeine Lungeninfektion. Es sollte mich nicht wundern, wenn es mit ihr bergab ginge. Sie hat übrigens ein Kind. Ich konnte einfach nicht widerstehen, als Dr. Elgin mir diese Stellung anbot.«

»Wann beginnst du?«

»Nächste Woche.« Sie beugte sich vor, ergriff meine Hand und drückte sie. »Ich bleibe doch weiter in deiner Nähe! Wir werden uns oft sehen. Und vergiß nicht unsere Tagebücher! Hast du in letzter Zeit deines auch weiter geführt?«

»Ich konnte es nicht, Chantel.«

»Du mußt sofort wieder anfangen. Ich werde dir alles von Schloß Crediton und dem seltsamen Leben seiner Bewohner erzählen, und du mußt mir alles berichten, was sich hier abspielt.«

»Ach, Chantel«, jammerte ich, »was sollte ich nur ohne dich tun?«

»Sich selbst zu wiederholen ist ein Zeichen herannahenden Alters, hat man mir immer gesagt«, schalt sie lächelnd. »Aber ich muß gestehen, ich finde diese Art von Wiederholung rührend. Sei nicht trübsinnig, Anna. Du bist nicht allein. Ich bin deine Freundin.«

»Alles hat sich so plötzlich verändert«, klagte ich. »Ich muß Pläne machen. Das Geschäft ist hart und erbarmungslos, Chantel. Ich muß so viele Leute sehen – angefangen bei Tante Charlottes Anwälten und dem Bankdirektor.«

»Das wird für deine Beschäftigung sorgen. Schreib über alles in dein Tagebuch. Ich werde es auch tun. Wir wollen uns versprechen, nur die Wahrheit zu schreiben, die ganze Wahrheit und sonst nichts. Wir werden dadurch beide die tröstende Gewißheit haben, nicht allein zu sein. Wir können so unser eigenes Leben und fast das des anderen mitleben.« Ihre grünen Augen waren riesengroß.

»Du mußt zugeben, Anna, daß das sehr erregend ist.«

»Wir dürfen nie den nahen Kontakt verlieren!«

Sie nickte. »Nein, und wir werden unsere Tagebücher austauschen, so daß wir auch dann alles voneinander wissen, wenn wir uns nicht so häufig sehen können, wie wir es möchten.«

»Ich werde also alles wissen, was du in Schloß Crediton erlebst?«

»Alles«, versprach sie feierlich. »Anna, hast du jemals den Wunsch gehabt, eine Fliege an der Wand zu sein und alles mitzuerleben, ohne bemerkt zu werden?«

»Wer hätte das nicht?«

»Nun, genau so wird es sein. Du wirst diese Fliege an der Wand sein«, sagte sie lachend.

Wie verstand sie es, meine Lebensgeister zu ermuntern. Und wie schmerzlich würde ich sie vermissen!

Ellen, die inzwischen ihren Mr. Orfey geheiratet hatte, teilte mir mit, daß ihr Mann nichts dagegen hätte, wenn sie vormittags aushelfen käme, und auch Mrs. Buckle erschien weiter, um Staub zu wischen, jedoch nur bis vier Uhr nachmittags. Von da an war ich ganz allein im *Queen's House.*

Und wenn die Schatten tiefer fielen, versank ich in düstere Grübeleien über Tante Charlottes Tod.

Ich schreckte häufig aus einem Traum hoch, in dem ich zu ihrem Zimmer hinunterging und die Tabletten aus der Flasche nahm, während ich mich selbst schreien hörte: »Nein! Nein! Ich habe es nicht getan!« Danach lag ich jedes Mal lange wach und lauschte dem Ticken der Uhren, das mir tröstlich und beruhigend erschien. Es mußte wirklich so geschehen sein, wie Chantel es geschildert hatte. Es gab keine andere Erklärung.

Ich durfte nicht über die Vergangenheit nachgrübeln. Die Zukunft war wahrhaftig ungewiß genug! Wie sollte ich nur Tante Charlottes Schulden bezahlen? Viele der wertvollen Stücke waren nie von ihr bezahlt worden. Sie hatte zuviel Kapital in die chinesische Sammlung gesteckt; in den letzten Jahren hatte das Geschäft nicht einmal die Unkosten getragen. So alarmierend das auch war, es verlieh Chantels Theorie Glaubwürdigkeit. Von ständig zunehmenden Schmerzen gepeinigt und unter der ihr unerträglichen Inaktivität leidend, die immer höheren Schulden vor Augen und das Gespenst eines Bankrotts im Nacken, hatte sie die außerordentliche Kraft aufgebracht – ich kannte das Ausmaß ihrer Willenskraft –, ihr Bett zu verlassen und Vergessen zu suchen.

Ich mußte eine Entscheidung treffen. Ich konnte die Dinge nicht schlittern lassen; ich durfte es einfach nicht. Ich faßte alle möglichen Pläne. Sollte ich einen Partner mit Kapital suchen? Alles verkaufen und sehen, was übrigblieb? Solche Verkäufe bedeuteten jedoch geringere Preise. Ich würde von Glück sagen können, wenn der Erlös für die Bezahlung der Schulden ausreichte. Es würde nichts als das Haus übrigbleiben. Vielleicht konnte ich aber auch das verkaufen? Das war die Lösung!

So jagten meine Gedanken in den schlaflosen Nächten im Kreise; erblickte ich dann morgens mein Gesicht im Spiegel, murmelte ich leise: »Na, alte Miss Brett?«

Chantel kam und ließ mir ihr Tagebuch da, während sie meines mitnahm. Am folgenden Tag brachte sie es mir dann zurück. Ich nahm es mit ins Bett, und die Vorfreude auf seinen immer spannenden Inhalt riß mich aus meiner Schwermut. Mein Leben war farblos und eintönig, ja bedrückend. Chantel war meine Retterin. Der Einblick in das Leben auf Schloß Crediton würde die Ablenkung sein, die ich brauchte.

Außerdem interessierte ich mich ganz besonders für alles, was sich in Redvers Strettons Elternhaus abspielte.

Ich fühlte, wie sich meine Lebensgeister hoben, als ich mich gemütlich in meine Kissen zurücklehnte und die alte Öllampe, die ich mir von unten mit heraufgenommen hatte, näher ans Bett zog, und Chantels Tagebuch aufschlug.

Das Schloß

28. April 1887

Heute zog ich in Schloß Crediton ein. Ich kann nicht umhin, recht zufrieden mit mir zu sein. Ich habe eine neue Patientin und wohne nicht zu weit von Anna entfernt. Wir werden uns häufig sehen. Dafür will ich sorgen. Das Schloß ist, wie ich weiß, kein echtes, altes Schloß. »Eine Imitation«, hatte Miss Brett gesagt, doch das ist mir egal. Es hat alle Attribute eines Schlosses, und es gefiel mir, durch den großen Torbogen mit dem Pförtnerhäuschen hindurchzufahren. Antiquitäten haben mir nie viel bedeutet. Ich werde Anna mal über all das befragen, falls ich es nicht vergesse. Die dicken Steinmauern des Schlosses sehen aus, als ständen sie schon seit Jahrhunderten. Ich möchte wissen, wie man ihnen diese Patina verliehen hat. Auch danach muß ich Anna fragen, wenn ich es nicht vergesse. Was mich betrifft, so kann ich den Gedanken nicht unterdrücken, wie angenehm es doch sein muß, ein solches Schloß zu besitzen – Imitation oder auch nicht! Es hat so etwas wundervoll Großzügiges! Ich bin überzeugt, daß man hier viel komfortabler lebt als in einem echten Schloß. Aber zurück zu meiner Ankunft. Ich entstieg also der Kutsche, die ich für meine Übersiedlung vom *Queen's House* gemietet hatte, und befand mich in einer Art Schloßhof vor einer mächtigen eisenbeschlagenen Tür mit einer Glocke daneben, ganz ähnlich wie im *Queen's House*. Ich zog den Glockenstrang, worauf ein Diener erschien.

»Ich bin Schwester Loman«, teilte ich ihm mit.

»Ihre Ladyschaft erwartet Sie«, antwortete er. Er war der sehr würdevolle, perfekte Typ des Butlers. Alles würde auf Schloß Crediton perfekt sein, schoß es mir durch den Kopf – zumindest nach außen. Ich folgte ihm in die Halle, die bestimmt die gleiche Halle war, von der Anna mir einmal erzählt hat. Ja, da hingen auch die Tapisserien, die sie erwähnte und die sie damals bei ihrer ersten Begegnung mit ihrem Käpten anschaute.

»Wenn Sie einen Augenblick warten wollen, Schwester Loman, werde ich Ihrer Ladyschaft Ihre Ankunft melden.«

Ich nickte zustimmend und war von dem Ganzen recht beeindruckt. Das Leben auf Schloß Crediton würde mir gefallen. Der Butler war schon nach wenigen Minuten wieder da und führte mich die große Freitreppe zu Ihrer Ladyschaft hinauf. Und da saß sie dann in ihrem hochlehnigen Armstuhl – wie eine Tartarin, dachte ich im stillen, obwohl ich nie eine solche gesehen habe; auf jeden Fall war ich froh, daß nicht sie meine Patientin war! Ich weiß aus Erfahrung, daß sie zu der allerschlimmsten überhaupt denkbaren Sorte von Patientinnen gehört. Zum Glück erfreut sie sich einer einwandfreien Gesundheit, wie sie auch bestimmt jede Art von Krankheit verächtlich ignorieren würde, da Krankheit für sie lediglich ein Zeichen von Willensschwäche ist, wie ich überzeugt bin.

Ich muß immer wieder Vergleiche zwischen Anna und mir ziehen. Sie würde jetzt eine Aufstellung aller Schätze dieses Schlosses machen; ich dagegen schließe sie summarisch in mein Gesamturteil »großartig« mit ein, obgleich ihr offensichtlicher Wert mir nicht entgeht, und konzentriere mich auf die Bewohner. Der Beruf einer Krankenschwester vermittelt einem eine gute Menschenkenntnis. Wenn Menschen krank und zu einem gewissen Grade von einem abhängig sind, verraten sie sich und ihr wahres Wesen auf hunderterlei Art; man wird sehr hellhörig und scharfsichtig. Das Studium der menschlichen Seele ist mir immer viel interessanter erschienen als das lebloser Gegenstände. Und doch habe ich eine Neigung zur Oberflächlichkeit – zumindest, wenn ich mich mit der ernsthaften Anna vergleiche.

Lady Crediton ist das, was ich eine Gewitterhexe nenne. Sie musterte mich mit unbewegter Miene und war ganz und gar nicht von mir begeistert, obgleich ich mich mächtig anstrengte, bescheiden und unterwürfig auszusehen. Ihre Erscheinung war wirklich furchterregend – oder wäre es zumindest für jeden gewesen, der weniger erfahren im Umgang mit Menschen ist als ich. Ich sagte mir: Dr. Elgin hat mich empfohlen, und so bin ich eben hier! Sie will schließlich eine Pflegerin und muß mir wenigstens Gelegenheit geben zu zeigen, ob ich etwas kann. Und das wollte ich beweisen, denn dieses Schloß entsprach haargenau meinem Geschmack! Schon beim ersten Mal, als Anna mir davon erzählte, hatte es mich interessiert, und als ich dann von der Möglichkeit erfuhr, hier zu arbeiten, war ich begeistert gewesen. Außerdem will ich unbedingt in Annas Nähe bleiben.

»Sie gehören jetzt also zu unserem Haushalt, Schwester Loman.« Sie sprach sehr deutlich und hatte eine fast rauhe Männerstimme. Ich konnte ihren Mann verstehen, der bei anderen Frauen Trost gesucht hatte! Sie war ganz eindeutig eine beachtliche Persönlichkeit, die bestimmt immer recht hatte und auch dafür sorgte, daß ihre Umgebung das zur Kenntnis nahm. Eine äußerst ehrfurchtgebietende Dame, aber im Zusammenleben höchst ungemütlich!

»Ja, Lady Crediton. Dr. Elgin hat mir bereits Einzelheiten über meine neue Patientin mitgeteilt.«

Ihr Mund wurde noch schmaler, woraus ich schloß, daß diese Patientin sich nicht ihres besonderen Wohlwollens erfreute. Oder verachtet sie einfach alle kranken Menschen dafür, daß diese sich nicht eine ebenso unverwüstliche Gesundheit ertrotzt haben wie sie?

»Es ist mir angenehm, daß er Ihnen in etwa unsere Situation hier erklärt hat. Der Kapitän und Mrs. Stretton bewohnen ihr eigenes Appartement im Schloß. Der Kapitän ist momentan nicht da, doch Mrs. Stretton und ihr Sohn bewohnen mit ihrer Dienerschaft den Ostflügel. Trotzdem bin ich, sagen wir, die Schloßherrin und als solche für alles zuständig, was sich in sämtlichen Teilen des Schlosses abspielt.«

Ich neigte den Kopf.

»Sollten Sie irgendwelche Beschwerden, irgendwelche Schwierigkeiten haben oder den Wunsch, eine Erklärung für etwas zu erhalten – von den rein praktischen Dingen natürlich abgesehen –, so muß ich Sie bitten, sich an mich wenden zu wollen.«

»Vielen Dank.«

»Ihre Patientin ist in gewisser Weise eine Ausländerin. Ihre Art wird Ihnen nicht immer liegen. Sie werden unter Umständen auf gewisse Schwierigkeiten stoßen. Ich erwarte daher von Ihnen, daß Sie mir alles melden, was Ihnen ungewöhnlich erscheint.«

Es wurde alles ziemlich mysteriös, und ich muß ein etwas ratloses Gesicht gemacht haben, denn sie fügte rasch hinzu: »Dr. Elgin sagte mir, Sie seien außerordentlich tüchtig.«

»Sehr liebenswürdig von ihm.«

»Sie haben zuletzt im *Queen's House* gearbeitet und waren in jenen unerfreulichen Vorfall verwickelt. Ich lernte Miss Brett einmal kennen, als ich ihr einen Sekretär überließ, für den ich keine Verwendung hatte. Sie machte den Eindruck einer sehr präzisen und vernünftigen Frau.«

»Das war sie auch«, bestätigte ich.

»Um so merkwürdiger erscheint jene Geschichte.«

»Sie veränderte sich sehr durch ihre Krankheit; sie hatte große Schmerzen.«

Lady Crediton nickte. »Ja, es war alles höchst bedauerlich, Schwester Loman, und ich werde Ihnen unumwunden sagen, daß ich es mir sehr überlegte, ob es klug sei, jemanden einzustellen, der in eine so unangenehme Affäre verwickelt gewesen ist.«

Sie zählt zu jenen Frauen, die ihre eigene Direktheit Aufrichtigkeit nennen und die anderer Menschen Unhöflichkeit. Ich kenne diese Sorte; es gibt sie häufig unter reichen, alten Frauen, die zu lange immer nur anderen Befehle erteilt haben.

Ich beschloß, gekränkt zu sein und stand auf: »Ich will Sie nicht in Ungelegenheiten bringen, Lady Crediton. Wenn Sie es ungern sehen, daß ich Ihre ... Ihre Patientin pflege, weil ich Miss Brett gepflegt habe, möchte ich nicht bleiben.«

»Sie sind vorschnell«, entgegnete sie. »Keine gute Eigenschaft für eine Krankenschwester.«

»Erlauben Sie mir, daß ich Ihnen widerspreche. Ich habe dies ohne jede Hast gesagt. Wie lange ich auch über Ihre Äußerung nachdenken würde, ich könnte immer nur das wiederholen, was ich sagte. Falls Sie es vorziehen, daß ich wieder gehe, ziehe ich vor, das zu tun.«

»Wenn ich nicht vorziehen würde, daß Sie bleiben, hätte ich Sie nicht kommen lassen.«

Ich neigte den Kopf. Eins zu Null für mich in der ersten Runde, stellte ich befriedigt fest.

»Ich möchte Ihnen lediglich sagen, daß ich die unangenehmen Vorfälle bedaure, die sich im *Queen's House* abgespielt haben, denn es ist unmöglich, in derartige Vorfälle verwickelt zu sein, ohne mit von ihnen betroffen zu werden.«

»Wenn man in etwas verwickelt ist, wird man zwangsläufig davon betroffen, Lady Crediton.«

Meine Punktzahl stieg rapide; ich fühlte jedoch, daß mir dies nur gelang, weil sie mir etwas zu sagen versuchte und nicht wußte wie. Sie hätte sich die Mühe ersparen können. Ich wußte Bescheid. Sie mochte »die Patientin« nicht; irgend etwas stimmte nicht mit »der Patientin«.

Vielleicht war es eine dunkle Geschichte, die eines Tages Ihre Ladyschaft in »unangenehme Vorfälle« verwickeln würde. Dies wurde interessant!

Mutig fuhr ich daher fort: »Eine der wichtigsten Eigenschaften in meinem Beruf ist Diskretion. Ich glaube nicht, daß Dr. Elgin mich Ihnen empfohlen hätte, wenn er nicht davon überzeugt wäre, daß ich diese Eigenschaft besitze.«

»Sie werden Mrs. Stretton möglicherweise etwas ... hysterisch finden. Dr. Elgin wird Ihnen gesagt haben, was ihr fehlt.«

»Er sprach von einem Lungenleiden, verbunden mit Asthma.«

Sie nickte, und ich wußte, sie hatte mich akzeptiert. Ich glaube, sie mag Menschen, die ihr die Stirn bieten. Sie hatte mich jedenfalls als Pflegerin der Patientin akzeptiert.

»Ich nehme an, Sie möchten Ihre Patientin jetzt sehen.«

»Das wäre wünschenswert«, erwiderte ich.

»Ihre Koffer ...«

»Wurden in die Halle gebracht.«

»Man wird sie auf Ihr Zimmer bringen. Läuten Sie bitte, Schwester Loman.«

Ich tat es, und wir warteten schweigend auf das Erscheinen des Butlers.

»Baines, führen Sie Schwester Loman zu Mrs. Stretton«, gebot sie diesem. »Oder möchten Sie erst in Ihr Zimmer, Schwester?«

»Ich glaube, ich möchte zuerst meine Patientin sehen«, antwortete ich.

Sie entließ mich mit einem Kopfnicken; beim Hinausgehen spürte ich ihren Blick in meinem Rücken.

Wir gingen durch ein Labyrinth von Korridoren und eine Wendeltreppe hinauf; die Stufen waren aus Stein und in der Mitte ausgetreten – auch das eine künstliche Nachahmung. Stein tritt sich nicht in fünfzig Jahren aus. Ich finde es jedoch faszinierend. Ein Haus, das vortäuscht, etwas zu sein, was es nicht ist. Das verleiht ihm in meinen Augen etwas sehr Menschliches.

Wir langten im Appartement der Strettons an, das sich, nach den Treppen zu urteilen, hoch oben in einem der Türme befinden muß.

»Mrs. Stretton wird gerade ruhen«, meinte der Butler zögernd.

»Führen Sie mich zu ihr«, verlangte ich ungerührt.

Er klopfte an die Tür; eine verdrossene Stimme fragte undeutlich: »Wer's da?«

»Schwester Loman ist angekommen, Madam«, verkündete er.

Es folgte keine Antwort, und er öffnete die Tür und ließ mich eintreten. In meinem Beruf muß man die Initiative ergreifen, und so verabschiedete ich ihn: »Es ist gut so. Lassen Sie mich jetzt mit meiner Patientin allein.«

Die Jalousien vor den Fenstern waren heruntergelassen und so eingestellt, daß sie nur ein Minimum an Licht hereinließen. Sie lag auf dem Bett, umflutet von dichtem, schwarzem Haar, in einem lila Morgenrock mit rotem Besatz. Sie sah aus wie ein exotischer Tropenvogel.

»Mrs. Stretton?« fragte ich.

»Sie sind also die Schwester«, sagte sie langsam. Welcher Nationalität mag sie sein? überlegte ich. Ich entschied mich für eine Sorte von Mischblut – vielleicht Polynesierin oder Kreolin.

»Ja, ich bin nun da, um mich um Sie zu kümmern. Wie dunkel es hier ist! Wir werden etwas Licht hereinlassen.« Ich ging zu dem erstbesten Fenster und zog die Jalousie hoch.

Sie legte schützend die Hand über die Augen.

»So ist es besser«, erklärte ich energisch und setzte mich zu ihr ans Bett.

»Ich möchte mit Ihnen reden.«

Sie sah mich ziemlich mürrisch an. Sie muß vor ihrer Krankheit eine schmollende Schönheit gewesen sein.

»Dr. Elgin meint, Sie bräuchten eine Pflegerin.«

»Das hat keinen Sinn«, widersprach sie.

»Aber Dr. Elgin ist der Ansicht, und so wollen wir es versuchen, ja?«
Wir musterten uns gegenseitig. Ihre geröteten Wangen und die
unnatürlich glänzenden Augen bestätigten den Befund, den Dr. Elgin
mir mitgeteilt hatte. Sie hat Schwindsucht, und die Asthmaanfälle
müssen erschreckend sein. Sie interessiert mich jedoch mehr als
Mensch und weniger als Patientin, weil sie die Frau von Annas Kapitän
ist und ich gern wissen möchte, weshalb er sie geheiratet hat und wie
es dazu gekommen ist. Ich bin überzeugt, ich werde alles herausbekommen.

»Es wird kalt«, sagte sie. »Ich hasse die Kälte!«

»Sie brauchen aber frische Luft. Auch Ihre Diät müssen wir sorgfältig
überwachen. Dr. Elgin schaut oft nach Ihnen, nehme ich an?«

»Zweimal die Woche.«

Sie schloß die Augen; ruhig und mißmutig und wie von einem
inneren schwelenden Feuer erfüllt, lag sie da. Ich erkannte, daß sie
bestimmt nicht immer so ruhig war.

»Dr. Elgin stellt einen Diätplan für Sie auf. Wir müssen doch sehen,
wie wir Sie wieder auf die Beine bringen!« sagte ich mit meiner
geübten, optimistischen Schwesternstimme.

Sie drehte lediglich das Gesicht zur Wand.

»Und jetzt, wo wir uns kennengelernt haben, werde ich mir mein
Zimmer anschauen. Ich vermute, es ist ganz in Ihrer Nähe.«

»Nebenan.«

»Oh, sehr gut! Da finde ich also ohne fremde Hilfe hin.«

Ich ging hinaus und in das Nebenzimmer. An meinen dort auf mich
wartenden Koffern wußte ich, daß es tatsächlich für mich bestimmt
war. Seine Form verriet, daß es ebenfalls im Turm lag. Ich ging zum
Fenster, das vielmehr eine Tür war – in der Art der französischen
Flügelfenster – und auf einen Balkon oder besser gesagt auf die
Turmbrüstung hinausführte. Auch so ein Anachronismus, dachte ich.
Ich muß Anna fragen. Aber was für ein Blick! Unter mir die tiefe
Schlucht mit dem Fluß und dem Hafen und auf der gegenüberliegen-
den Seite die Häuser von Langmouth.

Ich packte gerade meine Koffer aus, als die Tür vorsichtig geöffnet
wurde und ein kleines Gesicht hereinspähte. Es gehörte zu einem etwa
siebenjährigen Knaben. »Hallo!« sagte er. »Sie sind die Krankenschwester.«

»Ganz richtig«, bestätigte ich. »Woher weißt du das?«

»Die haben es gesagt.«

»Und wer bist du?«

»Ich bin Edward.«

»Guten Tag, Edward.« Ich streckte ihm die Hand hin, die er ernsthaft ergriff und schüttelte.

»Schwestern kommen zu kranken Menschen«, erzählte er mir.

»Und machen sie wieder gesund«, fügte ich hinzu.

Seine riesigen, dunklen Augen betrachteten mich, als wäre ich eine Göttin.

»Sie müssen dann aber sehr klug sein«, meinte er bewundernd.

»Sehr«, gab ich zu.

»Wissen Sie, wieviel zweimal eins und zwei sind?«

»Zweimal zwei sind vier, zweimal drei sind sechs.«

Er lachte. »Und a, b, c . . .?«

Ich sagte ihm in Windeseile das Abc auf. Er war sehr beeindruckt.

»Sind das Ihre Kleider?« fragte er. Ich bestätigte es. »Haben Sie eine Medizin, von der die Menschen sterben?«

Ich sah ihn erschreckt an. »Wie die Möbel-Dame«, fügte er hinzu.

Er war nicht auf den Kopf gefallen, das sah man sofort. Rasch sagte ich: »Nur eine Medizin, um Menschen gesund zu machen.«

»Aber . . .«, begann er, horchte dann jedoch auf.

»Master Edward!« ertönte eine Stimme.

Er sah mich an, hob seine kleinen Schultern, und legte den Finger auf die Lippen.

»Master Edward!«

Wir verharrten schweigendd, doch er hatte die Tür zu meinem Zimmer offengelassen, und so kam seine Gouvernante herein. Sie war groß und knochig und trug eine höchst unschmeichelhafte, graue Bluse zu einem braunen Rock – was für eine gräßliche Farbkombination! Ihr Haar war ebenfalls grau, und grau war auch ihr verblühter Teint.

»Oh«, sagte sie, »Sie sind die neue Pflegerin. Ich hoffe, Edward hat Sie nicht belästigt.«

»Er hat mich ganz im Gegenteil unterhalten.«

»Er ist wirklich viel zu altklug.«

Sie hatte die Zähne und Augen eines Kaninchens. Wir faßten eine spontane Abneigung gegeneinander.

»Kommen Sie, Master Edward!« befahl sie. »Sie dürfen Ihre Mama nicht stören.«

»Seine Mama ist vermutlich meine Patientin?« fragte ich.

Sie nickte.

»Bald werde ich mich hier auskennen«, fügte ich hinzu.

»Sie sind ja gerade erst vom *Queen's House* angekommen.« Wachsam sah sie mich an, und der Blick des kleinen Edward wanderte zwischen uns hin und her.

»Ja, ich pflegte dort meine letzte Patientin.«

»Hm« war alles, was sie dazu sagte. Sie sah das Kind an, und ich dachte: Wie Klatsch die Runde macht! Ich dachte an Anna und die grauenhaften Dinge, die über sie gesagt worden waren. Sogar mich betrachteten die Leute deshalb mit einem Anflug von Verdacht; wie hätten sie erst die arme Anna betrachtet!

Sie seufzte. Sie wagte nicht, vor dem Kind darüber zu sprechen. Ich wünschte, er wäre nicht dabei gewesen, so daß ich mehr hätte herausfinden können, aber ich habe ja genug Zeit dafür vor mir.

Sie verschwand mit ihm, und während ich zu Ende auspackte, erschien ein Dienstmädchen mit einem Teetablett. Baines begleitete sie, um angeblich dafür zu sorgen, daß sie den Tee richtig servierte, in Wahrheit jedoch, um mir mitzuteilen, daß ich die Mahlzeiten in meinem Zimmer einnehmen würde. Ich begriff, daß dies eine Anweisung von Lady Crediton war und er sich nur in diesen Teil des Schlosses vorwagte, um derartige Befehle zu übermiteln. Ich begann, etwas vom Leben und von den Verhältnissen auf Schloß Crediton zu lernen.

30. April

Dies ist mein dritter Tag im Schloß, doch es kommt mir vor, als wäre ich schon seit Monaten hier. Anna fehlt mir. Es gibt hier niemanden, mit dem ich mich anfreunden könnte. Wenn Miss Beddoes, die Gouvernante, ein anderer Typ wäre, könnte sie mir vielleicht eine Freundin werden; sie ist jedoch eine langweilige Ziege, immer nur bestrebt, mir klarzumachen, daß sie bessere Tage gesehen hat. Ihr Vater sei Vikar gewesen, erzählte sie mir.

Tatsächlich! Meiner auch! Sie war verblüfft und offensichtlich überrascht, daß jemand, dem es in ihren Augen so sehr an dem schicklichen Anstand fehlt, aus einem Vikarhaus stammt. »Was kann man machen«, klagte sie. »Man ist einfach nicht dafür erzogen worden, sich seinen Lebensunterhalt verdienen zu müssen, und nun steht man plötzlich vor dieser Notwendigkeit.« – »Ach«, erwiderte ich, »da habe ich mehr Glück gehabt. Ich wußte von klein auf, daß ich mir mein tägliches Brot in einer grausamen Welt würde erkämpfen müssen, und so bereitete ich mich darauf vor.« – »Tatsächlich«, entgegnete sie mit kalter Verachtung.

Doch behandelt sie mich jetzt etwas freundlicher, da wir beide aus dem gleichen Stall kommen oder wie sie sagen würde, »notleidende Damen« sind. Sie hat mir eine ganze Menge über die Creditons erzählt, wofür ich ihr dankbar bin. Flüsternd gestand sie mir, sie glaube, meine Patientin zeige Anzeichen von Wahnsinn. Ich nenne es eher

Hysterie. Mrs. Stretton ist eine leidenschaftliche Frau, der ihr Ehemann fehlt. Ich glaube, sie ist wie besessen vor Liebe zu ihm. Jeden Tag schreibt sie ihm lange Briefe, die sie dann jedoch zerreißt; die Schnipsel füllen täglich ihren Papierkorb.

Redvers Stretton ist seit seiner »Schande« im Schloß nicht mehr willkommen, wie Miss Beddoes mir sagt. Seit welcher Schande? wollte ich wissen. Sie konnte es mir nicht sagen. Es sei etwas, worüber niemals gesprochen würde. Man versuche offensichtlich, ihn möglichst weit fort zu halten. Nur wegen des Kindes hätten sie Mrs. Stretton hergeholt. »Bis Mr. Rex heiratet, ist dieses Kind ja praktisch eine Art von Erbe, wissen Sie.« Es ist wirklich ein ziemliches Durcheinander, und ich habe es noch nicht ganz aussortiert; aber das werde ich tun. Meine Patientin kostet mich sehr viel Zeit. Ich koche auch für sie, da Dr. Elgin wünscht, daß ich ihre Diät überwache. Sie ist wie ein Kind, und ich habe sie im Verdacht, daß sie sich von einem der Dienstmädchen heimlich Schokolade hereinschmuggeln läßt. Sie liebt Kaffee und bereitet ihn sich selbst; sie hat da für einen Spirituskocher in ihrem Zimmer. Ich glaube, in gesundem Zustand wäre sie dick. Sie ist träge und bleibt gern im Bett, was Dr. Elgin nur recht ist. Sie befiehlt den Mädchen, die Fenster zu schließen, wenn ich diese gerade geöffnet habe. Sie haßt »diese Kälte«, doch frische Luft ist ein wesentlicher Bestandteil der Behandlung. Heute nachmittag entdeckte ich, daß Baines Frau, Edith, Ellens Schwester ist. Sie kam extra zu mir in mein Zimmer, um es mir zu sagen. Wenn es irgend etwas gäbe, was sie für mich und meine Bequemlichkeit tun könnte, würde sie es nur zu gerne wissen. Welch leutselige Herablassung von des Butlers Frau! Sie beaufsichtigt sämtliche Dienstmädchen, die ziemlich in der Furcht des Herrn vor ihr leben. Ellen muß mir eine gute Referenz ausgestellt haben.

1. Mai

Heute passierten zwei aufregende Ereignisse. Das Schloßleben gefällt mir immer besser. Zwar herrscht hier eine seltsame Atmosphäre – eine dauernde Spannung. Ich weiß nie, was meine hysterische Patientin als nächstes tun wird, und stoße ständig auf irgendwelche Rätsel. Nimmt man zum Beispiel den Käpten und das, was ihn hier so unbeliebt gemacht hat. Ich finde, sie hätten seine Frau dort lassen können, wo sie war, wenn er ihnen unerwünscht ist. Er hätte sie dann von Zeit zu Zeit auf dieser Insel besuchen können. Sie spricht von ihrer Heimat als »der Insel«. Ich hätte gern gewußt, wo diese Insel liegt, verbiß mir aber die Frage, denn sie wird schweigsam, wenn man zu neugierig ist.

Das erste Ereignis war meine Begegnung mit dem Crediton-Erben. Mit niemand anders als Master Rex höchstpersönlich! Ich hatte meine Patientin für ihren Mittagsschlaf allein gelassen und war in den Park gegangen. Dieser ist so prachtvoll, wie ich ihn mir vorgestellt hatte. Vier Gärtner leben auf dem Besitz; ihre Frauen arbeiten im Schloß. Die Rasenflächen sehen wie Quadrate feinsten, grünen Samts aus. Bei ihrem Anblick überkommt mich immer der Wunsch, mir ein Kleid aus ihnen machen zu lassen. Die Blumenbordüren werden später in der Blüte sicherlich eine einzige Farbenpracht sein. Jetzt bilden die reizenden Aubrietien* und Arabis** den schmückenden Blickfang – in lavendelblauen und weißen Polstern wachsen sie zwischen grauen Feldsteinen an den Terrassenhängen, und Aubrietien wie Arabis müssen auf Schloß Crediton selbstverständlich doppelt so üppig und schön wie bei anderen Leuten blühen. Das ist überhaupt das Auffallendste für mich hier: dieser verschwenderische Überfluß in allem. Es ist bekannt, daß das Schloß das Heim eines Millionärs in zweiter Generation ist. Das ständige Bemühen um Tradition ist spürbar; die Creditons wollen die besten Vorfahren und den besten Rahmen, den Geld verschaffen kann. Das ist so ganz anders als auf dem Besitz der Henrocks, wo ich die arme Lady Henrock pflegte – und das sehr erfolgreich, denn sie vermachte mir in ihrem Testament fünfhundert Pfund –, bevor ich ins *Queen's House* kam. Auf *Henrock Manor* haben seit den letzten fünfhundert Jahren immer Henrocks gelebt. Während ich die kunstvollste aller Sonnenuhren betrachtete, wen sehe ich da auf mich zukommen, wenn nicht den Erben dieser Millionen, Rex Credition! Mr. Rex und nicht Sir Rex! Sir Edward hatte nur den nicht erblichen Adelstitel verliehen bekommen. Bestimmt ist das ein ziemlich wunder Punkt für Ihre Ladyschaft. Rex ist mittelgroß und sieht gut aus, wenn auch nicht gerade auffallend blendend. Er gibt sich sehr selbstbewußt, doch wirkt er irgendwie gehemmt. Sein Anzug war von untadeligem Sitz; wahrscheinlich läßt er in Savile Row arbeiten. So etwas gibt es einfach nicht in Langmouth. Er schien bei meinem Anblick überrascht, weshalb ich es für besser hielt, mich vorzustellen.

»Mrs. Strettons Pflegerin.«

Seine schmalen, sandblonden Augenbrauen schoben sich in die Höhe; seine Wimpern sind ebenfalls aschblond. Er hat topasbraune Augen – von einem hellen Gelbbraun. Seine gebogene Nase ist genau die von Sir Edward auf dem Portrait in der Galerie. Seine Haut ist sehr hell, und in seinem Bart blinkt ein rotgoldener Schimmer.

---

* Aubrietie (nach dem franz. Maler Aubriet): Purpurkissen
** Arabis (nach der Halbinsel Arabien): Gänsekresse

»Sie sind sehr jung für eine derartige Verantwortung«, bemerkte er.

»Ich habe aber alle dafür nötigen Qualifikationen.«

»Davon bin ich überzeugt, denn andernfalls wären Sie nicht eingestellt worden.«

»Bestimmt nicht.«

Sein Blick ruhte auf meinem Gesicht; meine Erscheinung gefiel ihm ganz offensichtlich, wenn er auch leichte Zweifel hinsichtlich meiner Tüchtigkeit als Krankenpflegerin zu hegen schien. Er fragte mich, wie lange ich schon im Schloß sei und ob mir meine Tätigkeit gefalle. Ich bejahte letzteres und sagte, ich hoffe, niemand hätte etwas dagegen, wenn ich ein wenig in den Gärten spazierenging. Ganz und gar nicht, versicherte er mir; ich möge es nur so oft tun, wie ich Lust dazu hätte. Er würde mir selbst den Steingarten und den Teich und den kleinen Fichtenwald zeigen, der kurz nach seiner Geburt angepflanzt worden sei. Ein Weg führe durch ihn bis an den Rand der Klippe. Er ging mit mir dorthin und prüfte den Eisenzaun; die Gärtner hätten strikte Anweisung, sagte er, diesen immer in einwandfreiem Zustand zu halten.

»Das ist wohl auch nötig«, meinte ich, denn unmittelbar hinter dem Zaun geht es senkrecht bis zum Fluß hinunter in die Tiefe. Wir standen an den Zaun gelehnt und blickten zu den Häusern unten auf der anderen Uferseite jenseits der Brücke hinüber. In seinen Augen stand ein stolzer, besitzfroher Ausdruck, und mir fiel wieder ein, daß niemand anders als die Creditons Wohlstand und Fortschritt nach Langmouth gebracht hatten, wie Anna mir erzählt hatte. Rex sah in diesem Augenblick bedeutend, ja mächtig aus. Er begann über Langmouth und die Schiffahrt in einer Weise zu sprechen, daß ich beides faszinierend fand. Ich erkannte, daß Schiffe sein ganzes Leben sind; genauso muß es bei seinem Vater gewesen sein. Mich interessierte die romantische Geschichte der Lady-Linie, und ich wollte so viel darüber hören, wie er bereit war, mir zu erzählen.

Er war bereit, schilderte mir jedoch in sachlicher Weise, wie sein Vater das Geschäft aufgebaut hatte, und erzählte von der Zeit des harten Kämpfens und Durchhaltens.

Es sei wirklich eine wundervolle, romantische Geschichte, schwärmte ich – der Aufbau einer großen Reederei aus kleinen, bescheidenen Anfängen! Es erstaunte mich, daß er bei unserer doch sehr kurzen Bekanntschaft so ungezwungen mit mir sprach; und auch ihn schien dies zu überraschen, denn er wechselte unvermittelt das Thema und redete von Bäumen und der Parklandschaft. Wir gingen zu der Sonnenuhr zurück und lasen die Inschrift: »Ich zähl' die sonn'gen Stunden nur.«

»Ich muß versuchen, es genauso zu machen«, erklärte ich.

»Ich hoffe, Sie werden nur sonnige Stunden erleben, Schwester.«

Seine topasbraunen Augen sahen mich warm und herzlich an, und ich erkannte, daß er gar nicht so kalt ist, wie er sich den Anschein gibt; zu mir hat er offensichtlich eine ausgesprochene Zuneigung gefaßt.

Er kehrte ins Schloß zurück, während ich im Park blieb. Ich war überzeugt, ihn bald wiederzusehen. Ich ging ein zweites Mal um die Terrassenhänge und in den Steingarten und sogar durch das Fichtenwäldchen zu dem Eisenzaun über den gähnenden Abgrund. Die Begegnung mit ihm freute mich, und der Gedanke, ihn so beeindruckt zu haben, beschwingte mich. Er ist eher ernst und muß mich wahrscheinlich etwas leichtfertig finden wegen der plätschernden Art, in der ich daherrede, und weil ich so viel lache. Manche Menschen mögen mich gerade deshalb, doch die ernsten Typen halten mich vielleicht für zu oberflächlich. Er gehört entschieden zu der ernsten Sorte. Auf jeden Fall hat es mir Spaß gemacht, ihn kennenzulernen, denn er ist schließlich der Mittelpunkt, um den sich der ganze Haushalt des Schlosses dreht – und nicht nur der Haushalt! Er verkörpert die gesamte Macht und den gesamten Reichtum der Creditons – er ist der Erbe seines Vaters und der Quell allen Segens, wenn seine Mutter einmal nicht mehr ist.

Ich kehrte zu der Sonnenuhr zurück. Dies, sagte ich mir, ist gewiß eine der Stunden, die ich zählen werde!

Ich sah auf meine kleine Uhr und verglich die Zeit auf ihr mit der Sonnenuhr. Sie ist mit Türkisen und kleinen Rosendiamanten besetzt und ein Geschenk von Lady Henrock, kurz bevor sie starb. Meine Patientin würde bald aufwachen. Ich mußte zu meinen Pflichten zurückkehren.

Mein Blick wanderte zu dem Turm hinauf. Dies war jedoch nicht der Turm, in dem meine Patientin lebte; es war der Turm am äußersten Ende des Westflügels. Ich bin sehr weitsichtig und erkannte daher deutlich das Gesicht an einem der Fenster. Einige Sekunden lang war es zu sehen, um dann zu verschwinden.

Wer um alles in der Welt war denn das? Ein Dienstbote? Es erschien mir unwahrscheinlich. Ich war bisher nicht in die Nähe dieses Turmes gekommen. Es gab noch so große Teile des Schlosses, die ich nicht erkundet hatte. Nachdenklich wandte ich mich ab, doch plötzlich hatte ich den Impuls, mich nochmals umzudrehen und hinaufzuschauen. Und wieder war das Gesicht zu sehen. Jemand interessierte sich genügend für meine Person, um mich zu beobachten, und das noch dazu verstohlen, denn kaum hatte sie – ich wußte jetzt durch den Schimmer einer weißen Haube auf weißem Haar, daß es eine Frau war – gemerkt, daß ich sie gesehen hatte, als sie auch schon schnell in den Schatten des Zimmers zurücktauchte.

Höchst sonderbar! Aber war das nicht alles auf Schloß Crediton? Mich interessierte jedoch meine Begegnung mit dem Schloßherrn, dem Symbol von Reichtum und Macht, weit mehr als ein schemenhaftes Gesicht an einem Fenster.

3. Mai

Ein strahlend schöner Tag mit wolkenlos blauem Himmel. Ich ging im Park spazieren, doch Rex ließ sich nicht blicken. Ich hatte angenommen, ihn dort »zufällig« zu treffen, denn er scheint sich ziemlich für mich zu interessieren. Aber er hat natürlich in diesen großen Büros zu tun, dem Machtzentrum der Creditons. Wie ich von mehreren Seiten gehört habe, soll er in die Fußstapfen seines Vaters getreten sein und mit Hilfe seiner Mutter das Geschäft leiten. Ich war etwas gekränkt. Eitel wie ich bin, hatte ich mir eingebildet, er interessiere sich für mich. Als er nirgends im Park auftauchte, begann ich an das Gesicht an dem Turmfenster zu denken und verbannte Rex aus meinen Gedanken. Es war der Westturm gewesen. Wenn ich mich nun angeblich im Schloß verirrte? Das konnte einem in diesem riesigen Gebäude weiß der Himmel leicht genug passieren! Warum sollte ich also nicht in den Westflügel gehen und mich dort ein wenig umschauen? Falls ich entdeckt würde, könnte ich sagen, ich hätte mich verlaufen. Ich weiß, ich bin zu neugierig, aber das kommt nur daher, daß Menschen mich so interessieren, und einzig und allein durch dieses Interesse kann ich ihnen dann helfen. Außerdem sagt mir eine innere Stimme, daß ich meine Patientin nur dann erfolgreich pflegen kann, wenn ich sie verstehe, und um sie zu verstehen, muß ich so viel wie nur irgend möglich über sie herausfinden. Da alles in diesem Schloß sie betrifft, muß auch dieses Gesicht in einem Zusammenhang mit ihr stehen.

Am Spätvormittag bezog sich der Himmel; die Sonne verschwand hinter den grauen Regenwolken. Im Schloß wurde es düster; genau der richtige Moment, um mich ganz überzeugend zu verlaufen, und das tat ich denn auch. Ich stieg die Wendeltreppe zum Westturm hinauf. Da er vermutlich die gleiche Zimmeraufteilung wie der andere Turm aufweist, ging ich zu dem Raum, in dem das besagte Fenster sein mußte. Ich öffnete die Tür und trat ein. Und da war sie! Sie saß in einem Sessel am Fenster.

»Oh ... Verzeihung. Ich ...« begann ich in gespielter Verwirrung.

»Sie sind die Pflegerin.«

»Ich befinde mich wohl im falschen Turm«, sagte ich.

»Ich sah Sie unten im Park. Sie haben mich auch gesehen, nicht wahr?«

»Ja.«

»Und so sind Sie zu mir heraufgekommen?«

»Die Türme gleichen sich so.«

»Es war also ein Versehen.« Ohne auf meine Antwort zu warten, fuhr sie glücklicherweise fort:

»Wie kommen Sie mit Ihrer Patientin zurecht?«

»Ich glaube, wir kommen in unserem Verhältnis als Pflegerin und Kranke gut miteinander aus.«

»Ist sie sehr krank?«

»An manchen Tagen geht es ihr besser als an anderen. Da Sie wissen, wer ich bin, daf ich auch nach Ihrem Namen fragen?«

»Valerie Stretton.«

»Mrs. Stretton.«

»Sie können mich so nennen«, erwiderte sie. »Ich lebe jetzt hier oben. Dies ist meine Wohnung. Ich sehe kaum jemals andere Menschen. Vom Westturm geht eine Treppe hinunter in einen Garten, der völlig durch Mauern abgeschlossen ist. Deshalb!«

»Sie sind also Mrs. Strettons . . .«

»Schwiegermutter«, ergänzte sie für mich.

»Oh, die Mutter von Käpten Stretton!«

»Wir sind eine merkwürdig komplizierte Familie, Schwester«, erklärte sie lachend.

Es war irgendwie ein trotziges Lachen. Ich bemerkte die Röte in ihrem Gesicht mit den leichten, bläulichen Schatten an den Schläfen. Wahrscheinlich Herz, überlegte ich. Höchstwahrscheinlich würde sie in Kürze meine Patientin werden.

»Möchten Sie eine Tasse Tee, Schwester?«

»Das wäre sehr liebenswürdig von Ihnen. Sehr gern!« Es würde mir Gelegenheit geben, mich weiter mit ihr zu unterhalten. Wie ihre Schwiegertochter hatte sie einen Spirituskocher im Zimmer, auf dem sie das Teewasser bereitete.

»Sie haben es sehr gemütlich hier oben, Mrs. Stretton.«

Sie lächelte. »Ich könnte mir nicht mehr Komfort wünschen. Lady Crediton ist sehr gut zu mir.«

»Sie ist bestimmt eine sehr gute Frau.« Sie bemerkte offensichtlich nicht den Anflug von Ironie in meiner Stimme. Ich muß meine Zunge im Zaum halten! Ich liebe Worte und ihren hintergründigen Sinn, und sie entschlüpfen mir so leicht. Ich wollte ihr Vertrauen gewinnen, weil sie die Mutter eines der beiden Knaben ist, die beinah gleichzeitig vom gleichen Vater, jedoch von verschiedenen Müttern geboren wurden –

und das unter dem gleichen Dach! Es konnte die Handlung einer Oper von Gilbert und Sullivan sein – allerdings ging es in diesen niemals so unmoralisch zu. Ich würde mir das Portrait vom alten Sir Edward noch einmal genau anschauen. Was muß er für ein Original gewesen sein! Wie schade, daß er nicht mehr lebt! Bestimmt wäre es mit ihm im Schloß noch aufregender gewesen!

Sie fragte mich, wie ich zurechtkäme und ob mir meine Arbeit Freude mache; diese müßte außerordentlich interessant sein, doch sie befürchte, daß es manchmal recht anstrengend für mich sei. Noch jemand, der meine ungezogene Patientin nicht mag, stellte ich fest.

Ich sagte, ich sei es gewohnt, mit Patienten umzugehen, und hielte meine jetzige Patientin nicht für schwieriger als meine bisherigen.

»Sie hätte nie herkommen sollen«, erklärte Valerie Stretton erregt. »Sie hätte dort bleiben sollen, wo sie hingehört.«

»Ich gebe zu, das hiesige Klima bekommt ihr nicht«, antwortete ich. »Doch da es die Heimat ihres Mannes ist, fühlt sie sich hier wohler. Glück ist eines der besten Heilmittel überhaupt.«

Sie goß den Tee auf. »Ich mische ihn selbst«, bemerkte sie. »Etwas indischer Tee mit Earl Grey. Das Geheimnis ist natürlich, die Teekanne vorher anzuwarmen und trockenzuhalten; außerdem darf das Waser nur eben zu kochen anfangen.«

Höflich hörte ich dieser Lektion über die Teezubereitung zu und fragte mich, wie viele Auskünfte ich wohl von ihr erhalten würde; wohl nicht sehr viele. Sie war keine Klatschtante. Vermutlich hat es in ihrem Leben so viele Geheimnisse gegeben, daß sie sich hütet, leichtfertig über die anderer Menschen zu tratschen.

Sie muß in ihrer Jugend außerordentlich schön gewesen sein und hellblond; ihr Haar ist immer noch sehr dicht, wenn auch weiß, und ihre Augen sind tiefblau. Eine auffallende Schönheit! Kein Wunder, daß Sir Edward ihr erlag.

Ich nippte an meinem Tee. »Sie müssen jeden Winkel des Schlosses kennen«, sagte ich. »Mir fällt es schwer, mich in ihm zurechtzufinden.«

»Wir sollten das nicht beklagen, da dieser Umstand mir das Vergnügen Ihres Besuches verschafft hat.«

Ich überlegte, was der hintergründige Sinn ihrer Worte sein mochte, und kam zu dem Schluß, daß ihr Wesen Tiefen hatte, wie man sie nicht bei ihr vermutete. Wie eigenartig muß ihr Leben gewesen sein! Mit Lady Crediton unter dem gleichen Dach!

»Bekommen Sie oft Besuch?«

Sie schüttelte den Kopf. »Es ist ein einsames Leben, aber ich ziehe es so vor.« Sie sitzt an ihrem Turmfenster und sieht zu, wie das Leben an ihr vorüberzieht, wie eine Lady of Shalott aus dem 19. Jahrhundert.

»Rex kommt oft zu mir herauf«, fuhr sie fort.

»Rex? Sie meinen . . .?«

Sie nickte. »Es gibt nur einen Rex.« Ihre Stimme bekam einen unmerklich weicheren Klang. »Er ist immer ein guter Junge gewesen. Ich habe sie aufgezogen . . . die beiden.«

Die Situation wurde immer merkwürdiger. Sie war also die Kinderfrau der beiden Jungen gewesen . . . sowohl die ihres eigenen wie die des Sohnes ihrer Rivalin. Wahrhaftig ein sonderbarer Haushalt! Sie scheinen geradezu unnatürliche Situationen zu suchen. Hatte das an Sir Edward gelegen? Vermutlich. In dem alten Knaben muß etwas von einem tyrannischen Kobold gesteckt haben.

Ich versuchte es mir vorzustellen. Sie hatte bestimmt ihren eigenen Sohn vorgezogen. Annas Käpten war ein verzogener Bursche; deshalb kümmerten ihn die Gefühle anderer Menschen auch nicht, und deshalb glaubte er, er könnte sich mit Anna amüsieren, ohne ihr zu sagen, daß er schon mit einer üppigen Schönen auf einer fernen Insel verheiratet war.

»Da werden Sie aber Sehnsucht haben, Käpten Stretton wiederzusehen! Wann wird er nach Hause kommen?«

»Ich habe keine Ahnung. Da war jene . . . Affäre . . .« Gespannt wartete ich, doch sie sprach nicht weiter. »Er ist immer für lange Perioden fortgewesen, von Anfang an, seit er zur See ging. Schon als kleines Kind wollte er Seemann werden. Immer mußte er seine kleinen Schiffchen auf dem Teich schwimmen lassen.«

»Vermutlich interessierten sie sich beide für Schiffe und die Seefahrt.«

»Rex war anders. Er war der Klügere und Stillere, der Geschäftsmann.«

Der Mann, überlegte ich, der die Millionen seines Vaters vervielfachen wird.

»Sie sind beide gute Jungen«, fuhr sie fort uns sprach plötzlich ganz wie die alte Kinderfrau. »Und jetzt, wo Redvers fort ist, kommt Rex eben oft zu mir, damit ich nicht denke, er hätte mich vergessen.«

Wie vielschichtig die Menschen doch sind! Ich unterhielt mich jetzt seit einer halben Stunde mit dieser Frau und wußte kaum mehr von ihr als vorher, als sie für mich nur ein namenloses Gesicht an einem Turmfenster war. Sie wirkte den einen Augenblick geheimnisvoll und den nächsten offen und unkompliziert und ganz wie die alte Kinderfrau, die ihre Zöglinge vergöttert. Wahrscheinlich hatte sie gerecht sein wollen und sich trotz ihrer natürlichen Vorliebe für ihren eigenen Sohn besonders um Rex bemüht. Nach ihren Worten zu urteilen, war Rex ein Ausbund an Tugenden, doch das entsprach bestimmt nicht der Wirklichkeit. Er wäre dadurch viel zu langweilig, und ich könnte mich nicht so für ihn interessieren. Er ist jedoch alles andere als langweilig!

»Die beiden hatten schon damals ein ganz unterschiedliches Temperament und Wesen«, erzählte sie. »Red war der unternehmungslustige Abenteurer. Immer sprach er von der See und verschlang alle Seefahrerromane. Er träumte davon, ein zweiter Drake zu werden. Rex dagegen war ein stiller Junge. Er hatte den richtigen Verstand fürs Geschäft. Er war schlau, erkannte immer sofort seinen Vorteil, und wenn sie sich um Spielsachen stritten, ging Rex immer mit dem besten aus dem Kampf hervor. Sie waren so reizende Kerlchen, alle beide . . . jeder auf seine Art!«

Wie gern hätte ich dieses Thema weiter verfolgt, doch sie wurde müde. Ich fühlte, daß ich niemals etwas aus ihr herausbekommen würde, wenn ich sie drängte. Meine Chance bestand darin, sie unmerklich zum Erzählen zu verlocken. Man darf Geständnisse nie erzwingen. Sie sind unendlich viel aufschlußreicher, wenn sie stückweise und spontan erfolgen. Valerie Stretton interessiert mich jedoch ebenso wie alle anderen im Schloß – mit Ausnahme vielleicht von Rex. Ich bin entschlossen, ihre Vertraute zu werden.

Ich fand Chantels Tagebuch einfach hinreißend. Meines war nicht annähernd so interessant. Wenn man ihres las, hatte man das Gefühl, sich mit ihr zu unterhalten. Sie war so ehrlich und aufrichtig in allem, daß ich mein Geschreibsel im Vergleich dazu steif und geschraubt fand. Ihre Bemerkungen über mich und den Mann, den sie »Annas Käpten« nannte, störten mich anfangs, doch dann erinnerte ich mich daran, daß sie ja gesagt hatte, wir müßten unumwunden das in unsere Tagebücher schreiben, was wir dächten und empfänden, da es sonst keinen Sinn hätte.

Ich überflog meine eigenen Eintragungen von den gleichen Tagen.

30. April

Ein Herr kam, um sich den schwedischen Aufsatzschrank anzuschauen. Ich halte ihn für einen ernsthaften Interessenten. Auf dem Heimweg vom Geschäft wurde ich von einem Wolkenbruch überrascht, und heute nachmittag entdeckte ich zu meinem Entsetzen Holzwürmer in der Newport-Standuhr. Ich machte mich sofort mit Mrs. Buckle an die Arbeit.

1. Mai

Ich glaube, wir haben die Uhr gerettet. Vom Bankdirektor kam ein Brief mit dem Vorschlag, ihn aufzusuchen. Mir ist gar nicht wohl bei dem Gedanken an die Eröffnungen, die er mir machen wird!

Wie anders waren Chantels Schilderungen! Bei ihr war alles bunt und sprühend, bei mir dagegen düster und farblos. Ich begann mich zu fragen, ob das an der verschiedenen Art und Weise lag, mit der wir an das Leben herangingen.

Meine Lage war jedoch tatsächlich trostlos. Der Schuldenberg, in dem das Geschäft versank, wurde mit jedem Tag höher. Wenn ich nach Einbruch der Dunkelheit allein im Haus war, stellte ich mir vor, wie Tante Charlotte herumgeisterte und mich auslachte und mich wie zu ihren Lebzeiten verspottete: »Du kommst ohne mich nicht zurecht! Ich habe dir das ja immer gesagt!«

Das Verhalten der Leute mir gegenüber hatte sich verändert. Sie blickten sich verstohlen auf der Straße nach mir um, wenn sie dachten, ich bemerke es nicht, und ich wußte, sie fragten sich: ›Hat sie den Tod ihrer Tante auf dem Gewissen? Sie erbte schließlich das Geschäft und das Haus, oder?‹ Ach, wenn die doch wüßten, was für Sorgen und Schulden ich in Wirklichkeit geerbt hatte! Ich versuchte in jener Zeit verzweifelt, mir das Bild meines Vaters vor Augen zu rufen sowie seine ständige Ermahnung, Schwierigkeiten die Stirn zu bieten und sie zu meistern und immer daran zu denken, daß ich eine Offizierstochter war. Er hatte recht. Durch Selbstmitleid wurde nichts besser; das wußte ich nur zu gut. Ich würde zum Bankdirektor gehen und das Schlimmste erfahren und dann entscheiden, ob es möglich war, weiterzumachen. Und falls es das nicht war? Nun, dann würde ich einen anderen Entschluß fassen, das war alles. Für eine Frau mit meinen Fähigkeiten und meinem Wissen mußte es eine andere Tätigkeit geben. Ich besaß ein fundiertes Wissen über antike Möbel, Fayencen und Porzellan und außerdem eine gute Bildung und Erziehung. Bestimmt gab es irgendwo auf der Welt einen geschützten Winkel, der auf mich wartete; den würde ich jedoch nicht finden, wenn ich in Selbstmitleid versank. Ich durfte nicht versagen und mußte mich auf die Suche nach ihm machen.

Es war in jeder Hinsicht eine unglückliche Phase meines Lebens. Ich war nicht mehr jung; mit siebenundzwanzig verdient man bereits die Bezeichnung einer alten Jungfer. Niemand hatte mir jemals einen Heiratsantrag gemacht. John Carmel hätte es vielleicht zu gegebener Zeit getan, doch er war mitleidlos von Tante Charlotte verjagt worden; und was Redvers Stretton betraf, so hatte ich mich da wirklich unglaublich naiv benommen und mir etwas eingebildet, was gar nicht existierte. Ich konnte nur mir selbst Vorwürfe machen. Das mußte ich unbedingt Chantel bei ihrem nächsten Besuch klarmachen. Außerdem mußte ich versuchen, ebenso anschaulich und aufrichtig über mich und mein Leben zu schreiben wie sie es über sich und ihr Leben tat. Es war ein Gradmesser für unser gegenseitiges Vertrauen; gleichzeitig bedeutete das Niederschreiben der eigenen Gefühle eine gewisse Erleichterung.

Ich mußte mit meinen lakonischen Eintragungen über schwedische Aufsatzschränke und Standuhren aufhören. Ich selbst und meine Gefühle und Gedanken interessierten sie – ebenso wie mich die ihrigen. Es war wirklich wunderbar, eine solche Freundin zu haben! Ich hoffte von Herzen, unsere Beziehung würde immer so bleiben. Ich fürchtete, sie könnte von Schloß Crediton fortgehen oder sich gezwungen sehen, eine andere Stellung irgendwo weit fort annehmen. Und ich erkannte in vollem Umfang, was ihre Freundschaft mir in jener schweren Zeit bedeutete.

Liebe Chantel! Wie hatte sie mir in jenen grauenhaften Tagen nach Tante Charlottes Tod zur Seite gestanden! Manchmal war ich sogar überzeugt, daß sie es fertiggebracht hatte, den Verdacht von mir abzulenken. Das war in ihrer Stellung als Tante Charlottes Pflegerin eine sehr riskante Tat gewesen; man nennt das auch ›Fälschung des Tatbestandes‹. Sie war jedoch so unbekümmert gewesen, so loyal in ihrer Freundschaft, daß ihr das gar nicht bewußt wurde. Ich mußte darüber in mein Tagebuch schreiben, doch nein, es war zu gefährlich, um schriftlich festgehalten zu werden. Deshalb war ich eben nicht so offen und aufrichtig in meinen Aufzeichnungen. Wenn man begann, ein Tagebuch zu schreiben, erkannte man, daß gewisse Dinge besser unerwähnt bleiben . . . vielleicht, weil man sie sich nicht einmal selbst eingestand.

Wenn ich jedoch an Tante Charlottes Tod dachte, überlief mich kaltes Grauen, denn trotz des Knopfes, den Chantel fand, und der zweifellos richtigen Annahme, daß Menschen unter gewissen Umständen über unbegreifliche Kräfte verfügen, konnte ich nie glauben, daß Tante Charlotte sich das Leben nahm, wie groß auch ihre Schmerzen gewesen sein mochten.

Und doch mußte es so gewesen sein! Wie hätte es anders sein sollen? Sämtliche Hausbewohner profitierten allerdings von ihrem Tode: Ellen bekam ihre Erbschaft, was in ihrem Falle nicht nur eine Erbschaft, sondern der Passierschein zu der Heirat mit Mr. Orfey war. Ellen hatte, weiß der Himmel, lange genug vor diesem Tor gestanden und auf den Passierschein gewartet. Auch Mrs. Morton hatte auf eine glückliche Befreiung von Tante Charlottes Diensten gewartet. Und was mich betraf . . . ich erbte diese Bürde von Schulden und Ängsten, von denen ich vor Tante Charlottes Tod zwar nichts geahnt hatte.

Nein, es hatte sich so abgespielt, wie Chantel es ihnen geschildert hatte, auch wenn ich nie für möglich gehalten hätte, daß Tante Charlotte sich das Leben nehmen würde. Aber wer von uns weiß schon alles über einen anderen Menschen?

Ich mußte aufhören, über Tante Charlottes Tod nachzugrübeln, mußte der Zukunft ins Gesicht schauen, so, wie mein Vater es getan hätte! Morgen würde ich zu dem Bankdirektor gehen; von ihm würde ich das Schlimmste erfahren und anschließend meine Entscheidung treffen.

Er saß vor mir und sah mich über den Rand seiner Brille hinweg an, wobei er die Fingerspitzen zusammenpreßte und sein Gesicht einen spöttisch bekümmerten Ausdruck annahm. Er muß schon sehr oft in ähnlich unangenehmer Angelegenheit mit Leuten gesprochen haben. »Es ist alles eine Frage von Aktiva und Passiva, Miss Brett. Man muß einen Ausgleich zwischen ihnen schaffen. Und Sie befinden sich leider in einer äußerst prekären Situation.«

Und er fuhr fort, mir diese zu erklären. Er zeigte mir auch Aufstellungen von Zahlen, mit denen er seine Schlußfolgerung begründete. Ich war in der Tat in einer äußerst prekären Situation, und es blieb mir keine andere Alternative, als sofort zu handeln. Er redete von einer freiwilligen Liquidation, die mit einiger Vorsicht noch möglich sei. In wenigen Monaten könnte es auch dafür zu spät sein. Ich dürfte nicht vergessen, daß die Kosten weiter stiegen und die Schulden wüchsen. Er lege mir nicht nahe, mich einzig und allein nach seinem Rat zu richten. Er sei nur Bankdirektor. Aber es sei so eindeutig und schnell mit dem Geschäft bergab gegangen. Miss Charlotte Brett hätte ungünstig eingekauft – darüber gäbe es keinen Zweifel, und oft habe sie mit Verlust verkauft, nur um flüssiges Geld zu bekommen. Das sei eine sehr gefährliche Methode, die nicht zu häufig angewandt werden dürfe. Er schlug mir vor, mich an meinen Anwalt zu wenden. Der Kredit müßte innerhalb der nächsten drei Monate bei der Bank abgedeckt werden, fürchte er, und er glaube, ich sollte mir das Ganze sehr, sehr sorgfältig überlegen. Es wäre vielleicht klug, die Schulden mit einem Schlag loszuwerden, indem ich alles verkaufte, das Haus mit inbegriffen. Das würde die Schulden abdecken, und es bliebe mir noch ein kleines Kapital übrig. Er fürchte, dies sei die beste Lösung für mich in Anbetracht der Situation.

Er drückte mir bekümmert die Hand und riet mir, nach Haus zu fahren und mir alles gründlichst zu überlegen.

»Sie sind eine vernünftige junge Frau, Miss Brett, und werden bestimmt schnell Ihre Entscheidung treffen.«

Als ich ins *Queen's House* zurückkam, wollte Mrs. Buckle gerade gehen. »Sie sehen aber niedergeschlagen aus, Miss«, meinte sie mitfühlend. »Ich weiß nicht, ich hab' zu Buckle gesagt, das ist kein Leben für eine junge Dame, nein, wirklich nicht. Das alte Haus, und dann ganz allein da drin. Ich find' es einfach nicht richtig. Ganz allein mit all den wertvollen Sachen. Ich krieg' 'ne richtige Gänsehaut, wenn ich nur daran denke – als ob man die nicht schon allein von dem Haus bekäme!«

»Ich fürchte mich nicht vor dem Haus, Mrs. Buckle. Es ist . . .«

Aber wie sollte ich es ihr erklären? Außerdem war sie eine Tratschbase und brachte es nicht fertig, irgendein Geständnis bei sich zu behalten.

»Na ja, es geht mich ja nichts an. Aber ich glaube, die Würmer sind in dem Hepplewhite-Tisch. Nicht viele. Aber er stand direkt neben der Standuhr, und Sie kennen ja diese kleinen Teufel.«

»Ich werde mir den Tisch ansehen, Mrs. Buckle.«

Sie nickte. »Na, ich geh dann also. Übrigens haben wir nur noch wenig Bienenwachs. Ich werd' morgen auf dem Herweg etwas kaufen. Bis morgen also, Miss.«

Sie verschwand, und ich blieb allein im Haus zurück.

Ich ging in den Park und dachte wieder einmal an jenen, jetzt so viele Jahre zurückliegenden Herbstabend und konnte es nicht lassen, mich töricht zu fragen, ob er wohl jemals noch daran dachte. Ich schlenderte zum Fluß hinunter, wo Sumpfdotterblumen und Wiesenschaumkraut üppig durcheinander wucherten und Mückenschwärme über dem Wasser tanzten. Ich blickte zum Haus zurück und dachte an den Rat des Bankdirektors. Verkaufen Sie alles! Das *Queen's House* verkaufen? Der Gedanke war so völlig neu und ungewohnt. Dieses Haus war so lange Jahre mein Heim gewesen. Es faszinierte mich, obwohl es mich immer noch irgendwie abstieß, und manchmal, wenn mir klar wurde, daß es jetzt mir gehörte, stellte ich es mir so eingerichtet vor, wie es gewesen sein mußte, bevor Tante Charlotte es zu ihrem Möbellager machte. Es muß damals ein bezauberndes, glückliches Haus gewesen sein . . . Bevor all diese tragischen Ereignisse eintraten. Der Tod meiner Mutter, der Tod meines Vaters, jener kurze, glückselige Abend, als ich glaubte, einen Menschen gefunden zu haben, durch den mein Leben sich ändern würde, die bittere Enttäuschung und zuletzt Tante Charlottes rätselhafter Tod.

Ich wollte das Haus nicht verkaufen! Und doch würde ich es müssen. Ich schlenderte über die weiten Rasenflächen. Die Apfel- und Kirschbäume waren mit rosa und weißen Blüten übersät, und der Kastanienbaum vor meinem Fenster hatte seine anmutigen Kerzen aufgesteckt. Ich hing sehr an *Queen's House.*

Ich ging wieder hinein und stand in der Halle und lauschte dem Ticken der vielen Uhren. Die Räume waren immer noch so vollgepfropft wie zu Tante Charlottes Lebzeiten, aber es kamen nicht mehr viele Interessenten. Vielleicht war es ihnen unangenehm, es mit jemandem zu tun zu haben, der ihrer Meinung nach in einen ungeklärten Todesfall verwickelt war.

In jener Nacht wanderte ich durch das ganze Haus, von Zimmer zu Zimmer. All die wertvollen Möbel, für die ich keine Käufer finden konnte! Ich würde alles verkaufen müssen, und das bedeutete, an Händler zu verkaufen. Jeder wußte, daß die nur niedrige Preise zahlten.

Ich kam der Entscheidung immer näher und näher.

Mir war, als vernähme ich die Stimme meines Vaters: »Schau deinen Problemen ins Gesicht! Hab keine Angst vor ihnen, und du wirst einen Weg finden, sie zu lösen!«

Genau das wollte und würde ich tun! All die boshaften Uhren flüsterten mir zu: »Verkauf! Verkauf! Verkauf!«

Ja, ich würde alles verkaufen und von hier fortgehen und einen neuen Start versuchen – ein völlig neues Leben beginnen!

»Einige Leute sagen«, erklärte Ellen, »es würde im *Queen's House* spuken.«

»Was für ein Unsinn!« fuhr ich sie an.

»Naja, das sagen die aber. Man kriegt die Gänsehaut davon.«

Scharf sah ich sie an. Sie hatte sich seit Tante Charlottes Tod verändert. Ich war überzeugt, daß sie mir als nächstes eröffnen würde, sie könne nicht bleiben, schließlich sei sie ja nur geblieben, um noch etwas auszuhelfen, wie sie mir gleich gesagt hätte. Mr. Orfey sei ein anspruchsvoller Ehemann. Von der Erbschaft habe er sich ein eigenes Pferd und einen Wagen gekauft und sich selbständig gemacht und baue jetzt »nett sein Geschäft auf«.

Aber es war nicht so sehr Mr. Orfeys zunehmender Wohlstand, der Ellen vom *Queen's House* zu vertreiben drohte; es war die Erinnerung an Tante Charlotte. In gewisser Weise spukte es im Hause tatsächlich für Ellen wie für mich. So weigerte sich diese, allein nach oben in Tante Charlottes Schlafzimmer zu gehen. Sie bekäme die Gänsehaut, erklärte sie. Sehr bald würde sie mir kündigen, das erkannte ich ganz klar.

Es war ein regnerischer Tag, und es hatte auch die ganze Nacht geregnet. Der Himmel war verhangen, und das Haus war sogar schon am Nachmittag voll dunkler Schatten. Mrs. Buckle kam vom Mansardenzimmer heruntergeeilt und verkündete, auf dem Fußboden stände eine Lache Wasser. Es regnete durch das Dach herein! Das Dach war immer Tante Charlottes Sorge gewesen. Sie hatte es von Zeit zu Zeit ausbessern lassen, doch erinnerte ich mich, wie uns beim letzten Mal gesagt wurde, es müßte gründlich renoviert werden. Sie könne sich das nicht leisten, hatte Tante Charlotte damals geantwortet.

Ich war sehr melancholischer Stimmung, als Chantel erschien. Wie hübsch sah sie in ihrem dunklen Schwesternumhang aus, das einen vorteilhaften Kontrast zu ihrem wundervollen Haar bildete! Ihre Wangen glühten, und ihre Augen funkelten. »Ich konnte nicht widerstehen, dich zu besuchen«, gestand sie. »Miss Beddoes nahm mich in der Kutsche in die Hauptstraße mit, wo ich sie in einer Stunde wieder treffe. Ich hatte solche Angst, du wärst möglicherweise nicht zu Hause.«

»Ach Chantel! Wie tut es gut, dich zu sehen!« Und ich sprudelte alles hervor, was sich ereignet hatte – meinen Besuch beim Bankdirektor, meine Befürchtungen bezüglich Ellen und meine Bestürzung über das undichte Dach.

»Meine arme Anna! Was sollst du nur machen: Du mußt das Geld zurücknehmen, das deine Tante mir vermachte. Ich weiß wirklich nicht, warum sie das tat. Ich war doch nur so kurze Zeit hier.«

»Sie mochte dich eben sehr schnell gern . . . so wie alle.«

»Du mußt mir den Gefallen tun und das Geld zurücknehmen.«

»Du weißt genau, daß ich das nie täte.«

»Nun, zumindest ist es da, falls du es brauchen solltest. Was wirst du tun?«

»Die Bank rät mir dringend, alles zu verkaufen.«

»Kannst du das denn?«

»Ich kann es zumindest versuchen. Da wäre zuerst einmal das Haus. Das sollte etwas einbringen.«

Ernst nickte sie. »Ich bin überzeugt, du triffst die richtige Entscheidung, Anna.«

»Ich wünschte, ich wäre ebenso davon überzeugt.«

»Hast du über alles in dein Tagebuch geschrieben?«

»Wie hätte ich das können, wo es doch bei dir ist.«

»So wie meines hier bei dir. Du mußt es mir zurückgeben. Man muß sofort über alles schreiben, wenn es passiert, sonst verliert es an Farbigkeit. Man vergißt sie leicht die wichtigsten Gefühle eines Augenblicks.«

»Deines war wunderbar zu lesen, Chantel! Ich hatte das Gefühl, dabei zu sein.«

»Wie sehr wünschte ich, du wärest es tatsächlich! Was hätten wir für einen Spaß! Wenn die doch bloß eine Expertin für alte Möbel auf dem Schloß bräuchten!«

»Hat irgend jemand das je gebraucht?«

»Es ist so faszinierend, Anna! Ich finde es so aufregend! Nicht nur das Schloß ist so ungewöhnlich, sondern auch seine Bewohner!«

»Ich weiß. Ich kann es mir vorstellen. Hat sich noch etwas Neues ereignet?«

»Ich habe meine Position gefestigt. Ich werde sie jetzt alle viel besser kennenlernen. Ich bin nicht mehr die Fremde unter ihnen.«

»Und dieser Mann ... dieser Rex?«

»Warum pickst du dir denn den heraus?«

»Mir schien, er hat dir recht gut gefallen.«

»Du denkst doch immer nur an eine Romanze. Glaubst du etwa, der Erbe all dieser Millionen würde sich ernsthaft für die Krankenpflegerin seiner Schwägerin interessieren?«

»Ich bin überzeugt, daß er sich einfach für sie interessieren muß.«

»Die Betonung lag bei mir auf dem Wort ›ernsthaft‹!« Sie lachte, und ich sagte: »Na, wenigstens denkst du nicht *ernsthaft* an ihn.«

»Ich bin nun mal leichtfertig, wie du ja weißt.«

»Nicht immer, Chantel. Niemald werde ich vergessen, wie großartig du bei dem Verhör vor Gericht warst. Das war alles andere als leichtfertig!«

»Nun, ich habe auch meine ernsthaften Momente.«

»Ich kann Tante Charlotte einfach nicht vergessen.«

»Hör auf!« fuhr sie mich an. »Du mußt sie aus deinem Denken verbannen. Es ist vorbei! Zu Ende! Worüber du jetzt nachdenken solltest, ist deine Zukunft. Wie schlimm steht es?«

»Sehr schlimm! Die Schulden sind doppelt, nein dreimal so hoch, als ich vermutete. Tante Charlotte scheint ihr klares Urteilsvermögen in den letzten Jahren verloren zu haben. Sie erwarb die unverkäuflichsten Dinge. Ich werde niemals auch nur die Hälfte des Preises bekommen, den sie für diese bezahlte. Und zuletzt ließ sie die Schulden sich einfach anhäufen. Und dabei war sie früher so geschäftstüchtig und präzise.«

»Ihre Krankheit veränderte sie. Die Menschen werden einfach anders dadurch.«

»Sie wurde es ganz zweifellos.«

»Du solltest fort von hier, Anna. Dies ist keine gute Umgebung mehr für dich.«

»Es ist wirklich lieb von dir, Chantel, daß du dir solche Gedanken über mich machst.«

»Aber Anna, ich betrachte dich als meine Schwester.«

»Dabei kennen wir uns noch gar nicht sehr lange.«

»Die Zeit ist nicht immer der Gradmesser für eine Freundschaft. Manche Menschen lernt man besser in wenigen Minuten kennen als andere in Jahren. All das, was hier passierte, hat uns einander nahe gebracht. Ich möchte, daß es so bleibt, Anna.«

»Das möchte auch ich, aber du hast doch Schwestern.«

Sie machte eine Grimasse. »Es ist eigenartig, wie man den Kontakt zu seiner Familie verliert. Meine Schwester Selina heiratete und blieb in unserem Dorf; Katey heiratete einen Arzt und ging mit ihm nach Schottland.«

»Und siehst du sie nie?«

»Nicht mehr, seit ich Lady Henrock pflegte. Ich kam damals direkt hierher, und es blieb mir keine Zeit, zu ihnen zu fahren; es ist auch so weit weg. Ganz oben in Yorkshire.«

»Sie würden dich bestimmt gerne einmal wiedersehen.«

»Sie waren viele Jahre älter als ich und schon erwachsen, als ich geboren wurde. Ich sei der Nachkömmling, sagten sie. Meine Mutter wurde vor meiner Geburt gefühlvoll und wählte einen Namen von einem alten Grabstein vom Friedhof neben dem Vikarshaus. Eine Chantel lag dort begraben. Sie schied mit vierundzwanzig aus diesem Leben. Sie hieß Chantel Spring. Meine Mutter sagte: ›Wenn es ein Mädchen wird, werde ich sie Chantel Spring nennen!‹ Und das tat sie. Ich bin Chantel Spring Loman. Das ist zumindest die Geschichte, wie man sie mir erzählt hat. Ich habe meine Mutter nie gekannt; ich tötete sie bei meiner Geburt.«

»Tötete sie? Was für ein schrecklicher Ausdruck! Du sprichst davon, als wäre es deine Schuld.«

»Man empfindet eine gewisse Verantwortung dafür.«

»Das ist aber ganz unberechtigt, liebe Chantel. Du solltest es dir wirklich aus dem Kopf schlagen!«

»Sieh einer an!« meinte sie lachend. »Ich kam, um dir einen Rat zu geben und nicht, um dich um deinen zu bitten.«

»Nun gut, wie lautet dein Rat?«

»Mach dir keine Sorgen! Verkauf alles, wenn du es mußt! Und dann werden wir weitersehen.«

»Du bist mir eine große Hilfe, Chantel!«

Und dann sprachen wir von dem Schloß und den Ereignissen dort. Ihre neue Umgebung hatte es ihr wahrlich angetan. Sie war wie ein verliebtes Mädchen, überlegte ich, aber verliebt in das Schloß. Es sei denn, das Schloß bildete nur einen Paravent für ihre wirklichen Gefühle. Ich war überzeugt, daß sie sich sehr für Rex interessierte; seltsamerweise schien es sie aber nicht im geringsten zu betrüben, daß er sich nicht ernsthaft für eine Krankenpflegerin interessieren *konnte,* wie sie selbst sagte. Ich wollte nicht, daß sie so verletzt würde wie ich damals. Es schien wirklich ein sonderbarer Zufall, daß ausgerechnet sie, die ich tatsächlich als die Schwester zu betrachten begann, die ich mir immer gewünscht hatte, sich jetzt zu sehr für einen jener beiden Brüder interessierte – so wie ich mich früher für den anderen; auf jeden Fall interessierte sie sich zu sehr für ihn im Hinblick auf unsere bisher ungetrübte Freundschaft.

Nach ihrem Besuch fühlte ich mich unvergleichlich besser. Ich hatte mein Gleichgewicht wiedergewonnen und war überzeugt, mit allem fertigzuwerden, was immer auch geschehen mochte.

Zu gern hätte ich mehr vom Schloß gehört! Sie nahm ihr Tagebuch mit und sagte, sie müßte es so rasch wie möglich nachtragen. Ich könne nicht abwarten, ihre weiteren Berichte zu lesen, versicherte ich ihr.

»Aber du mußt deines auch nachschreiben, Anna! Ich möchte alles wissen, was du tust, alles, was du denkst. Du darfst nichts verschweigen! Nur so kann man die Wahrheit erkennen.«

Ich versprach es ihr.

Ihre nächsten Eintragungen konnte ich erst nach einiger Zeit lesen. In der Zwischenzeit war ich zu dem Entschluß gekommen, alles verkaufen zu müssen, sogar das Haus. Ich hatte schon mit einem Makler gesprochen, der mir erklärte, das würde nicht einfach sein. Es sei zwar ein interessantes altes Haus, doch habe man seit Jahren keine Reparaturen an ihm durchgeführt. Das Dach sei undicht; in einer Etage wäre der Holzwurm im Parkett, und in der Mauer zum Fluß stecke der Schwamm. »Es liegt zu dicht am Fluß und ist zu feucht«, sagte er. »Herrenhäuser wie dieses sind sehr malerisch, verlangen aber, daß man von Zeit zu Zeit ein Vermögen in sie hineinsteckt. Vergessen Sie nicht, daß dieses seit nunmehr vierhundert Jahren hier steht. Es wäre Wahnsinn, das Haus zum Verkauf anzubieten, da man praktisch nichts dafür bekommen würde, weil soviel an Reparaturen investiert werden müßte.«

Der beste Vorschlag, den er mir machen könne, laute dahingehend, das Haus »für einen Apfel und ein Ei« zu vermieten mit der Auflage, daß der Mieter die Instandhaltung übernehmen müsse. Mit anderen Worten: Als Gegenleistung für das Privileg, fast mietfrei in dem Haus wohnen zu dürfen, müßte sich der Mieter um das undichte Dach, um den Holzwurm und den Schwamm kümmern und die notwendigen Reparaturen vornehmen.

»Es scheint ein möglicher Ausweg zu sein«, sagte ich nachdenklich. »Es ist der einzige! Glauben Sie mir!» beschwor er mich.

Also traf ich meine Entscheidung. Ich würde alles verkaufen, die Schulden bezahlen und das Haus vermieten. Vielleicht würde ein wenig Geld übrigbleiben, vielleicht auch gar nichts; auf jeden Fall würde ich die ganze Bürde los.

Was ich dann tun sollte, mußte sich finden; die ganze Abwicklung würde so lange dauern, daß mir einige Monate Zeit blieben, um über meine weitere Zukunft nachzudenken.

Indessen spielten sich weitere Ereignisse im Schloß ab, von denen ich durch Chantel erfuhr – hauptsächlich durch ihr ungeheuer anschauliches Tagebuch.

9. Mai

Ich besuchte heute Anna und hörte, wozu man ihr rät. Ich glaube, es ist nur gut für sie, vom *Queen's House* fortzukommen mit all seinen Erinnerungen – solange sie nur nicht zu weit fortgeht und ich sie von Zeit zu Zeit sehen kann. Ich wünschte, es gäbe eine Möglichkeit, sie hierher aufs Schloß zu holen! Wie lustig wäre es, über alles mit ihr sprechen zu können, wenn es passiert.

Heute kam Edith Baines zu mir in mein Zimmer, um mir eine Medizin von Dr. Elgin für meine Patientin zu bringen, und wir unterhielten uns. Sie ist ganz anders als ihre Schwester Ellen. Sehr würdig – die Herrin über alle Dienstmädchen und Gattin des Butlers! Haha! Sie betrachtet mich als ihresgleichen, was bedeutet, daß sie mich äußerst liebenswürdig und ohne Herablassung behandelt, was sehr komisch, aber nützlich ist. Ich glaube, Edith weiß eine ganze Menge über die »Geheimnisse« des Schlosses. Sie verriet mir, daß es bald ein wenig im Haus zu tun geben würde. Lady Crediton habe sie gestern kommen lassen und ihr mitgeteilt, daß sie die Derringhams für die erste Juniwoche eingeladen habe. »Wir werden also etwas Spaß und Unterhaltung bekommen«, erklärte Edith, »und das macht Arbeit. Mr. Baines erhielt schon Anweisung, das Parkett im Ballsaal bohnern zu lassen, und wie ich höre, hat sie auch schon mit den Gärtnern gesprochen.«

»Die Derringhams?« fragte ich. »Das müssen sehr mächtige Leute sein, wenn Lady Crediton solche Umstände für sie macht.«

»In gewisser Weise sind sie unsere Konkurrenz«, klärte Edith mich auf. Edith tut immer so, als sei sie Mitbesitzerin der Lady-Linie. »Aber natürlich in aller Freundschaft. Sir Henry ist ein Freund von Ihrer Ladyschaft und Mr. Rex. Ich glaube, Sir Henry und Lady Crediton haben beschlossen, daß Helena sehr geeignet als Gemahlin für Mr. Rex wäre.«

»Sehr geeignet wäre?«

»Für eine gute Partie. Es würde die beiden Geschäfte zusammenbringen. Das ist immer eine gute Sache. Mein Himmel, was für eine Macht wir dann wären! Die Creditons und die Derringhams zusammen!«

»Es klingt alles ganz vernünftig«, bestätigte ich.

Edith verdrehte die Augen zur Zimmerdecke hinauf in Ermangelung des Himmels.

»Aber es macht Arbeit! Und einige dieser verrückten Mädchen sind so faul! Sie machen sich ja keine Vorstellung! Aber wir werden wenigstens Mr. Rex sicher in den Hafen der Ehe bekommen, nachdem der Käpten diese Sache da machte ...«

»Der Käpten scheint mir ein sehr mysteriöser Mann zu sein.«

»Das kommt eben davon ... tja«, meinte Edith und verschränkte die Arme selbstgefällig über ihrem Busen. »Es ist eben nicht das gleiche, nicht wahr? Wer war schon seine Mutter? Die sieht zwar aus wie eine Lady und wird jetzt von vorne und hinten da oben in ihrem Turm bedient. Jane Goodwin ist ihre Bedienerin – vergöttert sie. Aber ich wollte sagen, wo kam sie schon her? Sie war zwar die Zofe einer Lady.« Edith besaß eine lückenlose Kenntnis der Hierarchie jener Menschen, die den Reichen dienen.

Dies wurde gemütlich! Frauen wie Edith waren die besten Informationsquellen. Sie waren so selbstgerecht, hatten einen solch ausgeprägten Familiensinn. Edith wäre zum Beispiel ehrlich erstaunt, wenn man sie des Klatsches beschuldigt hätte. Ihr Respekt für die Crediton-Familie war groß, doch das war auch ihr Interesse; und wenn sie mit mir über deren Belange sprach, tratschte sie ja nicht mit einem der niederen Dienstboten.

»Ich könnte mir denken, daß Mrs. Valerie Stretton früher sehr schön war«, köderte ich sie.

»Ich sehe nicht ein, warum das eine Entschuldigung für sie sein soll.«

»Und was war mit Sir Edward?«

»Man hätte es geheimhalten sollen. Aber ...« Ihr Blick fiel auf ein Staubkörnchen auf meinem Schrank, das sie ebenso zu bekümmern schien wie Sir Edwards Schwäche für die Zofe seiner Gemahlin. Hastig lenkte ich ihre Aufmerksamkeit davon ab, da ich nicht wollte, daß die kleine Betsy, die bei mir Staub wischte, wegen mir Schelte bekam. Ich wollte mit allen gut stehen.

»Weshalb wurde es denn nicht verheimlicht?« fragte ich rasch.

»Meine Mutter erzählte es mir alles. Sie war hier in Stellung, bevor sie heiratete, und nur deshalb habe ich überhaupt diese Position erhalten. Mrs. Stretton, wie sie sich selbst nennt, ist mindestens zwanzig Jahre jünger als Ihre Ladyschaft, die fünfzehn Jahre verheiratet war, bevor Mr. Rex geboren wurde. Es scheint, Sir Edward glaubte, Ihre Ladyschaft sei unfruchtbar. Sie war ihm immer eine wunderbare Hilfe, sie verstand was vom Geschäft und gab Gesellschaften, wenn es nötig erschien – kurz, sie war ihm in jeder Hinsicht mit eben dieser einen Ausnahme eine vorbildliche Gattin. Sie konnte Sir Edward kein gesundes Kind schenken. Er jedoch wünschte sich verständlicherweise nichts so sehr wie einen Sohn, der eines Tages sein Nachfolger werden würde.«

»Natürlich, er wünschte sich einen Sohn.«

»Ihre Ladyschaft hatte mehrere Fehlgeburten. Sir Edward war verzweifelt. Und dann war Ihre Ladyschaft wieder in anderen Umständen, doch niemand glaubte mehr, daß es diesmal zu einem glücklichen Ereignis kommen würde. Bisher hatte es ja nie geklappt, und sie war schon fast vierzig. Die Ärzte hatten Zweifel und fürchteten sogar um ihr Leben. Da wurde bekannt, daß Valerie Stretton ein Kind erwartete; Sir Edward erkannte die Vaterschaft an. Er wollte eben einen Sohn – wenn möglich, einen legitimen, doch einen Sohn wollte er auf jeden Fall. Es bestanden nun zwei Chancen, einen zu bekommen, und Valerie Stretton schien die aussichtsreichere Chance. Sir Edward machte sich immer selbst seine eigenen Gesetze. Er zuckte nur die Achseln über den Skandal, den er verursachte, und keiner wagte, sich ihm zu widersetzen, nicht einmal Lady Crediton, die vor Wut kochte, daß ihre Zofe unter diesen Umständen im Schloß bleiben sollte. Sir Edward setzte immer seinen Willen durch, sogar bei Ihrer Ladyschaft. Das Merkwürdige war, daß Lady Crediton nur wenige Tage nach Valerie Stretton niederkam. Sir Edward war ganz verrückt vor Freude, denn seine Mätresse hatte einen gesunden Knaben bekommen; er hatte also jetzt seinen Sohn. Wenige Tage darauf wurde dann Lady Creditons Sohn geboren. Nun hatte er zwar zwei Söhne, doch er wollte auch den illegitimen nicht wieder hergeben. Sir Edward, hieß es, wollte eben immer alles, weshalb er auch so viel zustande gebracht hatte. Er wollte seine Frau *und* seine Mätresse; und was Sir Edward wollte, das geschah. Die beiden Knaben wurden im Schloß erzogen, und ihr Vater vergötterte sie beide, obgleich er natürlich sehr streng mit ihnen war. Er sprach immer von »meinen Söhnen«. Valerie Strettons Sohn wurde ›Redvers‹ getauft; Lady Crediton wollte, daß jeder wußte, welcher der beiden der legitime Erbe war, und so erhielt ihr Sohn den Namen ›Rex‹ – der König. Rex sollte eines Tages das Geschäft erben, doch auch für Mister Red würde sehr gut gesorgt sein. Er würde seinen Teil bekommen . . . natürlich einen kleineren. Red brannte sowieso nur darauf, zur See zu fahren, während Rex nur Sinn fürs Jonglieren mit dem Geld hatte. Sie waren also grundverschieden. Aber Rex ist ein Crediton. Es wundert mich fast, daß Sir Edward nicht auch Redvers adoptierte. Ich habe gehört, daß im Falle, wenn Rex etwas passieren sollte . . .«

»Sie meinen, wenn er sterben würde?«

Sie fuhr erschreckt zusammen. Sterben bezeichnete sie mit »etwas passieren« – ich durfte das nicht vergessen.

»Wenn Rex etwas passieren sollte«, wiederholte sie unbeirrt, »würde Redvers der Erbe sein.«

»Das ist alles sehr interessant«, versicherte ich ihr.

Sie nickte. »Meine Mutter war hier, müssen Sie wissen, bevor die Jungen zur Welt kamen. Sie erzählte oft von den damaligen Ereignissen. Ich weiß noch, wie sie vom Stapellauf des einen Schiffes sprach. Das war jedesmal ein ziemliches Ereignis – diese Stapelläufe. Sir Edward sorgte immer für den nötigen Prunk und Aufwand, weil das gut fürs Geschäft war, wie er sagte. Alle sollten wissen, daß die Lady-Linie ihre Flotte und damit ihre Macht wieder einmal vergrößert hatte.«

»Natürlich«, bestärkte ich sie sanft.

»Alle Schiffe sind Ladies, wie Sie wissen. Lady Crediton sollte dieses Schiff taufen. Es war alles vorbereitet; sie sollte eine Sektflasche am Bug des Schiffes zerschlagen, wie man das so macht. Das Schiff sollte den Namen ›Die glückliche Lady‹ bekommen oder so ähnlich. Am Tage vor dem Stapellauf hatte es aber den Ärger auf dem Schloß gegeben. Ihre Ladyschaft hatte Sir Edwards Neigung zu Valerie Stretton und sein Treiben entdeckt und war außer sich. Sie kannte seine Veranlagung, aber daß er es hier im Schloß . . . direkt vor ihren Füßen könnte man sagen . . . trieb, das empörte sie maßlos. Sie wollte Valerie Stretton rausschmeißen, doch Sir Edward ließ das nicht zu. O ja, das war vielleicht ein Ärger an jenem Tag! Und am nächsten Tag taufte sie das Schiff, und als alle warteten, daß sie sagen würde ›Ich taufe dieses Schiff »Die glückliche Lady«‹ oder was auch immer, sagte sie ›Ich taufe diees Schiff »Die Geheime Frau«‹. Das war ihre trotzige Rache!«

»Was muß das für einen Wirbel gegeben haben!«

»Die einzige ›Frau‹ unter all den Ladies! Aber es blieb dabei. Es zeigt ihnen, finden Sie nicht, was für eine Frau Lady Crediton war. Sie wollte immer ihren eigenen Willen durchsetzen und schaffte das auch. Nur in einer Sache gelang ihr das nicht. Sie wollte Valerie Stretton rausschmeißen. Nichts da! sagte Sir Edward. Sie bleibt! Es war eigentlich irgendwie komisch, daß Ihre Ladyschaft sich damit abfand und Valerie als

Kinderfrau der beiden Söhne blieb. Die beiden Mütter waren immer sehr kühl und reserviert zueinander. Aber Sie sehen, Sir Edward war kein Mensch wie alle anderen.«

»Er war eher wie ein orientalischer Fürst, der mit seinen diversen Frauen und Kindern friedlich unter einem Dach lebt.«

»Darüber weiß ich nichts«, erwiderte Edith, »aber es gibt nicht viel auf Schloß Crediton, was ich nicht weiß.«

11. Mai

Ich dachte, meine Patientin würde gestern abend sterben. Sie bekam einen schrecklichen Asthmaanfall und japste nach Luft. Ich schickte Betsy zu Dr. Elgin, und er sagte mir dann, ich müßte bei ihr auf diese Attacken vorbereitet sein; sie seien in der Tat gefährlich. Als sie sich ein wenig erholt hatte, gab er ihr ein Beruhigungsmittel und kam in mein Wohnzimmer, das neben meinem Schlafzimmer im Turm liegt, und sprach über sie.

»Es ist eine unglückselige Situation«, erklärte er. »Es ginge ihr viel besser in einem Klima, das sie gewohnt ist. Die abrupten Temperaturschwankungen hier machen ihr schwer zu schaffen. Und die Feuchtigkeit ist Gift für sie, vor allem, wo sie eine beginnende Schwindsucht hat. Und ihr Temperament ist auch keine Hilfe.«

»Sie scheint mir eher eine unglückliche Frau zu sein, Doktor.«

»Nun ja, ihre Ehe ist ein bißchen ungereimt.«

»Weshalb ist sie hergekommen? Wo ihr Mann so selten hier ist, erscheint es wenig sinnvoll.«

»Es ist wegen des Kindes. Bis Mr. Rex Crediton einen Sohn hat, ist dieser Junge vermutlich wichtig. Außerdem wollen sie, daß er in das Geschäft hineinwächst. Sie ist einzig und allein wegen des Kindes hier.«

»Für die Mutter scheint es ein schweres Los zu sein.«

»Es ist eine unnatürliche Situation. Sie wissen wahrscheinlich, daß der Junge Sir Edwards Enkel ist – wenn auch kein legitimer. Aber sie wollen Familienangehörige im Geschäft, je mehr, desto besser. Ich weiß, es hat Sir Edward immer gewurmt, daß er nur zwei Söhne bekam. Er hatte fest mit vielen Kindern gerechnet, mit einer großen Familie. Es schien das einzige zu sein, das er nicht nach seinem Willen hat erzwingen können, und das wurmte ihn. Lady Crediton scheint entschlossen, seine Vorstellungen auszuführen. Deshalb ist der kleine Edward hier, um zusammen mit dem Abc das Reedereigeschäft zu lernen.«

»Ich glaube, Mrs. Stretton hat Heimweh. Woher stammt sie übrigens?«

»Von einer Insel im Pazifik – nicht weit von den Freundschaftsinseln. Diese Insel heißt Koralle. Ich glaube, ihr Vater war Franzose und ihre Mutter eine Halbpolynesierin. Sie ist hier wie ein Fisch auf dem Trockenen.«

»Auf den Anfall gestern abend folgte ein furchtbarer Wutausbruch.«

»Das war zu erwarten. Sie müssen zu erreichen versuchen, daß sie ruhig bleibt.«

Ich lächelte reuig. »Sie erinnert mich an einen Vulkan, der jeden Moment ausbrechen kann. Ihr heftiges Temperament ist wirklich denkbar ungünstig für jemanden, der an ihrer Krankheit leidet.«

»Sie müssen versuchen, sie irgendwie in eine glücklichere Verfassung zu bekommen, Schwester.«

»Das gelänge wohl nur ihrem Mann . . . wenn er nach Hause käme. Ich fühle, daß seine Abwesenheit der Grund für ihr Unglück ist.«

»Sie hat einen Seemann geheiratet und sollte daher mit seinen langen Abwesenheiten rechnen. Überwachen Sie genau ihre Diät! Gestatten Sie ihr nie eine üppige Mahlzeit! Häufige, kleine Zwischenmahlzeiten sind das richtige für sie.«

»Jawohl, Doktor.«

»Zum Frühstück nur ein Glas Milch oder Kakao und Butterbrote. Um elf Uhr Milch . . . und vielleicht ein Ei. Sie kann das Ei auch roh in der Milch trinken. Zum Mittagessen etwas Wein, aber nicht viel! Und vor dem Zubettgehen wieder ein Glas Milch mit einem Teelöffel Kognak.«

»Ich habe ja Ihren Diät-Plan, Doktor.«

»Gut. Wenn sie glücklicher wäre, ginge es ihr besser. Diese bedauerlichen Anfälle werden durch seelische Spannungen ausgelöst. Sie wird jetzt im Schlaf innerlich zur Ruhe kommen und ganz friedlich sein, wenn sie wieder aufwacht.«

Als Dr. Elgin gegangen war, merkte ich erst, wie erschrocken ich gewesen war. Ich hatte wirklich gedacht, meine Patientin würde sterben. Ich kann nicht behaupten, sie besonders gern zu mögen; sie hat etwas recht Unliebenswertes. Es war mehr der Gedanke daran gewesen, daß es vorbei sein würde mit meinem Leben auf dem Schloß, wenn sie stürbe. Und diese Aussicht sagte mir ganz und gar nicht zu, obgleich ständiger Ortswechsel in der Natur meines Berufes liegt. Ich bin eine Zeitlang in einem Haus, und dann »passiert etwas«, wie Edith es ausdrücken würde, und meine Dienste werden nicht länger benötigt. Es ist ein unstetes Dasein, das mir erst hier in Langmouth so richtig zu Bewußtsein gekommen ist – zum ersten Mal eigentlich, als ich mich von Anna trennen mußte, sowie jetzt beim Gedanken, das Schloß wieder verlassen zu müssen. Ich beginne, viel zu sehr am Schloß zu hängen. Ich mag seine dicken Mauern, und die Tatsache, daß es nur eine Imitation ist, macht es mir irgendwie noch sympathischer. Ich glaube, Sir Edward hätte mir gefallen. Was für ein Jammer, daß er nicht mehr lebt! Seinen Sohn Rex habe ich mehrmals gesehen; wir scheinen uns oft ganz zufällig zu treffen – häufiger allerdings, als man es dem reinen Zufall zuschreiben kann. Er interessiert mich wahnsinnig, und ich brenne darauf, mehr über seine Kindheit zu erfahren, als Valerie Stretton seine Kinderfrau war; auch möchte ich gern wissen, was er von seinem Halbbruder Redvers hält. Ich wünschte, der Käpten käme nach Hause. Bestimmt wäre meine arme Patientin dann glücklicher; außerdem wäre es interessant zu sehen, wie sie alle miteinander auskommen.

12. Mai

Ich war gestern abend bei meiner Patientin, als sie aus ihrem Beruhigungsschlaf aufwachte. Sie heißt Monique. So ein würdevoller Name paßt eigentlich gar nicht zu ihr. Ich sehe sie vielmehr im Geiste träge unter Palmen auf einem weißen Sandstrand liegen und auf die Korallenriffe vor der Insel hinausblicken. Sie trägt recht häufig Korallen; sie stehen ihr. Ich versuche mir auch vorzustellen, wie sie den Käpten kennenlernte, der vielleicht mit seinem Schiff ihre Insel anlief, um Kopra und Trockenfisch oder etwas Ähnliches zu laden und nach Sydney zu bringen. Wahrscheinlich trug sie exotische, rote Blumen im Haar. Er fand sie natürlich bezaubernd und verliebte sich blindlings in sie und heiratete sie, ohne zu überlegen, wie sie in sein Leben und den gesellschaftlichen Rahmen von Schloß Crediton passen würde. Das waren jedoch nur Bilder meiner eigenen Fantasie; wahrscheinlich hat es sich alles ganz anders zugetragen.

Als ich neben ihrem Bett saß, fing sie unvermittelt leise und undeutlich zu reden an. Einzelne Worte konnte ich verstehen: »Red! … Aber … Red! … Du liebst mich nicht!«

Höchst aufschlußreich, beweist es doch, daß sie ständig an ihn denkt.

»Sind Sie es, Schwester?« unterbrach sie sich dann jäh.

»Ja«, sagte ich besänftigend. »Versuchen Sie, sich auszuruhen. Der Arzt möchte es.«

Gehorsam schloß sie die Augen. Sie ist wirklich sehr schön, fast wie eine Puppe mit ihrem dichten, schwarzen Haar und den langen, dunklen Wimpern. Ihre Haut hob sich honiggelb von dem weißen Nachthemd ab. Ihr Gesicht trug einen bedrückten Ausdruck. Sie wird früh altern, überlegte ich; sie konnte jetzt nicht viel älter als fünfundzwanzig sein.

Sie sprach flüsternd mit sich selbst, und ich beugte mich vor, um sie zu verstehen. »Er *will* nicht zurückkommen! Er wünscht, es wäre nicht passiert! Er wünscht, er wäre frei!«

Nun, werte Dame, dachte ich, das wundert mich nicht, wenn Sie derartige Wutanfälle bekommen!

Sie war unbeherrscht, leidenschaftlich und wild. Was mochte nur Lady Crediton von so einem Geschöpf halten? Über eines war sie bestimmt froh, und zwar darüber, daß von den beiden Söhnen nicht ihr geliebter Rex eine solche Mesalliance einging. Ich konnte mir lebhaft die rasende Wut vorstellen, die sie in einem derartigen Falle packen würde. Was würde sie wohl tun? Besaß sie die Macht, etwas zu tun? Zweifellos war sie an der Firma beteiligt und besaß ein dickes Paket Anteile.

Es gab so viele interessante Dinge über das Schloß zu lernen; viel interessantere wahrhaftig als die Eheprobleme dieses hübschen, exotischen Vögelchens fern seiner Heimat, das zu pflegen ich hergekommen war.

15. Mai

Ich hörte heute, daß der Käpten auf der Heimfahrt ist und in etwa vier Wochen erwartet wird; Edward erzählte es mir. Wir sind große Freunde geworden. Ich muß sagen, er ist wirklich ein aufgeweckter kleiner Kerl; er tut mir leid, ist er doch der Aufsicht der gezierten Miss Beddoes überantwortet. Sie ist die denkbar einfallsloseste Person, und Edward ist bei ihr wirklich recht unartig. Vor einigen Tagen schleifte sie ihn von seinem Spaziergang im Park triefend naß herein. Er hätte den Einfall gehabt, sagte er, angezogen im Springbrunnen zu baden. Sie war ziemlich aufgebracht, doch er lachte nur, als sie ihn ausschalt. In gewisser Weise ist es ihre eigene Schuld; sie hat so gar kein Vertrauen in ihn, was das intelligente Kind fühlt und wofür es sich auf seine Weise rächt. Bei mir weiß er genau, daß er gehorchen muß, da ich ihn sonst nicht sehen will. Wahrscheinlich ist das leichter für mich, da ich nicht für ihn verantwortlich bin. Er hält mich ganz offensichtlich für klug und tüchtig und glaubt, daß ich ebenso für seine Mama zuständig bin wie die arme Miss Beddoes für ihn; und die Tatsache, daß ich auf einen erwachsenen Menschen aufpasse, verleiht mir in seinen Augen große Autorität. So kommt er oft in das Zimmer seiner Mutter und schaut zu, wenn ich ihr die Medizin gebe. Auch in der kleinen Küche, in der ich ihre Mahlzeiten bereite, leistet er mir häufig Gesellschaft. Er liebt es, kleine Happen von Mamas Teller zu probieren. Miss Beddoes paßt das nicht; sie sagt, zwischen den Mahlzeiten zu essen sei ungesund und verdürbe seinen Appetit. Doch wie die meisten Kinder findet es dies um so reizvoller, je strenger es ihm verboten wird. In gewisser Weise ist er ein einsames Kerlchen. Er ist noch so klein, und das Schloß ist so groß, und seine Mutter hat keine Ahnung von Kindern. Manchmal verwöhnt sie ihn und überschüttet ihn mit Liebkosungen; dann wiederum schreit sie ihn an und hat keine Zeit für ihn. Er liebt sie nicht, wie ich deutlich sehen kann. Miss Beddoes verachtet er, und Lady Crediton ist ihm unheimlich. Dafür hängt er an Großmama Stretton und besucht sie täglich, obwohl Jane ihm nie erlaubt, lange zu bleiben; sie sagt, er würde ihre Herrin ermüden. Kein Wunder also, daß er sein kleines Herz an mich gehängt hat: Ich bin vermutlich für ihn überschaubar und habe eine gleichbleibende Art. Ich mache nie viel Aufhebens um ihn, kümmere mich sogar nur wenig um ihn; aber wir mögen einander.

So kam er auch heute morgen, als ich das zweite Frühstück, bestehend aus warmer Milch und Butterbroten, für seine Mutter richtete. Er setzte sich wortlos hin, baumelte mit den Beinen und schaute mir zu. Ich wußte, er hatte irgendwelche aufregenden Neuigkeiten und überlegte, wie er mich am wirkungsvollsten mit ihnen überraschen könne. Doch er vermochte sie einfach nicht länger bei sich zu behalten. »Mein Papa kommt nach Hause!« platzte er heraus.

»Na, da freust du dich aber, was?«

Schüchtern betrachtete er seine Stiefelspitze. »Ja«, gestand er und dann: »Sie sich auch?«

»Das weiß ich noch nicht.«

»Wann werden Sie es wissen?«

»Vielleicht, wenn ich ihn gesehen habe.«

»Und werden Sie ihn mögen?«

»Ich glaube, das wird davon abhängen, ob *er* mich mag.«

Dies schien ihn aus irgendeinem Grunde zu amüsieren, denn er lachte laut auf; vielleicht war es auch nur seine Vorfreude. »Er mag Schiffe und das Meer und Matrosen und mich . . .«

»Das klingt ja wie ein Lied«, sagte ich und begann zu singen:

>»Er mag Schiffe und das Meer
>Und Matrosen und mich.«

Voller Bewunderung sah er mich an.

»Und ich weiß noch etwas, das *du* magst«, fügte ich hinzu.

»Was denn?«

»Butterbrote!«

Ich legte ihm eine Schnitte auf einen Teller.

Während er sie vergnügt verspeiste, kam Miss Beddoes auf der Suche nach ihm herein. Sie wußte nur zu gut, wo sie ihn suchen mußte, wenn er verschwunden war.

Bei ihrem Anblick stopfte er hastig den Rest seines Butterbrotes in den Mund.

»Edward!« rief sie zornig.

»Er wird sich verschlucken«, sagte ich, »und das ist nicht bekömmlich für ihn.«

»Er darf nicht hierher kommen . . . und zwischen den Mahlzeiten essen!«

Sie kritisierte in Wirklichkeit jedoch mich und nicht ihn, aber ich ignorierte sie einfach. Sie zerrte Edward mit sich fort. An der Tür drehte er sich um und sah mich an. Er machte ein Gesicht, als würde er gleich weinen; rasch zwinkerte ich ihm zu und brachte ihn dadurch zum Lachen. Das wirkte immer bei ihm, und er machte dann die drolligsten Grimassen im Bemühen, mir ebenfalls zuzuzwinkern. Es war eine Verhöhnung von Miss Beddoes' Autorität und nicht recht von mir, doch es verhinderte seine Tränen – er war schließlich ein einsamer, kleiner Wicht.

Als ich das Tablett hineinbrachte, saß Monique in einer Spitzenjacke im Bett und betrachtete sich in einem Handspiegel. Offensichtlich hatte sie die Neuigkeit schon gehört. Wie konnte eine Frau sich nur so verwandeln! Sie war jetzt fast eine Schönheit.

Mißmutig musterte sie das Tablett.

»Ich will das nicht.«

»Aber, aber! Sie müssen doch bei guten Kräften sein, wenn der Käpten nach Hause kommt!«

»Sie wissen also . . .«

»Ihr Sohn hat es mir gerade erzählt.«

»Ihnen kann man nicht über den Weg trauen!« sagte sie. »Sie wissen einfach alles.«

»Nicht alles«, wandte ich bescheiden ein. »Ich weiß aber zumindest, was für Sie gut ist.«

Und ich sah sie mit einem zuversichtlichen Schwesternlächeln an. Auch ich freute mich, daß er endlich nach Hause kam.

18. Mai

Es erscheint unfaßlich, daß ich erst eine so kurze Zeit hier bin. Ich habe das Gefühl, sie alle *so* gut zu kennen. Lady Crediton ließ mich gestern nachmittag zu sich rufen. Sie wollte Näheres über das Befinden meiner Patientin wissen. Ich berichtete ihr, daß Mrs. Strettons Zustand sich ständig zu bessern schien und die Diät, die Dr. Elgin für sie aufgestellt hätte, zweifellos eine günstige Wirkung habe.

»Und Sie, Schwester, sind Sie mit allem zufrieden?« fragte sie mich.

»Sehr zufrieden, vielen Dank, Lady Crediton.«

»Master Edward ist erkältet. Wie ich hörte, sprang er völlig angekleidet vor einigen Tagen in den Springbrunnen.«

Wer mochte ihr das nur hinterbracht haben? Wahrscheinlich Baines – Edith hatte es wohl Baines erzählt, und Baines gab die Nachricht an Lady Crediton weiter. Vielleicht wurden alle unsere Missetaten notiert und unserer Brotgeberin gemeldet.

»Er ist ein sehr gesundes Kind und wird die Erkältung bald überwunden haben. Ich denke, er wird nach ein oder zwei Tagen in seinem Schlafzimmer wieder vollkommen in Ordnung sein.«

»Ich werde mit Miss Beddoes reden. Sie muß wirklich besser auf ihn aufpassen! Meinen Sie, Dr. Elgin sollte nach ihm schauen, wenn er kommt, Schwester?«

Das könnte er tun, antwortete ich, doch sei es nicht notwendig, ihn extra wegen Edward rufen zu lassen.

Sie nickte zustimmend.

»Hat Mrs. Stretton keine weiteren jener unglückseligen Anfälle gehabt?«

»Nein. Ihr Zustand hat sich gebessert, seit sie erfuhr, daß ihr Mann bald nach Hause kommt.«

Lady Creditons Mund wurde hart und schmal. Wie mochten ihre Gefühle für Redvers sein? Nach seiner Heimkehr würde ich es wissen.

»Der Kapitän wird erst nach der Abreise unseres Hausbesuches ankommen. Ich muß Sie bitten, Ihre Patientin ganz besonders sorgfältig zu pflegen, Schwester. Es wäre höchst unangenehm, wenn sie während dieses Besuches krank würde.«

»Ich werde mein Bestes tun, um weitere Anfälle zu verhüten.«

Das Interview war zu Ende. Ich war ein wenig durcheinander, obwohl ich nicht so leicht aus der Fassung zu bringen bin, doch die Augen dieser Frau haben etwas von denen einer Schlange. Ich stelle sie mir vor, wie sie die Sektflasche mit giftiger Gehässigkeit gegen den Schiffsrumpf schleuderte und mit harter Stimme erklärte: »Ich taufe dieses Schiff ›Die Geheime Frau‹.« Wie muß es ihr verhaßt gewesen sein, diese Frau all diese Jahre im Haus zu haben! Was für eine machtvolle Persönlichkeit muß Sir Edward gewesen sein! Kein Wunder, daß das Schloß voll aufregender Geheimnisse steckt. Was für starke Gefühle muß es in seinen Mauern beherbergt haben! Mich wundert, daß Lady Crediton ihre Rivalin nicht über eine der Turmbrüstungen stieß und Valerie Stretton nicht Arsenik in das Essen Ihrer Ladyschaft schüttete. Es muß für beide reichlich Grund zu solchen Handlungen gegeben haben. Und jetzt leben sie immer noch unter dem gleichen Dach; Valerie Stretton hat ihren Liebhaber und Beschützer inzwischen verloren, und alle Leidenschaften sind vermutlich erloschen. Sie sind jetzt nur noch zwei alte Damen, die das Alter erreicht haben, in dem die Vergangenheit unwichtig erscheint. Aber konnte man überhaupt so gleichgültig auf Vergangenes zurückblikken? Auf jeden Fall lag mir nichts daran, überlegte ich mir, Lady Creditons Mißfallen zu erregen. Anscheinend brauchte ich das im Moment nicht zu befürchten, denn sie war ganz offensichtlich recht zufrieden mit mir. Sie war es wohl weniger mit Miss Beddoes, die wahrscheinlich schon mit zitternden Knien auf dem Wege zu ihr war, während ich gnädig entlassen wurde.

Ich ging in den Park hinunter und begegnete Rex.

»Sie scheinen Freude an unseren Gärten zu haben, Schwester Loman«, sagte er. »Ich glaube, sie gefallen Ihnen.«

»Ich finde sie angemessen«, erwiderte ich.

Er hob fragend die Augenbrauen, und ich fuhr fort: »Des Schlosses würdig.«

»Amüsieren Sie sich über uns und unsere Marotten, Schwester Loman?«

»Vielleicht amüsiere ich mich einfach zu leicht über etwas«, gab ich zurück.

»Ach nein, das ist eine große Gabe. Das Leben wird so viel erträglicher, wenn man sich darüber amüsieren kann.«

»Ich habe es immer sehr erträglich gefunden.«

Er lachte. »Und ich will Ihnen etwas verraten: Wenn wir *Sie* amüsieren, so amüsieren Sie *mich* ebenfalls.«

»Das freut mich! Es wäre mir schrecklich, wenn ich Sie langweilen oder trübsinnig stimmen würde.«

»Ich kann mir nicht vorstellen, daß das möglich wäre.«

»Ich glaube, ich sollte einen Knicks machen und sagen: ›Vielen Dank, mein Herr‹.«

»Sie sind so anders als die jungen Damen, die ich kennengelernt habe.«

»Das kann ich mir denken. Ich arbeite ja für meinen Lebensunterhalt.«

»Sie sind wahrlich ein höchst nützliches Mitglied der menschlichen Gesellschaft! Wie angenehm, sowohl nützlich wie dekorativ zu sein.«

»Es ist auf jeden Fall angenehm, so nette Dinge gesagt zu bekommen.«

»›Schwester Loman‹ klingt etwas streng. Es paßt nicht zu Ihnen. Ich möchte gern unter einem anderen Namen an Sie denken.«

»Sie wollen meinen Vornamen wissen? Ich heiße Chantel.«

»Chantel. Wie ungewöhnlich ... und wie entzückend!«

»Paßt es besser zu mir als ›Schwester Loman‹?«

»Unendlich viel besser!«

»Chantel Spring Loman«, verriet ich ihm, und er wollte wissen, wieso ich einen solchen Namen erhalten hatte. Ich erzählte ihm, wie meine Mutter ihn auf dem Grabstein gelesen hatte, und er schien das sehr interessant zu finden. Er nahm mich zu den Gewächshäusern mit und sprach mit den Gärtnern über die Blumen, mit denen die Räume während des Derringhamschen Besuches geschmückt werden sollten. Er fragte mich auch nach meinem Rat, und es schmeichelte mir, als er meine Vorschläge an die Gärtner weitergab und sagte: »So wird es also gemacht!«

21. Mai

An diesen beiden vergangenen Tagen haben sich dramatische Dinge ereignet! Wahrscheinlich bahnten sie sich bereits seit längerem an. Ich bemerkte, daß Jane Goodwin, Valerie Strettons Zofe, bekümmert aussah, und fragte sie, ob sie sich nicht gut fühle.

»Doch, doch, Schwester«, antwortete sie ausweichend.

»Aber mir schien, Sie sahen so . . . bedrückt aus.«

»Ach nein, es ist nichts«, sagte sie und eilte davon. Da wußte ich, daß etwas nicht stimmte. Ich mußte immer wieder darüber nachdenken, was wohl im Westturm vorging und mit welchen Gefühlen Valerie der Ankunft ihres Sohnes entgegensah. Wartete sie voll ungeduldiger Vorfreude darauf, ihn wiederzusehen? Bestimmt tat sie das, denn er war ja nach allen Aussagen ein faszinierender Mann. Seine Frau war hoffnungslos verliebt in ihn, und meine gute, kühle Anna war drauf und dran gewesen, sich ebenfalls in ihn zu verlieben; seine Mutter mußte folglich glücklich über seine Heimkehr sein. Jane hatte ich rasch als eine jener Frauen erkannt, die dafür geschaffen sind, anderen zu dienen. Ich bezweifelte, daß sie jemals ein eigenes Leben gelebt hat; ihr gesamtes Tun und Denken kreist um ihre Herrin und Freundin, in diesem Fall um Valerie Stretton. Wenn Jane bedrückt aussieht, so folgerte ich, ist etwas mit Valerie nicht in Ordnung.

Es war ungefähr neun Uhr abends. Ich hatte Monique ihr Abendbrot gebracht und las, als Jane an meine Tür klopfte.

»Schwester Loman!« stammelte sie aufgeregt. »Kommen Sie schnell! Zu Mrs. Stretton!«

Ich eilte mit ihr in den Westturm. Valerie Stretton lag auf dem Bett und wand sich vor Schmerzen. Ich glaubte zu wissen, was los war, und befahl Jane: »Holen Sie sofort Dr. Elgin!«

Jane stürzte davon. Es gab nichts, was ich hätte tun können. Ich hielt es für einen Anfall von Angina pectoris. Ich hatte ja gleich beim ersten Mal, als ich Valerie Stretton sah, auf ›Herz‹ getippt.

Ich beugte mich über sie. »Es wird bald vorbeigehen! Jetzt wird es schon etwas besser, glaube ich.«

Sie antwortete nicht, doch mir schien, meine Anwesenheit beruhigte sie. Was mich überraschte, war ihr Aufzug. Sie trug hohe Stiefel, mit denen sie das Fußbrett des Bettes beschmutzt hatte; dazu einen Hut, der ihr allerdings vom Kopf geglitten war. Mir fiel besonders der dichte Schleier daran auf, der ihr Gesicht verhüllt haben mußte. Sie war aus gewesen! Ich hätte das nicht für möglich gehalten, wären die schmutzigen Stiefel und der Hut nicht der Beweis dafür. Warum war sie so gekleidet zu später Abendstunde fortgegangen?

Die Schmerzen ließen nach. Ein derartiger Anfall dauert im allgemeinen eine halbe Stunde; ich wußte, daß es kein schwerer war. Doch es war eine Warnung. Behutsam zog ich ihr die Stiefel aus; sie waren über und über verdreckt. Ich nahm auch den Hut fort, zog ihr jedoch nicht den Mantel aus, da ich sie nicht bewegen wollte, bevor Dr. Elgin kam.

Als er dann erschien, war der Anfall vorbei. Er untersuchte sie, und ich zog sie vorsichtig aus. Sie war zu erschöpft, um ihm viel zu erzählen, doch ich beschrieb ihm, in welchem Zustand ich sie vorgefunden hatte, und er machte ein ernstes Gesicht.

Sie müßte jetzt ruhen, sagte er, schlafen.

Anschließend kam er in mein Wohnzimmer.

»Ist es sehr ernst, Doktor?«

Er nickte.

»Angina pectoris, leider ohne jeden Zweifel. Ich bin froh, daß Sie hier sind, das heißt, falls Sie bereit sind, eine zweite Patientin zu übernehmen.«

»Natürlich bin ich das.«

»Ich möchte nur, daß Sie sie sehr aufmerksam beobachten. Jede Art von Anstrengung muß auf das absolute Minimum reduziert werden. Ermüdung und Angst müssen vermieden werden, wie auch jegliche Aufregung. Selbstverständlich müssen wir ebenfalls ihre Diät überwachen. Sie muß sehr leicht essen. Sie haben wahrscheinlich schon solche Fälle gepflegt?«

»Ja, die Patientin vor Miss Brett war ein Herzfall.«

»Gut. Es kann jetzt Wochen, Monate oder sogar noch länger bis zum nächsten Anfall dauern, doch sie kann ebensogut noch in dieser Stunde einen zweiten bekommen. Geben Sie ihr ein wenig Kognak, wenn Sie irgendein Anzeichen eines bevorstehenden Anfalles bemerken. Ich werde etwas Amylnitrit raufschicken. Wissen Sie, wie es angewandt wird?«

»Ja, fünf Tropfen auf ein Taschentuch zum Einatmen.«

Er nickte. »War sie allein, als es passierte?«

»Nein, Jane Goodwin war bei ihr. Sie war gerade nach Hause gekommen.«

»Aha, sie war zu weit gegangen. Zukünftig muß sie vorsichtig sein. Sie sollte stets einen mit Amylnitrit getränkten Wattebausch bei der Hand haben. Ich kann Ihnen eine extra Flasche dafür geben; sie hat einen besonders dichten Verschluß. Geben Sie fünf Tropfen auf den Wattebausch und tun Sie diesen in die Flasche; wenn sie dann einen Anfall kommen fühlt und allein ist, hat sie es gleich bereit. Jetzt muß sie sich erst mal davon erholen. Bleiben entweder Sie oder Jane Goodwin bei ihr. Jane scheint eine vernünftige junge Person zu sein.«

Das sei sie bestimmt, bestätigte ich.

»Also gut. Ich gehe jetzt zu Lady Crediton und erstatte ihr Bericht. Sie sollte dankbar sein, daß Sie hier sind, Schwester.«

Lady Crediton fand es zumindest sehr praktisch – wie sie sagte –, daß ich da war, wenn sie auch nicht dankbar dafür war; dankbar würde sie nie für etwas sein, das sie bezahlte.

»Dr. Elgin sagte mir, daß Sie ein wenig auf Mrs. Stretton senior achtgeben werden«, sagte sie und tat, als wäre das der Pflichten leichteste eine.

»Wie ich höre, hat sie ein schlechtes Herz.« Mißbilligend rümpfte sie die Nase, als wolle sie sagen: »Wie typisch für diese Frau, in einem derartigen Moment ein schlechtes Herz zu haben!«

Sie ist wirklich genauso hart wie die Nägel in ihren Schiffen! (Falls man Nägel in diese schlägt. Ich verstehe nichts vom Schiffbau.) Sie ist unerbittlich und unversöhnlich, und ich frage mich erneut, wie eine solche Frau jemals jene Situation hat dulden können, die Sir Edward ihr zumutete. Es ist lediglich ein erneuter Beweis dafür, was für ein granitharter Mann *er* gewesen sein muß. Plötzlich begriff ich, daß sie *die Schiffe* liebte. Sie bedeuteten große Geschäfte und die Bildung eines Vermögens. Sir Edward und sie waren nicht nur Ehepartner, sondern auch Geschäftspartner gewesen; und als ihre Ehe sie enttäuschte, war sie um so entschlossener gewesen, es im Geschäft nicht dazu kommen zu lassen.

24. Mai

Es herrscht eine eigenartige Atmosphäre, so als bewegten wir uns auf einen entscheidenden Höhepunkt zu. Wahrscheinlich ist es der Hausbesuch, der am 1. Juni eintrifft. Was herrscht im gesamten Schloß für emsige Geschäftigkeit! Baines stolziert wichtig herum (man kann es nicht anders bezeichnen) und inspiziert den Weinkeller, erteilt den Dienstmädchen Anweisungen und gibt den Dienern Verhaltensregeln. Der Besuch der Derringhams scheint sehr wichtig zu sein. Mir scheint, Rex ist etwas unbehaglich zumute. Vielleicht findet er keinen Geschmack an der schönen Helena Derringham. Welch ironischer Zufall, daß sie ausgerechnet Helena heißt, obwohl Helen passender gewesen wäre. Ich machte eine Bemerkung über das Gesicht, das tausend Schiffe vom Stapel laufen ließ, und er lächelte etwas gezwungen, als sei es eine zu ernste Angelegenheit (oder vielleicht auch eine zu traurige!), um darüber Späßchen zu machen. Vermutlich ist dieses Arrangement Lady Creditons Machwerk. Sie erwartet natürlich von Rex, daß er dort einheiratet, wo sie es will. Armer Rex! Ich fühle, daß dies so etwas wie ein Test für ihn wird. Er hat Helena vor zwei Jahren auf Bällen kennengelernt, als sie ihr Debüt machte, und es scheint mir, daß er nicht gerade überwältigt von ihrem Charme war. Doch Ihre Ladyschaft hat die Mehrheit im Geschäft. Das weiß ich jetzt. Sir Edward vermachte ihr alles. Er muß großen Respekt vor ihrem geschäftlichen Scharfsinn gehabt haben – und ich bin überzeugt, er war ein Mann, der sich nicht irrte. Wie ich hörte, könnte es sehr ungemütlich für Rex werden, wenn er sich den Wünschen seiner Mama widersetzt. Sie könnte ihren Anteil nicht ihm vererben, sollte er ihr Mißfallen erregen. Aber wem dann? überlegte ich. Dem Käpten? Nein, das würde sie nie tun, dessen war ich ganz sicher. Es ist ihr schon genügend ein Dorn im Fleisch, daß er überhaupt Anteile besitzt, wenn auch nur wenige. Sir Edward vermachte ihm diese und bestimmte, daß er immer einer der Kapitäne der Reederei sein sollte. Rex' Vertrauen zu mir überrascht mich. Es ist eine recht ungewöhnliche Freundschaft – vielleicht ähnelt sie der zwischen dem kleinen Edward und mir. Beide finden mich anders als die Menschen, denen sie sonst begegnen, außerdem sind die Bewohner des Schlosses nun einmal recht unkonventionell.

25. Mai

Meiner ursprünglichen Patientin geht es viel besser; sie blüht direkt auf. Es ist mehr die Aussicht auf die Heimkehr ihres Mannes als meine Pflege, das steht für mich fest. Es ist typisch für diese Art von Patienten. Ich habe jedoch Schwierigkeiten, sie zur Ruhe und Einhaltung ihrer Diät zu bewegen. Seltsamerweise will sie in erregtem Zustand mehr essen, als wenn sie sich langweilt. Sie wühlt ihren Kleiderschrank durch und probiert alle Kleider an – sämtliche in fröhlichen Farben. Sie bevorzugt ein geblümtes, weites Gewand, das einen Schlitz fast bis hinauf zu den Knien hat. Sie sieht, wie Edith mißbilligend meinte, »recht fremdländisch« aus. Gestern nachmittag bekam sie einen Wutanfall, weil sie die gewünschte Schärpe nicht fand. Ich dachte schon, es würde wieder eine Asthmaattacke, doch konnten wir das gerade noch vermeiden. Meine andere Patientin ist viel kränker, und ich verbringe einen Großteil meiner Zeit bei ihr. Jane ist immer erleichtert, wenn ich komme; ich glaube, sie fühlt, daß ich etwas von der Pflege ihrer Herrin verstehe. Gestern fragte ich Valerie Stretton, ob sie an jenem Tag, als sie den Anfall bekam, sehr weit gegangen war.

»Ja, recht weit«, meinte sie ausweichend.

»Weiter als gewöhnlich?«

»Ja, viel weiter.«

»Gewöhnlich gehen Sie nur im Park spazieren, nicht wahr?«

»Ja, aber . . .«

Sie zupfte an ihrer Bettdecke, und ich hielt es für besser, das Thema zu wechseln, da es sie zu sehr aufzuregen schien. Aber hatte wirklich nur die Anstrengung den Anfall herbeigeführt, fragte ich mich, oder war er durch irgendeine Aufregung ausgelöst worden?

Ich erfuhr, daß sie schon vorher durch leichte Schmerzen in den Armen und der Brust kleine Warnzeichen erhalten hatte. Sie waren jedoch jedesmal innerhalb weniger Minuten vorbeigegangen, und sie hatte sie für eine Art von Rheumatismus gehalten.

»Das Wesentliche ist«, erklärte ich ihr, »jede Form von Anstrengung zu vermeiden. Sie dürfen sich nie übernehmen. Doch ich glaube, Sorge und Aufregung wären noch gefährlicher als alles andere.«

Wieder war jene Angst in ihrem Blick.

Ich verließ sie in der Gewißheit, daß sie ein Geheimnis hütet. Was mag es nur sein? Und so, wie ich nun einmal bin, werde ich nicht ruhen, es herauszubekommen.

6. Juni

Ich habe fast vierzehn Tage lang keine Zeit gehabt, in mein Tagebuch zu schreiben, und das ist kein Wunder. Was haben wir für einen Trubel im Schloß gehabt! Und das alles natürlich wegen des Besuches der Derringhams. Sie kamen am 1. Juni an – einem zauberhaften Sommertag. Die Rosen sahen wirklich prachtvoll aus! Die Gärtner hatten in fieberhaftem Eifer gearbeitet, und die Rasenflächen und Blumenrabatten hätten sich nicht schöner präsentieren können. Der süße Duft der Nelken erfüllte die Luft, und auf dem Rasen am Springbrunnen war ein Zelt für den Garten-Empfang aufgestellt worden, der als erstes »zu bewältigen« war, wie Edith sich ausgedrückt hätte.

Ich wartete ungeduldig darauf, einen Blick von der schönen Helena zu erhaschen, und als ich sie sah, wußte ich, warum Rex trübsinnig ist. Sie ist gewiß eine junge Dame voller Qualitäten, aber nicht gerade sonderlich reizvoll. Sie ist linkisch und hat große Hände und Füße und einen Gang, als verbrächte sie viel Zeit im Sattel – was sie zweifellos auch tut. Ihr Gesicht erinnert mit seiner Form an ein Pferd, wie auch ihr Lachen; sie wiehert, könnte man sagen. Sie redet mit lauter, schriller Stimme und ist zweifellos eine originelle Type. Ob Lady Crediton in ihrer Jugend wohl so ähnlich ausgesehen hat? Vielleicht empfand Sir Edward die gleiche Abneigung gegen sie wie Rex jetzt gegen Helena Derringham? (Denn ich bin überzeugt, er mag sie nicht!) Sir Edward tat jedoch seine Pflicht. Und es steht außer Zweifel, daß Lady Crediton höchst angetan von Miss Derringham ist. Wie kann sie auch anders, wenn sie an die Derringhamschen Millionen – oder mehr – denkt! Sir Henry hat noch dazu keinen Sohn und vergöttert sein Töchterchen! Ich bin froh, daß wenigstens jemand das tut, denn mir scheint, Rex ist nicht der aufmerksame Verehrer, mit dem seine Mutter und Helenas Vater gerechnet hatten.

Ich stand am Fenster und beobachtete die Gäste auf dem Rasen. Es war ein wundervoller Tag. Sogar das Wetter fügt sich anscheinend den Plänen Lady Creditons. Das Gras war sogar noch weicher und samtiger als sonst, und die bunten Kleider, die großen Sommerhüte und Sonnenschirme boten ein entzückendes Bild, dem die Anzüge der Herren dunkle Akzente hinzufügten. Wie sehnlichst gern wäre ich auch dort unten gewesen! Ich malte mir aus, was ich für ein Kleid anhaben würde – es müßte grasgrün sein, und mein Haar würde ich hoch aufgesteckt tragen. Vielleicht würde ich ein Nichts von Blumen und Schleier darin tragen, doch das wäre auch alles; und mein Sonnenschirm müßte ein Gebausche grüner und weißer Rüschen sein wie der, den ich dort unten am meisten bewunderte. Wenn ich die richtige Kleidung besäße, würde ich hinuntergehen und mich unter die Gäste mischen, und ich würde nicht weniger schön und amüsant als nur irgendeine der anderen Damen sein. Und niemand würde wissen, daß ich nur die Krankenpflegerin bin.

»Hör auf, Cinderella Loman!« befahl ich mir. »Es hat keinen Zweck, nach einer guten Fee mit einem Zauberstab und einem Kürbis Ausschau zu halten. Du solltest jetzt begriffen haben, daß du selbst deine gute Fee sein mußt!«

Monique nahm am Empfang teil; sie hatte darauf bestanden. Sie sah deplaziert unter jenen eleganten Damen aus. Monique würde nie elegant wirken, lediglich bunt und exotisch. Ich kann mir denken, daß Lady Crediton sie am liebsten nicht dabei gehabt hätte. Wie unfair von ihr, mochte sie denken, jetzt gesund zu sein, um am Empfang teilzunehmen, während sie bei allen sonstigen Gelegenheiten so krank war, daß Dr. Elgin riet, eine Krankenschwester für sie einzustellen!

Rex kümmerte sich um sie, was nett von ihm war. Er mag Redvers gern und ist wohl deshalb nett zu seiner Frau!

Ich ging zu meiner anderen Patientin, die an ihrem Turmfenster saß und auf das Treiben dort unten hinabblickte.

»Wie geht es Ihnen heute?« erkundigte ich mich und setzte mich zu ihr.

»Sehr gut, danke, Schwester.«

Es stimmte natürlich nicht.

»Was für ein buntes Bild!« sagte ich. »Die Kleider einiger Damen sind wirklich hübsch.«

»Ich sehe auch Miss Derringham ... dort ... in Blau.«

Ich sah sie mir genau an. Es war ein verkehrter Blauton für sie – zu hell; er ließ ihre frischen Farben grob erscheinen.

»Man hegt die Hoffnung, daß noch während des Besuches die Verlobung bekanntgegeben wird«, sagte ich, da ich meine Neugier nie genügend bändigen kann und immer die Themen anschneide, über die ich gern sprechen möchte.

»Es ist so gut wie abgemacht«, antwortete sie.

»Glauben Sie, Miss Derringham wird einwilligen?«

»Aber selbstverständlich!« Sie war sehr erstaunt über die von mir angedeutete Möglichkeit, daß jemand Rex einen Korb geben könnte. Mir fiel wieder ein, daß sie ja seine Kinderfrau gewesen war und ihn sicherlich als kleinen Jungen geliebt hatte.

»Es ist eine ausgezeichnete Idee, die beiden Familien so zu fusionieren! Es wird dadurch eine der größten Reedereien von ganz England.«

»Wie fabelhaft!« sagte ich.

»Sie hat Glück. Rex war immer ein guter Junge. Er verdient sein Glück. Er hat hart gearbeitet. Sir Edward wäre stolz auf ihn.«

»Sie hoffen also, daß diese Heirat zustande kommt?«

Es schien sie zu überraschen, daß ich es nicht als eine abgemachte Tatsache ansah.

»Ja, es ist ein Ausgleich für Reds Heirat. Die ist ja leider ein Unglück.«

»Meinen Sie wirklich? Der kleine Edward ist doch ein reizender Junge.«

Sie lächelte nachsichtig. »Er wird genau wie sein Vater werden.«

Es war sehr angenehm, sich mit ihr zu unterhalten, doch hatte ich den Eindruck, daß sie mir so gut wie nichts anvertrauen würde. Man spürte, sie war auf der Hut, was in Anbetracht ihrer Vergangenheit wohl nur natürlich war. Meine Schwester Selina nannte mich den Inquisitor, weil sie fand, ich sei völlig skrupellos, wenn ich Menschen ein Geheimnis zu entreißen versuchte, das preiszugeben sie nicht willens waren. Ich muß meine Wißbegier zügeln. Andererseits mußte ich aber, wie ich mir versicherte, wissen, was in meiner Patientin vorging, da ich verhindern sollte, daß sie sich anstrengte oder über irgend etwas aufregte. Wie konnte ich das, wenn ich nicht wußte, was sie bedrückte?

Jane kam mit einem Brief für ihre Herrin herein.

Valerie nahm den Brief, und als ihr Blick auf die Handschrift fiel, sah ich, wie ihr Gesicht grau wurde. Ich redete weiter und tat, als merkte ich nichts, obwohl ich genau wußte, daß sie mir kaum noch zuhörte. Sie trug irgendeine geheime Bürde. Etwas bedrückte sie. Ich wünschte, ich wüßte, was es ist.

Sie wollte jetzt ganz offensichtlich allein sein, und ich konnte den Wink nicht übersehen, den sie mir gab; also verließ ich sie. Zehn Minuten später holte mich Jane zu ihr. Ich gab Valerie das Amylnitrit, das wunderbar wirkte; es gelang uns, den Anfall zum Abklingen zu bringen, als er erst eine eiserne Klammer um ihre Arme war und noch nicht die Brust und damit jene schrecklichen Qualen erreicht hatte.

Es bestünde kein Grund, Dr. Elgin zu holen, erklärte ich; er würde am nächsten Tag nach ihr sehen. Und im stillen dachte ich: In dem Brief stand etwas, was sie so aufgeregt hat.

Am nächsten Tag passierte etwas sehr Unangenehmes. Ich hab' diese Beddoes ja von Anfang an nicht gemocht, und es scheint, daß das auf Gegenseitigkeit beruht. Valerie fühlte sich so viel besser, daß Jane sie zu einem kleinen Rundgang durch den Garten hinunterbegleitete; währenddessen blieb ich in ihrem Zimmer, um das Bett zu machen. Es hat eine besondere Rückenstütze, die Dr. Elgin ihr verordnete; wir schieben sie ihr unter, wenn ihr das Atmen schwerfällt.

Die Schieblade ihres Schreibtisches stand halb offen, und ich sah ein Photoalbum darin liegen. Ich konnte nicht widerstehen, es herauszunehmen und mir anzuschauen.

Es waren fast nur Photos von den Jungen darin. Unter jedem war liebevoll etwas vermerkt, etwa: Redvers mit 2 Jahren, Rex mit 2½. Da war auch ein Bild von beiden und eines von Valerie mit ihnen. Sie sah darauf sehr, sehr hübsch aus, wenn auch etwas gequält. Sie versuchte offensichtlich zu erreichen, daß Redvers so schaute, wie der Photograph es wollte. Rex stand an ihr Knie gelehnt. Es war ein reizendes Bild. Sie muß beide zärtlich geliebt haben; man merkt es auch an der Art, wie sie von ihnen spricht. Sie hat sich wahrscheinlich große Mühe gegeben, ihren eigenen Sohn nicht zu bevorzugen. Beide waren schließlich Sir Edwards Söhne.

Als ich das Album wieder an seinen Platz zurücklegte, sah ich in der Schieblade einen Briefumschlag. Ich mußte sofort an den Brief denken, der sie so aufgeregt hatte, und fragte mich, ob es das wohl sei; es war ein ganz gewöhnlicher weißer Umschlag wie so viele andere. Ich nahm ihn heraus und hielt ihn gerade in der Hand, als ich plötzlich spürte, daß jemand im Raum war und mich beobachtete.

Und schon ertönte jene hinterhältige, leicht weinerliche Stimme hinter mir: »Ich suche Edward. Ist er hier?«

Ich fuhr mit dem Brief in der Hand herum und war wütend auf mich, weil ich wußte, ich machte ein schuldbewußtes Gesicht. Dabei hatte ich gar nicht in den Umschlag hineingeguckt! Ich hatte ihn nur aus der Schieblade genommen, sah ihr jedoch an, daß sie überzeugt war, mich auf frischer Tat ertappt zu haben.

Ich legte den Brief so nachlässig, wie ich konnte, wieder zurück und antwortete gelassen, Edward wäre wohl unten im Garten; er ginge wahrscheinlich mit seiner Großmutter und Jane spazieren.

Ich kochte vor Wut auf diese ekelhafte Beddoes.

Nie werde ich die Nacht vom Kostümball vergessen!

Ich war sehr kühn, aber das bin ich ja immer gewesen. Merkwürdigerweise war Monique es, die mich dazu anstachelte. Mir scheint, sie mag mich mittlerweile ganz gern; vielleicht erkennt sie in mir ein ähnliches rebellisches Element wie in sich selbst. Ich brachte sie dahin, mir von ihrem Leben zu erzählen, denn es ist immer mein Grundsatz gewesen: Je mehr ich über meine Patienten weiß, um so besser. Zuerst erzählte sie mir von ihrem Elternhaus, in dem sie mit ihrer Mutter auf der Insel Koralle lebte. Es scheint ein sonderbares, schäbiges altes Herrenhaus in der Nähe einer Zuckerplantage zu sein, die ihrem Vater gehörte. Als er starb, verkauften sie diese, doch ihre Mutter blieb in dem Haus wohnen. Während sie mir davon erzählte, vermittelte sie mir die Vision träger, feuchter Hitze. Sie schilderte mir, wie sie als Kind zum Hafen hinunterzugehen pflegte, um sich anzuschauen, wie die großen Schiffe hereinkamen und wie die Inselbewohner zu ihrem Willkommen wie auch zu ihrem Abschied sangen und tanzten. Das waren die großen Festtage der Insel, wenn die Schiffe ankamen und die Buden unten am Strand aufgeschlagen wurden mit ihren Perlen und Bildchen, den Grasröcken, Sandalen und Körben, die sie rasch angefertigt hatten, um sie den Besuchern zu verkaufen. Ihre Augen glänzten, während sie davon sprach, und ich meinte: »Sie vermissen das alles sehr!« Sie gab es zu, und als sie dann weitererzählte, begann sie zu husten, und ich sagte mir: Dort unten ginge es ihr besser!

Sie war in vieler Hinsicht kindisch, und ihre Stimmungen wechselten so rasch, daß man auch in einem Augenblick ausgelassensten Gelächters nie wußte, ob sie nicht schlagartig in tiefe Melancholie versinken würde. Es besteht keinerlei Kontakt welcher Art auch immer zwischen ihr und Lady Crediton; sie ist viel glücklicher in Valeries Gesellschaft. Diese ist nun einmal eine viel umgänglichere Frau.

Monique hätte gern an dem Kostümball teilgenommen, doch da sie am gleichen Morgen einen Asthmaanfall gehabt hatte, sah sogar sie ein, daß es heller Wahnsinn wäre.

»Was würden Sie anziehen?« fragte ich sie. Sie sagte, sie würde als das hingehen, was sie wäre, als Inselmädchen der Südsee. Sie hätte einige sehr hübsche Perlenketten und würde sich Blumen ins offene Haar stecken.

»Sie würden bestimmt wundervoll aussehen!« erklärte ich. »Doch alle würden wissen, wer Sie sind.«

Sie gab es zu und fragte dann: »Als was würden Sie sich denn verkleiden . . . wenn Sie am Ball teilnehmen könnten?«

»Das hinge von dem Kostüm ab, das ich auftreiben könnte.«

Sie zeigte mir die Masken, die auf dem Ball getragen werden sollten. Edward hatte sie aus der großen Alabasterschale in der Halle genommen und sie ihr gebracht. Er war maskiert hereingestürzt und hatte ausgerufen: »Rate, wer ich bin, Mama!« – »Na, da brauchte ich nicht lange zu raten«, fügte sie hinzu.

»Und das bräuchte auch niemand, wenn Sie so hingingen, wie Sie eben sagten«, gab ich zu bedenken. »Sie würden sofort erkannt, und der Spaß besteht doch gerade darin, unerkannt zu bleiben.«

»Ich würde Sie gern verkleidet sehen, Schwester. Sie können vielleicht als Krankenschwester gehen.«

»Nein, das wäre das gleiche, als wenn Sie mit Ihren Korallenketten und offenem Haar hingingen. Man würde mich sofort erkennen und als Eindringling verjagen.«

Sie lachte lauthals los. »Sie bringen mich zum Lachen, Schwester!«

»Nun, das ist besser, als wenn ich Sie zum Weinen brächte.«

Mich hatte jedoch die Idee, auf den Ball zu gehen, elektrisiert. »Wie könnte ich mich bloß verkleiden?« fragte ich. »Wäre es nicht lustig, wenn ich mich so unkenntlich machen würde, daß ich mich unter die Ballgäste mischen könnte?«

Sie hielt mir eine der Masken hin, und ich probierte sie an.

»Mit der sehen Sie jetzt ganz sündhaft aus.«

»Sündhaft?«

»Ja, verführerisch.«

»Also ziemlich anders als sonst!« Ich betrachtete mich im Spiegel, und freudige Erregung überkam mich.

Sie setzte sich im Bett auf und sagte: »Ja, Schwester. Ja!«

»Wenn Sie ein Kleid für mich hätten . . .«

»Würden Sie denn als Inselmädchen gehen?«

Ich trat an ihren Kleiderschrank, denn ich wußte, sie besaß einige exotische Sachen. Sie hatte sie auf der Herfahrt in einer der asiatischen Hafenstädte gekauft, in denen das Schiff anlegte. Da war zum Beispiel ein langes, grüngoldenes Gewand. Ich schlüpfte aus meiner Schwesterntracht und zog es an. Sie klatschte in die Hände.

»Es steht Ihnen, Schwester!«

Ich zog die Haarnadeln heraus und ließ mein Haar frei auf die Schultern herabfallen.

»Aber Schwester, Sie sind ja schön!« rief sie überrascht aus. »Ihr Haar ist an manchen Stellen richtig rot!«

Ich schüttelte es aus. »Jetzt sehe ich nicht mehr nach einer Krankenschwester aus, nicht wahr?«

»Die werden Sie nie erkennen!«

Verdutzt sah ich sie an. Woher wußte sie, daß ich beschlossen hatte, tatsächlich hinunter in den Ballsaal zu gehen?

Ich blickte mich suchend im Zimmer um.

»Nehmen Sie, was Sie wollen . . .«, drängte sie mich.

Ich fand ein Paar goldene Slipper. »Ich kaufte sie auf der Fahrt hierher«, bemerkte sie.

Sie waren zu groß, aber das machte nichts; sie paßten wunderbar zu dem grün-goldenen Kleid.

»Aber was stelle ich dar?« fragte ich etwas ratlos. Ich nahm einen Bogen Karton, den Edward für seine Malstunden benutzte – er hatte sein jüngstes Machwerk hergebracht, um es mir zu zeigen – und drehte ihn zu einem Spitzhut zusammen. »Ich hab, eine Idee!« erklärte ich und holte Nadel und Faden. Im Handumdrehen hatte ich meinen Spitzhut fertig. Dann nahm ich eine ihrer Stolas – eine aus feiner, golddurchwirkter Seide – drapierte sie um den Papphut und ließ die Enden in Kaskaden frei herunterfallen.

Monique hatte sich im Bett hingekauert und wippte auf den Fersen.

»Setzen Sie die Maske auf, Schwester! Keiner wird Sie erkennen.«

Ich war jedoch noch nicht ganz fertig. Ich hatte bei ihr einen silbernen Kettengürtel gesehen, den sie oft zu ihrem Negligé trug; ich befestigte ihn um meine Taille und ergriff ein dickes Schüsselbund, das auf ihrem Fristiertisch lag, und hakte es an den Gürtel.

»Sie haben die Châtelaine vor sich!« verkündete ich.

»Die Châtelaine?« fragte sie, »Was ist das?«

»Nun, die Schloßherrin. Die Herrin des Hauses, die die Schlüssel hat.«

»Ach so. Nun, es steht Ihnen.«

Ich setzte die Maske auf.

»Werden Sie es wagen?« fragte sie.

Ich habe eine verwegene, unbesonnene Ader; Selina hat es schon früher gewußt und mich davor gewarnt. Selbstverständlich würde ich es wagen!

Und was für eine Nacht war das! Eine Nacht, die ich bestimmt nie vergessen werde. Ich war unten im Ballsaal, zwischen den Gästen. Es war ganz leicht gewesen, unbemerkt hineinzuschlüpfen. Ich fühlte, wie ich von heftiger Erregung ergriffen wurde. Selina hat immer gesagt, ich sollte Schauspielerin werden; in dieser Nacht spielte ich meine Rolle wirklich gut. Aber eigentlich spielte ich gar keine Rolle – ich war einfach überzeugt, die Schloßherrin zu sein, die Gastgeberin all dieser Gäste. Rasch wurde ich von einem Tänzer aufgefordert. Ich tanzte und widerstand seinen Versuchen herauszufinden, wer ich war; ich spielte das allgemeine Spiel des harmlosen Flirtens mit, das der Zweck dieses Balles zu sein schien. Ich hätte gern gewußt, wie Rex mit Helena Derringham zurechtkam. Ich war so gut wie sicher, daß er alles tun würde, um ihr aus dem Wege zu gehen, falls er sie erkannte.

Es war fast unvermeidlich, daß er mich schließlich entdeckte. Ich tanzte gerade mit einem stattlichen Edelmann aus dem 17. Jahrhundert, als mich jemand ergriff und von diesem wegzog. Lachend blickte ich in das maskierte Gesicht und wußte, daß mein Troubadour niemand anderer als Rex war.

Ich dachte: Wenn ich ihn erkenne, wird er mich dann auch erkennen? Doch bildete ich mir ein, unkenntlicher zu sein; außerdem war ich darauf vorbereitet, ihn zu sehen, während er bestimmt nicht mit meinem Auftauchen rechnete.

»Ich bedaure die rauhe Behandlung«, entschuldigte er sich.

»Ich finde, eine Serenade wäre als erstes angemessener gewesen.«

»Mich überkam der unwiderstehliche Wunsch, mit Ihnen zu tanzen«, gestand er. »Wegen Ihrer Haarfarbe. Sie ist sehr ungewöhnlich.«

»Ich erwarte also, daß Sie eine Ballade darüber verfassen.«

»Ich werde Sie nicht enttäuschen. Aber ich fand, wir sollten zusammen tanzen – schließlich gehören wir zusammen.«

»Gehören wir zusammen?«

»Ja, wir sind ungefähr aus der gleichen Epoche. Die mittelalterliche Lady ... die Schloßherrin und ihr Troubadour, der schmachtend vor den Toren des Schlosses darauf wartet, ihr von seiner Liebe und Verehrung zu singen.«

»Dieser Troubadour scheint aber seinen Weg ins Schloß hinein gefunden zu haben!«

»Und Sie hätten als Krankenschwester kommen können!«

»Weshalb?«

»Sie hätten die Rolle in der Perfektion gespielt.«

»Dafür hätten Sie als der große Reederkönig kommen können. Wie wäre das gewesen, fragte ich mich? In einer Marineuniform mit einer Kette kleiner Schiffe um den Hals.«

»Ich sehe, es ist nicht nötig, daß wir uns einander vorstellen. Dachten Sie wirklich, ich würde Sie nicht erkennen? Keine andere Frau hat diese Haarfarbe.«

»Mein Haar hat mich also verraten! Was werden Sie jetzt machen? Mich nach einer Anstandsfrist wegschicken?«

»Ich behalte mir mein Urteil noch vor.«

»Dann werden Sie mir vielleicht erlauben, mich elegant zurückzuziehen? Morgen früh erwarte ich dann eine Vorladung Ihrer Ladyschaft. ›Schwester Loman, ich habe eben von Ihrem höchst unpassenden Benehmen erfahren. Bitte verlassen Sie uns auf der Stelle!‹«

»Und was würde aus Ihren Patientinnen, wenn Sie diese auf so grausame Weise verlassen?«

»Ich will sie ja nicht verlassen!«

»Das will ich hoffen!« erklärte er.

»Jetzt, wo Sie mich in flagranti ertappt haben, gibt es nichts mehr dazu zu sagen!«

»Ich finde, es gibt noch sehr viel zu sagen! Vor allem muß ich mich dafür entschuldigen, daß Sie keine Einladung erhalten haben. Sie wissen, wenn man mir diese Sache überlassen hätte . . .«

Ich tat, als wäre ich erleichtert, obwohl ich die ganze Zeit gemerkt hatte, daß er sich über mein Auftauchen freute.

Wir tanzten und plauderten vergnügt miteinander, und er blieb bei mir. Es war angenehm, und ich wußte, daß auch er das fand. Doch wenn er Miss Derringham vergessen hatte, so hatte ich das keineswegs. In meiner impulsiven Art fragte ich ihn, ob er wüßte, was für ein Kostüm sie trüge. Er sagte, er hätte sich nicht danach erkundigt. Würden sie ihre Verlobung bekanntgeben? fragte ich weiter. Bestimmt nicht heute abend! erwiderte er. Die Derringhams würden am 7. Juni wieder abreisen. Am Vorabend würde ein sehr großer Ball stattfinden, viel feierlicher und zeremonieller als dieser.

»Eindringlinge werden da keine Chance haben?« erkundigte ich mich.

»Ich fürchte nein.«

»Man wird die Verlobung bekanntgeben und Toasts auf sie ausbringen. Sogar unten in der Dienstbotenhalle werden sie feiern; und jene, die weder nach unten zum Personal noch ganz nach oben zur Herrschaft gehören – wie die Krankenschwester und die schwer geprüfte

Miss Beddoes –, dürfen sich vielleicht auch an der allgemeinen Freudenfeier beteiligen.«

»Das denke ich doch.«

»Darf ich Ihnen schon jetzt sagen, daß ich Ihnen all das Glück wünsche, das Sie verdienen?«

»Wie wollen Sie wissen, ob ich überhaupt welches verdiene?«

»Ich weiß es nicht. Ich wünsche Ihnen nur, daß es Ihnen zuteil wird, falls Sie es verdienen.«

Er lachte. »Das Zusammensein mit Ihnen ist so amüsant!«

»Dann sind mir vielleicht meine Sünden vergeben?«

»Es hängt davon ab, um was für Sünden es sich handelt.«

»Nun – nehmen wir zum Beispiel die von heute abend. Ich bin der ungeladene Gast, die unechte Schloßherrin mit falschen Schlüsseln . . . und nicht mal einer Einladung.«

»Ich sagte Ihnen doch, daß ich mich über Ihr Erscheinen freue.«

»Haben Sie mir das gesagt?«

»Falls ich es nicht gesagt habe, hole ich es hiermit nach.«

»Hm, schöner Troubadour, laß uns tanzen! Wieviel Uhr mag es sein? Ich nehme an, um Mitternacht ist Demaskierung. Ich muß vor der Geisterstunde verschwinden!«

»Die Schloßherrin hat sich also in Aschenputtel verwandelt?«

»Um nach Mitternacht wieder die unterwürfige Dienstmagd zu werden.«

»Unterwürfigkeit habe ich bisher noch nie an Ihnen bemerkt, obgleich ich zugebe, daß Sie andere, viel interessantere Qualitäten besitzen.«

»Mag sein! Ich bin immer mißtrauisch gegen die Unterwürfigen gewesen. Aber warum tanzen wir nicht! Diese Musik gefällt mir, und mir bleibt nicht mehr viel Zeit.«

Und wir tanzten, und ich wußte, er wollte sich nicht von mir trennen. Ich verließ den Ballsaal jedoch zwanzig Minuten vor Mitternacht, denn ich hatte keineswegs die Absicht, mich von Lady Crediton erwischen zu lassen. Außerdem würde Monique, wie mir jetzt einfiel, zweifellos auf mich warten, um zu hören, wie alles verlaufen war. Sie war unberechenbar; möglicherweise würde sie selbst nach mir schauen kommen. Ich stellte mir vor, wie sie herunterkam und nach mir suchte und mich dadurch vielleicht verriet.

Sie war noch wach und schmollte, als ich in ihr Zimmer zurückkehrte. Wo ich die ganze Zeit geblieben wäre? Sie hätte Atemnot gehabt und befürchtet, einen Anfall zu bekommen. Ob mein Platz nicht bei ihr an ihrem Bett sei? Sie hätte gedacht, ich würde nur eben mal hinuntergehen und dann sofort wieder heraufkommen.

»Aber was für einen Sinn hätte das gehabt?« fragte ich. »Ich mußte Ihnen doch beweisen, daß ich die alle da unten an der Nase herumführen kann.«

Schlagartig kehrte ihre gute Laune zurück. Ich beschrieb ihr die Tänzer, unter anderen auch den plumpen Ritter aus dem 17. Jahrhundert, der mit mir geflirtet hatte. Ich machte ihn nach und erfand angebliche Dialoge. Ich tanzte in meinem Kostüm durch das Zimmer und hatte keine Lust, es auszuziehen.

»Oh, Schwester!« staunte sie. »Sie sind so gar nicht mehr wie eine Krankenpflegerin!«

»Das bin ich heute nacht auch nicht« entgegnete ich. »Ich bin die Schloßherrin! Morgen bin ich dann wieder die gestrenge Schwester. Sie werden sehen!«

Sie bekam einen fast hysterischen Lachanfall, der mich ziemlich erschreckte. Ich gab ihr eine Opiumpille, wechselte mein Kostüm gegen mein Schwesternkleid und setzte mich an ihr Bett und wartete, bis sie eingeschlafen war.

Dann ging ich in mein Zimmer und trat an das Fenster. Die verwischten Klänge der Musik drangen zu mir herauf. Jetzt hatten sie alle ihre Masken abgenommen und tanzten wieder.

Armer Rex! dachte ich mit genußvoller Schadenfreude. Jetzt würde es ihm nicht mehr möglich sein, Miss Derringham auszuweichen.

7. Juni

Im Schloß herrscht eine sonderbare, ernüchterte Stimmung. Die Derringhams reisen ab. Gestern abend war das große Finale, der feierliche Ball. Alle reden darüber, und Edith kam heute unter dem Vorwand, Betsys Gründlichkeit zu überprüfen, in mein Zimmer; in Wirklichkeit wollte sie nur mit mir darüber sprechen.

»Es ist sehr befremdend!« erklärte sie. »Die Verlobung wurde nicht verkündet. Dabei hatte Mr. Baines schon alles arrangiert. Wir wollten natürlich auch unten in der Dienstbotenhalle feiern. Das erwartet man von uns. Und es wurde einfach keine Verlobung bekanntgegeben!«

»Wie höchst eigenartig!« stimmte ich ihr zu.

»Ihre Ladyschaft schäumt vor Wut. Sie hat noch nicht mit Rex gesprochen. Aber das wird sie jetzt tun. Und Sir Henry ist sehr verärgert. Er hat Mr. Baines nicht die übliche Anerkennung gegeben, und dabei ist er immer so großzügig gewesen. Mr. Baines hatte mir ein neues Kleid versprochen, denn er rechnete fest damit, daß Sir Henry nach der Bekanntgabe der Verlobung noch großzügiger als sonst sein würde.«

»Was für ein Jammer! Und was hat es zu bedeuten?«

Edith trat dicht auf mich zu. »Es hat zu bedeuten, daß Mr. Rex sich drückte, wie man so sagt. Er ließ den Ball einfach zu Ende gehen, ohne Miss Derringham einen Antrag zu machen. Es ist höchst sonderbar, denn alle rechneten fest damit.«

»Es ist mal wieder ein Beweis dafür«, meinte ich, »daß man sich niemals zu fest auf etwas verlassen sollte.«

Edith stimmte dem aus vollem Herzen zu.

9. Juni

Lady Crediton ist zweifellos sehr zornig. Es ist zu »Szenen« zwischen ihr und Rex gekommen. Bruchstücke von erbitterten Wortwechsel zwischen Mutter und Sohn wurden natürlich von dem einen und dem anderen Dienstboten erlauscht, und ich vermute, es ist hinter der mit grünem Stoff bespannten Tür zu einigen recht lebhaften Unterhaltungen gekommen wie auch an jenem Eßtisch, über den mit äußerster Zeremonie Baines an dem einen Ende und Edith an dem anderen präsidieren. Edith erfuhr natürlich eine ganze Menge, und sie hatte nichts dagegen, es an mich weiterzugeben. Es interessierte mich sehr, und ich bedaure eigentlich, daß mein Sonderstatus im Haushalt mich daran hindert, an jenen sehr unterhaltenden Mahlzeiten teilzunehmen, bei denen es zu so angeregten Gesprächen kommt; ich bin überzeugt, sie bilden einen Ausgleich für die ins Wasser befallene Verlobungsfeier.

»Auf mein Wort«, versicherte Edith. »Ihre Ladyschaft hat vielleicht einen Wutanfall! Sie erinnert Mr. Rex an seine Pflicht und Schuldigkeit. Sir Edward, wissen Sie, hatte eine sehr hohe Meinung von ihr, und sie hat immer noch einen klaren Kopf fürs Geschäft. Sie muß stets das letzte Wort in allem haben. Und wenn sie ihn vielleicht auch nicht mit einem Butterbrot abspeisen kann, wie man so sagt, könnte sie über einen Großteil ihrer Anteile am Geschäft anders disponieren. So hat sie gesagt, ›anders disponieren‹. Mr. Baines hat es ganz genau gehört.«

»Zu wessen Gunsten würde sie denn ›anders disponieren‹? Zu Käpten Strettons Gunsten?«

»Niemals! Aber sie könnte eine Art Treuhandgesellschaft daraus machen ... vielleicht für Mr. Rex' Kinder, falls er welche bekommt. Auf jeden Fall könnte sie dafür sorgen, daß er nach ihrem Ableben nicht viel zu sagen hat, nicht mehr als jetzt. Wirklich, Ihre Ladyschaft hat eine unbeschreibliche Wut, das kann ich Ihnen sagen!«

»Und Mr. Rex?«

»Er wiederholt immer, daß er noch Zeit bräuchte. Er wolle sich nicht überstürzt binden und so weiter.«

»Er hat sich also nicht endgültig gegen diese Heirat ausgesprochen?«

»Nein. Er hat sich nur noch nicht festgelegt. Aber er wird es schon noch tun.«

»Sind Sie dessen sicher?«

»Aber ja! Ihre Ladyschaft will es doch, und sie setzt immer durch, was sie will.«

»Einmal . . . nicht.«

Edith sah mich erstaunt an, und ich tat, als wäre es mir peinlich. »Nun ja, es ist ein offenes Geheimnis«, fuhr ich fort. »Ich dachte daran, wie entsetzt sie über den Käpten und Mrs. Stretton war . . . aber sie mußte sich damit abfinden.«

»Oh, Sir Edward wollte es so. Da half ihr alles nichts. Aber heute gibt es keinen Sir Edward mehr. Ihre Ladyschaft hat seinen Platz eingenommen. Merken Sie sich meine Worte! Mr. Rex wird früher oder später nachgeben. Ein Jammer, daß er es hinausgezögert hat! Wenn man an all diese Vorbereitungen denkt, die Mr. Baines für die Verlobungsfeier des Personals getroffen hatte!«

»Wirklich sehr unfair gegen Mr. Baines!« bemerkte ich und fragte mich, ob ich zu weit gegangen war. Edith war jedoch unfähig, Ironie zu bemerken. Es hatte Mr. Baines sicherlich ganz und gar nicht gepaßt!

13. Juni

Ich habe heute durch Edith erfahren, daß Sir Henry seine Tochter, die werte Miss Derringham, auf eine lange Seereise entführt. Es wird ihnen beiden gesundheitlich sehr gut tun.

»Sie fahren nach Australien«, berichtete Edith. »Sie haben da eine Niederlassung. Wir natürlich auch. Schließlich fahren unsere Schiffe am häufigsten nach Australien, und so haben wir selbstverständlich dort eine Niederlassung. Sir Henry ist kein Mann, der nur zum Vergnügen reist. Aber sie machen diese Reise natürlich auch wegen der Enttäuschung.«

»Was hält Ihre Ladyschaft davon?«

»Sie ist außer sich. Wissen Sie, es würde mich nicht überraschen, wenn sie Mr. Rex jetzt seine Lektion erteilt.«

»Und ihn ohne Abendbrot ins Bett schickt?«

»Aber Schwester! Sie haben gut lachen. Sie sind mir eine! Nein, sie hat von Anwälten und so weiter gesprochen.«

»Aber ich dachte, die Verlobung sei nur verschoben und er wolle lediglich noch etwas Zeit?«

»Und wenn sie nun einen anderen da unten kennenlernt?«

»Aber es gibt doch bestimmt keine zweite Reederei wie unsere!«

»Ganz gewiß nicht«, erwiderte Edith standhaft, »doch Sir Henry hat seine Finger in vielen verschiedenen Dingen. Er ist ein Mann mit weitgestreuten Geschäftsinteressen. Möglicherweise hat er einen anderen Freier für Miss Derringham im Sinn.«

»Was sollen wir denn machen?«

Edith lachte. »Verlassen Sie sich darauf! Ihre Ladyschaft hat die Trumpfkarte schon parat!«

Ja, dachte ich und überlegte, was geschehen würde, wenn sie diese ausspielte.

18. Juni

Der Käpten ist angekommen! Was für ein Wirbel herrscht im Schloß! Er ist natürlich keine so wichtige Person wie Rex, doch irgendwie spürt man seine Gegenwart. Monique war in den letzten Tagen einfach nicht zu bändigen und schwankte dauernd zwischen hektischer Erregung und tiefer Niedergeschlagenheit hin und her. »Sie werden sich in den Käpten verlieben, Schwester«, prophezeite sie mir.

»Ich glaube, das ist leicht übertrieben«, erwiderte ich im Bemühen, die kühle Krankenschwester herauszukehren.

»Unsinn! Alle Frauen sind in ihn verliebt!«

»Ist er denn so verheerend attraktiv?«

»Er ist der attraktivste Mann der Welt!«

»Gott sei Dank sind wir in derartigen Fragen nicht alle der gleichen Meinung!«

»Aber in bezug auf ihn sind sich *alle* Frauen einig.«

»Glaubt seine Ehefrau!« entgegnete ich einschränkend. »Und das ist natürlich sehr vorbildlich von ihr.«

Sie probierte ihre sämtlichen Kleider an und ermüdete sich damit; und dann war sie unvermittelt tief deprimiert. Als ich eines Nachmittags kurz vor seiner Ankunft zu ihr kam, saß sie still da und weinte. Daß sie weinte, war weniger ungewöhnlich als die Art, in der sie es tat: still und gar nicht melodramatisch.

»Er liebt mich nicht!« stammelte sie schluchzend.

»Was für ein Unsinn!« schalt ich vernünftig. »Sie sind seine Frau! Und nun beruhigen Sie sich bloß! Sie wollen doch bei seiner Ankunft gesund sein. Kommen Sie! Was wollen Sie für den großen Augenblick anziehen? Diese schönen Korallen? Wie sind sie zauberhaft!« Ich schlang sie mir um den Hals. Ich liebe schöne Sachen, und sie stehen mir ebenso gut wie ihr. »Diese Korallen und das lange, blaue Kleid«, fuhr ich fort. »Es ist sehr vorteilhaft!« Sie hatte zu weinen aufgehört und schaute mir zu. Ich nahm das Kleid aus dem Schrank und hielt es mir an. »Na, ist das nicht hübsch? Sehen Sie nicht, wie passend das für eine pflichtbewußte Ehefrau ist?« Ich machte ein unterwürfiges und treu ergebenes Gesicht, worüber sie lachen mußte. Es gelang mir immer häufiger, sie durch eine meiner kleinen Possen aus einer gefährlichen Stimmung herauszulocken und zum Lachen zu bringen.

Sie fing an, über ihren Mann zu sprechen. »Wir kannten uns kaum, als wir heirateten. Er war nur zweimal kurz auf der Insel gewesen.«

Ich stellte mir das große, glänzende Schiff und seinen unwiderstehlichen Kapitän in seiner Uniform vor; und das schöne junge Mädchen auf der tropischen Insel.

»Ein Freund meiner Mutter brachte ihn zu uns mit«, erzählte sie. »Er aß mit uns zu Abend, und danach gingen wir im Garten zwischen den fächerblättrigen Palmen und den Leuchtkäfern umher.«

»Und er verliebte sich in Sie.«

»Ja«, sagte sie, »für kurze Zeit.«

Ihre Lippen begannen wieder zu zittern, und so spielte ich für sie den verliebten Kapitän und die dunkle Schöne im Garten, in dem die Leuchtkäferchen zwischen den Palmenwedeln umherflogen. O ja, die arme Monique war wahrhaftig schwierig vor seiner Ankunft!

Als er dann ankam, änderte sich das, denn ohne es zu wollen, läßt er alle seine Anwesenheit spüren. Und als ich ihn erblickte, erkannte ich seine Anziehungskraft. Er sieht, weiß der Himmel, gut aus! Er ist größer als Rex, blonder und ohne jenen rötlichen Schimmer im Haar wie Rex; sie haben jedoch ähnliche Gesichtszüge. Der Kapitän lacht mehr und spricht lauter, seine Erziehung wurde vermutlich weniger streng überwacht. Er ist der Abenteurer-Typ, der Seeräuber; Rex' Abenteuer werden sich auf geschäftliche Transaktionen beschränken.

Rex sieht im Vergleich mit dem Käpten blaß aus, dessen Gesicht tief gebräunt ist; seine tiefliegenden, blauen Augen blicken intensiver als die topas-braunen von Rex.

Auch mich erfaßte die Aufregung über seine Ankunft, doch fragte ich mich, ob diese zu der Harmonie im Schloß beitragen würde. Seine Mutter ist natürlich selig, ihn wiederzuhaben, und ich überlegte, ob ich ihn vom Ernst ihrer Krankheit unterrichten soll. Vielleicht ist das doch mehr Dr. Elgins Sache. Lady Crediton ist aus bekannten Gründen kühl zu ihm, und ich hörte von Edith, daß ihn dies mehr zu amüsieren als zu ärgern schien. Das ist typisch für ihn. Monique tut mir leid, denn mir wird nur allzu klar, daß sie nicht glücklich ist. ›Sie sind ein Schlawiner, Käpten!‹ dachte ich. ›Nachdem die exotische kleine Blume einmal gepflückt ist, interessiert sie Sie nicht mehr.‹

Und ich dachte auch viel an Anna, wie ich es überhaupt immer tue, doch jetzt mehr als sonst durch die Ankunft des Käptens. Aber er ist so lange her, jener Abend, an dem er sie besuchte und es solchen Ärger mit der alten Miss Brett gab. Ich kann jedoch die Faszination verstehen, die er für Anna gehabt hat.

20. Juni

Der Käpten kam heute morgen zu mir in mein Wohnzimmer, ganz lässig und nonchalant, ganz der Mann von Welt.

»Schwester Loman, ich möchte mit Ihnen sprechen«, begann er.

»Aber gewiß, Käpten Stretton. Nehmen Sie bitte Platz.«

»Und zwar über Ihre Patientinnen«, fuhr er unbeirrt fort.

Natürlich, er machte sich um seine Frau und seine Mutter Sorgen.

»Es geht ihnen beiden momentan etwas besser«, erklärte ich. »Vieleicht ist das die Freude über Ihre Ankunft.«

»Haben Sie irgendeine Veränderung an meiner Frau festgestellt seit Sie hier sind? Hat sich ihr Leiden ... verschlimmert?«

»Nein.« Ich beobachtete ihn verstohlen und hätte gern seine Gefühle für Monique erraten. Vermutlich gibt es nichts Gräßlicheres, als von jemandem mit leidenschaftlicher Liebe verfolgt zu werden, den man nicht mag. Ich glaube, so steht es zwischen ihnen. Und ich fragte mich: Hofft er, daß ein gütiges Schicksal ihm bald seine Freiheit wiederschenkt? »Nein«, wiederholte ich.

»Ihr Zustand ist seit meiner Ankunft ziemlich unverändert geblieben. Er ist sehr vom Wetter abhängig. Im Sommer wird es ihr ein wenig besser gehen, vor allem, wenn dieser nicht zu feucht wird.«

»In ihrer Heimat ging es ihr besser«, sagte er.

»Das ist nur allzu verständlich.«

»Und ... Ihre andere Patientin?«

»Dr. Elgin wird Ihnen Näheres sagen, doch ich fürchte, sie ist sehr krank.«

»Diese Herzanfälle ...?«

»Sie sind leider ein Zeichen für einen schweren Herzschaden.«

»Und gefährlich«, ergänzte er. »Was bedeutet, daß sie jeden Augenblick sterben kann.«

»Ich fürchte, Dr. Elgin wird Ihnen das sagen müssen.«

Es entstand eine kurze Stille, und dann fragte er: »Bevor Sie hierher kamen, arbeiteten Sie doch in einem anderen Haus.«

»Ja, im *Queen's House*. Sie kennen es wahrscheinlich«, fügte ich hinterhältig hinzu.

»Ja, ich kenne es«, gab er zu. »Es gehörte einer Miss ...«

»Brett. Es gab damals zwei Miss Brett. Meine Patientin war die ältere; ihre Nichte lebte bei ihr.«

Er ist so leicht zu durchschauen, dieser Käpten! Er ist nicht so geschickt wie Rex. Er wollte sich nach Anna erkundigen, und das stimmte mich etwas freundlicher gegen ihn. Zumindest hat er sie nicht ganz vergessen.

»Und sie starb?«

»Ja, sie starb ziemlich unvermutet.«

Er nickte. »Es muß recht unangenehm für die junge Miss . . . ehm, die junge Miss Brett gewesen sein.«

»Es war entschieden unangenehm für uns beide.«

»Sie soll eine Überdosis von Schlaftabletten genommen haben, hörte ich.«

»Ja, das stellte auch die gerichtliche Untersuchung fest«, sagte ich rasch und merkte, daß ich das immer schnell sagte, wie um zu verhindern, daß jemand es bezweifeln könnte. So hatte ich es in der Vergangenheit gemacht, und so machte ich es auch jetzt.

»Und die junge Miss Brett lebt noch im *Queen's House*?«

»Ja«, bestätigte ich.

Sein Blick war in unbestimmte Ferne gerichtet. Ob er wohl erwog, Anna zu besuchen? Ganz gewiß nicht! Das würde einen zu großen Skandal geben, jetzt, wo seine Frau tatsächlich hier im Schloß lebte. Aber eines wußte ich nun: Anna war ihm nicht gleichgültig.

Der kleine Edward kam vermutlich auf der Suche nach seinem Vater herein. Er hatte momentan nur wenig Zeit für mich, denn sein Vater war sein Einundalles. Edwards Augen waren kugelrund vor Anbetung, wenn er seinen Vater ansah. Er hatte mir das kleine Schiffsmodell gezeigt, das sein Vater ihm mitgebracht hatte. Er nähme es jeden Abend mit ins Bett und hielte es die ganze Nacht im Arm, sagt Miss Beddoes. Außerdem hätte er sie fast rasend gemacht, als er es im Teich schwimmen ließ und um ein Haar dabei ertrunken wäre. Sie hätte sich noch dazu einen Schnupfen geholt, als sie ihn herauszog. Er trug das kleine Schiff auch jetzt unter dem Arm und begrüßte den Käpten seemännisch.

»Besatzung angetreten und o.k.?« fragte sein Vater.

»Aye aye, Sir. Melde aufbrisenden Wind, Sir.«

»Schließt die Luken«, befahl der Käpten mit ernstem Gesicht.

»Aye aye, Sir.«

Er konnte ein Kind genauso spielend bezaubern wie er die Frauen bezauberte. Er war einer dieser Männer.

21. Juni

Monique hat heute morgen Blut gespuckt, und der Anblick entsetzte sie derartig, daß sie einen ihrer bisher schlimmsten Asthmaanfälle bekam. Ich glaube, es kam gestern nacht zu einem Auftritt zwischen ihr und dem Käpten. Er bewohnt ein Turmzimmer, das nicht weit von ihrem entfernt liegt; und da Monique ihre Stimme nie in Zaum halten kann, hörte ich sie wütend und zornig auf ihn einreden. Als Dr. Elgin kam, machte er ein sehr ernstes Gesicht. Er befürchtet, ihr Zustand wird sich mit dem kommenden Winter verschlechtern. Der englische Winter sei nichts für sie, sagte er. Er sei wirklich dafür, daß sie noch vor Ende des Herbstes England verließe. Anschließend an seinen Besuch bei seinen beiden Patientinnen hatte er eine lange Unterredung mit Lady Crediton.

25. Juni

Wir haben einen Todesfall gehabt! – Jane Goodwin weckte mich heute morgen gegen fünf und bat mich, sofort mit zu ihrer Herrin zu kommen. Ich schlüpfte eiligst in meine Pantoffeln und meinen Morgenrock, doch als wir bei Valerie Stretton ankamen, war sie bereits tot. Ich war entsetzt! Natürlich war mir der Ernst ihres Zustandes klar gewesen, doch wenn man dem Tod von Angesicht zu Angesicht gegenübersteht und begreift, daß man einen Menschen nie wiedersieht, ist das schrecklich aufwühlend! Ich weiß, ich müßte mich eigentlich inzwischen daran gewöhnt haben – und das habe ich auch in gewisser Weise. Aber ich bin noch nie derartig erschüttert über den Tod einer Patientin gewesen. Ich interessierte mich so für die Lebensgeschichte dieser Frau und lernte sie gerade besser kennen. Außerdem hatte ich herausfinden wollen, was dieses Geheimnis war, das sie mit sich herumtrug, wie ich fest überzeugt war; das natürlich nur, um ihren Fall besser zu verstehen. Damals zum Beispiel, als sie ihren ersten Anfall bekam, hatte ich durch ihre verschmutzten Stiefel genau gewußt, daß sie fortgewesen war. Ich fühlte, es gab irgendein Drama in ihrem Leben, das noch nicht zu Ende war; ich hatte es wissen wollen. Und nun war sie tot.

27. Juni

Ein Trauerhaus ist schrecklich bedrückend! Lady Crediton ist die im Schloß herrschende Trauer höchst lästig, wie Edith mir anvertraute. Nach all diesen Jahren ist ihre Rivalin nun endlich tot. Ich möchte wissen, was sie in Wirklichkeit empfindet. Was für leidenschaftliche Gefühle diese Mauern beherbergen! Der Käpten trauert um seine Mutter, und Edward ist verstört. »Wo ist Großmama?« fragt er mich. »Wo ist sie hingegangen?« Ich sage ihm, sie sei nun im Himmel. »Ist sie in einem großen Schiff hingefahren?« fragt er. Ich rate ihm, er solle seinen Vater fragen, und er nickt und ist überzeugt, daß der es bestimmt weiß. Was der Käpten ihm wohl gesagt hat? Er hat so eine Art mit Kindern . . . mit Kindern und Frauen.

Der Westturm ist jetzt der Turm des Todes. Lady Crediton will nicht, daß das übrige Schloß von dem Begräbnis mit seiner düsteren Stimmung berührt wird. In Valeries Zimmer sind die Jalousien heruntergelassen; sie ist dort in ihrem Sarg aufgebahrt. Ich ging hin, um sie noch ein letztes Mal zu sehen. Sie liegt dort mit einem weißen Rüschenhäubchen, das ihr Haar bedeckt, und ihr Gesicht sieht so jung aus, daß es scheint, als wäre es auch eine der Aufgaben des Todes, alle Falten wie eine Büglerin zu glätten. Ich muß daran denken, wie sie vor langer Zeit ins Schloß gekommen ist, muß an ihre Liebe zu Sir Edward denken und an seine Liebe zu ihr. Soviel glühende Leidenschaft – und jetzt sind sie beide tot. Doch die Kraft ihrer leidenschaftlichen Liebe lebt weiter ... im Käpten, der so männlich, so vital und so voller Leben ist. Und auch im kleinen Edward und in den Kindern, die er einmal haben wird, und in ihren Kindeskindern. Und so hinterläßt ihre Liebe allen nachfolgenden Generationen ihr kraftvolles Erbe.

Es bedrückt mich, daß ich nicht herausfinden konnte, was diese arme Frau quälte und was ihren Tod beschleunigt haben mag. Immer wieder kehre ich in jenes verdunkelte Zimmer zurück, um sie anzuschauen. Arme Valerie! Was war ihr Geheimnis? Wen besuchte sie an jenem Tag? Das war die Frage. Die Person, die sie an jenem Tag besuchte, mußte auch die Person sein, die ihr jenen Brief schrieb. Zu gern würde ich herausfinden, wer das ist! Ich würde zu ihr sagen: »Sie haben sie in den Tod getrieben!«

28. Juni

Gestern abend ging ich noch einmal zu dem Totenzimmer und vernahm von drinnen ein Geräusch, als ich gerade meine Hand auf den Türgriff legte. Mich überlief ein seltsames Gefühl. Ich bin nicht abergläubisch, und mein Beruf bringt es mit sich, daß mir der Tod nichts Unbekanntes ist. Ich habe Verstorbene für ihre Aufbahrung zurechtgemacht und habe sie sterben sehen. Doch als ich dort vor der Tür stand, überkam mich jenes unheimliche Gefühl, und ich hatte plötzlich Angst, hineinzugehen. Eine Reihe törichter Bilder blitzte vor meinem inneren Auge auf. Wie, wenn sie nun ihre Augen aufschlug und mich ansah und sagte: »Lassen Sie mich und meine Geheimnisse in Frieden! Wer sind Sie, daß Sie hier herumspionieren?« Und ich zitterte unwillkürlich. Diese dumme Anwandlung ging jedoch vorbei, und ich hörte erneut jenes Geräusch. Es war das unterdrückte Schluchzen eines durchaus lebenden Menschen. Ich öffnete die Tür und blickte hinein. Der Sarg ragte aus dem Halbdunkel, und neben ihm kauerte eine Gestalt. Eine Sekunde lang glaubte ich, Valerie hätte ihren Sarg verlassen, aber nur eine Sekunde lang. Mein gesunder Menschenverstand kehrte zurück, und ich erkannte, daß niemand anders als Monique dort leise weinend kniete.

Scharf fuhr ich sie an: »Was machen Sie hier, Mrs. Stretton!«

»Ich bin gekommen, um von ihr Abschied zu nehmen, bevor . . .«

»Dies ist kein Aufenthaltsort für Sie!« Ich tat energisch und entschlossen ebensosehr um meinet- wie um ihretwillen. Ich verstand einfach nicht, wie ich so unbeherrscht hatte sein können. Ich hatte ja fast einen hysterischen Anfall bekommen.

»Oh, es ist schrecklich . . . schrecklich . . .« schluchzte sie.

Ich ging zu ihr und schüttelte sie heftig am Handgelenk. »Kommen Sie zurück in Ihr Zimmer! Was fällt Ihnen ein, hierher zu gehen! Sie werden krank, wenn Sie so etwas Törichtes tun.«

»Ich werde die Nächste sein«, flüsterte sie.

»Was für ein Unsinn!«

»Ist es Unsinn, Schwester? Sie wissen doch, wie krank ich bin.«

»Sie können geheilt werden.«

»Kann ich das, Schwester? Glauben Sie das wirklich?«

»Ja, es kommt nur auf die richtige Behandlung an.«

»Ach Schwester . . . Schwester . . . Sie bringen mich immer zum Lachen.«

»Aber jetzt lachen Sie bitte nicht! Sie kommen sofort mit mir zurück in Ihr Zimmer! Ich werde Ihnen warme Milch mit etwas Kognak machen, ja? Danach werden Sie sich besser fühlen.«

Sie ließ sich von mir aus jenem Zimmer führen, und ich muß zugeben, ich war froh, hinauszukommen. Aus irgendeinem unerklärlichen Grund wurde ich die Empfindung nicht los, daß irgend etwas uns in dem Zimmer beobachtete . . . und uns bis in den letzten Winkel unseres Denkens durchschaute.

Sie empfand es ebenfalls, denn sie sagte, als ich die Tür hinter uns schloß: »Ich habe mich da drinnen gefürchtet . . . und doch mußte ich hineingehen.«

»Ich weiß«, beruhigte ich sie. »Kommen Sie jetzt.«

Ich bekam sie glücklich in ihr Zimmer, wo sie sofort zu husten anfing. O Gott! Dieser fatale, verräterische Fleck! Ich würde es Dr. Elgin melden müssen. Zu ihr sagte ich natürlich nichts davon.

Ich sprach besänftigend wie zu einem kleinen Kind mit ihr, während ich sie ins Bett brachte. »Ihre Füße sind ja wie Eis! Ich werde Ihnen eine Wärmflasche holen. Zuerst jedoch die heiße Milch mit Kognak. Sie hätten nicht dort hingehen sollen, wissen Sie.«

Sie weinte leise vor sich hin, und dieses stille Unglück war alarmierender als ihre geräuschvollen Explosionen.

»Es wäre besser, wenn nicht sie, sondern ich jetzt in jenem Sarg läge!«

»Sie werden – wie wir alle – irgend wann einmal in Ihrem Sarg liegen, wenn die Zeit dafür gekommen ist.«

Sie lächelte durch ihre Tränen. »O Schwester, Sie tun mir wirklich gut!«

»Der Kognak wird Ihnen noch besser tun, Sie werden es sehen.«

»Manchmal sind Sie die gestrenge Krankenschwester und dann ... dann sind Sie wieder so ganz anders.«

»Wir haben alle mehrere Seelen in unserer Brust, so heißt es doch. Zeigen Sie mir jetzt bitte Ihre vernünftige Seele.«

Dies brachte sie erneut zum Lachen, doch brach sie gleich wieder in Tränen aus.

»Niemand will mich, Schwester! Die wären nur froh ... alle miteinander.«

»Ich werde mir solchen Unsinn jetzt nicht länger anhören!«

»Aber es ist kein Unsinn! Ich sage Ihnen, die wären nur froh, wenn ich jetzt dort in dem Sarg läge. Er wäre froh.«

»Trinken Sie Ihre heiße Milch aus!« befahl ich. »Die Wärmflasche wird auch gleich soweit sein. Und lassen Sie uns über dies schöne, warme Federbett reden. Es ist sehr viel gemütlicher als ein Sarg, das kann ich Ihnen versichern!«

Und wieder lächelte sie mich durch ihre Tränen an.

30. Juni

Heute ist die Beerdigung. Es herrscht eine bedrückende Stimmung. Unten in der Dienstbotenhalle werden sie wieder über die Liebesaffäre zwischen der Toten und jenem legendären Mann, Sir Edward, sprechen. Vielleicht sind noch einige alte Leute unter ihnen, die sich an alles erinnern. Ich möchte wissen, ob es sie gibt. Falls ja, würde ich gern mit ihnen über Valerie sprechen. Jane Goodwin ist völlig gebrochen. Was wird sie jetzt wohl machen? Vermutlich bleibt sie im Schloß. Man wird Baines anweisen, eine Arbeit für sie zu finden. Arme Jane, sie war seit Jahren so eng mit ihrer Herrin verbunden. Valerie muß ihr vertraut und ihr vieles erzählt haben. Sie muß etwas wissen.

Der Käpten wird als erster hinter dem Sarg gehen. Monique ist zu krank, um ihn zu begleiten, und der kleine Edward ist noch zu jung. Rex wird daran teilnehmen. Er hat den Käpten sehr gern, wie dieser auch ihn. Das Totengeläut ist so entsetzlich deprimierend! Jane liegt völlig gebrochen oben in ihrem Zimmer, und Monique schluchzt immer aufs neue, daß sie an Valeries Stelle hätte sterben sollen, da gewisse Menschen genau das wünschen.

Ich ging in das leere Totenzimmer, um die Jalousien wieder herunterzulassen, und wer anders als Miss Beddoes taucht da ebenfalls auf! Aus irgendeinem Grunde mag sie mich nicht. Es beruht aber wirklich auf Gegenseitigkeit. Sie sah enttäuscht aus, als sie feststellte, daß ich lediglich die Jalousien herunterließ. Was mag sie bloß erwartet haben? In meinem Turmzimmer kann ich auch das Totengeläut der nahen Kirche hören, das der Welt vom Tode Valerie Strettons kündet.

4. Juli

»Mr. Rex' Abreise steht so gut wie fest«, eröffnete sie mir.

»Abreise?« wiederholte ich und meinte: Erzählen Sie mir mehr!

»Er fährt nach Australien«, fuhr Edith mit vielsagendem Lächeln fort. »Na, wir wissen ja, wen er dort treffen wird!«

»Die Derringhams haben dort eine Niederlassung«, sagte ich, »und wir auch.«

»Sehen Sie, wie es funktioniert?«

»Eine brillante Strategie!«

»Was ist das?« wollte Edith wissen, wartete jedoch nicht auf meine Erklärung. Sie war überzeugt, daß das, was sie zu erzählen hatte, interessanter war als alles, was ich möglicherweise zu bieten hatten. »Mr. Baines hörte, wie Ihre Ladyschaft mit Mr. Rex sprach. ›Du mußt nachschauen, was dort unten geschieht‹, sagte sie. ›Es war immer das Geschäftsprinzip deines Vaters, nie den Kontakt zu verlieren.‹«

»Den Kontakt zu den Derringhams?«

»Nun, diese Reise könnte alles in Ordnung bringen. Schließlich hat er jetzt die Zeit zum Nachdenken gehabt, die er wollte, oder etwa nicht?«

»Das würde ich meinen.«

»Mr. Baines glaubt, es sei so gut wie sicher, daß Mr. Rex schon sehr bald nach Australien abreist. Eine Veränderung kommt nie allein. Erst Mrs. Strettons Ableben . . . und jetzt Mr. Rex' Abreise.«

Ich pflichtete ihr bei, daß das wahrhaftig Veränderungen seien.

5. Juli

Dr. Elgin befragte mich eingehend nach meiner Patientin.

»Es geht ihr keineswegs besser, Schwester.«

»An feuchten Tagen ist es immer viel schlimmer.«

»Das ist nur natürlich. Aber der Zustand ihrer Lunge als solcher hat sich verschlechtert.«

»Und das Asthma auch, fürchte ich, Doktor.«

»Ich wollte Ihnen gerade vorschlagen, auch bei ihr das Amylnitrit zu versuchen, falls es wieder zu einem schweren Anfall kommt, aber vielleicht ist es in ihrem Fall nicht ratsam. Die Himrod-Kur soll dagegen sehr gut wirken. Nicht, als ob ich patentierte Medizinen mag, doch diese enthält keine schädlichen Substanzen. Kennen Sie das Mittel, Schwester?«

»Ja. Man verbrennt das Pulver und läßt den Patienten den Rauch einatmen. Es wirkte recht gut bei einem früheren Patienten, ebenso verbranntes Papier, das vorher in Salpeterlösung getaucht worden war.«

»Hm«, meinte er nachdenklich. »Wir müssen hier an die Lungenkomplikation denken. Ich werde Ihnen eine Mischung aus Kaliumjodür und Riechsalz mit Belladonnatinktur geben. Wir wollen sehen, wie das hilft. Sie können es ihr, wenn nötig, alle sechs Stunden geben.«

»Ja, Doktor. Und ich hoffe, das Wetter bleibt warm und trocken. Es hängt so viel davon ab.«

»Leider! Um Ihnen die Wahrheit zu sagen, Schwester, meiner Meinung nach hätte man sie nie herbringen sollen.«

»Wäre es nicht vielleicht ratsam, sie in ihre Heimat zurückkehren zu lassen?«

»Darüber gibt es gar keinen Zweifel. Es wäre bei weitem das Klügste.«

Und mit diesen Worten ging er hinunter, um Lady Crediton Bericht zu erstatten.

8. Juli
Heute traf ich Rex im Garten.

Er sagte: »Na, erholen Sie sich ein wenig, Schwester?«

»Es ist ab und zu nötig!« erwiderte ich.

»Ist Spazierengehen ein guter Ersatz fürs Tanzen?«

»Das würde ich kaum behaupten!«

»Und ziehen Sie die Gewänder der Schloßherrin Ihrer Schwesterntracht vor?«

»Bei weitem!«

»Nun, diese steht Ihnen genausogut, aber vielleicht ist Ihre Schönheit von jener seltenen Art, die nicht betont werden muß.«

»Jede Schönheit braucht den richtigen Rahmen. Wie ich höre, werden Sie uns bald verlassen. Stimmt das?«

»Es ist so gut wie sicher.«

»Und werden Sie nach Australien reisen?«

»Wie gut Sie unterrichtet sind!«

»Es gibt einen ausgezeichneten Nachrichtendienst im Schloß.«

»Aha! Das Personal.«

»Ich bin überzeugt, daß Ihnen Ihre Reise Spaß machen wird. Wann geht es denn los?«

»Nicht vor Ende des Jahres.«

»Sie kommen also dort in den australischen Sommer und überlassen uns den Schrecken des englischen Winters.«

Er sah mich sehr aufmerksam an. Ich war ziemlich gekränkt, denn er schien seine bevorstehende Abreise nicht im geringsten zu bedauern. Ich hatte mir eingebildet, er empfände eine ganz spezielle, freundschaftliche Zuneigung zu mir. Doch nein, sagte ich mir, es war nur ein unverbindlicher, nichtssagender Flirt. Wie hätte es auch etwas anderes sein können!

»Und ich bin sicher«, fuhr ich fort, »Sir Henry Derringham und seine Tochter, die, wie man mir sagte, bereits dort sind, werden Ihnen einen sehr herzlichen Empfang bereiten.«

»Das nehme ich an.«

Und dann sagte er plötzlich: »Es wird erwogen, Mrs. Stretton in ihre Heimat zurückkehren zu lassen.«

»So?«

»Ja. Der Doktor hat eine Unterredung mit meiner Mutter gehabt. Ich glaube, sie hält es in jeder Hinsicht für Mrs. Stretton am besten, wenn sie in das Klima zurückkehrt, an das sie gewohnt ist.«

»Ich verstehe.«

»Die Zukunft Ihrer Patientin wird natürlich auch Ihre beeinflussen«, fuhr er fort.

»Natürlich!«

»Meine Mutter wird mit Ihnen darüber sprechen. Es kommt dann für Sie selbstverständlich ganz überraschend.«

»Selbstverständlich!«

Wir schlenderten zu dem Teich und sahen eine Weile dem Treiben des uralten Karpfen zu.

Rex erzählte von Australien, wo er vor einigen Jahren schon einmal gewesen war. Der Hafen von Sydney sei großartig; er hätte schon damals gern dorthin zurückkehren wollen.

9. Juli

Ich warte darauf, zu Lady Crediton gerufen zu werden. Was wird sie wohl zu mir sagen? Wird sie mir vorschlagen, meine Patientin auf die Reise zu begleiten? Oder wird sie mir mit einer Frist von einem Monat und länger kündigen? Sie wird ja sicher wollen, daß ich auf jeden Fall bis zu Moniques Abreise bleibe. Monique wird jedoch auch während der Reise Pflege benötigen. Australien! Mir war nie der Gedanke gekommen, eines Tages England zu verlassen, doch hätte ich bestimmt auch schon früher jede Gelegenheit zu einer solchen Reise ergriffen. Jetzt würde es den Abschied von Zuhause bedeuten, und das Zuhause, an das ich dachte, war nicht mein heimatliches Dorf, sondern das *Queen's House*. Seit ich dieses Tagebuch schreibe, denke ich so viel an Anna! In gewisser Weise schreibe ich es ja für sie, weiß ich doch, wie sie alles hier im Schloß interessiert. Mich übrigens jetzt auch. Dieses gemeinsame Interesse verbindet uns noch mehr, und das erste, woran ich bei der möglichen Aussicht einer solchen Reise denke, ist immer der Abschied von Anna. Natürlich zwingt mich nichts, mich von ihr zu trennen; ich könnte mich statt dessen vom Schloß trennen. Aber das ist ein Teil meines Lebens geworden. Wie könnte ich mich da von ihm trennen?

Jedes Mal, wenn es jetzt an die Tür klopft, denke ich, es ist ein Diener, der mich zu Ihrer Ladyschaft ruft. Ich bin sehr nervös!

10. Juli

Heute herrschte große Bestürzung im Schloß. Klein-Edward war verschwunden! Miss Beddoes war völlig aufgelöst. Sie hatte ihn direkt nach dem Mittagessen aus den Augen verloren. Er war von Tisch aufgestanden und in das Kinderzimmer gegangen. Ich vermute, sie hat ein Schläfchen gemacht; als sie dann aufwachte, war er nicht mehr da. Sie regte sich nicht weiter auf, sondern ging in den Garten, um ihn zu suchen. Als er aber um vier Uhr, wenn er gewöhnlich ein Glas Milch und ein Stück Kuchen bekommt, immer noch nicht erschien, begann sie, sich Sorgen zu machen. Sie rannte zu seiner Mutter, was wirklich sehr töricht war, denn Monique ergriff sofort kopflose Panik. Sie fing an zu schreien, ihr kleiner Junge sei weg. Darauf suchten wir dann alle nach ihm. Der Käpten machte sich mit Miss Beddoes und Baines auf die Suche, während ich mit Rex, Jane und Edith loszog. Wir gingen in den Garten, weil wir überzeugt waren, daß er draußen sein mußte, und durchsuchten das Wäldchen vor dem Eisengeländer auf der Klippe. Dieses war fest und solide, doch konnte ein kleiner Junge sich vielleicht durch die Stäbe zwängen? Besorgt sah ich Rex an. Er meinte: »Unmöglich! Irgend jemand hätte es gesehen.« Mir leuchtete das allerdings nicht unbedingt ein. Während wir noch ratlos davor standen, hörte ich plötzlich Moniques Stimme und sah sie auf uns zukommen. Sie trug ein rot-goldenes, seidenes Hauskleid, und ihr Haar wehte ihr lose um die Schultern; ihre Augen blickten irre.

»Ich wußte es!« schrie sie. »Ich wußte, er würde hierher gehen! Er ist hinuntergestürzt! Ich weiß es! Ich werde ihn begleiten. Ich bin hier nicht erwünscht!«

Ich trat sofort auf sie zu und erklärte energisch: »Das ist doch völlig absurd! Er ist irgendwo anders – spielt seelenruhig irgendwo!«

»Laßt mich allein! Ihr belügt mich, ihr alle! Ihr wollt mich hier nicht! Ihr wäret froh, wenn ich diejenige wäre . . .«

Sie hatte einen ihrer hysterischen Anfälle, und ich wußte, wie gefährlich diese sein konnten.

Ich sagte zu Rex: »Ich muß sie auf der Stelle ins Haus zurückbekommen.«

Als Antwort schleuderte sie mich mit einer derartigen Kraft zur Seite, daß ich hingefallen wäre, hätte Rex mich nicht aufgefangen. Ich hatte bereits bei einer früheren Gelegenheit gemerkt, was für außerordentliche Kraft sie während einer solchen Raserei besaß.

»Nein!« kreischte sie. »Er ist hinuntergestürzt, und ich werd' mich ihm nachstürzen! Niemand wird mich daran hindern!«

Ich rief: »Sie werden krank werden! Sie müssen sofort ins Haus zurück!«

Doch sie rannte schon auf das Geländer zu.

Rex erreichte es vor ihr und versuchte, sie festzuhalten. Ich hatte gräßliche Angst, sie könnten beide zusammen hinunterstürzen. Plötzlich erschien der Käpten mit Miss Beddoes und Baines und sah sofort, was los war. Mit einigen Sätzen war er bei seiner Frau, packte sie und riß sie vom Geländer zurück.

»Du wärest froh . . . froh . . .« kreischte sie und begann auch schon zu husten. Ich ging zu ihr. Der Käpten warf mir einen kalten Blick zu.

»Ich trage sie zurück«, erklärte er und hob sie wie ein kleines Kind auf den Arm.

Ich folgte ihnen zu ihrem Zimmer. Hinter mir spürte ich das entsetzte Schweigen; alle hatten vorübergehend Edward vergessen.

Ich wußte, der Anfall würde bald seinen Höhepunkt erreichen, und hatte nur den einen Wunsch, Monique sicher in ihrem Zimmer zu haben, wo die Medikamente waren. Ich sagte dem Käpten, er solle lieber nach Dr. Elgin schicken, und gab Monique von der neuen Medizin.

Ich dachte, sie würde sterben. Es war der schwerste Anfall seit meiner Ankunft.

Als Dr. Elgin kam, war ihre Atmung schon ein wenig besser; sie war leblos vor Erschöpfung, doch ich wußte, sie würde dieses Mal nicht sterben.

Gerade bevor er erschien, konnte ich ihr sagen, daß man Edward gefunden hatte.

Auf die zweite Szene dieses Tages war ich wirklich nicht vorbereitet. Niemand anders als ich fand Edward. Nachdem ich seiner Mutter die Medizin gegeben und sie so bequem wie unter den Umständen möglich gebettet hatte, war ich rasch in mein Zimmer gegangen, um mir ein Taschentuch zu holen, da ich meines Monique gegeben hatte. In meinem Zimmer befindet sich ein großer Wandschrank – so groß, daß er mehr ein kleines Schrankzimmer ist; man kann darin herumgehen. Und dort, gemütlich auf ein Kissen gekuschelt, lag Edward und baute mit meinen Kleiderbügeln Brücken.

Ich sagte: »Aber man sucht dich überall! Komm sofort heraus, um Himmels willen!«

Ich ergriff seine Hand und rief nach Betsy, die unverzüglich angelaufen kam. Sie schrie leise auf, als sie das Kind sah.

»Er war die ganze Zeit in meinem Schrank«, teilte ich ihr mit. »Sagen Sie allen so rasch wie möglich, daß er heil und gesund gefunden ist.«

Ich kehrte zu meiner Patientin zurück, und gleich darauf kam dann Dr. Elgin.

Es war wahrlich ein anstrengender Tag!

Ich hatte Monique für die Nacht zurecht gemacht. Nach einer Opiumtablette von Dr. Elgin meinte sie, sie würde bis zum nächsten Morgen durchschlafen. Sie brauchte den Schlaf dringend nötig! Ich kehrte also in mein Zimmer zurück und beschloß, früh zu Bett zu gehen. Ich mußte über vieles nachdenken. Ich hatte gerade mein Nachthemd angezogen und bürstete mein Haar, als die Tür plötzlich aufflog. Zu meinem Erstaunen stand Miss Beddoes auf der Schwelle. Ihr Gesicht war wutverzerrt und voll roter Flecken; sie hatte offensichtlich geweint. Ihr Zwicker zitterte auf Ihrer Nasenspitze. Selten habe ich ein derartig haßerfülltes Gesicht gesehen, und dieser Haß richtete sich noch dazu auf mich.

»Sie werden natürlich sagen, Sie hätten es nicht getan!« schrie sie. »Aber ich weiß, daß Sie es waren! Ich kenne Sie! Sie sind schlecht! Sie haben mich schon immer gehaßt!«

»Aber Miss Beddoes! So beruhigen Sie sich doch bitte!«

»Ich brauch' mich nicht zu beruhigen!« zeterte sie.

»Verzeihen Sie, aber Sie sollten es wirklich!«

»Versuchen Sie nicht Ihre Schwestern-Tricks bei mir! Mir können Sie mit Ihrer sanften Stimme nichts vormachen. Ich glaube ...«

»Und ich glaube, Ihr gesunder Menschenverstand hat Sie verlassen.«

»Er verließ mich, als ich Sie das erste Mal sah! Sonst wäre ich vor Ihnen und Ihren Intrigen auf der Hut gewesen.«

»Wirklich, Miss Beddoes, wollen Sie sich denn nicht beruhigen. Setzen sie sich und erzählen Sie mir, was passiert ist.«

»Genau, was Sie eingefädelt haben!«

»Ich weiß nicht, wovon Sie reden. Also was soll ich eingefädelt haben?«

»Meine Kündigung! Sie haben sich seit Ihrer Ankunft in das Vertrauen des kleinen Edward geschlichen.«

»Aber ...«

»O ja, Sie bestreiten es natürlich! Sie sind eine Lügnerin, Schwester Loman! Ich weiß es genau. Sie wollen mich aus dem Weg haben. Sie mögen mich nicht, und deshalb wollen Sie mich wegscheuchen, wie eine Fliege.«

»Bitte glauben Sie mir, wenn ich Ihnen versichere, daß ich nichts von all dem verstehe. Ich kann mich erst verteidigen, wenn ich weiß, was Sie mir vorwerfen.«

Sie setzte sich auf einen Stuhl – eine zutiefst verängstigte Frau.

Sanft drängte ich Sie: »Bitte erzählen Sie.«

»Man hat mir gekündigt. Lady Crediton ließ mich heute zu sich rufen. Sie sagte, sie glaube nicht, daß ich die richtige Art hätte, um Edward unter Kontrolle zu halten. Ich solle meine Sachen packen und das Schloß verlassen, denn sie möchte keine bereits gekündigten Angestellten hier haben. Sie hat mir statt einer Kündigungsfrist ein Monatsgehalt gegeben.«

»Oh . . . nein!«

»Warum tun Sie so erstaunt? Es ist doch das, was Sie gewollt haben!«

»Aber Miss Beddoes, ich . . . ich habe niemals einen derartigen Gedanken oder Wunsch gehabt.«

»Haben Sie nicht immer zu verstehen gegeben, ich wäre nicht in der Lage, den Jungen zu bändigen?«

»Niemals!«

»Er war aber immer hier bei Ihnen.«

»Weil er hier in der Nähe seiner Mutter ist.«

»Nein, er kam wegen Ihnen.«

»Ich mag ihn gern. Er ist ein aufgeweckter Junge. Das ist alles.«

Sie stand auf und trat dicht auf mich zu. »*Sie* haben ihn heute nachmittag versteckt! *Sie* haben ihn in Ihrem Schrank versteckt! *Sie* waren es! Ich weiß es!«

»Liebe Miss Beddoes, ich habe nichts Derartiges getan. Warum hätte ich auch?«

»Weil Sie wußten, daß man hier mit mir unzufrieden war. Sie hofften, es würde der letzte Tropfen sein – und das war es jetzt ja nun auch!«

»Ich kann Ihnen nur versichern, daß Sie sich irren. Ich sollte böse auf Sie sein, aber es tut mir leid für Sie, Miss Beddoes. Es tut mir schrecklich leid für Sie! Haben Sie fürs erste . . . genug Geld?«

Ihr Gesicht verzog sich schmerzhaft. O Gott, bat ich, hilf alleinstehenden Frauen! Jene, die in vornehmer Armut aufgewachsen sind, leiden wahrhaftig am meisten.

»Ich habe meine Monatsgehälter«, sagte sie.

Ich ging zum Schreibtisch, schloß eine Schieblade auf und nahm zwei Fünf-Pfund-Noten heraus.

»Nehmen sie das«, bat ich.

»Eher würde ich sterben«, wehrte sie dramatisch ab.

»Bitte! Ich bitte Sie darum.«

»Weshalb sollten Sie mich darum bitten?«

»Weil Sie einen Verdacht gegen mich hatten. Was es genau ist, weiß ich immer noch nicht. Sie glauben, ich hätte irgendwie mit zu Ihrer Kündigung beigetragen. Es stimmt ganz und gar nicht, aber weil Sie mich so verdächtigt haben, sind Sie es mir schuldig, dieses Geld von mir anzunehmen.«

Sie schaute zwischen den Scheinen und mir hin und her, und ich erkannte den Blick in ihren Augen; sie überschlug, wie lange sie mit dem Geld auskommen könnte. Ich sah sie in Gedanken in einer armseligen Unterkunft sitzen und Bewerbungen auf Angebote hin schreiben, die auf dem Papier gut klangen. Ich dachte an arrogante und anspruchsvolle Herrinnen – an griesgrämige alte Damen, die eine Gesellschafterin brauchten, und an mutwillige, unbesonnene Buben wie Edward. Und ich spürte, wie mir die Tränen kamen.

Sie bemerkte es, und diese Tränen waren wirkungsvoller als alle Beteuerungen meiner Unschuld es hätten sein können.

»Und ich dachte ... ich dachte ...« stammelte sie.

»Daß ich Edward versteckt hätte? Aber warum hätte ich das denn bloß tun sollen? Sehen Sie nicht jetzt selbst ein, daß eine solche Verdächtigung an den Haaren herbeigezogen ist? Oh, ich verstehe. Sie sind schrecklich aufgeregt. Ich bin überzeugt, Lady Crediton war ... gemein.«

Sie nickte.

»Bitte, werden Sie dieses Geld nun von mir annehmen? Es ist nicht viel. Ich wünschte, ich könnte Ihnen mehr geben.«

Sie setzte sich wieder und starrte ausdruckslos vor sich hin; ich steckte ihr das Geld in die Rocktasche.

»Ich werde Ihnen jetzt eine Tasse Tee machen«, verkündete ich. »Eine richtig schöne, heiße, süße Tasse Tee. Sie werden staunen, wie viel besser Sie sich danach fühlen!«

Ich stellte den Teekessel auf. Ich war keineswegs so ruhig und gelassen, wie ich mir den Anschein gab; meine Hände zitterten leicht.

Während ich wartete, daß das Wasser kochte, versprach ich ihr, sie zu benachrichtigen, falls ich von angemessenen Stellungen hören sollte. In meinem Beruf käme man ziemlich viel herum. Ich würde es nicht vergessen. Sie schlürfte den Tee, und als ihre Tasse leer war, erklärte sie: »Ich muß mich bei Ihnen entschuldigen.«

»Schwamm darüber!« sagte ich großzügig. »Ich verstehe schon. Sie waren in einem Schockzustand. Morgen früh werden Sie sich besser fühlen.«

»Morgen früh verlasse ich das Schloß.«

»Wohin gehen Sie?«

»Ich kenne eine sehr preiswerte Pension in der Stadt und hoffe, ich werde bald etwas Neues finden.«

»Davon bin ich überzeugt.«

Sie verließ mich im Glauben, in mir eine Freundin zu haben. Mich hatte das Ganze ziemlich erschüttert, aber ich meinte es ehrlich, als ich sie zu benachrichtigen versprach, falls ich von einer pasenden Stellung hörte.

11. Juli

Heute ließ Lady Crediton mich zu sich rufen. Ich hatte vergessen, wie furchterregend sie sein kann, da ich sie nur wenige Male zu Gesicht bekommen hatte. Sie saß kerzengerade; ihr Rücken bildete die gleiche senkrechte Linie wie die Lehne des reichverzierten Armstuhls, der eher einem Thron glich. Das schneeweiße Häubchen schwebte wie eine Krone auf ihrem Haar, so königlich trug sie es.

»Ah, Schwester Loman. Setzen Sie sich!«

Ich gehorchte.

»Ich habe Sie kommen lassen, weil ich Ihnen einen Vorschlag machen möchte. Ich habe mehrere Unterredungen mit Dr. Elgin gehabt. Er teilt mir mit, daß der Zustand Ihrer Patientin sich nicht bessert.«

Sie sah mich durchdringend an, als ob ich dies durch meine mangelhafte Pflege verschuldet hätte; aber ich war keine Miss Beddoes und ließ mich nicht einschüchtern.

»Dr. Elgin hat Ihnen zweifellos den Grund dafür genannt«, entgegnete ich.

»Er glaubt, unser Klima bekomme ihr nicht. Ich bin deshalb zu folgendem Entschluß gekommen: Mrs. Stretton wird für eine Zeitlang auf ihre heimatliche Insel zurückkehren. Falls es ihr dort gesundheitlich besser geht, wissen wir einwandfrei, daß tatsächlich das hiesige Klima schädlich für sie ist.«

»Ich verstehe.«

»Gut, Schwester. Es ergeben sich daraus zwei Alternativen, denn sie wird weiter Pflege brauchen. Das steht außer jedem Zweifel. Dr. Elgin hält Sie für tüchtig und zuverlässig. Deshalb biete ich Ihnen folgende Wahl an: Sie begleiten sie und bleiben auch dort unten bei ihr, wenn sie es wünscht; falls Sie jedoch nicht dort bleiben wollen, wird man Sie auf meine Kosten nach England zurückbringen. Falls Sie sie dagegen nicht begleiten möchten, würde Ihre Tätigkeit hier beendet sein.«

Ich schwieg einen Moment. Es kam ja nicht unvorbereitet, doch ich dachte an Anna.

»Nun?«

»Ihre Ladyschaft werden verstehen, daß das eine ziemlich schwerwiegende Entscheidung für mich ist.«

Widerstrebend gab sie es zu. »Ich muß sagen, es wäre etwas unangenehm, wenn Sie zu einem negativen Entschluß kommen und Ihre Patientin verlassen würden. Sie hat sich an Sie gewöhnt . . . und umgekehrt.«

Sie wartete. Der Gebrauch ihres Lieblingswortes »unangenehm« ließ durchblicken, daß sie von mir erwartete, sie vor derartigen Komplikationen zu bewahren.

»Ich muß sagen, ich verstehe sie«, sagte ich. »Doch ändert das nichts an der Tatsache, daß es eine schwierige Entscheidung für mich ist.« Und dann fügte ich unvermittelt hinzu: »Lady Crediton, darf ich Ihnen einen Vorschlag machen?« Sie sah mich verblüfft an, doch bevor sie es mir verbieten konnte, sprach ich schnell weiter: »Ich habe über ihren Sohn, über Edward, nachgedacht. Er wird vermutlich seine Mutter begleiten?«

»N-ja«, gab sie widerwillig zu. »Für eine gewisse, kurze Zeit vielleicht. Er ist jung und wird im gegebenen Augenblick hierher zurückkehren.«

»Aber er wird sie begleiten?«

Sie musterte mich mit wachsendem Erstaunen. Dies war nicht die übliche Art, in der sie Unterredungen mit ihren Angestellten führte.

»Miss Beddoes ist fort. Ich könnte unmöglich die Verantwortung für das Kind *und* meine Patientin übernehmen, aber ich bin überzeugt, Ihre Ladyschaft haben bereits beschlossen, eine Gouvernante oder Kinderfrau für den Jungen einzustellen.«

Sie war immer noch sprachlos. Sie diskutierte nicht die familiären Angelegenheiten im Schloß mit Leuten, die diese nichts angingen, wie sie fand. Rasch redete ich weiter: »Es kann zufällig sein, daß eine Freundin von mir einverstanden wäre, diese Stellung als Edwards Gouvernante zu übernehmen. Falls sie es täte . . . würde ich liebend gerne Mrs. Stretton begleiten.«

Ihr Gesicht erhellte sich vor Erleichterung, und sie war zu überrascht, um dies zu verbergen. Sie wollte unbedingt, daß ich Monique begleitete, und hatte eingesehen, daß sie schließlich eine Gouvernante für Edward brauchte.

Als Chantel mich an jenem Tag besuchte und ich das Eisentor zuschlagen hörte und sie von meinem Fenster aus über den Rasen eilen sah, wußte ich gleich, wie erregt sie war. Sie sah atemberaubend schön aus. Mit ihrer zierlichen Gestalt und dem weiten, wehenden Umhang wirkte sie, wie sie da fast ohne mit den Füßen den Boden zu berühren dahinflog, wie eine Illusion aus dem Buch »Die goldene Märchentruhe«, aus dem meine Mutter mir vorzulesen pflegte.

Ich lief zur Haustür hinunter. Jetzt brauchte ich mich nicht mehr durch Möbel hindurchzuschlängeln, da es im Haus viel leerer geworden war. Wir umarmten uns, und sie lachte aufgeregt.

»Neuigkeiten! Neuigkeiten!« rief sie und folgte mir in die Halle. Sie blickte sich um und erklärte: »Aber wie hat es sich verändert! Jetzt sieht es hier ja direkt wie eine Halle aus!«

»Sie hat mehr ihr ursprüngliches Aussehen wiedererhalten«, meinte ich.

»Gott sei Dank, daß ein paar von den verflixten alten Uhren weg sind! Tick-tack, tick-tack! Mich wundert nur, daß dich das nicht verrückt gemacht hat.«

»Sie sind leider für ein Butterbrot weggegangen.«

»Mach dir nichts draus! Hauptsache, sie sind weg! Und jetzt hör zu, Anna! Es ist etwas Wichtiges passiert.«

»Das sehe ich.«

»Ich will, daß du sofort mein Tagebuch liest! Dann weißt du Bescheid. Ich werde inzwischen Einkäufe machen.«

»Aber du bist doch gerade erst gekommen!«

»Bitte tu, wie ich dir sage! Du mußt es lesen, um zu wissen, worum es geht. Sei vernünftig, Anna! Ich bin in einer Stunde zurück. Nicht später. Setzt dich hin und lies!«

Und fort war sie und ließ mich mit dem Tagebuch in der Hand mitten in der leeren Halle stehen.

Ich setzte mich also hin und begann zu lesen, und als ich zu dem recht abrupten Schluß ihrer Schilderung über die Unterhaltung mit Lady Crediton kam, wußte ich, was diese zu bedeuten hatte.

Ich saß und starrte auf die wenigen Möbelstücke, die noch in der Halle übrig geblieben waren, und überlegte ohne jeden Zusammenhang, daß niemand je die exquisite Schmuckschatulle aus Ebenholz kaufen würde mit den Zinn- und Elfenbeinintarsien und den geschnitzten allegorischen Figuren, die die vier Jahreszeiten darstellten. Wer wollte heutzutage eine solche Schmuckschatulle, auch wenn sie noch so schön war? Was war damals bloß in Tante Charlotte gefahren, daß sie derartige Summen für Dinge ausgab, für die es auf der ganzen Welt nur einige wenige Käufer gab? Und die chinesische Sammlung im ersten Stock! Trotz allem hatte ich in den letzten Wochen so etwas wie Morgenlicht am Horizont der Schuldenberge entdeckt. Ich hegte die Hoffnung, die geerbten Schulden bezahlen zu können und mir dadurch die Möglichkeit zu einem neuen Start zu schaffen.

Ein neuer Start! Genau das war es ja, was Chantel mir anbot.

Ich konnte ihre Rückkehr kaum erwarten und sagte Ellen, sie möge Tee für uns machen, bevor sie ginge. Sie kam jetzt nicht mehr jeden Tag; Mr. Orfey hatte dagegen protestiert. Sein Geschäft entwickelte sich günstig, und er wollte, daß seine Frau ihm dabei zur Hand ging. Sie kam überhaupt nur noch, um mir einen persönlichen Gefallen zu tun.

Ellen versprach, den Tee aufzugießen und bemerkte, ihre Schwester spräche oft sehr anerkennend von Schwester Loman.

»Natürlich halten die große Stücke auf sie«, erwiderte ich.

»Edith sagt, sie wäre nicht nur eine gute Krankenschwester, sondern auch eine vernünftige Person, und sogar Ihre Ladyschaft hätte nichts an ihr auszusetzen.«

Ich freute mich darüber und überlegte, wie es wohl sein würde, England zu verlassen und der lastenden Einsamkeit im *Queen's House* zu entrinnen. ›Ein neues Leben beginnen‹ – wie oft hörte man das; es ist ein bekannter Klischeeausdruck. Aber dies wäre wirklich ein neues Leben, ein totaler Bruch mit der Vergangenheit. Chantel würde die einzige Verbindung zu meinem jetzigen Leben bilden.

Aber ich war zu voreilig in meinen Überlegungen. Vielleicht hatte ich Chantels Andeutung mißverstanden. Vielleicht schwelgte ich nur wieder in einem herrlichen Traum, wie ich es zumindest schon ein Mal höchst töricherweise getan hatte.

Ellen stellte den Tee auf ein Lacktischchen; sie hatte das Spode-Service genommen und jenes kostbare alte silberne Teesieb. Und wenn schon! Es kam jetzt nicht mehr darauf an, und dies war schließlich eine besondere Gelegenheit.

Ellen trödelte herum, um Chantel noch zu sehen. Als sie schließlich abzog und uns allein ließ, begann Chantel zu erzählen.

»Sowie ich hörte, daß man mir möglicherweise diese Reise vorschlagen würde, dachte ich an dich, Anna! Mir war die Vorstellung verhaßt, dich in diesem einsamen alten Haus mit einer unsicheren Zukunft zurückzulassen. Ich sagte mir: Du kannst das nicht machen! Und dann nahm es zufällig diese Wendung ... ganz so, als hätte ein gütiges Schicksal seine Hand im Spiel gehabt. Die arme alte Beddoes wurde entlassen – sie war wirklich ziemlich unbrauchbar, und es mußte früher oder später so kommen! –, und ich hatte diesen großartigen Einfall und unterbreitete ihn Ihrer Ladyschaft.«

»Du schreibst in deinem Tagebuch nicht, was sie dazu sagt.«

»Nein, denn ich habe einen Sinn für dramatische Höhepunkte. Merkst du das nicht, wenn du meine Schilderungen liest? Wenn ich Lady Creditons Antwort hinzugefügt hätte, wäre der ganze Effekt verloren gegangen. Es ist etwas viel zu Wichtiges! Ich wollte es dir selbst erzählen.«

»Na gut, aber was hat sie denn gesagt?«

»Meine liebe, nüchterne Anna! Sie hat nicht nein gesagt.«

»Das klingt nicht gerade, als wäre sie erpicht darauf, mich einzustellen.«

»Erpicht, dich einzusellen? Lady Crediton ist nie erpicht darauf, jemanden einzustellen! Wir müssen das sein! Sie ist hoch erhaben über uns alle, ist ein Wesen aus einer anderen Sphäre. Sie konstatiert lediglich, ob etwas ›angenehm‹ oder ›unangenehm‹ ist und erwartet von ihrer Umgebung, daß diese dafür sorgt, daß ihr Zustand permanent das Prädikat ›angenehm‹ verdient.«

Sie lachte, und ich empfand, wie gut es mir tat, wieder einmal mit Chantel beisammenzusein.

»Aber nun erzähl mir, was geschah!«

»Wo hab' ich aufgehört? Also – ich ließ durchblicken, daß ich bereit wäre, Mrs. Stretton zu begleiten, wenn meine Freundin als Kinderfrau oder Gouvernante oder was immer für den Jungen mitkommen könnte. Und ich sah sofort, daß ihr das eine angenehme Lösung zu sein schien. Ich hatte sie so durch meine Anmaßung überrumpelt, daß sie keine Zeit fand, ihre Gesichtszüge in die übliche gestrenge und erhabene Maske zu sortieren. Sie war erleichtert, und das war mein Glück. Ich sagte: ›Bei der von mir erwähnten Freundin handelt es sich um Miss Anna Brett.‹

›Brett‹, wiederholte sie. ›Der Name sagt mir etwas.‹

›Das will ich meinen‹, antwortete ich. ›Miss Brett ist die Eigentümerin des Antiquitätengeschäftes.‹

›War da nicht so eine unerfreuliche Geschichte?‹

›Ihre Tante starb.‹

›Aber doch unter recht seltsamen Umständen?‹

›Es wurde alles bei der gerichtlichen Untersuchung geklärt. Ich pflegte die alte Miss Brett.‹

›Ich weiß. Aber was für Qualifikationen würde diese . . . diese Person . . . denn aufweisen?‹

›Miss Brett ist die Tochter eines englischen Offiziers und verfügt über eine ausgezeichnete Erziehung und Bildung. Es wird vielleicht schwierig sein, sie zu dieser Aufgabe zu überreden.‹

Sie stieß ein schnaubendes, verächtliches Lachen aus, als wolle sie sagen, niemand brauche überredet zu werden, für *sie* zu arbeiten!

›Und was ist mit diesem … Antiquitätengeschäft?‹ erkundigte sie sich dann triumphierend. ›Dieses Fräulein wird doch nicht ein blühendes Geschäft aufgeben wollen, um Gouvernante zu spielen!‹

›Lady Crediton, Miss Brett hatte eine schwere Zeit, als sie ihre kranke Tante pflegte!‹

›Aber ich dachte, *Sie* hätten das getan?‹«

›Ich meine die Zeit, bevor ich dorthin kam. Krankheit im Haus ist sehr … unangenehm … in einem kleinen Haus, meine ich, und eine große Belastung. Außerdem ist dieses Geschäft für eine Person einfach zu viel. Sie will es deshalb verkaufen und möchte etwas ganz anderes anfangen.‹

Sie hatte sofort beschlossen, dich einzustellen, und ihre Einwände waren nur eine Sache der Gewohnheit. Sie wollte nicht, daß ich dachte, sie wäre besonders an dir interessiert. Kurz und gut, du sollst dich morgen nachmittag vorstellen! Wenn ich jetzt ins Schloß zurückkehre, werde ich ihr sagen, ob du zu dieser Unterredung kommst oder nicht. Ich gab ihr zu verstehen, daß ich dich dazu überreden müßte und es von deiner Antwort abhangen könnte, ob ich Mrs. Stretton begleiten werde.«

»O Chantel! … Ich kann es nicht!«

»Nun, ich fürchte allerdings, ich muß auf jeden Fall annehmen. Weißt du, es ist mein Beruf, und ich fühle, daß ich die arme Monique zu verstehen beginne.«

Die arme Monique! Seine Ehefrau! Die Frau, mit der er bereits verheiratet war, als er an jenem Abend hierher kam und mich glauben ließ … Aber was hatte er mich denn glauben lassen? Es war alles einzig und allein meine überstiegene, kindische Einbildung gewesen. Doch wie könnte ich *sein* Kind betreuen?

»Es klingt ziemlich verrückt«, meinte ich.. »Ich hatte gerade daran gedacht, eine Annonce für eine Stellung in einem Antiquitätengeschäft aufzugeben.«

»Wie viele Antiquitätenhändler, meinst du, suchen gerade eine Assistentin? Ich weiß, wie beschlagen du bist, aber die Tatsache, daß du eine Frau bist, spricht gegen dich, und es wäre eine Chance unter zehntausend, wenn du so eine Stellung fändest.«

»Du wirst leider recht haben«, gab ich zu. »Aber ich brauche Zeit, um es mir zu überlegen.«

>»Des Menschen Schicksal unterliegt Gezeiten,
> Die, weiß man sie bei Flut zu greifen,
> Ihn führen in des Glückes Weiten.«

Ich lachte. »Und du glaubst, dies sei so eine Flut?«

»Ich weiß nur, daß du nicht hier bleiben solltest, Anna! Du hast dich verändert, du bist . . . seelisch angekränkelt. Wer wäre das nicht, wenn er hier in diesem alten Kasten ganz allein leben müßte . . . nach allem, was passiert ist!«

»Ich muß das Haus vermieten. Verkaufen geht nicht, wahrscheinlich nie. Es muß zu viel daran getan werden. Der Makler hat ein Ehepaar gefunden, das sich leidenschaftlich für alte Häuser interessiert. Sie würden im Haus wohnen und müßten es dafür instandhalten und die anfallenden Reparaturen übernehmen. Während der ersten drei Jahre, in denen sie alle notwendigen Reparaturen machen lassen müßten, würden sie gar keine Miete zahlen.«

»Na, dann ist es also abgemacht!«

»Chantel! Wie könnte es das?«

»Du ohne Dach über dem Kopf! Deine Mieter werden die Reparaturen übernehmen und dafür hier wohnen. Natürlich ist das *die* Lösung!«

»Ich muß noch darüber nachdenken.«

»Du mußt dich jetzt entscheiden, ob du Lady Crediton morgen nachmittag sprechen willst. Mach kein so erschrecktes Gesicht! Auch damit wären die Würfel noch nicht gefallen. Komm und sieh sie dir an! Schau dir das Schloß an! Denk an uns beide, Anna! Und denk auch daran, wie einsam du sein würdest, wenn ich fort bin und du bei deinem gräßlichen Antiquitätenfritze schuftest, den du außerdem wahrscheinlich nie finden wirst.«

»Woher willst du wissen, daß er so gräßlich sein würde?«

»Na ja, ich meine im Vergleich . . . im Vergleich zu dem aufregenden Abenteuer, das ich dir anbiete. Ich werde Lady Crediton sagen, du würdest dich morgen nachmittag vorstellen.«

Sie erzählte noch ein wenig vom Schloß, bevor sie ging. Die Faszination, die es für Chantel besaß, hatte sich auf mich übertragen; durch ihr Tagebuch hatte es auch mich in seinen Bann gezogen.

Wie still es nachts im *Queen's House* war! Der Mond schien durch das Fenster herein; er erfüllte mein Zimmer mit bleichem Licht und ließ die Konturen der Möbel hervortreten, die noch auf ihre Käufer warteten. »Tick-tack, tick-tack!« machte die Wanduhr. Viktorianisch – wer würde sie wollen? Diese Wanduhren waren nie so beliebt gewesen wie Standuhren.

Ich hörte das Knacken einer Treppenstufe, bei dem ich früher an ein Gespenst geglaubt hätte; jetzt wußte ich, daß es nur das alte Holz war. Ansonsten tiefe Stille ringsum – und das Haus, das jetzt, wo es von der erdrückenden Fülle von Möbeln befreit war, eine neue Würde gewonnen hatte. Wer hatte die Wandtäfelungen bewundern können, solange sie von Schränken verdeckt wurden? Wer hatte die ausgewogenen Proportionen der Räume gewürdigt, solange diese als Möbellager dienten?

In letzter Zeit hatte ich mir manchmal das Haus nach meinem Geschmack eingerichtet vorgestellt. In der Halle müßte eine Tudor-Truhe stehen, wie ich sei einmal in einem alten Landhaus gesehen hatte; ich wollte sie damals kaufen, war jedoch überboten worden. Sie war 14. Jahrhundert gewesen mit dem Sankt Georg und dem Drachen im Halbrelief auf der Vorderseite; dazu würden ein geschnitzter Refektoriumstisch und hohe Renaissancestühle passen.

Aber was hatte es für einen Sinn, solchen Träumen nachzuhängen? Ich konnte es mir nicht leisten, im *Queen's House* zu wohnen, obwohl es mir gehörte. Falls ich es tat, würde es bald verfallen und schließlich zu einer Ruine werden. Um seinetwillen mußte ich es verlassen.

Und dieses Angebot von Chantel? Es bedeutete, alles zurückzulassen, ja, sogar England zu verlassen. Früher hatte ich davon geträumt, auf einem Schiff zu meinen Eltern nach Indien zurückzukehren. Ich mußte wieder an jene Zeit denken, als ich mit Ellen zu den Quais hinunterging, um die Schiffe zu betrachten, und ernstlich erwog durchzubrennen.

Und jetzt ... jetzt bot sich mir die Gelegenheit. Mir wäre wahrscheinlich nicht mehr zu helfen, wenn ich sie verpaßte.

Ich versuchte mir vorzustellen, wie mein Leben weitergehen würde, falls ich sie verpaßte. Totale Einsamkeit ... die Suche nach einer Stellung. Wie hatte Chantel gesagt: Wie viele Antiquitätenhändler suchten gerade eine Assistentin?

Ich genoß diese neue, ungewohnte Erregung, die mich tatsächlich erfaßt hatte. Sie war auch der Grund, weshalb ich nicht schlafen konnte.

Ich warf mir meinen Morgenrock über und ging an die Treppe. Hier war Tante Charlotte in jener Nacht hinuntergestürzt ... und hier hatte ich mit Käpten Stretton gestanden, Seite an Seite; er hatte den Kerzenleuchter hoch über unsere Köpfe gehalten, und so waren wir zusammen hinuntergegangen. Wie selig und völlig verwandelt war ich damals gewesen, weil ich glaubte, an der Schwelle einer wundervollen Wende in meinem Leben zu stehen. Und das hatte ich bis zu dem Tage geglaubt, an dem ich erfuhr, daß er verheiratet war ... bzw. bereits verheiratet gewesen war, als er an jenem Abend so ausgelassen und fröhlich mit mir gewesen war und mir das Gefühl gegeben hatte, wenigstens *einem* Menschen etwas zu bedeuten. Seit dem Tode meiner Mutter hatte ich dieses Gefühl nie mehr gehabt.

Ich ging die Treppe hinunter in das Speisezimmer, wo wir diniert hatten. Ich ertrug die Erinnerung daran einfach nicht.

Und ich erwog, von hier fortzugehen und *sein* Kind zu betreuen!

Wo würde er denn sein? Ich hatte Chantel nicht danach gefragt. Ich wußte, er war momentan im Schloß. Vermutlich würde er bald wieder fortsegeln, doch wenn ich die Betreuung seines Sohnes übernahm, würde ich ihn zwangsläufig gelegentlich sehen.

Was sollte es nur, daß ich mitten in der Nacht mit einem kostbaren, vergoldeten Leuchter in der Hand durch das Haus geisterte? Es war derselbe Leuchter, den er in jener Nacht für mich getragen hatte – er war nie verkauft worden.

Ich wurde schrullig. Aus der ›Jungen Miss Brett‹ wurde die ›Schrullige Miss Brett‹; und sehr bald würde aus ihr die ›Alte Miss Brett‹. Wenn ich diese Gelegenheit jetzt nicht ergriff, würde ich mir den Rest meines eintönigen Lebens deshalb Vorwürfe machen.

Und wenn ich sie nun ergriff? Wenn ich einwilligte, *sein* Kind zu betreuen, was dann?

Ich zog mich sorgfältig an. Korrekt, dachte ich, weder reich noch verwegen. »Kleider machen Leute«, sagte ich mir.

Ich dachte an Lady Crediton, die ich nur ein einziges Mal im Beisein von Tante Charlotte gesehen hatte, doch das war lange her. Ich war entschlossen, mich nicht von ihr überfahren zu lassen.

Wenn mir etwas bevorsteht, erscheine ich äußerlich immer besonders kühl und selbstsicher; nicht einmal diejenigen, die mich gut kennen, durchschauen, daß es nur eine Schutzmaßnahme ist. So glaubte auch Chantel, ich wäre völlig ruhig und gelassen und stände über der Situation. Und genau das sollte und mußte auch Lady Crediton glauben.

Ich hatte die Mietkutsche bestellt, da ich nicht windzerzaust oder erhitzt im Schloß ankommen wollte. In dem braunen Kostüm, dessen Farbe mir, laut Chantel, nicht besonders stand, einem recht gesitteten, braunen Hut mit einer beigen Chiffondrapierung und schlichten, braunen Handschuhen fand ich mich das Abbild der vollkommenen Gouvernante, die imstande ist, Autorität über sich zu akzeptieren, diese aber im eigenen Bereich selbst zu repräsentieren und durchzusetzen versteht.

Weshalb machte ich mir jedoch Gedanken? Falls Lady Crediton nicht dieser Ansicht sein sollte, nahm sie mir dadurch die Entscheidung ab und die ganze Angelegenheit war erledigt.

Oder wollte ich dieses Abenteuer? Natürlich wollte ich es, denn obgleich ich wußte, daß es bedeuten würde, Redvers Stretton wiederzusehen, was mich bitterlich verletzen konnte, fand ich diese Aussicht doch unwiderstehlich.

Zwei Wege standen mir offen: Ich konnte mein bisheriges monotones Leben weiterführen oder aber zu neuen, unbekannten Ufern aufbrechen. Auf *beiden* Wegen konnte mir Unglück widerfahren. Welchen sollte ich wählen?

Sollte doch Lady Crediton für mich entscheiden!

Und abermals stand ich in jener Halle. Dort hingen die Tapisserien. Fast konnte ich seine Stimme hinter mir hören. Was für einen tiefen Eindruck hatte er auf das zwölfjährige kleine Mädchen gemacht! Nach all diesen Jahren wäre die Erinnerung an jene flüchtige Begegnung normalerweise verblaßt.

»Ihre Ladyschaft wird Sie jetzt empfangen, Miss Brett.« Das war der würdevolle Baines, von dem Edith so ehrfürchtig sprach, und der eher komische Baines aus Chantels Tagebuch.

Ich folgte ihm wie damals die Treppe hinauf. Mir war, als wäre ich in jene Zeit zurückversetzt und als würde ich hinter jener Tür, die der Butler nun öffnete, Tante Charlotte erblicken, wie sie um den Sekretär feilschte.

Lady Crediton hatte sich kaum verändert. Sie saß in dem selben hochlehnigen Armstuhl und war so hoheitsvoll wie eh und je, nur interessierte ich sie dieses Mal mehr als damals.

»Nehmen Sie Platz«, forderte sie mich auf.

Ich tat es.

»Ich hörte von Schwester Loman, daß Sie sich um den Posten als Gouvernante bewerben möchten, der freigeworden ist.«

»Ich wüßte gern Näheres darüber, Lady Crediton.«

Sie schien leicht überrascht. »Ich verstand von Schwester Loman, daß Sie diesen Posten sofort antreten könnten.«

»Ich könnte es in etwa einem Monat, wenn er meinen Vorstellungen entspricht.«

So müßte man mit ihr umgehen, hatte Chantel gesagt. Als sie nun über meine Pflichten und die Bedingungen sprach, studierte ein Teil meiner Aufmerksamkeit den Raum und schätzte den Wert der Einrichtung ab, wie ich es immer tat, während der andere Teil gespannt darauf wartete, wie diese Unterredung ausgehen würde, und zu ergründen versuchte, was ich denn nun selber wollte. Mein Mangel an Beflissenheit muß in Lady Creditons Augen ein Pluspunkt gewesen sein. Sie war derartig an beflissene Unterwürfigkeit bei ihren Angestellten gewöhnt, daß jedes Anzeichen von Unabhängigkeit sie verwirrte und sie es als Beweis für ganz besondere Qualitäten wertete.

Schließlich sagte sie: »Es würde mich freuen, Miss Brett, wenn Sie diese Aufgabe übernehmen würden, und es wäre mir lieb, Sie so bald wie möglich hier zu wissen. Ich wäre zu dem gleichen Arrangement bereit, wie ich es mit Schwester Loman getroffen habe. Sie würden das Kind zu der Heimatinsel seiner Mutter begleiten, und falls Sie nicht dort bleiben möchten, würden Sie auf meine Kosten wieder nach England zurückgebracht werden. Da die bisherige Gouvernante des Kindes bereits fort ist, brauchen wir so rasch als möglich eine Nachfolgerin.«

»Ich verstehe, Lady Crediton, und werde Ihnen meine Entscheidung in ein oder zwei Tagen mitteilen.«

»Ihre Entscheidung?«

»Ich muß mein Geschäft verkaufen und alles regeln, und das wird bestimmt fast einen Monat dauern.«

»Nun gut, aber entscheiden können Sie sich jetzt und hier. Angenommen, ich bin bereit, einen Monat zu warten?«

»In dem Fall . . .«

»Ist es also abgemacht. Ich erwarte jedoch, Miss Brett, daß Sie so bald wie möglich kommen. Es ist so . . . unangenehm für das Kind, ohne Gouvernante zu sein. Ich werde Sie nicht um Referenzen bitten, da Sie mir von Schwester Loman empfohlen worden sind.«

Und damit war ich entlassen. Leicht benommen verließ ich den Raum. Sie hatte mir die Entscheidung abgenommen, doch hätte ich das nicht zugelassen, wenn ich es anders gewollt hätte.

Warum mir selbst etwas vormachen? Sowie Chantel mir diesen Vorschlag machte, wußte ich, daß ich annehmen würde.

Es war Mitte Oktober geworden, als ich schließlich vom *Queen's House* Abschied nahm. Alles war geregelt. Ich hatte die restlichen Möbel und Gegenstände zu einem Preis, der einen großen Verlust bedeutete, einem Händler verkauft. Einzig und allein das berühmte Bett, das unantastbare Erbstück des Hauses, war übriggeblieben. Die neuen Mieter sollten am Tage nach meiner Übersiedlung ins Schloß einziehen; der Makler hatte schon die Schlüssel für sie.

Ich schritt durch die leeren Räume, die ich kaum wiedererkannte. Wie schön waren sie mit den hohen, holzgetäfelten Decken, die man vorher kaum bemerkt hatte! Mit den aufregenden kleinen Alkoven, die von all den vielen Möbeln verdeckt gewesen waren, und dem alten Butterraum und der Vorratskammer, wie sie früher üblich waren. Ich war überzeugt, die Mieter würden das Haus lieben. Ich hatte sie zweimal gesehen, und die glückliche Erregung in ihren Augen über die alten Deckenbalken, über das Fischgrätemuster auf den Wandtäfelungen wie über die unebenen Parkettböden verriet mir, daß sie das Haus in Ehren halten würden.

Meine Koffer waren gepackt. Jeden Augenblick würde die Mietkutsche vorfahren. Ich ging noch ein letztes Mal durch das Haus, und schon schlug die Glocke an. Die Kutsche war da.

Und so ließ ich mein bisheriges Leben hinter mir zurück und fuhr einem neuen entgegen.

Zum dritten Mal kam ich in Schloß Crediton an, doch wie anders war es als die beiden vorherigen Male! Damals war ich als Besuch gekommen, jetzt würde sich mein Leben zumindest vorübergehend in seinen Mauern inmitten seiner Bewohner abspielen.

Ich wurde von Baines empfangen und sehr bald Edith übergeben. Dies war eine besondere Gunst, die mir erwiesen wurde, weil ich nicht nur Chantels Freundin war, sondern auch Ellens Herrin, die mir vermutlich eine gute Referenz ausgestellt hatte.

»Wir hoffen, Sie werden sich hier sehr wohl fühlen, Miss Brett«, sagte Edith. »Falls irgend etwas Ihnen nicht zusagen sollte, müssen sie es mir mitteilen.«

Sie hatte sich reichlich von Baines Würde ausgeliehen. Ich dankte ihr und sagte, ich sei überzeugt, mich während meines Aufenthaltes im Schloß sehr wohl zu fühlen.

Es würde nämlich nur ein kurzer Aufenthalt sein. Unser Schiff sollte in etwa einem Monat fahren.

Mein Zimmer befand sich in dem Turm, den Chantel mir beschrieben hatte, im Stretton-Turm. Hier wohnten die kranke, hysterische Monique, Chantel und mein Zögling.

Ich sah mich im Zimmer um, das groß und mit Teppichen ausgelegt war. Das kleine Bett hatte vier hohe Eckpfosten aber keine Vorhänge. Weiter standen im Zimmer eine kleine Truhe, ziemlich klobig, zwei Stühle aus der gleichen Periode wie das Bett und ein Armstuhl. Auch ein Alkoven war vorhanden, ganz ähnlich den *ruelles,* wie man sie in französischen Schlössern findet, sowie ein Tisch mit einem Spiegel, eine Sitzbadewanne und ein Waschtisch. Hier würde ich es gemütlicher und bequemer haben als im *Queen's House.*

Kaum hatte Edith mich allein gelassen, damit ich meine Sachen auspacken konnte, da kam Chantel auch schon herein. Sie warf sich auf mein Bett und sah mich lachend an. »Du bist also tatsächlich hier, Anna! Es ist wunderbar, wie alles so wird, wie ich es haben will!«

»Meinst du, es wird gut gehen? Schließlich habe ich noch nie etwas mit kleinen Kindern zu tun gehabt. Edward wird mich wahrscheinlich hassen.«

»Er wird dich jedenfalls nicht verachten wie die arme Beddoes. Kinder müssen zuerst einmal Respekt vor einem haben; daraus entwickelt sich dann Zuneigung.«

»Respekt? Warum sollte dieses Kerlchen Respekt vor mir haben?«

»Weil er in dir ein allwissendes, allmächtiges Wesen erblicken wird.«

»Das klingt ja, als wäre ich eine Gottheit.«

»Genau so fühle ich mich wenigstens! Ich bin richtig stolz auf mich! Ich habe das Gefühl, als gäbe es nichts, was ich nicht erreichen könnte!«

»Wieso? Nur weil du es geschafft hast, einer Freundin einen freien Posten zuzuschanzen?«

»Ach Anna, bitte! Nicht so prosaisch! Laß mich meine Macht ein Weilchen genießen! Macht über Lady Crediton, die sich selbst derartig als die regierende Herrscherin fühlt.«

»Sie läßt dich wenigstens auf die Erde herabsteigen!«

»Anna! Es ist schön, dich hier zu haben! Und denk doch nur – wir werden auf die andere Seite der Erde reisen! . . . Gemeinsam! Findest du das nicht eine aufregende Aussicht?«

Ich fand es in der Tat höchst aufregend.

Die Tür ging auf, und Edward spähte herein.

»Komm herein, mein Kind«, rief Chantel, »und begrüß deine neue Gouvernante!«

Er gehorchte – die Augen riesengroß vor neugieriger Erwartung. O ja, es war sein Sohn! Er hatte die gleichen Augen, die etwas schräg nach oben standen. Der Gefühlsaufruhr in mir war bestürzend. Ich überlegte, wie glücklich es mich machen würde, wenn er mein Sohn wäre.

»Guten Tag«, sagte ich höflich und streckte ihm die Hand hin.

Er ergriff sie ernsthaft. »Guten Tag, Miss . . . Miss.«

»Brett«, ergänzte Chantel.

»Miss Brett«, wiederholte er.

Er war irgendwie altklug für seine Jahre. Vermutlich kam das von seinem bisherigen recht ungewöhnlichen Leben. Zuerst hatte er auf jener Insel gelebt, zu der wir jetzt reisen sollten, und war dann nach England in das Schloß verpflanzt worden.

»Werden Sie mich unterrichten?« fragte er.

»So ist es.«

»Ich bin recht klug«, teilte er mir mit.

Chantel lachte. »Edward, das läßt man andere feststellen.«

»Aber ich habe es festgestellt!«

»Hast du gehört, Anna? Er hat festgestellt, daß er recht klug ist. Das wird dir deine Aufgabe erleichtern.«

»Wir werden sehen«, meinte ich.

Er betrachtete mich prüfend.

»Ich fahre bald mit einem Schiff«, erklärte er mir. »Einem großen Schiff!«

»Wir auch«, erinnerte Chantel ihn.

»Muß ich auf dem Schiff auch Schulaufgaben machen?«

»Aber natürlich«, erklärte ich. »Sonst hätte ich ja gar nicht zu kommen brauchen.«

»Ich werde auf die Kommandobrücke gehen, wenn wir Schiffbruch erleiden.«

»Um Himmels willen, Edward! Sag nicht so etwas!« rief Chantel aus. Sie wandte sich zu mir um. »Nachdem du jetzt Master Edward kennengelernt hast, laß mich dich seiner Mama vorstellen. Es wird sie sehr interessieren, dich kennenzulernen.«

»Wirklich?« fragte Edward skeptisch.

»Selbstverständlich will sie die Gouvernante von ihrem Herzblatt kennenlernen.«

»Ich bin nicht ihr Herzblatt ... wenigstens nicht heute. Aber manchmal bin ich es doch.«

Dies bewies bereits, wie recht Chantel mit ihrer Schilderung seiner Mutter gehabt halle.

Ich hatte sein Kind kennengelernt und sollte jetzt seiner Frau gegenübertreten.

Chantel führte mich zu ihr. Sie lag im Bett, und ich fühlte einen stechenden Schmerz, konnte mir meine Empfindung jedoch nicht ganz erklären. Sie war sehr schön. Sie lehnte in spitzenbesetzten Kissen und trug eine weiß-seidene Bettjacke mit Spitzenbesatz. Ihre Wangen waren leicht gerötet und ihre dunklen Augen groß und leuchtend. Sie atmete mühsam und mit einiger Schwierigkeit.

»Dies ist Miss Brett, Edwards neue Gouvernante.«

»Sie sind eine Freundin von Schwester Loman.« Es war mehr eine Feststellung als eine Frage. »Sie sind ihr aber nicht ähnlich.«

Ich begriff, daß dies nicht als Kompliment gemeint war. Sie sah Chantel an, und ihre Mundwinkel hoben sich leicht.

»Ich fürchte, nein«, erwiderte ich trocken.

»Miss Brett ist ernsthafter als ich«, meinte Chantel. »Sie wird eine ideale Gouvernante abgeben.«

»Und Sie hatten einen Möbelladen«, fuhr sie fort.

»Man könnte es so nennen.«

»Nein, das kann man nicht«, fuhr Chantel indigniert dazwischen. »Es war ein Antiquitätengeschäft, was etwas ganz anderes ist. Nur hoch qualifizierte und gebildete Menschen, die unendlich viel von alten Möbeln verstehen, können so etwas mit Erfolg betreiben.«

»Und hat Miss Brett es mit Erfolg betrieben?«

Es war ein Hieb aus dem Hinterhalt. Wenn ich ein so schwieriges Geschäft mit Erfolg betrieben hatte, warum nahm ich dann einen Posten als Gouvernante an?

»Mit großem Erfolg!« beharrte Chantel und fügte dann hinzu: »Außerdem gehört Miss Brett eines der schönsten historischen Herrenhäuser von Langmouth. Doch jetzt schlage ich vor, trinken Sie Ihren Tee! Und danach wird dann etwas geschlafen!« Und zu mir gewandt: »Mrs. Stretton hat gestern einen Anfall gehabt . . . keinen sehr schlimmen . . . aber immerhin einen Anfall. Ich bestehe immer darauf, daß sie sich danach sehr ruhig verhält.«

Ja, Chantel hielt das Heft in Händen.

Edward, der schweigend dagestanden hatte, sagte, er wolle bei seiner Mama sitzen und ihr von dem großen Schiff erzählen, mit dem sie fahren würden. Aber diese drehte den Kopf zur Wand, und Chantel meinte: »Komm mit und erzähl es mir, Edward, während ich die Butterbrote für deine Mama zurechtmache.«

Ich kehrte in mein Zimmer zurück, um zu Ende auszupacken. Mir war etwas unwirklich zumute, so als befände ich mich in einem Traum, der keinerlei Verbindung zur Realität besaß.

Ich stand an dem Turmfenster und schaute hinaus. Man blickte ungehindert über den Park bis zum Steilhang, und die Häuser von Langmouth sahen auf der anderen Seite des Hafens wie Puppenhäuschen in einer Spielzeugstadt aus. Und ich dachte: Ich bin wirklich und tatsächlich hier – ich, Anna Brett, in Schloß Crediton – ich bin die Gouvernante *seines* Sohnes und werde in engem Kontakt mit *seiner* Frau leben!

Und dann fragte ich mich: War es weise von mir herzukommen? Weise? Am Aufruhr meiner Gefühle erkannte ich, daß es alles andere als weise war.

Ich nahm unverzüglich meine neue Aufgabe in Angriff. Mein Zögling war so intelligent und lernbegierig, wie er es von sich behauptet hatte, dabei jedoch verspielt und sprunghaft, wie die meisten Kinder, und während er in den Fächern, die ihn interessierten – wie Geographie und Geschichte – recht gut war, baute er einen inneren Widerstand gegen jene auf, die er nicht mochte wie Mathematik und Zeichnen.

»Du wirst nie ein Seemann, wenn du nicht alles lernst«, erklärte ich, und das beeindruckte ihn.

Ich hatte entdeckt, daß man ihn zu allem überreden konnte, wenn man ihm vorhielt, daß Seeleute es auch täten. Ich wußte weshalb.

Das Schloß faszinierte mich verständlicherweise. Es war eine Fälschung, wie Tante Charlotte gesagt hatte, doch was für eine grandiose Fälschung! Bei seinem Bau hatten die Architekten bestimmt an normannische Vorbilder gedacht, denn das Ergebnis erinnerte in allem an die klotzige Schwere jener Epoche – mit seinen Rundbögen, seinen meterdicken Mauern und den massiven Strebepfeilern. Die Wendeltreppen in den Türmen sind typisch normannisch mit sehr schmalen Stufen, wo diese in die Wand eingeschlagen sind. Man muß sich auf ihnen in acht nehmen, doch tat ich das unwillkürlich, da ich nie aufhörte, die Geschicklichkeit zu bewundern, mit der man den Stufen ein so altes, ausgetretenes Aussehen verliehen hatte. Die Creditons hatten genau das getan, was man von ihnen erwarten würde – sie hatten geschichtliche Tradition mit behaglichem Komfort vereint.

Ich erfuhr von Chantel, daß wir auf der *Serene Lady*, der ›Heiteren Dame‹, fahren sollten. »Und ich verlasse mich darauf«, sagte Chantel, »daß sie ihrem Namen auch gerecht wird! Ich fände es gräßlich, seekrank zu werden! Wir sollen eine Ladung Maschinenwerkzeuge mit nach Australien nehmen und nach einem kurzen Aufenthalt dort mit einer anderen Fracht zu den Inseln weiterfahren«, erzählte sie.

»Es kommen nur etwa ein Dutzend Passagiere mit, wie ich hörte, aber ich habe keine Ahnung, ob das stimmt. Findest du es nicht alles sehr aufregend?«

Natürlich fand ich das. Als ich Monique und seinen Sohn zum ersten Mal erblickte, hatte ich mich gefragt, ob es klug gewesen war, hierher zu kommen; ich wußte jedoch, ich würde genau die gleiche Entscheidung treffen, falls ich noch einmal vor die Frage gestellt würde. Ich würde genau so und nicht anders handeln. Es war eine Herausforderung an das Schicksal.

Chantel erriet meine Gedanken. »Wenn du dich entschieden hättest, in England zu bleiben und deine trostlosen Pläne weiter zu verfolgen, wäre dir nichts anderes übrig geblieben, als dich mit einem leeren Leben bitterer Reue über das Versäumte abzufinden. Und etwas Langweiligeres gibt es gar nicht, Anna, sowohl für dich wie für deine Umgebung! Du hättest dir ein verklärtes Bild von deinem Käpten gemacht und es auf den Altar deiner Erinnerung gestellt. Und weshalb? Weil sich in deinem Leben nichts Aufregendes mehr ereignet hätte. Wenn einem so etwas passiert, gibt es nur ein Mittel, es zu vergessen: man muß es mit anderen Erlebnissen vertreiben. Eines Tages wird sich etwas so Wundervolles für dich ereignen, daß es jenes alte Bild der Erinnerung vollkommen auslöscht. So ist nun mal das Leben.«

Oft sagte ich mir: »Was würde ich bloß ohne Chantel anfangen?« In meiner zweiten Woche im Schloß begegnete ich Redvers Stretton.

Ich war durch den Park bis zu dem Geländer an der Klippe gegangen und blickte in den senkrechten Abgrund hinunter, als ich plötzlich spürte, daß sich mir jemand näherte.

Ich drehte mich um – und da war er!

»Miss Brett«, sagte er und streckte mir die Hand hin.

Er hatte sich verändert. Um seine Augen waren mehr Fältchen, und ich bemerkte einen neuen harten Zug um seinen Mund, den er früher nicht gehabt hatte.

»Oh . . . Käpten Stretton . . .«

»Sie sehen überrascht aus? Ich wohne hier, wissen Sie.«

»Aber ich dachte, Sie wären nicht da.«

»Ich war in unseren Büros in London, um meine nächste Fahrt vorzubereiten. Doch jetzt bin ich wieder hier, wie Sie sehen.«

»Ja«, sagte ich töricht und bemühte mich, meine Verlegenheit zu verbergen.

»Es tat mir leid, als ich von Ihrer Tante hörte . . . und dem ganzen Ärger.«

»Schwester Loman war zum Glück bei mir.«

»Und jetzt hat sie Sie hierher gebracht.«

»Sie erzählte mir, daß man eine Gouvernante für Ihren . . . Sohn suchte. Ich bewarb mich um den Posten und erhielt ihn.«

»Ich freue mich darüber«, sagte er.

Ich versuchte, einen leichten Ton anzuschlagen. »Sie haben aber meine Qualifikationen dafür noch nicht geprüft.«

»Ich bin überzeugt, daß sie . . . bewundernswert sind. Unsere Bekanntschaft war ja leider viel zu kurz und flüchtig.«

»Ich weiß nicht, wie sie anders hätte sein können.«

»Es war direkt vor meiner Abreise, ich weiß es noch genau. Nie werde ich jenen Abend vergessen! Er war so schön . . . bis Ihre Tante zurückkam. Da war die ganze Atmosphäre zerstört, und wir mußten uns ihrer scharfen Kritik stellen.«

»An jenem Abend begann ihre Krankheit. Sie kam hinterher noch in mein Zimmer herauf, um mit mir zu reden.«

»Sie wollen sagen, um Ihnen den Kopf zu waschen?«

Ich nickte. »Und auf dem Rückweg stürzte sie über einen Tisch.«

»Einen Tisch?«

»Ja, aber sie fiel die Treppe hinunter, und das war der Anfang ihres schweren Leidens.«

»Sie müssen eine sehr harte Zeit gehabt haben.«

Ich antwortete nicht, und er fuhr fort: »Ich dachte oft an Sie. Und wünschte nur, ich hätte noch einmal kommen können, um mich zu erkundigen, wie es ausging. Und dann erfuhr ich, daß sie gestorben war.«

»Alle redeten damals darüber.«

»Ich segelte nach jenem Abend mit der ›Geheimen Frau‹ fort. Sie werden sich vielleicht noch an den Namen des Schiffes erinnern.«

Ich erzählte ihm nicht, daß ich immer noch die kleine Figur hatte, die ich ihm damals in meinem Schlafzimmer gezeigt hatte.

»Und auch das endete mit einer Katastrophe«, fügte er hinzu.

»Oh . . .«

Er wechselte jedoch rasch das Thema. »Und jetzt sind Sie also hier, um den kleinen Edward zu unterrichten. Er ist, glaube ich, ein aufgewecktes Kerlchen.«

»Das ist er zweifellos.«

»Und bald reisen Sie auf der ›Heiteren Lady‹ ab.«

»Ja. Für mich ist das so etwas wie ein Abenteuer.«

»Es ist lange her, seit Sie eine Seereise gemacht haben; seit Ihrer Überfahrt von Indien hierher nehme ich an.«

»Es erstaunt mich, daß Sie sich daran erinnern.«

»Sie wären noch viel erstaunter, wenn Sie wüßten, wie gut ich mich daran und an manches andere erinnere!«

Er sah mich unverwandt an, und ich war auf einmal so glücklich wie an jenem Abend vor vielen Jahren. Es war albern und töricht, doch ich konnte es nicht ändern. Ich dachte: Er hat einfach so eine Art. Er sieht die Frauen an, als fände er sie interessant, und gibt ihnen das Gefühl, ihm wichtig zu sein. Es ist lediglich eine Masche, die charmante Männer sich mit der Zeit zulegen. Vielleicht ist es sogar die absolute Essenz von jedem Charme. Zu bedeuten hat es jedenfalls nichts.

»So? Das ist ja schmeichelhaft«, erwiderte ich leichthin.

»Ich möchte Sie aber auch davon überzeugen, daß es *wahr* ist.«

»Das dürfte nicht so leicht sein«, erklärte ich.

»Warum?«

»Nun, Sie sind ein Seemann und an bunte Abenteuer gewöhnt. Jener Abend im *Queen's House* war für mich ein solches Abenteuer, für Sie dagegen nur ein nichtssagender Besuch. Die Rückkehr meiner Tante und ihr Sturz machten für mich sogar ein Drama daraus, wissen Sie.«

»Nun ja, aber auch ich spielte meine Rolle in diesem Drama.«

»Nein. Sie waren schon von der Bühne abgetreten, als es begann.«

»Aber das Spiel ist doch noch nicht zu Ende! Denn hier haben wir jetzt zwei der Hauptdarsteller in einem Dialog in einer anderen Szene.«

Ich lachte. »Ach nein! Es endete mit Tante Charlottes Tod. ›Das Drama vom *Queen's House*‹.«

»Aber es wird eine Fortsetzung geben, und die wird vielleicht ›Die Komödie von der ›Heiteren Lady‹ heißen.«

»Weshalb eine Komödie?«

»Weil ich Komödien immer den Tragödien vorgezogen habe. Es ist nun mal viel lustiger zu lachen als zu weinen.«

»Oh ja, das ist es! Manchmal scheint es mir jedoch, als gäbe es im Leben mehr Grund zum Weinen als zum Lachen.«

»Da irren Sie sich, liebe Miss Brett. Ich werde es mir zur Aufgabe machen, Sie vom Gegenteil zu überzeugen.«

»Sie? Aber wie denn ... und wann?«

»Vielleicht schon auf der ›Heiteren Lady‹.«

»Wieso? Sie ...«

Er sah mich durchdringend an.

»Sie müssen es doch gehört haben? Sie ist mein Schiff. Ich bin ihr Kapitän und als solcher für sie auf unserer Reise verantwortlich.«

»Sie ... werden ...«

»Erzählen Sie mir nicht, Sie seien enttäuscht. Ich dachte, Sie würden sich freuen. Ich versichere Ihnen, ich bin ein höchst zuverlässiger Kapitän. Sie brauchen keine Angst zu haben, daß wir untergehen.«

Ich griff Halt suchend nach dem Geländer hinter mir. Ich hätte nie kommen sollen! warf ich mir vor. Ich hätte jene Anstellung bei einem Antiquitätenhändler suchen sollen, durch die ich ihm nie mehr begegnet wäre. Er war mir nicht gleichgültig und würde es nie sein, und das wußte er. Er erwähnte seine Frau genauso wenig wie an jenem Abend. Ich wollte von ihr sprechen, wollte wissen, was für ein Verhältnis zwischen ihnen bestand. Doch was ging es mich an?

Ich hätte niemals kommen sollen!

Es folgten Wochen fieberhafter Aktivität. Chantel war in einem Zustand permanenter Erregung.

»Wer hätte das alles für möglich gehalten, als wir noch zusammen im Queen's House waren, Anna?«

»Ich gebe zu, es ist seltsam, daß wir beide jetzt hier sind und bald England verlassen werden.«

»Und wer hat das alles so schön eingefädelt, na?«

»Du! Aber wußtest du, daß Edwards Vater der Kapitän unseres Schiffes ist?«

Sie schwieg einen Moment und sagte dann: »Nun, wir brauchen ja wohl einen Kapitän oder? Wir können nicht ohne einen losfahren.«

»Du wußtest es also!« stellte ich fest.

»Ja, aber nicht gleich. Doch ist das so schlimm, Anna?«

»Ich wußte nur, daß ich mit seiner Frau und seinem Sohn reisen würde, nicht aber, daß auch er dabei sein würde.«

»Macht es dir etwas aus?«

Ich muß ehrlich mit Chantel sein. »Ja«, bekannte ich, »das tut es!«

»Er hat also immer noch die Macht, deine Gefühle anzurühren, obwohl du weißt, was für einer er ist.«

»Was ist er denn für einer?«

»Ein Schürzenjäger, ein zur See fahrender Casanova. Bah, nichts Schlimmes – er liebt einfach die Frauen, und deshalb lieben die Frauen ihn. Die Theorie, nach der wir die Weiberfeinde lieben sollen, stimmt eben nicht. Ganz und gar nicht! Wir Frauen mögen die Männer, denen wir gefallen. Es ist ganz einfach eine Frage der geschmeichelten Eitelkeit.«

»Mag sein, aber . . .«

»Anna, du bist völlig in Sicherheit. Du kennst ihn doch jetzt. Du weißt ja, daß es alles nur ein Spiel für ihn ist, wenn er charmante Dinge sagt und dich mit knisternden Blicken bedenkt. Gar kein unangenehmes Spiel. Man nennt es Flirten. Sogar ganz amüsant, solange man es unter Kontrolle zu halten versteht.«

»So wie du . . . mit Rex.«

»Ja, wenn du willst.«

»Du meinst, du weißt genau, daß Rex dich niemals heiratet, sondern um Miss Derringhams Hand anhalten wird, ihr beide aber ganz glücklich als flirtende Freunde sein könnt, wie du es zweifellos nennen würdest?«

»Ja, ich kann recht glücklich mit Rex sein so, wie es ist«, bestätigte sie ungerührt. »Und das mußt auch du in deiner Freundschaft mit deinem galanten Kapitän sein.«

»Ich sehe, ich muß von dir und deiner Lebensphilosophie lernen«, gab ich zu.

»Ich bin bisher sehr gut mit ihr gefahren«, versicherte sie mir.

Das Unterrichten war einfacher, als ich gedacht hatte; vielleicht lag das auch an meinem intelligenten und interessierten Schüler. Wir studierten zusammen Landkarten, und ich zeichnete mit ihm unsere Reiseroute ein. Seine Augen – wie ähnelten sie denen seines Vaters! Sie waren lediglich braun – leuchteten dann vor Abenteuerlust auf. Die Landkarte war für ihn kein Blatt Papier mir verschiedenfarbigen Einzeichnungen; sie war für ihn eine ganze Welt.

»Hier«, pflegte er zu sagen und seinen Finger mitten hinein in eine weite blaue Fläche zu setzen, »ist Mamas Insel.«

»Du siehst, sie liegt nicht weit entfernt von Australien.«

»Dort wird sie wieder glücklich sein«, meinte er.

»Laß uns hoffen, daß wir es dort alle sein werden!«

»Aber . . .« Seine Augen blickten verwirrt, und er bemühte sich, seine Gedanken auszudrücken. »Wir sind es doch jetzt. Nur Mama muß glücklich werden. Es ist doch ihre Insel, wissen Sie.«

»Ich verstehe.«

»Dort wird auch der Käpten sie wieder lieb haben«, verkündete er ernst. Er sprach von seinem Vater immer mit ehrfürchtiger Bewunderung als dem Käpten. Ich fragte mich, wie viel er wohl von den Streitigkeiten seiner Eltern mitbekommen hatte und wie er sie verarbeitete.

Monique gab sich nie die geringste Mühe, sich zusammenzunehmen, und da mein Zimmer dicht bei ihrem lag, konnte ich oft ihre wütend erhobene Stimme hören, die manchmal auch bittend und beschwörend klang. Wie mochte er wohl zu ihr sein? War er unglücklich? Es hatte nicht den Anschein, doch wahrscheinlich nahm er seine Ehe viel zu sehr auf die leichte Schulter, um weiter unglücklich über sie zu sein. Wie hatte Chantel doch über ihn gesagt: Er hat *die* Frauen zu gern, um sich zu sehr mit einer einzigen zu befassen! Das mochte für ihn ein Trost sein, doch welch Herzeleid für die Frau, die ihn liebte, und ich nahm an, daß Monique das tat.

Ich hätte niemals kommen sollen! Ich hatte nicht genügend inneren Abstand. Mein Versuch, Chantels Lebensphilosophie zu übernehmen, war sinnlos und würde es immer bleiben. Ich war bereits viel zu tief in meine Gefühle verstrickt.

Und Chantel, hatte sie sich und ihre Gefühle wirklich so in der Hand, wie sie es behauptete?

Wenn man sie zusammen mit Rex im Park spazieren gehen sah, war man versucht, sie für ein Liebespaar zu halten. Da war jenes unnennbare Etwas in der Art, wie sie ihr Zusammensein sichtlich genossen wie auch in der Art, wie sie miteinander sprachen und lachten. Ist sie tatsächlich so unverwundbar, wie sie behauptet? Ich fing an, es zu bezweifeln und war besorgt, sie könnte ebenso verletzt werden, wie ich es vor vielen Jahren wurde.

Es waren unruhige Wochen. Die glücklichsten Stunden waren für mich jene, die ich allein mit Edward verbrachte. Wir hatten uns sehr angefreundet. Ich denke, ich stellte eine Verbesserung nach der nicht sehr befähigten Miss Beddoes dar, und es ist immer leichter, die Nachfolge eines Versagers als die eines erfolgreichen Vorgängers anzutreten. In unseren Schulstunden befaßten wir uns in zunehmendem Maße mit der bevorstehenden Reise. Diese war als solche schnell und leicht auf der Landkarte erklärt, doch ich erzählte ihm darüber hinaus von der Kolonisation Australiens und der Ankunft der Ersten Flotte. Auch das Rechnen fiel ihm leichter, wenn es dabei um Schiffsladungen ging; das allein war schon ein magisches Wort für ihn.

Wann immer wir in den Park gingen, führten uns unsere Spaziergänge unweigerlich zu der Klippe, von der aus wir auf die Docks und die Schiffe im Hafen hinuntersehen konnten.

Edward tanzte dann jedes Mal vor Aufregung herum.

»Gucken Sie! Sie ist ein Klipper für Wollfrachten. Sie segelt nach Australien. Vielleicht werden wir vor ihr ankommen. Ich glaube, wir werden es ... denn wir haben ja den Käpten!«

Einmal nahmen wir auch ein Fernglas mit und entdeckten unser Schiff. Wir konnten ihren Namen in kühnen Lettern an der Bordwand entziffern: ›Heitere Lady‹.

»Das ist unser Schiff, Edward«, sagte ich.

»Das ist das Schiff vom Käpten!« korrigierte er mich.

»Sie machen sie für die Fahrt fertig«, fügte ich hinzu.

Der Tag unserer Abreise stand kurz bevor.

Es war ein aufregender Augenblick, als ich mit Edward an der Hand die Laufplanke hinaufging und das Deck der ›Heiteren Lady‹ betrat. Mir war übermütig und, ich muß es gestehen, glücklich zumute; ich konnte es nicht ändern. Die Abenteuerlust hatte mich erfaßt, und ich wußte, ich wäre so niedergeschlagen und unglücklich wie nur jemals in meinem Leben gewesen, wenn ich in England geblieben wäre und gewußt hätte, daß Redvers Stretton auf diesem Schiff davonfuhr – und Chantel mit ihm.

Ich fand die ›Heitere Lady‹ wunderschön. Ich war genauso aufgeregt wie Edward gewesen, als ich sie jenes erste Mal durch das Fernglas erblickte; aber noch erregender war es für mich, nun selbst an Bord zu gehen und die blank geputzten Messingbeschläge und glänzenden Decks aus nächster Nähe zu sehen im Bewußtsein, daß sie Käpten Strettons Schiff war.

Sie war eines der neuen Dampfschiffe, mit denen »wir« – wie Chantel Edith zitierte – »unsere« Flotte vergrößert hatten. »Vielleicht kann nichts so romantisch sein wie die alten Dreimaster, Briggs und Kutter, aber sie sind bald überholt, und wir müssen immer das Modernste und Beste haben.«

Die ›Heitere Lady‹ war kein großes Schiff, doch faßte sie eine beträchtliche Fracht und zwölf Passagiere.

Chantel ging mit mir an Bord. Ihre grünen Augen sprühten wie funkelnde Smaragde, und ihr tizianrotes Haar wehte im Wind; sie sah hinreißend aus, und ich fragte mich erneut, ob ihr offensichtliches Interesse an Rex sie womöglich so wunderbar machte, wie ich befürchtete, es selbst zu sein.

Die Kabine war mit Teppichen, festgeschraubten Frisiertischen, die auch als Schreibtische benutzt werden konnten, Sesseln und eingebauten Schränken wohnlich eingerichtet.

Chantel kam herein, als Edward und ich gerade alles genau inspizierten. Ich mußte mitkommen und mir ihre Kabine anschauen, die nur einige Türen weiter war. Sie gehörte zu einer kleinen Suite, die für Monique bestimmt war. Chantel zeigte sie uns; auf dem Tisch standen Blumen, und die Gardinen waren nicht wie bei uns aus Chintz, sondern aus Seide.

Edward saß auf dem Bett und fing an, auf ihm auf und nieder zu hopsen.

»Es ist sehr elegant«, sagte ich.

»Was hattest du denn erwartet? Für die Frau des Käpten?« fragte Chantel.

»Aber sie wird natürlich nicht immer hier schlafen. Nur, wenn ich auf sie aufpassen muß. Sonst wird sie natürlich oben beim Käpten bleiben und in seiner Kajüte neben der Kommandobrücke.« Sie wies nach oben.

»Ich will auf die Brücke gehen«, erklärte Edward.

»Wenn du nicht aufpaßt, mein Bürschchen«, mahnte Chantel, »wirst du noch krank vor lauter Aufregung werden, bevor du Gelegenheit hast, richtig seekrank zu werden.«

Doch Edward war einfach nicht zu beruhigen. Er wollte alles erkunden; ich ging daher mit ihm auf das Oberdeck, von wo aus wir den abschließenden letzten Vorbereitungen zusahen.

Und an jenem bereits winterlichen Nachmittag, als die Sonne wie ein großer roter Ball im Nebel schwebte, glitten wir langsam unter dem Tuten des Nebelhorns in den Kanal hinaus und traten unsere Fahrt zur anderen Seite der Erdkugel an.

Die ›Lady‹ blieb auch in der Bucht von Biskaya heiter. Als ich am ersten Morgen in meiner Kabine erwachte, wußte ich nicht, wo ich war; und als ich mich dann umsah, konnte ich einfach nicht fassen, daß ich mich tatsächlich an Bord von Redvers Strettons Schiff auf dem Weg in die Südsee befand. Mein Fehler war, wie Chantel mir mehrmals erklärt hatte, daß ich glaubte, das Leben sei nun einmal langweilig und eintönig. Eintönig ja nun kaum, hatte ich bitter eingewandt und sie an Tante Charlottes Tod erinnert. »Na ja«, gab sie zu, »aber du meinst immer, auf dich würden keine aufregenden romantischen Erlebnisse warten. Und nur deshalb tun sie es auch nicht! Wir bekommen auf dieser Welt das, . . . oder zumindest einen Teil von dem, was wir uns erhoffen, und erkämpfen, vergiß das nicht! Nimm dir, was du haben willst! Das ist meine Devise.«

»Es gibt ein altes Sprichwort, ein spanisches, glaube ich, das heißt: ›Nimm dir, was du willst‹, sagte Gott. ›Nimm es dir und bezahl dafür!‹«

»Wer beschwert sich denn über den Preis?«

»Die Menschen wissen nicht immer, wie hoch er ist, bevor ihnen die Rechnung präsentiert wird.«

»Meine liebe, übergenaue, prosaische, alte Anna! Das ist mal wieder typisch für dich! Sowie du an die angenehmeren Möglichkeiten des Lebens denkst, fängst du auch schon an, ihre Kosten zu kalkulieren, obwohl jeder weiß, daß das nur ein gehöriger Dämpfer sein kann.«

Ich lag an jenem ersten Morgen im Bett und erinnerte mich wieder an diese Unterhaltung; als ich dann jedoch aufstand und das leichte Rollen des Schiffes spürte und durch das Fenster mit den Chintzgardinen auf das grau-blaue Meer hinausblickte, fühlte ich eine schwingende Leichtigkeit in mir aufsteigen, die mehr war als nur freudige Erregung, und ich sagte mit: Ich werde wie Chantel sein! Ich werde einfach das Leben genießen und nicht an den Preis denken, bis ich die Rechnung präsentiert bekomme!

Und diesem Vorsatz blieb ich treu. Ich war tatsächlich wie berauscht davon, mich auf einem Schiff auf See zu befinden, wieder mit Chantel zusammen zu sein und zu wissen, daß Red Stretton in meiner Nähe war und ich ihm jeden Augenblick begegnen konnte.

Sie war ein gutes Schiff, denn sie war ja *sein* Schiff! Ich fühlte mich sicher und geborgen auf ihr, weil er ihr Kapitän war. Wenn ich nicht an die Zukunft dachte und mich nicht fragte, wie es am Schluß der Reise weitergehen würde, konnte ich vollkommen zufrieden und glücklich sein während jener goldenen Tage, in denen wir an der spanischen und portugiesischen Küste entlangfuhren und vor der Einfahrt in das Mittelmeer den Felsen von Gibraltar ansteuerten.

Außer uns befanden sich acht Passagiere an Bord, unter ihnen auch ein Junge in Edwards Alter. Dies wurde allgemein als glücklicher Zufall begrüßt. Der Junge hieß Johnny Malloy und war der Sohn von Mrs. Vivian Malloy, die nach Australien reiste, wo ihr Mann sie in ihrem neuen Heim erwartete; ihre verwitwete Schwester, Mrs. Blakey, begleitete sie und half ihr, auf den kleinen Johnny aufzupassen.

Ferner waren da Gareth und Claire Glenning. Claire war eine sanfte, fast schüchterne Frau, etwa Anfang Vierzig, und ihr um einige Jahre älterer Mann war sehr höflich und galant und übermäßig um das Wohlergehen seiner Frau besorgt. Dann hatten wir noch ein älteres Ehepaar an Bord, Mr. und Mrs. Greenall, die ihre in Australien verheiratete Tochter besuchen wollten; sie reisten zusammen mit Mrs.

Greenalls Schwester, Miss Ella Rundle, die eine recht affektierte Person war und dauernd an allem etwas auszusetzen hatte.

Während der ersten Tage blieben diese Leute lediglich farblose Figuren im Hintergrund für mich, doch sehr bald nahmen sie ein sehr persönliches Profil an. Chantel und ich beschäftigten uns in unseren Gesprächen mit ihnen. Ich ging immer zu ihr, wenn Monique nicht in ihrer Kabine nebenan war, und wir erfanden dann Lebensgeschichten für die anderen Passagiere, die uns, je skandalöser sie waren, um so mehr amüsierten. Ich begann ebenso leichtfertig zu werden wie Chantel. Ich sagte ihr, daß ich auf dem besten Wege sei, mir ihre Lebensphilosophie anzueignen.

Einen Großteil meiner Zeit widmete ich Edward. Ich wurde die Angst nicht los, er könne über Bord fallen, und so ließ ich ihn in jenen ersten Tagen nicht aus den Augen. Zur allgemeinen Enttäuschung mochten Edward und Johnny sich anfangs nicht, bis sie in der Erkenntnis, niemanden sonst zum Spielen zu haben, sich zuerst zu wachsamer Neutralität und dann zu einem Waffenstillstand entschlossen; nach diesem erfolgte eine gegenseitige, allerdings widerwillige Duldung, die sich schließlich in Freundschaft verwandelte.

In jenen ersten Tagen war das Leben und Treiben auf dem Schiff so neu für mich, daß es mir schwerfiel, alles in mich aufzunehmen, und es einige Zeit dauerte, bis ich mich an meine neue Umgebung gewöhnt hatte.

Bis auf das Abendessen nahm ich die Mahlzeiten mit Edward und Johnny und Mrs. Blakey ein. Diese wurde, obgleich die Schwester von Mrs. Malloy, als arme Verwandte behandelt. Sie erzählte mir, die liebe Vivian, ihre Schwester, habe die Passage für sie bezahlt und würde ihr ein Heim in der neuen Welt bieten. Sie wolle ihre Dankbarkeit beweisen, indem sie alles täte, was sie nur könnte. Mir schien, sie tat das wahrlich zur Genüge, indem sie als Kinderfrau und Gouvernante für Johnny Malloy fungierte.

Ich erfuhr eine ganze Menge über ihr Leben –, über ihr Durchbrennen und ihre Heirat mit dem jungen Schauspieler, den ihre Familie nicht akzeptierte und mit dem es im Moment ihrer Heirat schon bergab ging; über seinen Tod, ihre bittere Armut und ihre Heimkehr, nachdem ihre Familie ihr verziehen hatte. Die gütige Vivian nähme sie jetzt nach Australien mit und ermögliche ihr dadurch einen neuen Start; da könne man doch erwarten, daß sie ein wenig Dankbarkeit beweise.

Arme Lucy Blakey! Sie tat mir leid. Ich wußte, was es heißt, in Not Hilfe zu erhalten und diese dann in Dienstleistungen bezahlen zu müssen, der wohl bittersten Münze!

Wir wurden recht gute Freundinnen durch unsere gemeinsamen

Mahlzeiten und die vielen Stunden, die wir mit unseren Schützlingen an Deck umhergingen und ihnen zuschauten, wenn sie Tischtennis spielten. Abends aßen die Kinder allein und wurden um halb acht zu Bett gebracht. Mrs. Blakey und ich gesellten uns dann zum Abendessen zu den restlichen Passagieren. Ich hatte meinen Platz am Tisch des Zahlmeisters, während sie am Tisch des Ersten Offiziers saß.

Mein Tisch stand an dem einen Ende des Speisesaals, der des Käptens am anderen; so sah ich Redvers ab und zu von weitem, obgleich er nicht jeden Abend erschien. Manchmal aß er oben in seiner Kajüte. Ich fand ihn sehr schmuck in seiner Uniform, die sein blondes Haar noch heller erscheinen ließ. Monique, Claire und Gareth Glenning sowie das Ehepaar Greenall saßen mit an seinem Tisch.

Chantel war mit Rex am Tisch des Schiffsarztes placiert. Ich begriff rasch, daß ich Redvers höchstwahrscheinlich nur sehr wenig sehen würde, obwohl er der Kapitän des Schiffes war; und mir wurde klar, daß nicht ich, sondern vielmehr Chantel in Gefahr war. Ich rätselte, wie ihre wahren Gefühle für Rex sein mochten und ob sie hinter der Maske unverbindlichen Vergnügens an seiner Gesellschaft wohlmöglich verletzt und ratlos war. Rex bemühte sich auf seine Art um sie – und diese war ganz anders als die des Käptens. Ernsthafter, konnte man sagen, denn Rex machte den Eindruck, kein Mann des oberflächlichen Flirts zu sein.

Ich begann ziemlich viel über Rex nachzudenken. Mir schien, er war ein recht verschlossener Mensch, der seiner Umwelt nur sehr wenig von dem verriet, was in ihm vorging. Es war auch nur gelegentlich und mehr rein zufällig, daß ich jenen Ausdruck in seinen Augen bemerkte, wenn er Chantel ansah, jenen fast leidenschaftlichen und besitzstolzen Blick. Aber wie war das möglich, wenn er, wie wir alle eindeutig wußten, auf dem Wege nach Australien war, um dort seine Werbung um Miss Derringham fortzusetzen – falls diese überhaupt schon begonnen hatte.

Und Chantel? Ich konnte auch sie nicht verstehen. Ich hatte sie oft in angeregter Unterhaltung mit Rex gesehen, und sie schien jedes Mal buchstäblich zu sprühen und noch strahlender zu sein als sonst. Und doch schien es sie nicht im geringsten zu stören oder zu beunruhigen, wenn Miss Derringhams Name fiel.

»Ich würde so gern wieder einmal dein Tagebuch lesen, Chantel!« sagte ich aus diesen Überlegungen heraus eines Tages zu ihr. »Es wäre interessant, unsere Ansichten über das Leben an Bord zu vergleichen.«

Sie lachte. »Ich führe es jetzt nicht mehr.«

»Du schreibst nicht mehr hinein?«

»Nein – nun, so gut wie nie.«

»Aber weshalb nicht?«

»Das Leben ist hier einfach zu aufregend.«

»Aber ist das nicht gerade ein Grund, warum du es festhalten, es aufschreiben solltest, damit du es später alles wieder erleben kannst?«

»Weißt du, Anna, ich glaube, ich schrieb es nur für dich. Ich wollte dich am Leben im Schloß teilhaben lassen, und mein Tagebuch war die einzige Möglichkeit, das zu tun. Jetzt ist es ja nicht mehr nötig. Du erlebst alles mit. Du brauchst mein Tagebuch nicht mehr.«

Wir waren in ihrer Kabine – ich saß in dem Sessel, während sie auf dem Bett lag.

»Ich möchte wissen, wie es enden wird«, sagte ich nachdenklich.

»Das hängt ganz von uns ab.«

»Wie du bereits früher bemerktest.«

»Die Schuld für unser Schicksal liegt nie an unseren Sternen, sondern immer in uns selbst.«

»Shakespeare.«

»Wie du natürlich weißt. Aber es stimmt! Außerdem macht der Zweifel und die Ungewißheit alles so spannend, findest du nicht? Was hätte das Leben überhaupt für einen Sinn, wenn man genau wüßte, was passiert?«

»Wie geht es . . . Mrs. Stretton?« erkundigte ich mich.

Chantel zuckte die Achseln. »Sie wird es nicht zu alten Knochen bringen.«

Mich überlief ein Schauder.

»Nanu? Was hast du denn?« wollte sie wissen.

»Nichts, es ist nur deine Ausdrucksweise.«

»Sehr prägnant und treffend, wie du zugeben mußt. Ihre Lunge ist schwer angegriffen.«

»Vielleicht wird ihr heimatliches Klima . . .«

Chantel zuckte erneut die Achseln. »Ich sprach heute nachmittag mit Dr. Gregory.« (Er war der Schiffsarzt, ein langer, blasser junger Mann, der Chantels Charme bereits erlegen war, wie ich bei mehr als nur einer Gelegenheit bemerkt hatte.) »Er meint, die Krankheit hat sich schon zu sehr ausgebreitet und auch die linden Lüfte der Insel Koralle würden jetzt vielleicht nicht mehr helfen.«

»Weiß der Käpten das?«

»Du kannst Gift drauf nehmen! Vielleicht ist er deshalb so vergnügt.«

»Chantel!«

»Anna! Wir wollen uns doch gegenseitig nichts vormachen, nicht wahr? Der galante Käpten ist sich garantiert darüber im klaren, daß er einen fatalen Fehler begangen hat, einen von jener Art, für die man sehr oft ein ganzes Leben lang büßen muß. Es sieht jedoch aus, als ob in seinem Fall die Strafe nicht so lange dauern wird ...«

»Chantel, ich wünschte ...«

»Ich würde nicht so leichtfertig über den Tod reden. Aber weshalb nicht? Es hilft einem, keine Angst vor ihm zu haben, sowohl im Hinblick auf sich selbst wie auf andere Menschen. Vergiß nicht, ich kenne den dunklen Sensemann besser als die meisten Leute. Ich begegne ihm oft in meinem Beruf. Ich habe deshalb weniger ehrfürchtigen Respekt vor ihm. Gräm dich nicht um den Käpten! Wer weiß, vielleicht kommt es zu einer glücklichen Befreiung.«

Ich stand auf, da ich nicht in Chantels Kabine sitzen und mich über den möglichen Tod seiner Frau unterhalten wollte.

Sie sprang vom Bett auf und legte den Arm um mich.

»Ich rede immer so leichtfertig daher, wenn ich es am ernstesten meine. Du solltest das doch wissen, Anna! Mach dir wirklich keine Sorgen um meine Patientin! Sei sicher, daß ich mich in jeder nur möglichen Weise um ihr Wohlergehen bemühe. Falls trotzdem das Unvermeidliche eintreten sollte ...« Ihr Gesicht schob sich dicht vor meines, und ihre grünen Augen funkelten. Und ich wußte, sie dachte: Wenn sie stirbt, wäre der Käpten frei! Frei für dich!

Wie lieb hatte ich sie! Aber ich hätte ihr gern erklärt, daß ich es nicht fertigbrachte, den Tod eines Menschen, wessen auch immer, herbeizuwünschen, gleichgültig, was für Vorteile mir auch daraus erwachsen möchten.

Der erste Hafen, den wir anliefen, war Gibraltar. Als ich eines Morgens aufwachte und durch mein Kabinenfenster blickte, sah ich ihn, den mächtigen, hoch aus dem Meer ragenden Felsen.

Ich war schon einmal hier vorbeigekommen, vor vielen, vielen Jahren als Kind, damals kaum älter als Edward; und ich erinnerte mich daran, wie aufgeregt ich gewesen war und wie sicher und geborgen ich mich durch die Gegenwart meiner Eltern in der Kabine nebenan gefühlt hatte. Ich versuchte oft, Edwards Gefühle für seine Mutter zu erraten; seinen Vater betete er wie eine Art Halbgott an. Tat er das, weil dieser Kapitän war und mit seinen Schiffen um die Welt segelte, oder galt seine Anbetung dessen Persönlichkeit?

Ich dachte an Chantels düstere Prophezeiung über Monique, und ich zerbrach mir den Kopf über meine Zukunft wie auch über Chantel und diese magische Anziehungskraft, die sie wie eine Aura umgab. Nicht nur Rex und der Schiffsarzt reagierten darauf; ich hatte auch die Blicke anderer Männer aufgefangen. Es war nicht nur ihre Schönheit – die sie ganz zweifellos besaß, sondern ebensosehr ihre Vitalität und eine gewisse innere Leidenschaftlichkeit. Ich fühlte, ihr Leben würde immer aufregend und bunt sein. Wahrscheinlich spürten das auch andere Menschen und wollten deshalb an diesem ihrem Leben teilhaben.

Wir sollten für einige Stunden in Gibraltar anlegen, was uns Gelegenheit für einen Landausflug geben würde. Chantel sagte, sie hätte gern eine Gruppe dafür zusammengestellt – zum Beispiel bestehend aus mir, dem Schiffsarzt und dem Ersten Offizier; die Glennings wollten Freunde an Land besuchen, und wer hätte schon Lust, mit den wirklich recht klapprigen Greenalls etwas zu unternehmen – oder gar mit der lästigen Miss Rundle!

Ich erinnerte sie daran, daß ich ja hier wäre, um mich um Edward zu kümmern; Mrs. Blakey würde ebenfalls mit Johnny an Land gehen, und da die beiden Jungen dieses Unternehmen gern gemeinsam machen wollten, würde ich mich Mrs. Blakey und Mrs. Malloy anschließen.

Chantel schnitt eine Grimasse. »Wie schade! Arme Anna!« meinte sie aber nur leichthin.

Wir hatten eine Droschke mit einem Kutscher gemietet, der uns die Sehenswürdigkeiten zeigen sollte. Die beiden Jungen hopsten vor Aufregung auf ihren Sitzen herum und der armen Lucy Blakey gelang es nicht, Johnny zu bändigen; vielleicht scheute sie sich aber auch nur, in Gegenwart von Mrs. Malloy energisch zu werden. Ich empfand keinerlei derartige Skrupel und befahl Johnny, still zu sitzen, und zum großen Erstaunen seiner Mutter und Tante gehorchte er mir auf der Stelle. Ich hielt es für eine ausgezeichnete Gelegenheit, den beiden Knaben eine gemischte Geographie- und Geschichtsstunde zu geben. Chantel hätte mich schön ausgelacht, wäre sie dabei gewesen. Wie wünschte ich es mir trotzdem!

Es war ein prachtvoller Tag, und der helle Sonnenschein erschien uns nach dem feuchten, trüben Nebel von Langmouth noch strahlender.

»Es gehört seit 1704 uns«, erklärte ich Edward.

»Den Creditons?« fragte er.

Mrs. Malloy und Mrs. Blakey stimmten in mein Gelächter mit ein.

»Nein, Edward, England!«

Edward war ein wenig verwirrt; bestimmt hatte er geglaubt, seiner furchterregenden Großmutter gehöre England.

»Es wurde nach einem Araber Gibraltar genannt«, fuhr ich fort, »der Gebel Tarik hieß und vor langer, langer Zeit hierher kam.«

»Vor uns?« wollte Johnny wissen.

»Lange vor uns. Er baute sich eine Burg und gab ihr seinen Namen.

Aus Gebel Tarik wurde dann später Gibraltar. Wenn ihr es schnell aussprecht, versteht ihr, wieso.«

Die beiden fingen ungestüm zu krakeelen an: »Gebel Tarik, Gibraltarik ... Gibraltar.«

»Gleich werden wir die Burg sehen«, versprach ich, um sie wieder zu beschwichtigen, doch als sie die alte maurische Burg erblickten, zeigten sie mit lauten Schreien »Gebel Tarik« darauf. »Das werden sie nie vergessen«, sagte ich zu Mrs. Blakey.

»Eine ausgezeichnete Art, Kinder zu unterrichten!« bemerkte Mrs. Malloy anerkennend. Ich glaube, sie war etwas beleidigt, nicht von einer der anderen Gruppen aufgefordert worden zu sein; bestimmt hätten ihrer Ansicht nach die beiden Gouvernanten sich selbst und der Beaufsichtigung der Kinder überlassen bleiben sollen. Arme Lucy Blakey! Wenn man schon eine Angestellte sein mußte, war es unvergleichlich viel gnädiger, dies nicht in der eigenen Familie zu sein. Wie viel unabhängiger war ich jetzt, verglichen mit meinem früheren Leben bei Tante Charlotte!

Den Höhepunkt unseres Ausfluges bildeten natürlich die Affen. Mehrere andere Kutschen hatten das gleiche Ziel am oberen Teil des Felsen angesteuert und standen nun wartend dort aufgereiht. Die Greenalls und Mrs. Rundle waren ebenfalls dort und winkten uns grüßend zu.

Wir hatten Schwierigkeiten, die Jungen von den Affen fernzuhalten, die unglaublich flink waren und lauter mutwilligen Schabernack trieben. Unser Kutscher hatte uns gewarnt, nicht zu dicht an sie heranzugehen, da sie uns sonst unsere Handschuhe oder sogar Hüte wegreißen könnten. Es machte mir große Freude, das Entzücken der beiden Jungen zu beobachten; sie krähten vor Vergnügen und steckten tuschelnd die Köpfe zusammen, und ich befürchtete schon, sie würden sich gegenseitig zu irgendeinem Streich anstacheln.

Während wir dort standen und den Possen der kleinen Gesellen zuschauten, kam einer von ihnen mit einem grünen Schal von einer höher gelegenen Stelle des Felsabhanges heruntergesprungen. Gelächter ertönte, und als ich emporblickte, erkannte ich Chantel und Rex. Sie standen dicht eingehakt nebeneinander und lachten, und ich begriff, daß es Chantels Schal war.

Sie waren alleine dort hinaufgegangen! Der Ausflug war für mich verdorben. Sie wird sehr verletzt werden, schrecklich verletzt werden! wurde es mir besorgt klar. Lady Crediton wird es niemals zulassen, und er ist auf dem Wege, Miss Derringham einen Heiratsantrag zu machen! Wir fuhren zum Quai zurück, und ich bemühte mich, mir nichts von meiner veränderten Stimmung anmerken zu lassen.

Die Jungen schnatterten über die Affen. »Hast du den einen gesehen ...«

»Ja, aber ich mochte den anderen, den kleinen, lieber.«

Ich fragte mich, ob Mrs. Malloy oder Mrs. Blakey Chantel und Rex ebenfalls entdeckt hatten, und was sie, wenn ja, darüber dachten.

»Es gibt eine Geschichte über Gibraltar«, erzählte ich mit meiner neutralsten Gouvernantenstimme, »die besagt, daß die Affen durch einen unterirdischen Gang unter dem Meer vom Land der Berber, also von Marokko, herüberkamen, wo ihre Heimat ist.«

»Können wir durch diesen Gang gehen?« erkundigte sich Edward.

»Es ist nur eine Legende, wie es sie unweigerlich über solche Dinge gibt.«

»Gibraltar ist der einzige Ort in Europa, an dem Affen vorkommen. Es heißt, England würde Gibraltar verlieren, wenn die Affen verschwänden.«

Die Jungen machten erschreckte Gesichter – ob der Gedanke an das mögliche Verschwinden der Affen oder an den Verlust des Felsen sie beunruhigte, wußte ich nicht. Ich war sowieso zu sehr mit meinen Gedanken bei Rex und Chantel und fragte mich, wie viel diese wohl vor mir verbargen.

Nach Gibraltar gerieten wir in rauhe See. Das Schiffsdeck leerte sich, und die meisten Passagiere blieben in ihren Kabinen. Zu meiner großen Freude entdeckte ich, daß ich nicht seekrank wurde. Sogar Edward mußte im Bett bleiben, was mir einige Stunden völliger Freiheit schenkte. Der Wind war sehr heftig, und es war fast unmöglich, aufrecht zu stehen, ohne sich festzuhalten. Ich erkämpfte mir mit einigen Schwierigkeiten meinen Weg zu einem der unteren Decks, wo ich mich, in eine warme Decke gewickelt, in einen Liegestuhl legte und verfolgte, wie die Wellen das Schiff hin- und herstießen, als wäre es aus Kork. ›Heitere Lady‹, dachte ich. Sie war wirklich heiter und ließ sich vom Sturm nicht aus der Fassung bringen. Heiterkeit! Was für eine Gabe! Ich wünschte, ich besäße sie; vermutlich glaubte meine Umgebung das von mir, doch das kam nur daher, daß ich meine wahren Gefühle und Empfindungen verbarg wie wahrscheinlich jeder auf diesem Schiff. Ich begann, über diese Menschen nachzudenken und mich zu fragen, wie weit sich ihr wahres Wesen von der Fassade unterschied, die sie der Welt zeigten. In jedem von uns steckte vermutlich ein verborgener, geheimer Mensch.

Tiefsinnige Gedanken, die nicht erstaunlich waren, wenn man allein auf einem verlassenen Schiffsdeck lag und die restlichen Passagiere von der Seekrankheit befallen worden waren.

»Hallo!« Jemand schwankte auf mich zu; ich erkannte Dick Callum, den Zahlmeister. »Tapfere Person!« schrie er, um das Brausen der Wellen zu übertönen.

»Ich hörte, frische Luft sei das beste in solchen Fällen.«

»Vielleicht, aber wir wollen nicht, daß Sie über Bord gespült werden.«

»Hier ist es etwas geschützt. Ich fühle mich völlig in Sicherheit.«

»Das sind Sie hier auch, vor allem, weil der Sturm nicht mehr so heftig ist wie vor einer halben Stunde. Wie fühlen Sie sich?«

»Ganz gut, danke.«

»›Ganz gut‹ bedeutet ›nicht hundertprozentig‹. Ich will Ihnen was sagen – ich hole Ihnen jetzt einen kleinen Kognak. Danach werden Sie sich dann völlig wohl fühlen.«

»Nein, danke ... ich möchte nicht ...«

»Aber es ist eine Medizin«, entgegnete er. »Befehl des Zahlmeisters. Und ich dulde keinen Widerspruch!«

Er schwankte davon und blieb so lange verschwunden, daß ich schon dachte, er hätte mich vergessen; schließlich erschien er jedoch wieder mit einem kleinen Tablett, auf dem er zwei Gläser mit großem Geschick balancierte.

Er gab mir das Tablett zu halten, zog sich einen Liegestuhl heran und streckte sich neben mir darin aus.

Ich nippte an dem Kognak und mußte feststellen, daß er recht hatte; die leichte Übelkeit verschwand.

»Bei normalem Wetter sieht man nicht viel von Ihnen«, bemerkte er lächelnd.

»Erst ein Sturm bringt Sie zum Vorschein. Sie sind wie die Frau im Wetterhäuschen, die nur bei Sturm herauskommt.«

»Ich bin auch sonst draußen«, erwiderte ich, »doch habe ich meine Pflichten.«

»So wie ich die meinen.«

»Und heute nicht?«

»Ein paar dienstfreie Stunden. Glauben Sie mir, wir schweben nicht in Gefahr, Schiffbruch zu erleiden. Wir haben einen starken Wind und etwas Dünung. Das ist aber auch alles. Wir Seeleute nennen dies nicht einmal schlechtes Wetter.«

Er hatte etwas sehr Anziehendes, etwas, das mir irgendwie vertraut erschien; ich wußte jedoch nicht, was es war oder woran es lag.

»Ich habe fast das Gefühl, wir sind uns schon begegnet«, sagte ich, »obwohl das ganz ausgeschlossen ist, es sei denn, Sie sind einmal in das Geschäft in Langmouth gekommen und haben sich irgendwelche Möbel angeschaut.«

Er schüttelte den Kopf. »Wenn ich Sie schon einmal gesehen hätte, wüßte ich das!«

Ich mußte lachen, da ich ihm diese galante Beteuerung nicht glaubte. Ich war keine auffallende Schönheit und strahlte keinen besonderen Charme aus, da ich meine Umwelt mit höflicher, kühler Gleichgültigkeit behandelte.

»Vielleicht war es in einem früheren Leben«, beharrte er.

»Sie glauben an die Reinkarnation?«

»Ein Seemann ist immer bereit, an alles zu glauben, sagt man. Wir sind ein abergläubischer Verein. Na, wie bekommt Ihnen der Kognak?«

»Er hat mich aufgewärmt und mir sehr gut getan. Ich fühle mich jetzt entschieden besser. Haben Sie vielen Dank!«

»Wie ich weiß, sind Sie mit der Familie gekommen«, bemerkte er. »Lebten Sie vor der Abreise schon länger im Schloß?«

»Nein, nur sehr kurz. Ich kam ja extra, um diese Reise mitzumachen.«

»Ein ziemlich merkwürdiger Haushalt, was? Und wir, die wir unseren Lebensunterhalt dieser Familie verdanken, sind natürlich von tiefem Respekt für sie erfüllt!«

»Sie klingen nicht gerade sonderlich respektvoll.«

»Nun ja, wir sind doch im Augenblick nicht im Dienst ... wir beide.«

»Müssen wir uns nur während unserer Dienststunden an diese unsere Dankbarkeit erinnern?«

»Dankbarkeit!« wiederholte er und lachte auf. Klang es nicht ein wenig verbittert? »Warum sollte ich denen dankbar sein? Ich mache meine Arbeit und werde dafür bezahlt. Vielleicht sollten eher die *mir* dankbar sein!«

»Vielleicht sind sie das auch.«

»Es kommt nicht oft vor, daß wir den Kronprinz und gesetzmäßigen Erben an Bord haben.«

»Sie meinen Mr. Rex Crediton.«

»In der Tat. Ich vermute, ihm entgeht hier so gut wie nichts. Er wird zweifellos der Geschäftsleitung einen Bericht über alles übergeben, und wehe uns, wenn darin steht, wir hätten unsere Pflicht irgendwie vernachlässigt!«

»Er scheint mir nicht so ein Mensch zu sein. Er macht immer einen ... sympathischen Eindruck.«

»Er ist sein leibhaftiger Vater. Und für den alten Sir Edward zählte nur das Geschäft, wie ich immer gehört habe. Er begeisterte auch Lady Crediton für seine ehrgeizigen Ziele. Sie war sogar bereit, wissen Sie, den Käpten und seine Mutter zu dulden. Wie ich höre, ist die alte Dame vor kurzem gestorben.«

»Ja, ich hörte es ebenfalls.«

»Eine seltsame Familie, was?«

»Ja, recht ungewöhnlich.«

»Unser galanter Käpten ist natürlich etwas neidisch.«

»Weshalb?«

»Er würde gern an Rex' Platz sein.«

»Hat er das ... Ihnen gesagt?«

»Er zieht mich nicht ins Vertrauen. Aber ich habe irgendwie Mitgefühl für ihn und seine Situation. Da wuchsen die beiden nun zusammen auf, der eine als der legitime Sohn und Erbe und der andere als der illegitime. Das ist ihm doch irgendwann aufgegangen, die ganze Bescherung: Rex, der Millionenerbe und unser galanter Käpten ... nun, der ist nichts weiter als ein Kapitän, vielleicht mit einer kleinen Beteiligung am Geschäft.«

»Ihm scheint das nicht im geringsten etwas auszumachen.«

»Sie kennen ihn näher?«

»N-nein.«

»Kannten Sie ihn, bevor Sie an Bord kamen? Das mussen Sie ja. Seit unserer Abreise können Sie nicht viel von ihm zu sehen bekommen haben. Er wird bis Port Said noch sehr beschäftigt sein. Sie kannten ihn also schon vor dieser Reise?«

»Nun ja, ich hatte ihn einmal kurz kennengelernt.«

Meine Stimme klang plötzlich anders, und ich konnte nur hoffen, daß er es nicht bemerkte.

»So so. Und die Pflegerin ist eine große Freundin von Ihnen?«

»O ja, durch sie bin ich überhaupt hierher gekommen.«

»Ich dachte schon«, gestand er lachend, »unser Käpten hätte Sie hergebracht, damit Sie sich um seinen Sohn kümmern.«

»Nein, ich kam durch Schwester Loman«, wiederholte ich rasch. »Sie pflegte auch meine Tante, und als dieser ... dieser Posten frei wurde, empfahl sie mich Lady Crediton.«

»Und Ihre Majestät schenkte dieser Empfehlung Gehör.«

»Ja, und so bin ich also hier.«

»Nun, es wird eine interessante Fahrt werden, weil wir die beiden Söhne an Bord haben.«

»Sind Sie schon einmal unter Käpten Stretton gefahren?«

»Schon mehrmals. Ich war auch mit ihm auf der ›Geheimen Frau‹.«

»So?«

»Sie klingen erstaunt.«

»Ach nein ... ich habe nur von der ›Geheimen Frau‹ gehört ...«

»Was haben Sie denn von ihr gehört?«

»Nur, daß sie ein Schiff der Linie war . . . und daß Lady Crediton sie taufte.«

Er lachte. »Ja, sie sollte auch eine ›Lady‹ werden. Vielleicht war das der Grund für das Unglück. Das kommt davon, wenn man eine Frau mit auf See nimmt.«

»Was meinen Sie damit?«

»Sie hätte eine Lady werden sollen. Vielleicht wäre dann alles anders verlaufen. Auch das ist so ein seemännischer Aberglaube.«

»Erzählen Sie mir, was auf der ›Geheimen Frau‹ passierte.«

»Das ist ein ungeklärtes Rätsel, das ich Ihnen gar nicht erzählen kann, weil ich es nicht weiß. Wenn Sie den Käpten danach fragen . . . vielleicht weiß er mehr darüber.«

»Ein Rätsel?«

»Ein großes Rätsel! Viele glauben, daß nur Käpten Stretton die Antwort darauf weiß.«

»Und er will sie nicht verraten?«

»Das kann er wohl kaum!« erwiderte Dick Callum lachend.

»Das klingt alles mysteriös!«

»Das war es auch . . . und wie einige sagen, außerdem höchst vorteilhaft für den Käpten. Ich hatte jedoch das Gefühl, ihn zu verstehen. Er mußte damit fertig werden, Seite an Seite mit seinem Halbbruder aufzuwachsen und mitanzusehen, wie dieser zum Kronprinzen ausgerufen wurde.«

»Zum Kronprinzen?«

»Na ja, das Vermögen der Creditons ist mit seiner weitverzweigten Struktur schon ein Imperium in sich selbst. Und Rex wird das alles eines Tages erben. Ja, ich empfand immer ein gewisses Verständnis für den Käpten. Er ist schließlich ein Crediton. Ich frage mich, ob er nicht denkt, ein Vermögen ist einen verlorenen guten Ruf wert.«

»Aber was hat denn das mit dem Rätsel der ›Geheimen Frau‹ zu tun?«

»Alles, würde ich sagen.«

»Jetzt machen Sie mich aber neugierig!«

»Ich bin nur ein Angestellter der Reederei, Miss Brett; außerdem schulde ich meinem Käpten die Gefolgstreue. Ich bin indiskret geworden. Meine einzige Entschuldigung sind die außergewöhnlichen Umstände. Eine steife Brise im tückischen Mittelmeer, das nicht so lieblich ist, wie es aussieht – eine standhafte junge Dame an Deck und die tröstliche Wärme des Kognaks. Bitte vergessen Sie, was ich gesagt habe und verzeihen Sie mir meine unbesonnenen Worte. Es muß dadurch gekommen sein, meine liebe Miss Brett, daß Sie eine so mitfühlende

Zuhörerin sind. Aber jetzt bitte ich Sie, vergessen Sie meine dummen Bemerkungen! Wir befinden uns auf der ›Heiteren Lady‹, die sehr bald Neapel anlaufen wird. Und ich verspreche Ihnen: Nach Neapel haben wir die Stürme hinter uns. Wir fahren dann direkt in den schönsten Sonnenschein hinein, und alles an Bord wird unter unserem so vortrefflichen Käpten sehr vergnüglich sein.«

»Was für eine eloquente Rede!«

»Ich habe, wie meine Mutter es nannte, ein flottes Mundwerk. Kein sehr eleganter Ausdruck, aber sie war auch selbst nicht sehr elegant. Sie liebte mich jedoch heiß und ermöglichte mir, was sie nur konnte, und so habe ich auch eine gewisse Erziehung mitbekommen; durch diese wurde ich dann auch in das große Crediton-Imperium aufgenommen, wo man mir gestattete, meinen Herren zu dienen.«

»Sie klingen nicht unbedingt erfreut darüber.«

»Über die Opfer meiner Mutter?«

»Nein, über Ihre Aufnahme in das Imperium, wie Sie es nennen.«

»Aber doch! Ich bin des Imperiums dankbarer und unterwürfiger Diener.«

»Jetzt reden Sie aber Unsinn!«

»Gott bewahre, doch wie Sie richtig vermuten, bin ich nicht sonderlich unterwürfig.«

»Das habe ich bereits bemerkt.«

»Sie haben eine scharfe Beobachtungsgabe, Miss Brett.«

»Es würde mich freuen, wenn es stimmte.«

»Wie fanden Sie Gibraltar?«

Er hatte erfolgreich das Thema gewechselt, und obgleich ich irgendwie erleichtert darüber war, empfand ich doch eine gewisse Enttäuschung.

Ich sprach also über Gibraltar und dachte dabei an den Affen mit Chantels Schal und daran, wie sie Arm in Arm mit Rex oben am Felsen gestanden hatte. Das mächtige Crediton-Imperium! schoß es mir durch den Kopf. Und was widerfuhr jenen, die versuchten, sich dessen Interessen und Zielen zu widersetzen?

Wir plauderten noch eine Weile weiter, und ich fühlte, ich hatte einen neuen Freund gewonnen. Er war rührend um mich besorgt und befürchtete, es könnte zu kalt für mich an Deck werden. Da ich es an der Zeit fand, wieder nach Edward zu sehen, dankte ich ihm für den Kognak und seine Gesellschaft und bahnte mir meinen Weg sehr vorsichtig zu meiner Kabine zurück, denn das Schiff schlingerte immer noch erheblich.

Dick Callum behielt recht. Obwohl es in Neapel kalt war, wo wir nur kurz anlegten, kamen wir anschließend in warmes Wetter. Ich sah ihn nun häufig; er hatte es sich anscheinend zur Aufgabe gemacht, über mein Wohlergehen zu wachen. Er war ein wichtiges Mitglied der Besatzung, wie ich erkannte, und hatte einen Großteil der Matrosen unter sich, während der Käpten für die Navigation verantwortlich war, was zwangsläufig bedeutete, daß man ihn nur selten zu sehen bekam. Ich war froh darüber, wußte ich doch, daß es so besser war; ich hatte gedacht, es würde so sein, als lebte man mit ihm im selben Haus. Aber wie anders war es!

»Der Käpten steigt nur selten von seinem Olymp herab«, bemerkte Dick Callum einmal.

Chantel kam oft zu mir in meine Kabine, und auch ich besuchte sie häufig. Ich sagte ihr, daß ich sie oben auf dem Felsen von Gibraltar gesehen hätte, als sie ihren Schal verlor; sie zeigte nicht die leiseste Spur von Verlegenheit.

»Im letzten Moment forderte Rex Crediton mich auf, ihn zu begleiten«, erzählte sie. »Und das tat ich dann. Du machst ein schockiertes Gesicht? Du meinst wohl, ich hätte eine Anstandsdame dabei haben sollen. Aber liebe Anna, wir sind hier nicht in England! Im Ausland wird man uns doch wohl ein wenig mehr Bewegungsfreiheit zugestehen, findest du nicht? Der arme Dr. Gregory war übrigens von Miss Rundle praktisch gezwungen worden, sie mitzunehmen, und auf die hatten wir nun einfach keine Lust. So blieb uns nichts anderes übrig, als den beiden zu entwischen . . . und so verloren wir sie eben. Der arme Dr. Gregory! Er kam ganz erledigt zurück und schien eine Mordswut zu haben.«

»Nicht sehr nett von euch«, stellte ich fest.

»Nein, aber klug.«

»War es das?« fragte ich und hoffte, dies würde sie zum Sprechen bringen. Sie drehte den Spieß jedoch um, was eine ihrer Lieblingstricks war. »Du scheinst dich recht gut mit Mr. Callum zu verstehen.«

»Er ist immer sehr nett zu mir.«

»Das habe ich bemerkt.«

»Auf einem Schiff wird unweigerlich alles bemerkt«, entgegnete ich.

Sie lachte unvermittelt. »Dir gefällt dein neues Leben, Anna! Es ist ganz anders als dein bisheriges im alten *Queen's House*, nicht wahr? Stell dir vor, du säßest jetzt immer noch dort und würdest an mich auf dem Schiff denken . . . und an alles, was hätte sein können . . .«

»Ich gebe zu, ich finde es alles sehr interessant, aber . . .«

»O Anna, hör auf! Du willst doch wohl keine dunklen Kassandrarufe ausstoßen, oder? Du solltest immer vergnügt und optimistisch sein. Man weiß doch nie, was hinter der nächsten Ecke ist. ›Jede Wolke hat einen silbernen Rand‹ heißt es doch oder anders ›Auch der schlechteste Tag nimmt ein Ende‹. Solche Sprichwörter hätten sich nicht erhalten, wenn sie nicht stimmten.«

»Es heißt aber auch, daß man oft vom Regen in die Traufe kommt!«

»Du willst wohl alles schwarz sehen. Ich für meinen Teil bin jedenfalls entschlossen, das Leben zu genießen!«

»Was passiert, wenn wir in Sydney ankommen, Chantel?«

»Ich bin sehr gespannt darauf. Es soll sagenhaft schön sein. Ich werde um Erlaubnis fragen, auf die Kommandobrücke hinaufgehen zu dürfen, wenn wir in den Hafen einlaufen, um alles richtig sehen zu können.«

»Viele der Passagiere werden dort von Bord gehen . . . auch dein Rex Crediton.«

»Aber dein Käpten wird ja bleiben.«

»*Mein* Käpten?«

»Ja, genau wie ›Mein Rex Crediton‹.«

»Ach Chantel, es gibt Augenblicke, in denen ich recht besorgt bin.«

»Meine arme Anna! Ich muß dir wirklich beibringen, das Leben zu genießen. Wußtest du, daß wir ein Kostümfest an Bord veranstalten werden? Es ist so ein Brauch. Wir müssen uns irgendwelche Kostüme ausdenken.«

»Diesmal kannst du nicht als die Châtelaine gehen!«

»Nein, ich befinde mich ja auch nicht auf einem Schloß. Wer hat schon jemals von einer Schloßherrin auf einem Schiff gehört? Ich werde ein Tanzmädchen sein . . . oder vielleicht eine verschleierte Mohammedanerin. Das wäre lustig und stilgerecht, denn das Ganze soll einen orientalischen Charakter haben.«

Wie die Aussicht, sich verkleiden zu können, sie elektrisierte! Ich fand diese beinahe kindliche Begeisterung von ihr reizend. Ich gewann Chantel immer lieber, doch im gleichen Maße wuchs meine Besorgnis über ihre Freundschaft mit Rex. Was würde geschehen, wenn er uns in Sydney verließ? Während wir unsere Fahrt in den Pazifik fortsetzen, würde sie wissen, daß er zurückblieb, um gefeiert und geehrt zu werden – natürlich auch, um sich für die Firma einzusetzen –, während er Helena Derringham umwarb und jenes glückliche Ereignis vorbereitete, das Lady Crediton und Sir Henry Derringham so sehnlich herbeiwünschten: die Fusionierung der beiden Familienunternehmen. Ich machte mir wirklich große Sorgen um Chantel!

Als ich eines Morgens aufwachte, entdeckte ich, daß wir vor dem Tor zum Osten lagen. Die Sonne schien gleißend auf das Deck, und überall auf dem Schiff herrschte geräuschvolle Aufregung.

Noch bevor Edward fertig angezogen war und bei mir in der Kabine gefrühstückt hatte, kam schon Mrs. Blakey mit Johnny an. Chantel gesellte sich ebenfalls zu uns. Sie trug ein schlichtes, weißes Jackenkleid, in dem sie bezaubernd aussah; der breitrandige, weiße Hut ließ noch ein wenig von ihrem herrlichen Haar frei. Es war jedes Mal ein kleiner Schock für mich, sie in anderen Kleidern zu sehen, obwohl ihr auch ihre Schwesterntracht entzückend stand.

»Ihre beide werdet vermutlich die Kinder an Land ausführen müssen« sagte sie.

»Ihr Armen! Ich bin froh, daß für mich die Chance besteht, einige Stunden frei zu nehmen, wenn wir in einem Hafen sind.«

»Der Käpten wird sich wohl um seine Frau kümmern«, bemerkte Mrs. Blakey.

»Er nimmt sie auf Besuche mit – zu Agenten und deren Familien und so weiter, glaube ich, vorausgesetzt, daß sie sich wohl genug fühlt.«

»Es scheint ihr etwas besser zu gehen.«

»Das kommt von der vielen Sonne. Diese trockene Wärme ist ausgezeichnet für sie. Wir machen eine Stadtrundfahrt.«

»Wir?« fragte ich.

»Ja, eine Gruppe von uns«, parierte sie ausweichend. Rex? fragte ich mich. Rasch fuhr sie fort: »Ihr solltet ein Arrangement treffen. Ihr braucht doch nicht beide gleichzeitig auf die Kinder aufzupassen; ihr könntet euch abwechseln. Du verstehst, was ich meine, Anna. Du könntest genausogut zwei wie einen hüten, wodurch Mrs. Blakey frei wäre – und umgekehrt.«

Mrs. Blakey hielt das für eine glänzende Idee, und auch mir leuchtete sie ein.

»Wir werden es uns überlegen«, versprach ich.

»Anna ist der gewissenhafteste Mensch der Welt«, meinte Chantel lachend.

Das Schiff lag vor dem Hafen auf Reede, und als wir die Jungen an Deck führten, fanden diese den Anblick der jungen Araber höchst aufregend; sie waren nicht größer als sie selbst und kamen zum Schiff herausgeschwommen und bettelten um Geldmünzen. Wenn man diese ins Wasser warf, tauchten sie nach ihnen bis hinunter auf den Grund. Das Wasser war so klar, daß wir deutlich die Münzen unten liegen sahen wie auch die hinabtauchenden dunklen, geschmeidigen Körper. Edward und Johnny kreischten vor Vergnügen hell auf und wollten ebenfalls Geldstücke hinunterwerfen; wir hatten einige Mühe, sie daran zu hindern, selbst hinterherzuspringen. Aber auch ich wurde genau wie sie von der allgemeinen Aufregung erfaßt.

Miss Rundle kam herbei und blieb bei uns stehen.

»Reine Bettelei!« entrüstete sie sich. »Sonst gar nichts!«

Ihre spitze Nase zuckte in jener für sie typischen unangenehmen Art, doch die Sonne schien zu warm und alles war zu herrlich aufregend, als daß wir uns darum gekümmert hätten.

Und dann ertönte eine andere Stimme hinter uns.

Ich fühlte, wie mir das Blut in die Wangen schoß, und ich war mir unangenehm der scharf beobachtenden Augen von Miss Rundle bewußt.

»Guten Morgen, Käpten«, begrüßte Mrs. Blakey ihn als erste.

»Guten Morgen«, sagte ich leise.

Edward stand stockstill, von ehrfürchtiger Bewunderung überkommen, und ich erkannte, daß der Anblick seines Vaters ihn sogar noch mehr faszinierte als kleine, nach Pennies tauchende Araber.

»Guten Morgen, Käpten. Wir haben nicht oft das Vergnügen, Sie zu sehen«, meinte Miss Rundle.

»Wie nett von Ihnen, das als ein Vergnügen zu bezeichnen. Aber wie Sie wissen, bin ich für das Schiff verantwortlich, und diese Aufgabe hat bisher fast meine gesamte Zeit und Aufmerksamkeit in Anspruch genommen. Später, wenn wir auf freier See sind, werde ich mir vielleicht öfter das Vergnügen Ihrer Gesellschaft gönnen können.«

Sie war entzückt über dieses Kompliment und kicherte geschmeichelt.

»Nun, Käpten, wir freuen uns darauf.«

Sogar die kann er bezaubern! dachte ich.

»Und gefällt meinem Sohn die Reise?« fragte er.

»Aye, aye, Sir!« strahlte Edward, und wir mußten alle lachen.

»Sind Sie ein richtiger, echter Kapitän, Sir?« fragte Johnny.

»Völlig echt«, bestätigte Redvers. »Ich entschwinde ganz bestimmt nicht in einer Rauchwolke. Hab also keine Angst, wenn du heute nacht den Gulli-Gulli siehst.«

»Den Gulli-Gulli?« schrillte Edward in atemloser Spannung.

»Den Zauberer«, antwortete der Käpten. »Wartet nur ab. Ihr werdet ja sehen.«

»Wann? Wo?« schrien die beiden Jungen wie aus einem Munde.

»Heute abend. Ich denke, man wird euch erlauben, aufzubleiben.« Er wandte sich uns lächelnd zu. Mein Herz klopfte schneller, und ich hoffte inständig, meine Gefühle nicht zu verraten.

»Um wieviel Uhr wird dieser Zauberer denn erscheinen?« erkundigte sich Mrs. Blakey.

»Gegen halb neun. Wir werden uns mit dem Abendessen etwas beeilen.«

»O ja, bitte!« flehte Edward, und dann rief er voll gruseliger Vorfreude: »Gulli-Gulli! Gulli-Gulli!«

»Nun, ich glaube, wir können es dieses eine Mal erlauben, was meinen Sie?« sagte ich zu Mrs. Blakey.

Sie nickte.

»Ich wollte Sie sprechen«, fuhr der Käpten fort und sah mir dabei geradewegs lächelnd in die Augen, und ich wußte, ich verbarg meine Empfindungen nur schlecht. Es war lächerlich und noch dazu unklug! Und was am allerschlimmsten war: Es war ein Unrecht, derartige Gefühle für den Ehemann einer anderen Frau zu empfinden. Meine einzige Entschuldigung war der Umstand, daß ich damals im *Queen's House* von seiner Ehe nichts gewußt hatte.

»Sie werden sich vermutlich ein wenig die Stadt ansehen. Ich wollte Ihnen dringend raten, auf keinen Fall ohne männliche Begleitung an Land zu gehen. Ich habe ein Fuhrwerk für Sie beide und die Jungen bestellt. Der Erste Offizier wird Sie begleiten.«

»Vielen Dank«, murmelte ich.

Er verbeugte sich und entfernte sich. Edward folgte ihm mit anbetenden Blicken, und ich fragte mich, ob ich es nicht unwillkürlich ebenfalls tat. Miss Rundle meinte mit einem verächtlichen kleinen Schnauben: »Er hat einen ziemlich skandalösen Ruf.«

Ich deutete mit einem warnenden Blick auf die Kinder, doch sie zuckte nur die Achseln. Ich war schrecklich wütend auf diese Person!

Etwa zwei Stunden später verließen wir das Schiff und traten unsere Rundfahrt in Begleitung des Ersten Offiziers an, der uns als erstes die Moschee zeigte, wo wir die Gebetsrufe von dem hohen Minarett hörten; anschließend besuchten wir die Basars. Ich kaufte ein Paar weiß-goldene Slipper mit hochgebogenen Spitzen und türkisgrüne Seide für ein Kleid.

Es gab glitzernde Schals in herrlich leuchtenden Farben. Ich kaufte einen, da er nicht teuer war und mir vielleicht helfen würde, mich für das Kostümfest zu verkleiden. Mrs. Blakey erstand Parfum, das in großen Mengen angeboten wurde; es war sehr stark und duftete nach Moschus. Für die Jungen suchten wir zwei rote Fes aus, die sie voller Begeisterung aufsetzten. Wir waren uns jedoch einig, daß sie einen Mittagsschlaf halten sollten, da es ein langer Abend für sie werden würde. Ziemlich erschöpft durch den abrupten Temperaturunterschied kehrten wir zum Schiff zurück.

Chantel erschien erst eine Stunde vor dem Abendessen.

Ich war vorher in ihre Kabine gegangen und hatte sie nicht angetroffen. Wo mochte sie wohl sein? überlegte ich und kehrte in meine Kabine zurück. Als sie dann kam, bat sie mich, mir ihre Käufe anzusehen. Sie hatte sich mehrere Flakons ägyptisches Parfum gekauft, ferner einen Halsschmuck, ein Armband und schwingende Ohrringe, alle aus Gold mit Lapislazuli besetzt.

»Sie sind hinreißend!« rief ich staunend. »Aber sie müssen ein Vermögen gekostet haben!«

Sie lachte mich aus, und ich dachte: Rex hat sie ihr geschenkt!

»Nun, du darfst nicht vergessen, daß so etwas hier billiger ist als bei uns zu Hause«, sagte sie.

Sie saß auf dem Bett und probierte jedes Parfum aus; die Kabine war erfüllt von dem betäubenden Geruch nach Moschus und Blumen – es war nicht der Duft unserer englischen Frühlingsblumen mit ihrem leichten, erfrischenden Hauch, sondern der schwerer exotischer Essenzen des Orients.

»Ich denke, ich werde als Königin Nefertiti gehen.«

»Eine Königin ist bereits eine wesentliche Stufe höher als eine Schloßherrin!« bemerkte ich.

»Schwester Loman muß immer ganz oben sein! Wer war eigentlich Nefertiti?« erkundigte sie sich.

»Eine ägyptische Königin. Ich glaube, ihr Gemahl ließ ihr ein Auge ausstechen, weil sie so schön war, daß er befürchtete, andere Männer könnten sie begehren.«

»Mal wieder ein klares Beispiel männlicher Grausamkeit. Ich werde Nefertiti sein! Ich bin überzeugt, sie behielt ihre beiden Augen bis zu ihrem Lebensende – und die Schönste war sie ja sowieso. Ich wähle also Nefertiti.«

»Und Rex Crediton?«

»Ach, der verkleidet sich als Grabschänder. Er wird einen Burnus und die erforderlichen Werkzeuge tragen oder was immer sie benutzten, um die Gräber ihrer toten Könige zu öffnen und ihnen ihre Schätze zu stehlen.«

»Ihr habt euch also darüber abgesprochen?«

»Diesmal ist es ja kein Maskenball. Man braucht nichts geheimzuhalten. Riech mal dieses Parfum, Anna! M-mh! Es ist eigenartig, findest du nicht? Das typische Parfum des Orients. Jetzt muß ich mich aber umziehen! Du meine Güte! Wie spät ist es schon?«

Ich verließ sie mit der Überlegung, daß sie mir so gut wie nichts erzählt hatte, obwohl sie viel geredet hatte. Ich wollte nur eines wissen: Wie weit ging ihre Freundschaft mit Rex Crediton? Ich hätte mir allerdings lieber Sorgen über meine eigenen Gefühle für Redvers Stretton machen sollen! Ich versicherte mir jedoch, daß ich diese nie und durch nichts verraten würde. Niemand würde jemals etwas von ihnen erfahren.

Der ägyptische Taschenspieler, der als Gulli-Gulli bekannt war und in Port Said an Bord kam, um uns mit seinen Tricks zu unterhalten, war ein großer Erfolg, besonders bei Edward und Johnny. Man hatte für die Vorführung Stühle im Halbkreis aufgestellt, und die beiden Jungen saßen mit gekreuzten Beinen vor der ersten Reihe auf dem Boden.

Der Burnis verlieh dem Taschenspieler in ihren Augen einen zusätzlichen geheimnisvollen Reiz; die weiten Ärmel müssen ihm eine unschätzbare Hilfe bei seiner Arbeit gewesen sein! Er vollbrachte wahre Wunder mit Ringen und Papierbögen; die Hauptattraktion war jedoch der Trick, mit dem er die lebende Küken aus den unwahrscheinlichsten Verstecken hervorzog, so auch aus den Taschen der beiden Knaben. Sie durften während der Vorführung seine Ringe und das Papier halten oder die anderen Requisiten, und ich glaube, keiner der beiden hatte jemals etwas so rückhaltlos genossen.

Als er die Hand in Johnnys Jackentasche steckte und die zwei Küken hervorholte, sprangen die Buben vor Aufregung herum, und als er das gleiche bei Edward machte, kugelten sie vor Lachen und Entzücken auf dem Boden herum. Nach jedem Kunststück stieß der Mann den Ruf »Gulli-Gulli!« aus, in den sie mit wildem Händeklatschen begeistert einstimmten.

An jenem Abend dauerte es lange, bis Edward endlich einschlief, obwohl er von all den Eindrücken wahrhaftig erschöpft war. Der Gulli-Gulli hatte das Schiff wieder verlassen, und wir traten unsere Fahrt durch den Suez-Kanal an.

Es war eine wundervolle Nacht – der Mond schien hell, und der Anblick jener sandigen Ufer, wie ich ihn durch mein Kabinenfenster erhaschte, war so verlockend, daß ich der Versuchung nicht widerstehen konnte, hinauszuschlüpfen und auf das Oberdeck zu gehen.

Es war menschenleer und verlassen. Ich stand an die Reling gelehnt und überlegte, was Tante Charlotte wohl sagen würde, wenn sie mich jetzt so sehen könnte. Beim Gedanken an ihre Mißbilligung mußte ich unwillkürlich lächeln.

»Hallo!«

Ich drehte mich um – er stand vor mir! Das Mondlicht auf seinem tief gebräunten Gesicht ließ dieses wie polierte Bronze erscheinen. Er trug eine weiße Jacke, und ich verstand plötzlich, warum Edward ihn für eine Art Halbgott hielt.

»Hallo ...« sagte ich zögernd.

»Ich habe seit unserer Abfahrt aus England nicht viel Gelegenheit gehabt, Sie allein zu sprechen«, begann er.

»Natürlich nicht. Sie müssen sich doch um das Schiff kümmern. Die Passagiere sind etwas anderes.«

»Auch Sie unterstehen meiner Verantwortung.«

»Wie alles auf diesem Schiff, ich weiß. Aber *uns* kann man getrost uns selbst überlassen.«

»Das hoffen wir zumindest«, erwiderte er. »Macht Ihnen die Reise Spaß?«

»Ich sollte wie Edward ›Ay, aye, Sir!‹ antworten.«

»Er ist ein intelligenter, kleiner Bursche.«

»Und ob! Und Sie sind sein Idol.«

»Sagte ich nicht, daß er intelligent sei?« Trotz seines leichten Tonfalls spürte ich einen versteckten Ernst in seiner Stimmung; und dann sagte er etwas Erstaunliches: »Wie ich bemerkte, haben Sie sich recht mit Dick Callum angefreundet.«

»O ja, er ist immer eine große Hilfe.«

»Er hat mehr Gelegenheit als ich, sich um die Passagiere zu kümmern. Es liegt an unseren verschiedenen Aufgaben – obgleich auch er sehr beschäftigt sein kann, wenn wir in einem Hafen sind.«

»Ich fürchte, man denkt im allgemeinen, ein Schiff fahre ganz von allein so gemütlich dahin und vergißt, daß es nur durch die großartige Arbeit und Leistung seines Kapitäns und seiner Besatzung möglich ist.«

Leicht und flüchtig berührte er meine Hand, die auf der Reling lag.

»Fehlt Ihnen das *Queen's House*?«

»In gewisser Weise, ja.«

»Wir können Ihnen, fürchte ich, an Bord keine Louis-XV.-Stühle bieten.«

Ich lachte. »Ich wäre sehr erstaunt, sie hier vorzufinden! Sie würden überhaupt nicht hierher passen. Und genau darauf kommt es bei der Wahl einer Einrichtung an. Der jeweilige Rahmen ist genauso wichtig wie die einzelnen Möbelstücke.« Und zu meiner eigenen Überraschung setzte ich hinzu: »Ich bin froh, aus dem *Queen's House* herausgekommen zu sein!«

Dieses Geständnis änderte den Ton unserer Unterhaltung.

Er wurde unvermittelt ernst: »Das kann ich verstehen. Ich habe oft an Sie gedacht.«

»Wirklich?«

»Wegen jenes Abends. Es war ein so schöner Abend für mich! Für Sie auch?«

»Für mich auch.«

»Und dann wurde auf einmal alles anders, nicht wahr? Erst als Ihre Tante erschien, erkannte ich, was für ein besonderer Abend es gewesen war. Sie stand da wie der rächende Engel mit dem Flammenschwert. Hinaus mit euch aus dem Paradies, ihr elenden Sünder!«

Ich lachte. »Ich würde sagen, das ist eine etwas zu bildhafte Ausschmückung.«

»Und dann starb sie.«

»Das war sehr viel später.«

»Und es kursierten Gerüchte. Verzeihen Sie, vielleicht hätte ich das nicht erwähnen sollen. Vielleicht regt es Sie auf, wenn man darüber spricht.«

»Nicht, wenn Sie es tun«, erwiderte ich, und es war mir jetzt gleichgültig, wie sehr ich mich und meine Gefühle verriet. Ich war wieder so glücklich wie an jenem Abend im *Queen's House*. Er, und nur er allein besaß jene Macht, mich derart zu faszinieren, daß ich alle Vorsicht in den Wind schlug.

»Sie starb, und die Todesursache wurde nicht eindeutig geklärt«, fuhr er fort. »Das muß eine sehr unangenehme Zeit für Sie gewesen sein!«

»Ja«, bestätigte ich. »Wissen Sie, es erschien so unfaßlich, daß sie sich das Leben nahm. Es sah ihr so ganz und gar nicht ähnlich! Allerdings war sie damals sehr leidend gewesen. Wenn Chantel . . . ich meine, Schwester Loman, nicht gewesen wäre . . . ich weiß nicht, was passiert wäre. Ich glaube, es hätte . . . grauenhaft werden können!«

»Menschen sind in gewissen Situationen zu merkwürdigen Handlungen und Kurzschlüssen fähig. Man weiß nie genau ihre Motive. Wer hätte sie denn umbringen sollen, falls sie sich *nicht* das Leben nahm?«

»Darüber habe ich mir oft den Kopf zerbrochen. Da war zunächst Ellen, die sehnlichst darauf wartete, heiraten zu können, und Angst hatte, Mr. Orfey würde sie nicht wollen, wenn sie ihm nicht Tante Charlottes kleines Erbe mitbrachte; und dieses bekam sie eben erst nach ihrem Tode.«

»Das scheint ein ausreichendes Tatmotiv zu sein.«

»Aber es ist so trivial, und ich habe mir Ellen nie als Mörderin vorstellen können. Bei Mrs. Morton fiel mir das schon wesentlich leichter. Sie war immer undurchsichtig. Sie hatte eine kranke Tochter und nur den einen Wunsch, bei dieser leben zu können. Ich wußte, sie hielt einzig und allein bei Tante Charlotte aus, weil sie hoffte, bei deren Tode etwas Geld vermacht zu bekommen. Ich habe in all den Jahren im *Queen's House* nie herausfinden können, was für ein Mensch diese Mrs. Morton eigentlich war. Nun, und da war ich selbst – die Haupterbin, die nicht sonderlich gut mit ihrer Tante stand und alles erben sollte.«

»Was vermutlich nicht viel war.«

»Das wußte ich damals jedoch nicht. Erst nach ihrem Tode erfuhr ich, wie hoffnungslos verschuldet wir waren.«

»Ich fürchte, Sie waren damals sehr unglücklich.«

»Es war . . . entsetzlich! Die Leute auf der Straße musterten mich verstohlen und flüsterten hinter meinem Rücken.«

»Ich weiß.«

»Sie wissen?«

»Ich weiß, was es heißt, verleumdet zu werden.«

Ich starrte auf das Ufer, das grau im Mondlicht dalag, und zum nachtblauen Himmel empor mit seiner Myriade von Sternen; die Luft schien von leichtem Moschusduft erfüllt zu sein.

»Sind Ihnen auch einige Gerüchte . . . über mich zu Ohren gekommen?« fragte er.

»Was für Gerüchte? Ich verstehe nicht.«

»Ich dachte, Sie hätten sie vielleicht gehört . . . von Callum zum Beispiel. Hat niemand die ›Geheime Frau‹ erwähnt?«

»Mag sein, daß der Name des Schiffes fiel, aber erzählt hat er mir nichts.«

»Es kann gut sein, daß Sie eines Tages mehr darüber zu hören bekommen«, sagte er. »Und deshalb möchte ich, daß Sie es von mir erfahren.«

»Es war doch das Schiff, auf dem Sie fortsegelten nach . . .«

»Ja, nach jenem Abend, als Sie mich im *Queen's House* so gastlich bewirteten. Ich möchte Ihnen von jener Fahrt erzählen. Sie war ein Unglück und ist bis heute ein Rätsel.«

»Erzählen Sie!«

»Callum war auch damals auf der ›Geheimen Frau‹, ebenso wie einige andere Mitglieder der jetzigen Besatzung. Sie war ein Segelschiff und deshalb ganz anders als die ›Heitere Lady‹.«

»Sie war eben eine Frau.«

»Ja, und das schien merkwürdigerweise einen Unterschied zu machen. Sie war eine Schönheit, ein Schnellsegler für den China-Handel. Ich segelte sie um das Kap nach Sydney und von dort zu den Inseln im Pazifik. Wir hatten einige Passagiere an Bord so wie jetzt, darunter auch einen Edelsteinhändler, John Fillimore. Er hatte eine wertvolle Kollektion von Diamanten mit und wollte sich australische Opale ansehen. Er war ein geschwätziger Mann, der gern prahlte und bei allen damit angab, wie clever er sei. Er starb unterwegs.«

»Sie meinen . . .«

»Ich meine, er starb. Dr. Gregory stellte als Todesursache einen Schlaganfall fest. Wir waren einmal nach dem gemeinsamen Abendessen an die Bar gegangen, wo er einige Whiskys trank. Er trank ziemlich viel. Anschließend zog er sich in seine Kabine zurück. Dort fand ihn der Steward am nächsten Morgen tot vor.«

»Dr. Gregory war also auch auf der ›Geheimen Frau‹.«

»Ja, als unser Schiffsarzt wie jetzt. Es gehört zu den Grundsätzen unserer Reederei, immer für einen Schiffsarzt an Bord zu sorgen. Im allgemeinen ist das nur bei einer wesentlich höheren Anzahl von Passagieren üblich. Wir bestatteten John Fillimore auf See, doch die Diamanten waren verschwunden.«

»Hatte er sie in seiner Kabine gehabt?«

»Ja, und das war eben dumm und leichtsinnig von ihm gewesen. Sie wären ein Vermögen wert, sagte er. Wir hatten ihn darauf hingewiesen, daß es klüger sei, sie in unseren Safe zu legen, aber er wollte nichts davon wissen, schon gar nicht, wenn wir in einem Hafen lägen, sagte er. Jemand könnte den Safe aufbrechen und sich mit den Diamanten davonmachen. Er traute dem nicht. Er war äußerst mißtrauisch, und ich glaube, sein Mißtrauen richtete sich gegen einige Mitglieder der Besatzung. Ich weiß noch, wie wir eines Abends zu mehreren beisammensaßen – Callum und Gregory waren auch dabei – und er sagte, daß möglicherweise versierte Juwelendiebe, die von seiner Reise mit der wertvollen Kollektion erfahren hatten, sich extra für diese Fahrt als Matrosen hatten anheuern lassen mit dem einzigen Ziel, ihn auszurauben. Er war sich seines kostbaren Gepäckes voll bewußt. Er erzählte uns an jenem Abend grausige Geschichten darüber, wie sowohl in seinem Haus wie in seinem Geschäft eingebrochen worden war. Mit diesen Diamanten würde er keine Risiken eingehen; er ließe sie nie länger als einige Tage im selben Versteck. Ich vermutete, daß er sie in einem kleinen Säckchen, das an einem Ledergürtel befestigt war, auf dem Körper trug, denn er hatte eines Abends zu viel getrunken, und wir mußten ihn in seine Kabine und zu Bett bringen. Am nächsten Morgen war er schreckensbleich vor Furcht, jemand könnte das Diamantensäckchen bemerkt haben. Wir pflegten unsere Späßchen darüber zu machen. Wir versicherten ihm alle, daß wir froh wären, wenn wir in Sydney ankämen und unsere so gefährliche Fracht endlich loswürden. Und dann starb er, und wir bestatteten ihn auf See, und seine Diamanten waren verschwunden. Seine Kabine wurde auf der Suche nach ihnen systematisch auf den Kopf gestellt, doch wir fanden sie nirgends. Wenn einige von uns sie nicht vorher gesehen hätten, hätten wir nicht geglaubt, daß er sie tatsächlich bei sich trug. Als wir in Sydney einliefen, meldeten wir den Vorfall. Das gesamte Schiff wurde durchsucht, doch die Diamanten fanden sich nicht. Jeder war überzeugt, daß sie irgendwo auf dem Schiff versteckt lagen.«

»Und sie wurden nie gefunden?«

»Sie wurden nie gefunden!« wiederholte er. »Aber Sie können sich vorstellen, was für Gerüchte entstanden. John Fillimore war angeblich an einem Schlaganfall gestorben, obwohl er erst Ende Dreißig war und keinerlei gesundheitliche Beschwerden gehabt hatte. Das allein war schon mysteriös – doch noch gar nichts im Vergleich mit den spurlos verschwundenen Diamanten. Und es gibt nun einmal auf einem Schiff einen Menschen, von dem man annimmt, daß er besser als alle anderen weiß, was auf diesem seinem Schiff vorgeht. Sie wissen, wer das ist.«

»Der Kapitän?«

»Genau der. Ich hatte die Diamanten gesehen. Ich hatte sie in der Hand gehabt. Ich soll, wie einige behaupteten, sie mit gierigen Blicken verschlungen haben.«

»Und stimmt das?«

»Ich habe mich niemals genügend für einen Diamanten begeistern können, um ihn mit gierigen Blicken zu verschlingen.«

»Sie sind eine Menge Geld wert.«

»Das ist es ja gerade! Manche glauben, daß Menschen um des Geldes willen zu jedem Verbrechen fähig sind.«

»Was unglückseligerweise zutrifft.«

»Aber ich muß Ihnen noch den Schluß der Geschichte erzählen. Wir liefen also aus Sydney aus und nahmen Kurs auf die Insel.«

»Auf die Insel Koralle?«

»Ja, wir segelten zur Insel Koralle. Dort blieben wir zwei Tage und zwei Nächte. Die Insel hat keinen richtigen Hafen, und das Schiff lag deshalb auf Reede in der Bucht.«

»Und Ihre Frau war dort.«

»Ja, sie lebte bei ihrer Mutter in einem ziemlich heruntergekommenen, alten Herrenhaus. Sie werden es ja bald sehen. Die Inselbewohner feierten an dem Tag ein Fest. Es wurden besondere einheimische Tänze aufgeführt und Freudenfeuer veranstaltet; den ganzen Tag lang dröhnten die Trommeln, die alle an den Versammlungsort zu den Festlichkeiten riefen, die bei Einbruch der Dämmerung beginnen sollten. Es war ein buntes Treiben, und die ganze Besatzung wollte natürlich dabei sein. Auf dem Schiff hatte seit John Fillimores Tod und den grassierenden Gerüchten und Verdächtigungen eine ungute Stimmung geherrscht. Ein Schiff ist etwas Unheimliches. Es scheint irgendwie eine Seele zu haben – vielleicht jedoch nur für einen Seemann. Die ›Geheime Frau‹ schien sich verändert zu haben; sie war wachsam und unsicher geworden. Ich fühlte es genau. Irgendwie lag ein Geruch nach Meuterei in der Luft. Man konnte nicht den Finger darauf legen, da es nur ein unterschwelliges Gären war, das man aber als Seemann deutlich spürte. Ich hatte fast das Gefühl, der Kapitän des ›Fliegenden Holländers‹ zu sein. Sie kennen bestimmt die Geschichte.«

»Es war doch ein Geisterschiff, das bei stürmischem Wetter vor dem Kap der Guten Hoffnung gesichtet wurde.«

»Ja, dazu verdammt, in alle Ewigkeit auf den Meeren zu segeln, weil ein Mord auf dem Schiff begangen worden war. Sie hatten Edelmetall an Bord. Die Besatzung bekam die Pest, und sie durften keinen Hafen mehr anlaufen. Nun, auf der ›Geheimen Frau‹ herrschte das gleiche dunkle Vorgefühl eines sich nahenden Verhängnisses. Einige sagten, John Fillimore wäre ermordet worden, und alle glaubten es eigentlich, und wenn wir auch kein Edelmetall an Bord hatten, so doch die Fillimoreschen Diamanten. In der Legende wurde die Besatzung von der Pest heimgesucht – auf der ›Geheimen Frau‹ brach ebenfalls eine Art Pest aus und zwar in der Gesinnung der Besatzung. Jeder schien zu wissen, daß wir uns auf eine Katastrophe zubewegten. Es herrschte kein bedingungsloser Gehorsam mehr. Nicht, daß sie sich direkt Befehlen widersetzt hätten . . . wie soll ich es nur erklären? Sie dachten: Er ist der Kapitän und muß wissen, was in Wahrheit passierte! Ich wünschte bei Gott, ich hätte John Fillimore und seine verdammten Diamanten nie zu Gesicht bekommen! So langten wir vor der Insel Koralle an. Alle wollten natürlich wegen der Festlichkeiten an Land, doch einige mußten selbstverständlich an Bord bleiben; es wurde festgesetzt, daß eine Restbesatzung – nicht mehr als sechs Mann – bis Mitternacht Dienst tun sollte, wenn die übrige Mannschaft zurückkommen würde. Ich hatte diese Feiern schon einmal auf der Insel gesehen; sie interessierten mich nicht. Ich war entsetzlich nervös an jenem Abend, als fühlte ich, daß mein Schiff in Gefahr war. Ich konnte es vom Haus aus in der Bucht liegen sehen; ein dunkles Vorgefühl sagte mir, daß es nicht gut um mein Schiff stand. Diese Ahnung war so stark, daß ich mich entschloß, hinauszurudern und selbst nach dem Rechten zu sehen. Ich ging zum Strand hinunter und nahm eines der kleinen Ruderboote. Ich war jedoch noch nicht weit hinausgerudert, als eine ohrenbetäubende Explosion ertönte und das Schiff in Stücke zerbarst, die nach allen Seiten über das Wasser gesprengt wurden. Am Strand liefen die Menschen zusammen. Es schien kein Mond, nur das matte Licht von Myriaden von Sternen. Es gab nichts mehr für mich zu tun, als umzukehren und zurückzurudern, denn ich konnte das warnende Poltern hören und befürchtete eine zweite Explosion. Irgend jemand schrie: ›Es ist der Käpten!‹«

»Und die Explosion brach tatsächlich auf der ›Geheimen Frau‹ aus?«

Er nickte. »Es war ihr Untergang. Sie war nur noch ein schwimmendes Wrack. Es sank in derselben Nacht in der Bucht, und am Morgen trieben nur noch trostlose Trümmer auf dem Wasser. Ich hatte mein Schiff verloren. Vielleicht wissen Sie, was das für einen Kapitän bedeutet. Sie war mir anvertraut worden – und ich hatte dies geschehen lassen. Ich war entehrt, in Schande.«

»Aber es war doch nicht Ihre Schuld?«

»Ich weiß nicht, was an jenem Abend auf dem Schiff passierte, auf jeden Fall war es sehr mysteriös. Und am merkwürdigsten war, daß die Restbesatzung, die an Bord bleiben und Dienst tun sollte, an Land war. Es hätte irgendeinen Fehler in der Dienstliste gegeben, hieß es. Das ist etwas, was noch nie dagewesen war! Aber auch bei der gerichtlichen Untersuchung konnten wir es nicht klären. Es blieb einer der rätselhaftesten und mysteriösesten Punkte der ganzen Angelegenheit.«

»Es klingt alles nach einer Verschwörung, an der mehrere Besatzungsmitglieder beteiligt waren«, sagte ich. »Als ob die es absichtlich so eingerichtet hätten, daß niemand an Bord blieb.«

»Befehl des Käptens! glaubten manche. Ich war verantwortlich für das Schiff; es wurde für jene Stunden ohne einen einzigen Mann an Bord allein in der Bucht zurückgelassern, während die gesamte Besatzung, ich mit eingeschlossen, sich an Land befand.«

»Sie haben also keine Ahnung, wer das Schiff zerstörte?«

»Ich wünschte zu Gott, ich hätte eine!«

»Es ist jetzt recht lange her.«

»Ja, aber es ist etwas, das nie vergessen werden kann und wird.« Nach einem kurzen Schweigen fuhr er fort: »Nach jenem Abend bei Ihnen im *Queen's House* schien sich alles zu verändern. Vorher war das Leben ein Scherz gewesen, nachher hörte es auf, das zu sein.«

Nachher ... nach dem Unglück? überlegte ich. Oder nach jenem Abend im *Queen's House*?

»Vorher war ich ein unbekümmerter Bursche gewesen. Ich hätte eben immer Glück, pflegte Rex zu sagen. Auch wenn ich mich in schwierige Situationen hineinmanövrierte, gelang es mir immer, mich durch mein unfehlbares Glück wieder herauszuschlängeln. Doch dieses Glück verließ mich plötzlich. Ich mußte lernen, daß man die Folgen seiner leichtsinnigen, unüberlegten Handlungen möglicherweise ein Leben lang bitter bereut und man sich und die eigene Dummheit dafür verflucht – was ich permanent tue, wie ich Ihnen versichern kann! Allerdings eine ziemlich sinnlose Beschäftigung!«

»Wenn es Ihnen gelänge, das Rätsel zu lösen – wenn Sie herausfinden könnten, wer das Schiff in die Luft sprengte, wären Sie von dieser Bürde der Selbstvorwürfe und Reue befreit.«

»Schon, aber das ist ja nicht alles!« erwiderte er und schwieg, und ich wußte, er meinte damit seine unglückselige Heirat. Oder entnahm ich seinen Worten abermals etwas, was gar nicht seiner Absicht entsprach, so wie ich es bereits einmal vor vielen Jahren getan hatte?

»Hier bin ich also – in Fesseln gekettet, und das durch meine eigenen kopflosen, törichten Handlungen.«

»Aber wie hätten Sie das Unglück mit dem Schiff verhindern können?«

Er antwortete nicht, und wieder wußte ich, er dachte nicht an die ›Geheime Frau‹. Wie mochte er nur zu dieser Heirat mit Monique gekommen sein? Vieleicht würde ich es erfahren, wenn ich in jenem »heruntergekommenen, alten Herrenhaus« ankam, wie er es genannt hatte, und Monique in ihrer heimatlichen Umgebung erlebte. Er hatte leichtsinnig und unüberlegt gehandelt, wie er sagte. Ich konnte mir das gut vorstellen; doch hatte er diesen Schritt aus Ritterlichkeit oder aus Notwendigkeit getan? Er mußte doch gewußt haben, daß Monique nicht die richtige Frau für ihn war!

Glaubte *ich* etwa, es zu sein? fragte ich mich höhnisch. Ja, das tat ich! lautete meine kühne Antwort. Ich wäre die ideale Frau für ihn. Er war fröhlich, ich war ernst – er war charmant, ich war es nicht. Und rasch entwarf ich ein schmeichelhaftes, besser zu ihm passendes Bild von mir. Wie dumm ich war! Ich tat, als dächte ich immer noch über das Unglück mit seinem Schiff nach und sagte: »Sie geben doch nicht etwa die Hoffnung auf herauszubekommen, was in Wirklichkeit passierte?«

»Sonderbarerweise gebe ich sie tatsächlich nicht auf. Vielleicht liegt das an meinem Naturell. Ich bin immer ein Optimist gewesen, wie auch Rex mir dauernd versicherte. Wenn ich es mir jedoch so richtig überlegte, frage ich mich, was für eine Möglichkeit denn überhaupt noch besteht, es herauszufinden. Was gibt es für Beweismaterial? Das Schiff ist für immer verloren, und des Rätsels Lösung muß mit ihm untergegangen sein. Falls niemand die Diamanten stahl, müssen sie auf dem Schiff gewesen sein und sind inzwischen höchstwahrscheinlich von Fischen verschluckt worden.«

»Vielleicht hat aber jemand sie gestohlen?«

»Wer? Callum? Gregory? Ein Matrose? Es wäre nicht leicht, mit einem derartigen Fang durchzukommen. Ich weiß, die Besatzung wurde beobachtet. Ich bestimmt ebenfalls. Jedem Anzeichen eines plötzlichen Reichtums wäre man sofort auf den Grund gegangen. Nein, es bleibt ein Rätsel – und der Verdächtige Nr. 1 ist der Käpten. Aber nun habe ich es Ihnen wenigstens selbst erzählt. Sie werden verstehen, warum mir daran lag.«

»Ja, ich verstehe. Aus dem gleichen Grunde wollte ich Ihnen vom Tode meiner Tante erzählen für den Fall, daß Sie möglicherweise denken könnten . . .«

»Das würde ich nie tun!«

»Nun, ich auch nicht.«

»Sie sehen, jener Abend im *Queen's House* hat uns etwas übereinander gelehrt.«

»Vielleicht.«

»Und jetzt sind wir also hier. Das Schicksal, wie manche sagen würden, hat uns einander in den Weg geworfen.«

»Ach nein, die Vorstellung gefällt mir nicht«, entgegnete ich im Bemühen, es leichthin zu sagen. »Und schon gar nicht ›geworfen‹. Das klingt, als wären wir treibendes Strandgut.«

»Was wir ganz gewiß nicht sind!«

Wir schwiegen eine Zeitlang, und ich dachte, er würde über seine Ehe sprechen. Halb hoffte ich es, halb fürchtete ich es, denn dieses Gespräch hatte mir die Gewißheit gegeben, daß unsere Beziehung etwas Besonderes war. Ich wünschte mir inständigst, dieses Etwas möge sich weiter entwickeln, obwohl ich wußte, daß es unklug und gefährlich war. Er hatte über seine Unbesonnenheit gesprochen, und das war eine Eigenschaft, die ich nun gar nicht besaß. Doch vielleicht war ich ebenso wie alle anderen Menschen tollkühner Torheiten fähig im Falle, daß mein Herz etwas brennend ersehnte.

Nein, ich durfte nie vergessen, daß er verheiratet war! Durfte nie wieder zulassen, in eine Situation wie diese gebracht zu werden! Die laue Nacht, der dunkle, geheimnisvolle Himmel, die verschwommenen Umrisse der nahen vorbeigleitenden Ufer – welch wundervolle Szenerie für eine Romanze! Er war ein Romantiker. Wie hieß es noch über Georg IV., glaube ich: ›Er hat die Frauen zu gern, um nur eine von ihnen zu lieben.‹ Und das, so versicherte ich mir, könnte man vermutlich auch von Redvers Stretton sagen. Hatte ich nicht miterlebt, wie sogar Miss Rundle unter der Liebkosung seiner Stimme aufblühte? Ich mußte fest und vernünftig bleiben! Wie kam ich dazu, mich über Chantels scheinbare Unbesonnenheit mit Rex aufzuregen bei meinen Gefühlen für seinen Halbbruder?

Ich schauderte zusammen, und er fragte: »Frieren Sie?«

»Nein. Wie könnte man das in seiner solchen Nacht? Aber es wird spät. Ich denke, ich sollte jetzt in meine Kabine gehen.«

Er begleitete mich und folgte mir die schmale Treppe hinunter; vor meiner Tür blieben wir stehen.

»Gute Nacht!« sagte er, und seine Augen sahen mich hell und durchdringend an, genau wie damals an jenem verzauberten Abend im *Queen's House*.

Er ergriff meine Hand und küßte sie rasch.

Eine Tür öffnete sich und wurde sofort wieder geschlossen. Es war die von Miss Rundles Kabine! Hatte sie uns gehört? Hatte sie uns gesehen?

Tollkühn? überlegte ich. Ich war so tollkühn, wie ein verliebtes Mädchen es nur sein kann. Na bitte! Ich hatte es jetzt zugegeben. Ich war verliebt! Verliebt in Redvers Stretton.

Nach einem heißen und windigen Nachmittag in Aden ließen wir jene recht gefährliche, gelbe, vulkanische Küste hinter uns und befanden uns wieder auf freier See.

Ab und zu sah ich Redvers, der jedesmal bei mir stehenblieb und ein wenig mit mir plauderte. Es fing an, aufzufallen. Miss Rundle hatte bestimmt herumerzählt, daß er mich mitten in der Nacht zu meiner Kabine begleitet und mir die Hand geküßt hatte. Ich fühlte ihr ganz spezielles Interesse auf mich gerichtet wie auch die kalte Spekulation in ihren Kaninchenaugen hinter dem Kneifer mit dem schmalen goldenen Rand.

Mrs. Blakey und ich hatten Chantels Vorschlag befolgt und wechselten uns mit der Beaufsichtigung der Buben ab, was uns mehr Freiheit ließ. Wir hatten an Bord jetzt alle das Gefühl, uns gegenseitig wirklich sehr gut zu kennen. Die Glennings waren allseits beliebt; sie schienen sich immer solche Mühe zu geben, zu allen nett zu sein. Ihre große Passion war das Schachspiel, und sie pflegten jeden Nachmittag ein schattiges Plätzchen auf dem Schiff zu finden, wo sie mit großer Konzentration über dem Schachbrett brüteten. Rex spielte manchmal eine Partie mit ihnen, und oft nahm Gareth Glenning es gleichzeitig mit seiner Frau und Rex als Gegenspieler auf und schlug beide jedesmal, wie ich glaube. Rex schien sehr freundlich mit ihnen zu stehen, wie übrigens auch Chantel; die vier waren häufig zusammen.

Miss Rundle war dagegen außerordentlich unbeliebt; ihre spitze Nase, die häufig sogar hier in den Tropen leicht gerötet war, erschnüffelte einfach alles, und ihre kleinen, glitzernden Äuglein schienen in allem etwas Anstößiges zu erspähen. Sie beobachtete Rex und Chantel mit der gleichen lauernden und gespannten Aufmerksamkeit wie mich und meine Gespräche mit Redvers. Mrs. Greenall war so ganz anders, und es fiel schwer zu glauben, daß die beiden Frauen Schwestern waren. Sie erzählte dauernd von ihren Enkelkindern, die sie in Australien wiedersehen würde, und langweilte uns alle mit den immer gleichen Geschichten. Mr. Greenall war ein ruhiger Mann, der ihr schweigend zuhörte und die von ihr geschilderten Wundertaten seiner Enkel durch häufiges Kopfnicken bestätigte und uns scharf anblickte, wie um sich zu vergewissern, daß wir deren Intelligenz und Geschick auch genügend bewunderten. Mrs. Malloy hatte mit dem Ersten Offizier angebändelt, was sie in gleichem Maße wie Miss Rundle zu befriedigen schien, die jeden, der ihr ungewollt in die Quere kam, fragte, ob es nicht skandalös wäre, daß Mrs. Malloy offensichtlich ganz vergessen habe, daß sie zu ihrem Mann unterwegs sei.

Die einzige unter den Passagieren, die nicht Miss Rundles Kritik erregte, war wohl Mrs. Blakey; sie war einfach zu harmlos und zu sehr bestrebt, nicht nur das Wohlwollen ihrer Schwester zu erlangen, die ihr so großzügig ein Heim in Australien bot, sondern auch das aller übrigen Menschen.

Abends spielten wir manchmal Whist, und die Männer, d.h. die Glennings, Rex und der Erste Offizier, spielten oft eine Partie Poker.

Und so vergingen jene heißen und untätigen Tage und Nächte, und das Kostümfest rückte näher. Das Thema des Abends lautete ›Arabische Nächte‹. Redvers erzählt mir, daß das Kostümfest bei jeder Fahrt den Höhepunkt des gesellschaftlichen Lebens an Bord bilde. »Wir wollen, daß unsere Passagiere eine angenehme Zeit verbringen«, sagte er, »und so bemühen wir uns, ihnen alles mögliche zu bieten, um die Monotonie der langen Tage auf See zu unterbrechen, wenn der nächste Hafen noch in weiter Ferne zu liegen scheint. Sie können vor dem Fest tagelang über ihr Kostüm nachdenken und hinterher genauso lange oder sogar noch länger darüber reden. Es ist wichtig, ein zufriedenes Schiff zu haben.«

Die Höhepunkte der Reise waren für mich jene kurzen Gespräche mit ihm, wenn wir uns zufällig trafen und einen Augenblick stehenblieben und uns unterhielten. Ich gönnte mir das Glück, mir einzubilden, daß er jene kurzen Momente genauso wie ich zu verlängern versuchte und sie ihm etwas bedeuteten.

Moniques Gesundheit hatte sich während der Reise eindeutig gebessert. Chantel meinte, es läge am Wetter und an dem Zusammensein mit ihrem Mann – obgleich ersteres sonniger und wärmer sei als letzteres!

»Weißt du«, sagte sie eines Tages zu mir, »ich glaube manchmal, er haßt sie.«

»Bestimmt nicht«, widersprach ich und vermied es, sie anzusehen.

»Es ist wirklich eine unglückselige Ehe! Sie erzählt mir manchmal etwas, wenn sie von ihren Mitteln benommen ist. Ich muß ihr ab und zu etwas geben; Anweisung des Doktors. Neulich abend sagte sie: ›Aber ich habe ihn mir geschnappt! Er ging mir ins Netz! Er kann so viel zappeln, wie er will – er kommt nie frei, solange ich lebe!‹«

Mir schauderte.

»Meine arme, prüde Anna! Es ist skandalös, ich gebe es zu. Aber das bist auch du. Zumindest, wenn man Miss Rundle glaubt. Sie tratscht nicht weniger über dich wie über mich.«

»Dieses Weib sieht überall Dinge, die gar nicht existieren.«

»Mag sein, daß sie diese genauso klar sieht, wie jene, die tatsächlich existieren. Ich glaube, wir sollten uns vor der werten Rundle in acht nehmen, wir alle beide!«

»Chantel, was hält ... Rex ... von Australien?«

»Oh, er hält es für ein Land großer Möglichkeiten. Ihre Zweigniederlassung dort blüht und gedeiht wie ein Lorbeerbaum – und wird natürlich obendrein noch in schönste Blütenpracht ausbrechen, wenn Rex erst mal eine Weile dort nach dem Rechten gesehen hat.«

»Ich meinte ... was er davon hält, dort von Bord zu gehen.«

Sie riß ihre kühlen grünen Augen weit auf und fragte: »Du meinst, den Abschied von der ›Heiteren Lady‹?

»Ich meine den Abschied von dir!«

Sie lächelte. »Ich denke, es wird ihn schon ein wenig betrüben.«

»Und dich?«

»Vielleicht auch mich.«

»Aber ... es scheint dir nichts auszumachen?«

»Wir haben die ganze Zeit gewußt, daß wir uns in Sydney trennen müssen. Weshalb sollten wir uns also plötzlich benehmen, als wäre das eine Überraschung?«

»Du trägst dein Herz nicht auf der Zunge?«

»Ein besonders blödes Klischee, Anna, das ich eigentlich nicht aus deinem Munde zu hören erwartete! Herz auf der Zunge! Nein wirklich! Wie könnte es von den Venen und Arterien versorgt werden, wenn es sich an einem so unmöglichen Platz herumtriebe?!«

»Nun, Krankenschwestern sind angeblich recht kaltblütig.«

»Unser Blut, liebe Anna, ist von durchaus normaler Temperatur.«

»Hör auf mit deinen medizinischen Reden! Bist du wirklich nicht unglücklich?«

»Ich habe es dir bereits gesagt. Ich bin es nicht und werde es nie sein!«

Das war die einzige Erklärung, die ich aus ihr herausbekam. Würde es ihr jedoch gelingen, diese prachtvolle Gleichgültigkeit zu bewahren, wenn wir Sydney hinter uns ließen und Rex Crediton endgültig fort war?

Es war der Abend des Kostümfestes. Ich hatte mich in die türkisgrüne Seide gewickelt, die ich in Port Said gekauft hatte; dazu trug ich die weiß-goldenen Slipper mit den hochgebogenen Spitzen. Den glitzernden Schal hatte ich mir wie einen orientalischen Gesichtsschleier um den Kopf drapiert.

»Du siehst ... schön aus!« erklärte Edward, als ich zu ihm in die Kabine kam.

»Ach nein, Edward, nur in deinen Augen.«

»In jedermanns Augen!« beharrte er eigensinnig.

Er hatte sich den Tag über nicht besonders wohl gefühlt, da er am Vortag zu viel und zu schwer gegessen hatte; wie elend ihm sein mußte, bewies die Tatsache, daß er durchaus zufrieden war, fast den ganzen Tag im Bett zu bleiben. Johnny war bei ihm gewesen, um ihm Gesellschaft zu leisten, und sie hatten zusammen in ihren Malbüchern gemalt.

Da Edward nur sehr wenig gegessen hatte, wollte ich, daß er vor dem Schlafen noch etwas Milch trank. Er erklärte sich damit einverstanden, und ich ließ Milch und Kekse kommen; sowie er diese jedoch sah, hatte er keinen Appetit mehr und meinte, vielleicht würde er später Lust darauf haben.

Ich ging anschließend zu Chantel, um ihr mein Kostüm zu zeigen und ihr Urteil darüber zu hören. Sie war jedoch nicht da; ich setzte mich also hin und wartete. Sie mußte ja bald kommen, da sie sonst nicht mehr mit dem Umkleiden fertig werden würde. Auf ihrem Bett lag eine türkische Haremshose aus grüner Gaze und ein Paar Slipper, die ganz ähnlich wie meine waren.

Ich brauchte nicht lange auf sie zu warten.

»Du lieber Himmel! Du bist ja schon fertig!«

Ich überlegte, ob sie wohl bei Rex gewesen war. Warum hatte sie nur kein Vertrauen zu mir und verriet mir nichts?

»Ich komme wieder, wenn du umgezogen bist«, sagte ich.

»Nein bleib! Es ist so schwierig, diese Hosen da anzuziehen.«

»Ich soll wohl deine Zofe sein?«

»Ja, wie die arme Valerie Stretton.«

Ich wünschte, sie hätte das nicht gesagt!

Überall, wo man hinblickte, schien es mysteriöse Geheimnisse zu geben, überlegte ich, und plötzlich fiel mir wieder Chantels Tagebuch ein und wie sie darin Reds Mutter beschrieben hatte, als diese ihren ersten Herzanfall bekam, nachdem sie mit den verschmutzten Stiefeln zurückgekommen war. Das Leben glich einem Strom, dessen Wasser an der Oberfläche oft klar und durchsichtig war, doch in der Tiefe trübe Strömungen mit sich führte, die man nur erkannte, wenn man aus zu großer Nähe hineinspähte.

»Wieso denkst du jetzt an sie?« fragte ich.

»Ich weiß es nicht. Ich mußte einfach an sie denken. Sind diese Hosen nicht lustig? Ich kaufte sie in Port Saïd.«

»Nur für diese Gelegenheit?«

»Ich dachte mir, sie würden Miss Rundle schockieren und waren es mir deshalb wert.«

Sie zog sie an. Sie waren erstaunlich hübsch mit den Slippern. Chantels Augen waren an diesem Abend noch größer und glänzender als sonst, doch das kam wohl von ihrem Kostüm. Sie schlang sich einen zu den Hosen passenden langen Schal um die Schultern und drapierte sich geschickt ein Oberteil daraus. Sie sah hinreißend aus.

»Du solltest einen funkelnden Reif im Haar tragen«, meinte ich.

»Ach nein, außerdem habe ich keinen. Ich werde das Haar offen tragen. Das paßt noch besser zu meinem Kostüm.«

Die Wirkung war atemberaubend.

»Ich glaube, du bist die schönste Frau, die ich jemals gesehen habe, Chantel«, erklärte ich.

Sie legte die Arme um mich und gab mir einen Kuß, doch mir schien, sie hatte Tränen in den Augen.

»Vielleicht siehst du gar nicht mein wahres Ich«, gab sie nüchtern zu bedenken.

»Niemand kennt dich so gut wie ich«, widersprach ich energisch. »Niemand! Und kein Mensch könnte so wunderschön sein, wenn er nicht auch ein . . . ein guter Mensch wäre.«

»Was für einen Blödsinn du daherredest! Möchtest du vielleicht, daß ich mich als Heilige verkleide? Unglücklickerweise kenne ich keine einzige arabische Heilige, du etwa?«

»Du siehst weitaus überzeugender als das Sklavenmädchen aus oder was immer du in deinem Kostüm darstellst.«

»Und ich hoffe, daß ich Miss Rundle gründlich damit schockiere! Wir werden uns auf jeden Fall bunt von all den Burnussen abheben, oder wie heißt der richtige Plural von den Dingen, meine gelehrte Freundin?«

»Ich weiß es wirklich nicht, aber werden sie denn im Plural auftreten?«

»Dessen kannst du sicher sein! Ich habe Erkundigungen eingezogen. Rex hat einen, Gareth Glenning ebenfalls, und Mr. Greenall gab verschämt zu, daß auch er einen tragen würde. Mrs. Greenall sagte, es sei so lustig und etwas, was man den Enkeln erzählen könne. Ich möchte wissen, ob die ebenso viel über ihren Opa reden wie der über sie! Ivor Gregory erzählte mir, daß das Schiff einen bestimmten Vorrat davon hat – von Burnussen meine ich – und daß einige Mitglieder der Besatzung sie ebenfalls tragen werden. Er hat mir sogar verraten, daß auch er einen besitzt. Was soll ein Mann denn auch sonst hier als Kostüm anziehen?«

»Es wird ja, als käme man in einen arabischen Bazar!«

»Na ja, soll es das nicht auch? So! Ich bin fertig. Sollte ich nicht auch einen Gesichtsschleier tragen, was meinst du? Wie du siehst, sind unsere Kostüme gar nicht so verschieden, obwohl ich Hosen anhabe.«

»Wir sehen doch recht verschieden aus. Dein Kostüm ist viel lebensechter und außerdem viel schöner.«

»Liebste Anna! Warum hast du nur immer solche Komplexe! Weißt du, daß die Welt dich so beurteilt, wie du dich selbst siehst? Ich merke, ich werde dir einige Lektionen über das Leben geben müssen.«

»Die bekomme ich täglich. Und bist du so sicher, daß du eine gute Lehrerin wärst?«

»Ich nehme diese vielsagende Bemerkung zur Kenntnis«, sagte sie. »Aber wie die Zeit vergeht!«

»Ich werde noch schnell nach Edward sehen und ihn für die Nacht in seinem Bett einpacken.«

Sie begleitete mich zu ihm. Edward saß auf dem Bett und blätterte in seinem Malbuch.

Er stieß einen kleinen Freudenschrei aus, als er Chantel erblickte.

»Sie haben ja Hosen an!« stellte er vorwurfsvoll fest.

»Natürlich habe ich das, denn ich bin doch eine orientalische Dame.«

»Ich möchte Sie in den Hosen malen«, sagte er.

»Du wirst morgen früh ein Bild von mir machen«, versprach sie ihm. Mir fiel auf, wie schläfrig er war.

»Laß mich dich einpacken, Edward, bevor ich hinuntergehe«, schlug ich ihm vor.

»Er hat seine Milch noch nicht ausgetrunken«, wandte Chantel ein.

»Ich trinke sie gleich«, versprach er.

»Komm, tue es gleich!« überredete Chantel ihn. »Dann kann die arme Anna mit gutem Gewissen hinuntergehen.«

»Hat sie denn jetzt kein gutes Gewissen?«

»Selbstverständlich hat sie das. Menschen wie Anna haben immer ein gutes Gewissen.«

»Und Sie?«

»Das ist etwas anderes.« Sie nahm das Glas und kostete die Milch. »Köstlich!« erklärte sie.

Er streckte die Hand nach dem Glas aus und begann zu trinken.

»Iß einen Keks dazu«, schlug ich vor, doch er wollte nichts essen.

Er trank die Milch aus, und Chantel fragte ihn: »Würdest du dich nicht gerne von einer türkischen Sklavin einpacken lassen und von ihr einen Gutenachtkuß bekommen?«

»O ja!«

»Na, dann husch unter die Decke!«

Er kicherte vergnügt; Chantel wußte mit ihm umzugehen; er mochte sie wahrscheinlich ebenso gern wie mich ... allerdings auf eine andere

Art. Ich verkörperte für ihn eine gewisse zuverlässige Beständigkeit, während sie ihn mit ihrem Charme bezauberte, und wer läßt sich nicht gern von Charme bezaubern? Sie stopfte die Decke um ihn fest und gab ihm einen Kuß.

»Du bist aber heute abend müde!« meinte sie, und er gähnte schon wieder.

Ich war froh, daß er gleich einschlafen würde, und ging zusammen mit Chantel hinaus.

Der Salon war für diesen Abend dekoriert worden – vom Ersten Offizier, wie Mrs. Malloy mir zuflüsterte; an den Wänden hingen arabische Schriftzeichen, und die Beleuchtung war zu einem schummerigen Halbdunkel gedämpft worden. Die gesamte Männerwelt schien sich für den Burnus entschieden zu haben; der Salon wirkte tatsächlich wie eine orientalische Bazarstraße. Einer der Schiffsoffiziere spielte auf dem Klavier Tanzmusik, und Mrs. Malloy tanzte bereits mit dem Ersten Offizier, während Chantel von dem Doktor entführt wurde. Es waren zuwenig Frauen da, und so würde wohl jede einen Tänzer finden, sogar Miss Rundle, überlegte ich.

Ich blickte mich suchend nach Redvers um, doch er war nirgends zu entdecken. Ich hätte ihn überall und in jeder Verkleidung sofort erkannt, obwohl er hier kein Kostüm getragen hätte. Er hatte mir gesagt, daß er sich als Kapitän nicht verkleiden könne, da er jeden Moment für seine Pflicht einsatzbereit sein müßte. Ich war daher erstaunt, den Doktor und den Ersten Offizier kostümiert zu sehen.

Es war daher nicht der Käpten, sondern Dick Callum, der mich aufforderte. Ich konnte nicht gut tanzen und entschuldigte mich dafür bei ihm.

»Sie sind wirklich viel zu bescheiden!« protestierte er.

»Wie ich sehe, tragen auch Sie das vorschriftsmäßige männliche Kostüm des Abends!« bemerkte ich ein wenig spöttisch und deutete auf seinen Burnus.

»Wir sind eine einfallslose Bande, wir Männer«, meinte er. »Es gibt hier nur zwei Bakschisch heischende Bettler, zwei Fellachen und einige mit einem Fes. Alle übrigen haben einfach einen Burnus übergestreift und es dabei bewenden lassen.«

»Sie sind vermutlich leicht zu bekommen. Kauften Sie Ihren in Port Said?«

Er schüttelte den Kopf. »Wir veranstalten auf dieser Route immer eine ›Arabische Nacht‹. Es scheint einen gewissen Vorrat dieser Dinger an Bord zu geben.«

»Da werden Sie ja schon ganz schön blasiert sein, wenn Sie dieses Fest regelmäßig mitmachen müssen.«

»Ach nein, es ist immer nett, mit Menschen zusammen zu sein, denen so etwas Spaß macht. Ich finde es recht heiß hier drinnen. Möchten Sie nicht vielleicht etwas frische Luft schöpfen?«

Ich stimmte seinem Vorschlag zu, und wir traten auf das Deck hinaus.

»Ich wollte nämlich schon seit einiger Zeit mit Ihnen reden«, erklärte er. »Ich möchte Ihnen etwas sagen, aber ich weiß nicht, wie.«

»Sie sind doch sonst nicht auf den Mund gefallen!«

»Stimmt ... aber dies ist ... heikel.«

»Jetzt machen Sie mich aber neugierig!«

»Sie werden mich wahrscheinlich verabscheuen.«

»Das kann ich mir eigentlich kaum vorstellen.«

»Was sind Sie doch für eine liebenswerte Person! Kein Wunder, daß der Sohn des Käptens Sie anbetet!«

»Das halte ich für leicht übertrieben. Er respektiert mich in gewisser Weise, mehr nicht. Nun erzählen Sie mir aber, was Sie auf dem Herzen haben.«

»Sie versprechen mir schon jetzt, mir zu verzeihen?«

»Du meine Güte! Ist es denn etwas so Schreckliches?«

»Noch ist es das, glaube ich, nicht. Also schön: Es geht um den Käpten.«

»Oh ...«

»Sehen Sie, schon habe ich Sie gekränkt.«

»Wie könnten Sie, wenn ich noch gar nicht weiß, worum es eigentlich geht?«

»Können Sie es nicht erraten?«

Ich konnte es, doch leugnete ich es. »Nein.«

»Sie müssen wissen, ich bin schon öfter mit ihm gesegelt. Sie kennen doch das Sprichwort, nachdem ein Seemann in jedem Hafen eine Frau hat. Manchmal stimmt das.«

»Wollen Sie den Käpten der Bigamie bezichtigen?«

»Ich glaube, er hat sich nur einmal trauen lassen.«

»Na also! Was ... meinen Sie dann?«

»Anna – darf ich Sie Anna nennen? Wir kennen uns jetzt gut genug, nicht wahr?«

Ich nickte zustimmend.

»Also Anna – er hat den Ruf, ein ziemlicher Schürzenjäger zu sein. Auf jeder Fahrt sucht er sich eine Frau unter den Passagieren aus, die er mit seiner speziellen Aufmerksamkeit bedenkt. Auf dieser Fahrt ist die Wahl auf Sie gefallen.«

»Wie Sie wissen, kann ich ihn schon vorher, wenn auch nur flüchtig, doch wir sind uns nicht völlig fremd.«

»Es tut mir leid, falls ich Sie verletzt haben sollte. Es geschah einzig und allein aus Besorgnis um Sie.«

»Ich bin nicht mehr achtzehn und kann durchaus auf mich aufpassen.«

Er schien erleichtert zu sein. »Ich hätte wissen sollen, daß Sie ihn durchschauen würden als das, was er ist.«

»Was ... ist er denn?«

»Ein Mann flüchtiger Abenteuer.«

»Tatsächlich?«

»Er dachte nie, daß er sich so einfangen lassen würde, wie er das jetzt ist. Aber die waren einfach zuviel für ihn – die Mutter des Mädchens und die alte Amme. Sie erwartete ein Kind, und sie beschworen ihre gesamte schwarze Magie. Sie drohten ihm, ihn und jedes Schiff, auf dem er als Kapitän segeln würde, mit einem Fluch zu verdammen, falls er sie nicht heiratete.«

»Wollen Sie mir etwa erzählen, er hätte aus einem derartigen Grunde geheiratet?«

»Er mußte es! Seeleute sind die abergläubischsten Menschen der Welt. Keiner wäre mehr mit einem Kapitän gesegelt, auf dem ein Fluch liegt. Es wäre unweigerlich bekanntgeworden. Ihm blieb daher keine andere Wahl. Also heiratete er das Mädchen.«

»Das erscheint mir wirklich recht unwahrscheinlich!«

»Das Leben ist oft nicht so einfach, wie man glaubt.«

»Aber nur wegen eines Fluches zu heiraten!«

»Er schuldete ihr in jedem Fall die Ehe.«

»Vielleicht war das der Grund, weshalb er sie heiratete.«

Dick lachte. »Aber Sie verstehen jetzt, warum ich um Sie besorgt bin, nicht wahr?«

»Sie ziehen voreilige Schlüsse. Sind diese Ihnen vielleicht von Miss Rundle eingeflüstert worden?«

»Ach! Diese alte Klatschziege! Ich würde kein Wort von ihrem Gewäsch glauben. Doch dies ist etwas anderes. Dies betrifft Sie, und alles, was Sie betrifft, ist für mich von großer Wichtigkeit.«

Ich war erstaunt, doch meine Gedanken waren so sehr mit Redvers beschäftigt, daß ich nicht weiter über Dick Callums Andeutung nachdachte.

»Es ist sehr rührend von Ihnen, sich um mich Gedanken zu machen«, sagte ich lediglich.

»Es ist gar nicht rührend, sondern mir ganz einfach ein Bedürfnis.«

»Ich danke Ihnen dafür. Aber nun hören Sie bitte auf, sich um mich zu sorgen. Ich sehe wirklich nicht ein, weshalb Sie es überhaupt tun, wo ich lediglich ab und zu einige Worte mit dem Käpten gewechselt habe.«

»Solange Sie wissen ... ach, ich fürchte, ich mache das alles ganz falsch. Falls Sie jemals Hilfe benötigen sollten, würden Sie diese dann von mir annehmen?«

»Sie reden, als würde ich Ihnen einen Gefallen tun, wenn ich einen solchen von Ihnen annähme, und dabei sollte ich Ihnen für dieses nette Angebot danken. Ich werde gern Ihre Hilfe annehmen, falls ich sie brauchen sollte.«

Er legte die Hand auf meine und drückte sie.

»Ich danke Ihnen! Das ist ein Versprechen. Ich werde Sie daran erinnern!«

Er schien noch mehr sagen zu wollen, und so unterbrach ich ihn hastig: »Sollen wir wieder hineingehen und tanzen?«

Und so tanzten wir gerade, als wir die Schreie vom unteren Deck hörten. Das Klavier verstummte abrupt. Es war eine Kinderstimme. Ich dachte sofort an Edward, erkante aber ebenso rasch, daß es nicht Edwards, sondern Johnny Malloys Stimme war.

Wir stürzten zum unteren Deck hinunter. Einige andere waren bereits vor uns dort angelangt. Johnny schrie mit sich vor Aufregung überschlagender Stimme: »Es war der Gulli-Gulli-Mann! Ich hab' ihn gesehen! Ich hab' ihn genau gesehen!«

Das Kind hat einen Alptraum gehabt! war mein erster Gedanke. Dann jedoch sah ich etwas anderes: Auf dem Deck lag Edward in tiefem Schlaf. Ivor Gregory war ebenfalls herbeigeeilt und hob Edward auf. Johnny kreischte unentwegt weiter: »Ich hab' ihn gesehen, sage ich euch! Er trug Edward! Ich lief hinter ihm her und rief ›Gulli-Gulli, wart auf mich!‹ Und da legte der Gulli-Gulli Edward auf den Boden und rannte weg.«

Es klang völlig aberwitzig. Ich trat zu dem Doktor, der mich bedeutungsvoll ansah und sagte: »Ich werde ihn in seine Kabine zurückbringen.«

Ich nickte und ging mit ihm. Ich sah noch, wie Mrs. Malloy auf Johnny zurannte und ihn anherrschte, was er hier draußen mache und was das ganze Theater zu bedeuten habe.

Dr. Gregory legte Edward behutsam aufs Bett und beugte sich über ihn; er zog seine Augenlider zurück und betrachtete prüfend seine Augen.

»Er ist doch nicht krank, oder?« fragte ich besorgt.

Er schüttelte den Kopf, machte jedoch ein ratloses Gesicht.

»Was um alles in der Welt war bloß los?« rätselte ich.

Er antwortete nicht und erklärte lediglich: »Ich werde das Kind in die Krankenkabine mitnehmen und ihn ein Weilchen dort behalten.«

»Dann ist er also doch krank?«

»Nein . . . nein. Aber ich nehme ihn trotzdem mit.«

»Was kann denn bloß passiert sein? Ich verstehe es nicht.«

Er hatte seinen Burnus abgeworfen, als er Edward aufs Bett legte; nachdem er hinausgegangen war, bemerkte ich diesen auf dem Boden. Ich hof ihn auf; er strömte einen leichten Moschusgeruch aus, den Duft des Parfums, das sich mehrere im Bazar gekauft hatten. Es war so intensiv und so schwer, daß sein Duft an allem haften zu bleiben schien, was in seine Nähe kam.

Ich ließ den Burnus wieder auf den Boden fallen und ging nach oben auf das Deck. Johnny war von seiner Mutter und Mrs. Blakey in seine Kabine gebracht worden. Alle redeten über den Zwischenfall. Was war bloß um Himmels willen geschehen? Wie war das fest schlafende Kind nach draußen gelangt? Und was bedeutete diese wirre Geschichte über einen Gulli-Gulli-Mann, der ihn über das Deck getragen und hingelegt haben sollte, als Johnny ihm schreiend nachlief?

»Es ist irgendein Streich«, erklärte Chantel. »Wir hatten Spaß an unserem Fest, und da fanden die beiden, sie müßten sich auch ein bißchen vergnügen.«

»Aber wie ist Edward hinausgelangt?« forschte Rex, der dicht neben Chantel stand.

»Er hat sich herausgeschlichen und sich dann schlafend gestellt. Ganz einfach!«

»Der Doktor schien nicht dieser Ansicht zu sein«, gab ich zu bedenken.

»Völliger Unsinn!« widersprach Chantel. »Edward kann nicht im Schlaf herausgelaufen sein, oder? – Und wenn er es nun doch tat? Ich habe schon Patienten gehabt, die im Schlaf die merkwürdigsten Dinge taten.«

Miss Rundle drängte sich vor. »Dieses ganze Märchen vom Gulli-Gulli-Mann! Alles reine Erfindung! Sie sollten Hiebe bekommen, alle beide!«

Claire Glenning meinte leise: »Ich glaube, es war nur ein kleiner Scherz. Wir sollten aus der Mücke keinen Elefanten machen.«

»Aber sie haben uns doch einen ganz schönen Schrecken eingejagt«, beharrte Chantel. »Wahrscheinlich ist es genau das, was sie wollten.«

»Ein Sturm im Wasserglas«, bemerkte Gareth Glenning.

»Und trotzdem«, insistierte Miss Rundle, »muß Kindern Disziplin beigebracht werden!«

»Was wollen Sie denn machen?« erkundigte sich Rex. »Sie in

Fußeisen legen?« Rex gab wie so oft den Ton an. Trotz seines ruhigen Wesens vergaß doch keiner jemals, daß er Rex Crediton war, der große Reeder, der mächtige Bankier und Millionär – oder es zumindest beim Tode seiner Mutter sein würde. Sein gemessenes, würdiges und fast unauffälliges Auftreten gab zu verstehen, daß er es nicht nötig hatte, die Aufmerksamkeit auf sich zu lenken. Es genügte, Rex Crediton zu sein, und wenn auch noch nicht der König des großen Creditonschen Imperiums, so würde er das doch in absehbarer Zeit sein.

»Tanzen wir weiter!« gebot er und sah Chantel an.

Wir kehrten also in den Salon zurück und begannen wieder zu tanzen, doch es war unmöglich, jenen seltsamen Zwischenfall auf dem unteren Deck zu vergessen, und wenn wir auch nicht mehr darüber sprachen, so dachten wir doch alle weiter darüber nach, wie ich überzeugt war.

Ich zog mich früh in meine Kabine zurück, wo ich einen Zettel von Dr. Gregory auf dem Frisiertisch vorfand. Er behielte Edward die Nacht über bei sich, teilte er mir darauf mit.

Am nächsten Morgen kam einer der Stewards mit der Botschaft, Dr. Gregory wünschte mich zu sprechen.

Beunruhigt eilte ich sofort zu ihm.

»Wo ist Edward?« fragte ich als erstes.

»Er ist noch im Bett. Es war ihm etwas übel ... nichts Schlimmes. Gegen Mittag wird er wieder vollkommen in Ordnung sein.«

»Sie behalten ihn noch hier?«

»Ja, bis er aufsteht, doch geht es ihm jetzt schon wieder gut.«

»Was war denn bloß gestern mit ihm los?«

»Es ist eine recht ernste Sache, Miss Brett. Das Kind stand gestern abend unter dem Einfluß von Drogen.«

»Von Drogen ...«

Er nickte. »Jene Geschichte, die Johnny erzählte ... er hat sie sich nicht ausgedacht. Jemand muß in Edwards Kabine gegangen sein und ihn herausgetragen haben.«

»Aber wozu denn bloß?«

»Das weiß ich eben auch nicht. Ich habe bereits Johnny befragt. Er sagt, er habe nicht einschlafen können, weil er an die Tanzerei und die Kostüme hätte denken müssen. Er habe deshalb ein Bild von seiner Mutter gemalt und es Edward zeigen wollen; so habe er seinen Bademantel und seine Slipper angezogen und sei zu dessen Kabine gegangen, hätte sich jedoch verirrt und den richtigen Weg gesucht, als er den Mann gesehen habe, den er den Gulli-Gulli-Mann nennt, der mit Edward auf dem Arm vorbeigerannt sei.«

»Der Gulli-Gulli-Mann! Aber der kam doch in Port Said an Bord und verließ uns auch dort wieder.«

»Er meint, er sah jemanden in einem Burnus!«

»Aber wen denn?«

»Fast alle Männer trugen hier gestern abend einen Burnus, Miss Brett.«

»Aber wer hätte Edward hinaustragen sollen?«

»Genau das würde ich gerne wissen wie auch, wer dem Kind vorher Schlafmittel gab!«

Ich war blaß geworden. Der Blick des Arztes ruhte auf meinem Gesicht, als hielte er mich für die Schuldige.

»Ich kann es nicht glauben!« stammelte ich.

»Nun, es erscheint auch unglaubhaft«, gab er zu.

»Wie hätte jemand ihm denn solche Mittel geben können?«

»Nichts leichter als das. Schlaftabletten in Wasser ... oder Milch aufgelöst ...«

»Milch!« wiederholte ich bestürzt.

»Zwei gewöhnliche Schlaftabletten genügen bei einem Kind völlig, um tiefe Bewußtlosigkeit auszulösen. Hatten Sie irgendwelche Schlaftabletten, Miss Brett?«

»Ich? Nein! Aber seine Mutter hat vermutlich welche. Doch sie würde nicht ...«

»Es wäre das leichteste der Welt für jemanden, sich Schlaftabletten zu verschaffen, wenn er es will. Das Rätsel ist nur ... mit welcher Absicht geschah es?«

»Um das Kind so zu betäuben, daß es keinen Alarm schlug, als es aus dem Bett geholt und auf das Deck hinausgetragen wurde. Mit welchem Ziel? Etwa, um es über Bord zu werfen?«

»Miss Brett!«

»Wozu sonst?« bohrte ich.

»Eine derartige Vermutung scheint ganz absurd!« protestierte er.

Wie schwiegen eine Zeitlang, und ich überlegte: Ja, natürlich ist sie absurd! Hielt ich es etwa für möglich, daß jemand Edward ermorden wollte? Ich hörte mich in einer hohen und unnatürlich verklemmten Stimme sagen: »Was werden Sie tun?«

»Ich denke, je weniger hierüber geredet wird, um so besser. Es würde nur zu wilden Überlegungen führen. Weiß der Himmel, was für Gerüchte entstehen würden! Im Moment glauben noch die meisten, es sei irgendein Spiel oder Streich der beiden Jungen gewesen.«

»Johnny wird jedoch darauf bestehen, daß er seinen sogenannten Gulli-Gulli-Mann gesehen hat.«

»Man wird es für eine Einbildung halten.«

»Aber sie wissen alle, daß Edward bewußtlos war.«

»Sie glauben, er hat sich nur schlafend gestellt.«

Ich schüttelte den Kopf. »Es ist grauenhaft!«

Er stimmte mir zu und begann mir verschiedene Fragen zu stellen. Ich erinnerte mich daran, wie die Milch gebracht worden war und wie Edward sie nicht hatte trinken wollen, wie ich zu Chantels Kabine gegangen war und wie sie mich zu Edward begleitet und sogar die Milch probiert hatte, als sie ihn überredete, sie zu trinken.

»Ich werde sie fragen, ob ihr irgendein sonderbarer Geschmack auffiel«, sagte er.

»Sie hätte es gesagt, wenn sie etwas bemerkt hätte«, entgegnete ich.

»Und Sie können kein Licht in diese mysteriöse Angelegenheit bringen?« fragte er.

Ich konnte es nicht.

Zutiefst beunruhigt ging ich in meine Kabine zurück.

Ich mußte mit Redvers sprechen! Dr. Gregory würde ihm den Vorgang selbstverständlich melden. Wie mochte er wohl auf die Nachricht reagieren, daß jemand versucht hatte, seinen Sohn zu ermorden? Oder ging ich mit dem Verdacht eines Mordversuches zu weit? Doch mit welch anderer Absicht konnte das Kind sonst mit Schlafmitteln bewußtlos gemacht worden sein?

Der Doktor wollte nicht, daß irgend jemand es erfuhr; vielleicht würde er es deshalb niemandem sonst sagen. Ich, als Edwards Gouvernante, mußte es jedoch wissen wie natürlich auch sein Vater; diesem mußte als Kapitän sowieso alles gemeldet werden, was auf dem Schiff vorging.

Ich würde einfach jetzt zu ihm gehen. Ich mußte ihn sprechen!

Es klopfte an die Tür, und Chantel fragte: »Darf ich hereinkommen? Na, wie geht's unserem nächtlichen Ausreißer heute morgen?«

»Er ist noch in der Krankenkabine beim Doktor.«

»Du lieber Himmel!«

»Ihm fehlt nichts. Der Doktor möchte nicht, daß es bekannt wird, Chantel, aber Edward ist gestern mit Schlafmitteln bewußtlos gemacht worden!«

»Bewußtlos gemacht? Wieso denn das?«

»*Weshalb* ist vielleicht wichtiger! O Chantel, ich habe Angst!«

»Aber es wollte doch bestimmt niemand dem Jungen etwas zuleide tun?«

»Weshalb gab jemand ihm dann schwere Schlafmittel und trug ihn heimlich aus der Kabine? Was meinst du, wäre passiert, wenn Johnny nicht zufällig aufgetaucht wäre?«

»Was denn?« fragte sie atemlos.

»Ich glaube, jemand wollte Edward umbringen! Ihn über Bord werfen! Niemand hätte es gehört. Das Kind war ja bewußtlos. Vielleicht hätte man einen seiner Pantoffel an der Reling liegen lassen. Es hätte dann ausgesehen, als wäre Edward allein an Deck gegangen und über Bord gefallen. Begreifst du nicht?«

»Doch, jetzt, wo du es so ausmalst. Auf einem Schiff muß es besonders leicht sein, jemanden umzubringen. Aber weshalb nur Edward? Was könnte es bloß für ein Tatmotiv geben?«

»Mir fällt keines ein.«

»Dies wird Miss Rundle zu Überstunden anfeuern!«

»Dr. Gregory findet, es sollte geheimgehalten werden. Das Gefühl, sich in Gefahr zu befinden, würde Edward schrecklich aufregen. Er weiß ja gar nichts von dem ganzen Vorfall und darf auch nichts davon erfahren.«

»Und Johnny?«

»Da werden wir uns schon etwas einfallen lassen. Schließlich hatte er keine Erlaubnis, nachts alleine herumzuspazieren, und ist deshalb in Ungnade. Dem Herrgott sei jedoch Dank dafür, daß er es tat!«

»Dramatisierst du es nicht alles zu sehr, Anna? Es kann doch sehr gut ein mißlungener Scherz gewesen sein.«

»Was für ein Scherz?«

»Ich weiß nicht. Es war schließlich ein besonderer Abend, und wir waren alle sehr vergnügt in unseren Kostümen. Vielleicht hatte einer unserer verkleideten Araber zuviel getrunken oder sich einen Scherz ausgedacht, der mißglückte?«

»Aber der Junge war durch Tabletten bewußtlos gemacht worden, Chantel! Ich werde zu seinem Vater gehen.«

»Was? Jetzt?«

»Ja. Ich nehme an, er wird um diese Zeit in seiner Kajüte sein. Ich muß ihn sprechen. Für den Rest der Reise werde ich jedenfalls besondere Sicherheitsmaßnahmen beachten.«

»Liebe Anna, du nimmst das wirklich viel zu tragisch!«

»Er ist meiner Obhut anvertraut, Chantel. Würdest du nicht die gleiche Verantwortung empfinden, wenn es um *deine* Patientin ginge?«

Sie gab es zu, und ich ließ sie mit neuen Zweifeln über den Vorfall zurück.

Während ich die Treppen zur Kommandobrücke hinaufkletterte, hielt ich nicht inne, um mir zu überlegen, ob ich möglicherweise etwas recht Unkonventionelles tat. Ich war nur beherrscht von dem einen Gedanken, daß jemand tatsächlich Edward bewußtlos gemacht und ihn aufs Deck hinausgetragen hatte – und mit Schaudern dachte ich an das, was ohne Johnny vielleicht geschehen wäre. Ich lange bei der letzten Treppenstufe an und stand vor der Tür der Kapitänskajüte. Ich klopfte, und zu meiner großen Erleichterung war es seine Stimme, die »Herein!« rief.

Er saß an einem Tisch über vielen Papieren.

»Anna!« sagte er überrascht und erhob sich.

Seine Kajüte war groß und von Sonnenlicht durchflutet. An den Wänden hingen Abbildungen von Segelschiffen, und auf einem Schränkchen stand ein Schiffsmodell aus Bronze.

»Ich mußte Sie einfach sprechen!« erklärte ich.

»Wegen Edward?« fragte er, und da wußte ich, daß er es schon erfahren hatte.

»Ich kann es nicht verstehen und bin sehr beunruhigt!«

»Ich sprach heute früh mit dem Doktor. Edward hatte Schlaftabletten bekommen.«

»Es ist mir ein Rätsel. Ich hoffe nur, Sie denken nicht, ich . . .«

»Meine liebe Anna! Natürlich denke ich das nicht! Ich habe volles Vertrauen in Sie. Aber können Sie vielleicht irgendein Licht in das Ganze bringen? Haben Sie eine Idee, was es zu bedeuten hat?«

»Leider nein. Chantel . . . ich meine, Schwester Loman, glaubt, es sei ein Scherz gewesen.«

Er schien erleichtert. »Halten Sie das für möglich?«

»Es erscheint mir zu sinnlos. Weshalb hätte man das Kind deshalb bewußtlos gemacht? Das kann der Täter, wer immer es war, doch nur zu dem einzigen und alleinigen Zweck getan haben, um von Edward nicht erkannt zu werden. Es scheint mir für einen Scherz zu gründlich vorbereitet worden zu sein. Mir ist ein entsetzlicher Verdacht gekommen . . . Wenn nun jemand vorhatte, Edward umzubringen?«

»Ein Kind umzubringen? Aber wozu denn das?«

»Ich dachte . . . Sie wüßten es vielleicht. Könnte es irgendeinen Grund geben?«

»Ich wüßte keinen«, erwiderte er vollkommen ratlos.

»Und Edward?«

»Der weiß von dem Ganzen nichts«, antwortete ich, »und soll auch nichts davon erfahren. Ich weiß nicht, was für Auswirkungen es auf ihn haben könnte. Ich muß von jetzt an viel wachsamer sein. So hätte ich auch gestern abend bei ihm bleiben sollen anstatt im Salon zu tanzen. Auch nachts muß ich jetzt auf ihn auspassen.«

»Sie machen sich doch nicht etwa Vorwürfe, Anna? Das dürfen Sie nicht! Sie verließen ihn allem Anschein nach friedlich schlafend in seiner Kabine. Wer hätte auf den Gedanken kommen sollen, daß er in Gefahr sein könnte?«

»Und doch tat jemand die Schlaftabletten in seine Milch! Wer mag das nur gewesen sein?«

»Das können mehrere Personen getan haben ... jemand in der Küche ... oder jemand, als die Milch heraufgebracht wurde. Das Schlafmittel war vielleicht schon in der Milch, als man Ihnen diese brachte.«

»Aber warum nur ... warum?«

»Es ist möglicherweise nicht so, wie Sie vermuten. Vielleicht fand Edward die Tabletten in der Kabine seiner Mutter und dachte, es wären Bonbons.«

»Er war aber nicht bei ihr gewesen, da er sich den ganzen Tag nicht wohl gefühlt hatte und fast die ganze Zeit schlief.«

»Er mag sie sich schon vorher irgendwann einmal genommen haben. Das erscheint mir die plausibelste Antwort. Er fand die Tabletten bei seiner Mutter, steckte sie in die Tasche in der Annahme, es seien Bonbons, und lutschte sie dann gestern abend.«

»Und was ist mit dem Mann, der ihn hinaustrug, wie Johnny behauptet?«

»Edward ist vielleicht allein an Deck gegangen, bevor die Tabletten zu wirken begannen. Die beiden Jungen können schon länger dort gewesen sein, als Edward plötzlich müde wurde. Als Johnny ihn dann fest schlafend auf dem Boden liegen sah, wußte er nicht, was er machen sollte, und erfand daher die Geschichte von dem Gulli-Gulli-Mann, um sich und Edward aus der Klemme zu helfen.«

»Es ist soweit die einleuchtendste Erklärung und bei weitem auch die beruhigendste. Ich mußte jedoch mit Ihnen reden ... ich konnte nicht anders.«

»Ich weiß«, erwiderte er lediglich.

»Ich hätte nicht hier heraufkommen sollen und ... Sie stören. Es ist bestimmt höchst unschicklich.«

Er lachte. »Ich kann Ihnen darauf nur antworten, daß ich jederzeit entzückt bin, Sie zu sehen!«

Die Tür hatte sich so leise geöffnet, daß wir es erst bemerkten, als ein schrilles Lachen ertönte.

»Habe ich euch also erwischt!«

Monique! Sie stand mit wirrem Haar, das sich aus der Hochfrisur gelöst hatte, in wildem, zügellosem Zorn da und hielt einen roten Seidenkimono mit handgemalten goldenen Drachen um sich gerafft. Ich hörte bereits das leise Keuchen, mit dem sie nach Luft rang.

»Komm herein und setz dich, Monique«, forderte Redvers sie auf.

»Um an eurem Tête-à-tête teilzuhaben? Es so richtig gemütlich zu machen, was? Nein! Ich werde mich nicht hinsetzen! Und ich will dir eines sagen: Ich dulde es nicht! Dulde es nicht! Seit sie ins Schloß kam, hat sie versucht, dich mir abspenstig zu machen. Was wird sie als nächstes aushecken, frage ich mich? Ich beobachte sie. Ich werde ihr beibringen, daß du verheiratet bist . . . und zwar mit mir! Es mag ihr nicht passen . . . und dir ebenfalls nicht . . . aber so ist es nun einmal, und nichts wird daran etwas ändern!«

»Monique«, sagte er besänftigend. »Monique!«

»Du bist mein Mann, und ich bin deine Frau. Nichts wird das ändern, solange ich lebe. Nichts, sage ich dir, nichts!«

»Ich werde Schwester Loman holen«, schlug ich vor.

Redvers nickte und versuchte, Monique in das angrenzende Schlafzimmer zu führen, doch sie schlug wild um sich und fing noch lauter zu schreien an! Je lauter sie jedoch schrie, um so mühsamer wurde ihr Atem.

Ich lief zu Chantels Kabine hinunter.

»O Chantel! Eine entsetzliche Sache! Ich fürchte, Mrs. Stretton bekommt einen schlimmen Anfall.«

»Wo ist sie?«

»Oben beim Käpten.«

»Hilf Himmel!« stöhnte sie, ergriff die Arzneitasche und eilte davon.

Ich wollte sie begleiten, wußte jedoch, daß das unklug wäre. Mein Anblick hatte diesen Anfall ja ausgelöst.

So ging ich zu meiner Kabine zurück und saß unruhig da und überlegte, was als Nächstes passieren würde.

Monique ging es sehr schlecht, so schlecht, daß der nächtliche Ausflug der beiden Jungen vergessen war. Chantel war ununterbrochen oben in der Kapitänskajüte um Monique bemüht, und alle befürchteten, die Frau des Kapitäns läge im Sterben.

Edward hatte sich vollkommen erholt. Wir hatten ihm nichts von seinem Abenteuer erzählt. Er glaubte, daß er etwas Falsches gegessen hatte, das ihm nicht bekommen war und ihn sehr müde gemacht hatte. Er fand es sehr aufregend, in der Krankenkabine gewesen zu sein, was ihm einen entschiedenen Vorsprung vor Johnny verschaffte. Dieser war seinerseits von seiner Mutter – vor der er enormen Respekt hatte – sehr streng zurechtgewiesen worden, sie hatte ihm dringend geraten, das Ganze schleunigst zu vergessen. Er sei ein mit dem arabischen Kostümfest verbundener Scherz gewesen, und da er keinerlei Erlaubnis gehabt hätte, sich draußen herumzutreiben, könnte dummes Geschwätz darüber ihre Entscheidung rückgängig machen, ihm diese Eskapade ungestraft durchgehen zu lassen; es läge also in seinem Interesse, das Ganze so schnell wie möglich zu vergessen.

Im übrigen hatte Edward jetzt durch die Erkrankung seiner Mutter eine neue Sensation zu bieten.

Die Stimmung auf dem Schiff hatte sich verändert ... vor allem das Verhalten mir gegenüber.

Es war unvermeidlich, daß der Anlaß für Moniques Erkrankung bekannt wurde. Miss Rundle hatte sich auf diese Neuigkeit wie eine Elster auf einen glitzernden Stein gestürzt. Sie versah ihre Beute mit den üblichen würzenden Garnierungen und servierte sie mit der besonderen Rundleschen Gabe, das meiste aus schmackhaften Bissen zu machen. Monique hätte den Anfall bekommen, als sie eine andere Frau in der Kajüte ihres Mannes ertappt hätte! Die arme Frau, sie müsse sich wirklich viel bieten lassen! Die Geschichte, die sie über den Käpten gehört hätte! Sie, Miss Rundle, wüßte einfach nicht, wie weit es mit der Menschheit gekommen wäre. Sogar in dieser kleinen Gruppe müßte man feststellen, daß auch Schwester Loman sich viel zu oft in der Gesellschaft von Mr. Rex Crediton befände. Sie möchte nur wissen, ob das raffinierte Ding etwa hoffte, ihn sich zu kapern. (Was für eine absurde Hoffnung! Sie wüßte aus unterrichteter Quelle, daß er mit der Tochter eines anderen Reedermagnaten so gut wie verlobt sei.) Und Mrs. Malloy sähe man ständig mit dem Ersten Offizier, dabei erwarte ihr Mann sie in Australien, und er habe eine Frau und zwei Kinder in Southhampton. (Dies sei die absolute Wahrheit. Mr. Greenall hätte ihm ein Bild seiner Enkel in England gezeigt, das er seinen anderen Enkelkindern in Australien mitbringen wollte, worauf der Erste Offizier in die Falle gegangen sei und verraten habe, selbst Vater von zwei Kindern zu sein!) All dies verblaßte jedoch verglichen mit dem Skandal um diese »Gouvernanten-Person«, die von der Frau des Käptens in seiner Kajüte ertappt worden sei, was die arme Frau derartig aufgeregt hätte (die Ärmste! Es war wahrhaftig kein Wunder!), daß es sie an den Rand des Grabes brachte. Nein, sie wüßte wirklich nicht, wohin es mit der Welt gekommen sei! Und von einem Mann wie dem Kapitän, was könne man da schon erwarten?

Es war wirklich sehr unangenehm!

Chantel versuchte mich zu trösten. Sie holte mich zu sich, als sie wieder herunterkam. Edward spielte mit Johnny unter Mrs. Blakeys Aufsicht, doch mir war nie ganz wohl dabei. Ich hatte irgendwie das Gefühl, daß es besser war, wenn ich selbst auf ihn aufpaßte, und obgleich Mrs. Blakey durchaus gewissenhaft war, ließ ich Edward nur höchst ungern aus den Augen. Andererseits befürchtete ich, meine Besorgnis zu zeigen und sie auf ihn zu übertragen.

»Sie ist gar nicht so krank, wie es den Anschein hat«, berichtete Chantel. »Diese Anfälle erschrecken Leute, die sie nicht kennen, und sind zweifellos qualvoll für den Patienten. Es ist dieses schreckliche Ringen nach Atem. In ein bis zwei Tagen wird es ihr aber schon wieder gut gehen.«

»Ich hoffe es sehr!«

»Arme Anna!« Sie lachte. »Du mußt zugeben, daß die Vorstellung von dir als *femme fatale* komisch ist. Aber der Käpten hat sich, glaube ich, tatsächlich, wie Edith sagen würde, ein wenig ›in dich verguckt‹.«

»Chantel!«

»Doch, doch! Es stimmt! Er hat so einen gewissen Ausdruck in den Augen, wenn er mit dir spricht. Und du übrigens auch, meine Liebe! Nun ja, du hast dir eben all diese Jahre lang ein verklärtes Bild von ihm zurechtgeträumt. Du bist eine Romantikerin, Anna. Und ich werde dir noch etwas sagen: Dick Callum hat sich ebenfalls ziemlich in dich verguckt!«

»Er ist immer sehr nett zu mir.«

»Aber du gibst natürlich dem romantischen Käpten den Vorzug. Tja, aber der ist nicht zu haben, vielleicht jedoch eines Tages. Sie kann jederzeit bei einem ihrer Anfälle entschweben – die Lungenkomplikation nicht zu vergessen.«

»O Chantel, bitte! Red nicht so!«

»Ich dachte nie, Anna, daß du zu den Menschen gehörst, die vor der Wahrheit zurückschrecken.«

»Dies ist alles so … so … beunruhigend.«

In ihr Gesicht kam plötzlich ein fast hinterhältiger Ausdruck. »Wünschst du, du wärest nicht mitgekommen? Wünschst du, du hättest dir einen Antiquitätenhändler gesucht und wärest für ein bescheidenes Gehalt seine Assistentin geworden? Du hättest sowieso nie einen … oder eine gefunden. Es ist Schicksal. So, wie es sich alles ergab … daß ich zu dir ins *Queen's House* kam, daß ich aufs Schloß ging und schließlich dich nachholen konnte. Schicksal … mit einer kleinen Hilfestellung durch Schwester Loman.«

»Ich habe nicht gesagt, daß ich bereue, mitgekommen zu sein«, entgegnete ich.

»Eine randvolle Stunde glorreichen Lebens
ist wohl ein Alter ohne dies wert.

… oder so ähnlich. Ich habe vergessen, wie es genau heißt, doch Wordsworth wußte es.«

»Es wird Scott zugeschrieben, doch ist es keineswegs erwiesen, daß er tatsächlich der Autor ist.«

»Du mußt es ja wissen, doch ändert das nichts an der Aussage dieser Zeilen. Ich möchte lieber meine kurze fröhliche Stunde auskosten (und auf dich wartet auch eine!) und dann meine restlichen langweiligen und eintönigen Tage sowohl ohne Gefahren wie auch ohne Vergnügen verbringen«, erklärte sie.

»Es kommt darauf an«, bemerkte ich.

»Zumindest habe ich dir etwas zum Nachdenken gegeben und dich von dieser ekelhaften Miss Rundle abgelenkt. Aber mach dir nur nichts draus! In einigen Tagen ist unsere Kapitänsfrau wieder auf dem Damm. Ich werde sie sobald wie möglich wieder herunterholen, damit ich mich die ganze Zeit um sie kümmern kann und dem armen Käpten eine kleine Ruhepause verschaffe. Sie ist ein fürchterliches Kreuz für ihn, glaube ich. Aber auf See ist auch das größte Drama von einem Tag zum anderen vergessen. Schau doch, wie wir uns alle von der Geschichte mit Edward erholt haben. Kaum jemand spricht noch davon.«

Es war ihr wieder einmal gelungen, mich zu trössten und zu beruhigen. Unvermittelt sagte ich: »Was auch immer geschieht, Chantel, ich hoffe, wir werden immer beisammen bleiben!«

»Ich werde schon dafür sorgen!« versprach sie. »Das Schicksal wird seine Hand im Spiele haben – doch du kannst es beruhigt mir überlassen!«

Chantel behielt recht. Monique ging es schon nach wenigen Tagen wieder so gut wie bei unserer Abreise in Langmouth. Sie kehrte in ihre Kabine neben der von Chantel zurück, und alle hörten auf, von ihrem nahenden Tode zu sprechen.

Gelegentlich saß sie mit Chantel an Deck. Manchmal ging Edward dann zu ihr, um gestreichelt oder ignoriert zu werden, je nachdem, in was für einer Laune sie gerade war; er nahm dies jedoch mit philosophischem Gleichmut hin.

Mich behandelte sie wie Luft, obwohl ich manchmal diese schönen dunklen Augen, wie mir schien, sogar mit einer gewissen Belustigung auf mich geheftet fühlte. Ich überlegte, ob sie mich wohl entlassen würden, wenn wir auf ihrer Insel ankamen. Ich erwähnte diese Möglichkeit Chantel gegenüber, doch glaubte sie nicht daran. Es wäre an uns zu entscheiden, ob wir dort bleiben oder nach England zurückkehren wollten. Ob Lady Crediton das nicht gesagt hätte? Ich wäre eine viel zu gute Gouvernante für Edward, als daß Monique daran denken würde, mich zu entlassen, und außerdem sei sie gar nicht böse auf mich. Sie mache diese Szenen, weil sie sie liebe, und sei deshalb auch den Menschen geradezu dankbar, die ihr einen Anlaß zu diesen Ausbrüchen gäben; und ich, die »Auserkorene« des Käptens, gehöre eben zu diesen Menschen.

Chantels Behauptung schien tatsächlich zu stimmen, denn Monique forderte mich eines Tages auf, mich zu ihr zu setzen, und sagte: »Ich hoffe, Sie nehmen den Käpten nicht ernst. Er hat eine Schwäche für Frauen, wissen Sie. Er ist einfach zu allen so galant.«

Ich wußte nicht, was ich antworten sollte und stammelte, daß es sich offensichtlich um ein Mißverständnis handeln müsse.

»Es war genauso, als wir nach England fuhren. Wir hatten unter den Passagieren eine junge Frau, die Ihnen recht ähnlich war. Ziemlich still . . . und wie sagt man . . . hausbacken. Sie gefiel ihm. Es gibt ihm so ein gutes Gefühl, nett zu den Frauen zu sein, die ganz besonders dankbar für seine Aufmerksamkeiten sein müssen.«

»Gewiß«, entgegnete ich nicht ohne Schärfe, »wir sind alle sehr dankbar dafür, um so mehr, da wir derartige Aufmerksamkeiten nicht gewöhnt sind.«

Sie lachte, und Chantel erzählte mir hinterher, sie möge mich leiden. Ich hätte eine so sonderbare Art zu reden, die sie amüsiere. Sie verstände, weshalb der Käpten auf dieser Reise mich als Objekt seiner Aufmerksamkeit auserwählt habe.

»Du siehst«, meinte Chantel lachend, »du solltest dich über den Klatsch nicht aufregen. Monique ist keine konventionelle Engländerin. Ich bezweifle sehr, ob die Inselmoral die gleiche ist wie in einem viktorianischen Salon! Monique wird nur wütend, weil sie den Käpten glühend liebt und Kälte sie manchmal zur Raserei bringt. Doch hat sie es nur gern, wenn andere Frauen ihn bewundern.«

»Ich finde das alles ziemlich verwirrend.«

»Das kommt nur daher, weil du alles zu ernst nimmst.«

»Ernste Dinge sollte man auch nicht nehmen!«

»Ich bin mir dessen gar nicht so sicher.«

»Chantel, es bleibt nicht mehr viel Zeit. Alles hat sich plötzlich verändert. Es scheint eine Atmosphäre heranrückenden Unheils zu herrschen. Ich fühle es seit jener Nacht, als Edward aus seiner Kabine geholt wurde.«

»Eine Atmosphäre heranrückenden Unheils!« wiederholte sie spöttisch.

»Nun ja, ich kann nicht vergessen, was geschah. Ich werde den Gedanken nicht los, daß jemand Edward umbringen wollte!«

»Es muß eine andere Erklärung für den Vorfall geben.«

»Der Käpten meint, Edward fand die Schlaftabletten bei seiner Mutter und dachte, es seien Bonbons.«

»Sehr wahrscheinlich. Er ist ein neugieriger junger Herr, der sich immer alles und jedes genau anschaut. ›Was ist dies?‹ und ›Was ist das?‹ Mamas Kabine ist für ihn Alladins Schatzhöhle.«

»Wenn er und Johnny nun zusammen an Deck gingen, um von

einem Versteck aus den Tanzenden zuzuschauen, und er einschlief und Johnny diese Geschichte mit dem Gulli-Gulli-Mann erfand . . .«

»Natürlich! Das ist die Erklärung! Sie paßt haargenau! Wenn man es sich überlegt, ist es die einzig mögliche Erklärung.«

»Ich wünschte, ich wäre ebenfalls davon überzeugt!«

»Ich bin es völlig! Du mit deinem ›heranrückenden Unheil‹! Ich muß mich wirklich über dich wundern, Anna! Wo du sonst immer die Nüchterne und Vernünftige bist!«

»Auf jeden Fall werde ich jede Minute über Edward wachen, solange er mir anvertraut ist, und seine Kabine schließe ich jetzt nachts ab.«

»Und wo ist er in diesem Augenblick?«

»In Mrs. Blakeys Obhut, mit Johnny. Die denkt wie ich, denn Johnny hätte nachts nie einfach aus seiner Kabine herausgehen dürfen, weißt du. Wir schließen jetzt immer die Kabinen der Jungen abends ab.«

»Das wird ihren nächtlichen Streifzügen ein Ende setzen. Nun, wir nehmen ja sowieso bald Abschied von Johnny und seiner Mutter und Tante.«

Ich blickte sie scharf an. Und auch von Rex! dachte ich. Hing sie wirklich an ihm? Manchmal hatte ich das Gefühl, sie verbarg vieles vor mir.

Wie konnte die Aussicht, ihn in Sydney zu verlieren, sie nur so gleichgültig lassen? Er würde von den Derringhams abgeholt werden und in einem Wirbel von geschäftlicher Aktivität und gesellschaftlichem Leben untertauchen. Arme Chantel! Ihre Lage war ebenso hoffnungslos wie meine. Doch ihre hätte das nicht zu sein brauchen! Wenn Rex seiner Mutter Widerstand geleistet hätte, wenn er Chantel einen Heiratsantrag gemacht hätte, könnten sie glücklich sein. Er war ja *frei*! Ich fühlte jedoch eine Schwäche in ihm. Zugegeben, er war anziehend; er besaß jene Art von verbindlichem Charme, den Red in soviel höherem Maße ausstrahlte. Er erschien mir wie der blasse Schatten seines Halbbruders.

Aber Rex hatte sich seiner Mutter widersetzt, als er Helena Derringham bei deren Besuch nicht um ihre Hand bat. Wie weit, so fragte ich mich, würde er diesen Widerstand fortsetzen? Ich wünschte mir so, Chantel würde mir ihre Gefühle für ihn anvertrauen. Aber ich hatte ja ihr auch nicht meine wahren Empfindungen gestanden. Der Grund dafür war, daß ich mich weigerte, über sie nachzudenken, geschweige denn, sie mir einzugestehen. Wie konnte ich zugeben, daß ich aus tiefstem Herzen einen Mann liebte, der mit einer anderen Frau verheiratet war? Ich wagte es einfach nicht.

So mußten wir beide unsere Geheimnisse voreinander verschweigen.

In Bombay herrschte glühende Hitze. Monique hatte Atembeschwerden, und Chantel mußte daher auf ihren Ausflug an Land verzichten. Der Käpten hatte geschäftlich in der Stadt zu tun und nahm Edward mit.

Mrs. Malloy kam zu mir und sagte, der Erste Offizier und der Zahlmeister hätten vorgeschlagen, daß wir beide sie auf einer Rundfahrt begleiteten. Wie ich wußte, wollte Mrs. Blakey sich mit Johnny den Greenalls und Miss Rundle anschließen, und so nahm ich die Einladung an. Wir stiegen in eine offene Kutsche, und Mrs. Malloy und ich schützten uns mit großen Hüten und Sonnenschirmen vor der brennenden Sonne.

Es war ein merkwürdiges Erlebnis für mich. Meine Gedanken wanderten in die Zeit meiner Kindheit zurück, als ich hier mit meinen Eltern gelebt hatte.

Als wir die Frauen am Fluß ihre Wäsche waschen sahen und durch die Bazars mit ihren Elfenbeinschnitzereien und Messinggeräten, den leuchtenden Seidenstoffen und Teppichen wanderten, fühlte ich mich ganz in meine Kindheit zurückversetzt. Auch an dem Friedhof auf Malabar Hill fuhren wir vorbei, und ich blickte mich suchend nach den Aasgeiern um.

Ich erzählte Dick Callum von diesen kindlichen Erinnerungen, die ihn sehr interessierten. Mrs. Malloy und der Erste Offizier hörten höflich zu, waren jedoch mehr mit sich beschäftigt.

Bei einem Teehaus an der Straße hielten wir an und trennten uns von Mrs. Malloy und dem Ersten Offizier zu einem kleinen Spaziergang. Händler hatten ihre Waren vor dem Teehaus ausgebreitet – wunderschöne Seidenschals, zauberhafte Spitzendeckchen und Tischtücher sowie Elefanten aus Ebenholz mit glänzenden weißen Stoßzähnen.

Sie forderten uns mit ihren sanften Stimmen auf, näherzutreten und wir blieben stehen und schauten uns alles an. Ich kaufte ein Tischtuch, das ich Ellen schicken wollte, und einen kleinen Elefanten für Mrs. Buckle. Eine weiße Seidenstola mit entzückender blau-silberner Stickerei begeisterte mich; Dick Callum kaufte sie.

»Es wäre häßlich, Sie zu enttäuschen und nichts zu kaufen«, bemerkte er.

Im Teehaus war es etwas weniger heiß. Ein ausgemergelter alter Mann kam an den Tisch und bot herrliche Fächer aus Pfauenfedern an. Dick schenkte mir einen. Und als wir dann unseren Tee tranken, der sehr erfrischend war, fragte er mich: »Was geschieht, wenn wir auf der Insel Koralle ankommen?«

»Bis dahin ist ja noch etwas Zeit.«

»Nach Sydney nur noch etwa zwei Wochen.«

»Aber wir sind noch nicht in Sydney.«

»Werden Sie auf der Insel bleiben?«

»Ich denke, das wird sich erst dort entscheiden. Lady Crediton setzte die Bedingungen fest. Falls man dort nicht zufrieden mit mir ist oder ich wieder nach Hause zurückkehren möchte, wird man mich auf Kosten der Firma nach England zurückbringen. Die gleiche Regelung gilt für Schwester Loman.«

»Sie sind große Freundinnen, Sie beide, nicht wahr?«

»Ja, ich kann mir gar nicht vorstellen, hier ohne sie zu sein. Obwohl ich sie erst seit einigen Jahren kenne. Wir sind uns sehr schnell so nahe gekommen, fast wie Schwestern, und manchmal kommt es mir vor, als würde ich sie schon mein Leben lang kennen.«

»Sie ist ein sehr attraktives Mädchen.«

»Ich glaube, ich habe noch nie ein attraktiveres gesehen.«

»Aber ich!« widersprach er und sah mich bedeutungsvoll an.

»Und das soll ich Ihnen glauben?« meinte ich spöttisch.

»Möchten Sie, daß ich weiterspreche?«

»Tun Sie es lieber nicht, denn ich werde Ihnen doch nicht glauben.«

»Wenn ich es aber finde ...«

»Dann irren Sie sich eben.«

»Ich kann mir gar nicht vorstellen, wie es auf der ›Heiteren Lady‹ sein wird, wenn Sie uns verlassen. Auch Seeleute haben Freunde an Land, wissen Sie.«

»Dann werden wir eben Freunde sein.«

»Welch ein Trost! Ich möchte Sie aber etwas ganz anderes fragen. Wollen Sie meine Frau werden?«

Ich ergriff den Pfauenfederfächer – mir war unvermittelt so heiß. »Sie ... Sie können das doch nicht im Ernst meinen?«

»Und ob ich das im Ernst meine!«

»Sie ... aber Sie ... kennen mich doch kaum!«

»Ich kenne Sie seit unserer Abfahrt aus England.«

»Das ist wirklich keine sehr lange Zeit!«

»Auf einem Schiff lernt man sich schneller kennen. Es ist, als lebe man im gleichen Haus zusammen; alles ist ganz anders als das normale Leben an Land. Aber kommt es eigentlich darauf an?«

»Und wie es darauf ankommt! Man sollte den Menschen, den man heiratet, genau kennen!«

»Kennt man wirklich jemals einen anderen Menschen genau? Doch sei dem, wie es sei – ich weiß jedenfalls, daß ich meinen Entschluß gefaßt habe.«

»Dann sind Sie aber ... recht voreilig in Ihren Entschlüssen!«

»Ich bin nie voreilig. Ich habe es mir gründlich überlegt. Anna ist die richtige Frau für mich! habe ich mir gesagt. Sie ist hübsch, gescheit, lieb und gut. Und sie ist zuverlässig. Ich glaube, das ist die Eigenschaft, die ich am allerhöchsten bewerte.«

Es war der erste Heiratsantrag meines Lebens, obwohl ich schon achtundzwanzig Jahre alt war. Er war nicht das, was ich mir ersehnt hatte – in jenen längst vergangenen Zeiten, als ich von dem Heiratsantrag eines anderen Mannes geträumt hatte. Dies war eine nüchterne Aufzählung meiner Vorzüge, bei der meine Verläßlichkeit an oberster Stelle rangierte.

»Ich habe Sie zu früh gefragt«, sagte er bekümmert.

»Vielleicht hätten Sie mich überhaupt nicht fragen sollen.«

»Wollen Sie damit sagen, daß Ihre Antwort ›nein‹ lautet?«

»Die Antwort muß ›nein‹ lauten!«

»Nur für heute. Ich beuge mich dem. Aber das kann sich ändern.«

»Ich mag Sie sehr gern«, sagte ich. »Sie sind immer sehr nett zu mir gewesen. Ich bin überzeugt, Sie sind ebenso . . . zuverlässig, wie Sie es von mir annehmen, aber ich halte das nicht für eine ausreichend solide Basis für eine Ehe.«

»Es ist nicht der einzige Grund. Ich liebe Sie natürlich. Ich kann mich allerdings nicht so gut ausdrücken wie manche andere. Ich bin nicht unser galanter Käpten, der bestimmt die leidenschaftlichsten Tiraden von sich geben würde . . . und ebenso handeln würde . . . ohne die Hälfte von dem wirklich zu meinen, was er sagt.«

Scharf sah ich ihn an. »Weshalb haben Sie eine solche Abneigung gegen ihn?« fragte ich.

»Vielleicht deshalb, weil ich Ihre Zuneigung zu ihm spüre! Hören Sie auf, an ihn zu denken, Anna! Lassen Sie nicht zu, daß er Sie genauso behandelt wie die anderen!«

»Die anderen?« fragte ich mit plötzlich heiserer Stimme.

»Mein Gott, Sie bilden sich doch nicht etwa ein, die einzige zu sein. Schauen Sie sich nur seine Frau an! Wie er die behandelt.«

»Er . . . er ist immer liebenswürdig zu ihr.«

»Liebenswürdig! Er ist liebenswürdig geboren! Das ist ein Teil seines Charmes. Dieser Charme! Er hat ihn oben im Schloß bekommen! Genau wie seinen Platz in der Firma! Ja, er hat Charme . . ., so wie seine Mutter ihn hatte. Deshalb wurde sie ja auch Sir Edwards Geliebte. Und unser Käpten kann sein unbekümmertes Leben führen. Er kann sich einen Skandal leisten, der jedem anderen Mann das Genick gebrochen hätte, doch sein Charme, sein ewiger Charme rettet ihn auch daraus.«

»Ich weiß gar nicht, worüber Sie reden.«

»Sie haben doch sicherlich von der ›Geheimen Frau‹ gehört. Falls Sie jedoch noch nichts darüber wissen, sollten Sie es unbedingt erfahren. Auf dem Schiff befand sich nämlich ein Vermögen. Hunderttausend Pfund, hieß es . . . und das alles in Diamanten. Was geschah mit ihnen? Und was geschah mit dem Mann? Er starb unterwegs. Wurde auf See bestattet. Ich war dabei, als sie den Sarg ins Meer hinunterließen. Der Käpten hielt die Trauerrede. Armer John Fillimore, er starb so plötzlich. Und seine Diamanten? Was wurde aus denen? Kein Mensch weiß es. Aber das Schiff wurde in der Korallen-Bucht in die Luft gesprengt.«

Ich war aufgestanden. »Ich werde mir dies nicht weiter anhören!«

»Setzen Sie sich!« befahl er, und ich gehorchte unwillkürlich. Mich faszinierte die mit ihm vorgegangene Veränderung; sein Haß auf den Käpten entfesselte wilde Leidenschaftlichkeit in ihm. Er schien tatsächlich zu glauben, daß Redvers John Fillimore ermordet und dessen Diamanten gestohlen hatte.

»Ich *muß* mit Ihnen reden, Anna«, fuhr er beschwörend fort, »denn ich liebe Sie! Ich muß Sie retten! Sie sind in größter Gefahr!«

»In Gefahr?«

»Ich kenne die Anzeichen. Ich bin schon öfter mit ihm gesegelt. Er hat so eine Art mit den Frauen, die ich nicht besitze. Ich leugne es nicht. Er wird Sie genauso enttäuschen wie seine arme Frau, obgleich er da nicht ganz ungeschoren davongekommen ist. Er ist nun mal ein Herzensbrecher, falls es überhaupt jemals einen solchen gegeben hat. Vor zweihundert Jahren wäre er ein Seeräuber gewesen und wahrscheinlich unter dem berüchtigten Jolly Roger gesegelt. Jetzt gibt es solche Piraterie auf hoher See nicht mehr, doch wenn er ein Vermögen von hunderttausend Pfund in seiner Reichweite entdeckt, kann er sich diese Beute nicht entgehen lassen.«

»Sind Sie sich im klaren darüber, daß Sie über Ihren Käpten sprechen?«

»An Bord unterstehe ich seinem Befehl, aber ich befinde mich jetzt nicht an Bord. Und ich rede mit der Frau, die ich heiraten werde. Ich muß ihr die Wahrheit sagen. Wo sind jene Diamanten? Mir ist das völlig klar! Es ist vielen klar, aber es kann natürlich nicht bewiesen werden. Sie liegen irgendwo sicher versteckt in einem ausländischen Hafen. Dort hat er sein Vermögen schön beiseite geschafft und wartet nun auf den Moment, wenn er es ohne Gefahr versilbern kann. Es ist nicht so einfach, Diamanten loszuwerden, wissen Sie. Sie sind leicht wiederzuerkennen, weshalb er vorsichtig sein muß. Aber er wird es schon schaffen. Sein Vermögen wartet irgendwo auf ihn. Er muß doch auch ein eigenes Vermögen haben, oder etwa nicht?«

»Dies ist die haltloseste und infamste Verdächtigung, die ich jemals gehört habe!«

»Ich kann sie beweisen!«

»Dann schlage ich vor, daß Sie Ihre Beweise dem Käpten vorlegen!«

»Meine liebe, liebe Anna! Sie kennen unsern Käpten nicht. Er hätte auch darauf eine Antwort. Er hat immer eine Antwort parat. Hat er sich nicht im rechten Augenblick sehr geschickt seines Schiffes entledigt ... des Tatortes des Verbrechens? Der Käpten, der sein Schiff verlor! Wie viele Kapitäne hätten das überlebt? Jeder andere wäre in Schimpf und Schande entlassen worden und hätte den Rest seines Lebens auf einer fernen Insel irgendwo im Pazifik verbracht, etwa auf der Insel Koralle. Doch nein, er hätte ja immer noch sein Vermögen in Diamanten gehabt und wäre trotzdem ein reicher Mann gewesen.«

»Sie haben mich heute zweimal überrascht«, erklärte ich. »Das erste Mal mit Ihrer Liebeserklärung an mich und das zweite Mal mit Ihrem Haßausbruch auf den Käpten. Und ich stelle fest, daß Sie in Ihrem Haß viel leidenschaftlicher sind als in Ihrer Liebe.«

Er beugte sich zu mir vor. Der Zorn hatte sein Gesicht dunkelrot gefärbt, und sogar das Weiß seiner Augen war leicht gerötet.

»Aber begreifen Sie denn nicht«, beschwor er mich, »daß beides ein und dasselbe ist?! Gerade weil ich Sie so wahnsinnig liebe, hasse ich ihn so! Weil er sich zu sehr für Sie interessiert ... und Sie sich für ihn!«

»Sie haben mich falsch eingeschätzt«, entgegnete ich kühl. »Es erstaunt mich, da Sie doch behaupten, mich so gut zu kennen.«

»Ich weiß, daß Sie niemals etwas ... Unehrenhaftes tun würden.«

»Das wäre also noch ein weiterer Pluspunkt für mich neben meiner Verläßlichkeit.«

»Anna, verzeihen Sie mir! Ich habe mich von meinen Gefühlen mitreißen lassen.«

»Gehen wir! Wir werden sicher schon erwartet.«

»Aber doch nicht so! Haben Sie kein nettes Wort für mich?«

»Ich lege keinen Wert darauf, mir Ihre Verleumdungen anzuhören, für die Sie keine Beweise haben.«

»Ich werde die Beweise beschaffen!« rief er. »Bei Gott, ich werde sie beschaffen!«

Ich stand auf. »Sie werden Ihre Meinung ändern«, fuhr er fort. »Sie werden es alles verstehen, und wenn es soweit ist, werde ich Sie wieder fragen. Versprechen Sie mir wenigstens, daß Sie nichts dagegen haben.«

»Ich hätte sehr etwas dagegen, Ihre Freundschaft zu verlieren«, erwiderte ich.

»Was bin ich nur für ein Narr! Ich hätte Sie noch nicht fragen sollen! Aber lassen wir das! Alles ist so, wie es vorher war. Ich gebe nicht so leicht auf, wissen Sie.«

»Davon bin ich überzeugt.«

»Falls Sie in irgendeinem Augenblick meine Hilfe brauchen sollten
. . . ich werde immer da sein.«

»Das ist sehr tröstlich zu wissen.«

»Und Sie sind wirklich nicht böse auf mich?«

»Ich glaube, keine Frau war jemals böse auf einen Mann, weil er ihr
sagte, daß er sie liebe.«

»Anna! Ich wünschte, ich könnte Ihnen alles erzählen, was ich
denke.«

»Sie haben mir für den Anfang schon eine ganze Menge erzählt!«
erinnerte ich ihn.

Langsam gingen wir an den auf dem Boden neben ihren Auslagen
kauernden Indern zum Wagen zurück, wo die beiden anderen bereits
auf uns warteten.

»Wir dachten schon, wir hätten Sie verloren«, sagte Mrs. Malloy.

Als wir am Quai anlangten und die Laufplanke zum Schiff hinaufgingen, drückte er mir die weiße Seidenstola in die Hand. »Ich kaufte
sie für Sie!«

»Aber ich dachte, sie wäre für jemand anders bestimmt.«

»Für wen dachten Sie denn?«

»Nun, vielleicht für Ihre Mutter.«

Ein dunkler Schatten huschte über sein Gesicht. »Meine Mutter ist
tot.«

Ich bereute meine Äußerung, denn ich fühlte, der Gedanke an seine
Mutter war ihm schmerzlich. Und da begriff ich plötzlich, daß ich
tatsächlich nicht viel über ihn wußte. Er liebte mich – und haßte den
Käpten. Was für andere heftige Leidenschaften bewegten ihn und sein
Leben sonst noch?

Wir glitten langsam vom Quai zurück, als Chantel zu mir in die
Kabine kam. Sie bemerkte spöttisch: »Wenn man denkt, daß ich der
Stubenhocker sein mußte!«

»Wie geht's der Patientin?«

»Etwas besser. Die Hitze war einfach zu viel für sie. Es wird ihr bald
besser gehen, wenn wir wieder auf freier See sind.«

»Chantel, es dauert nicht mehr lange, bis wir in Australien sind!«

»Ich fange an, mir auszumalen, wie unser Inselchen wohl sein mag.
Stell es dir vor! Oder kannst du das nicht? Ich sehe im Geiste Palmen
und Korallenriffe und Robinson Crusoe. Ich möchte wissen, was wir
tun werden, wenn das Schiff wieder abgefahren ist und uns dort
gelassen hat.«

»Wir müssen es abwarten und alles auf uns zukommen lassen.«

Sie blickte mich prüfend an. »Irgend etwas ist heute geschehen!«

»Was denn?« fragte ich.

»Ich meine, mit dir. Du warst mit Dick Callum in der Stadt, nicht wahr?«

»Ja, und mit Mrs. Malloy und dem Ersten Offizier.«

»Na und?«

Ich zögerte. »Er hat mir einen Heiratsantrag gemacht.«

Sie starrte mich an. Und dann stieß sie hastig hervor: »Und was hast du gesagt? ›Dies kommt zu plötzlich, mein Herr‹?«

»So ungefähr.«

Sie schien wieder etwas freier zu atmen.

»Ich sehe, du magst ihn nicht sonderlich«, stellte ich fest.

»Oh, ich habe nichts gegen ihn. Aber ich finde ihn für dich nicht gut genug.«

»Tatsächlich! Nicht gut genug für *mich*!«

»Wie immer, zuwenig Selbstbewußtsein! Du hast ihn also abgewiesen, was er als Gentleman hinnahm und dich bat, zu einem späteren Zeitpunkt seinen Antrag noch einmal wiederholen zu dürfen.«

»Woher weißt du das?«

»Das übliche Schema. Mr. Callum hält sich natürlich daran. Das konnte ich mir denken. Er ist nichts für dich, Anna!«

Mich überkam der heftige Drang, ihn zu verteidigen.

»Warum denn nicht?«

»Mein Himmel, du überlegst es dir doch wohl nicht ernstlich? Oder?«

»Ich werde höchstwahrscheinlich keinen zweiten Heiratsantrag bekommen, und viele Menschen finden, es sei besser, verheiratet zu sein, auch wenn man seinen Mann nicht liebt, als überhaupt nicht zu heiraten.«

»Du gibst zu schnell auf. Ich prophezeie dir, du wirst eines Tages den Mann deines Herzens heiraten!«

Sie kniff die Augen zusammen und sah weise und allwissend aus; ich wußte, sie dachte angestrengt nach.

Ich sagte: »Nun, ich gab ihm einen Korb, aber wir sind nach wie vor gute Freunde. Schau, was er mir geschenkt hat.

Ich wickelte die Stola aus und zeigte sie ihr.

Sie nahm sie und legte sie sich um die Schultern. Sie stand ihr hinreißend, doch so war es eben mit allen Sachen bei ihr.

»Da du seinen Heiratsantrag nicht annehmen wolltest, nahmst du dafür seine Stola an!«

»Es schien kleinlich, das nicht zu tun.«

»Er wird seinen Antrag wiederholen«, sagte sie. »Doch du wirst ihn nicht erhören, Anna! Es ist nie klug, sich mit der zweiten Wahl zufriedenzugeben.« Sie erblickte den Fächer, und ihre Augen weiteten sich vor Entsetzen. »Ein Fächer . . . aus Pfauenfedern! Wo hast du den her?«

»Ich kaufte ihn beim Malabar Hill.«

»Er bringt Unglück! Wußtest du das nicht? Auf Pfauenfedern ruht ein Fluch.«

»Was für ein Unsinn, Chantel!«

»Nein«, beharrte sie. »Und wie dem auch sei, ich mag ihn nicht. Es ist eine Herausforderung an das Schicksal.«

Sie ergriff den Fächer und lief mit ihm hinaus; ich hinterher, doch erst an der Reling holte ich sie ein, aber sie hatte meinen Fächer schon in die Tiefe fallen lassen.

Es waren heiße Tage und Nächte während unserer Fahrt durch den Indischen Ozean. Wir waren zu träge, um viel mehr zu tun, als auch tagsüber in den Liegestühlen auf der Backbordseite des Schiffsdecks zu liegen. Lediglich die beiden Knaben schienen noch etwas Energie zu haben. Redvers sah ich gelegentlich; nach dem Auftritt in seiner Kajüte war er mir einige Tage aus dem Wege gegangen. Bei der Überquerung dieses ruhigen, tropischen Meeres hatte er jedoch mehr freie Zeit als bisher, und da Edward am liebsten so viel wie nur irgend möglich bei seinem Vater war, bedeutete das, daß auch ich ihn oft sah.

Edward pflegte zu mir zu sagen: »Komm, wir gehen nach oben auf die Brücke. Der Käpten hat es mir erlaubt.«

»Ich bringe dich hinauf und laß dich dann oben«, erklärte ich.

»Ich kenne den Weg allein«, erregte sich Edward, »doch der Käpten hat gesagt, ich könnte dich mitbringen.«

So verbrachten wir viele Stunden oben inmitten der Navigationsinstrumente, und jedesmal, wenn Edward so in diese Instrumente vertieft war, daß seine schrillen Fragen verstummten, unterhielten wir uns leise.

»Ich bedaure jenen Ausbruch neulich«, sagte er, als wir uns das erste Mal nach jener Szene sahen. »Es muß höchst unangenehm für Sie gewesen sein.«

»Für Sie ebenfalls«, entgegnete ich.

»Aber für mich nichts Neues.« Zum ersten Mal entdeckte ich einen verbitterten Unterton in seiner Stimme.

»Ich hatte entsetzliche Angst, es könnte schlimme Folgen haben.«

»Eines Tages . . .«, sagte er, und seine Augen, die während der Fahrt durch das Meer noch blauer geworden zu sein schienen, waren auf die gebogene Linie des Horizonts gerichtet, wo das Meer mit dem blaß-blauen, wolkenlosen Himmel verschmolz.

»Ja, eines Tages wird es die haben!«

Und dann sah er mich an, und sein Blick war durchdringend und forschend. Ich spürte, wie mein Herz einen Sprung tat. War dies ebenfalls ein Heiratsantrag, der Antrag eines Mannes, der bereits eine Ehefrau hatte? Wollte er mich bitten, zu warten und Geduld zu haben?

Mir schauderte. Der Gedanke, auf den Tod eines Menschen zu warten, war mir zuwider. Früher, als man häufig zu mir gesagt hatte: »Wenn Ihre Tante stirbt, werden Sie gut versorgt sein!« hatte es mir jedesmal einen Schock versetzt. Es ist grauenvoll, darauf zu warten, daß der Tod einen störenden Menschen aus dem Weg räumt. Es erinnerte mich an die Aasgeier auf Malabar Hill.

Ich befürchtete, die kleinste Antwort von mir könnte eine Flut von Worten auslösen, die besser ungesagt blieben, obwohl, wie Chantel wahrscheinlich bemerkt hätte, die Gedanken unabhängig von den Worten existieren, ob diese nun ausgesprochen werden oder nicht.

Edward kam wieder zu uns und salutierte.

»Käpten, was ist das Ding da mit dem Griff?«

Der Augenblick war vorbei. »Zeig es mir lieber, Bo'sun.« So nannte er Edward zu dessen Entzücken, und dieser ließ sich jetzt auch von Johnny mit Bo'sun anreden.

Es bewegte mich sehr, die beiden zusammen zu sehen. Niemals würde ich glauben, daß er einen Menschen um eines Vermögens willen töten könnte. Er war unschuldig! Und doch . . . er war zu mir ins *Queen's House* gekommen und hatte mir nicht gesagt, daß er verheiratet war. Und schlug er mir jetzt wirklich vor, auf ihn zu warten?

Was für eine gefährliche Situation konnte entstehen, wenn ein anderer Mensch einem als Hindernis im Wege zu einem Ziel stand, das man mit aller Leidenschaft anstrebte! Es war eine so banale Situation, wie sie jeden Preis für ein abgedroschenes Klischee verdiente – das ewig gleiche Dreieck. Und zu denken, daß ich mich an der einen Spitze dieses Dreieckes befand! Ich hatte mein behütetes Leben hinter mir zurückgelassen und mich in die Gefahrenzone begeben, ich, die ›hausbackene‹ Anna (wie Monique mich genannt hatte). Ich könnte jetzt sicher und ungefährdet in England leben, als Assistentin eines Antiquitätenhändlers oder als Gesellschafterin einer alten Dame oder als Gouvernante. Das waren die drei Möglichkeiten.

Edward war wieder vollkommen von einem Instrument absorbiert.

»Er wird eines Tages auch Seemann werden«, sagte Redvers und kam zu mir zurück.

»Das würde mich nicht überraschen, obwohl Kinder sich verändern und die Wunschträume ihrer Kindheit oft ihren Reiz verlieren, wenn sie älter werden.«

»Was war Ihr Wunschtraum als Kind?«

»Ich glaube, ich wollte einfach so wie meine Mutter werden.«

»Sie muß eine wundervolle Frau und großartige Mutter gewesen sein.«

»So wie Sie ein großartiger Vater für Edward sind.«

Er zog die Brauen zusammen. »Ich würde mir nicht so gute Noten ausstellen. Ich sehe nur wenig von ihm.«

»Ich sah von meiner Mutter auch nicht viel mehr.«

»Vielleicht idealisieren Kinder ihre Eltern, wenn sie diese nicht so viel sehen.«

»Vielleicht. Für mich war meine Mutter auf jeden Fall der Inbegriff von Anmut und Schönheit, denn ich sah sie nie anders als fröhlich. Vermutlich war sie auch manchmal traurig, aber nie in meiner Gegenwart. Sie lachte sehr viel. Mein Vater betete sie an. Sie war ganz anders als er. Ich wurde in Bombay wieder so intensiv an alles erinnert.«

»Machte Ihnen Ihre Stadtrundfahrt Freude?«

Ich zögerte. »Ich unternahm sie mit Dick Callum, Mrs. Malloy und dem Ersten Offizier.«

»Eine angenehme kleine Gruppe.«

»Er ist schon öfters unter Ihnen gesegelt, wie ich höre.«

»Callum? Ja, er ist ein guter, zuverlässiger Bursche.«

Ich hätte am liebsten geantwortet: ›Er haßt Sie! Und ich glaube, er würde Ihnen gern schaden, wenn er könnte.‹ Doch wie konnte ich so etwas sagen?

»Ich glaube, er denkt, ich hätte das Ganze damals auf der ›Geheimen Frau‹ auf dem Gewissen und die Diamanten in einem sicheren Versteck.«

»Woher wissen Sie das?«

»Meine liebe Anna! Alle dachten das. Es war die nächstliegende Vermutung.«

Es erschreckte und entzückte mich, wie er ›Meine liebe Anna‹ sagte, denn seine Worte gaben mir das Gefühl, das wirklich für ihn zu sein.

»Und Sie finden sich einfach damit ab?«

»Ich kann es ihnen nicht verübeln, daß sie das Naheliegende annehmen.«

»Aber regt es Sie nicht auf?«

»Nun ja, es hat seine Wirkung auf mich. Ich werde dadurch aber nur um so entschlossener, das Rätsel zu lösen, damit ich ihnen sagen kann: ›Na bitte! Ihr habt euch alle geirrt!‹«

»Nur deshalb?«

»Und natürlich auch, um zu beweisen, daß ich ein Ehrenmann bin.«

»Und das können Sie nur, wenn Sie die Diamanten finden?«

»Die liegen, wie ich vermute, auf dem Meeresgrund. Was ich herausfinden will, ist vielmehr, wer mein Schiff in die Luft jagte.«

»Die denken, daß *Sie* es taten.«

»Deshalb will ich denen ja gerade beweisen, daß ich es nicht war!«

»Aber wie?«

»Indem ich den Täter ausfindig mache!«

»Haben Sie die Hoffnung, daß Ihnen das gelingen wird?«

»Ich habe immer Hoffnung! Jedesmal, wenn ich die Insel Koralle anlaufe, bin ich überzeugt, daß es mir gelingen wird, die Antwort auf dieses Rätsel zu finden.«

»Aber das Schiff ist gesunken und die Diamanten mit ihm. Wie können Sie da noch etwas herausfinden?«

»Jemand irgendwo auf der Welt, und höchstwahrscheinlich auf jener Insel, kennt die Antwort. Eines Tages werde ich sie herausbekommen.«

»Und Sie glauben, die Antwort ist auf Koralle zu finden?«

»Ich fühle, daß sie dort sein muß.«

Spontan wandte ich mich ihm zu. »Ich werde versuchen, sie zu finden! Wenn die ›Heitere Lady‹ wieder abgefahren ist und uns dort gelassen hat, werde ich alles tun, was in meinen Kräften steht, um Ihre Unschuld zu beweisen.«

Er lächelte. »Sie glauben also an sie?«

»Ich fürchte«, antwortete ich sehr langsam, »Sie könnten erreichen, daß ich alles glaube, was Sie wollen.«

»Was für eine seltsame Äußerung! Als glaubten Sie es gegen Ihren eigenen Willen.«

»Nein, nein! Mein Wille würde mich zwingen, Ihnen zu glauben, weil ich es so will.«

»Anna . . .«

»Ja?«

Sein Gesicht war dicht vor meinem. Ich liebte ihn! Und ich wußte, daß er mich ebenfalls liebte. Wußte ich es wirklich? Oder war dies nur wieder ein Beispiel dafür, wie mein Wille mein Herz zwang, etwas zu glauben?

»Ich habe die ganze Zeit in Bombay an Sie gedacht. Ich wünschte, ich hätte Sie begleiten und bei Ihnen sein können. Und Callum . . . Er ist kein schlechter Kerl, nur . . .«

Ich streckte die Hand aus, und er ergriff sie. Und dann sprach er den Gedanken aus, der ihn beschäftigte: »Anna! Tu nichts Überstürztes! Warte!«

»Worauf?« wollte Edward wissen, der plötzlich zu uns herübergekommen war.

»Und warum haltet ihr euch an der Hand?«

»Gut, daß du mich daran erinnerst«, sagte ich rasch. »Wir müssen jetzt hinuntergehen und uns die Hände für das Mittagessen waschen.«

Ich mußte schnell fort, denn ich hatte Angst vor meinen Gefühlen.

Gareth Glenning und Rex Crediton spielten an Deck Schach. Chantel war in der Kabine und bemühte sich um Monique, der es in der Nacht zuvor wieder schlecht gegangen war. Mrs. Greenall hatte sich Mrs. Malloy gekapert, und ich hörte, wie sie dieser von ihren Enkelkindern erzählte.

»Ungezogen, natürlich, aber Jungens sind nun mal Jungens, und er ist erst sechs Jahre alt. Und ich sagte zu ihm, wenn wir wieder nach England zurückreisen, wirst du schon ein kleiner Mann sein.«

Mrs. Malloy murmelte schläfrig eine Art Antwort.

Edward und Johnny spielten Tischtennis auf dem mit grünem Flanell bespannten Tisch, der am Ende des Decks stand und durch ein Netz ringsum gegen den Verlust von Bällen geschützt war, durch das ich wiederum Edward zu meiner Beruhigung im Auge behalten konnte.

Ich hielt ein Buch auf meinem Schoß, las jedoch nicht. Es herrschte ein zu großer Aufruhr in meinem Inneren. Ein einziges Wort hallte mir immer wieder in den Ohren »Warte!«

Er sprach nie über seine Ehe mit mir und erwähnte nie, wie er unter ihr litt. Durch Chantel erfuhr ich, was für eine Katastrophe sie war. Chantel hörte sich Moniques Geständnisse an und lebte in engem Kontakt mit ihnen; als Monique so krank war, hatte sie einige Zeit sogar oben in der Kapitänskajüte verbracht.

»Mich wundert nur, daß er sie nicht umbringt«, meinte sie. »Oder sie ihn. Sie steigert sich so hinein. Einmal, als ich dort oben war, nahm sie ein Messer und stürzte sich auf ihn. Es war selbstverständlich nicht gefährlich, denn sie hatte kaum Kraft zum atmen, geschweige denn, einem so kräftigen Mann ein Messer in die Brust zu stoßen.« Chantel mochte darüber spotten, mir gelang es nicht.

»Weißt du«, fuhr sie fort, »er wurde ja in eine Falle gelockt, damit er sie heiraten mußte. Was er für eine kleine Liebesaffäre hielt, wurde mehr, und er mußte sie heiraten. Da war noch so eine alte Kinderfrau, die ihm drohte, ihn mit einem Fluch zu belegen, falls er es nicht tat. Monique hat es mir erzählt. Und ein Kapitän darf nicht mit einem Fluch behaftet sein.«

Ich sagte ihr nicht, daß ich dies schon wußte.

»Klein-Edward mag damals schon auf dem Weg gewesen sein oder auch nicht. Du meine Güte, für die Sünden, die zu zweit begangen werden, muß oft nur einer büßen. Zumindest, wenn er sich erwischen läßt. Was Monique betrifft, so betet sie nach wie vor ihren Käpten an. Sie schreibt ihm sogar Briefe. Ich muß sie dauernd zu ihm hinaufbringen. Sie will sie niemand anderem als mir anvertrauen. Diese leidenschaftliche, ach so leidenschaftliche Monique! Vielleicht sollte er ruhig ein bißchen nett zu ihr sein. Sie wird nicht alt werden.«

Ich sagte, es wäre eine sehr tragische Situation.

»Sie wäre es jedoch weniger, wenn Monique eine blühende und gesunde Frau wäre.«

Ich konnte es nicht ertragen, wenn Chantel so daherredete.

Es gab Momente, in denen ich überzeugt war, wir hätten beide klüger daran getan, in England zu bleiben, sowohl Chantel als ich.

Und hier lag ich nun an Deck und lauschte dem Geräusch der Bälle auf dem grünen Tisch und den jähen schrillen Freuden- oder Protestschreien der beiden Knaben; ab und zu warf ich einen Blick auf die aufgeschlagene Seite meines Buches und las einen Absatz, ohne hinterher zu wissen, was darin stand, um dann wieder aufzuschauen und den Spielen der Tümmler mit den Blicken zu folgen oder zu beobachten, wie die Fliegenden Fische sich aus dem Wasser schnellten und über die Wellen segelten.

Es wehte ein warmer, weicher Wind; vielleicht konnte ich deshalb die Stimmen so deutlich hören, die von dem Schachtisch herüberdrangen. Rex sprach mit größerer Heftigkeit, als ich es jemals von ihm erlebt hatte.

»Sie . . . *Satan!*«

Er konnte nur Gareth Glenning damit meinen; es fiel mir schwer, mir einen Menschen vorzustellen, der weniger einem Satan glich.

Vermutlich hat er Rex Schach geboten, überlegte ich träge. Aber wie vehement es geklungen hatte! Und dann vernahm ich Gareths Lachen. Es war unangenehm höhnisch.

Ich muß halb eingeschlafen gewesen sein und dem freien Lauf meiner Fantasie gefolgt sein. Die beiden spielten lediglich Schach miteinander und Gareth gewann offensichtlich.

Bald, so überlegte ich, erreichen wir Sydney, und dann wird sich alles ändern. Viele werden uns dort verlassen, Rex, die Glennings, Mrs. Malloy und die übrigen Passagiere. Edward, Chantel, Monique und ich würden als einzige bleiben. Und wenn wir auf der Insel Koralle ankamen, würde sich wieder alles auf dem Schiff ändern, doch würde ich das nicht mehr miterleben.

Am Horizont war ein Schiff aufgetaucht mit im Wind voll geblähten Segeln. Die Jungen rannten an die Reling, um es sich anzuschauen.

»Ein Yankee-Klipper!« rief Edward.

»Nein, ein China-Klipper!« konterte Johnny.

Sie stritten sich darüber und vergaßen ganz ihre Partie Tischtennis. Sie blieben an der Reling und beobachteten das Schiff, während Edward mit seinen besseren Kenntnissen angab, die er sich von seinem Vater geholt hatte.

Miss Rundle kam angeschlichen mit ihrem großen Hut, den sie mit einem Chiffonschal um das Kinn festgebunden hatte, um ihren Teint zu schützen, der, wie Chantel einmal bemerkte, diese Mühe kaum wert war.

»Hallo, Miss Brett.« Allein die Art, wie sie meinen Namen aussprach, war schon ein Vorwurf. »Haben Sie etwas dagegen, wenn ich mich etwas zu Ihnen setze?«

Und ob ich das hatte, doch konnte ich das ja leider nicht sagen.

»O je!« seufzte sie, und ihr Blick blieb auf Mrs. Malloy und Mrs. Greenall haften. »Die wird es nicht freuen, sich von ihrem Ersten Offizier trennen zu müssen!«

»Es ist bestimmt nur eine nette Reisebekanntschaft.«

»Ich glaube, Sie sind da sehr nachsichtig, Miss Brett.«

(Was man allerdings nicht von ihr behaupten konnte!)

»Aber Sie . . .«

Sie brach mit einem Kichern ab; sie hatte jedoch schon genug gesagt.

»Und Sie werden weiter an Bord bleiben, wenn wir uns verabschiedet haben.«

»Nicht mehr lange – nur, bis wir die Insel Koralle erreichen.«

»Sie werden die Besatzung . . . und den Käpten . . . dann ganz für sich haben. Aber *Sie* müssen ihn mit den andern teilen. Wie geht es übrigens der *armen* Mrs. Stretton?«

»Sie hält sich in ihrer Kabine auf, wie Schwester Loman mir sagte.«

»Die Ärmste! Ich mag mir gar nicht ausmalen, was sie sich alles bieten lassen muß!«

»Mögen Sie das nicht?« fragte ich leicht ironisch.

»O nein, wirklich nicht! Mit so einem Mann! Die Art, in der er mich anlächelte, als er mir auf Wiedersehen sagte . . .«

»Tatsächlich?«

»Der ist der geborene Herzensbrecher. Ja, sie tut mir wirklich leid . . . und auch alle anderen, die er betört zu haben scheint. Die Frauen sollten allerdings mehr Verstand haben und auch mehr Anstand! Aber ich weiß nicht. Ich kann mich nur wundern! Zum Beispiel Ihre Freundin Schwester Loman . . . und eh . . .« Sie blickte sich nach Rex um. »Was denkt die nur, wird sie damit erreichen?«

»Ich glaube nicht, daß alle Menschen immer nur darüber nachdenken, was sie mit einer Freundschaft erreichen. Wenn es so wäre, gäbe es kaum Freundschaften auf der Welt.«

»Oho, Sie sind sehr schlagfertig. Das sind Gouvernanten wohl immer. Ach, diese Jungen ... Wie sie schreien! Sollten sie nicht zur Ordnung gerufen werden? Du meine Güte, wenn ich daran denke, als ich jung war ...«

»Die alte Ordnung ändert sich und macht einer neuen Platz«, erwiderte ich und dachte an Chantel, die gern Zitate anführte, diese allerdings meist falsch, wie ich es jetzt wahrscheinlich auch getan hatte.

»H-m ...« meinte sie säuerlich.

»Es *ist* ein Yankee-Klipper!« schrie Edward. »Ich werde zum Käpten gehen und ihn fragen.«

Er kam mit Johnny, der ihm auf den Fersen folgte, angerannt.

»Edward! Wohin läufst du?« rief ich.

»Zum Käpten. Ich will durch das Ding da gucken, das er hat. Es ist ganz toll! Man kann Sachen, die weit weg sind, ganz deutlich damit sehen.«

»Wann hast du denn da durchgeguckt?« höhnte Johnny.

»Ich habe einmal ... nein, zweimal durchgeguckt. Das habe ich, nicht wahr, Anna? Du weißt doch, Anna, als wir oben beim Käpten waren und er deine Hand hielt und dich bat zu warten. Ja, damals war es. Ich guckte durch das Rohr und sah ein großes Schiff damit. Ich fragte den Käpten, und er sagte, es wäre ein Yankee-Klipper.«

Miss Rundle vermochte kaum ihre Erregung zu meistern.

»Du kannst jetzt nicht zu ihm gehen«, erklärte ich. »Und was ist eigentlich mit eurer Partie Tischtennis? Geht und spielt sie zu Ende.«

»Aber ...«

»Du kannst das Schiff dem Käpten beschreiben, wenn du ihn das nächste Mal siehst. Vielleicht zeigt er dir dann Abbildungen, und du kannst ihm zeigen, was für ein Schiff es war.«

»Er hat viele Bilder da oben, was, Anna?«

Ich sagte: »Ja, und ich denke, er wird sie euch beiden bei Gelegenheit einmal zeigen. Aber ihr dürft nicht vergessen, daß er sich um das Schiff kümmern muß. Geht also und spielt eure Partie zu Ende und fragt ihn später.«

Wir saßen weiter in unseren Liegestühlen. Das Schiff war hinter dem Horizont verschwunden, und die Tümmler spielten vergnügt um uns herum. Rex und Gareth waren immer noch in ihr Schachbrett vertieft; Mrs. Malloy und Mrs. Greenall hielten ein Schläfchen, und Miss Rundle entschwand. Ich wußte, sie war auf der Suche nach einem

Opfer, dem sie ihre jüngste Entdeckung zuflüstern konnte. Der Käpten hätte meine Hand gehalten und mich gebeten zu warten!

Es war, glaube ich, ein Glück, daß wir in Kürze Fremantle erreichen sollten. Die Aufregung, in einen Hafen einzulaufen, schien immer alle anderen Spannungen unter den Passagieren zu glätten. Sogar Miss Rundle gelang es nicht, sich allzusehr über einen Skandal zu erregen, der Menschen betraf, von denen sie sich bald für immer verabschieden mußte. Es stand für mich fest, daß sie Edwards vielsagende Bemerkung weiterverbreitet hatte, doch erschien diese nicht mehr so wichtig, wie sie es wahrscheinlich noch vor einem Monat gewesen wäre. Mrs. Malloy verbrachte weniger Zeit mit dem Ersten Offizier; ihre Freundschaft starb eines natürlichen Todes. Sie bereitete geschäftig alles für ihre Ankunft in Melbourne vor. Mr. und Mrs. Greenall befanden sich in einem Zustand fieberhafter Erregung und fragten sich gegenseitig wohl zwanzig Mal am Tag, ob man die Enkelkinder an den Circular Quay zu ihrem Empfang mitbringen würde.

»Den Kleinsten bestimmt nicht«, versicherte sie mir zum wiederholten Male. »Bestimmt nicht, wo er noch so klein ist.«

Chantel und Rex verbrachten jede freie Minute zusammen; ich hatte Angst um sie. Einmal sah ich sie nebeneinander an der Reling lehnen und ernst miteinander reden. Ich machte mir Sorgen um Chantel. Ihre Gelassenheit war bestimmt nicht echt. Edward und Johnny waren die einzigen, die sich weiter wie bisher und normal benahmen. Auch sie mußten sich in Melbourne trennen, doch für sie war das, wie sie sagen würden, ›noch Ewigkeiten hin‹. Ein Tag war für sie unendlich lang.

Und dann wachte ich eines Morgens auf und sah, daß wir angekommen waren.

Am Quai standen viele Menschen zur Begrüßung des Schiffes; sie trugen lange weiße Handschuhe und breitrandige Hüte mit Blumen und Bändern. Irgendwo spielte eine Kapelle *Rule Britannia*. Redvers hatte mir erzählt, daß in australischen Häfen englische Schiffe immer begrüßt und verabschiedet würden, da England auch für die Australier die Heimat wäre, die nie dort gewesen waren. Bei den großen Passagierschiffen kämen natürlich viele, um Passagiere abzuholen; wir waren jedoch ein Frachtschiff und bekamen trotzdem unseren Willkommensgruß mit patriotischen Musikstücken.

Die Kinder fanden es riesig aufregend, und da ich ihnen von der Geschichte Australiens erzählt hatte, war ihr Interesse noch lebhafter. Sie freuten sich darauf, ihr erstes Känguruh und ihren Koalabären zu sehen, und so gingen Mrs. Blakey und ich mit ihnen für die wenigen

Stunden an Land, die das Schiff im Hafen blieb. Es war sehr heiß, doch die Jungen schienen es gar nicht zu bemerken. Immer wieder schrien sie vor Entzücken laut auf; und ich muß sagen, auch ich war wie verzaubert, als wir am Swan River entlangfuhren, wo die rot blühenden Gummibäume und die gelben Blüten der australischen Akazien eine leuchtende Farbsymphonie bildeten. Unser Ausflug war jedoch notgedrungen kurz, und wir mußten ständig auf die Uhr schauen. Plötzlich sah ich Chantel und Rex in einer offenen Kutsche vorbeifahren; ich hoffte inständig, Miss Rundle möge ihnen nicht begegnen. Arme Chantel! Bald mußte sie von Rex Abschied nehmen. Würde es ihr gelingen, ihre unbekümmerte Leichtfertigkeit und vorgetäuschte Gleichgültigkeit aufrechtzuerhalten? Das fragte ich mich sorgenvoll.

Und dann würde für uns der Augenblick kommen – er war gar nicht mehr so fern – wo wir uns von dem Schiff trennen mußten. Bald würden wir die Insel Koralle erreichen, wo Chantel und ich mit Edward und seiner Mutter zurückbleiben mußten. Jedes Mal, wenn ich daran dachte, überkam mich eine schreckliche, nicht näher zu definierende Furcht. Ich versuchte sie zu verscheuchen, was mir jedoch nicht gelang. Als wir wieder auf das Schiff zurückkehrten, traf ich Dick Callum. Er kam gerade aus seinem Büro und war, wie so oft während unseres Aufenthaltes in einem Hafen, sehr beschäftigt.

»Wie gern hätte ich Sie zu einem Ausflug eingeladen!« erklärte er bedauernd.

»Mrs. Blakey und ich haben die Jungen ausgeführt.«

»Ich war durch wichtige Arbeiten verhindert ... vielleicht waren sie allerdings gar nicht so wichtig!«

»Wie meinen Sie das?«

»Jemand Hochgestelltes wollte vielleicht nicht, daß ich Zeit hatte.«

»Das klingt sehr mysteriös!« meinte ich und ging weiter. In Wirklichkeit war ich entzückt darüber, daß Redvers vielleicht ein Zusammensein von Dick Callum und mir hatte verhindern wollen.

Die Laufplanke sollte gerade eingezogen werden, als Chantel und Rex herbeigeeilt kamen.

»Das war aber knapp!« sagte ich. »Du hättest das Schiff verpassen können.«

»Sei sicher, daß ich nie das Schiff verpasse!« entgegnete sie bedeutungsvoll. Ich betrachtete ihr gerötetes, zauberhaft schönes Gesicht und überlegte, daß sie nicht wie ein Mädchen kurz vor dem Abschied von seinem Liebsten aussah.

In Melbourne kam Mr. Malloy, ein hochgewachsener, sonnengebräunter Mann, der mit seinem Besitz einige Kilometer außerhalb der Stadt ein sehr erfolgreicher Mann geworden war, an Bord, um seine Familie in Empfang zu nehmen.

Alle hatten sich verändert. Johnny sah sehr brav in seinem Matrosenanzug und der runden Matrosenmütze mit der Aufschrift *M.M.S. Success* aus. Mrs. Malloy trug einen großen, mit Blumen und Bändern geschmückten Strohhut, der eher nach London als in das australische Hinterland paßte; sie sah jedoch in ihrem grauen Mantel, dem grauen Kleid mit ebenfalls grauen Handschuhen und grauen Stiefeln sehr hübsch aus. Mrs. Blakey hatte ebenfalls ihre besten Sachen angezogen. Sie erschienen mir plötzlich wie Fremde, die sich nicht mehr für ihre Reisegefährten interessierten und nicht mehr zu uns gehörten.

Mr. Malloy entführte sie, nachdem sie Edward in jener unverbindlichen, nichtssagenden Art eingeladen hatten, sie einmal zu besuchen, wie Leute es tun, wenn sie genau wissen, daß von dieser Einladung niemals Gebrauch gemacht werden wird. Und dann waren sie fort – für immer aus unserem Leben verschwunden.

Für mich bedeutete es eine Veränderung. Edward würde sein Freund fehlen und mir Mrs. Blakeys Unterstützung.

»Wo ist nur der Erste Offizier, frage ich mich, eh?« vernahm ich Miss Rundles näselnde Stimme neben mir. »Macht sich plötzlich rar, aber das war ja nicht anders zu erwarten.«

Chantel gesellte sich zu uns.

»Und wir müssen uns ja auch bald trennen«, sagte sie fröhlich und lächelte Miss Rundle hintergründig an.

»Einigen von uns wird der Abschied schwerfallen!« entgegnete diese.

»O ja, leider!« seufzte Chantel.

»Ich bin sicher, Sie und Mr. Crediton sind beim Gedanken daran etwas traurig.«

»Und Sie doch auch«, erwiderte Chantel.

»Miss Rundle«, meinte ich, »ist eine scharfe Beobachterin der menschlichen Seele.«

»Wir wollen hoffen, daß sie sich in einer Gesellschaft wiederfindet, die so lohnend für derartige Studien ist wie unsere Gruppe, die sich jetzt bedauerlicherweise auflöst.« Miss Rundle machte ein verblüfftes Gesicht, und Chantel fuhr fort: »Wir dürfen nicht vergessen, daß wir lediglich ›Schiffe sind, die sich des Nachts begegnen‹. Beende es für mich, Anna.«

> »Und sagt ein Wort euch im Vorübergehen;
> Schickt euch ein kurzes Lichtsignal,
> Ferne Stimmen im Dunkel.«

»Schön, nicht wahr?« fragte Chantel. »Und so wahr! ›Schiffe, die sich des Nachts begegnen.‹ Und dann ... fahren sie weiter ... immer weiter und sehen sich nie wieder. Es ist ein wundervolles Gleichnis.«

Miss Rundle schnaubte mißgelaunt! Sie fand keinen Geschmack an dieser Unterhaltung. Sie sagte, Mrs. Greenall erwarte sie in ihrer Kabine und ließ uns stehen.

»Unser nächster Hafen ist Sydney«, sagte ich zu Chantel.

»Ja, und dann Koralle.«

»Wie wirst du es finden, Chantel?« fragte ich.

»Ich müßte Hellseherin sein, um dir diese Frage beantworten zu können.«

»Ich meine den Abschied von Rex Crediton in Sydney. Es ist sinnlos, daß du mir etwas vormachst. Ihr habt eine sehr spezielle Freundschaft miteinander.«

»Wer will dir denn etwas vormachen?«

»Wenn du ihn liebst und er dich, was hindert euch dann daran zu heiraten?«

»Du stellst diese Frage, als wüßtest du die Antwort.«

»Die weiß ich auch. Nämlich: Nichts! Es sei denn, er ist so schwach, daß er vor seiner Mutter Angst hat.«

»Liebe Anna«, meinte sie, »ich glaube wirklich, du hast deine nichtswürdige Freundin sehr gern. Aber mach dir um sie nur keine Sorgen! Sie kommt schon zurecht. Sie hat es immer geschafft und wird es auch in Zukunft schaffen. Habe ich dir nicht gesagt, ich würde nie das Schiff verpassen?«

Sie war voller Zuversicht.

Sie müssen irgend etwas vereinbart haben, überlegte ich.

Vielleicht wurden wir alle leichtsinnig. Ich sah in diesen Tagen nur wenig von Chantel. Mag sein, daß Monique ihr so viel Zeit wie nur möglich vor ihrem Abschied von Rex lassen wollte. Vielleicht hatte sie sich im stillen für diese Romanze zu interessieren begonnen. Chantel und Rex schienen eine enge Freundschaft mit den Glennings geschlossen zu haben; vielleicht dienten diese ihnen jedoch lediglich als Paravent. Auf jeden Fall waren die vier häufig zusammen.

Am Vorabend unserer Ankunft traf ich Redvers auf dem leeren Deck. Es war eine warme, windstille Nacht; der Wind, der tagsüber stets wehte, legte sich nachts.

Mit ihm allein zu sein war etwas, was ich brennend ersehnte und doch gleichzeitig fürchtete.

»Anna!« sagte er, als er auf mich zukam. Ich hatte an die Reling gelehnt dagestanden und in das dunkle Wasser hinuntergeschaut; ich wandte mich um und sah ihn an.

»Hier sind wir nun auf dem Schiff, und ich sehe Sie kaum«, sagte er.

»Es dauert jetzt nicht mehr lange, bis ich das Schiff verlasse.«

»Ist es eine schöne Reise gewesen?«

»Schöner als alles, was ich bisher erlebt habe. Ich werde sie nicht vergessen.«

»Ich auch nicht.«

»Sie haben aber schon so viele Reisen hinter sich.«

»Aber nur eine mit Ihnen an Bord.«

»Wohin geht die Fahrt, wenn Sie uns in Koralle abgesetzt haben?«

»Ich werde etwa zwei Monate lang Frachten fahren und dann vor der Rückfahrt nach England wieder nach Koralle kommen.«

»Dann . . . sehen wir uns ja wieder.«

»Ja«, antwortete er. »Wir bleiben meistens einige Tage. Ich habe mir schon überlegt . . .«

»Ja? Was denn?«

»Mir überlegt«, fuhr er fort, »wie es Ihnen auf der Insel gefallen wird.«

»Ich weiß nicht so recht, was ich dort vorfinden werde. Ich bin überzeugt, daß die Insel in Wirklichkeit ziemlich anders ist als in meiner Vorstellung.«

»Sie ist halb zivilisert und halb heidnisch urwüchsig. Das macht sie so eigenartig. Unsere moderne Zivilisation fristet dort ein recht . . . schattenhaftes Dasein. Ich habe ziemlich viel über Ihren Aufenthalt dort nachgedacht.«

»Meinen Aufenthalt dort?«

»Monique muß dort bleiben. Es ist für ihre Gesundheit unumgänglich. Und Edward sollte selbstverständlich bei seiner Mutter bleiben. Aber ich mache mir Gedanken über Sie und natürlich auch über Schwester Loman. Ich halte es durchaus für möglich, daß Sie wieder nach Hause wollen, wenn ich nach den zwei Monaten noch einmal nach Koralle komme.«

»Wären denn Kabinen auf dem Schiff für uns frei?«

»Ich werde dafür sorgen, daß es einzurichten geht.«

»Das ist sehr beruhigend!« erklärte ich. »Sehr beruhigend!«

»Wir werden dann vielleicht eine zweite Reise zusammen machen?«

Mich überlief ein Schauder.

»Ist Ihnen kalt?«

»Wem könnte in einer Nacht wie dieser kalt sein?«

»Dann war es ein Frösteln der Furcht. Wovor fürchten Sie sich?«

»Ich weiß nicht, ob man dieses Gefühl als Furcht bezeichnen kann.«

»Ich sollte nicht so mit Ihnen sprechen, das ist es, nicht wahr? Aber sollen wir uns denn immer etwas vormachen und die Wahrheit verleugnen?«

»Vielleicht wäre es besser.«

»Könnte es jemals besser sein, die Wahrheit zu verleugnen?«

»Unter gewissen Umständen ganz bestimmt!«

»Nun«, erwiderte er, »ich werde mich auf keinen Fall ewig von solchen Moralprinzipien gängeln lassen. Erinnern Sie sich an jenen Abend im *Queen's House*, Anna?«

»O ja, sehr gut!«

»Etwas geschah an jenem Abend ... Jenes Haus ... ich habe es nie vergessen. Die tickenden Uhren, die vielen Möbel ... Und wir saßen da an jenem Tisch mit den brennenden Kerzen in den beiden Leuchtern.«

»Sehr wertvollen Leuchtern! Chinesisches 18. Jahrhundert!«

»Wir schienen uns auf einer Insel zu befinden, nur wir beide, und jenes Mädchen huschte hin und her und bediente uns. Es war, als wären wir ganz allein auf der Welt und als hätte nichts sonst die geringste Bedeutung. Empfanden Sie das ebenfalls? Ich weiß, daß Sie es taten. Ich hätte es nicht so intensiv fühlen können, wenn es Ihnen nicht ebenso ergangen wäre.«

»Ja«, sagte ich, »auch für mich war es ein unvergeßlicher Abend.«

»Alles, was ich vorher erlebt hatte, erschien völlig unwichtig.«

»Sie meinen Ihre Heirat?«

»Nichts hatte mehr irgendeine Bedeutung! Es gab nur noch uns beide und jene tickenden Uhren, die die Zeit stillstehen zu lassen schienen. Klingt das dumm? Ich war noch nie in meinem Leben so glücklich gewesen ... so beschwingt und doch so zutiefst zufrieden, so hellwach und doch so gelassen.«

»Das war vor dem Unglück mit der ›Geheimen Frau‹.«

»Aber ich war bereits verheiratet, und das war ein viel größeres Unglück! O ja, ich werde Ihnen die Wahrheit sagen. Ich werde nichts beschönigen. Ich will nur, daß Sie wissen, wie es kam. Die Insel faszinierte mich, als ich zum ersten Mal hinkam, faszinierte mich in gleichem Maße, wie sie mich jetzt abstößt. Sie werden es vielleicht verstehen, wenn Sie sie sehen. Und Monique, sie war ein Teil dieser Insel. Ich war bei ihrer Mutter eingeladen. Es ist ein sonderbares Haus, Anna. Der Gedanke, daß Sie dort leben werden, beunruhigt mich schon jetzt.«

»Chantel wird bei mir sein.«

»Ich bin froh darüber. Ich glaube, ich würde Ihnen nicht erlauben, alleine dort zu bleiben.«

»Ist es denn so gefährlich dort?«

»Sie werden feststellen, daß die Insel sehr eigenartig und schwer zu verstehen ist.«

»Und dann lassen Sie Edward ruhigen Herzens dort?«

»Edward wird nichts geschehen. Er ist schließlich einer von ihnen.«

»Erzählen Sie mir von dem Haus!«

»Sie werden ja selbst sehen. Ihre Mutter und die alte Kinderfrau leben dort mit einigen Dienstboten. Vielleicht ist es auch nur meine Fantasie, aber anfangs faszinierte mich alles, und ich fand Monique wunderschön. Ich hätte weggehen sollen! Ich hätte es wissen müssen, aber als ich es erkannte, war es natürlich schon zu spät. Und dann wurde eine Heirat notwendig, und ich war im Handlungszwang.«

»Sie ließen Monique auf der Insel und segelten wieder fort?«

»Ja, es war eine ähnliche Fahrt wie diese. Und dann kam ich mit der ›Geheimen Frau‹ wieder zu der Insel, und beim nächsten Mal nahm ich Monique mit nach England. Und jetzt . . . soll ich Sie dort lassen.« Er schwieg einen Moment und fuhr dann fort: »Ich frage mich, was dieses Mal passieren wird.«

»Ich hoffe, nichts Schlimmes. Aber es ist tröstlich zu wissen, daß Sie uns mitnehmen werden für den Fall, daß wir wieder nach England zurückkehren wollen. Ich werde es Chantel sagen.«

»Ich denke, sie wird bestimmt wieder mit zurück wollen. Sie, Anna, könnte ich mir dort unter gewissen Umständen vorstellen, nicht jedoch Schwester Loman.«

»Auf jeden Fall wird es interessant sein, die Insel kennenzulernen.«

»Sie ist sehr schön. Üppige Vegetation, Brandung an weißen Sandstränden, Palmen, die sich sanft in der leichten Brise wiegen, und ein so klares, saphirblaues Meer, das dort, wo es die goldenen Strände umspült, smaragdgrün wird.«

»Und was werden Sie machen, wenn Sie wieder in England sind?« fragte ich.

»Ein paar Tage bleiben und dann wieder auf neue Fahrt gehen.«

»Auf die gleiche wie jetzt?«

»Das hängt davon ab, was für Fracht wir bekommen. Eines werde ich ganz bestimmt tun und zwar zum *Queen's House* gehen und sagen ›Ich komme von Miss Brett, der Besitzerin, die mich bat, bei Ihnen hereinzuschauen und mich zu erkundigen, wie Sie sich hier eingelebt haben.‹ Und ich werde in der Halle stehen und an jenen Abend denken, der mein ganzes Leben verändert hat – und auch mich.«

»Wirklich?«

»O ja, sehr sogar! Seit jenem Abend will ich etwas anderes vom Leben.«

»Was wollten Sie denn vorher?«

»Abenteuer! Abwechslung! Gefahr! Erregende Erlebnisse! Doch an jenem Abend wurde ich erwachsen. Ich wünschte mir plötzlich ein

Leben zu zweit. Vorher hatte ich immer geglaubt, nie länger als eine begrenzte Zeit mit dem gleichen Menschen zusammensein zu wollen. Ich jagte ständig irgendeinem Abenteuer nach. Ich brauchte dauernd Abwechslung, die nur das Neue geben kann. In jener Nacht wurde ich erwachsen. Ich erkannte plötzlich, worauf es im Leben ankommt. Ich sah mich dort leben, in jenem Haus, sah im Geiste den Rasen vor mir mit einem gedeckten Tisch unter einem bunten Sonnenschirm, an dem eine junge Frau saß, die aus einer chinesischen Teekanne Tee in blaue chinesische Tassen goß. Und vielleicht sah ich auch einen Hund dort liegen – einen goldbraunen Setter, und dann Kinder, lachende, spielende Kinder. Ich sah es alles ganz deutlich wie etwas, das ich mir glühend wünschte, obwohl ich es mir noch nie vorher gewünscht hatte. Ich sollte nicht darüber sprechen, nicht wahr? Aber es liegt irgendwie an dieser Luft heute nacht. Wir fahren hier dicht an der australischen Küste entlang. Können Sie die Lichter dort drüben sehen? Sie sind ganz nah. Und es ist Sommer, und ... und es gibt nichts so Wohltuendes wie tropische Nächte auf See, denn man glaubt dann, daß nichts unmöglich ist. Vielleicht gibt es auf der Welt ähnliche Gärten wie den Garten vom *Queen's House*, doch manchmal sage ich mir, daß ich an jenem Abend eine Vision hatte und eines Tages der Tisch mit dem Sonnenschirm dort stehen wird und ich unter ihm sitzen werde.«

Ich stammelte: »Das ist unmöglich! Es war doch schon zu spät, als Sie damals kamen. Ich finde wirklich, Sie sollten mir nicht solche Dinge sagen! Und ich sollte Ihnen nicht zuhören!«

»Aber ich sage es Ihnen, und Sie hören mir zu!«

»Was beweist, wie unrecht wir tun.«

»Wir sind auch nur Menschen!«

»Aber es führt zu nichts. Es hat keinen Sinn sich auszumalen, was hätte sein können!«

»Anna ...«

Ich wußte, was er sagen wollte. Warte! Es könnte so leicht etwas passieren! Aber dies sind gefährliche Gedanken. Wir waren durch eine unüberbrückbare Kluft getrennt, und solange Monique lebte, konnte sich sein Traum – der auch mein Traum war – nie erfüllen.

Ich wollte ihm erklären, daß wir nicht daran denken durften, denn allein der Gedanke daran bedeutete, es leidenschaftlich herbeiwünschen, und das konnte nur Sünde sein.

Ich durfte nicht wieder mit ihm allein sein! Er war ein kraftvoller und vitaler Mann. Ich wußte das. Er hatte nie das Leben eines Asketen geführt, und ich fürchtete für ihn ... und für mich.

Es war zu spät! Er mußte das begreifen.

Wir waren in Gefahr, uns zu wünschen, der Weg möge für uns frei sein.

»Es wird spät«, sagte ich. »Ich muß hineingehen.«

Er schwieg einige Sekunden lang, und als er dann antwortete, war seine Stimme ebenso ruhig und beherrscht wie meine.

»Morgen werden wir in den Hafen einlaufen. Sie sollten zur Brücke hinaufkommen, um die beste Aussicht zu haben. Sie müssen den ganzen Hafen frei überblicken können. Ich versichere Ihnen, es lohnt sich. Monique wird auch oben sein, falls sie sich wohl genug fühlt, und Schwester Loman muß ebenfalls kommen. Auch Edward wird es sich nicht entgehen lassen.«

»Vielen Dank. Ich werde gern kommen.«

»Gute Nacht!«

»Gute Nacht!«

Und als ich mich zum Gehen wandte, schien es mir, als hörte ich ihn murmeln: »Mein geliebtes Herz!«

Es war ein strahlender Morgen; die Decks schimmerten in der Sonne, als wir langsam in den Hafen einliefen – er war riesengroß und beeindruckend und schöner als alles, was ich erwartet habe. Die Beschreibung, die ich über ihn gelesen hatte, traf wirklich zu: ›Der schönste Hafen der Welt, in dem tausend Segelschiffe in der vollkommensten Sicherheit anlegen können.‹ Es war wahrhaftig ein atemberaubender Anblick! Die vielen Buchten und Nebenbecken, die großartigen *Heads*, durch die wir hindurchfahren mußten, die Bäume, die Blumen, die Vögel und das herrlich blaue Meer.

Sogar Edward verschlug es die Sprache, und ich überlegte, ob er wie ich an die Ankunft der ersten Englischen Flotte vor hundert Jahren dachte, von der ich ihm erzählt hatte. Damals muß es allerdings anders ausgesehen haben. Es gab noch keine Häuser, keine Stadt, nur die unbegrenzte Weite des unbebauten Landes und leuchtend bunt gefiederte Vögel, die über das funkelnde Wasser stoben.

Chantel stand neben uns und war ebenfalls von dem überwältigenden Anblick beeindruckt; oder war es mehr der bevorstehende Abschied von Rex? Redvers bekamen wir nicht zu Gesicht; er war natürlich vollauf mit dem Anlegemanöver beschäftigt.

Zwei Stunden später legten wir am Circular Quay an; es herrschte das übliche hektische Treiben. Wir kehrten in unsere Kabinen zurück. Meine Gedanken waren bei Chantel. Ich dachte: Jetzt werde ich die Wahrheit über ihre Gefühle für Rex erfahren, denn falls sie ihn liebt, wird sie den Abschiedsschmerz nicht vor mir verbergen können.

Monique ging es etwas besser; die Aufregung über unsere Ankunft in Sydney hatte ihr gut getan. Sie hatte sich angekleidet und war, wie Chantel mir sagte, beim Käpten. Verschiedene Leute würden an Bord kommen und bewirtet werden, und Monique müßte als Frau Käpten die Honneurs machen.

Ein Steward kam und richtete aus, man möge Edward zum Käpten bringen. Ich ging mit ihm hinauf, und als ich an die Tür klopfte, wurde mir diese von Rex geöffnet.

Er lächelte mich an und sagte: »Oh, da ist ja Edward. Vielen Dank, Miss Brett.«

Ich erhaschte einen Blick von Redvers und einem älteren Herrn und einer jungen Dame – Mitte Zwanzig, schätzte ich.

Als ich in meine Kabine zurückkam, stand Chantel vor dem Spiegel und betrachtete prüfend ihr Gesicht.

»Besuch?« fragte sie.

»Ja, ein älterer Herr und eine junge Dame.«

»Du weißt, wer sie sind, nicht wahr?«

»Ich kenne sie nicht.«

»Es sind Sir Henry und Helena Derringham.«

»Oh . . .«

»Was hast du denn erwartet? Sie sind natürlich gekommen, um die ›Heitere Lady‹ in Sydney willkommen zu heißen. Rex war vermutlich auch oben.«

»Ja.«

Sie sah sich im Spiegel an, ohne jedoch das Geringste von ihren wahren Gefühlen zu verraten.

Wir blieben zwei Tage dort. Dies gab mir Gelegenheit, mir Sydney anzuschauen. Die Greenalls und Miss Rundle hatten uns verlassen, ebenso die Glennings. Alles schien so anders ohne sie und die gewohnte Routine der Tage auf See. Das Aus- und Einladen der Fracht war mit emsiger Geschäftigkeit verbunden. Chantel und ich gingen einkaufen – sie für Monique und sich selbst, ich für Edward und mich. In Edwards Gegenwart konnten wir nicht über das sprechen, was mir am Herzen lag; aber ich war mir auch gar nicht sicher, daß sie bereit war, sich überhaupt dazu zu äußern. Ich empfand eine so schwesterliche Zuneigung zu ihr und hatte durch meine eigene Lage nur noch tieferes Mitgefühl mit ihr; und ich war böse auf Rex, in dessen Händen ihrer beider Zukunft lag, weil er so schwach war und nach Sydney gekommen war, um Helena Derringham einen Heiratsantrag zu machen, was er in England unterlassen hatte.

Es gab jedoch einen Trost: Ein so schwacher Mann ohne Rückgrat war bestimmt nicht Chantels würdig.

Am Nachmittag des zweiten Tages in Sydney saß ich mit einem Buch an Deck. Ich war am Vormittag in der Stadt gewesen und recht müde. Edward befand sich bei seinen Eltern; wo Chantel war, wußte ich nicht.

Dick Callum kam auf mich zu und setzte sich neben mich.

»Darf ich um das Vergnügen bitten, Sie heute abend zum Essen einzuladen?«

Ich zögerte.

»Kommen Sie, sagen Sie ja! Ich wäre sehr gekränkt, falls Sie nein sagten.«

Sein Lächeln war gewinnend, und was hatte er mir schließlich getan? Er hatte mir seine Liebe gestanden und schien einen gewissen Groll auf Redvers zu hegen, den viele Menschen in Anbetracht der Umstände wahrscheinlich als verständlich bezeichnen würden.

Also sagte ich zu. Er konnte jetzt nicht länger bleiben, denn er hatte Dienst, und im Büro des Zahlmeisters ging es, wie ich wußte, im Hafen immer am geschäftigsten zu.

Er fuhr mit mir am Abend nach Rose Bay in ein entzückendes Restaurant; jeder Tisch wurde von blauen und goldenen Kerzen erleuchtet. Es gab auch ein Orchester, das romantische Musik spielte, und einen Geiger, der an unseren Tisch kam und extra für mich spielte.

Dick tat alles in seinen Kräften Stehende, um mich zu erfreuen, und es wäre undankbar gewesen, das nicht anzuerkennen.

Er entschuldigte sich auch für seinen Ausbruch beim letzten Mal.

»Ich gebe zu, ich bin auf den Käpten eifersüchtig«, gestand er.

»Dann ist dies der erste Schritt, diese törichte Empfindung zu überwinden, die ...«

»Ja, ich weiß. Sie quält mich mehr als ihn.«

»Klinge ich wirklich so belehrend?«

»Auf reizende Weise. Und es stimmt ja. Vermutlich ist es eine Art Bewunderung. Er ist ein erstklassiger Käpten. Und darauf kommt es an. Der Käpten gibt den Ton auf dem ganzen Schiff an. Es ist ein Jammer ...« Er zögerte, und ich bat ihn, weiterzusprechen.

»Es hat keinen Zweck, alte Kamellen aufzuwärmen, aber es ist schon ein Jammer, diese Geschichte mit der ›Geheimen Frau‹! So etwas bleibt eben hängen. Es gibt nicht einen unter der Besatzung, der nicht etwas von jenem mysteriösen Unglück weiß und sich seinen leicht zu erratenden Reim darauf macht. Dadurch fürchten sie jedoch wenigstens einen Mann, wenn sie ihn schon nicht respektieren.«

»Die Besatzung fürchtet also den Käpten und respektiert ihn nicht?«

»Ich wollte es nicht so kraß sagen, doch wenn so ein Unglück geschieht, wenn ein Kapitän sein Schiff unter mysteriösen Umständen verliert, entgeht er diesem Stigma nicht. Wie ich Ihnen bereits sagte, wenn das einem passiert wäre, der nicht mit den Creditons verwandt wäre, hätte er sein Kapitäns-Patent verloren. Aber wir wollen doch nicht mehr darüber reden, finde ich. Wir haben alles gesagt, was man dazu sagen kann. Wie gefällt Ihnen Sydney?«

»Ich finde es über alle Erwartungen schön und interessant.«

Er nickte. »Und wie wird Ihnen die Insel gefallen?«

»Das kann ich doch jetzt noch nicht sagen, oder?«

»Anna, ich möchte Sie nicht dort zurücklassen!«

»Es ist nett von Ihnen, daß Sie so um mich besorgt sind. Aber warum machen Sie sich überhaupt diese Gedanken?«

»Vielleicht wegen des Unglücks, das dort passierte. Das Schiff . . . das in der Bucht in die Luft ging.«

»Ich dachte, wir hätten beschlossen, nicht mehr darüber zu reden?«

»Ich rede ja nicht darüber, sondern nur über die Insel. Sie ist tückisch. Angenommen, der Käpten hatte nichts damit zu tun? Angenommen, jemand von der Insel belegte das Schiff mit einem Fluch?«

»Also wirklich! Sie glauben doch nicht etwa an so etwas?«

»Viele Menschen glauben bei hellichtem Tage nicht an Gespenster. Aber das ändert sich schlagartig, wenn es dunkel wird. Wie viele Spötter würden eine Nacht allein in einem Haus verbringen, von dem man sagt, daß es in ihm spukt? Hier in Sydney, in diesem Restaurant, wo Sie mir gegenüber sitzen und die Geiger Mendelssohns ›Lied ohne Worte‹ spielen, glaube ich nicht an die schwarze Magie. Aber auf der Insel, da ist das etwas anders, und wir werden sie bald erreichen.«

»Wer hätte denn das Schiff mit einem Fluch belegen sollen?«

»Vielleicht hat das eine lange Vorgeschichte. Vielleicht war es gar kein Bewohner der Insel. Es gibt eine Geschichte über das Schiff. Es sollte ›Die Glückliche Lady‹ heißen oder so ähnlich. Den genauen Namen habe ich nie erfahren. Doch Lady Crediton taufte es . . . etwas unerwartet anders. Stellen Sie sich ihre Gefühle vor, als sie es tat. Sie dachte an jene Frau, die Mutter des Käptens. Sie sagte ›Ich taufe dieses Schiff ›Die Geheime Frau‹ und möge Gott alle segnen, die auf ihr fahren!‹ Angenommen, sie sagte anstatt ›segnen‹ leise ›verfluchen‹? Angenommen, sie war es, die das Schiff mit dem Fluch belegte?«

»Sie reden daher wie eine alte Kartenlegerin! Ganz und gar nicht wie der Zahlmeister der ›Heiteren Lady‹!«

»Wir haben alle unsere abergläubischen Momente, Anna. Auch Sie werden Ihre erleben, falls Sie diese noch nie hatten. Warten Sie nur, bis wir auf die Insel kommen und Sie die dort herrschende Atmosphäre spüren. Wir kommen ja nach einigen Wochen wieder dort vorbei.«

»Ja, nach zwei Monaten«, sagte ich.

»Und dann, Anna, werde ich Sie wieder das fragen, was ich Sie schon einmal gefragt habe, denn wer weiß, was in zwei Monaten alles passiert?«

Wir unterhielten uns anschließend über andere Dinge, und er erzählte mir seine Wünsche ans Leben. Er wolle ein Haus in England haben, sagte er, ein Zuhause, zu dem er zwischen den Fahrten heimkehren könne. Er kenne auch das *Queen's House*; man kenne es in Langmouth. So bekannt war es, wie ich begriff, durch Tante Charlottes Tod geworden.

Ich ließ ihn reden und brachte es nicht übers Herz, ihm zu sagen, daß ich ihn nie heiraten würde.

Und in jener Nacht, als das Schiff ruhig im Dock lag, träumte ich von Tante Charlotte. Ich träumte, sie käme in mein Zimmer im *Queen's House*, träumte, ich öffnete die Augen und sähe sie vor mir stehen. Ihr Gesicht war verschwommen und so gütig wie es das selten zu ihren Lebzeiten gewesen war; sie glich einer unwirklichen Traumgestalt, doch die Einrichtung meines Zimmers entsprach ganz der Realität. »Sei keine Närrin!« sagte sie warnend. »Bescheide dich mit dem, was das Leben dir bietet! Jage nicht dem Unmöglichen nach! Denn wie sollte es möglich werden? Das könnte es doch nur durch ein Unglück, nur durch eine Tragödie werden. Du bist schon ein Mal in einen unerwarteten plötzlichen Todesfall verwickelt gewesen, mein Kind!«

Und dann hörte ich im Traum ein höhnisches Lachen – Monique!

Ich wachte von meinem wilden Herzklopfen auf und lag da und dachte an die Zukunft, an das *Queen's House* und Kinder, an meine Kinder, wie sie auf dem Rasen spielten. Und dann schlief ich wieder ein und träumte seltsamerweise eine Fortsetzung des gleichen Traumes: Ich ging an das Gartentor, vor dem zwei Männer standen. Und ich wußte nicht, mit welchem von beiden ich hereingekommen war. Welch eigenartiger Traum! War er symbolisch?

Wir sollten gegen Mittag aus dem Hafen von Sydney auslaufen. Am Vortag unserer Abfahrt kamen die Glennings noch einmal an Bord. Sie waren für einige Wochen in einem Hotel am *Bondi Beach* abgestiegen und forderten mich auf, sie mit Edward auf einem kleinen Ausflug zu begleiten. Edward war von diesem Vorschlag natürlich begeistert, und so nahm ich die Einladung an. Die Glennings waren immer sehr nett zu mir gewesen, obwohl ich nur wenig Berührungspunkte mit ihnen gehabt hatte. Wir fuhren in einer Kutsche so weit aus der Stadt hinaus, daß wir in der Ferne die verschwommenen Umrisse der Blue Mountains erkennen konnten. Ich war etwas unruhig, da ich befürchtete, wir könnten möglicherweise nicht rechtzeitig wieder zurück sein, und mir überlegte, was wohl geschehen würde, falls das Schiff tatsächlich ohne uns abfuhr.

Gareth Glenning, der meine Nervosität bemerkte, beruhigte mich: »Haben Sie nur keine Sorge, Miss Brett, wir werden völlig rechtzeitig zurück sein.«

»Und wenn wir es nun nicht sind?« fragte Edward mit vor Entsetzen weit aufgerissenen Augen. »Wird der Käpten dann ohne uns abfahren?«

»Ein Schiff wartet nie auf einen Passagier«, sagte ich. »Aber wir haben reichlich Zeit.«

»Wir werden Sie alle vermissen«, erklärte Claire Glenning. »Sehr sogar! Mr. Crediton werden wir allerdings in Sydney gelegentlich sehen.«

»Ein Jammer, daß Sie weiterfahren und wir uns von Ihnen trennen müssen!« fügte Gareth hinzu. »Zum Glück bleibt Schwester Loman bei Ihnen.«

»Der Käpten fährt mit uns«, verkündete Edward voller Stolz.

»Natürlich, denn wo das Schiff hinfährt, muß auch er hinfahren«, meinte ich.

»Wir sind jetzt ganz nah am Hafen«, rief Edward erleichtert. »Ich kann schon die Masten sehen. Schau!«

»Schwester Loman ist eine sehr angenehme Gesellschafterin«, fuhr Claire fort. »Sie wird uns sehr fehlen!«

»Und Onkel Rex auch«, ergänzte Edward vorlaut. »Alle sagen es.«

Die Glennings lächelten verlegen. Offensichtlich tat Chantel ihnen leid; sie hatten sie ja viel häufiger als ich in Rex' Gesellschaft erlebt.

Um das Thema zu wechseln, bemerkte ich: »Wir werden es viel kühler finden, wenn wir jetzt wieder aufs offene Meer hinauskommen.«

Doch Claire wollte weiter über Chantel reden. Sie müsse eine abenteuerliche Vergangenheit haben. Sie hätte angeblich eine Lady Henrock gepflegt, bevor sie zu meiner Tante gekommen sei.

»Ja, sie hat mir davon erzählt.«

»Sie ist wirklich eine sehr ungewöhnliche junge Person.«

Natürlich waren sie von Chantel beeindruckt. Jeder war das. Sie war eben weitaus interessanter als ich. Ich hatte das immer gewußt, doch mir wurde klar, daß die Glennings mich nur zu dem Ausflug eingeladen hatten, um über Chantel zu sprechen. Ob sie für jemanden eine Krankenpflegerin brauchten und hofften, Chantel einstellen zu können, wenn ... Nein, ich mußte diesen mich verfolgenden Gedanken abschütteln, daß Monique vielleicht nicht lange leben würde.

»Wir werden an Sie auf jener Insel denken«, versprach Gareth. »Wir haben eine ganze Menge über die gehört.«

»So? Von Mr. Crediton? Ich wußte gar nicht, daß er schon dort war.«

»Das ist er, glaube ich, auch noch nicht«, erwiderte Gareth. »Aber auf dem Schiff wurde viel von der Insel geredet. Es scheint da irgendwie nicht mit rechten Dingen zuzugehen.«

»Aber Gareth! Du solltest das nicht sagen«, tadelte Claire mit mildem Vorwurf. »Miss Brett soll doch für längere Zeit dort bleiben.«

»Es ist ja auch nur so ein Gerede«, lenkte er rasch ein.

»Ich habe davon gehört. Falls es uns dort nicht gefällt, können wir ja jederzeit nach England zurückkehren.«

Und damit langten wir am Quai an. Es war eine halbe Stunde vor Abfahrt des Schiffes, was nicht gerade reichlich viel Zeit war, denn die Laufplanke blieb nur noch zehn Minuten unten. Ich verabschiedete mich endgültig von den Glennings und ging mit Edward in unsere Kabine. Er plapperte anfangs von Kränen und Frachten. Da er unser Ablegemanöver sehen wollte, nahm ich ihn wieder mit an Deck hinauf, wo wir so lange blieben, bis die letzten Vorbereitungen getroffen waren. Wir winkten den Menschen am Quai zu, und die Musikkapelle spielte wieder wie bei unserer Ankunft. Edward hüpfte vor Aufregung herum, bis ihm einfiel, daß wir Australien verließen und sein Freund Johnny irgendwo auf diesem weiten Kontinent zurückblieb; da wurde er etwas nachdenklich.

In gedämpftem Flüsterton sagte er zu mir: »Der Käpten steuert das Schiff, weißt du. Er ist jetzt da oben und sagt allen, was sie machen müssen.« Und diese Überlegung schien ihn wieder aufzurichten.

Ich wollte Chantel sehen – wollte wissen, wie sie mit dem Abschied von Rex fertig wurde, und dies war der Augenblick, die Wahrheit herauszufinden.

Sie war nicht in ihrer Kabine, und ich kehrte leicht beunruhigt in meine zurück.

»Komm, laß uns ein wenig an Deck gehen!« sagte ich zu Edward.

Wir taten es, doch nirgends war eine Spur von Chantel zu entdecken. Ich hätte es wissen müssen! überlegte ich. Sie war fort! Sie waren zusammen durchgebrannt! Deshalb also war sie so ruhig und gelassen gewesen! Sie hatte es alles geplant.

Edward ahnte nicht, was für ein Aufruhr in meinen sich überschlagenden Gedanken herrschte. Er wollte wissen, was es wohl zum Mittagessen geben würde.

Ich bemühte mich, seine Fragen so zu beantworten, als wäre nichts geschehen, doch konnte ich immer nur an das eine denken: Ich werde ganz allein auf der Insel sein! Ganz allein! Erneut erkannte ich – obgleich ich es immer gewußt hatte – wie sehr ich von ihr abhängig war, von ihrem Frohsinn, von ihren verrückten Ansichten über das Leben sowie ihrem Mangel an Sentimentalität.

Natürlich würde er sich niemals wieder von ihr trennen! sagte ich mir. Bald würden wir in den offenen Pazifik kommen und nicht mehr die tröstliche Küste am Horizont sehen.

Und jene Insel, jene unheimliche, fremdländische Insel mit ihrer Atmosphäre von Verhängnis und dunklem Fluch, die Insel, vor der aber auch jeder mich warnte – ich sollte sie ohne Chantel betreten!

Ich ließ Edward in der Kabine und ging erneut zu Chantels hinüber. Die mich begrüßende Leere bedrückte mich mehr, als daß sie mich erschreckte.

Ich war nicht so stark und so unerschrocken, wie ich es von mir angenommen hatte. Ohne Chantel hätte ich mich niemals zu dieser Reise entschlossen. Ich kehrte in meine Kabine zurück. Edward begann, über Johnny zu sprechen und dachte immer noch über das Menü des Mittagessens nach.

Ich konnte einfach nicht still sitzen. Eine halbe Stunde war erst verstrichen. Bald würde das Mittagessen serviert, und man würde entdecken, daß Chantel nicht da war.

Hatte sie sich in der Zeit geirrt und das Schiff verpaßt? Das hatte ich schließlich auch bei dem Ausflug mit den Glennings befürchtet. Ach nein, Chantel würde das nie passieren! Sie würde sich nie verrechnen! Aber warum hatte sie es mir nicht gesagt? Warum?

Ich ging in fieberhafter Unruhe erneut zu ihrer Kabine hinüber.

Ich stieß die Tür auf und trat ein. Eine Hand packte mich von hinten, und eine zweite legte sich mir über die Augen. Eine Sekunde lang glaubte ich voller Entsetzen, daß nun etwas Grauenvolles mit mir geschehen würde. Es ist erstaunlich, was für eine Fülle von Gedanken und Bildern einem in einem so kurzen Moment durch den Kopf schießen kann. Ich dachte daran, wie Edward schlafend aufs Deck getragen worden war, und sah mich, gewaltsam überwältigt, ins Meer hinabstürzen. Nirgends sei es so leicht wie auf einem Schiff, jemanden zu ermorden, hatte Chantel gesagt; man würde keine Unannehmlichkeiten mit dem Beiseiteschaffen der Leiche haben.

Und dann hörte ich ein leises Lachen. Ich riß die Hand von meinen Augen und fuhr herum. Chantel stand lachend vor mir.

Meine Freude und Erleichterung war zu unverhohlen.

»Gestehe!« rief sie. »Du dachtest, ich hätte dich im Stich gelassen!«

»O Chantel! Warum hast du das nur getan?«

»Ich wollte dich nur ein wenig necken.«

»Necken? Ich habe . . . Schreckliches ausgestanden.«

»Was mir ungeheuer schmeichelt«, meinte sie befriedigt.

»Aber mir solch einen Schrecken einzujagen!«

»Arme Anna! Du hängst, glaube ich, wirklich sehr an mir.«

Ich ließ mich in ihren Sessel fallen und betrachtete sie schweigend – wie sie so vor mir stand, hinreißend schön, und mich spöttisch auslachte.

»Ich mache mir etwas Sorgen um dich, Anna«, sagte sie. »Du bist zu intensiv in deinen Gefühlen für die Menschen, die du liebst.«

Ich erholte mich langsam. »Entweder man liebt jemanden oder nicht.«

»Aber es gibt auch da Abstufungen und Nuancen.«

Ich wußte, was sie meinte. Sie wollte mir damit sagen: ›Mach dir nur keine Sorgen um mich! Ich mag Rex, aber ich wußte von Anfang an, daß eine Heirat für uns nicht drin ist.‹ Sie war völlig gelassen und vernünftig. Ich wünschte, ich könnte die Dinge ebenso philosophisch sehen wie sie.

»Laß dir sagen«, erklärte ich, »daß ich an mich und meine Lage dachte. Meine Bestürzung entsprang rein egoistischen Überlegungen. Die Vorstellung, allein auf der Insel, bleiben zu müssen, fand ich einfach entsetzlich!«

»Diese Insel scheint nach allem, was man so hört, ein ziemlich unheimlicher Aufenthaltsort zu sein. Aber das soll uns nicht kümmern! Hab nur keine Angst! Ich werde ja dort bei dir sein. ›Wo du hingehst, will auch ich hingehen. Dein Volk soll mein Volk sein.‹ Ist es dir schon mal aufgefallen, Anna, daß es Zitate für aber auch fast jede Situation gibt?«

»Ich würde sagen ja. Chantel . . . bist du nicht . . . sehr unglücklich?«

»Ich? Weshalb? Sehe ich etwa unglücklich aus?«

»Manchmal habe ich das Gefühl, du verschweigst mir sehr vieles.«

»Und ich dachte immer, ich sprudele alles ohne zu überlegen heraus. Zumindest hast du das doch immer von mir gefunden.«

»Ich dachte an Rex.«

»Der ist in Australien. Wir aber befinden uns auf freiem Meer. Ist es nicht an der Zeit, daß wir aufhören, an ihn zu denken?«

»Mir fällt das nicht schwer, wenn du es kannst.«

»Liebste, liebste Anna!« In einer impulsiven Geste schlang sie die Arme um mich und gab mir einen Kuß.

Wir waren jetzt weit draußen im Pazifik. Die Sonne schien sengend auf das Schiffsdeck, und es war nachmittags zu heiß, um irgend anderes zu tun, als sich träge in den Liegestühlen in einer schattigen Ecke an Deck auszustrecken. Sogar Edward hatte zu nichts Lust.

Die Stimmung auf dem Schiff hatte sich geändert. Vier neue Passagiere waren hinzugekommen, die zu einem der pazifischen Häfen wollten, doch wir sahen nur wenig von ihnen; es herrschte nicht mehr jene ›Party-Atmosphäre‹, wie Chantel es nannte. Auch das Benehmen der Besatzung hatte sich verändert. Sie sprachen flüsternd von der Insel und blickten sich dabei verstohlen und fast ein wenig ängstlich um. Für sie war es die geheimnisvolle Insel, wo ein Kapitän – ihr Käpten! – sein Schiff verloren hatte. Fast war es, als erwarteten sie, daß auch dieses Mal etwas Furchtbares passieren würde.

Ich sah jetzt mehr von Chantel als je seit Beginn unserer Reise. Es tat ihr leid, daß sie mir einen derartigen Schrecken eingejagt hatte.

»Reiner Egoismus«, bemerkte sie. »Ich wollte dir beweisen, wie wichtig ich für dich und dein Wohlbefinden bin.«

»Das brauchst du mir gar nicht erst zu beweisen«, entgegnete ich.

»Du mit deinen Sorgen um mich«, schalt sie, »wo dein eigenes Leben diese eigentlich viel mehr verdienen.«

Ich schwieg, und sie fuhr fort: »Monique hat sich übrigens verändert. Sie ist, wie soll ich sagen . . . angriffslustig. Bald wird sie zu Hause sein und Verbündete haben.«

»Du redest, als stände uns ein Krieg bevor.«

»Es kann sehr wohl so etwas Ähnliches werden. Sie haßt den Käpten oft geradezu, um ihn dann wieder glühend zu lieben. Das ist eben typisch für ihr Wesen. Völlig unüberlegt denkt sie mehr mit ihren Gefühlen als mit ihrem Verstand, was man nicht als ›denken‹ bezeichnen kann. Alle Voraussetzungen für eine geradezu klassische Tragödie sind gegeben. Dampfende Hitze. Es wird feucht und heiß sein, nicht wahr? Tropische Nächte. Sterne, Myriaden von Sternen. Das Kreuz des Südens, das immer so viel romantischer klingt als der Große Wagen, findest du nicht auch? Palmen, Bananenbäume und Orangenhaine, und die Zuckerrohrplantagen. Genau der richtige Schauplatz für . . . für ein Drama.«

»Und wer sollen die Darsteller in deinem Drama sein?«

»Monique und der Käpten werden die Hauptpersonen sein.«

»Aber er wird gar nicht da sein. Er bleibt doch nur drei Tage und kommt dann erst nach zwei Monaten wieder.«

»Wie langweilig von ihm! Nun, wir werden auf jeden Fall die Mamma und die alte Amme zur Verfügung haben. Und dann dich und mich. Ich werde nur eine kleine Nebenrolle spielen.«

»Oh, hör auf, Chantel! Du versuchst ja geradezu, ein Drama heraufzubeschwören!«

»Es würde bestimmt eines werden, falls der Käpten dort bliebe. Ich wünschte, uns würde etwas einfallen, womit wir ihn dort festhalten könnten! Vielleicht sollte man sein Schiff in der Bucht in die Luft jagen oder etwas Ähnliches machen.«

Ein Schauder überlief mich.

»Arme Anna! Du nimmst alles immer viel zu ernst, mich mit eingeschlossen! Was hätte es für einen Sinn, sein Schiff in die Luft zu sprengen? Er würde zweifellos unverzüglich nach Sydney zurückkehren müssen und dort weitere Instruktionen abwarten. Nein, das hätte also keinen Zweck.«

»Wobei wir jedoch davon ausgehen, daß du es durchaus tun könntest!« bemerkte ich ironisch.

»Meine liebe Anna, hast du immer noch nicht gemerkt, daß ich alles kann, was ich will?«

Sie redete leichtfertig und unverbindlich daher und half mir mit dieser Art genauso, wie sie mit ihrem Mitgefühl nach Tante Charlottes Tod geholfen hatte. Sie hatte schließlich ihren Liebsten verloren – denn daß er das war, daran zweifelte ich nicht – und das nicht deshalb, weil ein reales Hindernis sie trennte, sondern nur deshalb, weil er nicht den Mut aufbrachte, sie gegen den Willen seiner Mutter zu heiraten.

Ich konnte nicht anders als glücklich darüber sein, daß sie nach wie vor bei mir war, wie egoistisch das auch von mir sein mochte. Wie viel glücklicher wäre sie, wenn sie mit Rex durchgebrannt und jetzt bei ihm in Sydney sein könnte!

Ich konnte nur voller Bewunderung über ihre Fähigkeit staunen, ihr Unglück zu ertragen und zu verbergen – denn wie konnte sie etwas anderes als tief unglücklich sein?

Sie ließ sich das jedoch in keiner Weise anmerken. Sie flirtete sogar prompt mit Ivor Gregory und bemühte sich weiter gewissenhaft um Moniques Wohlbefinden; und die langen, heißen Nachmittage verbrachten wir oft zusammen an Deck.

Zum festgesetzten Tag kamen wir schließlich bei der Insel Koralle an.

Die Insel Koralle

Es war für mich ein unglaublich erregender Augenblick, als ich den Boden der Insel Koralle betrat. Nie werde ich jenen ersten Eindruck vergessen, der aus fremdartigen Geräuschen, grellen Farben und glühender Hitze bestand. Es war gerade ein heftiger Regenschauer niedergegangen, der jedoch nur wenige Minuten gedauert hatte, und nun ließ die Sonne die feuchte Erde geradezu dampfen. Die Hitze schien erdrückend, und ich hatte in meiner creme-farbenen Bluse und dem marineblauen Rock das Gefühl zu ersticken.

Ich bemerkte auch sofort den Blumenduft. Überall, wo man hinschaute, waren Blumen. Die Bäume und Büsche waren mit scharlachroten, lavendelblauen und weißen Blüten übersät. Unten am Strand standen einige Häuser – oder vielmehr Hütten; sie schienen aus Lehm und Flechtwerk zu bestehen und schwebten auf niedrigen Pfählen etwa einen halben Meter über dem Erdboden. Eine Gruppe von Inselbewohnern war zum Empfang des Schiffes zusammengelaufen. Da waren Mädchen in langen, bunt geblümten Baumwollgewändern, die auf der einen Seite bis zum Knie geschlitzt waren und braune Beine hervorschauen ließen. Sie trugen rote, weiße oder lila Blüten im Haar und Blumengirlanden um den Hals. Die Männer hatten hellfarbige Hosen an, meist zerrissen und zerfetzt, und ihre Hemden waren ebenso farbenfroh wie die Kleider der Frauen. Einige der Kinder hatten so gut wie überhaupt nichts an und verfolgten alles mit großen, braunen, neugierigen Augen.

Aus einigen der Hütten drang Musik, eine eigenartige, eine seltsam berührende Musik, die auf schrillen Instrumenten gespielt wurde.

Der Strand dehnte sich mit feinem goldenem Sand vor einem aus, und die feucht glänzenden, sattgrünen Palmen waren so ganz anders als die müden, grau verstaubten Wedel, die wir im Orient gesehen hatten. Und während ich dort in der sengenden Hitze stand und all dies in mich aufnahm, fiel mir wieder ein, daß die ›Heitere Lady‹ in wenigen Tagen weiterfahren würde und ich hier als . . . ja, als Gefangene bis zu ihrer Rückkehr zurückbleiben mußte. Mich erwartete hier ein Leben, von dem ich so gut wie gar nichts kannte. Ich hatte nicht die geringste Vorstellung, wie es sich im einzelnen abspielen würde; doch genau wie bei meiner ersten Ankunft im *Queen's House* glaubte ich eine innere Stimme zu vernehmen, die mir warnend zurief: ›Sieh dich vor! Sei auf der Hut!‹

Ich blickte mich nach Chantel um, die neben mir auf jenem goldenen Strand stand, und war erneut zutiefst dankbar, sie bei mir zu wissen;

einen kurzen Augenblick lang ließ ich zu, daß meine Fantasie mir ausmalte, wie mir zumute wäre, wenn sie mich in Sydney im Stich gelassen hätte und ich jetzt ohne sie hier stehen müßte. Diese Vorstellung gab mir sofort neuen Auftrieb. Zumindest waren wir zusammen! Mochte da kommen, was wollte!

Monique war mit uns an Land gekommen, da ihr Mann noch zu viel auf dem Schiff zu tun hatte, und sie es natürlich nicht abwarten konnte, ihre Mutter zu begrüßen. Mich erstaunte, daß diese nicht zur Ankunft des Schiffes gekommen war. Nur ein alter Kutscher stand in zerschlissenen Hosen und schmuddeligem Hemd mit breitem Grinsen da und sagte: »Sie also nach Hause kommen, Missy Monique.«

»Jacques!« schrie diese. »Hier bin ich! Und dies ist mein kleiner Edward – der so gewachsen ist, seit du ihn zuletzt gesehen hast, aber immer noch mein Baby.«

Edward murrte empört und war drauf und dran, lauthals dagegen zu protestieren, als Baby bezeichnet zu werden, doch ich ergriff ihn beschwichtigend an der Schulter; vermutlich war er ebenfalls recht überwältigt, denn er sagte nichts weiter.

Jacques musterte uns neugierig, und Monique erklärte: »Das ist die Pflegerin und das Edwards Gouvernante.«

Jacques erwiderte nichts, doch dafür trat jetzt ein junges Mädchen auf uns zu und warf uns allen eine Blumengirlande um den Hals. Nichts hätte wohl grotesker aussehen können als jene roten, betörend duftenden exotischen Blüten auf meiner strengen, englischen Hemdbluse und dem schlichten Rock. Chantel sah jedoch entzückend mit ihrer lavendelblauen Girlande aus. Sie schnitt eine amüsierte Grimasse zu mir herüber, und ich fragte mich, ob ihr wohl ebenso beklommen zumute war wie mir.

»Wir werden uns passend einkleiden müssen«, flüsterte sie mir zu, als wir in die offene Kutsche kletterten. Es war gerade Platz für uns vier. Ich bemerkte, daß das Holz der Kutsche zerkratzt war, die Polster staubig und die beiden Pferde mager und ungepflegt.

»Bald zu Hause sein, Missy Monique«, versprach Jacques ihr.

»Mir kann es gar nicht schnell genug gehen«, meinte Chantel, »und ich bin sicher, ich spreche da auch für Missy Monique. An diese Hitze wird man sich erst ein wenig gewöhnen müssen.«

Jacques trieb die Pferde mit seiner Peitsche an, und wir ratterten davon; die Kinder wichen zurück, um uns mit weitgeöffneten, ernsten Augen anzustaunen. Dann drehten wir dem Meer den Rücken und bogen in einen unbefestigten Feldweg ein, der auf beiden Seiten von glänzenden, dunkelgrünem Blattwerk in üppiger Fülle umwuchert war. Riesige blaue Schmetterlinge umgaukelten uns, und eine wunderschöne, bunt schillernde Libelle setzte sich einige Sekunden lang auf die Kutschentür. Edward machte uns mit seinem Entzücken auf sie aufmerksam.

»Du wirst dich in acht nehmen müssen«, riet Monique ihm mit einer gewissen boshaften Schadenfreude. »Moskitos und andere tödlich gefährliche Insekten werden nach deinem frischen englischen Blut dürsten.«

»Bss-s, bss-s, herbei, herbei! Hier gibt's englisches Blut, gratis und frei!« rief Edward schelmisch und vergnügt.

»Ganz recht«, meinte Monique ungerührt. »Es ist wegen des kalten Klimas dicker und deshalb schmackhafter.«

Edward betrachtete seine Hand prüfend, und Chantel versprach ihm beruhigend: »Ich bin ja da und werde mich um alle Stiche und Bisse kümmern. Du weißt doch, ich bin die Krankenschwester!«

Der Weg hatte eine Biegung gemacht, und wir fuhren jetzt parallel zum Strand. Vor uns breitete sich ein Panorama von unerhörter Schönheit aus – die Insel mit ihrer ganzen unverdorbenen Natur, so anders als der Strand in der Bucht, der durch die kleinen Lehmhütten und all das, was überall auf der Welt unweigerlich ärmliche menschliche Behausungen umgibt, zerstört war. Der Blick öffnete sich jetzt auf die Bucht hinunter, auf das Korallenriff und die üppigen Palmen dicht am Wasser. Das Meer breitete sich durchsichtig tiefblau mit gelegentlichen dunklen, blau-grünen Flecken vor uns aus.

»An den grünen Stellen kann man beruhigt baden«, erzählte Monique. »Die Haie gehen nie in grünes Wasser, sagt man. Das stimmt doch, nicht, Jacques?«

»Stimmt, Missy Monique«, bestätigte Jacques.

»Haie!« entsetzte sich Edward. »Die beißen einem die Beine ab und fressen sie auf! Warum mögen die unsere Beine?«

»Ich bin sicher, sie finden Arme genauso schmackhaft«, meinte Chantel. Edward starrte gebannt auf das blaue Wasser hinunter, doch ich merkte, wie er näher zu mir rückte. Empfand er ebenfalls diese dunkle Furcht, die sich schleichend meiner bemächtigte? Ich war gerührt, daß er sich instinktiv schutzsuchend mir zuwandte.

Monique hatte sich mit glitzernden Augen vorgebeugt. »Oh, du wirst es hier sehr aufregend finden!« versicherte sie ihm.

In ihrer Stimme schwang ein hysterischer Ton. Chantel bemerkte es ebenfalls. Sie ergriff sie am Arm und drückte sie sanft auf ihren Sitz zurück – ganz die tüchtige Pflegerin, die keine Sekunde lang ihre Pflicht vergißt, auch nicht, wenn sie über einen holperigen Feldweg auf einer fremden Südsee-Insel einem neuen Leben entgegenfährt, das sogar ihr recht heikel und schwierig erscheinen mußte.

Wir fuhren eine kleine Steigung hinauf und tauchten nach einem schmiedeeisernen Tor in eine üppige grüne Wildnis ein; der Weg wurde so schmal, daß die Zweige an den Seiten der Kutsche entlangkratzten. Es ging um eine Biegung – und da lag das Haus vor uns! Es war ein langgestreckter Bau von drei Stockwerken mit einem Stuckverputz, doch war nur wenig von diesem zu sehen, da die Wände mit Kletterpflanzen übersponnen waren. Der Eingang war überdacht und mit Säulen verziert und führte auf der einen Seite auf eine offene Terrasse; auch im ersten und zweiten Stock waren mehrere Balkons, und dort, wo der Stuck sichtbar wurde, erkannte man, wie alt und zerbröckelt er war.

Vor dem Haus erstreckte sich eine Grasfläche, die man als Rasen hätte bezeichnen können, wäre sie nicht so völlig verwildert gewesen. Zwei mächtige Bäume, die dem Haus beträchtlich viel Licht wegnehmen mußten, ragten empor. Meine Aufmerksamkeit wandte sich jedoch der Frau zu, die in der Säulenvorhalle stand. Sie war so dick, wie ich es mir von allen Bewohnern der Insel in vorgerücktem Alter vorstellte. Sie war groß und trug das gleiche bunt geblümte Kleid, das die weibliche Tracht der Insel zu sein schien; ihr dickes, schwarzes Haar, das bereits ergraute, war oben auf dem Kopf mit Haarnadeln zusammengespießt, die an ihrem Ende riesige runde Kugeln hatten. Um den Hals trug sie mehrere Reihen von Kaurimuscheln, und auch ihre herabbaumelnden Ohrgehänge bestanden aus diesen Muscheln.

»Jacques!« kreischte sie. »Du hast sie mir also gebracht! Du hast Missy Monique gebracht!«

»Hier bin ich, Suka!« rief Monique.

Sie kletterte aus der Kutsche und warf sich der mächtigen Suka in die Arme. Chantel und ich stiegen ebenfalls aus und halfen Edward heraus.

»Und hier ist mein Baby!« erklärte Monique stolz.

Sukas riesige schwarze Augen, die leicht blutunterlaufen waren, richteten sich auf Edward. Sie hob ihn hoch und frohlockte: »Das Baby meiner Missy!«

»Ich bin kein Baby!« protestierte Edward. »Ich bin von England über das Meer mit Käpten Stretton gekommen.«

»Na na«, meinte Suka beruhigend.

Chantel und ich hätten ebensogut Luft sein können, und an einem gewissen hämischen Ausdruck in Moniques Augen erkannte ich, daß genau das ihre Absicht war. Hier war sie Herrin! Wir waren nur die Angestellten. Was mochte nur Chantel davon halten? überlegte ich. Ich sollte es sogleich erfahren.

Sie sagte: »Wir sollten uns wohl vorstellen. Das ist Miss Anna Brett, und ich bin Schwester Loman.«

»Die Gouvernante und die Pflegerin«, bemerkte Monique von oben herab.

Suka nickte lediglich und ließ die großen schwarzen Augen kurz auf uns ruhen. Ihr Gesicht verriet, daß sie nicht sonderlich viel von uns hielt.

»Kommen Sie jetzt zu Ihrer Maman«, forderte Suka Monique auf. »Sie wartet schon.«

»Sollen wir mitkommen?« erkundigte Chantel sich sarkastisch. »Oder sollen wir durch die Hintertür hineingehen?«

»Kommen Sie mit«, antwortete Monique mit einem unguten Lächeln.

Als wir die Stufen zur Eingangstür hinaufgingen, sah ich eine Eidechse zwischen den Steinen davonhuschen, und ich begriff, daß die Häuser als Schutz gegen Insekten und anderes Getier einen halben Meter über den Boden gebaut wurden. Wir traten in die Halle. Der Temperaturunterschied war gewaltig. Es mußte hier etwa zwanzig Grad kühler sein als draußen, worüber wir bei der augenblicklichen Hitze nur froh sein konnten. Aber wie dunkel es war! Es dauerte einige Sekunden, bis meine Augen sich an das schummerige Halbdunkel gewöhnt hatten. Die grünen Läden vor dem einzigen Fenster waren geschlossen – auch das vermutlich, um unerwünschte Insekten fernzuhalten – was der Grund für das in der Halle herrschende Dämmerlicht war. Leuchtend bunte Matten, wahrscheinlich Arbeiten von Eingeborenen, lagen auf dem Parkett, das nach englischen Maßstäben eine gründliche Reinigung und Politur mehr als nötig hatte. Es war rauh und fleckig, und einige der Dielen waren gebrochen.

Am Ende der Halle hing statt einer Tür ein Vorhang aus Perlenschnüren, und auf einem Tisch stand eine Bronzefigur mit einem unglaublich häßlichen Gesicht, nackt bis auf ein Lendentuch; daneben prangte ein Rohr aus Bronze oder Kupfer, das ich für einen Gong hielt.

Wir gingen eine Treppe hinauf, die in der Mitte der Stufen mit einem roten Läufer belegt war. Den zu beiden Seiten kahlen Stufen sah man es an, daß sie seit langer Zeit weder gestrichen noch gebohnert worden waren, und auch der Teppich war schmutzig und verstaubt. Wir kamen oben an der Trepe an, und Suka stieß eine Tür auf.

»Hier ist Missy Monique!« verkündete sie und watschelte voran ins Zimmer. Auch hier herrschte gedämpftes Licht, doch meine Augen hatten sich inzwischen daran gewöhnt. Edward griff nervös nach meiner Hand, und ich hielt die kleine Knabenhand fest in der meinen.

Es war ein eigenartiger Raum, voll schwerer Möbel. Ich bemerkte alte Messingbeschläge, einen kleinen Messingtisch, klobige Stühle und viele Bilder an den Wänden. Die geschlossenen, grünen Fensterläden hielten auch hier die Hitze und die Insekten fern. In einem Sessel saß Madame de Laudé, Moniques Mutter.

»Meine liebe Monique!« begrüßte sie ihre Tochter.

Monique lief zu ihr, kniete vor ihr nieder und vergrub das Gesicht in ihrem Schoß. Ich erkannte, daß sie leidend war, was sie wahrscheinlich auch daran gehindert hatte, ihre Tochter am Schiff abzuholen.

»Maman . . . Hier bin ich! Endlich wieder zu Hause!«

»Nun laß mich dich anschauen, mein Kleines. Ah . . . es ist gut, daß du nach Hause gekommen bist. Und Edward?«

Sie streckte ihm eine dünne Hand entgegen, auf der die blauen Venen dick hervortraten; mehrere Ringe schmückten sie, und um das Handgelenk trug sie verschiedene Armbänder.

Edward näherte sich zögernd und wurde ebenfalls umarmt.

»Es ist ja so lange her! So lange!« erklärte sie.

Sie blickte auf und sah Chantel und mich an.

»Sie sind die Pflegerin und die Gouvernante. Wer ist nun was, bitte?«

»Ich bin Schwester Loman«, erklärte Chantel, »und das ist Miss Anna Brett.«

»Wie ich höre, haben Sie sich beide vorbildlich um meine Tochter und meinen Enkel gekümmert. Seien Sie willkommen in *Carrément House!* Ich hoffe, Sie werden sich hier wohl fühlen. Jetzt sind Sie natürlich etwas müde. Ich werde Ihnen Pfefferminztee auf Ihre Zimmer schicken lassen. Das wird Sie erfrischen, und anschließend möchte ich Sie dann beide sprechen.« Sie ergriff die kleine Statue eines Mädchens aus Messing, unter deren langem Rock eine Glocke verborgen war. Sie klingelte, und sofort erschien ein Mädchen. Sie konnte nicht älter als fünfzehn Jahre sein, schätzte ich, doch auf der Insel war ein Mädchen mit fünfzehn bereits voll erblüht. Sie hatte bloße Füße und trug das gleiche geblümte Kleid, das nicht sehr sauber war, wie alle anderen Frauen, die ich bisher gesehen hatte.

»Pero«, sagte Madame de Laudé, »führ Schwester Loman und Miss Brett in ihre Zimmer und mach Pfefferminztee für sie. Ich sehe Sie dann später«, fuhr sie zu uns gewandt fort und lächelte fast entschuldigend. »Jetzt möchte ich zuerst einmal mit meiner Tochter und meinem Enkel sprechen.«

Als wir Pero hinausfolgten, stürzte Edward hinter uns her und klammerte sich an meinen Rock.

»Edward bleibt hier!« gebot Madame de Laudé.

Er wollte dagegen protestieren, doch ich gab ihm einen kleinen Schubs ins Zimmer zurück.

»Komm sofort her, Edward!« befahl Monique. »Wir möchten, daß du hier bleibst.«

Widerstrebend gehorchte er.

Wir gingen einen knarrenden Korridor entlang und eine Treppe mit einem schön geschnitzten Geländer hinauf, das jedoch völlig verdreckt war.

Unsere Zimmer lagen auf demselben Flur, worüber ich sehr froh war. Wir hatten beide den Wunsch, in diesem Haus nicht zu weit voneinander entfernt zu sein. Mein Zimmer war recht groß; der hölzerne Fußboden sah aus, als wäre er vom Holzwurm oder einem ähnlichen Schädling befallen. Die beiden Fenster waren auch hier durch die unvermeidlichen Läden geschlossen. Auf dem Bett lag eine leuchtend bunte Steppdecke, und der mit goldgelbem Damast bezogene Armstuhl war ganz entschieden Louis XV. Ich entdeckte ferner eine entzückende Wandkonsole, vergoldetes Rokoko mit einem geschnitzten Mittelstück. Die Marmorplatte ruhte auf einer ebenfalls geschnitzten Efeugirlande. Es war ein bezauberndes Stück und noch dazu echt! Die anderen Stühle waren daneben geradezu ein Schlag ins Gesicht – sie waren aus unpoliertem Holz und sahen aus, als hätte ein schlechter Schreiner sie kurzerhand zusammengenagelt.

Ich wunderte mich, wie jemand nur zulassen konnte, daß der französische Armstuhl und die Rokoko-Konsole zusammen mit den übrigen Möbelstücken im gleichen Raum standen.

Chantel, die ihr Zimmer ebenfalls besichtigt hatte, kam zu mir herüber.

»Na?« erkundigte sie sich.

»Es ist schon sehr merkwürdig!«

»Darin kann ich dir nur zustimmen! Was hältst du von dem Ganzen, Anna? Wirklich ein höchst eigenartiges Haus! Das also ist ihr Zuhause! Es sieht mir aus, als würde es in einer stürmischen Nacht über unseren Köpfen einstürzen. Wie findest du bloß dies Haus?«

»Zu allererst wäre ein gründlicher Frühjahrsputz hier nicht fehl am Platze!«

»Den hat es seit Jahren nicht mehr erlebt! Es würde einen solchen wahrscheinlich gar nicht mehr überstehen. Wie sollen wir bloß die zwei Monate hier aushalten?«

»Ich ertrage die Aussicht darauf nur, weil du hier bist.« Mich schauderte. »Wenn ich denke, du hättest mich in Sydney allein gelassen ...! Zumindest befürchtete ich das, als ich dich nirgends finden konnte.«

»Und dabei war ich die ganze Zeit wohlbehalten an Bord, und du machtest dir ganz umsonst diese Sorgen. Aber jetzt sind wir hier, und was noch schlimmer ist, wir müssen zwei Monate hier bleiben.«

»Allerdings sind wir mit unserem Urteil etwas schnell bei der Hand«, gab ich zu bedenken.

»Was nicht deine Art ist, ich weiß. Ich bin ja die Impulsive von uns beiden.«

Sie ging ans Fenster und öffnete die Läden. Sie gaben einen so vollendet schönen Ausblick frei, daß dieser mir eher wie ein gerahmtes Gemälde erschien: Tiefblaues Meer, dunkelgrüne Palmen, goldgelber Sandstrand und die anmutig geschwungene Linie der Bucht.

Chantel betrachtete ihre Hände, die ganz schmutzig geworden waren.

»Gibt es hier denn keine Dienstboten?« empörte sie sich.

»Bisher haben wir nur Jacques und Pero gesehen.«

»Und die Amme nicht zu vergessen, die herausgewatschelt kam, um ihre Missy Monique zu begrüßen.«

»Jacques hat sich um seine Pferde und die Kutsche zu kümmern und macht wahrscheinlich auch die Gartenarbeit.«

»Na!« schnaubte Chantel verächtlich. »Soviel ich bisher gesehen habe, deutet aber auch nichts darauf hin, daß er sich da allzusehr überarbeitet! Es sei denn, er hat eine solch begnadete Hand, daß alles, was er berührt, über Nacht meterhoch emporschießt!«

»Das wird an der Sonne und dem feuchten Klima liegen.«

»Na gut, nehmen wir also an, daß er irgend etwas im Garten tut. Bleibt für das Haus noch Pero. Und was macht dann diese fette Alte den ganzen Tag, wenn sie keine Missy Monique zum Verhätscheln hat?«

»Das Klima wird hier nicht gerade förderlich für irgend welche Art anstrengender Arbeit sein.«

»Da wirst du recht haben. Ich fühle mich auch schon ganz schlapp.«

»Der Pfefferminztee wird uns gut tun, falls er irgendwann einmal kommen sollte.«

Aber da kam er auch schon. Das Mädchen brachte ihn sehr schüchtern in hohen Gläsern auf einem Messingtablett herein, auf dem rote und blaue Blumen in recht unbeholfener Manier gemalt waren. In den Gläsern staken lange Löffel, die einen Griff in Form eines Rehhufes hatten. Ich erkannte sie gleich als sehr wertvoll. Tante Charlotte hatte einmal solche gekauft; man nannte sie *Pied de Biche*.

Erneut fielen mir die eigenartigen Kontraste in diesem Haus auf. Wertvolle Möbel standen Seite an Seite mit nicht nur völlig wertlosen, sondern noch dazu geschmacklosen und primitiven Stücken.

»Ich hoffe, Sie mögen diesen Tee«, sagte Pero.

Sie war jung und scheu und betrachtete uns verstohlen – besonders Chantel, die es wahrhaftig verdiente, überall angestaunt zu werden.

Ich überlegte mir, daß wir vielleicht etwas von dem Mädchen erfahren konnten, und wußte, Chantel hatte den gleichen Gedanken.

Sie sagte zu ihr: »Sie haben uns erwartet?«

»Ja«, antwortete sie. Sie sprach ein ziemlich zögerndes Englisch. »Wir wußten ... wir hörten, daß das Schiff kommt und zwei Damen bringt ... eine für Missy Monique und eine für Master Edward.«

»Und man hat hier nichts gegen unser Kommen?« fragte ich. »Ich meine, denkt niemand, daß es auch hier Frauen gibt, die unsere Arbeit tun könnten?«

Das Gesicht des Mädchens wurde ernst: »Oh, aber die Lady über dem Meer hat Sie geschickt. Sie gehören ihr. Madame ist sehr arm. Sie kann nicht zahlen. Aber die Lady über dem Meer ist sehr reich, und Missy Monique auch wird sein reich, weil sie hat geheiratet den Käpten.« Und damit schloß sie fest die Lippen, und es war deutlich, daß sie sich bestürzt fragte, ob sie nicht zuviel gesagt hatte.

Wir tranken schweigend unseren Tee. Er war lauwarm, doch der Pfefferminzgeschmack war erfrischend.

Wir hörten Schritte auf dem Flur, und schon erschien der alte Jacques in der Tür. Er warf Pero einen strengen Blick zu, die augenblicklich verschwand, und deutete auf die Koffer in seinen Händen.

»Es sind meine«, sagte ich. »Danke.«

Er brachte sie schweigend herein, ergriff darauf Chantels Koffer und trug sie in ihr Zimmer.

Chantel saß auf meinem Bett, während ich in dem damastbezogenen französischen Armstuhl lehnte, allerdings sehr ehrfürchtig, wie ich zugeben muß – und wir sahen einander an.

»Wir sind da wirklich in einen höchst sonderbaren Haushalt geraten«, erklärte sie.

»Hattest du nicht damit gerechnet?« fragte ich.

»Nein, nicht in dieser Form. Sie scheinen geradezu feindselig gegen uns.«

»Die alte Amme wird es wahrscheinlich sein. Schließlich betreust du ihre geliebte Missy und ich deren ›Baby‹. Sie betrachtet die beiden doch als ihr persönliches Eigentum.«

»Sie sieht aus, als würde sie am liebsten jeden Moment einen bösen Zauber über uns aushecken.«

»Vielleicht wird sie Wachsbildchen von uns machen und Nadeln hineinstechen«, meinte ich spöttisch.

Wir lachten. Es gelang uns, Scherze darüber zu machen, solange wir beisammen waren, doch empfanden wir beide die seltsame Ausstrahlung dieses unheimlichen Hauses.

Chantel ging in ihr Zimmer, um, wie ich, ihre Koffer auszupacken. In einem Schrank fand ich Waschwasser und ein Bidet sowie eine Waschschüssel und eine Wasserkanne. Ich wusch mich und zog ein leichtes Leinenkleid an; nun fühlte ich mich schon viel besser.

Als ich mich frisierte, vernahm ich ein leises Klopfen an der Tür. Ich öffnete und erblickte Pero.

Madame de Laudé wünsche mich zu sprechen, bestellte sie mir. Sie würde ebenfalls gern Schwester Loman sehen; allerdings nicht gleichzeitig. Falls ich bereit wäre, würde sie mich jetzt gleich hinunterführen, da Schwester Loman noch nicht fertig sei.,

Hastig steckte ich mein Haar auf und folgte Pero hinunter. Ich fühlte, daß sie einen Mordsrespekt vor ihrer Herrin hatte.

»Bitte nehmen Sie Platz, Miss Brett«, empfing mich Madame de Laudé. »Ich fürchte, ich schickte Sie vorhin etwas hastig fort, aber es ist so lange her, seit ich meine Tochter und meinen Enkel zuletzt gesehen habe. Sie sind jetzt beide in der Obhut der alten Amme, und Sie brauchen sich also keine Gedanken um Edward zu machen.«

Ich nickte.

»Es muß Ihnen hier alles, im Vergleich zu England, sehr fremd vorkommen.«

Ich gab zu, daß es alles recht anders wäre.

»Ich bin nie in England gewesen, obwohl ich Engländerin bin. Mein Mann war Franzose. Seit meiner Heirat habe ich hier in diesem Haus gelebt. Vorher wohnte ich auf der anderen Seite der Insel. Solange mein Mann lebte, waren wir reich, sehr reich sogar nach hiesigen Maßstäben, doch er ist jetzt bereits seit zwanzig Jahren tot, und ich bin leidend. Sie wundern sich vielleicht, warum ich Ihnen das erzähle, wo Sie doch hergekommen sind, um Edward zu unterrichten, und Sie denken vielleicht, dies ginge Sie nichts an, aber ich finde, Sie sollten wissen, wie die Dinge hier stehen.«

»Es ist sehr liebenswürdig von Ihnen, mich darüber ins Bild zu setzen.«

Sie neigte den Kopf. »Sie sind nicht meine Angestellte, wie Sie wissen. Lady Crediton hat Sie eingestellt.«

»Ja, ich weiß.«

»Ich könnte es mir nicht leisten, Sie zu bezahlen. Es hat sich alles geändert. Früher, da war es anders. Damals führten wir ein großes Haus, ein sehr großes sogar, und alle möglichen Leute, die aus Frankreich oder England hierher kamen, verkehrten bei uns. Mein Mann war ein Grandseigneur, und die Zuckerrohrplantage florierte.

Wir mußten sie jedoch verkaufen und sind verarmt. Wir müssen sehr sparsam sein. In diesem Haus wird daher nichts verschwendet. Es geht nicht anders. Wir sind sehr, sehr arm.«

Mir schien das eine eigenartige Begrüßungsansprache für jemanden in meiner Position, doch ich begriff, daß sie mir damit zu verstehen geben wollte, nicht mit zu viel Bedienung zu rechnen. Zweifellos würde ich mich selbst um meine Garderobe und alles sonstige wie auch um mein Zimmer kümmern müssen. Ich mag Offenheit, und so fragte ich sie, ob sie das meine.

Sie lächelte. Ja, so sei es. Mich bestürzte das nicht im geringsten, denn ich hatte sowieso vorgehabt, mein Zimmer gründlich zu putzen; jetzt konnte ich es tun, ohne befürchten zu müssen, sie zu kränken.

»Es ist ein großes Haus mit dreißig Zimmern! Es hat einen quadratischen Grundriß, oder hatte diesen vielmehr, als mein Mann es baute, doch später ließ er es dann vergrößern. Deshalb heißt es *Carrément* – viereckig. Dreißig Zimmer und nur drei Dienstboten – das ist nicht genug. Jacques, Suka und Pero. Und Pero ist jung und unerfahren, und die einheimische Inselbevölkerung ist sowieso nicht sehr fleißig. Das liegt am Klima. Wer könnte ihnen deswegen Vorwürfe machen? Oh, dieses Klima! Es ist für gar nichts gut. Es zerstört das Haus und beschert uns Unmengen von Insekten. Und das Unkraut und die Büsche überwuchern alles. Das Klima, immer ist es das Klima, wenn man sie fragt. Ich habe mein Leben lang hier gelebt und bin daran gewöhnt, doch für einige Menschen ist es sehr anstrengend.«

»Ich verstehe, Madame.«

»Das freut mich. Und jetzt muß ich mit Schwester Loman sprechen. Oh, noch etwas. Wir werden unsere Mahlzeiten gemeinsam einnehmen. Es ist einfacher so und auch billiger, für uns alle das gleiche zu kochen. Jacques und Suka bereiten die Mahlzeiten, während Pero serviert. Sie kennen also jetzt den Haushalt. Wir dinieren abends um acht Uhr. Der Käpten wird heute mit uns essen. Er will natürlich so viel Zeit wie möglich mit seiner Frau und seinem Sohn verbringen.«

Ob sie bemerkte, wie ich rot wurde?

»Und jetzt würde ich gern Schwester Loman sprechen«, meinte sie abschließend, »falls diese soweit ist.«

Ich ging zu Chantel hinauf; auch in ihrem Zimmer standen zwei gute französische Möbelstücke.

»Ich hab' soeben eine aufschlußreiche Unterredung mit Madame gehabt. Jetzt bist du an der Reihe. Wir sind hier wahrhaftig in einem sonderbaren Haushalt gelandet, das kann ich dir sagen!«

Die Dunkelheit brach ohne Übergang auf der Insel herein; es gab keine

Dämmerung. Eben noch war es heller Tag und einen Moment später schon dunkle Nacht.

Chantel kam um ein Viertel vor acht zu mir. Sie trug ein schwarzes Spitzenkleid, das ihr mit ihren lebhaften Farben wundervoll stand. Sie schnalzte mißbilligend mit der Zunge, als sie mich erblickte. Ich hatte ebenfalls ein schwarzes Kleid angezogen.

»Nicht das Kleid, Anna!« erklärte sie energisch. »Ich hab' das Ding nie gemocht. Es ist langweilig, um dir die Wahrheit zu sagen.«

»Aber mich erwartet kein festliches Bankett!«

»Anna«, sagte sie und sah mich verträumt an. »Der Käpten ißt heute abend mit uns! Vielleicht noch einmal morgen abend, aber dann fährt er ab. Er wird dich so in Erinnerung behalten, wie du heute abend aussiehst. Also sorge dafür, daß dein Bild sich ihm nicht in dieser alten, reizlosen Fahne einprägt!«

»Aber Chantel bitte . . .«

Sie lachte lediglich und begann, mir das Kleid aufzuhaken.

»Du scheinst völlig zu vergessen, daß er eine Frau hat!« sagte ich.

»Die wird bestimmt dafür sorgen, daß er das nicht vergißt! Der Käpten muß eine angenehme Erinnerung von dir mit fortnehmen.«

»Nein, es wäre besser . . .«

»Wenn du dich häßlich machst? Huch, wie unromantisch du bist!«

»Sollte man romantische Gefühle für den Ehemann einer anderen Frau haben?«

»Man sollte immer romantisch sein, und eine Liebe, die nicht ihre Erfüllung finden kann, hat etwas sehr Romantisches.«

»Bitte, Chantel, mach keine Witze darüber!«

»Das tue ich doch gar nicht. Wenn du wüßtest, wie gern ich dich glücklich sehen möchte! Und das wirst du auch eines Tages sein, obwohl nicht mit dem Käpten – denn es wird nicht mit ihm sein, Anna!«

Ihre Augen blitzten, und sie sah wie eine Prophetin aus.

»Ich wünschte, du würdest aufhören, darüber zu reden!« bat ich.

»Aber ich will darüber reden!« entgegnete sie. »Er ist nicht für dich bestimmt. Er ist nicht genug für dich, Anna, wie ich dir schon mehrmals gesagt habe. Doch wie dem auch sei, ich möchte trotzdem, daß du heute abend etwas Hübsches anziehst.« Sie hatte ein blaues Seidenkleid aus dem Schrank genommen und hielt es mir hin. »Da! Zieh das an, Anna. Es ist eines deiner nettesten. Bitte!«

Ich zog also das schwarze Kleid aus und schlüpfte in das blaue. Was immer ich auch sagen mochte, ich wollte heute abend so hübsch wie nur möglich aussehen.

Ich betrachtete mich im Spiegel und fand, daß ich mit den geröteten Wangen nicht völlig reizlos aussah.

Chantel beobachtete mich aufmerksam, und um das Thema zu wechseln, sagte ich: »Pero hat mir diese Kerzen gebracht. Sie sagte, sie würden sie nie eher als unbedingt nötig anzünden; Kerzen seien hier auf der Insel sehr teuer.«

»So arm können sie doch gar nicht sein! Ich glaube, die werte Madame hat eine Sparmanie. Jetzt siehst du hübsch aus, Anna.«

»Das macht das teure Kerzenlicht, meine Liebe. Es verdeckt unsere Mängel. Jeder weiß, daß Kerzenlicht die Gesichtszüge sanfter und die Augen größer und glänzender erscheinen läßt.«

»Mich wundert, daß wir mit der Familie essen – wo wir doch nur die Pflegerin und die Gouvernante sind.«

»Es sei billiger, wenn wir gemeinsam essen würden, sagte sie zu mir.«

»Mir hat sie das auch gesagt«, erwiderte Chantel lachend.

»Ach Anna, in was für eine Klapsmühle sind wir hier bloß geraten?«

»Wir werden abwarten müssen, wie es alles weitergeht.«

Sie trat ans Fenster und stieß die Läden auf.

»Du wirst dich schmutzig machen«, warnte ich sie.

»Komm mal her! Man kann das Schiff von hier sehen!«

Und dort lag es unten in der Bucht, so wie damals die ›Geheime Frau‹.

»Es gibt ein Gefühl von Sicherheit«, meinte ich.

»Wie wird dir zumute sein, Anna, wenn es nicht mehr da ist?«

Mich überlief ein Zittern. »Das«, entgegnete ich, »bleibt abzuwarten.«

»Mach dir nichts draus! Es ist ja nur für zwei Monate.«

»Bist du dessen sicher?«

Sie sah mich lächelnd an. »Ganz sicher! Ich bleibe keinen Tag länger!«

»Du hast deinen Entschluß schon gefaßt?«

»Ich weiß einfach, daß ich hier nicht länger als zwei Monate bleibe.«

»Wie prophetisch!«

»Wenn du es so willst.«

»Ich werde auf keinen Fall hier allein ohne dich bleiben.«

»›Wo du hingehst, werde auch ich hingehen.‹ Und mit diesem Bibelzitat auf den Lippen laß uns zum Abendessen hinuntergehen.«

Chantel öffnete die Tür, damit das Licht der Öllampe auf dem Flur uns leuchtete. Ich schloß die Fensterläden und blies die Kerze aus. Der Raum sah in der jähen Finsternis gespenstisch aus. Durch die Schlitze der Fensterläden konnte ich jedoch das Schiff in der Bucht liegen sehen; vermutlich war Redvers noch dort. Ich war sehr froh, daß er an diesem ersten Abend hier sein würde.

Auf dem Eßtisch stand ein auffallend schöner Kandelaber, den ich trotz all des Neuen und Fremdartigen sofort bemerkte. Eine junge Göttin stützte die *torchère*, auf der die Kerzen standen. Unbezahlbar überlegte ich, und wie die meisten wertvollen Stücke im Haus französischer Herkunft. Er war schön und kostbar genug, um auf einem der Tische in Versailles gestanden zu haben. Das Licht der Kerzen warf flackernde Schatten ringsum im Raum. Wir waren an diesem Abend eine große Gesellschaft. Wie mochte es werden, wenn wir nur noch zu viert waren, fragte ich mich.

Madame de Laudé saß am Kopf des Tisches mit Red zu ihrer Rechten, während Monique am anderen Ende von Ivor Gregory und Dick Callum flankiert saß; Chantel und ich saßen uns an der Längsseite des Tisches gegenüber.

Pero und Jacques servierten; Suka war wahrscheinlich indessen in der Küche tätig. Es gab einen einheimischen Fisch, den ich nicht näher identifizieren konnte, mit Bohnen und anderen Gemüsesorten und als Nachtisch köstlich frische Ananas. Wir tranken französischen Rotwein, der mir sehr gut zu sein schien, obwohl ich kein Weinkenner bin.

Die Unterhaltung plätscherte mühelos dahin. Wir redeten von der Reise und von unseren Mitpassagieren. Von Zeit zu Zeit spürte ich Reds Blick auf mir ruhen und merkte, wenn ich den Kopf wandte, daß auch Dick Callum mich beobachtete; Chantel flirtete indessen anmutig mit Ivor Gregory. Monique redete sehr viel und sehr laut, und ihre Mutter betrachtete sie nachsichtig, wie mir schien.

Madame de Laudé war sehr distinguiert, und ich glaube, sie war früher eine wunderbare Gastgeberin gewesen. Ich konnte mir diesen Raum mühelos im Schmuck der schönen französischen Möbel und der anderen Zierstücke, wie zum Beispiel jenes Kandelabers, bei einer großen Gesellschaft mit vielen eleganten Gästen vorstellen.

»Glauben Sie, Käpten«, fragte sie, »daß Schwester Loman und Miss Brett sich hier wohl fühlen werden?«

»Ich hoffe es«, erwiderte er zögernd.

»Sie werden alles hier sehr anders als in England finden. Es ist auch sehr anders, nicht wahr?«

»Das Klima ist hier etwas wärmer«, meinte Redvers ausweichend.

»Mir war sehr an ihrem Kommen gelegen, nachdem ich erfuhr, daß Lady Crediton sie eingestellt hatte. Ich habe gehört, was für eine Hilfe sie auch während der Reise gewesen sind. Ich hoffe deshalb, sie werden hier bleiben.«

»Und was für eine Hilfe sie gewesen sind!« warf Monique spöttisch dazwischen.

»Schwester Loman hat mich unerträglich tyrannisiert.«

»Madame de Laudé wird wissen«, gab Chantel zurück, »daß es nur zu Ihrem Besten geschah.«

Monique schmollte. »Sie zwang mich, meine Diät einzuhalten und ließ mich dieses gräßliche Zeug einatmen.«

»Auf Anweisung des Doktors«, entgegnete Chantel. »Von Dr. Gregory hier bestätigt.«

»Ich bin der Ansicht, Madame«, sagte Dr. Gregory, »daß Mrs. Stretton großes Glück hat, eine so fähige Pflegerin zu ihrer Betreuung zu haben.«

»Schwester Loman betreute mich und Miss Brett Edward. Und da Edward dauernd bei seinem Vater war, hatte das zur Folge, daß auch Miss Brett es war.«

Ich hörte mich mit kühler, hochmütiger Stimme sagen: »Edward durfte natürlich nur selten auf die Kommandobrücke, und bei den wenigen Gelegenheiten war er versessen darauf, alles erklärt zu bekommen.«

Monique blickte von mir zu Chantel. Sie wollte offensichtlich Zwietracht säen, und ich fragte mich, was sie bereits ihrer Mutter erzählt haben mochte.

»Es scheint allgemein angenommen zu werden, daß es die Pflicht des Kapitäns sei, sich um die Passagiere zu kümmern, wenn er welche an Bord hat«, bemerkte Red.

»Das ist jedoch leider nicht der Fall, denn ich bin überzeugt, es wäre eine sehr angenehme Pflicht. Die Aufgabe des Kapitäns besteht darin, sich um die Navigation zu kümmern, stimmt's Callum?«

Dick Callum bestätigte es und fügte hinzu, daß auch die Pflicht des Ersten Offiziers ebenfalls darin bestünde, sich um das Schiff zu kümmern.

»Aber es gibt doch immer ein gewisses gesellschaftliches Leben an Bord?« erkundigte sich Madame.

»Ja, bei einigen wenigen Gelegenheiten können wir es uns erlauben, uns unter die Passagiere zu mischen; diese Gelegenheiten sind jedoch nicht so häufig, wie wir es vielleicht gerne möchten.«

»Und so bleibt die Frau des Kapitäns oft allein«, sagte Monique. »Traurig, nicht wahr?«

»Glauben Sie, Doktor, daß die Reise meiner Tochter gut getan hat?«

»Ja, das glaube ich«, entgegnete dieser.

»Bevor Sie wieder abfahren, müssen Sie mit unserem hiesigen Doktor sprechen. Er ist sehr alt . . . und bedauerlicherweise nicht mehr sehr kompetent. Aber wir haben leider keinen besseren. Bald wird ein junger Mann – einer von unserer Inselbevölkerung – sich hier als Arzt niederlassen. Er ist momentan noch in England in einem der Londoner Krankenhäuser, wo er noch eine besondere Fachausbildung erhält.«

»Ich werde morgen zu Ihrem Arzt gehen«, versprach Ivor Gregory, »und ihm Mrs. Strettons Fall übergeben.«

»Meinen Fall!« entsetzte sich Monique. »Das klingt ja, als wäre ich eine Gefangene, die etwas verbrochen hat!«

Wir lachten höflich, und Madame sagte, der Kaffee würde im Salon serviert. Ob wir uns dorthin begeben wollten?

Der Salon war ein großer, langgestreckter Raum mit französischen Flügelfenstern, die auf eine Terrasse hinausführten; hinter dieser erstreckte sich ein verwilderter Rasen. Auf der Terrasse standen ein Schaukelstuhl, ein Tisch und zwei Korbflechtsessel. Zwischen den leuchtend bunten heimischen Bodenmatten schaute im Salon das verwahrloste Parkett hervor. Der Tisch erregte sofort meine Aufmerksamkeit. Es war eine Arbeit von Georges Jacob. Er war wunderschön mit seinem Furnier aus Ebenholz und der Zahnschnittverzierung rings um die Tischplatte. Ich konnte dem impulsiven Bedürfnis nicht widerstehen, mit den Fingern über die Ebenholzfläche zu streichen; auch sie war dick verstaubt. Für mein Empfinden war es ein Sakrileg, ein so wertvolles herrliches Stück derartig zu vernachlässigen. Ansonsten standen im Salon einige Stühle aus einer etwas früheren Epoche mit spiralenförmig kannelierten Beinen; der Brokat ihrer Polster wies unzählige Flecken auf, doch dagegen ließ sich leicht etwas unternehmen. Die herrliche Holzarbeit und das Margeritenschnitzwerk verriet ihren Wert.

Pero hatte den Kaffee gebracht und ihn auf den Jacob-Tisch gestellt. Das billige Tablett wirkte grotesk auf ihm, doch das Geschirr war eindeutig englisches King George.

Madame de Laudé saß auf dem brokatenen Polster von einem der schönen Stühle und erkundigte sich, wie wir den Kaffee gern hätten. Und während sie ihn anmutig einschenkte, überlegte ich mir, wie anders es zu Lebzeiten ihres Mannes in diesem Haus gewesen sein mußte. Hier war sie nun im Kampf gegen die Armut und knauserte mit Kerzen, während sie von Möbelstücken umgeben lebte, die insgesamt ein kleines Vermögen darstellten.

Die Lampen waren angezündet worden. Es gab nur zwei im Salon, eine an jedem Ende des Raumes, und die Beleuchtung war bei weitem nicht ausreichend und erzeugte nur ein trübes Halbdunkel. Wie gerne hätte ich die Möbel umgestellt und den herrlichen Kandelaber im

Speisezimmer zur Geltung gebracht. Die anderen Stücke aus der gleichen Periode würde ich in den Salon stellen.

Monique war von hintergründiger Bosheit. Sie erzählte unter anderem auch von Rex Crediton. Ihre Mutter war sichtlich erpicht darauf, etwas von ihm zu hören, und verriet großes Interesse an allen Neuigkeiten über die Creditons. Hoffte sie, daß Monique sie durch ihre Heirat aus der Armut retten würde?

»Ich hätte gern Ihren Halbbruder kennengelernt, Käpten«, sagte sie.

»Er mußte wegen seiner Geschäfte nach Sydney«, erwiderte Redvers. »Er ist ein vielbeschäftigter Mann.«

»Ja, auch während der Reise war er viel beschäftigt«, mischte Monique sich ein und sah Chantel ironisch lachend an. »Und jetzt wird er damit beschäftigt sein, Miss Derringham den Hof zu machen.«

»Ist das die junge Dame, die er auf dem Schiff kennenlernte?« wollte Madame wissen.

»O nein. Sie war bereits in Australien. Nur wegen ihr ist er, glaube ich, überhaupt hingefahren. Sie sind sehr reich, die Derringhams. Sind sie ebenso reich wie die Creditons, Redvers?«

»Da ich kein Gesellschafter des Derringhamschen Unternehmens bin, bekomme ich ihre Bilanzen nicht zu sehen«, entgegnete Red trocken.

»Sie haben viele Schiffe, genau wie die Creditons. Und Lady Crediton hält es für eine feine Sache, wenn die beiden Unternehmen fusionieren . . . durch eine Heirat.«

»Lady Crediton ist eine sehr kluge Frau, ich weiß«, sagte Madame de Laudé. »Und wenn die beiden jungen Leute heiraten und eine . . . wie nanntest du es noch?«

»Eine Fusionierung«, ergänzte Dick, »erfolgt . . .«

»Dann werden sie in der Tat sehr reich sein.«

Ihre Augen glitzerten. Der Gedanke an Reichtum belebte sie; sie sprach von Geld wie von einem Liebhaber.

»Es ist sehr romantisch«, fuhr sie fort. »Und eine Romanze ist immer entzückend.«

»Man könnte es in diesem Fall eine vergoldete Romanze nennen«, bemerkte Dick und es zuckte leicht um seine Mundwinkel.

»Er verstand es, sich während der Fahrt zu amüsieren.« Moniques Blicke hatten sich mit scheinheiliger Unschuld auf Chantel geheftet, die sehr still saß. Arme Chantel! Mir wurde das Herz schwer für sie.

»Ist er ein Mann, der sich gern amüsiert?« wollte Madame wissen.

»Welcher Mann tut das nicht?« erwiderte Monique lachend und blickte in Redvers Richtung.

»An harmlosen Vergnügen ist bestimmt nichts Sündhaftes«, erklärte

Redvers. »Es ist wahrhaftig klüger, sich zu amüsieren als sich zu langweilen, und ebenfalls klüger, sich für andere Menschen und Dinge zu interessieren, als teilnahmslos vor sich hin zu leben. Ich kann Ihnen versichern, Madame, mein Halbbruder ist ein außerordentlich intelligenter Mann. Er hat durchaus seine fünf Sinne beisammen, was in seiner Position sehr notwendig ist.«

»Ich weiß, Sie haben ihn gern«, antwortete Madame de Laudé.

»Verehrte, liebe Madame, wir sind zusammen aufgewachsen! Wir sind Brüder! Wir haben uns nie viel um das ›Halb‹ gekümmert. Wir kennen uns von klein auf an. Er ist jetzt ein großer Geschäftsmann, und es gibt wenig, was die Lady-Linie betrifft, über das Rex nicht Bescheid weiß.«

»O ja, er weiß eine ganze Menge über die Lady-Linie«, erklärte Monique und lachte zügellos. Chantel beobachtete sie besorgt; sie war immer wachsam, wenn Monique zu viel lachte. Es konnte leicht mit einem Asthmaanfall enden.

Chantel erhob sich. Einen Augenblick lang dachte ich, sie würde ihre Gefühle verraten, von deren Natur ich überzeugt war. Ich konnte ihr einfach nicht ihre Gleichgültigkeit in bezug auf Rex glauben.

Sie blickte zu Dr. Gregory hinüber. »Soll ich Mrs. Stretton zehn Tropfen Belladonna geben?«

»Tun Sie es«, stimmte dieser zu.

»Ich hole sie sofort.«

»Wozu?« herrschte Monique sie an.

»Sie bekommen Schwierigkeiten mit dem Atmen«, erklärte ihr Chantel.

»Nur eine Vorsichtsmaßnahme«, fügte Gregory hinzu.

»Sie gehen in Ihr Zimmer?« fragte Madame de Laudé. »Man wird Ihnen hinaufleuchten müssen.«

Sie ergriff eine kleine Figur von einem Tischchen und schellte. Es war erstaunlich, was für ein lautes Klingeln ertönte.

Pero kam erschreckt angerannt. »Leuchte der Schwester zu ihrem Zimmer hinauf!«

Als der Doktor und Chantel den Salon verlassen hatten, empörte sich Monique: »Man behandelt mich wie ein kleines Kind!«

»Sie wollen doch nur dein Bestes, mein Liebling«, versuchte Madame sie zu beruhigen.

»Du weißt genau, es ist besser, einen Anfall zu verhüten als erst etwas gegen ihn zu unternehmen, wenn er da ist«, erinnerte Redvers sie.

»Ich glaube aber nicht, daß ich einen Anfall bekomme. Ich glaube es nicht! Sie wollte mich nur daran hindern weiterzuerzählen, weil ich von *ihm* sprach. Sie dachte nie, daß er nach Sydney fahren würde, um Miss Derringham zu heiraten. Sie hielt sich für unwiderstehlich.« Sie begann höhnisch zu lachen.

Redvers fuhr sie zornig an: »Hör auf! Kein Wort mehr über etwas, von dem du nichts weißt!« Er hatte in einem derartig gebieterischen Ton gesprochen, daß wir alle leicht zusammenfuhren. Es war, als würde ein neuer Mensch hinter der gewohnten Fassade seines liebenswürdigen Charmes sichtbar. Monique lehnte sich zurück und umklammerte die Armlehnen ihres Stuhles.

Dick Callum sagte: »Ich habe mir schon gedacht, daß dies ein Rekordjahr für Kokosnüsse wird. Wir werden eine gute Ladung von Kopra mit nach Sydney zurücknehmen.«

Dies war das Stichwort, das Thema zu wechseln, um wieder zu einer normalen Unterhaltung zurückzukehren und die drückende Stimmung zugunsten angenehmer Geselligkeit zu verscheuchen.

»Zucker notiert leider nicht in einer so günstigen Position«, bemerkte Madame und schüttelte kummervoll den Kopf. »Aber wir vergessen ja ganz unsere Pflicht als Gastgeber. Es ist lange her, daß wir Gäste hatten. Hätten Sie gern einen Brandy, einen Likör? Ich kann Ihnen einen exzellenten Kognak offerieren. Mein Mann hinterließ mir einen guten Weinkeller, und wir haben nicht oft Gelegenheit, von ihm Gebrauch zu machen. Glücklicherweise verdirbt sein Inhalt nicht mit fortschreitendem Alter!«

Chantel und Ivor Gregory kamen zurück; Chantel trug ein Glas, das sie Monique hinhielt, die sich schmollend abwandte.

»Kommen Sie«, sagte Chantel, ganz die tüchtige Pflegerin, und Monique nahm das Glas wie ein verzogenes Kind und trank es aus.

Mit finsterem Gesicht lehnte sie sich darauf wieder in ihren Stuhl zurück, während ihre Mutter sie besorgt betrachtete. Ich sah, wie Redvers zu ihr hinüberblickte, und der Ausdruck auf seinem Gesicht von Haß und verbittertem Überdruß erschreckte mich.

Die Unterhaltung wandte sich anschließend bedeutungslosen Dingen zu, und es bildeten sich mehrere Gesprächsgruppen. Dick Callum, der neben mir saß, erklärte, wir müßten uns unbedingt noch einmal vor der Abfahrt der ›Heiteren Lady‹ sehen und meinte damit natürlich ›alleine‹. Ich antwortete, daß sich dafür wohl keine Gelegenheit bieten würde.

»Sie müssen dann eben eine finden«, drängte er. »Bitte!«

Chantel beriet sich mit Ivor Gregory über Moniques Behandlung.

»Ich glaube, die Belladonna-Tinktur ist ein guter Ersatz für das Amylnitrit«, erklärte sie.

»Es wirkt gut, doch da es eingenommen wird, müssen Sie damit noch vorsichtiger sein. Sorgen Sie peinlich genau dafür, daß sie nicht mehr als die zehn Tropfen bekommt. Bei einem Anfall kann diese Dosis wiederholt werden . . . sagen wir, alle zwei bis drei Stunden. Haben Sie einen genügenden Vorrat bei sich?«

»Ja, für zwei Monate.«

Und sie sprachen weiter von Moniques gesundheitlichem Zustand, ganz die gelernte Pflegerin und der Arzt.

Es war fast Mitternacht, als Dick und der Doktor zum Schiff zurückkehrten. Redvers blieb die Nacht im Haus.

Pero wurde gerufen, um Chantel und mich in unsere Zimmer zu bringen. Sie ging mit einer Öllampe vor uns her. Vermutlich hatte man ausgerechnet, daß dies billiger war als eine Kerze.

Sie begleiteten mich beide bis in mein Zimmer, wo Pero die Kerzen auf meinem Frisiertisch anzündete. Ich sagte ihnen gute Nacht, und die Tür schloß sich hinter ihnen.

Der Schlaf wollte nicht kommen. Ich hatte mir eine der Kerzen ans Bett geholt und blies sie aus, als ich im Bett war. Der Mond schien, und so war ich nicht in völliger Finsternis. Während ich dalag, gewöhnten sich meine Augen an die Dunkelheit, und ich konnte die einzelnen Gegenstände und Möbelstücke im Zimmer ganz deutlich erkennen. Ein mattes Licht drang durch die geschlossenen Fensterläden. Man mußte sie auch nachts wegen der Insekten geschlossen halten. Ich dachte an Chantel, die vielleicht ebenso schlaflos in ihrem Zimmer weiter unten am Korridor lag. Es war ein tröstlicher Gedanke.

Ich hörte das Knacken eines Dielenbrettes und wurde an das *Queen's House* erinnert, wo die Dielenbretter ohne jeglichen ersichtlichen Grund in der nächtlichen Stille geknackt hatten.

Ich ging im Geiste noch einmal all die Ereignisse durch, die mich hierher gebracht hatten; und ich erkannte, daß es einen Moment in meinem Leben gegeben hatte, wo ich die Wahl gehabt hatte. Ich hätte sagen können: Nein, ich werde nicht mitkommen. Ich hätte in England bleiben können. Dann wäre alles anders gekommen. Und ich erkannte ebenfalls, daß alles, was vorher mein Leben ausgemacht und bestimmt hatte, unvermeidlich gewesen war – mein Leben im *Queen's House*, meine Beziehung zu Tante Charlotte. Nach all jenen Jahren war dann für mich der Mann der eigenen Entscheidung gekommen, und ich hatte diesen Weg gewählt. Diese Überlegung begeisterte mich, beunruhigte mich jedoch gleichzeitig. Ich konnte mir jedoch sagen: Was immer auch passiert, es war deine eigene Wahl!

Das Geräusch von Stimmen! Lauten zornigen Stimmen! Monique und Red!

Sie stritten sich irgendwo in dem Haus. Ich schlüpfte aus dem Bett und stand lauschend da; dann ging ich zur Tür, blieb eine Weile vor ihr stehen und machte sie schließlich leise auf. Die Stimmen waren jetzt deutlicher zu hören, wenngleich ich nicht verstehen konnte, was sie sagten. Moniques wütende, leidenschaftlich erregte Stimme und Reds leise, besänftigende. Oder war sie gebieterisch? Ich mußte an den Ausdruck seines Gesichtes nach dem Essen denken. Drohend? fragte ich mich.

Ich trat in den Flur hinaus und öffnete die Tür zu Edwards Zimmer. Das Mondlicht fiel auf sein Gesicht; er hatte die Laken von sich geworfen und schlief fest.

Ich schloß die Tür wieder behutsam und blieb noch etwas vor meiner Tür stehen.

Die Stimmen stritten weiter. Da überlief mich ein jäher Schauder, denn am Ende des Korridors bewegte sich etwas. Da war jemand und beobachtete mich!

Ich starrte auf die undeutliche Gestalt und versuchte, etwas zu sagen, doch obwohl sich mein Mund folgsam öffnete, kam kein Laut heraus. Die Gestalt regte sich – groß und massig. Suka!

»Wollen Sie etwas, Miss Brett?«

»N-nein. Ich konnte nur nicht schlafen und wollte nachsehen, ob mit Edward alles in Ordnung ist.«

»Mit Edward ist *hier* alles in Ordnung.« Sie sagte es, als wäre es impertinent von mir, eine andere Möglichkeit auch nur anzudeuten.

»Gute Nacht«, sagte ich.

Sie nickte schweigend. Ich trat in mein Zimmer zurück und schloß die Tür. Ich zitterte immer noch von dem Schock, den ich bekommen hatte, als ich sie plötzlich dort im Finstern entdeckte und begriff, daß ihre lauernden Augen mich die ganze Zeit beobachtet hatten.

Was machte sie da? War es möglich, daß die Tür, vor der sie kauerte, zu dem Zimmer führte, in dem Monique und Redvers sich stritten? Hatte sie an der Tür gelauscht, jede Sekunde bereit, ihrer Missy Monique zu Hilfe zu eilen, falls dies nötig sein sollte?

Ich kehrte in mein Bett zurück. Wie seltsam, daß mir trotz dieser feuchten Hitze so kalt war! Lange Zeit lag ich mit klappernden Zähnen zitternd im Bett, und es schienen Stunden zu vergehen, bevor ich endlich erschöpft einschlief.

Ich wachte am nächsten Morgen auf, als Pero mit meinem Frühstück hereinkam; dieses bestand aus Pfefferminztee, Toast, Butter und einer sehr süßen Marmelade, deren Früchte mir unbekannt waren, einem Stück Wassermelone und zwei kleinen Bananen.

»Sehr müde«, stellte Pero lächelnd fest. »Sie haben nicht gut geschlafen?«

»Das liegt an dem neuen Bett.«

Sie lächelte und sah jung und unschuldig aus. Es war wirklich erstaunlich, wie anders alles im hellen Tageslicht wirkte. Das Zimmer, in das jetzt das Sonnenlicht durch die Fugen der geschlossenen Fensterläden schien, sah zwar immer noch schäbig, aber nicht mehr unheimlich aus.

Während ich frühstückte, kam Edward hereinspaziert; er setzte sich zu mir aufs Bett und erklärte verdrossen: »Ich will hier nicht bleiben, Anna! Ich will mit der ›Heiteren Lady‹ weiterfahren. Glaubst du, der Käpten nimmt mich mit?«

Ich schüttelte den Kopf.

Er seufzte. »Wie schade! Ich glaube nämlich nicht, daß es mir hier gefallen wird. Dir?«

»Laß uns das erst mal abwarten«, schlug ich vor.

»Aber der Käpten fährt doch morgen ab!«

»Und kommt auch wieder zurück.«

Diese Aussicht tröstete ihn ebenso wie mich.

Redvers hatte sich zum Schiff begeben, um dort nach dem Rechten zu sehen. Chantel war bereits bei Monique, der es nicht sonderlich ging. Suka blieb die ganze Zeit im Zimmer, wie Chantel mir hinterher erzählte, und starrte sie wie ein Basilik oder eine Meduse an. »Ich weiß nicht, was sie glaubte, das ich ihrer Herzblatt-Missy antun würde. Ich wollte sie hinausschicken, aber Missy erklärte, sie solle bleiben, sonst würde sie einen hysterischen Anfall bekommen. Na ja, und so mußte ich auch noch Suka ertragen.«

Edward war ein viel weniger anstrengender Zögling; wenn er nicht bei seinem Vater sein konnte, wollte er bei mir sein.

Ich sagte ihm, wir würden jetzt alles auskundschaften, und fragte Pero, wo wir unsere Schulstunden abhalten sollten.

Sie deutete zu den oberen Stockwerken, sehr bestrebt, behilflich zu sein. Dort wäre das alte Schulzimmer, sagte sie, in dem auch Missy Monique ihre Stunden bekommen hätte; sie würde es mir zeigen.Ich nahm die Bücher, die ich mitgebracht hatte, und wir gingen zu dem großen Raum im obersten Stockwerk. Die Fenster waren nicht durch Läden geschlossen, und so begrüßte uns ein großartiger Ausblick auf die Bucht. Ich sah sofort das Schiff unten liegen, sagte es jedoch nicht Edward, da es ihn, wie ich genau wußte, nur von neuem traurig gemacht hätte.

Mitten im Raum stand ein großer Tisch mit einer hölzernen Schulbank.

Edward amüsierte die Bank, und er setzte sich rittlings darauf, sporrte ein imaginäres Roß mit der Peitsche an und schrie abwechselnd »Hüh!« und »Hott!«, während ich mich weiter im Raum umsah. Auch ein Bücherschrank war vorhanden, in dem sogar einige Schulbücher standen. Ich öffnete die Glastüren, um sie mir anzusehen; vielleicht konnten wir sie gebrauchen.

Während ich in ihnen blätterte, kam Suka herein. Edward musterte sie mißtrauisch. Vermutlich hatte sie versucht, ihn ihrem Machtbereich einzugliedern, was ihm nicht gepaßt hatte.

»Sie sind also schon hier«, bemerkte sie. »Sie haben wirklich keine Zeit verloren, Miss Brett.«

»Wir haben jedoch noch nicht mit dem Unterricht begonnen. Wir erkunden noch das Terrain.«

»Wir erkunden das Terrain!« schmetterte Edward. »Hüh! Hott!«

Suka betrachtete ihn mit zärtlichem Lächeln, doch er beachtete sie nicht, und als sie zu ihm ging und sich neben ihn auf die Bank setzte, sprang er auf und begann im Raum in die Runde zu laufen. »Ich bin die ›Heitere Lady‹«, rief er und stieß durchdringende Schreie wie eine Schiffssirene aus. »Pünktlich und korrekt zur Stelle, Sir.«

Ich mußte über ihn lachen. Suka lächelte ebenfalls, aber ihr Wohlwollen galt nur ihm und nicht mir. Als sie mich mit ihren glitzernden Augen ansah, überlief mich wieder der gleiche Schauder wie im Korridor in der vergangenen Nacht.

Neben dem Bücherschrank stand ein Schaukelstuhl. Suka ließ sich in ihn nieder und begann schweigend zu schaukeln. Ich fand das rhythmische Quietschen des Stuhles, der geölt werden mußte, irritierend und ihre Gegenwart unangenehm. Ich überlegte, ob sie möglicherweise vorhatte, sich mir überall an die Fersen zu heften. Ich würde nicht dulden, daß sie während des Unterrichts blieb. Noch konnte ich sie allerdings nicht hinausschicken. Da sie nichts sagte und mir ihr feindseliges Schweigen unerträglich wurde, sagte ich: »Wie ich sehe, haben wir hier ein richtiges Schulzimmer.«

»Das haben Sie wohl nicht erwartet, was? Sie dachten, wir hätten auf Koralle keine Schulzimmer, eh?«

»Das habe ich selbstverständlich nicht gedacht! Aber dies hier sieht aus, als hätte es schon Generationen gedient.«

»Wie könnte es das, wo erst Monsieur das Haus bauen ließ.«

»Mrs. Stretton war die einzige Schülern?«

»Sie hieß Miss Barker.«

»Wer?«

»Die Gouvernante.«

Sie wiegte sich mit unergründlichem Lächeln hin und her und

murmelte etwas, das nicht sehr schmeichelhaft für Miss Barker klang.

»Kam sie von England?« fragte ich.

Sie nickte. »Eine Familie kam auf die Insel. Der Mann wollte sehen, ob er für immer bleiben konnte. Da war ein Mädchen und ein Junge, und sie hatten eine Gouvernante. Und Monsieur, der sagte, es sei Zeit, daß Missy Stunden bekäme. Da kam die Gouvernante hierher und unterrichtete sie in diesem Zimmer – Missy Monique und das kleine Mädchen und den Jungen.«

»Das war ja viel netter, als wenn sie allein gewesen wäre.«

»Sie zankten sich immer. Das Mädchen war eifersüchtig auf sie.«

»Wie schade!«

»Der Junge liebte sie natürlich.«

Ich bezweifelte, ob das so natürlich gewesen war und stellte mir Monique in jenem Alter vor – ein verzogenes, eigensinniges und unliebenswertes Kind.

»Die Gouvernante unterrichtete sie also zu dritt«, bemerkte ich. »Wie praktisch!«

»Nicht sehr lange. Sie gingen wieder zurück. Die Insel gefiel ihnen nicht. Miss Barker blieb.«

»Was wurde aus ihr?«

Suka lächelte. »Sie starb.«

»Wie traurig!«

Sie nickte. »Aber nicht gleich. Sie unterrichtete noch Missy hier und liebte sie. Sie war aber keine gute Gouvernante, nicht streng genug. Sie wollte immer nur, daß Missy sie liebte.«

»Wohl zu nachsichtig«, meinte ich.

Suka schaukelte vor und zurück. »Und dann starb sie. Sie liegt auf dem Hügel begraben. Wir haben einen christlichen Friedhof.«

Ihre großen Augen glitten über mich hin, und mir war, als nähme sie Maß für meinen Sarg. Was für ein gräßliches Weib!

Am Nachmittag herrschte große Aufregung am Strand. Ich ruhte mich in meinem Zimmer aus, da es sehr heiß war. Alle im Haus – wie auch auf der gesamten Insel – schienen sich an diesen Brauch der mittäglichen Siesta zu halten. Es war einfach zu heiß, um etwas anderes zu tun, als hinter geschlossenen Läden mitten am Tag dazuliegen und sich auszuruhen.

Ich hörte aufgeregte Rufe, kümmerte mich jedoch nicht darum; schließlich kam Chantel herein und erzählte mir, was vorgefallen war.

»Unser galanter Käpten ist der Held des Tages!«

»Wieso?«

»Während du friedlich hier schlummertest, ging es unten in der Bucht um Tod und Leben!«

»Der Käpten ...?«

»Hat sich mit der bei ihm gewohnten Bravour großartig gehalten!«

»Komm, Chantel, sag mir, was passiert ist!«

»Er hat Dick Callum das Leben gerettet.«

»Was? .. Der Käpten?«

»Du scheinst erstaunt. Aber du traust ihm doch bestimmt heldenhafte Taten zu?«

»Sag mir nun endlich, was geschah. Ist er ...?«

»Vollkommen unerschüttert durch den Vorfall. Er sieht aus, als würde er jeden Tag einem Menschen das Leben retten.«

»Aber warum erzählst du denn nicht, was los war?«

»Wie ungeduldig du bist! Also, um eine lange Geschichte kurz zu machen: Dick Callum wollte baden, obwohl man ihn gewarnt hatte, weil die Gewässer um die Insel von Haien verseucht sein sollen. Er kümmerte sich nicht um diese Warnungen und schwamm hinaus. Nun, die Haie interessierten sich für ihn, und er bekam einen Krampf. Er schrie um Hilfe. Der Käpten hörte es, und ›ausstaffiert wie er war, sprang er in voller Montur ins Wasser‹ (Shakespeare). Er rettete ihn. Entriß ihn buchstäblich dem mörderischen Rachen des blutrünstigen Haifisches.«

»Er tat das?«

»Natürlich tat er das. Du würdest es doch nicht anders von ihm erwarten.«

»Wo sind sie jetzt?«

»Dick ist an Bord, wo Dr. Gregory sich um ihn kümmert. Er hat einen Schock erlitten und muß einige Tage im Bett bleiben. Momentan schläft er. Greg hat ihm etwas Opium gegeben. Genau das, was er brauchte.«

Ich lächelte leise vor mich hin, und sie lachte mich aus.

»Du siehst ja geradezu selig aus. Na, es ist wahrscheinlich nur gut, daß er morgen abfährt!« Nachdenklich betrachtete sie mich.

»Chantel«, erklärte ich ernst, »wir beide hätten niemals herkommen sollen!«

»Das mag für dich stimmen«, meinte sie spöttisch. »Aber mach dir nichts vor. Du hättest dir dies auch nicht für ... für ein blühendes Antiquitätengeschäft entgehen lassen!«

Dieser zweite Abend wurde anders. Dick blieb auf dem Schiff im Bett und Monique in ihrem Zimmer. Ihr gestriger nächtlicher Ausbruch hatte seine Wirkung gehabt, und Chantel mußte ihr die vom Arzt verordneten Belladonnatropfen geben und dabei sehr aufpassen, wie sie mir erzählte, denn wie die meisten sehr starken Medikamente war auch dieses in zu hoher Dosierung gefährlich.

Dr. Gregory kam zum Abendessen; ansonsten nahmen Redvers und Chantel, Madame und ich daran teil. Ohne Monique schien es eine viel kultiviertere Angelegenheit zu sein. Pero und Jacques servierten diskret, und Madame schien entspannter und spielte die Rolle der Grande Dame mit anmutiger Würde.

Wieder tranken wir ausgezeichneten Wein aus dem Keller, den ihr Mann ihr hinterlassen hatte; das Essen als solches war einfach. Es gab erneut Fisch – diesmal als Hauptgericht mit einer Mangosauce. Vorher gab es noch eine Suppe, die meiner Vermutung nach aus den Resten des Vortages bestand; zum Nachtisch aßen wir Passionsfrüchte und Zuckerbananen. Anschließend tranken wir unseren Kaffee im Salon.

Die Unterhaltung drehte sich vorwiegend um den Zwischenfall mit Dick Callum. Madame erzählte einige Geschichten von Unfällen mit Haien; u. a. wie ein Mann einmal dicht am Wasser entlang gegangen war und ein Hai ihm den Arm abgebissen hatte.

»Sie sind in den hiesigen Gewässern sehr gefährlich. Sie waren sehr mutig, Käpten, sich bedenkenlos ins Wasser zu stürzen, wo ein Hai so ganz in der Nähe war.«

»So nah war er gar nicht, denn ich hatte ja noch Zeit, Dick hereinzuholen.«

»Das wird ihm eine Lehre sein!« meinte ich.

»Er ist ein sehr guter Schwimmer, und wenn er nicht plötzlich den Krampf bekommen hätte, hätte er sich durchaus alleine in Sicherheit bringen können.«

»Was für ein gräßliches Erlebnis!« sagte Chantel. »Um sein Leben zu schwimmen und auf einmal keine Kraft mehr zu haben.«

»Der arme Callum!« fuhr Red fort. »Ich habe ihn noch nie so durcheinander erlebt. Er schien sich zu schämen ... als ob das nicht jedem von uns passieren könnte!«

Und dann sprachen wir über die Insel. Madame äußerte ihr Bedauern darüber, daß das Schiff nicht für das große Fest zurück sein würde. Es sei hier der höchste Festtag des Jahres, und ausländische Besucher wären von den Festlichkeiten immer genauso beeindruckt wie die Inselbevölkerung.

Chantel fragte, wie das Fest denn im einzelnen gefeiert würde.

»Mit üppigen Gelagen und rituellen Tänzen. Die Fackeltänzer werden Sie beeindrucken, nicht wahr, Käpten?«

»Sie sind in der Tat sehr geschickt«, stimmte Red zu. »Aber das müssen sie auch für diesen gefährlichen Tanz sein!«

»Das macht ihn wahrscheinlich so eindrucksvoll«, meinte Chantel. »Die Gefahr!«

»Ich vermute, sie streichen ihre Haut mit einer feuerabweisenden Schutzmasse ein«, erklärte der Doktor. »Sonst könnten sie unmöglich ihre flammenden Fackeln so handhaben, wie sie das tun.«

»Ihre Geschicklichkeit liegt in der Geschwindigkeit, mit der sie es tun«, gab Red zu bedenken.

Madame wandte sich uns zu: »Es lebt hier eine Familie auf der Insel, deren Männer seit Generationen diesen Fackeltanz getanzt haben. Sie behaupten, unter dem Schutz der alten Feuergöttin zu stehen. Aus diesem Grunde sind alle so versessen darauf, sie tanzen zu sehen. Es würde dieser Familie nicht im Traume einfallen, jemanden ihr Geheimnis zu verraten.«

»Tanzt der alte Mann immer noch?« erkundigte sich Red.

»Nein, seine beiden Söhne haben ihn jetzt abgelöst, und die haben wiederum Söhne, denen sie diese Kunst beibringen. Es gibt da eine Legende, für deren Weiterleben sie sorgen. Ihre Vorfahren kamen angeblich aus dem Feuerland; deshalb ständen sie auf so gutem Fuße mit dem Feuer und täte es ihnen nichts. So heißt es in der Legende. Aber sicherlich ist es so, wie Sie sagen, Doktor; sie werden ihre Haut und ihre Kleidung mit einer feuerfesten Substanz einreiben. Und nicht zu vergessen, ihre wundervolle Beweglichkeit.«

»Leben sie immer noch in jenem Haus am Strand?« fragte Red.

»Die würden nie umziehen!« Madame drehte sich wieder zu mir und Chantel. »Sie werden das Haus nur finden, wenn Sie gründlich danach auf die Suche gehen. Es ist völlig von Bäumen verborgen. Die Familie lebt dort, wie sie behaupten, seit der Zeit, als sie aus dem Feuerland auf die Insel kamen. Sie haben sich geweigert, neuzeitliche Ideen zu übernehmen. Ich glaube, sie hätten am liebsten, daß die Insel wieder so würde, wie sie vor hundert oder zweihundert Jahren war.«

»Und wo liegt dieses Feuerland?« fragte Chantel. »In ihrer Einbildung?«

»So ist es.«

»Was stellen sie sich denn darunter vor? Eine Art Sonne?« wunderte sich Chantel.

»Es könnte sich dann doch nur irgendwo am Himmel befinden!«

»Sie sind viel zu nüchtern!« meinte Red lachend. »Nehmen Sie die Legende als das, was sie ist. Diese Leute sind hervorragende Tänzer. Es mag sein, daß sie diesen Mythos brauchen, um diesen höchst feuergefährlichen Tanz vollführen zu können. Falls das so ist, sollen sie ihn doch haben, meine ich. Der Tanz ist auf jeden Fall ein sehr sehenswertes Schauspiel.«

»Wie Sie hören, gibt es immerhin gewisse Unterhaltung auf der Insel«, meinte Madame wieder an Chantel und mich gewandt.

Um zehn Uhr verabschiedete Gregory sich, und auch Chantel und ich zogen uns in unsere Zimmer zurück.

Nach wenigen Augenblicken hörte ich jedoch, wie kleine Steinchen an meine Fensterläden schlugen. Ich öffnete sie und schaute hinaus. Redvers stand unten.

»Ich muß Sie sprechen!« erklärte er leise. »Können Sie herunterkommen?«

Ich nickte schweigend.

Ich blies die Kerzen aus und trat auf den Korridor hinaus. Die Öllampe stand auf dem Tisch und war aus Ersparnisgründen so tief wie möglich heruntergeschraubt. Ich tastete mich, wenn auch etwas unsicher, zur Halle hinunter und ging auf die Terrasse hinaus; Redvers stand im Schatten des Hauses davor.

»Ich mußte Sie sprechen!« begann er. »Denn es wird sich keine andere Gelegenheit mehr ergeben. Gehen wir vom Haus weg!«

Er ergriff meinen Arm, und ich fühlte seine Hand wie Feuer auf meiner Haut, als wir schweigend über die Grasfläche gingen. Kein Lüftchen regte sich; es war eine herrliche Nacht, und obgleich die Hitze des Tages noch ungebrochen schien, empfand man sie jetzt als angenehm. Über uns funkelten die Sterne; das Kreuz des Südens – so fern wie unser heimischer Großer Wagen – beherrschte den Himmel. Leuchtkäfer schwirrten umher, begleitet vom Summen eines mir unbekannten Insektes. Aus den Büschen ertönte ein leises, nicht abreißendes Sirren und Zirpen.

»Es hat keinen Sinn, Anna!« sagte er. »Ich muß offen mit Ihnen reden. Morgen werde ich Sie hier zurücklassen. Ich muß Ihnen heute abend noch etwas sagen.«

»Was gäbe es denn zu sagen?«

»Das, was ich bisher noch nicht gesagt habe, was Sie aber wissen müßten. Ich liebe Sie, Anna!«

»Bitte . . .« flüsterte ich leise und hilflos.

Doch er fuhr unbeirrt fort: »Ich halte diese Heuchelei nicht länger aus. Sie müßten wissen, daß dies anders ist als alles, was vorher gewesen ist.«

»Aber es ist zu spät!«

»Das muß es nicht unbedingt sein.«

»Aber das ist es! Dies ist ihr Elternhaus. Sie ist jetzt in diesem Haus. Sie ist Ihre Frau!«

»Gott helfe mir, Anna, aber manchmal hasse ich sie!«

»Daraus kann nichts Gutes entstehen! Das müssen Sie doch wissen.«

»Sie vertrauen mir nicht! Sie haben Gerüchte über mich gehört . . . Klatsch. Und sogar jetzt rede ich zu Ihnen in einer Art und Weise, die Sie für Unrecht halten.«

»Ich sollte hineingehen.«

»Aber Sie werden noch hier bleiben! Ich muß mit Ihnen reden, Anna! Wenn ich zurückkomme, werden Sie hier sein und . . .«

»Nichts wird sich geändert haben«, ergänzte ich.

Und ich dachte an Moniques Ringen und Chantels Ausspruch: »Sie wird es nicht zu alten Knochen bringen.« Ich konnte es nicht ertragen! Ich wollte nicht, daß mir solche Gedanken kamen!

»Es gibt Momente, wo sie mich so rasend macht, daß ich . . .«

Aber ich hielt es nicht aus, daß er es aussprach, und schrie leise auf: »Nein . . . nein!«

»Doch!« erklärte er. »Aber heute abend ist es anders. Heute abend ist es wieder wie damals im *Queen's House*. Ich habe wieder das Gefühl, als wären wir ganz allein auf der Welt. Ich könnte alles rings um uns herum vergessen. Damals gab es auch nur uns beide, und heute ist es wieder so.«

»Aber Tante Charlotte kam und bewies uns, daß es nur eine schöne Illusion war! Was für einen Sinn haben solche Illusionen? Sie sind nur Träume, und wir müssen unweigerlich aufwachen und der Wirklichkeit ins Gesicht sehen.«

»Eines Tages, Anna . . .«

»Ich will nicht, daß Sie es sagen! Ich hätte nie hierher kommen sollen. Ich hätte in England bleiben sollen. Es wäre das beste gewesen.«

»Ich blieb Ihnen jahrelang fern, aber ich vergaß nicht. Seit jenem Abend im *Queen's House* verfolgt mich Ihr Bild und der Gedanke an Sie. O Gott, wie konnte ich es nur so weit kommen lassen!«

»Sie liebten sie einmal.«

»Niemals!«

»Sie heirateten sie.«

»Ich will Ihnen sagen, wie es dazu kam.«

»Nein, bitte nicht! Es hat keinen Sinn.«

»Aber Sie sollen es wissen. Sie sollen es verstehen.«

»Ich verstehe, daß Sie sie nicht mehr lieben.«

»Manchmal glaube ich, sie ist echt wahnsinnig geworden, Anna, und manchmal glaube ich, sie ist es immer gewesen.«

»Sie liebt Sie auf ihre Weise.«

Er fuhr sich mit der Hand über die Stirn.

»Ich hasse sie! Ich hasse sie für das, was sie ist, und ich hasse sie, weil sie zwischen uns beiden steht.«

»Ich ertrage es nicht, Sie so reden zu hören!«

»Nur heute abend, Anna. Ich muß dir heute abend die Wahrheit sagen. Ich will, daß du erfährst, wie es passierte. Wir waren uns schon einmal begegnet, du und ich. Du warst damals ein Kind, und ich fühlte mich seltsam zu dir hingezogen, doch wie sollte ich das verstehen? Erst später, an jenem Abend im *Queen's House*, verstand ich es. Und ich sagte mir: ›Ich muß fort! Ich darf sie nie wiedersehen, denn dieses Gefühl zwischen uns ist etwas, was ich noch nie erlebt habe und dem ich nicht widerstehen kann.‹ Ich bin kein Held, mein Liebling. Ich will dich! Ich will dich mehr als alles andere . . . will dich auf meinem Schiff mit fortnehmen, um jede Minute bei Tag und bei Nacht mit dir zusammen zu sein, nie mehr fern von dir! Wir sind füreinander bestimmt! Ich weiß es! Ich wußte es damals im *Queen's House*, doch jetzt weiß ich es noch tausendmal klarer. Anna, es gibt keinen anderen Menschen für mich auf der Welt und für dich auch nicht! Weißt du das?«

»Ich weiß, daß es keinen anderen für mich gibt«, sagte ich leise.

»Meine geliebte Anna! Du bist so ehrlich, so aufrichtig, so ganz anders als alle Menschen, die ich kenne. Wenn ich zurückkomme, werde ich dich mit mir nach Hause nehmen. Das ist aber noch nicht das Ende. Wir müssen einfach zusammen bleiben, wir müssen es . . .«

»Und Monique?«

»Sie wird hier bleiben. Sie gehört hierher auf diese Unglücksinsel.«

»Unglücksinsel nennen sie sie?«

»Ja, denn das ist sie für mich. Hier hat nur Unglück auf mich gewartet. Jene Nacht mit dem Fackeltanz . . . sie ist immer noch ein Alptraum für mich. Ich träume oft davon. Die heiße Nacht, die leuchtenden Sterne, der Mondschein. Das Fest fällt immer auf eine Vollmondnacht. Den ganzen Tag dröhnen die Trommeln, mit denen sie die Leute auf diese Seite der Insel rufen. Du wirst das alles verstehen, wenn du es miterlebt hast. Ich fand es aufregend. Die allgemeine Erregung riß mich mit, und ich erkannte das lauernde Unheil nicht rechtzeitig, sondern erst, als es zu spät war. Hier heiratete ich, hier verlor ich mein Schiff. Hier ereilten mich die Katastrophen meines Lebens. Ich weiß, ich sollte nicht davon sprechen, aber heute abend ist es etwas anderes. Dies ist unsere Nacht, in der wir uns die Wahrheit sagen und die konventionelle, nichtssagende Maske abschütteln, um das auszusprechen, auf das es in Wirklichkeit ankommt: die Wahrheit! Ich muß sie dir klarmachen! Ich ertrage es sonst nicht! Ich will ja gar nichts beschönigen. Alles, was passierte, ist meine eigene Schuld. Stell es dir vor: Jene Trommeln, die exotische Umgebung sowie das Gefühl, daß das ganze Leben sich zu einem machtvollen Crescendo steigert. Wir saßen in einem großen Kreis auf dem Boden . . . tranken das einheimische Getränk. Gali heißt es und wird aus besonders dafür behandelten Koskosnußschalen getrunken. Es steigt einem wahnsinnig zu Kopfe. Sie nennen es Feuerwasser. Die Flammenmänner brauen es in ihrer Hütte. Diese Familie bildet überhaupt das Zentrum des ganzen Festes. Sie wollen nicht, daß der einheimischen Inselbevölkerung die europäischen Sitten und Gebräuche aufgezwungen werden. Ich glaube, das ist die geheime Absicht, die hinter den Gelagen und Tänzen steckt. Wie du siehst, versuche ich nun doch, mich zu entschuldigen. Die allgemeine Erregung, das berauschende Getränk ... und Monique, die eine von ihnen war und wiederum doch nicht zu ihnen gehörte. Sie tanzte auch mit. Sie war damals noch nicht krank. Ich ging mit ihr zum *Carrément House* zurück ... irgendwann später.«

»Sie brauchen es mir nicht zu erzählen.«

»Aber ich will, daß du es verstehst! Es war eine Falle, und ich lief mitten hinein. Wir segelten am nächsten Tag fort, und als wir nach zwei Monaten wiederkamen ...«

»Ich verstehe ... Die Heirat war unumgänglich. Und die alte Amme sorgte dafür, daß sie stattfand.«

»Madame de Laudé, die alte Amme, und schließlich Monique selbst ... sie waren alle drei wild entschlossen. Ich stand immer noch im Bann der Insel. Was war ich bloß für ein Narr! O Gott, Anna, wenn du wüßtest, was für ein Narr! Und ich bin es noch immer, denn ich erzähle es dir und zeige mich dir dadurch in dem schlechtesten überhaupt denkbaren Licht. Diese Dinge, die ein Ehrenmann für sich behalten würde ... Anna, du darfst nicht aufhören, mich zu lieben! Nur in den Augenblicken, wenn ich mich daran erinnere, daß du mich liebst, kann ich den Schatten eines Glücks empfinden. Manchmal, wenn sie einen ihrer irren Ausbrüche hat ...«

»Bitte sag es nicht!« flehte ich angsterfüllt. »Denk es nicht mal!«

Ich hatte entsetzliche Angst. Er hatte die Insel als Unglücksinsel bezeichnet. Ich konnte mir tatsächlich vorstellen, daß irgendein Unheil auch jetzt in unserer Nähe lauerte. Ich dachte: Ich werde mein Leben lang an diesen Garten mit seiner üppigen Vegetation, der tropischen Hitze und dem gedämpften Summen der Insekten denken wie an jenen englischen Garten auf der anderen Seite der Erdkugel, den nebligen, herbstlichen Garten mit dem leichten Duft nach Chrysanthemen, Astern und feuchter Erde.

Wie eine Offenbarung war es gewesen: Ich liebte ihn! Das wußte ich zwar seit langer Zeit, doch hatte ich ihn als den starken und siegreichen Helden geliebt; jetzt sah ich ihn in seiner Schwäche, und wegen dieser Schwäche liebte ich ihn um so mehr. Es erschreckte mich jedoch tief, daß er eine solch tragische Bürde trug. Konnte es ein schlimmeres Schicksal geben, als mit einer Frau verheiratet zu sein, die man haßte, und zu wissen, daß man dieses Unglück durch die eigene jugendliche Torheit verschuldet hatte? Wenn ein Mensch wie Redvers, ein Mann mit derartig tiefen und starken Gefühlen dann eine andere Frau liebte, war die Situation nicht mehr nur tragisch: Sie wurde gefährlich!

Ich war mir dieser seiner heftigen Leidenschaft überdeutlich bewußt – wenngleich er sie jetzt noch zügelte; und ich dachte an die unbeherrschte, sinnliche und durch ihre gereizte Eifersucht zum Wahnsinn getriebene Monique. Und sogar in diesem Augenblick wunderte ich mich darüber, daß ich, die hausbackene, farblose Anna im Mittelpunkt dieses Wirbelstromes wilder Leidenschaften stand. War auch ich wie andere Menschen solcher Leidenschaften fähig?

Er hatte meine Hände ergriffen, und mich überkam unendliche Zärtlichkeit und der Wunsch, ihn zu beschützen ... und alle zu beschützen – ihn, mich und auch Monique. Und so hörte ich mich kühl sagen, denn ich entdeckte in diesen Sekunden, daß ich sogar in einem derartig dramatischen Moment ein unbeteiligter Zuschauer sein konnte: »Das sollten wir alles in Ruhe überlegen. Wir sind nicht der erste Mann und die erste Frau in dieser Situation. Ich denke oft, daß alles vielleicht hätte anders kommen können, wenn jener Abend im *Queen's House* vor jener Fahrt zu dieser Insel gewesen wäre. Der richtige Zeitpunkt ist so entscheidend wichtig im Leben. Darüber habe ich oft nachgedacht, wenn ich dem Ticken der vielen Uhren im *Queen's House* lauschte.«

Und sogar jetzt redete ich nur, um etwas zu sagen. Ich wollte Zeit gewinnen, wollte ihn beruhigen und ihm klarmachen, daß wir uns nie wieder so wie jetzt sehen durften.

Er hatte mich dichter an sich gezogen, und ich sagte verzweifelt: »Nein! Wir sind ja völlig wahnsinnig! Wir *müssen* vorsichtig sein.«

»Anna! Es bleibt nicht immer so! Es kommt der Tag ...«

Irgendwo in der Ferne hörte ich einen Vogelruf; es klang wie höhnisches Gelächter.

»Ich muß hineingehen«, erklärte ich. »Was passiert, wenn man uns zusammen sieht?«

»Anna!« drängte er. »Bitte geh nicht!«

Er hielt mich dicht an sich gepreßt und neigte sein Gesicht über meines.

Und abermals ertönte jener höhnische Vogelschrei.

Da wußte ich, daß ich über uns und unsere Zukunft wachen mußte, sollte es sie jemals geben. Ich durfte die Beherrschung nicht verlieren. Vielleicht sollte ich Tante Charlotte für ihre rigorose Erziehung dankbar sein und für die Verachtung, die sie mir für Menschen eingeimpft hatte, die sich über die Moralgesetze hinwegsetzten. Und es war, als spürte ich ihre Gegenwart in jenem Garten – und sie war nicht verbittert und zornig, wie sie es so oft gewesen war, sondern leblos, wie ich sie zuletzt in ihrem Sarg gesehen hatte ... tot; und der Mordverdacht war plötzlich wieder um mich.

Diese Situation war viel gefährlicher als jene frühere im *Queen's House*, und doch war ich auch damals eines Mordes verdächtigt worden. Was würde geschehen, falls ich eines Morgens aufwachte und erfuhr, daß Monique tot war? Was, wenn es zu einem Mordverdacht kam? Was, wenn Beweise einen solchen bekräftigten?

Ich fühlte überdeutlich, daß mich irgend jemand irgendwo warnte.

»Ich muß hineingehen!« sagte ich, machte mich frei und eilte rasch auf das Haus zu.

»Anna ...!« Schmerzliche Sehnsucht schwang in seiner Stimme, und ich wagte es nicht, stehen zu bleiben oder mich umzudrehen, und lief weiter.

Ich trat ins Haus und stieß natürlich auf Suka. Wahrscheinlich hatte sie mich von der Terrasse aus beobachtet.

»Sie lieben die Nachtluft, Miss Brett?« fragte sie hinterhältig.

»Ja, sie ist angenehm nach der Hitze des Tages.«

»Anna! Anna, mein Liebes ...«

Red! Er hatte die Terrasse betreten ohne Suka zu sehen.

»Sie lieben die Nachtluft ebenfalls nach der Hitze des Tages, Käpten?« fragte diese.

Kalt antwortete er: »Es ist die einzige Zeit, wo man gerne etwas draußen ist.«

Jede Spur des leidenschaftlich liebenden Mannes war verschwunden.

Ich verabschiedete mich mit einem hastigen ›Gute Nacht‹ und entschwand in mein Zimmer. Dort sank ich in den Sessel und preßte die Hand auf mein wild klopfendes Herz.

Ich war selig und doch von tiefer Furcht erfüllt. Er liebte mich ... aber mit welcher Gefahr war das verbunden! Ich war keine Abenteurerin, die die Gefahr suchte. Ich wünschte mir ein stilles, undramatisches Glück. Ich hatte mich jedoch, was diesen Wunschtraum betraf, in den falschen Mann verliebt. Wie anders wäre alles, wenn ich mich in Dick Callum verlieben könnte!

Und nun Suka! Würde sie Monique berichten, was sie gesehen und gehört hatte! Sie haßte mich; ich spürte ihn deutlich, ihren tiefen, glühenden Haß.

Es war sinnlos, zu Bett zu gehen; ich würde doch kein Auge zutun.

Die Kerzen tropften in ihren Leuchtern. Ich überlegte, ob man mir wohl sagen würde, ich brenne zu viele Kerzen. Gleichgültig, welch heftige Leidenschaften die Bewohner dieses Hauses bewegten, sie durften die Sparsamkeit nicht aus dem Auge verlieren.

Ich beschloß dennoch, zu Bett zu gehen, da ich dann die Kerzen ausmachen konnte. Wie absurd war es, in einem derartigen Augenblick solch triviale Überlegungen anzustellen! Mein Leben würde wie diese Kerze herunterbrennen. Ich mußte, wenn auch zutiefst enttäuscht und unglücklich, nach England zurückkehren, allerdings nicht auf der ›Heiteren Lady‹! Vielleicht konnte ich eine Anstellung als Gouvernante bei einer Familie finden, die nach England zurückreiste? Schließlich hatte diese Miss Barker – hieß sie nicht so? – auch einen Posten auf der Insel gefunden.

Ich wusch mich in dem kalten Wasser, das immer in dem Krug bereitstand, flocht meine Haare in zwei dicke Zöpfe und blies die Kerzen aus. Anschließend trat ich ans Fenster und warf einen letzten Blick auf das Schiff in der Bucht hinunter.

Morgen um diese Zeit würde es fort sein.

Am nächsten Morgen ging ich zum Schiff hinunter, wie ich es Dick Callum versprochen hatte. Da Edward bei seiner Mutter war, ließ ich ihn dort und sagte ihm nichts, da er sonst natürlich hätte mitkommen wollen. Riesige Ladungen von Kopra, Wassermelonen und Zuckerbananen wurden zum Schiff hinausgerudert, und es herrschte ein geschäftiger Pendelverkehr. Man ruderte mich in einem kleinen Boot hinaus, und ich kletterte die Laufplanke hinauf, die von der Reling einfach ins Wasser hinuntergelassen worden war.

Dick wartete schon auf mich. Er lag nicht mehr im Bett, sah jedoch noch etwas mitgenommen aus, was mich nicht wunderte.

Seine Augen leuchteten auf, als er mich erblickte.

»Ich wußte, Sie würden kommen«, sagte er, »aber ich überlegte gerade, ob ich nicht eher zu Ihnen hätte kommen müssen.«

»Meinen herzlichen Glückwunsch!«

»Sie haben es schon gehört?«

»Ich bekam einen furchtbaren Schreck! Sie hätten wirklich vorsichtiger sein sollen!«

»Es wird mir eine Lehre sein. Ich werde bestimmt nicht wieder so leichtsinnig in von Haifischen verseuchten Gewässern baden!«

»Dann war dieser Schrecken also vielleicht nicht umsonst.«

»Ohne den Käpten wär es aus mit mir gewesen.«

Ich konnte meinen glühenden Stolz nicht ganz verbergen.

»Es hätte sogar sehr leicht das Ende von uns beiden sein können!« fuhr er fort.

»Die Geschwindigkeit, mit der der Käpten zu mir kam und mich zurückschleppte, war einfach sagenhaft!«

»Und wie fühlen Sie sich jetzt?«

»Noch etwas benommen und ... beschämt.«

»Das hätte doch jedem passieren können.«

»Setzen wir uns«, schlug er vor. »Ich sollte eigentlich längst wieder im Dienst sein, aber Gregory sagt, ich soll mich bis zur Abfahrt ausruhen. Ich möchte mit Ihnen reden, Anna. Dies ist eine gute Gelegenheit dazu. Sie werden mir fehlen, und ich hoffe, ich Ihnen ebenfalls.«

»Ich werde todtraurig sein, wenn ich das Schiff nicht mehr von meinem Fenster aus in der Bucht liegen sehe!«

»Und ich werde an Sie in dem Haus dort oben denken, diesem merkwürdigen Haus.«

Ich äußerte mich nicht dazu, und er sah mich forschend an. »Es *ist* ein merkwürdiges Haus! Das haben Sie doch auch bemerkt. Heruntergekommen, schäbig und sehr ungemütlich, kann ich mir denken.«

»Ich erwartete kaum, hier ein zweites Schloß Crediton vorzufinden.«

»Sie werden Heimweh bekommen, nicht wahr?«

»Ich weiß es nicht. Das Leben war auch zu Hause nicht so einfach für mich. Meine Tante war ja gestorben.«

»Ja, ich weiß. Anna, ich versuche, meinen ganzen Mut zusammenzunehmen, um Ihnen etwas zu sagen. Ich möchte es jemandem sagen, und Sie sind der Mensch, der mir am wichtigsten ist. Ich möchte, daß Sie es wissen.«

»Dann erzählen Sie es mir«, sagte ich und sah ihn aufmerksam an.

»Sie wissen, daß ich Sie heiraten will, aber dies hat nichts damit zu tun. Sie sollen jedoch wissen, daß ich auf Sie warte. Sie werden zwei Monate hier Zeit haben, und danach werden Sie anders denken.«

»Worüber?«

»Über das Heiraten.«

»Ich verstehe nicht.«

»Sie sind vielleicht nicht verliebt in mich, aber Sie haben auch nichts gegen mich.«

»Natürlich nicht.«

»Und es mag der Moment kommen, wo Sie sich sagen, daß ein glückliches gemeinsames Leben durchaus von zwei Menschen aufgebaut werden kann, die den guten Willen und die Entschlossenheit dazu haben. Eine große Leidenschaft ist nicht immer ein solides Fundament für eine glückliche Zukunft. Sie ist unbeständig, wie Treibsand ... doch gegenseitige Zuneigung und ein klarer Kopf gepaart mit gutem Willen sind verläßlich wie ein Fels in der Brandung.«

»Ich weiß.«

»Und vielleicht werden Sie eines Tages ...«

»Wer weiß? Man kann ja nicht in die Zukunft schauen.«

»Und jetzt sind wir gute Freunde?«

»Die allerbesten!«

»Und eben deshalb muß ich es Ihnen erzählen.«

»Tun Sie es, denn mir scheint, es ist etwas, was Sie bedrückt, und so wird es Sie erleichtern, darüber sprechen zu können.«

»Ich haßte den Käpten.«

»Ich weiß.«

»Sie wußten es?«

»Das war nicht schwer. Sie verrieten es durch die Art, in der Sie über ihn sprachen. Sie waren dann immer so ... aufgebracht.«

»Und jetzt hat er mir das Leben gerettet! Weil ich ihn so haßte, wäre es mir lieber gewesen, jemand anders hätte das getan.«

»Aber es war nun einmal der Käpten.«

»Er ist ein sehr mutiger Mann, Anna. Ein fabelhafter, romantischer Held, was? Er hat auch seine Fehler, aber es sind romantische Fehler in Ihren Augen. Er ist der große Abenteurer, der Herzensbrecher. Ich haßte ihn, weil er das hatte, was ich mir am glühendsten wünschte. Es war der reine Neid. Nur das und nichts anderes. Neid ist eine der sieben Todsünden – die tödlichste, glaube ich sogar.«

»Weshalb beneideten Sie ihn denn so?«

»Weil ich so leicht das hätte haben können, was er hat«, erwiderte er.

»Sie meinen, Sie hätten auch Käpten werden können?«

»Nein, nicht das. Ich meine, ich hätte auch auf dem Schloß aufwachsen können, hätte meine Kindheit mit Rex verbringen können, hätte ebenso wie der Käpten als Sohn des Hauses behandelt werden können!«

»Wollen Sie damit sagen ...«

»Ja, das will ich. Er ist mein Halbbruder. Ich bin drei Jahre älter als er. Meine Mutter war Näherin; sie kam aufs Schloß, um für Lady Crediton zu arbeiten. Sie war sehr hübsch und fiel Sir Edward auf, wie andere vor ihr seine Aufmerksamkeit erregt hatten. Als ich geboren wurde, setzte Sir Edward meiner Mutter eine Rente aus, so daß sie nicht mehr im Schloß zu arbeiten brauchte. Für meine Erziehung wurde gesorgt, und als es soweit war, erhielt ich die notwendige Ausbildung und wurde von der Firma eingestellt. Aber nie hat Sir Edward mich wie den Käpten als seinen Sohn anerkannt.«

»Weiß der Käpten das?«

»Nein, aber ich werde es ihm sagen.«

»Ich denke, er wird Ihre Gefühle verstehen. Ich bin sogar überzeugt davon.«

»Sie sind jetzt aber nicht mehr die gleichen wie vorher. Man kann einen Menschen, der einem das Leben gerettet hat, nicht hassen.«

»Ich freue mich darüber . . . sowohl für Sie wie für ihn! Ohne diesen sinnlosen Haß wird es besser für Sie beide sein.«

»Und vergessen Sie nicht: Was immer in den nächsten zwei Monaten passiert, ich komme wieder. Wie wünschte ich, Sie kämen schon jetzt mit! Mir gefällt die Vorstellung von Ihnen in dem Haus da oben nicht.«

»Aber ich bin doch einzig und allein um Edwards willen hergekommen.«

»Zwei Monate sind keine sehr lange Zeit, aber es kann eine Menge in ihnen geschehen.«

»Schon an einem einzigen Tag kann eine Menge geschehen, wie Sie gerade erlebt haben!« erinnerte ich ihn. »Gestern noch haßten Sie den Käpten, und heute ist Ihre Bewunderung für ihn größer als dieser alte Haß. Sagen Sie es ihm! Ich bin überzeugt, er wird es verstehen.«

»Sie haben eine sehr hohe Meinung von ihm, nicht wahr?« fragte er nachdenklich.

Ich antwortete nicht, denn ich hatte Angst, zu irgend jemandem über meine Gefühle zu sprechen.

Als ich ihn verließ, wartete Redvers auf mich an der Reling.

»Ich werde keine Gelegenheit mehr haben, dich allein zu sprechen, Anna«, sagte er leise. »Ich habe dir deshalb geschrieben.«

Er drückte mir einen Brief in die Hand.

Wir standen dicht voreinander und sahen uns an, doch es war unmöglich, dort auf dem Deck miteinander zu sprechen. So sagte ich lediglich:

»Auf Wiedersehen, Käpten. Eine gute und glückliche Reise!« Und damit kletterte ich die Laufplanke hinab.

Ich konnte es nicht abwarten, den Brief zu lesen. Er war nur kurz, doch sprach seine Liebe zu mir aus jeder Zeile. Es war mein erster Liebesbrief.

Meine liebste Anna!

Ich sollte sagen, daß mir der gestrige Ausbruch leid tut, aber es würde nicht stimmen. Ich meinte, was ich sagte . . . jedes Wort! Ohne Dich gibt es für mich kein Glück. Ich liebe Dich, Anna! Warte . . . Anna! Ich weiß einfach, es wird nicht immer alles so bleiben wie jetzt. Denk an mich, so wie ich an Dich denken werde.

Ich liebe dich!   Redvers

Ich hätte ihn vernichten sollen, hätte daran denken sollen, daß er von jemandem kam, der nicht frei war und nicht das Recht hatte, mir einen solchen Brief zu schreiben. Statt dessen faltete ich ihn sorgfältig zusammen und steckte ihn in mein Mieder, und das leichte Kratzen des Papiers auf meiner Haut machte mich überglücklich. Er liebte mich!

Chantel kam in mein Zimmer. Sie sah mich überrascht an.

»Irgend etwas ist passiert!« erklärte sie. »Du bist plötzlich schön geworden.«

»Was für ein Unsinn!«

Sie ergriff mich an den Schultern und zerrte mich zum Spiegel. Sie betrachtete mich prüfend und lachte dann hell auf. Der Brief hatte sich verschoben und schaute aus meiner Bluse heraus. Sie zupfte ihn heraus und lachte mich triumphierend aus.

»Gib ihn mir sofort zurück, Chantel!« rief ich in panischem Schrekken. Auch sie durfte ihn nicht lesen.

Sie ließ ihn sich wieder von mir aus der Hand nehmen. Lächelnd betrachtete sie mich und wurde dann unvermittelt ernst.

»Oh, oh, Anna!« sagte sie nachdenklich. »Sei vorsichtig!«

Das Schiff lichtete an jenem Nachmittag die Anker.

Edward war in Tränen aufgelöst. Wir standen im Garten und sahen es auslaufen; ich hatte es für unklug gehalten, mit ihm an den Strand hinunterzugehen.

»Wir können es genausogut vom Garten aus sehen«, hatte ich zu ihm gesagt.

Die Tränen rannen ihm die Wangen hinunter, und er weinte lautlos, und dies war viel ergreifender, als wenn er lauthals geheult hätte.

Er schob seine kleine Hand in meine, und ich drückte sie fest.

»Zwei Monate sind schnell vorbei«, flüsterte ich ihm zu. »Und dann stehen wir hier und sehen es in die Bucht einlaufen.«

Diese Vorstellung tröstete ihn ein wenig.

»Du kannst ja die Tage auf deinem Kalender abstreichen«, schlug ich ihm vor. Er hatte zu Weihnachten einen Kalender bekommen und riß immer gewissenhaft jeden Monat das alte Blatt ab. »Du wirst erstaunt sein, wie schnell die Zeit vergehen kann.«

Monique kam mit rotgeweinten und verschwollenen Augen in den Garten. Ich dachte: Sie muß ihn tatsächlich lieben! Und dieser Gedanke dröhnte wie eine Totenglocke durch meinen Kopf, doch ob sie ihn nun liebte oder haßte, er war an sie gebunden.

Als sie mich mit Edward dort stehen sah, rief sie theatralisch aus: »Ach, mein Baby! Mein kleines Baby! Wir beide sind jetzt allein!«

Sie streckte die Arme nach ihm aus, doch Edward drehte sich von ihr weg und starrte mit steinernem Gesicht vor sich hin. Suka war in der ihr eigenen schleichenden Weise hinter ihrer Herrin aus dem Haus gekommen.

»Kommen sie herein, Missy«, lockte sie. »Durch Tränen ist nichts zu gewinnen.«

Monique begann auf der Stelle noch lauter zu jammern. Sie kam auf uns zu und ergriff Edwards Hand, doch er riß sie ihr weg und vergrub das Gesicht in meinen Rock, was ihm sonst gar nicht ähnlich sah, da er es haßte, sich wie ein kleines Kind aufzuführen.

»Er will nichts von mir wissen!« regte Monique sich verbittert auf. »Er zieht Miss Brett vor.« Hysterisch lachte sie auf. »Und er ist nicht der einzige!«

Suka legte den Arm um sie.

»Kommen Sie, meine kleine süße Missy! Kommen Sie wieder herein!«

Moniques Pupillen waren unnatürlich geweitet und ihre Wangen hektisch gerötet.

»Ich werde Schwester Loman rufen«, sagte ich.

Suka sah mich böse und voller Verachtung an und führte Monique ins Haus. Ich war erschreckt, wie giftig und bösartig dieser Blick mich getroffen hatte. Wie sie mich haßt! überlegte ich. Viel mehr als Monique. Ich glaube, es stimmte, daß Monique mich eigentlich ganz gern hatte, weil ich ihr einen Vorwand für ihre Szenen lieferte.

Ich war sehr beunruhigt.

Monique war die Tage nach der Abfahrt des Schiffes krank, und Chantel blieb ständig bei ihr.

Ich eröffnete Edward, daß wir nun unverzüglich mit unseren Stunden beginnen würden und die Zeit dadurch schneller verginge. Er liebte Geographie und Geschichte, und ich begann in beiden Fächern mit den Orten, die wir auf unserer Schiffsreise berührt hatten und die folglich für ihn mehr als bloße Punkte auf einer Landkarte waren. Er saß über die blaue Fläche das Pazifiks gebeugt und fand dann unsere Insel als einen winzigen schwarzen Punkt inmitten anderer schwarzer Punkte. Die Namen begeisterten ihn, und er lief tagelang herum und sang sie halblaut vor sich hin: »Tongatapu, Nuku'alofa, Die Freundschaftsinseln, Kao Fonuafoou.« Er würde sie alle besuchen, wenn er erst mal Kapitän wäre, sagte er. Wir rechneten die ungefähre Ankunftszeit des Schiffes in zwei Monaten aus, und er umrandete das Datum mit einem dicken Rotstift. Der Ausdruck ›ein rotangestrichener Tag‹ hatte ihn amüsiert. Dieser Tag würde nun wirklich einer werden, erklärte er, denn er hätte ihn ja nun dick rot umrandet.

Er mochte das Haus nicht und mochte auch das Essen nicht. Am liebsten hielt er sich bei mir oder Chantel auf. Die zu leidenschaftlichen Liebkosungen seiner Mutter waren ihm peinlich, und er schien erleichtert, wenn sie ihn ignorierte. Suka, die beharrlich versuchte, seine Zuneigung zu gewinnen, mochte er ebenfalls nicht, während er Pero lustig fand und sie gern neckte; den alten Jacques fand er nett und pflegte in der Kutsche herumzuturnen und ihm beim Putzen der Pferde zu helfen. Seine Großmutter flößte ihm Furcht ein, doch hatte er zumindest Respekt vor ihr.

Die Insel gefiel ihm, doch ich hatte Angst, ihn im Meer baden zu lassen wegen der Haifische. Ich war froh über Dicks Abenteuer, da es ja gut ausgegangen war, weil es seine Einstellung zu Redvers geändert hatte und es Edward bewies, wie gefährlich das Baden hier war.

Wir machten täglich einen kleinen Spaziergang, meist abends, wenn es etwas kühler geworden war. Diese Ausflüge führten uns zu den kleinen Hütten mit den Auslagen unten in der Bucht, wo wir den Mädchen in ihren langen, bunten Röcken zusahen, wie sie aus Muscheln Halsketten, Armbänder und Ohrgehänge machten. Sie saßen dabei unter einem kleinen Strohdach – »einem Haus ohne Wände« wie Edward es nannte – und arbeiteten, bis es dunkel wurde; frühmorgens waren sie dann schon wieder bei der Arbeit. Es waren die Mittagsstunden, in denen die Insel still und wie verlassen dalag.

Entlang der Bucht befanden sich auch die Lagerplätze für die Kopra und die Früchte, die auf ihre Verschiffung in andere Länder warteten und von deren Verkauf die Inselbevölkerung lebte.

»Es ist hier alles so ganz anders als in Langmouth«, meinte Edward. »Aber wir werden ja zum Glück eines Tages wieder nach Hause fahren.«

Es gab Momente, wo ich das Gefühl hatte, daß wir zu einer normalen Alltagsroutine gefunden hatten, doch es gab auch andere, wenn die im Haus herrschende Atmosphäre mir unerträglich erschien. Dies war meist in den Nachtstunden, wenn ich im Bett lag und nicht schlafen konnte, weil ich an die ›Heitere Lady‹ dachte und überlegte, wo sie jetzt sein mochte und ob Redvers wohl ebenfalls in seiner Kajüte lag und an mich dachte. Dann holte ich jedesmal seinen Brief hervor und las ihn. Ich wußte kein sicheres Versteck für ihn. Die Schränke und Schubladen hatten keine Schlüssel. Ich legte ihn daher zwischen meine Wäsche und sah jedesmal, wenn ich in mein Zimmer zurückkam, nach, ob er noch dort war. Die Dielenbretter knackten nachts auch so unangenehm. Um Mitternacht wurde statt der Öllampe ein Binsenlicht auf den Korridor gestellt, und ich hörte Suka dann in ihren Bastschlappen vorbeischlurfen – flap ... flap; sie bestanden lediglich aus einer

Bastsohle mit einem Querband über dem Fuß aus bunten Bastfransen. Sie sahen sehr schlampig und ausgetreten aus. Ich hörte jedesmal, wie sie stehenblieb und stellte mir vor, wie sie zu meiner Tür schlich und daß ich sie dabei erwischen würde, falls ich aus dem Bett sprang und die Tür aufriß. Doch wozu sollte ich das? Es hatte keinen Zweck. Wenn sie in meiner Nähe war, fühlte ich jedoch ständig ihre großen Augen wachsam und mißtrauisch auf mich gerichtet.

Ich schaute oft auf Edwards rotumrandetes Datum und war überzeugt, daß er diesen Tag nicht mit größerer Intensität herbeisehnen konnte als ich, wenngleich ich mich fragte, was dieser Tag mir, abgesehen von der Freude, Redvers wiederzusehen, Gutes bringen konnte.

Es würde leichter werden, sagte ich mir, wenn Chantel weniger durch Monique in Anspruch genommen war; im Augenblick hätte sie Angst, wie sie mir gestand, Monique auch nur kurze Zeit allein zu lassen; die dumme Person steigerte sich in ihre Krankheit hinein, was bei der Art ihres Leidens sehr leicht war.

Der Inselarzt kam, um nach ihr zu sehen. Er war sehr alt und wartete nur noch auf die Ankunft des jungen Arztes, um sich zur Ruhe zu setzen. Er unterhielt sich mit Chantel, die mir anschließend sagte, er sei Jahre hinter der Zeit und der modernen medizinischen Entwicklung zurück. Wie könnte man sich darüber wundern? Er lebte seit dreißig Jahren auf der Insel und hätte sich nicht weiter fortgebildet.

Ungefähr drei Tage nach Abfahrt des Schiffes schickte Monique Edward zu mir mit der Botschaft, sie wünschte mich zu sprechen; sowie ich sie sah, wußte ich, daß sie in einer gefährlichen Stimmung war.

»Sie müssen sich jetzt recht einsam fühlen, Miss Brett«, bemerkte sie hinterhältig.

»Ach nein«, erwiderte ich und war auf der Hut.

»Fehlt Ihnen das Schiff nicht?«

Ich antwortete nicht, und sie fuhr fort: »Wirklich eigenartig! Die beiden mochten Sie, nicht wahr? Auch Dick Callum. Und dabei sehen Sie gar nicht wie eine *femme fatale* aus . . . Da könnte man das schon eher von Schwester Loman sagen, aber sie bekam ihren Mr. Crediton auch nicht, eh?«

»Wollten Sie mit mir über Edwards Fortschritte sprechen?« fragte ich.

Das reizte sie zum Lachen. »Edwards Fortschritte! Er will auch nichts von mir wissen. Nein! Sie geben sich mit meinem Mann nicht zufrieden. Sie wollen alles haben! Sie lassen mir nicht einmal meinen Sohn!«

Edward machte ein erschrecktes Gesicht, und ich sagte: »Ich glaube, Edward, wir sollten jetzt an unseren Landkarten weiterarbeiten.«

Er sprang eifrig auf, ebenso bestrebt wie ich fortzukommen. Monique begann jedoch, uns zu beschimpfen. Sie bot einen beängstigenden Anblick. Sie hatte sich völlig verändert; ihre Augen blickten wild, das Gesicht war feuerrot, und das Haar hatte sich aus dem Band gelöst. Und als sie jetzt in eine Raserei ausbrach, stieß sie gräßliche Schimpfworte aus, zum Glück unzusammenhängend und wirr, denn es wäre mir ganz und gar nicht recht gewesen, wenn Edward verstanden hätte, was sie mir vorwarf.

Chantel kam herein. Sie machte mir ein Zeichen, und ich eilte mit Edward hinaus.

Ich darf nicht hierbleiben! sagte ich mir. Es ist eine unmögliche Situation! Ich sollte vor Rückkehr des Schiffes verschwinden. Aber wie?

Ich stellte mir die Ankunft des Schiffes vor. Wie konnte ich mit Redvers abfahren und sie hier zurücklassen? Chantel hatte mit einem entschlossenen Blitzen in den Augen erklärt, sie bliebe nicht auf der Insel. Wenn das Schiff wiederkäme, würde sie mit ihm abfahren. Und ich müßte es ebenfalls. Aber wie konnte ich das? Und wohin sollte ich fahren? Konnte ich mit Redvers nach England zurückfahren? Ich wußte, das wäre heller Irrsinn.

Ich wusch mir die Hände und zog mir ein anderes Kleid an.

Und wieder kam der Doktor. Chantel hatte ihn rufen lassen. Es war diesmal ein schwerer Anfall.

Als ich die Haarnadeln aus meinem Knoten gezogen hatte und mich kämmte, ging leise die Tür auf. Ich sah im Spiegel Suka auf der Schwelle stehen. Sie schaute mich mit einem mörderischen Blick an, und ich glaubte, sie sei gekommen, um mir etwas zuleide zu tun. Wie sie mich haßte!

»Missy Monique ist sehr krank!«

Ich nickte. Wir maßen einander mit den Blicken, während ihre Hände schlaff an den Seiten herunterhingen und ich mit offenem Haar und der Haarbürste in der Hand dastand.

Dann sagte sie leise: »Wenn sie stirbt . . . haben Sie sie getötet!«

»Unsinn!« fuhr ich sie scharf an.

Sie zuckte die Achseln und drehte sich um, doch ich rief sie zurück.

»Hören Sie mal zu!« erklärte ich mit eisiger Entschlossenheit. »Ich dulde nicht, daß Sie etwas Derartiges sagen! Sie hat den Anfall selbst herbeigeführt. Ich habe nichts damit zu tun. Wenn ich Sie noch einmal so etwas sagen höre, werde ich Schritte dagegen unternehmen!«

Meine energische und gebieterische Stimme schien sie aus irgendeinem Grunde zu erschrecken, denn sie wich zurück und senkte den Blick.

»Gehen Sie jetzt!« befahl ich. »Und kommen Sie nicht noch einmal ungerufen in mein Zimmer!«

Sie schloß die Tür hinter sich, und ich hörte die Bastschlappen über den Flur davonschlurfen.

Ich musterte mich im Spiegel. Meine Wangen waren gerötet, und meine Augen loderten vor Zorn. Ich sah wahrhaftig aus, als wolle ich in eine Schlacht stürmen. Doch ich schaute noch einmal näher hin, denn jetzt, wo sie fort war, veränderte sich der Ausdruck meines Gesichtes. Und ich las die Furcht in meinen Augen. Ich war schon einmal eines Mordes bezichtigt worden. Es war eigenartig, daß es ein zweites Mal geschehen sollte.

Es glich einem unheimlichen Muster, das sich zwangsläufig wiederholte!

Rings um mich im Zimmer lagerten dunkle Schatten, doch die unsichtbaren Schatten dieses Hauses waren viel dunkler und gespenstischer.

Nur zwei Monate! dachte ich. Aber wie viele lange Tage und Nächte trennten mich noch von dem ersten Tag?

Ich fühlte mich von drohendem Unheil umzingelt.

Ich aß allein mit Madame zu Abend. Chantel wollte Monique nicht allein lassen und bekam ein Tablett heraufgebracht.

Madame war sehr zurückhaltend.

»Es hat eigentlich kaum Zweck, nur für uns beide zu kochen«, erklärte sie. »Wir werden deshalb einen kleinen kalten Imbiß einnehmen.«

Dieser kalte Imbiß bestand aus den Überresten des gestrigen Fisches. – Immer Fisch! Die Fischer fingen ihn jeden Tag frisch. Es war das billigste Nahrungsmittel der Insel – Fisch und Obst, von dem einiges sogar aus dem eigenen Garten stammte.

Mir machte es jedoch nichts aus; ich hatte sowieso keinen rechten Appetit. Das einzig Üppige bei Tisch war der Wein; der Keller mußte früher sehr großzügig bestückt gewesen sein.

Der Kandelaber, den ich so bewundert hatte, diente als Tischdekoration, doch die Kerzen in ihm waren nicht angezündet. Das Licht der Öllampe würde genügen, erklärte Madame.

Kerzen waren auf der Insel ja teuer, fiel mir wieder ein; unwillkürlich fing ich an, bei allem zu überlegen, was es kostete. Man entging dieser Manie in diesem Haus einfach nicht.

Ich versuchte, weniger unangenehme Überlegungen anzustellen und meine volle Aufmerksamkeit Madame de Laudé zuzuwenden. Wie anders war sie doch als ihre Tochter! Vornehm, beherrscht und liebenswürdig. Ihre einzige Marotte war diese Sparsamkeit, die sich manchmal bis ins Groteske steigerte, und so war eines der Gespenster, die in diesem Hause umgingen, das Gespenst der Armut.

Sie lächelte mir über den Tisch hinweg zu.

»Sie sind so ruhig, Miss Brett«, bemerkte sie. »Es gefällt mir.«

»Ich freue mich, daß ich so wirke«, entgegnete ich. Gut, daß sie meine Gedanken nicht lesen konnte! Wie schnell hätte sie sonst ihre Meinung ändern müssen.

»Ich fürchte, meine Tochter ist sehr krank. Sie führt diese Anfälle zum Teil jedoch selbst herbei.«

»Ja, leider kann ich Ihnen nicht widersprechen.«

»Sie braucht deshalb ständig eine Krankenpflegerin in ihrer Nähe.« Sie könnte keine bessere haben, entgegnete ich.

»Schwester Loman ist sowohl tüchtig wie dekorativ.«

Ich stimmte ihr aus vollem Herzen darin zu.

»Sie haben sie gern ... und umgekehrt, nicht wahr? Es ist schön, Freundschaften zu haben.«

»Sie ist mir in der Tat immer eine sehr gute Freundin gewesen!«

»So wie Sie es für sie waren?«

»Nein. Ich glaube, ich habe bisher nicht Gelegenheit gehabt, viel für sie tun zu können, würde eine solche Gelegenheit jedoch begrüßen.«

Sie lächelte. »Ich bin froh, daß Sie hier sind. Edward braucht Sie, und meine Tochter braucht Schwester Loman. Ich frage mich nur, ob Sie bei uns bleiben werden ...«

Nachdenklich schaute sie mich an.

»Man kann nie sehr weit in die Zukunft vorausblicken«, antwortete ich ausweichend.

»Sie müssen das Leben hier doch ganz anders finden als Ihr bisheriges in England, an das sie gewohnt waren.«

»Es ist allerdings recht anders.«

»Finden Sie uns hier ... ziemlich primitiv?«

»Ich erwartete nicht, in eine Weltstadt zu kommen.«

»Und Sie haben womöglich Heimweh?«

Ich dachte an das tiefe Flußtal und die Häuser von Langmouth zu beiden Seiten, über dem das Schloß Crediton majestätisch emporragte; und ich dachte an die alten Kopfsteinpflasterstraßen und den neuen Stadtteil, der sich unter der Schirmherrschaft von Sir Edward Crediton entwickelt hatte, der neben seinen amourösen Abenteuern Millionär geworden war und den Einwohnern von Langmouth allgemeinen

Wohlstand beschert hatte. Sogar die Zofe ihrer Ladyschaft hatte im Schloß wie eine Lady gelebt, und die Näherin hatte eine eigene Werkstatt aufmachen können, und ihr Sohn war in die Firma aufgenommen worden.

Und mich ergriff große Sehnsucht, wieder dort zu sein – die klare, kalte Meeresluft zu atmen, die über den Fluß hereindrang, die emsige Geschäftigkeit an den Quais zu beobachten und die Segel der Kutter und Klipper, die Seite an Seite mit den neuen modernen Dampfschiffen wie die ›Heitere Lady‹ im Hafen lagen, zu betrachten.

»Ich glaube, man hat immer Heimweh nach seiner Heimat, wenn man in der Fremde ist«, antwortete ich schließlich.

Sie stellte Fragen über Langmouth, und es dauerte nicht lange, bis sie das Gespräch auf Schloß Crediton brachte. Sie war begierig, Einzelheiten darüber zu erfahren, und hegte eine grenzenlose Bewunderung für Lady Crediton.

Schließlich wurde es sinnlos, noch länger bei Tisch zu sitzen; wir hatten beide nur sehr wenig gegessen. Nachdenklich betrachtete ich die Überreste des Fisches, die ich bestimmt am nächsten Tag wieder zu sehen bekommen würde. Wir begaben uns in den Salon, und Pero brachte den Kaffee. Es war ein Abend für vertrauliche Gestandnisse.

»Meine Tochter macht mir große Sorgen«, gestand Madame. »Ich hatte gehofft, daß sie sich durch das Leben in England ändern würde ... daß sie ausgeglichener und ruhiger würde.«

»Ich kann mir nicht vorstellen, daß sie das jemals sein wird, ganz gleich, wo auch immer sie leben mag.«

»Aber im Schloß ... mit Lady Crediton ... und dem ganzen vornehmen Rahmen ...«

»Das Schloß«, entgegnete ich, »ist wirklich ein Schloß, obwohl erst Sir Edward es erbauen ließ. Sie würden es für eine alte normannische Festung halten, und das bedeutet unter anderem, daß es sehr groß und weitläufig ist. Es können Menschen darin leben, ohne sich wochenlang zu begegnen. Lady Crediton blieb immer in ihren eigenen Gemächern. Es gab kein gemeinsames Familienleben, wissen Sie.«

»Aber sie lud meine Tochter doch zu sich ein. Sie wollte, daß Edward dort aufwächst.«

»Ja, und das will sie meiner Ansicht auch heute noch. Aber Mrs. Stretton wurde krank, und der Arzt meinte, das englische Klima würde ihre Krankheit verschlimmern. Nur deshalb war sie dafür, daß Ihre Tochter eine Zeitlang wieder hier lebte. Wir werden ja sehen, wie es ihr bekommt.«

»Ich stellte sie mir so gerne dort im Schloß in England vor. Sicher und geborgen. Hier ... Sie sehen ja selbst, wie arm wir sind.«

Ich wollte nicht, daß sie dieses Thema weiter ausspann, denn ihre Armut war geradezu ein Trauma für sie und, wie immer in solchen Fällen, langweilig für andere. Außerdem glaubte ich gar nicht, daß sie tatsächlich so arm war, wie sie es behauptete. Ich blickte mich im Salon um und betrachtete die Möbel, die mir von Anfang an aufgefallen waren. Seit meiner Ankunft entdeckte ich ständig neue interessante Stücke.

»Aber Sie besitzen viele sehr wertvolle Möbel und Kunstgegenstände, Madame de Laudé«, sagte ich.

»Wertvolle?« fragte sie ungläubig.

»Der Stuhl, auf dem ich eben sitze, ist französisches 18. Jahrhundert. Er würde einen hohen Verkaufspreis auf dem internationalen Markt erzielen.«

»Dem Markt?« wiederholte sie.

»Ja, auf dem Antiquitätenmarkt. Vielleicht sollte ich es Ihnen kurz erklären. Ich bin eigentlich gar keine Gouvernante. Meine Tante besaß ein Antiquitätengeschäft und bildete mich aus, ihr dabei zu helfen. So lernte ich einiges über alte Möbel, Kunstgegenstände, Porzellan und Ähnliches. Meine Tante starb jedoch, und ich konnte das Geschäft alleine nicht weiterführen. Es war recht schmerzlich. Meine Freundin, Schwester Loman, fand, daß ein Wechsel mir guttun würde und überredete mich, diesen Posten als Gouvernante anzunehmen.«

»Das ist ja interessant! Erzählen Sie mir etwas über meine Möbel!«

»Einige sind sehr wertvoll. Die meisten sind französisch; die französischen Schreiner waren auf der ganzen Welt für ihre Kunstfertigkeit berühmt. Dieses Schränkchen dort drüben zum Beispiel. Es ist ein Riesener. Ich habe es mir schon angeschaut und die Signatur entdeckt. Vielleicht halten Sie mich für neugierig, aber ich interessiere mich leidenschaftlich für diese Dinge.«

»Ganz und gar nicht«, wehrte sie ab. »Ich freue mich über Ihr Interesse. Bitte erzählen Sie weiter!«

»Seine Linien sind wundervoll schlicht. Sehen Sie es? Die Intarsienarbeit ist hervorragend, und diese kurzen Sockelbeine sind vollendet. Es ist ein Beispiel dafür, wie wirkungsvoll man Schlichtheit mit kunstvollem Raffinement kombinieren kann. Ich habe selten ein solches Stück außerhalb eines Museums gesehen.«

»Sie meinen, es ist . . . *Geld* wert?«

»Sehr viel sogar, würde ich sagen!«

»Aber wer würde es hier kaufen wollen?«

»Madame, um Ihre Möbel kaufen zu können, würden Händler um die ganze Welt reisen!«

»Was Sie nicht sagen! Ich hatte ja keine Ahnung davon!«

»Das dachte ich mir. Ihre Möbel sollten gepflegt werden ... und untersucht werden. Sie müssen sich vergewissern, daß sie nicht von Schädlingen befallen werden. Sie sollten gewachst und von Staub freigehalten und von Zeit zu Zeit gründlich überprüft werden. Aber was rede ich nur! Verzeihen Sie bitte.«

»Nein, nein! Wachs, sagten Sie. Das ist hier nicht leicht zu bekommen und außerdem sehr teuer.«

Wie Kerzen, dachte ich im stillen und wurde plötzlich wütend.

»Madame«, erklärte ich, »die Möbel und anderen Kunstgegenstände in Ihrem Haus verkörpern ein kleines Vermögen!«

»Aber was kann ich tun?«

»Man könnte dafür sorgen, daß das Vorhandensein dieser Möbel bekannt wird. Dieses Schränkchen zum Beispiel, über das ich eben sprach. Ich erinnere mich an die Anfrage eines unserer Kunden. Er wollte genau so eines und wäre, glaube ich, auch mit einem weniger erlesenen Stück als einem Riesener zufrieden gewesen. Er hätte bis zu dreihundert Pfund dafür bezahlt. Wir konnten ihm nichts dergleichen beschaffen. Wenn er jedoch dieses hier gesehen hätte ...«

Ihre Augen funkelten, als sie diese Summe hörte.

»Mein Mann brachte die Möbel vor Jahren aus Frankreich mit.«

»Ja, es sind meist französische, wie ich schon sagte. Ich könnte ein Inventar der wertvollen Stücke in Ihrem Haus anfertigen, und dieses könnte man dann Händlern in England schicken, mit gutem Erfolg, wie ich überzeugt bin.« Rasch hatte ich ihr diesen Vorschlag gemacht, denn der Gedanke, mich mit diesen Möbeln beschäftigen zu können, begeisterte mich; und es würde mir Spaß machen, Madame zu eröffnen, daß sie gar nicht so arm an weltlichen Gütern war, wie sie glaubte.

»Aber ich wußte ja gar nichts davon! Hatte keine Ahnung!« Und dann wurde sie unvermittelt sachlich und nüchtern. »Die Aufstellung eines solchen Inventars ist eine professionelle Arbeit. Sie müßten dafür bezahlt werden.«

Wie der Gedanke, für etwas bezahlen zu müssen, sie quälte!

Rasch sagte ich: »Ich werde es um des Vergnügens willen tun. Es wird mein Hobby während meines Aufenthaltes hier sein, und ich werde gleichzeitig Edward etwas über alte Möbel beibringen und so seine Studien nicht vernachlässigen. Diese Möbel sind ja eng mit der europäischen Geschichte verbunden.«

»Sie sind eine höchst ungewöhnliche Gouvernante, Miss Brett!«

»Womit Sie sagen wollen, daß ich keine richtige bin.«

»Ich bin überzeugt, Sie sind für Edward besser, als eine – wie Sie es nennen – ›richtige‹ Gouvernante das wäre.«

Ich war freudig erregt und sprach über einige besonders schöne

Möbelstücke im Haus, während ich mir im stillen sagte: Die beiden Monate werden schnell vergehen, weil ich so viel zu tun haben werde!

»Nehmen Sie noch etwas Kaffee, Miss Brett!« Welch ungewöhnliche Freigiebigkeit! Normalerweise bekam jeder hier nur eine Tasse, und der übrige Kaffee wurde hinausgetragen und bei der nächsten Gelegenheit wieder aufgewärmt.

Dankend nahm ich das Angebot an. Es war ausgezeichneter Kaffee; vermutlich stammte er von der Insel, wo er in zu kleinen Mengen geerntet wurde, um exportiert zu werden, was jedoch sehr angenehm für die Inselbevölkerung war.

Madame war sichtlich aufgetaut und erzählte mir, wie die Möbel auf die Insel gelangt waren.

»Mein Mann stammte aus einer guten Familie und war der jüngere Sohn eines alten Adelsgeschlechtes. Er kam nach einem Duell auf die Insel, bei dem er ein entferntes Mitglied des französischen Königshauses getötet hatte. Er mußte Frankreich in aller Eile verlassen. Später schickte seine Familie ihm dann die Möbel. Er kam hier nur mit etwas Geld und sonst nichts an. Wir lernten uns kennen und heirateten, und dann fing er mit der Zuckerrohrplantage an, die sich blühend entwikkelte. Er ließ sich Weine aus Frankreich kommen; dieses Haus war damals überhaupt sehr anders als jetzt. Ich hatte von klein auf auf der Insel gelebt und kenne auch keine anderen Länder. Meine Mutter war ein einheimisches Inselmädchen und mein Vater Engländer, das schwarze Schaf der Familie, das diese aus England hierher schickte, um ihn loszusein. Er hatte großen Charme und wäre wahrscheinlich auch ein guter Geschäftsmann gewesen, wenn er nicht so faul gewesen wäre. Nichts liebte er so sehr, als untätig in der Sonne zu sitzen. Ich war seine einzige Tochter. Wir waren arm. Er gab alles Geld für den heimischen Inselschnaps aus, der sehr stark ist; Gali wird er genannt. Sie werden bestimmt noch von ihm hören. Und als dann Armand kam, heirateten wir und führten ein großes Haus, und es gab nur wenige auf der Insel, die reicher als wir waren.«

»Gibt es hier denn so etwas wie ein gesellschaftliches Leben?«

»Es gab es ... und es gibt es bis zu einem gewissen Grade auch heute noch, doch ich kann es mir nicht mehr leisten, Gesellschaften zu geben, und nehme natürlich auch keine Einladungen mehr an, da ich sie nicht erwidern kann. Es gibt hier eine nicht unbeträchtliche französische, englische und sogar holländische Kolonie; meist sind es Leute, die hier in der einheimischen Industrie und den Schiffahrtslinien leitend tätig sind. Sie kehren immer nach einer gewissen Zeit in ihre Heimat zurück, und nur sehr wenige bleiben länger hier.«

Sie vermittelte mir ein etwas klareres Bild von der Insel. Diese war in der Tat eine seltsame Mischung von kommerziellen und fast heidnisch-primitiven Elementen. Unten in der Bucht herrschte vormittags und am späten Nachmittag geschäftiges Treiben, während in anderen Teilen der Insel viele Menschen in ihren Schilfhütten ein Dasein fern jeglicher moderner Zivilisation führten.

»Mein Mann war ein guter Geschäftsmann«, fuhr Madame fort, »doch leider recht jähzornig. Monique ist ihm in vieler Hinsicht ähnlich, wenngleich nicht in der äußeren Erscheinung. Sie sieht meiner Mutter ähnlich. Manchmal könnte man direkt meinen, sie sei ein reinblütiges Inselmädchen. Sie hat jedoch die impulsive Heftigkeit ihres Vaters und leider auch seine labile Gesundheit geerbt. Er war schwindsüchtig, und alles, was der Doktor dagegen unternahm, blieb wirkungslos. Er wurde immer kränker und kränker, bis er schließlich starb. Er war noch jung. Erst einunddreißig. Und dann mußte ich die Plantage verkaufen, und bald darauf fing unsere Armut an. Ich weiß eigentlich nicht, wie ich es überhaupt noch schaffe auszukommen. Es geht nur mit der äußersten Sparsamkeit . . .«

Ein Insekt mit prachtvollen blauen Flügeln war hereingeschwirrt und umgaukelte die Öllampe. Madame de Laudé verfolgte mit starrem Blick, wie es immer schneller wie in einer verrückten Besessenheit das Licht umtaumelte.

»Es wird sich verbrennen. Es kann dem Sog des Lichts nicht widerstehen. Wie ist es nur hereingekommen? Die Fensterläden sollten doch alle Insekten fernhalten.«

Es sah wie eine herrliche Wasserjungfrau aus, viel zu schön, um sich in einem sinnlosen Tod umzubringen.

»Kann ich es nicht hinausbringen?« fragte ich.

»Wie wollen Sie es denn einfangen? Außerdem sollten Sie da vorsichtig sein. Einige dieser Insekten sind gefährlich. Man kann sehr krank von ihrem Stich werden. Manche sind sogar tödlich.«

Fasziniert starrte ich auf die Libelle, die sich in einer letzten verzweifelten Hingabe gegen den Schirm der Lampe geworfen hatte und tot auf den Tisch fiel.

»Törichte Kreatur!« bemerkte Madame. »Es hielt die Lampe für die Sonne und tötete sich selbst im Versuch, diese zu erreichen.«

»Man könnte daraus eine Lehre ziehen«, sagte ich leichthin und bedauerte diesen Zwischenfall, der unsere interessante Unterhaltung unterbrochen hatte, die keine Fortsetzung mehr fand. Statt dessen bat sie mich, ihr mehr über die Möbel zu erzählen, die mir im Haus aufgefallen seien, und so redeten wir über diese, bis ich mich von ihr verabschiedete und mich in mein Zimmer zurückzog.

Monique ging es am folgenden Tag besser. Chantel erzählte mir, daß die Belladonna-Behandlung ihr gut zu bekommen scheine, obgleich sie selbst das Amylnitrit vorziehen würde, das sie in England verwendet habe.

»Wir dürfen nicht vergessen, daß sie außerdem noch schwindsüchtig ist. Sie ist wirklich eine schwerkranke Frau, Anna. Ich frage mich immer, ob sie vielleicht eines Tages ... eine Dummheit machen könnte.«

»Was um Himmels willen meinst du damit?«

»Zum Beispiel eine Überdosis von Schlaftabletten einnehmen!«

»Wie könnte sie das?«

»Nun, die Tabletten sind ja hier vorrätig, Opium, Laudanum ... und Belladonna.«

»Wie ... beunruhigend!«

»Mach dir keine Sorgen! Ich werde schon auf sie aufpassen!«

»Aber sie hat doch nicht etwa Selbstmordabsichten? Oder?«

»Sie hat es einmal erwähnt, doch das hat nichts zu bedeuten. Die Menschen, die davon reden, tun es nur sehr selten tatsächlich. Sie wollen uns damit nur in Angst und Schrecken versetzen und uns erpressen, ihnen und ihren Wünschen nachzugeben. Sie ist nicht der Typ. Sie redet allerdings darüber, daß der Käpten nichts von ihr wissen wolle und Edward ebenfalls nicht, und dieses gräßliche Suka-Weib bestärkt sie noch darin. Seit unserer Ankunft hier geht es ihr eindeutig schlechter.«

»Chantel«, stammelte ich, »falls sie es täte ... würde es heißen, ich ...«

Chantel faßte mich an der Schulter und schüttelte mich. »Hab keine Sorge! Ich werde es nicht so weit kommen lassen.«

Aber sie konnte mich nicht beruhigen. »Es ist wirklich sonderbar«, sagte ich. »Ich muß manchmal nachts daran denken ... an Tante Charlottes Tod ... Ich kann einfach nicht glauben, daß sie sich das Leben nahm.«

»Das beweist nur meine Theorie. Die Menschen, die es tun, sind immer die, von denen man es am allerwenigsten erwartet hätte. Sie reden eben nicht davon. Unsere Monique dagegen liebt es, sich dramatisch in Szene zu setzen. Sie würde sich nie das Leben nehmen.«

»Und wenn sie es nun doch täte? Es gab schließlich Gerede ...«

»Über dich und den Käpten?« Chantel nickte zustimmend.

»Es würde heißen, sie hätte es deshalb getan. Vielleicht würde sogar gesagt ... O Chantel! Es ist grauenvoll! Man würde sich wieder an Tante Charlottes Tod erinnern und den damaligen schrecklichen Verdacht.«

»Du regst dich mal wieder über etwas auf, was gar nicht passieren wird. Du bist fast so schlimm wie Monique.«

»Aber es könnte ja passieren!«

»Es wird nicht passieren! Ich sage es dir! Ich werde auf sie aufpassen und dafür sorgen, daß sie keine Gelegenheit dazu findet.«

»O Chantel! Ich werde nie aufhören, dem Schicksal dafür zu danken, daß du hier bei mir bist!«

Und so gelang es ihr wieder einmal, meine Ängste und Befürchtungen zu zerstreuen.

Ich begann mit der Arbeit an meinem Inventar, die ich faszinierend fand, und sah meine Vermutung bestätigt. Die Möbel in diesem Haus verkörperten ein kleines Vermögen, allerdings war ich entsetzt über den Zustand, in dem sie sich befanden. Ich rief Pero und erklärte ihr, was sie tun müßte. Staub sei gefährlich, sagte ich ihr; Insekten würden ihre Eier in ihm ablegen, und es gäbe außerdem hier Termiten. Ich hatte sie im Garten gesehen. Sie marschierten dort in kleinen Kolonnen umher, doch konnten sie durchaus eines Tages in großen Armeen angerückt kommen. Ich stellte mir vor, wie sie über eines dieser kostbaren Möbelstücke herfielen. Sie würden sich ihren Weg durch es hindurchfressen und nichts von ihm übrig lassen als ein hohles, dünnes Gehäuse.

Pero meinte: »Möbelpolitur ist aber sehr teuer. Madame wird mir niemals erlauben, so etwas zu benutzen.«

»Welch kurzsichtiger Wahnsinn!« entfuhr es mir.

Arme Pero! Sie war ganz nervös. Ich merkte, daß sie unbedingt im *Carrément House* bleiben wollte, wo sie zwar nur einen niedrigen Lohn erhielt, den sie jedoch weder als Arbeiterin in einer Zuckerplantage noch in der Fischverarbeitung hätte verdienen können. Für die Herstellung der Muschelhalsketten und Ohrgehänge waren ihre Finger nicht geschickt genug. Weil sie deshalb ihre Stellung auf keinen Fall verlieren wollte, befolgte sie blindlings Madames Befehle, sparte Kerzen und schabte sogar nach den Mahlzeiten die übriggelassenen Reste von den Tellern. Hier wurde nichts Eßbares weggeworfen, o nein! Es ließ sich immer irgendwie verwerten. Pero war eine gute Dienerin; sie hatte nur den einen Wunsch, es ihrer Herrin recht zu machen.

Suka schien weniger dreist und unverschämt, seit ich sie so scharf angefahren hatte, doch bemerkte ich oft, wie sie mich lauernd beobachtete, wenn ich ein Möbelstück untersuchte und es meiner Inventarliste hinzufügte. Als ich einmal unvermittelt aufblickte, entdeckte ich am Fenster draußen ihr wachsam-mißtrauisches Gesicht; und wenn ich schnell zur Tür ging, hörte ich häufig das Geräusch ihrer hastig davonschlurfenden Bastsandalen. Sie schien jedoch jetzt einen neuen Respekt vor mir zu haben; vielleicht glaubte sie, ich würde dem Haus einen warmen Geldregen bescheren. Ich konnte mir lebhaft die wirren Geschichten vorstellen, die bei einer Sitzung zwischen ihr und Pero und dem alten Jacques herauskamen! Die Möbel wären ja viel wertvoller, als sie gedacht hätten; ich würde sie für sie verkaufen, und sie würden wieder so reich sein wie zu Lebzeiten von Monsieur. Und die Tatsache, daß ich dies tun würde, gab mir in ihren Augen ein neues Ansehen.

Ich sah, wie sie mit ehrfürchtiger Bewunderung auch den primitivsten hölzernen Kerzenhalter und ältesten Korbstuhl beäugten.

Pero hatte begonnen, die Möbel ein wenig einzuwachsen, benutzte die Politur jedoch nur sehr sparsam.

Es herrschte im Haus jetzt jedoch eine angenehmere Atmosphäre, und ich fing an, mich etwas wohler zu fühlen. Die Tage vergingen in schneller Folge, und Monique wurde gefügiger. Ich hatte Edward gebeten, ab und zu ein wenig Zeit bei ihr zu verbringen und daran zu denken, daß sie krank war, was auch der Grund dafür sei, daß sie an manchen Tagen einen Beweis für seine Liebe verlange und an anderen dann wieder zu müde sei, um ihn überhaupt zu sehen. Er fügte sich meinem Wunsch, hakte aber weiter gewissenhaft und unbeirrt die Tage in seinem Kalender ab und verfolgte mit tiefer Befriedigung, wie der rot umrandete Tag allmählich näher rückte.

Er war gerade bei seiner Mutter, als ich eines Nachmittags unbemerkt aus dem Haus schlüpfte, um ein wenig allein am Wasser entlang zu gehen. Ich mochte diese Spaziergänge zu gern. Der Ausblick, den man dabei hatte, war von atemberaubender Schönheit, und ich entdeckte ständig etwas Neues, was mich begeisterte. Die Aufstellung des Inventars hatte eine beruhigende Wirkung auf mich. Ich konnte mich ganz auf diese Aufgabe konzentrieren und und die ungewisse Zukunft und bedrückende Gegenwart vergessen, wenn ich in die Beurteilung eines kleinen Sofas oder Schränkchens versunken war, das zweifellos die Arbeit eines bestimmten Künstlers war, obgleich es nicht seine Signatur trug.

Die Hitze des Tages war gebrochen, doch war es immer noch zu heiß, um in der prallen Sonne zu gehen. Ich trug einen großen Hut, den ich bei einer der Buden am Strand gekauft hatte; er war aus geflochtenem Bast und durch sein geringes Gewicht und den breiten Rand ideal für dieses Klima geeignet.

Ich war nicht direkt am Strand um die Bucht gegangen, um im Schatten der Bäume zu bleiben, und zu einer Stelle gelangt, an der ich noch nicht gewesen war. Ich fand es dort ganz besonders schön. Man hörte das rhythmische Rauschen der Wellen gegen den Strand und ab und zu das jähe Summen eines vorbeischwirrenden Insektes.

Ein Felsen, der nicht weit vom sandigen Strand aus dem Wasser aufragte, erregte meine Aufmerksamkeit. Er reckte sich fast wie eine menschliche Gestalt inmitten des klaren blauen Wassers in die Höhe. Da die Uferböschung, auf der ich stand, verhältnismäßig hoch war, konnte ich weit über die Insel bis zu der geschwungenen Linie einer nächsten Bucht blicken; die Insel hatte offensichtlich viele Buchten. Sie betrug, wie ich gehört hatte, in ihrer Ausdehnung fünfundvierzig Kilometer in der Länge und neun Kilometer in der Breite, und war somit eine der größeren Inseln der Gruppe – was einer der Gründe dafür sein mochte, daß sich Menschen auf ihr angesiedelt und sie zu einem Teil kultiviert hatten.

Weit draußen auf dem Meer konnte ich am Horizont Umrisse ausmachen, die wie andere Inseln aussahen, doch wahrscheinlich nur vulkanisches Felsgestein waren, das vor einigen Jahrhunderten dort emporgeschleudert worden war.

Die Anhöhe, auf der ich stand, fiel landeinwärts zu einem dicht bewaldeten Tal ab. Die Bäume prangten in einem so bunten Blütenschmuck, daß ich sie mir näher anschauen wollte; außerdem hatte der Anstieg mich erhitzt, und ich lechzte nach ihrem Schatten. Ich wollte mich ein wenig unter ihnen ausruhen und vielleicht einige jener exotischen Blüten pflücken, die mich immer entzückten. Ich stellte sie in meinem Zimmer in Vasen, die Pero für mich auftrieb.

Bald tauchte ich in den Schatten der Bäume ein, nahm meinen Hut ab und fächelte mir ein wenig Kühlung zu. Chantel und ich hatten uns Baumwollkleider aus dem gleichen bunten Stoff gekauft, wie alle Frauen ihn auf der Insel trugen, hatten sie allerdings ein wenig geändert, um sie für uns passender zu machen.

Zwischen den Bäumen war ein Lehmwall errichtet worden, der sich seltsamerweise in eigenartigen Bögen am Rande des Wäldchens hin und her wand, was mir irgendwie bedeutungsvoll erschien. Aber ich fand ja dauernd etwas ungewöhnlich auf dieser Insel. In dem Wall war eine Öffnung, durch die ich hindurchging. Die Bäume standen hier dichter, und ich gelangte zu einem zweiten, diesmal hohen Wall. Irgend etwas mußte dahinter sein. Meine Neugier war geweckt. Ich ging um den Wall herum, bis ich an eine Pforte kam. Ich öffnete sie und trat hinein. Hier waren die Bäume gerodet und das Gras sorgfältig geschnitten worden, so daß es wie ein frisch geschorener Rasen aussah. In der Mitte stand eine Steinfigur. Ich ging näher heran und sah, daß rings um sie herum Steine in verschiedenen Farben lagen – lavendelblaue wie Amethyste und dunkelblaue wie Lapislazuli und blaßgrüne wie Achate; auch große Muscheln lagen zwischen ihnen und formten einen Kreis um die Steinfigur.

Und plötzlich begriff ich, daß dies eine Kultstätte sein mußte, in die ich ungewollt geraten war.

Bestürzung ergriff mich, und ich drehte mich um und lief rasch fort, während ich überlegte, ob das Wäldchen vielleicht ein Privatgrundstück war; ich hatte entsetzliche Angst, in einen verbotenen Ort eingedrungen zu sein. Ich versuchte, meinen Weg hinauszufinden, schien mich jedoch nur immer tiefer und tiefer in das Wäldchen zu verlaufen. Ich wußte, es war nicht groß, hatte ich es doch von der Anhöhe aus überblicken können; er schien jedoch wie eine Art Labyrinth, aus dem ich nicht mehr herausfand. Ich stieß auf mehrere ausgetretene Pfade und beschloß, einem von ihnen zu folgen, doch als ich um eine Biegung kam, erblickte ich dicht vor mir ein Haus. Es war ein typisches Inselhaus aus Lehm und Holz mit einem Schilfdach, das auf niedrigen Pfählen stand. Es hatte, wie alle diese Hütten, nur ein Erdgeschoß, war jedoch nach Inselmaßstäben ein langgestrecktes, großes Haus.

Mir war auf einmal entsetzlich heiß und sehr unbehaglich zumute. Ich hatte nicht nur ganz deutlich das Gefühl, unbefugterweise in einem privaten Grundstück herumzulaufen, sondern war außerdem noch überzeugt, daß meine Gegenwart hier alles andere als erwünscht war. Die abweisende Steinfigur inmitten des Kreises aus Steinen und Muscheln hatte mir diese Empfindung vermittelt.

Ich wandte mich erneut um und eilte in der Richtung davon, aus der ich gekommen war. Jedes Rascheln im Unterholz ließ mich zusammenfahren. Man hatte mich vor Schlangen und lebensgefährlichen Insekten gewarnt, doch nicht sie waren es, die ich fürchtete. Ich fühlte, wie leise Panik in mir aufstieg.

Ich fand wieder zu dem Lehmwall zurück und versuchte mich daran zu erinnern, auf welchem Weg ich hereingekommen war, doch es gab so viele, und sie schienen alle in andere Richtungen zu führen. Ich schlug mehrere der Reihe nach ein und glaubte mich bereits in diesem Baumlabyrinth hilflos gefangen. Da erspähte ich plötzlich durch die Stämme glitzerndes Wasser und eilte darauf zu. Der Wald lichtete sich, und ... das Meer lag vor mir. Ich war frei! Meine Erleichterung war unbeschreiblich und viel größer, als der Anlaß es rechtfertigte. Ich schämte mich meiner Panik, die jene Steinfigur sowie das Gefühl in mir ausgelöst hatten, an einer Stätte herumzuspionieren, die nicht für mich und meine Augen bestimmt war. Ich fächelte mir ganz erschöpft Kühlung zu. Mir war sehr heiß – viel heißer, als wenn ich in der sengenden Sonne geblieben wäre.

Es wurde spät. Ich warf einen Blick auf die Uhr, die an meinem Kleid steckte. Sie sah auf dem bunten Stoff etwas deplaziert aus, überlegte ich, aber es war so praktisch. Fünf Uhr. Nur fünfundzwanzig Minuten war ich in dem Wäldchen gewesen. Mir war es viel länger erschienen. Ich stieg wieder die Anhöhe hinauf; oben angelangt, erblickte ich eine bekannte Gestalt, die dort auf einem Stein saß und aufs Meer hinausstarrte. Suka! Und plötzlich wußte ich, daß sie mir die ganze Zeit nachgeschlichen war.

»Suka!« sagte ich in strengem Ton, wie ich hoffte.

Sie drehte sich um.

»Ja, ich habe Sie schon gesehen, Miss Brett.«

»Wie lange sind Sie bereits hier?«

Sie zuckte die Achseln. »Ich habe nicht dies Ding da ...« Sie berührte ihr Kleid an der Stelle, an der ich meine Uhr trug.

»Ich dachte, ich hätte mich verlaufen«, bemerkte ich.

»Wo Sie eben waren, hätten sie nicht hineingehen dürfen.«

»Ich fürchte, ich war in einem privaten Grundstück, doch geriet ich ganz ungewollt dort hinein.«

Sie sah mich an, als verstünde sie mich nicht, was sie wahrscheinlich auch nicht tat. Chantel und ich mußten oft ganz bewußt unsere Redeweise vereinfachen, um verstanden zu werden.

»Sie waren in Ta'luis Land.«

»Heißt das Wäldchen so?«

»Im Land der Flammenmänner.«

»Oh, von denen habe ich schon gehört.«

»Es sind sehr weise Männer.«

Ich setzte mich neben sie; die ausgestandene Angst, die Hitze und der Anstieg hatten mich wahrhaftig erschöpft.

»Sie tanzen in den Flammen. Das Feuer tut ihnen nichts. Sie können, was sonst niemand kann.«

»Ich sah dort eine Figur ... vielleicht eine Art Götterbild ... von einem Ring von Steinen umgeben.«

Ihr Gesicht blieb völlig ausdruckslos, als hätte sie mich nicht gehört.

»Sie tanzen. Sie werden sie auch tanzen sehen. Das Feuer tut ihnen nichts. Sie kamen aus dem Feuerland ... vor vielen, vielen Jahren, als es noch keine Weißen auf unserer Insel gab.«

»Wo ist denn das Feuerland?« fragte ich.

Wieder ignorierte sie meine Worte. »Das Feuer tut ihnen nichts so wie sonst allen anderen Menschen.«

Ich begriff, daß dies eine Art heimischen Aberglaubens war.

»Ich freue mich schon darauf, diesen Flammentanz zu sehen.«

»Sie sind sehr geschickt. Und sehr klug!« Ich hatte den Eindruck, daß sie diese Flammenmänner irgendwie zu besänftigen versuchte. »Als einmal ein Feuer war ... ein großes, schreckliches Feuer ... zwanzig Häuser brannten, und die Erde stand in Flammen, und niemand konnte das Feuer aufhalten, da besiegten die Flammenmänner das Feuer.«

»Das ist ja interessant.«

»Sie bekämpften das Feuer mit noch mehr Feuer. Sie holten die Leute aus ihren Häusern und sprengten diese in die Luft. Sie verstehen das Feuer und die Flammen. Die Häuser flogen in die Luft ... und es war nichts mehr da, was das Feuer hätte verbrennen können. Es konnte nicht mehr die Lücken zwischen den Häusern überspringen, die die Flammenmänner freigemacht hatten.«

»Ah so.«

»Ta'lui machte daher eine große Explosion, und das Feuer hörte auf. Das Feuer tut, was die Flammenmänner wollen. Sie sind sehr weise.«

Ich saß neben ihr und überlegte, wie nah sie dem primitiven Urglauben der Menschheit stand und wie oft es eine logische Erklärung für die Wundertaten der weisen Medizinmänner gab.

Ich starrte zu dem Felsen im Meer hinunter, und Suka meinte lächelnd: »Er gefällt Ihnen.«

»Ich muß ihn immer wieder anschauen. Ich habe ihn nie vorher bemerkt.«

»Ka'kalota war hier, seit die Welt begann.«

»Tatsächlich«, bemerkte ich. »Ka'kalota. Was für ein eigenartiger Name!«

Das war eine alberne Äußerung von mir, denn alle Namen auf dieser Insel klangen für mich fremdartig.

»Es heißt ›Die Frau der Geheimnisse‹.«

»Oh!«

»Es gab einmal ein Schiff«, fuhr sie fort. »›Die Geheime Frau‹. Es verschwand eines Nachts. Es ging in die Luft ....«

»So wie die Flammenmänner die Häuser in die Luft sprengten?« fragte ich atemlos.

»Zwei geheime Frauen in der Bucht hätten Unglück bedeuten können.«

Ich war wie elektrisiert. War dies vielleicht die Antwort? Hatten diese sonderbaren Flammenmänner, die offensichtlich mit Schießpulver umzugehen wußten, sich auf das Schiff hinausgeschlichen und die ›Geheime Frau‹ in die Luft gesprengt? Jetzt wollte ich mehr wissen.

»Erzählen Sie mir von jener Nacht«, forderte ich sie auf.

»Welcher Nacht?«

»Nun, als das Schiff ... verschwand.«

»Ich weiß nichts darüber. Es war da, und dann war es eben weg.«

»Aber Sie sagten doch, sie . . .« Ich wies mit einem Kopfnicken zu dem Felsen hinaus, »hätte keine zweite geheime Frau in der Bucht haben wollen. Wie hätte sie denn das Schiff verschwinden lassen können?«

»Ich weiß es nicht. Ich bin nicht weise.«

»Vielleicht wissen die Flammenmänner die Antwort«, sagte ich.

Sie schwieg, und dann meinte sie: »Sie sieht alles . . .«

»Was?«

Sie warf einen Blick zu der eigenartigen Felsfigur hinaus. »Sie beobachtet uns auch jetzt.«

»Tatsächlich«, äußerte ich ohne das geringste Unbehagen.

»Sie beobachtet mich . . . und Sie. Sie weiß, daß wir hier sitzen und über sie reden.«

»Aber das ist doch nur ein Felsbrocken.«

Suka legte die Hand an die Lippen und schüttelte heftig den Kopf.

»Der Geist fuhr vor fünfzehn Jahren in sie.«

»Erst vor fünfzehn Jahren! Und ich dachte, sie wäre schon seit Jahrhunderten dort!«

»Ja, aber dieser Geist ist erst seit fünfzehn Jahren in ihr. Vorher waren es andere Geister. Dieser ist jetzt ungeduldig. Er will fort. Es ist der Geist von Caro'ka.«

»So?«

»Sie begehrte den Mann einer anderen Frau und schlich heimlich fort, um das Kraut zu sammeln, das in den Wäldern wächst. Sie wußte, wie man daraus den Trunk macht, den sie haben wollte, und schüttete ihn in den Becher ihrer Herrin. Sie tötete sie und wurde dann selbst getötet. Wir hängten sie hoch oben in dem Baum dort unten gegenüber von Ka'kalota auf. Und dort ließen wir sie hängen, und am Morgen, als wir sie herunterholten, wurde ihr Geist in den Felsen gebannt, und dort wird er bleiben, bis ein anderer seinen Platz einnimmt.«

»Das ist aber eine sonderbare Legende!«

»Es ist die geheime Frau . . . die Frau, die im geheimen liebt und begehrt und hinausgeht und das tödliche Kraut pflückt und einen Trunk daraus braut. Es hat immer solche Frauen gegeben . . . sie leben überall auf der Welt. Sie begehren den Ehemann einer anderen Frau und sie töten, und wenn sie töten, werden sie ertappt und in dem Baum dort aufgehängt . . . dicht bei der Steinfigur, und ihre Seelen werden in den Stein gebannt, bis eine andere sie ablöst.«

Mir war, als streiche ein eisiger Wind über mich hin, doch die Sonne schien so heiß wie vorher.

War sie mir nachgeschlichen, um mir dies zu erzählen?

Ich starrte auf die Felsfigur im Meer, und während ich in ihren Anblick versunken war, schien sie tatsächlich die vage Gestalt einer Frau anzunehmen. Es war beinah, als streckte sie die Arme nach mir aus . . . nach *mir*! Ich begehrte ja den Ehemann einer anderen Frau! Ach was! Es war einfach zu dumm für Worte! Ich war im Wäldchen von Panik überkommen worden, noch dazu war es heiß und die Luft so drückend, und diese Frau neben mir war ein böses Weib, das mich haßte. Versuchte sie etwa, mich zu hypnotisieren?

Das würde ich wahrhaftig nicht zulassen!

Ich gähnte. »Wie müde mich die Hitze macht! Ich bin nicht daran gewöhnt. Ich denke, ich werde so allmählich zurückgehen.«

Sie nickte schweigend.

Ich stand auf und entfernte mich. Ich hatte den Drang, mich umzuschauen, um zu sehen, ob sie mir folgte und noch einen Blick auf jene aus dem Meer emporragende Felsgestalt zu werfen.

Doch je mehr sich der Abstand, den ich zwischen Suka und ihre Frau der Geheimnisse legte, vergrößerte, um so schneller schien mein gesunder Menschenverstand zurückzukehren.

Insellegenden! Wollte ich mir etwa von denen Angst einjagen lassen?

Ich konnte der Versuchung nicht widerstehen, Chantel von dem Vorfall zu erzählen.

»Die alte Hexe versuchte, dir Angst zu machen.«

»Ja, aber ich muß zugeben, mir war recht seltsam zumute. Erst geriet ich in jene Kultstätte, und dann stieß ich dort oben auf Suka, die selbst wie ein rächendes Götzenbild aussah.«

»Genau das wollte sie ja auch. Möchtest du eine niedliche kleine Pille, um dich wieder zu beruhigen?«

»Nein, danke, ich bin vollkommen ruhig.«

»Wie immer!« meinte sie lächelnd. »Oder zumindest . . . wie fast immer. Anna, du bist nicht mehr du selbst, seit wir hier angekommen sind. Du läßt dich von irgendwelchen Vorstellungen quälen.«

»Es liegt an diesem Haus und dieser Insel. Es ist alles so eigenartig.«

»Aber du bist doch in Indien geboren. Du solltest dich auch hier anpassen können. Du kannst doch nicht erwarten, daß es hier wie in einem kleinen englischen Provinzstädtchen zugeht, oder?«

»Alles kommt mir so merkwürdig vor. Man spürt hier überall eine versteckte, fast heidnische Grausamkeit.«

»Ohne die von unserer lieben Queen auferlegten Konventionen«, entgegnete sie ironisch. »Aber mach dir nichts daraus! Wir bleiben ja nicht lange hier.«

»Was wird aus Monique, wenn du sie verläßt?«

Sie zuckte die Achseln. »Ich wurde dafür eingestellt, sie hierher zu begleiten und habe keine Garantie dafür abgegeben, daß ich hier bleiben würde. Sie kann schon morgen sterben, andererseits aber genausogut noch viele Jahre leben. Ich werde jedenfalls nicht meine goldene Jugend hier vergeuden, das kann ich dir versichern! Also reg dich nicht auf. Wir beide werden in Kürze auf dem guten Schiff, genannt ›Die Heitere Lady‹, diese Insel wieder verlassen.«

»Ich glaube, du hast einen geheimen Plan, Chantel.«

Sie zögerte etwas, bevor sie antwortete: »Nein, ich fühle es einfach in meinen Knochen. Habe ich dir eigentlich je gesagt, daß ich ein äußerst informatives und zuverlässiges Knochengerüst habe?«

Eine Unterhaltung mit Chantel war nach dem Gespräch mit Suka wie die Rückkehr in die Zivilisation.

»Du willst doch auch möglichst bald von hier fort, nicht wahr, Anna?«

»Ich wäre wohl recht verzweifelt, wenn ich hier bleiben müßte. In einem Gefängnis könnte es kaum schlimmer sein. Aber sag mir eines, Chantel: Wie wird Monique es aufnehmen, wenn ihr Mann sie wieder für lange Zeit verläßt?«

»Wie eine Furie«, meinte Chantel leichthin.

»Ich könnte ja versuchen, eine Anstellung in Sydney zu finden.«

»Weshalb? Aber das brauche ich wohl nicht zu fragen. Dich hat es wirklich mit deinem Käpten erwischt, nicht wahr? Und so, wie du nun einmal bist, Anna, hast du dich zu dem Entschluß durchgerungen, aus seinem Leben zu verschwinden, und das rasch, weil du es für die einzig anständige Lösung hältst.«

Ich antwortete nicht, und sie murmelte: »Arme Anna! Aber du wirst darüber hinwegkommen. Ich garantiere es dir.«

»Ich könnte eine Annonce in die Zeitung setzen.«

»Du gerätst in Panik, Anna.«

»Vielleicht. Das kommt von dieser Suka und dem, was sie mir über die Felsfigur erzählte. Angenommen, es passiert etwas. Angenommen, Monique stirbt tatsächlich und . . .« Ich konnte nicht weitersprechen, und Chantel sagte: »Ich würde es nicht zulassen. Nicht das, was du meinst. Ich würde es verhindern.«

»Du redest, als wärest du allmächtig. Dieses Weib droht mir irgendwie. Und Monique haßt mich. Wenn sie nun Selbstmord begeht und dem Ganzen den Anschein gibt, als hätte ich . . .«

»Anna! Was für Hirngespinste!«

»Mir scheint das genau die Art krankhafter Rache zu sein, derer sie fähig ist.«

»Ich wiederhole dir, daß ich es nicht zulassen werde.«

»Vergiß nicht, daß ich bereits einmal unter Mordverdacht stand!«

»Den ich von dir abwandte, stimmt's?«

»Ja. Deine Aussage rettete mich, aber manchmal frage ich mich, Chantel . . .«

»Was?« erkundigte sie sich leise.

»Ob es auch stimmte.«

»Ich sagte dir doch, es hätte so sein können.«

»Aber du sagtest, du hättest sie bei einer anderen Gelegenheit allein aufstehen und zu einem Schrank gehen *sehen*.«

»Es war die einzige Möglichkeit, Anna.«

»Du hast es also *nicht* gesehen!«

»Ich habe es gesagt. Es war durchaus möglich, daß sie es tat, und ich glaube, sie tat es.«

»Aber du sagtest, du hättest es *gesehen*!«

»Das mußte ich doch, Anna . . . um deinetwillen. Wir sind doch Freundinnen, nicht wahr?«

»Aber . . . du sagtest also etwas, was nicht stimmte!«

»Ich bin überzeugt, daß es so war.«

»Ich glaube aber nicht, daß sie sich das Leben nahm.«

»Aber wenn sie es nicht tat, wer vergiftete sie denn dann? Vielleicht Ellen? Sie wollte doch unbedingt ihre kleine Erbschaft haben, und Mr. Orfey wurde ungeduldig.«

»Ich kann nicht glauben, daß Ellen jemanden umbringen würde.«

»Es kann ja auch Mrs. Morton gewesen sein. Sie war eine undurchsichtige Person. Was war das noch für eine Geschichte mit ihrer Tochter?«

»Hältst du für möglich . . .?«

»Es hat keinen Sinn, sich über etwas den Kopf zu zerbrechen, das man nie mit absoluter Sicherheit wissen wird, Anna. Es ist vorbei und gewesen. Quäl dich doch jetzt nicht mehr damit!«

»Es ist etwas, was man nie vergißt, Chantel. Ich fühle mich fast schuldig. Und es wird jetzt alles wieder so lebendig. Ich dachte, ich hätte es vergessen, aber ich hätte wissen müssen, daß ich es nie vergessen werde. Ich glaubte jedoch, ich hätte vergessen. Und jetzt diese unheimliche Insel und Suka und ihre Drohungen . . .«

»Damals warst du eine reiche Erbin und wußtest nicht, daß du nur Schulden erben würdest. Jetzt liebst du den Mann einer anderen Frau. In was für dramatische Situationen begibst du dich bloß immer, Anna!«

Ich schwieg, und dann brach es aus mir heraus: »Ich hätte nicht herkommen sollen! Ich muß fort! Es ist das einzig richtige. Ich habe Angst vor dem, was passieren wird, wenn ich bleibe. Ich fühle manchmal ganz deutlich, daß eine furchtbare drohende Gefahr über uns schwebt und mit jedem Tag näher kommt. Und wenn du sagst, daß sie davon gesprochen hat, sich das Leben zu nehmen . . .«

Sie ergriff mich an den Schultern und schüttelte mich.

»Anna! Hör auf! Oder ich muß dir eine Ohrfeige geben, damit zu wieder zur Vernunft kommst. Ich habe allerdings nie gedacht, daß ich das jemals bei dir tun müßte. Diese verrückte alte Suka hat dich ja völlig durcheinander gebracht. Sie ist nichts als ein dummes altes Weib. Kümmere dich doch bloß nicht um die! Hör zu! Wenn die ›Heitere Lady‹ ankommt, fahren wir mit ihr ab, du und ich. Du hast nichts zu fürchten. Ich werde dafür sorgen, daß Monique sich bis dahin gut benimmt. Es sind ja nur noch fünf Wochen. Die Hälfte unserer Zeit hier ist schon um. Wir fahren dann beide nach Sydney, du und ich, und du bleibst bei mir. Ich werde für dich sorgen. Ich werde dich zu meiner Gesellschafterin machen und einen reichen Mann für dich finden, und dann wirst du deinen Käpten ganz schnell vergessen.«

»Du . . . Chantel? Was redest du nur?«

»Ja, ich, die gute Fee. Ich werde den Kürbis in eine Kutsche verwandeln und, simsalabim, wird der schöne Prinz erscheinen.«

»Was für ein Unsinn!«

»Hör zu, Anna. Schlag dir den Käpten aus dem Kopf! Wenn er nicht wäre, würde dir dieses Abenteuer hier Spaß machen. Du hättest keinerlei Grund, unglücklich zu sein. Nur wegen dieser törichten Leidenschaft bist du jetzt verzweifelt. Was ist sie denn schon? Er kam einmal einen Abend ins *Queen's House*, nun ja. Du warst einsam, Tante Charlotte war unerträglich, und er erschien dir romantisch verklärt. Du schriebst ihm Eigenschaften zu, die er gar nicht besitzt. Du lebst in einem Traum. Er ist nicht der romantische Held, den du in ihm siehst.«

»Was weißt du von ihm?«

»Ich weiß, daß er zu dir kam und dir nicht sagte, daß er verheiratet war! Er ließ dich annehmen . . .«

»Er ließ mich gar nichts annehmen!«

»Natürlich, du verteidigst ihn. Er ist schwach und egoistisch und will sich amüsieren. Er hat seine Frau satt und stellt sich eine Affäre mit dir als kleine Abwechslung vor. Siehst du denn nicht, daß selbst wenn er frei wäre und du ihn heiraten würdest, er auch bald deiner müde wäre?«

Ich war völlig verstört. Nie hatte ich sie so reden hören.

»Er ist nicht gut genug für dich, Anna!» fuhr sie fort. »Ich weiß es. Hör zu, du wirst ihn nach einiger Zeit vergessen haben. Es geht dir jetzt nur so nahe, weil du so wenig vom Leben und der Welt gesehen hast.

Ich weiß, daß es so kommt. Und du wirst mir schon eines Tages recht geben.«

»Ich weiß nicht, wovon du redest. Es ist auf jeden Fall der größte Unsinn. Wie willst du mich denn beschützen? Wir sind jetzt zufällig hier zusammen, müssen uns aber beide unseren Lebensunterhalt verdienen, oder etwa nicht? Wenn wir hier abreisen, ist es sehr unwahrscheinlich, daß wir wieder zwei Stellungen in der gleichen Familie finden.«

Sie lachte unbekümmert auf.

»Du redest, als wärest du irgend so ein weises Orakel! ... Eine allmächtige Göttin!« rief ich zornig aus, denn ich haßte sie fast für die Art und Weise, in der sie über Redvers gesprochen hatte.

Erneut lachte sie hell auf. Dann wandte sie sich mir mit leuchtenden Augen zu. »Ich werde dir etwas sagen, Anna, etwas, das dich sehr überraschen wird. Ich bin nicht die arme kleine Krankenschwester, für die du mich hältst! Ich bin reich, denn ich habe einen reichen Mann! Ich wollte es dir noch nicht sagen, doch du hast mich jetzt dazu gebracht. Ich habe Rex vor unserer Abreise aus England geheiratet!«

»Rex ... geheiratet ...«

»Ja, Rex geheiratet!«

»Heimlich ...«

»Natürlich heimlich! Wir müssen meine halsstarrige alte Schwiegermutter erst besänftigen. Wir müssen ihr beweisen, was für eine ausgezeichnete Partie ihr Sohn gemacht hat.«

»Und das hast du mir nicht gesagt!«

»Es mußte aus den bekannten Gründen geheim bleiben. Wir heirateten ganz schnell, als wir erfuhren, daß Rex nach Australien mußte. Deshalb kam ich ja mit, und ich wollte und konnte dich doch nicht allein zurücklassen, oder? Alles fügte sich bestens, und das wird es auch in Zukunft tun. O Anna, liebste Anna! Du sollst meine Schwester sein. Ich habe mir immer eine Schwester gewünscht.«

»Du hattest doch welche.«

Sie machte eine Grimasse. »Nun ja, aber wir verstanden uns nicht. Du bist die Schwester, die ich mir wünsche. Du brauchst vor nichts Angst zu haben. Wenn die ›Heitere Lady‹ zurückkommt, fahre ich mit ihr nach Sydney, und du kommst mit mir. Dort wartet Rex. Aus Sydney werden wir an Lady Crediton schreiben und ihr sagen, daß wir geheiratet haben, und nach einiger Zeit wird sie dann Vernunft annehmen.«

»Und Helena Derringham?«

»Ach, die hatte doch keine Chance mehr, seit er mich gesehen hatte.«

Sie begann zu lachen. »Also wirklich, Anna! Du bist mir eine! Du hast mir mein Geheimnis entlockt, und ich wollte es dir doch noch nicht erzählen. Du bist so verwirrend logisch und analysierend. Du willst immer alle möglichen Details wissen. Aber ich mußte dich doch trösten, nicht wahr? Das scheint überhaupt meine Aufgabe im Leben zu sein: dich zu trösten!«

Ich war in der Tat sprachlos.

Kaum hatte Chantel mir ihr Geheimnis anvertraut, so schien sie es auch schon zu bereuen. Ich dürfte keiner Menschenseele etwas davon verraten, beschwor sie mich. Es sei unser Geheimnis, und sie wüßte ja, daß sie mir vertrauen könne.

Selbstverständlich könne sie das, erwiderte ich.

»Wir vertrauen einander, Anna«, sagte sie.

»Tun wir das?« fragte ich.

»Du meinst, ich hätte dir dies zu lange verschwiegen. Aber ich mußte es doch.«

»Du verrietst es mit keiner Silbe in deinem Tagebuch!«

»Wie konnte ich das, wo es doch ein absolutes Geheimnis bleiben mußte.«

»Aber ich dachte, wir sollten absolut ehrlich und aufrichtig miteinander sein.«

»Was wir auch waren, doch dies war etwas, was ich nicht zu erzählen wagte. Ich hatte es Rex geschworen. Verstehst du, Anna?«

Ja, ich verstände es, sagte ich, doch ich war beunruhigt und zwar nicht nur deshalb. Sie hatte zum ersten Mal zugegeben, daß sie ihre Zeugenaussage erfunden hatte, nach der Tante Charlotte in der Lage gewesen sein sollte, alleine aufzustehen und zu gehen, wenn sie von einem heftigen Wunsch dazu getrieben wurde. Ihre Behauptung war die entscheidende Aussage gewesen, durch die die mich belastenden Tatumstände entkräftet wurden.

Ich schuldete ihr scheinbar sogar noch mehr, als ich bisher angenommen hatte. Und obgleich ich wußte, daß sie es um meinetwillen gesagt hatte, beunruhigte mich die Tatsache, daß sie es getan hatte.

Ich versuchte, meine Gedanken von diesen Grübeleien abzulenken; mein Inventar machte gute Fortschritte, und ich verfolgte die verstreichenden Tage ebenso aufmerksam wie Edward auf seinem Kalender. Ich versuchte mir vorzustellen, was nun wirklich passieren würde, wenn die ›Heitere Lady‹ ankam. Chantel würde zu Rex nach Sydney fahren, wo sie ihre Heirat bekanntgeben und an Lady Crediton schreiben würden. Chantel war also die zukünftige Herrn von Schloß Crediton.

Ich dachte über sie und Rex nach und fragte mich, wieso ich seine tiefe Bindung an sie nicht bemerkt hatte. Sie waren die ganze Zeit auf dem Schiff verheiratet gewesen! Deshalb also konnte er sie ruhig allein lassen, wußte er doch, daß er sie dadurch nicht verlieren würde. Was mochte nur Helena Derringham denken? Ob er ihr inzwischen, so wie Chantel mir, ihr Geheimnis anvertraut hatte?

Ich versuchte, so viel Zeit wie möglich mit Chantel zu verbringen. Nie ging ich auch nur in die Nähe von Moniques Zimmer, wenn es sich vermeiden ließ, denn ich befürchtete ständig, sie könnte an ihren Groll gegen mich erinnert werden und wieder eine Szene machen.

Ich bat deshalb Chantel, lieber zu mir in mein Zimmer zu kommen. Sie pflegte dann auf meinem Bett zu liegen, während ich im Armstuhl saß, und über mich und meine, wie sie es nannte, Einfältigkeit zu lachen, die jedoch, so beeilte sie sich hinzuzufügen, gerade das wäre, was sie so an mir liebe.

»Wie konntest du nur die ganze Zeit die Trennung von deinem Mann ertragen?« fragte ich sie.

»Nur, weil es schließlich um unser Vermögen geht. Meine gestrenge alte Schwiegermutter muß becirct werden. Vergiß nicht, daß sie sich Helena Derringham als Schwiegertochter aussuchte, und es haßt, wenn ihr ein Strich durch die Rechnung gemacht wird.«

»Und wie gedenkst du sie zu becircen?«

»Rex wird seine Sache in Sydney gut machen. Er wird ihr beweisen, daß wir die Derringhams gar nicht brauchen. Wir kommen sehr gut ohne die zurecht.«

»Er muß die Trennung von dir entsetzlich finden. Mich wundert nur, daß er damit einverstanden war.«

»Das war er anfangs auch nicht. Er wollte es ihr sofort sagen und die Konsequenzen auf sich nehmen. Aber ich wollte es nicht und sagte nein, wir dürften nicht so töricht sein.«

»Und er ... fügte sich dir?«

»Ja, natürlich.«

»Ist das nicht ein Zeichen von ... ziemlicher Schwäche?«

»Ja, natürlich«, wiederholte sie.

»Ich dachte immer, du könntest nur einen starken Mann lieben.«

»Da denkst du eben in sehr konventionellen Bahnen, liebe Anna. Ich kann nur einen schwachen Mann lieben, weil ich selbst stark genug für eine Familie bin.«

Ich mußte über sie lachen. »Du erheiterst mich immer«, meinte ich. »Aber ich muß doch wieder an dein Tagebuch denken. Du sagtest mir nicht die Wahrheit.«

Sie hob die Hand. »Ich schwöre, daß ich die Wahrheit und nichts als die Wahrheit sage. Hör' bitte auf das, was ich weggelassen habe, nämlich ›die *ganze* Wahrheit‹. Die Wahrheit ist keine gerade Linie. Es ist ein riesiges rundes Gebilde mit Hunderten von verschiedenen Facetten. Eine von diesen war meine Heirat mit Rex. Du konntest sie nicht sehen, weil sie sich gerade auf der abgewandten Seite befand.«

»Ich kann es einfach nicht glauben, Chantel.«

»Was? Meine Heirat? Warum denn nicht?«

»Du wirst die Herrin von Schloß Crediton sein.«

»Das wollte ich auch immer.«

»Hast du deshalb ...«

»Jetzt wirst du zu inquisitorisch! Ich bin sehr zufrieden mit meinem Mann. Wenn ich in Sydney ankomme, werde ich zu ihm gehen, und wir werden seiner Mama schreiben und ihr alles beichten. Sie wird entsetzt sein, einen wahren Schock bekommen und toben, dann aber einsehen, daß sie sich damit abfinden muß, und nach kurzer Zeit wird sie sich im stillen sagen – wenn auch vielleicht noch nicht zu jemand anderem –, daß Rex eigentlich doch die ideale Frau geheiratet hat. Stell dir vor, Anna, ich am Kopf der Tafel in schwarzem Samt – oder vielleicht wäre grüner Samt noch vorteilhafter – im glitzernden Feuer von Diamanten! Lady Crediton, denn er wird naturlich zu gegebener Zeit einen Titel bekommen.«

»Das hast du also auch schon entschieden?«

»Und ob. Und er wird Baron werden. Nicht nur so ein niederer Adeliger. Und mein Sohn soll der zweite Baron Crediton sein. Ich werde mich auch mit dem Geschäft befassen, genauso wie meine liebe Schwiegermama. Und für dich, liebe Anna, wird immer ein Zuhause im Schloß sein, falls du es brauchen solltest.«

»Vielen Dank.«

»Und meine erste Aufgabe wird es sein, dich zu verheiraten. Ich werde Bälle für dich veranstalten und dich als meine Schwester ausgeben. Hab' keine Angst, ich werde dich schon nicht als arme Verwandte hinstellen. Ich will und werde dafür sorgen, daß du es nach all dem Schweren gut hast ...«

Sie brach ab und sah mich lächelnd an.

»Du bist eine Abenteurerin, Chantel!« bemerkte ich.

»Was ist daran verkehrt? Sir Francis Drake und Christoph Columbus und viele andere berühmte Männer waren Abenteurer, und die ganze Welt bewundert sie. Weshalb sollte ich nicht auf meine eigenen persönlichen Entdeckungs- und Eroberungsfahrten gehen?«

»Kommt dir nie der Gedanke, daß du Schiffbruch erleiden könntest?«

»Nie!« rief sie vehement aus.

Ich freute mich um ihretwillen und belächelte mich selbst dafür, daß ich mir Sorgen machte, sie könnte Rex wieder verlieren. Sie hatte recht. Ich war schon recht einfältig. Und die Tatsachen bewiesen es: Sie erreichte tatsächlich alles, was sie sich vornahm.

Etwas fiel mir jedoch in ihren Reden auf: Sie sprach mit mir, als existiere Redvers überhaupt nicht. Sie war entschlossen, mich seinem Gesichtskreis zu entziehen. Liebe Chantel! Ihre Besorgnis um mich, während sie derartig herrliche Zukunftspläne für sich schmiedete, war wirklich rührend.

Eines Spätnachmittags kam ich von einem kurzen Spaziergang in mein Zimmer zurück, um mich für das Abendessen zurechtzumachen. Sowie ich eintrat, befiel mich das seltsame Gefühl, daß alles nicht so war, wie ich es verlassen hatte. Jemand war in meiner Abwesenheit hier gewesen! Ich wischte selbst in meinem Zimmer Staub, und es bestand folglich für Pero kein Grund, hereinzukommen. Was war es nur? Das Kissen, das auf dem Louis-XV.-Stuhl gelegen hatte, lag jetzt auf dem primitiven Holzstuhl, wo ich es nicht hingelegt hatte. Ich wußte es ganz genau, denn ich empfand diesen Stuhl immer als störend. Jemand hatte es dorthin gelegt.

Aber es war nicht weiter wichtig. Pero war vielleicht hereingekommen, hatte das Kissen heruntergestreift und es auf den verkehrten Stuhl gelegt. Diese Überlegungen gingen mir durch den Kopf, während ich zu der Schieblade ging und, wie es meine Gewohnheit war, nach Redvers Brief griff.

Er war nicht da!

Jemand war also tatsächlich in meinem Zimmer gewesen! Hatte meine Sachen durchgewühlt, wie die Schieblade es ganz deutlich verriet, in der ich diesen Brief aufbewahrt hatte; alles lag ein wenig anders als sonst. Jemand war hier gewesen, hatte in meinen Sachen herumgeschnüffelt und Redvers Brief gefunden!

Einen belastenderen Brief konnte es gar nicht geben. Ich kannte ihn Wort für Wort auswendig. Seine Zeilen waren meinem Gedächtnis für immer eingraviert.

Mir wurde ganz kalt bei dem Gedanken daran, daß jemand diesen Brief gelesen hatte. In unbeschreiblicher Bestürzung riß ich alles heraus und suchte nach dem Brief. Ich wußte jedoch genau, er war nicht mehr da.

Ich sah im Geiste Monique, wie sie ihn las, stellte mir vor, wie Suka in mein Zimmer schlich, alles durchsuchte und den Brief ihrer Herrin brachte.

Welch ein fataler Beweis! Ich hätte ihn nicht aufbewahren dürfen!

Es klopfte an die Tür, und Chantel kam herein.

»Ich dachte doch, ich hörte dich zurückkommen. Nanu . . . was ist denn mit dir los?«

»Ich . . . ich habe . . . was verloren.«

»Was denn?«

Ich antwortete nicht.

»Um Himmels willen, Anna«, fuhr sie mich an, »reiß dich zusammen! Was hast du denn verloren?«

»Einen Brief«, sagte ich tonlos. »Redvers schrieb mir vor seiner Abfahrt einen Brief. Er lag in dieser Schieblade.«

»Einen Liebesbrief?« fragte sie ungläubig.

Ich nickte.

»Du großer Gott, Anna! Was bist du bloß für eine Närrin! Du hättest ihn doch vernichten müssen.«

»Ich weiß, aber man vernichtet solche Briefe eben nicht.«

»Er hatte kein Recht, ihn dir zu schreiben.«

»Bitte, Chantel, laß meine Angelegenheiten auch meine Sorge sein!«

»Aber du scheinst ja nicht in der Lage zu sein, allein auf dich aufzupassen!« erklärte sie ärgerlich. Sogar sie war bestürzt. »Wenn *die* ihn hat . . . gibt es Ärger!«

»Ich glaube, Suka hat ihn gestohlen. Sie wird ihn Monique geben. Und die wird denken . . .«

»Vielleicht gibt sie ihn ihr gar nicht . . .«

»Zu welchem anderen Zweck hätte sie ihn sonst genommen?«

»Wie sollen wir wissen, was in ihrem Kopf vorgeht? Sie ist eine alte Hexe. O Anna, ich wünschte, dies wäre nicht passiert!« Sie biß sich nervös auf die Unterlippe. »Ich werde herausfinden, ob sie den Brief tatsächlich hat. Und falls ich ihn finde, werde ich ihn auf der Stelle zerreißen, Anna. Nein, ich werde ihn doch lieber verbrennen und mit eigenen Augen zusehen, wie er zu Asche verfällt.«

»Was soll ich nur machen, Chantel?«

»Nichts. Wir müssen eben abwarten. Bist du sicher, daß du überall nachgesehen hast?«

»Ganz sicher!«

»Ich wünschte«, gestand sie mir, »wir wären schon fort von hier und ich hätte dich sicher in Sydney! Laß dir um Himmels willen nicht anmerken, daß du nervös bist! Vielleicht hat Suka den Brief gar nicht lesen können. Sie kann bestimmt überhaupt nicht lesen. Wenn sie ihn noch nicht Monique gegeben hat, müssen wir seiner habhaft werden und ihn vernichten, und das, bevor sie ihn ihr bringen kann.«

Ich fühlte mich ganz elend und voll böser Vorahnungen; die Tatsache, daß Chantel eingeweiht war, bedeutete einen gewissen schwachen Trost.

Monique hatte am gleichen Abend einen sehr schlimmen Anfall, und ich war nun überzeugt, daß sie den Brief gelesen hatte.

Mir war schlecht vor Angst, und ich versuchte zu erraten, was als nächstes geschehen würde.

Ich lag natürlich ohne ein Auge zuzutun im Bett. Gegen Mitternacht ging leise die Tür auf, und Chantel trat ein. Sie trug ein langes, weißes Nachtgewand und hielt eine Kerze in der Hand; ihr Haar fiel ihr lose auf die Schultern.

»Du schläfst nicht?« fragte sie. »Monique ist jetzt ruhig.«

»Wie geht es ihr?«

»Sie wird durchkommen.«

»Hat sie . . .?«

»Den Brief gelesen? Nein. Der Anfall hatte nichts damit zu tun. Sie steigerte sich in einen Wutanfall hinein, weil sie behauptete, Edward wolle nie mehr bei ihr sein. Sie schrie, niemand wolle etwas von ihr wissen und je eher sie aus dem Wege sei, um so froher würden gewisse Personen sein.«

»Das ist ja grauenvoll, Chantel!«

»Nur typisch für sie. Sie zog auch über dich her. Sie sagte, du würdest sie von ihrem Platz verdrängen, und sie würde nicht mehr da sein, wenn der Käpten zurückkäme, denn sie würde sich das Leben nehmen.«

»Sie hat das wieder gesagt?«

»Sie wird es immer wieder und wieder sagen, verlaß dich darauf! Es wird eine ihrer stereotypen Redewendungen werden, wie bei einem Papagei. Nimm es dir nicht zu Herzen.«

»Und wenn sie nun diesen Brief zu sehen bekommt?«

»Suka hat ihn ganz bestimmt.«

»Und weshalb sollte die ihn behalten?«

»Vielleicht glaubt sie, damit eine Art Zauber machen zu können. Wir müssen sie auf jeden Fall daran hindern, ihn Monique zu geben. Falls es dazu käme, würde die Hölle losbrechen. Ich fürchte, es hat keinen Sinn, daß ich dir zurede, doch jetzt ein wenig zu schlafen.«

»Ich fürchte, nein.«

»Nun gut, aber vergiß nicht: In wenigen Wochen sind wir in Sydney! Es dauert nicht mehr lange, Anna.«

Und diese Aussicht war mein einziger Trost.

Den ganzen Tag über hörte ich das ferne Dröhnen der Trommeln. Es zerrte an meinen Nerven, denn es schien mir einen furchtbaren herannahenden Höhepunkt anzukünden.

Eine Woche war seit jenem Nachmittag verstrichen, an dem mir der

Brief gestohlen wurde, und Monique hatte durch nichts erkennen lassen, daß sie ihn gelesen hatte. Chantel hatte ihr Zimmer durchsucht, wie sie mir sagte, und ihn nirgends gefunden. Also müßte Suka ihn haben – es sei denn, ich hätte ihn selbst irgendwo anders hingelegt. Ich war ungehalten. Als ob das möglich wäre!

»Natürlich nicht!« meinte Chantel mit leisem Spott. »Dazu ist er dir ja viel zu wertvoll.«

Meine Liebe zu Redvers machte ihr jedoch wie immer Sorge.

Und nun war der große Festtag der Insel angebrochen. Im Haus herrschte eine eigenartig gespannte Atmosphäre – und das nicht nur im Haus, sondern auf der ganzen Insel. Die Menschen strömten bereits von allen Seiten herbei, und die große Feier sollte sofort bei Sonnenuntergang beginnen. In den Hütten standen riesige Gefäße mit Gali bereit, die sie bei Anbruch des Festes herausholen würden. Mit Zweigen geschmückte Karren waren zu der Anhöhe gezogen worden, auf der ich mit Suka gesessen hatte. Hier sollte das Fest mit dem Gelage und den Tänzen stattfinden.

Madame hatte mir alles erklärt. Wir würden erst nach dem Festmahl hingehen, da dies den Eingeborenen vorbehalten sei. Wir würden uns deshalb später zu ihnen gesellen und aus Kokosnußschalen Gali trinken; sie riet uns, nur wenig davon zu kosten, da es sehr stark sei. Wir würden die Tänze bestimmt interessant finden, meinte sie, und vor allem den Flammentanz, der den Höhepunkt des Festes bilde.

»Es lohnt sich wirklich, ihn sich anzuschauen«, versicherte sie. »Es ist eine alte Tradition. Das Geheimnis dieses Tanzes wird von Generation zu Generation weitergegeben.«

»Ich habe schon von diesen Flammenmännern gehört«, bemerkte ich. »Er ist eine der Sehenswürdigkeiten der Insel. Sie führen ihn jedes Jahr nur einmal auf. Vermutlich glauben sie, er würde an Bedeutung verlieren, wenn er zu häufig getanzt würde.«

»Werden sie den ganzen Tag weitertrommeln?« erkundigte ich mich.

»Den ganzen Tag und die ganze Nacht.«

Mich überlief unwillkürlich ein Schaudern.

»Sie mögen es nicht?«

»Ich weiß nicht, was es ist. Dieses dumpfe Dröhnen hat so etwas Drohendes.«

»Sagen Sie das bloß nicht laut! Die behaupten nämlich, daß nur die Schuldigen das Dröhnen der Trommeln fürchten.«

»So, so, behaupten sie das.«

»Nun ja, sie behaupten viele sonderbare Dinge, liebe Miß Brett.«

Schuldig! dachte ich. Schuldig, weil ich den Ehemann einer anderen

Frau liebe. Jeden Morgen fragte ich mich beim Aufwachen, was der Tag mir wohl bringen würde. Nachts träumte ich oft von Tante Charlotte. Der Gedanke an ihren Tod hätte mich nicht hartnäckiger verfolgen und quälen können, wenn ich diesen selbst auf dem Gewissen gehabt hätte.

Und ich fragte mich auch, wie ich es würde vermeiden können, Redvers zu sehen, falls ich bei Chantel blieb. Es war eigenartig, wie Chantel sich über diese Tatsache hinwegsetzte und immer so tat, als gäbe es Redvers gar nicht.

Glückliche Chantel! Sie hatte den Mann ihres Herzens geheiratet!

Und wieder ertönten die Trommeln. Ich stellte es mir vor . . . die sich versammelnde Menschenmenge auf der Anhöhe, das Rauschen der Brandung auf dem goldgelben Strand und die dunkle Felsgestalt der ›Frau der Geheimnisse‹, die auf einen Geist wartete, den sie einfangen konnte, um selbst ihrem Gefängnis zu entfliehen.

Und ich wünschte brennend, die ›Heitere Lady‹ läge schon in der Bucht!

Wir fuhren in der Kutsche hin. Monique begleitete uns. Chantel hatte sie davon abbringen wollen, doch sie war hysterisch und herrisch geworden, und so hatte Chantel nachgeben müssen. Sie trug ein langes, weißes, fließendes Gewand und rote Hibiskusblüten im Haar, das ihr als prachtvolle Mähne um die Schultern fiel. Ihre Augen leuchteten vor geheimer Erregung. Sie sah völlig wie eine reinblütige Polynesierin aus, wie die Verkörperung des Inselgeistes. Ihre Augen verspotteten mich. Mein Unbehagen amüsierte sie, wie ich wußte; ich glaube, sie fand es geradezu einen Witz, daß ein so hausbackenes, reizloses Mauerblümchen wie ich die ›andere Frau‹ in ihrem Leben sein sollte.

Chantel war ganz in Grün in einem ebenfalls langen, fließenden Gewand. Sie hatte es auf der Insel gekauft, und obgleich der Stoff nicht sonderlich gut war, fiel er doch weich und schmeichelnd an ihrer Gestalt herab und brachte diese voll zur Geltung. Sie hatte sich ihr Haar in einen dicken Zopf geflochten, der über die Schulter nach vorne hing. Ich hatte mir nicht extra ein neues Kleid für das Fest gekauft und einfach mein altes blaues Seidenkleid angezogen und mein Haar wie üblich hochgesteckt.

Wir rumpelten über den Feldweg dahin und ließen die Kutsche bei den anderen Wagen stehen. Zu Fuß stiegen wir dann zu dem Plateau hinauf, auf dem die Tänze schon im Gange waren. Ich hatte bereits einige der einheimischen Tänze gesehen. Sie wurden oft unten in der Bucht bei den Schilfhütten ohne Wände aufgeführt, die eigentlich nur ein Schutzdach gegen die Sonne waren.

Die Musik zu den Tänzen wurde auf gitarreähnlichen Instrumenten gespielt, die ich schon kannte. Wir setzten uns auf die kleinen Teppiche, die wir zu diesem Zweck mitgebracht hatten, und sofort wurden uns Kokosnußschalen mit Gali gereicht. Ein kleiner Schluck – den ich sehr vorsichtig nahm – war genug, und schon spürte ich es wie Feuer durch die Adern laufen. Es war hochprozentiger Alkohol.

Ich betrachtete Chantel, die neben mir saß, die schönen Augen riesengroß und leuchtend. Die Tänze interessierten und amüsierten sie, doch ich vermutete, daß es der Gedanke an das baldige Wiedersehen mit Rex in Sydney war, der sie so beschwingte. Glückliche, glückliche Chantel!

Wir klatschten den Tänzern in der langsamen rhythmischen Art Beifall, wie es auf der Insel üblich war. Sie schienen kein Ende nehmen zu wollen, diese Tänze, und es war nicht sonderlich komfortabel, so auf dem Teppich auf dem Boden zu sitzen. Als jedoch der Augenblick für den Flammentanz kam, steigerte sich die allgemeine Erregung derartig, daß ich von ihr angesteckt wurde. Ich kniete mich wie viele der anderen hin und merkte gar nicht, wie weh meine Knie taten. Zwei junge Männer wurden bis zu den Hüften ausgezogen; sie trugen nur noch ein Lendentuch, das mit flammend rotgelben Perlen besetzt war, die in dem Licht der Fackeln glänzten. Auch um den Nacken trugen sie viele Ketten solcher Perlen und an den Armen ebenfalls rote Perlenspangen. Um den Kopf hatten sie glitzernd rote Perlenbänder geschlungen.

Der dunkle Himmel war mit Tausenden funkelnder Sterne bestickt; der Mond warf sein mattes, gelbes Licht auf den großen Kreis, den wir bildeten – auf die dunkelhäutigen wie die hellen Gesichter, die alle äußerste Spannung verrieten. Ich nahm den Duft der Blumen in mich auf, den stechenden Geruch der Fackeln, ihr flackerndes Licht und das leise Summen der Insekten, die verhängnisvoll von den Flammen angezogen wurden.

Die beiden Flammentänzer standen wartend da. Jedem wurden mit großem Zeremoniell von seinem alten Vater zwei Fackeln überreicht; und dann setzte die Musik ein, und der Tanz begann. Anfangs wirbelten sie die brennenden Fackeln nur spielerisch herum, warfen sie in die Luft und fingen sie geschickt wieder auf. Sie stampften den Boden, während sie tanzten, und hoch flogen die Fackeln, um wieder im Fall aufgefangen zu werden. Jedermann hätte das gekonnt, wenn er es geübt hätte. Der richtige Flammentanz sollte erst beginnen.

Ich weiß nicht, wie sie es machten. Sie waren unglaublich geschickt und gewandt. Ich weiß lediglich, daß man zeitweise nur große wirbelnde Feuerbälle sah und mitten darin die fast nackten Körper der beiden

Tänzer. Sie tanzten wild und wie besessen, und wieder und wieder hielten die Zuschauer den Atem an; sie vermochten nicht zu glauben, daß ein Mensch inmitten solch lodernder, züngelnder Flammen tanzen und unverletzt bleiben konnte.

Die Musik wurde langsamer, und die Feuerbälle drehten sich ebenfalls langsamer, und wir erkannten, daß sie aus vier flammenden Fackeln und zwei tanzenden Männern bestanden. Wir waren wie gebannt von dem Schauspiel.

Dies war das Wunder, das die Flammenmänner im Feuerland gelernt und mit auf die Erde gebracht hatten, wo es nur von Männern ihres Stammes getanzt werden konnte.

Und dann war es zu Ende. Einige Sekunden lang herrschte andächtiges Schweigen, und dann brach der wilde Beifall los, das langsame, rhythmische Händeklatschen, vermischt mit jähen Schreien »Kella Kella Ta'lui«. Er dauerte minutenlang und vermischte sich mit dem erregten Summen der vielen flüsternden Stimmen. Sie hatten ein Wunder erlebt! Die Flammen waren um der Flammenmänner willen kalt geworden!

Chantel sah mich an und griente. Ich befürchtete, sie könnte eine spöttische Bemerkung machen, deren Worte zwar nicht verstanden worden wären, wohl aber ihr Tonfall. Doch da ging bereits ein Raunen gesteigerter Erregung durch die Zuschauer. Die beiden Flammenmänner führten einen Knaben in die Mitte des Kreises. Er war der Sohn des einen Mannes; er sollte zum ersten Mal in seinem Leben den Flammentanz tanzen. Für ihn, den Sohn seines Vaters, würden die Flammen ebenfalls kalt werden.

Mein Herz begann wild zu klopfen. Er sah so klein und kläglich aus, wie er so dort in seinem roten Perlenschmuck stand, und ich erkannte mit aufsteigendem Entsetzen, daß er Angst hatte.

Ich wäre am liebsten aufgestanden und hätte gerufen: »Dies darf nicht sein!« Aber ich tat es nicht. Ich wußte, es ging nicht. Der Knabe würde den Tanz tanzen, wie seine Väter und Vorväter ihn getanzt hatten, während ich in quälender Furcht dasitzen würde, weil ich seine Angst fühlte.

Er trat vor. Man reichte ihm die beiden Fackeln. Er nahm sie und schwenkte sie herum, warf sie in die Luft und fing sie wieder auf. Ich atmete auf. Er war ebenso geschickt wie sein Vater und sein Onkel.

Die Musik hatte eingesetzt – zuerst langsam und dann in einem immer schneller werdenden Crescendo. Die Fackeln begannen um ihn herumzuwirbeln und einen einzigen großen Feuerball zu bilden.
Er kann es! dachte ich erleichtert. Sie haben es ihm gut beigebracht.

Und abermals herrschte jene atemlose Stille – über uns spannte sich der sternenbesäte Nachthimmel der Südsee, und aller Augen waren starr auf diesen wirbelnden, flammenzüngelnden Feuerball gerichtet.

Und da geschah es. Es war der entsetzlichste Schrei, den ich jemals gehört habe. Eine der Fackeln schoß in die Luft empor, die andere folgte, und wir erblickten starr vor Schrecken die sich in rasenden Schmerzen krümmende Knabengestalt; die Flammen schlugen um seinen Körper zusammen, und sein Haar brannte lichterloh. Er sah jetzt selbst wie eine brennende Fackel aus.

Chantel war blitzartig aufgesprungen und flog auf den Jungen zu, während sie den Teppich, auf dem sie gesessen hatte, hinter sich herzog; sie warf den Teppich um den Knaben und schlug mit den bloßen Händen die Flammen aus.

Ich war tief bewegt. Es war ein ergreifender Anblick, und das um so mehr, als Chantel die Retterin war, Chantel, der Engel der Barmherzigkeit.

Jetzt stürzten auch andere vor, und die beiden Flammentänzer in ihrem glitzernden Perlenschmuck brüllten entsetzt auf.

Ich hörte Chantel in ihrer gebieterischen Stimme sagen: »Ich bin Krankenschwester. Macht Platz!«

Der Knabe, der vor Schmerzen geschrien hatte, verstummte jäh, und ich befürchtete, er sei tot.

Chantel befahl einem der Männer, ihn in das nächste Haus zu tragen, was ihr eigenes, das der Flammenträger, war. Sie wandte sich zu mir um. »Fahr so schnell du kannst nach Hause und hol meine Arzneitasche!«

Ich wartete nicht auf die anderen; Jacques eilte mit mir zur Kutsche und trieb die Pferde zu einem scharfen Galopp an, der ihnen sehr ungewohnt sein mußte. Ich rannte zu Chantels Zimmer, ergriff die Tasche, in der sie Verbandszeug und die wichtigsten Medikamente aufbewahrte, und lief wieder zur Kutsche hinunter. Während der ganzen Rückfahrt schrillten mir die Schmerzensschreie des armen Kindes in den Ohren.

Wir gelangten auf einem Feldweg zu dem gleichen Haus, das ich an jenem Tage in dem Wäldchen erblickt hatte. Der Arzt war bereits dort, doch ganz offenkundig von zu reichlichem Galigenuß benebelt, und so war es Chantel, die das Kommando führte.

Ich gab ihr rasch die Tasche, und sie befahl: »Bleib hier, Anna! Warte auf mich.« Und war auch schon wieder verschwunden.

Ich ließ mich auf einen Stuhl sinken. Ich konnte nur an diesen Jungen denken. Ich hatte gespürt, daß er sich fürchtete. Er war ja noch ein Kind, und es war grausam, ihn auf eine derartige Mut- und Geschicklichkeitsprobe zu stellen. Aber wie wundervoll war Chantel gewesen!

Es war heiß in dem kleinen Zimmer, und so ging ich ein wenig hinaus. Die Bäume sahen gespenstisch im bleichen Mondlicht aus, und die Luft war schwer vom Duft ihrer Blüten.

Wenn er durchkommt, überlegte ich, hat Chantel ihm das Leben gerettet, und wir sind dann nicht umsonst hierher auf diese schreckliche Insel gekommen.

Ich schlenderte in solche Gedanken versunken um das Haus herum. Ich hatte keine Lust, wieder hineinzugehen; es war hier draußen viel angenehmer. Nach einiger Zeit fiel mir jedoch ein, daß Chantel vielleicht schon auf mich wartete, und so ging ich wieder hinein. Erst nach einigen Sekunden erkannte ich, daß es nicht die gleiche Tür war, durch die ich herausgekommen war. Ich ertastete mir meinen Weg durch einen Raum, auf dessen Fußboden ich undeutlich Binsenmatten ausmachen konnte. Ich befand mich in einem dunklen Flur. Dies war nicht der richtige Weg. Ich durchquerte einen weiteren Raum, entschlossen, wieder den Ausgang zu finden und um das Haus herumzugehen, bis ich die richtige Tür fand. Ich wollte absolut nicht in das Zimmer geraten, in dem Chantel sich um den Jungen bemühte. Ich mußte mir meinen Weg so leise und vorsichtig wie möglich hinaussuchen. Ich tastete mich vorwärts und sah in der Dunkelheit eine Tür. Ich horchte, ob ich irgendwelche Stimmen vernahm, doch herrschte völlige Stille. Ich klopfte leise an. Es ertönte keine Antwort, und so öffnete ich behutsam die Tür in der Hoffnung, das Zimmer vor mir zu sehen, in dem ich anfangs gewartet hatte.

Doch das war es ganz und gar nicht. In diesem Zimmer brannten zwei kleine Binsenlichter, und mir stockte der Atem, denn ich erkannte, daß der Raum ebenso angeordnet war wie jene Kultstätte in dem Wäldchen. In der Mitte stand eine Figur und rings um sie herum lag ein Kreis glitzernder Steine.

Einer dieser Steine, der größer als die übrigen war, funkelte im trüben Schein der Binsenlichter und schien rotes Feuer zu sprühen. Vielleicht war es jedoch nur der flammenzüngelnde Alptraum, den ich eben miterlebt hatte, der mir dies vorgaukelte. Ich hatte das Gefühl, magnetisch vorwärtsgezogen zu werden. Die Figur in der Mitte war anders als die Steinfigur in dem Wäldchen; sie kam mir irgendwie vertraut vor. Ich trat über den Ring aus Steinen.

O ja, und ob ich sie kannte! Ich hatte sie ungezählte Male betrachtet. Es war die gleiche, nur viel größere Figur, die ich in dem Sekretär von Schloß Crediton entdeckte und in meinem Zimmer aufbewahrte und die ich auch jetzt noch bei mir hatte. Es war die Gallionsfigur der ›Geheimen Frau‹! Nur war dies keine verkleinerte Miniaturreproduktion. Es war die echte!

Ihr Gesicht war ausdruckslos und zeigte ein unbestimmtes Lächeln; ihr Haar war so geschnitzt, als flöge es im Wind, und auf dem Gewand trug sie die Aufschrift ›Die Geheime Frau‹.

Ich konnte meinen Augen kaum trauen. Man hatte einen primitiven Holzuntersatz zur Abstützung der Figur zusammengehämmert, und um sie herum funkelten die Steine in rotem und blauem Feuer.

Und da durchzuckte mich ein Blitz der Erkenntnis.

Dies waren die Fillimoreschen Diamanten!

Wir kehrten erst in den frühen Morgenstunden zum *Carrément House* zurück. Ich brannte darauf, Chantel von meinem Fund zu erzählen, doch ich mußte damit warten, bis wir allein waren. Sie war in glücklicher Stimmung, da sie glaubte, dem Jungen das Leben gerettet zu haben; es war ihr zweifellos nur durch ihr schnelles Eingreifen möglich gewesen, die Flammen zu ersticken. Alles sei so blitzschnell passiert, sagte sie. Die Brandwunden seien aber gar nicht so schlimm; er würde zwar Zeit seines Lebens die Narben an den Armen und Beinen behalten und hätte einen Schock erlitten, doch würde er sich davon erholen.

»Du warst wundervoll, Chantel!«

»Ich war nur auf dem Sprung«, erwiderte sie. »Ich wußte, es würde passieren. Kein Mensch kann so einen Tanz ohne die felsenfeste Überzeugung an seine Unverletzlichkeit durchstehen, und dieser Junge hatte Angst.«

»Das habe ich auch gefühlt, aber ich war nicht darauf vorbereitet.«

»Ich saß schon mit dem Teppich in der Hand da«, erzählte Chantel. »Nur deshalb konnte ich so schnell bei ihm sein, aber ich glaube, wenn so etwas passiert, handelt man instinktiv ohne viel nachzudenken. Was war das für ein Anblick! ... Dieses arme Kind ein einziges Flammenbündel!«

»Ich werde heute nacht kein Auge mehr zutun«, sagte ich, »es ist ja sowieso nicht mehr viel von ihr übrig.«

»Ich auch nicht«, erwiderte sie.

Madame wartete im Haus auf uns, als wir ankamen.

»Was ist mit dem Jungen?« fragte sie.

»Wir glauben, daß er es überstehen wird«, sagte Chantel.

»Wenn ja, hat er sein Leben Ihnen zu verdanken«, erklärte sie. »Er wird Ihnen das niemals vergessen.«

Chantel lächelte. »Er hat einen Schock erlitten, schläft aber jetzt«, fuhr sie fort. »Ich habe ihm ein Schlafmittel gegeben. Ich gehe morgen oder besser heute früh rüber und werde nach ihm sehen. Der Doktor kommt dann auch.«

»Aber Sie waren es ...«

»Nun ja, ich hatte keinen Gali getrunken.«

»Sie müssen sehr müde sein«, meinte Madame mütterlich.

Chantel widersprach dem nicht, und wir wünschten ihr gute Nacht.

»Ich muß dich noch einen Moment sprechen, Chantel«, sagte ich, als wir vor meinem Zimmer ankamen. »Es ist etwas Unglaubliches passiert!«

Ich zündete die Kerzen an und wandte mich ihr zu. Ich fand, daß sie noch nie so schön ausgesehen hatte, und trotz meiner Erregung konnte ich nicht anders als sie einige Sekunden lang einfach staunend anschauen.

»Was ist denn los?« wollte sie wissen.

Ich schüttelte den Kopf. »Du siehst so ... glücklich aus.«

»Das kommt daher, weil ich über den Tod gesiegt habe. Mir ist, als hätte ich heute nacht diesen Jungen dem Tod weggerissen.«

»Was für eine Nacht! Aber ich habe auch etwas erlebt und muß es dir erzählen.« Und ich berichtete ihr von meiner Entdeckung.

Sie schnappte buchstäblich nach Atem. »Jene Diamanten? Bist du sicher?«

»Ich bin ganz sicher. Und es ist die Gallionsfigur. Ich habe früher eine Reproduktion von ihr gesehen, habe übrigens selbst eine. Und der Name stand ja auch darauf ... Und diese Steine lagen rings um sie herum.«

»Aber vielleicht sind es gar keine Diamanten.«

»Ich bin überzeugt, daß sie es sind. Verstehst du nicht, Chantel ... wenn es tatsächlich die Diamanten sind, bedeutet es, daß Redvers von diesem Verdacht befreit wird. So viele dachten, er hätte sie gestohlen.«

Ein harter Ausdruck kam in ihr Gesicht. Ich konnte mir einfach nicht vorstellen, weshalb sie derartig gegen ihn war. Wußte sie etwas, was sie mir verschwieg? Auf jeden Fall fand ich es merkwürdig.

»Du kannst das doch nicht mit Sicherheit wissen«, widersprach sie. »Es gibt hier viele solch sonderbare Figuren und Steine ... Und außerdem scheinen die zu groß für Diamanten zu sein. Die wären ja ein Vermögen wert.«

»Die Fillimoreschen Diamanten waren auch ein Vermögen wert. Was sollen wir machen, Chantel?«

»Mir scheint, die verehren die Figur wie eine Art Götzenbild. Das kann gut sein. Sie haben ja diese Legende von ihrer Herkunft aus dem Feuerland. Es mag also sehr wohl etwas damit zu tun haben. Diamanten sprühen ja Feuer.«

»Ich bin davon überzeugt, daß die Figur und die Steine eine geheimnisvolle Bedeutung für sie haben, doch es geht mir jetzt darum, was ich tun soll. Soll ich hingehen und es ihnen erzählen? Soll ich sie fragen, wie sie in den Besitz der Gallionsfigur und der Steine gekommen sind?«

»Sie wären bestimmt furchtbar böse, daß du sie überhaupt gesehen hast. Du bist schließlich heimlich in ihrem Haus herumgewandert.«

»Ja, und ich bin schon einmal in ihr Heiligtum eingedrungen.« Und ich erzählte ihr von jenem Spaziergang. »Vielleicht könntest du etwas unternehmen. Dir werden sie doch sehr dankbar sein.«

Sie antwortete nicht.

Und dann rief ich plötzlich erleichtert aus: »Wir werden gar nichts unternehmen, bis das Schiff ankommt! Und dann werde ich es Redvers erzählen und das Ganze ihm überlassen.«

Sie blieb eine Zeitlang still, und mir schien, als ob ihre glückliche Stimmung jäh verflogen war.

Ich fühlte, es hatte etwas mit ihrer Abneigung gegen Redvers zu tun.

Die nun folgenden Wochen waren die allerschwersten. Ich war von fiebernder Ungeduld erfüllt und hatte entsetzliche Angst, den Diamanten könnte etwas zustoßen – denn ich war fest überzeugt, daß es die Diamanten waren! – bevor das Schiff ankam. Ich konsultierte täglich den Kalender mit noch größerem Eifer als Edward, und sogar der Gedanke an Redvers' Brief in Sukas oder Moniques Händen war mir jetzt nicht mehr so wichtig.

Alle wußten inzwischen, daß Chantel und ich nach Sydney zurückfahren würden. Es kam zu einer unangenehmen Szene, als Monique zu wissen verlangte, was ich zu tun gedächte. Chantel gelang es zum Glück, sie zu beruhigen. Seit dem Unfall bei dem Flammentanz hatte Chantel eine neue Autorität in aller Augen gewonnen. Auch Suka und Pero betrachteten sie mit besonderem Respekt, und wenn wir das Haus verließen, merkte ich, wie sie überall neue Aufmerksamkeit erregte. Einige der Europäer gratulierten ihr und drückten ihr Erstaunen darüber aus, sie nicht schon eher kennengelernt zu haben. Das läge wohl daran, daß wir im *Carrément House* bei Madame de Laudé wie in einer Einsiedelei leben würden. Chantel war über so viel Beachtung entzückt, wie ich deutlich sehen konnte, und ich dachte: Was für eine prachtvolle Schloßherrin sie abgeben wird! Und ich sagte zu ihr, sie würde, wenn sie einmal so alt wie Lady Crediton wäre, keinen Deut weniger ehrfurchtgebietend sein als diese, was Chantel sehr amüsierte.

»Mit dem Brief ist es sehr mysteriös, Chantel«, sagte ich eines Tages zu ihr. »Es ist überhaupt nichts passiert.«

»Das ist ein gutes Zeichen. Vielleicht wurde er gar nicht gestohlen.

Wenn er nun aus Versehen in deinen Papierkorb fiel und mit weggeworfen wurde?«

»Aber ich wußte doch, daß jemand in meinem Zimmer war!«

»Nur dein schlechtes Gewissen, Anna«, meinte sie.

Ich protestierte. »Aber es gibt nichts, weshalb ich . . .«

Sie gab mir einen flüchtigen Kuß auf die Nasenspitze. »Ich hab' den Gedanken aber gern, daß du ein klein wenig Grund zu einem schlechten Gewissen hast, Anna. Es macht dich menschlicher. Aber hör jetzt wirklich auf, dir wegen des Briefes Gedanken zu machen. Er ist weg.«

Ich hatte das Inventar abgeschlossen und ausgerechnet, daß die Möbel im Haus einen Wert von rund fünfzigtausend Mark darstellten. Ich würde die Liste, wie ich Madame sagte, an Händler schicken und sei überzeugt, daß sie viele Angebote erhalten würde.

Sie war begeistert und wurde ganz lebhaft beim Gedanken daran, wie eine solche Summe ihr Leben verändern würde.

Monique inszenierte eines Abends einen großen Auftritt, und ich fragte mich, ob sie nun doch den Brief hatte und ihn für eine besondere Gelegenheit aufbewahrte.

Sie würde auch auf der ›Heiteren Lady‹ zurückfahren, erklärte sie. Sie dächte gar nicht daran, hierzubleiben, wenn wir abführen. Und Edward käme natürlich auch mit.

Wir mußten den Doktor holen, und mit vereinten Kräften gelang es Chantel und ihm, sie zu beruhigen.

Edward hoffte nun inständig, mit uns fahren zu dürfen.

»Aber was ist mit Madame de Laudé? Sie wird doch nicht wollen, daß Monique sie wieder verläßt?« fragte ich Chantel.

»Madame denkt hauptsächlich an das Vermögen, das du ihr in Aussicht gestellt hast, und Edward ist natürlich selig über die Aussicht, mit zurückzudürfen. Er wäre todunglücklich, wenn er ohne uns hierbleiben müßte. Wen hat er denn schon hier außer seiner hysterischen Mama, seiner knickerigen Oma und der verrückten alten Suka!«

»Aber können so wichtige Dinge so schnell entschieden werden? Ich dachte, Monique wäre hergekommen, um wieder bei ihrer Mutter zu leben und vor allem, weil das Klima hier bekömmlicher für sie ist als in England.«

»Ihr kann kein Klima mehr helfen. Sie wäre nie und nirgends glücklich. Das ist ja mit ihr Unglück. Es gibt zu viele Spannungen und Probleme in ihrem Leben. Jetzt hat sie momentan wieder Oberwasser wegen der baldigen Rückkehr ihres Mannes. Sie würde ihn ruhig mit dir abfahren lassen, Anna; sie schmiedet irgendeinen Plan. Ich habe es dir noch nicht gesagt, weil ich dich nicht beunruhigen wollte. Aber sie redet fast nur noch über dich und den Käpten.«

»Dann hat sie also doch den Brief!«

»Ich glaube es nicht, denn sie hätte es bestimmt gesagt. Und ich habe ja auch überall bei ihr nach ihm gesucht. Sie ist sogar etwas ruhiger als sonst, ganz so, als ob sie einen Entschluß gefaßt und etwas aushecken würde.«

»O Chantel ... das ist ja entsetzlich!«

»Sie ist überzeugt, daß du die Geliebte ihres Mannes bist. Sie sagte, du wolltest sie ermorden, um sie aus dem Weg zu schaffen.«

»Ich weiß wirklich nicht, was ich machen soll, Chantel. Und diese Suka beobachtet mich die ganze Zeit, als glaube sie, ich würde Monique etwas zuleide tun. Und Pero auch. Irgend etwas braut sich gegen mich zusammen. Ich glaube, genau das ist es, was Monique bezweckt.«

»Sie liebt dramatische Verwicklungen und will natürlich immer im Mittelpunkt stehen, aber es ist eine Menge Schauspielerei dabei.«

»Aber was ist, wenn sie diese Schauspielerei nun zu weit treibt?«

»Wie meinst du?«

»Nun, wenn sie sich tatsächlich umbringt und dafür sorgt, daß es so aussieht, als ob ich ... oder der Käpten ...«

»Aber nein! Wie könnte sie denn das Drama genießen, wenn sie tot wäre?«

»Falls ein anderes Schiff vor Ankunft der ›Heiteren Lady‹ hier anlegt, sollten wir, finde ich, so klug sein, und mit ihm abfahren. Ich sollte nach Sydney fahren ... versuchen, eine neue Stellung zu finden ...«

»Aber du kannst nicht einfach so eine Kabine auf einem solchen Schiff bekommen. Und außerdem wird gar kein Schiff die Insel anlaufen. Du bist und bleibst vorläufig noch hier, Anna.«

»Ja, und ich habe das Gefühl, in einer Falle zu sitzen.«

»Ich dachte, du wolltest hierbleiben und deinem Käpten sagen, daß du ihm zur Rettung seiner Ehre verhelfen kannst?«

»Das möchte ich auch, aber ich habe jetzt Angst, Chantel. Eine drohende Gefahr hängt über uns.«

»Eine unbeherrschte, hysterische und leidenschaftliche Frau, ein Ehemann, der Seitensprünge macht, und die Frau, die er liebt. Was für eine Situation! Und wer hätte das von dir gedacht, von dir, meiner lieben, ruhigen, vernünftigen Anna!«

»Bitte, Chantel, mach keine Witze darüber! Es ist wirklich zu ernst dafür.«

»Sehr ernst sogar«, bekräftigte sie. »Aber hab' keine Angst, Anna! Ich bin ja bei dir, so wie ich auch früher bei dir war. Ist dir das ein Trost?«

»Ein großer Trost!« versicherte ich ihr voller Dankbarkeit.

Die Tage vergingen, und Moniques Befinden verschlechterte sich. Die Anfälle kamen zunehmend häufiger und in immer kürzeren Abständen. Es wären keine schlimmen Anfälle, sagte Chantel, doch war sie um den Zustand ihrer Patientin recht besorgt. Sie ließ sie überhaupt nicht mehr allein, und wenn es ihr schlecht ging, blieb sie oft die ganze Nacht bei ihr sitzen. Sie war eine wundervolle Pflegerin!

Sie erzählte mir, daß Suka ebenfalls stundenlang in Moniques Zimmer säße und sie mit großen, traurigen Augen ansähe. »Ich würde sie ja gern hinausschicken, aber wenn ich das vorschlage, regt Monique sich auf, und ich darf sie nicht aufregen, wenn sie in dem Zustand ist. Die Alte ist wütend beim Gedanken daran, in Kürze ihre Missy wieder hergeben zu müssen. Ich glaube, sie macht dich dafür verantwortlich. Ich hörte sie neulich so etwas Ähnliches murmeln. Sie glaubt, wenn du nicht wärest, würde Monique nicht eifersüchtig sein und ihren Mann allein fahren lassen. Paß auf, daß sie dir nicht etwas in deinen Pfefferminztee schüttet! Ich bin überzeugt, die alte Hexe hat einen hübschen Vorrat an Giften, die in Gali, Kaffee und dem bereits erwähnten Pfefferminztee völlig geschmacklos sind. Geschmacklos und tödlich – die beiden entscheidenden Eigenschaften.«

Mich überlief ein Zittern, und sie sagte: »Das war ein Scherz, Anna! Was hast du nur? Du nimmst das Leben wirklich zu ernst.«

»Es scheint sehr ernst geworden zu sein«, entgegnete ich.

»Das Leben ist wirklich, das Leben ist ernst«, zitierte Chantel.

»Und das Grab ist nicht sein Ziel«, beendete ich für sie und wünschte, ich hätte es nicht gesagt. Ich haßte es, den Tod auch nur zu erwähnen.

»Hab' keine Angst!« mahnte sie. »Wir werden ja bald in Sydney sein!«

Edward war ganz zappelig vor Aufregung. Wenn die ›Heitere Lady‹ ankam, würden wir mit ihr abfahren! Wie viele Tage wären es noch bis zu rot umrandeten Datum? Wir zählten sie gemeinsam ... Vierzehn, dreizehn ... und dann nur noch zehn!

Jeden Morgen wachte ich auf und überlegte mit Bangen, was der Tag wohl bringen würde. Als erstes pflegte ich meine Tür zu öffnen und auf den Korridor hinauszuschauen. Manchmal hörte ich dann Moniques wütende Stimme und im Schwall ihrer Worte auch meinen Namen.

Mein ganzes Denken kreiste nur noch um den kostbaren Brief, der verschwunden war, und um jenen Raum, in dem ich die Gallionsfigur der ›Geheimen Frau‹ und, wie ich überzeugt war, die Fillimoreschen Diamanten entdeckt hatte.

Warum waren die Tage bloß so lang? Ich lebte nur auf den einen

Augenblick hin, wo ich die ›Heitere Lady‹ unten in der Bucht erblicken würde. Weiter konnte ich nicht denken. Ich wollte auf ihr die Insel verlassen und nach Sydney fahren, um mir dort eine neue Stellung zu suchen und ein neues Leben zu beginnen.

Die Spannung wurde immer unerträglicher. Ich konnte es kaum mehr abwarten, Redvers von meiner Entdeckung zu erzählen. Ich würde so stolz und überglücklich sein, wenn tatsächlich ich die Diamanten gefunden haben sollte. Ich sehnte seine Rückkehr herbei und fürchtete sie doch gleichzeitig.

Monique wurde ruhiger. Eine berechnende Verschlagenheit löste ihr zorniges Toben ab, was nur noch alarmierender war, und ich wurde das Gefühl nicht mehr los, daß wir auf ein schreckliches Unglück zutrieben. Diese Insel war von unserer abendländischen Kultur nur oberflächlich berührt worden, und unter dieser dünnen Oberfläche stieß man auf wilde und heidnisch-grausame Elemente. Diese Menschen glaubten an seltsame Gottheiten; ein Felsbrocken war für sie ein lebendes Wesen, und schwarze Magie mit bösem Fluch und Zauberei gehörte für sie zum täglichen Leben. Ich glaube, Suka hatte mich zu ihrer Feindin erklärt, weil ich mich in ihren Augen zwischen ihre Missy und deren geliebten Ehemann gedrängt hatte.

Es gab niemanden, mit dem ich über meine tiefe Beunruhigung hätte sprechen können. Chantel tat sie mit einigen tröstenden Worten ab und weigerte sich, sie ernst zu nehmen. Ich glaubte, sie sei in Gedanken schon weit fort in Sydney und bei Rex. Sogar meine Entdeckung der Diamanten beschäftigte sie nicht sonderlich, da die Rettung von Redvers Ehre sie nicht interessierte. Sie erwähnte ihn überhaupt nie, wenn sie über unsere Zukunft sprach. Sie traute ihm nicht und hatte fest umrissene Pläne für mich. Liebe Chantel! Sie machte sich Sorgen um mich. Sie wollte mich in die Gesellschaft einführen und eine großartige Heirat für mich arrangieren. Sie wollte nicht, daß ich mich weiter mit Redvers abgab. Dies entfuhr ihr bei einem unserer Gespräche, und obgleich es mich verletzte, wußte ich doch, daß es Ausdruck ihrer Zuneigung für mich war. Sie war tatsächlich überzeugt von ihrer Verpflichtung, sich um mich kümmern zu müssen, und in ihrer resoluten Art war sie nun auch fest entschlossen, das zu tun.

Ich konnte nicht in die Zukunft blicken, konnte nur auf die Rückkehr der ›Heiteren Lady‹ warten. So vergingen diese quälend langen Tage einer nach dem anderen, und eines Nachmittags, als wir uns alle bei geschlossenen Fensterläden in unseren Zimmern ausruhten, weil die Hitze so drückend war, stand ich auf, öffnete die Läden, und . . . da lag es in der Bucht – das weiße, glänzende Schiff!

Ich rannte in Edwards Zimmer hinüber und rief überglücklich: »Edward! Sie sind da! Die ›Heitere Lady‹ liegt in der Bucht!«

Die Ereignisse der nun folgenden Tage waren so dramatisch, daß es mir schwerfällt, mich an ihre richtige Reihenfolge zu erinnern.

Ich konnte kaum meine Ungeduld zügeln. Am liebsten wäre ich hinunter in die Bucht gelaufen und zum Schiff hinausgerudert. Ich wollte ihm von meinen Befürchtungen erzählen, von dem Verschwinden des Briefes und vor allem von meiner Entdeckung der Gallionsfigur und der Diamanten.

Aber ich mußte mich zusammennehmen.

Chantel kam mit glitzernden Augen zu mir.

»Das wird heute abend eine Szene geben!« verkündete sie. »Missy steigert sich schon so richtig hinein.«

»Sie muß selig sein, daß er wieder da ist.«

»Sie ist wie von Sinnen vor Erregung, hat aber einen teuflischen Blick in den Augen. Sie hat etwas vor. Ich wünschte, ich wüßte, was sie ausgeheckt hat.«

Ich wartete in meinem Zimmer. Er würde bald kommen. Ich zog mein blaues Seidenkleid an und türmte mein Haar hoch auf dem Kopf auf. Ich hatte dies Kleid schon sehr oft angehabt, und auch meine Frisur war nicht neu. Und doch sah ich verändert aus. Meine Augen leuchteten, und meine Wangen waren leicht gerötet. Würde anderen diese Veränderung auffallen?

Ich hörte seine Stimme im Stockwerk unter mir, und der Ansturm meiner Gefühle war fast nicht zu ertragen. Was war ich bloß für eine Närrin! Hatte Chantel vielleicht recht? Konnte ich ihm wirklich vertrauen? Und ich begriff, daß es nichts ändern würde, was immer sie mir auch von ihm erzählen mochte. Ich liebte ihn und würde ihn immer lieben.

Ich öffnete die Tür. Ich wollte nur dastehen und dem Ton seiner Stimme lauschen. Und da erkannte ich wieder in dem Halbdunkel des Korridors die kauernde Gestalt. Suka! Sie horchte ebenfalls und hatte mich gesehen. Ich fühlte mehr als daß ich es sah den unheilkündenden Blick ihrer Augen auf mich geheftet.

Rasch trat ich in mein Zimmer zurück. Wenn ich in Sydney ankam, mußte ich eine neue Stellung finden! Vielleicht würde ich sogar dort bleiben. Vielleicht fand ich aber auch eine Familie, die nach England zurückkehrte. Aber eines stand fest – ich mußte fort!

Pero schlug den Gong unten in der Halle. Es war Zeit, zum Abendessen hinunterzugehen.

Wir dinierten in der gleichen Zusammenstellung wie damals am ersten Abend unserer Ankunft – Madame, Monique, Chantel und ich, Redvers, der Schiffsdoktor und Dick Callum.

Dick hatte sich verändert. Er wirkte bescheidener und hatte jene jäh aufflammende Unbeherrschtheit abgelegt.

Und Redvers – ich nahm kaum etwas anderes als seine Gegenwart wahr. Ab und zu fühlte ich seinen Blick auf mir ruhen, doch wagte ich nicht, ihn anzusehen. Monique beobachtete uns, wie ich überzeugt war. Ich überlegte, ob sie wohl plötzlich anfangen würde, von dem Brief zu reden. Es sähe ihr ähnlich, bei dieser Gelegenheit die Bombe platzen zu lassen.

Die Unterhaltung bewegte sich in konventionellen Bahnen; man sprach von der Reise und selbstverständlich auch von dem Fest, dem Flammentanz und dem Unfall.

Als wir in den Salon hinübergingen, konnte ich Redvers zuflüstern: »Ich muß Sie sehen. Es ist sehr wichtig!«

Dick redete auf mich ein, während wir unseren Kaffee tranken, doch ich hörte ihm kaum zu. Madame de Laudé erzählte, daß ich entdeckt hätte, wie wertvoll die Möbel in ihrem Haus seien. Dick interessierte das sehr, und sie fragte ihn, ob er sich einen französischen Wandtisch ansehen wolle, den ich für besonders wertvoll hielte. Er stand auf, und ich schlüpfte mit ihm und Madame hinaus, doch anstatt bei ihnen zu bleiben, huschte ich in den Garten und wartete dort im Schatten der Bäume. Es dauerte nicht lange, und Redvers kam. Er ergriff meine Hände und sah mich an, doch bevor er etwas sagen konnte, sprudelte ich die Geschichte von meiner Entdeckung heraus. »Sie müssen zu dem Haus gehen! Müssen einen Vorwand erfinden, um die Figur zu sehen. Ich bin ganz sicher, daß es die Gallionsfigur der ›Geheimen Frau‹ ist und daß die Steine die Diamanten sind.«

Er war so aufgeregt, wie ich es mir vorgestellt hatte.

»Ich muß Ihnen auch etwas erzählen«, sagte er. »Dick Callum hat mir gebeichtet. Er kam nicht darüber hinweg, daß ich ihm das Leben rettete. Er hat mir alles gestanden – wer er ist und wie eifersüchtig er auf mich war. Ich hatte ja keine Ahnung davon! Er wollte sich irgendwie damit an mir rächen. Ein Verdacht lastete auf mir, doch was gibt es für einen Kapitän für eine größere Schande, als sein Schiff zu verlieren! Er schlug jenen Leuten vor, das Schiff in die Luft zu sprengen. Es hatte etwas mit dem Namen zu tun. Er sorgte dafür, daß niemand an Bord blieb, was für ihn in seiner Position durchaus möglich war, und verhinderte so wenigstens, daß jemand dabei ums Leben kam. Aber wenn Sie recht haben sollten . . .«

»Ich weiß, daß ich recht habe! Und wenn ich dies für Sie habe tun können, so werde ich sehr stolz und glücklich sein, daß mir das vergönnt war.«

»Anna! Du weißt doch, daß es ohne dich für mich kein Glück gibt!«

»Ich muß jetzt hineingehen. Sie werden meine Abwesenheit bemerken. Und das darf nicht sein. Ich habe Angst vor dem, was passieren könnte. Aber ich mußte es Ihnen erzählen. Und jetzt muß ich hineingehen!«

Er hielt meine Hände fest, doch ich entzog sie ihm.

»Bitte!« drängte ich. »Gehen Sie so schnell wie möglich hin! Vergewissern Sie sich wenigstens!«

Und damit drehte ich mich um und lief ins Haus.

Ich hatte ihm nichts von dem Verschwinden des Briefes gesagt. Das mußte ich dann eben später nachholen; sollte er zuerst einmal zu dem Haus gehen und die Diamanten entdecken, bevor ich ihm gestand, daß ich derartig unachtsam gewesen war und den Brief verloren hatte, der so belastend sein konnte.

Madame de Laudé zeigte Dick immer noch einzelne Möbel, und ich konnte mich ihnen wieder anschließen. Als wir dann zu dritt in den Salon zurückkehrten, hoffte ich, daß alle dachten, ich wäre die ganze Zeit bei ihnen geblieben.

Redvers war nicht im Salon. Monique erwähnte, er hätte noch auf dem Schiff zu tun und würde erst später zurückkommen.

Dick erzählte mir von der Reise und wie langweilig sie gewesen sei. »Sie fehlten mir«, erklärte er. »Ich habe oft an Sie gedacht. Es ist so heiß hier! Lassen Sie uns doch etwas in den Garten gehen!«

Ich bat ihn jedoch, mich entschuldigen zu wollen, da ich sehr müde sei; er schien recht enttäuscht.

Ich saß am Fenster und wartete; Redvers würde mir bestimmt ein Zeichen geben. Und so geschah es dann auch. Ich hörte die kleinen Kieselsteine leise an meine Fensterläden schlagen. Ich huschte in den Garten hinunter an die Stelle zwischen den Büschen, die unser Treffpunkt geworden war.

Redvers wartete dort schon auf mich. Er war ganz aufgeregt vor Freude. Es wäre einfach wundervoll, erklärte er. Ich hätte recht gehabt. Ich hätte diese großartige Entdeckung gemacht. Ich, Anna, die er vom ersten Augenblick an geliebt hätte!

Ich wurde von seiner glücklichen Erregung angesteckt und erlebte erneut, daß ich die Fähigkeit besaß, alles zu vergessen, die Vergangenheit wie die Zukunft, und ausschließlich dem Augenblick zu leben vermochte. Jahrelang hatte dieser gemeine Verdacht auf ihm gelastet, und nun hatte ich diese dunkle Wolke fast mühelos und rein zufällig verscheucht. Was machte alles andere jetzt noch? *Ich* hatte das für ihn tun können!

Es war ein wunderbarer Moment! »Es ist voll tiefer Symbolik«, sagte er, »beweist es doch, daß dein Leben mit meinem verknüpft ist.«

»Ich muß wissen, wie es war«, drängte ich. »Wie überredetest du sie, dir die Figur und die Diamanten zu zeigen?«

»Das war nicht weiter schwierig«, erzählte er. »Im Haus der Flammenmänner herrschte tiefe Beschämung. Einer von ihnen hatte versagt. Sie ignorierten dabei den Umstand, daß der Junge noch ein Kind ist und noch nicht so erfahren in ihrer Kunst wie sie, und betrachten das Unglück als Anzeichen eines göttlichen Zornes. Dies war meine Gelegenheit, und ich ergriff sie. Mir blieb nichts anderes übrig. Ich gab Ihnen zu verstehen, daß ein böser Einfluß auf ihrem Haus laste, und sprach von dem Schiff, das in der Bucht in die Luft gesprengt worden war. Dann zog ich einen Bleistift aus der Tasche und zeichnete die Gallionsfigur aus dem Gedächtnis. ›Ihr nahmt diese Göttin dem Meer weg‹, sagte ich, ›aber sie ist eine fremde Göttin.‹ Sie erzählten mir daraufhin, daß man ihnen großes Glück versprochen habe, wenn sie das Schiff vernichteten. Ich wußte das bereits, da Dick es mir gebeichtet hatte. Und als das Schiff explodierte, sprang die Gallionsfigur, wie sie sagten, vom Schiff herunter und schwamm auf dem Wasser, um dicht beim Felsen der ›Frau der Geheimnisse‹ liegenzubleiben. Dies deuteten sie als ein Zeichen. Sie brachten die Figur also in ihr Haus und stellten sie wie ihre eigenen Götzenbilder auf. In der Figur sei ein geheimes Fach gewesen, und in dem hätte der Beutel mit den Steinen gelegen. Dies überzeugte sie vollends, denn es ist Brauch bei ihnen, ihre Götzenbilder mit Steinen und Muscheln zu umkränzen. Und dies seien so schöne und funkelnde Steine gewesen. Sie stellten die Figur also auf und warteten auf das große Glück. Aber es kam nicht. Statt dessen hätte schreckliches Unglück sie getroffen, denn es gäbe nichts Schlimmeres, als wenn das Feuer aufhören würde, der Freund der Flammenmänner zu sein.«

»Ich habe die Diamanten«, fuhr er fort. »Ich sagte ihnen, daß sie erst wieder Glück hätten, wenn die Steine zu denen zurückgebracht worden seien, denen sie gehörten. Ta'lui wird die Gallionsfigur vernichten, und ich sagte ihm, daß er eine Belohnung für das Auffinden der Diamanten bekommen würde, und mit dem Geld könnte er dann eine neue Figur aufstellen. Er ist restlos zufrieden. Ich werde die Diamanten mit nach England nehmen, und die ganze Geschichte, die damals begann, als John Fillimore an einem Herzinfarkt starb, wird endlich abgeschlossen sein. Wenn er nur jemandem gesagt hätte, daß er die Steine in der Gallionsfigur versteckte, hätte er uns sehr viel Ärger erspart!«

»Aber jetzt ist ja alles geklärt.«

»Niemand kann jetzt mehr von dem Vermögen faseln, das ich mir in einem fernen Hafen beiseite geschafft haben sollte. Und du, Anna . . .«

Ich vernahm Stimmen und hatte das unangenehme Gefühl, daß man uns beobachtete; vielleicht wußten sie inzwischen, daß ich allein mit ihm im Garten war.

Moniques hysterische Stimme schrillte herüber; sie war mit Chantel auf der Veranda.

»Sie sollten hereinkommen! Kommen Sie doch und warten Sie drinnen auf ihn«, drängte Chantel.

»Nein!« schrie Monique. »Er ist hier! Ich weiß es! Ich werde hier auf ihn warten.«

»Geh schnell!« flüsterte ich Redvers zu.

Er ging gelassen auf das Haus zu, während ich mich zwischen die Büsche kauerte; mein Herz klopfte wie rasend.

»Na, was habe ich gesagt? Da ist er ja! Du bist also zurück?«

»Es scheint so.« Seine Stimme war eiskalt. Wie anders klang sie, wenn er mit mir sprach!

»Du siehst aus, als hättest du gerade ein aufregendes Abenteuer hinter dir«, höhnte Monique mit schriller Stimme.

»Sie sollten jetzt wirklich hineingehen!« mahnte Chantel energisch. »Ich bin sicher, der Käpten würde gern den Kaffee trinken, den Sie für ihn machen wollten. Niemand macht ihn so gut wie Sie.«

»Ja, das werde ich tun«, erklärte sie. »Komm, *mon capitaine*!«

Und sie verschwanden alle drei im Haus.

Die jähe Stille wurde nur durch das Summen der Insekten im Garten unterbrochen. Ich wartete noch einige Minuten und huschte dann leise ins Haus.

Kaum war ich in meinem Zimmer, da klopfte es auch schon an meine Tür, und Chantel trat ein. Sie sah äußerst erregt aus; ihre Augen waren riesengroß.

»Ich muß dir leider etwas sagen, Anna. Sie hat deinen Brief!«

Ich preßte die Hand aufs Herz und schloß halb die Augen; mir war, als würde ich in Ohnmacht fallen.

»Setz dich!« gebot Chantel.

»Wann hast du ihn gesehen?«

»Erst heute abend. Sie las ihn gerade und legte ihn auf einen Tisch, als ich hereinkam, und tat, als wäre es nichts Wichtiges. Ich warf einen raschen Blick darauf und las deinen Namen. Dann nahm sie ihn und steckte ihn in ihren Ausschnitt.«

»Was glaubst du, Chantel, hat sie vor?«

»Wir können nur abwarten. Ich war erstaunt, wie ruhig sie blieb. Und sie erwähnte ihn auch mit keiner Silbe.«

»Das wird sie aber noch tun!«

»Ich vermute, sie wird heute nacht mit ihm sprechen.«

»Aber sie ging doch ganz ruhig mit ihm ins Haus, um Kaffee für ihn zu machen ...«, rätselte ich.

»Ich verstehe diese Ruhe von ihr auch nicht«, gab Chantel zu, »aber ich dachte, du solltest Bescheid wissen.«

»O Chantel! Ich habe entsetzliche Angst! Was wird nur geschehen?«

Sie stand auf. »Ich muß jetzt zurück. Vielleicht ruft sie nach mir. Aber sorg dich nicht! Ich verspreche dir, Anna, daß alles gutgehen wird! Wir sind mit dieser Insel so gut wie fertig, mit allem hier. Du hast mir doch immer vertrauen können, stimmt's?«

Sie kam zu mir und küßte mich kühl auf die Stirn.

»Gute Nacht, Anna. Es dauert nicht mehr lange.«

Und damit ging sie hinaus und ließ mich allein.

An Schlaf war gar nicht zu denken, wie ich nur zu genau wußte. Im Geiste sah ich Monique vor mir, wie sie den Brief las, der nur für mich allein bestimmt gewesen war.

Welch eine Nacht der widerstreitendsten Gefühle! Diese ungeheure Spannung mußte sich früher oder später entladen. So konnte es nicht mehr lange weitergehen. Dies war mein einziger Trost. Ich mußte fort, fort von allem! Vielleicht sogar von Chantel, denn sie war ja nun ein Mitglied der Familie Crediton. Nur noch wenige Wochen, und ich würde in Sydney sein, und dort mußte ich dann den Mut aufbringen, mich von ihnen allen zu trennen und ein eigenes neues Leben zu beginnen.

Moniques wütend erhobene Stimme drang bis zu mir in mein Zimmer, und ich versuchte, meine Ohren davor zu verschließen. Ein wenig später hörte ich Schritte unten im Garten und sah durch die Schlitze meiner Fensterläden, wie Redvers rasch durch den Garten davonging. Vermutlich hatte man ihn zum Schiff zurückgerufen und war Monique deshalb so böse gewesen. Ob sie ihm den Brief gezeigt hatte? Was würde sie mit ihm machen?

Ich zog mich schließlich doch aus und ging zu Bett, konnte aber natürlich nicht schlafen. Ich lag und lauschte auf die Geräusche des Hauses, wie ich es in so vielen Nächten im *Queen's House* getan hatte.

Und während ich so dalag, ging plötzlich leise meine Tür auf, und eine Gestalt stand auf der Schwelle. Ich fuhr im Bett hoch und schrie vor Erleichterung auf, als ich Chantel erkannte.

Sie sah jedoch seltsam aus; das Haar hing ihr wirr herunter, und ihre

Augen waren unnatürlich geweitet. Sie trug ein Hauskleid aus weicher, fließender Seide in ihrem Lieblingsgrün.

»Chantel!« rief ich aus. »Was ist los?«

Ihre Stimme klang merkwürdig hoch und gepreßt und ganz anders als sonst.

»Hier! Lies das!« sagte sie. »Und wenn du es gelesen hast, komm sofort zu mir!«

»Was ist denn?«

»Lies und du wirst es wissen.«

Sie warf mir einige Blätter Papier aufs Bett, und bevor ich sie aufgehoben hatte, war sie bereits verschwunden.

Ich sprang aus dem Bett, zündete die Kerzen an, nahm die Blätter und las:

Liebste Anna!

Es gibt so vieles, was Du nicht weißt, so vieles, was ich Dir sagen muß. Ich fürchte, mir bleibt nicht mehr viel Zeit. Ich muß mich deshalb kurz fassen. Du erinnerst Dich, wie ich Dir sagte, die Wahrheit hätte viele Seiten und daß ich Dir damals zwar die Wahrheit, aber nicht die ganze Wahrheit gesagt hätte. Du kennst mich nicht, Anna, nicht mein ganzes Wesen. Du kennst nur einen Teil, und den hast Du sehr gern, worüber ich glücklich bin. Du hast mein Tagebuch gelesen. Ich schrieb, wie ich sagte, die Wahrheit, allerdings nicht die ganze Wahrheit. Ich würde es jetzt gern noch einmal durchlesen, um einzelne Stellen für Dich neu zu schreiben und zu ergänzen, aber das würde zu lange dauern. Schau, ich verriet Dir nicht, daß Rex sich unsterblich in mich verliebte. Du wußtest, er hatte eine Schwäche für mich, dachtest aber, es sei für ihn nur ein unverbindlicher kleiner Flirt. Du hattest Mitgefühl mit mir, machtest Dir Sorgen um mich. Ich liebte Dich dafür, Anna. Weißt Du, sowie ich das Schloß betrat, hatte ich nur noch den einen Wunsch, die Schloßherrin zu werden. Ich sah mich als die zukünftige Lady Crediton und war entschlossen, mich mit nichts Geringerem zufriedenzugeben. Ich bin schrankenlos ehrgeizig, Anna. Fast in allen von uns steckt eine verborgene, geheime Frau, von der auch die uns nahestehenden Menschen nichts wissen, ja vielleicht nicht einmal der Mann, den wir heiraten. Rex muß mich allerdings jetzt ziemlich gut kennen; es hat aber nichts an seiner Liebe zu mir geändert. Du erinnerst Dich, daß Valerie Stretton mich interessierte; besonders nach jenem Abend, als sie mit verschmutzten Stiefeln heimkam. Und jener Brief in ihrer Schieblade. Ich schrieb in meinem Tagebuch, Miß Beddoes sei hereingekommen, als ich den Brief gerade in der Hand hielt. Das war aber nicht die ganze Wahrheit. Ich hatte den Brief gelesen, hatte andere Briefe gelesen und erfahren, daß Valerie Stretton erpreßt wurde. Ich heiratete Rex, und als er nach Australien geschickt werden sollte, war ich entschlossen, ihn nicht allein reisen zu lassen. Er wollte mich vor aller Welt als seine Frau mitnehmen, aber ich wollte in jenem Stadium keinen Bruch mit Lady Crediton riskieren. Sie hätte Rex zu einem großen Teil enterben können, und ich wollte, daß er eines Tages alles erbte und uneingeschränkter Herr des Unternehmens würde. Ich hielt es daher für besser, unsere Heirat noch eine Zeitlang geheimzuhalten, und redete deshalb Dr. Elgin ein, unser Klima würde Monique umbringen. In dieser erweckte ich dann den Wunsch, ihre Mutter wiederzusehen, und da es bedeutete, auf dem Schiff des Käptens zu reisen, brauchte ich keine großen Überredungskünste, um sie zu diesem Entschluß zu bringen. Dich mußte ich jedoch mithaben, Anna, und die arme alte Beddoes war wirklich sehr untüchtig. Ich sorgte dafür, daß sie entlassen wurde. Sie fühlte es. Wer hätte das gedacht? Aber Abenteuerinnen lernen es, vor Hindernissen auch aus den unerwartetsten Richtungen auf der Hut zu sein.

So schaffte ich uns die Beddoes vom Hals und holte Dich ins Schloß. Ich *habe* Dich lieb, Anna! Ich wollte Dir kein Leid zufügen. Ich rettete Dich schon einmal, nicht wahr? Und ich war entschlossen, Dich auch wieder zu retten, was immer auch geschehen mochte. Aber ich brauchte Dich, Anna. Deine Freundschaft, ja, die wollte ich . . . aber Du warst darüber hinaus eine wichtige Figur in meinem Plan.

Und jetzt muß ich Dir etwas sagen, was Dir weh tun wird. Auch mir tut es weh. Und ich dachte immer, ich sei hart und stark. Und Du bist so . . . wie soll ich sagen . . . konventionell. Recht ist Recht, und Unrecht ist Unrecht – und Schwarz ist Schwarz, und Weiß ist Weiß. Das ist Dein Credo. Du wirst dies nicht verstehen, und ich Närrin schiebe es bis zur letzten Minute auf, es Dir zu sagen, obwohl ich weiß, daß nicht mehr viel Zeit bleibt.

Ich muß Dir sagen, warum Valerie Stretton erpreßt wurde. Sie war nicht die einzige. Rex wurde ebenfalls erpreßt. Rex ist kein ausgesprochener Ehrenmann, aber er hat keine kriminellen Instinkte. Dafür ist er zu ängstlich. So viel und nicht mehr zu Rex. Ich wußte immer, daß er schwach ist. Gareth Glenning erpreßte Rex. Nur deshalb machten die Glennings diese Reise. Sie wollten Rex unter Aufsicht behalten. Wollten ihn nicht aus den Augen verlieren. Er bildet ihre Haupteinnahmequelle.

Und Valerie Strettons Geheimnis? Hier ist es: Ihr Sohn war einige Tage alt, als Lady Creditons Sohn geboren wurde. Lady Crediton ging es sehr schlecht, und so rechnete sie sich eine gute Chance für das Gelingen ihres Planes aus. Valerie wollte, daß ihr eigener Sohn eines

Tages das Crediton-Imperium erbte. Warum nicht? Sir Edward war schließlich sein Vater. Es war nur eine Frage ehelicher Sanktionen. Lady Crediton besaß diese, Valerie nicht. Es war gar nicht so schwierig. Sie lebte ja im Schloß. Sie wußte, wann die Amme sich ausruhte und wann das Baby in seiner Wiege schlief. Du kannst Dir jetzt denken, was geschah. Sie vertauschte die Babys, und Rex ist ihr Sohn und Redvers Lady Creditons! So fing es alles an. Aber Valeries Plan ging nicht ganz auf. Es war jemand im Schloß, der die beiden Babys unterscheiden konnte, so klein sie auch damals noch waren. Die Amme. Sie wußte, was Valerie getan hatte.

Sie haßte aber Lady Crediton und liebte Valerie. Sie mag ihr sogar bei dem Tausch geholfen haben, was sehr wahrscheinlich ist. Nun, die Jungen wuchsen auf. Valerie konnte ihre Vorliebe für Rex nicht verbergen, was dumm von ihr war; das Ganze hätte dadurch auffliegen können. Etwa drei Wochen nach der Geburt konnte Lady Crediton erst den ersten Eindruck von ihrem Sohn in sich aufnehmen, und da hatten die beiden Säuglinge schon jeder seine charakteristischen Merkmale, und alle – außer Valerie und der Amme – hielten Rex für den Crediton-Erben.

Es ist immer unklug, Geheimnisse mit jemandem zu teilen. Das einzige wirklich sicher gehütete Geheimnis ist jenes, das nie einem anderen Menschen anvertraut wird. Und genau deshalb habe ich auch Dir bisher nicht die ganze Wahrheit erzählt.

Die Amme geriet in Not und bat Valerie um Unterstützung. Valerie ging darauf ein, und mit den Jahren war von Freundschaft zwischen ihnen nicht mehr die Rede, und die Amme verlangte von Valerie in regelmäßigen Abständen Geldbeträge als Gegenleistung dafür, daß sie weiter den Mund hielt. Die Amme verheiratete sich ziemlich spät mit einem Witwer, der einen Sohn hatte. Sie konnte der Versuchung nicht widerstehen, ihrem Mann das Geheimnis zu erzählen, und dieser erzählte es wiederum seinem Sohn. Dieser Sohn ist Gareth Glenning. Er war schlau und erkannte sofort, daß ihnen eine weitaus zahlungs-kräftigere Geldquelle als Valerie zur Verfügung stand, nämlich Rex.

Als sie an Rex herantraten, wandte sich dieser an Valerie, die ihm alles gestand. Er war entsetzt. Er hängt leidenschaftlich an der Firma, Anna. Er hat sein Leben lang nur mit dem einen Ziel vor Augen dafür gearbeitet: es alles eines Tages zu übernehmen. Redvers war nur einer der Kapitäne. Er würde gar nicht wissen, wie man ein solches Unternehmen führen mußte. Sein Beruf war es, zur See zu fahren. Rex konnte den Gedanken nicht ertragen, all das schlagartig zu verlieren, was er von klein auf an für sein zukünftiges Erbe und Eigentum gehalten hatte. Also ging er auf die Erpressung ein.

Und jetzt komme ich an den Punkt, den Dir zu erzählen mir am schwersten fällt. Ich habe es bis jetzt aufgeschoben, weil ich befürchte, es wird Deine Gefühle für mich ändern. Weshalb sollte mich das eigentlich jetzt noch kümmern? Aber es tut es, Anna. Es ist merkwürdig, doch mir liegt sehr viel an Deiner Freundschaft. Weißt Du, ich hänge wirklich sehr an Dir. Ich meinte es ehrlich, als ich Dir sagte, Du wärest für mich wie eine Schwester.

Es war in gewisser Weise dieses Geheimnis, durch das wir – Rex und ich – uns so nahekamen. Nach unserer Heirat wurde es ja ebenso wichtig für mich wie für ihn, daß die Wahrheit niemals herauskam. Und das war der springende Punkt, Anna: es durfte nicht herauskommen! Niemals! Und wie konnten wir das mit absoluter Sicherheit verhindern? Drei Menschen wußten es bereits – die Amme, Claire und Gareth Glenning. Doch wie konnten wir sogar dann, wenn sie eines Tages starben, wissen, ob sie es nicht jemandem anvertraut hatten?

Wir wären nie in Sicherheit gewesen, hätten unser ganzes Leben ständig in Angst und Gefahr geschwebt. Stell es Dir vor. Jeden Moment hätte jemand auftauchen und uns eröffnen können, daß er unser Geheimnis kenne. Ich habe das Rex immer wieder vor Augen gehalten, und er verstand schließlich meinen Standpunkt. Du wirst selbst zugeben, daß es nur einen einzigen Ausweg gab, durch den wir uns endgültige Sicherheit und Ruhe verschaffen konnten. Das Testament bestimmt – ich habe es im *Somerset House* gelesen –, daß im Falle des Todes des Erben und seiner direkten Erben die gesamte Erbschaft an den anderen Sohn von Sir Edward übergeht – für den man Redvers hielt, der jedoch in Wirklichkeit Rex ist. Rex war ja gar nicht der Erbe, würde es aber sein, wenn Redvers und seine Erben starben.

Du siehst, Anna, alles, was wir Menschen tun, hat irgendwann seine Rückwirkung auf uns. Wir entschließen uns nach langen Überlegungen zu einer Handlung, und wenn diese erfolgreich verläuft, wiederholen wir sie, allerdings ohne die gleichen Gewissensbisse; und mit der Zeit wird es etwas ganz Alltägliches für uns. Als Lady Henrock starb, hinterließ sie mir zweihundert Pfund. Sie hatte große Schmerzen – war hoffnungslos krank; es schien eine gute Tat, ihr ins Jenseits zu verhelfen. Das sagte ich mir auf jeden Fall. Deine Tante Charlotte wäre nie wieder gesund geworden, nur immer unerträglicher, und Dein Leben wäre eine einzige Misere geworden. Ich wußte, sie hatte mir in ihrem Testament etwas Geld vermacht. Sie erzählte es mir. Ich habe so eine Art, den Menschen diese Geständnisse zu entlocken. Ich ahnte ja nicht, daß es einen solchen Wirbel machen würde. Aber ich rettete Dich, stimmt's? Glaub mir, ich hätte nie zugelassen, daß man dich des Mordes für schuldig gesprochen hätte.

Und dann die Reise. Ich hatte mit Rex über unser großes Problem gesprochen. Wir hatten es nach allen Richtungen hin durchdiskutiert. Ich machte ihm klar, daß es nur eine Möglichkeit für uns gab, uns in Sicherheit und ein für allemal außer Gefahr unseres Erbes erfreuen zu können. Redvers mußte beseitigt werden. Doch auch dann blieb immer noch Edward. Rex ist ein Schwächling, und ich bin jetzt froh darüber. Ich hatte Edward gern. Rex verpfuschte diese Sache auf dem Schiff. Ich sagte ihm immer, daß es auf einem Schiff am leichtesten sein sollte, sich eines unerwünschten Kindes zu entledigen. Ich schüttete ein Schlafmittel in seine Milch, und Rex holte ihn dann später aus seiner Kabine. Er hatte einen Burnus wie alle anderen an und war deshalb nicht zu erkennen. Johnny durchkreuzte den Plan. Ich glaube allerdings, Rex hätte es sowieso nicht getan, auch wenn Johnny nicht aufgetaucht wäre. Er ergriff nur die Gelegenheit von Johnnys Erscheinen und war froh, daß Edward außer Gefahr war. Es ist schwerer, ein Kind umzubringen als mürrische alte Frauen. Edward blieb also am Leben, doch ich wußte, wir würden ihn nicht für immer in unserem Kalkül ignorieren können. Es hatte allerdings keine Eile, da er auch im Falle, daß die Wahrheit herauskam, auf Jahre hinaus nicht in der Lage sein würde, seinen Platz als Erbe einzunehmen, den Rex für ihn verwalten würde. Dann blieb noch genug Zeit, sich mit ihm zu befassen. Um so mehr war Redvers unsere unmittelbare Sorge.

Redvers mußte sterben! Aber wie? Wie konnte ein kerngesunder Mann plötzlich tödlich krank werden? Unmöglich! Er konnte nicht an einer jähen Krankheit sterben. Aber ich habe meine Pläne immer den jeweiligen Umständen angepaßt. Ein Mann mit einer hysterischen eifersüchtigen Frau; eine andere Frau, die er liebt und die ihn liebt, dazu die wahnwitzig eifersüchtige Ehefrau. Es tut mir leid, Anna, aber er war nichts für Dich! Ich wollte mich um Dich kümmern. Du hättest ihn rasch vergessen. Ich wollte Dich mit ins Schloß nehmen, als meine Schwester, meine geliebte Schwester. Ich hätte einen Mann für Dich gefunden, und Du hättest ein glückliches Leben gehabt. So hatte ich es vor. Aber Redvers mußte sterben! Und ich beschloß, für eine Mörderin zu sorgen.

Sie wird nicht mehr lange leben. Sie kann schon nächste Woche sterben . . . vielleicht aber auch erst in zwei Jahren. Ich glaube jedoch nicht, daß sie allein schon durch den Zustand ihrer Lunge, länger als fünf Jahre lebt. Ihre Asthmaanfälle sind so häufig wie eh und je und verschlimmern ihre Schwindsucht. Ich wußte genau, daß diese Reise ihr keine anhaltende Besserung bringen würde. Weshalb sollte sie also nicht diese Rolle übernehmen? Man würde Mitleid mit ihr haben, vor allem auf der Insel Koralle . . . mit der von ihrem Mann betrogenen kranken, eifersüchtigen Ehefrau. Sie wären nicht sehr hart mit ihr gewesen. Du, Anna, wärest erneut in einen Skandal verwickelt worden, doch ich hätte Dich schon beschützt. Ich hätte die Macht und gesellschaftliche Position gehabt, die ich mir immer ersehnte, und hätte für Dich gesorgt. Und wenn man auch auf Dich als »die andere Frau« gezeigt hätte –, genau wie damals als »die Nichte mit einem Tatmotiv« – es wäre auch dieses Mal vorbeigegangen. Es war eine leider nicht zu vermeidende Unannehmlichkeit, die ich Dir damals wie jetzt zumuten mußte. Aber ich habe Dich lieb, Anna! Wirklich! Ich hätte das allerdings niemals für möglich gehalten, und es gibt vielleicht noch mehr geheime Winkel in meinem Wesen, von denen ich selbst nichts weiß.

Ich beschloß also, daß Redvers bei der Rückkehr sterben sollte.

Und das sollte heute abend geschehen. Ich hatte Monique aufgestachelt, hatte bewußt ihre Eifersucht geschürt, natürlich sehr geschickt. Ich hatte erkannt, wie nützlich Suka mir sein könnte. Es würde leicht sein. Die eifersüchtige Ehefrau ermordet den untreuen Ehemann, und dieser Mord sollte entweder heute abend oder morgen abend hier im Haus erfolgen. Ich wartete auf den günstigen Augenblick. Ich wußte, er würde kommen, denn sie liebte es, selbst Kaffee zu machen. Sie war stolz auf diese häusliche Fertigkeit, weil es die einzige war, die sie besaß. Sie machte besseren Kaffee als alle anderen im Haus, hatte ich ihr versichert. Ich brauchte also nur noch auf meinen Augenblick zu warten. Heute abend hatte er sich mit Dir im Garten getroffen. Suka merkte es und sagte es Monique, die in ihrem Zimmer auf einem Spirituskocher Kaffee machte. Ich schüttete etwas in diesen Kaffee, Anna ... Was, werde ich Dir nicht sagen. Etwas, das sehr schnell wirkt. Etwas, das verhältnismäßig geschmacklos ist, wenn auch nicht ganz. Er war erregt, mit seinen Gedanken bei Dir. Ich hoffte, er würde den leicht bitteren Geschmack nicht bemerken. Als der Kaffee fertig war, sagte ich zu Monique, daß ihr blaues Negligé ihr besser stünde als das rote, und sie reagierte genau so, wie ich es wollte. Sie ging in das Nebenzimmer und zog das blaue Negligé an. Ich war also ungestört. Ich schüttete das tödliche Gift in den Kaffee, rührte gut um, und als sie dann zurückkam, war alles bereit.

Ich ging in mein Zimmer und wartete. Ich war ja so aufgeregt, so nervös! Ich lief ruhelos auf und ab.

Ich habe noch nie einen so großen Coup gemacht. Kranke alte Weiber ins Jenseits zu befördern, war etwas ganz anderes. Ich war mir außerdem nicht ganz sicher, was für eine Wirkung eine so hohe Dosis dieses Giftes haben würde. Ich mußte bereit sein, das Richtige zu sagen, das Richtige zu tun, wenn der Augenblick kam.

Mir kam der Gedanke, daß ein Kaffee meinen Nerven guttun würde. Ich ging hinaus, um mir einen zu machen, als ich auf dem Korridor Pero begegnete. Ich wollte das Risiko vermeiden, mit jemandem in meinem augenblicklichen Zustand zu sprechen, und wollte deshalb nicht gern in die Küche gehen. Am meisten Angst hatte ich, Suka zu treffen. Sie hat eine unheimliche Art, einen zu durchschauen. Nein, ich konnte dieser alten Hexe jetzt nicht in die Augen sehen – was ich wahrscheinlich mußte, wenn ich jetzt in die Küche ging – nicht, wo ich gerade ihre Herzens-Missy zur Mörderin gemacht hatte.

Deshalb sagte ich zu Pero: »Würdest Du mir einen Kaffee machen und ihn mir in mein Zimmer bringen? Ich bin sehr müde. Es ist ein anstrengender Tag gewesen.« Sie ist immer bestrebt, einem einen Gefallen zu tun, und sagte, sie würde es sofort tun. Zehn Minuten später kam sie mit dem Kaffee zurück.

Ich schenkte mir eine Tasse ein; der Kaffee war sehr heiß, aber ich habe kalten Kaffee nie gemocht. Ich schüttete die Tasse in einem Zuge hinunter und schenkte mir eine zweite ein ... und da ... da hatte ich plötzlich diesen Geschmack im Mund.

Ich starrte auf die Tasse mit dem Kaffee ... roch daran. Es würde keinen Geruch haben ... doch mir kam ein grauenvoller Verdacht. Ich sagte mir, daß ich es mir nur einbildete. Es konnte ja nicht sein!

Aber ich mußte mir Gewißheit verschaffen. Ich stürzte hinunter und fand Pero in der Küche.

»Du hast mir eben einen Kaffee gemacht, Pero«, sagte ich zu ihr.

»Ja, Schwester.« Erschreckt schaute sie mich an, aber so sieht sie ja immer aus, immer in Angst vor einem Tadel.

»Hast Du ihn selbst gemacht?«

»Aber ja, Schwester.«

Ich atmete auf und fühlte, daß meine Haut ganz kalt war, obwohl ich das Gefühl hatte, als glühe mein Körper wie Feuer. Ich ermahnte mich zur Vorsicht. Man würde in diesem Haus in der nächsten Zeit noch eine Menge über Kaffee reden!

»War er nicht gut, Schwester?«

Ich antwortete nicht.

»Missy Monique hat ihn gemacht«, fuhr sie fort.

»Was?!«

»Für den Käpten, aber der hat ihn nicht getrunken. Er wurde wieder aufs Schiff gerufen. Und so habe ich den Kaffee für Sie aufgewärmt.«

»Ach so ...« hörte ich meine Stimme tonlos sagen.

Jetzt verstehst Du also. Du siehst, wie man jede Möglichkeit in Betracht ziehen muß, wenn man des Erfolges sicher sein will. Dieses Haus der Sparsamkeit! Das war etwas, was ich vergessen hatte. Man muß eben an alles denken, denn auch das belangloseste Detail kann einem zum Verhängnis werden.

Und hier ist auch Dein Brief, Anna. Ich war es, die ihn Dir fortnahm. Ich wollte ihn benutzen. Ich hatte ihn noch nicht dorthin gelegt, wo sie ihn finden sollte. Sie wird ihn jetzt nie mehr zu sehen bekommen. Er wäre ein nützlicher Beweis gewesen, weißt Du. Man hätte ihn in ihrem Zimmer gefunden, und er hätte ihr Tatmotiv erhärtet. Aber jetzt ist alles anders und für mich zu Ende. Die Wahrheit wird herauskommen. Es ist besser für Rex. Er hätte dies nie ohne mich durchstehen können, und jetzt wird er ganz allein sein.

»Ein langes Ade an all meine Größe. Du siehst, ich zitiere bis zum Schluß. Lebwohl, Anna! Und auch Du, Rex, lebwohl!«

Ich ließ die Blätter und Redvers Brief fallen und raste zu Chantels Zimmer. Sie lag auf dem Bett.

»Chantel!« schrie ich. »Chantel!«

Bewegungslos lag sie da, und ich wußte, ich kam zu spät. Ich fiel an ihrem Bett auf die Knie nieder, ergriff ihre kalte Hand und schluchzte: »Chantel! Chantel! Komm zurück zu mir!«

Das war vor zwei Jahren, doch die Erinnerung an jene grauenvolle Nacht werde ich nie loswerden. Ich konnte nicht glauben, was sie mir in jenem Brief schrieb. Erst ihr Anblick, wie sie dort tot auf dem Bett lag, ließ die ganze entsetzliche Wirklichkeit über mich hereinbrechen.

Redvers nahm alles in die Hand. Ich glaube, ich durchlebte die folgenden Wochen in einem nebelhaften Zustand. Einzelne Episoden meines Lebens mit Chantel wurden immer wieder lebendig für mich, und ich träumte von ihrer fröhlichen, spöttischen Schönheit. Für mich war sie die Schwester gewesen, die ich mir immer gewünscht hatte, so wie ich es vermutlich auch für sie gewesen war. Sie hatte mich lieb gehabt, war zärtlicher Zuneigung und Güte fähig gewesen – und doch, wie hatte sie so teuflische Taten planen und ausführen können? Die Mörderin war die geheime, verborgene Frau in ihr gewesen, die Frau, an deren Existenz ich niemals geglaubt hätte, wenn sie mir diese nicht selbst gezeigt hätte.

Die Ereignisse überstürzten sich nach jener furchtbaren Nacht. Etwa eine Woche vor Chantels Tod war die alte Amme – Gareth Glennings Stiefmutter – gestorben, und als sie ihr Ende nahen fühlte, machte sie Lady Crediton ein Geständnis. Chantel hatte recht gehabt, als sie sagte, daß es unmöglich sein würde, die Erpresser für immer am Reden zu hindern.

Lady Crediton bestimmte, daß Edward unverzüglich nach Langmouth zurückgebracht würde, und so kehrte ich mit ihm nach England zurück, allerdings nicht auf der ›Heiteren Lady‹.

Lady Crediton empfing mich mit einer gewissen Achtung. In Anbetracht dessen, was passiert sei, sagte sie, und des Schocks, den Edward möglicherweise erlitten habe – ihr Enkel war ihr jetzt äußerst wichtig –, hoffe sie, mich noch eine Zeitlang in meiner bisherigen Funktion bei sich zu sehen, da es andernfalls sehr *inconvenient* wäre. So bezog ich wieder mein Zimmer im Schloß. Monique war auf der Insel geblieben. Madame de Laudé, mit der ich weiter wegen ihrer Möbel in Verbindung stand, schrieb mir oft; sie berichtete auch, daß der neue Arzt – ein junger Mann mit modernen Ansichten – sich jetzt um Monique kümmere und ihren Fall sehr hoffnungsvoll beurteile.

Redvers hatte ich nicht wiedergesehen; er war vor mir und Edward in England angekommen und bereits wieder auf die nächste Fahrt gegangen, als wir eintrafen. Er war jetzt der Erbe des gewaltigen Crediton-Imperiums, doch behandelte er Rex mit der gleichen Großmut wie vorher Dick Callum. Er beließ ihn in der Geschäftsführerposition, die er bekleidet hatte, bevor bekannt wurde, daß er gar nicht der Crediton-Erbe war. Rex blieb bis zum Ende des Jahres in Australien und heiratete dort Helena Derringham, wie ich erfuhr.

Madame de Laudé, die selig darüber war, daß ich den Verkauf eines Teiles ihrer Möbel hatte vermitteln können, hielt mich weiter auf dem laufenden über die Vorgänge auf der Insel. Die Flammenmänner hätten ihre Belohnung für die Übergabe der Diamanten erhalten und hätten sich, was noch wichtiger sei, eingeredet, daß eine fremde Göttin jenen Unfall verursachte und der Junge daher durch die Brandnarben nichts von seiner Kraft bei Erreichen des Mannesalters einbüßen würde, da diese vom Kampf gegen einen Feind stammten und der Beweis für sein siegreiches Bestehen wären. Sie glaubten, die Feuergöttin hätte ihre Dienerin in Person einer Krankenschwester zu ihnen geschickt, die jetzt auf dem christlichen Friedhof begraben lag. Die Flammenmänner würden jedes Jahr bei ihrem großen Fest rote Blumen auf Chantels Grab legen und hätten gelobt, das immer zu tun.

Ich dachte oft an Chantel. Ohne sie schien mein Leben öde und leer. Ich reiste sogar einmal in den Norden und fand auch das Vikarshaus, ihr Elternhaus. Ich ging auf den kleinen Friedhof und fand dort das Grab, von dem sie mir erzählt hatte. Der Grabstein war zur Seite gesunken, und die Inschrift war kaum noch zu entziffern. »Chantel Spring '66«. Ich stellte mir vor, wie Chantels Mutter hierher kam, den Namen auf dem Stein las und beschloß, ihr Kind, falls es ein Mädchen würde, Chantel zu nennen. Ich stellte Nachforschungen in der Nachbarschaft an und machte auch Chantels Schwester Selina ausfindig.

Wir unterhielten uns eine Weile. Sie kannte nicht die ganze Wahrheit. Es war nicht notwendig gewesen, sie ihr zu erzählen. Sie glaubte, Chantel hätte eine Überdosis an Schlaftabletten aus Versehen eingenommen. Sie sprach mit einem gewissen Stolz von ihr. Die Wahrheit, ja, aber nicht die ganze Wahrheit, wie Chantel gesagt hätte.

»Sie war schön, sogar schon als kleines Kind. Und sie war anders als wir übrigen. Sie wußte immer, was sie wollte, und das mußte sie dann auch um jeden Preis haben. Wir sagten immer, sie würde im Leben bestimmt das erreichen, was sie wollte. Sie war natürlich viel jünger als wir anderen Geschwister. Unsere Mutter starb bei ihrer Geburt, und ich glaube, wir haben Chantel alle etwas verwöhnt, aber sie war immer so fröhlich und liebevoll. Wir waren sehr überrascht, als sie sich für den Schwesternberuf entschied. Sie sagte, sie betrachte ihn als eine Art Sprungbrett. Und da sie dann jenen Millionär heiratete, wird sie vermutlich genau das gemeint haben. Aber es sollte nicht von Dauer sein, das sollte es nicht. Arme Chantel! So viel zu haben und es dann alles verlieren zu müssen!«

Mit wehmütigen Erinnerungen verließ ich sie und trauerte weiter um Chantel . . . und um Redvers! Ich durfte nicht im Schloß bleiben. Ich hatte beschlossen, fortzugehen, bevor Redvers das nächste Mal zurückkam.

Durch meine Bemühungen für Madame de Laudé war ich wieder in Kontakt zu mehreren Antiquitätenhändlern gekommen, die ich von früher kannte. Einer von ihnen erklärte mir, ich würde meine Zeit auf dem Schloß doch nur vergeuden, denn ich besäße ein ausgezeichnetes Wissen, und wenn ich in seine Firma eintreten wolle, würde er das sehr begrüßen. Ich antwortete ihm, daß ich es mir überlegen würde.

Ich ging wieder auf die Klippe hinauf und saß auf der Bank und blickte auf die Hafenanlagen hinunter, wo die Schiffe vor Anker lagen; die Dreimaster, die Barken und die schnellen Klipper, die jetzt von den modernen Dampfschiffen von ihrem Platz verdrängt worden waren, und ich dachte wieder an die Zeit, wo ich als Kind mit Ellen hierherzukommen und ihren Erzählungen über die Creditons und die Lady-Linie zu lauschen pflegte.

Der Kreis hatte sich für mich geschlossen. Ich mußte mich jetzt für ein neues Leben entscheiden. Edward sollte in Kürze auf ein Internat kommen, wodurch meine Anwesenheit im Schloß überflüssig wurde, doch abgesehen davon würde mein Bleiben nur ein Anklammern an das alte Leben bedeuten, an das Leben, das endgültig vorbei und zu Ende war.

Wie seltsam das Leben ist! Plötzlich, wenn man sich fast schon zu einem bestimmten Entschluß durchgerungen hat, wirft es einem wie zufällig einen anderen Ausweg in den Schoß. So erhielt ich eines Morgens einen Brief von meinen Mietern im *Queen's House*, in dem sie mich um eine Unterredung baten.

Es war fast schon Sommer, und als ich durch das schmiedeeiserne Tor in den Garten trat und die wächserne Schönheit des Magnolienbaumes erblickte, fühlte ich, daß es ein Nachhausekommen war und ich hier zumindest einen gewissen Frieden finden würde, auch wenn jenes unsagbare Glück, das ich ersehnt hatte, mir nicht beschieden war. Ich schellte; ein adrettes Dienstmädchen öffnete und bat mich in die Halle, die jetzt so eingerichtet war, wie ich es mir vorgestellt hatte – mit dem schweren Tudor-Refektoriumstisch und schönem Zinngerät. Auf dem Treppenabsatz, wo ich damals an jenem Abend mit Redvers der wütenden Tante Charlotte entgegengetreten war, stand jetzt eine Newport-Standuhr. »Tick-tock. Komm herein«, schien sie zu sagen.

Meine Mieter versuchten sich wortreich zu entschuldigen. Sie hätten eine Tochter in Amerika, die gerade Zwillinge bekommen habe und sie gern für länger drübenbehalten würde, und so hätten sie sich jetzt zu dieser Reise entschlossen. Folglich würden sie gern den Mietvertrag lösen. Sie hätten alle Reparaturen ausführen lassen und würden die vorhandene Einrichtung zu einem sehr günstigen Preis verkaufen, weil sie, wie gesagt, nach Amerika gehen wollten.

Mein Entschluß stand schon fest. Ich würde hierher zurückkehren, würde wieder Antiquitäten kaufen und verkaufen! Für die Verkäufe von Madame de Laudés Möbel hatte ich die übliche Kommission erhalten; hinzu kamen meine Ersparnisse von meinen Gehältern. Würde es genug sein? Ich bräuchte nicht sofort zu bezahlen, sagten sie, und ich erkannte, daß meine Mieter nur den einen Wunsch hatten, so schnell wie möglich sich nach Amerika einzuschiffen.

Würde ich es schaffen? Es war eine Herausforderung, die ich irgendwie begrüßte. Langsam und gedankenvoll ging ich durch das ganze Haus – die Treppe hinauf in den großen Salon. Wie schön er jetzt war! Nie wieder sollte er so vollgestopft mit Möbeln sein. Ich würde klein anfangen, würde nach und nach dort Möbel hinstellen, wo sie hingehörten. Ich würde es schaffen! Ich wußte, ich konnte es schaffen.

Und ich ging auch in das Königinnenzimmer. Dort stand das kostbare Bett. Ich wandte mich um und blickte in den Spiegel, und mir fiel ein, wie ich früher in diesen Spiegel zu schauen pflegte und mir einbildete, mein gealtertes Abbild in ihm zu erblicken. »Na, die alte Miß Brett! Sie ist ein bißchen sonderbar. Da war doch so eine Geschichte ... Ermordete sie nicht mal jemanden?«

Aber ich konnte jetzt jene alte Miß Brett nicht sehen. Alles hatte sich verändert. Es gab kein dunkles Geheimnis mehr. Ich wußte jetzt, wodurch Tante Charlotte gestorben war. Und ich wußte ebenfalls, daß ich diese Herausforderung bereits angenommen hatte.

Ellen kam wieder zu mir zurück. Mr. Orfeys Geschäft ginge nicht so gut, daß sie es sich leisten könne, ein Leben des Nichtstuns zu führen. Sie brachte mir auch Neuigkeiten vom Schloß.

»Auf mein Wort, Edith sagt, man hätte sie wie eine Feder umpusten können. Nun ist also Käpten Stretton der große Mann ... Käpten Crediton sollte ich wohl sagen. Mr. Rex ist nach Hause gekommen, und Mrs. Rex ... na, die soll so'n bißchen madamig sein. Sie wird ihn schon auf Trab halten, doch Edith sagt, sie hätte ein gutes Herz.«

Ich versuchte, mich ausschließlich auf meine geschäftlichen Belange zu konzentrieren, um keine Zeit zum Nachdenken und Grübeln zu haben. Natürlich gelang mir das nicht. Ich hatte zwar eine neue Lebensweise gefunden, doch vergessen, nein, das konnte ich nicht.

Und eines Tages kam dann Ellen mit der Nachricht: »Mrs. Stretton, ich meine Mrs. Crediton, ist gestorben. Da unten auf dieser Insel. Sie sollen schon seit Monaten damit gerechnet haben. Es ist, wie man so sagt, eine Erlösung.«

Und wieder war es Herbst, der englische Herbst. Unten im Hafen lagen große Schiffe am Quai. Ich wurde es nie müde, auf die Klippe hinaufzusteigen und auf sie hinunterzublicken – auf die Schiffe der Lady-Linie, in die sich einmal eine Frau eingeschlichen hatte – ›Die Geheime Frau‹.

Die kleine Gallionsfigur hielt ich weiter in Ehren. Ich betrachtete sie jeden Tag und fragte mich: Ob er noch an mich denkt?

Und dann, eines Abends, als der Nebel über dem Fluß lag und die Tautropfen wie winzige Diamanten in den Spinnengeweben auf den Büschen im Garten glänzten, hörte ich, wie das Tor aufging und sich langsame, feste Schritte dem Haus näherten.

Ich ging zur Haustür und blieb dort wartend stehen.

Er kam auf mich zu, und ich dachte: Er hat sich verändert! Er ist älter geworden – wie wir beide älter geworden sind.

Doch als er dann vor mir stand und meine Hände ergriff, sah ich, daß er sich gar nicht verändert hatte. In seiner Stimme schwang der gleiche fröhliche Klang, und in seinen ein wenig schräg stehenden Augen leuchtete das gleiche erwartungsvolle Lächeln. Aber etwas hatte sich doch geändert: Er war ein freier Mann.

Und dort, in dem Garten vom *Queen's House*, wußte ich – wußten wir – an jenem Herbstabend, daß unsere Zukunft offen vor uns lag.

Victoria Holt
eine Meisterin des historischen Liebesromans

Victoria Holt wurde 1906 als Eleanor Alice Burford Hibberts in London geboren. Ihre Zuneigung zu Büchern entdeckte sie durch ihren Vater, einen englischen Kaufmann. Von ihrer unerschöpflichen Phantasie inspiriert, begann sie unter Pseudonym zu schreiben.

Victoria Holt, bei uns auch unter dem Pseudonym Philippa Carr bekannt, bedient sich der Vergangenheit, um den Leser in ihre Welt der menschlichen Schicksale zu entführen. Hoch über den Dächern von London schreibt die international bekannte Autorin ihre inzwischen zu Weltbestsellern gewordenen Bücher.

Spannungsgeladene Romane entstehen vor einem detailliert geschilderten, historischen Hintergrund. In farbenprächtigen Szenen läßt sie Geschichte lebendig werden. Durch eine Fülle ungewöhnlicher Konflikte gelingt es der Autorin in jedem ihrer Bücher, ihre Leser erneut zu fesseln. Ihr Einfallsreichtum und ihre Fähigkeit, menschliche Verhaltensweisen anschaulich und nachvollziehbar zu schildern, lassen Victoria Holts Bücher zu jener Art von Schmökern werden, die man bis zur letzten Seite nicht mehr aus der Hand legt.

Verzeichnis lieferbarer Titel

(Stand Mai 1987)

Die Ashington-Perlen

Die Braut von Pendorric
(01/5729)

Die Braut von Pendorric/
Die siebente Jungfrau/
Die Rache der Pharaonen
(Tip des Monats 6)

Der Fluch der Opale (01/5644)

Die geheime Frau (01/5213)

Harriet – sanfte Siegerin

Das Haus der tausend
Laternen (01/5404)

Herrin auf Mellyn

Im Schatten des Luchses

In der Nacht des siebenten
Mondes

Die Königin gibt Rechenschaft

Die Lady und der Dämon

Meine Feindin, die Königin

Die Rache der Pharaonen
(01/5317)

Der Schloßherr

Die siebente Jungfrau
(01/5478)

Tanz der Masken

Der Teufel zu Pferde

Treibsand

Verlorene Spur

Das Vermächtnis der
Landowers

Das Zimmer des roten Traums
(01/6461)

Irrwege des Glücks

Unter dem Herbstmond

Philippa Carr / Victoria Holt

Die Erbin und der Lord
(01/6623)

Geheimnis im Kloster
(01/5927)

Die Halbschwestern (01/6851)

Im Sturmwind (01/6803)

Das Licht und die Finsternis

Sarabande (01/6288)

Das Schloß im Moor (01/5006)

Der springende Löwe (01/5958)

Sturmnacht (01/6055)

Die Dame und der Dandy
(01/6557)

Im Schatten des Zweifels

*Die Bandnummern der Heyne-
Taschenbücher sind jeweils in
Klammern angegeben.*